全世界最受欢迎的男侦探故事 上册

［美］雷蒙德·钱德勒◎等著　李曼◎编译

中国华侨出版社

图书在版编目（CIP）数据

全世界最受欢迎的男侦探故事：全3册 /（美）钱德勒等著；李曼编译．
—北京：中国华侨出版社，2016.4

ISBN 978-7-5113-6024-3

Ⅰ．①全… Ⅱ．①钱… ②李… Ⅲ．①侦探小说 – 小说集 – 美国 – 现代 ②侦探小说 – 小说集 – 英国 – 现代 Ⅳ．① I712.45 ② I561.45

中国版本图书馆 CIP 数据核字（2016）第 064299 号

全世界最受欢迎的男侦探故事：全3册

著　　者	/（美）钱德勒等
编　　译	/ 李　曼
责任编辑	/ 文　喆
责任校对	/ 高晓华
经　　销	/ 新华书店
开　　本	/ 787 毫米 ×1092 毫米　1/16　印张 /63　字数 /1503 千字
印　　刷	/ 北京建泰印刷有限公司
版　　次	/ 2016 年 6 月第 1 版　2016 年 6 月第 1 次印刷
书　　号	/ ISBN 978-7-5113-6024-3
定　　价	/ 108.00 元

中国华侨出版社　北京市朝阳区静安里 26 号通成达大厦 3 层　邮编：100028
法律顾问：陈鹰律师事务所
编辑部：（010）64443056　64443979
发行部：（010）64443051　传真：（010）64439708
网址：www.oveaschin.com
E-mail：oveaschin@sina.com

前 言
PREFACE

估计很少人,特别是青少年朋友,能抵挡得了侦探小说的魅力。如果要归纳喜欢侦探小说的理由,大致可以从下面几个方面来说:

一、从纯阅读的角度看,侦探小说适合休闲阅读。小说家毛姆说:"当你感冒卧床头昏脑涨,此刻你不需要什么伟大的文学作品,你宁可冰袋敷额,热水浸脚,两三本侦探小说,伴你度过病榻时光。"阅读侦探小说就像是一种娱乐。作家制造悬念,给读者提供多元的审美参与乐趣,以满足读者猎奇心理,诱动读者心理上、感情上、思想上的参与,读者或紧张或恐怖或焦急或期待,与书中的侦探共同经受智慧、毅力和勇气的磨砺,从而获得在现实生活中难以得到的精神满足。

二、从思维训练的角度看,侦探小说能训练读者的细节观察能力、社会的洞察力、理性思考能力、逻辑推理能力和自由的想象力。因此侦探小说被称为智力小说或者智能文学,读者阅读的目的是做纯粹的猜谜游戏,把与作家之间的智力交锋当成阅读作品的乐趣所在。

三、从文学价值的角度看，没有任何一种文学样式能像侦探小说这样给读者提供多元的审美参与乐趣，无论是作为"解密破案"的心智游戏还是作为"反映现实"的浮世观察，侦探小说作家也从没有放弃对作品文学性的探索与追求。就像享誉国际的土耳其文坛巨擘帕慕克，奠定他文坛地位的就是获得2006年诺贝尔文学奖的侦探小说《我的名字叫红》。本书的故事编译，来源于"美国推理作家协会"（The Mystery Writers of America）票选出的最受欢迎侦探人物排行：

最受欢迎男侦探：1. 马洛（出自美国小说家钱德勒）；2. 福尔摩斯（出自英国小说家柯南·道尔）；3. 温西勋爵（出自英国小说家塞耶斯）。

以上这些侦探人物和他们的故事，影响了一代又一代的青少年，其中也不乏中年人，他们的形象深入人心，他们的故事妇孺皆知。本书把他们聚合在一起，让读者一本书就能和这些名闻天下的侦探们"零距离"交流，希望读者们喜欢。

目录 CONTENTS

┃菲利普·马洛的故事┃

◆ 漫长的告别

第一章	初见	003
第二章	再见	005
第三章	支票	009
第四章	最后一次见面	013
第五章	离别	014
第六章	命案	020
第七章	格里戈里厄斯警监	023
第八章	牢房	027
第九章	斯普兰克林	031
第十章	朗尼·摩根	036
第十一章	曼宁德兹先生	038
第十二章	一封信	044
第十三章	赴约	046
第十四章	韦德夫人	053
第十五章	彼得斯	058
第十六章	厄尔	062
第十七章	寻觅	067
第十八章	阿莫斯·瓦利	069
第十九章	再见厄尔	071
第二十章	韦德回家	076
第二十一章	埃德尔魏斯先生	080
第二十二章	酒吧	083
第二十三章	洛林夫人	088
第二十四章	通话	092
第二十五章	韦德的电话	098
第二十六章	甜哥儿	101
第二十七章	书房	103
第二十八章	纸条	105
第二十九章	噩梦	107
第三十章	苏醒	110
第三十一章	与洛林的会面	114
第三十二章	哈伦·波特先生	117
第三十三章	进展	122

第三十四章 韦德的家	125	第六章 秘密发生的惨案	212
第三十五章 进退两难	129	第七章 案发现场	214
第三十六章 韦德之死	131	第八章 消失的盖格尸体	216
第三十七章 怀疑	134	第九章 里多码头的"自杀"案	218
第三十八章 审问	137	第十章 盖格书店被"秘密"转移	222
第三十九章 庭审	141	第十一章 裸照事件	225
第四十章 棋局	146	第十二章 偶遇卡门	229
第四十一章 霍华德·斯潘塞	150	第十三章 与艾迪的交锋	232
第四十二章 婚姻	153	第十四章 "精明"的布罗迪	236
第四十三章 艾琳之死	163	第十五章 突如其来的卡门	241
第四十四章 医生的证言	166	第十六章 揭开盖格凶案的谜底	243
第四十五章 复印件	170	第十七章 凶手卡洛尔	248
第四十六章 伯尼·奥尔斯	174	第十八章 怀尔德的提醒	250
第四十七章 《新闻报》	176	第十九章 凶案暂时了结	256
第四十八章 成竹在胸	179	第二十章 里甘失踪案	258
第四十九章 阿莫斯	185	第二十一章 拜访艾迪	262
第五十章 分别	188	第二十二章 赌徒薇维安	266
第五十一章 曙光	190	第二十三章 有惊无险的抢劫	269
第五十二章 真相	192	第二十四章 举止荒唐的卡门小姐	275
第五十三章 告别	195	第二十五章 跟踪者哈利	278
		第二十六章 杀手卡尼诺	283

◆ 长眠不醒

		第二十七章 栽在卡尼诺手里	288
第一章 初见卡门	198	第二十八章 被艾迪的妻子解救	293
第二章 老将军交代的差事	200	第二十九章 干掉卡尼诺	297
第三章 里甘太太的怒火	205	第三十章 调查受阻	300
第四章 神秘的盖格书店	208	第三十一章 疯狂的卡门	306
第五章 探寻盖格书店的奥秘	210	第三十二章 里甘已经长眠不醒	309

◆ 湖底女人

第一章	初见金斯利	314
第二章	老婆失踪了	316
第三章	小男友的谎言	320
第四章	愚蠢的警察	324
第五章	两个女人消失了	327
第六章	湖底的女尸	331
第七章	警长巴顿	334
第八章	比尔被抓	336
第九章	女记者的采访	340
第十章	一通电话	343
第十一章	破窗而入	344
第十二章	再探比尔木屋	349
第十三章	傲慢的领班	351
第十四章	噩梦缠身	355
第十五章	没有子弹的枪	357
第十六章	又一具尸体	361
第十七章	五百美元	363
第十八章	旧情人	367
第十九章	一块手绢	370
第二十章	报警	372
第二十一章	冤家路窄	374
第二十二章	一封信	378
第二十三章	谋杀案	379
第二十四章	生病的女人	383
第二十五章	被警察揍了	385
第二十六章	新监狱	387
第二十七章	识破身份	389
第二十八章	一只鞋	391
第二十九章	她出现了	394
第三十章	相约孔雀厅	396
第三十一章	杀人灭口	398
第三十二章	替罪羊	402
第三十三章	性杀手	404
第三十四章	一条围巾	406
第三十五章	老板去哪儿了	409
第三十六章	失败的勒索	413
第三十七章	再次上山	415
第三十八章	隐瞒的事	417
第三十九章	揭露谜底	419
第四十章	一场比试	421
第四十一章	峡谷里的尸体	423

菲利普·马洛的故事

◆ 漫长的告别 ◆

第一章 初见

我第一次看到特里·伦诺克斯的时候，他正坐在舞者俱乐部露台外面停靠的一辆劳斯莱斯银色幽灵里面，喝得醉醺醺的。车已经被车库侍者开了出来，因为特里·伦诺克斯的左脚还没有进到车里，好像已经忘记这条腿是属于自己的。所以，车库侍者无法将车门关上，他的手还放在门把手上。特里·伦诺克斯的脸显得很年轻，但是雪白的头发却显得很不和谐。很显然，他已经醉得很厉害。除了那头雪白的头发，他浑身上下透着一种年轻的活力，跟那些身着华服、出手阔绰的公子没有什么区别。这种场所存在的最大意义就是供他们消费。

他的旁边坐着一个女孩儿。一头深红色的秀发，嘴角露出一抹淡然的微笑，肩上披着的蓝貂让劳斯莱斯显得有些暗淡。仅仅是有些而已，要知道这件事是几乎不会有什么能做到的。

车库的侍者并不是个脾气很好的家伙，他身穿白色的外套，衣衫的前胸上绣着酒店的名称，脸上透出不耐烦的神情。

"喂，先生。"他的语言中透着刻薄，"您能不能抬一下您的贵腿，缩回车里，让我把车门关上？还是您想让我把车门打开，您从车里下来？"

女孩儿的眼光瞟了一眼侍者，那种冰冷的眼神足以穿透他的脊背，但是他丝毫不在意。这都是俱乐部的活宝，他们最擅长看透那些一掷千金的人背后的人格。

这个时候，停车场里驶进了一辆外国的敞篷跑车，从车里下来一个男人，他用汽车上的点烟器点燃了一根香烟，伴随着一阵阵的烟雾信步走过。他身上穿着套头的格子衫，黄色的裤子，脚上穿着马靴，他根本没有看那辆劳斯莱斯一眼，可能在他的眼中这只是一辆过时的车。走到露台下面的时候，他把眼镜卡在鼻梁上，停下了脚步。

女孩娇媚地说："我突然有个好办法，不如我们叫人把你那辆敞篷跑车开出来，这么美丽的夜色，要是开着敞篷车沿着海滨兜风，该是多么享受的事情啊，或者我们可以去蒙特西托参加舞会。"

白发青年十分谦和地说："太抱歉了，我已经被迫把那辆车卖了。"他的语调很平和，不像是喝醉的样子，最多像是喝了几口饮料。

"亲爱的，你说卖了？什么意思？"女孩的身子开始远离他，但是能感觉出来声音中透出的疏远。

"我也是没办法的，"他继续解释，"我要吃饭啊。"

"哦，懂了。"一瞬间，女孩浑身的冷气足以让水凝结成冰。

这时，车库的侍者靠近了白发年轻人，眼神中透出鄙夷。"伙计，我要去管其他的车辆了，有缘下次再见吧。"

他把车门打开了，那个喝醉的家伙就跌落了出来，摔在路上。我走了过去，弯腰扶起他来。我心想，不论怎样，和酒鬼纠缠不清都是不对的，就算是熟识的人，也很有可能冲上来给我几拳。我拉住他的胳膊,把他扶了起来。

"很感谢你。"他的语气依然礼貌。

女孩儿慢慢挪到方向盘的位置上,说:"他喝醉以后就会很绅士。"她的声音让人感觉有点生硬,"谢谢你扶他。"

"我把他扶到后座上吧。"

"太对不起了,我还有事,不能等了。"她启动了车,劳斯莱斯已经开始动了。"他就是一条丧家犬,"她冷笑着说,"也许你能找个窝安顿他,毕竟他还是懂点事的。"

劳斯莱斯驶出了车库,向右转了个弯便消失了。我还没有回过神来,这时车库的侍者来到我身边,那个白发的青年已经搭着我的胳膊睡着了。

"没错,这也是个好办法。"我看着侍者说。

"当然了!"他讥讽道,"你真的多余管这样的酒鬼。"

"你不认识他?"

"我只是听那个女人叫他特里,我在这里只干了两个星期,当然不知道他是谁。"

"那麻烦你把我的车开过来吧。"我递给他停车票。

他把我的车停在旁边,我感觉我像背着一个铅袋子,和侍者一起费了好大劲才把他扶进车里。他睁开蒙眬的眼睛说了句谢谢,转身又睡着了。

"我见过的最懂礼貌的酒鬼可能就是他了。"我无奈地说。

"这里什么样的人都能看到,"白外套侍者说,"都是些混混儿,这家伙好像整过容。"

"没错,"我给他小费。没错,这个家伙确实整过容。他的脸上有几道细小的疤痕,右脸显得僵硬发白。疤痕的周边皮肤非常紧致,他一定做过那种伤筋动骨的大整容手术。

"你打算怎么处置他?"

"把他带回家,等他醒酒后送他回去。"

白外套冲我扮个鬼脸说:"倒霉的人,要是我,肯定把他扔到大街上。这些喝醉的家伙就只会给人惹麻烦,我的理论就是这样。你最好是省省力气,这样在打架的时候还能多保护自己一点。"

"你好像很有感触啊。"我说。

他刚开始好像没明白我的意思,后来有点愤怒,但是,我已经进了车里,发动车子走了。

他的话有些道理。特里·伦诺克斯的确给我带来了不少事,但是,归根结底那些是与我的工作相关的。

那一年,我在月桂谷区丝兰街的一栋房子里面居住,那个房子是在山坡上建造的,旁边是一条死巷,有一条长长的红杉木做成的台阶通到前门。正对面有一片桉树林。房子里面原来就有家具,房子的主人是一个老妇人,她要去爱达荷州陪伴守寡的女儿居住一段时间。房子的租金很便宜,一方面是因为那条长台阶上下不方便,另一方面是她对租客的要求就是她可以随时搬回来住。

我费了好大的劲把这酒鬼弄上台阶。他似乎也很想配合我,但是腿并不听他使唤,还没来得及道歉他就已经睡着了。我连拖带拽地把他弄进了屋子,让他睡在了沙发上,拿了一条毛毯盖在他身上,任由他睡。他打呼噜的声音非常大,大概一个小时以后,他突然醒了过来,想要去厕所。回来的时候他盯着我,好像想知道自己现在在哪。我告诉了他。他跟我说他叫特里·伦诺克斯,住在韦斯伍德街的一栋公寓里,家里没有其他的什么人。他说话的声音很响亮,也很清楚。

他说他想喝一杯黑咖啡,我倒了一杯给他。他喝得很小心,手稳稳地端着咖啡杯和咖啡碟。

"我怎么会在这里呢?"他看了看四周,有些疑惑。

"你在俱乐部喝醉了,醉倒在劳斯莱斯里面,你的女朋友把你从车上撵了下来。"

"难怪,"他说,"我相信她会这样做的。"

"你是英国人吗?"

"我不是,但是我在那里生活过一段时间。我想我该告辞了,我可以自己坐出租车走。"

"现在有辆现成的车可以用。"

他走下台阶。在车上他没有多说什么,只是一直在对我表达谢意,而且对自己的失态表示十分抱歉。这也许是他常说的几句话,最起码在很多人面前说过,感觉他说这些话的时候没有经过大脑。

他的住处不大,而且空气很闷,没有一点人气,就好像这个地方是他刚搬进来住的。绿色沙发很硬,前面有一个茶几,上面放着半瓶剩下的威士忌、一碗已经融化了一半的冰块、三个空汽水瓶、两只玻璃杯子和一盏烟灰缸。烟灰缸里有好多烟蒂,有的还印着口红印。在这里看不到照片,也找不到什么私人物品。你甚至有理由相信这个地方只是租来开会或者举办派对的,可以用来喝酒、聊天,甚至上床,但并不像是一个住人的地方。

他问我想不想喝点什么。我婉言谢绝,也没有坐下来。到我离开的时候,他又对我表达了谢意,但是没有表现出来对我的帮忙感恩戴德的意思,也没有任何慢待我的意思。他看起来有点虚弱,虽然很腼腆,但是很绅士。他一直在门口站着,直到电梯上来后,我走进去。他也许很贫穷,但是,看得出来他的教养很好。

他并没有再提起那个女孩儿,也没有提他做什么工作,他没有什么可以依靠的,为了得到那个所谓的上等尤物,他用尽了自己所有的钱来支付俱乐部的账单,但是,那个所谓的女朋友却连一刻都不愿意多停留,也不去想他会不会因为流浪被警察抓进监狱,或者会被出租车司机扔到野外。

在电梯上的时候,我突然有一种想把桌上的威士忌带走的冲动,但是,这种事毕竟和我没什么关系,归根结底那样做也是没有意义的。因为,他要是想喝的话,有的是办法找到。

我开车回家的路上,一直在咬着嘴唇。我的心肠其实并不柔软,但是,那个家伙身上却有什么东西让我感到触动。我没想清楚是什么,可能是他头上的白发,有伤疤的脸,或者是他那清晰的嗓音和彬彬有礼的说话方式。这些已经足够了。我没有再跟他见面的理由,用那个女孩儿的话说,他不过是条丧家犬。

第二章 再见

过了感恩节之后的那个星期,我又一次见到了特里·伦诺克斯。那个时候,在好莱坞大道旁边的店铺里面随处可见价格高得离谱的圣诞节废物,报纸上也在宣传着那些要早点下手抢购圣诞节所需用品的理论。其实,不论早晚,结果都是一样的,因为这已经是多年的规律了。

在我办公室所在大楼旁边大概三条街的地方停靠着一辆警车。我远远地看见里面有两名警察,正向街边的一家店铺的橱窗里面张望,我看到吸引他们的竟然是特里·伦诺克斯,准确地说应该是他剩下的东西,而那些东西真的不敢让人恭维。

他有气无力地靠着门口,感觉随时都要倒下去。衣服脏兮兮的,领口敞开着,领子的一边在外面露着,一边缩在外套里面。他看起来已经四五天没有刮过胡子了。他的脸色惨白,脸上的疤痕几乎看不到了，眼睛像是两个黑色的窟窿，他揉着鼻子站在那里。很明显，警车里的警察正准备抓捕他，我看到这情景，赶紧上前，一把揪住他的胳膊。

"跟我走！"我一边故意冲他吼，一边跟他使眼色，"你又喝醉了？"

他的眼神有些茫然，很快露出了微笑。"刚才醉了。"他深吸了一口气，说，"现在只是站不稳。"

"好了，你差点就进了醉鬼待的看守所了。"

他尽量配合着我，让我领他走过街道，拦了一辆出租车，我拉开车门。

"让他先来吧。"司机指着前面的一辆出租车说。他有看着特里说，"当然，前提是他肯拉他。"

"情况比较紧急，我朋友有点不适。"

"是吗？"司机很不屑地说，"他不应该在我这里出现不适。"

"给你五块。"我说，"这样可以吗？"

"好吧。"说完，他拿了一份封面是火星人的杂志放在了镜子的后面。我把手伸了进去，打开车门，让特里·伦诺克斯坐了进去。这个时候，巡逻车停在了出租车旁边，一名头发灰白的警察走了过来，我从出租车下来，迎上前。

"等一下，你能告诉是我怎么回事吗？这位灰头土脸的家伙真的是你朋友吗？"

"当然，我们很熟悉，他没有醉。"

"当然，没有钱。"警察伸出手，我递给他我的证件。他看完之后还给我说，"原来是私人侦探自己找上的雇主啊。"他的口气显得有些生硬。"这些证件只能证明你的身份，马洛先生，他的呢？"

"他从事演艺工作，名字叫特里·伦诺克斯。"

"听起来很不错。"他弯下腰把头探进了车窗，眼睛盯着角落的特里看。"可是我敢肯定他最近没有工作。他好久没有在屋里睡觉了。我甚至敢肯定他是个流浪汉，我们应该去抓捕他。"

"你们还没有抓够人数吗？"我直截了当地说，"要知道，这是不可能在好莱坞这个地方发生的事情。"

他的眼睛还是没有离开特里，问问："你的这个朋友叫什么？"

"菲利普·马洛，"特里说得有点迟疑，"他的家在丝兰街，月桂谷区。"

警察听完后就把脑袋退了出来，做了个手势，转身对我说，"可能是你刚才跟他说的。"

"你说的也有可能，但是，我没有那样做。"

他看了我几秒钟后说，"我姑且相信你，"他说，"不要让他再在街上出现了。"

我上了车，穿过三条街后来到了我停车的地方，我给司机五元钱，他没有要，跟我说："就按计价器上显示的给吧。伙计，你要是想凑个整数给我一块钱也行。我也遇到过苦难的事情，就在弗里斯科。当时没有一个人肯帮我，没有出租车肯拉我，真是让人寒心的地方。"

"圣弗朗西斯科？"我补充地问。

"我就那么叫它，"他说，"让那些少数的族裔自己活着去吧。"他收下一元钱后便走了。

我们来到了车道旁边的快餐店，那里的汉堡味道还不错，至少没到那种让人厌烦的地步。我买了两个递给特里，还特意给他点了一瓶啤酒，带着他回到了家里。他现在这个样子要想爬上台阶还是有些吃力的，可是，他还是坚持着气喘吁吁地奋力往上爬。一个小时以后，他洗完澡，刮完胡子之后，完全换了一副样子。我们一起坐了下来，喝了点并不浓烈的酒。

"幸亏你能记得我叫什么。"我说。

"我特意记住的，"他说，"我甚至还调查过你，这事对我来说不难。"

"怎么不打个电话给我呢？我一直在这里住，还有一间办公室。"

"我为什么要麻烦你？"

"你好像不得不麻烦我，因为我感觉你好像没有太多的朋友。"

"不是，我有朋友的。"他说，"当然，只是勉强算是朋友吧。"他一边转动桌子上的茶杯一边说。"向别人开口求助并不太容易，特别是自己做错事的时候。"他抬身冲我苦涩地笑了一下，显得有些疲惫，"也许以后我能把酒戒了。他们说过这样的话，不是吗？"

"最起码要三年的时间。"

"三年？"他感觉有些吃惊。

"戒酒不是那么容易，这个时间长度是正常的。那是一种完全不一样的生活状态，你必须要适应没有丰富多彩的颜色，没有喧闹的声音。你很有可能会回到起点，你会觉得身边的朋友不那么熟悉了。其中很多是你不喜欢的，他们对你也不喜欢。"

"这种改变应该算不上太大吧。"他说，回头看了一眼时钟，"我有一个箱子，大概值二百块钱，现在就放在好莱坞的汽车站里。要是还能取回来，我就能当掉它，然后换一个便宜的，剩下的还能买一张去拉斯维加斯的车票，到了那里，我应该能找到工作。"

我什么都没说，点了下头，在那里坐着慢慢地喝酒。

"你是想说我早就应该这样想了。"他说得很平静。

"我刚才在想我不应该管这么多的。至于以后的事情，那份工作有希望吗？还是仅仅是一个想法？"

"能落实。我以前在军队的时候有一个很熟悉的人，他在那里开了一家很大型的俱乐部。虽然，大家都说他是个骗子，但是在我看来，他是一个很好的人。"

"我能帮你解决车票的问题，还有一些其他的费用。但是，我希望这些钱付出得能够有价值一些。所以，我希望你能先跟你的好朋友通个电话。"

"谢谢，但是不用了。我相信兰迪·斯塔尔不会不管我的。他一直都是我最好的伙伴。那个箱子最少能当五十元，这一点我很有信心。"

"好吧，"我说，"你要是需要钱我可以给你。但是，我并不是那种随便帮助人的傻瓜。所以，你把钱拿走以后不要乱花。我希望你以后不要再给我找麻烦，因为我的预感很不好。"

"是吗？"他低头看着自己手中的酒杯，慢慢地小口喝着酒。"我们只有两面之缘，但是，你对我却很好。你产生了什么样的预感呢？"

"我预感我下次见到你的时候，你一定是遇到了更大的麻烦事，但是，那个麻烦却是我没有能力解决的。我也不知道为什么，但是我却产生了这种预感。"

他用手轻轻地摸着自己右边的脸，说："可能是因为这个吧，我给人的感觉有点凶，但是，对我来说这个疤是光荣的，至少是光荣受伤后留下的。"

"并不是这样的，我并没有在意这条疤。我的职业是私人侦探，你这种所谓的麻烦根本不能引起我的注意，我说的是预感。我尽量把我的话说得委婉一点，那应该是一种对性格的洞察。那天，女孩儿把你从车上扔下来不仅仅是因为你喝醉了，肯定还有其他的什么原因，或者她也产生了某种预感。"

他的笑容很隐秘。"我跟她有一段婚姻。她的名字叫作西尔维亚·伦诺克斯。我娶她是因为钱。"

我站了起来，眉头皱得很紧，直直地看着他。"我想你需要吃点东西了，我给你煎个蛋吧。"

"等一下,你是不是想知道我这么落魄,而她却很有钱,我为什么不跟她要钱。你听过什么叫自尊吗?"

"你这话很可笑,伦诺克斯。"

"是吗?或者说我对自尊的理解跟别人不同,我现在是一个除了自尊什么都不剩的男人,如果言语上有什么冒犯,请您多包涵。"

我来到厨房,做了一些吃的,有加拿大熏肉、煎蛋、咖啡,还有烤面包。我们一起在早餐区进餐。有些年代感的房子里面都会在厨房预留一个早餐区。

我跟他说我需要回办公室一趟,等我回来后会带回来那个箱子。他递给我箱子的收条。他的脸已经慢慢恢复了血色,眼睛看着也没有那么凹陷了,之前给人的感觉就像是眼睛要凹进脑袋里。

离开之前,我特意在沙发前面的桌子上放了一瓶威士忌,对他说:"我希望你能用你的自尊来看待这瓶酒。"

"打一个电话到拉斯维加斯,就当是我请你这么做的。"

他淡然地笑了笑,耸了耸肩。我从台阶走下去,心里感觉并不好。我不知道这是为什么,我也不能明白为什么一个男人宁愿挨饿、流浪也不愿意把箱子卖掉。不论他有什么规矩,他一直在按照他的想法行事。

这个手提箱精美得让人吃惊,它的外皮是用经过漂白的猪皮制作的,刚买来的时候应该是有点淡淡的奶油色。配件是纯金打造的,应该是地道的英国制造。这样的皮箱就算是本地有卖的,价格也绝对不是他说的二百元,少说也应该卖到八百元。我把箱子带回来的时候,看到桌子上的那瓶威士忌还是完好无损的,他没有喝。他正在抽烟,感觉兴致并不高昂,但还是很清醒的。

"我刚才打电话给兰迪了,"他说,"他并不是很高兴,因为我没有早打电话给他。"

"没有求助他却求助陌生人。"我补充道,"是西尔维亚送给你的吗?"我指着旁边的箱子说。

他抬头看着窗户外面,说,"不是的,是以前在英国的时候有人送的,那个时候我还不认识她。真的是很久以前的事情了。要是你能给我一个旧箱子,我就把它留给你了。"

我拿出二十块钱给他,说:"我不需要你抵押给我什么东西。"

"我想说的不是这个,你并不是开当铺的,我只是觉得带着它去拉斯维加斯不合适,而且,我也用不了这么多钱。"

"好吧,那你把钱拿好,箱子就暂时放在我这里,但是我这里并不安全。"

"没事,"他似乎一点都不在意,"没什么关系的。"

他换好衣服,大概五点半的时候,我们来到米索饭店吃了晚饭,滴酒没沾。我把他送到了卡文葛车站,看着他上了班车,然后心事重重地回到了家里。他的那只箱子还扔在我的床上,刚才他把里面的东西都拿了出来,放进了我给他准备好的轻便的箱子里面。他留下的箱子上面还插着一把金钥匙。我把它锁好,钥匙绑在了把手上面,把箱子放了衣橱上面的架子上。对我而言,它好像并不仅仅是一个空箱子,但是里面装着什么却并不是我要关心的事情。

这个夜晚很寂静,房间里面好像更空旷了。我把棋盘铺展开,当自己是法国人,和施坦尼茨对阵。但是他仅仅用了四十四步就把我打败了,不过,我的棋艺也让他着实不能小觑。

到了九点半的时候,电话铃声响起,另一端的声音让我觉得不陌生。

"请问,是菲利普·马洛先生吗?"

"没错,我是。"

"你好,我叫西尔维亚·伦诺克斯,马洛先生。我们曾经在俱乐部有过一面之缘,就在上个月的时候。后来，我听说是你发善心把特里送回了家里。"

"是的。"

"那我想你应该已经听说我们离婚的事情了。但是，我对他的近况还是有点担心，他没有住在韦斯伍德街的公寓里面，谁都不知道他去哪了。"

"上次见面的时候我已经对你有所了解了。"

"你听我解释，我们毕竟曾是夫妻，虽然我不同情酒鬼，或许你觉得我心太狠，也许是因为我当时有非常重要的事情要去处理。你是一个私家侦探，要是你愿意帮忙，我可以付给你相应的费用。"

"我想这就没什么必要了吧，伦诺克斯夫人。他坐班车到拉斯维加斯去了，去找那里的一位朋友，据说能给他安排工作。"

她突然很兴奋："去拉斯维加斯，真是个多情的人，那里可是我们结婚时去的地方。"

"我觉得他心里应该没有这样想，"我很直接地说，"他应该是没有其他地方可去。"

她没有把电话挂断，电话另一端传来笑声，那种笑声有点勾人。"这就是你对待客户的粗鲁态度吗？"

"伦诺克斯夫人，你并不是我的客户。"

"可能以后会是的，这也难说。那换一种表述方式，对女性朋友的态度好点儿。"

"回答还是一样的。那个家伙已经没有任何收入，又脏又饿。他要是还有价值让你花时间去寻找的话，你肯定能找到他。他以前就不想接受你的施舍，我想现在应该也是的。"

"这并不是绝对的，晚安。"她说完后就挂断了电话。

没错，她全都说中了，我理解的完全不对。但是，我并没有觉得自己错了，只是感觉有点不舒心。要是她的电话早一点打过来，我也许能在盛怒之下一举打败施坦尼茨。但是，很可惜的是，他早就在半个世纪前就已经陪伴在上帝身边了，这个棋局也是从书里面看到的。

第三章　支票

在距离圣诞节还有三天的时候，我意外地收到了一张一百元的支票，是来自拉斯维加斯的一家银行的，上面还附有一封信。特里·伦诺克斯对我的帮助表示了感激，并且祝我圣诞快乐，万事如意，希望有机会的话能跟我再见面。更精彩的部分应该是那段附言："我和西尔维亚开始了第二段蜜月旅行。她跟我说，她想再试一次，我希望你不要因此而感到不快。"

再后来的情况我就是从出版社的社交专栏中读到的了。一般我很少关注这种东西，只有在不得已的情况下，才会去翻看一下。

记者获悉西尔维亚·伦诺克斯和特里这对情侣在拉斯维加斯再次开启了蜜月之旅。西尔维亚是著名的千万富翁哈伦·波特的第二个女儿。应西尔维亚之邀，马塞尔和让娜·迪奥克斯也开始对她在恩西诺的府邸进行重新装修，包括地窖、顶棚，每一个角落都不放过，这里将按照最豪华新潮的款式进行装修。亲爱的读者朋友，也许你们还记得，这个房子是西尔维亚前夫的，也就是科特·韦斯特海姆送给她的结婚礼物。也许您会奇怪，现在的科特在做什么呢？他现在正在圣特鲁佩斯，他以后将在那里永久居住，他有一位出身法国公爵的高贵夫人和一对聪明美丽的孩子陪伴身边。你可能还会问哈伦·波特会怎么看待他的女儿和女婿的再续前缘呢？这恐怕就要发挥您的想象力了。波特先生是不会给记者任何机会的。他们这些社交界的宠儿恐怕没有人比他更排斥公众了。

我很愤怒地把报纸扔在了一边，开始看电视。要是看过这些社交界的报纸，你会发现就算是摔跤也是很值得观赏的。但是，实际上就是这样的，一般能上社交版面的都不是空穴来风。

我能想象出那个所谓的有十八间房子的小宅子是什么样的，再加上波特斥资几百万的豪装，配合上迪奥克斯最崇拜的新潮装修风格，应该是很让人惊叹的。但是，我不能想象特里·伦诺克斯身着百慕大花裤衩，一边悠闲地在游泳池中享受时光，一边指挥着管家为他准备好食物和酒水。这种场景是我实在不能接受的。那个家伙要是想成为别人的宠物，对我也不会产生什么影响，只是我不会再想要见他，但是，我知道我还是能见到他，因为他留了一只可恶的贵重的皮箱在我这里。

大概是在三月的一个下雨天，晚上五点钟的时候，他来到了我那个看起来有些邋遢的头脑商店。他的样子已经完全变了，看起来老气了一些，但是感觉很冷静、沉着，有些严肃，好像变得比以前听话了。他身上的雨衣是牡蛎白色，手上戴着手套，头上没有戴帽子，白发看起来很服帖顺滑。

"我们去一个比较安静的地方喝点东西吧，"他说，好像他已经到了这里有十分钟了，"我的意思是，你方便的时候。"

我们没有握手，好像我们从来没有握过手。英国人没有握手的习惯，这个习惯好像在美国人那里比较常见，他不是地道的英国人，却有着英国人常有的做派。

我回答说："去我那儿坐坐吧，顺便把你留在我那的高级皮箱拿走吧，它在我那里有些不方便。"

他摇着头说："请你发发善心，暂时替我保管它吧。"

"怎么这样说？"

"因为我觉得这样会更好一些，希望您不要介意。那个东西能让我想到很多过去的事情，要知道那个时候我还没有像现在这般狼狈。"

"你说谎。"我说，"但是，这些都跟我没关系了。"

"你是不是怕被谁偷走？"

"你的事情你自己解决，我们现在走吧。"

我们来到了维克托酒吧。他开的车是一辆铁锈色的丘比特—乔伊特，这辆车的车棚是能够遮挡雨的帆布做成的，车内空间不大，仅仅能容纳我们两个人。车座上包裹着浅颜色的皮革，车内所有的配件都是银制品。我对车没有什么研究，但是这辆车还是引起了我的兴趣。他说这辆车加速到六十五英里只需要一秒钟，小排挡的高度仅仅到他膝盖的位置。

"四速的，"他说，"这样子的车都是手动挡的，当然你也不需要自动挡的，就算是发动上坡的时候也可以直接在三档上启动，在这样的车流中也不可能有更快的速度。"

"是结婚礼物吗？"

"应该算是'恰好看上眼的小玩意儿'，那种平时随意买的小礼物。我是很受宠的。"

"只要不是把价格标在身上，也还是可以的。"他揶揄道。

他瞥了我一眼，很快视线又回到了路面上。两个雨刷轻快地清扫着前面的挡风玻璃，"你说价格？什么标价？我的朋友，你是觉得我过得不好？"

"不好意思，我说错了。"

"只要有钱就好，幸福算什么？"从他的话中我听到了一种以前从没有听到过的辛酸。

"你还贪杯吗？"

"这个描述方式很文雅，兄弟。不知道是怎么回事，我现在已经能控制了。但是，谁知道以后呢，对吧？"

"我想你从本质上就不是一个酒鬼。"

我们在维克托酒吧的一个角落里面喝琴蕾。"这里的人似乎并不怎么懂酒。"他说，"他们心目中的琴蕾其实就是柠檬汁和酸橙汁配上一些杜松子酒，最多再滴上几滴苦汁和糖水。要知道真正的琴蕾是杜松子酒和玫瑰牌酸橙汁按照一比一的比例调和的，其他什么东西都不要添加。这种味道比马提尼要好很多。"

"我对酒本来也没什么研究。你和兰迪·斯塔尔相处还融洽吗？我们这里都知道他并不是个好相处的家伙。"

他的身子往后靠了一下，好像在思考着什么。"我想他确实不太好相处，他们都是这副德性的。但是，他的身上这种感觉并不明显。这些在好莱坞混的家伙，其实都是差不多的。兰迪并不太喜欢给别人找麻烦，他在拉斯维加斯可是个很正派的生意人。你要是有机会去的话可以见见他，我想你们会成为朋友的。"

"这种机会应该不太可能有，我对流氓没什么好感。"

"这只是一种描述方式，马洛。我们所处的这个世界，经历了两次世界大战，现在已经是这个样子了，我们只能想办法继续下去。兰迪、我，还有另外一个伙伴一起吃过苦，我们之间有很深的友谊。"

"你要是需要帮忙，为什么不直接跟他们说？"

他把酒杯里的酒喝干，跟侍者示意。"他没有拒绝的理由。"

这时侍者端来了新调制的酒。我说："这也就是你跟我说说而已。那个家伙不是亏欠过你吗？你要是给他报答的机会，他会很高兴的。"

他很缓慢地摇了摇头。"我知道你说的有道理。当然，我也确实跟他要了一份工作。但是，那份工作是靠我自己的努力踏实赚钱的。要是摇尾乞怜，我做不到。"

"但是你能请求一个陌生人帮忙。"

他目不转睛地盯着我看。"陌生人在帮助我之后可以继续过自己的生活，当作什么都没发生。"

我们一连喝了三杯酒，他没有醉意。这一点酒精的作用最多是能把一个酒鬼的酒瘾勾起来。所以，我想他应该已经戒酒了。

喝完后，他送我回到办公室。

"我们一般会在晚上八点十五分的时候吃晚饭。"他说，"但是，这种晚餐是适合百万富翁的，也只有百万富翁的佣人才能自如地应对这种场景。屋子里总是满满当当的。"

那次见面以后，每天的下午五点他都会出现在我的办公室。我们并不总去同一家酒吧，但是维克托却是去的最多的一家，也许在这家酒吧里他能想起很多我并不了解的事情。他一般不会喝太多酒，这也是我感到比较吃惊的地方。

"这种感觉就像是隔一天就会发作一次的疟疾，"他说，"发作起来的感觉很不好，但是，要是坚持过去之后就会像从没有得过这种病一样。"

"你这种有着优越生活条件的人会愿意跟一个私家侦探一起来酒吧喝酒，我也觉得很奇怪。"

"你是想表达你的谦虚吗？"

"不是的，我只是觉得有些不能理解。我其实应该算是比较好相处的人，但是我们生活的圈子毕竟相差很大。我只听说过恩西诺，其他的一切我都不知道，我甚至不知道你的生活是怎样的，我猜想你的生活应该是很优越舒适的。"

"我没什么生活。"

我们又叫了一杯琴蕾。这个地方没什么人。有几个长期在酒吧混的瘾君子正在酒吧旁边的高凳子上喝酒,这些家伙一般在拿起第一杯酒的时候动作非常慢,显得十分小心,生怕碰到什么。

"我不太理解,你能给我解释一下吗?"

"这是一场大制作的戏,所以没有故事性,就像他们以前在摄影棚里讲述的一样。我觉得西尔维亚现在应该是挺高兴的,但是,她并不是离不开我。这种状态在我们的圈子里面很常见,没什么值得吃惊的。要是你不用出去工作,也不用面临金钱的压力,你总是需要去找点事情做的。但是,这一点是有钱人想不通的,对于他们而言,根本不知道什么是真正的快乐。他们对什么事情都没有太大的欲望,当然,不包括别人的老婆。这种想法比起管道工太太想在客厅安装一幅窗帘的想法简直是小巫见大巫。"

我没有打断他,任由他继续讲述。

"很多时候我都是在打发自己的时间,"他说,"确实很难熬,可以打打网球和高尔夫,还可以游泳、骑马,看看西尔维亚的朋友们到了该吃午饭的时候还宿醉不醒,这种感觉也是很不错的一种消遣。"

"你到拉斯维加斯的那天晚上,她打电话给我,说她很讨厌酒鬼。"

他咧开嘴笑了笑,我又一次清楚地看到了他脸上的疤,只有当他的表情发生改变,一边的脸变得有些僵硬的时候,疤痕才会变得明显。

"她嘴里的酒鬼特指那些流落街头的酒鬼。要是换作有钱人,在她眼里就是豪饮的客人。他们就算是进门后就吐一地,也会有管家负责打扫干净。"

"你这样说就没有必要了。"

他把眼前的酒喝干后便起身告辞。"我要走了。要知道不仅仅是你烦我,我自己也很烦我自己。"

"你并没有惹我烦,我可是一个专业的聆听者,早晚有一天我会明白你为什么甘心成为一只被豢养的卷毛狗。"

他伸手抚摸自己脸上的疤痕,脸上浮现出一种奇怪的笑容。"你应该更多地去想她为什么想要把我留在她的身边,而不是我怎么一定要待在那,靠着缎面垫子等待她来安抚我。"

"也许那缎面垫子是你喜欢的,"我在站起来的时候补充说,"也喜欢丝绸床铺,有下人可以喜欢,还喜欢别人对你恭维的笑容。"

"有可能。我是一个孤儿,从小在孤儿院长大。"

我们一起出了门,走进了黄昏中,他跟我说他想走一会儿。我们是一起坐车过来的,况且这次我很迅速地提前结好了账。我看着他慢慢远离我的视线,消失在黄昏的雾霭中,有那么一个瞬间,他头上的白发在店铺灯光的照射下发出闪闪的光。

他穷困潦倒,酩酊大醉,又累又饿,走投无路却保持着自己身上的自尊的时候,好像更让我尊敬。真的是这样吗?也许我只是喜欢那种帮助别人的感觉,他做的事情确实让人有些难以捉摸。在我平时所从事的工作中,有的场合适合发问,有的场合则需要等待,让它慢慢地发酵,直到有一天爆发。任何一个合格的侦探都会明白这个道理的。这就像是在下一盘象棋或者打一场拳击比赛。对待有的人你要咄咄逼人地主动出击,让他手足无措。而对待有的人,你只是需要把拳头亮出来,他自己就会乖乖地认输。

要是我问出口,他肯定会告诉我事实。但是,我连他的脸是怎么弄成这样的都没有问过。要是我问了,他也回答了,也许能救下某些人,但是,这些都只是可能。

第四章　最后一次见面

我记得我们最后一次在一起喝酒是五月份的时候。那天我们见面的时间比平时要早很多，刚刚过了四点他就来了。他的脸色有些疲惫，也比平时瘦了不少，但是，他看了看周围，脸上透出一抹淡淡的微笑。

"我对这种刚刚开门做晚间生意的酒吧比较青睐。里面的空气很干净清爽，到处都是一派干干净净的样子，酒保在镜子前面打量完自己之后就准备开始工作，他们会检查自己的着装是否整洁，头发是不是梳好。我很喜欢放在吧台后面的那些精致的瓶子，还有那些闪闪发光的可爱的杯子。我很喜欢看酒保调制晚上的第一杯酒，他把酒杯摆放在干燥后的杯垫上面，旁边摆放着叠得整整齐齐的小餐巾。我会慢慢地品尝，这种在一个安静的酒吧喝下第一杯调制酒的感觉真的很美妙。"

我对他的说法很赞同。

"喝酒就像谈恋爱，"他说，"初吻是非常美妙的，再一次的接吻是亲密的代表，第三次接吻就是在完成一项任务了，后面就剩下脱光女人的衣服了。"

"有你说的这么糟糕吗？"

"这种刺激是很高规格的，但是不代表最纯粹的感情，至少在美学意义上是没有纯粹意义的。我对性并不排斥，因为这是很有必要的存在，并不代表着丑陋，但是一定要能长久地坚持下去，这样性才有它特殊的魅力，这可是一个价值十亿美元的项目，没有一个环节是可以省略的。"

他环顾四周后打起了哈欠。"我的睡眠一直不好，这里的感觉很舒服。但是，这里很快就会被酒鬼占领，他们会大吵大闹，而那些庸俗的女人们还会跳舞，极尽魅惑，把手镯弄得叮当乱响，把那种虚伪的包装好的演技展现在人前。晚上的时候，这种所谓的演出就会透出一种汗臭味，虽然不浓烈，却是实际存在的。"

"有点慈悲心，"我说，"她们也是人，出汗是可以理解的，弄脏什么也无所谓。你期望的是什么？是金色的蝴蝶在透着玫瑰花香的薄雾中翩翩起舞吗？"

他把酒喝干以后，倒着把杯子举了起来，看着杯底的酒慢慢地聚拢在一起，缓缓滑落。

"我对她感到有点失望，"他说得很缓慢，"她就是个纯粹的荡妇。也许远远地看上去，我对她还是有点欣赏。终于有一天，她会用到我的，而我，是她身边唯一一个没有起过伤害她念头的人。但是，那个时候，我很可能已经被她抛弃了。"

我看着他。"你确实把自己卖了个不错的价格。"我停了一会儿说。

"是的，我懂。我的意志力并不强，没什么胆量，也没有雄心壮志。我抓住了一个黄铜圈，很快就发现了这并不是金子做的。像我这样的人，一辈子辉煌的机会可能也就只有一次，就像是在秋千架子上完成的一次飞荡。后面的人生也基本上在做一件事，就是不要让自己从人行道上走进臭水沟中。"

"为什么这么说？"我把烟斗拿出来，往里面填满烟丝。

"她产生了恐惧，而且非常强烈。"

"她恐惧什么？"

"我也不知道，我们没法进行正常的沟通，应该是怕老头子吧。哈伦·波特不是一个心软的家伙，他简直就是个无情的畜生。简单看来，他有着英国王族特有的高贵气质，但是，实际上，他却像盖世太保一样没有人性。西尔维亚是个水性杨花的女人，这一点他非常清楚，而且，他很讨厌这一点，可是，他却没有办法阻止，所以，他只能等着看，等着西尔维亚做出什么丑事，他就可以借机把她踩在脚下。"

"你可是她的丈夫。"

他把手里的空杯子举起来，使劲地摔在了吧台的边上。伴随着一声尖锐的破碎声，杯子变成了一地的碎玻璃。酒保一动不动地看着我们，什么也没说。

"就是这样，兄弟，就是因为这样，当然了，我是她的丈夫，在法律上是这样的，可是对我而言，不过就是身居一个高级妓院，在那里你轻轻地扣几下绿色的大门，就会有人把你领进去。"

我站了起来，把钱扔在桌子上。"我觉得你说得太多了，"我很愤怒地说，"这些都是你自找的，再见。"

我头也不回地走了，把他自己留在了酒吧。从酒吧的灯光中，我能感觉到他吃惊的样子，他在后面喊我，可是，我没有停下。

十分钟以后，我就为自己的这个决定感到后悔了。但是，那个时候我已经远离酒吧了。后来，他就没有再来找过我，一次都没有。毫无疑问，我的话戳中了他的痛点。

从那之后的一个月我都没有再见到他，再一次见到他的时候大概是有一天早上五点的时候，太阳刚刚升起来。一阵急促的门铃声把我从睡梦中惊醒，我迷迷糊糊地穿过走廊和客厅，把前门打开，看到他正站在那里。他的脸色看起来很疲惫，像是好久没有睡过觉了。他身上穿着一件薄薄的大衣，冻得瑟瑟发抖。头上的帽子压得很低，帽檐把眼睛挡住了。

他的手里有一把枪。

第五章　离别

枪口并没有瞄准我，他只是把它攥在手里。那把枪应该是一把中口径的自动手枪，一定不是柯尔特或者是萨维奇，看上去像是进口货。他的脸色很苍白，疤痕更加清晰了，高高竖起的衣领，故意压低的帽子，还有手里握着的手枪，让我脑海里浮现出了经典的警匪片的场景。

"拜托你把我送到蒂华纳吧，我要坐十点十五分的飞机，"他说，"我身上有护照和签证，所有的一切都是齐全的，现在只需要你送我去机场。因为某些特殊的原因，我不能从洛杉矶乘坐火车或者汽车，也不能乘坐飞机。我给你五百元当作租车的费用，可以吗？"

我在门口茫然地站着，丝毫没有让他进来的意思。"你说的是五百元，附赠一把手枪吗？"我反问他。

他有些手足无措，茫然地看着手里的枪，默默地把它藏进了口袋里。

"它可能只是用来保护的工具，"他说，"为了保护你，而不是我。"

"进来吧。"我把身子侧了侧，他几乎是摔进来的，我赶紧扶着他坐在了沙发上。

客厅的光线很暗，因为外面有浓密的灌木丛遮挡着窗户。我把台灯打开，点上了一支烟。我看着他,用手整理了一下因为刚刚睡醒而凌乱不堪的头发,脸上的表情有些不耐烦。

"这个早晨这么有意义,我居然在睡懒觉中度过,你是说十点十五分吗?时间还是充足的,我们去厨房吧,我煮点咖啡。"

"我遇到了一件难事,侦探。"他第一次这样称呼我。但是,这个词倒是跟他刚进门的时候手里拿着枪的样子很协调。

"今天的天气真的很不错。你有没有听到对面街道上面的老桉树正在咬耳朵?它们可是回想起自己以前在澳洲的生活了。小袋鼠们上蹿下跳,考拉也互相背着玩耍,没错,我想你可能遇到了麻烦事。等一会儿喝咖啡的时候再说吧。我刚刚睡醒的时候总是感觉精神很不好。这样吧,我们先和哈金斯先生和杨先生讨论一下。"

"你听我说,马洛,现在不是……"

"不用害怕,这两位先生一生最擅长的就是做咖啡了,这可是他们的骄傲和兴趣点。早晚有一天我能看到大家对他们投以赞许的目光。可是,现在他们只是多挣了一些钱而已。你不要觉得他们会就此停滞不前。"

我一直絮絮叨叨地说个没完,边说边走进了厨房。我把热水龙头打开,从架子上把咖啡壶取下来,在水里面把吸管涮了一下,将量好的咖啡倒进了容器里面。这个时候水已经沸腾了,我把下面的容器装满,放在火上面,将上半截连接好。

这个时候,他来到了我身边,从门口挤进了早餐区,坐在了座位上。他的身子还在抖。我把架子上的一瓶"老祖父"拿了下来,倒了一杯递给他。我知道他想要一个大杯。就算是那样,他还是两只手捧着才把杯子送到了嘴边。他很快把酒喝干,酒杯被重重地砸在了桌子上,紧接着他倒在了椅子背上。

"我撑不住了,"他虚弱地说道,"我感觉自己已经一个星期都没有睡过觉了。昨天晚上一夜没合眼。"

咖啡壶里面已经沸腾了。我把火调小了,看着水位一点点上升。水在玻璃管的下面停留了一小会儿。我随后把火调大,看着水位刚刚超过小圆丘,赶紧把火调小。我把咖啡搅拌了一会儿,盖上盖子,调了三分钟的定时。马洛是一个做事条理清晰的人,就算是有天大的事情要发生,也不会打乱他煮咖啡的流程,哪怕他的身后正有杀人犯用枪顶着他的脑袋。

我在他的杯子里面添了点威士忌。"你坐在这里吧,"我说,"先不要说话了。"

他用另外一只手把桌子上的威士忌端了起来。我飞奔进卫生间洗漱了一番,等到出来的时候,定时器刚好到时间。我把火关上后,取下咖啡壶放在了桌子上的一个草垫子上面。这个过程我为什么要这样详述呢?是因为气氛太紧张了,所以每一个细小的环节都显得很重要。好像这是一场表演,每一个环节都有着至关重要的作用。这一段时间是多么的敏感啊!你所有的无意识动作都变成了一种刻意,不论这些动作是不是你每天都要重复的。现在的状态就好像是一个小儿麻痹症患者在学着走路,一切看似简单的动作都变得不那么顺理成章。

咖啡与水相互融合,我在他的杯子里面倒入了少量的威士忌。"特里,这是给你的。"

我一直在他对面坐着。他没有动,身体有些僵硬。突然,他趴在桌子上开始哭泣,没有任何一点预兆。

我悄悄地把手伸了过去,从他的口袋里面把枪取走,他没有察觉到。那是一把口径七点六五毫米的毛瑟枪,制造很精美。我闻了一下,然后把枪匣打开,里面的子弹是满的。

他抬起了头,看到了眼前的咖啡,缓慢地喝了几口,低着头说。"我没有开枪。"

"我知道,这枪已经有段时间没用过了,要不然会有擦过的痕迹,我确定你没有用它杀人。"

"我告诉你事情的经过吧。"他说。

"先等一下。"咖啡很烫,我尽量快地把它喝完,又把杯子里面倒满咖啡。"可以了,"我说,"你在说这些事情的时候要非常谨慎,因为,你要是想让我把你送到蒂华纳,有两件事情是绝对不能让我知道的。第一——你在听我说话吗?"

他轻轻地点了下头,眼神有些迷茫地抬头看着头顶的墙面。今天早上的时候,他脸上的疤痕显现出乌黑的颜色,跟惨白的脸形成鲜明的对比,显得有些触目惊心。

"第一,"我继续说,"你如果犯罪了,或者是做了什么违法的事情,我的意思是比较重大的罪行,你是不能告诉我的;第二,如果你知道某些人犯了重罪,也同样不要告诉我。除非你并不希望我把你送到蒂华纳去,你知道吗?"

他的眼睛直直地看着我,毫无生气。他把咖啡喝完之后脸上也没有任何血色,但是情绪已经平稳了很多。我又在他的杯子里面倒满了咖啡,同样添了点威士忌。

"我跟你说过我遇到些麻烦事吗?"他说。

"我听说了,但是我并不想知道你遇到什么麻烦了。因为我还要挣钱养家,我可不想我的执照被人吊销了。"

"我可是有枪的。"他说。

我笑了笑,把枪推到了他的面前,他看了一眼,并没有伸手拿。

"你不是那种会用枪逼着我送你去蒂华纳的人,特里。更不可能举着枪通过边境,成功登机。我的工作性质让我偶尔会有机会跟枪打交道,我们不可能用枪当作借口。要是我跟警察说我是因为怕你开枪所以被迫听从你的安排,警察是不会信的。当然了,设想一下,我确实不知道有什么能跟警察说的。"

"你听着,在中午之前,不会有谁去敲门的。仆人们都知道,她喜欢睡懒觉,最好不要打扰她。但是,中午以后,仆人们就会敲门,那个时候就会发现她不在房间里。"

我什么都没有说,继续喝着咖啡。

"女仆们可能会发现她昨晚上根本没有回来睡,"他继续讲述,"很快她们就会去另外一个地方查看,也就是距离这个房子很远的那栋豪宅。那里有专门的车库和车道,西尔维亚会在那里被发现。"

我眉头紧锁。"我问你问题的时候,你必须要小心回答,特里。她有没有可能根本没有回家。"

"她的房间里面到处都是她的衣服。她一直很邋遢,衣服随地乱扔。女仆知道她在睡衣外面穿了件袍子之后就跑出去了,最有可能去的地方就是客宅。"

"那也不一定。"我说。

"肯定是去了那里。你觉得仆人们会不知道客宅里面发生什么勾当吗?下人的消息可是很灵通的。"

"好了,不用说了。"我打断他。

他的手使劲地从自己有疤痕的半边脸划过,留下一条红印。"在客宅里面,"他很用力地说着每一个字,"仆人们就会看见——"

"西尔维亚醉死过去,完全没有知觉,浑身冰凉,就像死了一般,没有任何形象。"我恶狠狠地说。

"是的,"他停顿了一会儿说,"当然,"他补充道,"肯定是这样的,西尔维亚不算是个酒鬼，但是要是喝醉了也是很难看的。"

"故事就到这吧，"我说，"也许该结束了吧。下面让我发挥一下想象力。上一次我们喝酒的时候，我说的话有些重，而且还不辞而别，把你一个人扔在酒吧里面，你真的让人无法忍受。后来我想了好久，觉得你只是想通过这种讽刺自己的方式让自己减轻面对重大灾祸时的压力。你说你已经有护照和签证了，我想这两样东西不是短时间内就能拿到的，他们不会随便放一个人出境的。看样子，这次的离开是你筹谋已久的了，我还纳闷你到底要忍到什么时候。"

"我隐隐约约地感觉到待在她的身边是我未完成的任务，心想她也许在某一方面是需要我的帮助的。不仅仅是让我当花瓶，来转移老头子的注意力。顺便提醒你一下，我在半夜的时候给你打过电话。"

"我睡觉很沉，没有听到。

"后来，我就去了一家土耳其人开的浴室。在那里度过了剩下的两个小时，洗了澡，做了按摩，还陆陆续续打了好几个电话。我把车停在了喷泉和拉布里亚街之间的地方，然后从那里走到你家，没有人看到我。"

"你打的那些电话有没有暴露我？"

"其中一个是打给老头子的。他昨天坐飞机去的帕萨迪纳，因为生意上的需要。他没有回家，我找他真的很不容易，但是最终还是联系上他了。我对他表示了深深的歉意，然后跟他说我要离开了。"说这些话的时候，他的眼睛一直看着水槽上面的窗户还有纱窗上的锦中花丛。

"他说什么？"

"他表现得很难过，并且祝我一路顺风，问我是不是需要钱。"特里的脸上露出鄙夷的神情。"钱，这是他最常说的一个字。我跟他说我不需要钱。后来我打电话给了西尔维亚的姐姐。故事就是这样的。"

"我想再问一句，"我说，"你以前发现过她在客宅和其他男人一起嘛？"

他摇了摇头。"我没有做这样的事情。但是，想发现很容易。"

"咖啡已经凉了。"

"我不想喝了。"

"她的男人很多？但是，你还是跟她复婚了，虽然我也认为她的确很美，但……"

"我跟你说过，我不是一个有骨气的人，真见鬼。第一次我是因为什么原因离开她的？为什么我每次跟她见面后都会喝成醉鬼？为什么我就算是被扔到阴沟里面也绝不向她开口要钱？除了跟我的这次婚姻，她还跟五个男人结过婚。只要她想回头，哪一个男人都会心甘情愿地复婚，不仅仅是因为钱。"

"她确实很美。"我看了眼表，"为什么一定要在十点十五分的时候从蒂华纳坐飞机走？"

"因为那班飞机有空位置，没有人喜欢乘坐DC-3长途跋涉，他们更喜欢坐康尼，仅仅七个小时就能到达墨西哥。还有就是我去的地方在康尼没有停靠点。"

我从座位上站起来，说："好吧，我们来分析一下之前的谈话，请你听我说完。早上的时候你在情绪非常不稳定的情况下来到我家，希望我能把你送到蒂华纳坐飞机。那个时候你的口袋里面有一把手枪，但是我并不一定能够看出来。你跟我说你已经忍了好久了，昨天晚上你终于忍不住了。你发现你的妻子在喝醉之后跟一个男人在一起。你便离开了她，独自去了土耳其浴室打发时间。在这期间你给你老婆的两位至亲通过电话，跟他们说明了你接下来想做的事情。你想要去哪里跟我没有一点关系，你有出境所需要的全部手续，你的过去也和我没有关系。我们只是朋友，我不想想太多，只是按照你说的去做。我没有多想的原因是因为你没有给我钱。你有车，但是你感觉自己的状态不好，不适合开车。但是，这些都是你的事情，你是个特别容易受情绪控制的人，你曾经在战争中受过伤。我觉得你应该把车开到一家车库去寄存。"

他的手插进了口袋里面，把皮质的钥匙夹拿了出来，递给了我。

"听完感觉如何？"他问。

"每个人听完会有不同的想法吧。我还没有说完。你除了身上穿着的衣服和你岳父赞助你的钱，没有带走她任何东西，就算是那辆车也被留下了。为了以后，你需要尽量干净地离开。就这样吧，这是我能接受的。我现在去刮胡子换件衣服。"

"你这样做是为什么，马洛？"

"你现在可以喝点酒。"

我离开了厨房，让他一个人在早餐区的角落里坐着。他没有把帽子和外套脱下来，但是已经比早上的时候多了些生气。

我来到卫生间，洗脸刮胡子，又换了件衣服，打好领带。他已经出来了，站在门口等我，"我把杯子都洗好了，以防后患，"他说，"我刚才就在想，也许你应该打个报警电话。"

"你要是想打可以自己去打，我没有必要打。"

"你想让我报警？"

我很快转过身来，恶狠狠地盯着他。"上帝，"我几乎怒吼了起来，"我真的希望你不要再给我添乱了。"

"我错了。"

"你当然错了。你这样的人一直在犯错，道歉，但是总是没有什么作用。"

他把身子转过去，走回了客厅。

我把卧室门锁好后也来到了客厅，这时，他已经在椅子上面睡着了，脑袋偏向一旁，脸上没有一点血色，看上去已经精疲力竭了。真是让人可怜。我把他拍醒，他慢慢缓过来，好像我们之间隔着一段不近不远的距离。

等到他回过神来的时候，我说："你打算怎么处理那个箱子？就是那个放在我壁橱最上面的白猪皮箱子。"

"里面没有东西，"他好像一点也不感兴趣，"而且，那个箱子太惹眼了。"

"你要是身上一件行李都没有才扎眼呢。"

我回到卧室，踩着壁橱里面的梯子，把那个笨重的家伙拖了出来。天花板上有一个活门，正好在我头顶上方，我把活门打开，伸进手去，把他的皮质钥匙夹丢到里面。

我拖着手提箱从梯子上爬了下来，擦去上面的灰尘，在里面放了些东西，一套新的睡衣、牙具、刮胡用具，还有毛巾和手巾。这些东西都是没有用过的，没有任何人的标记，虽然不如他自己的东西高档，但是不容易引起人的注意。我还特意在箱子边上放了一瓶未开封的威士忌。我把箱子锁好，钥匙插在了锁孔上面，拎着箱子出去了。他又在睡觉。我没有把他叫醒，把箱子拿了出去，放进了车里。我把车从车库开出来后，回到客厅叫醒了他。关好门窗后，我们出发了。

一路上我开得很快，但没有快到引起警察的注意。路上我们没有什么交流，也没有停下来吃东西，因为时间有点紧张。

边境上的人没有为难我们，蒂华纳机场在一片比较大的台地上面。我把车停在了办公楼的附近，特里下车后就去买票了，我在车里等他回来。DC-3已经开始准备启动了，螺旋桨开始缓缓转动。一个身穿制服的英俊飞行员正在跟旁边的四个人说话,其中一个身上带着枪套,大概六英尺四英寸高,他的旁边有一个身穿宽松裤子的女孩儿和一个身材矮小的中年人。这个矮个男人旁边站着一个灰白头发的高个女人,反衬得这个男人更加矮小。其他的地方还有几个看着像墨西哥人的家伙,那些人应该是这趟飞机的乘客。扶梯已经在舱口的位置架好了,但是大家并不着急登机。一名墨西哥的服务人员从飞机上下来等候。那几个墨西哥人已经上了飞机,但是,飞行员还在跟那几个美国人说话。

这个时候,一辆帕卡德大轿车在我旁边停了下来。我把头探出去看了看那辆车的牌照,我想我喜欢多管闲事这个毛病什么时候能改掉呢。我把脑袋从车窗伸出去的时候,正好看到那个高个子的女人向我这边看过来。

这个时候,特里正匆忙地从满是尘土的碎石路过来。

"办好了,"他说,"我很快就能离开了。"

他把手伸出来,跟我握了握手。他现在的气色很好,虽然看起来已经很疲惫了。

我把皮箱从车里面拎出来,放在碎石路上。他看见那个东西的时候有点生气。

"我跟你说过,我不想带着它。"他说话有些不客气。

"里面放着一瓶威士忌,特里,我还放了一些生活用品在里面,都不太值钱。你要是觉得没必要带着,可以把它寄存在机场或者扔掉。"

"我这样是有原因的。"他很肯定地说。

"我这样做也有我的原因。"

他的表情突然缓和了下来,转成了微笑,他从我的手上接过手提箱,用另外一只手使劲地捏了捏我的手臂。"好了,兄弟,听你的话。记得,万一要是有什么情况变化,你就按照你的想法办吧,你并不亏欠我什么。我们一起喝过好几次酒,有过交情,但是关于我的事情说得太多了。我在咖啡罐里面留下了五百元钱,请你千万不要生气。"

"希望你不要留下。"

"我的钱足够花。"

"希望你一路平安,特里。"

两个美国人一起沿着扶梯进了机舱。一个黑宽脸的胖子从办公楼里面走了出来,挥了挥手又指了指机舱。

"上飞机吧,"我说,"我知道你没有杀人,这也是我会出现在这里的原因。"

他没有继续走,身体微微颤抖了一下,慢慢地把身子转过来,回头看向我。

"对不起,"他说得很平静,"你想的不对,我现在故意走得很慢,你有时间能够把我拦下来。"

他缓慢地挪动脚步,而我一动不动地看着他。办公楼里面的那个人在那里等着,并没有流露出什么不耐烦,墨西哥人都是很有耐心的。他伸手接过猪皮箱子,拍了拍上面的尘土,把特里领进了机舱。过了一会,特里经过海关,从另外一个门出来了。他走路的速度还是很慢,走过碎石路,一直向登机扶梯走过去。他突然停了下来,回头看向我。他没有任何动作,也没有挥手告别,我也没有回应。过了一会儿,他便回头走进了机舱,紧接着扶梯就被撤走了。

我回到了车里,发动引擎,掉头从停车场开了出去。这个时候,我看到那个高个子的女人和矮个子的男人还留在停机坪上。女人把手中的手帕在空中扬了扬,飞机已经开始移动了,慢慢地滑向机场的边缘,带起阵阵的尘土。飞机在机场的边缘划出了个弧形,马达的声音在空中回荡,飞机慢慢开始加速。

飞机已经完全离开了地面，空气中全是尘土。我看着它在满是尘土的空中渐渐消失。

过了一会儿，我就离开了，边境那边的人没有注意到我，好像我就跟他们面前的机器似的，没什么区别。

第六章　命案

从机场回来的路感觉又乏味又漫长，这条路是加州境内少有的几条没什么景色的路。蒂华纳也没什么特色，那里的人只会要钱。小孩儿向你的车靠近只有一个目的，就是瞪着他那双可怜巴巴的眼睛跟你说，"赏我点吧，先生。"再往后，他就会把他的兄弟姐妹都领过来围着你。蒂华纳不属于墨西哥。边境城市就是边境城市，除此之外，它没有什么值得人们记住的地方，就好像海滨城市只能被冠以海滨城市之名一样。圣地亚哥怎么称呼呢？那是世界上最美丽的海港之一，城市里面什么都没有，只有海军和几条渔船。晚上的时候，那个地方恍如仙境。涛声阵阵，就像是老妇人的低吟。但是，我没有心思停留，我要赶紧赶回家，看看有没有什么东西少了。

开向北面的路很无聊，就好像在哼唱船夫号子。穿过一个城镇，下了一道山坡，在海边公路上走一段路，再穿过一个小镇，下一道山坡，沿海走一段。

大概两点的时候，我回到了家里，他们在一辆深色的轿车里面等我。车上看不到任何警察的标志，没有警灯，只能看到两根天线。这天线并不是警车特有的，他们从车里面钻出来，开始对我大吼大叫，这个时候，我已经上了台阶。那是两个穿着很平常的人，动作有些懒散和冷漠，就好像这个世界上的一切都要围着他们转，听从他们的指挥。

"你是马洛？我们有话问你。"

其中一人把证件展示给我看。我其实根本就没来得及看清，甚至恍惚地觉得他有可能是防治虫害中心派来的。他的头发是那种有些发暗的金色，显出一脸不容易接近的表情。他的同伴是一个个子比较高的家伙，长得很干净俊俏，但是透出一副奸诈的样子。他们的眼神中包含着窥视和等待，虽然有耐心，但是充满鄙视和冷漠，这种眼神是警察的特权。他们的眼睛是在警校上学的时候就已经锻炼出来的。

"格林警官，是凶案组的。这位是戴顿警官。"

我走到门口，把门打开。警察是不会给你握手机会的，这种动作对他们来说太过亲密。

他们进到客厅里面坐下，我把窗户打开，微风吹进来感觉很舒适。格林开始说话了。

"那个叫特里·伦诺克斯的家伙你认识吧？"

"我们有的时候会一起喝点酒，他在恩西诺住，好像跟一个有钱人结婚了。我没有去过他家里。"

"有时候，"他重复，"什么频率？"

"这是一种模糊的表述方式，没有确切的时间，有的时候是一个星期，有的时候是一两个月。"

"你见过他妻子吗？"

"有过一面之缘，那还是他们结婚以前的事情。"

我把茶几上的烟斗拿起来，在里面填满烟丝。格林靠近我，高个子的男人离我稍微远一点，手中拿着一支圆珠笔和一个红色的便签本。

"现在我应该可以问一下发生了什么了？你们一直在提问。"

"所以，你就只回答我们的问题？"

我把烟斗点燃，烟丝有点潮湿，我用了三根火柴才把它点燃。

"我有的是时间，"格林说，"但是我已经等了你很长时间了，所以，请你抓紧时间，先生。我们知道你的身份，所以，你应该也清楚我们来这里不是寻开心的。"

"你让我回忆一下。"我说，"我们经常去维克托酒吧喝酒，很少去那种烟花柳巷的地方。"

"你不要说些没用的。"

"有谁死了吗？"我问。

戴顿警察终于开口说话了，他的表情中透露出一副"别想蒙我"的感觉。他的声音沉稳有力，很有威慑力。"请你直接回答问题，马洛先生，我们现在做的是常规的调查，你不需要问我们什么问题。"

也许是因为我太过疲惫或者比较敏感多疑，也有可能是因为我本身心虚。这种人我根本不想认识，就算是隔着餐厅远远看见，我都讨厌到恨不能把他的门牙打掉。

"好了，伙计，"我说，"你这些话对少年犯们说还行，恐怕他们都会觉得可笑。"

格林笑了起来，戴顿的表情没有看出什么变化。但是，突然间，他好像变老了十几岁，他的鼻翼中传出呼呼的喘气声。

"戴顿是有资格证的律师，"格林强调，"你不要想着能蒙混过去。"

我缓缓地站起来，走到书柜上，拿下了一本加州刑事法典递给戴顿。

"你介意我把需要的段落给你找出来，证明一下我一定要回答问题？"

他没有动，我觉得他心里肯定想揍我一顿，我们都心照不宣。但是他现在不能这样做，他要找合适的时机，因为他不确定格林会不会帮他隐瞒这种违反规章制度的事情。

他说："每一个合格的公民都有义务配合警察的工作。不论是哪一方面的配合，甚至包括实际行动，特别是回答有关犯罪行为的相关问题，只要警察觉得这些问题是有必要的。"他的口气说明这些是不容置疑、显而易见的事情。

"那样的结果，"我说，"很大一部分是通过直接或间接的威胁手段达成的，在法律上没有这种规定，公民在任何情况下都有权利什么都不跟警察说。"

"不要说了，"格林很不耐烦地打断我的话，"你想逃避，你心里非常清楚，请坐下。伦诺克斯的老婆死在他们位于恩西诺的客宅中，伦诺克斯却消失不见了，我们怎么都找不到他，我们现在正在想办法搜寻犯罪嫌疑人的线索，这样的回答你满意吗？"

我把手中的法典扔在椅子上，回到沙发坐在格林的对面。"你们为什么会想到找我？"我问他，"我没有去过那个地方，我跟你说过了。"

格林的手拍着大腿，一会儿抬起来一会儿落下去。他的脸上露出酸涩的神情。戴顿在一边的椅子上面一动不动地坐着，那种眼神像要把我吃掉。

"那是因为在之前的一天内，他房间的笔记本上留有你的电话号码。"他说。"那个本子上是有日期的，昨天的那一页已经被人撕掉了。但是能从透过来的笔迹中看到内容。我们不知道他什么时候给你打的电话，也不知道他现在在哪里，什么时候离开的那里，因为什么离开，我们当然有必要调查清楚。"

"为什么在客宅呢？"我问他，并没有期望他能回答，但是他却说了。

他的脸有点红。"看样子，她应该总在那里，晚上去，穿过树林去见客人。下人们能够看到那里有灯光，汽车来来回回的好多辆，有的时候很晚还有人。这么多还不能说明问题吗？你不要再自我欺骗了。伦诺克斯就是我们要的犯罪嫌疑人。凌晨一点的时候他去过那里，管家刚巧看到，大概二十分钟以后，他一个人回去了。之后就一切平静。那里的灯一直亮着，到早上的时候伦诺克斯就找不到了。管家去客宅查看，看到那个女人赤身裸体地躺在床上，就跟一条美人鱼一样。我跟你说，她的脸已经认不出来了。事实上，她的脸已经被一尊青铜猴子给砸得面目全非了。"

"特里·伦诺克斯不是会干这种事情的人，"我说，"她虽然让他戴了绿帽子，但是这也是习以为常的事情。她经常这样，他们离过婚，这次是复婚。我想他应该不会因为这件事不高兴的，他为什么会现在才爆发呢？"

"谁也不知道为什么，"格林尽量保持耐心地说，"这种事情是常有的，男人和女人都是一样的。那个家伙忍了这么久，最后终于忍不下去了。恐怕他自己都不知道是怎么回事，为什么在那个时候爆发。总之，结果就是他爆发了，有人死了。所以，我们就有了任务。我们问你一个比较简单的问题吧，我希望你能直接回答，不要把我们绕进去。"

"他肯定不会直接告诉你的，警官，"戴顿刻薄地说，"他以前看过那本法律书，就像是那些对法律一知半解的人一样，认为法律就是书里面讲的那些。"

"你只负责记录就可以了，"格林说，"不要浪费脑细胞了，要是你真的有本事，我们就能让你去警察局的吸烟室里面唱《慈母颂》。"

"怎么能这样说呢，警官。要不是因为怕冒犯您的官衔，我的话可能会更难听。"

"你们要不要打一架？"我跟格林说，"他要是被打倒了，我会考虑扶他一把。"

戴顿把笔记本和圆珠笔小心翼翼地放在旁边，站起来，两只眼睛透出愤怒的目光，向我走过来。

"站起来，聪明的家伙，不要以为我是受过高等教育的人就能忍受你这种笨家伙随意说话。"

我站起身子，还没有站稳他就给了我一拳，紧接着亮出一个标准的左勾拳，但是没打到我。这时候铃声响了起来，我重重地坐在地上，摇晃了下脑袋。戴顿还站在那里，脸上透出微笑。

"要不要再试一次，"他说，"刚才算是你没准备好，不公平。"

我看着格林，他正在端详自己的大拇指，好像在看有没有多长出肉刺。我没有动，也没说话，等着他的反应。要是我再起身，肯定会被戴顿打倒。但是，不论我怎么做，戴顿都会再打我的。但是我要是站起来，他会揍我，我也会还手。从刚才那几拳来看，他应该是学过拳击的。他出手很准确，但是，想打倒我也绝非易事。

格林的注意力好像没有在我们这里，漫不经心地说："干得漂亮，伙计。你自己把自己送上门，他真是求之不得。"

他抬头看看，很缓慢地说："为了保证档案的完整性，我再问一次，马洛，你最后一次跟特里·伦诺克斯见面是在哪里，都聊了什么，怎么见面的，还有，你刚才去哪里了，你想不想回答？"

戴顿看起来很放松，他站得很稳，眼神中透出一阵舒心。

"还有，那个人怎么样了？"我问他，没有回答他的问题。

"什么人？"

"在客宅里面寻欢作乐，一丝不挂，你不会想告诉我她只是想去玩一个人的纸牌游戏吧。"

"这件事以后再说，我们现在需要找到她的丈夫。"

"这是肯定的，要是能找到替罪羊，就很容易结案了。"

"你要是不说的话，我们就把你抓进警察局，马洛。"

"以证人的身份吗？"

"证人个屁，当然是作为嫌疑人，你有从犯嫌疑，帮助犯罪嫌疑人潜逃。我想你一定是把那个家伙藏到什么地方了，现在我们只是通过猜测就够了。最近上司很不好打发，他对法律非常精通，但是经常注意力不集中。就算你运气不好，不论怎么样我们都要从你这里得到点有用的信息，越是难以得到的，就越能激发我们的斗志。"

"跟他说这些都是没用的，"戴顿说，"他对法律很精通。"

"对于每一个人来说都是没用的，"格林平静地说，"但是，还是有点作用的，马洛，我盯上你了。"

"好吧，"我说，"那你就盯上我吧。特里·伦诺克斯是我的朋友。我对他是有一定的感情的。不可能仅仅因为警察的几句话我就让他背负罪责。你因为案件想要调查他，要调查的东西远远超过我从你那里得到的信息。动机、机会，还有他逃跑的事实。动机是以前的事情了，一点都不新奇，就跟交易的一部分没有区别，虽然，我很看不起这种交易，但是，毫无疑问，他就是这样的人，谦卑有理，但是很懦弱。要是他知道她已经死了，就很自然地会想到自己会被怀疑，其他的就没什么意义了。要是我被法院传讯，我一定要回答问题的时候，我会说的。但是，现在我没有必要回答你们的问题。格林，我能看出来你是个不错的人，也能看出来你的跟班就是个只会亮警察证吓唬人的家伙。要是你真的想给我带来麻烦，那就让他继续打我，我肯定会还手的。"

格林站了起来，有些遗憾地看着我。戴顿没有动，他是那种绝对的硬汉，喜欢一击即中，他需要花时间去按摩一下背部了。

"我能用你的电话吗？"格林说，"但是我很想知道你的回答，你这个没出息的家伙，马洛。让开路。"最后这一句话是跟戴顿说的。戴顿回到了之前自己坐的地方，把笔和本子拿了起来。

格林来到电话旁边，把听筒慢慢拿起来。因为长时间干这种出力不讨好的工作，他的脸上布满了皱纹。这就是跟警察打交道的讨厌之处，你从心里面讨厌这个行业的人，但是却意外碰到一个有人情味的家伙。

警察说把我带进去，没有一点客气。

他们把我铐了起来，没有翻我的房间，看样子是他们忽略了，也有可能他们觉得我是个经验丰富的人，不可能会在房间里面留下什么线索。但是，这是他们致命的失误。要是搜查的话，他们就能够找到特里留下的车钥匙，一旦他们发现汽车，那么接下来他们就能轻易地知道我们在一起。

结果证明这些猜想是没用的。警察没有找到车，那天晚上，车莫名其妙地失踪了，有可能被人开到了埃尔帕森，换了一把新的钥匙，伪造了证明文件，在墨西哥市场上出售，这是传统的做法。把钱换成毒品以后再换成钱，在那些流氓和恶棍眼中就是最和谐的一种方式。

第七章　格里戈里厄斯警监

那个时候负责凶案组调查的人还是一个叫作格里戈里厄斯的警监，是那种少有的濒临绝种的一类警察类型，在办案的时候会使用强光、疲劳战术、踢打、用膝盖顶腹股沟、用拳头打太阳穴、用警棍敲打尾椎等手段来获取供词。六个月以后，他因为在大陪审团面前提供伪证被起诉，没有接受审讯就被辞退了。后来，他在怀俄明州自己家的马场里惨死在马蹄下。

现在我只是躺在他砧板上面的一块肉。他把外套脱了下来，搭在了办公桌的后面，袖子挽了起来，快到了肩头的位置。他的脑袋秃得非常厉害，就像绝大多数的中年男人一样，腰上突出来一大块肥肉，眼睛透着鱼肚的白色，大鼻子上面的毛细血管破裂成纵横交叉的网格。他正在喝咖啡，嘴里发出很刺耳的声响。他的手很粗糙，手背上覆盖着浓密的汗毛，耳朵里面支楞出一撮灰色的毛发。他在把玩着桌子上面的一个小东西，顺便抬眼看了一下格林。

格林说："他什么都不肯说，我们没得到什么，头儿，我们去调查他只是因为一个电话号码。他把车开出去了，但是没有说去了哪里。他跟伦诺克斯很熟悉，但是并不肯告诉我们最后是什么时候见到他的。"

"自己觉得是个硬骨头。"格里戈里厄斯面无表情地说，"我有的是办法让他发生变化。"好像对这件事不太在意。他也许是真的不在意。在他面前，没有什么人是硬骨头。"关键问题是当地的检察官在这个案子里面闻到了别的味道。这也不能怪他，也不看看这个女的有一个什么样的父亲，我觉得我们有必要帮这家伙掏掏鼻屎了。"

他看着我，就好像我只是一把空闲的椅子或者是一个烟屁股，仅仅是在他的视线里面存在，不用去考虑太多。

戴顿很恭敬地说："很明显，他这样做的目的就是不想开口说话。他甚至还跟我们提到了法律，故意刺激我。我一时没忍住，警监。"

格里戈里厄斯冷冷地看了他一眼，说："这么个废物都能把你激怒，你也太容易发火了，是谁把手铐打开的？"

格林承认了。"铐上去，"格里戈里厄斯说，"铐得紧一点，让他清醒清醒。"

格林重新帮我把手铐铐了上来，更准确一点的描述是，正准备铐上的时候，"铐到背后去。"格里戈里厄斯吼了一声。格林把我的双手从背后铐住。我在一把硬邦邦的椅子上面坐着。

"铐得紧点。"格里戈里厄斯说，"要让他能感觉到疼痛。"

格林把手铐加紧了，我的手已经开始麻木了。

格里戈里厄斯的眼神终于到了我的身上，"现在你可以说你想说的了，赶紧说。"

我什么都没说。他向后面挪了两步，嘴巴开始慢慢张开。他伸出手拿起了咖啡杯，身体向前面倾斜了一下。那个杯子飞快地冲我砸了过来，我闪了一下，杯子从我旁边飞过去，我因为重心不稳倒在了地上。我翻身慢慢地站起来，手已经没有知觉了，手铐上面的手臂已经觉得很疼了。

格林帮着我坐回了椅子上面。咖啡把椅子背部和座位都弄脏了，但是绝大部分都洒在了地上。

"他对咖啡有点厌恶，"格里戈里厄斯说，"身手还挺灵活，动作挺快。"

谁也没有说话，格里戈里厄斯用他那双死鱼眼上下地打量着我。

"就在这里，先生，你的私家侦探执照没有比电话卡发挥更多的作用。现在你可以选择说点什么，我们一会儿会把它记录下来，要尽量多说一些。打个比方，跟我说说你从昨天晚上十点以后都干了什么。我说的是全部的行踪。我们现在正在调查一个重大的谋杀案件，现在最主要的犯罪嫌疑人消失了，你是和他脱不了关系的。那个家伙发现他的老婆和别人的奸情，就把她的脑袋打烂，头发浸泡在血水中，还是用一个青铜雕像当凶器，虽然这个东西不是真品，但是杀起人来还是挺顺手的。你觉得随随便便一个私人侦探都能在我这里引经据典地说一堆吗？先生，接下来有的是你要吃的苦头。这个国家里面没有哪一个警察局单纯地只是靠法律来办案的。你要是有我正好需要的情报就要说。你也可以说没有，但是，我能选择不相信。可是，你连一句'没有'都不肯说,我的朋友,要知道,你不应该对我保持沉默的,不值得这样做,现在可以说了。"

"警监,可不可以先把手铐打开?"我问,"我想的是,需要我说一些有用的话?"

"是的,尽量简短地说。"

"要是我跟你说在距离现在的二十四个小时以内,我都没有见到过伦诺克斯,也没有跟他通过话,更不知道他现在可能会在哪里,这个答案你是不是满意呢,警监先生?"

"也可以,要是我能相信的话。"

"要是我跟你说我在什么地方见到过他,什么时候看见过他,但是不知道他杀过人,犯过罪,更不知道他现在可能会去哪。这样你绝对不会满意,是吗?"

"要是有什么详细的情况,我可能会感兴趣。比方说在哪个地方,什么时间,他的状态什么样,你们都说了什么,分开后他去了哪里,因为这中间可能会有很多重要的线索透露出来。"

"照你的做法,"我说,"我可能会逐渐变成一个从犯。"

他下巴上面的肉突了出来,眼睛更加灰暗了。"所以呢?"

"我也不知道,"我说,"我想要法律咨询,我很希望能跟你们进行合作,我们能不能邀请地方的检察院派一个人过来呢?"

他的笑声沙哑而且短促,但是很快便停止了。他缓缓地站起身,从办公桌边上绕过来,慢慢地靠向我。他一只大手支撑着桌子,脸上浮出一丝微笑。过了一会儿,他脸上的微笑还没有淡去,直冲我的脖子就打过来一拳,那记拳头结实得像个铁块似的打了过来。

那一拳大概在距离我十到八英寸的地方发力,我感觉我的脑袋都要被他打扁了,嘴里面泛出胆汁的苦味,我能够尝到混合着胆汁味道的血,耳边除了脑袋的轰鸣声,我什么都听不到了。他靠近我,脸上仍然挂着微笑,左手支撑在桌面上,他的声音感觉离我好远。

"我以前可是更厉害的,现在岁数大了。你被我打了结结实实的一拳,先生。但是,这只是一次而已,要知道我们这里有的年轻小伙子都能去屠宰场上班了。我确实不应该雇佣他们,他们出手的感觉跟我们那个粉拳手戴顿差别大着呢!他们也没有家庭或者孩子的拖累,他们很乐于寻找各种值得消遣的事情。他们想要各种各样的人,况且干活的人并不太容易找到。你要是有什么有意思的想法,现在可以说出来了吗?"

"要是不把手铐打开,我绝对不说,警监。"现在说这几个字我都觉得很痛苦。

他又靠近了一些,我能够闻到他身上的汗酸味还有口臭。紧接着他把身体挺直了,绕回了办公桌后面,硕大的屁股塞进了椅子里面。他手里举着一把巨大的三角尺,大拇指沿着边缘摩擦,仿佛这不是一把尺子,而是一把利刃。他看了一眼格林。

"等什么呢,警官?"

"命令,"格林的嗓子里面蹦出了这样两个字,好像他很不愿意听到自己的声音。

"你在等我下命令?你的经验可是很丰富的,档案上面是这么描述的。我想要的是这个犯人在最近的二十四个小时以内的详细活动记录,很可能需要更长一段时间的,但是,目前先说这么多吧,我想要知道他每一分钟都干了什么。在这份供词上面要能够看到签名,找到能够证明的人,而且是经过核实的。在两个小时以内得到这些,然后,等他再回到这里的时候就要保持干净整洁,浑身看不到任何伤痕。另外,还有一件事,警官。"

他停顿了一下,回头瞥了格林一眼,那一个眼神能够把刚出炉的马铃薯迅速冻成冰块。

"以后在我询问犯人的时候,要是出现什么粗鲁的行为,我不希望你在旁边盯着我,好像我把他的耳朵给拧下来一样。"

"没错，长官，"格林向我转过头。"我们可以走了。"他说话的声音很粗。

格里戈里厄斯冲我笑，他笑得很诡异。他的牙齿看起来很不干净，是非常不干净的那种。"我们要不要做一个告别，朋友。"

"好，长官。"我很礼貌地回答，"也许你并不是存心想这样做的，但是你却帮了我很大的忙，戴顿警官也做出了贡献，你们帮我解决了一个我一直以来非常困扰的问题。没有谁愿意当出卖朋友的坏人，可是，对我而言，就算是敌人也是不能出卖的。你不仅仅是个残暴的人，而且你没什么本事。你就连怎么开展一次最简单的调查都不知道。我刚才其实就是站在刀尖上，你完全可以让我倾向于任何一方。但是，你却选择了用残暴的方式对待我，你把咖啡泼到我的脸上，在这种情形下，我只能任由你暴打，没有一点还手的余地，你用拳头狠命地打我。从现在开始，就算是你问我现在几点钟，我也不会回答你的问题的。"

不知道是因为什么原因，他在那里一动不动地坐着，任由我发泄不满。然后，他咧开嘴说："你只是一个对警察存在厌恶感的小角色，朋友，你就是那么一个人，探子，你只是个对警察不满的小人物而已。"

"并不是所有的警察都那么招人讨厌，警监，但是，在有些地方你不适合当警察。"

我没有把这句话说完。我想他还能够忍受，他应该已经无数次地听到过比这更过分的话。这个时候，他办公桌上面的电话响了起来。他看了一眼电话，作了个手势。戴顿很灵活地从桌子边上绕了过去，把听筒拿了起来。

"这里是格里戈里厄斯警监的办公室，我是戴顿警官。"

他听着电话那端的声音。两条眉毛越皱越近。他很小声地回了声："请等一下，长官。"

他把话筒递给了格里戈里厄斯，"长官，奥尔布莱特局长的电话。"

格里戈里厄斯的眉毛瞬间聚在了一起。"是吗？那个家伙想说什么？"他接过了话筒，停顿了一下，缓和了一下情绪，"我是格里戈里厄斯，局长。"

"没错，他在我这里，就在我的办公室，局长。我向他询问了几个问题，不配合，一点也不配合⋯⋯怎么又是这样？"他的表情越来越僵硬，整个脸扭曲成一团，脸色很阴暗，血涌上了头顶。但是，他的声音努力保持平静。"如果这是命令的话，应该由探长向我传达，局长⋯⋯当然了，我也会按照您说的去做，一直到有直接的证据出现。当然⋯⋯真是见鬼了，没有人敢动他一根毫毛⋯⋯是的，局长，我马上按照您说的去做。"

他把电话放了回去。我感觉他的手在颤抖。他抬起眼睛，目光停留在我的身上，慢慢地转向格林。"把他的手铐打开吧。"他的声音听不出任何情感。

格林把我的手铐打开。我揉了揉已经麻木的手臂，等待着血液慢慢地流通后带来的刺痛感。

"送他去县里的拘留所吧。"格里戈里厄斯缓缓地说，"凶案的犯罪嫌疑人。地区的检察官把这个案子从我们手里抢走了。我们国家居然有这么完美的制度。"

没人按照他说的行动，格林就站在离我不远的地方，呼吸的声音有些刺耳。格里戈里厄斯抬起头看了戴顿一眼。

"还在等什么，奶油小生，你是想吃冰激凌了吗？"

戴顿好像有点吓傻了。"您没有命令我啊，头儿。"

"你要叫我长官，混账东西！我是警官的头儿，不是你的，小家伙。我不是你的头儿，滚出去！"

"是，长官。"戴顿以最快的速度跑了出去。格里戈里厄斯来到窗户跟前，看着外面。

"来吧，我们走。"格林小声跟我说。

"趁着我还没有把他的脸打得变形，赶紧给我带走。"格里戈里厄斯对着窗户怒吼。

格林走到门口的时候，把门打开。就在我刚要迈步出去的时候，格里戈里厄斯突然吼了一声："等一下，把门关上！"

格林关上了门，靠在了门后面。

"你，过来。"格里戈里厄斯冲我怒吼道。

我没有动弹，就在那里死死地盯着他，格林也没有任何动作，这阵僵持的时间好像很漫长。然后，格里戈里厄斯慢慢地穿过了房间，来到我的面前，面对面地看着我，他像钢铁一样的大手伸进了口袋里面，脚尖翘起来左右摇晃。

"没有碰他一根毫毛。"他的声音压得很低，就像说给自己听的。他的眼神里面透出一阵寒气，脸上看不出表情，嘴巴因为情感的压抑而显得有些扭曲。

然后，他向我吐了一口唾沫。

他退后了一步。"就这样吧，谢谢你的配合。"

随后，他便转身回到窗前，格林拉开了门。

我一边走，一边从口袋里面把手帕掏了出来。

第八章　牢房

重罪区三号牢房有两张床，跟卧铺车上的那种床是一样的。这个区域没有太多的人住，有很多空闲的床位，我这间囚房里面就只住了我一人。在重罪区，他们对犯人还算是不错的。你会得到两条毛毯，不算太干净，也不能说太脏。钢丝床上面会放着一个大概两英寸厚的床垫。房间里面有一个抽水马桶，一个洗脸盆，还有纸巾，在洗脸盆上面放着一块干涩的灰色肥皂。囚房里面还是很干净，消毒水的味道几不可闻。这里的卫生是由模范犯人定期打扫的，模范犯人总是会有很多。

狱官们会先把你全身上下仔细打量一遍，他们的眼神是很厉害的。如果你不是酒鬼、精神病，或者你的行动看起来不像酒鬼也不像精神病，是能够给你留下点香烟或者火柴一类的东西的。在开庭审判前，你能穿着自己的衣服。开庭审判后就要换成囚服，囚服里没有领带，没有皮带，更没有鞋带。你除了坐在床铺上面空等，什么也干不了。

醉汉的牢区就没有这么好的待遇了。他们没有床铺可以睡，也没有椅子能坐，也没有毛毯能取暖，什么都没有，只能在水泥地面上勉强睡觉。要是喝醉了，就只能坐在马桶上面，对着自己的大腿疯狂呕吐，场面看起来十分悲惨，我可是目睹过的。

虽然是在白天，天花板上还是亮着灯。囚房区的铁门里面有用铁栏杆围起来的窥视孔。电灯的开关被特意安在了铁门的外面，九点准时关灯。没有人走到铁门里面或者打个招呼。你很有可能这个时候正在看报纸或者杂志，一句话看了一半，没有任何征兆或者声音出现，突然陷入漆黑，一直到第二天的阳光照进来。你没有任何事情能做，能睡着就去睡觉，想抽烟可以抽烟，也可以冥想，只要这样，你就觉得比什么都不想更舒服。

拘留所里面的人没有什么人格可言，他只是一个等待解决的问题或者报告上面出现的几行字。谁也不在乎这个世界上有谁是在乎他或者讨厌他，也没有人在意他的长相或者他以前干过什么，除非他在里面不老实，要不然没有人会注意到他，也没人平白无故地打他。他能做的就是每天安安静静地待在自己的牢房里面，没有什么可以争论的，也没有什么可以叹息的。狱卒一般不会多说什么，不会平白出现敌意，也不会是虐待狂。你看过的那些在铁栏杆后面尖叫，用勺子击打铁栏杆的，然后看守拿着棍子冲进来的场景只会在监狱里面看到。一所好的拘留所是这个世界上最安静的地方之一。你能够在夜间闯过一个普通的囚房区，通过铁栏杆可以看到一团团蜷缩的毛毯，或者是脑袋，也许是迷茫无助的眼睛。你也许能听到喊声，要是待的时间长的话，你也能听到有人做噩梦的声音。拘留所里面的人生都是无法预知的，没有任何目的，也没什么意义。在另一间囚房里面，也许你能看到辗转反侧的人，也能看到根本不想睡的人，他在床边坐着，什么都不做。他能看到你或者看不到你。你这样看着他，他默然地回应你，你回应他的同样是默然，你们彼此没有什么可以交流的。

在囚房的另一个角落有可能有一扇通往展示间的门。那里有一面墙，上面布满钢丝网，被刷成了黑色。后墙上面有用来量身高的标尺。头顶上面有泛光灯。你按照规定在夜班队长下班前一早去了那里，背靠着标尺站立，泛光灯照着你，铁丝网后面看不到任何光亮。但是，这里来过很多人，有警察、侦探，遭到抢劫、袭击、诈骗或者被踢出车，被骗得倾家荡产的人。你不能看到他们，你只能听到夜班队长说话的声音，你要清楚响亮地回答他的问题。他在评判你的能力，就好像你是一只用来表演杂耍的宠物。

他很劳累，对社会存在厌恶感，而且十分称职。他就像是一直在主导一场演出，那场演出是常年不衰的，但是已经不能让他产生什么兴趣了。

"好吧，你。现在你赶紧站直了吧。肚子收回去，把下巴缩回去。肩膀向后面靠，头尽量放平。眼睛看着前方的位置。向左边，向右边，再向前面看看。把手伸出来，手掌心向上，向下。把袖子卷起来，好，没有什么明显的伤疤。头发是深褐色的，有几根白头发。眼睛深褐色，身高大概六英尺半英寸，体重是一百九十磅，名叫菲利普·马洛，工作是私人侦探。好了，就这么多了。看到你真的很高兴，马洛先生。好了，现在换下一个。"

谢谢你，队长。谢谢你把宝贵的时间花费在我的身上，你忘了让我把嘴巴张开了，我的嘴里面镶着几颗很漂亮的假牙，其中一颗还是特别高级的烤瓷牙冠。这可是八十七块钱一颗的瓷牙冠。你还没有看看我的鼻孔，队长，那里面可是有很多疤痕的。我以前做过隔膜的手术，给我做手术的那个家伙简直就是个屠夫啊，太残忍了，花费了整整两个小时的时间。要知道，这个手术别人只需要二十分钟就能做完。我的鼻子是打橄榄球的时候弄伤的，队长。有一次我没有计算好，想去顶球，结果脑袋撞到了一只脚上面了，那只脚已经把球踢出了好远。十五码的罚球。这个长度大概跟手术后的第二天他们从我的鼻子里面抽出来的带血绷带长度差不多。这是一点都不夸张的，我只是想告诉您，队长，越是这种小的事情越充满趣味性。

到了第三天早上的时候，有一个狱官把我的囚房门打开了。

"你的律师过来了。把香烟灭掉吧，不要弄脏了地面。"

我把剩下的香烟扔进了马桶里面冲走了。狱官带着我进到了会议室里面，一个发色比较深的面无血色的高个子男人在那里站着，看着窗户外面。桌子上面放着一个鼓鼓囊囊的公文包。他回过身子，等到门关上以后，他在一张橡木桌子的另外一端——靠近那个公文包的位置坐了下来。那个桌子上面有很多破损的痕迹，好像是从方舟上面运下来的，是诺亚淘汰的二手货。律师把烟盒打开放在面前，然后用眼睛扫视了我全身。

"坐下吧，马洛先生，想要抽烟吗？我叫恩迪科特，全名休厄尔·恩迪科特。我接到委托来当你的律师，费用的问题不用你担心。我想你应该很希望能够尽快离开这里，是不是？"

我坐了下来，从烟盒里面拿了一根烟出来，他递给我火机帮我点好了烟。

"再次见面，真的很荣幸，恩迪科特先生。我们以前见过一次，那个时候你还担任地区的检察官。"

他点头表示认可。"不过我记不清了，那也是很有可能的事情。"他微笑着说，"那个工作并不太适合我，我觉得我没有那种雄心壮志。"

"是谁委托你来的呢？"

"抱歉，这一点我不能告诉你。要是你能接受我来担任你的律师，费用是不需要你来负担的。"

"我想，这就是说明他们已经抓到他了，对吗？"

他看着我。我吐了一口烟。这种带过滤嘴的香烟，抽上去的感觉就像是吸着被棉花过滤过的烟雾。

"你想说的是特里·伦诺克斯吗？"他说，"没错，你说的就是他。没有呢，他们还没有找到他。"

"那为什么要保持这种神秘感，恩迪科特先生？是谁让你过来的呢？"

"委托我的人不希望我把他的名字说出来，这是他特有的权利。你不想接受我的帮助？"

"我也不知道，"我说，"如果还没有抓到特里，那他们为什么要拘留我？也没有向我问过什么，甚至没有人跟我接触。"

他的眉毛皱在了一起，低头看着自己白皙而又修长的手指。"地区的检察官斯普林格要亲自来审理这个案子。可能是因为他太忙碌了，没有时间来询问你，但是，你有权利接受传讯和预审。我能够根据保护人身权利的程序把你从这里保释出去，这一点我想你应该是知道的。"

"可是，我是有记录的凶杀案件嫌疑人。"

他显得有些不耐烦了，耸了耸肩膀说："这种做法只是为了保证万无一失。你本来是应该被送到匹兹堡的，或者被控告很多罪名里面的一项。他们所想要指控的大概就是谋杀罪的从犯。是你帮助伦诺克斯离开的，对吗？"

我没有说话。我把那支抽了一半的香烟扔到了地上，然后踩灭了。恩迪科特无奈地耸了耸肩膀，眉头紧皱。

"只是为了在讨论问题的时候更加方便一点，假设你送他去了什么地方，要是想要把你当作从犯来对待，就必须要找到你作案的动机。也就是说，当时你已经知道他犯罪了，而伦诺克斯就是一个名副其实的逃犯。在什么情况下你才能获得保释的权利，当然了，其实，你也是一个很重要的证人。但是，按照我们州的法律，除非法庭下过了命令，他们是不会让重要的证人住进监狱的。法官觉得谁是那个重要的证人，谁才会是证人，但是，执法部门总是能有对策来做他们想做的事情。"

"当然了，"我说，"那个名叫戴顿的警探就曾经打过我。那个叫作格里戈里厄斯的家伙还冲我的脸上泼过咖啡，向我的脖子打了一拳，我的静脉差一点就被他打断了。你看看，现在还是肿着的。要不是警察局局长奥尔布莱特及时打电话过来，我估计我已经变成他棍棒底下的冤死鬼了，临走的时候，他还冲我吐了一口唾沫。你说的一点错都没有，恩迪科特先生，那帮执法的家伙做事情真的为所欲为。"

他一边看手上的腕表，一边很直接地问我："你想不想离开这里？"

"谢谢，我没觉得我是想出去的。要知道，在大多数人的眼里，从拘留所里面保释出来的人跟犯人也差不多。假如以后能够得到洗脱罪名的机会，那很有可能是因为他遇到了一个极其高明的律师。"

"这种想法真的很愚蠢。"他的表情很不耐烦。

"好吧，是很愚蠢，我就是个愚蠢的人。要不是因为这个，我也不会现在落到这样的下场。要是你跟伦诺克斯能够联系上，请帮我转告他我很好，不用为我担心。我在这里不是因为他，只是因为我有自己的原则。这只是一个交易，没有任何怨言。我的职业就是帮助别人解决麻烦的，各种各样不论大小的麻烦，那些他们不愿意去麻烦警察的麻烦。要是随便哪一个警察都能把我打得趴在地上，吓得我魂飞魄散，那我还能继续吃这碗饭吗？"

"我明白你的意思了，"他缓缓地说道，"请允许我纠正你的一个错误。我没有跟伦诺克斯产生什么联系。我对这个人一无所知。跟其他的律师一样，我不能够在法庭上撒谎。要是我知道伦诺克斯在哪里，我是不会跟地区检察官撒谎的。最多就是答应跟他见一次，然后在某一个地方，某一个特定的时间把他交给警方。"

"除了他我想不到还有谁会来这里帮我。"

"你不相信我说的话？"他把烟头伸到了桌子下面掐灭了。

"我印象中你好像是弗吉尼亚人，恩迪科特先生。在这个国家里面，绝大多数人对弗吉尼亚人都有一种固定的看法，就是把他们当作是南方具有侠义精神的这类人的代表。"

他笑了一下说："你真是过奖了！我希望是这样的，但是，我们现在说的话都是在浪费时间。要是你能有一点基本的常识，你就应该跟警察说，这一个星期内你都没有见过伦诺克斯。这不一定是真实的。发过誓之后你还是有机会把实话说出来的，要知道跟警察撒谎其实不算是犯罪，但是，要是拒绝回答他们的问题就是挑战他们的权威了。我觉得你应该能理解点什么？"

我一言不发，我确实没有一个明确的答案。他站起身拿起了帽子，把眼前的烟盒收好，装进了口袋里面。

"你要是一定要逞强，"他冷漠地说，"去坚持自己认为正确的事情，满口讲什么法律，这可真是一种天真的行为啊，马洛。像你这种人应该很清楚怎么跟警察周旋。法律有的时候并不是正义的代表，它只是一种不太健全的机制。要是你能幸运地选择对了那个按钮，而且能一直很顺利地走下去，那么正义有可能在结论里面得到体现。法律最终的目的不过是想要建立一种有效的机制。我认为你对我提供的帮助并不太在意，所以，我想我没必要再留在这里了，要是你想通了，可以随时跟我联系。"

"我还是会继续坚持一两天的，要是他们能够把特里抓到，对他逃走的过程可能就不会那么在意了。他们更关注的可能是怎么才能把审判弄得人尽皆知。哈伦·波特先生的爱女被杀可是各大媒体争相报道的头条新闻。像斯普林格这种哗众取宠的人正好可以借助这次机会迅速成名，成为首席检察官。甚至有可能借助这个机会登上州长的位置，那么后来就是……"我不再继续说下去，给人留下了思考的空间。

恩迪科特的脸上露出了嘲笑的表情。"我觉得你对哈伦·波特先生的了解并不深入。"他说。

"要是他们不能找到伦诺克斯，我也想不到他是怎么逃出去的，恩迪科特先生。他们只是想要尽快把这件事情做个了结，让大家忘了这件事。"

"你把这整个事情都看得很透彻，对吗，马洛先生？"

"我的时间很充裕，对于哈伦·波特先生，我只是听说他有一个亿的身家，拥有多家报纸企业，现在宣传得怎么样了？"

"宣传？"他的声音听起来像是能把人冻住。

"对啊，居然没有一个记者来对我进行采访。我多么希望自己能在媒体上出现，弄点大动静，这样我以后的生意也好做得多。要知道私人侦探宁愿自己身陷囹圄，也绝对不会做出卖别人的事情。"

他向门口走了过去，手转动门把手的时候，他回过头来说。"你真的让我觉得很可笑，马洛，你有些时候真的很天真。没错，一亿元的身家能够吸引很多人的目光，但是，我的朋友，要是能够恰当得运用，一亿元也能够让很多人闭嘴。"

他把门打开，走了出去。狱官紧随其后进来，把我带回了重罪区的三号囚房。

"要是能请到恩迪科特当你的律师，我想你应该会很快离开这里的。"他把我关进房间的时候很高兴地说道。我说："希望是这样吧。"

第九章 斯普兰克林

负责早夜班的狱官是一个大个子，他满头的金发，面带笑容，看起来很和善，肩膀上的肉很多。他已经步入了中年，看起来不需要再为任何事情表露自己的同情或者愤怒了。他希望每天能够安稳地度过八个小时的上班时间，好像没有什么事情能让他烦心。他把我的囚房门打开了。

"有人想见你，从地区检察官那里来的人，你睡不着？"

"这个时候睡觉还太早了，现在几点了？"

"十点十四分了，"他在走道上面站着，看着囚房里面。我把一条毛毯铺在身子下面，另外一条卷起来当作枕头。垃圾桶里面有几张废纸巾，洗脸盆旁边放着一小卷卫生纸。他似乎对眼前的一切比较满意，说："这里面没有什么东西是属于你的？"

"是，这里只有我。"

他没有把那间囚室的门关上。我们经过安静的过道来到了电梯，下楼到了登记台。登记台旁边站着一个西装革履的胖子，他正在登记台的旁边抽着玉米芯烟斗。他的指甲不太干净，身上散发着一股怪味。

"我是在地区检察官办公室工作的斯普兰克林，"他说话的语气比较生硬，"格伦茨先生在楼上等你，他想见你。"他很快从屁股后面的口袋里面拿出了一副手铐，"我们试试大小是否合适。"

狱官和登记员冲他笑着说："这是怎么回事，斯普兰克林？难道你怕他在电梯里面会劫持你吗？"

"我可不想给自己找麻烦。"他低声吼道，"要知道以前有个家伙就是从我的手里逃走的，把我害惨了。走吧，伙计。"

登记员让他填了一份表格，他在上面飞快地签上了自己的名字。"我并不太喜欢冒这种没必要的险。"他说，"谁知道在这种地方能碰到什么样的事情。"

这个时候，一个巡警带着一个耳朵血肉模糊的醉汉进来了。我们向电梯走了过去。"你遇到了点小麻烦，伙计，"斯普兰克林在电梯里面跟我说，"准确来说是一大堆麻烦。"他的表情看起来有点幸灾乐祸，"在这种地方的人一般少不了麻烦。"

电梯工扭过头看了我一眼，我冲他笑了笑。

"不要起什么坏心眼，小子，"斯普兰克林严厉地说，"要知道，我可是开枪杀过人的。要是想跑，就会让我变得很惨的。"

"但是，你现在不也一样好好的吗？"

他思考了一会儿。"对啊，"他说，"不论怎么样，他们都能把你搞得很惨，这个城市就是这么粗鲁，一点也不尊重人权。"

我们从电梯里走出来，进了地区检察官办公室的双扇门里。电话的总机一直没有人接听，线路是断开的，访客的座位上也没有人坐着，有几间办公室里面的灯也没有关。斯普兰克林推开了其中一间亮灯的办公室的门，里面放着一张办公桌、一个资料柜、两把硬板的椅子，里面还有一个身形看起来很笨重的家伙。他的下巴很方，眼神有些迟钝。他憋红着脸，正要把什么东西塞到办公桌下面的抽屉里。

"你难道不知道要先敲门吗？"他严厉地说。

"不好意思，格伦茨先生，"斯普兰克林有些吞吞吐吐地说，"我刚才的注意力都在犯人身上。"

他把我往办公室里面推了推。"要不要先把手铐打开，格伦茨先生？"

"我真是想不通，你为什么要铐住他。"格伦茨的声音里面带着怒气。他看着斯普兰克林把我手上的手铐打开。他手里面的钥匙太多了，那个圆盘看起来像个柚子，他已经找得晕头转向了。

"好了，你滚吧，"格伦茨说，"到外面等着，到时候再把他带回去。"

"我已经到了下班的时间了，格伦茨先生。"

"我什么时候让你下班，你才能下班。"

斯普兰克林的脸憋得通红，挪动着自己肥硕的臀部退了出去。格伦茨用恶狠狠的目光盯着他走了出去。等到门关上后，他用同样恶狠狠的眼神盯着我看，我把旁边的椅子拉过来坐下。

"我可没说你能坐下。"格伦茨严厉地说道。

我从口袋里面掏出来一根香烟点上，"我没说你能在这里抽烟！"他冲我吼了起来。

"在囚房的时候都可以抽，为什么这里不能抽呢？"

"因为这里是我的办公室，就要听我的。"这个时候，桌子对面传来一股辛辣的威士忌的味道。

"你赶紧再喝一杯吧，"我说，"喝点酒你会更加冷静。我们进来打扰到你的酒兴了。"

他重重地靠向椅背，脸憋得通红。我划了一根火柴，把香烟点燃。

过了漫长的一分钟，他慢慢地说："好了，算你小子有种，真是个好汉。你猜猜怎么回事？他们不论是以什么样的方式进来的，到最后的时候都是一种状态出去的，就是已经蔫儿了。"

"你想见我有什么事情吗，格伦茨先生？要是你想喝酒的话就喝吧，不过不要在我面前喝。我以前累了，紧张或者工作时间过长的时候，也会喝一杯。"

"你好像对自己的处境并不太了解，不知道现在情况有多糟糕？"

"我没有觉得我陷入了一个不能挽回的糟糕境地。"

"那我们走着瞧！还有，我想要你提供完完整整的供词。"他用手弹了一下放在旁边柜子上面的录音机，"我们可以先用它记录，明天再整理成文字。如果这份供词能够得到首席副检察官的认可，你只要保证不离开这座城市，我们就能放你离开这里。现在可以开始说了。"他把录音机打开，语调很冰冷，没有一丝感情，他尽力想保持一种让人害怕的语气。但是，他的右手一直在向办公桌抽屉的位置移动。他看起来岁数并不大，鼻子上面却已经都是血管了，而且看起来跟眼白的颜色混淆。

"我感觉糟透了。"我说。

"烦什么？"他严厉地问道。

"跟一个特别难伺候的小角色在一个狭小的办公室里面斗狠。我已经在这个拘留所的重罪区住了五十六个小时了，没有人找我的事，也没有人在我面前斗狠。他们觉得这是没必要的事情，他们把那股狠劲收起来了，留着必要的时候再拿出来。再说了，我是怎么到这里来的？我是被当成凶杀案的犯罪嫌疑人。这个法制系统真的是太混乱了，因为几个警察得不到自己想要的结果，就随随便便把人送到重罪牢房？他们有证据吗？仅仅是因为在便签本上看到了一个我的电话号码？那么，把我关在这里又能说明什么呢？说明他是权力机构，除了这个什么都证明不了。你现在说话的语气跟他们一模一样，想让我看看在这个跟烟盒大小差不多的被当作办公室的地方你能怎么展现你的权威。你派一个乳臭未干的小家伙大半夜把我带到这里来，你以为我自己在那里坐了整整五十六个小时，脑子可能已经不清楚了？你觉得我会趴在你的腿上请求你的怜悯，因为我已经在这个偌大的拘留所里面感到了强烈的孤独感。闭嘴吧，格伦茨。你去喝你的酒吧，要像个人一样。我希望你只是想履行好你的工作职责。请你先把手上的铜指套摘下来吧，要是你的拳头足够有杀伤力，你根本用不到那种东西。要是你需要那个东西的帮助，就别在我面前耍威风。"

他在那里一动不动地听我说，看着我，紧接着脸上露出狰狞的笑容。"真是太精彩了，"他说，"好了，你现在已经把你心里的不快发泄出来了，我们可以来说供词的事情了。你希望回答问题呢，还是按照你自己喜欢的方式表述？"

"我正在跟鸟类交流，"我说，"只是想听微风吹拂过耳边的声音。我没有什么要说的供词。你是律师，你知道我有权利什么都不说。"

"没错，"他回答得很冷静，"我是懂得法律，我也知道警察的行事风格。我现在是给你一个证明自己清白的机会。要是你一点都不在意，对我也没什么影响。我能够在明天早上十点的时候传讯你，让你能够参加预审听证会。我也会为你辩护的，但是你有可能交保。要是那样的话，事情可能就不太好办了。你需要花费一大笔钱，这是处理这种问题的一个办法。"

他低头看了一眼桌子上的报纸，然后把它扣了起来。

"罪名是什么？"我问。

"第三十二条。犯罪后的从犯，也是重罪的一种，很有可能要在圣昆廷监狱里面待上五年。"

"最好的办法就是先把伦诺克斯抓获。"我说得很小心。格伦茨已经知道了什么，我能够从他的语气中感觉到。我不知道他知道多少，但是他肯定不是一无所知的。

他的身体靠在了椅子背上，抓起面前的一支笔，两只手掌慢慢地揉搓，紧接着，他脸上出现了笑容，显得有些洋洋得意。

"伦诺克斯是个不太好隐藏起来的家伙，马洛。指认别人可能需要很清晰的照片，但是他不需要。他右半边的脸上满是疤痕，更不要说他这么年轻就已经满头的白发了。我们现在能找到四个证人，也许可能更多。"

"这些证人能证明什么？"我感到嘴里一阵苦味，就像是承受了格里戈里厄斯那一拳之后尝到的胆汁的味道。这种感觉让我回想起来脖子肿痛的滋味，我揉了揉脖子。

"不要再干傻事了，马洛。圣地亚哥高等法院的法官和他的妻子在那一天刚刚凑巧上了那架飞机，他们四个看到了伦诺克斯。法官的老婆也看到了送他过来的人和车，所以，你已经输了。"

"很好，"我说，"你是怎么找到他们的？"

"电视台会播放特别的告示。那段描述非常详细,之后法官就打电话过来了。"

"听起来好像挺合理。"我很公正地说,"但是,还缺少最重要的一点,格伦茨。你需要把他抓住,证明他确实杀人了,而且还要证明他杀人这件事我是知情的。"

他用手指轻轻地弹了弹报纸的反面。"我感觉我需要再喝一点酒。"他说,"这几天晚上都在工作。"他把抽屉打开了,在桌子上面摆了一瓶酒和一个小酒杯。他给自己倒了满满的一杯,一口气喝了下去。"好多了,"他说,"现在感觉好多了,不好意思,你现在还在拘留期间,所以我没有办法跟你分享。"他把木塞塞回了瓶子上面,把酒瓶放在了旁边,但是还能够轻易地拿到。"没错,我们是需要提供这样的证明,按照你的话,也许我们已经得到了他的供词,朋友,这样的话,就不太好了,对吗?"

这个时候,我感觉有一根冰凉的小手指顺着我的后背往下滑,就像是一条冰凉的虫子在我的后背上爬来爬去。

"那你为什么还需要得到我的供词?"

他咧嘴笑了一下,说:"因为我们希望我们的文件严密准确。伦诺克斯会被抓回来接受审讯。我们想要得到更多的情报。如果说我们想要在你这里得到一些什么线索,更准确地说我们希望你能离开这里,要是你足够配合的话。"

我直直地看着他,他轻轻地翻动着桌子上面的文件,往椅子里挪了挪身子,看了一眼酒瓶,尽量不想去拿它。"你应该也很想知道整个故事的经过吧,"他突然看了我一眼,眼神中别有一番意味,"好啊,我聪明的朋友,为了证明我说的都是真话,你现在听听我给你讲述整个过程吧。"

我往他的办公桌前面靠了靠,他以为我想要去拿酒瓶子,就把酒瓶子抓了起来,放回了抽屉里。其实,我的本意是想把剩下的烟屁股扔到他的烟灰缸中。我坐回了座位上,又点燃了一根烟。他讲述得很快。

"伦诺克斯在马萨特下的飞机,那是个非常小的城镇,只有三万五千人口,是一个航空的中转站点。他消失了两三个小时。过了一会儿,有一个肤色比较深,脸上有很多疤痕的高个子黑头发男人用西尔瓦诺·罗德里格兹的名字取走了一张去托利昂的飞机票。他能说不错的西班牙语,但是相对于这个名字而言,似乎又有点差了。他的身高远比这种黑头发的墨西哥人要高出来很多。飞行员把他的信息反馈了回来,但是托利昂的警察行动太过迟缓。墨西哥的警察也不太利落,他们最擅长做的事情就是开枪打人。等他们到了以后,那个家伙已经上了一架包机离开了那里,去了一个叫作奥塔托丹的小城镇,那里是一个非常冷门的避暑地。驾驶这架包机的人曾经在德克萨斯州接受过战斗机驾驶的训练,能说非常流利的英语。伦诺克斯装作听不懂他说什么。"

"就算那个人是伦诺克斯。"我打断了他的话。

"等一下,我的朋友。不是假设,那个人就是伦诺克斯。是的,他就在奥塔托丹下的飞机,住进了一个旅店,这个时候他选用回了马里奥·德赛瓦这个名字。他手里有一把枪,是七点五毫米口径的毛瑟手枪,当然了,这种东西对于墨西哥人来说非常陌生。可是,包机的驾驶员却没有忽略这一点,他察觉出了异样,告诉了当地的警察局。他们就把伦诺克斯监视了起来,并且跟墨西哥城核实了一些情况,然后住进了那家旅馆。"

格伦茨从桌子上拿起了一把尺子,从这头看到那一头,这种毫无意义的动作让他的注意力从我这里转移开。

我说:"没错,那个开包机的家伙真的是个聪明人。对客人也不是那么的忠心,这种故事听起来一点味道也没有。"

他突然紧紧地盯着我看。"但是，这是我们需要的，"他很直接地说，"这是快速审讯，我们弄够手里二级谋杀的申诉。很多东西我们不想弄得太浮躁，毕竟，这个家族的势力不容小觑。"

"你说的是哈伦·波特？"

他微微点头。"在我看来，这个想法是很荒谬的。斯普林格能够花费一天的时间去勘探现场。这个案子牵扯了太多东西。性、丑闻、钱财、出轨的老婆还有在战场上受伤的英雄丈夫。我想他脸上的伤疤应该是在战场上获得的。他妈的，这些已经能够塞满好几个报纸的头条了。国内的烂报纸会把这些东西隐藏下去的，所以，我们的动作不能太慢。"他耸了耸肩膀，"要是头儿也想这样，那我们也无能为力。现在我们可以开始录供词了吗？"他回头看了一眼正在工作的录音机，机身前面有一盏亮着的灯。

"把那个东西关了吧。"我说。

他晃了晃身子，恶狠狠地瞪了我一眼，"你很喜欢待在监狱里面吗？"

"其实也没有想象的那么糟糕，就是不能遇到什么伟大的人物了，但是，谁又稀罕结识他们呢？多想想吧，格伦茨。你想让我把朋友出卖了，我可能就是个固执的人，也许感情看得太重，但是我更实际。打个比方，你想要聘请一个私家侦探，哦，哦，我想起来了，你不喜欢这个比喻，打个比方，你遇到一个特殊情况，不得不这样做，你会选择雇佣一个出卖过朋友的人吗？"

他的眼神更加凶狠。

"再说几个方面。你没有觉得伦诺克斯逃走的方法过于明显了吗？要是他想要被你们抓住，他为什么要费那么大的劲呢，要是不想被你们抓住，那他到达墨西哥后应该会选择把自己装扮成墨西哥人。"

"你想说什么？"格伦茨终于崩溃了，怒吼道。

"我的意思是，你能够说这些没用的话来欺骗我，根本就没有什么黑头发的罗德里格兹，处在奥塔托丹的旅馆里面也没有什么马里奥·德赛瓦。你也不知道伦诺克斯去了那里，就像你根本不知道黑胡子海盗会把宝贝藏在哪里一样的道理。"

他把酒瓶拿了出来，给自己倒了一杯，像刚才一样一饮而尽。他慢慢地不那么紧张了，在椅子上转了个身，把后面的录音机关闭了。

"我真的很想提审你，"他很烦躁地说，"你就是那种自以为很聪明的人，但我就是想治一治这种人。孩子，这个黑锅你可能一时半会儿摆脱不了了。它会一直陪着你，吃饭、睡觉、走路。下一次要是再做错了，我们会把你杀了。现在，我却不得不去做一件让我觉得恶心的事情。"

他在桌子上来回地找寻什么东西，把向下扣着的文件拉到自己面前，翻过来，在上面签上了名字。你在什么时候能够感觉出来一个人在写自己的名字。他写字的方式很特别。然后，他站起来，很快地绕过办公桌，突然拉开了办公室的门，大喊斯普兰克林进来。

胖子进来的时候能明显地闻到一股体臭味，格伦茨把那份文件递给了他。

"刚才，我在你的释放令上签了字，"他说，"我是一名公仆，虽然有些任务并不愉快，我却不得不执行。你想知道我为什么在这份文件上签字吗？"

我站了起来。"要是你愿意告诉我，洗耳恭听。"

"伦诺克斯的案子已经告一段落，先生。所谓的伦诺克斯的案子，根本就不存在。就在今天下午，他在旅馆的房间里写了一份完整的自白书，然后饮弹自尽了。我刚才说过，在奥塔托丹。"

我站在那里不知所措，从眼角的余光可以看到，格伦茨在慢慢后退，就好像在担心我会出手揍他。有那么一瞬间，我肯定面色不善。之后，他走回了办公桌后面，斯普兰克林一下子抓住了我的手臂。

"过来，走啊，"他嘀咕着，"有时候，男人也是想回家过夜的。"

我们俩一起走了出去，轻轻地把门关上。那动作如此轻柔，就好像屋子里刚刚死了人。

第十章　朗尼·摩根

我把我的财务清单复印件找出来交了上去，并在原件上签了字，然后把我自己的东西装进口袋。在登记台的一端靠着一个慵懒的男人，看到我转身，他马上走过来跟我说话。他的身高大约是六英尺四英寸，就像一根竹竿。

"您想搭便车回家吗？"

在惨白的灯光的映照下，他看起来老成、疲倦，又有些桀骜不驯，但好像不是个骗子。"多少钱？"

"不要钱。我在《新闻报》工作，我叫朗尼·摩根，现在正好下班。"

"哦，是跑警察局口的。"我说。

"仅限于这个礼拜。我是专门跑市政厅的。"我们从大楼里走出来，他的车就放在停车场里。我仰望天空。天空里有点点繁星，但是灯光太过明亮。这是一个醉人的夜晚。我深吸了几口气，坐进了他的车里。很快他就发动引擎，开车走了。

"我住的月桂谷离这里很远，"我说，"你随便找个地方把我放下吧！"

"他们只管把你送到这里，"他说，"却对你如何回去不闻不问？虽然很令人反感，却引起了我对这个案子的兴趣。"

"看起来根本就没有什么案子，"我说，"特里·伦诺克斯下午饮弹自尽了，大家都这么说，都这么说。"

"毫不费力。"朗尼·摩根的视线透过挡风玻璃，一直看向远方。车子平稳又安静地驶过寂静的街道，"这帮他们筑起了一道围墙。"

"围墙？"

"马洛，有人在伦诺克斯的案子周围筑起了一道围墙。你这么聪明，不会连这都看不出来吧？新闻媒体会对案件有所关注，这个案子却是个例外。今天晚上，地区检察官去了华盛顿，说是参加什么会议。你有没有想过，多年难得一见的宣传机会，他却放弃了，这是为什么？"

"问我没用，我一直都身处冷库。"

"这里面的奥秘就是，有人给了他很多甜头。当然，我指的并不是钞票这样的明面上的好处。有人向他许诺了一些对他来说很重要的东西。牵涉这个案子的人中，只有女方的父亲有能力做到这一点。"

我斜靠在车座上。"可能性不大，"我说，"那报纸呢？哈伦·波特手里是拥有几家报纸，那他的竞争对手呢？"

他饶有趣味地瞥了我一眼，又转过头去继续开车。"你有没有在报社干过？"

"没有。"

"报纸归有钱人所有,也是他们发行的。有钱人都是一丘之貉。当然,竞争也是存在的,为发行量、新闻渠道、独家新闻,都竞争得死去活来。当然这些都有一个前提——不能危及报纸所有人的声望、特权和地位。一旦对这些人有所不利,盖子就会盖上。我的朋友,这个盖子把伦诺克斯的案子盖住了。要是深入挖掘这个案子,肯定能卖出天量的报纸。这个案子样样齐全。审判会让全国各地的特案记者蜂拥而至,但是不会有什么审判了,因为在审判开始之前,伦诺克斯就已经离开了这个世界。正如我说的,对于哈伦·波特和他们家来说,简直是轻而易举。"

我坐直了,怒视着他。

"你认为是有人在操纵这一切?"

他撇了撇嘴,以示对我的嘲弄。"对于伦诺克斯自杀这件事,也许有人推波助澜。在警察上门的时候,不够配合。墨西哥的警察一碰枪就按捺不住。我敢打赌,没有人去数过他中了几枪。"

"我可不这么想,"我说,"我太了解伦诺克斯了,他早就绝望了。如果他被活捉回来,就会顺应他们的意思,承认非蓄意杀人并请求减刑。"

朗尼·摩根摇了摇头。我猜到了他要说什么,事实证明,我猜的没错。"不可能。如果他只是一枪致命,或者砸碎了她的脑袋,倒还有可能减刑。但是杀人的手法太残忍了,她的脸都被砸烂了。他能预想的最好结果就是被判处二级谋杀,就算是那样,也会引发轩然大波。"

我说:"也许你是对的。"

他又瞥了我一眼:"你说你很了解他,那你向现实低头吗?"

"我有点儿累,现在无法进行思考。"

接下来一段时间,我们俩都没有说话。突然,朗尼·摩根打破了沉默:"如果我不是给报纸效力,而是可以独立思考,我就会认为他并没有杀她。"

"这倒是一个观点。"

他往嘴里塞了一根香烟,在仪表盘上划了一根火柴点上烟。他就这样抽着烟,一言不发,瘦削的脸庞上眉头紧皱。他把车开到了月桂谷区,我给他指路,告诉他该下大街了,该进小巷了。他的车吃力地爬上山坡,停在了我家门口的红杉木台阶前面。

我从车上下来。"摩根,谢谢你送我回家,进来喝一杯怎么样?"

"还是改天吧!我想你现在更愿意独自思考。"

"我已经独自待了很久了,太久了。"

"你要和一个朋友告别,"他说,"你肯为他身陷囹圄,你们的关系一定不错。"

"谁说我是为他坐牢的?"

他笑了一下。"老兄,我不能发表在报纸上,可不代表着我不知道。改天再见吧!"

我关上车门,他调转车头,缓缓地往山下驶去。看着车尾灯消失在转角处,我爬上台阶,拿起地上的报纸,打开门,进入了空无一人的房子。我把所有的窗户和灯都打开了,屋里的空气太压抑了。

我煮了些咖啡喝着,并从咖啡罐里拿出了五张百元大钞。这五张钞票卷得很紧,是从边侧面塞到咖啡粉里的。我端着咖啡,在房间里来来回回地走。我先是打开电视,然后又关上,坐下,站起来,又坐下。台阶上堆着一摞报纸,我随手翻了翻。最开始的时候,伦诺克斯的案子出现在头版头条,但是在第二天早上的报纸上,就出现在了第二版。报纸上有一张西尔维亚的照片,但是没有伦诺克斯的。我的一张快照也被登在了报纸上,但是我对它的存在并不知情。"洛杉矶私人侦探被拘留审问。"报纸上还有一张伦诺克斯在恩西诺的房子的照片。房子是仿英国式的,有一大片尖顶。至少要花上一百块钱,才能把它所有的窗户都擦一遍。房子坐落在两英亩基地的一座圆丘上，在整个洛杉矶来说，也算是面积很大的庄园了。报纸上还刊登了一张客宅的照片，那就是一个微缩版的主建筑。客宅坐落于树林之中。很明显，这两幅照片都是远处取景，又进行了放大修描。至于"死亡现场"的照片，报纸上并未刊登。

我在牢里的时候，已经看过这一切，但是我现在换了一种眼光来看。唯一能够从报纸上得到的信息，就是有一个漂亮的富家女被杀了。对于这件事，新闻界似乎被完全隔离了。由此可见，那家的影响力早已发挥作用。跑犯罪新闻的记者对此一定非常痛恨，却又无可奈何。可以想象。如果伦诺克斯在妻子被杀的当晚就给在帕萨迪纳的父亲打过电话，那在警察赶来之前，就会有十几个保镖抢先到达那座房子。

但是有一件不合常理的事情，就是她被杀的惨状。不管是谁，都无法让我相信特里会做出这样的事情。

我把灯关上，坐在了敞开的窗户前面。在窗外的灌木丛中，有一只嘲鸫趁着天还没有全黑，正在叽叽喳喳地练习发音。我的脖子有点痒，于是刮掉了胡子，洗了个澡，躺在床上静静地听着，就好像远处传来一个平静又耐心的声音，正在讲述这个事情的原委。可是我没有听见，我知道以后也不会听见。没有人会向我解释伦诺克斯的案子，也用不着解释。凶手认罪了，而且他也已经死了，连庭审都不会有。

《新闻报》的朗尼·摩根说得很对，毫不费力。如果确实是他杀了他的妻子，很好，那就没有审问的必要了，提起那些让人不快的细节；如果不是他杀的，那也很好。在这个世界上，死人是最好的替罪羊，永远都不会反驳。

第十一章　曼宁德兹先生

早上，我又细细地刮了一次胡子，打扮得光鲜亮丽，跟往常一样开车去市中心，把车停在老地方。要是车库的管理员知道我是一个重要的新闻人物，那他倒是掩饰得非常好。我上了楼，走过长长的走廊，拿出钥匙，正要打开办公室的门，看到一个皮肤黝黑的斯文男人正在盯着我。

"是马洛先生吗？"

"有什么事吗？"

"别走远，"他说，"有人想见你。"他原本靠在墙壁上。

我走进办公室，从地上捡起了一些信件。书桌上有更多的信，都是夜间清洁女工放在那里的。我打开窗户，然后撕开信封，把不要的丢掉，最后一封都没剩。我打开另一道门的门铃装置，在烟斗里装满了烟丝，点燃之后，坐等别人上门来求救。

在想到特里·伦诺克斯的时候，我的心中没有一点波澜。他已经退到了远处，灰白的头发，脸上的伤疤，软弱的吸引力，还有那些古怪的自尊。我不去评判他，也不去分析他，就像我从来不问他的一脸疤痕从何而来，也不会问他为什么会娶西尔维亚。他就像你在轮船上偶遇的一个人，虽然很熟，彼此却并不了解。他走的时候也像那样，在码头道别的时候，会说："老朋友，我们要多联系啊！！"可是明知道彼此都不会主动联络。也许你们再也不会见面。就算再见，他也会变成一个完全不同的人，又是一个特等车厢里的扶轮社会员。生意好吗？哦，还可以。你的气色不错呀？你也一样啊！我胖了很多。我也一样。你对"法兰考尼亚"（或者其他的任何一个名字）之旅还有印象吗？哦，当然，那次旅行简直太棒了，不是吗？

什么太棒，通通见鬼去吧。你实在是太无聊了。你之所以愿意和那个家伙讲话，只是因为周边没有你感兴趣的人。也许我和特里就是这样。不，并非如此。我拥有他的一部分。在他身上，我花费了时间和金钱，还在牢里关了三天。更别提我下颏挨的那一下，脖子上挨的那一拳，直到现在，我吞咽食物还会有痛感。现在他死了，我不能把这五百大钞还给他了，这让我有些不悦。让人不悦的都是些小事。

门铃和电话同时响起。我选择了先接电话，因为门铃只意味着有人走进了我的小号会客室。

"马洛先生吗？恩迪科特先生要同您讲话，请稍等。"

他来到电话另一端。"我是休厄尔·恩迪科特，"就好像不知道他那个混蛋秘书已经把他的名字告诉我了。

"早安，恩迪科特先生。"

"听说你被放出来了，我很高兴，我觉得你不做抵抗的做法是对的。"

"这不是什么做法，只不过是犟脾气。"

"我想，你以后不会再听到有关这个案子的任何消息。如果你听到了，并且需要人帮忙，尽管知会我。"

"怎么可能呢？那家伙早就去见上帝了。他们想要证明他接近过我，可得花费不少心思，还要证明我知道这件事。还要证明他犯罪了，或者是逃犯。"

他干咳了一下，小心地说："也许你不知道，他留下了一份完整的自白书。"

"我知道这件事，恩迪科特先生。我是在同律师讲话。如果我说应该证明那份自白书的真实性和准确性，会不会很可笑？"

"我怕我没时间和你探讨法律问题，"他硬生生地说，"我现在要飞到墨西哥去处理一项让人不快的事物，我想你应该能猜出来是什么吧！？"

"呵呵，那要看你代表的是什么人。记住，你可没有告诉我。"

"我会牢记的。好了，再见吧，马洛。我已经说过我会帮你，这句话依然有效。但是我要忠告你一句，不要以为你现在已经没有危险了，你的处境很糟。"

他挂断了。我小心地放回电话，但是手还放在听筒上。我愁眉苦脸地坐了一会儿，然后把这些不快抛诸脑后，拉开了候客室的门。

窗口边坐着一个男人，正在翻阅杂志。他穿着一套蓝灰色的西装，上面还有隐约可见的浅蓝格子。他的双脚交叉着，脚上穿着一双黑色软鹿皮系带鞋。这种鞋子的舒适度不亚于休闲鞋，上面有两个气孔，它的好处就是就算走很长的路也不会弄坏袜子。他的白手帕叠得非常方正，还可以看到后面的太阳镜。他乌黑的头发如同波浪，皮肤是深棕色。他抬头看向我，眼睛像鹰眼一样明亮，小胡子掩盖下笑意盈盈。雪白的衬衫上打着好看的蝴蝶结，尖尖的，呈深栗色。

他愤怒地将杂志丢弃在一旁，嘴里还骂道，"全部都是垃圾。"他说，"我刚刚看到一篇文章，上面讲述的内容和科斯特洛有关。真是受不了，他们像觉得自己对科斯特洛多么熟悉一样，就如同我和特洛伊的海伦一样熟悉。"

"我可以为您做点什么吗？"

他不疾不徐地审视着我，"骑大红摩托的人猿泰山。"

"你说什么？"

"他正说你呢,马洛,骑大红摩托的人猿泰山,意思是他们让你受尽了折磨吗?"

"是有那么几次,这和你有什么关系?"

"确切发生在奥尔布莱特给格里戈里厄斯打电话以后发生的事吗?"

"不是的,发生在那前面。"

他不置可否地点点头,"你真是面子十足啊,竟然让奥尔布莱特教训了一顿那个混球。"

"我在问你,这和你有什么关系?顺道提一下,我和什么奥尔布莱特局长根本不认识,我也没请他给我帮任何忙。他凭什么要帮我?"

他阴沉着脸看着我,之后缓缓站起来,动作得体,令人感觉舒适,形同一头美洲黑豹。他径直走过前厅,眼睛瞄向我的办公室,又回过头望望我,然后便不请自进了。他是那种到哪儿都有主人风范的人,我跟着他进去以后,把门带上。他站在办公桌旁边四处打量,一副兴味十足的样子。

"你很微不足道,"他说,"非常渺小。"

我走到自己办公桌后面,悉听其发言。

"你一月薪水多少,马洛?"

我点燃烟斗,没有回答他的问话。

"不超过七百五。"他自信满满地说道。

我将烧过了的火柴放进烟灰缸,开始吞云吐雾。

"马洛,你是个懦夫,小骗子,小到必须要借助放大镜才能发现你。"

我不发一言。

"你的感情一文不值,你全身上下就没有一处有价值的地方。你和一个家伙纠缠在一起,喝点小酒,开点玩笑,他没有钱时你借点钱给他,最后还要搭上自己的身家。和《弗兰克·梅里韦尔》里面的小学生非常相似。你胆子小,又不聪明,又没有门道,还没有视野,只能表现出一副无所谓的态度,指望别人为你掉眼泪,真是个骑大红摩托的人猿泰山。"他脸上露出厌恶的笑容,"在我看来,你根本不值一钱。"

他从桌子对面探过身来,自负地用手背拍拍我的脸,可是没有要伤害我,他脸上一直都是笑意盈盈。他看见我没有任何一丝动作,便缓缓坐了下来,一只手肘放在桌上,用手托着下巴。那双鹰一样的眼睛一直看着我,除了夺人的光彩,什么都看不见。

"你知道我叫什么名字吗,小不点?"

"你叫曼宁德兹,你手下的人都叫你曼迪。你经常在日落大道一带活动。"

"是吗?那我为什么会如此美名远扬?"

"我对这个不感兴趣。如果我没记错的话,你应该是从在墨西哥做妓女生意开始发家致富的吧?"

他从口袋里掏出一只金烟盒,拿出一支棕色的香烟,又掏出一个金打火机点燃。飘出来的烟味刺激无比,他点点头,将金烟盒放到桌子上,还不停地用手指摩挲着。

"我是个大坏蛋,马洛。我手上有很多钱,我必须要得到很多钱去敲诈那些我必须要敲诈的人,只有这样我才能得到更多的钱财。我买那个位于贝艾尔的房子花了九万块钱,装修又花掉不少钱。在东部我有个非常美丽的金发媳妇,有两个孩子在上私立学校。我媳妇身上所戴的钻石首饰就价值十五万,还有价值七万五的裘皮大衣和各种衣服。我房子里面还有一个管家,两个女仆,一个厨师和一个司机,这还不包括一直跟在我后面的猴儿们。不管我到哪里,都要享受顶尖的服务,吃的,住的,都要是最好的。在佛罗里达我有一栋房子,还有一艘游艇,上面有五名水手。我还有一辆宾利、两辆凯迪拉克和一辆克莱斯勒旅行车。除此以外,我还给儿子买了一辆

MG，等再过几年，我打算给女儿也买一辆。相比之下，你又拥有什么？"

"我拥有的确实不算多，"我说，"我有自己的房子，而且是一个人居住。"

"没有媳妇？"

"没有，我就是一个单身汉。再加上眼前你所能看到的东西，银行里有一千二百块钱的存款，几千块钱的债券，这样回答问题，你满意吗？"

"你承接一个案子，最高时收入可达多少？"

"八百五左右。"

"我的天哪！一个人怎么可以收费这么低？"

"不要再叽哩呱啦了，告诉我，你到底想要做什么？"

他将抽了一半的香烟掐灭，又拿出一根新的点上，往后舒服地靠了靠，对我扯扯嘴角。

"当年，我们三个人是一个战壕的，一起吃饭，"他说，"天气冷得出奇，满地都是雪。我们吃的是凉冰冰的罐头食品。耳边不时有枪声响起，更多的还是迫击炮弹爆炸的声响。我们冻得发紫。兰迪·斯塔尔、我，还有特里·伦诺克斯。一枚迫击炮导弹"哐当"一声掉落在我们中间，不知道是什么原因竟然完好无损。那些德国人有很多阴谋诡计，他们乐意开一些恶毒的玩笑。有时，你会觉得那只是颗哑弹，可是三秒钟以后它却炸开了。特里直接将它抱在怀里冲了出去，我和兰迪都还没有反应过来。我是想说他的动作太快了，兄弟。他就像一个非常出色的控球员一样，轻松地倒在地上，将那个恐怖的东西投掷了出去，它在空中四分五裂了。大部分就炸裂在他的头顶上，一大块弹片进入了他的脸颊。就在此时，德国人开始了大肆攻击，等到一切平静时，我们已经变换了位置。"

曼宁德兹停顿了一下，望着我，黑眼睛里闪着动人的光辉。

"谢谢你告诉我这些。"我说。

"马洛，你可以啊！你这么经得起嬉笑。兰迪和我谈过这件事，我们觉得任何人只要听到特里·伦诺克斯的事件，都会一怔，脑子短路。在相当长的一段时间内，我们都以为他已经不在人世了，可是他还活着。德国人将他抓过去了，他们对他进行了惨无人道的折磨，持续了一年半之久。我们通过种种渠道，花费了大量金钱才找到他的下落，让事情真相浮出水面。可是战争过后，我们在黑市里捞了一大笔钱财，我们负担得起。特里为了营救我们，自己只剩下半张脸，头发也是花白的，精神状况也很糟糕。到了东部，他沉迷于喝酒，老是被关进牢里，几乎整个人生就要废了。我们从来不知道他在想什么，后来我们听说他娶了一个有钱的老婆，马上就如鱼得水了。后来他又和她分开了，反复过后，他又和她在一起，直到后来她离别了人世。兰迪和我没有帮上他任何忙，他也不接受我们给予的帮助，除了拉斯维加斯那份暂时的工作。遇到困难，他从来就不来找我们帮助，而是去找你这种无能的人，你是一个可以任警察搓圆揉扁的软柿子。然后他就这样离开了我们，都没有和我们道一声离别，连报恩的机会都不留给我们。我可以想办法让他出国，这件事做起来比老千洗一副牌还要快。可是他却宁愿去寻求你的帮助，这让我心里非常不爽。一个无能的人，一个可以任警察搓圆揉扁的软柿子。"

"警察要想制裁谁就可以制裁谁，你说我应该怎么应对？"

"果断退出。"曼宁德兹马上开口说道。

"退出什么？"

"不要想着凭借伦诺克斯的案子就可以名誉和财富双丰收，这个案子已经结束了。特里已经不在人世了，我们希望你不要再去打扰他，那伙计的经历实在是太惨痛了。"

"流氓在这里悲天悯人，"我说，"真是让人笑掉大牙。"

"小心点你的舌头，无能之人。管好你的嘴巴。曼迪从不和人逞口舌之快，他只是命令他们。找个其他的可以得到钱财的途径吧，我想你听懂了我所说的话？"

他起身离开，会谈宣告终结。他戴上那副雪白的猪皮手套，看上去是崭新的。曼宁德兹先生，一个注重穿衣打扮的人，可是骨子里却透着桀骜不驯。

"我并不是想木秀于林，"我说，"也从来没有人给我付报酬，他们为什么给我钱？"

"不要再欺瞒我，马洛。你不可能出于某项感情上的因素而去坐三天牢。你拿了其他人给你的报酬，当然我也不知道具体是谁，可是心里还是有谱的。我可以想象得到，给你钱的人肯定非常富有。伦诺克斯的事已经归档了，而且是毫无争议的了。就算……"他猛然间停了下来，用手套轻轻敲打了一下桌子边角。

"就算特里没有谋害她？"我紧接着他的话说道。

他的眼神里写满惊讶，单薄得就像一日夫妻婚戒上的那层金。"我也非常期待是那样，无能的人，可是纠结于此没有太大作用。就是真的有，特里肯定也希望是这样，现在也只能是这样。"

我没有继续说什么，过了一会儿，他的嘴才微微张开。

"骑大红摩托的人猿。"他故意拉长音调说，"真是个十足的铁汉子，让我来让他长点记性。只需要花费很少的钱就可以雇佣来的人，任谁都可以踹上一脚的家伙，没有钱，没有家，没有梦想，什么都没有！无能的人，我们下次再见。"

我保持着原先的姿势不变，嘴巴闭得紧紧的，盯着桌子角落处那个耀眼的金烟盒。我觉得身心俱疲，我慢慢站起身来，拿起那只烟盒。

"你这个东西忘在这里了。"我说着绕到桌子另外一端。

"这个东西啊，我还有不少呢！"他冷冷地说。

我走到他跟前，将这个东西递给他。他毫不在意地拿着。"来半打怎么样？"我问道，用尽全身的力量照着他的腹部就是一下。

他马上躬身下去，痛苦地嚎叫，烟盒也应声而落。他缩回到墙角，双手不停地抖动着，不停地喘着粗气。他额头上冒着冷汗，非常痛苦地站起身来。我们重新审视着对方，我举起一根手指，顺着他的下巴划过去，他纹丝不动。最后，他褐色的脸上露出一丝非常难堪的微笑。

"我没有想到你这么厉害。"他说。

"下次来记得把枪带上，要不然就不要再叫我无能的人。"

"我手下人的会带枪。"

"叫他带着，你会比任何时候都需要他。"

"你这个金刚不坏的家伙，马洛。"

我将那只金烟盒用力踢到一边，再弯腰拾起来，递给他。他拿过去放到自己口袋里。

"我不懂，"我说，"到底是什么事情，劳烦你花这么多的时间和精力跑到这里来和我逗闷子，弄得很没有意思。恶棍都没有意思，就好像打一副只有A的牌，看起来像什么都有了，其实又是一片虚无。可是你只是坐在那里自我陶醉，这也是为什么特里·伦诺克斯不去请求你的帮助的原因所在吧，就好像所有人都不会找妓女借钱一样。"

他用两根手指非常谨慎地按往自己的肚子。"你这样说话我觉得太可惜了，无能的人，你幽默的话说得太多了。"

他走向门口，打开房门。门外，他的保镖就端正地站在走廊对面，这时也走了过来。曼宁德兹摇了摇脑袋，保镖也跟着走进办公室，站在那里冷若冰霜地审视着我。

"好好把这个人看清楚，奇克，"曼宁德兹说，"将他的模样记在心里，以备不测，也许哪一天，你们会再见面。"

"我看到他了，大哥，"那个皮肤顺滑却黢黑的家伙惜字如金地蹦出这样几个字，"他还不会对我造成困扰。"他们的说话风格都是一致的。

"别让他碰触到你的肚子，"曼宁德兹非常痛苦地说，"他的右勾拳太猛了。"

保镖无所畏惧地看了我一眼，"我不会让他接近我的肚子的。"

"行，那可以了，拜拜，"曼宁德兹说完就离开了。

"下次再见，"保镖异常冷酷地说道，"我的名字叫奇克·阿戈斯蒂诺。我想终有一天，我们会相识的。"

"就像一张破旧不堪的报纸，"我说，"时刻警醒我不要践踏到你的脸。"

他听完下巴气得鼓了起来，然后猛然转身，跟上他的老板离开了。

安装有气动铰链的门缓缓合上了，我静下来认真地听，却没有听见他们离去的脚步声。他们的动作很轻柔，就像猫一样。过了没多久，为了再次肯定，我又朝门外望了一下，走廊上还是一个人也没有。

我又重新回到办公桌前坐下。像曼宁德兹这样赫赫有名的地痞竟然愿意花时间和功夫来拜访我，警告我不要多管闲事，真是让人想不通。而且在他来的几分钟以前，休厄尔·恩迪科特还给我打来电话，尽管说话方式有异，可是也是来告诫我的。

我终究还是想不通，于是决定试试。我将电话拿起来，准备打给拉斯维加斯泥龟俱乐部的兰迪·斯塔尔，可是电话打过去，一直无人接听。斯塔尔先生也不在城里了，我该找谁倾诉呢？我还是不要找斯塔尔了，刚才只是一时冲动，他离得太远了，所以根本威胁不到我的安全。

接下来的三天非常平静，没有人来殴打我，也没有人来开枪射杀我，也没有人打电话来恐吓我自扫门前雪，没有人请我去帮他找失踪的女儿、出轨的妻子、丢失的珍珠项链或不见了的遗嘱。我就坐在墙对面，脑袋里空空的，什么也没想。伦诺克斯的案子来得太突然了，结束得也太突然了。经历过一个敷衍的庭审阶段，我没有被宣告上庭。庭审的时间也非常诡异，没有提前通知，也没有陪审团在场。因为死者的丈夫死于法医的管辖范围以外，法医提请了判决：西尔维亚·波特·韦斯特海姆·德乔其奥是被其丈夫特伦斯·威廉·伦诺克斯故意杀死的。在庭审记录里，他们大致将自白书读了一遍，为了符合法医的要求，他们也基本上仔细核查了一遍。

她的遗体被带了回来，从北边经过航空运到家族墓园埋葬。新闻界没有被告知，没有人接受访问，当然哈伦·波特先生就更加不用提了，要想见他一面，真的是比登天还难。在仆人、保镖、秘书、律师以及被驯化的执行人所组成的牢固的人墙之后，富足的家伙们过着非同一般的日子。他们也许和我们一样该吃吃，该喝喝，也剪头发，也穿衣服，可是你不可能那么明确地知道。最后传到你耳朵，映入你眼帘的东西都是经过公关人士精心雕刻过的，而且那群人拿着不菲的薪水，专职工作就打造主人们的优良公众形象，让其更加准确、整洁，就像一根消过毒的针头。主人的公众形象不求最真切，但求和普遍的事实一样，而且这样的事实非常罕见。

第三天下午稍晚一些时候，电话铃响了，是霍华德·斯潘塞打过来的，他自我介绍说自己是纽约一家出版社的代理人，来加州是因公出差，停留的时间比较短，想和我当面谈一件事情，时间约在明天上午十一点，地点是里兹—贝弗利酒店的酒吧。

我问他究竟是什么事情。

"非常微妙，"他说，"可是和道德保持高度一致，如果我们无法谈成，当然，我也会付给你报酬。"

"非常感谢你，斯潘塞先生，这倒不用。你是不是从我哪个熟人那里知道我的？"

"有个人认识你，还有你最近遇到的一个纠纷，马洛先生。请让我毫不讳言地说，是那个案子促使我给你打电话，不过我的本职工作和这件案例没有丝毫关联。只是……好吧，到时候我们一边喝一边谈，这样吧，电话里就先不说了。"

"你确定你要和一个坐过牢的人促膝长谈？"

他忍不住笑了起来，笑声听上去非常好听。他说话的方式综合了纽约人以及外乡人的特点。

"据我分析，马洛先生，那本身就是一种推荐。不是缘于，请让我插播一句，就像你所说，坐过牢；而是因为，请让我再说一遍。你表现得非常冷静、理智，就算是处于强压之下。"

他是一个说话一字一顿的人，就好像一本非常厚的小说一样，至少在电话里说话是如此。

"那好，就这样说定了，马洛先生，我明天一大早去见你。"

他对我表示感谢，然后挂断了电话。我不知道是谁将我推荐给他，我想也许会是休厄尔·恩迪科特，因此就准备给他打个电话核实一下。可是他一星期以前就不在城里了，到现在还没有回来。这无所谓。就算在我这一行，我也偶尔会遇上一两个令人称心如意的客户。再加上我还是需要找点事干，因为我需要钱，抑或说我认为我需要钱。直到这天晚上到家里，我看到有封信，里面有一张面额比较大的钞票，上面印有麦迪逊总统的头像。

第十二章　一封信

这封信就安安静静地卧在我家台阶上的信箱里，这个信箱是红白两色的鸟笼状。信箱顶上本来就一只牢牢锁住的啄木鸟，此刻它开始扑腾个不停。就算是这样，我也没有打算去看一眼信箱。那是因为我压根没有在家里收到过任何信件，可是这几天啄木鸟的嘴巴尖不见了，木头处有一个崭新的缺口，不晓得是被哪个调皮捣蛋的小坏蛋用原子枪打掉了。

信封上清楚地用西班牙文写着"航空邮件"四个大字，上面还有好几枚墨西哥邮票，还有用笔书写的西班牙文。如果不是我这几天脑子里全是墨西哥，也许我还不知道上面写着什么。我看不懂邮戳是哪儿的，是用手印上去的，印泥太干了。信是厚厚的一沓。我信步走上台阶，坐在起居室里，开始读信。傍晚非常安静，或许这封由死者寄出的信件本身就有一种属于自己的宁静。

信的开头没有标明日期，也没有序言。

此刻，我正坐在一家有点邋遢的旅馆二楼一间客房临窗的位置。这家旅馆位于一个叫奥塔托丹的小山城，这里有片美丽的湖泊。窗户下边就是一个邮箱，仆从帮我端咖啡上来时，我就让他一会儿帮我把这封信寄出去。在塞进邮箱以前，他会将信高高举起，这样我就可以看得一目了然。他做这份差事，可以得到一百比索的报酬。对于他来说，这是笔不小的数目。

为什么要采取这样的办法？那是因为门外站着一个皮肤黝黑、身穿脏衬衫，脚穿尖头皮鞋的家伙。他在守候什么，我也不知道，可是他限制了我的自由。不过只要这封信被寄走了，我就没什么关系了。我希望你可以将这笔钱收下,因为我根本用不上,而当地的警察肯定会据为己有。我原来就没有计划用这张钞票来换取什么东西。这就算是因为我曾经给你带来的太多麻烦而呈上我的歉意吧,也同时代表了对你这样正直的人的崇拜吧。和原来一样,我所有事情都做错了,可是现在我手里有把枪。我猜想可能在某个点上,你已经得出了自己的结论,我或者会置她于死地,可能确实是我做的,可是其他的事绝对不是我的。那么残酷的行为不可能是我干的。真是让人觉得难过。可是现在已经没有关系了,彻底没有关系了。现在最关键的就是如何让一桩没有意义的丑闻不要发生。她父亲和姐姐一直对我很好,他们还要过好自己的生活,而我却因为严重看不惯我现在的生活而走到如今这步田地。西尔维亚没有让我流浪街头,其实我早已经如此了。我没办法详尽地告诉你,为什么她会选择和我结婚,我想那只是一时的鬼迷心窍。至少她去世时还非常青春靓丽。俗话说肉欲会让男人老得更快,女人却因此变得活力四射。俗话说了很多没用的话。俗话还告诉我们说富人有能力不让自己受伤害,还说他们的世界一直是晴天。我亲身和他们一起生活过,他们不仅单调而且超级没有趣味。

我写过一份自传,我觉得不是那么愉悦,可是却也不感到恐惧。你在书中会看到这样的场景,可是你看到的并不是现实。事到如今,你被迫流落到这所臭名昭著的异国小旅馆,最后所拥有的也只是口袋里的一把枪,你只有一条路可以走,相信我,老兄,没有什么会让人兴奋,剩下的只有侮辱、荒凉、暗沉。

请你将这件事,还有我本人彻底忘记。不过请先以我的名义去维克托酒吧喝一杯琴蕾。你下次煮咖啡时,别忘了给我也倒一杯,加上一些波旁酒,再替我点燃一支烟,就放在咖啡杯旁就可以了。之后你就彻底将这件事清除出你的大脑。特里·伦诺克斯永久成为历史,从记忆中抹杀掉。就此永别。

有人在敲门,我猜想肯定是仆从给我端咖啡上来了。如果不是,那就会爆发一场枪战了。通常情况下,我对墨西哥人更有好感,可是他们的牢房真是糟糕透了,再见。

特里

信到这里就没有了,我将信纸折叠好,重新放回信封。那么,肯定是仆从给他端咖啡上来了,要不然也不会有这封信的寄出,我也不会收到里面的大额钞票。

它现在就静静地躺在我面前的桌子上,鲜亮如新。这么大面额的钞票我还从来没有见过,很多银行职员都没有见过。像兰迪·斯塔尔、曼宁德兹这样的人物才有可能将它放在身上使用。你如果要去银行换一张这样大面额的钞票,他们都不一定有。他们得专程为你去一趟联邦储备银行,这个过程可能需要比较长的时间。在美国整个货币流通体系里,这种大面额的钞票大概也只有一千多张。我这张上面有着非常温和的色彩,就好像一个独树一帜的小太阳。

我坐在这里,长时间地看着它。最后,我将它塞进信匣,到厨房去煮咖啡。无论是否难过,反正我实现了他的遗嘱。我给他也倒了一杯咖啡,在里面加上适量的波旁酒,放在上次我送他去机场之前他坐过的桌子一边。我替他点燃一支烟,放在咖啡杯旁边的烟灰缸里。我注视着咖啡杯里缓缓升腾的雾气,嘴角是浅浅的惬意。屋外,有只小鸟在金钟花丛里飞来飞去,小声地说着什么,间或扑腾扑腾翅膀。

终于,咖啡凉了,香烟也燃成灰烬了,变成烟灰缸里一个熄了的烟屁股。我把它丢进垃圾桶,咖啡倒掉,杯子洗干净后放入柜子里。

我只是做了这些。和五千块钱相比,做这些好像远远不够。

然后我去看了一场晚间电影，可是完全不在状态，我根本不知道电影里讲了什么，只有吵闹声和放大了的脸。回家以后，我将一种笨到家的西班牙式象棋开局摆好，还是觉得了无趣味，于是早早上床休息了。

可是我却失眠了，半夜三点钟，我爬起来在屋里走来走去，听着哈恰图良在拖拉机工厂工作的声音，而他竟然将它叫作小提琴协奏曲。在我听来，这根本就是风扇皮带松动了，真是见了鬼了。

睡不着的夜晚就和胖胖的邮差一样，非常罕见。如果不是提前和霍华德·斯潘塞约好在里兹·贝弗利酒店会面，我真想将一瓶酒喝个精光，之后蒙头大睡。下次如果我遇见哪个彬彬有礼的家伙倒在劳斯莱斯银色幽灵里，我绝对会起身就跑。世界上最残酷的事情就是自己给自己设置了陷阱并往里钻。

第十三章　赴约

十一点，我已经如约来到了约定的地方，坐在餐厅周边建筑物进来的靠右手的第三个包厢里。我背部紧紧贴着墙壁，这样对于来往的人，我可以一目了然。这是个阳光和煦的早晨，没有烟，甚至连雾都没有，阳光照在这里的游泳池上面，熠熠发光。游泳池一直到餐厅的另外一头，一个穿着白色斜纹泳装的身材火辣的女人正走向通往高台的扶梯，看到她那晒得黝黑的大腿和泳装露出来的白色，我的心扑通扑通跳得好快。接下来，低矮的屋檐遮挡住了我的视线，我看不见她了。片刻以后，我看见她转体一圈入了水，水花飞得老高，水珠上阳光闪闪，升腾起一道和女人一样婀娜的彩虹。之后她登上扶梯，将白泳帽扯开，带有漂白粉味儿的头发松散开。她摆动着纤细的腰肢来到一张小白桌前，旁边坐着一个身穿斜纹布长裤，戴着墨镜的身材强壮的家伙。他周身的皮肤都是黑色，一看就是这里的泳池管理者。他伸手在她的大腿上拍了几下，她随之豪放地笑了起来，嘴张开老大，这让我一下子失去了兴趣。虽然她的笑声离我很远，可是一想到那嘴张开时，脸上那个大黑洞就让我直想吐。

酒吧非常安静，再往里走第三个厢座，里面坐着两个非常时尚的家伙，正在手脚并用地互相表演准备卖给二十世纪——福克斯电影公司的故事，他们面前的桌上放着一部电话。每过两三分钟，他们就会用一个游戏的方式来决断由谁给扎纳克打去电话，将这个好故事推销出去。他们还非常年轻，皮肤黑黑的，充满激情与活力。就算只是打个电话，他们也让全身细胞都运动了起来，其中所包含的力量足够将一个胖子扛到四楼去。吧台旁边坐着个一脸沉郁的家伙，在和酒保说着什么。酒保一边干活一边假意听他说着，脸上的那种虚伪的笑容，是一个人强制性压抑自己不大声叫出来的那种假笑。酒客是中年人，穿衣打扮非常考究，可是已经醉到一定程度了。他很想说话，就算不是从内心真的想，也已经控制不了自己嘴巴了。他温和而善良，我听见他表达还比较清楚，可是你明白酒瘾一旦上来，不到晚上进入梦乡他是不会善罢甘休的。他会一直这样过下去，这就是他的生活。你绝对无法弄明白他为什么会沦落到这步田地，因为就算跟他说了，也不可能是真话，最多只能算是他自己认为的真实生活的扭转而已。试问一下，世界上哪个孤寂的酒吧没有一个这样沉闷的人呢？

我看了下手表，这位地位较高的出版人已经整整晚了二十分钟了。我决定等半个小时就闪人。一味地被雇主愚弄绝对不会有好结局。如果对他完全服从，他会认为别人也是这样随便对付你的，他请你可不是因为这个。更何况现在我并不是特别需要找一些活干，我不准备让这些东部来的笨蛋将我任意驱使。这些领导级人物，坐在八十五楼用板壁隔出来的办公室里，前面有一排机关、一个局域通话设备，一个穿着哈蒂·卡内基职业女装的巧笑倩兮的秘书。这种家伙会要你九点钟务必准时到，而他自己呢，却在两个小时以后喝了两份吉布森鸡尾酒才大驾光临。如果你脸上不是一副非常平静的微笑等候他的光临，他会觉得自己的管理能力受到侵犯，进而大发雷霆，甚至于一定要去阿卡普尔科旅游五个星期，才能恢复正常。

吧台的老侍应生走了过来，看了一眼我加过水的、口味非常淡的苏格兰威士忌。我朝他无奈地摇摇头，他也回应我了一下，做了同样的动作。就在此时，一位在梦里才会出现的情人走了进来。我觉得酒吧刹那间安静了下来，那两个时尚的家伙此刻也停止了谈笑，醉汉也止住了絮叨。就好像指挥家敲了一下乐台，挥舞起手臂、迟迟不肯落下的那个瞬间。

她身材很修长，也很瘦，穿着非常得体的白色亚麻质地的衣服，脖子上围着一条黑底白点的围巾。头发像是从童话里走出来的公主才会有的浅金色，头上还戴着一顶小礼帽，金发都被掩盖在帽子里面，就好像小鸟蜗居在巢穴中。眼睛是非常少见的矢车菊的那种蓝色，长长的睫毛忽闪忽闪的，颜色浅得过分。她走向过道对面的桌子，将手上戴的白色长手套取下来，老侍应生为她拉开桌子，我想我这一辈子都不会有人为我这样做。她轻轻坐下来，将手套放在旁边的手提袋里，回以侍者一个感激的笑容，那笑容是那么暖人心、那么干净、澄澈，差点让他站不住脚。她轻声对他说了什么，他马上离开了，看来这家伙还是很有魅力的嘛。

我看着她，她也发现我的目光，就略微将视线提升了一点点，我于是就走出了她的视线范畴。不过不管有没有在她的视线范畴内，我都不敢自由呼吸了。

有着一头金发的女人很多，现如今金发差不多已经成了一个非常可笑的字眼。每种金发女人都有自己的特点，除开那些皮肤像被后期漂过的祖鲁族、性格柔顺得如同被肆意踩踏的人行道、头发像真金般闪耀的女人不说，有一种叽叽喳喳、可爱至极。有一种如同雕像般特别壮硕的，用冰蓝的眼神会阻止你；有一种崇拜你亮晶晶眼神，挽着你的胳膊，请你带她回家，她总是一副非常累的样子。她还做出那种非常可怜的样子，还叫头痛，你真是恨不得打她一顿，可是你还是该高兴早点发现了头痛这个问题，还没有在她身上耗费过多的精力、时间和财富。因为头痛一直在那里，是一件金刚不坏的武器，就像刺客的软剑或琉克勒齐亚的毒药一样会让人没有丝毫反抗的余地。

有一种金发女人，温和、懂事、爱喝酒，喜欢穿貂皮，只要有星光露台和香槟酒，不管是哪里，都不会拒绝前往。还有一种很可爱的小美人，十足男人作派，自己付款，非常明媚，懂常识，擅长柔道，可以一边和卡车司机来个对决，也可以一字不差地读完《星期六评论》。还有另外一种，头发颜色非常浅，罹患某种不会危及生命可是却难以治愈的贫血症。她整日没有精神，形同游魂，说起话来气息微弱。你不能碰她一丝一毫。原因有二，一是你完全没有这个想法；二是因为她正在读《荒原》或者用古意大利语创作的但丁作品。除开这两个以外，还有可能就是卡夫卡或克尔凯郭尔，抑或在对普罗旺斯文展开研究。她非常喜欢音乐，纽约爱乐乐团演出欣德米特，她可以明确地跟你说，六把低音提琴中，哪一把的演奏晚了四分之一拍。传说托斯卡尼尼可以做到这一点，世界上能找到的也就只有他们这一对了。

说到最后，还有一种美不胜收的展品，曾经嫁给三个先后死去的大骗子，之后又和几位百万富翁勾搭上了，一位一百万，之后在安提布岬获得一幢浅色的玫瑰别墅，一辆阿尔法—罗密欧豪华车，上面有专门的司机和一个副手，一群老掉牙的上层社会的朋友。对于这样一群人，她的亲切明显是敷衍的，就像老公爵对他的管家说晚安一样。

对面出现的这个人儿显然和上面任意一种都挂不上钩，甚至远离这个尘世。她没办法被划分到任何一个种类，她就像山泉水一样清澈透明，水色很难找到合适的形容词。我正聚精会神地看着，耳边响起一个声音，"很抱歉，我来迟了，这都要怨这个。我先自我介绍一下，我是霍华德·斯潘塞，你就是我要找的菲利普·马洛吧？"

我转过头打量他，这是一个身材开始发福的中年人，不太注意穿衣打扮，可是胡子刮得很干净，头顶上只有一层非常单薄的头发，被向后梳理极为顺溜，将两个耳朵间的大脑袋都盖住了。他戴着没有边框的眼镜，穿着非常打眼的双排扣背心，这种衣服在加州好像没有，除非遇到一个来访问的波士顿人。他将另外一个手所拿的公文包拍了两下，很明显，他刚才所说的"这个"就是指它了。

"这是三部已经完工的新手稿，小说。如果在我们遇到合适的机遇退稿前就让他们不见了，那我就太无地自容了。"他向老侍应生打了个手势，后者刚把一杯绿色的东西放在那位金发美人面前，朝后退了几步。"对于金酒加橙子汁，我觉得非常美味，尽管没有面子，你要不要尝试一下？"

我点点头，老侍应生慢慢走开了。

我指着公文包反问道，"你为什么知道会被退稿？"

"如果真的不错，肯定不会由作者亲自送到酒店，而会落到纽约那些代理商手上。"

"那为什么还要留下来？"

"有两个方面的原因，一个是考虑到作者的感情，另外一个是所有出版人都想要得到的浪里淘沙的那个微妙的可能。绝大多数时间，你出席一个鸡尾酒会，被他人介绍给其他人，其中一些是小说的作者，而你又刚巧多喝了几杯，便要大行善道，于是说你想看看手稿。这样一来，这些手稿就以光的速度被送到酒店来强迫你读了，可是我觉得对于出版商和他们唯恐避之不及的事，你不会兴味盎然。"

侍应生给我们端来了饮料，斯潘塞拿起他面前的那杯，满足地喝了一大口。对于过道对面坐的金发女子，他全然没有注意到，他的所有注意力都集中在我的身上。这样看来，他这个中间人做得相当优秀。

"如果出于工作需要，"我说，"我间或也会看上几页书。"

"我们有个很至关重要的作者就住在这周围，"他随口提道，"你也许看过他写的东西，他的名字叫罗杰·韦德。"

"嗯哼。"

"我懂你的意思，"他无奈地笑道，"对于历史浪漫小说，你并不感兴趣，可是这些书真的很畅销。"

"我没有其他意思，斯潘塞先生。我之前看到他写的一部小说，我觉得那根本就是胡说八道，也许我不应该这样说。"

他撇撇嘴，"哦，没关系，很多人都这样认为。但现在问题的核心是他是现在最稳定的畅销书作家，现在要付出的代价太高，每个出版商手中都必须掌握几个畅销书作家才可以。"

我看向那个金发女子，面前的那杯柠檬水已经没有了，看了一眼做工上乘的手表。酒吧里慢慢变得热闹起来，可是还没有到吵闹不堪的地步。那两个时尚的家伙还在说个不停，吧台边独自喝酒的酒客和身边的几个酒友正在倾心交谈，我回头望了一眼霍华德·斯潘塞。

"你所遭遇的困境是否和这个人息息相关？"我问道，"我是说，韦德。"

他慎重地点了下头，又认真审视了我一番。"跟我说说你自己吧，马洛先生，如果你愿意的话。"

"说什么？我是有正规执照的私人侦探，而且做的时间也相当久了。我是孤单一个人，没有结婚。马上就进入中年了，手上也没有什么积蓄。我曾经进过牢里，而且不是一回两回，我不承接离婚案件。我爱好酒、象棋和女人，还有一些别的。警察不待见我，可是有几个跟我关系还可以。我是土生土长的本地人，生于圣塔罗莎，父母双亲都不在了，没有兄弟姐妹。如果哪一天我在黑巷子里遭遇了不测，所有人的日子都还是会继续。其实这种事情很可能会降临到我们任何一个人身上，也许会降临到其他行业的人或现在无事可做的人身上。"

"哦，我知道了，"他说，"可是我想知道的并不是这个。"

我将金酒加橙子汁的饮料喝完，这种饮料我着实不喜欢。我朝他撇撇嘴。"有一件事我忘了说，斯潘塞先生，我口袋里放着一张麦迪逊总统的头像。"

"什么意思？麦迪逊总统头像？"

"面额为五千块钱的钞票，"我说，"我一直随身携带着，这是我的幸运象征。"

"天哪，"他特地轻声说道，"这不是一件很危险的事情吗？"

"谁曾经说过这样一句话，只要达到一定限度，危险其实都是没有分别的。"

"我想说这句话的是沃尔特·巴杰特，他指的在高空工作的工人。"他开心地笑了，"很抱歉，我只是个出版商。你是个好人，马洛。我想来碰下运气，如果我没有这方面的计划，你会让我滚得越远越好，是吗？"

我也对他微笑了一下，他将侍者叫来，又点了两杯饮料。

"是这样的，"他小心地说道，"因为罗杰·韦德，我们陷入了一个大麻烦中。手上的书稿他没办法完工了。他没有了自控力，背后好像有什么隐情。他近乎疯狂似的，不停地喝酒，脾气也变得非常差，过一段时间又会玩失踪。不久以前，他将他的老婆从楼梯上推了下来，身上断了五根肋骨，住进了医院。他们之间没有一般问题，压根儿就没有。这家伙只有在喝醉了才会做这样的糊涂事。"斯潘塞朝后面靠了一下，然后非常难过地看着我，"我们必须让他将那本书写完，我们迫切需要它。从某种意义上来说，我能不能生存下去，都和那本书息息相关。可是我们需要做的远不止于此，我们希望可以让一个富有才华的作家振作起来，他可以创作出更多好的作品。肯定是发生了什么难以想象的困难。这次我来，他根本都不见我。我觉得应该去请精神科医生来看一下，可是韦德夫人拒绝了。他的精神肯定是正常的，可是有什么事情让他陷入莫名的恐怖中，打比方说没有署名的信。韦德夫妇已经成家五年，之前的事情可能重新找上了他，甚至也许，当然我只是随意想象的而已，他开车将人撞死了然后逃跑了，有人抓住了他的把柄。我们不知道到底怎么了。我们想搞明白，而且愿意耗费大量的金钱完成这件事。如果最后真的是他身体上出了什么问题，那么，也只能这样了。如果不是这样的，就一定要有个答案，而且还要保护韦德夫人的安全，难保他下次会做出什么过激的举动。谁能预见呢？"

第二次点的饮料送了上来，我看他一下子就将半杯喝完了，没去碰我那杯。我点燃一根烟，静静看着他。

"你不用侦探帮助，"我说，"你应该去找个魔术师。我能为你做什么呢？如果刚好那时我在那里，而且我的身手足以应付他，我会把他搞昏，弄到床上，可是，我必须一直在那里，这种可能性太小了，你明白吗？"

"他和你差不多高，"斯潘塞说道，"可是体力上肯定不如你，更何况，你可以一直在那里。"

"那可不一定，醉鬼们都是非常灵巧的，他一定会挑一些我不在现场的时间耍酒疯。我并不想要做一份男护工的工作。"

"男护工根本不行，罗杰·韦德会排斥男护工。他是个智商很高的家伙，只是有时难以自控而已。他写了一堆破烂给傻瓜们读，赚到了很多钱。可是只有写作才能将作家挽救出来。如果脑子里还有东西，他就一定可以写出来。"

"好吧，假如我对他有兴趣了，"我极其不情愿地说，"他很伟大，而且很危险，他手里掌握着罪恶的证据，想要通过酒精的力量暂时麻痹自己。这可不是我的强项，斯潘塞先生。"

"我懂了，"他看了下腕表，眉头紧皱。他的脸也跟着拧巴起来，看上去又老了一点。"当然，我也只是尝试一下而已，你不会介意的，是吧？"

说完，他去拿那个鼓鼓囊囊的公文包。我看向对面坐着的那个金发女子，很显然她也打算离开了。白头发的侍者拿着账单站在一旁，她回以亲切的微笑，付了账。他的表现简直是受宠若惊，就好像刚和上帝会晤过一样。她抿了下嘴唇，将白手套重新戴好，侍应生及时将桌子挪开很远的一段距离，好让她可以顺利通过。

我看向斯潘塞，他将公文包放到腿上，正眉头紧锁地看向桌边已经喝得一滴不剩的空酒杯。

"哎，"我说，"如果你希望，我可以和那个家伙见一面，看看到底是怎么了。我会找他的老婆沟通一下，不过我想他们不会待见我的。"

一个异样的声音响起，"不会的，马洛，我觉得他不会那样的，相反，我觉得他会非常待见你。"

我抬头望去，对上一双紫罗兰色的美丽眼睛。她站在桌边。我侧着身子站起来，尴尬地站在椅子和厢壁之间。

"你不用站起来，"她的声音宛如天籁，非常动听，"我觉得我应该先跟你说声对不起。对于我来说，在自我介绍前应该先了解一下你，这很关键。我叫艾琳·韦德。"

斯潘塞脸色很不好看地说，"艾琳，他并不想接手这个案子。"

她柔和地一笑，"我觉得不一定。"

我尽量让自己保持淡定，我依然保持着刚刚那个姿势，嘴张开着，就像个高中小女生一样。真是个地地道道的美人呀，离近了看，她更是让人迈不开脚步。

"我没说不想去，韦德夫人。我想要表达的意思只是，我觉得自己对于你们来说没多大用处，可能还会带来更大的麻烦。"

她仔细聆听着，笑容从她脸上消失了。"你下结论未必太早了。要判定一个人，你就不能单从事件上来判定。如果真想要评定一个人，还是得从这个人本身来看。"

我不知所以地点点头，因为对于特里·伦诺克斯，我就是这样评价的。从他的一言一行来看，他确实没什么值得夸耀的地方，除了在战壕里，他那一刹那间的光华举动以后，假如曼宁德兹说的是真的话，可是不能以偏概全。他是个你没办法厌恶的人。你这一生中遇到的人中，应该有几个这样的人吧？

"因此你必须先对他有所了解，"她亲切地说，"再见，马洛先生，如果你改变了心意……"她打开自己的手提包，将一张名片递给我，"非常感谢你的到来！"

她和斯潘塞点头致意以后，便静静离开了。我看着她走出酒吧，走过玻璃圈着的周围建筑，走到餐厅。她的身形婀娜至极。我看着她走进拱门，最后留给我的是一抹白色亚麻裙的身影，然后就不见了。我重重出了一口气，坐下来继续喝那杯金酒兑橙汁的混合饮料。

斯潘塞正目不转睛地看着我，眼光非常犀利。

"非常好,"我说,"可你至少也应该悄悄看一眼。那么一位理想中的情人就坐在你对面二十分钟,而你竟然熟视无睹。"

"我很笨,对吗?"他想要释放一个笑容,可他本心并不想笑。对于我看他的眼神,他别扭地躲到一边,"大家对私人侦探都有不同寻常的看法,如果真打算雇佣一个到家里的话……"

"不要想着把这个带回家里去,"我说,"无论如何,你得重新杜撰一个故事才行,你觉得有人会相信你编的这个故事吗?有人会那样狠心将这样一个美人儿摔下楼梯,还将五根肋骨都摔断了?无论他是否喝醉,你都可以杜撰一个更为可信的故事,对吗?"

他的脸涨得通红,双手死死抓住公文包,"你觉得我在欺骗你?"

"难道不是吗?不过现在已经没有什么关系了,我想你应该看上刚才那位女士了。"

他一下站起来,"你这种说话的口气实在很讨人厌,"他说,"我不能肯定我是否待见你,就算请你帮个忙,这件事情到此结束了。我想这部分钱够支付刚才的时间了。"

他往桌子上放了一张二十块钱的钞票,又给侍者给了几块钱小费。他站了一会儿,俯视着我,眼睛里熠熠发光,脸依然是通红的。"我结婚了,还有四个孩子。"他突然说。

"可喜可贺!"

他从嗓子里冒出简短的一句话,然后转身便离开了。他走的速度非常快,我凝视了一会他的背影,然后重新专注于自己的事情。我将余下的饮料喝完,拿出一支烟点上。老侍应生过来,看向那几张钞票。

"还需要点什么吗,先生?"

"不需要了,这些钱给你了。"

他慢慢将钱都收起来,"这张是二十块的,先生,你是不是搞错了?"

"他知道这上面的字,这些钱你拿走吧,我不想再说第二次了。"

"我当然无比感激,如果你可以确定,先生……"

"非常确定。"

他不停地点头,离去的时候还一脸忧烦。酒吧里开始变得热闹起来,两个身姿曼妙的女孩嘴里哼着歌挥舞着双手经过,和后面座位的两个时尚家伙相识。他们不停地说亲爱的,随之闪过的还有红指甲。

我抽了半支烟,肚子里的怨气没处发泄,于是准备离开这里。我转身拿烟盒时,后背被猛烈撞击了一下。这正是我现在所迫切想要的。我忽地一下转过身来,看到一个身材魁梧、穿着皱巴巴的牛津法兰绒裤子、好奇心特别强的家伙,双臂像明星一样大张着,嘴巴张开,形成一个二英寸高、六英寸宽的大洞,一看就是那种处处要占上风的人。

我不管不顾地抓住他伸过来的那只手臂,迅速向后翻转过去。"小子?怎样?难道这过道还不够宽,你这等大人物待不下?"

他用力摆脱了我的钳制,放狠话道,"小子,你别高兴得太早,小心我将你的下巴连根拔起。"

"哈哈,"我说,"你大约只能在扬基队占据中外场的位置,拿根做面包的棒子打本垒打。"

他将肥嘟嘟的拳头握紧。

"我的小宝贝,小心你美丽的指甲。"我说。

他强忍住怒气,"你这个精神不正常的家伙,自以为了不得的家伙,"他冷笑道,"等到下一回,我闲下来时。"

"你这会儿不是正闲得很吗?"

"请你离我远一点，"他大声叫起来，"再乱说话，我就要打得你满地找牙了。"

我朝他绽放出一个美丽的微笑，"那就来吧，伙计，说话可要小心一点。"

他的表情很快就转变了，脸上有了笑容，"朋友，我在海报上见过你。"

"那也不过只是钉在邮局里的那种。"

"罪犯相片簿上，我们再见吧。"他一边说一边朝外走，还不停地挤眉弄眼。

这真的笨得可以，可是好在一口怨气发泄出去了。我从餐厅附属建筑中走出来，越过酒店大堂，来到大门口。从大门走出时，我将墨镜戴上。一直到车里，我才想起来瞄一眼艾琳·韦德给我的名片，这是刻纹的，可是并不是太正规，上面留有电话和地址。清楚地印着：罗杰·斯特恩·韦德夫人，电话：空闲谷区5-6324，空闲谷路1247号。

我对空闲谷区再熟悉不过了，那里发生了很大的变化。之前那里入口处还有岗亭，有私家警察，湖上还设置的有赌场，还有售价五十块的卖笑女子。后来赌场停业了，那片地区成为上流社会的沃土。那些有钱人拼命哄抬当地的地价，让那里变成地产商遥不可及的梦想。一家俱乐部将湖泊和湖边都据为己有，如果俱乐部不接收你为那里的会员，那里的湖水，你都休想沾边儿。那是个非常排斥的地区，这里所指的排斥，并不是指当地的地价非常高，而是包含了太多的内容。

我和那片区域完全无法融合，就好像在香蕉船冰激凌上有一个小洋葱头一样，非常不和谐。

那天黄昏降临时，霍华德·斯潘塞打电话给我，他的怒气已经消了，并诚恳地跟我说抱歉，说他那天处理事情欠考虑，我是否可以再思考一下。

"如果他邀请我去，我可以考虑去和他见一面，要不然我才不会前往。"

"我懂了，这样薪水会高很多。"

"你听好了，斯潘塞先生，"我非常厌烦地说，"钱并不能和命运交换。假如韦德夫人真是视他如洪水猛兽，她大可以搬到别的地方去住。那是她个人的问题，没有人可以全天候地保护她周全，不让她丈夫欺负她，世界上也没有这样的保护法。可是你想要得更多，你需要明白那家伙是出于什么原因不受控制，什么时间、什么地点，以什么方式不被约束，这样问题才可以迎刃而解，不让他重蹈覆辙，最起码在他完成书稿以前。能否如约交稿，这也要取决于他。要是他真心想要将那部书写完，那么在这之前，他就会离酒尽量远一点。你的要求确实有点高啊！"

"这些事儿根本就是联系在一起的，"他说，"总而言之就是一个问题。可是我想我可以认同。对于你们这一行来说，说这些可能太细微了。那就这样吧，再见，我今天晚上会回到纽约。"

"祝你一路顺风！"

他向我表示感谢，然后将电话挂断了。我忘了跟他说我没收那二十块钱，而且将它给了侍应生。我本来想再给他打个电话说明这件事，反过来一想还是算了，他已经倒霉透顶了。

我将办公室的门带上，走向维克托酒吧，准备按特里在信中所说的，去喝一杯琴蕾。可是我突然变卦了，今天我比较高兴，于是去了劳里酒吧，点了马丁尼、约克郡布丁和牛肋排。

回到家，我开始看电视，里面正在播放拳击比赛。选手们实力真是一般，就像一群在阿瑟·默里下面待过的舞蹈大师。他们只是不停地左右攻击，虚张声势，试图让对手跌倒。他们每一个人的手的力度都非常小，甚至连困倦中的老祖母都不能叫醒。观众席上不停地响起嘘声，裁判不停地击掌让他们发动进攻，可是他们一直如履薄冰，小心翼翼，时不时舞动一下左长拳。无奈之下，我只好转换一个台，看犯罪片。故事发生于一个衣橱里，演员们一副毫无神采的态度，而且每张脸都看起来非常熟悉，也一点都不好看。对话完全让人摸不着头脑，填字游戏都用得不到位。私人侦探的仆人是个黑人小男孩，想借此增加一点笑料，可是根本用不上，因为他自己就已经够让人发笑了。广告也完全入不了眼，就连在垃圾堆里生活的山羊都看了直摇头。

我"啪"的一声将电视关了，拿出一张长长的卷得非常紧实的凉烟来抽，这让我的喉咙畅快了很多。真是上乘的烟，我不记得是什么牌子了。我正打算上床休息，凶案组的格林警官给我打了个电话。

"前几天，你的朋友伦诺克斯被他们掩埋了，就在他中弹的那个墨西哥小城市，我想你可能会非常想知道这个消息。有个律师作为家族的代言人到场了，参加了葬礼。这次算你幸运，马洛，记住，下回不要帮朋友这种忙了，帮他跨越边境地区。"

"他身上有几个被枪射中的地方？"

"你说什么？"他非常严肃地说道，安静了半晌，他一个字一个字地说，"一个，应该可以这样说。如果是打中脑袋的话，一颗子弹足以将其致命。那律师带了一些照片和他口袋里的东西回来。你还有什么问问的？"

"当然，就算我想问，你也不会给我答案。伦诺克斯的老婆到底是被谁杀死的？"

"咳咳，格伦茨没跟你说，他留了一封非常详细的遗书？报纸上都刊登了，你不要跟我说你现在连报纸都不看了。"

"非常感谢你给我来电话，警察，你的好意我心领了。"

"听着，马洛，"他的声音陡然拔高了几度，"你要是继续对这个案子有疑问，那就是自讨苦吃。案子已经盖棺论定了，也归档了。算你幸运。本州事后从犯要被判坐五年牢。让我再警醒你一件事，我当警察的时间也不短了，有一点我必须要告诉你，就是你之所以被投放进监狱也许并不是因为你具体做了什么，而只是因为事件本身在法庭中所显现出来的状态，晚安。"

他将电话挂断以后，我将听筒放到机座上，心里忍不住在思忖，心怀愧疚的警察总是要装出一副凶神恶煞的样子，心怀叵测的警察其实也是一样。大概所有人都是如此，我自己也不例外。

第十四章　　韦德夫人

第二天一早，我正在将耳垂上沾的爽身粉涂抹掉，门铃就在这时响起。我过去把门打开，映入眼帘的是一双紫罗兰色的眼睛。她这次穿的是褐色的亚麻衣裙，围巾是鲜红色，这次她没戴帽子，也没有戴耳环。她看上去没什么血色，可是和经常被推下楼梯的人相比，又有很大差距，她对我投来怀疑的笑容。

"我明白不应该到这里打扰你，马洛先生。你估计还没吃早饭吧，可是我不太想去你的办公室找你，而电话里讲私事，我也不喜欢。"

"没关系，请进，韦德夫人。要来杯咖啡吗？"

她来到起居室，在长沙发上正襟危坐，目光没有焦点。她将手提包平放在自己的膝盖上，双脚并拢地坐着，看上去非常讲礼节。我将窗户打开，又将百叶窗帘也拉开，将她面前的脏烟灰缸拿起。

"非常感谢，请递给我一杯黑咖啡，不加糖。"

我来到厨房，在绿色金属托盘上放上一张餐巾纸，和粗糙的塞璐珞硬领一样粗劣。我将它卷成一团，重新铺上一张有流苏的餐巾，还配备了小三角餐巾，这是这个屋子本来就存在的，和这里绝大部分家具一样。我又拿出两个咖啡杯，上面带有沙漠玫瑰的图案，将咖啡倒好，端着托盘回到起居室。

她喝了一小口，"非常好，"她对我夸奖道，"你的咖啡煮得非常好。"

"前一次煮咖啡，还是在我进牢房以前，"我说，"我想我必须告诉你我曾经坐过牢，韦德夫人。"

她点点头表示她知道了，"当然，他们觉得你庇护了他的逃离，对吗？"

"他们没有明确这样说，他们在他的起居室里发现一个便条本，上面写有我的电话号码。他们便开始讯问我，我沉默以对。主要原因是他们问话的方式非常令人反感，我想你肯定不想知道这其中的过程。"

她小心翼翼地把咖啡杯放下，然后又在后找了个舒服的位置靠着，微笑着凝视我。我问她想不想抽支烟。

"非常感谢，我不抽烟，我有非常浓厚的兴趣。我们有个住在这附近的人和伦诺克斯夫妇很熟悉，他肯定是疯了，他完全不像那种品性的人。"

我将一支斗牛犬式的烟斗装满烟丝，点燃。"我觉得也是，"我说，"他肯定是疯了。他在战场上身受重伤，离开了人世，所有东西都不在了。我想你必然不是来和我讨论这个的吧。"

她慢慢摇了摇头，"你们是朋友，马洛先生，你必然有你自己坚定不移的观点。我认为你是一个意志非常坚定的人。"

我将烟斗里的烟丝压扁，再重新点上，同时隔着烟斗中袅袅的烟雾，慢悠悠地审视她。

"嗨，韦德夫人，"最后我说，"我的观点并不重要，天底下让人大跌眼镜的事时刻都在发生。最不会被人觉得是犯罪嫌疑人的人却犯了最离谱的罪；最和蔼的老太太却将一家人都毒死了；看上去温顺可爱的孩子却多次持枪进行抢劫；二十年兢兢业业上班的银行经理却被查出长期挪用公款；名利双收而且按道理来说应该生活非常美满的小说家却成了烂醉如泥的人，动手将老婆打得住进医院。对于身边最好朋友的犯罪原因，我们竟然一片茫然。"

我原以为这样会让她暴跳如雷，可是她除了将嘴唇抿起，眼睛眯着以外，没有任何其他动作。

"霍华德·斯潘塞不应该跟你说这些，"她说，"这是我的失误，我不晓得应该如何躲避他。从那以后我就懂得了，如果男人喝了太多酒，你千万不可以做一件事情，那就是去规劝他。这个，我想你比我懂。"

"你肯定不能开口去跟他说什么，"我说，"如果你够走运，而且有足够大的力气，有时你可以防止他自残或是伤害别人。当然就算是那样，也得用运气说话。"

她慢慢将咖啡杯和碟子拿起，她的手非常好看，就如同她身上的其他部位一样。指甲的形状堪称完美，上面有颜色非常清雅的指甲油。

"霍华德是否跟你说过这次他没能看到我丈夫？"

"他说了。"

她将咖啡喝完，然后小心翼翼地将杯子放回托盘内，手指搅动了一会儿茶匙。然后她开始说话了，可是眼睛却是望向别处。

"他没跟你说原因，那是因为他根本不清楚。我对霍华德很尊敬，可是他是那种凡事都喜欢管的人，任何事情都想插一手。他以为自己擅长管理。"

我等她继续说下去，所以我没有接茬。她看了我一眼，然后转移了目光。她非常温柔地说："我丈夫已经消失三天了，我不知道他到哪里去了。我来这儿请你帮帮忙，帮我找到他，并把他带回来。哦，类似的事情以前也发生过。有一次他自己一个人到了波特兰，病倒在那边的旅馆里，还请了医生帮他解酒。开了那么远，竟然一路顺利，他是怎样做到的，我到现在都觉得奇怪。他三天没吃饭。还有一次，他去了长滩一家瑞典人开的浴场，那里是专门给客人提供清洗肠道服务的。之前不久，他又去了名声很糟的一家私人疗养院。到现在还不到三个礼拜。他不跟我说那地方叫什么名字，也不说位于哪里，只说他在那里疗养，叫我不用担心。可是他看上去一点精神都没有。他被别人送回来时，我只是仓促地看了一眼那个人。那是个年轻人，个子很高，穿着非常入时的牛仔装，那种装扮只会出现表演舞台上或是彩色音乐片里。他让罗杰在车道里下车，然后调转车头就走了。"

"也许那里是个专门供休闲的牧场，"我说，"有这种非常温顺的牛仔，将所挣的钱都用于穿衣打扮，女人们对他们可是情有独钟呢，就是因为这个原因，牧场才离不开他们。"

她将手提包打开，拿出一张叠得整整齐齐的纸。"我带了一张五百块的支票过来，马洛先生，这作为定金，你愿意收下吗？"

她把支票搁在茶几上，我看了一眼，并没有伸手去接它。"为什么要这样？"我问她，"你说他已经失踪三天了，让他酒醒然后吃点东西一般得有个三四天的过程。你确定他这次不会和以前一样回家？这次和以前有什么分别吗？"

"他不能继续这样下去了，马洛先生，这样下去，他会死的。类似的事情发生的频率越来越高，我太忧心了。不仅仅是忧心，而是恐惧。太超乎寻常了，我们结婚五年时间，他一直嗜酒如命，可是并不是像个酒疯子一样的，肯定是哪里出了问题。我一定要找到他，昨天晚上我睡了还不到一个小时。"

"你知道他为什么这么喜欢喝酒吗？"

她那双紫罗兰色的眼睛一直看着我。今天早晨她看起来很是羸弱，可是还没有到风一吹就倒的地点。她紧紧咬住下嘴唇，摇头说，"可能是因为我，"她最后说道，声音近乎呢喃，"男人对自己的妻子不再有兴趣。"

"在心理学方面，我并不专业，韦德夫人，可是做我们这项工作的人多少懂一点儿。在我看来，他更应该是对自己所写的东西感到厌烦了。"

"也说不定，"她小声说，"我可以想象到所有作家都会遭遇这样的瓶颈，这是真实的，他看上去对于手上的稿件不能如期完成，可是他不需要一定要将手上的稿件写完去交房租啊！我觉得这个原因太牵强了。"

"他没有喝醉时是个什么样的人？"

她温和地一笑，"啊，我的看法也许会有失公平，我认为他是个非常柔和的人。"

"那喝醉酒以后呢？"

"相当恐怖，才思敏捷，薄情寡义。他自己觉得相当幽默，其实那是怨怼。"

"你没有说到他会动手。"

她将浅棕色的眉毛微微扬起，"只有一次，马洛先生，那事被夸张了。我从来没有跟霍华德·斯潘塞提过，是罗杰自己告诉他的。"

我站起来，在屋子里走来走去。今天温度太高了，现在已经热得受不了了。我将百叶窗帘拉下来，挡住刺眼的阳光，然后开门见山地说话。

"昨天下午，从《名人录》里，我找到有关他的资料。他今年四十二岁，是第一次结婚，你们现在还没有生育子女。他是新英格兰人，在安杜佛和普林斯顿上过学。他在军队服过役，表现良好。有关性爱和斗剑的长篇历史小说，他就创作了十二部，而且每一本都卖得火爆。他肯定挣了不少钱，如果他对自己的老婆不感兴趣了，他是那种会主动提出离婚的人；如果他在外面勾搭其他人，你应该会知道。总而言之，他不需要为了发泄自己的情绪而跑到酒吧买醉。假如你们结婚五年，那结婚时他已经有三十七岁。在我看来，他对女人的熟识程度可谓一般。我说，非一般，是因为不可能有人完全了解。"

我停了一会，看了看她，她朝我投来温和的一笑。看来没有对她的感情带来伤害，于是我决定接着往下说。

"霍华德·斯潘塞认为，具体是因为什么我不了解，让罗杰·韦德郁闷不已的是之前很久远的事情，远远在你们成婚以前。现在那郁闷的事情又重新找上了他，让他疲于应付。斯潘塞觉得是匿名信。你知道吗？"

她轻轻地摇了摇头，"你是想问我是否知道罗杰给他人支付过大笔的钱，这个我不清楚。对于他金钱上的事情，我从来不打听。也许他曾经付过，可是我却是不知情的。"

"好吧，我对韦德先生认识不多，不晓得当他面对敲诈他的人，他会怎么应对。他如果性情暴戾，可能会将对方的脖子拧断。如果那个潜藏已久的秘密，无论它是什么，会危及他现在的社会地位或荣誉。我们用个比较极端的例子来说明，让警察上门来调查，他也许会破财消灾，换得短时间内的平静，可是这些对于我们来说一点用处都没有。你想找到他，你对他的安全表示担忧，而且不局限于担忧，可现在的核心问题是我要如何去找他？我不想拿你的钱，韦德夫人，至少现在我没有这个想法。"

她又从手提包里拿出几张折叠的黄纸，就像复写纸一样，其中一张还不平整。她将它们用手抹平，然后递给我。

"有一张是我在他的书桌上找到的，"她说，"已经很晚了，或者是凌晨吧，我知道他一直在喝酒，没有到楼上去。大概两点钟时我下楼看他是否还好，相比较来说还可以，他只是喝醉了倒在地上、沙发上或其他地方，可是却不见他的踪影。还有一张是我在废纸篓里找到的，更准确点来说，是在纸篓边上找到的，还没有扔到纸篓里面去。"

我看了一眼第一张纸，是用打印机打出来的一行很简短的字：

我不需要形影相吊，也不会再有他人的可爱。

罗杰·（F·斯科特·菲茨杰拉德）·韦德
还有：这是我为什么一直没办法将《最后一个大亨》写完的缘由。

"你发现什么了吗，韦德夫人？"

"只不过是故弄玄虚而已。他对斯科特·菲茨杰拉德非常崇敬。他说菲茨杰拉德是自从柯勒律治以来最杰出的酒鬼作家，后者还吸毒。请看一下字迹，马洛先生，干脆果断，轻重一样，而且没有错别字。"

"我关注到了，很多人喝过酒后，写自己名字都困难。"我将那张不太平整的一张纸打开，还是打印机打出来的，而且也没有错别字，轻重力度都一样，上面工整地书写着：

我对你没有好感，V医生，可是现在我又需要你。

我查看这张字条时，她在一旁说道，"我从来不知道谁是什么V医生。我们所认识的医生中，也没有以这个字母开头的医生。我猜测罗杰上回去的地方就是他经营的。"

"就是牛仔送他回家那次？你丈夫一个字都没有说过？连去的地方也没有说过？"

她笃定地摇摇头，"没有，我仔细查过电话簿，上面有几十个以V开头的医生，所从事的专业也是五花八门，也许那个V不是他的姓。"

"也许他根本就不是什么医生，"我说，"这就关系到金钱问题了。正规医院的医生都要收支票，而假冒的则不用，支票会成为呈堂证供。那种家伙收费会很高。他供应食宿，要价肯定很高，这不包括针药在内。"

她表示非常惊讶，"针药？"

"所有值得怀疑的医生都会给病人打麻醉药，这样可以更省心。让他们晕头晕脑地睡十几个小时，等到他们彻底醒过来，又变成好人一个了。可是没有任何营业执照就使用麻醉药品，山姆大叔会把你送进大牢的，这付出的代价就太大了。"

"我懂了。罗杰口袋里大约只有几百块钱，他的书桌里一直放很多钱，我一直搞不懂是什么原因。我原先以为那不过一时突发奇想，可是现在那些钱却找不到了。"

"好吧，"我说，"我尝试着去找一下V医生，现在还理不清头绪怎么去找，可是我会尽我最大努力。把支票拿走，韦德夫人。"

"怎么了？难道你不应该……"

"这个问题以后再谈，谢谢，更何况我希望是韦德先生把这张支票递给我。打死他也不会喜欢我干这样的事。"

"可是如果他生病了，无依无靠的……"

"他可以打电话给自己的医生，或者请你打。可是他并没有这样做，由此可见他心里并不是乐意这样做的。"

她将支票收好放进手提包，然后站起身来，满面愁容。"我们的医生已经不再给他提供治疗了。"她晦涩地说。

"当地有几百个医生，韦德夫人。这么多医生，每个医生给他治疗一次也不得了。更何况现在医疗行业竞争已经达到白热化程度。"

"我懂了，当然，你说的肯定是没错的。"她慢慢走向门口，我跟着走过去，帮她打开门。

"你自己也可以打电话给医生，为什么没有？"

她和我面对面站着，眼睛里闪烁着晶莹的泪光，真的是我见犹怜。

"因为我非常爱我的丈夫，马洛先生。如果可以帮助到他，不管什么事情，我都愿意去尝试。可是我非常了解他。如果每次他喝醉了，都要叫医生来的话，那这个丈夫也不能陪我多久了，我不能像对待咽喉痛的孩子一样对待一个大男人。"

"如果他确实喝醉了，这种方法是可行的，大多数时候，你必须这样做。"

她就站在我身边，我可以清晰地嗅到她身上的香水味儿，或者我自己觉得嗅到了。那种香甜并不是出自于香水，也许只是夏天特有的香味。

"如果他以前做了什么上不得台面的事，"她说，字斟句酌，好像每个字都很难说出口，"甚至犯过什么重罪，我都没有关系。可是我不想自己去找到真相。"

"可是如果霍华德·斯潘塞拜托我来调查这件就没有什么影响了？"

她慢慢地挤出一个笑容，"你曾经说过，真男人就算是去坐牢，也不会背叛自己的朋友。除开这个以外,你可能会给霍华德·斯潘塞更好的回复吗?"

"感谢你的赞美,可是那并不是我坐牢的主要原因。"

她一时没有接话,只是点了点头,说了再见,然后走下红杉木台阶。我看见她坐进一辆狭长的灰色美洲豹,看上去像新的一样。她将车一直开到街末端,在停车场调转了一下车头。开到下坡道时,她朝我摆了摆手。然后小车驶过拐弯的地方,就不见了。

大门墙角处生长了一丛红色的夹竹桃,里面有小鸟翅膀拍打的声音,原来是一只小嘲鸫在急吼吼地叫着。我看到它落在顶部那根枝条上,不停地拍打着翅膀,好像随时有可能掉下去似的。墙角还有一棵柏树,从那里蓦然传来一声非常响亮的叫声,像是在告诫什么。急吼吼的叫声马上就听不见了。

我走到里屋,将门带上,留下小鸟自行飞翔。鸟儿也得自我成长啊!

第十五章　彼得斯

不管你自认为自己多么聪明伶俐,也必须从一点一滴着手:名字、地点、社区、环境、背景、参照物。可是我手上现在就只有一张不太平整的黄纸,上面清楚地打印着,"我对你没有好感,V医生,可是现在我又需要你。"就仅从这一张纸入手,几乎和在太平洋里捞针没什么区别。我用了整整一个月的时间去访问罗列在半打县医疗协会名单上的人员,最后却是竹篮打水一场空。在我们所生活的城市里,江湖医生繁衍的速度相当惊人。以市政府为中心扩散开去,一百英里之内有八个县,每个县都有很多小镇,每个小镇都有医生。有些医生是实实在在获得了这方面的资历,可是有的只不过通过一些函授课程取得这方面的任职资格,可以治疗一下鸡眼,在你的背部鼓捣一下。真才实学的医生有的很有钱,有的则穷困潦倒,有些注意医生职业道德,有些则顾不了这么多。家境比较殷实的早期酒精中毒病人,那些老头儿是不会去运用维生素和抗生素给治疗的,这也是他们获得巨额回报的主要来源。可是没有线索真让人抓狂啊。我没有线索,艾琳·韦德不是没有,就是有,她自己也不知道,而且,就算我发现所有人都和这个条件相吻合,名字开头都是V,有关罗杰·韦德,那也非常有可能只是个虚幻的影像。那句话也许只是韦德喝醉以后脑子一发热写出来的东西,就好像说到斯科特·菲茨杰拉德,或许只是一种不一样的告别形式而已。

在这样的局势下,卑微的人物就必须请高高在上的大人物的脑袋帮忙了。我于是给贝弗利山庄卡恩机构的一个认识已久的人打电话。卡恩是个非常时尚的机构,专业保护上流社会,也就是保镖,相当于将所有触及法律雷区的事情都包括进去了。那个家伙叫乔治·彼得斯,他说如果我可以非常简短地将事情叙述完,他愿意给我腾出十分钟的时间。

卡恩机构被设置在一栋粉红色四层建筑的二楼,半个楼层都是他们办公的地方。电梯门开关是由电子眼自主遥控的,走廊清净而舒适,停车场每个车位都是各人专属的,前厅外面是一位药剂师,他现在要调配足够多的安眠药。

门外缘是浅灰色的,中间是突起来的金属字母,非常耀眼,就好像一把还未开启的刀:卡恩机构。杰拉尔德·C.卡恩,总裁。下面标着一行小字:入口。很像一家投资信贷公司。

首先映入眼帘的是一间非常小而且超级没有审美趣味的来客接待室，可是虽然视觉效果不是太好，可是花的心思和财力可不少。家具是深绿色和猩红色，墙壁是令人压抑的布伦兹维克绿；墙上挂的是镜框画，镜框也是绿色，可是颜色又暗了几分。画面上显示的是几个骑着高头大马，正准备一举跃过高篱笆的红衣人。还有两边墙是无框的镜子，上面是一层浅浅的让人不适应的淡粉色。白桃花心木桌被打磨得亮闪闪的，上面放着才到的期刊杂志，每本上面都包着透明塑料胶皮。负责装修这间房子的人肯定色彩运用非常大胆。他极有可能穿着艳红的衬衫，下面是紫色的裤子，脚上是斑马纹鞋，大红内裤上面还用耀眼的橘红丝线缝着姓名第一个字母。

这整个房间只是一个面子工程。卡恩机构每天要向来访的客人收取不下一百块，客人一般想要的是上门服务，他们才不想安安静静地等候在接待室里。卡恩曾经是一个宪兵上校，皮肤白里透红，身材很魁梧，身体素质也非常好，活像一块木板。他曾经请我进去，可是我当时还有其他更好的选择。当混蛋可用的招数非常多，卡恩几乎每一样都运用自如。

磨砂玻璃门被推开了，一名前台接待看向我。脸上是被专业训练过的微笑，还有一双可以看透你钱包的犀利的眼睛。

"早上好，请问我可以为您做什么吗？"

"我叫马洛，我找一下乔治·彼得斯。"

她将一个绿皮本子放到台面上，"我在预约登记本上没有找到你的名字，你们是不是已经约好了，马洛先生？"

"我刚给他打过电话，我找他是私事。"

"我懂了，你的名字要怎么完整地写出来，马洛先生？"

我完整地告诉给了她。她登记在一张长长的表格上面，然后将它放进计时钟里面。

"这是展示给谁看？"我好奇地问道。

"我们这里对细节非常关注，"她冷淡地说，"卡恩上校曾经说过，对于一件小事何时会变成大事，我们永远没办法预料到。"

"也许可能换个方式说。"我说，可是她没有理解我的意思。她登记完，然后跟我说，"我会告诉彼得斯先生，有人找他。"

我表示我很高兴。过了一分钟，嵌板上打开了一道门，彼得斯挥手请我进到一条走廊，走廊被涂成战舰灰色，两边是格子办公间，就好像牢房一样。他的办公室天花板上安装了隔音装备，一张灰色的办公桌，两把与之相匹配的椅子，灰色的台子，灰色的录音机、电话机、笔筒，还有墙壁和地板也是灰色。墙上挂着几幅有框照片，一张是头戴雪花莲式钢盔的卡恩的军装照，还有一张是身着便装的卡恩坐在办公桌后面，让人晦涩难懂。旁边还有一幅激励人向上的小匾，字体僵硬，底纹也是灰色的，上面工整地写着：

不管在什么地方，什么时候，卡恩机构的侦探都必须具有良好的绅士仪容以及说话。任何情况下都不能除外。

彼得斯三步并作两步走到房间另外一边，将一幅照片拿开，身后墙壁里有一个灰色的麦克风扩音器。他将它取出来，将接线抽掉，然后再重新放回原位，照片也重新归属。

"我会马上没有工作，"他说，"如果不是那个混蛋要去处理一个演员酒后驾车的案子，所有的麦克风开关都安装在他的办公室里。这个肮脏的地方到处都是线。有天早晨，我给他提议，在接待室的一面半透明的镜子后面配备红外线缩微胶片照相机。他对此兴味索然,也许别人那时就已经装了。"

他坐在一把灰色的硬椅上。我看着他,他是个手脚都不太灵活的长腿男人,脸很瘦,发际线正在往后退。皮肤粗糙无比,就像经年累月在外面历经风霜的样子。他的眼睛非常令人着迷,上嘴唇和鼻子的长度差不多,只要一笑,从鼻孔到宽嘴巴处的两个嘴角便会裂出深深的两道鸿沟,脸的下半部就这样沉溺在沟里了。

"你怎么可以忍受得住?"我不禁问他。

"先坐下,我的兄弟,不要大声呼气,说话声音也要小一点儿。记住,卡恩这样有名的大侦探和你这种初出茅庐的小侦探相比,打比方说,一个就是托斯卡尼尼,一个是在街头手风琴表演者节奏下活跃的猴子。"他稍稍停顿了一上,咧开嘴角笑了,"我可以忍受得住,因为我根本不在意,得到的薪水其实不菲。假如卡恩什么时候发疯,觉得我在他战争时期负责的管理非常严格的英国监狱服刑,那我就把薪水领到以后离开这里。你遇到什么烦心事了?我听说前段时间你受折磨了。"

"没什么好埋怨的。我到你这来,是因为埃迪·道斯特离开这里以后,专程告诉我你们这里会有一份那些喜欢捣蛋的人的资料。"

他点点头说,"埃迪太敏锐了,这和卡恩机构的风格是不匹配的。你刚才所说的绝密档案,是万万不能传播出去的,我去拿给你。"

他出去了一会,我看着灰色的纸篓、地垫以及记录本的灰色边框发呆。没过多久,彼得斯就回来了,手里拿着一个文件夹,也是灰色的。他把档案夹取下,打开。

"我的苍天哪,这里还有不是灰色的东西吗?"

"孩子,还有学校的色彩,本机构所宣扬的文化,啊,所有不是灰色的东西大抵都在这里了。"

他将办公桌抽屉打开,拿出一支大约八英寸长的雪茄。

"乌普曼30,"他说,"这是一位来自于英格兰的老先生送给我的,他一直在加州生活了四十年之久,收音机在他的口中一直就叫无线电。没有喝醉酒时,他是个非常时尚的人物,挺有魅力的,我觉得那样就不错了。因为大多数人,不管是否浅显,都没有什么魅力。包括卡恩在内。他相当没趣味,就像炼钢工人穿的大裤头一样。喝醉酒后,这位老先生有个特别的嗜好,就是专门写一些银行的支票,而且是他没有在那里开过账户的。他总是给别人赔点钱解决此事,再加上我的帮助,他一直到现在还没有蹲过班房。他送给我这个,要不然我们一起抽,就像两个蓄谋准备一场大屠杀的印第安酋长一样?"

"我不抽雪茄。"

彼得斯只好一个人看着这个特大号雪茄,"其实我也是,"他说,"我曾经想过把他转送给卡恩,可是这种烟不是一个人可以驾驭的,就算卡恩也不例外。"他眉头紧锁,"你知道吗?我一直在提卡恩,肯定是我精神太压抑了。"他将雪茄放到抽屉里放好,将档案打开,"我们到底要查询什么东西?"

"我在找一个非常有钱的醉汉,他属于上流社会,可以附庸风雅,当然也会玩。一直到现在还没有做过不靠谱的事,反正我是不知道。他的性情趋于暴躁,他老婆非常忧心。她觉得他现在肯定藏在某个醒酒机构里面,可是也不敢保证。我们手上仅有的一条线索就是一张涉及某个V医生的字条。只注明了姓氏的首字,我要找的人失踪了已经有三天了。"

彼得斯看着我心不在焉,说:"三天时间并不长,有这么担心的必要吗?"

"如果我先找到了他，那些人就会付我钱的。"

他摇着头，看了我几眼，说："我虽然并不明白你的意思，但没关系，我们可以分析一下。"说着他开始翻阅档案。"这可不好找，"他一边翻一边说，"只这样一个字母，实在不算什么线索，这些人来来去去，太乱了。"他这样说着，在档案夹中一页一页的抽出三张纸来，说："这里的三个人，你可以记一下，第一个叫阿莫斯·瓦利，是一位正骨医生，在阿尔塔迪纳开一家大型的诊所，晚上要他出诊需要加五十块之多呢。诊所雇了两名正规的护士，不过几年前被麻醉药品管理局的人给查了一回，结果迫于压力把处方权上交了。只是，这些信息都是过去的，现在不知如何。"

我一边听着一边记下名字和地址。

"第二个叫莱斯特·乌坎尼奇，是一位耳鼻喉科的医生。诊所是开在好莱坞大道斯托克韦尔大楼里的，专门主看慢性鼻窦炎，而且是特别常规的治疗手法。这位医生有意思得很，如果你去看病，说自己因为鼻窦炎而引起了头疼，他就会直接用奴佛卡因麻醉一下，然后给你清洗鼻腔算是完事；如果他看你不顺眼，连麻醉都不一定会用，你明白我的意思吗？"

"完全知道。"我再将这位医生记下来。

彼得斯继续看着档案唠叨："不过，他似乎在拿货方面有麻烦，因此，这位乌坎尼奇医生会坐着自己的私人飞机，经常到恩塞纳达钓鱼。"

"不会吧，如果他亲自携带毒品，诊所不可能开到现在。"

彼得斯听我说完想了想，便摇着头说："似乎没你想的那么简单，他只要一次不带太多的量，就可以一直这样开下去。当然，他也有危险，如果哪天因为小事引起了顾客的不满，哦，个不不，应该是病人，他自己也应该很清楚这种事，他在那里开门诊已经有十五年之久了，大概还没遇到过这种事。"

"这些信息你们都是怎么得来的呢？"

"兄弟，我们可是有团队的，不像你孤身一个独斗。这些资料有一部分是客户自己提供的，而有些则是我们团队通过关系找来的，卡恩从来不怕在这方面花钱，只要他愿意，他的能力完全可以搞定这些。"

"卡恩应该很喜欢听你这样说。"

"最后这个家伙姓韦林吉，不过搜集他档案的人早不在我们团队了。韦林吉经营一个艺术村，专门为作家、画家之类的人群提供居住服务，租金并不高，只是好像有一个女诗人，在他塞普尔韦达峡谷的牧场自杀了，这对他有些影响。他的档案里是医生，但事实是他与医生并没有关系，而且人也不算什么坏人，据说是位博士呢。只是，这个人为什么会在我们档案里呢？难道女诗人自杀把他牵连进来了？"彼得斯又找出一张剪报："哦，原来是用吗啡过量了，但他似乎并不知道内情。"

"这个韦林吉，我很有兴趣。"我对彼得斯说。

"这是你没见过的。"彼得斯将档案合起来，然后独自走出房间。我坐了一会儿，等他回来时就准备离开。当我向他道谢时，他却一点儿也不在乎。

"你要知道，你所找的人不可能只待在一个地方，很可能会去各种不同的地方。"彼得斯说。

我点头："对，我明白。"

"哦，对了，我还要告诉你一下，我也听过一点有关你朋友伦诺克斯的事，如果你有兴趣的话，我可以和你讲讲。大约五六年前了，我同事在纽约碰到一个与他很像的人，不过那个人自称叫马斯顿。希望是我同事搞错了吧，因为那天他喝了酒，不能确定的。"

我问他："这应该不是同一个人吧？如果是的话有必要换名字吗？这是可以通过战争纪录查出来的。"

彼得斯摇摇头："那我就不知道了，我的这位同事现在西雅图呢；如果你认为有必要的话，可以等他回来与他当面谈一谈，叫他阿什特费尔特就行。"

"哦，乔治，太感谢你了，这可远远超出十分钟的时间了。"

"不用客气，说不定哪天我也需要你帮忙呢。"

"怎么会呢，卡恩团队可是永远不用别人帮忙的。"

彼得斯伸出拇指，对我做了个鄙视的手势。我趁机离开了他那灰色的接待室，感觉那里就如同牢房一样。不过，走出来之后，看着它却顺眼多了。走出牢房的区域，各种色彩扑面而来，心里顿时畅快起来。

第十六章　厄尔

开着车子由公路下来，就是塞普尔韦达峡谷的底部，在这里有两根黄色的门柱，方形，大门是由木条钉成的，直接敞开着。门口上方挂着一块牌子，写着几个字：私家道路，不得擅入。

空气暖暖的，飘浮着一股淡淡的桉树味道，显得沉静、安详。我顺着路转弯，走上一条用碎石子铺好的坡路。爬上山坡之后，再顺着坡路向下，到达浅谷。虽然是浅谷，但空气很闷，温度比起高坡上至少要高出十多度的样子。这条碎石路沿着草地一直向前，好像画了个圆，便结束了。草地上还有被刷成白色的石块，以及一个没有水的游泳池。世界上最落寞的风景，应该是没水的游泳池了。游泳池的三面都是草坪，还放着几把躺椅，椅子是红杉木做的，放在上面的靠垫五颜六色，蓝的、红的、黄的、绿的，甚至是铁锈色的，不过颜色已经褪去很多，而且边沿有脱线，连结扣都掉了，内里填充的材料暴露在外面。另外一面是个被铁丝网围起来的网球场，游泳池显然已经破败不堪，跳水板破破地耷拉在那里，跳水板上的金属配件已经生出锈来，连垫子也是坏的。

我将车再开回到环道，来到一栋杉木房前，房子有着宽大的前廊和一个木制的屋顶。门上装有纱门，苍蝇被它们挡在门外，只好趴在纱门上午睡。房子旁边种了些加州橡树，灰突突的，在中间有一条小路。透过橡树林，可以隐约看到山坡上一间一间的木屋，有些则被树影遮掩着。不过，木屋看上去长时间没有人住的样子，门窗紧闭，还挂了厚厚的帘子。虽然隔得很远，但依旧可以想象得到那帘子上已经积满了灰尘。

我把车停下来，坐在车里四处张望。没什么声音，四周安静极了。这种地方就如同墓地，一片死寂。只有那扇纱门背后的门是打开的，里面很暗，但有东西在晃来晃去。很快，我就听到有口哨声，在这安静的氛围里格外清晰。一个男人从纱门走出来，慢慢地下了台阶，这个人值得我观察一番。

男人头上戴了一顶牛仔帽，黑色的，南美风格；帽子带松松地系在颈下，白衬衣是丝绸质地，很干净，领口的扣子没系，灯笼袖，腕部的扣子系得牢牢的。在他颈间系了条黑围巾，带有流苏，很有层次地垂在胸前。腰间是一条黑色的宽腰带，裤子又黑又亮，臀部紧绷，裤腿中缝是用金线缝制的，沿着裤脚向下延伸，脚边开衩处，又钉着两颗金扣子，脚上是一双黑色漆皮舞鞋，干净清爽。

这个人站在最后一级台阶，停在那里，嘴里一直吹着口哨，却一刻不停地看我。他的大眼睛很漂亮，眼珠是烟色的，睫毛又软又长，细细地上翘着。而鼻梁也很挺，嘴型微翘，在下巴处有个小窝，耳朵恰到好处地贴在头两侧，皮肤非常白皙。这么精致的五官，看上去却一点也不瘦弱。

这个男人将左手扶在自己的臀部，右手随意地向上扬起，非常优雅的样子，说："嗨，你好！今天天气真好，对不对？"

"我感觉今天好热。"

"是吗？不过我很喜欢。"男人并没有留下让我回旋的余地，直接结束了对话。我喜不喜欢他并不介意，他自顾自地在台阶上坐下来，不知从哪个口袋摸出一把锉刀，对着指甲开始修理起来。

"你是哪里来的？银行派过来的吗？"男人并没有抬头看我，直接开口说话。

"不，我要找韦林吉先生。"

"韦林吉？这是什么人？"那位男士停下手里的动作，向远处看一眼，似乎对我说的话、我说的人并不感兴趣。

"你不知道自己住在哪里吗？这都是他的地盘。"

那位男士又开始修指甲了，一边修一边说："可真不巧，这里不是什么韦林吉的，而是银行的地盘。我不知道出于什么原因了，可能是他取消了这块地盘的赎取权，也有可能是交于第三方托管。"

他说着看我一眼，满脸都是毫不在乎的样子。我从车里下来，然后靠在车门上，不过太热了，我又往有风地方挪了一点。

"现在属于哪家银行了？"

"你不知道呀？那就不是银行派过来的了，这样我们也就没什么生意可谈了，快点离开这里，赶你的路吧，宝贝儿。"

"可是，我还没有找到韦林吉先生。"

"我说了，这里不营业，进来时没有看到吗？私家道路，不得擅入；真不知哪个畜生没关大门。"

"你是这里看管场地的人？"

"算是吧，不要再问了好吗？我的脾气可不好，火气说来就来的，宝贝儿。"

"那又怎么样？来了火气是要与松鼠跳一曲探戈吗？"

那位男士"噌"地站起来，不过动作中带着优美。虽然他微笑着，却是满脸的冰冷："看样子你是要我动手将你扔回到自己的车里去了。"

"哦，不，先别着急，请先告诉我去哪里可以找到韦林吉先生再说。"

男人利落地将锉刀放回衬衣口袋，右手上却被戴上一只黄铜指套，速度非常快，我都来不及看清。他脸上的肌肉绷得紧紧的，眼睛里有一团火苗在跳动。

他慢慢向我靠近，我下意识地朝后退，与他保持一定的距离。他依旧吹着口哨，只是那声音已经由轻快变成了尖利。

"我们不会因此而动手吧？"我看着他说，"这完全没必要，不是吗？如果不凑巧你那漂亮的裤子还有可能被我撕破。"

可是他完全不理会我的话，动作迅捷快速，一个箭步就冲到了我的跟前，左手快而狠地向我挥来。我本以为他会用拳头击打我的头部，所以便顺势将头躲开，可是没想到他径直抓向我的右手,而且非常准确,我的右手被他死死地握住。接着,他用力将我推了一把,我被推倒在地,他则用那只戴了铜指套的手对着我打过来。我当然知道,这东西如果打在我的头上,那我就要进医院了。可是,如果我扭头躲开,那这一拳很可能就会打在我的脸或者臂膀上。应该说,这两个部位总有一个会受伤,我没有选择。于是,我只得用唯一的方法来对抗。

我将身体后倾,然后顺势勾住他的左脚踝部位,快速抓住他的衬衣,只听到"呲啦"一声,他的衬衣被撕开来。这时我的脖子后面也被重重地挨了一记,还好,那不是他铜指套应有的力度。我向左面闪躲,他则如同猫一样,轻快而敏捷地从侧面跟上来,我的身体还没有站稳,他已经等在那里了。只见他对我咧了一下嘴,脸上是得意的笑容,似乎对于自己的身手非常满意。然后,他又迅速朝着我扑过来。

这时就听到一声粗壮有力的大吼:"住手!厄尔,你马上给我住手,快点停下!"

牛仔帽男士似乎很听话,非常不满地噘着嘴,但还是停下了手。接着,他用非常快的动作,将手上那个铜指套塞进了宽腰带里。

我回过头去寻找那如同牛吼一般的声音,只见一个健壮的男士,穿着夏威夷花衬衣,气冲冲地朝我们走过来。一边走他还一边在用力挥手,喘气声明显加速。

"厄尔,你这是在干什么?你疯了吗?"

"哦,医生,真不是这么一回事。"厄尔放低声音,脸上换成了微笑,自顾自地回过身去,坐在台阶上。他这次摘下了牛仔帽,然后从口袋里掏出一把小梳子,一边吹着口哨,一边漫不经心地梳起了自己浓密的黑头发。

穿夏威夷衬衣的健壮男人停下来,他看着我,我也注视着他。

"先生,你是哪一位?"他的声音虽低但很有力,"这到底是怎么回事?"

"哦,我是来找韦林吉先生的,我姓马洛。不过那位被你叫作厄尔的年轻人很想与我玩一玩,我想这是天太热了,他感觉到无聊所致吧。"

"原来这样,我就是韦林吉。"韦林吉换了一种有礼貌的语气,然后对厄尔说:"你,到屋里去。"

厄尔不情愿地站起来,对韦林吉关切地看了一眼,显然没有得到韦林吉的认可,只得一片茫然地回过身去,很快上了台阶,然后打开纱门。那群躲在纱门上的苍蝇一下乱飞起来,直到纱门重新关上,它们才再次安稳地趴回到门上去。

"马洛先生?"韦林吉回过头再次打量我,说:"你找我做什么?有什么需要帮助的地方吗?"

"厄尔刚刚说现在不营业了,是真的吗?"

"对,现在这里只有我和厄尔两个人,我在等着法律程序的完结,然后就可以离开这里了。"

"好吧,我来错了。"我表现出一副不得已的神情,"我本以为韦德先生应该住在这里的。"

"韦德?"韦林吉显然对这个名字很感兴趣,两条眉毛一下向上扬起,那样子有如富勒毛刷公司生产的两条毛刷一样:"这是什么人?虽然这个姓很常见,但是他为什么要住在我这里呢?"

"当然是来治疗呀。"

韦林吉扬起的眉毛再一次皱起来,但不管是扬还是皱,都感觉非常灵活的样子。他说:"我虽然是个医生,但我很早就不接待病人了,马洛先生,你说的治疗是指什么?"

"哦,当然是酒鬼,他嗜酒如命,但会醉后经常玩失踪。幸运时会凭着记忆回家去,但有时就只能被人送回,还有时就像现在一样,只能通过别人找一找。"说着,我拿出自己的名片递给他。

韦林吉看了我的名片,显然不是很高兴。

"这个厄尔是谁?"我问韦林吉,"他似乎把自己当成了瓦伦蒂诺一样的明星了,是么?"

韦林吉又一次动起他灵活的眉毛，只是，这次不是上扬也不是皱起，而是中间向上拱起，而且尺度不小。接着他将自己肥厚的肩膀耸了一下，说："马洛先生，不要介意，他是不会伤害人的，只不过有时候会进入表演状态，如同生活在舞台上，对，应该这样形容。"

"韦林吉医生是这样认为的么？我可看不出他哪里像表演，对人一点儿也不客气呢。"

"哪里，马洛先生，你有点儿夸张了。厄尔只不过很在意自己的穿衣打扮，在这方面，他还是一个孩子的表现。"

"噢？韦林吉医生是说厄尔的神经方面有问题？"我问，"这么说的话，这里应该就是一个给病人疗养的地方啦？或者以前是，现在不是了？"

"哦，不，完全不是。没有停止营业的时候，这里只是个艺术村。我为来这里的人提供住宿等设施，那些艺术家你应该了解的，没什么钱，但又喜欢这种与世隔绝的地方，加之我的价格也不高，所以他们很喜欢到这里来；而对于我，这种为别人提供服务的过程可以让我赚取一份收入，我是说在它还营业的时候。"

说到这些的时候，韦林吉显然有些失落，眉毛从两侧向下耷拉下来，和下垂的嘴角形成一个方向。还好他眉毛不是很长，不然可能会一直垂到嘴边去。

"我当然很清楚这些。"我说，"这是有档案的，而且这里曾经发生过一件自杀事件对不对？好像与毒品有关。"

韦林吉一听这话，立刻就生起气来，怒冲冲地问："什么档案这样说的？"

"当然是我所掌握的档案，就是一些被我们称为'铁窗病房'的资料；也就是指那些病情发作后没有办法逃出去的私人小型疗养院，也可叫作专门治疗戒毒、戒酒、治疗轻度躁狂症病人的诊所。"

"这种诊所是需要执照的，这有明文法律规定！"韦林吉的声音变得很暴躁。

"对，当然是这样，只是有时有些医生会记不起有这条规定。"

韦林吉一下挺直了上身，他显然在极力保持自己的尊严，说："这太过分了，马洛先生。我的资料为什么会出现在这样的资料档案里，不过无所谓了，现在请你立刻离开。"

"不要急，我们还没有说韦德呢，你认为他会用其他的名字来这里疗养吗？"

"不，不可能，这里只有我和厄尔两个人。好了，现在请离开吧，我不能再陪你说下去了，不好意思……"

"那我可以在这里到处看看吗？"

很多时候，把一个人惹急了，会让他说出不得体的话来。但是，显然韦林吉不会这样，他在努力保持自己的平静，与此同时，他的眉毛依旧配合着他的表现。我朝着房间里看一眼，有音乐声传出来，这应该是舞蹈音乐，和着这音乐还可以听到响指的声音。

"哦，厄尔在跳舞是吧？"我说，"而且，他肯定自己一个人在那里跳探戈，还真有两下子呀。"

"马洛先生，你到底走不走？难道一定要我叫厄尔出来帮你离开吗？"

"哦，不用，我这就走，医生，干嘛要发火呢？我的资料中只有三个医生的名字是用V字母开头的，这是我仅有的线索了，而你就是这里面最有可能的那个人。他在离开的时候，只留下这样几个字：V医生。"

"那太多了。"韦林吉很镇静，冷冷地说。

"我也知道，只是在我所掌握的档案里，却只有这三个。好了，谢谢你，韦林吉医生，不过我对厄尔更感兴趣。"

我说完朝着自己的车子走去,在我坐进车子之后,韦林吉跟了过来,而且态度也变得亲和起来。

"马洛先生,我们不要争了,我很清楚,你们做这一行也有苦衷,经常要去打扰不相干的人。只是,厄尔怎么了?你为什么会对他感兴趣呢?"

"你应该很清楚,他是个假货,而且根据常规,假货总是与假货在一起的。他得的是躁郁症,对不对?而且目前他属于亢奋阶段。"

韦林吉看着我,神情严肃但很有礼貌,说:"这里曾经住过很多人,他们充满才气而且风趣,只是他们不会都和你一样聪明而冷静,马洛先生。一般有才气的人都显得神经质,就算我很想接待病人,但我没有这样的设施来帮助那些酒鬼和精神病人。我从来没雇佣过别人,厄尔也不能胜任照顾病人的工作。"

"那你说他是什么人呢?韦林吉医生,是只会跳舞玩乐的人?"

韦林吉倚在我的车门上,声音变得很低,似乎在与我进行非常密切的私人会谈:"我与厄尔的父母是好朋友,可是他们已经去世了,我必须要照顾他才行,马洛先生。厄尔注定只能安静度日,他情绪不稳定,不能生活在喧嚣的闹市,但他肯定不会伤害别人,因为我可以控制他,你刚刚也看到了,这是真的。"

"你真勇敢。"我说。

韦林吉却叹了口气,眉毛如同一只虫子,趴在那里蠕动了一下,说:"应该说这是不得已的牺牲,我之前简单地认为,厄尔可以帮我分担一部分工作。因为他会打网球,会游泳,会跳水,而且都非常出色,跳起舞来整晚都不觉得累。平时,他的态度和善,只不过偶尔会有意外发生。"说着,韦林吉将自己的大手挥了一下,似乎要将这些不好的往事都挥去一样:"结果呢?他什么都做不了,现在我必须做出选择,要么是厄尔,要么就是离开这里。"

说着,韦林吉的双手无奈地摊开来,很快又将它们放回到身体的两侧,只是他眼里湿润了,似乎有泪要流出来。

"我不得不卖了这里,"他说:"这么好的地方,很快就要成为房地产开发区,到时会有人涌进来,会铺路,会装路灯,会有现代化的嘈杂,还有随便骑车的孩子,甚至会有……"他说着,声音里已经显出悲凉,"电视机。"他扬起一指手,指着树林:"这些树木,但愿他们会留下,只是这可能性不大,因为山脊上要设电视天线。我和厄尔,只能离开,走得远远的。"

"韦林吉医生,我都为你感到伤心了,再见吧,医生。"

他也真诚地对我伸出了手,只是掌心里有点儿湿,说:"多谢,马洛先生,谢谢你可以理解我的心情。只是很不好意思,对于你要找的斯莱德,我没有办法帮上忙。"

"不,是韦德。"

"哦,抱歉,是韦德。再见了,马洛先生,祝你早日找到他。"

我开着车子,从来的碎石路上向外开。只是心里有些失落,虽然并没有韦林吉所说的那样凄凉。

很快,我出了大门,沿着公路转过一个很长的弯,将车子停在门口看不到我的地方。然后我下车,再走回到被铁丝网围住的大门边,站在树下观察这里的情况。

大约过了五分钟,有一辆汽车从里面的小路上开出来,带着一路的灰尘。车子就停在我看不清楚的地方,我躲在树后面,只听到嘎吱嘎吱的声音,接着就是很沉重的一记响,那是门被拴上的咔嗒声,然后才是有铁链子滑动的声音。很快,汽车发动起来,又沿着小路开回去了。

一直等到汽车的声音听不到了,我才回到自己的车里。然后拐上弯形公路,朝城里开。在重新经过私家道的入口时,我看到大门已经被铁链锁上,上面写着:今天不接待客人,谢谢。

第十七章 寻觅

　　开了二十多里路，我才回到城里，找地方吃午饭。饭后，我一直在思索，这件事有些不实际，以我现在的方法，找到人的可能性不大。就算可以遇到韦林吉与厄尔一样有趣的人，但却完成不了任务。这种方法只能是浪费财力、精力的消耗，就如同将所有的赌注都放在赌桌上，最后还是赢不了。凭三个V字母的医生，我就去寻找韦德，这种找到的概率就如同与希腊赌神尼克进行赌博一样，赢的希望非常渺茫。

　　不管怎么说，第一次出发往往都是不对的，这就如同一条死胡同，当你信心满满地顺着线索找去时，才发现结果如此迷茫。可是，韦林吉怎么会把韦德说成斯莱德呢？以他的文化水平，不应该这么容易忘事吧？如果真的爱忘事，那就应该都忘掉才对。

　　我坐在那里想，这还是因为我对韦林吉的了解太少了。喝着咖啡，我再想想莱斯特·乌坎尼奇和阿莫斯·瓦利两位医生，到底去不去呢？如果去的话，整个下午就会这样耗费掉了。我打电话到韦德家中，他们那边告诉我主人还没有回家，目前形势比较好。

　　要去找乌坎尼奇并不用跑太远的路，他就住在几条街之外的地方。但瓦利就要远了，在阿尔塔纳山区，天气热，路也不好走，还要不要去呢？

　　思来想去，我还是决定去。之所以这样决定，主要是三个理由：第一，对这些不光彩的行业和从事这种行业的人多了解一些总是好的；第二，就算我没有找到人，那么也能为彼得斯的档案增加一些内容，这算是我对他的一份谢意了；第三，如果不去，我现在又做什么呢？

　　结完账，我没有取车，沿着路向北边走，很快就到了斯托克韦尔大楼。这大楼已经很旧了，进门的地方有一个雪茄柜，电梯也是人工操作的，向上时摇晃得厉害。六楼的走廊非常窄，门上还是毛玻璃，完全看不见里面。这楼房远比我的办公楼要旧得多，而且也更脏一些。在这里混的都是些不怎么得意的医生，甚至是并不出色的律师。牙医们的技术通常都不怎么样，用的设备也一般，看牙齿只能糊弄事。护士的收入也不多，每个病人只收三块钱而已。这些家伙很清楚，自己的医术能值多少钱，而去他们那里看病的人又都是些穷人，所以基本榨不出多少钱来。里面的声音乱糟糟的，都是些这样的话：不能赊账；医生不在；卡金斯基太太，你的臼齿已经活动了，如果可以用我这里的新型塑胶补一下的话，相信它会和金子一样坚固，而且只要你四十块钱就行，不过要用奴佛卡因麻醉剂，就要再加两块。

　　不过，在这样的楼里，会有几个人能赚到大钱，只是你看不出来。他们就在这样脏乱差的环境里混着，几乎是用脏乱差来作为自己保护色。其实，他们总会在暗中参加保释金诈骗，会冒充名医师为病人非法堕胎，会扮演泌尿、皮肤以及其他科的医生来贩毒；他们贩毒的手法很隐蔽，只要对频繁看诊的人用局部麻醉，就不会引起别人的怀疑。

　　乌坎尼奇医生的诊所非常狭窄，而且摆设也显得寒酸。候诊室内坐着十多个人，有气无力的。这些人没什么特别的表象，与普通人相差不多。当然，如果一个吸毒者可以控制得很好，那么与长期吃素的记账员之间完全没有区别。我在这里等了大概有四十多分钟的时间，病人们是从不同的两个门进去的，一名医生可以同时照顾四个病人，这说明他里面的空间很大。

好不容易排到我的号，我被安排坐进一张咖啡色的皮椅上，旁边有一张桌子，上面铺着白布，一套医用器具摆在上面。墙边的消毒箱正努力地工作着，乌坎尼奇医生穿着白大褂，额头上还带着一枚圆镜子，很快地走进来。然后坐在我椅子旁边的凳子上，看一眼护士为我写的病历，然后说：

"鼻窦炎引起的头疼？疼得厉害吗？"

我说："当然很厉害，每天早上起床的时候特别疼，都要疼死我了。"乌坎尼奇认可地点头。

"这是典型的鼻窦炎性头痛。"他一边说一边将一支如同自来水笔一样的玻璃帽放进我的嘴里："现在闭上嘴巴，不要咬牙齿。"他说着话将室内的灯关掉了，室内没窗户，只听到排风扇嗡嗡地转着。

很快，乌坎尼奇将那只玻璃帽从我嘴里取出来，又打开了灯，然后认真地看我。

"马洛先生，你没有问题，如果你感觉到头疼，应该不是鼻窦炎的问题，而且我发现你的鼻窦一直好好的，不过你以前做过鼻膈膜的手术。"

"对，医生，太对了。从前在踢橄榄球时被人踢了一脚。"

他并不看我，说："只是长了块小骨头，切除就好了，不过这并不影响呼吸。"

乌坎尼奇坐在凳子上，两手摆在膝盖上，向后倚一下身体，问我："还有什么需要我的地方吗？"他的脸很瘦、很白，感觉就如同一只生了结核病的老鼠，而且是白色的。

"医生，我想和你说一下我朋友的问题，他情况不是很好，自己是个作家，很有钱。但是他的精神不怎么样，必须要人帮助，有时会每天靠喝酒支撑生命，希望在酒里加些什么，结果他的医生不肯再与他合作了。"

"你这是什么意思？合作什么？"

"很清楚，我的朋友需要你给他打一针，让他镇静下来，这件事你应该可以做到吧？关于钱，这方面完全不用担心。"

"对不起，马洛先生，你说的这种事我可做不来。"说着他站起来，"我不得不告诉你，你的行为既粗鲁又实在，如果你朋友愿意的话，可让他自己来看病，但前提是他最好有鼻窦炎方面的病，否则我治不了。好了，马洛先生，你的病看完了，治疗费十元。"

"医生，不要装了，你就在名单上。"

乌坎尼奇将身体靠在墙上，然后自顾自地抽起烟来，他吐着缭绕的烟雾，似乎在等我继续往下说。但我没说什么，只是将名片递上去，他拿在手中，看了一眼。

"你说的名单是什么意思？"他显然在探听消息。

"当然是有铁窗病房的人，我没有猜错的话，你应该早就认识我要找的人了，他姓韦德，你是不是把他藏在哪间小白屋儿里了？他就这样突然失踪不见了。"

"蠢货！"乌坎尼奇叫着："一个连续四天都喝酒的酒鬼，到这里来看病根本换不到几块钱，你以为我会看吗？他们这种病是治不好的，我也没有你说的小白屋儿，就算有你说的这个人，我也不认识。现在就交，十块治疗费。如果你不交，我就要叫警察，说你跟我索要毒品了。"

"那你就叫吧，"我说，"你装的可真像，乌坎尼奇医生。"

"你这个骗子，现在给我滚出去！"

我站起身来，继续说："哦，大概是我想错了，乌坎尼奇医生。上次这个家伙因为忍不住，就到了一个姓以V开头的医生那里，进行秘密的治疗。他们是在晚上将他带走的，会等他酒疯过去了，再悄悄送回来，这个人还没到家，送他的人早偷偷走掉了。这次也是一样，他又到那种地方去了，只是到今天还没有回来，我必须要根据线索来查找，我就发现了三个以V字母打头的医生。"

"说的可真有意思。"乌坎尼奇一脸的不屑，却仍然在等我往下说，"你的名单是怎么来的？他有依据吗？"

我看着他，看到他右手正悄悄沿着左手臂的内侧向上慢慢移动，脸上已经有细细的汗珠出来。

"这我不能告诉你，医生，这是秘密。"

"对不起，我还有病人在等，等一下再说……"

他的话也没有说完，人就已经离开了。这时有一位护士从外面探进头来，只是看了我一眼，马上缩回头去。

好一会儿，乌坎尼奇才回来，这时的他不但步伐轻快，而且两眼有神，脸上带着微笑。

"你还在等？"他似乎有些吃惊，也有可能是装出来的，"我以为我们的谈话已经结束了。"

"那好吧，我以为你要我等你回来，现在我要走了。"

乌坎尼奇笑起来："马洛先生，你知道吗？我们现在的时代非常有意思，我只要肯花五百块钱，你就有可能被打断几根骨头，不得已住进医院里去，你说有意思吗？"

"真是笑话！"我说，"看看你自己的静脉吧，是不是刚被打了一针？你现在的情绪和刚才完全不一样啊。"

我一边说一边往外走："下次再见吧，朋友。"

乌坎尼奇则大叫："将十块治疗费交给我的护士。"

只见他快步走到电话机旁，我出门的时候，他正在电话里说着什么。当我走到候诊室时，依旧有十几个和刚才很相像的病人正等在那里，护士忙得个可开交。

"马洛先生，你的治疗费是十块，请付现钞，本诊所不赊账。"

我没有理她，直接朝着门口走去，护士从位子上追出来，我已经将门拉开。

"我不付治疗费，你又怎么样呢？"我问护士。

"不付钱，你就等着瞧！"显然护士很生气。

"好吧，你已经尽职了，不过我也一样，你只需要看一下我留下的名片，也就知道我为什么不付费了。"

我直接从门口走出，后面看诊的人显然对我对待护士的态度非常不满，一直望着我离开。

第十八章　阿莫斯·瓦利

阿莫斯·瓦利与乌坎尼奇的住处完全不一样，他住在一栋老房子里，有一个非常大的花园，四周都有橡树遮掩。房子不但高大而且宽畅，走廊里的装饰也很气派，白色的栏杆上雕有漂亮的槽纹和圆形图案，好像老式钢琴的脚。在走廊里，坐着几位病弱的老年人，身上盖着毛毯。

入口处是一扇双扇门，玻璃也是彩色的，大厅里温度不高，而且地板擦得非常亮，没有铺地毯。虽然阿尔塔迪纳在夏季很热，可是这老房子背山建造，会有风在这里经过，相对要凉快得多。可见，早在八十年前，人们已经知道如何利用自然条件了。

我将名片交给一位穿着白色护士服的护士，没一会儿时间，阿莫斯·瓦利便自己前来与我见面了。他个子很高，光头，脸上带着微笑，白色大褂洗的光洁无比，脚上的胶底鞋走路时没有一点儿声音。

"马洛先生是吗？请问有什么可以帮助你的地方？"他的声音很温润，略带淳厚，具有几分抚慰人心的感觉，似乎在说：医生就在这里，完全不用担心什么。这是临床医生的一种特质，就好像蜜糖一样，让你一层一层地剥开，却完全剥不到底。真是个不一般的人物，他可能非常难对付。

"瓦利医生，我在寻找一个姓韦德的病人，他很有钱，但是个酒鬼，突然从家里失踪了。按他之前的方法，他应该就藏身于某个可以让他醒酒的地方，我的线索就是姓氏以V字母打头的医生。我已经找了两位，你是第三位，我可不想失望。"

瓦利笑了笑，非常和蔼："只有三个吗？马洛先生，据我所知，在洛杉矶至少有一百个以上姓氏以V字母开头的医生呢。"

"我当然知道，只是拥有带有铁栏杆窗户的诊所可不多，我看到您的楼上几间房间就装有这样的铁栏杆。"

"哦，很抱歉，那是老人住的地方。"瓦利显然不能遮掩自己的难过，非常真实地流露在脸上："这些老人孤独而忧郁，有的时候就会……"他用手在半空中划了一条线，好像叶子从树上掉下来的样子，让人非常清楚地明白了他的意思："我是不会治疗酒鬼这样的病人的，对不起，我现在要……"

"瓦利医生，很抱歉，我只是刚好看到你在名单上，这可能是我了解得不充分；听说几年前，你因为麻醉药的事，与药品管理局发生了点摩擦？"

"哦？是吗？"他显得满脸惊讶，不过很快就醒悟过来一样，"对了，应该是有的，之前我请过一位助手，因为我对他的信任，所以引起了一些摩擦，不过我很快就将他解雇了。"

"是这样，和我听说的不太一样。"我说，"大概是我不了解情况吧。"

"你听说的是怎么样的经过呢？马洛先生，我很想听一听。"他的语气中不但沉稳，而且很平和，一直带着微笑，非常礼貌。

"我听说你最后只能将麻醉药的处方单交出去了。"

显然我的话点中了他的要害，只不过他保持得很好，没有发怒，只是脸上的微笑少了很多，眼睛里的蓝光也变得冷漠起来。"这个说法还真是精彩，不过是哪里得来的呢？"

"一家侦探机构，他们对这方面的问题了解比较多。"

"我相信，这肯定是一群以此作为敲诈的筹码的穷无赖。"

"应该不是，医生，他们并不穷，调查起价就是一天一百块，机构的经营者是一位退伍的宪兵上校，对小钱没兴趣，而且人们对他的评价普遍不错。"

"是吗，这样说我倒很想和他认识一下。"瓦利医生的脸上明显地写着厌恶两个字，"马洛先生，可否将他的名字告诉我？"瓦利先生的态度就如同从中午到了黄昏，一下变得冷冰冰的。

"恐怕不行，医生，这是机密。不过你不用放在心上，这只是我的工作，你对韦德这个姓不感觉到耳熟吗？"

"马洛先生，大门就在后面，我就不送了。"

这时电梯的门在他背后打开，一位护士推着一位垂垂老矣的病人走出来。病人眼睛闭着，皮肤带着青色，从上到下被毛毯包裹着。轮椅悄悄从地板上碾过，直接出了边门。瓦利则自语一般地念着：

"老年病人，可怜、孤独的老年病人。以后不要再来了，马洛先生，我为你的话感觉到不爽，如果我发了脾气，是不会对你客气的，而且是非常不客气。"

"医生，不用生气，不好意思耽误了你的时间。不过，这里真是等死的好地方。"

"你说什么？"瓦利向我逼近，脸上仅有的那层蜜糖也被彻底抹去了，他原本柔和的脸部线条变得与山脊一样嶙峋。

"不是吗？"我问他，"我明白，韦德并不在这里。我并不是来这里寻找这些老年人的，他们生病、孤独，都是你说的。只是，医生，没有人要的老人很有钱，而且有着非常暴躁的遗产继承人，相信这些老人都已经被法院判为无行为能力的人了吧？"

"不要说了，我会生气的。"瓦利厉声说道。

"不多的食物，少量镇静剂，持续不断的治疗，每天将他们推出去晒晒太阳，然后再搬回到床上。窗户上封上铁栏杆，为的就是防止那些还有一点行为能力的人从那里跳出去。这些人对你很尊重，每个人都是如此，甚至直到临死，还会拉着你的手，满眼充满忧伤。是呀，那是真实不打折扣的忧伤。"

"当然是真实的忧伤。"瓦利低声回我，手却握成了拳头，似乎要打过来。我想我该闭上嘴才是，但他的样子让开始变得恶心起来。

"说的没错，"我继续说，"谁会将这样肯出好价钱的顾客推出门去呢，特别是有些顾客你甚至都不用去讨好他。"

"不管什么事总要人去做的。"他反驳，"必须要有人为这些老人负责，马洛先生。"

"是吗？可是阴沟也需要有人负责，为什么不把它也想成一件非常高尚的事呢？瓦利先生，我想在我感觉自己对这份工作不齿的时候，会想起你来的，这能让我变得振作，再见。"

"无耻的家伙。"瓦利咬着牙齿，从齿缝里挤出话来，"我所做的是一件可敬的事，这是一个可敬行业的分支，再说我就要打断你的骨头！"

"对，确实可敬，"我看一眼瓦利，"只是，我在它身上看到了死亡的影子。"

瓦利医生并没有打我，而我直接丢下他，从那扇大门中走出去，走到门前，我回头看了他一眼，他还站在原地，我知道，他必须要将刚刚撕掉的蜜糖外衣再一点一点贴回到脸上去。

第十九章 再见厄尔

我开着车子由瓦利医生的住处返回好莱坞，感觉筋疲力尽。这个时间吃晚餐有点早，而且天气依旧很热。我坐在办公室里，将风扇打开，只是有一点点风吹起，并不会很凉快。屋外的车流依旧繁忙，我待在屋内，大脑被搅得乱作一团，就如同苍蝇被困在了粘蝇纸上，完全甩不开。

一天跑了三个地方，都没有收获。我不断地与医生们打着交道，见了太多的医生。

我打给韦德家里打电话，接电话的人操着墨西哥口音，告诉我韦德夫人不在家。我说我要找的是韦德先生，那个人也说不在家。我最后只好留下自己的名字，这个人的语言天分很高，和我对话完全没问题，他自称是韦德家的男仆。

我接着打电话给彼得斯，我很希望他还能有其他方面的医生档案，可是他也不在，于是我取了个假名留下，电话留了我自己的。一小时慢慢地消逝着，慢得就如蟑螂四处寻找有趣的发现一般，无聊极了。我如同一颗沙尘，被人遗忘在沙漠里，仅有的三颗子弹都打光了，连续放了三枪，什么都没有打到。这是我最痛恨的事，找A不是，找B也不是，找C依旧不是。可是过了一个星期，你突然发现应该是D，只不过你之前对这个人并不知情，现在知道了，可是雇主也不再需要你了。

乌坎尼奇与瓦利都被我排除出去，因为瓦利自己的钱已经很多了，他不会做这样的傻事，与一个酒鬼合作。而乌坎尼奇是个不折不扣的废物，他竟然会在诊所吸毒，相信他的助手甚至是不少病人都会知道这个事实。一般情况下，只要他遇到难缠的病人，一个电话他就会被抓起来了。韦德是不会到这种地方去的，不管是不是喝醉，他虽然并不是世界上最聪明的人，但是一个成功的人，他不会愚蠢到和乌坎尼奇这样的无赖混在一起。

现在只剩下韦林吉了，他有充足的空间，而且地方够隐蔽，也有一些耐心。不过，去塞普尔韦达峡谷以及空闲谷区都很远，如果是那里，他们又会用什么方式来碰头，然后怎么认识的呢？假如韦林吉是那片地产的主人，又有人要买这块地，也就是说他非常有钱。想到这里，我突然想到，可以打个电话给自己认识的产权公司确认一下，这样就能知道那片地产的真实情况了。只不过，电话没有人接，产权公司已经下班了。

我看了看时间，也关了门下班，然后开着车去拉辛尼加大道，到著名的红宝石烤肉店，只和领班讲一下自己的名字，就可以坐在里面享受威士忌酸酒了。店里放着马雷克·韦伯的华尔兹音乐，我需要等一下才能进去。好一会时间，我才从丝绒绳圈里转过去，然后点了索尔兹伯最为有名的牛排。这牛排其实就是一块在热木板上烧出来的牛肉饼，边上还有一圈土豆泥，再配点色拉、洋葱，就成了美味。男性客人面对店里这样的什绵色拉会心甘情愿地吃下去，可是如果在家里，老婆也做这样的色拉来让他吃，他们早就要大喊大叫了。

吃完饭之后，开车直接回家，刚打开门，电话就响起来了。

"马洛先生吗？我是艾琳·韦德，你留言说要我回电话给你是吗？"

"哦，是的，我很想知道你那边有没有新的情况发生，这一天我到处树敌，见了三个医生。"

"很抱歉，马洛先生，什么情况都没有，韦德依旧没有回来。我现在非常着急，你的意思是说你也没有查到任何有价值的消息是吗？"艾琳·韦德的声音听上去很是失落。

"韦德夫人，不要急，这种地方够大，人也够多，要慢慢来。"

"到今天就已经整整四天了，四天了呀！"

"对对对，我知道，但这并不是很长。"

"可是对我来说，时间已经非常漫长了。"韦德夫人沉默了一会儿，又说："我一直在努力地想一些他的事情，一直在想，希望可以想到什么有用的方法，或者是暗示，平时罗杰很爱说话，几乎所有的事都会讲的。"

"那么他有提过韦林吉这个姓氏吗？韦德夫人。"

"韦林吉？没有，好像没有，有什么问题吗？"

"你上次说有一次韦德先生是被一个穿牛仔的男人送回来的，你现在还认识这个人吗？如果你现在再次见到他的话。"

"应该可以认出来吧。"韦德夫人有些犹豫，"假如在相同的情况下，当时我只是很匆忙地看了他一眼，他的姓是韦林吉，对吗？"

"不，不是的，夫人。韦林吉是位中年人，很强壮，他在塞普尔韦达峡谷居住，可以说经营一家牧场旅馆。但是他身边有一个叫厄尔的年轻人，非常漂亮能干。韦林吉就对外称自己是医生。"

"这是真的吗，这样就说明是找对了，不是吗？"韦德夫人很温和地说。

"不过现在我还没完全理清这里面的事，以后查清了再告诉你；现在我只是要看一下罗杰有没有回家，同时希望你能再想到什么新的线索。"

"很抱歉，我大概帮不了你，"韦德夫人夫无助地说，"如果有线索请马上通知我，多晚都不要紧的。"

我告诉她一定会，然后将电话挂断。我拿出手枪装在口袋里，又找了一个三节电池的手电筒带上。手枪是平头子弹，点三二口径。我在想厄尔不戴铜指套的话，肯定还会有其他的武器，假如有的话，他是不会掂量轻重的，下手绝对又狠又快。

我开着车子再次上路，能开多快就开多快。天色渐渐黑下去，没有月亮，当我到达韦林吉的地产入口处时，天已经完全黑透了。刚好，这就是我想要的。

大门依旧锁着，我将车停在远离公路的地方，树下虽然现在还有点亮，但不用多久，就会完全暗下去。我从大门翻进去，顺着山坡向上，希望找到一条小路。树林里有鸠的叫声，凄厉而哀怨，就如同在对人讲述自己的凄惨遭遇一样。这个地方似乎没有小路，可能也有，但是我找不到。我只得回到碎石路上去，沿着路边向前。桉树开始变少，橡树多了起来。过了山坡，向下可以看到几点灯光。我用了四十多分钟，才从游泳池和网球场绕过去，到达碎石路的尽头，从那里可以看到主屋里的情况。室内亮着灯，音乐声依旧响着。离主屋不远的树林里，有一间小木屋，里面也亮着灯；其他的小木屋则黑洞洞的，没一点生机。我顺着小路向前，突然主屋的后面亮起一盏探照灯，我躲在原地，一动不动。探照灯毫无目标地转过去，将主层的回廊和回廊外的空地都一下照亮了。这时主屋的门响了一下，厄尔从里面走出来。我忽然发现，自己来对了。

厄尔就是个牛仔，那天将罗杰送回家的也是个牛仔。只见他挥着一条绳子，换上了白线缝制的衬衫，脖子上的围巾带有波点图案，松松地打成结。腰里的宽皮带镶有银饰，闪闪发光，腰带上有两个皮枪套，分别插有一把象牙柄的手枪。他的马裤很漂亮，包括马靴，有着白线十字针脚的线距。头后面则是一项白色的宽沿帽子，下面缀着一条银丝编制的链子，轻轻地垂在衬衣上，并没有打结。

他在探照灯光下，快乐地舞动着绳子，不停地跳来跳去。这是一个没有看客的演员，又高又瘦，正沉浸在自己编演的舞蹈里。这就是双枪厄尔，整个科奇斯县都让他三分的人物。厄尔身上有一种牧场馆的气质，是那种疯狂的牧场旅馆，连前台小姐都要穿马靴的那种。

忽然，厄尔停下动作，他似乎听到了声音，但又装作听不见，直接将绳子扔掉，然后飞快地从腰间摸出手枪来。双枪平举，拇指按在击锤上，他看着黑暗的地方，我则保持安静，一动不动。我怀疑枪里应该装了子弹，不过有探照灯，厄尔什么也看不清，很快他便将枪收起来，捡起绳子回屋去了。灯光被关掉，我继续在黑暗中开始前行。

我从树林里慢慢走近山坡上的小木屋，屋里很安静，我躲在纱窗下面，悄悄向里面探看。室内的床头柜上有台灯亮着，床上躺着一个男人，非常放松的样子，手臂放在被子外面，脸朝着天花板发呆。那人的身体看上去很大，脸的一半被阴影遮着，另一半显得苍白无力，胡子已经很久没有刮过了，和韦德失踪时的样子很相似。他的手指自然地松开，垂放在床边。这种样子，似乎已经很久不曾移动过，有如木头人一样。

有脚步声从小路走过来，我听到纱门被打开的声音。很快，韦林吉那健壮的身材就出现在门口。他的手里有一杯果汁，红色的，好像番茄汁一类的东西。他将屋内的落地灯打开，身上那个夏威夷衬衫一下变成了黄色。不过，床上的人并不看他。

韦林吉把杯子放在床上，将椅子拉到床边坐下来。他将床上那个人的手腕拉到跟前，开始测他的脉搏。"韦德先生，你现在觉得如何？"声音不仅友善，而且充满了关切，非常细致。

床上的那个人并不说话，一直看着开花板，完全不理会韦林吉医生。

"好了，韦德先生，不要再和我怄气了。你现在的脉搏很正常，虽然还有一点虚弱，只是别的……"

"蒂姬，"床上躺着的人忽然说道，"快去，和那个家伙讲，如果他看到我现在的样子，肯定就再也不会来问我了，这个畜牲。"韦德的声音很有力，只是说出的话可不怎么好听。

"蒂姬？这是谁？"韦林吉医生不解地问韦德。

"她就在角落里了呢，是我的传声筒。"

韦林吉四处看了一下，才说："我没有看到蒂姬，只有一只蜘蛛而已。"他对着韦德说："好了，韦德先生，现在不用再演戏了，我可不吃这一套。"

"伙计，它可不是小蜘蛛，虽然很常见，但我喜欢它。它们是不会在这个时候穿上夏威夷衬衫的。"

韦林吉无奈地摇摇头，说："韦德先生，我现在没有心情陪你玩游戏。"

"蒂姬可不会和你玩的。"韦德的头动了一下，似乎有点沉，用非常轻蔑的眼光看韦林吉医生："知道吗？蒂姬会和你来真的，她会趁着你不注意的时候，悄悄爬到你身上，然后用飞快的速度凑近你，然后用力跳起来。医生，这时你的血就要被它吸尽了。蒂姬从来不吃你，但它会把你的血都吸干，让你只剩下皮包骨头。不过，如果你一直穿着这件衬衫，应该还不至于马上被它吸干血。"

韦林吉将身体靠在椅子上，很平静地说："你要付我五千块，什么时候可以给我？"

"你已经拿到六百五十块了，不是吗？"韦德的声音很尖厉，"还有我口袋里的几个零钱，如果我住在妓院里，那会花多少钱呢？"

"花不了多少，"韦林吉低声说，"但是，我之前就和你说过，我提高收费了。"

"可是，你也没有说一下把价格提到威尔逊峰顶上去呀。"

"不要和我争辩。"韦林吉板起脸，直接地说，"如今我可没心情和你开玩笑，你把我的秘密都暴露出去了。"

"我可不知道你有什么秘密。"

韦林吉医生用手轻轻拍着椅子的扶手，平静地说："你忘了自己大半夜地打电话过来吗？你说你快要死了，如果我不过去你就会自杀。我告诉你我不干了，你很清楚这里面的原因，我没有行医执照，我必须要把这块地产卖出去，以免最后分文不剩。厄尔还需要我照顾，他又要发病了，我当时就说我会收你一大笔钱，可你依旧让我过去接你，这样我才把你接过来的。"

"我当时已经醉了。"韦德说，"你不能和一个醉酒的人计较，更不能这样乘人之危，不是吗？"

"另外，"韦林吉清晰而有力地说，"你和你老婆说到过我吧？你在出来的时候已经告诉她我会去接你。"

韦德一脸的惊诧，说："怎么可能，我不可能做这样的事，而且那天她根本没看到我，她正在睡觉呢。"

"那肯定是你不知什么时候说过，反正有私人侦探来这里找你，如果你不告诉你老婆，她不可能让人到这里找。我虽然把那个人糊弄过去了，但我相信他还会来，你必须要尽快回家去，知道吗？不过，在这之前，请把钱给我。"

"医生，你认为自己很聪明吗？你也不想一想，如果我老婆已经知道了我在哪里，还有必要让侦探来寻找吗？她可以自己带着人来找我，假如她还在乎我的话；她只要带着我们的仆人甜哥儿过来，我相信你那位厄尔还没想好要扮演什么角色，就已经被甜哥儿给直接报销掉了。"

"韦德，你太恶毒了，不但嘴如此，心也是一样。"

"是的，医生，我不但嘴和心恶毒，还有恶毒的五千块钱，你想办法来拿吧。"

"你现在开一张支票给我吧，"韦林吉说："马上就写，写完你赶紧穿衣服，然后让厄尔把你送回去，以免夜长梦多。"

"支票吗？"韦德笑起来，"我可以给你写，只是你拿着支票怎么去兑现呢？"

韦林吉也冷笑起来："韦德先生，你可以只付支票，没问题，但是，我保证你会把钱给我的。"

"无耻的无赖！"韦德大声地叫道。

"确实，有些时候，我不得不这样做，大概是我性格有些多面性吧，但并不总是如此。厄尔会把你送回家去的，穿衣服吧。"

"不，不要，我看到他会感觉不舒服的。"韦德拒绝。

"放心，韦德先生。"韦林吉轻轻拍了韦德的肩膀一下，说，"要相信我，我有办法不让厄尔伤害你的。"

"你有什么办法，说出来听听。"随着一个声音，厄尔从外面走进来，身上的打扮换成了罗伊·罗杰斯的样子。韦林吉看着他，笑了起来。

"离我远点，神经病。"韦德大叫，脸上的神情很害怕。

厄尔的手放在腰间，脸上却没有一点表情，口哨声从他的齿缝挤出来，迈着慢慢的步伐走进房间。

"韦德先生，你不能这样说话。"韦林吉连忙打圆场，他对厄尔说："厄尔，我来给他穿衣服，你去把车开来吧，要离这屋子近一些，韦德先生太虚弱了。"

"放心，他会变得更虚弱的。"厄尔声音轻飘，玩世不恭地说着，"胖子，躲开点。"

"厄尔，你要听话。"韦林吉抓住了厄尔的胳膊，大声说，"你还要不要回卡马里奥去？只要我一句话，你肯定……"

韦林吉的话还没有说完，厄尔已经从他手里挣开了，与此同时，右手快速挥起，带着指套的拳头照着韦林吉的下巴打下去。韦林吉如同中了枪一般，直接倒在地上，小木屋被砸得颤抖起来。我立刻冲了进去。

我用力将门拉开，厄尔看到我，向我凑过来，仔细看着，但没有认出我是谁。他嘴里发出一些模糊不清的声音，朝着我冲过来。

我立刻掏出手枪，告诉他我手里有武器，可是一点儿也不管用，他大概以为手枪没有子弹，或者已经忘了自己有手枪，只知道自己手上的铜指套，握着拳头向我打过来。

我对着厄尔背后的窗户打了一枪，枪声巨大，小木屋狭小的空间让枪声显得格外响亮。厄尔立刻停在那里，他回头看一眼子弹在窗子上留下的洞眼，再回头看看我，变得平静下来，竟然咧开嘴笑了。

"这是干什么？"他很轻松地说。

"现在，把你的指套摘下来。"我看着他的眼睛，大声说。

厄尔低下头，看一眼自己的指套，马上将它摘下，顺手扔到了角落里。

"再把皮带解下来，不要碰枪，连皮带一起解下来。"我叫着。

"没有子弹的，它们根本就不是手枪。"厄尔笑着说，"这就是道具，骗人的。"

"快点，把它解下来。"

厄尔看着我手里的枪，惊讶地说："这是真的手枪？哦，是的，是真的，看那窗户上的洞就知道了。"

　　这时，韦德已经从床上起来了，他站在厄尔背后，快速地将厄尔腰带上的一把手枪抽出来。他的行为显然让厄尔很不高兴，只看那脸色就足以明白了。

　　"不要动，"我很生气，"把枪放回去。"

　　"厄尔说的对，这就是玩具。"韦德说着，朝后退了几步，将枪放在桌上，"我的天，我太虚弱了，似乎连手脚也不是自己的。"

　　"快把皮带解下来。"我再次要求厄尔，与他这样的人对话，就要坚定不移，说出口的话一定要让他做到才行。

　　最终，厄尔按我的意思办了，他将皮带解下来，走到桌边，然后将韦德抽出去的那把手枪又套回到枪套中去，然后放在桌上。我并没有阻止他，让他自己去做。这时他看到倒在地上的韦林吉，他正痛苦地蜷在地上。厄尔大声地叫着，然后冲到卫生间，从里面拎出一桶水来，对着韦林吉浇下去。韦林吉嘴里一边吐着水，一边呻吟地捂住自己的下巴，想要用力爬起来。厄尔连忙去拉他，说：

　　"医生，很抱歉，我刚刚没有看清楚是你，结果就这样了。"

　　"算了，还好没有打断骨头。"韦林吉将厄尔推开，"快去，把车开过来，别忘了带上锁门的钥匙。"

　　"好的，好的，我马上去，现在就去。"厄尔点着头，嘴里打着哨子，飞快地冲出房间去。

　　韦德在床边坐着，身体完全支撑不住自己，说："你就是韦林吉医生说过的那个侦探吗？你怎么找到这里来的？"

　　"很简单，多问几个人就知道了。"我说，"现在，如果你想回家，就快把衣服穿好。"

　　韦林吉靠在墙边，一边揉着下巴一边说："我会帮他的。"他的声音变得很疲惫，"我一直在帮助人，可是他们却总是让我受伤。"

　　"是的，我理解你现在的心情。"我说完走出房间，让他们把剩下的事都处理好。

第二十章　韦德回家

　　当他们相扶着走出房间时，汽车已经被停在了屋门前，只是厄尔下车离开，一边关灯，一边吹着口哨，一句话也没和我说，朝着主屋走去。他嘴里的调子一直变来变去，似乎在加忆一首被遗忘的曲子。

　　韦德虚弱地爬进汽车后座，我坐在他的旁边。韦林吉开着车沿小路向前。他不出一声，没有人知道他的下巴是不是很疼，会不会很严重。当我们的车子到达碎石路的尽头时，厄尔早等在那里了，他把大门打开。我告诉韦林吉，我的车子就在那边的暗影中停着，他直接将车开过去。韦德坐进了我的车里，神情恍惚，双眼无神。韦林吉则重新坐到我的车子里，对韦德温和地说：

　　"韦德先生，你答应过给我的五千块钱，现在就把支票给我吧。"

　　韦德把身体往后靠一下，说："让我再想一想。"

　　"你已经答应了，我真的很需要那笔钱。"

"你这是威胁,知道吗?韦林吉医生,你通过伤害来威胁我,但是,现在有人保护我了。"

"你想一想,我半夜来接你,给你治疗,保护你,喂你吃饭,给你擦洗身体,你看,现在你已经没有什么问题了。"韦林吉很坚持。

"可是,你已经从我这里拿走了很多,不是吗?"韦德冷笑着,"那些真不值五千块。"

韦林吉并不作罢,依旧在说:"韦德先生,我找到了古巴的一个朋友,他答应帮我,我必须要照顾厄尔,为了这个机会,我必须要这笔钱。你是有钱人,应该明白什么叫救人于危难吧,我日后会把钱还给你的。"

听着他们的话,我感觉很不自然,很想抽支烟来缓解一下,但又怕韦德的身体会因为烟味而更加不适。

"你会还我?谁会相信呢?"韦德很不高兴地说,"你觉得自己可以活多久?那个年轻人,说不定哪天晚上,就悄悄把你杀死了。"

韦林吉身体向后退,我已经看不到他脸上的表情,但声音很坚定:"这是最不幸的死法,我相信你就其中之一。"

他从车里出去,直接坐回了自己的车里,顺着大门开进去,很快消失在黑暗中。我开着车,快速返回市区。韦德先生坐在那里,半天才自语般地说:"五千块,我凭什么要给这个畜牲五千块?"

"完全没理由。"

"可是,我如果不给他,怎么觉得自己倒像个畜牲?"

"完全没理由。"

他将头侧过来,看着我的脸说:"他对我就像对一个孩子一样,他怕厄尔过来揍我,总是尽量等在我身边,可是他把我口袋里的钱都拿走了。"

"也可能是你自己让他拿的,不是吗?"

"喂,你到底帮谁?"

"好了,韦德先生,我不过要完成自己的任务而已。"

之后我们两个都没有说话,到了远郊的时候,韦德才再次说话。

"如果他破产了,又被取消了地产赎取权,那他就什么也没有了,我应该会给他吧?只是这都为一个神经病,他到底为什么要做这样的傻事呢?"

"我想不出来。"

"作为一个作家,"他说,"我想我最应该知道如何才能打动读者,可是,我对人却一点都不了解。"

车子在隘口转过去,爬上山坡,坡下的灯火便一下出现在我们的眼前。我很快将车子开上通往文图拉的公路;在经过恩西诺,等待绿灯的时候,我对着山上的灯光看了一眼,在那里,有很多大房子,其中还有一套就是伦诺克斯夫妻二人的。车子继续向前,韦德问我:

"过了岔路口很快就到了,你认识吗?"

"认识。"

"哦,对了,我还不知道你的名字。"

"菲利普·马洛。"

"菲利普·马洛?不错的名字。"突然他声音抬高了一些,"等一下,你就是经常和伦诺克斯在一起的菲利普·马洛?"

"是的,是我。"

韦德借着车内的昏暗的灯光看着我，我则一言不发地朝向恩西诺主街前进。

"我是认识伦诺克斯的，只不过我们没见过，可以说是泛泛之交。"韦德说，"但那群执法的家伙们为什么要找你们的茬儿？"

我没有说话，不想理他。

"我想，你很不愿意说这件事？"他说。

"应该是吧，你对这件事很感兴趣吗？"

"当然，别忘了我是作家，我可以想到，这件事应该很有趣。"

"你太虚弱了，韦德先生，今晚就好好休息吧。"

"你不想说就算了，我知道，你并不喜欢我。"

我的车子从岔路口转进去，过了山谷地就是空闲谷区了。

"不，我对你谈不上喜不喜欢。"我说，"我原来就不认识你，你的太太找到我，希望我把你找回家。那么我只要把你送回家，这项任务也就完成了。不过她为什么会找到我，我就不知道了，反正对于我来说，我只是一个办差的人。"

我们从小山的一侧绕过去，上了一条宽而平整的公路，他说再向前开一里路，右手边就是他的家了。他告诉我门牌号，这些其实我早知道，但对于这样一个虚弱的人来说，说这些话算是很多了。

"我太太说付你多少钱了吗？"

"哦，没有谈。"

"兄弟，我要感谢你，其实不管多少都不足以让你这样冒险，我要感谢你才对。"

"我相信，这只是你今晚的想法，明天就不知道怎么样了。"

"马洛，我发现自己开始喜欢你了，虽然你有点混，但和我一样，我喜欢。"韦德笑起来。

他的家到了，那是一栋两层的全木瓦式建筑，有着带圆柱的走廊，有着白栅栏围起来的小路，门廊的灯亮着，我将车开到车库边，问他：

"你自己可以进去吗？"

"完全没问题。"他下了车，"要不要进来喝点什么？"

"哦，不，今晚肯定不行，我看着你进去就好。"

他站在那里，显得虚弱，只说了两个字："好吧。"然后转过身去，沿着石板路走到大门前，好不容易走到白柱子的跟前，敲了几下门。门开了，他缓慢地走进去，大门并没有关上，灯光把小路照得很亮。我听到院子里有欢呼声响起，我启动了车子，慢慢倒出车库的路，准备走时，听到有人在叫。

借着灯光，我看到是艾琳·韦德夫人正站在门口。我继续开车准备离开，她跑了过来，我只好停下车子，下车等她走过来。我说：

"我知道，我应该提前打电话告诉你一下，但他的状态我不敢让他一个人，所以直接送回来了。"

"谢谢，你应该遇到了大麻烦了吧？"

"还好，比按门铃要烦琐一些。"

"请进屋吧，和我说一说事情的经过。"

"现在应该让他休息一下，明天就会好起来了。"

"放心吧，甜哥儿会照顾他的。"韦德夫人说，"他今天肯定不会喝酒了，你应该是担心这件事吧？"

"哦，我没想过，夫人，晚安吧。"

"你应该是累了，想要喝一杯吗？"

我顺手点了一支烟，感觉自己已经有好长时间没有抽过香烟了，深深地吸一口，人感觉都陶醉了。

"能让我也尝一下吗？"

韦德夫人走近我，我将烟递过去。她只吸了一口，立刻咳嗽起来，她马上将烟还给我，笑起来："看我，完全不会吸烟。"

"你为什么想要雇我呢？是不是因为你认识西尔维亚·伦诺克斯？"

"谁？我认识伦诺克斯？"她似乎听得一头雾水。

"对，西尔维亚·伦诺克斯。"我用力地吸了一口香烟，透过烟雾看着韦德夫人。

"你是说……"她显得非常惊讶，"那个被杀的女孩子吗？哦，不，我不认识，我从来没见过她，你这是听谁说的？"

"对不起，是我自己忘记你和我说过什么了。"

她站在那里，很安静，穿着一件白色的衣服，人又苗条又修长，被门里透出的灯光一照，显得更加温和，连发梢都带着光泽。

"你为什么要这样问我呢？是不是就像你说的，和我为什么要雇你有关系？"她并不等我回答，马上就脱口而出，"难道是罗杰告诉你说我与伦诺克斯相识？"

"没有，只是当我告诉他名字的时候，他想到了这个案子，然后说了几句，而且他话很多，说得我都忘了。"

"哦，原来这样子，我现在要进去了，马洛先生，我要看一下我丈夫是不是还有其他的需要，如果你不愿进来坐一坐的话……"

"等一下，我要留下这个。"我说。

然后我一手将韦德夫人抱在怀里，另一手按着她头部的后面，在她的嘴上深深地吻了一下。她并没有动地方，当然也不会回应，只是沉默地挣脱我，然后站在那里看着我。

"这是不对的，你不能这么做，知道吗？"她说，"我知道你是一个好人。"

"我知道这样不对，我知道。"我点着头，"可是，今天一整天，我感觉自己就如同一条忠心护主的狗，我简单傻透了，竟然会与这样一件事混在一起，去冒这样的险。如果你说这事情背后没有人知道，我打死都不相信。而且，我认为你从一开始就知道韦德在哪里，至少，你知道韦林吉的名字。可是你不说，你想让我自己找，然后与他熟悉起来，这样就让我觉得自己应该照看他，我这不是在犯傻吗？"

"是的，你本来就是犯傻。"她用冰冷的声音说，"你的这些想象，在我看来本就是无中生有。"说完她就准备离开。

"等一下，"我叫道，"亲吻不会留下什么痕迹的，你不用太担心；只是，以后不要说我是个好人，我宁肯自己是个混蛋。"

她回过头来，看着我问："这是为什么？"

"因为如果我不在伦诺克斯跟前充当好人，他现在应该也不会死去。"

"你这么肯定吗？"她声音变得很轻，"这件事太谢谢你了，就这样吧，晚安，马洛先生。"

她顺着小路走进院子，我看着她关上了大门，门廊的灯很快熄灭了，我站在黑暗中，对着大门的方向摆手，然后慢慢离开。

第二十一章　埃德尔魏斯先生

想着这次又挣了一笔钱，终于可以让我睡个懒觉。于是我顺便多喝了杯咖啡，多吃了一片熏肉，连香烟也多抽了一支。同时，我对自己第三百次发誓，以后再也不会用电动剃须刀刮胡子了。这样，我的日子才回到正常状态中去。十点钟的时候，我到办公室，先看那些乱七八糟的信。我将信封撕开，把里面的东西都摊到桌面上；然后顺手打开窗户，好给那些悬浮在空中的灰尘找个去处。一只蛾子死在办公桌的角落，双翼还张开着；窗台上一只蜜蜂，已经断了翅膀却还在想着飞翔，在那里没完没了地叫着。可惜，这一点也不管用，它的末日就要到了。这一次，它再怎么努力也不可能飞回到自己的蜂窝里去了。

这样的日子真是无聊透顶，我知道谁都有可能会遇到这种日子。到这里来找我的，都是些荒诞不经的人。第一个进来的男人，满头金发，粗鲁狂野，姓氏好像是芬兰那边的，姓魁什南。他直接坐在椅子里，臀部非常大，把椅子塞得满满的。他的两只大手放在我的办公桌上，说自己是铲土机司机，就住在斑鸠市。住在他隔壁的女人，一直想要把他的狗毒死。为此，他每天给狗放风时，都要先对篱笆那头的地方进行搜索。到现在为止，他找到了九颗从隔壁扔过来的肉丸子，丸子上包着一层粉末，有一点绿色，他说自己很清楚，这就是带有砒霜的除草剂。

"如果对这个女人进行监视，然后抓住她，我需要付你多少钱？"他的眼睛很大，像金鱼眼，直直地望着我。

"你为什么不自己亲自去监视她，抓她呢？"

"先生，我还要工作，我现在正在浪费一小时四块二毛钱的时间，在这里与你说话。"

"那你报警了没有？"

"报警？我猜那要到明年他们才会来处理，现在，他们正忙着拍米高梅的马屁，根本不管这种事。"

"你也可以找小动物保护组织，比如'尾巴摇摇'。"

"这是什么地方？我从来没听说过。"

我便讲给他听，"尾巴摇摇"是什么；可是他对此并不感兴趣。他说动物保持组织只保护比马大的动物，比马小的连看都不愿看。

"你不是个探子吗？"他粗暴地叫着，"行啊，现在就去探一下吧，抓住她给你五十块钱。"

"对不起，"我说，"现在我很忙，虽然有五十块钱可以挣，但如果要我藏在你家的老鼠洞待几星期，我可做不到。"

他很愤怒，站起身来，瞪圆了眼睛看着我："你了不起啊？有钱都不挣？是不是一条狗的命你看不上？哼，多大点事，就把自己当成个人物。"

"我的事情很多，魁什南先生。"

"如果她被我抓到了，我肯定会把她的脖子直接扭断。"他气哼哼地说。我相信，这种事他能做得出来，以他那力气，大象的腿都可以扭断。"我去找别人，就为了汽车开过去，狗会叫唤，这个婊子就黑着脸让人不痛快，我一定要抓住她。"

他一边说一边向门口走去。

"你敢肯定，她只是想把你家的狗毒死吗？"我追问。

"当然肯定。"他已经快走到门口，伸手要开门了，突然就转回身来，"杂种，你再说一遍。"

我可不准备与他对着干，只是摇了摇头没说话，他很有可能会搬起办公桌砸碎我的头。他又哼了一声，气冲冲地离开了。

第二个上门的是一位中年妇女，人不老也不干净，但又不脏，就显得穿着寒酸，头脑又笨，一进门就唠叨个没完。事情就是她与一个女生住在一起，包里的钱都是辛辛苦苦攒下来的，可是却少了二十块。她不想搬家，但也不能看着钱被偷掉，当然更请不起侦探。只是，她认为我如果能打个电话，吓一吓自己的同室就好，而且不要提到她本人的名字。

这样一件事，她讲了二十多分钟，一边说一边捏着自己的包。

"这样的电话，你随便打给哪个认识的人都行。"我告诉她。

"可是，你是个侦探。"

"没有人批准我去用侦探的身份吓别人。"

"我想和她说我已经让侦探来调查这件事了，但不会说调查她。"

"我不认为这是个好方法，假使你说了我的名字，她会打电话来确认，我肯定会告诉她实话。"

她站了起来，将手里的包往身前一抱，尖声说道："一点也不绅士。"

"没有人规定要我当绅士。"

她嘴里念叨着走掉了。

第三位是午饭过后才来的，叫辛普森·埃德尔魏斯，名片上写着是一家缝纫机代理公司的经理。这位先生身材矮小，显得很疲惫，大概四十八到五十岁的样子；手小脚小，衣服的袖子过长，穿一件咖啡色西装，白衬衣，紫领带，领带上还有黑钻。他坐在那里，眼里充满了忧伤。头发很浓密，完全没有白发，只是一弯修剪得体的小胡子呈现红褐色。如果不仔细观察，给人的印象也就是三十五岁的样子。

"请叫我辛普就好。"他说，"别人都这样叫的，我是犹太人，可是偏娶了一个异教徒的女人做妻子，今年才二十四岁，人很漂亮。但报应来了，她经常离家出走，这次也是一样。"

说着，他把一张照片给我看，这个在他看来很漂亮的女人，我只感觉就是个嘴不大的胖女人。

"哦，抱歉，埃德尔魏斯先生，我不管离婚事情的。"我想把照片还给他，可是他却没接，"除非顾客骗我，不然我会实话实说的。"

他笑起来："我不会骗你，而且我不离婚，我只是想把她找回家，我不找到她，她自己是不会回来的，就像和我玩游戏一样。"

他淡淡地说着有关妻子的事，但一点也不抱怨。妻子是个爱喝酒，爱发脾气的女人，而且非常不称职，这可能和她从小受到的家教太严有关。他还说爱自己的妻子，妻子非常宽容。他没有将自己想成理想的情人，只不过是个拿工资养家的普通职员。他们的银行账户是联名的，妻子把钱带着全拿走了。当然他对此早有心理准备，他甚至很明白妻子与谁私奔了。以他对妻子的了解，那个带她私奔的家伙会把她的钱骗光，然后扔下她走掉。

"这个人就是门罗·克里根，"他说，"我并不想说天主教徒的坏话，因为犹太人中也有不好的人。这个克里根是理发师，虽然我并不想惹这样的人，但他们多四处为家，还会赌博，实在靠不住。"

"那你等她被人把钱骗光，不就可以知道她在哪里了吗？"

"不，她会不好意思，这样就会伤害自己的。"

"埃德尔魏斯先生，像这样寻人的事，你应该报警就对了。"

"不行，警察太严格，他们会羞辱梅布尔的。"梅尔就是他妻子的名字。

这位埃德尔魏斯先生似乎总是不想挑剔别人，一副老好人的模样。他将钱放在桌子上说：

"这是两百块预付款，我要按自己的方法来找人。"

"可是，以后这样的事还会发生。"

"是的，我知道。"他无奈却温和地摊开手，"她才二十四岁，可我快五十了，这又算什么呢？等她到了一定的年纪，自然也就会定下心来了。主要是她不会生孩子，而犹太人不喜欢这样的人，为此梅布尔很自责。"

"埃德尔魏斯先生，你真是一个大度的人。"

"应该是吧，我想我应该这样做，我并不只是随口说说，哎呀，我差点把更重要的事忘掉。"

说着，他从口袋里掏出一张明信片，和那些钱一起推到我面前来。"这是她从火奴鲁鲁寄来的，在那边钱并不值钱，我叔叔在那边做珠宝生意，只是现在已经退休，早搬到西雅图了。"

我再次看看照片，说："这案子我会委托别人，所以会把照片复印一下。"

"我知道，所以我已经准备好了，马洛先生，都在这里了。"说着，他已经取出了五六张复印件。"还有，这是克里根的，是一张快照。"他在另一个口袋里又拿出一个领土封，里面是克里根的照片，果然是个小白脸，我猜得一点错也没有。

辛普森·W.埃德尔魏斯先生又给了我他的一张名片，上面写有他的电话、地址，他说："希望费用可以让我接受，但是如果有需要，我肯定会支付的，但愿能尽快听到好消息。"

"如果她真的在火奴鲁鲁的话，这些钱就够了，但是现在，我必须要把这两个人的详细资料，包括穿着、肤色、年龄、明显特征等记下来，如果你之前就找过她的话，这些你都应该知道用来做什么。"

"我一点都不喜欢克里根，他太怪了。"

我用了三十分钟左右的时间来整理他所知道的信息，然后他才非常安静地和我告辞。一边走一边还告诉我："告诉梅布尔，这边什么事都没有的，让她放心吧。"

我很快给火奴鲁鲁那边发电报，找代理人，又寄了照片及详细信息。果然，那边很快在一家豪华宾馆找到了梅布尔，她正在那里做女佣，干杂活。就如同埃德尔魏斯先生预料的那样，克里根趁她睡着之后，将钱偷走了，却给她留下了巨额账单。梅布尔只剩下一枚戒指，还戴在她的手上，克里根拿不走。梅布尔把戒指当了，还了宾馆的费用，可是却不够钱回家了。埃德尔魏斯先生听说之后，直接买了飞机票过去接人。

说实话，梅布尔实在配不上埃德尔魏斯先生。我只让他报了二十块的账单以及一份电报的开销。火奴鲁鲁那边的代理收了两百块费用，我少收一些就算了。

这就是我的一天，一个私家侦探的一天，过得非常普通，但又不完全与别人相同。为什么要这样混日子，只有天知道，什么时候碰到有趣的事，什么时候会发财都说不定。也有可能会突然被人打一顿，甚至是遭受枪击，关进监狱，以至把命送掉，谁知道呢？只有当你独处，自我思索的时候，你才会劝自己，还是找份更理智的工作去生活吧。这时如果有门铃响起，你肯定会重新迎接这位带着愁容的客人，为着一点点钱，说着："你好，先生，请问有什么可以帮助你的吗？"我就这样一直反复着。

三天过后，在傍晚的时候，艾琳·韦德突然打电话给我，说要请我第二天到她家喝一杯，她丈夫韦德先生请了几个朋友，想要好好感谢我，并请我将账单带过去。

"不，夫人，你并不欠我钱，这件小事，我已经得到了应有的酬劳。"

"我那天的表现很可笑吧？感觉自己不是这个时代的人一样。"她说，"其实一个亲吻算什么呢，我相信你会来的，是不是？"

"说不好，可能不会去，也可能会去。"

"罗杰现在已经完全没问题了，开始工作了。"

"这很好。"

"你今天显得很客气，你会这么严肃地看待人生吗？"

"是的，有时会。这样不好么？"

她没有说话，只是笑了笑便挂了电话。我坐在那里，很严肃地想了一下自己的人生，我很想用一些快乐的事把自己的心情调动起来，可是我做不到。我把特里·伦诺克斯给我最后的信拿出来，又读了一遍。我突然想到，今天还没有去酒吧替伦诺克斯喝一杯琴蕾。于是，我立刻趁着这个好时间，到酒吧去。如果这时他与我一起，应该会很不错吧。想到这里，我心底有酸涩涌上来。走到酒吧门前，快要进去的时候，我想到他让我赚了一大笔钱，为了这些，他付出了沉重的代价。

第二十二章　酒吧

酒吧很安静，连温度下降的声音几乎都可以听到。坐在吧台的黑衣女子衣着非常得体，那面料应该是纤维的合成物。她孤独地坐着，一根烟，一杯绿色饮料，那神情中带有一丝神经质的紧张，或者是因为性饥渴，也有可能是减肥过度节食所致。

我离她有两个位子的距离，酒保客气地点头，却没有微笑。

"我要一杯琴蕾，不要放苦料就好。"我说。

酒保将餐巾铺在我的面前，看着我好半天，才说："你知道吗？"他的声音明显很高兴："我之前听你和你朋友说到玫瑰版酸橙汁，就特别进了一瓶；可是你们好久也没有来，今天我才开瓶，你就来了。"

"是吗，可惜我朋友不在，如果你不介意，就给我双份的吧，多谢了。"我说。

酒保走开了，那位黑衣女子低着头瞥了我一眼，又去看自己的杯子。

"在这里，可没多少人会喝这种酒的。"女人的声音不大，我开始没有想到是与我说话，直到她朝我看过来，我发现她的眼睛很大，指甲涂着红色指甲油。这个女人完全没有轻佻、随便的样子，她继续说："我指的是琴蕾。"

"是吗，是因为朋友我才喜欢它的。"

"你朋友应该是英国人，对吗？"

"为什么这样说？"

"因为酸橙汁很英国，和鳀酱煮鱼一样很英国；那样子如同厨师的血一样，别人都叫英国人酸橙佬。哦，我是说英国人，不是鱼。"

"是吗，我并不清楚，我还以为是热带马来半岛等地，在夏天专门喝的一种饮料呢。"

"你说的也有道理。"她把头扭回去。

酒保端着酒放在我的面前，里面加了酸橙汁，让琴蕾染上一层淡淡的黄绿色。我轻轻地喝了一口，不但很甜，而且很烈。黑衣女子依旧看我，我对着她举一下杯子，然后我们一起喝下自己面前的酒，我这才看到她竟然与我点的酒相同。

后面就如同老游戏一样，我坐在那里和她聊起来。"我朋友不是英国人，"我停了一会，继续说，"战争期间他可能去过，我们只是偶然过来一趟，因为这里就像现在一样，很安静。"

"是的，这里很安静。"女人说，"这种时候，是酒吧最舒服的时候了。"她一口将酒都喝掉，"你的朋友叫什么？说不定我还会认识他呢。"

我不急着回答，先点着烟，然后慢慢地她将嘴上那支烟点着，才小声说："伦诺克斯。"

她谢过我之后，对着我点头，说："是的，伦诺克斯，我们非常熟悉。"

酒保这时走过来，看着我的杯子。我说："相同的酒再来两杯，给我送到厢座里来吧。"

我站起身来，等着女人，并不清楚她会不会给我这个台阶。但是，我并不在乎，虽然现在这个国家性意识很强，可是男女之间，偶尔也会只对面聊天，而与床没有关系。目前这个情形，就很可能是这样。当然，如果她以为我要勾引她，也有可能，如果真是这样，就让她见鬼去吧。

女人有点犹豫，然后拿起自己的镶着皮镶着金边搭扣的手提包，与我一起到了厢座，我在小桌子对面坐下。

"我姓马洛。"

"哦，琳达·洛林。"她很安静，"马洛先生的脸上，带着一点点的伤感，是这样吗？"

"因为我点了琴蕾吗？如果是这样，你为什么而点呢？"

"我想，我只是对这种酒比较喜欢而已。"

"如果真是这样，那就太巧了，我也是这样。"

她对着我笑了一下，绿宝石的耳坠和领针，看上去像是真的，因为从切割工艺上可以看得出来，边缘非常平滑。在酒吧昏暗的灯光下，宝石闪着很温和的光芒。

"是吗，你就是那个人。"她说。

酒被送过来，放在了桌上，我等到侍者走后才说："我只是认识伦诺克斯，会有时与他一起喝喝酒而已，这完全是巧合得来的友谊，我没有去过他家，也不知道他妻子长什么样，只在停车场见过一次。"

"不，肯定比这更多一些，对吗？"

她在端酒的时候，我看到了她手上绿宝石的戒指，边缘有很多小钻石，另外还戴了一枚白金戒指，这表明她已经结婚了。我觉得她应该有三十五到四十岁之间，不过长相比较年轻。

"大概是吧，"我说，"可是这家伙总是来惹我，到现在依旧这样。你呢？"

她用一只手托着下巴，脸上没任何表情地看着我，"我说过，我和他非常熟悉，甚至到了认为他的事都不算什么要紧事。他的妻子非常有钱，给了他所有想要的，但她只有一个要求，那就是别打扰她。"

"这样也算合理。"我说。

"马洛先生，不要挖苦人好吗，要知道，有的女人就是这样，她们没有办法为自己做主，而他也很清楚，如果他只是想要一份尊严，那么从大门里走出去就好，没必要杀了她。"

"说的对。"

女人把身体挺直一些，很严肃地看我一眼，然后绷着嘴说，"所以，他逃出去了，而且我听说你还帮了他,你应该为这件事很骄傲吧?"

"不,"我说,"我只是看在钱的份儿上。"

"马洛先生,你这样说就没意思了,不过,我也不知道自己为什么要坐下来与你一起喝酒。"

"我们可以换个话题,洛林夫人。"我举起杯子,大大地喝了一口,"我觉得,你可告诉我一些特里的事,我是说我并不知道的事。至于他为什么要杀他的妻子,我真的没有兴趣去猜测。"

"你这样说太薄情了。"她生起气来。

"你不喜欢我这样说是吗?其实我自己也不喜欢;如果我相信他做了这件事,那今天肯定不会坐在这里喝这杯酒的。"

她看着我,过了好一会儿才说:"他是自杀的,不过有留下事情的真相,不知道你想要知道什么呢?"

"他有一把枪,"我说,"这如果是在墨西哥,就足以让警察对他下手,就算在美国,也会有警察因此而动杀念,这些人有时就因为别人开门晚一会儿,就会直接开枪。你说的那自白书,我竟然不知道。"

"这很清楚,是墨西哥的警察在造假。"女人尖声地说。

"自白书应该是真的吧,奥塔托丹这样的小地方,似乎还没有人知道可以造假。但这不能说他的妻子就是他杀死的,我从来不这样认为。我想,到了写自白书的时候,就说明他已经完全没有退路了。在这样的情况下,不管你认为这是软弱还是感情用事,随便你怎么认为吧,但那都可能让自己的亲人得知真相。"

"别做梦了,"她说,"一个大男人怎么可能为一件丑闻而自杀呢?或者是让别人暗杀。现在西尔维亚已经死了,可是她的父亲和姐姐一样生活得好好的,要知道,马洛先生,有钱人非常会保护自己的。"

"是吗?那就算我错了吧,希望我把一切都看错了,我刚刚不小心惹到你了,如果你希望我现在马上消失,可以还一个让你独品琴蕾的机会?"

女人笑了,说:"对不起,我应该相信你是真诚的,只是开始我还以为你在为自己而开脱,却不是为了特里。好吧,现在我不这样认为了。"

"我会为自己开脱的,我干的错事、招惹的麻烦,这些都是我所认知的。我也不能不相信,他的自白书帮了我。如果现在他被抓到了,那么我也肯定会因此而被判有罪,哪怕是罚钱,也远远超出我的承受能力。"

"你还没想到会被吊销执照呢。"她又变得冰冷起来。

"或许吧,那时候,无论是哪个喝了酒的警察,都有可能让我失去这执照。不过现在不一样了,想要受理这个案子,就得先上法庭听证才行,这些人可不那么听警察的话。"

她小口喝着饮料,然后慢悠悠地说,"总的来说,你不觉得现在的结果是最好的?没有审判,没有一些引人注目的大标题,没有恶意造谣,要知道,报纸为了提升自己的发行量,可是会扭曲事实,有损公正,于无辜者的情感于不顾的。"

她的身体不自觉地向后靠了靠,将头靠在那个靠垫上缘凹下去的地方。"情理之中的是,特里·伦诺克斯会因为此事寻短见,情理之外的是不开庭审判利于所有人。"

"我要再来一杯,"我朝侍者挥挥手,"我怎么觉得脖子后面凉飕飕的。请问你和波特家族有什么关联,洛林夫人?"

"我是西尔维尔·伦诺克斯的姐姐,"她说,"我还以为你知道呢。"

侍者过来以后，我叫他动作快一点，洛林夫人摇摇头，表示她已经喝够了。待侍者走后，我说，"波特老头，哦，不好意思，我是说哈伦·波特先生将此事瞒得严严实实，我竟然还能得知特里的老婆还有个姐姐，我真是中大奖了。"

"你太夸张了，我父亲的权势也有限的。马洛先生，当然他的心没有那么狠。不可否认，他在解决一些私事时会墨守成规。就算是自己主管的报纸，他也从来不对外接受采访。他从来不公开发表演讲，也不拍照片，出门通常都是坐汽车或是乘坐自己的私人飞机，有专业的驾驶员。不过他还是很近人情的，特里就非常讨他喜欢，他说特里时刻都非常具有绅士风范。不像很多人，往往只有十五分钟热度，就是从客人进门到他们开始喝第一杯鸡尾酒中间。"

"可他最后犯了个错误，我说的是特里。"

侍者迅速给我送来第三杯酒，我品尝了一下，然后安静地坐在那里，一根手指按着圆形杯底的边缘。

"特里的离开，对他的打击很沉重，马洛先生。你说话又开始怪腔怪调了，请不要这样。父亲也明白，如今这样的情况会让一部分人觉得太滴水不漏了。他宁愿特里是跑了，如果特里请他帮助，他肯定会毫不犹豫帮他的。"

"哦，不是这样的，洛林夫人，要知道，特里杀的可是他的女儿。"

她的脸上突然晴转阴，非常冷漠地看了我一眼。

"请原谅我实话实说，早在很多年以前，父亲就和妹妹脱离了关系。再见面时，他们之间甚少有交谈。要是让他发表自己的观点，他说不管是过去，还是现在，他都一定不会这样做。我可以负责任地说，他对特里就是杀人凶手的怀疑程度不比你轻。可是特里已经死了，继续跟踪这些还有什么意义？他们也许会因为飞机出意外、火灾、高速公路出交通事故而殒命。既然她免不了一死，或许在这时死是最合适的。十年以后，她会成为一个骄奢淫逸的婆娘，就如同你现在或者之前在好莱坞聚会上所见到的那些令人恐怖的女人一样，国际垃圾。"

听到这里，我心中猛然升起一股无名火。我站起来朝厢座周围望了一下，旁边的座位没有人，再旁边的座位上有一个家伙正在安静地看着报纸。我一屁股跌坐在椅子上，将杯子推向旁边，把身子靠过去。这点理智我还是有的，我尽量降低自己的音量说道：

"我的上帝啊，洛林夫人，你想要跟我说什么呢？你是想说哈伦·波特里多么单纯无害的一位人物，他没有考虑过影响地方检察官的工作，让那些家伙不再去调查那桩杀人案，以防有人再去调查？你是说他相信特里是无辜的，可是又不让其他人去彻查此事，揪出真正的杀人凶手？你是说从来没有想过要用自己所拥有的报纸来对政界施加影响，没有动用一分钱，没有让九百名一心为他办事的家伙效力？你是说完全置身事外，因此没有他人，地区检察官办公室的人也没有参考，市警局也完全不知情，只有一个奉他指示的律师一个人去了墨西哥，去确认特里是否真的自杀了，而不是哪个印第安人突然枪走火了？你老子那么有钱，洛林夫人，我不明白他是靠什么拥有那么多财富，可是我非常清楚，如果他背后没有一个稳固的势力吓人的组织网络，他是不可能有今天的成就的。他不是任人搓圆揉扁的人，他是个非常精明的人物。在这个世界上，要想挣这么多财富，你必须得这么精明才行。你和不同行为的人有来往，不用和他们面对面交谈，只需要站在远远的地方，和他们一起做生意就可以了。"

"真是愚蠢！"她恨恨地说道，"你要让我抓狂了。"

"当然，我肯定不会说你喜欢听的话。实话跟你说吧，特里在西尔维亚死亡那天晚上，还和你老子有过电话交谈，他们说什么了？你老子又跟他说了什么？"

"去墨西哥，然后自我了结了吧，孩子。家丑不能外扬。我女儿水性杨花，这点我非常清楚，在那帮喝醉酒的人中间，随便一个人可能都会因为一时神经错乱，糟蹋了她的美丽面孔。不过你没办法提前知道，孩子。那家伙清醒以后肯定会后悔不已。你活得非常好，现在是你回报的时候了。波特家族的名声，我们必须要维护，让它如圣洁的紫丁香一样。她之所以和你成家，是因为她得保护好自己的面子。现在她不在人世了，这就是她需要保全自己面子的时候，你的作用也就来了。如果你消失了，就永远消失下去，这样是可行的。可是一旦别人发现了你，你就必须得去到阎王那报到了。太平间再聚首。"

"你真的觉得，"黑衣女子冷冷地说，"我父亲就是这样说的？"

我舒服地往后靠了一下，非常不友好地笑了。"如果你觉得还不满足，我们可以将这段对话说得再冠冕堂皇一些。"

她将自己的东西收拾好，离开自己的座位。"我可否奉劝你一句？"她一字一顿地说，"很简单，如果你觉得我父亲真是像你所说的那样，如果你到处散播你刚才所说的话，你在这座城市无论干什么事情都会不顺利，随时会半途而废！"

"你说的很好，洛林夫人。我曾经从法律界人士嘴里听到过，从当地流氓的嘴里听到过，从上流社会里的人嘴里听到过，只是表达方式不一样而已，意思是一样的，叫我不要多管闲事。我之所以到这里来喝一杯琴蕾，是因为有个人过去向我交待过。看，我现在就是在自讨苦吃啊。"

她站起身来，头稍稍点了一下。"三杯琴蕾，双份的，你可能有些醉了。"

我扔了比酒钱多得多的钞票在桌上，然后站到她旁边。"你喝了一杯半，洛林夫人，你喝那么多干什么？难道也有人跟你交待过，还是你自作主张？你的嘴巴也不严实啊。"

"谁晓得呢，马洛先生？谁又真的对什么都了然于胸？吧台那里有个人一直盯着我们看。你知道他是谁吗？"

我转过头去看了一下，这令我很吃惊，她竟然发现了。一个皮肤黝黑的、瘦瘦的男人正坐在吧台那边挨着门的凳子上。

"他是奇克·阿戈斯蒂诺，"我说，"他是赌棍曼宁德兹雇的枪手。我们打他个措手不及，吓他一下。"

"你真的醉了。"她说着，起身就走。我紧紧跟在她身后。吧台里那个家伙现在若无其事地望着前面。我经过他身边时，一个箭步跨过去，从背后将他的两只胳膊拧到一起，我想我是真的喝醉了。

他气愤地转过身，从高脚凳上溜下来。"小心点，小毛孩！"他怒气冲冲地吼道。我用余光瞥见正准备走出门的她回头看了我一眼。

"你怎么没带枪，阿戈斯蒂诺先生？你太大意了，天马上就看不见了，如果遇到难缠的小鬼该如何是好？"

"走开！"他狂躁地叫道。

"咦，这句话是从《纽约客》上来学来的吧？"

他嘴角动了一下，人却纹丝未动。我将他撇下，跟着洛林夫人走出门，来到门外的挡雨篷下面。一个头发花白的黑人司机正和停车场的小伙子说着什么，小伙子恭敬行了个礼就走开了，一会儿开过来一辆非常高档的凯迪拉克豪华车。黑人将车门拉开，洛林夫人随后上了车。他将车门关上，就好像特别小心地将珠宝箱的盖子盖上一样。然后他转过来，走到驾驶座那边。

她将车窗放下来，从里面看着我，脸上的表情捉摸不透。

"晚安，马洛先生。很不赖，对吗？"

"我们刚刚吵得好厉害。"

"你说你是自己吧，而且绝大多数是和你自己。"

"这是一种常态，晚安，洛林夫人，你住的地方离这很远吧？"

"我住在空闲容区，离湖边公园相当远的另外一边，我丈夫是个医生。"

"不知道你是否侥幸认识一个姓韦德的人？"

她的眉头皱了一下，"我恰巧认识韦德一家，有什么问题吗？"

"为什么问这个？在空闲谷区，我只和这家人比较熟悉。"

"这样啊，那好吧，再说一声晚安，马洛先生。"

她往后靠到座位上，凯迪拉克小声咕噜着，转瞬就消失在茫茫车流中。

我倏地一转身，几乎和阿戈斯蒂诺来个亲密接触。

"那个美人儿是谁？"他不怀好意地笑道，"下次你要学乖一点，不要离我这么近。"

"她对你不感兴趣。"

"好吧，你现在越来越圆滑了。我将车牌号码记下来了，我想曼迪会有兴趣的。"

一辆车停在面前，车门被用力打开，蹦出来一个七英尺高、四英尺宽的健硕大汉，看了一眼阿戈斯蒂诺，向前走出一大步，用一只手掐住他的脖子。

"小混混，我跟你说过，不要来我消费的地方瞎晃悠，你听不明白吗？"他大声吼道。

他用力摇晃着阿戈斯蒂诺，直接将他扔了出去，后者的身体飞出人行道，直接和墙来了个亲吻，之后瘫倒在地上，止不住咳嗽。

"等到下回，"大汉声嘶力竭地吼道，"我一定会让你死得明明白白，相信我，小子，他们给你收尸时，你手里肯定会握有一把枪。"

奇克·阿戈斯蒂诺只是不停地摇头，不敢发出一点声音。大汉认真打量了我一番，然后咧嘴笑道，"你好啊！"说完就进入了维克托酒吧。

我看阿戈斯蒂诺慢慢坐了起来，一副心有余悸的样子，"这位老兄是何方神圣啊？"

"大模子威利·马贡，"他口齿不清地说道，"风化纠察队的表面功夫，他以为自己很了不起。"

"你是说他不一定很了不起？"

他呆呆地望了我一眼，走了。我将车从停车场开出来，然后回了家。在好莱坞，任何剧情都可能上演。

第二十三章　　洛林夫人

一辆车身很矮的美洲豹经过我前面的山坡，特别将车速放慢了，以免让我全身都蒙上灰尘。到空闲谷区的半英里小石子路无人问津，凹凸不平。他们好像是刻意不管它，好让在这条公路上遛弯的新手司机迷途知返。我看见鲜亮围巾的一角和一副太阳眼镜。有人朝我挥手致意，就好像非常熟悉的邻居之间打招呼一样。接下来是一段尘嚣四起的路，本来就蒙上一层灰尘的灌木丛和枯草上，又被裹了一层灰。经过岩层，路面越来越平坦，好像都是经过细心维护过的。茂密的橡树稍微倒向马路中央，就好像是一个行人非常想要知道刚刚是谁经过这里了。长着粉红小脑袋的麻雀飞来飞去，啄食着它们觉得非常有价值的东西。

接下来映入眼帘的是一排排木棉，桉树不见了，然后是长得非常茂盛的白杨林，林子深处隐约可见一所白色的屋子。然后又看到一个女孩正在路边悠闲地骑着马。她穿着色彩鲜艳的衬衫，下身穿着牛仔裤，嘴里含着一根嫩枝。马好像非常热，可是没有狂躁不安，女孩轻声对马唱着歌。一道封闭的石墙后面，一个园林工人正在用电动割草机修剪那一大片蜿蜒的草地。草地的那一端是一栋具有威廉斯堡殖民时代风格的府邸的门廊，府邸的气势非常宏大，不晓得什么地方，正有人用大三角钢琴演奏左手练习曲。

这些景物都从眼前消失以后，接下来是一片湖水，湖面波光闪闪，非常刺眼，我开始认真注意门柱上的号码牌。韦德家的房子我只看到过一次，而且还是晚上。现在看来和晚上所见到的相比，规模要小一些。车道上满是车，于是我将车停在路边，步行进去。身穿白色外套的管家见是我，给我开了门。这是一个面容俊俏、身材健硕的墨西哥人，外套穿上他身上非常得体。他看上去就是那种一个礼拜可以挣到五十块，而且还只是干些轻活儿的墨西哥人。

"下午好，先生，"他微笑着跟我打招呼，用的是西班牙语，感觉气势上胜了我一筹，"请问您的姓名？"

"我叫马洛，"我回答道，"你是想占哪位的上风？甜哥儿？我们曾经通过电话，你忘记了？"

他没有说话，只是撇了撇嘴，我跟着他走进去。还是最传统的鸡尾酒会，每个人都在大声吵闹着什么，可是却没有人认真听。每个人手里都握着一大杯酒，两眼冒金光，双颊或是红或是青，或是渗着细密的汗珠，当然要看喝了多少，酒量怎样。没过多久，艾琳·韦德就出现在我身边，她身穿浅蓝色衣服，非常衬她。她也拿着酒杯，不过于她来说，似乎只是个工具而已。

"非常高兴你来了，"她非常诚恳地说，"罗杰希望可以在书房和你碰面，他对鸡尾酒会讨厌至极。他在工作。"

"如此吵闹的环境下还能工作？"

"对于这样的干扰，他从来都不惧怕。甜哥儿会给你将酒端过来，当然如果你想自己去吧台……"

"我自己去吧台拿吧，"我说，"为那天晚上忘记跟你说一声抱歉。"

她微微一笑，"我觉得你已经跟我说过对不起了，没事。"

"确实无足挂齿。"

她脸上的笑容保持不变，点点头，转身离开了。我瞧见巨大的法式落地窗旁边一角处有个吧台，是可以移动的那种。我非常谨慎地行走，以免撞上别人，走到屋子正中间时，耳边响起一个声音，"你好啊，马洛先生。"

顺着声音望过去，我看到洛林夫人就坐在沙发里，旁边坐着一个戴无框眼镜、表情呆滞的男人，那人下巴上有的一撮胡子，应该是山羊胡子。她手里也拿着一杯酒，看上去百无聊赖的样子。他一个字也不说，只是双手交叉放在胸前，脸色不带丝毫表情。

我走过去，她向我微微一笑，将手指向我，"这位是我丈夫，爱德华·洛林医生，这位是菲利普·马洛先生。"

那个长着山羊胡子的男人快速向我扫了一眼，稍稍点了个头表示打过招呼。除此以外，好像没有其他动作，似乎准备将精力储存起来，用到更有趣的事情上面去。

"爱德华很辛苦，"洛林夫人说，"他总是一副疲惫不堪的样子。"

"医生们大抵都是如此,"我说,"需要我帮你端一杯酒过来吗,洛林夫人?还有你呢?医生?"

"她已经喝很多了,"那家伙自顾自地说道,根本都没有瞧我们这边。"我一滴酒都不喝的,我越是接触到那些喝酒的人,我越是感到幸运,我没有碰过那东西。"

"回来吧,小谢芭。"洛林夫人梦呓似的说。

他回过头,看了她一眼。我转身走向吧台。丈夫在身边,琳达·洛林和以往有太大的区别。她出言不逊,满脸的鄙夷。就算是生气,她也从来没有让我看到过什么好脸色。

甜哥儿站在吧台背后,他问我需要点什么。

"我现在不需要,谢谢你,韦德先生想我和碰个面。"

"先生没空,忙得要命。"

对这位甜哥儿,我是不可能有什么好感的。我只是静静地看着他,最后他妥协了,说了一句,"我先去看看,先生,稍等片刻。"

他迅速穿过人群,不一会儿就回来了,"走吧,朋友。"他非常高兴地说。

我和他一起走过客厅,他将一扇门打开,等到我进去以后,又把门轻声带上,吵闹的声音顿时被隔绝在外面。这间屋子位于转弯处,宽阔、幽静、凉爽,有巨大的法式落地长窗,窗外栽种的都是玫瑰,一扇侧窗上还装有空调。从这里可以看见湖水。韦德就卧在一张长长的浅色沙发上。屋子里还有一张颜色发白的木头制的大书桌,上面有个打字机,旁边还堆着一沓黄纸。

"非常感谢你能来,马洛,"他漫不经心地说,"坐吧,我想你肯定已经喝了一两杯了?"

"如你所愿,还没有。"我坐下来看着他,他看起来比较累的样子,"工作进展怎么样?"

"还可以吧,只是经常会觉得累。唉,醉生梦死了四天,想要恢复元气似乎比较难。最好的写作状态就是喝一杯之后。做我这个行业的,神经很容易绷紧,变得比别人慢半拍,那种状态下写出来的东西也非常恶劣。如果写出来的东西非常受大众欢迎,那么肯定写作过程也非常顺利。那些你看到的听到的,在很糟糕的状态下写出来的东西,往往都不堪入目。"

"或者要看是谁写的。"我说,"福楼拜写东西的过程就很困难,可是他的东西却很受人欢迎啊。"

"嗯哼,"韦德一个鲤鱼打挺坐起来,"这样说来,你肯定拜读过福楼拜的大作了,你就是一名有学问的人了,是批评家了,是文学界读了很多书的人了。"他按了按前额,"我正在戒酒,戒酒让我觉得无比憎恨。看到那些手里端着酒杯的人,我就气不打一处来,可是我必须得出去和那些讨厌鬼交际。没有人不知道我是个嗜酒如命的人,他们都想要知道我到底是躲避什么。有个不是人养的弗洛伊德信徒将他那套理论宣扬得人尽皆知。现在就连十岁左右的小孩子们都知道那些。如果我有个十岁大的孩子,希望这样的事不会发生,那个调皮鬼肯定会问,'你喝醉酒是要躲避什么呀,爸爸?'"

"根据我对你的了解,这些事情是最近才出现的吧?"我说。

"情况越来越差,可是我一向自诩酒量不错。年轻时代遇到一点困难,总是可以轻易化解,现在过了四十岁了,恢复起来就相当困难了。"

我舒服地往后靠了一靠,点燃一根烟,说"你想和我见面,有什么事情吗?"

"马洛,你觉得我在躲避什么?"

"这,我怎么知道?我对你又没有足够的了解。更何况,世界上谁没有在躲避一些事情呢?"

"并不是每个人都是酒鬼。就你个人而言,你又在躲避什么呢?当你年轻时?良心的指责?还是在这个不入流的行业里是一个微不足道的小人物?"

"我懂得了,"我说,"现在就需要找个不如你的人来鞭笞你,来吧,朋友,如果碰到我痛不欲生的地方,我会叫出来的。"

他撇撇嘴笑了,用力揉了揉厚厚的卷发,用食指指着自己的心脏说,"现在你正面对着一个不入流行业里一个非常卑微的小人物,马洛。所有作家都不值一提,什么事都干不了,而我又是其中病得最厉害的。我完成了十二部畅销书,没有一部是值得称道的,就连被赶下地狱,阎王都不收。我也只是在少数亿万富翁居住群有一栋自己的房子而已。有爱我的温柔老婆,有偏爱我的优秀出版人,而且我非常爱自己。我是个极度自私的混蛋,我是个文学上的垃圾,你想怎么说都可以,一个完完全全的混蛋。你能让我怎么样呢?"

"什么怎么样?"

"你不觉得心里很难过?"

"没有什么好值得难过的,我不过是在听你发牢骚而已,没什么意义,可是并没有伤到我自身的情感。"

他狂放地笑了起来,"我喜欢你,"他说,"我们一起喝一杯吧。"

"不要在这里喝,伙计。不能就我们两个人在这喝。你喝第一杯酒无所谓,没人会拦着你,我想可能也没有人有这个打算。只是我不想成为你的助推剂。"

他站起来,"我们确实不用在这里喝,我们还是走到外面,去看看等你发财了以后,会和你成为邻居里的人吧。"

"嗨,"我说,"行了啊,适可而止啊。他们和其他人不是一样的吗?"

"是的,"他立即接话道,"可是他们应该和别人不一样,要不然他们的存在还有什么价值?他们是上层社会的人,可是和喝廉价威士忌的卡车司机相比,他们并没有好到哪里去,也不会一时精神病发作,将自己的老婆从楼梯上推下去。"

"对的,"他马上镇定下来,好像在沉思着什么,"你过关了,伙计,是否愿意到我这里来住一段时间?只要你愿意待在这里,就是给我提供了很大的帮助。"

"不知道这样做有什么意义。"

"我懂,只需要你身体在这里就可以了,我一个月付给你一千块钱,怎么样?我只要一喝醉就会跟换了一个人样的。我不想让自己醉得一塌糊涂,不想让自己处于危险的境地。"

"我也没办法阻止你。"

"先尝试三个月怎么样?到那时我这本糟糕的书也会完工了,我会去远方游玩一段时间,去瑞士山区小住一段时间,让心安静一下。"

"那本书,哈?你必须写吗?这笔钱你必须要赚吗?"

"不是,只是我已经开头了,我就想要把它写完,要不然我就会陷入万劫不复的境地。看在朋友的份儿上,我请求你,你为伦诺克斯做得可远比这多。"

我站起身,走到他身边,狠狠瞅了他一眼。"就是因为我,伦诺克斯才丢了性命,先生,这都是因为我。"

"嘿,不要跟我唱苦情戏,马洛。"他将手安放在脖子部位,"心怀慈悲的人,我算是怕了。"

"心怀慈悲?"我问,"也许只是心地善良?"

他往后倒退了一步,一头撞到沙发上,可是身体还是维持着平衡。

"你走开点,"他柔和地说,"不行就不行,我不会怨你。有些事情我想要弄清楚,而且一定要弄清楚才行。你不知道那到底是怎么了,我也不敢肯定我明白,可是我敢说事情里面一定有原因，而且必须要搞清楚。"

"有关谁？你老婆？"

他紧闭着嘴唇，"我觉得是我自己的问题，"他说，"我们走吧，去一起喝一杯。"

他走到门口，将门用力拉开，我们一起出了门。

如果他想让我心里不舒坦，那么他做到了，而且非常不赖。

第二十四章　通话

他把门忽地一下打开，客厅里的吵闹气息一下子汹涌而入，似乎比刚才还要喧闹，如果可能的话。这些人大概又喝了两杯酒。韦德到处周旋，见到他，大家明显都很兴奋。其实酒到了这个程度，就算看见手拿特制冰锥的"匹兹堡的菲尔"，他们都会兴奋无比。人生只是一场漫长的戏曲表演。

去吧台前，我们和洛林医生以及他的妻子面对面遇到了。医生朝韦德走过去，脸上的表情明显是讨厌。

"很荣幸见到你，先生，"韦德先生非常和蔼地说，"你好，琳达，最近怎么找不到你了？哦，不！我问得太傻了，我……"

"韦德先生，"洛林声音直打战，"我想跟你说几句话，其实也非常简单，我希望我不用再说第二遍，不要再靠近我老婆。"

韦德惊讶地望着他，"医生，你太疲惫了。啊，你没喝酒？那我给你拿一杯。"

"我从来不喝酒，韦德先生，你非常清楚，我之所以到这里来，只有一个目的，我刚才已经开门见山地说了。"

"哦，好吧，我想你的意思我听清楚了。"韦德依然很亲切，"因为来者都是客，我不便跟你多说什么，不过我觉得你肯定误会了。"

周边的聊天声音都猛然小了下去。大家都安静地聆听着什么。洛林医生从口袋里拿出一副手套，用力拉直，然后捏住指尖，很大的动作，用力甩向韦德的脸。

韦德的眼睛直直地看着他，"明早我们来一场决斗？"他低沉地说。

我看向琳达·洛林，她气得双颊通红，缓缓站起身来，看向医生。

"我的上帝，你太过分了，亲爱的，不要再傻了，可以吗？还是你想要别人反过来扇你耳光？"

洛林背过去看向她，再次将手套举起来。韦德一步迈过去挡在他前面，"慢着，医生，我们这地方，要教训自己的老婆也最好回家关上门再教训。"

"你是在说你自己吧，我可是了解得一清二楚。"洛林冷笑着说，"你有什么资格给我上礼仪课。"

"只有有出息的学生才配做我的学生！"韦德说道，"很对不起，请你立刻离开这个地方。"他将声音拔高几度，用西班牙语说，"甜哥儿！洛林医生要走了。"他转过来看向洛林，"如果你不知道西班牙语，医生，那就是说，门在那里。"他用手指向门的方向。

洛林看着他，没有动弹。"我已经给你发出警告了，韦德先生，"他冷漠地说，"在场的很多人都听见了,希望我不用再说第二遍。"

"不需要,"韦德毫不留情地回绝道,"可是你如果还要再说,那么就请物色一个对你我都公平的地方,那样我可以行动更加自如。对不起,琳达,可是你和他结婚了。"他轻轻揉着刚刚被手套甩过的脸颊。琳达·洛林无奈地抖了抖肩膀。

"我们走吧,"洛林说,"琳达,过来。"

她又坐了回去,端起酒杯。她朝自己的丈夫鄙夷地看了一眼,"你走吧,"她说,"你忘了,你不是还要打几个电话吗?"

"你和我一块走。"他气急败坏地说。

她转过身去,猛然伸手掐住他的胳膊。韦德一把扳住她的肩头,把她扭了过来。

"慢点儿,医生,你不能时时处处都处于上游吧。"

"不要碰我。"

"没关系,放松一点。"韦德说,"我有个很好的提议,医生,你为什么不找个更加权威的医生看一下呢?"

有人肆无忌惮地大声笑起来,洛林的神经高度紧张,身体也抑制不住地颤抖,就好像一头随时准备攻击他人的野兽。韦德感觉到了,干脆走开了,留下洛林一个人在这无所适从。如果他追上去,只会比现在更让人觉得他蠢笨不堪,只有走才是最好的出路,于是他大步流星地离开了。他眼睛直直看着前方,甩开大步,箭一般穿过客厅,径直走向甜哥儿为他拉开的门。他走了出门,甜哥儿顺势将门关上,然后面无表情地回到吧台边。我走到吧台那边,点了杯英格兰威士忌。我没有注意韦德到哪里去了,他消失了,我也没有看到艾琳。我背对着客厅站立,对于他们的哄笑毫不在意,只沉浸在自己的苏格兰威士忌酒中。

一个头发颜色土黄,绑着一根发带的小个子女孩子出现在我身边,她对着吧台里的甜哥儿轻声说了句什么,甜哥儿会意地点点头,又重新给她倒上了一杯酒。

女孩看向我,"对于共产主义,你是否喜欢?"她问我。她的目光看起来没有聚焦点,小巧的红色舌头不停地舔着自己的嘴唇,好像在继续寻找巧克力的香味一样。"我觉得所有人都会喜欢,"她接着说道,"可是如果你去采访这里的任何一个男人,他们都只想要碰你。"

我不置可否地点了点头,从酒杯上缘看过去,只能看到她那被太阳长年灼烤而粗糙的皮肤,还有一个醒目的狮子鼻。

"只要对方温文尔雅,我觉得无所谓。"她边说边去拿装满酒的杯子。喝了半杯以后,她的嘴巴弯成了一个弧度。

"我也不可靠。"我说。

"你叫什么来着?"

"马洛。"

"字母里有e吗?"

"有。"

"啊,马洛,"她思忖片刻后说,"多么漂亮又感伤的名字啊!"她将喝得快要见底的酒杯放到桌上,然后头往后靠过去,眼睛闭上,双臂展开,差点碰到我的眼睛,她的声音开始震颤。

　　就在这倾世容颜,出动上千条战船,
　　将伊里亚高耸入云的城塔一把火烧尽?

亲爱的海伦，请给我一吻让我永生。

她把眼睛睁开，将酒杯再次拿到手里，顽皮地向我眨了下眼睛。"你的诗写得太好了，朋友，你还在继续写吗？"

"我已经很少写了。"

"如果你愿意，你可以亲吻我。"她故作忸怩地说。

一个里面穿着开领衬衫，外面套着茧绸外套的家伙来到她背后，朝我努了努嘴。他的头发是红色的，非常短，活像一只烂肺头，可以这么说，他是我这辈子见过的长的最丑的人。他用手将女孩的头拍了一下。

"好了，猫咪，我们该回去了。"

她气愤地回应他，"你是想说，那快要死的秋海棠又要浇水了？"

"噢，你听我说，猫咪……"

"离我远一点，你这个让人厌恶的强奸犯。"她激烈地叫道，将剩下来的酒都泼在他脸上，尽管只是半杯酒和两块冰。

"上帝作证，宝贝儿，我是你丈夫，好么？"他也叫嚣着回应道，一边用毛巾擦了擦脸，"你听懂了吗，我是你丈夫。"

她强烈抖动着，一下子钻进他的怀里。我没再打扰他们，转身离开了。每个鸡尾酒会都是一样，就连对话都没有区别。

客人们陆陆续续离开，融进昏暗的天色中，吵吵嚷嚷的声音慢慢消失，汽车开启，再见声活跃在人们中间。我来到法式落地长窗前，一步跨出去，来到露台上。地面直直地倒向湖畔，湖水波澜不惊，就好像一只慵懒的小猫。湖边有一小段木头做成的桥，边上还有一条小船，用白缆绳拴着。对岸近在咫尺，一只黑色的水鸡正在水面自由自在地游动，就好像在表演溜冰的人，没有搅起什么水纹。

我活动活动手脚，静静躺在一张有软垫垫着的铝合金躺椅上，点上烟斗，自由地畅想着，我不明白为什么我会在这里。只要罗杰·韦德愿意这样做，他完全可以掌控好自己。他对付洛林进退自如。如果他对准洛林的尖下巴，猛烈一击，我也不会觉得太意外。依据一般性逻辑来看，他这样做确实有些过分，可是相比之下，洛林也不会好多少。

如果说这个一般性的逻辑有什么意义，它就表明你不能在公开场合对别人进行威胁和恫吓，你当着妻子的面，对另外一个男人大打出手，这就在告诉人们，你的妻子是个放荡的女人。作为一个喝醉酒还没有完全清醒的人，韦德的表现确实可以竖起大拇指。当然，我不知道他喝醉了是什么样子，我甚至开始质疑，他是不是一个嗜酒如命的人。这之间有很大的区别。一个隔三岔五喝酒的人，他喝醉以后和他清醒时，几乎没什么分别。可是如果是一个酒鬼，一个如假包换的酒鬼，那么他在这两种状态下就会截然不同。你没办法想象他会是什么样子，有一点可以笃定的是，他喝醉以后，你会觉得他和清醒时判若两人。

背后响起轻盈的脚步声，我回头看，原来是艾琳·韦德，她安静地坐在我旁边的躺椅上。

"喂，你觉得还行吧？"她轻声问我。

"你是说那位攻击我的男士？"

"哦，不，"她的眉头先是拧起，之后又舒展开，"对于这种故作的闹剧，我厌恶极了。这并不是说医术多么高超，可是他几乎这样针对过空谷区一半以上的男人。琳达·洛林并不像他所说的那么糟糕，至少看上去不是，说话也不是，行为更不像。我不知道洛林为什么要一直这样，把她说得好像就真的行为不检点似的。"

"也许他是一个洗心革面的醉鬼，"我说，"很多醉鬼后来都变得非常恪守各项规定。"

"也许是吧，"她看向湖那边，"这个地方非常安静，人们会觉得对于一个作家来说，这个地方非常舒适。如果这个前提还存在的话，如果作家还可以找到自己的舒适区的话。"她转过头看着我，"这么说来，你是不可能同意罗杰对你的请求了？"

"这没什么价值，韦德夫人，我根本无力帮他做什么。我已经明白地跟你说了，我不能确保，意外发生时我正好在他旁边。那样的话，我必须全天候待在这里。就算我将其他事情都抛下，这也是不可能的事情。打个比方说，如果他一时精神失常，那是分分钟的事情，可是我没有事先看出其中的端倪。他看上去和正常人无异。"

她低头看向自己的手，"如果他手上的书完工，也许他会觉得好一点。"

"我的确无能为力。"

她抬起头，手紧紧握着躺椅的边缘，身体稍靠前。"他觉得你可以，你就可以，这才是重点。你也许会觉得又住在我家又拿钱，会觉得心里不舒服？"

"他现在急需的是一个心理治疗师，韦德夫人，你知不知道哪有比较有能耐的心理治疗师？"

她显然吃了一大惊，"心理治疗师，为什么？"

我将烟灰从烟斗里抖落出来，拿着空烟斗，等它变冷了好放起来。

"如果你愿意听一个门外汉的说法，那我就继续往下说。他觉得自己心里隐藏着一个秘密，可是又不明白到底是什么。也许是有关于他自己的，也可能和他自己没有关系。他觉得自己之所以经常喝醉，就是因为那个摸不到头绪的秘密。他或许觉得，不管发生了什么，事情发生时他就是一副醉鬼的模样，因此必须再次喝醉了才能找到答案，就是那种烂醉如泥的做法。这是心理治疗师的工作，这个还不是太严重。如果这种说法被否认了，那么他之所以喝醉酒就是因为纯粹出于自愿，或者掌控不了自己的行为。秘密只不过是一个托词，因为他喝酒，所以他写不出来文章，书稿也无法完成。也就是说，这个前提就是，他醉得太猛了，所以那本书没办法完工，也可以反过来说。"

"哦，不是，"她说，"罗杰是一个天赋异禀的人，我可以打包票，他以后还会创造出更加优秀的作品的。"

"我跟你说过，这只是一个门外汉的观点。那天早上你说过，他也许对你无感了，也可以反过来这样说。"

她看了下屋子另外一边，之后转过背朝着那边。我也顺着她的目光看过去，韦德正静静地站在那个方向，悄无声息地看着我们。我将视线投向他时，他走向吧台，伸手就将一只酒瓶拿在手里。

"不要试图去阻拦他，这是没有用的。"她迅速说道，"我从来没有去阻拦过他，从来没有，马洛先生，我觉得你说得很对，别人根本无济于事，只有靠他自己掌控。"

烟斗冷了下来，我将它收拾好。"因为我们一直处于昏暗中，始终找不着头绪，我们不如换个思路想想看。"

"我非常爱我的丈夫，"她诚实地说，"也许我这种爱不同于年轻女孩，可是无可否认，我爱他。女人的青春一生只有一次，我当时爱的人已经不在了，死在战火中。他姓名的首字母和你的一模一样。现在提起来已经没那么触动了，只是有时我还在想，他是不是还活着。他的尸体一直都没有找到，战争中很多人都是这样。"

她在我的脸上审视了好久，"有时，当然，只是有时，我会在某个不高兴的时段去往某个酒吧或酒店，去大堂坐一会儿，也会偶尔在凌晨或半夜一个人走在客轮甲板上，遥想也许他就待个某个僻静的角落。"她停顿了一下，眼睛低垂下来。"太幼稚了，我自己都觉得可耻。我们爱得很痴狂，感觉像生活在梦中一样，一生中只可能有一次。"

她安静下来，静静看着湖面，灵魂像是出窍了一样。我又往屋子里看了一下，韦德正站在打开的法式落地长窗里面，手里端着酒杯。我转过头看到艾琳。对于她来说，我就像个隐形人一样。我起身来到屋子里面，韦德就端着酒杯站在那里，杯中应该是酒精度数比较高的酒，他的目光已经开始涣散了。

"马洛，和我老婆腻歪好了？"一张完全变了样的嘴巴里挤出了这样一句话。

"如果你所指的是那个的话，没有。"

"我说的就是那个，那天晚上，你亲吻了她。你原以为她会很快上钩，可事实上你纯粹是在浪费时间，老兄，即便你很迎合她的口味。"

我想要从他身边离开，可是他严严实实地堵住了我的去路。"你不要想着那么快离开，老兄。我们想要让你待在这里，我们家里还没有一个私人侦探。"

"这纯粹是浪费。"我说。

他将酒杯举起来喝了一口，将酒杯放下来时，他憎恶地看了我一眼。

"我觉得你应该给自己足够多的时间来对抗酒精，"我跟他说，"这纯粹是浪费口舌，对吗？"

"行了吧，你，你是想诲人不倦么？你应该理智一点，不要想着去跟一个酒鬼讲道理。酒鬼是不可能被挽救回来的，我的朋友。他们只会从悬崖边跳下去。这个过程有的步骤很精彩。"他又喝了一口，将杯里的酒差不多喝完了。"可是有的部分却让人觉得畏惧。请准许我用有名的洛林医生的话，那婊子养的拎黑皮包的混蛋口中让人叫绝的说法：远离我老婆，马洛。当然你对她有好感，他们都是这样，你想和她睡觉。他们也想。你想做她美梦的分享者，看看她的记忆里储存了哪些香气。或许我也想，可是没什么可以和你共同分享的，老兄，真的什么都没有。你一个孤单地待在黑暗里吧！"

他将酒杯里的酒喝完，把杯子反过来扣到桌上。

"就和这一样，什么都没有，我再知道不过了。"

他将酒杯放好，然后就一步一步地迈向楼梯。他扶着栏杆向上走了十来步，然后停下来转身看向我，脸上是一丝非常无奈的笑容。

"很抱歉，我刚才说了很多讥讽性的语言，马洛，你是个很棒的人，我希望你好好的。"

"怎么了，什么事情？"

"也许她还陷在初恋的旋涡中没有走出来，那个在挪威消失了的家伙。你不想也平白无故地消失，是吧，朋友？你是我的私人侦探，我曾经在塞普尔韦达峡谷的野林子里迷了路，是你将我救回来的。"他用手心轻轻擦了一遍已经被磨得完全没有棱角的扶手，"如果你消失了，我会很难过的。像那个英式作派十足的家伙，他消失得太彻底了，甚至有人怀疑这个人是否真的出现过。你是否想过，这个人也许是她凭空捏造出来的？"

"我从哪里能知道呢？"

他看向我，双眼之间泛起密密的皱纹，嘴巴撇向一边。

"谁知道呢？也许她自己都是迷糊的。宝贝儿郁闷啦，宝贝儿一个破玩具玩太久啦，宝贝儿要消失了。"

他说完继续往上走。

我一动不动地待在那里，直到甜哥儿走了过来。他开始在吧台附近整理，将酒杯放进托盘里面，看酒瓶里剩余的酒，他没有发现我的存在。也许我觉得他没有看到我。过了好长时间，他才说，"先生，这有一杯好酒，浪费了就太不值得了。"他说着将酒瓶举起来。

"你喝吧。"

"谢谢，先生，我不要，我只能喝一杯啤酒，这是极限了。"

"智商很高嘛。"

"家里有一个醉鬼就让人应接不暇了，"他看向我说，"我英语说得还不赖吧？"

"当然，非常好。"

"可我在想问题时，我会用西班牙语。有时还会用刀子。主人属于我。他不需要任何人的帮助，家伙。我照顾他就行了，你听懂了吗？"

"你做得很好，小无赖。"

"长笛的儿子。"他硬生生说出这样一句西班牙语，将装满东西的托盘高高举过肩膀，用一只手举着，一副店小二的架势。

我走向门口，心里还在思考着，"长笛的儿子"为什么在西班牙语里会是骂人的。可是我没有考虑多久，因为有太多的事情需要我去考虑，韦德家的问题肯定不止醉酒这么简单，醉酒只是一种经过粉饰的表象而已。

那天比较晚了，九点半，还不到十点时，我拨通了韦德家的电话。铃声响了好长时间也没有人接听，我正准备放弃时，电话铃响了。是艾琳·韦德打过来了。

"刚刚我听到电话铃响了，"她说，"我猜想肯定是你，我正准备去洗澡。"

"是的，可是我没有什么重要的事情，韦德夫人。我走时，他头脑不太清醒，我是说罗杰，所以我想我应该做点什么。"

"他还好，"她说，"这会睡得正香呢，我觉得他对洛林医生感到非常生气，远不止他脸上表现出来的那么多。不用怀疑，他肯定跟你说了一些不着边际的话。"

"他说他很累，想休息，我觉得这话说得没错啊。"

"如果他只说了这一句，那确实是，好了，晚安，非常感谢你打过来电话，马洛先生。"

"我没有说他的言论到此就结束了，我是说他确实说过这一句。"

电话里安静了一会儿，她说道，"谁不会突然有些怪想法呢？别太把罗杰的话放到心里去，马洛先生。毕竟他的想象力比谁都丰富。当然不用怀疑，上次酒醉清醒过来还没有多久，他却又开始喝了。我猜想他肯定在其他事情上得罪了你，请见谅。"

"他没有得罪我，他说的很对。你丈夫是个可以对自己进行深刻检讨的人，这种天赋只有很少人具备。很多人庸庸碌碌过了一辈子，浪费了一半的时间和精力试图要保障他们根本没有拥有过的自尊。晚安，韦德夫人。"

通话结束以后，我将棋盘摆出来，将烟斗装满，将棋子摆上，审视一下棋子是否有松动的迹象，之后戈尔恰科夫和曼尔金对阵的冠军锦标赛就拉开了帷幕。七十二步以后，最后是平局。一股坚定的力量和一个坚固的屏障之间发生的对弈，一场没有盔甲保护的战争，一场没有流血事件发生的战争，一场你可以在广告商以外的任何地方发现的对人类智商的耗费。

第二十五章　韦德的电话

　　一个星期过去了，一切都风平浪静，我也就不咸不淡地处理了一批业务。一天早上，乔治·彼得斯给我打来电话，他在卡恩机构上班，他跟我说他碰巧去了一趟塞普尔韦达峡谷，为了满足自己的好奇心，他到韦林吉医生的领地内查看了一番，医生已经不知所踪了，五六个土地丈量队正在测量土地，为接下来的分配做准备。他向那些人打听，可是没有一个人知道韦林吉医生。

　　"那个让人同情的家伙用一张委托书，就低价把那块地方处理了。"彼得斯说，"我调查过了，为了节约时间，节约钱财，他们只付给他一千块钱，就让他彻底将产权转让了出去，很显然，现在是有人要将这块地方开辟出来建成住宅区，要发一笔横财了。这就是商人和犯人之间的不同。商人必须有足够的资金，我有时会觉得这是他们之间仅有的不同点。"

　　"真是一套气宇轩昂的说辞啊，"我说，"最先进的犯罪也必须以资金做后盾。"

　　"金钱从哪里获得呢，老兄？不可能是从酒庄小偷的腰包里拿出来吧，再见。"

　　星期四晚上十点五十分，韦德给我打来电话。他吐字不清楚，好像是在呜咽一样。不过幸运的是，我还是听懂了。从电话里，我还听到了非常沉重的喘息声。

　　"我现在状态很差，马洛，我快要不行了，你能不能马上过来一趟？"

　　"可以，没问题，但我可否和你的夫人说几句话？"

　　他没有回答我的问话，那边传来一阵激烈的响声，然后就是一片沉寂。过了好长时间，又传来一阵激烈的撞击声。我对着电话用力咆哮，可是没有人理我。时间慢慢流逝，最后传来一声轻轻的吭哧声，是听筒被合上了，然后就是线被拔掉了的声音。

　　五分钟以后，我开车出发了，用了不到一个小时的时间我就赶到了那里。我到现在都还不明白这一路我是怎么过来的。我像飞一样通过关口，到了图拉大街时遇到红灯都不带停的，强制性向左拐弯，在货车间飞速行驶，总的来说，我就像一个喝醉酒的疯子。经过恩西诺时，我的车速估计已达到一小时六十英里，车灯全开着，将停在街边的汽车照得灯火辉煌，让想要横穿马路的人都不由得停下了脚步。这种幸运，只有你真正什么都不顾时才会降临到你头上。我没有遇到警察，也没有警笛在耳边回响，没看到警灯闪个不停，浮现在我眼前的只有韦德家里可能会显现在我眼前的情形：家里只有她和一个酒鬼，她的脖子被勒断了，横躺在楼梯下面；她将自己锁在一间黑屋子里，门外有人在大声叫唤，想要冲进去；她在门口的小道上赤足狂奔，身材健硕的黑汉子举着刀在后面拼命地追。

　　事实上根本不是这样，我开着奥兹来到车道，整栋建筑物灯火闪耀，大门敞开着，她叼着一根烟站在门口。我从汽车上下来，沿着石板路走向她。她穿着开领衬衫和便裤，异常冷静地看着我。如果说那里发生了什么不寻常的事情，始作俑者也是我。

　　我开口说的第一句就显示出了我的愚蠢，之后我又做了很多愚蠢的事情，"我还以为你是不抽烟的人呢。"

　　"什么？哦，对，我很少抽。"她将香烟拿在手里把玩，然后决然地扔在地上，用脚使劲踩了踩。

　　"时不时抽一下，他给韦林吉医生打了电话。"

音调是不带任何感情的,像是从水面传过来的声音,一点都没有异样的感觉。

"不可能,"我说,"韦林吉医生早就在那了,他是给我打的电话。"

"哦,是吗?我只是知道他打了电话,叫人赶紧过来一趟。我以为他是打给韦林吉医生的。"

"他现在在哪儿?"

"他摔跤了,"她说,"肯定是椅子向后靠得太猛了,之前也发生过类似的情形,将脑袋撞在什么东西上了,流了一点血。"

"那行,"我说,"我们要将血止住,我刚问你了,他现在在哪儿呢?"

她一本正经地看着我,脸上看不出丝毫的温度,然后用手指了一向,"那边的一个地方,路边或者挨着篱笆的树林里面。"

我把身体往前探了一下,直直地看着她,"我的天哪!你也没准备去看一眼?"这时我想她肯定是被吓坏了。我转过头去看了一眼草坪,没发现什么,篱笆那边有一个明显的阴影。

"我没这个打算,"她异常平静地说,"你去找他吧,我已经忍无可忍了。你去吧。"

她头也不回地回到了屋里,大门也不关。可是没走几步,在离大门有一码左右的地方,她突然晕倒在了地上。我来不及细想,冲过去将她抱起,放在一张长沙发上。屋里的布置是两排长沙发并列放着,中间是一张浅色的茶几。我试了下她的脉搏,还好,比较正常,可是她两眼紧闭,嘴唇也没有血色。我将她放在那里,然后跑到外面。

她说得很对,韦德确实在那里。他躺在芙蓉花丛那里,脉搏急速跳动,呼吸也不正常,后脑勺上明显有血迹。我大声呼喊他,摇动他的身体,拍打他的脸。可是他只是发出一声闷哼,就继续睡了过去。我将他扶起来,让他的一只胳膊搭在我的肩膀上,转过去将他托起,将他的一条腿往前拽,可是我失败了。他太沉了,我们两个人都无力地重新倒在草丛里。我休息了一下,又重新试了一次,终于功夫不负苦心人,我摆了消防队员的救火姿势才将他勉强扶起来,使出全身力气将他拖过草坪,走向敞开的大门。这是我有史以来走得最艰难的一段旅程,就好像往返了一趟暹罗一样。门口两级台阶就好像是云梯似的,我慢慢挪过去,等快要碰到沙发边缘时,我将腿弯了一下,就势滚到沙发上去。等我再直起腰时,我感觉我的身子就快要散架了似的。

艾琳·韦德已经走了,屋子里现在就只有我。我实在是太累了,也无暇去关心别人去了哪里。我坐下来看着他,等他稍微苏醒一点时,我又认真查看了他的头部,有一大片血迹,头发丝上都是血。伤口似乎看上去不是那么面目可憎,可是如果伤口在头部,我就很难判断了。

艾琳·韦德这时走了过来,她静静看了他一眼,仍然是一副事不关己、高高挂起的表情。

"不好意思,我刚才晕倒了。"她说,"我也搞不懂是什么原因。"

"我觉得你最好给医生打个电话。"

"我已经给洛林医生打电话了,你知道的,他是我的私人医生,可是他不想过来。"

"那就找其他人。"

"哦,他话是这样说,"她说,"他尽管老大不情愿,可是他已经在尽力往这边赶了。"

"甜哥儿呢?"

"今天他放假一天,周四,厨师和甜哥儿今天都放假了,这是这里的规定,你可否把他弄到床上去?"

"没有人协助我是不可能的,最好拿块毛毯给我。今晚还不算太冷,可是像如今这种情形,得肺炎的概率非常高。"

说完她就出去了,我觉得她还是不错的,可是我脑筋现在想不通,因为刚刚因为要弄他进来，我已经体力不支了。

我将毛毯给他盖上，十五分钟以后，洛林医生赶到了。他穿着非常正式，鼻梁上是一副无框眼镜，脸上是一种给狗准备后事的表情。

他对韦德的头部进行了一番仔细检查，"只是表皮破开和瘀血，"他说，"没什么大问题，脑震荡更不可能，从他的呼吸情况我们就可以得知他没有什么大的问题。"

他伸手将帽子拿到手里，然后将手提包提上。

"不要让他吹到冷风，"他说，"你可以将他的头部好好清洗一下，把血清洗掉，睡一觉，明天早上就好了。"

"就凭我一个人的力量，我是无论如何不能将他弄到楼上的，医生。"我说。

"那就让他继续待在这里，"他异常冷漠地看了我一眼，"晚安，韦德夫人，你明白我从来不医治酒鬼的，就算我愿意治疗，名单里面也不会有你丈夫。我想你明白其中的缘由。"

"没有人要你医治他，"我说，"我只是请你帮下忙，把他抬到卧室去，这样才好帮他换衣服。"

"请问你又是谁？"洛林医生面无表情地说。

"我姓马洛，一星期前我到这里来过一次，你妻子还为我做过介绍。"

"真是有意思，"他说，"你和我妻子又是怎么认识的？"

"真是活见鬼，那个跟这有什么关联吗？我只是想……"

"至于你怎么样，这不是我感兴趣的内容。"他冷断地打断我的话，转过身和艾琳示意了一下，然后就决然地朝外走去。我一步走过去，背朝着门，止住了他前行的脚步。

"医生，请等一下，我想你肯定有太长时间没有看过那篇叫作《新开业医生之誓约》的小文章了吧。这个人给我打电话，我刚巧在远处。他听上去情况很恶劣，我没有顾及任何交通规则，尽全力赶到了这里。我发现他卧在外面的草坪里，我一个人费力把他弄了进来。相信我，他重如磐石。这家的男仆刚巧今天休息了，没有人可以给我搭把手，将韦德抬到楼上去。你看接下来该如何？"

"走开，"他半天才说出这样两个字，"不如我给警察局打电话，让他们派一个警官过来，作为专业人员……"

"作为专业人员，你还不如那一坨粪。"我说完便给他腾出一条道。

他的脸逐渐红起来，气得一个字也说不出来，将门打开，然后轻轻带上。在合上门时他看了我一眼，这是我长这么大所见过的最怨毒的目光，表情也是堪称历史最臭。

我从门后转过来，看到艾琳捂着嘴在笑。

"有那么好笑吗？"我严厉地说道。

"笑你啊，你完全不在乎和别人说了什么，对吗？你知道洛林医生是何许人物吗？"

"我当然知道，有关他的人品，我知道得一清二楚。"

她看了一眼手表，"甜哥儿应该到家了。"她说，"我去瞅瞅，他的住处就在车库后面。"

她从拱门走了出去，我留下来看着韦德。这位大作家此刻正酣睡着，脸上热汗冒个不停，可是我依然将毛毯盖在他身上。一分多钟以后，艾琳返回来了，甜哥儿紧随其后。

第二十六章　甜哥儿

这个墨西哥人上身穿着黑白格子运动衫，下身穿着多褶黑长裤，没扎皮带，脚上蹬着一双黑白色鹿皮鞋，擦得非常干净。黑发都拢到头后，还抹了发油或发蜡类似的东西，锃光发亮。

"先生。"他说着嘲讽性地欠了欠身体。

"请你协助一下马洛先生，将我丈夫抬到楼上去，甜哥儿。他摔伤了，麻烦你了。"

"没关系，夫人。"甜哥儿用西班牙语乐呵呵地说着。

"请允许我跟你们说晚安，"她说，"我太累了，如果你有什么需要，只要找甜哥儿就成了。"

她步履轻缓地上了楼梯，甜哥儿和我面面相觑。

"真是个绝美的人儿啊，"他声音压低了八度说，"你在这里住一晚上？"

"恐怕不行。"

"那真是太遗憾了，她很孤单，那位。"

"将你那种眼神收回去，我的朋友，将这位抬到床上去。"

他满面愁容地看了一眼睡得正香的韦德，"真是令人同情，"他轻声咕哝道，好像诚心可怜他一样，"醉得跟个古巴人一样。"

"或者他醉得和猪没有分别，不过肯定重得很，"我说，"你把脚抬起来。"

我们将他抬起，尽管是两个人抬，可他依然重如巨石。上了楼梯，我们来到一处阳台，经过一扇关得死死的门时，他朝我努了下嘴。

"这是夫人的房间，"他小声说道，"你声音放小一点敲门，她或许会给你开门。"

我没理他，因为我此刻需要他。我们一起将韦德搬到了另一处房门前，将他放到床上。然后，我用力拧住甜哥儿肩胛窝外，那里用手一按就会异常疼痛。我用力按，没过多久，他的脸色就开始变了。

"老墨，你的名字是什么？"

"放下你的手，"他严厉地吼道，"不准你叫我老墨，我不是非法越境过来的，我的名字叫胡安·加西亚·德索托·约索托·马约。我来自智利。"

"得，唐璜，在这里安分一点。在提到你主人时，你最好尊敬一点。"

他摆脱我的控制，向后退了一步，眼睛因为愤怒而变得发红。他将手伸进衬衫，拿出一把细长的刀，眼睛眨都没有眨一下，就将手轻轻一顶，刀尖就垂直立在手腕上。然后他突然撒手，在刀快要落到地上时，一下子将刀柄牢牢握在手中。这一整套动作连贯且迅速，好像对于他来说非常简单。他手臂伸开，突然将刀扔出去，刀飞出去后直直地扎进木头窗框里，车窗也跟着抖动了好久。

"你最好小心一点，先生！"他尖锐的嘲讽声音传到我的耳朵里，"你最好不要多管闲事，没有人可以在我头上拉屎。"

他脚步轻盈地穿过房间，从窗框中将刀子拔出来，然后扔到空中，脚尖立起在屋里转了个圈，然后稳稳地从背后接住了刀子，把那把刀也重新回到他的衬衫里面。

"还不赖，"我说，"也不过是虚张声势而已。"

他朝我走过来，脸上是那种讥讽的笑容。

"而且，你的胳膊可能会因此遭殃，"我说，"就像现在这样。"

说着，我就将他的右手腕突然朝我面前拉过来，他马上就站立不稳，之后我溜到他后面，将前臂弯起，将他的肘关节提到上面，再用前臂将他的肘关节死死压住。

"我再稍微用点力，"我说，"你的胳膊今后就用不成了，一只手只要断了，接下来几个月，你就无缘这种飞刀游戏了。我再加大点力度，你就此生无法再和这种游戏结缘了。将韦德先生的鞋脱掉！"

我将他放开，他恨恨地看着我，"有两下子，"他说，"我会记住你的。"

他看向韦德，去脱他的鞋子，可是刚把手伸出来，他就发现不对劲了，枕头上有明显的血渍。

"我的主人怎么受伤了？"

"你不要认为是我，伙计。他自己摔伤了，应该是碰到什么东西了。不过伤口不算深，医生刚才检查过了。"

甜哥儿终于呼出一口气，"你眼见他摔倒了？"

"我来之前，他就已经这样了。你对这家伙有好感，是吧？"

他没有正面答复我。他帮韦德把鞋子脱掉，我们又一起将他换了一套绿色加银色的睡衣，让他钻进被窝里面，给他盖好被子。他还在不停地冒汗，鼾声也一直没有停过。甜哥儿低下身子看着他，神色明显很担心，不停地晃着他那锃亮的脑袋。

"必须有人留下来照顾他，"他说，"我换件衣服就来。"

"你去睡一觉吧，今晚我照顾他。如果有什么需要，我会再叫你。"

他看着我，小声嘱咐道："你可要仔细一点哦，千万要小心一点。"

他走出房间，我到浴室里拿出一块湿毛巾和厚浴巾。我将韦德的身体稍稍靠过去一点，将浴巾铺在枕头上，非常小心地将他头上的血迹擦掉。我看到他头上有一条不太深的伤口，大概有两英寸长，没什么大不了。洛林医生这一点倒是说得很对。缝几针也没什么要紧，可是或许根本不用。我找来一把剪刀，将伤口附近的头发都剪掉，然后粘上胶布。接下来，我让他平躺着，给他擦脸。我想我哪里做得不对。

他的眼睛慢慢睁开，刚开始还看不太清楚，慢慢眼睛亮了起来，他看见了我。他用手去摸自己的头，摸到了血。他的嘴巴颤动着，像是要说什么，然后我才听清楚他所说的话。

"你打我了？"他还在用手摸着脑后的血迹。

"我没有打你，是你自己摔伤了。"

"摔伤了？什么时候的事？我在哪里摔的？"

"就在电话机旁边，你给我打了电话，然后我从电话里听见了你摔倒的声音。"

"我给你打电话了？"他像突然反应过来什么，笑了起来。"当我需要时，你总是会出现在我身旁，是吧，我的朋友？现在什么时候了？"

"现在已经是凌晨一点多了。"

"艾琳呢？"

"她去睡觉了，她很痛苦。"

他静下来想了一会儿，眼睛里也全是难过。"我有没有……"他突然停了下来，还将身体往后缩了一下。

"据我了解，你压根儿没有碰她。这是不是你刚刚所怀疑的？你跑到外面了，晕倒在篱笆丛里。别说话了，赶紧睡觉吧。"

"睡觉，"他说得很缓慢，好像小孩子在朗读课文一样，"那是什么？"

"或者吃片安眠药会有助于睡眠。你有吗？"

"有，在床头柜的屉子里。"

我将屉子拉开，看到一只塑料瓶，里面装着红色胶囊。速可眠，一点就有五格令，洛林医生的处方开的。善良的洛林医生，药是给韦德夫人配的。我倒了两颗出来，再把药瓶放回原处，从床头柜的热水瓶中倒了一杯水。他说只要一颗就行了。他把药服下，然后一直盯着天花板。时间一分一秒地流逝，我就坐在椅子上静静地看着他。他一点都不像要睡觉的样子，他开口说道：

"我想起来一点事情，请你帮我完成，马洛。我有一些胡言乱语，放在打字机盖子下面，我不想让艾琳看到，麻烦你撕了它。"

"没事，就只有这些？"

"艾琳还好吧？你确定？"

"是的，她只是有点累而已。听天由命吧，韦德，别想太多了，我不应该问你。"

"不要想那么多，这个人说，"他的声音听上去很疲惫，像是在自言自语，"不要想太多，也不要梦见什么，不要爱上别人，也不要恨别人。晚安，亲爱的人，请再给我一颗安眠药。"

我重新倒了点水给他，他喝完又躺了下去。这回他将头歪着，直视着我说，"哎，马洛，我不想让艾琳看到我写的一些东西……"

"你刚刚已经跟我说了，等你睡着以后，我会去帮你做。"

"谢谢你，你在这里我真是太高兴了，谢谢你！"

又过了片刻，他的眼皮开始耷拉下来。

"你杀过人吗，马洛？"

"杀过。"

"那种感觉很不好吧？"

"相反，有人非常享受那种感觉。"

他的眼睛完全闭上了，之后又睁开，目光迷离，"为什么会有人享受那种感觉？"

我没有回答他，他马上又睡着了，好像剧院里拉下的帷幕。他的鼾声又响起来了。我待了片刻，将房间里的灯光调暗一点，然后转身走了出去。

第二十七章 书房

我在艾琳房门前停了一会儿，没听到任何动静，于是我便打消了敲门的念头。如果她确实想要知道他的情况，她可以自己过去看。楼下客厅里灯光全部都亮着，可是一个人都没有。我关了几盏灯，站在大门的地方望向二楼的阳台。客厅中间部门是空的，直通向顶棚。横梁暴露在外面，而且和阳台融为一体。阳台很宽敞，两边有坚固的栏杆，大概有三英尺半高。扶手和竖柱都修饰成方形，和横梁浑然一体。走过方形拱门，旁边就是餐厅，拱门上还有两扇百叶门。餐厅上面应该是佣人们住的房间，中间是一堵墙，因此厨房那里有楼梯通到二楼。韦德的房间就位于楼梯拐角的地方，位于书房正上方。我可以看见从他卧室投射出来的灯光被反射到天花板上，还可以清楚地瞅见他房屋的门框上部。

我将其他灯都关灭了，只余下一盏落地灯。我穿过客厅，来到书房。书房的门半开着，有两盏灯依然亮着，一个是皮沙发旁边的落地灯，一个是灯罩笼罩的台灯。灯光辉映之下，可以清楚地看到，打字机下面胡乱堆放着一沓黄色的纸。我陷进一把软扶手椅里，认真审视着室内的陈设。我想弄明白他的脑袋是怎样撞破的。我坐到书桌前面的椅子上，左手边就放着电话机，椅子的靠背的弹簧明显不够紧了，如果往后仰的幅度过大，很可能会撞到桌角上。我将手帕浸湿，将桌角擦了一下，没发现有血迹。书桌上有很多东西，还有两尊青铜大象、一大堆书，还有一个极其古老的方形玻璃墨水瓶。我将墨水瓶也拿在手里认真把玩了一下，也没有发现血迹。不管怎么样，这没什么价值。如果有人要攻击他，凶器不一定就是这屋里的陈设。可是这间房子里没有更多人。我站起来，将天花板上的射灯打开，屋内所有的角落都被照亮了，答案马上就出现了。一个方形的金属垃圾篓被踢翻在墙角，纸片散落了一地。垃圾篓是不会自己移动的，肯定被人一下子甩过去或是一脚踢飞过去。我用沾过水的手帕把那几个尖角都擦拭了一下，果然有红褐色的血迹。这没什么让人稀奇的，韦德摔跤了，脑袋被撞到了写字台的尖角上，也许只是碰到了一下垃圾篓，自己再起来，愤愤地踢了它一脚，它才到了房间的角落的，事情经过就是这么简单，一点也不复杂。

之后，他又喝了一杯酒，酒瓶就放在沙发前面的茶几上。这有一个空瓶，还有一瓶只喝了四分之一，三个热水瓶，一个银碗，里面还有冰块状的水，还有一个大号的玻璃杯。

他喝了一点酒，感觉舒服了一些，迷迷糊糊意识到听筒还没有放好，可是他已经忘记刚给谁去过电话，因此他走过来，将听筒重新搁置好。时间差不多很接近。电话这东西有某种让人恋恋不舍的地方。我们那时有很多小家伙也很喜欢它、害怕它。韦德就算是喝醉了，他也依然不忘用心对它，他痴迷于这个东西。

考虑到电话那端是否还有人，只要是正常人，都会朝着听筒"喂"一声，可是对于一个喝得醉醺醺的人来说，情况可能就完全反了。可是这没什么，也许是他妻子挂断的。她也许是听见了什么异常响动，听到金属垃圾篓撞击墙面的声音，跑进了书房。也可能正是在那时，酒劲上来了，他脚步不稳地跑出了屋子，穿过门口的草坪，来到我之前发现他的地方。有的人接到他的电话就马上朝这赶，可这时他已经忘记他给谁打过电话了。也许是善良的韦林吉医生。

推理到这里，似乎一切都合情合理。那么这时他的妻子在做什么？她没办法搞定他，而且连尝试一下的勇气都没有，因此她会请人过来帮忙。佣人们都休息了，只能打电话了。好吧，她打过电话，她把电话打给了善良的洛林医生。我原以为她是在我到了之后才打的电话，她自己也没有提过这茬。

再往下说就有点荒谬了。她觉得应该把他找到，检查他有没有受伤。当然，这样的夏天的晚上，他在地上躺一会也没多大关系。她无法移动他，我也是费了好大的劲才将他弄到屋里去的。不过你肯定无法想象，她会站在大门口抽烟，甚至不知道他到底在哪里。你能想得到吗？我不明白她到底受了多少苦，在那样的情形下，他的状况有多么糟糕，还有她是多么不敢靠近他。"我已经不想再忍了。"我到时，她这样对我说，"你去找他。"然后她就自己回屋了，还晕倒了。

这真是让人太想不通了，不过这事暂且不提。我得先给出一个前提，这种情况她已经经历过太多次，明白自己束手无策，只能任其发展，所以也就任其发展了。就那样，让他卧在地上，等人带了家伙来弄他。

这还真是让人摸不着头脑。让人弄不懂的还有另外一件事，当我和甜哥儿将他抬进卧室时，她转身回了自己的房间。她曾经说过，她很爱她的丈夫，他们已经结婚五年，如果他是清醒的，她说他还是一个挺好的人。如果喝醉，他就完全变了个人，因为他让人畏惧，所以要尽量远离他。算了，不要再想这些了。不过不管怎么样还是让人想不通。如果她真的畏惧，为什么还要泰然自若地站在大门口抽烟呢？如果她讨厌、冷漠，为什么又会昏倒呢？

也许其中还掺杂着其他事情，也许还关连到另外一个女人。她刚刚才晓得，难道是琳达·洛林？或许是这样，反正洛林医生是这样想的，还在公开场合这样评论过。

我没有任由思绪驰骋，我得完成韦德交给我的任务，我将打字机盖子拿下来，东西确实还在。有几张黄纸，上面写满了字，这就是他不想让艾琳看到的纸条。我觉得在欣赏这东西之前，我有必要倒上一杯酒。书房旁边就是一个小卫生间，我拿了一个高脚杯冲洗了一下，倒上酒，然后坐下来安静地欣赏。我所看到的东西真让我几度抓狂，下面就是详细内容。

第二十八章　纸条

　　四天以后，月就圆了。墙角的一抹月光直直盯着我，就好像一只毫无生机的、硕大的盲眼，一只斜着瞪我的眼睛。真是可笑，这个比方太不恰当了，蠢到家了。作家，任何东西都可以拿其他东西来作为比喻。我的脑袋开始无限放大，就好像奶油一样，只是没有想象中的甜。又是一个比方。一想到令人作呕的吵闹，我就止不住想吐。反正我就是止不住想吐，也许我真的会吐出来。别强迫我，请宽容我一些时间。我肚子里有一条蛔虫不停地爬呀爬呀。我现在最好的选择就是睡觉，可是床下又有一头猛兽潜伏在那里，不停地动来动去，不时地发出响动，弯曲的身体撞击着床板，于是我用力大叫了一声，可是除开我以外，其他人都没有听见，梦里的叫声，噩梦中的叫声。这没什么让人觉得可怕的，至少我不畏惧，因为没什么好让人畏惧的。可是只要我躺在床上，那头猛兽就会来骚扰我，撞击着床板，我就开始兴奋了，这比我做过的所有丑恶的行径都让我觉得想呕吐。

　　我太脏了，我必须起床将胡子刮干净。我的手止不住在抖动。我全身上下冷汗冒个不停。我瞅瞅自己，太臭了。我衬衫腋窝下面汗涔涔的，前胸和后背也是湿得不行，胳膊肘处也是这样。桌上放着一个空酒杯，现在得用两只手才能倒酒。

　　或者我可以先来一杯酒，让自己精神亢奋起来。这酒味实在太糟糕了，我完全没有兴趣了。到最后我只会翻来覆去睡不着，神经会一直不安稳，隐隐约约中感觉整个世界都在痛哭不止。好东西，嗨，韦德？再喝一杯。

　　刚开始两三天状况还差不多，可是后来情况愈演愈烈。你难过，就只喝一杯，你会觉得短时间内好受。可是代价是直线上升的，实际效果也不会尽如人意。最后肯定会走到那一步：除了呕吐，你什么也没有得到。你别无选择，只有打电话给韦林吉。好吧，韦林吉，我来了。韦林吉不可能再来了。他如果不是去了古巴，就是去找上帝了。那个像女人的人杀了他，真是令人同情的老韦林吉，这都是命啊，和那个像女人的人一起被杀害在床上。好了，韦德，爬起来，我们出去溜达一圈，去一块未知的领地，不用再回来。这个句子是不是有点多余？不是，我又没说你必须要把这句话贩卖出去。长长的商业广告片后面也需要暂时的休憩。

哈哈，我爬起来了，我也实现了。真是太棒了。我走向沙发，在沙发前面跪下，双手伸开，将脸深深地陷进去，好好痛哭了一回。我开始希望，又因为希望而瞧不起自己。三级酒鬼自我贬低。你这个傻瓜？身强力壮的人因为信念，所以希望。病夫因为担心所以希望。希望个狗屁。现在的局面就是你自己造成的，你亲手造成的。外界的帮助完全可以忽略不计，那也和你息息相关。不要再寄希望于什么了，你这个笨蛋。爬起来，再喝一杯。现在做其他事情已经晚了。

哈，我将酒瓶拿在手中，往杯子里倒满酒。酒全部进了杯子，没有一滴落到外面。现在再测试一下，我会不会呕吐。最好放些水进去。再缓缓举起来，动作轻柔一点儿，一次少喝点。越来越热，越来越烫。如果可以不再流汗就好了。杯子里已经没有酒了，又喝空了，它被放到桌面上。

月光上面是一层薄薄的雾霭，就算这样，我还是将酒杯放下了，动作非常轻柔，就好像将一打玫瑰放在高腰花瓶里面。玫瑰含着露水对我示意。我也许就是一朵玫瑰。老兄啊，我身上有露水吗？现在上楼吧。临出发前或许可以喝一杯纯的？不可以？那好吧，你说怎么办就怎么办。上楼时把这个带上吧。那样我还有所希冀。如果我可以上去，就应该得到奖赏，这是我对自己的诚意。我依然这么爱自己，而最幸福的是，没有竞争对手。

两倍的地方。到楼上去然后又下楼。我讨厌楼上，那个地理位置让我莫名的恐慌。可是我还是不停地打字，潜意识会发挥魔力，如果它可以在正常工作时间工作就最好了。楼上也有月光，应该是相同的月亮吧。月亮不会时刻发生改变，它就和送奶工一样，非常守时。月亮的纯白也是一个模样，白色的月亮也一直——停下来，伙计。你已经将二郎腿跷起来了，现在不是你去讨论那个月亮个案的时机，空闲谷有太多的个案需要你去费神。

她翻过身去静静地睡在那里，膝盖弯曲，我觉得她过于安静了。你睡觉时总会有响动，也许是没有睡着，正尽力想睡着。如果可以靠近一些，我就会明白，不过也许会摔跤。她将一只眼睛睁开了，你确定她睁开了吗？她看向我，你确定她真的看向我吗？没有。要不然她会马上坐起来对我说，你生病了吗，亲爱的？是的，我生病了，亲爱的。不过没关系，这病得在我身上，跟你没关系，你安静地睡吧，美美地睡吧，什么都别想。我身上所有丑恶的东西都不会弄到你身上，只要是亲近你的都不是那么丑陋、难看的东西。

你这人太渣了，韦德。连续用三个形容词，你这个作者太烂了。天哪，你为什么不能自然地表达你自己，而且不需要用三个形容词？我扶着栏杆下楼，每下一步台阶，我的内心就会难受一次。我用一个承诺不让它们肝脏俱裂。我将脚放在客厅地板上，来到书房，陷进沙发里面，等着心脏平静下来。酒瓶就在我手旁边。提到韦德每天的日常起居，有一件事毋庸置疑，那就是酒瓶一直都在手边。没有人会将它藏起来，将它锁在保险柜里，没有人会发出这样的忠告，你已经喝得太多了，亲爱的？你会让自己身体生病的，亲爱的。没有人会发出这样的忠告，只是甜美像玫瑰花一样侧躺着。

甜哥儿从我这得到太多金钱，大错特错！应该先给他一袋花生米，然后再给他一根香蕉，再给他一点零用钱，一步步来，一直让他胃口吊着。你一开始就对他太豪爽了，他没用多久就拥有了一大笔财富。他在这里一天所花费的金钱够他在墨西哥住上一个月，每天过得像个花花公子一样。他有一大笔以后会去做什么呢？哈，如果一个人觉得自己可以得到更多钱财，他会不会知足呢？或者没关系。或许我应该将那个眼睛放光的杂种给消灭了。曾经有个善良的人为我而死，我好恨为什么那个穿着白外套的蟑螂没有死？

不说甜哥儿了，一定可以想到办法将针尖变钝。还有一个我一直记在心上，它已经像磷火一样，永远镌刻在我的心上了。

还是打个电话好了，局面已经不受控制了。感觉它们不停地动啊，动啊。在那些粉红色的东西还没有蹬鼻子上脸，我就赶紧打电话。对，必须打电话，马上打。苏城的苏。嗨，接线员，我要打个长途。嗨，长途，给我打通苏城的苏。她的号码？我不知道，我只知道名字，接线员！她经常出没在第十街，往往走在荫凉的那一面，在耳朵长长的高高的玉米秆下面。好了，接线员，好了，不需要帮我接通苏城的苏了，我来跟你说，行，我来问你，如果你给我把这个长途电话弄断了，吉福德在伦敦举办的那些时尚的聚会就没有人掏腰包了？哈，你不要觉得你的职位很稳固。现在，我要跟吉福德对话。叫吉福德来。他的随身仆人正好从这里端茶经过。如果他此刻没有时间接电话，我们就会专门派人过去。

我为什么要写下这些东西？我不想去想的事情有哪些？电话，赶紧打！太差了，太太太……

到这里结束了，我将这几张纸折叠好，放在衣服内侧口袋里的小笔记本后面。我将法式落地长窗打开，来到露台上。月光有点暗淡，可是现在是空闲谷区的夏季，夏季从来都是明亮的。我站在那里静静看着银色的湖面，思考着，想象着。就在这里，我听见枪响了。

第二十九章　噩梦

艾琳和罗杰的房间门都开着，都亮着灯，从阳台上就能看得很清楚。然而艾琳的房间并没有人，只听见一阵打斗声从罗杰的房间里传出。我立刻冲进了罗杰的房间，只见他们两人正缠斗在一起。罗杰坐在床上，而艾琳穿着一身淡蓝色的居家棉服俯身从罗杰手里夺着一样东西。那是一把枪，灯光下，枪身发亮，一大一小的两只手都抓在枪上，还好，他们都没拽着枪柄。罗杰想把艾琳推开，艾琳却不顾满脸的乱发，双手使劲一下从罗杰的手里把枪夺了过来。这让我有点吃惊，即使是一个不太清醒的男人力道也是不小的，艾琳竟然能从他手里把枪夺过来。罗杰倒在床上，喘着粗气盯着她。她转身想离开房间，却正好撞进了我怀里。

艾琳靠在我怀里，痛苦地低着头，抱着手枪低声地啜泣着，直到我伸手去拿她手里的枪，她才惊慌地抬头看向我，仿佛这会儿才察觉到我的到来。

我一手抱着瘫软的她，一手从她手里拿过枪。韦伯利双弹簧无撞针手枪，手感笨重，枪管还残留着刚刚使用过留下的温度。我把手枪装在我的口袋里，越过怀里的艾琳，看向还躺在床上的罗杰，一时之间，我们三个人都沉默着，房间里安静得似乎掉根针都能听见。

罗杰打破了沉默，开口说道："没有人受伤，只是对着天花板放了一枪。"他看来疲倦极了，嘴角带着一丝笑意。

艾琳这时已经恢复镇静了，她近似祈求地看着罗杰，轻声道："罗杰，你不要这样了好吗？"

罗杰抿了抿嘴，没有接腔，只是依然睁大着眼睛。艾琳走到梳妆台前靠着，僵硬地用手捋了捋散乱的头发，嘴里念道："可怜又不幸的罗杰，你这是怎么了？"

"我做了个可怕的梦。"他平躺着，双眼看着天花板，缓慢地说着，"我隐约看到有个人站在我窗前，手里还拿着把刀，感觉像是甜哥儿，但是，怎么可能是甜哥儿呢？"

艾琳走到床沿前坐下，安慰道："当然不是了，他早就睡觉去了，再说，甜哥儿哪儿有什么刀啊，别自己吓自己了，放松点，好好睡一觉！"她边说边抚摸着罗杰的额头。

"不，他有，他是墨西哥人，墨西哥人都喜欢刀，而且，甜哥儿他讨厌我，我知道的，他不喜欢我。"罗杰依然缓慢说道。

我恶狠狠地接道："就你这个样子，谁都不会喜欢你。"

艾琳赶紧打断我的话："抱歉，请不要再刺激他了，他只是被噩梦吓着了，他自己都不知道自己做了什么……"

"枪是从哪儿来的？"我大声地质问道，狠狠地盯着罗杰。

罗杰似乎是感受到了我的眼神，转过头看向我，回答道："床头柜的抽屉里拿的。"这明显是骗人的谎话，因为我知道，那里面根本就没有枪，只有一些乱七八糟的杂物和一些安眠药。

他也意识到我是知道的，又说道："也许是从枕头下面拿的，我记不太清楚了。我只是恍惚地向那儿开了一枪。"他举起沉重的胳膊，往天花板上指了指。

我顺着他指的方向看去，那块天花板似乎是有些不同。我走近仔细看到，确实像是被枪打过留下的洞眼，直通向阁楼，这倒是记得很清楚呢！我又走回他床前，低头狠狠地瞪着他。

"去你的噩梦吧！你刚刚说的没一句实话。你实际上是想自杀吧，你觉得自己太可怜太可悲了，所以不想活了吧。那枪也根本不是在床头柜里或者枕头下面，是你自己起来拿的枪，又自己躺回去的。可是把枪放到脑门上的时候，你又没有勇气了，所以你就随手打了一枪，而你的妻子立刻就冲了进来，这就是你想要的结果，你想要有人可怜你、怜悯你。那场夺枪的争斗你也是半推半就，故意让她的吧，不然她一个女人怎么也不可能从你手上把枪夺走。"

罗杰说："也许你说的对，可是那又怎样，我只是病了，我是个病人。"

"一个神经病病人么？"我嘲笑道，"等你被送进精神病院之后，你就会发现，那里的医生和乔治亚州监狱里的狱警没什么两样！"

"住口！不要再说了！你知道他是病了！"艾琳突然站起来大声道。

"他是故意的，他就是想利用自己的病，我只是好心提醒他这么做的后果！"

"现在不能再刺激他了！"

"你给我滚回你的房间去！"

"你……你竟然这样……"她愤怒得话都说不出来了，蓝色的眼睛里盛满了愤怒的火焰。

"现在，回去，不然我立刻报警，这正是他们分内的事！"

"哈哈，哈哈！"罗杰突然笑了起来，嘲弄地说道，"对，喊警察，就跟特里·伦诺克斯那时候一样，这对你来说驾轻就熟！"

我没有理会罗杰，眼睛还是盯着艾琳，看着她疲倦的样子楚楚可怜，我的怒气一下子又烟消云散了。我放轻了声音安慰道："回去好好休息吧！他不会有事的！"

她又看了罗杰好一会，才缓缓走出房间。我坐在她刚刚坐过的床沿边上，对罗杰说道："要不要再喝两颗安眠药？"

"不用了，谢谢你，不管能不能睡着我都没关系，我现在感觉好多了。"

"那一枪，我的表述没有问题吧？只不过是一场可怕的戏剧。"

"差不多就那样吧，"他转过头去，"我想我真的是头脑发昏了。"

"如果你真想要结束自己的生命，真想了结自己，谁也没办法阻拦你，这点你我都很清楚。"

"确实，"他依然看向其他地方。"你有没有完成我交代给你的事情，就是打字机里的那些东西？"

"哈，我很讶异，你竟然还记着。那些乱说的话，不过值得一提的是，字倒是写得一点都不模糊。"

"我一直都可以做到那样，不管我是清醒的还是迷醉的，当然也有一个限度。"

"不用担心甜哥儿，"我说，"你说他讨厌你，你看错他了。我的意思是说没有人喜欢你，这句话有差错。我只是想让艾琳生气。"

"为什么？"

"今天晚上她已经昏倒一次了。"

他缓缓摇了摇头："艾琳从来没有昏倒过。"

"那么她就是故意的。"

他很不当回事。

"曾经有个善良的人因为你而死去，是什么意思？"我问他。

他的眉头拧到一起，思考了一会，说："我胡乱说的，我跟你说过我做了一个梦……"

"我是说你用打字机打出来的那些乱七八糟的东西。"

他将头在枕头上转了一下，好像头非常重一样，他直直地盯着我，"还有一个梦。"

"让我想一想，甜哥儿握住了你什么把柄？"

"行了吧，老兄。"他说完将眼睛闭上了。

我起身把门关上。"你不能一直躲避，韦德。甜哥儿或者真的就是那个绑架你的人，这很容易。他可以完成得非常好，他喜欢你，同时又绑架你。什么情况——一个女人？"

"你觉得洛林说的是真的？"他闭上眼睛说。

"并不都是那么回事，那个妹妹呢——就是死了的那个？"

从某个角度来说，那只是棒球投手的一次武力攻击，可是却偏偏命中了。他的眼睛突然睁大，嘴唇边吐出一个大泡。

"这就是为什么，你会在这里？"他慢慢说道，声音像细若蚊蝇。

"我为什么在这里，你最知道了，是你打电话叫我来的。"

他的脑袋在枕头上不停地滚来滚去，虽然他吃了安眠药，可看上去他还是一点都不轻松，满脸都是汗水。

"会在外面招惹别的女人的好丈夫我也不是头一个，你离我远点，别管我。"

我来到浴室，取下一块毛巾给他擦脸，嘲讽地看着他。我就是那个在别人落难时再给上一脚的人。等这家伙倒下了，再狠狠给他一脚，还要再加一脚。他已经手无缚鸡之力了，不会再还手了。

"约个时间，我们一起把这件事情解决了。"我说。

"我很清醒。"他说。

"你只是期待自己是清醒的。"

"我在这儿受折磨。"

"对，这再清楚不过了，有意思的是原因，嗨——拿着。"我从床头柜里再拿出一颗安眠药。给他倒了杯水，他抬起一只胳膊，将水杯接住，可是却偏差了四英寸之多。我将杯子放到他手心里，他勉强将水和药喝下，然后平卧下去。一副斗败了的公鸡的样子。他脸上一点表情都没有，鼻子都没有延展开。他差一点就命丧黄泉。今天晚上他是没有能力将其他人甩下楼梯了，也许他从来就没有这样做过？

等到他慢慢睡熟了以后，我离开了他的卧室。韦伯利手枪沉重地压着我的口袋，和我的臀部亲密接触。我走到楼下，艾琳房间的门开着，屋里很暗，可是借着月光，我还是可以清楚看见她站在门里的影子。她好像在呼唤什么，像是一个名字，可那明显不是。我靠近她。

"小点声，"我说，"他睡着了。"

"我始终坚信你会回来的。"她轻声地说，"就算十年过去了。"

我静静地看着她，我们中有一个肯定是在梦境中。

"把门关上，"她用同样温情四溢的声音说道，"这么多年以来，我一直为你守身如玉。"

我转身将门关上。这好像是个好办法。等我转过身来面对她时，她已经倒向我。于是我伸手接住她，我别无选择。她用力挨着我，头发不停地摩擦我的脸，她将脸仰起，等待我吻她。她的身体抖动不已。她的嘴唇微微张开，舌尖从齿缝里伸了。她将双手在底下一拉，身上的袍子就全部散落掉了。袍子下，她光洁的身体就好像《九月之晨》里的女子，只是少了那份羞赧。

"把我抱到床上去。"她呻吟不断。

我依言照做了。我将她抱住，双手接触到她暴露在外的皮肤，肌肤非常柔软。我将她抱起，将她放到床上。她将我的脖子搂住，喉咙里发出呻吟声，接着她的身躯开始扭动。这真是见了鬼了，我内心的防线在崩溃，我现在就像一头种马。这样的女人如此盛情地邀请我真是太难得了。

是甜哥儿及时挽救了我。只听到一声门响，我转头看见门把手在转动。我突然摆脱了她的纠缠，一步跨到门口，拉开门就冲了出去。那墨西哥佬正迅速穿越走廊，跑下楼梯。走到半路，他突然停了下来，略有深意地看了我一眼，然后飞速离开了。

我回到房间门口，将门从外面关上。门里那女人在床上发出了一种古怪的声音，但也只是古怪的声音而已。魔法解除了。

我快速冲下楼梯，穿过客厅到了厨房，拿起一瓶威士忌倒进嘴里，一直到我再也喝不下去。我背靠着墙壁，气喘吁吁，酒精在我的身体内燃烧，我感觉脑袋里像是着火了。

从晚餐到现在，似乎过去了几个世纪，所有的事情都好像偏离了轨道。威士忌的酒劲迅速蔓延上来，而且来势凶猛，我接着猛喝酒，一直到房间开始左右摇晃，家具都不在原来的地方，灯光好像夏日一闪而过的闪电。我歪倒在沙发里，努力想让胸口的酒瓶站直了，酒瓶好像没酒了，呼的一声掉到地上。

这是我脑子里最后的记忆。

第三十章　苏醒

和煦的阳光暖暖地照着我，脚痒痒的。我懒懒地睁开眼睛，可以清晰地看到蔚蓝的天空下，树冠随风飘拂。我翻向床的另一边，脸碰到冰冷的皮革，头疼得像要裂开了一样。我一个鲤鱼打挺坐起来，身上的毛毯应声滑落，我也跟着站了起来。我眉毛拧成一团，看了一眼时间，六点二十九分。

真的是需要莫大的勇气啊，不仅需要勇气，也必须有超强的毅力。我使大力站起来，身体状况明显比不上以前，曾经困难的日子让我的身体受到重创。

我一步一挪地走进小卫生间，将领带解开，衬衣脱去，往脸上扑了些冰水，再用毛巾用力擦干，之后我重新穿戴整齐，披外套时，听到口袋里的枪"嘭"的一声掉到地上，我将枪捡起来，弹仓退出，将五颗子弹规律地排列在掌心，弹壳已经变黑。我转念一想，这东西有什么用呢？随处可见。于是我又将子弹放了回去，把枪装到口袋里回到书房，随手将其放在书桌的一个抽屉里。

我抬起头，正好看到甜哥儿衣着考究地站在门口，头发梳得一丝不苟，眼神中满满的都是敌意。

"你需要一杯咖啡吗？"

"不用了。"

"我把门关了，主人还在睡，我帮他把房间门关上了。你为什么会喝醉？"

"我也不想。"

他戏谑地看着我，"没弄上手，是吗？被呵斥出来了？侦探。"

"这和你没有关系。"

"今天早上你倒是很温和，侦探，丝毫看不到强悍的影子。"

"去把咖啡端过来！"我大声朝他说道。

"滚你的。"

我顺手捏住他的手臂，他没有挣扎，只是居高临下地看着我，我微笑着，随即松开了箍住他的手。

"你说得太对了，甜哥儿，强悍已经从我身上消失了。"

他回过头走向了大门，没过多久，他端过来一只银色的托盘，上面放着一把银制的咖啡小壶，边上还有牛奶和糖，甚至连餐巾都没有遗忘。他将托盘放到茶几上，将空酒瓶和多余的酒具拾掇好，还把地板上摔落的一个酒瓶捡了起来。

"刚煮好的新鲜咖啡。"他说完就头也不回地走了出去。

我没有加任何东西，直接喝了两杯。之后我又抽了根烟，人马上就恢复了精神。没过多久，甜哥儿又进来了。

"需要用早餐吗？"他面色不好地问。

"不需要，谢了！"

"好了，赶紧回到属于你自己的地方吧，我们不欢迎你留在这里。"

"'我们？'是指谁？"

他点燃一根香烟，然后对着我的脸吐出一口烟圈。

"主人，我会照顾的。"他说。

"你从中获利不少吧？"

他面色变了一下，点点头，"嗯，你说的没错，是很多。"

"私底下又存了多少——负责严守秘密的钱？"

他用西班牙语说道："你指的什么，我不明白。"

"你非常明白，你从他身上渔利多少？我想最多也不过两码吧？"

"两码是多少？"

"两千块。"

他撇了撇嘴："要不你给我这么多？侦探，不然我就会对别人讲，昨天你到了主人房间里。"

"两千块钱相当于一车皮像你这样越境过来的苦力。"

他无奈地抖抖肩："主人如果脾气上来了，会非常难搞呢，你还是给钱吧，侦探。"

"真是墨西哥地痞的把戏，"我非常轻蔑地说道，"你所看到的不过是一些零头，很多男人喝醉了会迷醉不知归路，他其实心里非常清楚，从这中间，你没有捞到什么可以敲诈钱财的把柄。"

他眼里一道精光划过："以后不要再出现在这里，小子。"

"我告辞了。"

我站起身经过茶几,他往边上移了点位置,依然直视着我。我看了下他的手,今天他身上没有藏刀。等到离他非常近时,我突然给了他一猛记耳光。

"我不允许下人胡言乱语,墨西哥小子,我到这里来是有非常严肃的事情,我乐意什么时候来,我就什么时候来。从此以后,请你把这张嘴把严一点。小心被子弹射穿了,你那张漂亮脸蛋以后可就见不着了。"

他一点反应都没有,连挨了耳光也是,被猛抽一记耳光,又被侮辱是墨西哥杂种,对于他来说,几乎是难以言说的痛苦。可是这一回,他只是呆呆地站在那里,没有任何动作和表情,把咖啡托盘重新端起,默默离开了这里。

"谢谢你的咖啡。"看着他远去的背影,我大声说道。

他慢慢朝外走,直到看不到他背影以后,我摸了摸自己脸上的胡子,伸展了一下手臂,准备启程。这一家人,我算是见识得够够的了。

我经过客厅时,正好看到艾琳从楼上下来。她身穿浅蓝色上衣、白色宽松长裤,以及露趾凉鞋。看到我在,她显得讶异不已。"我不晓得你昨天晚上也住在这里,马洛先生。"她说话的口气似乎有一个星期没有和我碰面了一样,而我现在只是恰巧从这经过,过来喝杯茶。

"我把他的枪放在书桌里了。"我主动开口说道。

"枪?"她似乎忽然领会到了什么,"哦,你是说昨天晚上情况有点复杂,是吧?我还以为你早就回去了。"

我靠近她,她脖子上有一根非常细的金项链,坠子是珐琅材质的,上面有精致的白底起金蓝两色红。蓝色部分是隐形的翅膀,和它相对应的是一把镀有金边的白色珐琅宽匕首,直直地插入翅膀图案中。上面的字我完全看不清楚,可是那枚坠子我认得,应该是军徽之类的。

"我醉得人事不省,"我说,"是有意的,有些不得体,有点孤单而已。"

"你根本不需要这样,"她的眼神里没有任何东西,看不到一点点内疚。

"那要看你怎么看了,"我说,"我得离开了,我不确定下次是不是还会来。我刚刚跟你说的有关枪的事,你弄明白了吧?"

"我放在书桌里了,也许还可以放在更好的地方,可是他没有蓄意朝自己开枪,对吧?"

"我无法回答你的问题,也许下次他就会这样做了。"

她一个劲摇摇头,"我觉得不可能,真的不可能,你昨晚给了我很大帮助,马洛先生,我都不知道要如何感谢你才好。"

"你已经做出了最大的努力。"

她的脸倏地一下就红了起来,然后绽放出和煦的笑容,"昨天晚上,我做了一个奇怪的梦,"她的视线飘向窗外,过了半天才悠悠地说道,"我之前认识的一个人昨天出现在我的房间里了,那个人十年前就已经不在了。"她用手指轻抚着那枚镀金的珐琅坠子,"因此今天我才会戴这个他送我的坠子。"

"我和你一样,也做了一个非常奇怪的梦,"我说,"可是我不想跟任何人说,请你跟我说说罗杰现在是什么情况,如果我可以帮上忙的,请只管开口。"

她的眼睑耷拉下来,直直看着我,"我记得你刚跟我说,你可能不会再踏入这里了。"

"我是说过,可是我也不能百分百确定,也许我还会再来,希望不会发生。这栋房子里有些事情很蹊跷。酒只是其中很微不足道的一部分。"

她看着，眉头拧得紧紧的，"你为什么这样说？"

"我想我不用跟你解释这么清楚。"

她认真想了一会儿，手指依然轻轻抚摸着那枚坠子。最后她无奈地叹息了一声，"肯定会有另外一个女人，"她非常淡定地说道，"不是现在就是以后，可是也许情况会好一点。我们讲的话完全不在一个频道上，对吗？我们也许讲的是两件事。"

"可能吧，"我说，她依然好好地站在楼梯从下往上数第三级台阶，手指依然不离那枚坠子，恍惚中，她似乎还活在梦境中。"特别是当你觉得那个女人就是琳达·洛林的话。"

她拿开轻抚坠子的手，往下下了一步。

"洛林医生似乎和我有同样的看法，"她随意地说，"他肯定是得到了什么小道消息。"

"你说他和空闲谷区一半的男人都发生过这样的事情。"

"我说过吗？哦，只是出于特定的场景，随口一说而已。"她又往下下了一步。

"我还胡子拉碴的呢。"我说。

这话让她突然间有点愣住了，不过很快她就笑了，"哦，我可没希望你和我发生点什么啊。"

"起初你劝说我去帮你找人时，你希望我能做到什么，韦德夫人？为什么一定是我，我能给你提供什么？"

"情况最恶劣的时候，"她非常宁静地说，"你很受人信赖。"

"我非常感激你这样说，可是我觉得这并不是你的心里话。"

她走下最后一步台阶，一脸茫然地望着我，"那你说是什么原因？"

"如果理由是这个，那就太不上得台面了，这应该算是世界上最拙劣的理由了。"

她眉毛紧紧拧在一块，"为什么这样说？"

"因为我所做出的行为，让你觉得受人信赖。其实就算是个智商很低的人，也不会同样的错误犯两次。"

"你看，"她非常从容地跟着，"我们谈话越来越让人搞不懂。"

"你是个戴着面具的人，韦德夫人。再见，愿上帝保佑你。如果你诚心想让他好起来，你现在要做的就是为他找个对症的医生，越快越好。"

她又笑得花枝乱颤，"噢，昨天晚上情况还不是那么危急，他最糟糕的状态你还没有见过呢，今天下午他就可以返回办公桌了。"

"我才不相信他会站起来。"

"他可以的，相信我，对于他，我再了解不过了。"

我直接一句狠话甩过去，听上去的确很不友善。

"你压根儿不想救他，是吗？你只是装作一副关心的样子而已。"

"对我说这样的话，"她慢条斯理地说，"真的非常严重。"

她绕过我，从饭厅大门走了出去，大厅里一个人都没有，我们从前门出去了。在这个光明安静的山谷中，这时是一个非常优美的夏日早上，这里没有城市的喧闹，只有山丘将海平面飘来的湿气挡住。天气会慢慢变热，可是不会热得那么强烈，会比较精巧、独树一帜。不会像沙漠中的热一样那么肆无忌惮，也不会像城市的闷热那样让人难以忍受，空闲谷区是非常理想化的生活地方，这里有非常高贵的住户，有非常豪华的汽车，有奔驰的骏马，有忠心的狗儿，也许还有非常漂亮的小孩。

可是，这里再好，马洛还是只想尽快离开这里，越快越好。

第三十一章　与洛林的会面

回家以后，我好好梳洗了一下，穿了身干净衣服，才觉得周身舒爽了些。我将早餐做好，吃完以后刷了碗，又将厨房和后门廊都好好收拾了一番，装了一斗烟，给代接电话的公司打了个电话，没有人给我来电话，那我去办公室干嘛？那里只有讨厌的飞蛾、刚沾上去的灰尘，那张麦迪逊总统像一直躺在我的保险箱里，我可以时不时拿出来把玩一番，也可以赏玩那五张上面还残留有咖啡香气的百元大钞，我可以这样做，可是我从心底里不想。我会觉得很奇怪，这钱其实根本不归我，它是用什么换来的呢？对于一个已经不在世上的人来说，忠诚又有什么意义呢？唉，我这是在醉眼蒙眬中看人间百态。

这个早晨被无限延长，我堕落、疲倦，逝去的时间一点点都归于虚妄，带着很轻的呼呼声，就像掉落的火箭，窗外的灌木丛可以听到小鸟的叫声，月桂谷大街上汽车穿梭不停。我往常对这些都是视而不见的，可是今天的我非常气愤、刁钻，敏感过度，我打定主意要清醒一点。

一般情况下，我早上是滴酒不沾的，南加州的气候太恶劣了，新陈代谢太慢，可是我现在却亲自调了一大杯冷酒，陷进椅子里面，衬衣领解开着，悠闲地看着杂志，看一位过着两种生活的家伙的荒谬故事。他的精神里住着两个主人，一个是人，一个是生活在蜂巢里的某种昆虫。这个家伙就在这两种角色之间不断地跳来跳去，整个故事非常荒谬，可是却独树一帜，读来还有点意思。我小心地控制着饮酒量，每次只喝一小口，时刻记得提醒自己。

到中午时，电话铃响了，听筒里传来一个女声，"我是琳达·洛林，我往你办公室打电话了，可是代接电话的人说你不在，让我打到你家。我想和你见个面。"

"有什么重要的事情吗？"

"我想当面谈比较合适吧，我猜想你只是有时会去办公室吧？"

"是的，有时候，有没有回报？"

"我还没有想过，不过如果你想收钱，我没有任何异议，一小时左右我会赶到你的办公室。"

"太好啦！"

"你是怎么了？"她严厉地说。

"我喝醉了，可是我还可以走，我现在马上出发，除非你可以来我家。"

"还是去你办公室让人觉得舒服些。"

"我这里环境幽静，周围连邻居都没有。"

"我对于这种隐晦的说法，没有丝毫兴趣——如果我理解对了的话。"

"洛林夫人，没有人知道我心里是怎么想的，我是个奇怪的人，好了。我会马上去办公室的。"

"非常感谢你。"她把电话挂断了。

我在去办公室的路上买了个三明治，到达就晚了一些。我将窗户打开透气，将蜂鸣器也打开，看了一眼会客室，她已经端坐在那里了。那把椅子是曼宁德兹曾经坐过的，看的杂志也许都是一样的。她身穿棕色华达呢套装，看上去非常得体。她将手里的杂志放下，一本正经地看着我，说："你的波士顿蕨要渴死了，而且花盆也该换了，底下有太多气根不太好。"

我把门打开，让她进来，什么波士顿蕨，一边去吧！她进来以后，我随手关上门，将会客椅搬出来让她坐。她像往常一样，认真审视了一圈，我走到办公桌后面。

"你这个办公室看起来很简朴啊，"她说道，"连个秘书都没有？"

"是有点不太整洁，不过我一向都这样。"

"我想回报也少得可怜吧。"她说。

"哦，这就很难说了，要视具体情况来定，看看麦迪逊总统像如何？"

"什么东西？"

"一张面值为五千块的大钞，定金，我放在保险箱里。"我站起来走过去，把保险箱门打开，然后打开你们的抽屉锁，里面躺着一个信封，装着那张大钞，我将它放在她面前，她脸上写满惊讶。

"不要被这间简朴的办公室的表象所迷惑了，"我说，"我曾经服务于一个老家伙，他手里有几千万资产，就算是你父亲遇到他，也要礼让三分。他的办公室和我的差不多，除了天花板上装有隔音设备以外，因为他听力不太好，地上铺的都不是地毯，而是褐色的油毡。"

她将麦迪逊总统拿到手里，里里外外，前前后后审视了一番，又重新放到桌上。

"这张大钞是特里给你的吧？"

"咦，你是个百事通啊，洛林夫人？"

她将钞票平铺开，眉头皱得紧紧的，"他有一张，和西尔维亚重新结婚以后，他就将这张钞票一直带在身上，他称其为私房钱，可是在他身上没有发现。"

"或者是从别的途径弄来的。"

"我知道，可是世界有这么大面额的钞票的人有几个？又有多少具备这个实力的人会将这样的大钞给你？"

这个问题的答案不言自明，我只是点点头，她便继续滔滔不绝地讲下去。

"马洛先生，你拿到这笔钱，本来是想为他做什么？你是否能和我说说？去蒂华纳的路上，他可以讲很多话。那天黄昏时分，你直截了当地说过，对于那份自白书，你是持怀疑态度的，那么他有没有给你提供线索，把妻子和情人的名字都告诉你？"

这个问题我保持了沉默，可是理由却是截然不同的。

"罗杰·韦德有没有可能上榜？"她的话很难听，"如果特里没把他老婆杀掉，那么杀人凶手肯定是一个没有责任心的狂徒，不是疯子就是醉鬼。只有这种人才会把她的脸打得残破不堪。这就是为什么你会对韦德一家那么上心的原因所在了，活脱脱一个贴心的好帮手，二十四小时待命的那种。他喝醉了，去找他的人是你；他失踪了，去找他的人也是你，他孤零零一个人时，你是不是还准备把他带回你家？"

"我想有几点你误会了，洛林夫人。将这张大额钞票给我的人也许是特里，也许不是。可是特里没给我提供任何线索，也没有说到过任何名字，他没有要我帮他做任何事情，除了那件必须是我分内的事以外，也就是我陪他去蒂华纳。我参与韦德的事情的原因，是因为一位出版商委托了我，那人想要韦德尽快把他的新书弄完，我所要做的就是让他不要喝醉，从中找出他一直这样喝酒的原因所在。如果的确有问题，我就必须掘地三尺把它找出来，然后铲除掉。我是说尽最大能力，因为也许会很难，但不阻碍我去尝试。"

"只需要一句话，我就可以跟你说他经常喝醉的原因所在，"她用非常鄙视的口吻说道，"只因为他娶了一个只有半死不活的金发美女。"

"哦，那我就不知道了。"我说，"我不会这样形容她。"

"是吗？有点意思。"她的眼睛一闪一闪道。

我将麦迪逊像装起来，"不要在这上面做文章，洛林夫人，我没有和她睡觉，很对不起，你不要觉得遗憾。"

我来到保险箱前面，把钞票放进去锁好，关好保险箱门。

"再好好想想，"她朝我的背影喊道，"对于什么人才能和她睡觉，我表示质疑。"

我闻声回过头来，坐在办公桌一角上，"洛林夫人，你从什么时候开始变得那么牙尖嘴利的？难道你对我们的酒鬼老朋友痴心不改？"

"对于你这种说辞，我表示很厌恶，"她非常冷漠地说，"我非常不喜欢他们，我猜想肯定是我丈夫傻瓜一样的行为，让你觉得你也有资格羞辱我。我根本不喜欢罗杰·韦德，从来没有喜欢过。就算他清醒时分中规中矩都不可能，更不消说他喝醉以后。"

我一下陷进椅子里，将火柴盒拿过来的同时望着她，她抬眼看了下手表。

"你们这些有钱人个个都不得了，"我说，"你觉得你不管说多么尖酸的话都没有关系，你可以在一个陌生人面前把韦德和他老婆说得一无是处，可是如果我稍微回复你几句，你就会觉得我在侵犯你。好了，我们好好谈谈吧，任何醉鬼最后都会和一个水性杨花的女人纠缠到一起。韦德是个醉鬼，可是你却不是那个水性杨花的女人，那种说法只是你尊贵的丈夫随口乱说的，让鸡尾酒会更加有气氛而已。他并不是那样想只是为了赢得大家的欢笑。我们所以没有把你算在内，到其他地方去找那个水性杨花的女人，洛林夫人，我们要寻觅多久，才能找到这个女人呢？她为什么会让你如此上心，以至于让你亲临这里，和我面对面互相嘲讽？那肯定是一个非常不寻常的人，是吧？否则，你为什么要如此在意呢？"

她一个字也不说，只是安静地看着我，漫长的半分钟终于过去了。她嘴唇渐渐变成白色，手不停地拽着和套装相衬的华达呢手提包。

"你还真是节约时间，对吧？"她终于开口发言了，"那位出版商不知道怎么想的，竟然会请你为他做事，这还真是一举两得呢。这样看来，特里没有在你面前透露半个字，可是这也无关紧要，对吧，马洛先生？你惊人的直觉一向都非常准，不好意思我问一下，你接下来准备怎么办？"

"没什么打算。"

"为什么？这不是无端消耗你的智慧吗？那张麦迪逊总统，你打算怎么给人家交代呢？肯定还有机会让你展示自己的才能的。"

"只是我们私底下说说而已。"我说，"你这些话也流于庸俗，如此说来，感谢你跟我说，韦德和你妹妹相识，虽然只是拐弯抹角地，其实我早就看出来了。那又如何？也许她的藏品非常多，他只是其中微不足道的一分子而已。到这里结束吧，我们说回正题，你到底找我有什么事？我们的话题好像扯太远了。"

她站起来，看了下时间，"我的车就停在楼下，你是否愿意和我一起共喝一杯？"

"没问题啊，"我说，"那走吧。"

"我这句话是不是很容易引起别人的怀疑？我有个客人想和你见一面。"

"你老爹？"

"我并不是这样叫他的。"她说得很平静。

我直起身来，身子探向桌子另外一边。"亲爱的，你有时还真挺可爱的。真的，我带把枪不要紧吧？"

"你不会畏惧那个老头儿吧？"她朝我努了努嘴。

"怎么可能不畏惧？我敢说你也是如此，而且程度更甚。"

她叹息了一声，"是的，我是畏惧，一直都是如此，他有时的确非常令人畏惧。"

"那我是不是带两把枪比较保险。"话刚说出去，我就恨不得抽自己两下。

第三十二章　哈伦·波特先生

这是我平生所见最恶劣的建筑，这个房子有三层楼高，活像一个正方形的骨灰盒，屋顶是呈斜坡往下的，上面有将近三十个双扇老虎窗，窗户四面都有烦琐的装饰。大门两边分立着两根石柱，可是最巧妙的是住宅外面设置有螺旋形的楼梯，边上还有石扶手，一直达到楼顶的塔楼，从那里可以望见湖面整体景致。

停车场铺的都是小石子，说句实话，这里的布置真不怎么样，既没有绿树掩映的车道，也没有鹿园；既没有张牙舞爪的花园，也没有最基本的阳台；既没有从书房看过去成百上千的玫瑰，也没有从窗户外面可以看见的养眼的绿色。浮现在人眼前的只是一片宽阔的土地，周边是竖起的大卵石，大概占地面积在十至十五英亩。在我们这种寸土寸金的地方，拥有如此庞大的一份地产不容小觑。车道两边是两排整齐的柏树，顶端被统一修剪成球形。四周随处可见一排排叫不上名字的杂树，应该是从别的地方移栽过来的。当初建这栋房子的人，不管是何方神圣，脑子里只有一个信念，那就是把大西洋海域的风情移植于此。虽然他很努力地去做了，可还是失败了。

司机已经人到中年，是黑种人，名叫阿莫斯，他把凯迪拉克稳稳停下来以后，从车上下来，从车头绕过来给洛林夫人开门。我先一步走出来，代他把车门拉开，搀着她下了车。我们自从上车后，她一路上都不发一言，看上去似乎非常累，还有点手足无措的样子。也许是这幢愚蠢的房子让她觉得失望，不用说是她了，就算是一只小鸟看到这样的建筑，也会发出悲鸣。

"这个房子最早兴建于谁之手？"我问道，"那人是和谁有仇吧？"

她方才笑出声，"你第一次来这儿？"

"山谷里如此幽远的地方，我还是第一次来呢。"

她带着我来到车道另外一边，手指向上面，"最初建造这栋房子的人就是从上面纵身一跳，然后掉落在你现在所站的地方。他的名字叫拉图雷勒，是个法国伯爵，可是他和一般法国伯爵不一样，他非常富有。他的妻子拉蒙娜德伯勒也是个非常富有的人，在默片年代，她每个星期可以得到三万块钱的酬劳。这栋房子是拉图雷勒为他们俩共同修建的，也就是众所周知的微缩版卢瓦城堡，这些你肯定听说过。"

"这个我倒是知道，"我说，"非常熟悉，它被刊登在某个星期天的报纸新闻版面。她离他而去，他就了结了自己，似乎还有个非常奇怪的遗言，是吧？"

她点头表示认可，"他给前妻留下了几百万财产，剩下的都交给一个信托基金保管。地产原封不动，一点都不要变。晚餐桌上每晚都端上美味佳肴，除了仆人和律师以外，任何人都不准进入这座宅子。当然，这份遗嘱没有被严格执行下去。最终地产被全然划分了出去。我和洛林医生成婚时，父亲将它送给了我。光重新修葺房子就浪费了一大笔钱财，我对这座宅子始终没有好感,从来都不曾有过。"

"你不一定非要住在这里吧?"

她不置可否地摇摇头,"还是得住段时间吧,不管怎么样,身边有个女儿,会让他觉得比较安定,洛林医生倒是对这里很有好感。"

"他肯定会有好感的,可以在韦德宅子里闹出那种动静的人,就算穿睡衣也会记得把绑腿箍上。"

她眉毛向上挑了一下,"为什么这样说?很谢谢你能配合我聊这个话题,马洛先生,可是我觉得我们聊得似乎太久了,我们还是进去吧?我父亲一会儿该不高兴了。"

我们重新走过车道,顺着石阶拾级而上。刚走到门口,双扇大门中的一扇无声无息地开了,一个衣着考究、神情里写满骄傲的家伙站在一边让我们进去。这里的走廊大过我的房子,上面镶嵌着花地板,背后似乎还有彩色玻璃窗户,如果这时有点光投射过来,我可以将它的整个全貌都一览无余。我们顺着长长的走廊一直朝前走,又经过了好几扇雕花门,来到一间光线不那么明亮的房间,径深大概有七十英尺左右,一个人安静地坐在那里,表情很冷漠。

"我迟到了吗,父亲?"洛林夫人赶紧介绍道,"这位是哈伦·波特先生,这位是菲利普·马洛先生。"

那人只是淡淡看了我一眼,下巴稍微活动了一下。

"按铃上茶,"他说,"请坐,马洛先生。"

我坐下来看着他,他也看着我,就像一名昆虫学家在研究一只甲壳虫。没有人先开口说话,安静的气氛一直到茶送上来才被打破。茶具被放在很大的一个银色茶盘里,放在一张中式风格的茶几上,琳达则坐在一边倒茶。

"倒两杯,"哈伦·波特说,"琳达,你去别的房间喝吧。"

"好的,父亲,马洛先生,你加点什么到茶里面?"

"都可以。"我的声音缥缈,变得极其卑微。

她递给她父亲一杯茶,然后又给我一杯,之后,她悄无声息地退了出去。我望着她的背影渐渐消失。喝完一口茶,我把香烟拿出来。

"不好意思,请不要抽烟,我有气喘。"

我默默将香烟装回口袋,看着他。我不知道财力雄厚是个什么概念,可是看他的样子好像过得并不快乐。他个子很高,大概有六英尺五英寸左右,身材很匀称。上衣里面是一件白衬衫,黑色领带,外面套着一件灰色的没有垫肩的灰色粗花呢西装,外衣袋里装着黑色的眼镜盒,和他的皮肤自成一体。头发看不到一丝白发,乌黑亮丽,就好像麦克阿瑟一样,从头的一边直接梳向另外一边,我一直都觉得那片头发以下是光洁的头皮。他的眉毛很浓很黑,声音像是从很遥远的地方飘过来。他喝茶,可是看他的表情,似乎很不待见这杯茶一样。

"马洛先生,为了节约时间,我还是先表明我的态度吧。我觉得你正在插手我个人的事情。如果我猜的是对的,请你就此停手。"

"对于你的私事,我并不了解,更没有办法去插手,波特先生。"

"这话有待商榷。"

他又喝了几口茶,把杯子挪到一边,向后仰躺进大椅子里面,用色厉内荏的眼神审视着我。

"对于你的姓名,你的职业,如果你有职业的话,我都是了如指掌,我还知道你是如何和特里·伦诺克斯的案子扯上关系的。有人跟我说特里·伦诺克斯逃出国境,就是在你的协助下,你并不觉得他是犯罪嫌疑人。后来,你和一个我已经逝去的女儿所认识的男人打过交道,我不明白你到底想要做什么，请你给我说明一下。"

"如果你知道那个男人的名字，麻烦你告诉我。"

他微微一笑，可是明显对我依然有很深的敌意。"他叫韦德，罗杰·韦德。我想是一个作者，专门创作晦涩的作品。我对此没有兴趣。我还知道这个人非常喜欢喝酒，而且每次都差点致命，这或者让你想入非非了吧。"

"或者你还是先让我表明一下自己的观点比较好，波特先生。我的想法虽然不打紧，可是我现在只有这个。第一，我并未觉得特里的妻子是被他杀害的，理由就是杀人手法太过于残忍，我不觉得他是那样的人；第二，我没有去找韦德。有人和我谈条件，要我住在他家，尽最大努力让他不要喝醉，以便让他尽快完成手中的稿子；第三，如果你把他定义成一个危险的酒鬼，我不敢苟同，至少现在我还没有看出什么来；第四，我刚开始和韦德有过交集是因为纽约的一位出版商拜托我，那时我完全不清楚他和你女儿相识；第五，我明确否认了他们的雇佣请求，后来韦德夫人请我帮她寻找他喝醉酒的丈夫，我找到了，而且把他送回了家。"

"非常有逻辑。"他生硬地说。

"我的逻辑还有待进一步演示呢，波特先生。第六，不知是受你指使还是某个被你指使的人找来一个叫休厄尔·恩迪科特的律师，准备把我从监狱拯救出来，他并没说是受你指使，可是知道这件事情前因后果的也就那么几个人；第七，我从监狱成功逃脱以后，有个叫曼迪·曼宁德兹的家伙跑来威胁我，叫我安分一点，还绘声绘色地给我讲了一遍特里是怎样挽救了他和拉斯维加斯一个叫兰迪·斯塔尔的赌徒的命。据我了解，这个故事应该是真的。曼宁德兹假装对特里抱怨满满，因为特里在逃往墨西哥时并没有请求他的帮助，而是请我这个无用之人协助他，而他，曼宁德兹显然办这件事易如反掌，而且会完成得非常出色。"

"你确定，"哈伦·波特皮笑肉不笑地说，"不会一开始就觉得我和曼宁德兹先生，还有斯塔尔先生从前就认识吧？"

"这个我就无从知晓了，波特先生。一个人要通过多少努力，才能得到你如今所拥有的财富，不是我可以搞清楚的。接下来给我发出警告的就是你的女儿洛林夫人。我们相识是一场偶然，因为我们都在喝琴蕾，所以就此聊了起来，那是特里所钟爱的酒，喝它的人很少见。她如果不说，我也不可能知道她是谁。我和她说了一些我对特里所持有的观点。她告诉我，如果我把你惹生气了，我就别想顺畅在这条路上走下去了，你现在很生气吗，波特先生？"

"我生气的时候，"他冷漠地说，"你不需要盘问我，你可以一眼看出来。"

"我也一直是这样想的，我等着打手们来拜访我，可是一直到现在，他们都还没有出现，警察也和我相安无事，他们有充分的理由这样做，让我受点教训。波特先生，我想你需要的只是一份安静，我不知道我到底做了什么事，冒犯了你的安静呢？"

他的表情依然是严肃的，不过可以看出来在笑，他将摊开的手掌收回，跷起二郎腿，无比舒适地朝后靠了一下。

"说得非常不错，马洛，我让你表述完了你的观点。现在你听着，你说得非常准确，我所期盼的只有安静。你与韦德的相识也许只是偶遇，就这样吧，我是个家庭观念非常重的人，虽然在如今这个年代，很多人觉得家庭根本无关紧要。我的一个女儿和一个自命不凡的波士顿人成了婚，另一个结过几次荒唐的婚，最后一任丈夫是个诚实恭敬的普通老百姓，放纵她过着一点价值都没有的不羁日子，一直到他突然之间失去了自制力，杀害了她。因为手法极其残暴，你觉得难以接受。这点你错了，他用他带到墨西哥的那把毛瑟自动手枪击中了她，然后又用残忍的手法糟踢了她的脸，目的就是想要把枪伤遮掩住。我坦白这种做法非常残忍，可是你要明白一点，他在前线打过仗，受到很重的伤，也遭了不少罪，也见到过其他人遭罪，他或许不是有意要杀害她，他们也许还厮打了一会儿，因为那把枪是我女儿的，尽管那把枪个体很小，可是杀伤力却非常猛，七点六五毫米口径，型号是P.P.K。子弹从她的脑袋穿过去，直直陷进印花棉布窗帘背后的墙里。这个细节当时被人们忽略了，报纸上没有大肆报道。那好，现在我们来研究一下，"他停下来，认真看着我，"你一定要抽烟吗？"

"很对不起，波特先生，我无意识的动作，你不要见怪。"我重新将香烟放回口袋。

"特里将他的妻子杀害了，从警方非常狭隘的观点出发，他的杀人理由很充足，可是他可以从另外一面于他自己非常有利的观点出发为自己辩护，那就是那把枪是她的。枪被她握着，他想要从她手里抢过来，可是他失败了，结果她失手把自己打死了。稍微有见地的律师就会从这里入手，他也许被判定无罪。如果他那时给我打了电话，我一定会站在他那边的。可是，他为了把枪伤遮掩住而做出如此残暴的事情，把自己的退路堵死了。他必须逃之夭夭，就包括这个，他也做得那么猥琐。"

"确实是这样，波特先生，可是他很早就给远在帕萨迪纳的你去了电话，难道不是吗？他是这样跟我说的。"

大人物点头承认了，"我让他跑远一点，再想想接下来该怎么办？我不想要知道他身在何处，必须这样做，我不能犯下包庇罪。"

"听上去合情合理，波特先生。"

"你语气中似乎有讥讽的成分，难道我听错了？不要紧，我知道细节以后，做什么都无济于事了。我不能看到这样残忍的场面出现在我面前。诚实点说吧，得知他在墨西哥了断了自己，而且还写下了一份自白书，我打心眼里高兴。"

"这个我表示认同，波特先生。"

他对我挑了挑眉，"当心点，年轻人，对于讥讽，我并不喜欢。你现在知道我不能忍受这件案子继续调查下去的原因所在了吧，还有我要动用我的全部资源让这件事情尽快结束，而且不允许媒体曝光的理由了吧？"

"这很符合逻辑，如果你确定他是杀害她的凶手。"

"凶手当然是他，原因又是另外一码事了，而且已经显得无关紧要了。我并不是生活在公众视野中的人物，也不想要成为那样的人物。为了不引起太大的关注，我想千方设万法，我的影响力很广，可是我并不想动用。洛杉矶地区检察官是个狼子野心的角色，他非常睿智，不可能因为这件丑闻而断送了自己的前程。我看到你眼里有光亮在闪烁，马洛。不要这样，我们生活在一个外表光鲜亮丽的社会里，所有的事情由大多数人共同决定，如果可以执行，那将是一件非常完美的事情。公众选举，可是由政党机构提名，而政党机构要想正常发挥自己的职能，必须以大量的金钱作为铺垫，必须得有人垫付这笔钱财，不管是个人，还是集体，还是其他，都想要以此作为回报的筹码。我本人，还有很多像我一样的人都希望生活越平静越好，我有报纸，可是我对报纸并没有好感，我觉得它是影响我们私人生活空间的罪魁祸首，他们一心所渴望的新闻自由，除了少数几个还能引起大众认可的以外，其他都拿丑闻、憎恶、性、指桑骂槐、政客或金融家作为宣传内容。报纸是一种以广告出售为主的营生，报纸发行量越大，广告所取得的利益就越高。不用我说，你肯定也知道报纸的发行量由什么来决定的了。"

我站起身走到自己的座椅后面，他冷淡地看着我，我又重新坐下来。多希望好运此刻降临到我身上，真是没用，此刻我需要非常庞大的好运气。

"对的，波特先生，那接下来你有什么打算？"

他没有在听我说话，只是沉迷于自己的思绪里，"钱真是太奇怪了，"他接着说，"大量的财富好像都是有生命的，甚至包括良心。金钱的力量很难被统驭住，人的欲望一直都难以满足。人口的急剧上升，战争的大量消费，还有噌噌往上涨的税收，这所有的东西都让人的贪恋越来越大。普通百姓无论是身体还是心灵都在遭受着折磨，每天如履薄冰地生活着，他们不可能精神富足。他必须得让全家人先吃上饭。在如今这个时代，我们亲眼所见，公众和个人素养正在加速度腐化。你永远不要希望在贫困线上挣扎的穷人看到生活水准。你不能指望大规模生产出来的东西质量可圈可点。你对有水准的东西持厌恶态度，是因为它经久不坏。因此你得用新的东西取代之。这是商家的把戏，想要人为地让一些东西成为淘汰品。大批量生产的制造商为了提前预热明年的销售市场，必须得让今年卖的东西在一年以内被淘汰掉，我们有世界上最光洁的厨房和最敞亮的浴室，可是在如此诱人的厨房里，一般妇女却做不出美味佳肴，而那敞亮的浴室和一个展览室别无二致，里面整齐排列着安眠药、除臭剂、泻药，还有那些化妆品公司制造出来的赚取噱头的东西。我们制造出世界上最漂亮的包装盒，可是马洛，外表固然好看，可是内里却惨不忍睹。"

他拿出一方白色大手帕，将鬓角擦拭了一下。我坐在那里目瞪口呆，很吃惊他为什么生活在这个世界上，他对这世界上的一切都充满了厌恶。

"对于我来说，这些地方过于闷热了，"他说，"我还是对凉爽一些的气候比较适应，我好像在发表评论一样，一说起来就背离了原本的宗旨。"

"我知道你说的是什么意思了，波特先生，你对现在世界的运行方式非常讨厌，因此你动用自己的能力给自己打造了这样一个私密的空间，根据你记忆中五十年前大规模生产年代还没有开始时人们的生活方式，你坐拥上千万资产，可是财富给你带来的，只有烦恼。"

他将两只手使劲扯着手帕两个对角，然后又将它揉成一团，放进荷包里。

"然后呢？"他干脆有力地说。

"完了，没有了。至于谁是杀害你女儿的凶手，你其实并不在意，波特先生。很久以前，你就已经不在再管这个女儿了。就算杀害她的不是特里·伦诺克斯，而是另有其人，而且还没有捉拿归案，你也无所谓。你从心底里不希望他被抓到，这样那桩丑闻会再次见报，得公开审判，辩护听证会把你的隐私宣扬得全世界都知道。当然，除非他通情达理，在开庭审理之前了结了自己。最好在危地马拉、撒哈拉大沙漠或者塔希提解决了自己，总的来说，要把自己解决在那种名不见经传的地方，政府也不想破费钱财去验证其真实性的地方。"

他突然爽朗地笑起来，非常豪放，笑声中充满了适度的和善。

"马洛，需要我给你什么？"

"如果你是指金钱，那还是算了，我不要，我也不是自己愿意来的，我是被人带到这里来的。我将和韦德认识的前因后果都跟你说了，可是他真的认识你女儿，也对你女儿施过暴，虽然我没有亲眼见到过。昨天晚上那个家伙想要轻生，他非常狂躁，心里满是负罪感。如果我刚好在搜索嫌疑人，他可能是个人选，我觉得只是其中一个，可是一直到现在，我只找到了他。"

他站起来，看上去体形很健壮，也很生硬，他走到我面前站着。

"马洛先生，我只需要一个电话，就可以断送你的职业生涯。不要跟我兜圈子，我不会再忍受下去了。"

"两个电话，我睡着了都不会知道自己被放倒在阴沟里，后脑勺不知所踪。"

他放声大笑，"我绝对不会这样做，我猜想你做的就是这种非常奇怪的工作，肯定才会有如此想法。我已经跟你聊了太久，我按铃叫管家送你出去。"

"不用了，"我说着站起身，"我到这里来，听到了不少有益的东西，感谢您赏光。"

他伸出手："感谢你到这里来，我认为你是个很诚恳的人，不要打肿脸充胖子，年轻人，那不会给你带来任何益处。"

我也伸出手和他握在一起，他的手紧紧地箍着我的手，可现在他面目可亲地看着我，他是大人物、人生赢家，一副成竹在胸的样子。

"近段时间我可能会让你再做一些生意，"他说，"不过不要觉得我会去买通政客或执法官员，我不需要那样做，马洛先生，非常感谢你来这里。"

他站在那里，看着我一步步走出去。我正准备打开前门，琳达·洛林从一边突然出现。

"如何？"她轻声问我，"你和父亲交谈还融洽吧？"

"非常好，他跟我说什么是文明，当然是他的一己之见。他会让文明再存续久一些，不过它最好当心不要干扰到他的宁静生活，要不然他会给上帝打电话，把订单取消。"

"你简直无药可救了。"

"我？你是说我？夫人，对比你家老头儿，我就是那个玻璃娃娃。"

我走出大门，阿莫斯已经把凯迪拉克停在大门外，他把我送回好莱坞，我付给他一块钱报酬，他坚定不要。我又说要送给他一本T.S.艾略特的诗集，他说自己不差这一本。

第三十三章　进展

一个礼拜转瞬即逝，韦德一家没有传出来任何消息。天气酷热难耐，让人咳嗽不停的烟雾直直延伸到贝弗利山庄，从穆赫兰大道顶上一眼望过去，你可以看到整座城市都是云山雾罩的，就好像这种雾气是从地面升起来的。如果你身临其间，你会品尝出它的味道，闻到它的气味，觉得眼睛被刺得难受。每个人都叫苦不迭，帕萨迪纳的议员们也因为这雾气而怨声载道。电影明星们把贝弗利山庄搞得不成样子以后，一些传统的百万富翁们就都逃到帕萨迪纳来了。一切责任都被推到烟雾头上，如今金丝雀不再唱歌，送牛奶的迟到了，哈巴狗身上长了虱子，领子熨得直直的老头儿在去教堂的路上突然发作了心脏病等等。我住的地区一大早空气都比较新鲜，傍晚时分也是这样。有时，一整天都没有烟雾，没有人知道是为什么。

有一天，天气就和这个星期四一样，罗杰·韦德给我打来电话，"你最近如何？我是韦德。"听上去心情很愉悦。

"还可以，你呢？"

"我担心我脑子还不算糊涂，认真挣钱。我们应该好好谈一谈，而且我觉得我还找你借了一些钱。"

"你没有找我借钱。"

"算了吧，中午一起吃饭如何？你可否一点钟左右到这里来？"

"应该可以，甜哥儿如何？"

"甜哥儿？"他似乎有点糊涂，肯定是将那天晚上的事忘在脑后了，"哦，那天晚上就是在他的协助下，我才能把你弄上床的。"

"确实是的，在某些事情上，他是非常喜欢帮助别人的小孩，你夫人近来可好？"

"她不错啊，今天上街采购去了。"

我们把电话挂断，我坐在转椅里左右摇晃，我应该问问他书写进展如何，或者跟作家说话，你老是会想问他这个问题。可是，也许这个问题已经让他厌烦至极了。

过了没多久，电话又来了，声音却是另外一个我所不熟悉的声音。

"马洛，我是罗伊·阿什特费尔特，乔治·彼得斯嘱咐我一定要给你打个电话。"

"哦，非常感谢。你就是那个和特里·伦诺克斯在纽约相识的那个人吧，当时他说自己叫马斯顿。"

"确实如此，一个经常喝醉酒的人，不过就是一个人。你是对的，到这里来以后，有天晚上我在蔡森酒吧看到过他和他的妻子，和我在一起的客户认出了他们。很抱歉，客户的名字我得保密。"

"我知道了，我想现在已经无关紧要了，他叫什么名字？"

"等一下，让我再想一下，哦，保罗，保罗·马斯顿，还有一件事情不知道你是否想知道，他佩戴着一枚英军徽章，就是那种退伍纪念章。"

"后来如何了？"

"我不知道，我后来去了西边，我和他再次重逢时，他已经在西部了，妻子是哈伦·波特生性不羁的女儿，这些你们也清楚。"

"他们两个都不在了，不过还是非常谢谢您跟我说这些。"

"不用谢，很乐意为你做事，这信息对你来说有价值吗？"

"没什么，"我调侃道，"我从来没有主动问过他自己的事情，他有一次跟我说他从小在孤儿院长大，你有没有弄错了？"

"他那独一无二的疤脸、满头白发，不可能弄错。我不敢打保票说会一直记得某一张脸，可是这张脸我绝对不会忘记。"

"他是否看见了你？"

"即使看到了，他也只能不动声色，在当时那种情形下，不能期待他会当场表示认识我，反正他也许已经忘记我了。我跟你说过，他在纽约时一直都是喝得稀里糊涂的。"

我再次对他表示感谢，他说他很乐意给我帮忙，我们就把电话挂断了。

我思考了一会儿这件事，大楼外面车道上的人声、车声成了我的陪伴，非常喧闹。这个酷热的夏日，一切都显得很纷杂。我站起来将下半扇窗户都关上，给凶案组的警察格林打了个电话，他的言语倒是很和善。

"你看，"彼此客套了几句以后，我说，"我打听到一些和特里·伦诺克斯有关的事情，觉得疑惑不解。我认识的一个人曾经在纽约和他见过面，当时他用的还不是这个名字，你去调查过他的参战纪录吗？"

"你们这些人就是太固执了，"格林言语不善地说，"你为什么不能做到安分守己呢？那个案子已经存档了，消失在大海底部了，懂了吗？"

"上个星期某个下午，我到了哈伦·波特女儿在空闲谷区的房子，和她的老爹一起聊了一下午，你要不要取证调查一下？"

"你们都干了些什么？"他非常不爽地说道，"如果我选择相信你的话。"

"准确地说是他请我去的，他对我颇有好感，他还顺带跟我说，将那个女人杀死的是一把七点六五毫米口径的毛瑟枪，这个细节你是第一次听说吧？"

"接着说。"

"那把枪是她自己的，朋友，是不是兴趣上来了？不要想多了，我从来没想过要揭示什么不为人所知道的东西。这是我个人的事情，他是在哪里受伤的？"

格林待了一会儿，电话那头响起关门声，之后他对着话筒小声说道，"也许是在边境地区打架时伤到了。"

"噢，算了吧，格林。按照一般的做法，你手里掌握着他的指纹，你完全可以将它们送到华盛顿去，之后那边会给出一个检测报告，我向你询问的只是他的参战纪录而已。"

"谁跟你说过他打过仗，有这方面记录的？"

"曼迪·曼宁德兹，伦诺克斯好像对他有救命之恩，所以他才受伤，被德国人抓住了，是他们弄花了他的脸。"

"曼宁德兹，啊？那个混账说的话你也信？你脑子是被糊住了吗？伦诺克斯根本没有参战记录，不管哪个名字都没有这方面的记录，这下你高兴了吧？"

"随你怎么说吧，"我说，"我搞不懂曼宁德兹为什么不厌其烦地来跟我胡说八道一番，告诫我少管闲事，因为伦诺克斯和他在拉斯维加斯有交情，他们不想有更多的人知道这件事，因为伦诺克斯已经不在这个世上了。"

"谁晓得那个地痞又在弄什么花样？"格林出言不逊，"谁知道他们在捣什么鬼，也许那个伦诺克斯在拥有丰厚财产，变得有身份、地位以前，和他们是一丘之貉。他在拉斯维加斯那个名叫斯塔尔的地方就做过一段时间的楼层经理。他和那个女人相遇也是在那里。和他人微笑示意，弯个腰，还有晚礼服，在和顾客寻欢的同时，也不忘观察请来的托儿，我想这样的事情于伦诺克斯来说简直是手到擒来。"

"他有气质，"我说，"做警察这样的职业不需要这个，万分感谢，警察，对了，格里戈里厄斯警监最近如何？"

"他已经功成身退了，难道你都不看报纸吗？"

"警察，我从来不看犯罪新闻这个版块，实在是太过恶心了。"

我正打算说再见，他又插话进来了，"那个有钱人找你干嘛？"

"我们只是一起喝了杯茶，最寻常的人际交往。他说或者可以给我一些生意做，他还隐讳地跟我说，如果哪个警察不拿正眼看我，那他以后的日子就难过了。"

"警局又不在他的掌控之下。"格林说。

"这个他倒是没有否认，他还说，他根本不用费心去将地区检察官或警察局长纳入麾下。他只是歇息一会儿的工夫，他们就会自己拥上来。"

"真是要命！"格林说，"嘭"的一声把电话挂断了。

把警察的饭碗砸碎并不是一件容易的事，你永远都不会明白到底谁在谁的指尖舞蹈而不会给自己带来困扰。

第三十四章　韦德的家

在中午灼人的阳光照射下，从公路到盘山道那一段凹凸不平的路也显得比平时难走了不少，道路两边是晒得干裂的土地，上面矮小的灌木丛里随处可见白色的沙土。杂草所生发的味道让人恶心不已，一股热浪般难闻的气味在空中不停地飘荡。我将外套脱下来，袖子挽得高高的，可是车门被晒得流油，根本不敢把胳膊平放在上面。一匹被系着的老马在榕树丛下歇息着，肤色黢黑的墨西哥佬则在树底下看报纸，那表情就好像和报纸有仇一样。一卷风滚草漫不经心地扫过路面，停在突出的岩石上面。刚刚这里还有一只蜥蜴，好像一点动静都没有，可是转眼的功夫就消失了。

我顺着柏油马路朝前走，翻过山丘，来到另外一片土地。一分钟以后，我车子驶入韦德家的车道，将车子停好以后，我越过石板路，按响门铃。韦德上身穿着褐白两色格子短袖衬衫，下面穿着浅蓝色牛仔裤，两脚趿拉着一双拖鞋，自己跑过来开门。他看上去比上次皮肤黑了些，精气神倒是还不赖。他一只手上还有墨水的印迹，鼻子旁边还有一抹烟灰。

他请我进了书房，自己则跑到书桌后面坐着，书桌上放着一叠厚厚的黄色打印纸。我将外套随意放在一把椅子上面，一屁股陷进沙发。

"感谢光临寒舍，马洛，想喝点什么？"

听到一个醉鬼这样问，我脸上的表情颇显无语。我可以感觉得到，他也一脸戏谑。

"我喝点可乐。"他说。

"你反应倒还是蛮敏捷的。"我说，"我也对酒不感兴趣，我们还是一起喝可乐吧。"

他用脚按了一个我叫不上名字的东西，甜哥儿就应声而来了。他看上去有点排斥，身穿蓝色衬衫，围着一条橘色围巾，白外套今天没有穿，脚蹬一双黑白相间的皮鞋，裤子是高档的高腰华达呢的。

韦德吩咐他去拿可乐，甜哥儿用力瞥了我一眼，然后离开了。

"你的书写得怎么样了？"我指着那厚厚一叠书稿，询问道。

"哦，进展不太顺利。"

"我不相信，你完成多少了？"

"大概三分之二吧，就总体来说，可是实质上是空的，你知道一个作家是如何知道自己江郎才尽了吗？"

"很抱歉，我对作家并不太了解。"我边说边给烟斗装上烟丝。

"我开始把自己以前写过的东西找出来，不停地阅读，以此来找到创作灵感，这是肯定的。我已经写完了五百页文稿，超了十万字很多。我的书通常都很长，因为大家对大部头的书更感兴趣。那些无知的人以为书的页数看得越多，所得到的东西就越多。我没有勇气再全部读一遍，里面有很多东西我都忘记了，我都不敢看自己原来所写的东西。"

"你看起来脸色还不错。"我说，"和那天晚上相比，你简直好太多了。你比你自己想象的还要勇敢得多。"

"我现在所急需的不仅是勇气，很多事光凭空想是不够的，必须得对自己有自信。我是个心思烂掉的作家，不相信任何东西。我有美丽的妻子、温馨的房子，写出来的书也一直稳居畅销榜，可是我却只想要烂醉如泥，不想任何事情。"

他双手托着下巴，透过书桌看向我。

"艾琳说我试图开枪了结自己，我真有如此恶劣的行径吗？"

"你什么都不记得了？"

他摇头表示否认，"我只知道我自己摔倒了，脑袋被撞破了，到这里就没有了。"他将手放在脖子和下巴相连的部位，"都是因为洛林在这里上演的闹剧，让整个事情往更糟糕的地方发展而去了。"

"你夫人说根本无关紧要。"

"她肯定会这样说，是吧？那本来就是事情的真相，不过我觉得她虽然口中这样说，心里却是一百个不信任的。那家伙事实上是个醋坛子，你只要和他老婆有微小的接触，喝杯酒、微笑一下，或是道别，他都会觉得你和他老婆上床了，其中一个原因就是他们没有一起睡觉。"

"我对空闲谷区很有好感，"我说，"因为这里的人都过着舒适安宁的生活。"

他眉头皱得紧紧的，门开了，甜哥儿拿着两只玻璃杯和两瓶可乐进来，他给我倒上一杯可乐，头都没抬一下，直接推给我一杯。

"半小时以后吃饭，"韦德说，"你的白制服呢？"

"今天不上班，"甜哥儿不带一丝温度地说，"主人，我不是厨子。"

"冷盘或三明治，再配点啤酒就好了。"韦德说，"厨子今天放假了，甜哥儿，我今天有朋友在这儿，准备一起吃饭。"

"你觉得他可以成为你的朋友？"甜哥儿皮笑肉不笑地说，"你还是先去问一问夫人吧。"

韦德向右靠到椅背上，微笑着望着他，"看紧你的嘴巴，小家伙。你在这里一向闲适，我也不经常请你做事情，是吧？"

甜哥儿看向地板，时间一分一秒地过去了，半晌以后，他抬头微笑着说，"那好，主人，我去穿白制服准备午饭。"

甜哥儿缓缓转过身，朝大门走去，韦德一直盯着他的背影，直到大门合上，之后他朝我无奈地摇摇头。

"之前，我们叫他们为仆人，现在叫他们家庭助手，我觉得用不了多长时间，我们就得反过来了，我得把早餐给他送过去。我给了他太多报酬，他已经被我宠得无法无天了。"

"你是说薪水，还是指另外给他的？"

"你是指？"他严厉地说道。

我站起来给了他几张叠得整整齐齐的黄色稿纸，"你还是先看看这个吧，很明显，你肯定已经不记得你叫我销毁它们了，它们之前被你压在打字机盖子下面。"

他将黄色稿纸摊开，靠着椅背开始认真读起来，全然没有理会桌上可乐发出的声响。他的眉头一直没有舒展开过，一字一句地阅读着。读完以后，他又将它们再次折叠好，手指顺着纸张边缘不停地摩挲。

"艾琳看过这个吗？"他异常谨慎地问道。

"这个我就不知道了，也许她看过。"

"特别癫狂，是吗？"

"我很感兴趣，特别是说到一个好人的死要归因于你的时候。"

他又将那几张纸铺开，愤怒地将它们全部撕碎，丢进垃圾桶。

"我想一个喝醉的人也许会做出任何疯狂的事情，"他悠悠地说道，"那东西对我毫无价值，甜哥儿没有绑架我，他对我是有好感的。"

"你最好再喝醉一次，也许你就会知道自己心中最真实的想法，也许你的脑海里会出现很多事情。我们已经有过一次这样的尝试，那天晚上手枪无故走火了，我猜想因为安眠药的作用，你肯定已经完全不记得了。你那时听上去无比清醒，可是现在你却说自己完全忘记了。这也难怪你的书完成不了，韦德，你还能好好地活在这个世界上，你都要感谢造物主。"

他侧身将书桌抽屉打开，在里面窸窸窣窣翻找了一阵，找到一本三联支票本，将它翻开，然后拿笔写着什么。

"我向你借了一千块钱，"他非常冷静地说，他在支票本上写下金额，又在存根上也记下了，这才将支票撕下来递给我，"这样可以了吗？"

我顺势向后靠了下，抬头看着他，没有伸手去拿支票。他的脸开始变得愁容满面，眼睛非常深邃。

"你肯定以为杀害她的凶手是我，让伦诺克斯被冤枉，"他缓缓地说，"她真的不是个什么好人，可你不能因为一个女人不够好就将她脑袋砸得一塌糊涂。甜哥儿清楚我偶尔去那里，最有意思的是我以为他会帮我保守秘密，我也许也会让事情不在自己的掌控之中，可是对于他会泄露我的事情，我还是觉得难以置信。"

"至于他有没有说出你的行踪，这并不是最关键的，"我说，"哈伦·波特的朋友们肯定不会听他一面之词，更何况，她的死因不是因为被刺，而是她自己的手枪断送了她的性命。"

"也许她有枪，"他像说梦话似的说道，"可是我不清楚她是被人开枪打死的，报纸上没有报道。"

"你不清楚，还是忘记了？"我问他，"没有，报纸上没有相关的报道。"

"你想要我如何，马洛？"他的声调依然不高，差不多可以用温柔来形容，"你想要我如何做？跟我老婆说？跟警察说？这样做又有什么意义呢？"

"你说有个好人的死要归结到你的头上。"

"我是想说，如果一开始就引起了警局的注意，我可能会成为其中的一个犯罪嫌疑人，从这个意义上来说，我也许已经难以翻身了。"

"我并不是想说你是杀人凶手，韦德，你终日惴惴不安的是你自己根本都不知道自己曾经做过什么，你对你老婆动过武力，这已经被警方记录在册，你喝醉以后根本不晓得自己的所作所为，说你不会因为一个女人不够好就糟蹋她的面容，这种说法是非常不靠谱的。可是有人却真切地这样行动了。我觉得，那个被判定为杀人凶手的家伙的犯罪嫌疑还没有你的大。"

他来到开放式的法式落地长窗前，站在那里望着远处的湖光山色，他没有给我任何答复。长达几分钟的时间里，他一个字都没说，也没有变换位置。最后，外面传来轻轻的敲门声，甜哥儿推着一辆茶点餐车进来，上面有叠得整整齐齐的餐巾，上面是银盖的餐盘、一壶咖啡和两瓶啤酒。

"主人，啤酒需要我现在打开吗？"他对着韦德的背影说。

"给我拿一瓶威士忌来。"韦德开口说道。

"很对不起，主人，威士忌没有了。"

韦德转过头，对着甜哥儿大声叫道，可是甜哥儿丝毫没有退步的意思，他低头看着茶几上新开好的支票，认真读完了上面所写的字，之后抬头看着我，勉强蹦出几个字，之后就又望向韦德。

"我必须离开了，今天本不该我上班。"

他转身走了，韦德嗤的一声笑了出来。

"我去拿。"他大声嚷嚷道，之后从房间走了出去。

我掀开一个盖子，看到一些罗列整齐的三明治。我拿起其中的一块，就着一杯啤酒，很快就吃完了。韦德回来时，手上多了一瓶威士忌和一只酒杯。他一屁股跌进沙发，往酒杯里倒了些酒，一口气就喝了下去。外面有汽车驶离停车场的声音，应该是甜哥儿开车走了。我又拿了其中一块三明治。

"请坐，随意一点，"韦德说，"我们可以一起度过整个下午。"他的脸色开始转红，声调也高了几分，显得很激动的样子，"你对我没有好感，是吧，马洛？"

"这个问题你不是第一次问我，而且我已经给过你答复了。"

"你猜后来如何了？你这个没有人情味的东西，你动用一切手段得到你想要的任何东西，你甚至在我喝醉后人事不醒时，在隔壁房间骗我老婆和你睡觉。"

"对于那个耍刀子的人说的话，你深信不疑？"

他又给自己的酒杯倒上酒，在阳光的沐浴下举起杯子。"肯定不是全信，威士忌的颜色好看吧？淹死在里面也不赖吧。'在午夜时分离去，没有哀伤。'下一句是什么？哦，不好意思，你肯定不晓得。太文艺腔了。你是个侦探，你能否跟我说说，你为什么会在这里？"

他又猛喝了几口威士忌，对着我嘿嘿笑，之后他看到茶几上之前开好的支票，然后举高看上面所写的字。

"这张支票似乎是写给某个姓马洛的人的，我不明白这张支票缘何要开，有什么用途，似乎我还署名了，我真是太笨了，很快就被别人蒙骗了。"

"不要再装了，"我粗俗地说，"你妻子呢？"

他非常具有绅士做派地看着我，"我妻子到点就会回来，毋庸置疑，到时我已经醉得人事不醒，她可以非常淡定地讨好你，这宅子就由你随意使用了。"

"枪呢？"我忽然开口问道。

他一脸不知所措，我跟他说我把枪放在他书桌前的抽屉里了，"我可以打包票说，它已经不在那里了，"他说，"如果你愿意，你可以搜查一番，只是不要把我的橡皮筋拿走了。"

我走到书桌旁，仔细检查了一遍。枪不见了，这事情就严重了，也许是被艾琳收起来了。

"嗨，韦德，我在问你，你妻子去了哪里。我觉得她现在应该回家了。这全都是为了你，你必须得有人在旁边看着，如果这事得我来做，我就太悲哀了。"

他迷茫地看着我，手里还拿着那张支票。他将酒杯搁到桌子上，将支票撕成碎片，散落到地上。

"明显是太少了，"他说，"你的报酬远不止这个数，一千块钱再赔上我妻子都不能让你知足，这太让人觉得难过。可是出再高的价码，我也没那个能力了，除了这个小宝贝儿。"他伸手摸摸酒瓶。

"我得走了。"我说。

"为什么？你不是叫我想以前的事情吗？可以啊，从酒瓶里就可以找回来，不要离开，伙计，等我喝到那个程度时，我就会跟你说我曾经残害过的所有女人。"

"那好吧，韦德，我再陪你一会儿，可是我不会坐在这里。如果你有需要，你只需要往墙上砸把椅子就成。"

我离开书房，门敞开着。我经过客厅，来到露台，拉来一把躺椅悠闲地躺上去。湖对面的山丘烟雨迷蒙，和暖的海风飘过矮小的群山一路往西。空气中的杂质和闷热都被过滤了开去。空闲谷区的夏天是如此让人赏心悦目，根本就像有是认真谋划过的。天堂股份有限公司，禁止闲杂人等入内，除非是上流雅士，拒绝中欧族裔。只允许社会精英，最为杰出的人才，最出色的阶层，像洛林、韦德之流，完完全全的贵族。

第三十五章　进退两难

　　我就这么躺了半个小时，内心却一直在天人交战。一方面我希望他喝的酩酊大醉，这样我也许可以趁机在这里查出些有用的东西来，反正他在自己的书房里，不用担心他会出什么事儿。他的酒量很好，要喝醉也要喝上一会，就算喝醉了，顶多也就摔一跤，磕一下绊一下什么的，酒鬼总是伤害别人多过于伤害自己，一般不会出什么大事儿。或者他感觉到愧疚，做做自我反省，又或者干脆蒙头睡觉去了。

　　而另一方面的想法是马上离开这里，不再和这些复杂的事情有任何的牵扯。不过显然，这个想法对我来说也就只是个想法而已，对我真正的行为起不了任何影响。如果我真的这么想也这么做的话，我当初就不会离开我出生的小镇，我会留着小镇上，找个五金铺子当个伙计，娶个老板的女儿做老婆，然后生一堆孩子，每天早起给孩子们讲讲报纸上新鲜的趣事儿，和老婆在孩子的教育问题和生活问题方面讨论讨论。也许我会凭借着我的聪明劲儿发点小财，也就是小镇人们眼里的发财，住大大的房子，院子里停着车子，每天都有丰富的美食，桌子上放着最新的报纸杂志，我的老婆烫着流行的贵妇发型，而我呢？梳着板寸头，像个呆子。但是，比起那样安逸平庸的生活，我还是更愿意待在这个肮脏又变态的城市里。

　　挥去纷乱的思绪，我起身走进了书房。一进去就看见韦德呆呆地坐着，面前放着一个已经空了大半的威士忌酒瓶。他望向我的目光有些呆滞，活像是一头望向栏外的马儿。

　　"你来有什么事儿吗？"

　　"哦，没事，你怎么样了？"

　　"没事就别来烦我，我正在听我肩上的小人儿给我讲故事。"

　　我没再说话，走到茶点推车前拿了一块三明治和一瓶啤酒，靠在书桌前边吃边喝。

　　我正吃着喝着，他突然说话了："你知道吗？我以前有个男秘书，专门记录我口授的作品。不过后来我觉得他烦就辞退了他，现在想来有点后悔，要是我留下他，外面就会传出我是同性恋的流言，而那群除了书评什么都不会写的聪明家伙们肯定会添油加醋地再写点什么，为我大力宣传。你知道为什么吗？因为他们都是同性恋，他们要帮助自己的同类，所以他们会帮我做宣传。现在这个时代，到处都是同性恋，他们占领了整个艺术界，成为了领衔整个艺术界的主导者。"

　　"是吗？这样的人一直都存在着吗？"

　　他只顾自己说话没有看向我，但是对我的疑问给出了回答。

　　"是的。他们一直都在，从几千年开始就是这样的，尤其是在艺术发展鼎盛的时代。雅典、罗马，还有文艺复兴时期、伊丽莎白女王时代，到处都充斥着他们这样的人。有本书叫《金枝》，你读过吗？算了，你肯定没读过，那本书太长了，你可以去看看缩写本，很有阅读价值。里面的观点我很赞同，其实每个人的性取向取决于大众习惯，就像晚礼服一定要配黑领带才合适一样。我，一个写情色小说的作家，但我不是同性恋，我是喜欢女人的。"

　　说完他抬起头看着我，冷笑着接着说道："其实我是个骗子，我的作品都是用谎言堆砌起来的，所有的男主角都是身高一米八的健壮男子，女主角都是举着修长的大腿躺在床上，重复着同一个动作,都能磨出老茧来了。我给他们的生活中编造了蕾丝和花边,还有锋利的宝剑、气派的马车、优雅的气质、闲适的生活、高尚的情操、惊险的决斗和壮烈的牺牲。但是事实上呢?他们这些贵族从不用香皂洗澡,总是用香水掩盖味道,也从不刷牙,牙都快被蛀虫蛀光了,餐后也不洗手,所以指甲里都是恶心的卤肉味儿。他们走在凡尔赛宫殿里,躲在走廊后面小便一下也是常有的事情。如果真的想要跟一位侯爵夫人发生点什么,等你好不容易褪去了她层层的外衣,你会发现第一件要做的事情应该是先让她去洗个澡,这些才是我的作品里应有的内容。"

"那为什么你没有这样写呢?"

"如果我真的那样写了,那我现在过的就不是这样的生活了,幸运的话,也许还能住上有五个房间的破房子。"他自嘲地说。然后伸手拍拍酒瓶对我说:"伙计,我看得出你很寂寞,该找个伴儿了。"

说完他站了起来,走了出去。书房里就我一个人了,我就这么坐着,脑袋空空地看着窗外。窗外的湖面上,正驶过来一艘汽艇,从汽艇尾部飞溅的浪花里可以看到正拉着一个冲浪的年轻人,是个浑身晒得黝黑的健壮年轻人。我走到窗台前,游艇正在转弯,大概是转得太急,年轻人失去了平衡,努力地摆出金鸡独立的姿势想稳住,不过最终还是掉进了水里。接着游艇便停了下来,年轻人从水里冒了出来,慢悠悠地拽着绳索又回到了冲浪板上。

年轻人回到冲浪板上后,游艇便疾驰而去,直到看不见。这时韦德拿着酒回来了,又是一瓶威士忌。他把酒放在桌上,和之前那瓶放在一起,然后坐着,一副若有所思的样子。

看着他面前的酒瓶,我不禁问道:"天啊!你不会是打算都喝掉吧?"

"讨厌的家伙,你挡住我的光线了,回家去吧,别再来烦我了,你可以打扫打扫厨房或者擦擦地板,就是不要待在这里。"他看着我说道,声音明显变得浑浊了,神智也有些模糊,看来他又跟以前一样,去厨房拿酒时又喝了不少。

"好吧,我先出去,有事了你再叫我。"

"我不会有事需要你的。"

"那样当然最好。不过我现在不会回家,我会待到你夫人回来了再走。还有,你想想看你认识一个叫保罗·马斯顿的人吗?"

他似乎在努力控制自己的神智,眼神慢慢集中起来看向我,有那么一瞬间,他控制住了,然后缓慢又小心地开口回答道:"不认识,没有听说过,他是谁?"

等我再看向他的时候,他已经睡着了。张大的嘴巴露着突兀的牙齿,散发着威士忌酒的臭味儿,嘴唇看上去发干,头发也汗湿了,贴在额头上。

桌上的酒瓶,其中一个已经空了,另一瓶还剩四分之三。我拿起空瓶,推着茶点推车出了书房,又转回去关上法式落地窗户,拉下了百叶窗。这样即使那游艇再转回来也不会打扰他睡觉了。

我推着推车进了厨房。厨房宽敞通风,墙面是蓝白相间的色调,有种空旷的感觉。我刚刚没有吃饱,于是又拿了块三明治,就着刚刚没喝完的啤酒又吃了起来。喝完了啤酒,我又泡了杯咖啡,热气腾腾的咖啡比没了气的啤酒好喝多了。闲着没事,我又来到了露台上。过了很久,那汽艇又出现了。这时大概是下午四点左右,汽艇轰隆轰隆地响着,向这边行驶过来。随着汽艇的靠近,嘈杂的轰鸣声越来越大,震耳欲聋的感觉。像这种扰乱环境的噪音应该被法律明令禁止,也许确实有法律禁止,不过在汽艇上的人看来,那都是形同虚设。他不在乎被人讨厌,甚至当成是一种享受,我认识很多这种人。

我走下露台,来到湖边。这次那个年轻人更有经验了,汽艇的转弯幅度也控制得很好,转弯时,只见年轻人身体向外倾努力控制着平衡,冲浪板的一侧高高地翘起,另一侧几乎就要脱离水面了，就这样，汽艇转过弯后年轻人还稳稳地站在冲浪板上没有掉下来。汽艇没有停顿，直接飞驰而去，只留下一道道的浪花，冲向岸边，拍打着栈桥，岸边的小船也随之摇晃着。见没什么看头了，我转身走回房子。

刚刚踏上露台，门铃就响了。我愣了一下，等到第二声门铃响起，我才反应过来，连忙穿过客厅，走到前门去开门。

门外站着的是艾琳·韦德，我打开门时，她正看向别处，听到门开的声音，她边转身边说道："不好意思，我忘拿钥匙了。"看到是我后，她惊讶道："哦，是你，我还以为会是甜哥儿或是罗杰呢！"

"今天是星期四，甜哥儿不在。"

她没再说什么进了屋，我在她身后关上了门。她进来后就把手上的提包放在了茶几上，接着摘掉手上的猪皮手套，整个人看起来又平静又冷漠。

"发生什么事情了？"

"他小酌了一杯，情况还算好，躺在卧室的沙发上酣然入梦了。"

"他给你打了电话？"

"是的，可是打电话的目的并不是这样。他请我一起共进午餐，可是他自己却一丁点都没有吃。"

"哦。"她慢慢地落座，"你明白吗？对于今天是周四，我一点印象也没有。厨师也不在这里，我简直是蠢笨到家了。"

"坎迪走之前将午餐准备好了，我觉得我该告辞了，希望我的车没有碍到你的事。"

她温和地笑了笑。"没有，地方很宽敞的，你不用担心。需要用点茶点吗？我觉得我需要。"

"好！"话说出口了，我却后悔了，我本来不想喝茶的，可是我还是脱口而出。

她将亚麻外套脱下来，帽子原本就没有戴。"我先去看看罗杰。"

我目送着她走到书房门前，将门打开停留了一会儿，又重新把门关上，折回来。

"他睡得很甜，我得上楼一趟，很快就下来。"

她将外套、手套和包拿上楼，进到自己的房间，顺手把门带上。我来到书房，想要将那瓶酒拿走。如果他还睡得很沉，那就没必要了。

第三十六章　韦德之死

我将落地窗拉上，严丝合缝，百叶窗也关得很严实，光线昏暗无比。空气中弥漫着一丝难闻的味道，四周安静得让人心里发慌。从门口到沙发的距离非常短，最多不过十六英尺远。走到一半我忽然发现这样一个事实，沙发上睡着的是一个死人。

他面朝沙发靠背躺着，一只胳膊耷拉在身下，另一只胳膊挡着眼睛。胸口和沙发靠背之间有很明显的一汪血，血泊中赫然躺着一把韦布莱手枪。侧面全部被血迹模糊了。

我蹲下来，可以清楚地看到他瞪得大大的眼睛、手臂还在向外淌血，胳膊肘处还有明显的弹孔，还在不停地流淌着鲜血。

我没有移动他，触及他的手腕处，还可以感觉到温热的气息存在，可是人的确已经没有生命体征了。我四处查看，希望可以发现字条或便笺之类的东西，可是一无所有，桌上子只发现一沓稿件。想不开的人或许什么都不会留下。架子上放的打印机盖子也没有盖上，里面也空无一物。所有的东西都看上去正常无比。自尽的人在死之前，往往会准备好一切，有的人会喝很多很多的酒，有的人会饕餮一顿，有的人会穿着十分正式，有的人则会赤身裸体。自尽的地方也是极尽丰富，深沟、高墙、浴室、水中。譬如在车库里将煤气罐打开，中毒身亡；有的人还会选择在酒吧里上吊。可是这一位非常利落，直接一枪毙命，可是我一直没有听见枪响，应该是我正在湖边看冲浪手转弯时，他趁着很吵闹时开的枪。可是为什么偏偏要选择在那个时间开枪呢？对于罗杰·韦德来说，有什么非同一般的意义吗？也许这不是事情的重点。人有时候会很激进，或者当快艇到来时，他心里那个冲动就爆发了。我若有所思，可是没有人关心我心底的想法。

被撕成碎片的支票还在地上躺着，我没有收拾。前几天晚上，他将自己亲手写的那些东西撕成长条后，随手扔在垃圾篓里，我都给捡了起来，放进我的裤子口袋里。不用刻意去思考枪本来在哪个位置，太多地方可以隐藏。也许就放在椅子上、沙发垫子下面、地板上、藏书后面等等。

我走出书房，将房门轻轻带上。听到屋里有动静，再侧耳仔细听，感觉到声音是从厨房传过来的，于是走过去。艾琳·韦德正围着一条蓝色围裙，水壶的水开始沸腾了。她从容地将火关小，然后非常冷淡地看着我。

"马洛先生，你想要怎么喝茶呢？"

"直接倒出来喝就行。"

我斜斜地靠在墙上，从口袋里拿出一支烟，这样我的手指就不会闲得发慌了。我对那支烟极尽折磨，将它撕成两半，一半掉到了地上。她的视线顺着烟下落的方向一直往下看，我弯腰将它捡了起来，将两个半截的烟合到一起，捏成一个小圆球。

她将茶泡好了，"我更愿意加点奶精和糖进去。"她转过头说，"真是太让人讶异了，我喝咖啡时只喝纯的。喝茶是我在英国学会的。英国人更愿意用奶精取代糖。当然，当战争打响时，奶精就可能找到了。"

"你在英国待过？"

"是的，我在那边工作过一段时间。战争白热化时期，也就是大规模空袭时，我一直在那里。我还邂逅过一个男人，这些我跟你讲过的。"

"罗杰就是你在那里认识的？"

"纽约。"

"你们结婚也是在那里？"

她望向我，眉头紧皱。"我们结婚没有在那里，有什么问题吗？"

"没事，我只是随口问问，一会儿茶水就凉了。"

她看着窗户外面，湖面的景色一览无余。她靠在滴水板上，手指不停地揉搓着一张已经折叠整齐的茶巾。

"这种日子该结束了，"她说，"可是我也不晓得该怎么办。也许我应该将它转交给某个机构。可是我一直下不了决心，我得签署一些文件，对吗？"

说完，她转过身去。

"他完全可以自己做这些事。"我说，"我的意思是，在这之前他完全可以做到的。"

茶壶报警器响了，她回到水池旁边，将水倒进另外一个壶里，之后将茶壶放在托盘上，上面已经摆好了几个茶杯。我端起托盘，放到客厅里两个沙发之间的茶几上。她就坐在我对面，斟好两杯茶，递给我一杯。我看着她加了奶精和糖进去，她尝了一下。

然后，她突然问道，"你刚刚为什么说那句话？"

"他完全可以自己做到的——自己去做治疗，是指的这个吗？"

"我能告诉你我只是顺口一说吗？我曾经给你提过的那把枪，你是否藏起来了？就是他故意说自杀的第二天早上？"

"藏起来？"她拧眉又说了一遍，"没有，我一直没有这样做。我表示怀疑，你这样问的原因是什么？"

"房门钥匙你今天没带？"

"是啊，我跟你说过，我忘记了。"

"可是车库的钥匙你却没有忘记，一般情况下，这种房子的大门都是从外面锁住的。"

"我的车库直接用手拧就可以打开了，钥匙根本就是多余的。前门里面有一个把手，直接往上一扳就锁住了。一般车库门我们是不锁的，也有可能是坎迪忘了关。"

"我听懂了。"

"你的问话太让人讶异了，"她略带讥讽地说道，"那天早晨也是如此。"

"在这个屋子里，我遇到了很多奇怪的事情。晚上枪突然走火，喝醉了的人就睡在我们前面的草坪上，有病人奄奄一息，可是医生来了却见死不救。优雅美丽的女人拥我入怀，却误以为我是别人。墨西哥佣人舞刀弄剑的。有关那把枪的事，我表示惋惜。可是对于你的丈夫，你并不是真爱，是吧？我想我已经说过这样的话了。"

她缓缓站起来，非常淡定，可是蓝紫色的眼睛却明显变了色彩，也不复从前的娴静，嘴唇也开始瑟瑟发抖。

"发生了什么事情吗？"她缓缓地问，眼睛看向书房。

我还没来得及回复她，她就已经一个箭步迈向了书房。门被"呼"的一声从外面打开。预想中她会大叫出声，可是四周一片安静，给人一种不祥的预感。我应该在外面就给她打好预防针，让她有充分的心理准备，静静地告诉她，也许发生了什么不太好的事情之类的话。当你自以为是为他人好而讲这些话时，其实根本无不济于事，还会让事情变得更加恶劣。

我站起来，也来到书房。她正跪倒在沙发侧面，将他的头搂在自己怀里，身上满是血迹。她不发一言，只是紧紧地闭上自己的眼睛，用力地搂着他，不停地摇晃着。

我从书房退出来，翻出电话簿，打电话给最近的警局，其实也没什么关系，他们肯定会用无线电互相联络的。之后我来到厨房，将水龙头打开，将之前放在裤子口袋里的纸碎片放进电动垃圾搅拌机，再放进去一壶茶叶。几秒钟以后，那些东西就消失得无影无踪。我将水龙头关掉，马达也关闭，回到客厅，推开大门走了出去。

周边肯定有警察巡视，大概六分钟以后就有警察过来了。我领着他来到书房，她还保持之前的姿势在沙发旁边，他马上走了过去。

"很抱歉，女士，对于您现在的痛苦，我们深表同情，可是你不能碰触任何东西。"

她回过头来望着警员，跌坐在沙发旁边。"他是我丈夫，他被杀死了。"

他将帽子取掉，搁在写字台上，将电话拿了出来。

"他叫罗杰·韦德，"她的声音细若蚊鸣，"是一位杰出的小说家。"

"女士，我知道他的身份。"那个警员一边说，一边打电话，她低头看向自己的上衣。

"打扰一下，我可以上楼重新穿件衣服吗？"

"当然可以，"他对着她点点头。通话结束以后，他回头问她："你说他被人杀死了，是指别人用枪杀死了他？"

"我觉得凶手是这个人。"她说的时候没有看我，之后迅速离开了这里。

警员看向我，掏出笔记本，在上面写写画画。"我应该将你的名字写下来，"他装作很轻描淡写地说，"还有居住地址，报警电话是你打的？"

"对的。"我把我的姓名和居住地址都跟他说了。

"放松一点，等奥尔斯副组长过来再说。"

"伯尼·奥尔斯？"

"是，你知道他？"

"当然，我们是老相识了，他还在地方检察官办公室工作过。"

"那已经是很久远的事了。"警员说，"如今他担任凶杀组副组长，工作地点也不在洛杉矶了。你和这家人是朋友关系，马洛先生？"

"听上去，韦德太太并不是这样想的。"

他无奈地抖了抖肩膀，脸上的表情半是微笑，"放轻松一点，马洛先生，你身上没有枪吧？"

"没有。"

"我想我还是得再确认一下。"他仔细搜索了一遍，之后看向沙发，"我们最好还是待在外面比较好，一般这种情况下，太太都会非常冲动。"

第三十七章　怀疑

奥尔斯身材中等，短发，浅金色，小平头，眼珠子为浅蓝色，眉毛是白色的横眉。之前他的头上总是少不了帽子，每次帽子取下来时，都会让人大吃一惊，那是因为他的头非常大。身为一名警察，他雷厉风行，近乎残酷，可是私底下却是一个非常正直的好人。很多年前，他就有资格任职组长，考试排在前三名也有五六次了，可是因为警长一直不待见他，他对警长也没什么好感。

他揉搓着自己的下颏走下楼梯，书房里的闪光灯一直没有停过，人来人往的。我坐在客厅里和一个便衣警察有一搭没一搭地聊着。

奥尔斯坐在椅子边上，双手不停地摆动着。口里有一根没有点燃的香烟，他凝神望着我。

"艾德瓦利设置有大门和私人警察的日子，你还有印象吗？"

我点头表示认可，"当然，印象中还有赌场。"

"是的，可是你不能剥夺它。整个山谷现在都属于个人的，就如同阿罗黑德和埃德拉德贝一样。那已经过去很久了，那时我办案子不会受到媒体的干扰。肯定是有人咬了彼得森耳朵，他们才阻止了这件事情上报。"

"你想得很周全啊，"我说，"韦德太太还好吧？"

"她的精神一下子崩溃了，她肯定吃了药，有十几种之多，还有杜冷丁呢，这可不是什么好东西。你朋友最近好像厄运连连，是吧？他们相继死去。"

我无语。

"对于开枪自杀，我觉得非常有意思。"奥尔斯慵懒地说，"太容易乔装了，他太太指明说凶手是你。她何出此言？"

"我们不能按她的字面意思来理解。"

"当时现场一个人都没有，她说你知道枪放在哪个地方，也知道他醉得不省人事，还知道那天晚上枪突然走火了。她和他互相厮打了一番，才好不容易将枪拿回到自己手中。那天你也在，可好像一直是旁观者，是吗？"

"今天下午，我仔细检查过他的写字台，没有枪。我曾经跟她说过，枪放在什么位置，还特别叮嘱她要收藏好。她现在都还在说，她不相信这种事情会发生。"

"你所说的'现在'是指什么时候？"奥尔斯高声大嗓地说。

"她回到家中以后，我打电话给你们之前。"

"你检查过写字台，为什么？"奥尔斯将双手举起，放在膝盖上，很冷淡地望着我，好像我说什么他都感兴趣。

"他喝醉了，我觉得枪这个东西还是收拾好为妥。可是前几天他并不是真的自杀，而只是故意装出来的而已。"

奥尔斯点点头，将在嘴里咀嚼的香烟拿出来扔到托盘上，又重新放一支到嘴里嚼。

"我把烟戒了，"他说，"抽烟让我咳个不停，可是这个东西却牢牢掌控着我。如果嘴里再不嚼一根烟，我就会难受无比。当这个家伙单独待在家里时，看着他是你的责任？"

"当然不是，他约我一起共进午餐。我们谈了一会儿，对于自己的作品，他觉得很失望，于是打算喝点酒。你觉得我能阻止他喝酒吗？"

"我还没搞清楚呢，只是想有个更全面的认识，你喝了多少？"

"我只喝了一点啤酒。"

"你可真不够走运的，马洛。那张支票是干嘛用的？就是他写好了又撕成碎片的那一张？"

"他们都非常希望我可以住在这里，看管着他。这里的'他们'包括他本人、他太太和他的出版商霍华德·斯潘塞，他现在应该在纽约，你可以找他证实我所说的话。我没有答应这个请求，之后她来找过我，告诉我说她的丈夫因为喝醉酒不见了，她非常忧虑，希望我可以帮她找到他，将他带回去。我答应了。之后有一回我将他从前面的草坪上背回了房间，服侍他上床。我压根儿不想理这些，伯尼，可是为什么刚好是我摊到了这些事。"

"这和伦诺克斯的案子好像没有关联吧，对吗？"

"对，是的，没有关联。"

"是啊。"奥尔斯非常冷淡地说。他揉了揉自己的膝盖，从前门进来一个男人，对另一个警察耳语了几句，之后走向奥尔斯。

"副组长，洛林医生过来了，说有人请他过来的。他自称是那位女士的医生。"

"请他进来。"

警察将洛林医生带了进来，他提着一个黑色的皮包，穿着一身热带毛纱西装，神情淡定，举手投足间尽显风范。从我身边走过时，甚至都没有看我一眼。

"她在楼上？"他看向奥尔斯。

"是的，在她自己的房间里。"奥尔斯站起来，"医生，你为什么给她开的那个杜冷丁啊？"

听到这个，洛林医生眉头紧锁了起来。"我是医生，我会负责给病人开出适合他们的药物。"他非常冷漠地说，"我想我不需要向你说明理由，谁说韦德太太的药方里有杜冷丁？"

"我说的，药瓶子上有你的大名，她的浴室和一个药房没有分别。可能你还不知道，医生，我们在城区陈列的有丰富多样的药丸，蓝鸟、黄皮、红鸟、镇静球等，什么东西都有。杜冷丁是其中最差劲的。德国刽子手戈林都因此难以自拔。他们将他抓获时，他一天要吃十八片，用了整整三个月时间，军医才让他这个毛病减轻一点。"

"我不知道你想要表达什么意思？"洛林医生焦躁不安地说。

"你不知道？那太令人惋惜了。蓝鸟就是阿米妥纳，黄皮是黏布妥，红鸟是西康诺，镇静球是一种加了苯齐巨林在内的巴比妥酸盐。杜冷丁是一种很容易让人上瘾的麻醉药，人工合成的。你怎么可以将这些药品让一个病人服用？她到底得了什么顽疾？"

"对于一个心思细腻的女人来说，有一个嗜酒如命的丈夫就是顽疾。"洛林医生斩钉截铁地说道。

"你抽时间去看过她吗？真是令人惋惜，韦德太太就在楼上，医生，很抱歉打扰到你了。"

"先生，你太没有礼貌了，我要举报你。"

"好的，悉听尊便。"奥尔斯说，"可是请你在举报我之前，先干点别的有意义的事情吧。让那位太太恢复理智，我还有很多问题要了解呢。"

"针对她的具体情况，我会有自己相关的方案。你知道我是谁吗？你必须知道，我并不负责看顾韦德先生，我从来不治疗酒鬼。"

"只负责治疗酒鬼的夫人，对吗？"奥尔斯大声对他叫道，"是的，我知道你是谁，医生。我的内心正血流成河呢，我是奥尔斯，奥尔斯副组长。"

洛林医生沿着楼梯走上去，奥尔斯又重新坐了下来，对我不置可否地笑笑。

"对付这样的人，就必须用点计谋。"他说。

书房里走出一个男人，径直走向奥尔斯。他看起来神情凝重，戴着眼镜，额头很宽，看起来挺有智慧的样子。

"副组长。"

"说吧！"

"伤口是新近产生的，毫无疑问是自杀，气压带来了肿胀。眼睛也是因为这个原因向外凸出。我觉得枪上找不到别的指纹，血都流满了。"

"假如这个家伙睡得很死，抑或是醉得不省人事，有没有可能是他人谋害的呢？"奥尔斯问道。

"当然有可能，可是现在没有任何征象。枪是击锤内置式的韦布莱枪。一般情况下，这种枪的扳机不容易按下，可是只要按下后只要稍微撞击一下，子弹就可以发射出去。至于枪为什么会在那个地方，也可以由枪的后坐力来阐释。现在所有征象都足以说明这是一起自杀案。我觉得酒精浓度应该会高到一个程度，如果特别高的话……"这个男人说到这里停住了，若有所思地抖了下肩膀，"也许我会认为是一起谋杀案。"

"非常感谢，你给法医打过电话了吗？"

这个男人点点头便走了。奥尔斯困倦地打了个哈欠，然后看了下时间，然后又看向我。

"你想要离开了？"

"当然，如果你觉得没问题的话，我觉得我会被当作一个嫌疑犯。"

"也许马上我们就会希望得到你协助。你别走得找不到了，留在我们可以找到你的地方就可以了。你做过警察，知道办案的程序。有的案子要赶在证据都还在的时候抓紧时间办，可是这个案子却截然不同。如果是他杀，那么谁那么恨他呢？他的太太，她有不在现场的证据。你？很好，当时这个房子里只有你一个人在，也知道枪放的位置。真是呼之欲出啊，只是没有原因。我们也许会认为你有经验，我在想如果你真是谋杀者，也许会再做得隐蔽一点。"

"谢谢，伯尼，我想我可以做得更好。"

"仆人们也全都不在，他们都不在。所以一定是正好从这里路过的人，知道韦德的枪藏在哪里。明白他此刻正醉得不省人事，抑或是睡死了，还必须在快艇声响特别大时，没人注意时拿枪射击，赶在你回家之前溜走。对于现在所掌控的资料，我没办法认同。仅有的一个有可能这样做的人，是不会这样做的。原因显而易见，只有他才具备如此的条件。"

我站起来准备走，"好的，伯尼，我会一直待在家里。"

"还有一件事，"奥尔斯若有所思地说，"这个韦德是个著名作家，经济条件也好，名声也好。对于他所写的那些破东西，我完全不欣赏，整日待在妓院里的人，都要比他写出来的人物强百倍。这是个人爱好问题，和我警察身份没有关联。他经济实力那么雄厚，在乡下最佳地段有一幢美丽的房子，还有一个令人赏心悦目的妻子，那么多好朋友，几乎没有任何烦心事。我想知道的是，他有什么想不通要自尽呢？肯定是有什么事情发生了，如果你明白的话，最好告诉我，回见。"

我走到门口，守在门口的男人用眼神询问了一下奥尔斯，得到肯定的回复后，放我离开了。我上了车，车缓缓行驶在草坪上，避让着各种公车。来到大门口，又有一个警察上下审视我，可是一个字也没有说。我戴上太阳镜，又重新回到主路。马路宽敞而安静，被精心修剪过的草坪和身后一幢幢豪宅都统统沐浴在阳光中。

一个那么有名的人士死在了艾德瓦利的一所房子里，四周安逸的生活却丝毫没受到影响。从报纸的评论来看，这起案件似乎发生在荒郊野外。两处房子之间的围墙处，停着一辆绿色的警车，一位警长从车上走下来，举手向我示意。我停下车，他来到车窗前。

"请将驾驶执照出示一下可以吗？"

我将钱包递给他。

"我只看驾照，没有权利看你的钱包。"

我将执照拿出来给他，"怎么了？有什么问题吗？"

他环视了一下车内，然后又把驾照还给我。

"没事，"他说，"只是按常规办事而已，很不好意思，打扰你了。"

他摇摇手臂，告诉我可以离开了，自己又回到停着的车上。警察就是如此，他们从来不跟你解释原因，那样你也不会意识到其实他们自己也不明白。

回到家，顺便带回来两瓶冷饮料。出去解决了晚饭，回来后打开窗户透气，衣服扣子解开，静等有人叫我。等了好长时间，一直到九点钟，伯尼·奥尔斯才打电话给我，让我去一趟警局，一直往前走，中途不要停留。

第三十八章　审问

我去的时候，坎迪已经坐在警局前厅的椅子上了。我路过他身边时，他恶狠狠地盯着我。来到彼得森警长宽敞明亮的方形会客厅里，这里满满都是公众对他的感谢。墙上的照片无一例外都和马匹有关，当然也少不了彼得森警长的身影。书桌四个角全都用马头来装饰，墨水池也是被打磨得锃亮的马蹄，装满白沙的同款马蹄框中，一支钢笔静静地插在那。左右两边都有一块金牌，充当着记事本的作用，上面清晰地镌刻着什么时候发生了什么事。整洁的书桌上放着一个牛皮包、一包香烟纸，香烟纸是棕色的。彼得森爱好卷烟，甚至痴迷到在马背上单手卷烟。特别是当他骑在马上，马鞍上挂满银饰，带领人群向前进时，更是会大张旗鼓地炫耀一下。他的骑马技术很高超，他的马总是很听从他的指挥，什么时候静如处子，什么时候动若脱兔，分寸掌握得非常好，这样警长就可以轻松地单手将马控制好。警长表演得非常到位，侧面更是说不出的俊俏，就像一只老鹰，虽然现在下巴不像原来那么紧实，可是他懂得如何掩藏自己的不足。在照相方面，他可是下了十足的功夫。他大概只有五十五六岁，父亲来自于丹麦，给他留下了不少的财产。警长看起来不太像丹麦人的后代，头发黝黑，皮肤呈深棕色，其冷淡堪与雪茄店的印第安人相媲美，思维也一样，可是没有人冠以他骗子的称号。他的部门里也出现过几个骗子，他们喜欢捉弄他，就好像戏耍大众一样，可是没有殃及彼得森警长。他只是骑着一匹白色的马，气宇轩昂地走在队伍最前面，在公众的注视下审讯犯人，仅此而已，他就轻松入选了。这是组长的说辞。实际上，他从来就没有审讯过他人，也不懂得如何审讯，他只是安静地坐在桌子一侧，用犀利的眼光看着嫌疑人，让他的侧面呈现在大众面前。等到闪光灯关闭以后，摄影师会十分崇敬地对警长表示感谢，而嫌疑人还没有说什么就已经被带离现场了。警长也会回到自己的牧场，那个牧场位于圣菲尔南多瓦利，在那里，你可以轻松联系到他。如果没见到他本人，也可以和他的马先沟通。

选举时期，一些居心叵测的政客们会力图打压彼得森警长，冠以他"侧影先生"或是"烟熏火腿"的称号，可是这些丝毫不会动摇他。彼得森警长连任了几期，这就是最有力的说明，这充分说明在我们国家，要想出任举足轻重的职务，不需要资历上的说明，只需要嘴巴不漏风，安静做好自己的事情。如果骑马的姿势更加引人入胜，那基本上就稳操胜券了。

我和奥尔斯向里面走时，彼得森警长正站在他的书桌旁，摄影师们从其他的门悄然离开了。警长头戴一顶白色的斯泰森毡帽，手里夹着一根香烟。看上去，他已经准备打道回府了，他非常严厉地看着我。

"这是哪位？"他用低沉的声音问道。

"警长，他叫菲利普·马洛。"奥尔斯回答道，"韦德自尽身亡时，他就是那个唯一一个待在房间里的人，你想要照张相吗？"

警长认真审视了我一番，然后说道，"不必了，"然后他转身朝后面那个身材魁梧、神情倦怠的灰发男子说道，"如果你需要我协助，我会一直待在农场的，埃尔南德斯组长。"

"我知道了，长官。"

彼得森把香烟用火柴点燃，他从来不用打火机，从来都是用火柴在自己的大拇指指甲上点烟。

他说完晚安就离开了这里。一个脸上看不出丝毫表情，目光冷峻的人一直和他形影不离，这是他的近身保镖。门被关上以后，埃尔南德斯组长坐到了桌子旁边的宽大椅子里面，角落里一个速记员也将打字机移了出来，以便增加他的活动范围。奥尔斯坐在书桌的另外一端，好像觉得这很有意思。

"好的，马洛，我们可以开始了吧？"埃尔南德斯飞快地说道。

"刚才怎么不给我照相？"

"警长的话你听见了？"

"听见了，可是怎么不给我照相？"我满腹抱怨地说道。

奥尔斯忍不住笑了，"你明白这其中的缘由的。"

"你的意思是我身材高大，肤色黝黑，人又得又帅，也许会让别人注意到我？"

"你拉倒吧。"埃尔南德斯冷峻地说，"现在开始做笔录。"

我从最开始慢慢说起，我是怎么遇到霍华德·斯潘塞的，又是怎样和艾琳·韦德相识的，她请我帮她找罗杰，我帮她找到了。她又要求我去她的房子，韦德又要我替他做什么。我又是怎样在杂乱的草丛里找到昏迷不醒的他的。像这样的一些，速记员全都记录在案，没有人中途打断我说话。我所陈述的每句话都是真实的，没有掺杂一丝虚假的成分，可是我并没有全部讲出来，被我掩盖的部分只是和我个人有关，和他人没有关系。

"太好了，"埃尔南德斯最后发言道，"可是还有些东西你没说。"这个埃尔南德斯是个残酷无情、能力超群的人。警长办公室再怎么说也得有个相当富有才干的人吧。"韦德在卧室自杀的那天晚上，你进了韦德太太的房间，而且在里面停留了很长时间。请问你在干什么？"

"她请我进去的呀，向我打听韦德的近况。"

"那为什么要把门关上？"

"韦德还处于半睡不醒的状态，不想打扰到他。除此以外，佣人也在外面试图听到什么。还有，关门的要求是她提出来的，我没意识到这件事情会非常关键。"

"你在房间里逗留了多久？"

"我不知道，估计有三分钟吧。"

"在我看来，你在里面停留了有两个小时之久。"埃尔南德斯异常严峻地说，"我说得非常明白吧？"

我看了看奥尔斯，他一点态度都没有，只是和平常一样，嘴里不停地咀嚼着那根香烟。

"组长，你误会了。"

"我们拭目以待。你走出房间以后，来到了楼下的书房，在沙发上度过了一晚上，更确切地说应该是后半夜。"

"他打电话给我时，已经快到十一点。我最后一次到书房里面，已经凌晨两点多了。你如果定义为后半夜，其实也是对的。"

"将佣人带进来。"埃尔南德斯说。

奥尔斯出去以后，将坎迪带了进来。坎迪就坐在最近的一把椅子上。埃尔南德斯为了确定他的身份，询问了几个问题，之后他说，"好的，坎迪，我们就这样称呼你可以吧，你协助马洛将罗杰·韦德扶上床以后，接下来发生了什么？"

我大概明白一些接下来会发生的事情。坎迪用平静的证据陈述着自己的经历，似乎不带任何口音。看上去他也许随时可以停下来。他所讲述的是，他一直在楼下待着。因为害怕主人会再次呼叫他。他不时会去厨房给自己弄点吃的，抑或是坐在会客厅里。他说他看见艾琳·韦德站在房间里面，还瞧见她脱了衣服，里面什么也没穿，只穿了一件浴袍，后来又看见我进了她的房间，还把门带上了，两人一起在房间里待了很长时间，大约有两个小时的样子。他走上楼在门外偷听了一下，听见床上的弹簧咯吱咯吱地响，还有呻吟声。他的意思再清楚不过，当他陈述完这一切时，非常不屑地看着我，恨得牙痒痒。

"将他带出去。"埃尔南德斯吩咐道。

"稍等一下，"我说，"我想向他打听几件事情。"

"这里提问的人只能是我。"埃尔南德斯严厉地说道。

"组长，你不清楚现场的场景，所以你问问题不知道从何处下手。他说的全是谎话，他心里清楚，我心里也明白。"

埃尔南德斯向椅子后面靠了靠，手里握着一只警长专用的钢笔，钢笔柄已经被他弄得弯曲得没有形状。握柄是由马鬃做成的，不仅长，而且很尖锐，只要手不再用力，尖端又会恢复原状。

"行，你问吧！"最后，他终于松了口。

我正对着坎迪说，"你说你看见韦德太太脱衣服，那么当时你在哪里？"

"我就在大门旁边的一把椅子上坐着。"他说话的口气非常肯定。

"就在大门和两个沙发中间？"

"是的，这个我已经讲过了。"

"当时韦德太太在哪儿？"

"她就在她自己的房间里面，可是房门没有关。"

"客厅里的灯是什么样的？"

"客厅里亮着一盏台灯，就是被叫作桥牌灯的落地灯。"

"阳台上呢？"

"阳台上没开灯，只有她房间里的灯亮着。"

"她房间里亮着什么灯？"

"应该是床头灯吧，反正光线不是太清楚。"

"不是开的吸顶灯？"

"不是。"

"当她在房间里面将衣服全部脱去以后，就如同你刚才所说。她身上披着一件浴袍。那件浴袍是什么样儿的？"

"是蓝色的，版形很长，有点像家居服，腰间还有腰带。"

"你的意思是，你并没有亲眼看见她将浴袍脱掉，你应该不知道她身上到底有没有穿什么？"

他不置可否地抖抖肩，看上去有点忧虑。"确实如此，可是我亲眼看到她将自己的衣服脱掉了。"

"你根本没有说实话。不管从客厅哪个位置，都不可能看到她在房门口的所作所为，更不用说她还在房间里面了。除非她走到阳台边缘，你才有可能看到。如果事情是这样的话，她肯定也发现你了。"

他只是一瞬不瞬地看着我。我望向奥尔斯，"你看到过那个房子的，埃尔南德斯组长没有见过，是吧？"

奥尔斯闻言摇了摇头，埃尔南德斯却将眉头紧锁，一言不发。

"埃尔南德斯组长，假如韦德太太站在自己房间门口，或是房间里面，不管从客厅的哪个方位，都最多只能瞥见她的头部，而且还要假设他是站着看的，而他刚刚说他是坐着的。他比我矮四英寸，即便是我站在大门旁边，也只能看见房门的上方。如果像他刚才所说，她必须走到阳台边缘，才能出现他刚才所说的情景。那么她这样做有什么动机呢？她会跑到走廊里脱衣服吗？这显然不合逻辑。"

埃尔南德斯看看我，又看看坎迪，然后亲切地对我说，"对于他所说的时间，你如何解释？"

"他是在诬陷我，我只是在陈述我可以解释的事情。"

埃尔南德斯用西班牙语飞快对坎迪说着什么，我听不太明白。坎迪只是怒视着他。

"带他出去！"埃尔南德斯最后说道。

奥尔斯对我表示夸赞，然后打开门出去了。坎迪也跟着出去了。埃尔南德斯点燃一根香烟含在嘴里。

奥尔斯回到房间，埃尔南德斯非常淡定地说："我刚刚告诉他，如果现在是在庭审阶段，他刚才所讲的那些话，已经足够给他定下一个伪证的罪名，他必须在圣昆丁监狱里呆个三年。但他好像很不以为然。很显然，他懊恼的是什么，一个极具代表性的老式性欲过度者。如果他一直在现场的话，我们会有充分的理由觉得他是谋杀案的主角，他的嫌疑人特征太明显了。当然，除开一条，他如果想要置人于死地的话，应该会用刀。他留给我的第一印象是，对于韦德的死，他好像很悲伤。奥尔斯，你还有什么疑问吗？"

奥尔斯轻声否定了，埃尔南德斯又回头望着我说，"你明天早上过来一趟，给你的口供签字画押。我们到时候会工整地打印出来。十点召开调查庭报告，这些都是提前必须要走的步骤。对于这些计划，你有什么疑问吗？马洛。"

"可否将问题句式稍做一点变化？你刚才这样说的好像提示这里面会有我感兴趣的地方？"

"好吧！"他非常疲惫地说，"先这样吧，我得回家了。"

我也同时起身。

"毫无疑问，对于坎迪的说法，我从来没有认可过。"他说，"只是将他作为一个引火线而已，希望你不要介意。"

"我没有任何感觉，组长，真的，我很平静。"

他们目送我出去，甚至没有说一句晚安。我顺着狭窄又逼仄的走廊一直走到希尔街的入口处，将车开出来，回家。

我真的非常平静，我没有一丝一毫的感觉，这是我现在最真实的状态。我就像是星星密布的太空一样，虚无。回到家以后，我给自己调了一杯酒，站在窗户旁边，一小口一小口地喝着，看着来来往往的车辆，还有城市上空非常耀眼的灯光。每天都有人在逃逸，也有人在抓捕，充斥着罪恶的晚上，有人的命悬一线，有的人浑身是伤。不是被横空飞来的玻璃刺伤，就是被行驶过来的车辆撞死。有人被殴打，有人被抢劫，有的人被掐死，有的人被强奸，有的人被杀害，有人忍饥挨饿，有人重病在身，有人孤单寂寞，因为伤心、难过、害怕、气愤、冷酷而啜泣不停。一个可以和其他城市相媲美的城市，一个经济实力强大，生机勃勃而自豪的城市，一个压抑、破旧，满是虚无的城市。

这都是由你现在所站的位置所决定的，你自己所取得的分数。我没有分数，我也不稀罕那个分数。

把喝酒完，我就上床休息了。

第三十九章　庭审

庭审进行得并不顺利。在医学证据还没有收集充分前，案子就开始审了，这都是因为担心公众会马上失去对这桩案件的关注度。其实根本不用担心，一位作家的去世，就算是一名多么有名的作家，这个新闻也不会被关注太久，而且这个夏天好像热点非常多。一个国王让贤，还有一个国家的国王被杀害了。一个星期以内有三架大型客机失事；芝加哥的一个大型电报服务公司的一把手被枪杀在自己的汽车里；监狱里发生火灾，二十四名囚犯当场送命。洛杉矶县的尸检官不太走运，他非常怀念生活的阳光面。

　　当我从证人席上走下来时，我发现了坎迪。他的脸上满是快乐又歹毒的笑容，我不明白这是什么原因，和平常一样，他穿着太正式了，身穿可可棕色的华达呢西装，里面是白面尼龙衬衫，佩戴的是夜空蓝的领带。坐在证人席上的他一言不发，让大家都对他产生了好感。确实，老板近段时间一直老是喝得烂醉如泥；确实，枪响那天，他还帮助老板到床上躺着；确实，老板曾请他把威士忌酒拿过来，他并没有照做；可是，他根本不清楚韦德先生的文学作品，可是他知道老板一直很有信心，每天不停地写，不停地扔，又重新捡起来。可是，韦德先生和谁争吵，他从来没有见过，等等。尸检官想要从他那里得到什么讯息，可是一无所获。坎迪身后肯定站着一个高人，告诉他应该怎么做。

　　艾琳·韦德身穿黑白两色的套装。她的脸一点血色也没有，说话口齿清楚，可是声调明显非常低，就算用了扩音器，也丝毫没什么变化。尸检官对她说话非常和气，她说话时，可以明显听到压抑的哭声。她从证人席上下来时，他站起来向她弯了弯腰，她则回以惨淡的微笑，几乎让他岔气。

　　她起身离开时，经过我身边，甚至都没有看我一眼，只是最后才回头对我点了一下头，好像我是他一个旧相识，可是却记不得我的名字了一样。

　　庭审完毕后，我在外面楼梯上几乎和奥尔斯撞个满怀，他正专注地看着下面的车流，也许只是故意做出这个姿态。

　　"你干得相当好。"他自顾自地说道，"向你表示祝贺。"

　　"你在坎迪背后的谋划，也可圈可点啊。"

　　"你误会了，老弟，不是我。地方检察官觉得那些有关性爱的事情和本案扯不上关系。"

　　"性爱的事情？"

　　他看向我，笑得前仰后合，"哈，哈，哈，"他说，"我不是指你。"然后他的表情开始让我错乱。"看了这么多年，我都腻了。再见，倒霉蛋，等你身穿的衬衫有二十美金时，就跟我联系吧，我会过来看望你，帮你拿着外套。"

　　络绎不绝的人们从我们身旁经过，我们就站在那楼梯上，奥尔斯从口袋里拿出一根烟，审视了一会儿，又用力掷在水泥地上，用脚猛踩。

　　"真是不懂节约。"我说。

　　"只是一根烟而已，朋友，又不是整个人生。过不了多久，你可能就会和那个女人结婚，是吧？"

　　"你走远点。"

　　他略微苦涩地笑了一下，"我一直和坚持真理的人说一些谬论。"他凌厉地说，"有什么不同意见吗？"

　　"我没有不同意见，副组长。"我说，然后沿着台阶走下去。他在我身后絮叨个不停，可是我一直朝前走，没有丝毫的停顿。

　　走到弗劳尔街的一家腌牛肉的店，我停了下来，这里非常合我的胃口。大门口非常简陋的指示牌上清楚地写着，"只准男士，女人和狗都不能进去。"店里所提供的服务也相当简陋。不修边幅的服务员将食物随手放在你面前就走开了，客人还没有表示什么，服务员已经将小费扣走了。食物虽然乏善可陈，可是味道还不错。这家店有一种棕色的瑞典啤酒，度数非常高，和马提尼一样浓烈。

　　刚回到办公室，就听到电话铃响。来电话的是奥尔斯，他说，"你等我，我去找你。"

他当时肯定就在好莱坞警局周边，因为才二十分钟，他就赶到了。他一屁股坐在客户椅子上，选了个舒服的姿势坐着，大声说道，"刚才我有些失礼，很不好意思，请当作没有发生过吧！"

"为什么要当作没有发生过呢？让我们一层一层剥开事物的本来面目吧。"

"这也正是我想说的，可是得有所掩盖才行。对于某些人来说，你是一个十恶不赦的坏蛋，可是我心里非常明白，你绝对没有做过什么过分的事情。"

"你所说的二十美金的衬衫有什么寓意？"

"哦，你说那个，我只是发发牢骚而已。"奥尔斯说，"当时我正好头脑里出现了那个叫波特的老头子。似乎是他告诉秘书，让他去跟律师说，和地方检察官施普林洛见个面，跟埃尔南德斯组长说，你们是朋友。"

"他不用掺和进来的。"

"你见过他，他费尽心思来见了你。"

"总而言之一句话，我和他见过面，可是印象并不太好，也许是出于妒忌。他派人来当说客，给我提出一些意见，他的作风非常强烈，很有气势，其他的我就不知道了。我觉得他不是什么坏人。"

"没有什么正当的途径可以赚得一亿美元。"奥尔斯说，"也许这个大人物觉得自己很正直，可是在获取钱财的过程中，总有人被逼得走投无路，小企业彻底消失，低价出售，刚直的人没有工作可做，股票被操盘手控制，代理权也被低价处理，掮客和大法律事务所因为有利可图，去打法律的擦边球，甚至让那些于大众有利却会损害富人的法规形同虚设。金钱就代表着权力，可是权力却被肆无忌惮地使用，这就是如今的体制。也许这已经是我们所能获得的最健全的体制了，可是依然不够完美。"

"这话很像共产党的语气。"我只是单纯想惹恼他。

"我不明白，"他非常轻视地说，"我还被彻查过，对于自杀的判决，你认可吗？"

"不然会是什么？"

"我觉得其他可能性不会存在。"他将自己不太灵活的双手放在写字台上，瞧着自己手背上的褐斑。"我真的是老人，这些褐斑通常被叫作角化症。你还不到五十岁，所以你手上不会有这样的东西。我是一个老警察了，所谓的老警察就是老混球的意思，有关韦德的死，我有几点不太明白。"

"打比方说？"我背靠着椅子，可以清楚看见他眼角的鱼尾纹。

"等你到了我现在的岁数，你也会觉得有很多想不通的地方，可是你明明清楚却束手无策，只能说些空话。对于他没有留下只言片语一说，我就觉得很不可思议。"

"他醉得人事不省，可能只是一时想不通。"

奥尔斯将苍白的双眼抬起来望着我，双手自然垂下。"我仔细看过他的写字台。他时常会给自己写信，不停地写，不管是清醒状态还是喝醉了以后，他都会一直不停地打字。有些杂乱无章，有些很有意思，有些还会让人难过。这个家伙肯定满腹心事，他写的文字都和这件事息息相关，可是又没有明确指明。如果是自杀，照他的个性，应该会留下一封长达两页纸的遗书才对。"

"那天他醉得一塌糊涂。"我重新说道。

"这点对于他来说，并没有多大分别。"奥尔斯急不可耐地说，"除此以外，我还纳闷，为什么他会在那个房间里寻短见，而且还让自己的太太来看见。好的，他是喝醉了，可是我依然无法认同。另外，当他扣动扳机时，快艇飞速从我们身边经过，巨大的马达声让枪声消失于无形。

这对于他来说，是要昭示什么吗？难道是巧合？更离奇的是，他的太太竟然在佣人们都休息的那天忘记带钥匙，必须要将门铃按响，等到有人开门以后才能进入屋子。"

"她还可以从屋后走。"我说。

"对，这点我很明白。我现在要说的是一个场景。除了你以外，没有其他人可以开门。她在证人席上说她根本不知道你在他们家里，就算韦德没有死，他也会待在书房里工作，门铃响他也不会听见的，书房的隔音效果非常好。那天是星期四，是佣人们休息的日子，她却刚好忘记带钥匙。"

"伯尼，你忽略了一个事实。当时我的车就停在车道上面。她应该明白我在屋里，也许会有人在屋里，在她按响门铃以前。"

他嘴角绽放出了笑容，"我忽略了这一点，是吧？那好，我们把当时的情景演示一遍。你当时正在湖边，快艇会发出很剧烈的声音，那两个人来自于阿罗黑德湖的快艇。当时韦德正在书房里休息，有人偷偷从书桌里拿出了那把枪，她明白那把枪所在的位置，因为你跟她说过。现在假如她带了钥匙，进入到房子里面，看到你在湖边，韦德在休息，明白枪被放在何处，拿了枪，等到时机成熟时，直接开枪杀死了他，将枪放在我们后来找到的位置，又重新走出房子，等到快艇呼啸而过以后，按响门铃，等待有人来开门。有什么问题吗？"

"她为什么这样做？"

"对，"他非常恼怒地说，"这句话将所有东西都打破了。如果她想要和那个家伙一刀两断，非常轻松。他经常喝醉酒，还曾经对她动过手。她肯定还会获得一笔数额不小的赡养费，在财产分配上也绝对占据主动。她没有任何原因要这样做。可是时间上却非常巧合。再早五分钟的话，她就不能实现，除非你也加入其中。"

我正打算说点什么，他却示意我不要开口。"请放轻松一点，我并不是在给某人强加罪名，只是做个假想。再晚五分钟，你还是会得到一样的答案。这中间，有十分钟的时间，她可以执行这个动作。"

"十分钟，"我非常焦躁地说，"这根本不能提前准备。"

他将身体靠在身后的椅子上，无奈地长叹了一声。"我明白，你有多种答案，我也是一样，可是我还是非常有疑问。那些人都不在的时候，你到底在做什么呢？那个家伙给你开具了一张面额很大的支票，之后又撕成了碎片。你说，他在和你怄气。你说你并不想接收那张支票。他不会是误以为你和他老婆发生关系了吧？"

"你可拉倒吧，伯尼。"

"我没有问你是不是有这么回事，我只是问你他是不是这样想的。"

"答案是一样的。"

"那好，那就这样吧。他被墨西哥小子揪住了什么小辫子？"

"这个我不清楚。"

"那个墨西哥小子的经济实力让人不容小觑。银行存款超过一千五百万，还有丰富多样的服装，还有一辆刚提回来的雪佛兰车。"

"也许他在做贩毒的生意。"我说。

奥尔斯从椅子上一跃而起，对我大声叫道。

"你真是个令人害怕又无限走运的孩子，马洛。你两次侥幸从重罪逃离，你不要过于自负了。对于这些人来说，你也许还有利用价值，可是一分钱也拿不到。我还听说你还曾经给一个叫伦诺克斯的家伙伸出援助之手，那次你也没赚到一分钱。朋友，你依靠什么过活呢？你有一笔不菲的存款，不用再靠工作生活了？"

我走过写字台，来到他面前。"伯尼，我是一个有着浪漫情怀的人。半夜我听见呼救声，我肯定会出去看看怎么了，这是无利可图的。你是个会思考的人，肯定会将窗户关紧，将电视声音调小，抑或把油门加大，迅速逃离这里，不多管闲事。那样只会让自己声名狼藉。我最后一次见特里·伦诺克斯时，我们还一起在我的房子里煮咖啡喝，还一起抽烟。听闻他去世的噩耗，我来到厨房又煮了一些咖啡，还给他倒上一杯，还给他燃起一根烟，等到咖啡变冷，香烟燃烧完了以后，我跟他说晚安。这样做是没有利益可言的，你不会，这也是为什么，你是一名好警察，而我是一名私家侦探的原因所在。艾琳·韦德对她的丈夫放心不下，于是请我帮忙找到他，并将他带回家。还有一次，他遇到点麻烦，给我打电话，我将他从草坪扛到床上。这件事，我也不收一分钱。我不赚一分钱，除了有时被殴打，进下监狱，被像曼迪·曼宁德兹这样的有钱人恐吓一下以外，什么都没有得到。不赚一分钱。我的保险柜里躺着一张五千美金的钞票，可是我不会花其中的一分钱。因为我得到它的方式不同寻常。刚开始我还会拿出来把玩，现在只是有机会拿出来欣赏一下，可也只是这样而已，我不会花掉它的。"

"也许是张假币，"奥尔斯言辞晦涩地说，"可是他们不会生产如此大面额的纸币，你说了这么多，到底想要表达什么？"

"没其他意思，我说过我很有浪漫情怀。"

"我听到了，你并不是想从中盈利，我也听见了。"

"可是我可以在任何时候对一个警察说，去死吧。去死吧，伯尼。"

"假如我将你封闭在后面那所房子的强光以下，你就不会这样对我说了，朋友。"

"也许等到将来某一天，我们可以尝试一下。"

他来到门前，使劲将门打开。"你明白吗，小子？你以为你自己很伶俐，事实上却蠢笨至极。你就是墙上的一抹影子。我在警察局工作了二十年了，从来没有留下什么不好的记录。被别人愚弄了，我肯定会搞明白，有人对我有所隐瞒，我也会弄明白。自以为自己很了不起的人到最后只会被自己误导。不要用这个套路，朋友，我都很明白。"

他将头缩回去，让门自动关闭。脚非常用力地走在走廊上，当电话铃声响起时，依然可以听见他的脚步声。电话里传来的声音非常清楚而且很专业，"这个电话来自纽约，请菲利普·马洛先生听电话。"

"我就是。"

"您好，请稍等一下，马洛先生。"

紧接着电话里传来熟悉的声音，"我是霍德华·斯潘塞。马洛先生，你好！罗杰·韦德的事情我们已经听说了，这真是个不幸的消息。对于具体的细节，我们知道得并不多，可是好像里面有你的名字。"

"事情发生时，我刚好在现场。他喝了太多酒，开枪将自己杀死了。韦德太太稍后不久才回来，那天周四，佣人们都休息。"

"就只有你们两个人在家？"

"我没有在他旁边。我当时在房子外面等他的太太回来。"

"我听懂了，很好，我想这肯定少不了庭审吧。"

"庭审已经进行过了，斯潘塞先生，是自杀，公众并不是太过于关心。"

"是的吗？那真是太让人讶异了。"他听上去好像觉得很沮丧的样子，更确切地说是大吃一惊或觉得不可思议。"他是一个非常有名的人，这是我知道的。当然，无论我心里作何感想，我觉得我还是去一趟比较好，可是下周末以前我的行程都排满了。我会先给韦德太太发一封电报，看看是否可以尽些绵薄之力。当然还有那本书。我是想说那本书已经完成了一半，我们可以请他人代为完成。我想你最后还是答应完成那项工作。"

"没有，虽然他自己也曾经跟我说过。我跟他说过，对于他的喝酒，我无能为力。"

"很明显，你根本没有尝试过。"

"听着，斯潘塞先生，对于事情发展的整个经过，你并不是非常熟悉，所以我不明白，你为什么要这么着急下一个定论呢？我也并不是完全将自己撇开事外，出现这种事情，现场又只有我一个人，我痛斥自己也是很正常的。"

"当然，"他说，"很不好意思，刚刚那句话没经过思考就说出来了。现在艾琳·韦德有没有在家里？你知道吗？"

"我不清楚，斯潘塞先生。你可以自己打电话问的。"

"我认为她现在可能需要安静。"他慢条斯理地说。

"为什么不可以呢？她在和尸检官说话时可是目不转睛呢！"

他咳嗽了一下说道，"听上去，你好像一点可怜的意思都没有。"

"罗杰·韦德已经不在人世了，斯潘塞。他是个混球，可能他是个天赋异禀的人，这个我无从知晓。可是在我看来，他就是个自信过度的酒鬼，讨厌自己的厚脸皮。他给我带来了很多困扰，最后还带来了很多伤心、难过。我有什么理由再同情他？"

"我指的是韦德太太。"他马上说。

"我也是。"

"等我过来以后，我会打电话给你的。"他忽然说，"拜拜！"

他把电话挂断以后，我也挂断了。我足足看了电话几分钟，一动不动。之后我将电话簿翻出来，找一个电话号码。

第四十章　棋局

我把电话打到了休厄尔·恩迪科特的办公室，电话那端的人说他正在开庭，要下午才能和他取得联系，问我可否留下自己的名字？当然不用。

我又将电话打给了曼迪·曼宁德兹在日落大道邻近的那个地方。现在这里已经改名叫塔帕多，名字听上去还算悦耳。在美洲西班牙语里，它的意思是地下埋藏的宝物。原来这个地方叫其他名字，被更改过好多次。曾经这里只映照的有蓝色的霓虹灯，孤单地投射在空白的墙壁上，和山背对背，一条车道顺着山坡修建，从大街上根本看不到。这里非常安静，不为外人所知晓，除了警察、暴动分子，可以消费三十块钱一顿大餐的人们以外。（楼上更加开阔、明亮的房间的食物要五十块钱一顿）。接电话的是一个一无所知的女人，之后是一个墨西哥口音的领班接的电话。

"你找曼宁德兹先生？你是哪位？"

"这个我不能说，你跟他说我是他一个朋友，有一点私人的事要找他。"

"请稍等片刻。"

等了好长时间，一个非常跋扈的家伙接起了电话，听上去像是站在装甲车，透过缝隙向外面讲话一样，也许是从他自己脸上的缝隙。

"讲话，是谁要找他？"

"马洛。"

"谁是马洛？"

"你是不是奇克·阿戈斯蒂诺？"

"不，我不是奇克，说口令，速度！"

"炸烂你的脸。"

对方忍不住笑了出来，"请稍等一下。"

终于又听到另外一个人的声音，"你好吗？便宜货，最近如何？"

"你确定你是一个人？"

"没关系，你直说，便宜货。我一直在审查表演的几个情景。"

"你自己割喉就可以称之为一部好戏。"

"那又得重新加上戏份了，我该如何是好啊？"

我扑哧一下笑了出来，他也跟着笑了。"最近很守本分吧？"他问。

"你还不知道吗？我又有一个朋友自杀了。他们准备从此刻开始给我冠以'死亡之吻小子'的称号。"

"很有意思，是吧？"

"一点意思都没有。还有，前些天的一个下午，我和哈伦·波特一起坐下来喝了杯茶。"

"那不错啊，我对那东西从来不感兴趣。"

"他跟我说，让你对我好一点。"

"我和那个家伙从来没有见过面，也没有见面的想法。"

"他的影响力非常惊人。我只是想要得到一点讯息而已，曼迪。打比方说，和保罗·马斯顿有关的。"

"我从来都不知道这个人。"

"你说得也太迅速了吧，保罗·马斯顿是特里·伦诺克斯以前的化名，当时他在还没有来西部以前，就用的这个名字。"

"那又如何？"

"有人在联邦调查局的文件上，对他的指纹进行过调查，显示没有和他有关的记录，这就说明他没有在军队服役过。"

"那又怎么样呢？"

"是不是需要我用图画的形式给你展现一下啊？不是你曾经所说的散兵坑是信口胡诌，就是这件事不是发生在这里。"

"我又没说这件事发生在哪里，便宜货。为你着想，你还是将整件事情都置之脑后吧。"

"哦，当然，我做了一些你所讨厌的事情。背着有轨电车驶向轰炸机。曼迪，我害怕，别吓我，我可是和高手过过招，你曾经在英格兰生活过？"

"不要再执迷不悟了，便宜货。这座城市里随时可能发生任何事。连大威利·马贡这样的壮汉都可能会遭遇不幸。看今天的晚报你就知道了。"

"我会马上买一份来看的。也许我的照片也会上报纸呢。马贡怎么了？"

"就如同我刚才所说，任何事情都可能发生。至于详细情况我也不是太清楚。报纸上只是介绍说，马贡好像想要找到一辆挂着内华达牌照的汽车上的四个年轻人。车就在他家门前停着。内华达车牌上写着那个州不会出现的车牌号，肯定是有人故意恶作剧，可是马贡不这样看。现在他双臂都缠着石膏，下巴那里有三个地方都缝了针，一条腿被吊起来做牵引。他再也不能叱咤风云了，你要引以为鉴。"

"他阻碍到你了，是吧？曾经在维克多酒吧前，我亲眼见到他将你的下属奇克逼到了墙边。我是否应该把电话打给警长办公室的朋友，跟他们说说这件事呢？"

"你去做吧，便宜货。"他悠悠地说，"你可以尝试一下。"

"我还会说，当时我正和哈伦·波特的女儿一起喝酒，从某个层面上来说，证据很充分，你不这样认为吗？你也准备好好毒打她一顿？"

"你认真给我听好了，便宜货……"

"你曾经在英格兰生活过，曼迪？你和保罗·马斯顿、特里·伦诺克斯、兰迪·斯塔尔，无论叫什么名字，在英国军队里服过役？在纽约的SoHo里待过，上过警方的通缉令，你觉得服役的事情可以让这件事情势头不那么猛？"

"稍等一下。"

我依言等着，一点动静都没有，胳膊都举累了。我又将听筒用另外一只手拿着，过了好久，他才又回到电话机旁。

"马洛，你给我认真听好了。如果你重新再翻伦诺克斯旧案的话，你就死无葬身之地了。特里是我的朋友，我和他关系很好。你和他也感情不错。我只能跟你说，那是一个英军的突击队。位于挪威一个小岛。他们总共有百万人之多，事情发生在一九四二年十一月。现在你是否可以让你的脑子安静一会儿，不再思考那么多问题？"

"太感谢你了，曼迪。我会谨记你的教诲的。我也不会让秘密泄露出去的，除非是我认识的人。"

"去买一份报纸看看吧，便宜货。一定要记得，强大的大威利·马贡，都在自己家门口被大肆暴打了一顿。小子，他反应过来以后也是吃惊不小呢！"

我们通话结束以后，我跑到楼下买了一份报纸，曼宁德兹刚刚跟我说的事情刚好刊载在当期报纸上，还有威利·马贡躺倒在医院的一张大照片。映入眼帘的只有半张脸和一只眼睛，其他地方都被绷带缠着。伤势很重，可是却没有危及生命。那群家伙非常谨慎，没准备取他性命。再怎么说他也是一名警察。在我们这个城市里，暴徒是不会动手让警察死于非命的，这些事都是少年犯们做的。一个生命还存在的被打得面目全非的警察，是一种警示，他最终会恢复，并回到工作岗位。可是从这以后，他会少了一些锐气。这就是一个显而易见的例子，不能将罪犯们逼到绝路。特别是当你是风化组的工作人员，吃饭要选最高档的地方，出行还开着凯迪拉克汽车的时候。

我认真想了一下，然后打通了卡恩组织的电话，我对对方说我找乔治·皮特斯，可是对方跟我说他现在不在。我留下自己的名字，并告诉对方，我有非常紧急的事情要找他，对方说他五点半左右会在。

我信步来到好莱坞公立图书馆，询问了资料室几个问题，可是没有得到理想的回复。于是我又辗转来到市立图书馆。在那里，我发现了一本英国出版的很小的一本书，封面是红色的，从那里我找到了我想要的答案。我将我所需要的部分全部复制下来，然后开车回家。我再次打电话给卡恩机构，皮特斯还没有回来，我将家里的电话号码告诉给了接电话的女职员。

我把棋盘拿出来摆上，形成一个"斯芬克斯"棋局。这个棋局被记录在布莱克伯思出版的棋谱的最后一页上面，布莱克伯思其人，堪称英国国际象棋界的高人、怪才，虽然在现在我们所风靡的冷战象棋中，他不会取得胜利，可是他却可能是有史以来最具有激情的棋手。"斯芬克斯"这种棋局一共十一步，相比之下，一般的棋局都只有三四步，很少多于四五步的，下棋的方法也是多种多样，解开棋局的难度也是逐级递增。这种十一步的棋局毫无疑问就是货真价实的艰难了。

当我心情比较低落时，我就会将这种棋局摆出来，研究它的破解方法。这得一种很文雅也很淡定的排解方式。你甚至不需要大声吼叫，效果却类似。

五点四十分时，乔治·皮特斯给我打过来电话。我们先是问候了一番。

"听上去你又陷入了困境，我听懂了。"他高兴地说，"你为什么不试着去完成一些相对安稳些的工作呢，像检验死尸之类的？"

"那个需要耗费太久的时间去学习，听好，我要加入你们机构，成为你们服务的对象，但前提是要价不能太高。"

"这要根据你想要获得的服务来决定，小子，而且你一定得和卡恩面谈。"

"我才不呢！"

"好吧，那你跟我说。"

"伦敦四处可见和我一样的人，可是我不清楚哪一个更优秀。他们都自称是私人侦探场所。你们公司在这方面肯定认识不少人，我如果贸然选一个，很有可能会受骗。我想要的讯息很轻松就可以得到，但前提是时间要短，下周末以前。"

"你说。"

"我要获得特里·伦诺克斯，也有可能他叫保罗·马斯顿参加战争的记载，不管他曾经叫什么。他曾经在伦敦那边的突击队当过兵。在一九四二年十一月沦为俘虏，当时他在挪威的一个小岛上，身负重伤。我想了解的讯息是，他当时具体在哪个地方当兵，后来又出现了什么情况。战争办公室肯定会有这方面的档案，这不是什么一定要严守秘密的东西，也许我觉得不应该是。我们可以说这件事关系到一些继承权问题。"

"根本用不着找什么私家侦探，你直接去问不就可以了，给他们寄封信过去。"

"行了吧，乔治。那样我虽然可以得到消息，可是至少得三个月时间，我等不起，我的时间非常紧迫，只有五天。"

"你考虑得可真周全啊，我的朋友，还有什么事情需要我帮助？"

"确实还有一件事需要你帮忙。他们将所有关键性的记载都存放在萨摩塞特宫。我要搞清楚一件事，有关他的详细信息，包括出生年月、婚姻状况、户籍等等在内的所有个人讯息是否包括在内。"

"为什么要知道这个？"

"当然要知道，谁来付账？"

"如果里面没有他的名字呢？"

"那我就闭口不提了。如果里面有他的名字，你们的人将那些文件都复制一份，我得交多少钱？"

"我得请示一下卡恩。他或者都不承接这类业务，对于你那种知名度，我们通常都是敬而远之。如果他愿意让我全权处理此事，你必须答应绝口不提我们之间这种关系，我会收你三百美金。如果用美金来收费的话，那边的人收费还算合理。也许会收我们十基尼，大概少于三十美金。再加上一些杂七杂八的费用，不会超过五十美金，可是卡恩一般要收取大约两百五十美金才会同意设立档案。"

"真的是非常职业化的收费标准。"

"哈哈,对于这种说法,他可是闻所未闻!"

"乔治一会儿给我打电话,我们可以共进晚餐。"

"去哪?罗曼诺夫餐厅?"

"可以,"我大声叫道,"如果你可以订到位置的话,可是这个我表示信心不足。"

"我们可以借用卡恩的位置。我恰巧知道他今天不会去那里,他经常光顾那里。这一行业收入上层的人真是一本万利啊,卡恩是这里响当当的人物。"

"是的,的确如此。我也因为一些个人原因认识一个人,卡恩在他面前可以低到尘埃里,找都找不到。"

"你做得挺好,小子。我一直都相信,在关键时刻,你会出类拔萃。我们约好七点在罗曼诺夫见,你跟领班说你要等的同伴是卡恩上校,他会帮你把位置腾出来,这样你就可以轻松享有闲适时光,不会被一些电视编剧或演员之类的人物挤得东倒西歪了。"

"好的,七点见。"我说。

电话挂断以后,我又重新看回棋局,可是"斯芬克斯"棋局对于我来说,已经兴味全无。过了一会儿,彼得斯打电话给我,说他请示了卡恩,他提出一个前提条件,那就是只要我的麻烦不会卷入他们机构中就可以。彼得斯说他会马上寄一封夜信到伦敦。

第四十一章 霍华德·斯潘塞

第二个周五的早上,霍华德·斯潘塞给我回了电话。他当时在丽兹贝弗利大酒店,打电话问我是否愿意去他那里的酒吧喝一杯。

"就在你房间内喝吧。"我说。

"如果你没问题,我当然可以。我住在828房。刚刚我还和艾琳·韦德交谈过,对于如今的现实,她已经接受。罗杰留下的手稿,她也看过了,对于后半部分没有完成的部分,她表示自己可以完成。这本书或许会比他的其他书籍要简短一些,可是这方面的缺憾可以通过宣传的力量来填补。我想你肯定会觉得我们这些出版商太没有人情味了。艾琳一整个下午都会待在家里,她说她想和我见一面,我也正有此意。"

"斯潘塞先生,半个小时以后,我会赶过来。"

他所住的房间位于酒店的西边,是一个标准的温馨的套房。客厅里有一个宽大的落地窗,和一个窄小的阳台相对应,阳台的外围是铁栏杆。家具清一色都是可爱的糖果色条纹的材质,地毯上还有色彩纷呈的花朵图案,整个房间看上去有点陈旧。仅有一个让人觉得不够时尚的地方,那就是,只要是存放酒杯的地方,都会有一个玻璃托盘,房间里随处可见烟灰缸,大概有十九个,横七竖八地摆放着。酒店的装修风格最能彰显出客人的素养,可是丽兹贝弗利酒店完全不指望客人有什么素养。

和斯潘塞互相问好以后,他说,"请坐,你想喝点什么?"

"无所谓，不喝也可以，对酒，我不是太感兴趣。"

"我想来一杯阿蒙蒂拉多，夏季的加州并不太适合喝酒，同样的季节，你在纽约可以喝下这里四倍的酒，可是却没有这里这么醉，大概只有这里宿醉的一半而已。"

"那就喝一杯威士忌酸酒吧。"

他打电话给前台订了酒，之后就找了一把糖果色条纹的椅子坐下来，摘下无框眼镜，用手帕擦后又重新戴上，认真地调节好一切，然后再望向我。

"我觉得你来这里肯定是有原因的，这当然也是你不想在酒吧见我的缘由吧。"

"我开车带你去艾德瓦利，我也很想和韦德太太碰个面。"

他看上去有点不知所措。"她是否愿意见你，我没有把握。"他说。

"我明白她肯定不乐意，但你可以当我的领路人。"

"那样做不是显得我很唐突吗？"

"她明确跟你说过不想见我吗？"

"那倒没有，"他咳嗽了一下说道，"我直觉因为韦德的离世，她还在怪罪你。"

"是的，她的确这样讲过，他死的那天下午，她也是这样跟警察说的。也许对于专门负责这个案子的警长办公室的副组长也说过同样的话，可是对尸检官，她没有这样说。"

他往后靠了靠，两只手交握着。这明显是在把时间向后顺延。

"和她会面，能给你带来什么呢，马洛？对于她来说，这段经历会是非常惧怕的，我想在将来很长一段日子里，她的生活不会走上正轨。为什么你还要在别人的伤口上撒盐呢？你是不是想让她更加清醒地意识到，对于她丈夫的离世，你一点责任都没有呢？"

"她跟警察说，凶手是我。"

"她所表达的并不是字面本身的意思，要不然的话……"

门铃这时响了，他起去开门，服务员端着酒进来，这些酒弄得琳琅满目的，就像是一顿大餐一样。斯潘塞提笔给他写了张支票，又付了一些小费，服务员满意地走了。斯潘塞端着酒换了个位置，好像不想给我一样。我也没主动伸手去拿。

"要不然的话，会如何？"我问他。

"要不然的话，她肯定会对尸检官说什么的，难道不是这样吗？"他严肃地看着我，"我觉得我们在扯些没用的，你到底想和我说什么？"

"是你打电话约我的。"

"只是，"他非常漠然地说，"那只是因为当时我从纽约给你打电话时，你说我太武断了。这就表明你需要一些解释，好吧，你想要什么样的解释？"

"我希望可以有韦德太太在现场时再解释。"

"对于你这个主意，我并不是太赞同，我觉得你还是自己和她单独会面比较好。我对艾琳·韦德是发自内心的关心。作为一名商人，我不想要让罗杰的作品就这样消失，如果还可以拯救的话。如果艾琳对你的态度非常冷淡，我绝对不能把你带进去，得合乎情理吧？"

"好吧，"我说，"那就这样吧，我想和她会面其实很简单，只是我希望你可以在现场，做个见证人。"

"见证什么？"他粗鲁地打断了我的话。

"除非你当着她的面听，要不然你永远不会知道。"

"那我选择永远不知道。"

我站起身来，"斯潘塞先生，你也许是正确的。如果韦德那本书还有价值的话，你想要得到那本书，你想要作一个美名远扬的人，这两点非常值得肯定。可是我一个都不具备。那好吧，祝你鸿运当头照，再见。"

他忽然站起来径直朝我走过来。"请等一下，马洛，我不明白你到底是怎么想的，但我可以感觉到你很难过。有关罗杰·韦德的死还有什么不可告人的秘密吗？"

"没有，他的头部被一把击锤内置式左轮枪打破了，庭审所报道的内容，你都没有看到吗？"

"当然，"他当时就站在我旁边，看上去有些懊恼。"东部的报纸刊登过这样的消息，几天后洛杉矶的报纸也同样刊载了类似的新闻，可是细节更加充分。他一个人待在家里，你离得很近。佣人们都休息了，坎迪和那个厨师都不在。艾琳去城里购物，回来时已经晚了。当时湖面的快艇发出巨大的声响，枪声也就听不见了，所以你也不知道。"

"是的，"我说，"之后快艇开走了，我从湖边来到房子里面。这时门铃响了，我去开门，发现外面站着艾琳·韦德，她说忘记带钥匙了。罗杰当时已经不在人世了，她从走廊向书房望了一眼，沙发上的人一动不动，她还以为他睡着了，就去自己的房间换衣服，之后又跑到厨房里泡茶。过了好长一段时间，我到书房去看他，才发现他已经死去了，还找到死亡的原因，然后打电话给警局了。"

"我没有觉得这里面有什么不可告人的秘密。"斯潘塞非常镇定地说，原来犀利的语气也消失得无影无踪。"枪属于罗杰，前一个星期他还在自己的房间里开过枪。你亲眼看到，艾琳用力从他手中把枪夺回来。他的精神状况、他的一言一行，他对工作的极度控制情绪，正是因为这些东西促成了这件事的发生。"

"她跟你说那本书写得相当好，他为什么要极度控制自己的情绪呢？"

"这只是她个人的观点，你懂的。这本书或者就是一团乱麻。也许他觉得还有待改进，其实并不是这样。接着说，我很聪明，这里面很多事情我都清楚。"

"负责侦查本案的凶杀组警察和我是多年的老朋友了，他经验非常丰富，人也很聪明。他觉得这个案子有很多疑点。罗杰对写作非常狂热，可是为什么却没有留下遗书呢？为什么他要选择这样的方式结束自己的生命，而且还要让自己的太太来发现尸体，心灵上承受如此大的痛苦呢？为什么他又要选择一个那样嘈杂的时机对自己开枪呢？为什么恰好那天她忘记随身携带钥匙，最后进门需要别人给开门？为什么在佣人们集体休息时，要把他一个人单独留在家里呢？请记住，对于我去她家，她并不知情。如果她知情的话，最后两条可以忽略不计。"

"我的上帝，"斯潘塞满腹牢骚地说，"你该不会是在跟我说，那个愚笨的警察觉得艾琳会是杀人凶手吧？"

"假如他可以将犯罪原因也想出来的话，那么嫌疑犯就直指她。"

"真是太荒谬了，为什么嫌疑犯不是你？要知道，你一个下午都待在那个房子里。她只有短短几分钟可以作案，更何况她还没有带钥匙？"

"那么我为什么要犯这件案子？"

他将我的威士忌酸酒端起，一口气喝了个精光。他小心谨慎地把酒杯放下，拿出手帕擦了擦嘴，又仔细将打湿的手擦了擦，然后细心地将手帕叠好装起来，望着我。

"调查还在持续进行中？"

"这个还不太确定，可是有一点可以确认的是，他们现在已经非常清楚地知道，他并没有醉到什么都不知道的地步，要不然棘手的事情还会有更多。"

"你想要和她好好沟通一下，"他缓慢地说，"当有一个证人在场时？"

"的确如此。"

"这对于我来说有这样两层寓意，马洛，不是你被吓傻了，就是你觉得她被吓傻了。"

我点头表示认可。

"你是指哪一个？"他神情严正地问。

"我是正常的。"

他看了下表。"我很期待的答案是你疯了。"

我们安静地望着彼此。

第四十二章　婚姻

我们向北行进，经过科尔特沃特山谷，温度越来越高。当我们来到山顶，从圣费尔南多瓦利缓慢向下行驶时，已经很难呼吸了。四周的空气像是沉寂了一般，纹丝不动，空气热得使人冒汗。我看着斯潘塞的侧面，他只穿着一件背心，这阵阵袭来的热浪好像对他没有造成丝毫影响一样。他心里此刻更加百感交集，一直着前方，一个字也不说。山谷里弥漫着层层烟雾，从高处往下看，就像是地面升腾起来的雾气。我们行进在烟雾中，斯潘塞猛然之间开口说话了。

"我的天哪，我一直以为南加州的天气非常好呢。"他说，"他们在干什么，将卡车的旧轮胎化为灰烬吗？"

"艾德瓦利还不错，"我慰藉他说，"那里会有海风吹过来。"

"我非常兴奋那里不单单只有酒鬼，还有其他别的东西。"他说，"根据我对富人区居民的观察，我认为罗杰搬到这里来住，当真是错得不能再错的选择了。作家需要生活带来的动荡，当然并不是酒所带来的那种震撼。这里空空如也，只有晒得黢黑的醉鬼，当然我这里所说的是上流社会。"

转弯时，车辆行驶速度降了下来，汽车穿过满是尘器的大路来到了艾德瓦利的入口处，然后在柏油路上安静地前进，过了没多久，迎面就吹来一阵海风，洒水器在草地上不停地盘旋，水滴落在草地上嘀嗒作响。这个季节，绝大多数有钱人都去了其他地方，这一点只要透过窗户上关得严严实实的百叶窗，车道上停放的园丁卡车就可以一眼看出。没多久，我们就到了韦德家门口。我把车转过门柱，停靠在艾琳所开的美洲豹汽车后面。斯潘塞下车以后，木然地穿过石板路，来到房子的门廊前。他按响门铃，与此同时，门从里面开了，开门的人是坎迪，他身穿白色夹克，面孔黝黑，目光犀利，所有的东西都井然有序。

斯潘塞往里走，坎迪看到我，用力关门，差一点将门撞在我的脸上。我等了片刻，四周一片安静。我按响门铃，门开了，坎迪大叫着从里面走出来。

"你怎么不去死，你想要被捅上一刀吗？"

"我想和韦德太太碰个面。"

"她不想见你。"

"走一边去，我过来是有重要的事情。"

"坎迪！"她叫道，声音非常尖刻。他瞪了我一眼，就回到了屋子里面。我进去顺便关上了门。她站在长沙发一头，斯潘塞站在她身边。她看起来活力四射，穿着白色高腰长裤，上身是白色的短袖运动衫，左边胸口处还插着一块手帕，是明媚的丁香色。

"坎迪最近有点不可理喻。"她对斯潘塞说，"很荣幸见到你，霍华德。你这么远来一趟真是不简单。我不清楚你还有一个同行的伙伴。"

"是马洛开车送我过来的。"斯潘塞说，"而且他也非常想和你见一面。"

"我不知道他为什么要见我。"她异常冷淡地说。最后她望了我一眼，完全没有朋友再次见面的热络感。"怎么了？"

"需要好好沟通一下。"我说。

她缓缓坐下来，我坐到另外一张沙发上。斯潘塞眉头紧锁，将眼镜摘下来反复擦拭。这样他的眉头才稍微舒展了一点，之后他坐在我这张沙发的另外一头。

"我肯定你会赶过来吃午餐。"她微笑着对他说。

"哦，非常感谢你，恐怕今天不行。"

"这样啊，那好，毫无疑问你公务缠身。那你只是想看一下手稿？"

"如果没问题的话。"

"当然没有问题，坎迪，哦，他走了。手稿就放在罗杰的书房里，我去拿一下。"

斯潘塞闻言马上站起来，"我去拿吧，行吗？"

还没等她回复，他就经过客厅，走到她身后十英尺远的地方，然后回头无比紧张地望了我一眼，再大踏步向前走去。我只是静静地坐在那里。她回过头充满怒意地望了我一眼，目光不带丝毫温度。

"你想要跟我说什么？"她开门见山地说道。

"有一部分事情，那个首饰我见你又戴上了。"

"我经常佩戴，这是以前一个关系非常好的朋友送的。"

"是的，你跟我说过。这是英国军队颁发的某种勋章，是吗？"

她将项链的末端握到手心。"这是珠宝匠仿造的，和原徽章相比，它的体积要小一些，而且是由黄金和珐琅合成的。"

斯潘塞取了东西回来，又重新坐下，将一沓厚厚的黄色纸放在面前的鸡尾酒桌的边上。随意看了一下，然后又看向艾琳。

"我可否凑近一点看？"我问她。

她闻言将项链整个取了下来，将项坠放在我手心上，更确切地说是甩到我手上。之后她双手环抱着放在膝盖上，一副猎奇的样子。"你为什么对这个兴味十足？这只是一个地方防卫队，名字叫作'艺术家步枪'。那个赠送给我东西，没过多长时间就不见了。在挪威的安道尔森尼斯，那是非常恐怖的一年，我清晰地记得，那是一九四零年，而且是春天。"她的嘴角弯起了优美的弧度，一只手在空中挥舞着。"他爱上我了。"

"在突袭最猛烈的时期，艾琳一直待在伦敦。"斯潘塞默然地说道，"她无法从那里脱身。"

我们都对斯潘塞选择了无视的态度。"你也同样爱上了他？"我问道。

她低头想了一会儿，然后将头抬起来看着我，我们彼此直视着对方。"那件事情说起来很久远了。"她说，"更何况还爆发了战争，任何事情都可能发生。"

"不仅如此吧，韦德太太。我想你肯定忘记了，你曾经说过你对他有深厚的感情了。'那种隐秘而疯狂的爱恋，一生只会有一次。'我只是借用你的原话而已。从某种层面上来说，你依然爱着他。我的姓名字母简写和他的名字一模一样，我真是太幸运了，我猜这肯定也是你当时为什么选我的原因所在吧。"

"他的名字和你没有丝毫关系。"她异常冷漠地说，"而且他已经不在了，不在了，不在了。"

我将那个黄金和珐琅质地的项坠给斯潘塞看，他非常不乐意地接了过去。"我之前见过的。"他轻声嘀咕着。

"仔细看一下他的匠心独运。"我提醒他道，"上面有一个四周都是金边的白色珐琅质地的宽匕首，匕首尖向下，平整的那一头中间是一对浅蓝色的珐琅质地的翅膀，前面还有一个卷轴。卷轴上清楚地印刻着'勇者胜'三个字。"

"好像真是如此。"他说，"这里面蕴含着什么关键的信息吗？"

"她说这是一个叫作'艺术家兵团'的地方防卫队的勋章。是兵团里的一个男人赠送给她的，一九四零年春天，在安道尔森尼斯，这个男人在参加英军的挪威战役中下落不明了。"

我的话成功地吸引了他们的关注，斯潘塞目不转睛地望着我。我并不是在扯闲篇，这点他很清楚，艾琳当然也不例外。她的褐色眉毛全部拧到一起，看起来不像是故意的，带有很明显的敌意。

"这是袖章。"我说，"这种章之所以在，原因是'艺术家步枪'被重新改制以后，被融入或者归编到特种空军团。他们本来是当地的步兵防卫队。一直到一九四七年，这种徽章才问世，所以一九四零年有人将这枚徽章送给韦德太太纯属无稽之谈。除此以外，一九四零年，根本就没有所谓的'艺术家步枪'团在安道尔森尼斯着陆。确实存在的军团只有'舍伍德森林人'、'莱斯特郡'，而且都是地方自卫队，根本没有'艺术家步枪'一说。我是不是有点多管闲事了？"

斯潘塞静静地将这攻项坠放到咖啡桌上，缓慢地递给艾琳。他一个字都没有说。

"你以为我真的一无所知？"艾琳非常轻蔑地问我。

"你觉得英国战争办公室会一无所知？"我反讽她。

"很明显，这中间存在误解。"斯潘塞忙着和稀泥。

我回过头恨恨瞅了他一眼。"这是一种观点。"

"另一种观点就是，我是个说谎的人。"艾琳静静地说，"我根本就和一个叫什么保罗·马斯顿的人不认识，也从来没有和他相爱过。他也没有给我送过什么军徽的赝品，也没有在战争中消失，他压根儿就不存在。我自己在纽约商店买的军徽，这家商店主营英国奢侈品，像皮货、军徽、学校的制服、运动衫、领带之类的。我这样解释，你觉得还合您意吗，马洛先生？"

"最后的陈述还算不错，可前面却是违心的话。无可否认，肯定是有人跟你说，这是'艺术家步枪'的徽章，可是却没有跟你说具体是哪一种，也许他自己就是稀里糊涂的。可是你和保罗·马斯顿是真的认识，他在那个军队当过兵，也在挪威行动中确实不见了。可是时间点不对，是在一九四二年，当时他所在的部队驻扎在离岸的一个小岛上，并没有在安道尔森尼斯，突击队突然之间发动了进攻。"

"我觉得你们还是友好一点比较好吧。"斯潘塞继续两边讨好。他现在正在翻看着前面的那沓黄色稿纸。我不明白他是站在哪一边的，还是心情比较郁闷？他将稿纸拿在手上，把握了一下分量。

"你准备论斤买这些东西啊？"我打趣道。

他惊讶了几秒钟，随即露出了一丝微笑。

"艾琳在伦敦过得很辛苦。"他说，"有些事情可能很模糊，印象不深了。"

我从口袋里掏出一张叠得整整齐齐的纸片，"当然，"我说，"像你和谁结婚这样的事情，你可能也印象不深了。这是一张结婚证的复印件，原件就被收藏在卡克斯顿市政府注册办公室。上面的日期显示是一九四二年八月。两个人的名字分别叫保罗·爱德华·马斯顿、艾琳·维多利亚·桑普塞尔。从某个层面来说，韦普太太确实说的是实话。不存在一个叫保罗·爱德华·马斯顿的人，这只是一个胡乱取的名字，因为军人要结婚，必须要得到上级领导的同意。这个男人的身份造假了，在部队里他叫另外一个名字。他的整个战争纪录我都得到了，我就纳闷了，这些显而易见的东西，只要稍微调查一下就可以知道，人们为什么都当作没有看见。"

斯潘塞现在异常沉默，他向后靠在椅背上，眼睛瞪得老大，可是看的却是艾琳。艾琳也同时转向他，表情里满是女性所特有的半引诱半讨饶的微笑。

"可是他不在了，霍华德。在我和罗杰相识以前他就不在了。这有什么不能说的吗？罗杰都清楚。我一直用的都是结婚以前的名字。在那样的局势下，我必须这样做。我的护照上也是这个名字。在他因为战争死去以后……"她停顿了一下，深呼吸了一下，手慢慢放到膝盖上。"所有东西都宣告终结，消失得无影无踪了。"

"你认为罗杰对这一切了如指掌吗？"我缓慢地询问她。

"他了解一部分。"我说，"对于保罗·马斯顿这个名字，他多少记得一些。我问过他一次，他的眼神太奇怪了，可是没有告诉我原因。"

她没有加以评论，而是转过头对斯潘塞说，"原因，罗杰都清楚。"现在她对斯潘塞非常有耐心，尽力表现出和善的一面，似乎她的将反应慢半拍，都是些小伎俩。

"可是对于时间，你为什么要骗人呢？"斯潘塞非常冷漠地说，"他明明是在一九四二年下落不明的，你为什么要将时间说成是一九四零年？为什么戴着一枚勋章，明明不是他送的，还一定要安到他头上呢？"

"也许我是在做梦吧。"她轻声地说，"更准确地说，是噩梦。我有很多朋友都死在大空袭期间。那些日子，当你和别人说晚安时，你都不敢确定这是不是最后的告别。可是事实往往就是如此，你如果和战士道别，那就更让人觉得难过了，最后死去的都是那些纯良之人。"

她没有继续说下去，我也保持沉默。她看着茶几上所放的坠子，捡起来重新穿到项链里面，之后泰然自若地靠向后面。

"我知道我没有资格问你，艾琳，"斯潘塞吞吞吐吐地说，"将这件事抛诸脑后吧，马洛以一枚军徽和一份结婚证书在这里大作文章，让我也开始有了疑心。"

"马洛先生，"她小声对他说道，"大作文章，可是真正遇到大事，像舍己为人时，他却躲到湖边去看汽艇去了。"

"之后你就没和保罗·马斯顿见过面？"我问道。

"当然，他已经不在人世了。"

"你不晓得他已经不在人世了，红十字会并没有出具死亡证明，他或者还被关押在大牢里呢。"

她猛然之间身子颤了一下，"一九四二年十月，"她缓缓开口，"希特勒颁布了一项指令，所有美军突击队员都由盖世太保统一发落。我猜想，我们都明白这代表着什么。很多人就是这样在盖世太保的地牢里受尽折磨，然后悄无声息地死去。"她的身体又颤动了一下，恼怒地看着我。"你这个家伙太令人憎恶了，你让我再受一遍煎熬，就是为了让我为刚才所撒的小谎付出代价。如果你所深爱的人被那些人逮捕了，你明白之后会发生什么，他会面临什么样的结果。我不想要拥有这样的记忆，难道这很稀奇吗？"

"我想要喝点东西，"斯潘塞说，"迫切需要，行吗？"

她拍拍手，甜哥儿又神不知鬼不觉地冒了出来，他一向这样，他给斯潘塞鞠了一躬。

"您想要喝点什么，斯潘塞先生？"

"帮我来一瓶苏格兰威士忌，越多越好。"斯潘塞说。

甜哥儿走到客厅一个角落，从里面将吧台抽出来，拿出酒瓶和杯子，倒了些酒进去。他将装满酒的杯子递给斯潘塞，然后转身准备离开。

"甜哥儿，"艾琳不带任何感情色彩地问道，"也许马洛先生也想要喝一杯。"

他停一来，看着她，脸上的表情依然是严肃的。

"不需要，谢谢，"我说，"我此时没有喝酒的兴趣。"

甜哥儿从鼻子里发出一声闷哼，然后起身走了，接下来又是短暂的沉默。斯潘塞将喝了一半的酒放下来，点燃一支烟。他开始和我交谈，眼睛却并没有看着我。

"我可以保证，韦德夫人或甜哥儿会把我送回贝弗利山庄，如果有困难的话，我会叫出租车。我想你已经说完了你想说的话吧。"

我将那份经过认证的结婚证书复印件收好，放回口袋。

"你确信你不会改主意了？"我问他。

"不改了，就这样办，我相信大家的想法和我是一致的。"

"那好，"我也站起来，"我想肯定是我太笨了，劳心费神地做这些，你作为最高级别的出版商，头脑是相当精明的，如果做这项事业需要智慧的话，你应该清楚我之所以来这儿，并不单纯只是为了调侃一下。我说到前尘往事，自己掏钱买结果的事实，并不是因为和他人有仇。我之所以对保罗·马斯顿展开调查，并非因为他是被盖世太保杀了，也不是因为韦德夫人所佩戴的假冒的军徽，也不是因为她将日期记错了，更不是因为她和他所结成的短暂联姻。我刚开始进行调查时，对他一无所知，我只知道他叫什么，你以为我是如何做到这些的？"

"毋庸置疑，有人跟你说过了。"斯潘塞脱口而出。

"确实是的，斯潘塞先生，那人和他们相遇在纽约，回来后，又在蔡森酒吧和他们夫妇俩撞见了。"

"马斯顿这个姓并不稀奇，"斯潘塞说着喝了一口威士忌。他摇了摇脑袋，右眼皮稍稍下垂，于是我又重新坐下来。"保罗·马斯顿这名字也不是唯一的。打比方来说，在纽约地区，就有十九个霍华德·斯潘塞位于通讯录中。其中四个名字就叫霍华德·斯潘塞，连中间名缩写都没有。"

"是的，可是，你说因为战争中迫击炮弹爆炸所产生的威力，会有多少个保罗·马斯顿的半边脸被炸伤，留下难看的疤痕和整容手术遗留下来的刀疤？"

斯潘塞惊讶地张大了嘴巴，发出浓重的喘气声。他拿出手帕，不停地擦拭着脑门。

"你说又有多少个名叫保罗·马斯顿的家伙，会在那次迫击炮弹爆炸事件上，将曼迪·曼宁德兹和兰迪·斯塔尔那两个虔诚赌徒的性命拯救出来？他们没有死，这段记忆也非常清晰。等到恰当的时机，他们会开口讲话的。斯潘塞，你怎么不再生气了？特里·伦诺克斯和保罗·马斯顿根本就是一个人，这点已经被充分验证过了。"

我没有期待过会儿出现有人一蹦六英尺高的场面，实际上也的确没有人这样做。可是安静了一会儿，可怕的安静。我察觉到了，这种安静围绕在我身旁，过于沉重，一点缝隙都没有。我听见厨房里传来哗哗的水声，我还听见门外叠好的报纸发出的沉重声响。再之后就是报童不着调的口哨声渐行渐远。

我觉得脖子后面猛地抽痛了一下，转过身去，原来是甜哥儿，手里拿着把刀子，他面无表情，可是眼睛里闪着一种怪异的光。

"你辛苦了，"他小声说道，"需要我给你弄杯酒来吗？"

"请给我一杯波旁威士忌加冰块，非常感谢。"我说。

"稍等片刻，先生。"

他将刀子收好，放进白制服的内侧口袋里，蹑手蹑脚地消失了。

我这才看向艾琳，她安静地坐在那里，双手交叉放在一起，身体略微向前倾。她的头微微低着，就算脸上闪过什么，我也看不到。她终于发声了，声音明亮而悠远，有发电报时的那种麻木，一般人是不可能长期听的，可是如果你不介意，它可以一直播报下去，声调都不会有任何起伏。

"我和他见过一面，霍华德，有，且仅有一次。我们之间一个字也没有说。他变化太惊人了，头发花白，脸变得我都快认不出来了。当然，我可以肯定那就是他。他也明白是我。我们只是单纯看着彼此。之后他离开房间，第二天就不在她的宅子里了。我们的相逢是在洛林家，快要日落西山时，你、罗杰，你们都在那里，我想你肯定也看到他了。"

"有人为我们相互做了引荐，"斯潘塞说，"我知道他妻子是哪位。"

"琳达·洛林跟我说他消失了，他没有说理由，也没有任何争吵。没过多久，他就和那个女人分开了。后来又听别人说她又去找他了，他过得非常穷困。他们又重新在一起了。天晓得是什么原因？我猜想他肯定也很落魄，对于他来说这也无关紧要了。他明白我和罗杰结婚了，我们已经不再拥有彼此。"

"为什么？"斯潘塞刨根问底。

甜哥儿把酒给我端来，闭口不言。他看了一眼斯潘塞，斯潘塞只是挥了挥手。他便离开了，没有人在意他。他就像中国舞台上专门负责管理道具的，在台上不停地移动道具，而在看戏人和演戏人眼里，这类人似乎是隐形的。

"为什么，"她再次说道，"哦，你不会明白的，我们曾经有的美好岁月已经没有了，再也不会回来。他最终逃离了盖世太保之手，肯定是哪个正派的纳粹分子违背了希特勒的命令，没有依法将英国突击队员一一解决掉，因此他才得以侥幸活下来。我曾经骗自己说我会把他找回来，重新找回那个活力、青春、锐意进取的他。可是我发现他和那个红头发的荡妇结了婚，我实在是觉得太腌臜了。我已经明白罗杰和她脱不开干系，我可以打包票，保罗也是清楚的。琳达·洛林也清楚。她自己就不是个什么好货色，只是还残存的一点好的，他们都是一丘之貉。你或者会问我为什么不抛弃罗杰，回到保罗身边。在他投入她的怀抱以后，在罗杰也投入进去以后，太感谢你了，我没有足够的源泉。罗杰，他的所作所为我都可以谅解。他喝酒，完全不晓得自己在做什么。他担心自己的写作，他痛恨自己，因为他只是个受聘于出版商的写手。他是个软弱之徒，失望、伤心，这都可以被人理解。他也只是一个丈夫。可是保罗却不一样，他如果不代表所有的，那么他就一无是处。归根结底，一无是处。"

我猛灌下一大口威士忌，斯潘塞也将他杯中的酒喝完了。他不停地捋着沙发布，他已经将面前那一叠文稿全部抛诸脑后了，快要熄灭的作家的一部还没有完结的作品。

"'他一无是处，'这种话我肯定不会随便说。"我说。

她双眼不带任何感情地看着我，声音又低了下去。

"比一无是处还要恶劣，"她的声音里出现一种前所未有的刻薄，"他明知她是什么样的人还和她结婚，后来又因为忍受不了她的品性，就杀了她，还畏罪潜逃，自杀了。"

"他没有杀她，"我说，"这点你也是明白的。"

她慢慢把身子坐直，看着我，眼神里充满迷茫，斯潘塞这时也发声了。

"杀害她的是罗杰，"我说，"这点你也是知道的。"

"他跟你说了？"她非常坦然地问道。

"他没有直接说，可是他给了提示。他说早晚是会跟我或者别人说的，那个秘密正在一步步损害他。"

她轻微摆了下头，"不是这样的，马洛先生，他之所以难过，并不是因为这件事。罗杰不知道自己是杀害她的凶手，他已经彻底遗忘。他明白有什么事情不在正道上，尽力想要找出这段记忆，可是他没有办法。那次的剧烈变动让他的记忆全部消失了，也许未来某一天他会恢复记忆，也可能在生命快要消失时，他会想起来。可是之前没有出现过。"

斯潘塞轻声吼道："艾琳，你所设想的这种事情是永远不可能出现的。"

"噢，肯定有可能，"我说，"我就知道后来被证据锁定的两桩案例。其中一个是一个事后把事情忘得一干二净的醉鬼，把在酒吧里引诱上的一个女人杀害了。她是被他用围巾勒住脖子失去生命的。本来她是用一枚好看的别针固定住脖子上的围巾，她和他一起回了家。没有人知道接下来发生了什么，只知道最后的结果是她不在人世了。他被通缉，领带上还别着那枚胸针，可是他完全不知道那枚胸针来自于哪里。"

"是一直都想不起来，还是只是短时间内想不起来？"斯潘塞问。

"他没有招认，也不会有人再去质问他了，他们用毒气终结了他的生命。还有一桩案件关系到一个脑子糊涂的家伙。他和一个有钱的性变态者住在一起，那性变态就是一个爱好做美味佳肴、收集第一版书籍、往墙板里偷偷塞高档书库的人。两人厮打在一起，满屋子追着打，从一间屋跑向另外一间屋，所有人都不得安宁。最后有钱人输了。那个杀人的人，他们把他捉拿归案时，他身上有多达十几处伤口，一根手指还断掉了。他脑子里残存的记忆就是他头痛，而且去往帕萨迪纳的路，他也不记得了。他不停地兜圈子，在一个加油站问路好几次，加油站的人都觉得他有毛病，便向警方报告了。他兜完一圈又回来时，警察已经站在那儿了。"

"罗杰肯定不是这样的人。"斯潘塞说，"如果你说他脑子有问题，恐怕我也是如此。"

"可是他喝醉以后会忘记所有的事。"我说。

"我在现场，我亲眼所见。"艾琳异常冷漠地说。

我朝斯潘塞嘿嘿一笑，这应该不是最令人高兴的那种笑，可是我可以觉察出，我的脸已经竭尽所能了。

"她会跟我们说说，到底发生了什么。"我跟他说，"我们好好当一名听众就好了。她会跟我们说的。她现在已经控制不了自己的思想和行为了。"

"是的，这倒像是那么回事，"她表情严峻，"连你敌人的一些事情，你都不想对外人多说，更别提你自己丈夫的事了。如果我不得不站在证人席上陈述这些，你肯定是会厌恶的，霍华德。你这位杰出的、才华卓越的、一直都被人们青睐的作家会显得很卑微。在纸上，他相当受人敬仰，对吧？那令人同情的蠢货还想要活得如同他书中所写的那样。那个女人对他来说，就意味着一个奖杯。我偷偷观察过他们，我应该为此惭愧不已。可是必须得有个人讲明这一切，我一点都不觉得羞耻。我看到了整场龌龊不堪的闹剧，那栋让她用来消遣的房子所在地方非常偏远，有单独的车库，入口就在小巷子里，是一条被浓密的大树覆盖住的死巷。那一天终于到来了，像罗杰这样的人早晚会有这样一天的，他再也不能满足她了，那天他醉得不轻，他要走，她身上没穿任何衣服就跟着跑出来，大声叫嚷着，手里还拿着一个小雕像。她口里所说的那些脏话简直让人想找个地缝钻进去。她想用手里的小雕像砸向他，你们两位都是男士，你们肯定知道最让男士觉得讶异的不就是你眼里的淑女变成泼妇吗？他醉得很厉害，脑子里突然就有了残暴的想法。他之前也这样做过，他从她手里把雕像抢过来。接下来发生了什么，你们肯定也已经想到了。"

"肯定流了不少血吧？"我说。

"血？"她无奈地笑笑，"你真应该和我一起看看他到家后的样子。我回到汽车那里，他刚好站在那里，一动不动地看着她。然后他躬下身子，把她抱进了客房。这时我明白他酒已醒了大半。大概一小时以后，他回来了。他蹑手蹑脚地进来，看到我站在屋里等他，他明显呆住了。不过那时他已经恢复了不少，只是还是迷糊的。他全身上下都是血，我将他带到书房的盥洗室，帮他把衣服脱掉，简单冲洗了一下，又把他弄上楼好好洗了个澡，让他上床休息。我翻出一个旧皮箱拿下楼，把他沾满血的衣服和毛巾之类的东西都塞了进去。我将地板和洗脸池都擦洗了一遍，用湿毛巾将他的车清洗干净，开到车库里面，又把我的车开出来。我去了查茨沃思水库，至于我是怎么将那些带血的东西处理掉的，你们肯定已经想到了。"

她停了下来，斯潘塞不停地抓着左手手心，她看了他一眼，接着往下说。

"我出去的这段时间，他又爬起来喝酒，喝了好多威士忌。第二天早晨，他已经将昨天发生的事情忘得一干二净。也就是说那件事情他一个字都没有说，或者表现出来的就是，除了喝醉了以外，其他什么他都不知道了。我也一个字都没说。"

"他肯定发现自己衣服少了吧？"我问道。

她点头表示认可，"我想他最后肯定发现了，可是他一个字也没说。那一段时间好像所有事情都赶到一块了。接连不断地新闻报道，保罗不见了，之后被发现死在墨西哥，这种事情的发生，我怎么会清楚呢？罗杰是我丈夫，他做了一件愚蠢的事情，可是她是个烂透顶的女人。他不清楚自己在做什么。之后，就像这件事情是突然出现在各大报纸一样，这件事情的不见踪迹也是悄无声息的。琳达的父亲肯定干预了这件事，罗杰肯定也看到了报纸，他发表的那些评论就和一个旁观者的发言一样，而这个人只是刚好和卷入这件案子的人认识而已。"

"你不畏惧吗？"斯潘塞小声说道。

"我怎么不怕？我一直都心神不宁的，霍华德，如果他想起来，也许会把我也一起杀害了。绝大多数作家都是如此，非常擅长表演，他可能已经知道了，只是在寻找一个合适的契机。不过我也不敢肯定。他或许——只是可能——他会将那件事情永远埋在记忆深处，而且保罗也已经不在人世了。"

"如果他从来都不提那些已经不见了的衣服，就表明他开始怀疑了。"我说，"要记得，他在楼上开枪走火，就是我目睹你从他手里把手枪夺回来那次，在他放在打字机下面的稿纸上，他曾经提到过，有一个好人的死，要归因于他。"

"他真的这样说过？"她眼睛瞪得大大的。

"他写的，放在打字机下面，他让我帮他毁掉，我猜想你肯定早就看过了。"

"不，他书房里的东西，我从来不碰的。"

"韦林吉把他带走那回，你不是看了他写的东西吗？你甚至还去废纸篓里搜索了半天。"

"那是两码事，"她语气冷冷的，"我那是寻找线索，想搞清楚他究竟到哪去了。"

"好吧，"我往后仰了仰，"还有吗？"

她缓缓地摇了摇头，声音中有明显的浓重的哀伤，"我想全都在这了，最后那个下午他开枪自尽时，他也许想到什么了，我们永远不可能知道了，我们还有必要知道吗？"

斯潘塞咳嗽了两声，"这一切和马洛又能扯上什么关系呢？把他找到这里来是你的想法，你要我把他请过来的，这你是清楚的。"

"我当时吓蒙了，我畏惧罗杰，可同时我又忧心他。马洛先生和保罗是朋友，差不多是所有熟人中见到他最后一面的人。保罗也许跟他说了什么，我得搞清楚。如果罗杰是个恐怖分子，我希望他可以帮助我，如果他发现了事情真相，也许依然有办法可以挽救罗杰。"

突然之间，不知道出于什么原因，斯潘塞变得生硬起来，他身体略微向前倾，下巴突起。

"艾琳，现在让我来捋顺思路。马洛，这位私家侦探，警方认为他曾经帮过杀人犯保罗去了墨西哥，你称呼那人保罗，所以我也暂且这么称呼。如果保罗杀人的罪名成立，那马洛就是重罪，因为这件事儿警方曾他把关进监狱审问，双方都闹得很不愉快。所以如今即使他查到了真相能证明自己的清白，也做不了什么。这样的情况正是你想要的，对吧？"

"我只是害怕，要知道我天天都和他在一起，他是个随时都可能变得疯狂的杀人犯，霍华德，你能明白我的感受吗？"

斯潘塞依旧面无表情，声音冷硬："我明白，马洛没有接受你的委托，所以你一直都是单独和他在一起，接着发生了那次枪走火的事情，你也还是单独和他在一起。可偏偏巧的是，这次他自杀死亡的时候，现场却单单只有马洛一人。"

"是的，可是这又能说明什么，我也不想发生这样的事情啊！"

斯潘塞说道："是吗？也许你认为马洛可以查出真相，正巧又发生了那次自杀走火事件，马洛肯定会非常讨厌罗杰，于是他很有可能在罗杰喝醉的时候，对罗杰说：'嘿，伙计，你是个杀人犯，你的老婆也已经知道了，再加上提西尔维亚·伦诺克斯的丈夫的事情，她承受的压力已经够大的了，就算是为了她，你也不要再折磨你自己了，直接一了百了算了，就这样，轻轻抠一下扳机，就什么事情都解决了，大家都轻松了。喏，枪就放在这里了，你看着办吧！'"

"我从来没有这样想过！霍华德，你越来越惹人厌了。"

"那你怎么解释你告诉警察马洛是凶手的事情呢？"斯潘塞问道。

"我，我当时也不知道自己在说什么，我其实不是那样想的。"她紧张地扫了我一眼，带点羞涩的感觉。

斯潘塞冷冷地说道："你感觉应该是马洛杀死了他。"

"不，不是的，他和罗杰无冤无仇，他不可能这么做的。霍华德，你怎么能说出这么狠毒的话来！"

"为什么不可能？甜哥儿的证词就提供了他这么做的动机，就在发生那次手枪走火事件的晚上，罗杰吃了安眠药就睡着了，之后马洛在你房里待了两个小时之久，这让警察都不得不怀疑他了。"

艾琳顿时说不出话来了，满脸通红地看着霍华德。

然而霍华德又毫不留情地说道："而且甜哥儿还说，当时你除了披着的睡衣，里面什么都没穿。"

"那听证会上怎么……"她的语气变得很低落。

霍华德还没等她说完就打断了她的话："警察不相信他的证词，所以他就没有在听证会上再提。"

艾琳顿时松了口气，发出了一声叹息。

斯潘塞继续冷硬地说道："不过，你还是警方的怀疑对象，只是缺少一个动机，但是现在看来，应该可以解释你的动机了。"

艾琳一下子失去了耐性，站起来怒声道："请你们从我的房子里出去，立刻，马上。"

斯潘塞并不在意，依然一动不动地坐着，平静地问道："你，到底有没有？"他伸手拿过酒杯才发现酒已经喝完了。

"你说什么？"

"我是问你有没有杀死罗杰？"

艾琳满脸怒气地瞪着斯潘塞，脸上的红色已经褪去，变得惨白惨白的。

斯潘塞又补充道："你不用这么生气，在法庭上，你也会听到这样的问题。"

"我只是出门忘记带钥匙了，回来时只能按门铃等人开门，等我进来时，他就已经死了。事情的经过就是这样，你们已经都知道了，为什么你们还是不肯放过我，到底我做错了什么，你们要这样怀疑我？"

斯潘塞抽出条手帕擦了擦嘴，继续说道："我不止一次来过这所房子，每次大白天的都没锁过门，唯独罗杰死的这天就锁门了。更何况我并没有说你就是杀人凶手，我只是提问而已。事实上，对你来说这也不是不可能的事，你完全有动机有能力杀了他。"

"我杀了自己的丈夫？"她说得很慢，几乎是一字一顿说出来的，脸上充满了难以置信的表情。

斯潘塞依然冷冷地说道："若是可以称他为你的丈夫，那么在他之前你还有一个丈夫。"

"太感谢你了，霍华德，由衷地感谢。这是罗杰生前的最后一本书，名字是天鹅之歌，现在它就在你的前面。请把它拿好，赶紧走吧。我觉得你还是报告给警局比较好，将你的想法原原本本地告诉他们。这将是我们的友谊走向终点的时刻，真是太美妙了。再见，霍华德，我太累了，我头昏脑涨。我必须得上床休息一会儿。可是马洛先生——我认为他才是幕后主使，我只能这样评价他。就算他没有亲自将罗杰送上西天，也是因为他的原因，罗杰才走上了不归路。"

她转过身准备离开，我突然开口了，"韦德夫人，请稍微等一下，我还没说完呢。我们不用去讨厌谁，我们都在做自己认为对的事情。我想请问一下，那只皮箱，也就是你丢进查茨沃思水库的那只，你搬得动吗？"

她停下来认真地看着我，"那只是一个旧皮箱，我已经说过了。你说的没错，我是有点拿不动。"

"那我想请问你，水库周围还有高高的铁丝网拦着，你是怎么样将它丢到水库里去的？"

"你说什么？铁丝网？"她看起来相当无话可说的样子，"我想人被逼到绝路时，是会狗急跳墙的。不管怎么样，箱子被我扔到水库里了，就是这么简单。"

"那里根本没有架设什么铁丝网。"我说道。

"没有铁丝网？"她面无表情地重复道，好像这根本无关紧要。

"而且，罗杰的衣服上也是干干净净的，没有血污。西尔维亚·伦诺克斯的死亡地点也不是客宅外面，而且客宅里面的床上。事实上根本没流多少血，因为她已经没有呼吸了，她真正的死因是被手枪射中了，一个小把戏就是她的脸被锤得稀巴烂，在一个已经死去的女人身上。韦德夫人，死人并不会流血。"

她非常轻蔑地撇了下嘴，然后用非常瞧不起的口吻说，"我猜想你当时也在现场吧。"

之后，她优雅地转身离开了。

我们看着她离开，一直到她的背影消失在自己的房间门口，门在她后面决绝地关上了，她的身影非常淡定。

"铁丝网有什么问题？"斯潘塞丈二和尚摸不着头脑，他不停地摇晃着自己的脑袋瓜，脸涨得通红，还不停地冒着汗。他可以大无畏地面对这一切，这对于他来说，实属不易。

"我只是随口说说，"我说，"我从来没有去过查茨沃思水库，并不知道那边的具体情形，边上也许是有铁丝网，也许没有。"

"我懂了，"他一脸不情愿地说道，"不过症结在于她自己根本不知道。"

"她肯定不知道，他们两个就是被她杀死的。"

第四十三章　艾琳之死

什么东西在变换位置，甜哥儿站在沙发另一头，一眨不眨地看着我。他手上拿着弹簧小刀。在弹簧的作用下，刀刃一会退，一会出，他的眼神也跟着散发着夺目的光辉。

"很对不起，先生，"他说，"我之前误解你了。杀害主人的人是她，我想我——"他停住了，刀刃再一次开始活动。

"不，"我起身，对着甜哥儿伸出手，"甜哥儿，把你手里的刀给我，你充其量也只是个受人欢迎的墨西哥家仆。他们会让你承担所有的罪名，这是一件所有人都高兴的事。你弄出一点迷雾，他们会在背后窃喜。你不明白我在说什么，可是我非常明白。他们让事情理不清头绪，就算他们要真相大白，现在也不容易做到了。更何况他们也没想过要真相大白。你还没把自己的名字说完，他们就已经迅速让你认罪了。从周二开始，三个星期以内，你就会被宣判无期徒刑，之后就必须在圣昆廷州立监狱坐牢。"

"我跟你说过我不是来自墨西哥，我来自智利，我的家在瓦尔帕莱索市周边的比尼亚德尔马。"

"甜哥儿，刀子，这点我很清楚。你没被任何人奴役，你有自己的财产，你家里估计有七八个姊妹吧，你得学乖巧一些，该回哪儿回哪儿，这份工作现已经不存在了。"

"工作到处都是，"他小声说道，接着将手拿出来，把刀子递给我，"也只有你说话，我才会给你。"

我将刀子收好，放进口袋里面，他望向二楼走廊，沉吟着说，"夫人——我们现在应该怎么办？"

"不怎么办，我们现在只有静静等待。夫人太累了，她已经一点力气都没有了，她不希望任何人惊扰到她。"

"我们应该让警察知道。"斯潘塞决绝地说。

"为什么？"

"噢，我的天哪！马洛——我们必须得这么做。"

"那好吧，将你那一沓没有写完的书稿收拾好，我们出发吧。"

"我们必须让警察知道，法律还是存在的吧。"

"像这样的事，我们不用费神去做，我们手上的证据不足，让掌管国家法律的家伙们去做吧，让律师们履行自己的职责吧。一群律师拟定出了法律，另外一群律师在法官面前一条条解析这些法律，因此其他法官可以说是初审法官判错了，最高法院又可以将过错推到中级法院头上。当然，法律确实有，而且数不胜数，可是差不多都用在给律师们承包活上面了。你想想看，如果律师们不教那些黑帮大佬们怎么样操作，他们何以能在世上存活如此长的时间？"

斯潘潘气愤地说道："话题扯得太远了，有人在这里死亡，这人还是个非常有名的作家，其地位也不可同日而语，这也跑偏了。他是一个人哪！而且我们都清楚是谁打死了他，这世界上公平还是存在的吧。"

"明天。"

"你如果纵容了她，就变得和她一样丑恶了。马洛，我现在觉得你居心不良了。如果你时刻保持警惕，他完全不用死去。从某个意义上来说，是你纵容了她，让她得以杀害了他。今天下午的场景，我觉得根本就是表演的一出戏。"

"确实是的，表象下面有一出好看的爱情戏码，你觉得艾琳爱我到了极致，等到一切恢复平静以后，也许我们还会喜结连理呢。她当然得好好培养一下。从韦德家，我还一个子儿都没有捞到，我已经迫不及待了。"

他取下眼镜擦了一遍，又将眼窝浸出的汗擦了一下，再将眼镜戴上，低下头看着地板。

"很抱歉，"他说，"今天下午我确实吃惊不已。听说罗杰自杀已经是很差的情形了，可是另外一种说法让我觉得羞愧——仅仅只是知道而已。"他抬起头看着我，"你值得我相信吗？"

"你具体是说什么？"

"无论什么，只要是对的事。"他躬身将那一沓黄色文稿收拾好，放在胳膊下面夹好。"不用了，算了，我想你清楚自己在做什么，我是个高尚的出版人，可是解决这事我太不专业了，我想我事实上只是个自以为是的令人厌恶的家伙。"

他走过我前面，甜哥儿给他挪出一条道路，又迅速跑向门口，给他拉开门。斯潘塞朝他微微颔首，之后也走了出去。我跟在他后面，来到甜哥儿身边时，我停下来，认真看着他那双发亮的眼睛。

"可不要耍什么花样，阿米哥。"我说。

"夫人太累了，"他轻声说道，"她回到了自己房间，她不希望别人打扰到她。我对此一无所知，先生，我全部都忘记了……我只是他们家的仆人而已，先生。"

我从口袋里将刀子拿出来，还给他，他的脸上露出灿烂的笑容。

"没有人相信我，可是我相信你，甜哥儿。"

"我也相信你，先生，我对你百分百地信任。"

斯潘塞已经爬到车上坐下了，我也坐到驾驶位上，将车子倒出车道，把他送回贝弗利山庄。到了酒店，我将车停放在侧面，让他下车。

"回来时我的脑子也一直在思考，"他下车时说，"她肯定有精神方面的问题，他们可能会因此赦免她的罪行。"

"他们会秘密审理的，"我说，"不过她自己并不知情。"

他将胳膊下面的那沓黄纸好好整理了一番，这才冲我点点头。我看着他走出去，松开刹车，奥兹慢慢开了出去。这是我和霍华德·斯潘塞的最后一次会面。

等我回到家已经是深夜了，我既累又觉得失望。那是个空气阴沉的晚上，吵闹声似乎都消失了，听上去那么悠远。月亮高高地挂在天上，无情而荒芜。我在家里踱来踱去，还放了几首音乐，可是耳朵全然没有听进去。我模糊听见断断续续的嘀答声，可是这所房子里没有任何东西会发出类似的声音。那滴答声就这样一直盘旋在我的脑海里，我是一个独立的报丧队。

我想起前后几次见到艾琳，她身上有一些东西让人难以捉摸。她似乎并没有真实存在。当你清楚地知道一个人是杀人犯，就会觉得她是虚拟的。世界上有人因为害怕或仇恨而杀人。他们有非常狡猾的凶手，提前经过仔细谋划，想要让所有人都上当受骗；有狂躁的凶手，完全是因为一时冲动；还有痴迷于死亡的凶手，对于他们来说，杀人只不过和自杀的方式相对应。从某个层面来说，他们在精神上都有问题，不过并不是斯潘塞所形容的那样。

天快要破晓时，我终于沉沉地进入了梦乡。

聒噪的电话铃声把我从沉沉的梦境中拖了出来。我翻了个身起来，摸索着把拖鞋穿上，这才发现自己才睡了一个多小时。我觉得自己就好像是一块被吃到一半的肉。我眼睛根本睁不开，嘴巴里都是沙子。我用力站起来，一路摇摇晃晃地来到客厅，将电话听筒拿起，对里面说了两个字，"别挂。"

我将电话撂下，跑进卫生间，拼命往脸上泼凉水。窗外有什么东西在响动，我睡眼迷蒙地朝外望了一眼，是一张面无表情的黄脸。那是每周固定来一次的园丁，他的名字叫铁心哈利。他正对金钟花丛进行修理，他的修剪风格完全是日本非常具有代表性的做派。你跟他说了四次，他一直都说下周，之后某天早上六点钟他终于来了，就开始在你房间窗户外面工作。

我将脸用毛巾擦干，然后回到电话机旁。

"喂？"

"你好，先生，我是甜哥儿。"

"你好，甜哥儿，早上好。"

"夫人去世了。"

去世了，这个无情的、冷漠的、灰暗的词语，在所有语言里都是这样。夫人去世了。

"希望这和你没有丝毫关系。"

"我肯定是一种叫杜冷丁的药。瓶子里大概有四五十片，现在没有了。昨天晚上夫人没有吃晚饭，早上我从梯子爬上去，看夫人在做什么，她的打扮和昨天下午一样，我将玻璃砸碎了进去。夫人去世了，冷得像一盆冰水。"

"你打电话叫人了吗？"

"我给洛林医生打电话了，洛林医生又给警察打电话了，不过警察还没到。"

"洛林医生，是吗？那个经常晚来的家伙。"

"信我还没给他看。"甜哥儿说。

"信是寄给谁的？"

"寄给斯潘塞先生的。"

"甜哥儿，把这封信交到警察手上，不要交给洛林医生。对了，还有，甜哥儿，要据实以告，不要有任何隐瞒。我们昨天在那里，如实跟警察说。这次一定不能撒谎。"

那边安静了半晌，然后他说，"是，我听懂了，再见，阿米哥。"之后电话挂断了。

我把电话打到丽兹贝弗利酒店，请帮忙找一下斯潘塞。

"请稍微等一下，我把电话转给前台。"

一个男人浑厚的声音说，"这里是前台，请问有什么可以帮助您的吗？"

"我找霍华德·斯潘塞。我知道现在时间还很早，可是我真的有很紧急的事情要找他。"

"昨天晚上斯潘塞先生已经不住在这里了，他坐八点的飞机回纽约了。"

"哦，不好意思，我不清楚。"

我来到厨房，拿出咖啡粉煮咖啡。深厚、炽烈、晦涩、少情而恬淡，累到极致的男人的血液。

几小时以后，伯尼·奥尔斯打来电话。

"好吧，诡计多端的人，"他说，"过来受苦吧。"

第四十四章　医生的证言

　　和上次一样，不同点就在于这次是白天，我们坐在赫南德兹警监的办公室里。局长去圣巴巴拉了，去出席那里的一个宗教狂欢周开幕典礼。赫南德兹警监也在，伯尼·奥尔斯也在，洛林医生也在，他一副做流产手术被逮住了的模样，法医办公室的一个人也在。除此以外，还有一个个子很高、身材很瘦、一脸不屑的家伙，他姓劳福德，是地区检察官办公室委派过来的代言人，印象中好像有人说他有个兄弟是中央大道区游戏数字彩票的帮派头目。

　　赫南德兹面前放着几张粉色的信纸，上面有用绿色墨水写的字。

　　等到大家都坐定以后，赫南德兹才开口说道，"这是一次随机性会面，不做记录，也不录音，大家可以畅所欲言。韦斯医生代表法医，由他决定要不要立案宣判。韦斯医生？"

　　被点到名的韦斯医生是一个身材发福的人，一副笑容可掬的样子，看上去是个有能力的人。"我觉得不用立案宣判，"他说，"所有证据都指向这是一起麻醉药中毒事件。救护车抵达时，那位女士心跳很差，几乎没什么反应。在那样的情形下，成活率不足百分之一。她的皮肤一点温度都没有，如果不仔细检查，根本就是个死人。家仆以为她死后，她真正的死亡时间是一个小时以后。我知道那位身亡的女士有时会有激烈的支气管哮喘，洛林医生为了应对突发情况，给她开了杜冷丁。"

　　"韦斯医生，对于杜冷丁最大服用量，有没有一个准确的数据核实？"

　　"可以致人死地的服用量，"他隐讳地笑了一下，"我没有服过这种药物，不晓得患者对这种药物的耐受能力以及后天适应程度，很难准确说出。从她的口述中可以知道，她服用了两千三百毫克的量，是一个非吸毒者可以承受的最大服用量的四到五倍。"他用探询的眼光看向洛林医生。

　　"韦德夫人并不抽烟，"洛林医生冷淡地说，"处方上所写的剂量是一至两片，每片五十毫克。她可以承受的最大剂量是一天一夜不超过三至四片的剂量。"

　　"可是你一下子就给她开了五十片，"赫南德兹说道，"如果一个病人的手边有如此大量的药物，其危险性是会提升不少的，你不这样认为吗？她的支气管哮喘到底有多么严重，医生？"

　　洛林医生鄙视地笑了一下，"她只是间歇性发作，几乎所有的哮喘病患者都是如此，没有我们口头上所说的永久性哮喘，那种情况太危险了，病人也许会窒息死亡。"

　　"你怎么看，韦斯医生？"

　　"是的，"韦斯医生不疾不徐地说道，"如果她没有留下那封信，而且我们没有更多切实有力的证据来证明她服用了多少药片，这也许就只是药物的过量服用所导致的。这种药物的安全范围很窄，具体情况我们明天就会知道。看在老天的份上，那封信你不会想私自藏着吧？"

　　赫南德兹听完不高兴地皱紧了眉头，低下头看着办公桌，"我只是纳闷，麻醉疗法竟然还能治疗哮喘病。人真是要活到老，学到老啊！"

　　洛林脸红到了耳后根，"这只是一种急救办法，我说过，警监。你要知道，哮喘发作往往是突发性的，医生不可能每次都能第一时间赶到。"

赫南德兹看了他一眼，看向劳福德，"如果我把这封信提交给报社，你们会怎样？"

地区检察官办公室委派来的代表非常冷漠地看了我们一眼，"这人来这里干什么，赫南德兹？"

"是我叫他来的。"

"我如何才能确信，他不会跟哪个记者复核我们在这里所说的每一句话？"

"对，他的确是个长舌的人，那次你们抓捕他时已经见识过了吧？"

劳福德嘴角撇了一下，咳嗽了一声。"那份你所说的自白书，我看过了，"他非常小心地说道，"对于上面的话，我坚决地表示怀疑。所有的背景情况你都知道了：情感丧失、失去亲人的痛苦、毒品、战乱期间在英国艰难生活的痛苦、隐秘，那个男人的再次出现，等等。毋庸置疑，她有强烈的负罪感，想通过情感的转移来让自己的心灵得到净化。"

他停了一下，看看四周，全都是一副若无其事的脸。"我不能替地区检察官发表见解，不过我个人觉得，即使这个女人还在这个世上，这个自白书，根本不足以用来起诉。"

"第一份自白书，你已经笃信了，所以这与之背道而驰的第二份自白书，你当然不会再相信。"赫南德兹略带嘲讽地说。

"不要那么早下结论，赫南德兹。不管哪个执法机构都必须将公共关系考虑进去。如果报纸将这份自白书刊载出来，那我们就陷入困境了，这是毫无疑问的。我们四周全部都是急于寻找机会的革新派，等到时机一到，就拿我们开刀。你的副手上周得到批准，推迟十天来调查这个案子，我们的大陪审团就已经严阵以待了。"

赫南德兹说，"行，那就这样吧，麻烦你在这个收条上签名确认一下。"

他将那几张粉色的信纸理整齐，劳福德在上面签下了自己的大名，将那几张纸拿起来，放好，然后阔步走开了。

韦斯医生站了起来，他健硕、可亲、相貌一般。"我们上次对韦德家人的审问过于草率了，"他说，"我估计这一次我们不需要再花费太多的心思来准备开庭了。"

他朝奥尔斯和赫南德兹都点头示意，出于礼貌，和洛林医生握了下手，便起身走了。洛林医生也打算要走，可临行前又迟疑了一下。

"我能不能告诉给一位非常重视案情进一步发展的人士，对此案不会继续调查下去？"他一字一顿地说道。

"很不好意思，打扰了你这么久，医生。"

"你先回答我的问题，"洛林以刺耳的声音叫道，"我最好先提示你——"

"走你的吧，老兄。"赫南德兹说。

洛林吃惊得差点站不稳，他连忙转过身去，急急忙忙跑了出去。门关上了，大概有半分钟左右，没有人开口说话。赫南德兹摇摇头，点燃一支烟，然后转过来看着我。

"你觉得如何？"他说。

"什么如何？"

"你还在等什么？"

"就这样终结了，完了？"

"跟他说，伯尼。"

"是的，这就完了。"奥尔斯说，"我已经打算把韦德夫人叫过来问问了。韦德自己不会动手开枪，脑子里进了太多酒精。可是，就如同我刚才所说的，是什么原因呢？她的自述在细节上还有点遗漏，可是表明她在监视他。对于恩西诺那栋客宅的布局，她知道得非常清楚。那个叫伦诺克斯的女人将她身边的两个男人都抢走了。客宅里所发生的事情和你的想象根本就是一回事。有个问题你忘了问斯潘塞。韦德本人是不是有一把P.P.K型号的毛瑟枪？对的，他是有一把小型毛瑟自动枪。今天，我们已经和斯潘塞在电话里沟通过了。韦德醉后一无所知。这个令人同情的倒霉鬼不认为自己是杀害西尔维亚·伦诺克斯的凶手，就是觉得自己真的是杀人犯，或者他觉得有充分的证据表明是他老婆杀了她。无论是哪种情况，他都会公布出去。对的，他一早就开始喝酒了，他娶了身体在、心没在的这个美人。墨西哥佬再明白不过了。那小混蛋几乎对所有事情都了如指掌。这女人每天都不在状态，她虽然身体在这儿，可是心早就飘向别的地方去了。如果说她曾经有过性方面的遐想，也和她的丈夫没有关系。你听懂了吗？"

我没有回复他。

"差一点，你就成功把她弄到你手上了，对吧？"

我依然没有回复他。

奥尔斯和赫南德兹都一齐不怀好意地笑起来。"兄弟其实很聪明，"奥尔斯说，"我们明白她之所以脱衣裳，背后肯定有隐情。他辩解不过你，所以就承认了。他又难过又找不到方向，可是他喜欢韦德，希望可以搞清楚。等到他搞清楚了，他就会动用手里的武器了。对于他来说，这是他一个人的不吐不快。他一直保守着韦德的秘密，可是韦德的老婆还泄露过，她故意让事情一团糟，让韦德摸不着头脑。这完全合情合理。最后，我猜想她开始畏惧他，除此以外，韦德从来没有把她从楼梯上推下来过，那只是一场意外，她自己不小心绊倒了，他想将她拉住，这一幕甜哥儿也是亲眼看见。"

"这些都不能成为她要我待在他们附近的原因。"

"我可以想到几个原因，其中一个是老生常谈了，所有警察都见怪不怪。你这里有些她还存在疑惑的事情。你协助特里·伦诺克斯逃跑，是他的朋友，从某个意义上来说，可以是他的知心朋友。他了解多少，又跟你透露了多少？他将那把置西尔维亚于死地的枪拿走了，他清楚那枪发射过子弹。她也许认为他是因为她才做出这一行为的，她沿着这条思路一直想下去，那么他应该明白，开枪杀死那个女人的就是她。等他自尽以后，她更加确信他是清楚的。可是你呢？她还没有完全摸透。她想要从你这里得到消息，她有魅力可以发挥，还有正当的理由可以靠近你。更何况，如果她要找一只替罪羊，你是最好人选。你可以说她是在网罗替罪羊。"

"你把她想得太聪明了。"我说。

奥尔斯将香烟拧断，一半放在嘴巴里咀嚼着，一半别到耳朵后面。

"再一个理由就是她需要一个男人，一个健硕的男人，可以将她抱在怀里，让她重复之前的温馨。"

"她对我无比忌恨，"我说，"这个说法没有可信度。"

"当然，"赫南德兹不带任何感情色彩地说道，"你否决了她，她或者已经遗忘了这件事，你却又当着她的面点明，而且当时斯潘塞也在。"

"你们这两位大人物，最近是不是忘记去看精神科医生了？"

"我的天哪！"奥尔斯说，"你真的确定你一无所知？这些精神科医生现在几乎要把我们烦死了，我们这里就有两个。这已经和警察的活儿不相干了，快演变成医学上的一部分了。他们在监狱、法庭和审判室进进出出，写起报告来却是动不动就十五大张纸，论证一个小流氓为什么会去打劫酒馆，强奸女大学生，将毒品出售给毕业班学生，等等。再过十年，像赫南德兹和我这样的，就应该去玩罗尔沙赫氏墨迹测验和词语联想测试，不需要费劲去做什么射击练习和引体向上的锻炼了。我们出去调查案件，只需要随身携带一个测谎仪和一瓶真言灵就可以了。很遗憾，我们让大模子威利·马贡的四只猴崽子溜跑了。要不然我们可以对他们失去平衡的心理进行调节，让他们学会怎么样爱护自己的妈妈。"

"我可以走了吗？"

"你都弄清楚了？"赫南德兹玩弄着一根橡皮筋说道。

"我都弄清楚了，这个案子结束了，她也结束了，我们都结束了，彻底了结了一桩简单的案件。除了回家，我们好像没其他事要干，彻底遗忘它。就当一切没有发生过，我遵照执行就可以了。"

奥尔斯将耳朵后面的半截香烟拿到手上，凝视着它，好像在纳闷为什么它会跑到那里去，之后将它丢到背后。

"你在抱怨什么？"赫南德兹说，"如果不是因为当时手边没有枪，她不会漏出一丝破绽来的。"

"还有，"奥尔斯异常严肃地说，"昨天电话是好的吧。"

"当然，"我说，"你们迅速赶过来，之后会找到一个半真半假的故事，在那中间，她只是说了一些没什么关系的谎话。今天早上你们也看到了她的自白书，我觉得应该是完整的。你们没让我看一眼，如果只是一个爱情方面的祭奠文字，你们肯定不会把电话打到地区检察官办公室。如果当时伦诺克斯一案被仔细审查过，你们一定会将他以前的参战记录翻出来，在哪里受的伤等等。这样的话，这事和韦德一家有什么样的关系，就会让我们大家都知晓了。罗杰·韦德明白保罗·马斯顿是何许人也，我认识的另外一个私人侦探刚好也了解其中的内情。"

"确实不排除这种可能性，"赫南德兹认同道，"可是，警方走访案件绝对不是采取这个方法，就算在无比轻松的情况下结束此案，要让大家彻底不再想起这件事，你也不会一直在一个这么简单的案子上不放手。我调查过几百起凶杀案，有些条理清楚，根本就是完全遵照旨意办事，很多在这里可以解释得过去，可是换个地方就解释不通了。可是如果你了解到了杀人的原因、方式方法，可是嫌疑人却逃脱了，还写下了招供书，然后自己自尽身亡，那你就会置之不理了。没有哪个警察局会劳心费神地去怀疑已经板上钉钉的事情。伦诺克斯杀人案已经盖棺定论，只有一件事人们一直持怀疑态度，那就是很多人觉得他是个心地善良的人，这种事不可能出自他之手，而且其他的人也可能是凶手，只是别人还留在现场，也没有写供认书，没有炸开自己的脑袋。而他却这样做了，更何况所谓的心地善良，在我看来，大部分进到毒气室、上绞刑架或坐电椅的杀人犯，在他们周边的人看来，他们都和富勒牙刷公司的销售员一样，单纯无公害，素养高，就像罗杰·韦德的太太。你没有兴趣知道她在那封信里都写了些什么吗？我有点事得出去一下，你看吧。"

他站起身，将抽屉拉开，从里面拿出一个文件夹放在桌上。"这是五份自白的复印件，马洛。不要让我发现你在偷偷摸摸地看。"

他走向门口，又转过头对奥尔斯说，"你不想和我一起找彼肖瑞聊两句话？"

奥尔斯点头表示同意，紧跟在他后面走了出去，等到办公室完全安静下来时，我将文件夹打开，看看黑底白字的复印件，一共有六份，用回形针好好地别在一起。我拿起其中一份卷进口袋里，这才慢条斯理地开始阅读下一份自白书。读完以后，我安静地坐着，大概十分钟以后，赫南德兹孤身返回来了。他重新坐到办公桌后面的椅子上，数了下文件夹里的复印件，将其原样放回抽屉。

他面无表情地看着我，揶揄着说，"这下没问题了吧？"

"劳福德清不清楚你手里有这个？"

"我不会跟他说的，伯尼也不会说，这是伯尼亲自复印的，有什么问题吗？"

"如果散播出去一份会如何？"

他脸上露出非常不爽的笑容，"不可能，如果真发生了这样的事，源头也不是局长办公室，地区检察官也少不了嫌疑。"

"你对地区检察官施普林洛并不太有好感，警监？"

他表现出一副非常吃惊的样子，"我，我对谁都有好感，包括你在内。走吧，我要开始做事了。"

我站起身准备离开，他突然说道，"你最近身上带不带枪？"

"时不时吧。"

"大模子威利·马贡身上有两把枪，我不明白，为什么他并没有使用过。"

"我猜想所有人都被他吓住了。"

"说不准。"赫南德兹满不在乎地说。他将一根橡皮筋拴在两个拇指间，越来越紧，到最后只听嘭的一声，橡皮筋断了。他将刚刚被橡皮筋弹过的拇指揉了一下，"每个人都有可能被逼到无路可走，"他说，"无论这个人表面上看去多么强悍。再见。"

我打开门出去，迅速穿越大楼。一个人如果做了替罪羔羊，那么他就一辈子难以摆脱这种命运了。

第四十五章　复印件

回到我家，也就是卡文葛大楼六楼，我开始照常摆出"双杀"，对早上送过来的邮件进行处理，完事后丢到垃圾箱。"廷克传给埃弗斯再传给钱斯。"我在办公区域划出一块地方，将复印件展开放到上面。我之所以把它卷得好好的，是因为担心叠出痕迹。

我又重新看了一遍。信写得很详细，其程度可以让任何一个公正的读者感叹。艾琳·韦德因为一时忌妒，把特里的妻子杀了，之后又精心谋划，杀了罗杰·韦德，因为她认为他已经掌握了整个事情的内幕。那天晚上，她的手枪在罗杰房间里突然走火，子弹射进天花板的事，都不是碰巧，都是有意为之。没有人给出答案的是为什么罗杰·韦德无动于衷，而是任由她胡来。他肯定已经预料到了结局，因此他不在乎让自己陷入万劫不复的境地。讲话是他的本能，他的语言囊括所有，可独独在这件事情上，他一个字也不说。

上次开的杜冷丁还有四十六片，我准备将它们一起倒入口中，之后到床上躺着，锁紧房门。不需要太长时间，我就会去见阎王了。霍华德，我希望你知道，在死亡面前我写下这些，这些都是我内心的真实想法。我一点也不觉得可惜——或者除了没有在他们共同在场时同时解决他们。对于那个叫特里·伦诺克斯的人——保罗，我已经没有什么觉得可惜的了。他只是空有一副我曾经爱过的人的皮囊而已。那天下午仅有的一次，我看到了从战争前线回来的他，刚开始我并没有将他认出，后来我才知道是他，可是他一眼就认出了我。他应该葬身于挪威的皑皑白雪，我那死去的恋人。可是他回来了，整日赌博，成了一个富有的娼妓的丈夫，是一个被宠爱却迷陷的男人，或者曾经还做过一些不法的事情。时间让所有的一切都归于低俗，到处伤痕累累。人生的惨剧，霍华德，并不是早早死亡，而是逐渐变老而且越来越低贱。我不会沿袭这样的做法的。再见了，霍华德。

我将复印件收好放到办公桌抽屉里，然后锁好。到吃中午饭的时间了，可是我一点都不想吃。我从抽屉里面拿出一瓶专门放在办公室的酒，喝了一大口，之后找到《新闻报》的电话号码，拨通了号码，接电话的是一个女孩，我跟她说我要找朗尼·摩根。

"摩根先生回来大概要四点钟左右，你可以去市政厅新闻发布室找他。"

我将电话打过去，顺利地找到了他。我自报家门以后，他倒是还对我很熟悉，"我听说你忙得很哪，最近。"

"如果你愿意，我可以给你看样东西。不过我不确定你会有兴趣。"

"是吗？比如说……"

"两起杀人案的罪魁祸首写的自白书复印件。"

"你现在在哪？"

我把我的地址跟他说了，他想知道具体情况，可是我又不愿意在电话里多谈。他说对于警事新闻他没有兴趣。我说无论如何，他依然是城中仅有的一家独立报纸机构的记者，他还想跟我狡辩什么。

"你从哪里弄的这东西？我怎么确定它值得我来一趟？"

"原件在地区检察官手里，他们肯定不会散播出去，因为如果那样做了，有两件已经归档的案子就要被掀翻重来了。"

"我先跟我的上司汇报一下，一会给你打过去。"

我们把电话挂断了，我去附近的便利店买了一份鸡肉色拉三明治，要了一杯咖啡。咖啡味道过于浓烈了，三明治又太油了，感觉就像从旧衬衫上撕扯下来的破玩意儿一样。只要是经过烤制，用两根牙签串联起来，边上可以看到莴苣叶子的东西，美国人都是热烈欢迎的，当然如果莴苣叶子再烂一点就更好了。

三点半左右，朗尼·摩根来和我碰面了。他和我上次见到的样子一模一样。瘦得跟麻秆似的，一点精气神都没有。他漫不经心地跟我握手，拿出一包皱得不成样子的香烟。

"舍曼先生，也就是我们的总编，他说叫我先过来跟你见一面，看看到底是什么情况。"

"你只有先答应我的条件，要不然你休想公开发布出去。"我将办公桌里的抽屉打开，将复印件给他看。他快速将四页纸浏览了一遍，开始认真读起来。他看上去非常激动，就好像窘迫不堪的葬礼上的殉葬承包人。

"把电话给我。"

我把电话递给他，他打了个电话，只听见他说，"我是摩根，请将电话转给舍曼先生。"片刻以后，电话又转到另外一个女的那里，然后才找到总编。他跟总编说换一部电话打过来。

他将听筒挂上，安静地坐着，电话就放在他腿上，他的食指按在电话机上。

电话重新响起，他将听筒拿上，靠近耳朵。

"舍曼先生，是我。"

他将刚刚的复印件原封不动地念给对方听，之后稍稍停顿了一会儿，然后说，"先生，请等一下。"他将听筒放下，望向桌子那边。"他想问你，你是如何得到这份东西的。"

我把复印件从他手里拿过来。"你跟他说，我是怎么得到这份资料的，这不用他操心。从哪里来的我们另谈，只要看看复印件背后的印章就明白了。"

"舍曼先生，这应该是洛杉矶警察局局长办公室的政府文件。对于它的真伪，我们可以轻松鉴定。还有，这是要有条件交换的。"

他听了一会儿，然后说，"是的，先生，就在这里。"说完，他将听筒递给我，说，"他想亲自跟你说两句。"

一个盛气凌人的粗俗的声音。"马洛先生，你要我们达到你什么要求？请不要忘记，我们报社是洛杉矶仅有的一家还会涉及这件事件的报纸。"

"伦诺克斯一案，贵报的报道并没有太深入，舍曼先生。"

"我不否认。不过当时这只是一件想要极力遮掩的丑闻，至于凶手是谁并不重要。如果你的文件确实没什么问题，现在我们所面临的情况就截然不同了。你想要我们拿什么条件跟你交换？"

"我的要求是，贵报必须完整登载这份自白书复印件，要不然一切免谈。"

"我们得验证，你懂吗？"

"我不明白你们具体要怎么样去验证，舍曼先生。如果你去问地区检察官，会有两种结果，一种是他不会承认有这回事，一种是他会将这份资料转发给洛杉矶所有报纸。他必须这么做，如果你去警察局办公室核查，他们会将皮球踢给地区检察官。"

"马洛先生，这个不需要你忧心，我们自然有我们的方法和途径，你的条件是什么？"

"我已经跟你说过了。"

"你不需要我们给你付报酬吗？"

"我不想要金钱。"

"好吧，我想你是考虑好了的。我可否再和摩根讲两句？"

我将电话递给朗尼·摩根。

他简单说了几句电话就断了。"他没有异议。"他说，"这份复印件我就带走了，他会去验证，他会信守诺言的。尺寸减小一半，占据头版二分之一的版面。"

我将复印件交到他手上，他拿着文件，用手揉了揉自己的长鼻子。"我说你真不是一般的傻，你不觉得吗？"

"我也这样认为。"

"现在改变想法还有时间。"

"我不会改变主意。还记得那天晚上，我从县拘留所出来，你开车载我回家吗？你当时说必须和一个朋友说再见。我还没有真正和他说再见。如果你将这份复印件刊登出来了，就代表我跟他正式告别了。这个时间已经太久了。"

"那好吧，朋友。"他撇了撇嘴，"可是我还是觉得你现在很糊涂，要不要听我说说原因？"

"洗耳恭听。"

"我比较了解你，甚至比你所想的还要深，这是做记者这一行的职业病，我也为此很烦恼。你总是对很多昏暗的材料了如指掌，于是开始妒忌这个社会。如果这份自白书被刊登上了《新闻报》，很多人会气得说不出话来，地区检察官、法医、警察局长的下属、一个地位甚高的姓波特的民众和两个分别姓曼宁德兹和斯塔尔的流氓，你或许会被打进医院或者重新踏入牢房。"

"我并不这样认为。"

"你爱怎么想是你的自由，老兄。我只是跟你谈谈我的真实想法。地区检察官肯定会厌烦的。因为伦诺克斯的案子是被他压下来了，即使伦诺克斯自尽和他的自白书让检察官的做法看上去是合情合理的，很多人都清楚伦诺克斯，他是一个被冤枉的人，为什么会写自白书；他又是如何走向死亡的？他到底是自杀，还是受到胁迫了？这件事为什么没有持续调查下去？整件事情为什么经历的时间如此短暂？还有，如果他手上有这样的自白书的正本，他会觉得他被警察局长的下属出卖了。"

"背面的印章，你们可以不用登上去。"

"我们不会那样做的。我们和警官局长的关系很好，我们觉得他是个正直的人。他没有完全控制住曼宁德兹之流，我们没有因此怪罪于他。只要赌博在有的地方属于半违法，而在其他地方不属于违法，那么它就不属于赌博范畴。你从局长办公室将这份自白偷出来了，我不明白你是如何躲避他们的视线的，能否跟我说说？"

"想得美？"

"那好吧，法医也会很懊恼，因为韦德的案子他胡乱下了定论。地区检察官会站在他那边。哈伦·波特也会非常不悦，因为他发动了很大的力量才让这件案子平息下来。曼宁德兹和斯塔尔也会很懊恼，这个原因我不清楚，不过我明白，他们肯定口头告诫过你。要明白，如果这些家伙反感谁了，那个人就铁定遭殃。你可能会同样遭受大模子威利·马贡的遭遇哦。"

"马贡做事力道可能太重了。"

"为什么？"摩根拉长了音调说，"因为那些家伙必须言出必行。如果他们不厌其烦地来跟你说不要多管闲事，你就最好保持安静。如果你拒绝，而他们却任由你胡作非为，这样不是显得他们太没用了吗？黑道硬汉、高级别的人物以及董事会，没有哪个会看得起没用的人。他们都是厉害角色，包括克里斯·马迪在内。"

"我倒是听说他将整个内华达都控制住了。"

"正好，老兄。马迪是个无比善良的人，不过，他明白如何处事才对内华达最有利。里诺和拉斯维加斯的大商人们都在他面前小心翼翼。如果他们惹怒了他，税钱就会噌噌往上涨，和警察的合作程度则会急速下跌。东部的领导人马上就会做出决定，更换人选。负责打杂的要是和克里斯·马迪的关系处理不好，所有杂事就等于白干了，那就只有走人，重新再换一个人来。让他走人对他们来说只有一层意思，那就是装进木盒子里架出去。"

"我敢保证人们肯定不知道我。"我说。

摩根的眉头紧紧皱着，无意识地上下舞动着双臂。"不知道你没关系。马迪在太浩湖挨着内华达那边的地产旁边，就是哈伦·波特。也许他们有时还会打个照面。或许某个在马迪门下干活的人听说了一个叫马洛的人，当然也许是从一个在波特门下干活的人嘴里，还知道这个人手比较长，嘴里喜欢不停地说。或许这些话会从电话机的这一端传到洛杉矶一间房子，某个健硕的人被人提示，便喊了几个朋友一起出来活动一下拳脚。如果有人想杀你灭口，这个健硕的人根本不关心是什么原因，这太习以为常了，也不觉得伤心。别固执了，等我来撕断你的胳膊，你想要继续你的发言吗？"

他把复印件递给我。

"你知道我是什么目的。"我说。

摩根慢慢站起来，将复印件塞进衣服里面的口袋。"我说的也许有失水准，你晓得的肯定比我要多。我不知道像哈伦·波特这样的人对此类事情会如何看。"

"一脸厌烦的表情，"我说，"我见过他，不过他不会让手下的人动武，他的生活理念不是这样的。"

"照我看来，"摩根犀利地说，"想要让一桩凶杀案不继续调查下去，打个电话和将证人除掉，所用的只是方式不同而已。改天见，希望是这样。"

他一摇一晃地走出了我的办公室，就好像被一阵风吹走了一样。

第四十六章　伯尼·奥尔斯

我开车去了维克托酒吧，想要喝一杯琴蕾，然后安静地等着《新闻报》晚刊问世。可是酒吧人太多了，让人乏味。我所熟悉的酒保晃到我面前，叫我。

"你想要在酒里加点苦料，是吧？"

"有时会这样，不过今天晚上你可以给我来双倍的。"

"你有一个朋友，就是喜欢加绿冰的，好像很久没见到了。"

"我也很久没有和他碰面了。"

他离开了，回来时端着饮料。我一口一口慢慢地吸着，这样可以持续时间长一些，我不想让自己喝醉。如果不能醉得人事不省，那就是继续保持清醒。过了没多久，我又点了一杯一模一样的。六点刚过，拿着报纸的报童就闪了进来。一个酒保大声叫着让他滚远一点，可是在侍应生拎着他，把他弄到门口时，他已经迅速在酒客中卖了一圈，我就是其中之一。我将《新闻报》打开，翻到头版。他们果然很守信用，全部见报了。他们将复印件变成白底黑字的，比例调小，集中在上半部分。另一个版面上登载的是一篇言辞相当激烈的简短评论。署名朗尼·摩根的文章占据了半个专栏，被安排在另外一个版面上。

喝完酒我就走了，找到另外一个地方吃晚饭，之后驾车回家。

朗尼·摩根的文章非常详细地对伦诺克斯一案和罗杰·韦德自杀的情形进行了表述——针对当时报纸上的相关报道。没有煽风点火，没有有意隐藏，也没有将过错推到某个人头上，是一篇简洁、条理清晰的报道文章。而社论就是另外一番说辞了。文中提出了质疑——公职人员被人揪住小辫子时报纸一般会发出的诘问。

大概九点半左右，电话铃响了，伯尼·奥尔斯说他回家前会顺路过来一趟。

"你看到《新闻报》了吗？"他含糊不清地说，还没等我回复就把电话挂断了。

他到了以后，一直埋怨这里的台阶太多了，说如果我有咖啡，能否请他喝一杯。我说我去煮。我煮咖啡时，他就在屋里随处看，感觉就跟在自己家一样。

"像你这种喜欢到处惹是生非的家伙，住在这样的地方未免太过于安静了。"他说，"山那边是什么？"

"一条街道，有什么问题吗？"

"随口问问，我觉得你这里的灌木丛该整理一下了。"

我把咖啡端进起居室，他坐下来，一口一口慢条斯理地喝着。他拿一支香烟点上，吞云吐雾了大概两分钟左右，然后又弄熄。"对这种东西越来越不看重了。"他说，"也许是因为电视广告的原因，那些广告让你非常讨厌他们费尽心思推销的行为。老天爷，他们肯定觉得大众都是大傻帽。每次那些身穿白衣服、脖子上挂着听诊器的混蛋们，手里拿着香烟盒、啤酒瓶、洗发水、漱口水、牙膏，还有一小盒会让身体肥硕的摔跤手浑身散发出丁香气味的鬼东西，我都跟自己说千万不要买。真是的，即使我再喜欢，我也会忍着不买。你看过《新闻报》了吗？"

"一个记者朋友提前跟我透露了一点消息。"

"你还有朋友？"他故意装出一副吃惊的样子。"没跟你说他们是怎么样将这份材料弄到手的。"

"这倒没有，像这种情况他不一定会跟你说。"

"施普林格气得一蹦三尺高。地区检察官的助手劳福德是今天早晨才看到了自白书，他表示自白书一到他手里，他就交给上司了，这话不得不让人怀疑。《新闻报》刊载的很像正本，是直接复印过来的。"

我慢慢喝着咖啡，不发一言。

"真是罪有应得，"奥尔斯接着说道，"施普林格这下必须亲自上阵了。照我看，这不像是劳福德透露出去的，他是个政治人物。"他眼睛一眨不眨地看着我。

"伯尼，你来我家到底是想干什么。你那么讨厌我。尽管我们曾经还是朋友——任何一个普通老百姓都可以和警察成为的那种意义上的朋友。不过这层关系现在好像变了。"

他身体略微往前靠了一下，笑了，笑得那叫一个毛骨悚然。"所有警察都讨厌一个普通老百姓在私底下履行着警察的职责。如果韦德死时，你将韦德和伦诺克斯老婆的事对我据实以告，我绝对会一查到底。如果你将特里·伦诺克斯和韦德夫人的关系实话跟我说了，我会牢牢控制住她。假如从一开始你就没有隐瞒什么，韦德没准儿会捡回一条命，更不用说什么伦诺克斯了。你还自诩相当聪明，是吧？"

"你想要我说什么？"

"说什么都没用了，我跟你说过了，自以为聪明的人除了让自己陷入泥潭，不可能把别人也拉下水的。我非常认真地跟你说过，无济于事。现在你如果放聪明一点，就马上离开洛杉矶，没有人愿意你留在这里。有几个家伙一旦开始讨厌哪个人，就一定会弄出点什么动静来。这是我从一个线人那里听说到的消息。"

"我没你想象的那么有价值，伯尼，我们不需要唇枪舌剑。韦德死前，这件案子你甚至还没有开始调查，他不在以后，在你、法医、地区检察官，抑或是所有人眼里，这件案子都不那么重要了。我也许真的有什么地方做得不对，可是现在事情真相已经浮出水面了。也许昨天下午你就已经把她捉拿归案了——可是你凭什么这样做？"

"就凭你跟我们说的和她相关的事情。"

"我？就凭我在私底下干的警察分内的活儿？"

他腾地一下站起来，脸红彤彤的。"行了，聪明人，她本来可以活着的。我们会将她当作犯罪嫌疑人。你想要她赴黄泉，你这个混球，你心里是清楚的。"

"我只是希望她可以用一点时间认真反思一下自己。她那么做是她自己的选择，我要为一个无端受冤枉的人洗刷冤情。至于怎么干，这不是我关心的。现在依然无关紧要。我不打算走，你们会把我怎样，随时欢迎来这儿找我。"

"流氓不会放过你的，伙计。这个我根本不担心。你觉得自己只是个小人物，不会对他人造成威胁。如果你只是作为一个姓马洛的私人侦探，这是可行的，可是你现在不可以。有人跟他说过要谨守本分，可是他却在公开场合对那些人吐口水。这样一个家伙要用新的眼光来看待，这有损他们的尊严。"

"真是令人同情啊，"我说，"我只是想到这个，用你的说法来讲，那就是我被吓得浑身发抖啊。"

他走到门口，将门打开，低头看了一眼脚底下的红杉木台阶，看着马路对面的山和道路远处斜坡上所种的树。

"这里环境很好，"他说，"非常清净。"

他一步步走下台阶，钻进车里，开走了。警察从来不和人说再见，他们总是想在名单上再次和你碰面。

第四十七章 《新闻报》

第二天，事情好像喧闹起来。地区检察官施普林格一大早就举行了记者招待会，发表了一份声明。他是那种身形高大、面颊红润、眉毛粗黑、早生白发的类型，这种人最会在政治上大动干戈了。

我看到了一份听说是一位前不久刚自尽的女士所写的自白书，这份文件是否真实到现在还有待考证。如果是真的，很明显是在心情极度糟糕的情况下所写的。我更愿意相信《新闻报》是出于好意发表了这篇文章，虽然中间存在很多错误，我在这里就不一一说明了。如果这封信真的是艾琳·韦德所写，我办公室的工作人员和警察局长彼得森的下属会共同开展审查，以在最短的时间内进行认证——那我跟你们说，她写这封自白时不仅思维混乱，而且手也在抖动不停。就在几星期以前，这位不幸的女士看到她丈夫自杀身亡，就那样倒在自己面前。请你好好想一下，如果是你，面临这种从天而降的灾难，你会怎么样，会难过，会伤心，会痛苦，会吃惊，还有难以言说的孤单。现在她已经和他一起去了死亡之地。请问将死者的骨灰再翻腾一遍，对于我们来说有什么意义？我的朋友，你们这样做，无非是将自己难以卖出去的报纸顺利地卖出去，还有什么好处？我的朋友，没有了。到这里结束吧。就好像永垂不朽的威廉·莎士比亚所创作的伟大悲剧《哈姆雷特》里的奥菲莉娅一样，艾琳·韦德把"哀伤的芸香佩戴得大不一样"。我政治上的对手想要通过这个大不一样来作文章，可是我的伙伴们和选民朋友们是不会被洗脑的。他们明白我的办公室一直以来都彰显着理智、智慧，代表着善良和公平，代表着坚定的政府。《新闻报》代表什么我就不清楚了，它代表的东西并不是我所感兴趣的，抑或说不是特别感兴趣，让具有真知灼见的民众朋友们自己来理解吧。

《新闻报》在晨报上刊载了这段没有意义的说辞，总编辑亨利·舍曼先生马上对施普林格的言说发表了自己的见解。

地区检察官施普林格先生今天早上状态非常好。他长得很帅气，声音雄浑有力，而且很动听。他并没有举出事例来让我们烦恼。不管什么时候，我们都欢迎施普林格先生来验证那份文件的真实度，《新闻报》都非常愿意积极配合。就好像本报从来没有想过，施普林格先生会在市政府塔楼上面倒立一样，本报也从来没有想过，施普林格先生会有什么举动，将他曾经核准过的或经他指示结束的案件再来翻案。暂时借用一下施普林格先生的名言：请问将死者的骨灰再翻腾一遍，对于我们来说有什么意义？或者根据《新闻报》比较粗陋的说法，被害人已经不在了，就算把凶手找到又有什么意义？当然，公平和事实还是存在的，除此以外，一无所有。

《新闻报》代表已经死去的威廉·莎士比亚对施普林格先生热情提到《哈姆雷特》，还有尽管不太精确可是却基本没错地提到奥菲莉娅，表达最诚挚的谢意。"你须将哀伤的芸香佩戴得大不一样"不是指奥菲莉娅，而是指奥菲莉娅所说的话。我这种没有多少文化之人一直都不太懂她到底想要表达什么意思。不过不需要钻牛角尖，这听上去非常好听，而且可以把这水越搅越浑。或者我们可以得到允许，也可以从那部被官方确认的名叫《哈姆雷特》的悲剧里借用一句刚巧从恶人嘴里说出的好话："谁犯了罪，谁就要被动刀。"

大概中午时间段，朗尼·摩根给我打来电话，问我现在什么感觉。我跟他说，我觉得施普林格不会因此受到伤害。

"只有不了解人情世故的书呆子才会像你那样说。"朗尼·摩根说，"而且他们一早就非常知道他会用什么招了，我的意思是，你感觉如何？"

"我没有怎么样，我正做好别人来践踏我的准备呢。"

"我想要表达的并不是这个意思。"

"我现在很健康，别把我吓到了。我的宗旨已经实现了。如果伦诺克斯还活着，他可以直接走到施普林格面前，吐他一口。"

"你不是已经帮他这样做了吗？现在施普林格心里再明白不过了。如果他们讨厌谁，他们就会想出各种办法来冤枉他。我不明白这事怎么值得你这么劳心费神。伦诺克斯并不像传说中的那么了不起。"

"那和这个有什么关联？"

他安静了一会儿，然后说道，"对不起，马洛。我不说了，祝你好运！"

我们和平常一样互相说了告别的话，然后把电话挂断了。

下午两点，电话铃声响了，电话那端是琳达·洛林。"很抱歉，不要问我是谁。"她说，"我刚从北边那个大湖飞到这里。因为昨天晚上《新闻报》上刊登了什么东西，那边有个家伙气得半死。我的准前夫被揍了一拳，我走时那个悲剧的人还在那里掉眼泪呢。为了报告这件事情，他飞回去了。"

"什么意思，准前夫？"

"不要再做傻事了，就等父亲答应了。办离婚最好的地方还是非巴黎莫属，偷偷地就把离婚手续给办了，因此我马上就要去巴黎了。如果你脑筋还能运转，可以将那张我看过的美丽版画用掉一部分，走得远远的。"

"这和我有什么关联？"

"第二件傻事，你除了捉弄自己，捉弄不了别人。马洛，你明白他们是如何打老虎的吗？"

"我如何得知？"

"他们将一只手绑在柱子上，之后躲到一边，羊的命运会非常凄惨。我喜欢你，可是说不上来是什么原因，可是无法否认我真的喜欢你。我不想看到你变成那只羊。你坚持不断，做你觉得正确的事情。"

"谢谢你的好心提醒，"我说，"反正不管怎么样都是一刀，躲也躲不掉。"

"不要逞强了，你这个大傻帽。"她严厉地说道，"就因为我们都认识的一个人而去做这只替罪羔羊？你完全不用和他走一样的路。"

"如果你可以在这里停留的时间更久一些，我可以请你一起喝酒。"

"你到巴黎请我喝酒吧，秋天的巴黎太漂亮啦！"

"我也非常想去这样的地方，听说那里的春天更美。我从来没有去过，所以也不想妄下定论。"

"照你这样，一辈子都去不了。"

"再见，琳达，希望你可以如你所愿。"

"再见，"她非常冷漠地说，"我想要实现的，我绝对可以实现。可是等我真正实现时，我会发现那根本不是我的初衷。"

她把电话挂断了，这天其余的时间我百无聊赖。吃过晚饭以后，我将奥兹放在一家二十四小时营业的修车铺，让他们替我把刹车片检修一下。我打出租车回来的。和平常一样，街道非常寂静，信箱里只躺着一张免费的肥皂优惠券。我一步步走上台阶。

这是一个温馨怡人的晚上，空气里有若有若无的雾气，山上的树一动不动。没有风，我把锁打开，门推开时，手顿时停在了那里。门已经和门框分离了大概十英寸左右。里面黝黑一片，没有任何声音。可是，我却觉得屋子里有人。也许是弹簧发出的细小的声音，也可能是我看见了白色夹克衫的飘动，也或许是这个如此安静的晚上，门后的屋子让人觉得并不是很安静，也或者是我从空气中嗅出了男人的味道，也或者是我神经高度紧张了。

我顺着台阶的一边往下走，来到地上，沿着灌木丛弯下腰去。屋子里也是黑乎乎的，我没有听到任何声响。我身上有枪，枪把朝前，是警用点三八口径短管手枪。我将枪拿出来，没什么意义。周围还是沉浸在一片死气沉沉的气氛中。我觉得自己迷糊了。我站起来，准备起身往里面走。突然，一辆车突然开过来，迅速爬到坡上，安静地停放在台阶上，几乎没发出任何声响。那很像是一辆凯迪拉克的黑色大轿车，难道是琳达·洛林的车，但又不对劲啊，一是没有人下车，二是挨着我这边的车窗一点缝隙也没有。我继续等着，耐心地听着，蹲在灌木丛后面。可是，时间一分一秒地过去了，没有任何响动，也没有等到什么。那辆黑色的轿车就这样安静地停放在红杉木台阶下，窗户也关得死死的，不晓得发动机是否还在工作。反正我是没听到什么。这时，一盏红色聚光灯倏地一下亮了，一直照射到屋角二十英尺开外的地方。接下来，大轿车慢慢向后退，一直到灯光略过引擎盖，在屋子正对面来回照射。

警察是不会开凯迪拉克来的，只是那些相当有身份、有地位的人物才会开着带有红色聚光灯的凯迪拉克，市长、警察局长，或许是地方检察官，或许是一些无赖。

聚光灯向我这边扫射过来，我匍匐在地上，可是还是被照射到了。灯光就一直停留在我身上静止了。除此之外，没有其他响动。车门还是紧紧关闭着，屋子里黯然一片。

警报器轻轻响了两秒钟就停下来了。终于，屋子里的灯亮了，一个身穿白色晚礼服的家伙信步走了出去，站在台阶顶上，转过来望着墙壁和我所在的灌木丛。

"进来吧，你这个混球。"曼宁德兹轻笑着说，"家里有客人造访啦！"

我原本可以一举击中他，可是他往后退了一步，机会转瞬即逝。车后窗开了，我只听见窗子开时发出的剧烈响声。之后机关枪声迅速开始扫射，一发发子弹落在距离我三十米远的斜坡上。

"进来吧，你这个混球。"曼宁德兹出现在门口，再次开口说道，"你在劫难逃了。"

我于是站起身来走过去，聚光灯随着我慢慢向前挪动。我将枪回放进皮带上的枪套里，顺着台阶一步步往上，走到红杉木台阶上面的平台上，一脚迈进门内，在门边停了下来。一个家伙怡然自得地坐在屋子另外一个角落，大腿上架着把枪。他面露凶相、皮肤粗糙、四肢强壮，像是一直生活在太阳直射的地方。他身穿深棕色华达呢防风夹克，拉链没拉。他一直看着我，眼睛一眨不眨，枪也一直没动。他淡定得就像月光沐浴下的一堵墙一样。

第四十八章　成竹在胸

　　我也一直盯着他看，边上恍惚有什么东西划过，肩膀霎时没有了知觉，整条胳膊就跟瘫痪了一样。我转过身去，看到一个面目可憎的墨西哥壮汉。他一脸严肃地看着我，棕色的手放在一侧，手里拿着一把点四五口径的手枪。他嘴边留着一小撮胡子，黑色的油腻头发一直朝上梳，再往后顺着后脑勺往下梳。后脑勺上戴着一顶非常丑陋不堪的宽边帽，两根带子在下巴底下绑了个结，之后松垮地垂在冒着汗腥味的衬衫前面。世界上最凶狠的莫过于墨西哥人，最温柔的也是墨西哥人，最坦诚的也是墨西哥人，最让人同情的也是墨西哥人。这个家伙就属于第一种，是最凶残的一种。

　　我吃痛地揉了揉手臂，可是痛感一直都在。如果我费劲去拔枪，我的枪估计也会随之掉到地上。

　　曼宁德兹对那个打手伸出手，那家伙看都没有看一眼，就直接把枪扔给了他。曼宁德兹一下接住了。他站在我前面，一副神采奕奕的样子。"混球，你觉得打哪里比较好？"他的眼睛晶亮亮的。

　　我定定地看着他，像这样的问题是无从回答的。

　　"混球，我在问你呢！"

　　我舔了舔干干的嘴唇，没有正面回答他的问题，而是反问道："阿戈斯蒂诺呢？难道他不是你的枪手吗？"

　　"奇克现在软弱得很。"他的声音也变温和起来。

　　"他一直都很软弱——就像他的老板一样。"

　　坐在椅子上的家伙好笑地眨了眨眼，强忍着没有笑出来。那个将我手臂弄残废的家伙既没有发出任何声音，也没有任何动作。我明白他还活着，我可以闻出来。

　　"混球，有人弄伤了你的胳膊？"

　　"我只是失足滑落在了包有辣椒肉馅的玉米卷里。"

　　他连看都没有看我一眼，直接抄起手枪打到我脸上。

　　"不要再这么对我胡言乱语，混球！我没有时间，也没有精力玩这个游戏。我再三提醒过你，对你好言相劝过。我非常耐心地跟你说过，跟你说过手伸得不要太长，要不然就要一直被踩在脚下，永世不得翻身。"

　　我能觉察到一股鲜血顺着我的脸颊一直往下流，颧骨痛得受不了，接下来整个头部都疼痛不已。他下手很轻，可是他用的家伙什太重了。我还可以说话，没有人能让我闭嘴。

　　"曼迪，怎么你自己来了？我觉得这应该是解决大模子威利·马贡那帮干苦差事的人所做的事情。"

　　"这是个人会面。"他无比轻柔地说，"出于一些个人方面的原因，我想要让你长点记性。威利·马贡的事完全是出于公心，他以为自己可以高高在上。老子给他提供衣食住行，让他的保险箱充盈，将他的房子从信托公司赎回来。风化纠察队的宝贝哪个不是这副鬼样子？他家小孩子的学杂费都是我给付的。你还觉得这个混球懂得滴水之恩，当涌泉相报。接下来的剧情你肯定想象不到。他来到我的个人办公场所，当着我手下的面让我难堪。"

"这是为何？"我问道，暗暗期待他能转移他的怒火。

"因为有个打扮妖娆的女子说我们用灌铅骰子。好像那个风尘女子和他睡觉了。我请他远离夜总会，包括她身上的每一分钱。"

"可以理解。"我说，"马贡应该明白没有哪个专业的赌徒会使用这种欺诈的手段，他完全用不着这样，可是我怎么得罪你了？"

他想了一下，又打了我一下。"你让我颜面扫地。在我们这一行，话是从来不说第二遍的，就算是再强劲的对手也是如此。他要么赶紧去做，要么不在你的掌控范围之内。你完全驾驭不了，这一行你就只能止步了。"

"我的直觉告诉我，事情比我想象的要复杂得多。"我说，"不好意思，我拿一下手帕。"

我将手帕拿出来擦了下脸，这中间枪眼就没有离开过我。

"真是个无耻之徒。"曼宁德兹继续慢悠悠地说，"还自以为可以戏弄我，让别人耻笑我，把我当笑话看。我只好拿出我的武器——刀子，混球，我只有将你五马分尸。"

"伦诺克斯和你是好兄弟。"我看着他的眼睛说，"他死了，连葬礼都没办，堆起的坟墓上连块碑都没立。我想为他申冤，这让你觉得没脸了，是吗？可是他用他的命换了你的命，这些对你根本不足挂齿？可以引起你兴趣的就只是做大佬。你是个十足的自私鬼，你只在乎你自己。你根本不是什么大佬，你充其量只是声音比别人大而已。"

他的脸色由红转青，抄起胳膊第三次打我。这次他出手下了很大力气。趁他一不留神的功夫，我向前迈出了半步，狠狠踢向他的肚子。

我没有多加考虑，也没有仔细想计策，没有坐等机会来临，或者考虑自己接下来还会遇到更好的时机，我只是被他吵得烦，我身上疼痛，我身上还在流血，我也许只是脑袋受伤了。

他弯着腰不停地大口呼气，枪从他的手里掉下来，他急忙去拿，嗓子眼里冒出颤动的声音。我用膝盖狠狠戳他的脸，他疼得哇哇乱叫。

坐在椅子上的家伙忍俊不禁，这让我惊讶万分。他起身站起来，拿枪指着我。

"不要打死他，"他轻柔地说，"他还要作为我们的人质呢。"

这时，客厅里有团阴影在移动，奥尔斯从门外进来，眼睛里没有一丝神采，脸上也是看不出任何表情。他往下看着曼宁德兹。曼宁德兹跪在地上，脑袋被压在地板上。

"软柿子。"奥尔斯说，"软得像土豆泥一样。"

"他才不是什么软柿子，"我说，"他只是受伤了，没有人不会受伤。大模子威利·马贡难道是软柿子？"

奥尔斯看着我，其他两个家伙也看着我，那凶残的墨西哥佬就站在门边，一动不动。

"将你那讨人厌的香烟拿下来。"我朝奥尔斯叫道，"你要么好好抽，要么就不要抽。我一看到你，我就气不打一处来。你让我讨厌，就这样，警察都是这样。"

他听闻我的话，吃惊地撇了撇嘴。

"你这根本就是在表演，孩子。"他笑呵呵地说，"你伤得严重吗？那些个坏蛋打你的脸了？在我看来，你这完全就是自作孽，受点教训对你没什么不好。"他低头看着曼迪，曼迪跪坐在地上，费力地想要起来，像要从井底爬上来一样，每次只能移动几英寸，他的呼吸明显不匀。

"周边没有律师将这个毛孩子的嘴巴封住，"奥尔斯说道，"他就一直说个不停。"

他将曼宁德兹拉起来。曼迪鼻子血流不止，战战兢兢地从白色晚装的口袋里拿出手帕，不停地擦着鼻子，一句话也没说。

"你被举报了，亲爱的，"奥尔斯用非常担心的口气跟他说，"我不是多么同情马贡。他是自作孽。可他是警察，你们这些无赖别想招惹他，永远都不要。"

曼宁德兹将手帕放下来，看了一眼奥尔斯、我、坐在椅子里的家伙，又回过头看了看门口那个凶残的墨西哥佬。所有人都看着他，所有人脸上都看不出任何神色。这时，曼迪不知道从哪个地方找到一把刀子，直直朝奥尔斯刺过去。奥尔斯迅速朝旁边闪了一步，一手直接扼住他的咽喉，轻松将他手里的刀子打掉，脸上的表情一直没变过。之后他把脚岔开，腰板挺直，腿稍弯曲，然后紧紧抓住曼宁德兹的领口，将他一把从地上抓起来。奥尔斯拽着他穿过整个屋子，让他脚挨着地，然后紧紧让他贴在墙上，手一直放在他的咽喉上没有松过。

"你要是再敢动一根手指头，我就让你去见阎王。"奥尔斯说，"一根手指头。"然后他将手松开。

曼宁德兹鄙视地笑了一下，将手里的手帕重新折了一遍，将带有血迹的那部分叠到里面，再次将鼻子捂住。他低头看了眼地上之前用来打我的那把枪。坐在椅子上的家伙若无其事地说："枪里面没有子弹，就算你抢过去了也没用。"

"举报。"曼迪对奥尔斯说，"我还是第一次听你这样说。"

"你找了三个帮凶，"奥尔斯说道，"三个来自于内华达的警察。拉斯维加斯有人讨厌你私自行动，那个人想找你单独谈谈。你可以和这三个警察走，也可以选择和我一起去市中心，被锁在门背后，那里有几个家伙对于让你死很感兴趣。"

"上帝发发慈悲，救救内华达。"曼迪小声说道，再次转过头看了一眼凶残的墨西哥佬，之后在胸前快速画了一个十字，走出前门。那墨西哥佬紧随其后。接下来，还有一个，就好像来自于沙漠一样，将他的枪和刀都捡起来，也跟着走了出去。他顺便把门关上了。奥尔斯安静地等待着，只听见"嘭"的一声响，是车门被关上的声音，接下来，汽车消失在茫茫夜色中。

"你确定那些坏蛋都是警察？"我问奥尔斯。

他转过头，看我还站在那里，似乎觉得很惊讶，"他们都戴有警徽。"他有些不情愿地说。

"做得不错，伯尼。很好，你觉得他能活着到拉斯维加斯吗？你这个心硬如铁的家伙？"

我走进卫生间，将冷水打开，用湿毛巾敷住烫手的脸颊。我走到镜子前看了看，脸肿得不成样子，青紫一片。上面还有不整齐的伤痕，是枪托顶到颧骨上留下来的。左眼眶下面也是乌青一片，看来，我接下来的几天都要顶着这副尊容了。

这时，我从镜子里发现奥尔斯的身影，他拿着一支没有点燃的烟在嘴巴上挪来挪去，就好像猫在挑逗一只快要死的老鼠，准备让它再逃一次生。

"下次不要在警察面前班门弄斧，"他声音低沉地说，"你觉得我们故意让你偷走复印件是开玩笑的吗？我们早就想到曼迪不会善罢甘休，于是把情况跟斯塔尔讲了。我们跟他说我们无力在县里把赌博之风压下去，可是我们可以让他们很难做生意，没有钱赚。流氓把警察打了，就算打的是该打的警察，也不要痴心妄想继续在这块地盘上好好生活下去。斯塔尔跟我们说这事跟他没关系，对于这件事，组织上也非常懊恼，曼宁德兹是该吃点亏。所以曼迪要找三个外地的流氓来教训你时，斯塔尔请了三个他熟悉的人开车过来，他自己负责此次花费。斯塔尔是拉斯维加斯某个警察局的第一负责人。"

我转过去看着奥尔斯，"今天晚上沙漠赶时髦的野狼会有好吃的了。祝贺你，警察真是让人艳羡的好职业，伯尼。这一行里唯一让人觉得不靠谱的就是从事这项工作的人。"

"太让人惋惜了,大英雄,"他突然语气变得相当不善,"看到你回到自己的家被人猛揍,我实在是忍俊不禁。因为这件事,我的待遇也提高了,老弟。这份活儿太苦太累了,必须你黑我也黑,你脏我也脏。要不让那帮有实力的家伙出声,你得让他们看看你有多么厉害。你伤得并不重,我们必须让你再作出一点牺牲。"

"太对不起了,"我说,"真是很对不起,让你伤心了。"

他脸拉得长长的,看着我说,"我对赌徒恨之入骨,"他声带都哑了,"我讨厌他们,就像我讨厌毒贩一样。因为赌博所生发出来的陋习和吸毒相比,有异曲同工之处。你觉得里诺和拉斯维加斯所建设的那些赌场只是供人们娱乐休闲的吗?傻帽,那些地方专门等一些主动上门的小人物,那些天天梦想着天上掉馅饼的傻蛋,口袋里装着这个月的工资,将一个星期的伙食费都输得精光的小个子。真正的有钱人赌家如果输四万块只会一笑置之,想着下次再赢回来。伙计,让那个地方屹立不倒的不是那些身家雄厚的买家,而是一笔笔流进去的小钱,十分、二十五分、半块,有时有一块、五块的。大笔的黑钱就好像你家的自来水龙头,非常恒定,持续不断。不管什么时候,只要有人想要置那个开赌场的人死地,我都会投赞成票。我一直都是这样想的。不管什么时候哪任州政府想要收赌场的钱,以征税的方式,那个政府就和那些专业赌徒一样,是一个鼻孔里出气。理发师和美容师投两块钱的注,这些钱都是贡献给了赌博集团,是赌场财力的真正来源。人们希望警察机构是公正的、清明的,对吧?为什么?是为了庇护那些手里拿着贵宾卡的家伙?我们州有在法律规定下建的跑马场,常年不关门。他们从来都是合法经营,州政府也从中拿提成,跑马场每次有人下一块钱的注,赌马的人就会下五十块钱的赌注。每张卡都有八至九场比赛,其中一半是被人忽略的小赌局。只要有人出声,任何时候都可以做小动作。骑手要想赢得比赛,只有唯一的一条途径,可是输掉比赛,却有多达二十种办法。即使每隔七根柱子就会有一个管理员在监管,可是只要骑手懂得这里面的门道,谁都只能干瞪眼。这就是合法的赌博。老兄,这是见得光的生意,州政府也审核通过的,所以是合理的,是吧?在我看来却并不是这样。因为依然是赌博,依然会有一大批赌博。总而言之一句话,赌博都是不应该的。"

"感觉好点了吗?"我一边用白碘酒给伤口消毒,一边关心道。

"我这个老警察太累了,整日抱怨不停。"

我回过头望着他,"你真的是个太敬业的警察,伯尼,可是结局还是一样,你错得很离谱。从某个意义上来说,警察都是一个模子里刻出来的。他们都将责任推到了本不应该承担罪责的人身上。有人在赌场里输掉了工钱,就严禁赌博;有的人喝醉了,就不允许再生产酒;有的人开车把人轧死了,就不允许再生产车辆;有的人在旅客房间里被女人敲诈,于是就不准男女发生关系;有人从楼梯上摔下来了,于是就不允许再建房子。"

"住嘴。"

"行,我闭上我的嘴巴。我只是一个最平凡的公民。好了,伯尼。流氓、犯罪集团、打手、帮凶等等的存在,并不是因为狡猾的政客存在,还有他们在市政府和立法机构所安插的内鬼。犯罪并不是单指疾患自身,而是疾患所彰显出来的特点。警察就和给肿瘤患者开阿司匹林药片的医生一样,区别就在于警察更愿意用大棒来解决问题。我们一晚上就成功发财致富,粗俗、鲁莽,犯罪是我们必须要承担的,集团犯罪是我们因为组织要承担的责任。在未来相当长一段时间内,犯罪都会和我们如影随形,集团犯罪只是彰显出了更丑陋的一面。"

"那正直的一面呢?"

"我从来没见过。哈伦·波特或者会知道,我们要不要喝点什么?"

"从门外走进来时，你的脸色看起来不错啊。"奥尔斯说。

"曼迪用刀刺你时，你的脸色更不错。"

"握个手吧。"他说着把手伸过来。

我们一起喝了一杯，他悄悄从后门溜走了。刚刚他就是从后门溜进来的，之前他从这儿路过，其实就是来找路子。如果后门是朝向外面开的，再加上木头用的年代已久，要想弄开其实并不难。你只需要把固定铰链的钉子弄出来，其他都轻而易举。奥尔斯走前给我看了门框上的一条印迹，之后越过山坡走向他停车的另外一条街。他可以轻松地把前门打开，可是那样锁还是被弄坏了，太过夺人眼球了。

我看着他走过树林，一束手电筒的光映照在身前。他越过山坡顶，然后就不见了。我把门关上，调了一杯味道清淡的酒，又回到客厅。我看了下时间，还早，可是觉得好像过了几个世纪一样。

我来到电话机旁，让接线员接下洛林的电话号码。管家问我是哪位，我告诉了他，然后他去看洛林夫人在没在家。幸运的是，她在。

"我冒充了那只羊，"我说，"不过他们抓了一只大老虎，而且还是活捉的，我身上青了好几个地方。"

"你一定要抽个时间给我好好讲讲。"她说话的口气就好像她已经到了巴黎一样。

"如果你有时间，我们可以坐下来，边喝边聊。"

"今天晚上？噢，恐怕不行，我在收拾东西，准备搬家。"

"好吧，我已经听出来了，那就改个时间吧。我只是觉得你可能想了解一下。幸亏你出于好心，告诉了我。可是这件事和你家老头儿真的没什么关系。"

"你确定？"

"当然。"

"哦，那请你稍等一下。"她短暂离开了一会儿，回来后声音明显变柔和了些。"也许我可以抽出时间和你坐下来聊一会儿，去哪儿比较好？"

"我无所谓，你决定，我今晚没有车，可是我可以打车。"

"说什么呢？我来接你，可是你大概得等我一个小时，也许还会更久。你住在哪里？"

我跟她详细报了我的地址和电话，她便将电话挂断了。我将门廊上的灯打开，门开着，我在屋里透了会儿气，现在觉得凉快多了。

回到家后，我给朗尼·摩根打了个电话，可是没找到他本人。我突然想到，我可以给拉斯维加斯的泥龟俱乐部去个电话，找个叫兰迪·斯塔尔的人。我想他应该会拒接，可意外的是他竟然接了。他的声音很从容、坚毅，听上去像是经历过大风大浪的人。

"很幸运我接到你的电话，马洛。特里的朋友和我的朋友是一样的，我可以为您做点什么吗？"

"曼迪上路了。"

"去哪了？"

"去拉斯维加斯，和你派来缉拿他的三个帮手坐在一起，他们乘坐的是一辆装有红色聚光灯和警报器的凯迪拉克黑色的大轿车。那是你的车，对不对？"

他笑的声音很大，"就好像那些人在报纸上所宣传的，在拉斯维加斯，我们将凯迪拉克用作拖车，是吧，这到底是什么情况？"

"曼迪带了几个流氓来找我，准备狠狠把我打一顿，说不好听些，就是因为报纸上所宣传的内容，他觉得错都在于我。"

"那么应该怪你吗？"

"我又不是报社的，斯塔尔先生。"

"坐在凯迪拉克的帮凶，我也不可能养这样的人，马洛先生。"

"也许他们是警察。"

"这我就很难说了，还发生了什么事？"

"他用枪把对付我，我朝他的肚子猛踢了一脚，还用膝盖袭击他的鼻梁。他看上去并不太高兴。虽然这样，我还是期待他可以好好地到达拉斯维加斯。"

"如果他是朝这个方向来，我可以保证他可以完好无损。也许我不能和你再聊下去了。"

"请等一下，斯塔尔先生。有关奥塔托丹，当时你也在，凶手真的就是曼迪一个人？"

"麻烦你再重复一遍！"

"不要企图在我这里蒙混过关，斯塔尔。曼迪和我有过节，并不是因为他天天挂在嘴边的那些原因，不至于因为那个原因而专门找上门去陷害我，就好像对待大模子威利·马贡那样。这理由不充分。他跟我说过叫我少管闲事，不要再去追究伦诺克斯的案子了。可是我没有听他的话，我继续查下去了，理由在于事情刚好进展到了那一步。因此就像刚刚我跟你说的那样，出现了我们谈话开头的情形，因此肯定有更加合理的原因。"

"我听懂了。"他慢悠悠地说，声音依然柔和宁静，"你觉得特里的死还有什么不甚明了的地方？比如，他是被人杀害的？"

"我认为，抓住更多的细节，可以让事情更加明了。他写了一份自白书，可是却是伪造的。他给我寄了一封信，旅馆里的侍应生或者帮忙的悄悄帮他投递。他躲在旅馆里，没有地方可以去。信里有一张很大面值的钞票，而且刚好信在门被敲响时写完了。我想知道后来，还有谁进过这间屋子。"

"原因是什么？"

"如果是帮忙的或是侍应生过来敲门，特里肯定会在信尾再加一笔进行解释。如果是警察，信就不会被寄出来。那么，到底是谁进去了呢？还有，特里写这份自白到底是出于什么动机？"

"我不知道，马洛，我完全不知情。"

"很抱歉，打扰你了，斯塔尔先生。"

"没事，很开心能和你聊聊，我会去向曼迪打听一些的。"

"好吧，如果你还可以见到活着的他。如果没有，也请一定要查明白，要不然会有人越俎代庖的。"

"你？"他的口气不再那么和蔼，可是依然很镇静。

"不，斯塔尔先生，绝对不会是我。有人只要稍微动一点手脚，你就可以去拉斯维加斯。我是真诚的，斯塔尔先生，我说的句句属实，请不要怀疑我。"

"曼迪肯定会活着看到我，你可以放宽心，马洛。"

"我想你已经成竹在胸了，晚安，斯塔尔先生。"

第四十九章　阿莫斯

　　汽车正停在门口，我打开门走出去打了声招呼，然后就站在门口的台阶上等着迎接她上来。因为有司机给她开门，拿行李，所以我就不需要走下去献殷勤了。司机是个中年黑人，为她打开车门后，又帮她把行李箱提上了台阶。

　　她走上台阶之后转身对司机说道："谢谢你，阿莫斯，待会儿马洛先生会送我到旅馆的，我们明早再联系吧！"

　　"好的，明天见，洛林夫人！马洛先生，请稍等一下，我可以问你个问题吗？"

　　"当然可以！"

　　阿莫斯把她的行李放进屋里出来后，她便接着进了房间，剩下我们两个站在门口聊着。

　　阿莫斯问道："'我老了……我老了……我将卷起我的裤脚'这句话有着什么特别的含义吗？"

　　"没有，这句话只是听起来好听而已！"

　　"还有一句'房间里，女人们来回走着，谈论着米开朗基罗'，这句话听起来给你什么感觉呢？这两句话都是出自《J·阿尔弗雷德·普鲁弗洛克的情歌》。"

　　"嗯……说实话，这句话让我感觉作者并不了解女人。"

　　"是的，我也有同感，不过，即使如此，我仍然欣赏崇拜T.S.艾略特。"

　　"你刚说道'即使如此'？"

　　"是的，怎么了？我这样说有什么问题吗？"

　　"那倒没有，只是最好不要当着亿万富翁的面这样说，不然他会以为你是在故意戏弄他。"

　　"我做梦都没这样想过。"他面带哀伤地笑笑，又问道，"先生，您这是碰上了什么意外吗？"

　　"不，这是我意料之中的。晚安！阿莫斯。"

　　"晚安！先生。"

　　告别了阿莫斯，我转身回到屋里，看到洛林正站在起居室中间，四处观望着。

　　"阿莫斯是霍华德大学的学生。像你这样不安分的人住在这种地方，不太安全吧？"

　　"别的地方就一定安全吗？"

　　"好吧，说说看，你的脸是怎么弄成这样的？"

　　"是被曼迪·曼宁德兹打的。"

　　"你怎么他了？"

　　"也没什么，只是踢了他两脚，他被设计了。现在正被三四个内华达的警察押送着前往拉斯维加斯。好了，不说他了，免得扫兴！"

　　洛林不再说什么，转身坐在了沙发上。

　　"抽烟吗？"我把烟递到她面前，她摇摇头。"那要喝点什么？"我又问。"什么都行！"

　　"那喝点香槟吧！我这里有两瓶红带香槟，虽然没有冰镇桶，不过酒本身就是凉的，味道应该也不差吧！我毕竟不是品酒师，品不出什么好坏，但这两瓶酒我留了好几年了，应该不错！"

　　"留了好几年？为了谁留的？"

"你啊！"

洛林听了我的回答轻轻笑了一下，然后伸手轻轻碰了碰我的脸说道："看你，都破相了！你倒是说说看，我们才认识几个月，怎么你留了几年的酒是为我而留的呢？"

"那就是为了跟你相遇而留的呗！好了，我现在去拿酒！"我一边回答一边提着她的行李箱走出起居室。

她立刻大声问道："喂，你要把我箱子拿去哪里？"

"你不是打算在这里过夜的吗？我先给你放好。"

"放下，你给我过来！"

我听话照做，又把行李箱拿了回来。

她的眼睛看起来闪亮，又带着点蒙眬的感觉，就这样看着我，语气缓慢地说道："这可真够新鲜的。"

"什么意思？"

"你既没有追过我，也没有暗示过我，更没有跟我暧昧过，或者是亲近过。我还一直以为你是个冷漠又刻薄的人呢！"

"哦……好吧，我有时候好像是这样的。"

"现在，我自己送上门来，我想你大概就不需要什么前奏，只等着酒喝的差不多了，就要直接把我带上床了吧？"

"我承认，我确实是有这样的想法！"

"你的想法让我受宠若惊，但你是否考虑过其实我并不想这样呢？事实上，我的确很喜欢你，但是喜欢并代表就要跟你上床。难道就是因为我带着行李箱，让你认为我是来跟你上床的？"

"不好意思，是我误会了。"我提起她的小行李箱放在了门口，说道，"那我去拿酒去了。"

"我并不是故意让你难堪的，我想你的香槟应该更适合留到以后哪个更幸运的日子里再拿出来。"

我回答道："真正好运的日子一打酒都不够，现在我只有两瓶而已。"

"嗯，我听懂了，"她突然间很生气，"我只是来滥竽充数的而已，如果出现了一个更美丽、更诱人的人，我就可以退出了。太感谢你了，你成功地伤到我的心了。不过我想我在这里还是相对来说比较安全的。如果你以为仅靠一瓶香槟就可以让我沦为一个风尘女子，那么我可以明白告诉你，你错得很彻底。"

"我已经认错了。"

"我跟你说过，我和丈夫离婚了，是阿莫斯送我过来的，还带着要住宿用的包，可是这些并不表明我就是那么低贱的人。"她说话的口气很冲。

"真是见鬼，还住宿用的包！"我大声叫嚷道，"你再是再重复一遍，你相不相信我马上就把它丢到下面台阶上去。我请你出来就只是单纯喝酒而已，抱歉，我去弄点酒过来。我根本没想过要让你喝醉，我现在知道了，你不想和我睡觉。你没有理由要这样想，不过我们依然可以喝一杯酒，难道不是吗？不需要考虑什么时候喝、在什么地方喝、喝多少这些问题。"

"你也不用生气啊。"她脸羞红了，继续说道。

"又是一瓶香槟，"我失声叫道，"对于这类游戏，我知道得太多了，起码有五十种，每种都让人厌烦不已，忸怩作态，其实都是在诱惑。"

她站起来走到我面前，手指轻柔地抚摸过我脸上的伤口，"不好意思，我是个累极而失望的女人，请对我温柔一些，我不是那种轻贱的人。"

"你不是累，也不比大多数人失望。按道理来说，你应该和你妹妹一样，是一个被宠溺的骄奢淫逸的女人，不过也奇怪了，你并不是那样的人。你们家族所有的坦诚和绝大部分的胆量和见解，你都拥有，所以你不用乞求他人对你好。"

我转过来走出屋子，顺着走廊去了厨房，从冰箱里拿出一瓶香槟，打开瓶塞，迅速将两只高脚杯倒满，先灌下去一大口，被熏得眼泪直流。不过我还强忍着不适喝下去了，又继续倒满，之后将酒杯和香槟都放到托盘里端到起居室。

她已经走了，连住宿用的包也一并消失了。我放下托盘，将门打开。我没有听见开门的声音，也没有汽车发动的声音，四周一边安静。

这时，她的声音在我背后响起，"笨蛋，你以为我会落荒而逃？"

我把门关上，转过来。她将头发放下，光脚穿着一双植绒拖鞋，罩着一件黄昏色彩的带有日本图案的丝绸睡衣。她一步一步地走向我，脸上是害羞的表情。我将酒杯递给她，她端过去，喝了两口，又重新递给我。

"太好了，"她说着慢慢扑向我，一点也没忸怩作态。她嘴唇紧紧粘着我，明眸皓齿，舌尖挨着我的舌尖。过了好长时间，她才将头轻轻靠到后边，手臂依然紧紧箍住我的脖子，眼睛亮闪闪的。

"我想很久了，"她说，"我只是尽力表现得让人难以靠近，我也不晓得是什么原因，也许是太过压抑自己了吧。我不是水性杨花的女人。很让人同情是吧？"

"如果我一开始就是那样看你的，那么在维克托酒吧和你头回碰面时，我就会主动勾引你了。"

她微笑着摇了摇头，"我并不觉得你会那样看，因此我才来这里。"

"那天晚上可能不会，"我说，"因为那天晚上我还在想另外一件事。"

"或许你从来都不会到酒吧去寻找艳遇吧。"

"不经常去，那里光线不够亮。"

"可是很多女人之所以去酒吧，就是为了吸引男人上钩。"

"很多女人每天一睡醒，想的就是这个。"

"不过从某种意义上来说，酒还真是助兴剂啊。"

"医生也这样举荐过呢。"

"提什么医生啊？喝香槟。"

我再次轻柔地亲吻了她，真是一件美妙的事情。

"我想吻一下你的脸。"说完她便亲了下去，"热乎乎的。"她说。

"除此以外，我周身都是没有温度的。"

"怎么可能。我要喝香槟。"

"原因？"

"再不喝就完蛋了。更何况，那酒的味道还不错。"

"那好吧。"

"你爱我吗？这样说吧，如果我和你睡觉，你会更爱我吗？"

"这个说不定。"

"你也不一定一定要和我睡觉，你清楚。我也不会过于执着。"

"很感谢你。"

"我要喝香槟。"

"你总共有多少财产？"

"一共？我怎么可能清楚？可能有八百万左右吧。"

"我打算跟你睡觉。"

"真是有点利益你就上。"

"香槟的钱可是我付的。"

"香槟滚远点。"她说。

第五十章　分别

一小时以后，她用一条光洁的手臂掠过我的耳朵，说，"你是否打算和我结婚？"

"也许六个月都坚持不到。"

"看在上帝的份儿上，"她说，"就算不能持续太长时间，难道不值得你这样做吗？你期待生活可以带给你什么——万全的保险？"

"我今年四十二岁了，一直过着自由自在的生活。你呢，略微有点过惯了纸醉金迷的生活。"

"我今年三十六岁，有钱并不是一件见不得人的事，和钱结婚也是如此。大多数有钱人根本不配有那么多钱，也不明白如何做个有钱人。可是这种情形马上就要结束了，另外一场战争将要打响。等到战争结束，每个人的荷包都会空空如也——除了小偷和流氓，其他的人都会因为交税而变得两手空空。"

我双手滑过她的长发，将其中一缕缠绕到我的手指上。"你说的兴许是对的。"

"我们可以到巴黎去过我们神仙般的日子。"她撑起一只胳膊，垂下头看着我。我可以瞥见她眼里散发的光彩，可是她的表情我却看不清。"你不想要结婚吗？"

"据统计，一百个人的婚姻里，只有2%是婚姻幸福的，大部分都是搭伙过日子。二十年以后，男人们留下来的就只是车库里的一条板凳。美国女孩相当跋扈，美国妻子就更甚了。再加上——"

"我要喝香槟。"

"再加上，"我说，"于你而言，这只是中间插播的一段广告。第一次离婚过程尤为痛苦，再往后就只会和经济挂钩儿。对你来说，这都是一些小事。十年以后，你如果在街上和我面对面遇到，如果你觉得和我似曾相识，可能会回想一下，这个人到底在哪见过。"

"你这个家伙真是自以为是，脾气又犟。我要喝香槟。"

"这样我才会在心里留下一席之地。"

"而且自作聪明，完完全全地自作聪明。现在又多了点碰伤。你觉得我一定会记得你？无论我和多少男人结过婚，你觉得我都一定会记得你？我为什么一定要给你在心中留一席位置？"

"不好意思，我太高看自己了。我去给你拿香槟。"

"我们不是既温馨又沉静吗？"她略带嘲讽地说，"亲爱的，我有钱，而且财富也会急剧上升。我可以给你全世界，如果它值得我这样做。你现在有什么？一间空屋？连一个活的动物都没有，白天在一间狭小闭塞的办公室里静等着生意送上门。即便我和你分开了，我也不会让你重新过这种生活。"

"你怎么可能阻挠得了我？我和特里·伦诺克斯不同。"

"不好意思，请你忘了这个人，也不要说那个韦德的女人，更别提那个整天喝得人事不省的丈夫。你想变成仅有的一个排斥我的男人？这很值得庆贺吗？我已经赋予了你最高荣誉，我要和你结婚！"

"你已经将最高荣誉给我了。"

她开始放声大哭。"你这个大傻帽，天下无敌的大傻帽。"她脸上湿成一片，我感觉到了她脸上的两行泪水。"即便只能坚持六个月，一年或者两年，那又有什么关系呢？你又能遭受到了什么损失呢？充其量不过是你办公桌上多了层积灰？百叶窗帘上多了层灰尘，你现在孤单的日子可以暂时终结吗？"

"你要不要考虑再来点香槟？"

"要。"

我把她抱在怀里，让她伏在我肩膀上哭泣。我知道她并不爱我，其实我们都心知肚明。她并不是因为我而哭，只是她现在特别有哭的冲动而已。

她从我肩膀上滑下来，我离开了床。她去浴室重新上妆。我将香槟拿了过来，看到她满脸笑容。

"不好意思，我哭了。"她说，"六个月以后，你叫什么名字我都会忘记的，拿到起居室去吧，我想有灯光。"

我依照她的指令行事。她像刚刚一样陷进沙发里。我给她倒上香槟，她看着杯子，却没有伸手去拿。

"那我就再跟你说我是谁，"我说，"到时我们再一起好好喝一杯。"

"像今天晚上一样？"

"今晚的日子不会再重复了。"

她将香槟端起来，小口喝了点，然后转过来，将剩余的都泼到我脸上，然后又开始哭。我将手帕拿出来，擦拭过自己以后，又给她擦了一下。

"我不明白我这样做是为什么，"她说，"可是老天作证，一定不要认为我是个女人，而女人一直都不会知道做某件事情的原因。"

我给她又倒了杯香槟，讥笑她。她一小口一小口慢慢地喝着，之后转过身来，扑到我腿上。

"我要睡觉了，"她说，"这次看来你得把我抱过去了。"

没过多久，她就睡着了。

一直到第二天早上，我起来煮咖啡时，她还没有醒。我沐浴完毕，又刮完胡子，穿好衣服，她才醒过来。我们一起吃了早饭，我给她叫了一辆出租车，将她的行李包塞进出租车后备厢里。

我们说了再见。我看到出租车渐渐地在我眼前消失。我走上台阶，来到卧室，我把床弄得一团糟，然后再铺整齐。在一个枕头上，我发现一根长长的深色头发，心里顿时沉重无比。

法国人对这种心境有个恰如其分的说法。那帮混蛋对什么都可以准确地形容。

说一声再见，就是朝死亡迈进一小步。

第五十一章　曙光

休厄尔·恩迪科特说他今天会加班到比较晚，七点半左右大概才有时间接待我。

他的办公室在大楼拐角处，上面铺着蓝色地毯，红木办公桌四角都有雕花设计，是传统的作品，显然价值不菲，几个样式一般的玻璃门书柜里都是芥末黄色的法律书籍，还有几张"密探"创作的讽刺英国著名法官的漫画，南面的墙上是著名法官奥利弗·温德尔·霍姆斯的大幅肖像，显得尤为孤单。恩迪科特所坐的椅子全部用黑色皮革包围住了，身边还有一张展开的拉盖书桌，里面堆满了文件。这间办公室，很显然，设计师没怎么用心。

他身穿着单薄的衬衫，满脸倦容，可是他原本脸就长那样。他抽着一支烟味甚淡的香烟，烟灰洒落到他解开的领带上，手臂和手背上都有一层厚厚的黑毛。

我坐好以后，他刚开始只是看着我，过了很久以后他才说道，"你这混蛋是我见过的最顽固不化的家伙，不要告诉我你还在继续深究。"

"有些事我一直担心，现在我是否可以说你那时去探监，是以哈伦·波特先生的名义？"

他毫不迟疑地点了头，我轻轻摸了下脸颊，伤口已经不见了，肿胀也没有了，不过肯定是伤到了某一根神经，有块地方依然没有知觉。我没办法视而不见，也许过段时间就会痊愈了吧。

"你是以地区检察官临时指派的工作人员的名义去的奥托塔丹？"

"是的，可是不要老说这个话题，马洛。我也许将它看得太重了，虽然那个关系还是有部分价值的。"

"我期待现在依然是。"

他摇摇头，"现在不行了，已经完蛋了。哈伦·波特先生现在处理法律事务，是通过纽约、华盛顿和旧金山的法律事务所。"

"我猜想当他一想起这事，就会对我恨之入骨，觉得我过于胆大了。"

恩迪科特的脸上绽放出了轻松的笑容，"最有意思的是，他觉得所有的错都是他的女婿洛林医生造成的。像哈伦·波特这样的人物，肯定会把过错都推到别人身上的，他自己是万无一失的。他觉得如果洛林不给那个女人开什么可能会殒命的药，那么后续的事情就都没有了。"

"他做得不对，这一点。你看到了特里·伦诺克斯的遗体，对吧？"

"是的，在橱柜店的后面。他们那里的太平间并不正规，橱柜店老板也经营棺材生意。特里全身都没有温度，我看到他脑门上有伤口。身份是毫无疑问的，如果你是想打听这方面的事情的话。"

"不，恩迪科特先生，我完全相信，因为他的特征很难被伪造。他化过妆吗？"

"头发染黑了，脸和手的皮肤颜色变深了一些。可是脸上的疤还是非常明显。当然，他的指纹和在家里物件上所留下的指纹，可以进行核查。"

"那里的警察机构如何？"

"非常初始化，警察头儿只会简单的读和写，可是对指纹倒是很明白。天气好热，你知道吧，非常热。"他的眉头皱起，从嘴里把香烟取出来，就丢进一只巨大的黑色玄武岩容器里。"他们必须去旅馆找冰块来，"他接着说，"很多冰块。"他再次看向我，"那里不具备尸体防腐手段，所以得马上解决掉。"

"你对西班牙语精通吗，恩迪科特先生？"

"会简单讲几句，旅馆经理翻译给我讲。"他的脸上露出柔和的笑容，"那是个非常注重穿衣打扮的小白脸，看上去很粗俗的一个人，可是却非常讲礼节，给我提供了不少好处，很快就弄完了。"

"特里给我寄了一封信，我想波特先生也是知情的。信里有一张麦迪逊总统像。我跟他的女儿洛林夫人讲过，也给她看过。"

"一张什么？"

"面额五千块的钞票。"

他的眉毛向上扬起，"你确定？当然，他肯定有钱。他二婚时，他老婆带过来二十五万的嫁妆。我想他准备去墨西哥过生活了，不再理会这里的是与非。我不晓得那些钱现在到底在哪儿，那事我不知道。"

"恩迪科特先生，如果你愿意认真看一看，那封信就在这里躺着。"

我把信拿出来递给他。他看得非常认真，似乎律师不管阅读什么资料都是看得极为认真的。他将信纸平铺在书桌上，向后靠过去，迷茫地望着我。

"有点紧扣字面意思，是吧？"他小声说道，"我不明白他这样做是什么原因？"

"自杀、自白，还是写信给我？"

"当然是自白、自杀，"他的声音陡然提高了几个音调，"他写这封信也情有可原，你帮他效了不少力，还有后来的境遇，不管怎么说，你得到了应有的回报。"

"邮箱的事我到现在还很疑惑。"我说，"特里说他窗外的街上有个邮箱，侍应生在帮他寄信以前会把信高高举起，以便让他看到。"

恩迪科特眼睛里出现某些不甚明朗的东西，"有什么问题？"他冷淡地说。他拿出一根香烟放到嘴里，我连忙将打火机点燃凑过去。

"奥塔托丹那样的地方，街上没有邮箱。"我说。

"接着说。"

"刚开始我也不清楚，后来我去那个地方调查了。那里只是一个小村落，人口总数不超过一万两千人。有一条街道还只通了半截。警察部的头头有一辆A型福特车，已经作为公用。邮局就在肉铺的边上。那里有一间旅馆、两家小酒馆，路是不平整的，倒是有个机场，因为有人要经常去山里打猎，所以通过这个机场是仅有的一条好途径。"

"接着说，我明白那里可以狩猎。"

"说那条街上有邮箱，就感觉像是在说那里有高尔夫球场、回力球场、跑马场、赛狗场以及有五颜六色喷泉和公开表演平台的公园似的。"

"那他的确疏忽了，"恩迪科特平静地说，"或者他是觉得街上有个类似于邮箱的东西，比方说垃圾箱。"

我站起身，将信拿过来重新放回口袋。

"垃圾箱，"我说，"对，他说的应该就是垃圾箱。上面有油漆刷的像墨西哥国旗那样的红白绿三个颜色，上面还有一排非常明显的标语：保持市区卫生。当然，是用西班牙语写的，边上还有七条癞皮狗。"

"不要太自以为是，马洛。"

"很抱歉，我只是说出我的真实想法。还有一件事，我已经和兰迪·斯塔尔说过了。信是如何寄出来的？按照信上的说辞，应该是提前就制订好的办法，因此才有了跟他说了邮箱的事。因此那个跟他说邮箱的人欺骗了他，才会冒出有人寄这么大一张面额的信变得很虚妄的事实，这事太奇怪了，难道不是吗？"

他吐出一口烟，看着烟雾一点点飘散开去。

"那你的结果是什么？还有，兰迪·斯塔尔和这事有什么关系？"

"斯塔尔和一个已经销声匿迹的叫曼宁德兹的混蛋，都和特里·伦诺克斯一起在英国军队里服过役，还是很好的兄弟。从这个意义上来说，他们是道不同不相为谋，我觉得他们不管从哪个方面来说，都不可能是属于某一个班子，不过他们依然尊敬彼此。因为某种表面上的原因，他们必须隐瞒他们之间的关系。在奥塔托丹，因为其他不一样的原因，他们又将另外一个事实遮掩住了。"

"那你的结论到底是什么？"他再次询问我，这次口气更加不友善。

"我想先听听你的结论。"

他没有正面回答我，于是我感谢他愿意和我碰面，便大步走了。

我把门打开时，他眉头皱得紧紧的，可是我觉得那正好表露出了他的大惑不解。或者他正在仔细想象旅馆外面究竟是什么样子，想那里是否真的有一个邮箱。

另外一个齿轮开始转动，也仅限于此。转动了差不多一个月，才有了一点曙光出现。

星期五的一个早晨，我刚进办公室，就发现有个不认识的人坐在那里，他的穿衣打扮非常考究，也许是墨西哥人，也许是南美人。他坐在开着的窗户前面，嘴里叼着一支味道很浓的咖啡色香烟。他高高瘦瘦的，看起来是个斯文人，黑色的胡子和头发都比一般人要长一些，梳得一丝不苟，穿着稀松条纹的浅褐色西装，鼻梁上是一副绿色的太阳眼镜。看到我进来，他恭敬地站了起来。

"你是马洛先生吧？"

"有什么我可以为您效劳的吗？"

他给我一张叠得整整齐齐的纸，"这张纸来自于拉斯维加斯的斯塔尔先生，你懂西班牙语吧？"

"懂倒是懂，可是说得不太顺畅，说英语可能要好一些。"

"那就讲英语吧，"他说，"我都无所谓。"

我把那张纸拿过来看了一遍。

这位先生叫西斯科·迈奥拉诺斯，他是我的朋友，我觉得他应该可以助你一臂之力。

"请进来吧，迈奥拉诺斯先生。"

我把门打开，请他进去。从我身边经过时，一股浓烈的香水味飘过我的鼻翼。他眉毛修剪得非常漂亮，可是他并不像他外表彰显出来的那么具有女人味，因为他脸颊两边都有明显的刀疤。

第五十二章　真相

他坐在顾客椅上，翘起二郎腿。"听说你想要知道一些有关伦诺克斯先生的消息？"

"我只想要知道最后那几天的情形。"

"先生，我当时正好在那里的旅馆上班。"他颇为无奈地抖了抖肩。"不过很不值一提，只是短期的。我上白班。"他英语说得非常流畅，可是节点却带有明显的西班牙语的味道。西班牙语——美洲西班牙语——抑扬顿挫非常明显，在美国人听来，对于真实的语义表达不会带来什么影响，就和茫茫大海里汹涌的波涛一样。

"你和做那种事的人一点都不像。"我说。

"每个人都难以预料会碰到点麻烦。"

"信是谁寄给我的？"

他拿出一盒香烟，"要不要来一支？"

我摇摇头。"太猛烈了，相比古巴香烟，我对哥伦比亚香烟更感兴趣。"

他浅浅一笑，自顾自地点上一支，很快浓烈的烟雾弥漫开来。这家伙实在是太温文尔雅了，我几乎要抓狂了。

"有关信的事情，我还是知道一点的，先生。站岗者出现以后，跑腿的怕了，伦诺克斯先生的房间成了他们畏惧的东西。站岗者不是警察就是侦探，这个你懂的。因此我亲自把信交给邮差，具体时间是在开枪以后，这个你也知道的。"

"你应该检查一下内容物，有一张大面额的钞票。"

"信是密封住的。"他冷淡地说，"El honor no se mueve del ado como los congrejos。意思就是说，信用一定要保持恒定。"

"不好意思，请接着说。"

"我在门外站岗者的注视下走进房间，把门带上，看到伦诺克斯先生左手拿着一张一百比索的钞票，右手拿着一杆枪。他前面的桌上放着那封信，还有一张写满字的纸，不过我好奇心没有那么重，也没看究竟写了什么。我没有接受他的钱。"

"那是因为钱太重了。"我说，可是他对我的讥讽视而不见。

"他一定要给，我最终还是没有拒绝，后来如数给了跑腿儿的。我将信压在托盘餐巾下面，刚刚端咖啡进来是用的托盘。那个侦探瞧着我，可是一个字都没有说。我楼梯刚下到一半，就听到枪响的声音。我迅速把信收好，然后回到楼上，侦探正在用力砸开门。我用钥匙将门开开，可是伦诺克斯先生已经不在人世了。"

他用指尖不断摩挲着办公桌的侧面，叹息了一声，"之后的事情你也清楚。"

"旅馆里住的客人多吗？"

"不多，还有很多空房间，只住了六个客人。"

"都来自美国？"

"有两个是从北美来的，是猎手。"

"是正宗的美国人还是从墨西哥移民过来的？"

他的指头触碰过放在膝盖上的浅褐色布料。"我觉得一个应该是来自于西班牙，满口边境地区的西班牙语，很粗鲁。"

"他们有没有到伦诺克斯的房间去过？"

他突然抬起头，可是他眼睛上戴着绿色太阳镜，所以我无法看到他的眼神。"他们这样做是出于什么原因，先生？"

我点点头，"哦，非常感谢你能来跟我说这些情况，迈奥拉诺斯先生。请你跟斯塔尔说，我也非常感谢他，没问题吧？"

"非常乐意，先生。"

"以后，如果他有时间，希望他可以找一个头脑清楚、说话有条理的人来见我。"

"先生？"他声音虽然不改温柔，可是口气却如同冰冻三尺，"你不相信我说的话？"

"你们这些人总是开口闭口不离信用，信用是偷盗者的外衣——有时。不要动怒，稳稳坐好，让我换个角度跟你讲。"

他非常娇傲地靠在椅背上。

"我只是推断，记住，也许我是错的，但也保不齐是对的。那两个美国人绝不是没有任何目的到那里去的。他们以打猎的名义坐飞机过去，其中一个姓曼宁德兹，是个以赌博为生的人。他在登记时是不是换成了别的名字，我就不得而知了。伦诺克斯知道他们的具体位置，而且也明白他们到那里去的原因。他之所以给我写信，是因为他觉得自己愧对良心。他把我当猴耍了一回，可他又是如此具有同情心的人，心里非常愧疚。他在信里放了一张钞票，也就是那张面额为五千块的钱，因为他非常富有，而我是个穷光蛋。他还有一个非常不引人注意的暗示，这个也许不会被人注意到。他一直希望事情朝正确的方向发展，但往往事与愿违。你说你把信给了邮差，放进旅馆前面的信箱不是更便捷吗？"

"邮箱？"

"是的，你们是称之为cajoncartero吧？"

他灿然一笑，"奥托塔丹和墨西哥城没法比，先生，那是个被进步遗忘的地方。奥塔托丹街上的邮箱？那里根本就没有人知道那东西是干嘛用的。不会有人从里面收信。"

我接着说道，"嗯，那好，我们暂且不提这个问题。你从来就没有给伦诺克斯先生送过咖啡，迈奥拉诺斯先生，你根本没有在侦探面前进入那个房间，可是你刚说的那两个美国人却是真的进去了。当然，侦探已经被缉拿了，同时被捕的还有另外几个人。一个美国人从后面攻击了伦诺克斯，之后将毛瑟枪的一个弹壳打开，将里面的子弹拿出来，然后再原样装回弹壳。之后用手枪对准伦诺克斯的脑门，扳机扣动，惨烈的伤口迸现，可事实上他并没有死。之后他就严丝合缝地包住了，认真乔装打扮了一番，然后用担架抬了出去。等到美国律师赶到现场时，伦诺克斯已经陷入深度昏迷状态，整个人被冷冻起来，被放在用作棺材的橱柜店不起眼的角落里。美国律师看到伦诺克斯时，他已经完全不清楚，脑门上的伤口已经变成黑色。他看上去就跟一个死人没有区别，第二天下葬的是一个放有石块的棺材。美国律师拿了指纹和假文件回到美国复命。迈奥拉诺斯先生，你觉得这个剧情如何？"

他无奈地抖抖肩，"也说不定，先生，可是必须得有经济实力，也得有门道才可以。不排除这样一种情况，曼宁德兹先生和奥塔托丹与当地声名显赫的人物有非常紧密的关系，像镇长、旅馆老板一类的人。"

"哦，那倒也说不定，非常不错的想法。这就是为什么他们会选择奥塔托丹这样偏远的小地方了。"

他的笑容没有了，"也就是，伦诺克斯先生也许还没有死，是吗？"

"没错，一定要弄个假自杀，这样自白书才显得合情合理。要想瞒过一个做过地区检察官的律师，必须戏演得足够真实，如果万一出了差错，现在的地区检察官可就被人耍得团团转了。这位曼宁德兹误以为自己是个狠角色，其实并不是这样的。可是他用枪把打我时却够厉害，就是因为我的手有时伸得太长了点，肯定还有其他原因。如果伪造的事情被查实，那么曼宁德兹便会成为国际性丑闻的舆论中心。墨西哥人非常讨厌警察不务实，其严重程度和我们有一拼。"

"这些都是有可能会现的，先生，我非常明白。不过你说我欺骗你，说我从来没有到过伦诺克斯先生的房间,没有把他的信拿过来。"

"兄弟,你人就在他屋子里面——正在执笔写信。"

他将太阳眼镜从眼睛上取下来,一个人眼睛的颜色是无法改变的。

"我觉得,现在去喝琴蕾似乎还为时过早。"他说。

第五十三章　告别

在墨西哥城,他脸上的整容手术还是堪称完美的。为什么不是呢?他们的医院、医生、专家、画家、建筑师都和我们的一样出色,有时还会更加出挑。曾经就有个墨西哥警察发明了用石蜡检测钠硝石粉末的办法。他们没办法让特里的脸十全十美,可是他们已经做到了极致。他们对他的鼻子也进行了整容,将其中的一段鼻梁骨拿掉,让整个鼻梁变得塌了一点,没有以前那么挺,磨去了一些北欧人的特点。他一边脸上的疤痕没有办法完全清除掉,就干脆在另外一边也加了两道。在拉丁美洲国家,这样的刀疤太司空见惯了。

"他们真是事无巨细,这边的神经也移了一根走了。"他边说,边用手指给我看,看他有半边有疤痕的半张脸。

"我所认为的几乎没什么错吧?"

"相当准确了,一些小细节可能有点对不上,可是这不是问题的关键。做得非常好,有些主意是特定情况才想出来的,连我都很迷茫。他们叫我做几件事情,要将痕迹完整地留下来。因为我给你写信,曼迪表现得很不愉悦,可是我坚持住了。他有些瞧不起你,他从来就没有想过邮箱的事情。"

"你知道杀害西尔维亚的凶手是谁吗?"

他没有正面答复我,"将一个人看作杀人凶手是最靠谱儿的,哈伦·波特对内幕是否知晓呢?"

他又勉强笑了一下,"他怎么可能让外人看出来?我觉得他并不知情。我想他肯定认为我已经不在这个世界上了。谁会跟他说?除非是你。"

"我和他没那么多可说的,曼迪最近怎么样——他是否还活着?"

"他现在还好,在阿卡普尔科。多亏了兰迪,他才侥幸保住了自己的性命。那帮家伙一般会对警察手下留情。曼迪也还好,没有你所形容的那么恶劣,他还是有良心的。"

"蛇也没落下。"

"行了吧,来一杯琴蕾怎么样?"

我没有答复他,而是直接走向保险箱。我把箱门打开,拿出一个信封,里面有一张带有麦迪逊总统像和五张百元大钞,咖啡味道浓烈无比。我将所有的东西都一股脑全倒在桌子上,将五张百元大钞捡起来。

"这些东西我留下,我去调查这些几乎要耗费这么多。至于麦迪逊总统像,我觉得很有意思,现在也该完璧归赵了。"

我把那东西放到他面前,他看了一眼,没有任何动作。

"是你的,收着吧,"他说,"我多得很,那些事情你可以完全置身事外。"

"我明白，她将自己的丈夫杀死了，如果可以逃脱责任，她也许会成为一个更好的人。当然，他也不是多么了不得的人物，也只是一个具有七情六欲的人。他明白整个事情的内幕，一直想要隐藏着这个秘密继续生活下去。他是个作者，你可能知道他的大名。"

"听着，我也是出于无奈。"他缓缓说道，"我希望每个人都好好的，在我这里是不会被通过的。人在急匆匆时想问题可能会有所偏差，我如果害怕了，退缩了，我还能怎么样？"

"我不清楚。"

"她个性有点癫狂，她估计会想尽办法把他杀了。"

"是的，她会这样做。"

"好了，不要这么紧张。我们找个安静的地方喝一杯。"

"我这会要忙了，迈奥拉诺斯先生。"

"我们曾经交情还不错。"他非常不高兴地说。

"我们？是的，我好像不记得了。我记得那似乎是其他两个人，你经常住在墨西哥？"

"对，是的，我在这里属于不合法居民，好像就一直是非法的。我跟你说过我生在盐湖城，可事实上我出生在蒙特利尔，很快我就要变成墨西哥人了。只要你有个能干的律师，没有事情是办不成的。我一直对墨西哥很有好感。去维克托喝一杯琴蕾，应该不会出什么岔子的。"

"拿起你的钱，迈奥拉诺斯先生。这张钱带有太多的血腥。"

"你并不富有。"

"你从哪看出来的？"

他拿起纸钞，用细长的手指弄整齐，随便放进衣服里面的口袋里。他洁白的牙齿咬着嘴唇，是在褐色皮肤的映衬下才可以显现出来的洁白。

"那天早晨你送我去蒂华纳的路上，我把我所有的经历都跟你说了。我给你留了把柄，你可以去警察那举报我。"

"我不是和你置气，你就是那样的人。在相当长一段时间内，我一直不清楚一件事。你举止高雅，素质也不错，可是就是有什么地方别扭。你坚守自己的准则，可是这些准则是为你一个人量身订做的，和任何一种伦理道德都没有关联。你这个人心肠是好的，因为你本质上是个好人。可是不管是君子还是小人都愿意和你做朋友，只要小人英语讲得足够好，吃相不太差就可以。你是一个和道德不沾边的人。我猜想可能是因为战争的关系，可我又认为你生来就是这样。"

"我不明白，"他说，"真的不明白，我想报答你，可是你不愿意接受。我将我毕生的所有经历都跟你说了，你不需要帮我揽下罪责。"

"这是我听过的最美丽的语言。"

"很高兴我身上还有闪光点。我曾经遇到了很大的困难，我刚好认识几个家伙，他们懂得这种事要如何处理。很久以前，在一次战争中，我救了他们，这应该是我这辈子最值得称道的事，迅如闪电。当我请求他们帮助时，他们二话没说，而且不收取一分钱回报。你并不是这个世界上唯一一个不标榜价格的人，马洛。"

他从办公桌对面把手伸过来，拿了一支香烟。他黝黑的皮肤下出现不对称的红色，伤疤愈加明显。我看着他从口袋里拿出一支精美的气体打火机，点燃香烟。他身上明显有一股浓烈的香水味儿。

"特里，你曾经让我怦然心动。一举一动，一言一行，抑或是在某个安静的酒吧里一起喝酒。过去的美好不复存在了。回见，我不跟你说再见，我已经跟你说过了。那时这么做还点价值，那时它代表着痛苦、孤单,往事一去不复回。"

"我回来得太晚了。"他说,"整容手术花的时间太久了。"

"我不引你出来,你会一直潜伏的。"

突然,他的眼睛里出现一丝泪光,他迅速将太阳眼镜戴上。

"我不确定,"他说,"我一直在犹豫,他们让我保守秘密,我只是一直在徘徊。"

"不要再忧心这件事了,特里,肯定有人会协助你的。"

"我曾经在突击队服过役,兄弟。如果你只是初出茅庐,他们是不会认可你的。我伤得非常严重,那些纳粹医生我们就暂且不谈了。那些事让我彻底变了性情。"

"我都懂,特里,在很多方面,你都很受人欢迎。我并不是在批评你,我也从来没有想过要批评你。只不过这个地方已经不属于你,你回不来了。你吃得好,穿得好,住得好,高雅得就和五十块的妓女一样。"

"我只是充充门面而已。"他急不可耐地解释道。

"你也感到非常吧?"

他非常无奈地笑了一下,又像拉美人那样过分地抖了抖肩。

"当然,也只是充门面而已,没有太多想法,这里——"他用打火机碰了碰胸口处,"这里空落落的,曾经这里是充实的,马洛。很久以前是有的,算了——我想,就这样结尾也行。"

他站起身来,我也同样。他将细长的手伸过来,我紧紧地握住。

"再见,迈奥拉诺斯先生,很荣幸和你认识——虽然时间非常短。"

"回见。"

他大踏步走了出去,我看着面前门慢慢关上,听见他的脚步声一点点消失在人造大理石走廊上。过了没多久,声音越来越小,直至最后归于安静。我还在听,因为什么?难道我期待他会突然停下来,回过头继续和我说话,让我心里舒畅一些?算了,他不会的。这以后,我从来没有再遇见过他。

所有那些人我都没有再遇见过——除警察以外。我还不知道要用什么方式和他们告别。

◆ 长眠不醒 ◆

第一章 初见卡门

十月中旬的某天上午,天色阴沉,已经是上午十一点钟了,太阳仍未露面,远处的几座小山丘前的空地上方,乌云密布。

我身穿深蓝色衬衣和淡蓝色西装,脚穿夹杂深蓝色花纹的黑色毛线袜和厚底黑色皮鞋,系着领结,就连胡子也刮得分外干净,让我显得既干练又清爽,没有露出丝毫醉意。当然,至于谁知道我喝过酒这一点,我毫不在意。总之,我已经具备了一位私人侦探应有的衣装整洁的形象。

现在,我正以这副面孔前往斯特恩乌德将军的宅邸,拜访一位拥有四百万资产的富人。这座豪宅的大厅,高度相当于两层楼房,正门足以容纳一群印度大象。门上镶着的特大号玻璃,上有一幅画,画上的骑士,穿着黑色铠甲,正在解救一位被绑在树上的女子。这位女子全身赤裸,幸而她那长长的头发将身上的重要部位遮住了。骑士一副彬彬有礼的样子,推上头盔上的护脸,正在研究捆住女子的绳结,但是他怎么也解不开绳子。我站在这幅画前面,心想:"他好像并没有认真地解救这位女子,要是我住在这里,或早或晚,总有一天我会爬到上面去给他帮忙。"

大厅的后面墙壁是几扇落地玻璃窗户,窗外绿草如茵,一直延伸到白色的汽车房前面。此刻,有一个年纪轻轻、皮肤黝黑、身形瘦长、身着黑色皮护膝的汽车工人,正在清理一辆帕卡德牌的红色旅行汽车。汽车房后面,长着几棵修剪得像卷毛狗一般整齐的树。树后面有一座高大的圆顶暖房,再往后,是难以数计的树木,树木后面连接着层层叠叠、蜿蜒起伏的小山丘。

大厅东边,是一个铺满瓷砖的楼梯。这座楼梯连接着一个带着铁栏杆的长廊和一块彩色玻璃,彩色玻璃上镶嵌着传奇画。大厅的四周摆放着很多硬背大椅子,上面套着红绒椅座,看上去似乎从没有人坐过它们。大厅西墙的中央位置,有一个大壁炉,炉子里空荡荡的,炉前有一面用四块大铜片组合而成的炉挡。壁炉台是大理石制成的,四角用爱神丘比特的雕像加以修饰。炉台上面是一幅巨大的油画肖像,肖像上边交叉挂着两面轻骑兵三角旗,旗帜上有几个洞,也许是子弹穿透的,也许是被虫子蛀坏的。肖像和旗帜都用玻璃框罩了起来。肖像是一个军官,穿着墨西哥战争年代军服,身子挺得笔直。这人的眼睛,如煤块一般,乌黑光亮,看上去严峻又热情,他还留着一个修剪得整整齐齐的乌黑色尖胡子,胡子的造型跟拿破仑三世一模一样。这幅肖像的神态,给人一种只要将对方吓唬住自己就能捞到很多好处的印象。尽管我曾听说,斯特恩乌德将军年事已高,还有一双二十岁左右、正处于叛逆期的女儿,但我猜测,肖像上的这位军官,极有可能是将军的祖父,而非将军本人。

我凝视着肖像,盯着那热情的乌黑眼睛。这时,位于远处楼梯后面的一扇门被推开,走进来一个不像管家的年轻女孩。

她二十岁上下,身型纤瘦,不过看上去倒挺结实。她穿着一条合身的浅蓝色裤子,走路时轻飘飘的,似乎脚未沾地;她留着一头漂亮的黄褐色短发,剪得很短,比现下流行的齐肩卷发短得多；她有一双灰色的眼睛，在看人的时候显得毫无表情。现在，这个女孩朝我走来，咧开嘴对我笑笑。我看到她那又薄又紧的嘴唇中间，有一副如食肉动物一般锋利的牙齿，白如釉，光如瓷，闪闪发亮。不过，她的脸看起来不太健康，没什么血色。

"嗨，你还个头还挺高！"她感叹道。

"我可没打算长这么高。"我说。

她瞪圆眼睛，思索着。显然，对于我的回答，她觉得很奇怪。

尽管我跟她才刚刚见面，但我仅看了她一眼就发现，动脑子这件事对她来说，格外麻烦。

"你长得还挺帅！"她接着说，"我敢打赌，你肯定知道自己长得挺帅！"

我哼了一声以示回答。

"敢问尊姓大名？"

"莱利。"我说完又补充道，"道格豪斯·莱利。"

"你的名字听上去很滑稽。"她咬咬嘴唇，略微偏了偏头，斜着眼睛将我上下打量了一番。随后，她垂下眼睑，让睫毛贴着面颊，接着她又如提起幕布一般，抬起睫毛。我懂她的意思，她特意玩这个小把戏让我开眼。看完她的表演，我应该按照她预期的那样，笑得在地上打几个滚并仰面朝天将四肢高举到半空。

"你是不是职业的拳击家？"当她发现我并没有按照她的意愿在地上打滚后，她开始打听我的职业。

"我是个私人侦探，工作性质跟职业拳击家还是有点区别的。"

"你是——不，你肯定是在说笑。"她很是气恼，脑袋往后一扬。在这间光线格外昏暗的大厅里，她头发上的光亮忽地闪烁了一下。

"嗯哼。"我又哼了一声。

"你说什么？"

"说吧，你听见我说了什么话。"我问她。

"你可真会逗人玩，你根本没说什么。"她将一个大拇指放进嘴里，慢慢吮吸起来，像婴儿吃奶那般，在嘴里来回搅动着。她的大拇指长得有点儿不正常，又细又扁，少了一个最上面的关节，那形状倒像有些人长的第六根手指。

"你长得可真高，高得有些离谱！"她说。

我不知道什么事让她那么高兴，她居然"咯咯"地笑了起来。接着，她慢慢地挪动身体转过身去，双臂耷拉在两边。忽然，她脚尖点地，身体向我站立的方向倒过来，直挺挺跌入我的怀里。以免她的脑袋撞到镶着棋盘格子的地板上发出"砰"的一声，我只好伸手将她拦腰抱住。我一抱着她，她马上软得像一摊泥，软绵绵地贴在我身上。为了防止她摔倒，我不得不将她紧紧抱好。她使劲扭动着，头贴着我的前胸，冲我"咯咯"直笑。

"你真的很帅。"她一边笑一边说，"我也挺漂亮。"

我无言以对。偏偏在这个时候，落地窗户打开了，管家走了进来，正好看见我将这个女孩抱在怀里。

不过，管家对这件事好像毫不在意。这位老人，大约六十岁，又高又瘦，留着满头银发。他的眼睛，是深蓝色的，看上去无比深邃；他的皮肤很光洁，走路的时候，浑身肌肉显得紧实而有力。当他穿过大厅慢慢地向我们这边走来时，我怀里的女孩一跃而起，快速跑到楼梯处，如一头小鹿，蹿到了楼上。我还没时间长长舒一口气，她已经跑得不见踪影了。

管家以一种平板的口气通知我："马洛先生，将军想立刻接见您。"

我抬起下巴，点了点头，问他："刚才那位小姐，是府上的什么人？"

"先生，这位小姐名为卡门·斯特恩乌德……"

"她已经老大不小了，你得叮嘱她戒掉那个吮吸手指的坏习惯。"

管家神情严肃，格外礼貌地看了看我，又将他刚才说过的话重复了一遍。

第二章　老将军交代的差事

我们走出有落地窗户的房间，出了大厅，顺着一条光滑的红石板路往前走。这条石板路一直延伸到草坪的最远处，将汽车房跟草坪隔开。这时，年轻的车夫正在清洗一辆用镀铬零件制作的大型黑色轿车。我们沿着红石板路，来到暖房一侧，管家侧身站在一旁，替我开门。开门之后，我发现，这间屋子跟前厅类似，室内温度与身处闷炉相差无几。管家跟在我身后，也进了屋子，他关上通往室外的大门，打开一扇通向室内的门。我们一道走了进去。这时我才真正觉得发热。室内空气潮湿闷热，雾气弥漫，一股热带植物的甜腻味扑面而来。屋顶和墙壁都是玻璃材质，上面蒙着一层厚厚的水蒸气，一些大颗的水珠落在植物叶子上，"噼里啪啦"作响。屋子里的灯光是绿色的，如射入玻璃水槽的光线，看上去极不真实。屋子里如一个森林，巨大的植物随处可见，那些植物的枝干和叶子，长得肥大又厚重，如同刚刚清洗过的死人的胳膊和手指，散发出阵阵好像蒙着毛毯煮烧酒的难闻气味。

在管家尽心尽力的帮助下，我在穿过这些植物的时候，没有被湿润而肥重的叶子打到脸。最后，我们来到圆屋顶下面——一块位于丛林之中的六角形空地。

空地上，铺着一块陈旧的红色土耳其地毯，地毯上，有一把轮椅。一个上了年纪的人坐在轮椅上，盯着我和管家，他的眼睛里已经不见生命的火光，看上去好像快断气了一般。不过，他的眼睛跟我在大厅里看到的那幅肖像画一样，有着同样的乌黑色泽和神韵。他的脸，如一张涂满铅色的面具——嘴唇没有血色，鼻子尖挺，太阳穴凹陷，还有那一对招风耳，都给人一种即将腐朽糜烂的错觉。尽管屋内极其闷热，他那又长又瘦的身躯上依然紧裹着一块毛毯和一件已经褪了色的红浴袍。他的手十分枯瘦，指甲呈紫色，手指如鸟儿的爪子一般松松地交叉在一起，放在毯子上。他的头上，还有几丝干枯的白发，像几朵朝夕难保的野花附在光秃秃的岩石上那样贴在头上。

管家站在老人前面，介绍道："将军，这位就是马洛先生。"

老人对我点点头，无精打采地望着我，既不作任何的身体动作也不说话。管家将一把带着潮气的藤椅从我身后推过来，挨着我的腿放好。我顺势落座，管家又一把拿走了我的帽子。

这时，老人开口说话了，他的声音像从一口深井里刚提上来："诺里斯，给我们来点白兰地。这位先生，你的白兰地要加点什么吗？"

"随便加就成。"我回答说。

管家穿过那些令人厌恶的热带植物，退了出去。将军跟我聊了起来，他的语速很慢，如一个丢了工作的舞女节约使用自己的最后一双袜子那般，格外吝惜地使用着自己的气力。

"以前我喜欢掺了香槟的白兰地。杯子上边的三分之二是像铁匠铺凹地一样寒冷的香槟，杯子下面的三分之一则是白兰地。先生，对你这种还有鲜血在血管里流淌的人来说，这间屋子过于闷热，您大可以将外套脱下来。"

这间房子的气温与圣路易斯城八月的天气截然不同。我起身脱去外套，掏出手帕，擦了擦脸、脖子还有手背。随后，我再次坐下，下意识地想拿香烟，但是我立即停了下来。老将军注意到我手上的动作，脸上露出一丝笑意。

"烟草的气味，我还挺喜欢的。所以，先生，你尽管抽吧。"

我拿出一根纸烟，点着了，向他坐的方向喷了一口。他使劲闻着，那样子很像正在老鼠洞门口嗅来嗅去的小狗，他微微笑了笑，嘴角轻微抽搐了一下，脸上看不出一丝表情："你瞧，事情已经糟糕到如此地步，就连抽烟这种坏事，我都得找替身来帮我做。现在，在你面前的这个人，曾经享受着荣华富贵，而今只剩下暗淡无光的残生，是个双腿瘫痪、只有下半个肚子还活着的废人。我不能吃太多东西，睡觉的时候完全是醒着的状态，根本不能称之为睡觉。我就像一只刚刚出生的蜘蛛，仅能依靠热气存活。为了替我需要的热度做掩护，我养了兰花。你喜欢兰花吗？"

"不是很喜欢。"我回答说。

将军将眼睛眯成一条缝："兰花长得肥肥嫩嫩，的确很像人肉，它的香气是一股带着甜腻的腐烂味，这种植物的确像妓女那样令人作呕。"

潮湿的热气如同一块裹尸布，将我们的身体笼罩其间。我张大嘴巴，直勾勾地看着将军。他点点头，那样子好像他的脖子已经无法承受头部的重量了。

这时，管家推着一辆装着茶具的手推车，越过丛林，走了进来。他为我准备了一杯加苏打水的白兰地，将盛着冰块的铜缸子用湿手巾裹起来，然后轻手轻脚地穿过兰花丛，走了出去。他随手打开丛林尽头的门，又重新关上。

我小口抿着白兰地。将军一边慢慢抿动嘴巴，舔着两片嘴唇，一边上下来回打量我。他舔动嘴唇的模样，真像一位殡仪员在全神贯注地搓手。

"马洛先生，我想，我应该有权利了解你的情况，所以请你先谈谈自己吧。"

"您当然有这个权利。但是，我的情况无须多费口舌。我三十三岁，拿过大学文凭。如果对方需要我用英语交流，我也能说英语。干侦探这行，没什么意思。我曾在地方检察官怀尔德先生手下当侦查员，他的侦探长伯尼·奥尔斯打电话给我，告诉我说您想见我。我不喜欢娶一位警察当老婆，所以至今未婚。"

将军笑着说："你还真有点儿玩世不恭的味道。替怀尔德先生工作，你不喜欢吗？"

"我不够听话，被他开除了。将军，在不听话这方面，我还有点儿真本事。"

"先生，我也是这样的人，所以听到你说这种话我觉得很高兴。至于我的家庭，你需要了解哪些情况？"

"听说，您的夫人已经离世，您有两个长得很漂亮的女儿，她俩都有点野性难驯。她们当中，有一个结了三次婚，她最后嫁给一个做过贩卖私酒生意名为鲁斯蒂·里甘的人，不过这个名字只限于他贩卖私酒时使用。将军，这些，就是我知道的全部情况了。"

"在你听说的这些事情中，哪一件你觉得比较特别？"

"兴许我一向跟贩卖私酒的人很合得来，我对鲁斯蒂·里甘的事情比较感兴趣。"

将军淡淡地笑了笑，尽量节省力气说："跟你一样，我也很喜欢里甘。他在克龙美尔出生，是个大块头的爱尔兰人，有一头卷曲的头发。他的眼神满是忧郁，却整天乐呵呵的，他的笑容使人格外宽敞，就像威尔舍尔大马路。第一次见面时，他留给我的第一印象跟他在你心里的想象差不了多少——他是个冒险家,偶然得到一次时机,便用天鹅绒外套装扮起自己来。"

我说:"您肯定很喜欢里甘先生。关于他这个行当的语言,我想您已经会说了。"

说完,我掐灭烟头,将杯子里的酒一饮而尽。将军那一双毫无血色的手,藏在毯子下面,他继续说:"里甘还在我身边的那段日子,他就如我的呼吸。他可以一连几个小时待在我身边,由于浑身出汗,他一升接着一升大口喝啤酒,那样子活像一口大猪。他曾在爱尔兰革命军里担任军官,给我讲关于爱尔兰革命的事情。他没有获得在美国合法定居的资格,跟我女儿薇维安的这场婚姻也非常滑稽可笑,也许他们这段夫妻关系还不足一个月。马洛先生,我说的这些,全是我的家庭秘事。"

我向他保证:"这些事在我的嘴里仍旧是秘密。之后,里甘怎么样了?"

将军望着我,一脸木然:"他在一个月前突然不辞而别,没有将去向告诉任何人,他走的时候也没有跟我告别。我觉得有些受伤,但是考虑到他不是由文明社会培养出来的人,我便原谅了他,总有一天,他会寄一封信给我。与此同时,我再次遭受敲诈。"

我问:"您是说'再次'被人敲诈?"

将军从毯子下面抽出手来,拿出一个棕色信封对我说:"里甘还在家里的时候,无论谁意图敲诈我,都会倒霉。大概是八九个月前,也就是里甘离开我家的几个月前,我付了五千块钱给一个名为乔·布罗迪的人,叫他不要再跟我的小女儿卡门继续纠缠下去。"

"啊?"

将军挑了挑脸上稀疏的白眉,问我:"你'啊'什么?"

我解释道:"这个词没有什么实际意思。"

他瞪大眼睛看着我,微微皱起眉头,好一会儿过去,他才开口对我说:"这封信你拿去看看。你再倒一杯白兰地喝吧。"

我站起身,从他的膝盖上拿过信封,又坐下来。我擦擦手,打开信封。收件地址写的是——加利福尼亚州西好莱坞区阿尔塔·布利亚·克瑞森特街3765号,收件人是盖·斯特恩乌德将军。收件人和收件地址是用墨水写的,字体是那种工程师们喜爱的倾斜印刷体。信封里的东西是一张棕色名片和三张硬纸片。这张名片很薄,是用一种亚麻制成的,上面印着没有留下住址的姓氏——阿瑟·格恩·盖格先生,名片下方左角上有几个小字——"收售珍版书籍"。翻过名片,只见背面也有几行斜体字:

尊敬的将军:

随信附有三张赌债借条。尽管从法律角度无法索取该债务,但望将军尊重信义,按时如数偿清。

——阿瑟·格恩·盖格

我将随信附上的那几张白色硬纸查看一番,它们都是用钢笔填好的期票,日期分别为九月中的几个日子:

兹向阿瑟·格恩·盖格先生借现金壹仟元整。如盖格先生需用此款,我立即奉还。注明:此借款并无利息。

——卡门·斯特恩乌德

这些填写的字，写得歪歪扭扭，都是勾勾圈圈，该用黑点表示的地方都被画上小圈。我将名片和借条放在一旁，又倒了一杯酒，慢慢地小口喝着。

"你对这些，有什么推断吗？"将军问道。

"暂时还没有。请问，这个阿瑟·格恩·盖格是谁？"

"我一点也不清楚。"

"卡门小姐有没有跟你解释什么？"

"我不想问她，就算我问她，她也会吸着大拇指，说不出一句话。"

"刚才我进门的时候，在大厅里碰到了卡门小姐，她也对我做了您刚才说的吸手指的动作，此外，她还试图坐到我怀里来。"

将军听到这些，仍旧面无表情。屋子里很热，我快热成新格兰式的滚烫大菜了，但他却好像完全没暖和过来。他的双手依然握在一起，纹丝不动地放在毯子边。

我接着说："我应该说话客气点，对吧？或者，我应该有话直说？"

"马洛先生，我发觉你没有丝毫忌讳。"

"她们姐妹俩经常一起玩吗？"我问。

"她们很少在一起的。依我看，她俩走的道路虽然不同，但目的地都通往地狱。薇维安很聪明，但她被我宠坏了，凡事爱挑剔，心肠狠毒；卡门虽然还只是个孩子，却喜欢将活苍蝇的翅膀扯下来。斯特恩乌德家族，没有什么道德观念，她们俩的道德观念跟我一样，未必强过一只猫。马洛先生，你接着问吧！"

"她们俩都受到过良好的教育，我想，她们很清楚自己到底在干什么。"

"薇维安起初念的是贵族女子中学，后来又考上了大学。卡门先后上过六所中学，这些学校的风气是一个比一个开化。上到最后，她的举止行为同刚踏进中学校门的时候没什么区别。当然，作为卡门的父亲，我说这样的话，听上去有点儿幸灾乐祸。只是，马洛先生，你要知道，正是因为生命垂危，我已经容不下那种维多利亚式的虚伪了。"将军把头靠在椅背上，闭目养神。过了一会后，他睁开眼睛说，"其实，我想我不用再跟你补充说明：对于一个到了五十四岁才当父亲的人来说，我现在遭遇的这些事一点儿也怨不得别人。"

我又抿了一小口酒，冲他点点头。我从自己的座位方向看去，清楚地看见他那颜色如灰土的细瘦脖颈上，正有一根血管在轻微跳动着。那样细微的动作，完全不能称之为脉搏。这位身体只剩下三分之一还活动着的老人，依然顽固地确信自己会继续活下去。

"关于'敲诈'这件事，你怎么看？"将军突然说了一句。

"我会把钱给他的。毕竟这件事，花不了多少钱，却能免去一大堆麻烦。我知道，这件事背后肯定还藏着点什么，但不管是什么，都不足以令您哀伤心碎。难道，你非要骗子长时间敲诈您，以至于心力交瘁吗？"

将军语气冷淡："我可是有自尊心的人。"

"对方就是想利用您的自尊心获得利益，这是骗术中最容易的一种。您目前有两种选择，要么被对方利用自尊心，要么报警。除非您能证明这是一场骗局，否则盖格完全可以凭借这张借条要回欠款。不过，他没有强行索款，而选择了将借条寄给您并坦诚地告诉您这是赌债。这样一来，即使他还留着借条的备份版本，您也有了机会加强自我防范。倘若这个人是个骗子，那么他肯定精通骗术；倘若他是个老实巴交的人，那么他应该只是偶尔放点债，您应该把这笔钱给他。您刚才说您曾经拿了五千块钱给一个叫乔·布罗迪的人，这个人是谁？"

"他是个赌棍，具体的情况我已经不记得了，我的管家诺里斯应该记得清楚些。"

"将军，您的女儿们有属于自己的钱吗？"

"薇维安有一点。卡门还小，她成年之后才有资格继承母亲留给她的遗产。另外，我会给她们俩很多零花钱。"

我建议道："将军，如果您需要我办的事情只是应付赌债这一件事的话，我倒是有办法帮您将这个叫盖格的人打发走。不管这个人是个什么样的人，不管他干的是何种营生，我都能处理这件事。当然，可能需要您在支付给我酬金之外稍微破费一些。此外，他以后会不会再跟您捣乱，我可不能保证。给他一点甜头不足以让他对您彻底死心，他已经将您的名字记入账本了。"

将军耸了耸他那裹在褪色红浴袍里面的宽大而瘦削的肩膀，说："我懂了。只是，你刚才还说我应该将这笔钱给他，现在你又说就算给了钱也不管用。"

"我是说，有一种更便宜、更省事的解决办法，那就是被他稍稍敲一笔。这就是我的主意。"

"不好意思，马洛先生，我性格急躁。请问，你的酬金标准是多少？"

"如果幸运的话，我每天可以拿到二十五美金酬劳，此外，必要的开销另计。"

"我明白了。如果要去掉脊背上的瘤子，这个价位倒是合情合理。只是，我希望你明白这一点，这个'手术'一定要做得轻巧，尤其是'手术'的过程中不要让'病人'有丝毫感觉。马洛先生，我猜，'瘤子'或许不止一个。"

我喝掉第二杯酒，擦了擦脸和嘴巴。尽管肚子里满是白兰地酒，但我依然觉得室内闷热难耐，十分难受。将军朝我眨眨眼睛，手不断在毯子边缘扯来扯去。

我问："要是我发现这个要债的人多多少少还讲点儿义气，我可以跟他达成一项协议吗？"

"我不管做什么事都是一心一意，这件事已经交给你了，你自然可以全权处理。"

我说："我一定得将这个家伙揪出来，让他觉得头上有一座大桥快崩塌压下来了。"

"我相信你做得到。不好意思，我累了，不能跟你多说什么了。"

将军伸手按了按椅子扶手上电铃。电铃线连接着一条漆黑的电线，电线绕过那些种着霉烂的兰花的墨绿色木桶，直到门口。将军闭上眼后又突然睁开，瞪我一下后，再闭上眼睛仰卧在靠垫上，不再搭理我了。

我站起来，拿起放在潮湿的藤椅上的外套，从兰花丛走了出去。出了暖房大门，我站在室外，深吸了两口气，十月的空气倒是格外清新。暖房对面，先前在汽车房前工作的汽车夫已经不见踪影。管家步子轻快，将上半身挺得如一块烙衣服的垫板那般笔直，他走过红石板路，朝我站立的方向走来。我穿好外套，站在原地等他走过来。

管家在离我大概两英尺的位置站立，一本正经地告诉我说："先生，里甘太太，也就是薇维安小姐，她想在您离开府上之前见您一面。至于酬金一事，将军已经通知我，让我开一张支票给您。无论您觉得需要多少酬劳，您都可以用支票提取。"

"将军的通知是怎么告诉你的？"

管家愣了一下随即笑着说："哦，我懂了。先生，您是侦探，当然会有这个疑问。将军是通过电铃吩咐我的。"

"你能替将军开支票？"

"是啊，将军将这个权力交给了我。"

"这个权力真不赖，以后你死了就不会被埋在乱葬岗子里了。谢谢你，这会儿我还不缺钱。对了，里甘太太想见我，她见我做什么呢？"

管家的蓝眼睛看了我一下,他说:"先生,我想关于您拜访府上的目的,她有些误解。"

"我来这里的事,是谁告诉她的?"

"里甘太太房间的窗户正对着暖房,我们走进暖房的时候被她看见了,我只好将您的身份告诉了她。"

"你这样做,我很不高兴。"我说。

他的蓝眼睛蒙起一层寒霜:"先生,您是想提醒我我的职责应该是什么,对吗?"

"不,我的话不是那个意思。不过,我对你的职责范围倒是挺感兴趣的。"

我和管家两人瞪着眼睛看了对方好一会儿后,他转身走了。不过,走开之前,他又用那双蓝眼睛瞪了我一下。

第三章 里甘太太的怒火

这间屋子格外宽敞,天花板很高,房门也大得不像话,屋子里铺满了白色地毯,就像刚被一场大雪覆盖的箭头湖。屋内随处是高大的穿衣镜和玻璃摆设饰品,家具是象牙色的,还镶着镀铬的金属装饰物。窗帘垂在雪白的地毯上面,也是象牙色的,距离玻璃窗户足足一码远。雪白的地毯让象牙色家具看上去有点脏,而象牙色的家具又将地毯的颜色衬托得更加发白,像人失去鲜血之后的那种惨白色。屋子里的空气很憋闷,我看看窗户外的小山岗,天色越发阴沉,看来快要下雨。

我坐在一张巨大的软椅上,观察里甘太太。她是个很耐看的女人,也是个挺会惹火上身的女人。这会儿,她脱掉拖鞋,平躺在一张现代化样式的躺椅上,头靠在象牙色的缎子靠垫上面。

她腿上穿着透明的丝袜,放腿的姿势像是故意引人观看:膝盖以下的部位,我看得清清楚楚,顺着其中一条腿往上,还可以看得更多一些。她的膝盖不是那种棱角分明的粗大骨骼,倒是很有肉感,上面还有那种跟酒窝类似的旋涡;她的小腿生得很美,脚踝细长,线条优美而富有旋律,如完全可以谱写一首乐诗的五线谱;她身形修长而窈窕,看上去非常健康;她的头发乌黑而卷曲,从中间分开;她的眼睛,跟大厅中的那副肖像一般,乌黑发亮而眼神灼热;她的下巴和嘴唇也格外美丽动人,嘴角微微下垂,似乎有丝丝忧郁,而下嘴唇却异常丰满。

她拿起酒杯,喝了一口酒,目光越过酒杯边缘,冷冷地看着我,说:"你居然是一个私家侦探。我一直以为,这世上并不存在这种人。他们只存在于书本里,或者是躲在旅馆里,鬼鬼崇崇地偷听别人闲事的、衣服跟油包一样脏的小混混。"

她这些话,我将它们当作耳边风,全然不放在心上。她将酒杯在躺椅的扁平扶手上放好,手上戴的绿宝石随着放酒杯的动作闪了一下。接着,她将头发理了理,慢慢说:"我爸爸这个人,你喜欢不?"

"喜欢。"

"我想,你应该知道谁是里甘了,我爸爸很喜欢他。他这个人有时候特别庸俗和实际,有时候又挺真诚。我爸爸认为他很有味道。里甘这样不辞而别,爸爸虽然嘴上不说什么,心里却很难过。这件事,我爸爸跟你说了吗?"

"嗯,将军只说了一点点。"

"马洛先生，你一向话很少，对吗？我爸爸是不是想让你找到里甘，对不对？"

她刚一闭嘴，我就用那种特别礼貌的眼神盯着她说："对，不过也不全对。"

"你这话，完全不能叫作回答。你认为你能找得到他？"

"我可没有说我答应你爸爸帮他找人。如果你爸爸真想找到他，为何不联系专业的寻人机构呢？寻人机构好歹是个组织，而我只能一个人单干。"

"我爸爸不想让警察到家里来。"她的眼睛又越过酒杯边沿，直直地盯着我。一会儿之后，她喝光了酒，按了按电铃。一个女佣人穿过侧门走了进来。这是个中年妇女，黄皮肤，长相看上去很温顺，如同一头已经被使唤多年后才放养回牧场的温驯老马。她的眼睛水汪汪的，鼻子长长的，没有下巴下颔。里甘太太指指空酒杯，女佣人倒上一杯酒递给她，然后转身离开。在这个过程中，女佣人没有说一句话，也没有看我一眼。

门重新关好后，里甘太太对我说："关于找里甘这件事，你跟我说说具体怎么来做吧。"

"他什么时候离开这里的，又是用什么方式离开的呢？"

"这些，我爸爸没告诉你吗？"

我侧过头，对她微微一笑。她的脸一下子红了，那乌黑而有神的一双眼睛立即喷射出愤怒的火焰，她气呼呼地说："我真搞不懂，你说话遮遮掩掩，到底是为了什么？你什么也没告诉我，我非常不喜欢你这种态度！"

我说："我也不欣赏你的态度。我没有要求跟你见面，是你把我叫来的。你在我面前摆阔，午餐只喝苏格兰威士忌。对于这些事，我没什么意见。你向我炫耀你的大腿也没什么，并且你的腿长得很漂亮，我有缘得见还真是三生有幸。至于我的态度，你喜欢与否，跟我没有任何关系。我承认，我的态度的确不太好。冬夜漫漫，我自己也为自己的态度感到难过。不过，这些都无关紧要，重要的是，你不必花时间再问我什么了。"

她将手里的杯子使劲蹾在椅子扶手上，杯子里的酒被震出来，洒在象牙色靠垫上面。她一下子两脚着地，站到我面前。她的眼睛闪着怒火，鼻翼因愤怒而张得老大，嘴巴也张开了，露出闪着亮光的牙齿。她握紧了拳头，手指因用力而白得失去血色。

"从来没有人会这样跟我说话。"她气呼呼地说。

我依然坐着，对她保持微笑。她渐渐闭上嘴巴，低头看了看洒到靠垫上的酒，又坐回躺椅，手托着下巴说："上帝啊！你是个帅气的大坏蛋！我应该用一辆布依克汽车碾轧你！"

我拿出一根火柴，在大拇指的指甲上划了划，这一次，火柴居然划着了。我拿起火柴点燃香烟，朝半空中喷了一口烟，等她继续往下说。

"我非常讨厌性格傲慢的人，讨厌得要命！"

"里甘太太，你究竟在害怕些什么？"

我的话音刚落，她那开始还泛着眼白的眼睛，几乎被黑眼珠完全占据，她的鼻翼也像被人捏了一下那般泄了气。

"我爸爸叫你来，肯定不是为了找里甘。我是说，他要求你做的事，真的跟里甘有关吗？"她余怒未消，声音听上去很不自然。

"太太，你还是亲自去问将军吧。"

她又火冒三丈地吼起来："他妈的，给我滚出去！滚出去！"

我站起来准备离开。

"坐下！"她毫不客气地命令道。我又坐下来，用手掌将手指捏得"啪"地一声响，等着她继续往下说。

"请，请坐。如果我爸爸要求你找到里甘，你能把他找到吗？"

她的客气对我没有产生任何作用。我点点头，问她："里甘什么时候离开的？"

"一个月前的一天下午。他开着自己的车走了，没有留下只言片语。后来，他们找到了他自己那辆放在私人汽车房的车子。"

"他们是谁？"

她的态度突然变得乖巧起来，好像全身得到了放松，朝我媚笑着说："这么说来，我爸爸没有把这件事告诉你。"她的声音里有抑制不住的高兴，好像已经赢得了跟我的这一场斗智。也许，她真的赢了。

"关于里甘先生的事，将军的确告诉我了。只是，他不是为了这件事而找我。你想从我这里问的情况，就是这个吧？"

"他想跟你说什么就说什么，我才不关心这些呢。"

我再次站起来："好的，那我先告辞了。"

她一言不发。

我走到高大的屋门前面，扭过头一看，里甘太太正在咬嘴唇，那样子，就像小狗在啃地毯边缘。

出来之后，我走下楼梯，来到楼下大厅。管家拿着我的帽子，从某个地方冒了出来。我戴好帽子，在他替我开门的时候告诉他："管家先生，你搞错了，里甘太太并不想见我。"

管家理了理满头银发，用一种特别礼貌的语气说："先生，对不住，我总会将事情搞混淆。"说完，他站在我身后，关上大厅大门。

我站在大厅前的台阶上，一边吸烟，一边看风景。眼前，是高度一层低过一层的花坛、修剪得整整齐齐的树木，树木背后是将这座府邸围绕起来的、镀得铮亮的尖头铁栅栏。大铁门敞开着，铁门外面的两道土墙中间，一条汽车道由此弯弯曲曲地往前伸展。栅栏外面，有一个绵延好几英里的小山坡。在山坡的低矮处，依稀可见一些木制的油井架。斯特恩乌德将军一家人，正是依靠这些油井发了财。不过，斯特恩乌德将军已经将这块地捐给了市政府，现在这里大部分已经被开辟成修剪得格外整齐的公园。但是，斯特恩乌德将军依然保留了一小块地方，这块地仍有一些油井每天可往外喷五六桶油。将军举家搬迁到山上去了，他们已经闻不到刺鼻的石油味和烂泥地散发的臭气了。然而，如果他们站在房子的窗户往外远眺，依然可以看到这些帮助他们发家谋财的设施。不过，我认为他们对这些东西已经失去了兴趣。

我沿着大厅外的砖路，走过花坛，顺着铁栅栏一直往前走，来到大门处。门外马路上的一株大胡椒树下面，停着我的汽车。这时，山顶上方的天空是一片黑沉沉的颜色，阵阵惊雷已经从山那边传过来，一场大雨即将到来，我已经闻到空气里混着的雨腥味。我支起可折叠的帆布雨篷，开着汽车往城里赶去。

毫不夸张地说，里甘太太的腿真的很漂亮，她和她的将军父亲，都是可爱可敬的好市民。也许，将军只是想试验我一下，他交代我做的事本该由律师来做。就算这位专业经营珍藏版书籍的阿瑟·格恩·盖格先生真的是个勒索犯，但也依旧属于律师的事务范畴。除非扒开这件事的表象，底下还藏着大量不为人知的事情。虽然现在我的观察还特别粗糙简略，但我觉得还是将这些隐情统统挖掘出来别有一番乐趣。

我驱车前往好莱坞公共图书馆，借了一本大部头——《著名初版书》，做了一些粗浅的研究。半个小时之后，我感觉到饥饿，便合上书去吃午饭。

第四章　神秘的盖格书店

　　阿瑟·格恩·盖格的书店靠近拉斯·帕尔玛斯地区，位于大马路北面方向，是一家有门面的店铺。店铺的橱窗镶嵌着铜制窗框，后面被悬着的中国式帘幕遮挡住了，从外面看，完全看不清店内的情况。橱窗里摆放着式样不一的东方风格小摆件，不过我的兜里只存着那些尚未付清的账单，因此我从不收藏古董，搞不清楚这些小摆件是否值钱。店铺正中，凹进去的那一段，是店门。店门上镶着厚玻璃，挡住了光线，里面光线比较昏暗，我站在门外，依然无法看清楚书店的内部情形。书店一侧是这栋楼房的入口，另一侧是一家珠光宝气的珠宝店。此刻，站在店门口的珠宝店的老板正在摇晃身体，看上去无所事事。这位老板是犹太人，高个子、白头发，长得相当帅气。他身穿偏瘦的黑衣服，右手戴着大约九克拉的钻石戒指。他见我转身走进盖格的书店，嘴上浮出一丝心领神会的微笑。

　　我随手轻轻关上书店大门，踏上铺了一地的厚大蓝色地毯，走了进去。屋里摆着皮制的蓝色软椅，椅子边立着一个小台子，供吸烟使用。书店中央，摆放着光滑整洁的窄条桌子，上面放着几套皮面印花的书。书店墙上的玻璃阁子里，也摆着很多的皮面印花书籍。这些摆设看上去很唬人，兴许那些办企业的有钱人会将这些书论码买下来，再命人贴上"某某人藏书"的书签，一本接一本地摆起来展示。店铺后面立着一道木质带花纹的隔扇，隔扇中间有道紧紧关闭的小门。隔扇跟一道墙围成了一个角落，角落里放着一张小桌子，桌上摆着一个木质雕花台灯，这张桌子后面坐着一个女人，她穿着紧身黑色衣服，在明亮的灯光下依然显得很灰暗。看到我走进来，她慢慢站起来，一扭一扭地朝我走来。她双腿修长，走路的姿势很是特别，至少这种姿势我很少在书店见到；她的头发是稍稍偏暗的金黄色，从耳朵上面往后脑勺方向梳得很是光滑，她的眼睛是棕色的，睫毛卷成小圈，耳垂上戴着两颗大如纽扣、闪闪发亮的漆黑色宝石；她的手指甲被染成了银灰色。她走到我身边，浑身上下散发出足以搅散商人们一场午宴的性感气息。她歪着头，伸手将一缕有些散乱但又不完全散开的、带着柔美光泽的头发理了理。她冲我笑了笑，那笑容是试探性的，要是她再稍微下一点功夫，那笑容就能变得更柔媚动人。

　　"您在找什么书，对吗？"她问。尽管她的装扮看上去很摩登，不过她说话的语调却有失文雅。

　　我戴上角质镜框的太阳镜，将声调提高一个音阶，用一种类似小鸟鸣叫的声音问她："我在找一八六零年版的《本·胡尔》，你们这会不会凑巧有这么一本呢？"我想她特别想回答我说——"什么玩意儿"！不过，她并没有这样说，而是淡淡一笑："您要的是第一版本的吗？"

　　"不，我要的第三版本，就是在第116页出现了一处印刷错误的那一版。"

　　"不好意思，我们这里暂时没有。"

　　"那么，一八四零年出版的《奥丢邦骑士》全集呢？有吗？"

　　"哦，也没有。"她说话的声音，就像一只小猫鼓足了劲在咕噜。她的眉眼和嘴角布满了笑容，我猜想，如果这笑容掉下来，会不会砸到什么东西上。

　　"你们这里，不卖书吗？"我依然用我那彬彬有礼的假嗓音问道。

　　她上上下下将我打量一番，脸上的笑容已经消失不见，取而代之的是比平常略微严肃一点的表情。她身子僵硬地站着，伸手指向玻璃书柜，用挖苦的口吻说："先生，您看那里放着的东西，难道像葡萄吗？"

　　"你要知道，我对这类东西不怎么感兴趣。说不定，这些书上面还有那种复制下来的铜版画呢，我知道价格，彩色画两便士一幅，黑白画一便士一幅。这些东西不值钱，哪里都买得到。哦，对不起，原谅我这么说，我对这些真的不感兴趣。"

"我明白您的意思。我想，盖格先生或许能帮得到您。不凑巧的是，他有事出去了。"她像在用千斤顶尽量将笑容拉回脸上，不过她的眼睛却没有停下来，依然在来回审视我。我想，她或许觉得我像不能到马戏团演出的跳蚤一般，对珍版书籍一无所知。

"那他过会儿就回来吗？"我问。

"恐怕，他回来得比较晚。"

"唉，真倒霉，真是糟糕透了。除了要上需要动点儿脑子的三角课外，我下午没什么事。你们这里的椅子挺舒服的，我想在这坐一会儿，抽支烟，可以吗？"

她说："可以，您当然可以。"

我找了一张椅子坐下来放松身体，拿起放在茶几上的镍制椭圆形打火机点起一根纸烟。这个女人还站在原地，咬着下嘴唇，眼神迷茫而困惑不解。最后，她只好点点头，慢悠悠转过身，朝角落里的小桌子走去，躲在台灯后边继续盯着我看。我搭起腿，打了个哈欠，她伸出那染了银指甲的手，想拿起桌上的电话听筒，但她迟疑了一下，又将手指放下，轻轻地敲起桌子来。

书店内一片寂静，大约五分钟之后，店门被打开，一个长着大鼻子的高个子，拿着一根拐杖轻轻走了进来。他脸上的表情，看上去格外饥渴，一走进来，他就用力关上门，大步走向坐在角落里的金发女人。随后，他拿出一个纸包，放在桌上，又从衣服口袋里拿出一只包裹了金角的海豹皮钱包，打开让女人看。女人看了看钱包，按了一下桌上的电铃。于是，高个子男人立刻走在隔扇中央的小门前面，把门推开一道缝，侧着身子溜了进去。

烟很快吸完了，我又点了一根。时间过得很慢。从马路上不停传来各种汽车路过的喇叭声。一辆大红色的市区公共汽车正鸣着笛向前开去，交通指挥灯正在改变信号，发出一连串铃声。书店内，金发女人将头靠在自己的胳膊肘上，用手罩住眼睛，透过手间的缝隙继续盯着我。隔扇中央的小门突然开了，刚才进去的高个子拿着一个纸包出来了。看纸包的样子，里面好像包了一本大书。他后脚跟着地，一边张嘴呼吸，一边走到桌子边付款。从我身边经过的时候，他斜着眼睛使劲瞟了我一下。

我站起来，朝向金发女人掀掀帽子以示道别，然后跟着高个子出了门。他不断抡着拐杖往西边方向走去，拐杖在他的右脚脚面上方不停地画着小弧线。他肩膀很宽，脖子如一根细瘦的芹菜，身上穿着颜色花哨的粗呢子大衣，走路的时候脑袋跟着拐杖一摇一晃。追踪他毫不费力，我已经跟着他走过半条街的前面区域。经过高原路路口时，我趁着红灯亮起，刻意站在他身边，让他留意到我。刚开始，他朝我站立的方向随便看了一下，但是，突然之间他斜着眼睛瞟了我一下，立即转过头。

绿灯亮起来后，我跟着他走过高原路和一个街区。突然，他迈开两条长腿快步走起来。等他走到转角，我已经被他甩了大约二十码。接着，他拐到一个上坡走势的街道上，走了约一百英尺后，将手杖勾着手臂站立休息。他从里面口袋里拿出一个皮制烟盒，刚抽出一根纸烟，火柴掉在地上，他俯下身子捡火柴的时候扭头看看身后，恰恰发现我站在街角望着他。就像被谁踢了一下屁股，他立马挺直身体，甩开双腿，用手杖敲着地面大步往前走，走了一会儿，他朝左边拐了个弯。等我走到他转弯的地方时，他跟我的距离至少拉开了半个街区。

我追得气喘吁吁，他却已经消失得无影无踪。现在，站立在我面前的是一条两边种着树的狭窄街道，和一面挡土的墙以及三栋花园式的平房院子。

我将街道认真地观察了一会儿，最终在第二座平房院落前面发现了一点线索。这栋名为

"拉·巴巴"的房子,两侧被树荫覆盖,光线阴暗,环境清幽。

平房中间有一条甬道,甬道两侧是被修剪得格外粗短的意大利柏树,它们的样子就像《阿里巴巴与四十大盗》里面的油缸。现在,在第三个"油缸"后面,有一个花里胡哨的衣袖,突然闪动了一下。

我站在街边,靠在一棵胡松树边,耐心等待。空气跟斯特恩乌德将军养兰花的暖房一般,湿热浑浊。从远处的山谷里又传来轰隆隆的雷声,乌云飞快向南边飘去,电光在层层叠叠的云层里忽明忽暗。几滴雨试探着,滚出云层,落在人行道上,留下镍币大小的湿点。

柏树后面的衣袖又露了出来。接着,又露出半张人脸来,脸上面的一只眼睛正警惕地瞪着我。过了一会儿,这半张脸消失不见,随后,另一只眼睛出现在柏树的另一侧。时间已经过去五分钟了,我已经完全掌握了这个人的行动。他这样的人,都比较神经质。突然,树后传来划动火柴的声音,紧接着又响起一声口哨。随后,他走过草地,溜到身边的一棵树后面,走上甬道,朝我走来。他一边抡起拐杖走路,一边吹口哨。他的口哨吹得并不好,我听得出来,他的镇定只是装装样子,其实他已经被吓得心惊胆战了。我故意抬头望着满天乌云。他在距离我大约十英尺的地方走了过去,没有看我一眼。我知道,他现在以为自己将那东西已经藏好,以为自己的人身安全得到了保障。

直到他完全消失在我的视野里,我才走到这栋房子中间的甬道上,打开第三棵柏树的枝干,取出一本用厚纸包好的书。随后,我将它夹在胳膊下面,转身走远了。这一路走得很顺利,没有人喝令我将这本书放下来。

第五章　探寻盖格书店的奥秘

我走回大马路,来到一家杂货铺的电话厅,从电话簿上找到了阿瑟·格恩·盖格先生的家庭住址——拉维恩·特雷斯街。这是一条横街,位于月桂谷大街通往山腰的地方。我投了一枚镍币,拨通了盖格先生的电话。当然,我这样做纯粹是好奇心作怪。电话无人接听,我通过电话簿的分类查号栏,找到了我此刻所在地区的附近几家书店。

我去了第一家书店。它位于马路北侧,底层面积很宽,主要经营文具和办公用品,在底层与二楼之间的夹层房间,才是真正卖书的地方。

不过,这个书店不太像我要找的那种书店。于是,我穿过马路,往东边走过两个街区,又到了第二家书店。这才像我要找的书店:它是一个空间狭窄的小铺子,堆满了书,一直堆到了天花板,店内有四五个人在里面看闲书打发时间,他们的脏手指按在新书的护封上面也没人出来劝阻。我走到书店的最里面,穿过一道隔扇,看见一个皮肤紧致黝黑的女人坐在桌子前面正在读一本法律方面的书。

我打开皮夹,向她展示了一下皮夹里页别着的工作证。她看了一眼,随即取下眼镜靠在椅背上。她有着一张犹太人般智慧的脸,一直盯着我,不开口说话。

我收好皮夹,问她道:"你能不能帮我个忙?我只需要你的一点点帮助。"

她用平滑而略带沙哑的声音回答说:"我不能确定。你到底需要我做什么事情?"

"马路对面,有一个叫盖格的人开了一家书店,你知道吗?这家店就在西边,离这有两个街区的距离。"

"我曾经可能从这家店门口路过。"

"那家书店跟你们这样的书店不太一样，你知道具体哪里不一样吗？"

她很是不屑地翘起嘴角，一言不发。

"那你认识盖格先生吗？"我继续问。

"不好意思，我不认识他。"

"你的意思是说，你没办法告诉我他长什么样子？"

她又翘起嘴角："我为什么要告诉你？理由是什么？"

"毫无理由。如果你不想说，我不会勉强你。"

她朝隔扇外面看看，又靠在椅背上："你展示给我看的东西，是警察局长的证章，对吗？"

"那代表着警察局长的荣誉。当然，对我来说，那东西完全就是拿来玩的，还不如一毛钱一支的雪茄值钱。"

"我明白了。"她拿出一包纸烟，抽出其中一支，噘起嘴唇叼住烟。我划燃一根火柴，递给她。她道了个"谢谢"，又靠在椅背上，一面绕过烟雾看我，一面小心翼翼地问："你想知道盖格先生的长相，您是拿定主意不跟他见面吗？"

"他人不在书店里？"

"我想，他总会到自己的铺子里去的。"

"我暂时还不想跟他直接见面。"

她又朝打开的门外看看。

我问："关于珍本书的事，你懂不懂？"

"懂得一些，你若不信大可以考考我。"

"那一八六零年版的《本·胡尔》的第三版，就是第116页有一行印重了的那个版本，你们这里有吗？"

她把黄色封皮的法律书往边上一推，拿出一本大的参考书放在桌上翻起来，找到需要查找的地方，看了看。接着，她头也不抬地告诉我："什么也找不到，你说的这个版本根本就不存在。你到底想干什么？"

"看来，盖格书店的那个女人还不知道这件事。"

她抬起头说："我懂了。这件事让我觉得挺有趣的，我隐约觉得挺有趣。"

"我是个私人侦探，现在我在查一桩案子。或许我需要你给我提供大量帮助。不过至于你到底愿不愿帮我，我倒是觉得无所谓。"

她伸出手指头，戳了一下眼前的灰白色烟圈。烟圈原本就飘摇欲散，经过这么一戳，便一缕缕地散开了。她面无表情，一边吸着烟，一边说："盖格这个人，大概四十岁出头。他中等身高，略微发胖，体重差不多有一百六十磅；他有一张胖乎乎的脸，留着陈查礼式胡子；他的脖子比较粗，浑身肌肉比较松软；他着装比较讲究，平常不怎么戴帽子。总之，他总是装出一副深谙古董这行的样子，其实，他对古董根本就一窍不通。哦，差点忘了说，他左边的眼睛是假眼。"

"你很专业，完全可以成为一名优秀的警察。"我夸赞道。

她将参考书放到桌边的一个书架上，然后将摆在面前的法律书打开，才淡淡地说："我可不想当警察。"说完，她戴上眼镜。

我跟她道了声"谢谢"，然后走出书店。已经下雨了，我只好将那本包好的书夹在腋窝下跑起来。我的车停在一条横街上,正对着马路,也似乎正对着盖格书店。雨下得很大,我还没跑到车那儿,身上已经被淋湿。冲进车里后,我赶紧摇起汽车两边的窗户,拿出手帕擦干纸包,将它打开。

里面是一本厚重而略有些陈旧的书,装帧讲究而精美,用的是上等纸张。我打开一看,书里有很多整页艺术照,里面的照片和文字特别污秽,简直不堪入目。

书的前面扉页上印着借出及归还日期。不用说,这本书仅供租赁,而盖格的这家书店主要就是用来出租黄色书籍的。

我将书重新包好,锁好后放在车厢后排。听着车外的雨点声,我琢磨起来:这样一家黑书店,居然敢在大马路上公开经营,肯定有实力强劲的后台为它撑腰。

第六章　秘密发生的惨案

雨水填满阴沟,溢到地面上。路上的积水已经漫过了膝盖,人高马大的警察们,穿着像大炮筒一般闪闪发亮的雨衣,"咯咯"笑着,将过不去的女孩子抱起,走过深水地带。我想,这些警察们一定觉得这个游戏挺好玩。

雨点敲打着汽车车篷,密如鼓点。帆布质地的车篷开始漏雨,我的脚下已经积了一摊水,像是老天专门为我准备的歇脚处。现在的这个季节,这场暴雨未免来得有点早了。我好不容易穿上军用的胶里雨衣,飞奔向最近的杂货店,打包一品脱威士忌。回到车里后,我为了暖和一下身体、缓和缓和自己的情绪,将酒喝掉一大半。其实,我的车停在这里的时间太长了,不过那些警察们正忙着抱女孩子蹚水,正忙着吹哨子指挥交通,哪里还顾得上我的违章停车呢!

尽管下着大雨,也许正因为这一场大雨,盖格书店的生意格外兴隆。店铺面前,停满了一辆辆漂亮的汽车,衣冠楚楚的顾客们,在书店里来来往往。他们每个人,胳膊底下都夹着纸包。值得一提的是,到这里来的除了男人,还有女人。

大概下午四点钟,盖格到了店里。他俯身走下停在铺子前的奶油色小轿车,刚踏进店门的时候,我一眼就看到了他那胖乎乎的面庞和陈查礼般的胡须。他没有戴帽子,穿着一件束带皮质绿色雨衣。我从自己待的地方看过去,没有发现他的玻璃假眼。随后,店铺里走出身穿皮夹克、身材高大、长相帅气的年轻人。他将盖格的奶油色汽车开到书店后面停好又步行走进店面,此时,他的乌黑头发已经被大雨淋湿,湿哒哒地贴在头皮上。

一个小时过去了,天渐渐黑了。商店里的灯光被雨幕遮挡得格外暗淡,似乎那一点点光亮快要被无尽黑暗的街道吞噬。有轨电车像是生气了,"叮叮当当"响着,驶了过去。五点十五分左右,穿着皮夹克的高个儿年轻人撑着雨伞走出书店,将停在后面的奶油色小轿车开过来,在店门口停好。这时,盖格也从书店里走了出来,年轻人高高举起雨伞,替他挡雨。直到盖格上车坐好,他才收了雨伞,甩几下,快步回到书店。

我发动了马达,跟上盖格的车。奶油色小轿车顺着马路往西边开去,为了便于追踪,我不得不将车头掉到左边。这样一来,我惹恼了好几辆过去的车,有一个电车司机还将头伸出车外对我喊了几句下流话。我还没驶入快车道,盖格的车已经开出了两个街区。我希望,他现在正往家里赶。我在后面尽力追赶,有两三次看见了奶油色汽车的踪影。他掉转方向驶往月桂谷大街上时，我终于追了上来。月桂谷大街是一条上坡路，他开了一半，向左转弯，驶入湿漉漉的拉维恩·特雷斯街。这条街比较狭窄，街道一侧是高坡，另一侧是沿着山坡走势向下散落的小房子。这些房子的房顶，跟路面的高度差不多。每一所房子面前，都用矮树丛作为屏障。现在，这一带的树木湿淋淋的，正在不停地往下滴着水珠。

盖格打开了车灯，我不敢开车灯，只好加快速度，在一个拐弯处超过他。经过一所房子前面时，我已经清楚地看到了门牌号码。于是我继续往前开车，直到这条街的尽头才掉转车头驶入一条横路，然后又折了回来，恰好盖格车子的车灯正从一间停车房里斜射出亮光来，我轻易找到了盖格停车的那所房子。这所小房子门前的树丛，形成了一个方形屏障，恰好遮住了前门。我见盖格打着伞走出停车房，越过矮树丛，走进房内。从他目前的举止来看，他还没发现自己已经被人跟踪。

房子里的灯亮了。我开车来到毗邻盖格住处的前一所房子面前。这所房子看上去是空的，不过外面也没挂着类似出租、出售的牌子。我停下车，摇下车窗，透了透气。随后，我喝了几口酒，坐在车里等着。我并不清楚自己在等什么，但是直觉告诉我，我应该在这里等着。

时间慢慢往前走，一分一秒渐渐过去。

期间，有两辆小汽车开过来，驶向山顶。这条街好像很少有车辆经过，六点钟之后，才有不少打着明亮的车灯的车子在大雨中疾驰而过。当天完全黑下来的时候，一辆小汽车开到盖格住房前停了下来。

车灯熄灭后，一个女人打开车门走了出来。这是个身材窈窕娇小的女人，她戴着流浪汉款式的帽子，穿着透明的雨衣，穿过迷宫一般的矮树丛，来到门前。不一会儿，我隐约听到门铃声，接着看到一道亮光从门内射到外面的地上。随后，门关上了，四周一片寂静。

我从汽车存物箱里拿起手电筒，走出来查看刚才开来的这辆车子。这是一辆帕卡德牌旅行车，颜色是褐红色或者深褐色。车主忘了关左边的车窗，我一伸手便摸到了驾驶证外面蒙着的塑料封皮。我拿起手电筒照了照，只见上面写着：

车主：卡门·斯特恩乌德。
家庭住址：西好莱坞区，阿尔塔·布利亚·克瑞森特街第3765号。

我回到车上，继续等待。车篷上的雨水不断往下滴，打湿了我的膝盖。也许是满肚子装着威士忌的缘故，我感觉自己像着了火一样。这时，再也没有车子往山上开来了，我的汽车对面，盖格的房子里没有一点灯光。我想，如果谁打算在这儿做点什么坏事，这环境倒是特别理想。

七点二十分，盖格的房子忽然发出一道耀眼的光亮，如同夏季雷雨里的一道闪电。当光亮被黑暗吞没后，房子里传来一声清脆而不大声的尖叫。这声音刚传到矮树丛，我立刻跳出汽车往盖格的房子走去。不过，还没等我赶到房门前，连尖叫的回声都听不见了。

这声尖叫之中没有丝毫的恐惧——这是带着某些好玩意味的惊愕，是醉酒后的撒疯，是一个白痴发出的毫无理由的呼叫。

这声音听得令人作呕。它让我想起了疯人院里身穿白色护士服的男人、安着铁栏杆的窗户、将人用皮带系牢的小硬床。当我钻过树篱的空隙，绕过遮掩着大门的方形矮树丛时，盖格的房子里又恢复了宁静。大门上有一个被衔在狮子嘴里的铁门环。我一伸手，刚按住门环，屋子里像有人在等待什么信号一般，响起"砰砰砰"三声枪响。我隐约听见，似乎有人厉声长叹了一下，随后传来"扑通"一声，应该是一件什么沉重的东西掉在了地上。再接着，是匆匆的脚步声——人已经逃走了。

门前的马路狭窄，如同峡谷上的一座窄桥，连结着两侧的山坡和房屋。盖格的房子，前面没有门廊，没有空地，更没有通向房子后门的小路。至于后门的情况，我完全清楚——后门外有几级木头做的台阶，直通一条窄巷。我听见，有人从木头台阶上跑下去，留下一阵"咚咚"的脚步声。接着，传来一阵"突突"声，那是汽车发动的声音。很快，这辆汽车消失在夜色里。随后，我好像听见了另一辆汽车的声音。只是，我还不敢肯定这一定是汽车声。盖格的房子恢复了如墓穴般的寂静，我再也不用着急，反正在屋子里的东西，已经跑不了。

我骑在甬路边的树篱上，探着身子，尽量看着轻纱遮挡但没有拉上窗帘的落地窗户，想透过纱窗接缝的空隙查看房子里的情况。但是，我费尽力气，只看到了打在墙上的灯光和书柜的一个角。于是，我又回到甬路，站在甬路一头，冲过去，用肩膀使劲撞大门。我承认，我这个举动实在愚蠢至极。加利福尼亚所有的住房里，唯一无法闯进去的装置就是正门。我这样做，只不过是将自己的肩膀撞得酸疼。我简直快要气疯了，只好再爬上树篱，对准落地窗户踢了一脚，用帽子裹好手，取出一扇小窗户下面的碎玻璃，然后伸手进去，打开窗户的插销。

接下来的事情，毫不费力：窗户上并没有插销，我推开窗钩，爬进屋子。

虽然屋子里的两个人，只有一个人断了气，但是他们对我这种破窗而入的方式毫不理会。

第七章　案发现场

这间屋子的宽度足以跟整座房子的宽度持平。屋内的天花板很低，泥墙被刷成棕色，上面用一幅幅中国刺绣装饰着，原色木柱上挂着中国及日本式样的图片。书柜不怎么高，地毯是桃红色的，特别厚，足够一只金花鼠在里面待一个星期也不会被人发现。地毯上，随处是软垫和丝织品，看样子，不管谁在这住都得拿起其中一件摆弄摆弄。屋子里有一张矮而宽大的长沙发，上面铺着玫瑰色织锦。沙发上有几件衣服，其中一件是绸质的淡紫色内裤；还有一盏带底座的大雕花灯及两盏罩着翡翠色长穗灯伞的落地台灯。此外，还有一张四周用奇怪雕像装饰的黑色书桌。书桌后面，立着一把扶手和椅背都雕了花的乌木椅，上面铺着黄色缎子坐垫。

此刻，屋子里混合着各种气味，最容易辨别的是好像还未散尽的刺鼻火药味和令人作呕的乙醚的香味。

屋子的另一头是一个矮台子，台子上放着一把高背柚木椅。现在，卡门·斯特恩乌德小姐正坐在这把椅子上，屁股底下还铺着一块带着穗子的橘红披巾。她坐得笔直，两手持平摆在椅子扶手上，双膝并拢，整个坐姿看上去特别像一座正襟危坐的埃及女神。她的下巴也摆得很周正，嘴巴微张，光洁的小牙闪闪发亮。只是，她那石板色的灰眼白快要吞没整个眼眸，我看得出来，这对眼睛属于一个疯子。

她好像已经失去知觉，但是从她的坐姿来看，又不像完全失去知觉的样子。我想，一定是她在心里认定自己在做一件特别重要的事情，而且她下了决心一定要将这件事做好。她"咯咯"地笑了笑，但她的嘴唇没有任何动作，脸上也没有什么情绪起伏。

她的耳朵上戴着一对长长的玉耳环。这对耳环看上去很漂亮，也许价值几百美元。除此之外，她身上没有一丝衣物。

她身材娇小，皮肤细腻，肌肉紧致而丰满。她的皮肤沐浴在灯光里，散发着珍珠一般的光彩。她的腿，虽然不如她姐姐里甘太太那样蚀骨销魂，但也长得格外漂亮。我将她从头到脚看了一遍，却不觉得尴尬，也没引起一丁点儿情欲，在我的眼里，她根本不是以一个裸体女子的身份出现在这屋子的。她只是个吃了麻醉药的呆子。总之，在我看来，卡门小姐一直是个半痴半傻的人。

随后，我将目光移向盖格。他仰着脸躺在地毯外缘的穗子边，前面还立着一根图腾一般的杆子。杆子顶端，有一个像鹰头一般的东西，那只圆圆的老鹰眼睛，正是相机镜头。这镜头正对着坐在椅子上一丝不挂的卡门。这根杆子的一边还支着一个有点发黑的闪光灯。盖格的脚上，穿着一双厚毡底的中国式样拖鞋，腿上穿着用缎子做的黑色睡裤，上身穿着绣了花的中国式袖子。袖子前全是鲜血。那只假眼睛，还闪着亮光。现在，这只玻璃眼珠可是他身上最富有生机的东西了。看得出来，刚才那三声枪响全数击中，他早就断了气。

闪光灯泡应该就是刚才我爬在矮树丛看到的墙面上的灯光，而那声疯子一般的叫喊，一定是吃了麻醉药的卡门对闪光灯的反应。我想，开枪射击一定是那个从后门溜走、开了汽车逃之夭夭的人想出的主意。他给这场戏来了一个令人意外的结局，我对他这突发奇想的灵感无比钦佩。

黑色书桌的一端，有一只红漆托盘，里面摆着几只镶嵌了金丝的细脚酒杯和一个盛了棕色液体的大肚子酒瓶。我打开酒瓶盖子，闻到了乙醚和一种暂时难以分辨的别的什么气味，也许这种气味是鸦片酊。这种混合剂，我从来没有喝过。不过，盖格的家里有这种东西，我却一点也不觉得奇怪。

雨点敲打着房顶和北边的玻璃窗，发出阵阵滴滴答答的声响，除此之外，再也没有别的声音了，既没有汽车声也没有警笛声。我脱下雨衣，走到长沙发前。沙发上，有卡门脱下来的衣服——一件淡绿色的五分袖女士衬衫。我原本是想帮她穿上衣服的，但我还是决定让她自己把衣服穿好。我这样做，并不是出于礼貌，而是我实在不会给她穿内裤、扣胸衣扣子。于是，我将她的衣服拿起来，放到她的椅子边。她身上散发着浓郁的乙醚味，就算跟她保持几尺的距离，还是能闻到这种气味。她依然不停地发出那种低微的"叽叽咯咯"的声音，下巴上已经有一道口水。我接连给了她两巴掌，她眨眨眼睛，终于不再叫唤了。

我用一种愉快的声音说："来，乖，我们把衣服穿好。"

她看了我一眼，眼神呆滞，如面具上的窟窿，十分空洞。随后，她低声叽咕道："滚——滚——蛋。"

我又给了她几巴掌，但是她并没有完全清醒过来，一脸满不在乎的神情。我开始帮她穿衣服，为此她也毫不在意。我将她的胳臂举起，将衣服的袖子套上去，然后从她的后背把衣服拉下来。她也许觉得这个姿势很俏皮，又叉手指玩起来。接着，我想扶她站起来，结果她"嗤嗤"地笑着，瘫倒在我身上。我只好把她放在椅子上，替她把鞋袜穿好。

我对她说："来，走一走，咱们乖乖地，走几步看看。"

我们仅走了几步，要么是她贴着我，耳环都敲到了我的胸口，要么我们两个像跳漫步舞蹈一样劈叉。当我们走过盖格尸体的时候，我特意折回来，让她看盖格。可能是觉得盖格躺在地上的姿势比较俏皮，她"嗤嗤"地笑笑，试图将心里的想法告诉我，但从她嘴里冒出来的却是白沫子。我扶着她躺在沙发上，她打了两个嗝，笑了一会儿便昏昏沉沉地进入了梦乡。

我把她的内衣塞进我的衣服口袋，走到盖格身边的图腾柱那里。照相机还在柱子上面，但相机里装着底片的暗盒却找不到了。我将地毯搜查一遍，一无所获。我想也许盖格在被枪击之前已经从相机里取走了暗盒。于是，我抓起盖格那冰凉而瘫软的手，将他的身体翻过来又找了找，暗盒依然不见踪影。事情居然往这个方向发展，我有点儿不高兴。

我走到这间屋子的后面,将这所房子仔细观察了一番。我的右手边是一间浴室,左边的一间屋子上了锁,最后一间则是厨房。厨房的窗户已经被撬开,没有窗帘,窗台上还留着窗钩被拉掉的印记。房子的后门开着,我暂时不去管,转身打开了左边的屋子。这是一间卧室,像是精心收拾过的样子,看上去挺整洁,应该是女人住的地方。床上铺着带皱边的床单,梳妆台带有三面镜子,上面摆着香水、手帕、些许零钱、男士用刷子以及一串钥匙。衣柜里挂的衣服都是男式的,床单的皱边下面还摆放着一双男式拖鞋。我明白了,这是盖格先生的卧室。

我拿起钥匙,来到刚才的那一间大屋子,打开书桌上的抽屉,在抽屉里找到了一个上了锁的铁匣子。我从这一串钥匙里找出一把钥匙,打开铁匣子,里面是一个蓝色皮质封皮的本子。本子里有几页写的是按照字母顺序写的索引和密码字,这些字的字体倒是跟斯特恩乌德将军收到的那封敲诈信上字体完全相同。我收起蓝本子,放进口袋,抹掉自己在铁匣子上留下的指纹,然后锁上抽屉,装好钥匙,关掉壁炉里用来取暖的煤气,最后穿上雨衣。

我试图叫醒卡门,但是她睡得很沉。我只好给她戴上她的那顶便帽,帮她裹上我的雨衣,将她抱入她自己的汽车里。随后,我走进屋子,关掉所有的灯,再关好前门,从卡门的皮包里找到车钥匙,发动汽车。我没有打开车灯,将汽车开到山下,之后用了差不多十分钟将车子开到阿尔塔·布利亚·克瑞森特街。期间,卡门头枕着我的肩膀,一直打呼噜,不断往我脸上呵出混合了乙醚的口气。我无法将她的头从我的肩膀拿开,只好尽量不让她滚到我的怀里来。

第八章 消失的盖格尸体

暗淡的光线从斯特恩乌德府邸侧门的窄条玻璃后面透出来。我在楼前的汽车道上停好汽车,掏出塞在口袋里的胸罩,扔在车座上。卡门依旧瘫在角落里不停地打鼾。她头上的帽子已经斜扣到鼻子上,两只手跟死人一般放在雨衣的褶皱上面。我下了车,按了按门铃。顷刻,传来一阵慢吞吞的脚步声,似乎走路的人正在从特别遥远的地方赶过来。管家挺直后背,打开门,站在屋里看着我。他的满头银发沐浴在大厅里的灯光里,好像有一个光环罩在他的头顶上。

他格外礼貌地对我说:"晚上好,马洛先生。"说完,他看看我,随即便看到了我身后的帕卡德牌小汽车。

"我想见里甘太太,她在家吗?"

"先生,她出去了。"

"那,将军呢,他现在是不是已经睡觉了?"

"是的。对于将军来说,晚饭之后,是最佳休息时间。"

"那家里的女佣人呢?"

"您指的是玛蒂尔达?哦,先生,她在。"

"我这有件事需要女人来做,你最好把她叫出来。来看看车里的情形,你应该知道这是怎么回事吧。"

管家只朝车里看了一下便转身对我说:"我明白了,我立刻去叫玛蒂尔达。"

"玛蒂尔达知道该怎么照顾她。"我补充道。

"我们会尽一切努力来照顾她。"管家说。

"我想，关于照顾卡门小姐，你也经验丰富吧。"

管家并不理会我的话。

"好吧，管家，这件事我就交给你了，再见！"

"好的，先生。您需要我帮你叫一辆车吗？"

"别，千万别叫车。"我说，"实际上，我今晚根本没来过这里，你刚才看到的都是幻觉。"

他笑了笑，冲我点点头。然后，我转过身，顺着车道走出了大门。

我沿着被大雨洗刷的弯曲街道走了十个街区，一路上，街道两边的树不断往下滴水，落到我的身上。街道两边，是一所接一所灯火辉煌的大房子。这些房子，大得出奇，看上去阴森森的。那些建在远处山坡上的房子，我只能隐约看得到房子的屋檐、山墙还有那被灯光照得格外明亮的窗户。它们，就像森林里的魔宫，只能远远地望着，无法触及。经过一个汽车服务站时，我见里面灯火通明，心里不由得感叹——"真是浪费"！服务站的玻璃房子，热气腾腾，一个戴着白色帽子、身穿深蓝色风衣的职员正坐在一张凳子上，弯着腰，百无聊赖地看着报纸。我浑身湿淋淋的，活像一只落汤鸡，此刻我特别想走进服务站，但我还是决定继续往前走。这样大雨滂沱的夜晚，就算等得胡子长到老长，也未必能等出出租车。就算我运气好能坐上出租车，那出租车司机也会永远记得我在什么时间上了他的车。

我走了大概半个小时，终于回到盖格的房子那里。我走得挺快，这条街上除了我，没有一个人，就连车子，也只有我的车像一条野狗那样孤零零地停在盖格家隔壁房子的门前。我打开车门，先拿出之前买的威士忌，将剩下的半瓶酒倒进喉咙，然后我钻进汽车，点了一支烟，吸了一半，将剩下的部分扔掉，再从车子里钻出来，来到盖格的房子面前。我拿出钥匙，打开门，站在黑暗里。此刻，一片寂静，我身上不断往下掉水珠。我一边听着外面的雨声，一边摸索，打开了一盏灯。

随即，我发现墙上的中国式刺绣图，少了几幅。尽管之前我没有数墙上到底有多少幅图画，但是现在那几块裸露的墙面格外醒目。我往前走几步，打开另一盏灯。图腾柱子下面的那块中国式地毯边缘，原本是光秃秃的地板，现在却多了一块小地毯。之前，放这块地毯的位置，恰好是盖格被射杀后躺下的地方。如今，盖格的尸首已经消失不见。

我气得浑身发凉，使劲咬着嘴唇。随后，我又看了看图腾柱上的玻璃镜头，将屋子的每个角落查看一遍。跟我第一次来到这所房子一样，每件东西都保持在原来的位置上。我找遍了那张带着皱边床单的床、床底、衣柜、厨房和浴室，都没有找到盖格的尸体。

唯一没有搜查的房间是左边那个锁起来的房间了。我从盖格的那串钥匙里找到一把，打开了这间屋子。盖格的尸体没有被藏在这里，不过我对这间屋子倒很感兴趣。这是一间陈设极其简单的卧室，它的装修风格非常男性化，跟盖格的卧室截然不同：地板光洁发亮，上面铺着几块印第安民族风格图案的地毯，摆着两把直背椅子和一张深色木纹写字台。写字台上面，放着一套男士化妆用品和两只插着黑色蜡烛的一尺来高的铜烛台。此外，房间里还有一张窄小的硬床，上面铺着棕色的印花床单。

整个屋子给人的感觉格外阴森，我重新锁上门，拿出手帕擦掉门把手上的指纹，然后回到外面的房子，继续研究。我双膝跪地，歪着头将地毯到大门这一段距离仔细观察。我十分肯定，我看到了两条平行的小槽，这痕迹跟后脚拖地的情形类似。这件事，不管是谁干的，里面必定大有文章。跟我目前破碎的心情比起来，盖格尸体的去向显然重要得多。

显而易见，这事不是警察所为。如果真是警察干的，他们这时候正嘴里叼着那种价值五分镍币的雪茄，忙着用绳子丈量脚印，拍摄现场照片，用粉末寻找指纹呢，他们一定在这忙得热火朝天，一定还留在这里。

此外，杀害盖格的凶手也不会干这种事。凶手行凶的时候，肯定看到了卡门，所以匆忙逃走了。他不清楚卡门到底昏迷到什么程度，也不清楚卡门是否还会将他认出来，所以，此刻，他一定急冲冲地朝某个地方逃亡。

这个问题的答案，我一时猜不出来。不过，对于凶手不但只杀害了盖格，还密谋毁尸灭迹的行为，我觉得挺高兴。因为，这样一来，我至少得到了一个机会，可以将整件案子的情况再调查一番，用来确定报案时是否需要将卡门小姐的名字也呈报上去。

我锁好房门，开车回了家。回家后，我冲了个澡，穿上干衣服，吃了一顿晚得不能再晚的晚饭。晚饭之后，我喝着兑了热水的威士忌，开始研究从盖格住处拿来的蓝色封皮本子里的密码。目前我只能确信这一点：里面的人名住址信息，极有可能跟盖格书店的顾客有关系。这些名字大约有一百个，我敢说，这些跟敲诈脱不了关系，就算不涉及敲诈，单凭这些信息，也算得上是一笔大发横财的生意。这份名单上的任何一个人，都是谋害盖格的嫌疑人。如果这个名册被警方拿到了，工作量应该不小。想到这里，我不再羡慕从事警察这个职业的人了。

查案的事情进展得很不顺利，我十分懊恼，喝了满肚子威士忌，才爬上床睡觉。我做了一个梦：梦里，一个白人，穿着血淋淋的中国式裤子，正在追一个带着长耳环、一丝不挂的女孩，而我，则一边追着这两人，一边想用一架根本没有装胶卷的相机将他们拍下来。

第九章　里多码头的"自杀"案

第二天早上，乌云散去，阳光明媚，是个大好的晴天。我醒过来，觉得自己的嘴里好像塞着一只开车时戴的手套。随后，我喝了两杯咖啡，拿起几张晨报。没有任何一家报纸对阿瑟·格恩·盖格先生的死亡进行报道。当我正尽力将我那被大雨淋湿的外衣上的穗子弄平的时候，电话响了。电话是地方检察官的侦探长伯尼·奥尔斯打来的，正是他将我介绍给斯特恩乌德将军。

"你最近怎么样，身体还好吗？"他问。听起来，他昨晚睡得不错，完全没有那种欠人债务的烦恼。

"我昨天喝了很多酒。"我说。

他毫不介意地"嘿嘿"笑了两声，然后用那种警察惯用的方式，故意装出随便的样子，漫不经心地问我："你跟斯特恩乌德将军见面了吗？"

"嗯。"

"他交代你办的事，办好了吗？"

"雨下得太大了。"我敷衍着回答。

"这家人好像总是出事。我刚刚得到消息说，也不知是他们家的谁，开着一辆大布依克车子，在里多渔轮码头一带掉到海里去了。"

我屏住呼吸，用力握住听筒，差点儿将听筒捏碎。

奥尔斯继续用他那幸灾乐祸的声音说道："千真万确！那辆布依克大轿车，还是新车，车型特别漂亮，却被沙子和海水破坏得一塌糊涂……对了，我差点儿忘了告诉你了，车子掉下去的时候，里面还有一个人呢。"

我慢慢呼气，感觉自己的呼吸就悬在嘴巴上面。"那个人是里甘吗？"我问。

"什么里甘？谁？哦，你说的是跟将军家的大女儿成了男女朋友、后来又结成夫妻的那个私酒贩子。这个人，我没见过他。他去码头搞什么名堂呢？"

"废话不多说，谁会去哪种地方玩乐呢？"

"老兄，我怎么知道。总之，我现在要赶往现场。你要不要同我一起去？"

"要。"

"那你得快一点，我在办公室等你。"

我刮好脸，穿上衣服，随便吃了点东西当早餐，用了不到一个小时的时间赶到法院。我乘坐电梯到七楼，走到一排办公室前，那是地方检察官下属们办公的地方。奥尔斯的办公室跟别的办公室比起来，不算大，只是这间办公室归他一人所有。办公桌上放着一本记录册、一个廉价的墨水壶和蘸水笔，此外还有奥尔斯的一顶帽子及翘在桌上的一只脚。奥尔斯中等个头，有一头淡黄色头发，眉毛又硬又直，颜色雪一样白。他目光恬静，牙齿整齐，长着一张并不出众的脸。不过，我知道他打死过九个人。其中，有三个人是在已经拿着枪指着他的时候被他打死的，至少是在外人看来这些人已经把枪对准他的时候。

他站起身来，将一个"幕间休息"牌的小雪茄扁盒子放进口袋，嘴里衔着其中一支上下摇动，抬起脑袋仔细将我打量起来。

"我已经确认过了，那个人不是里甘，"他说，"里甘是个大块头，跟你一般身高，体重比你还要重一点。而这个人，是一个年轻小伙子。"

我没有发言。

"里甘为什么会离开将军家？"奥尔斯问我，"你对这件事很感兴趣，对吗？"

"不怎么感兴趣。"

"一个贩运私酒的人娶了一位阔小姐为妻，然后又将漂亮的妻子和几百万家产扔掉，不辞而别。这种事，我都要费脑子好好想想。我猜，你也许是认为这件事属于将军家的秘密，因此认为不该随便乱说。"

"是的。"

"好吧，你不想说就别说了。老兄，我一点也不会生你的气。"

他走到办公桌这头，拍拍衣服口袋，拿起桌上的帽子。

"我跟你去，不是为了找里甘。"我说。

他锁上办公室大门，我们一起下楼来到公用汽车停车场，坐上一辆蓝色小轿车。驶出森赛特大街后，为了闯红灯，我们也会偶尔拉响警报器。

这个清晨，空气凉爽。如果你是一个心里毫无负担的人，就算能感觉到空气里的微微寒意，也会觉得生活既单纯又美好。而此刻，我的心情却无比沉重。

这里距离里多渔轮码头大概三十英里，第一个十英里路车辆很多，但奥尔斯全程只用了四十五分钟。之后，汽车滑行了一段路，停在一座褪了色的拱门前面。我跟奥尔斯一起下了车。拱门那里，有一座栈桥一直延伸到海里，桥两边是2×4英寸的白色柱子栏杆。一小群人正站在栈桥的最外端，朝海里探望。一个警官，坐着摩托车，正在拱门下边阻拦那些想上栈桥的人。公路两旁，停着很多汽车，男男女女们，站在那里看热闹。奥尔斯拿出徽章给警官看了看，警官放我们上了栈桥。一股刺鼻的鱼腥气味扑面而来，看来，昨夜的大雨并没有将这股气味冲洗干净。

"看呐，汽车在那里——那艘电气驳船上。"奥尔斯扬起手里的雪茄，朝远处指了指。

栈桥边上，停着一艘低矮的驳船，它是黑色的，看起来更像拖船，上面有一个轮机室。甲板上还系着从大海里牵引上来的铁链，一辆黑色的轿车停在甲板上，在阳光的照耀下熠熠闪光。此外，起重机的长臂复归原位，也平放在甲板上面。有几个人站在轿车那里，我和奥尔斯走过又湿又滑的台阶，来到驳船的甲板上。

奥尔斯朝身穿绿色卡其服装的警官和一个穿便装的警察打了个招呼。此刻，三个船员靠着轮机室站着，嘴里还嚼着烟草。其中一个船员正在用一条脏兮兮的浴巾擦拭头发，我想多半是他潜到水里用锁链拴住了汽车。

我和奥尔斯检查了一下。轿车的前保险杠已经弯曲，两盏车前灯，一盏被撞碎，另一盏虽然撞得翘起来，但玻璃还未遭到损坏；散热器的罩子被撞出一个大窟窿，整个车身的油漆和镀镍的地方全部被蹭坏；座位被海水浸泡，已经变成了黑色；不过，所有车胎倒没什么破损。

司机的头部别扭地耷拉在肩膀上，仍然被卡在方向盘后边。这个黑头发的小伙子，身材颀长，不久前还无比帅气的脸，如今白里泛青，眼皮下垂，眼睛黯淡无光，满嘴全是沙子，前额的左角位置，还有一块乌青的伤痕，在这张苍白的脸上显得格外刺眼。

奥尔斯往后退了两步，张开嘴巴，只发出了一个模糊不清的声音，随后他划了一根火柴，点着了嘴上叼着的雪茄。

穿制服的警察向我们指了指那些站在栈桥一头看热闹的人。其中，有一个人正在抚摸一个栈桥的木桩栏杆。这个木桩被撞出一个大缺口，上面被撞坏的地方已经露出干净的木头原色，看颜色像是刚被砍倒的黄松。

"轿车就是从那个地方掉进海里的。当时的撞击一定很激烈。昨天晚上下了大雨，这里的雨停得早，大概晚上九点就停了。我可以断定，汽车掉进海里的时间是大雨停了之后。因为当时海水比较深，汽车掉下去之后撞损得并不厉害，而且掉进海里的位置，多半不是海水最深的地方，不然车子肯定滑到更远的地方去。此外，掉落的时间，极有可能是落潮时，要不车子会被海水冲到桥桩上。今天早上，来这儿钓鱼的人发现了水里的汽车并报了警，我们便找了个驳船把车子打捞上岸。目前，我们发现汽车里有一位死者。"

穿制服的警察说完，用鞋尖刮了刮甲板。奥尔斯斜着眼睛看看我，那根雪茄在他嘴里摆动着。

"死者是不是喝醉酒了？"他问，但是没有指定要谁回答。

之前用浴巾擦头发的船员走到船栏边大声咳了一下，所有人立即看着他。

船员吐了一口痰，说："沙子已经跑到死者的嗓子里了，就算没有刚才这位年轻警官说的那么多，但是死者嘴里的沙子真不少。"

穿制服的警察说："也有这个可能，死者的确喝醉了。酒鬼们经常干这种事——独自开车在雨里飞驰。"

便衣警察说："见鬼，怎么可能是喝醉了！汽车的手控节油阀开了一半，死者头部外侧有一处击伤。依我之见，死者是被人谋杀的。"

奥尔斯又看了看拿浴巾的船员，问他道："朋友，你认为这是怎么回事？"

拿浴巾的船员很高兴，终于有人肯征询他的意见了！于是，他兴高采烈地分析道："我认为是自杀。其实这件事跟我没什么关系，既然你问了我，我就得把自己的想法告诉你。第一，正如刚才那位警察说的那样，这件事发生在雨停之后。因为，轿车落入大海之前，在马路上留下了一道又深又直的车印，并且将车胎的商标都清楚地印了下来。第二，车子撞到桥栏上的印记特别干净利落，可以看出，当时的撞击很激烈，否则，车子就会横过来或者翻几个跟头，但是不会掉进海里。从这个角度来看，开车的人开足了马力撞击栏杆，所以节油阀理应比平时的一半开得大。至于死者身上的伤痕，也许是车子掉进海里时死者的手无意中被碰了，头部的击伤也有可能是在跌落的过程中遭受了撞击。"

奥尔斯赞扬道说："朋友，你眼力不错。你们有没有从死者身上搜查到什么东西？"他转向穿制服的警察。警官看看我，又看看靠在轮机室边上的几个船员，欲言又止。

"好，暂时不说这个。"奥尔斯道。

这时，一个戴着眼镜、身材矮小、面容憔悴的人，提着一只黑色皮包，从码头上走过来。他在甲板上找了一块干净地方将皮包放下，然后摘下帽子，揉揉脖子，望着大海。好像，他并不知道这是什么地方，也不知道来这里的目的。

奥尔斯道："医生，你的生意来了。这个人是昨天晚上从码头掉到海里的，案发时间大约是晚上九点至十点之间。这就是目前我们知道的所有情况。"

医生面色阴沉地看看死者。他摸了一下尸体头部，抬起尸体的一只手来回转动了一下，然后仔细地查看死者额角上的伤痕，又将死者的肋骨摸了一下。随后，他拿起了死者那已经瘫软的手，看看手指甲，又把手垂下来，让它从半空掉下来，观察手臂下落的情形。做完这些后，他后退两步，打开皮包，取出一本印着检验尸体后需要填写的表格，垫了一张复写纸，认真填写起来。

他一边写一边分析："死者的死因是脖颈折断。显然，死者没有喝下很多海水。换句话说，尸体打捞出来后，很快就会变得僵硬。你们最好在尸体变僵硬之前赶紧将他从车子里弄出来。不然，尸体僵硬之后想再弄出来，会特别费事。"

奥尔斯点点头问："医生，死者已经死亡多长时间了？"

"我不清楚。"

奥尔斯瞪了医生一眼，拿下嘴里的雪茄，又冲着雪茄瞪一眼："医生，认识你我真是太高兴了！一位专业的验尸官，将尸体查看了五分钟，居然还不能断定死者死了多久，这还真是一件怪事。"

医生苦笑了一下，将表格塞进皮包，把笔别在背心上，说："如果我知道这个人昨天在什么时候吃过晚饭，我一定能告诉他的死亡时间。不过，五分钟的尸检时间可不能判断出来。"

"那么，关于他头部的伤，又是怎么一回事呢——真的是掉进大海的时候被撞的？"

医生检查了一下伤痕，回答道："不是。这是用包裹起来的凶器打击所致。死者活着的时候皮下组织已经出了大量鲜血。"

"凶器会不会是用那种包着皮的铅头棍棒？"

"这个可能性很大。"

医生点点头，拿起放在甲板上的皮包，沿着台阶走回码头。拱门外边，一辆救护车正好倒车完毕，接医生上了车。

奥尔斯看了我一眼，然后说："我们也走吧。这一趟来得不值，对吗？"

我和奥尔斯沿着栈桥走到岸上，上了汽车。奥尔斯把车开到马路上转了个弯，沿着一条有三道快慢车车道的公路往城里开去。昨夜的大雨，将公路冲洗得干干净净。车窗外面，是被层层粉红色地苔覆盖的黄白沙砾小山。此刻，小山丘正绵延不断从窗外飞驰而过。

海面上，几只海鸥盘旋着，朝漂浮在波涛上的某件东西扑下去。远处的白色游艇，在我的视野里，好像悬挂在半空之中。

奥尔斯对我抬了抬下巴，问道："你认识死者吗？"

"当然。他就是斯特恩乌德家的汽车夫。昨天我还亲眼看见,这个人正在擦洗现在这辆被撞坏的轿车呢。"

"马洛,我没有盘问你的意思。你只需要告诉我,将军要求你办的事跟这个人的死没有任何关系就行了。"

"当然跟他无关。他叫什么名字,我都不知道。"

"他叫欧文·泰勒。我怎么知道的,你猜猜看?说来也挺有意思的,大概在一年前,这个家伙犯了诱拐妇女罪,被我们关了起来。当时,他跟斯特恩乌德将军的二儿女——卡门小姐去了尤玛。卡门的姐姐追上他们,将他们两个带了回来。欧文也被警察局拘捕了。可是第二天,卡门的姐姐又亲自到地方检察官那里替欧文求情,请求检察官释放他。她说,欧文带她妹妹去尤玛,是想跟她妹妹结婚。只是,她妹妹没有意识到这一点,她妹妹想的是找一家酒吧开怀畅饮,然后再举办一个酒会。因此,我们就将欧文释放了。至于将军家是不是继续聘用他当汽车夫,我们就没管这档子事。不久之后,按照例行公事,我们收到了华盛顿方面寄来的有关欧文的档案和指纹。原来,六年前,欧文在印第安纳州,因为抢劫未遂被判刑六个月,拘禁在人犯狄林格越狱逃跑的那所县监狱里。后来,我们也将这份材料转交给斯特恩乌德家。不过,这家人依然没有将欧文解雇。这件事,你怎么看?"

我说:"这家人也太奇怪了。昨天晚上发生的这桩案子,他们知道了吗?"

"暂时还不知道。现在,我得去将军家通知他们。"

"如果允许的话,别惊动将军。让他操心的事已经太多了,再者,他的身体状态也不太好。"

"你指的是里甘的事情吗?"

我皱了皱眉头,说:"我跟你说,关于里甘的事,我并不清楚。并且,我现在也不是在找他。据我所知,现在没有人会关心里甘这个人了。"

奥尔斯"噢"了一声算是回应,随后他看着窗外的大海,陷入了沉思,汽车差点被他开得离开地面。从谈话结束到车子开回城里,奥尔斯都没怎么说话。经过好莱坞中国戏院附近时,他让我下车,然后掉转车头,开往西边的阿尔塔·布利亚·克瑞森特街区方向。我找到一家快餐店,吃了午饭,顺便看了看当天的报纸,依然没有看到跟盖格有关的报道。

午饭之后,我沿着大马路往东走,想去盖格的书店看看,了解一下那里是否有什么新情况。

第十章　盖格书店被"秘密"转移

走到盖格书店门口时,我发现那身材瘦削、眼睛乌黑的珠宝商依然站立在商店门口,甚至他的站姿也跟昨天下午的姿势完全一致。我走进书店的时候,他看我眼神也跟昨天一样,似乎已经将我看透。书店里的情形跟昨天一样,墙角小书桌上的那盏灯,依然亮着。昨天我见到的那个金发女人,穿着一件好像用小山羊皮做的衣服。她一见到我,便从桌子后面站起来,一边走向我,一边用昨天我见过的那副似笑非笑的表情跟我打招呼。

"您想——"她刚张嘴又停了下来,拿起银色的手指甲在身边来回抓挠。她的笑容很勉强,那表情完全不能称之为笑容,倒像是在做怪相。只不过,那是她坚持认为自己在微笑罢了。

"是我。"我声音轻快地朝她喊着，并冲她扬起手中的纸烟，问，"今天，盖格先生在吗？"

"不好意思，我想他今天不在店里。真是不好意思。等等，我想，您是打算……"

我摘掉墨镜，拿起它在左手腕内侧轻轻敲打着。我正在努力，让体重一百九十磅的自己，表现出一派风流倜傥的潇洒模样。

"其实，昨天我说的那几本初版书，只是为了装装样子。"我的声音小得快听不见了，"我必须格外小心。我这里有一些东西，我想，盖格先生早就想把它们据为己有了。"

金发女人用银色手指甲，理了理戴着黑耳环的耳朵后面的头发："哦，原来你是来推销的。好，你明天过来吧，我想盖格先生明天会到店里来。"

"别再装了，好歹我也是干这行的。"我说。

她将眼睛眯成一条缝，只剩下一道淡绿色的眼影在闪动光泽，如同森林深处被树木掩映的湖水里的波光。随后，她掐着手掌心，直直地盯着我，甚至忘记了呼吸。

我有些不耐烦了："到底怎么回事，盖格先生是生病了，还是别的什么原因？我可没时间一趟趟往书店白跑，如果可以的话，我想去他家里找他。"

"你——你——"她的话卡住了。我以为她会立刻晕倒，在地上摔一个马趴。没想到，她只是全身发抖，脸上的表情像一块裂开成八份的酥脆皮儿点心。不过，她最终像凭借毅力将重物举起来那样，费力地将裂开的表情重新拼接起来。她的脸上，又恢复了那种嘴角和眉眼都笑得不成样子的笑容。

她喘了一口气说："不，盖格先生没有生病。他不在城里，所以你去他家也是白跑。明天，你能明天再来吗？"

我正准备说点什么，忽然，隔扇上的门开了。昨天我见过的那个身材修长、肤色黝黑、身穿紧身皮衣的帅气年轻人正通过那一尺宽的门缝往外探了探头。他紧紧抿着嘴唇，脸色看上去很不好，一片苍白。一看到我，他立即关上了门。不过，就在这扇门的这一开一关之间，我已经瞥见里面的地上放着几只木箱。每一只箱子底部都垫着报纸，里面松松散散地放了一些书。一个穿工作服的人忙碌着，把这些箱子用书填满。看来，他们正在往外转移盖格先生的一部分财产。

隔扇上的门又关上了，我戴好墨镜，摸了摸帽檐："好的，那么我明天再来。其实，我挺想给你一张我的名片。不过，你也知道，干我们这一行的……"

"我懂，干这一行的……"她又浑身哆嗦了几下，那涂着唇膏的嘴巴也发出一声轻轻的吮吸声。出了书店，我沿着大马路往西走过一个拐角，再顺着一条横街往北走，来到了书店后门的一条小巷子。这时，一辆车厢四周布满铁丝网、没有任何标记的黑色小卡车的车尾对着书店后门停放着，一个穿着工作服的人正在搬着一只木箱，放进车厢里。我退回到马路上，在挨着盖格书店的一个街区叫了一辆出租车。车子停在一个消防水龙头边，司机是个愣头愣脑的小伙子，他正坐在驾驶的位置上读一本惊险类杂志。我探头伸入车窗，扬起手里的一美元，问他："追踪一辆车，这生意你做不做？"

他抬头将我上下打量一番："你是警察？"

"不，我是个私人侦探。"

他收起杂志，将它放在反光镜后面，满脸堆笑地说："成交，我就爱干这些事！"我上了他的车，我们绕到街区后面，把车停在对着盖格书店的一条巷子里的一个消防水龙头边。

停在盖格书店后门的黑色小卡车差不多装了十二个木箱。穿工作服的人关好车厢的铁丝网门，钩上后挡板，然后坐在驾驶的位置上。

"你要一直跟着他。"我吩咐出租车司机。

穿工作服的人发动了汽车，他朝小巷子前后左右看了一眼，然后快速将车子往另一个方向开去，再朝左边一拐，开出了巷子。我们跟在他后面，往东拐了个弯，来到富兰克林大街。我告诉出租车司机，把车开得离那辆车近一点。也许是现实情况不允许，他始终没能靠近那辆车。等我们开过富兰克林大街时，黑色小卡车跟我们之间的距离已经是两个街区了。随后，卡车驶过葡萄树大街，上了西大道。在它开上西大道之前，我们至少还看得到它。等它上了西大道，我们只能远远看见黑色小卡车的车灯。这条街上的车实在太多，我的这位傻乎乎的司机跟得实在有点远。当我毫不客气地告诉司机他跟得太远时，黑色小卡车转弯朝北边开去，拐进布利塔尼广场路。等我们开到布利塔尼广场路时，早就见不着黑色小卡车的影子了。

出租车司机对坐在车厢横玻璃后面的我说，不要着急。接着，他以每小时四英里的速度将车子缓缓开上山坡，在每一个矮树丛后面寻找那辆小卡车的踪影。我们顺着布利塔尼广场路东边拐弯，开过两个街区，来到一块空地。这块空地连接着兰达尔广场，上面盖了一栋白色公寓。这栋公寓的前门对着兰达尔广场，公寓的地下车库对着布利塔尼广场路。当我们开过这栋公寓时，傻乎乎的出租车司机安慰我说，我们不会离那辆车太远的。恰好，我朝公寓地下车库的入口处一看，正好看见被我们追踪的那辆小卡车正倒着开入车库，车厢的后门已经打开了。

出租车司机将车停在了公寓正门。我下了车，走进公寓大厅。大厅里面没人，也没有安装电话台，墙边放着一张木头桌子，一个镀金的分格信插放在桌子边。

我看了看信插上的信息——405号房间，房客约瑟夫·布罗迪。我记得，斯特恩乌德将军告诉我说，他曾经把五千美元交给一个名叫乔·布罗迪的人，警告他不准再跟卡门厮混，让他找别的女孩子去闹着玩。我敢打包票，说不定住在这个房间里的人正是这位乔·布罗迪。

我走过一段短墙，来到铺了花砖的楼梯口及自动电梯的入口处。电梯的顶盖和地板处于同一水平面，同时，电梯的升降通道边的一扇门上，写着"车房"两字。我推开这扇门，走过一道狭窄的楼梯来到地下室。这时，电梯的门正开着，穿着工作服的人把木箱子往电梯里搬，累得气喘吁吁。我站到他身边，点起一根纸烟，用一种他不太喜欢的眼神看着她。

好一会儿之后，我对他说："伙计，这架电梯的载重量只有半吨，你的东西可别超重啊。对了，你要把它们送到哪里？"

他嘟哝着："405号，布罗迪先生家。请问，你是管理员吗？"

"是的。这些东西，看上去值一大笔钱。"

他白了我一眼，没好气地回答："箱子里装的全是书！每箱有一百磅那么重，太沉了。就算是七十五磅，我背着都算吃力。"

"你可得留点神，别超重。"我提醒道。

他往电梯里搬了六只箱子，然后走进去，关上门。

我沿路返回，又坐上出租车，让司机载我回到市区里我的办事处所在的那栋大楼。我付给他的车费，已经超出标准。他递给我一张边角有点折起来的业务名片。我带着他的名片回到办事处，并没有将它顺手丢在电梯入口处那装了沙子的陶瓷垃圾桶里。

这栋大楼的七层靠后街那一侧，有一间半房子是我的。前面半间，我将它一分为二，做办事处和接待室。我只在接待室上写了我的名字，此外没有写别的东西。为了防止我出门时有顾客上门，我没有给这间屋子上锁。只要顾客愿意，他可以推开门一直等到我回来。

今天，真的有一个顾客坐在这里等我。

第十一章 裸照事件

这位顾客就是里甘太太。今天，她身上穿着带花点的浅棕色呢子外套和男式衬衣，打着领结，脚上穿着手工做的轻便皮鞋。跟我那天见到的一样，她腿上依然穿着纸一样薄的袜子。不过她今天倒没有故意露出两条腿给我看。她戴了一顶罗宾汉式的女式帽子，遮住了墨一般乌黑的头发。这顶帽子，至少得花五十美元。但是，单从它的外形来看，似乎不论是谁只消用一张吸墨纸就能把这顶帽子做出来。

"啊，你终于起床了。"她感叹道，朝我房间里的摆设皱起了鼻子。我这间屋子里摆着一张褪色红沙发、两把不匹配的安乐椅、一张儿童用的书桌。窗户上还挂着早就需要送到洗衣店清洗的网格窗帘。为了营造点办公氛围，我在桌子上放了几本特能唬人的杂志。

"我还以为你跟马塞尔·普鲁斯特一样，在床上展开工作呢。"

"你说的这个普鲁斯特是谁？"我拿起一根纸烟叼在嘴里，盯着她问。

她看上去脸色苍白，神情紧张。不过，我觉得她是那种在紧张的氛围中依旧能从容不迫展开思考的人。

"他是法国人，一个颓废派的作家。显然，你是不可能知道的。"

我说："好了，咱们别说这个不相干的人了。来，去我的'寝宫'谈吧。"

她站了起来："昨天，你跟我聊得很不畅快。也许，是我有失礼貌。"

"不，我们两个，对彼此都不太礼貌。"我一边说，一边用钥匙打开隔壁的门，请她进去。这间房子是我这套房子的另外一个组成部分，里面铺着用了很多年的红棕色地毯，摆放着五个绿色文件箱，挂着不知道是哪家公司送的月历。月历上面印着一幅图画：瓦蓝的地板上，五个穿着粉红色衣服、留着褐色头发的小女孩在上面翻滚着玩，她们的眼睛闪闪发亮，大得像特大号的干梅子。除此之外，屋子里还摆着三把仿胡桃木椅子、办公桌、吸墨纸、笔筒、烟灰缸、座机电话。当然，无可避免的，办公桌后面，还有一把转起来"吱吱嘎嘎"作响的转椅。

"你还真是不太讲究。"她在办公桌的另一端坐下。

我到门边的塞信孔前，取出六封信、两张明信片、四张商业宣传单，然后取下帽子放在电话听筒上，拉过椅子坐下。

"平克尔顿也不注重门面。干我们这行，如果是个老实人，是赚不了多少钱的。换句话说，要是门面装点得特别好，那肯定是赚钱的，或者希望能赚到钱。"我说。

"哦，那你是个诚实的人吗？"她打开手提包，取出一个法国制造的珐琅烟盒，拿出一根纸烟，用一个小打火机点了烟，再将烟盒和打火机放到手提包里。不过，她没有立即将包拉上。

"我挖空心思，想做一个诚实的人。"我回答道。

"那你怎么会从事私人侦探这个特别不干净的行当呢？"

"说说你，你怎么会跟一个贩卖私酒的人结婚呢？"

"看在上帝的份上我们别再吵了，好吗？今天早上，我一直给你打电话，这个地方还有你住的地方，我都打了个遍。"

"你是想问我欧文的事情吗？"

这一刻，她的脸绷得紧紧的，只听，她用异常温柔的声音说："唉！欧文是个可怜人！这么说，他的事，你已经知道了？"

"地方检察官的一个手下，带我去了案发现场。他以为我也许知道点什么，其实，他知道的比我多了去了。他知道，欧文曾经想娶你妹妹为妻。"

她吐着烟圈，一言不发，她那双黑眼睛一直不停地打量我。过了好一会儿，她才心平气和地说："是的，也许那还是个特别好的想法呢。欧文爱上了我妹妹。要知道，在我们这样的圈子里，这种事并不常见。"

"他曾经犯了法，警察局有关于这桩案子的备案。"

她耸耸肩膀，毫不在意："那是他以前结交的人不好。这个混蛋国家，犯罪案一件接着一件，警察局的档案，也不过就是那么一回事罢了。"

"哦，欧文的事，我也不想往更深的层面追究。"我说。

她脱下右手的手套，咬着食指的指尖，眼睛直直地看着我，说："我并非是为了欧文的事找你。难道，你真的不想告诉我，我父亲找你的真实目的吗？"

"是的，只有得到他的允许，我才能告诉你。"

"那，这事跟卡门有关吗？"

"我不能说。"我给烟斗装上烟丝，拿火柴点着，吸了一口，喷出烟圈。她看看我，伸手从手提包里拿出一个用厚纸糊成的白色信封，从桌子另一边扔给我。

"你还是先看看这个东西吧。"她说。

我拿起信封，上面的收信人姓名和地址是用打字机打出来的：

收件地址：西好莱坞阿尔塔·布利亚·克瑞森特街3765号，

收件人：薇维安·里甘夫人

显然，这封信是寄件人委托专门的递送函件服务公司送去的。从邮戳上的时间来看，可以推测发件时间为上午八点三十五分。我打开信封，拿出一张尺寸为4×3英寸大小的有光纸照片。照片上的人，正是坐在盖格家那把高背柏木椅子上的卡门。照片上的卡门，除了耳朵戴着耳坠之外，全身一丝不挂，她的眼神比我印象中还要疯狂。我拿起照片背面看看，上面什么也没写。随后，我又将照片放进信封。

我问："对方开价多少？"

"五千美元，可以买回照片的底片和所有已经冲洗出来的照片。他们要求我今晚把钱送过去，不然就要将照片送给一个专门揭发人们隐私的小报社。"

"他们用什么方式通知你，给你提这个要求的呢？"我问。

"大概在我拿到这封信之后的半个小时后，一个女人给我打了电话。"

"说将东西拿给什么揭发隐私的小报社，完全是用来吓唬你的。这种案子告到法庭，陪审团都不用退席商量，当场就会给敲诈者定罪。你还有别的情况需要补充吗？"

她用那种疑惑不解的眼神看了我好一阵子，才说："哦，有的。那个女人说，这张照片还涉及一桩刑事案件，要我赶快满足他们提出的要求。否则，我再想跟我的小妹妹说话，就得去那种中间隔了一道铁栏杆的地方了。"

"这样的话，你最好按照他们的要求做。不过，你妹妹到底跟什么刑事案件有关？"我问。

"我也不清楚。"

"卡门现在在哪里？"

"家里。昨天夜里，她生病了，我想她这会应该还没起床呢。"

"昨天夜里她有没有外出？"

"没有。昨天晚上我出去了，家里的佣人告诉我说她没有出门。昨晚我去了拉斯·奥林达斯，在艾迪·马尔斯创办的柏树俱乐部玩轮盘赌游戏，还输掉了我的衬衣。"

"这么说，你倒是特别喜欢玩这个游戏，输得连衬衣都不剩也挺正常。"

她翘起二郎腿，又点上一根纸烟："是的，我就是喜欢玩轮盘赌。斯特恩乌德这家人，不但喜欢赌，还喜欢输得精光。比如，玩轮盘赌，嫁给一个说走就走的丈夫，五十八岁了还参加障碍赛马比赛，结果被马压倒，成了终身残疾，等等。总之，斯特恩乌德家不差钱，还喜欢用钱买一些从来没有兑现过的玩意儿。"

"昨晚欧文开你家的汽车出去干什么？"

"谁知道！他没有征得我们的同意就把车开出去了。每逢休息日，我们都会让他开一辆车出去玩。但是，昨天晚上不是他的休息日。"她撇撇嘴巴："你觉得——"

我打断了她的话："那这张裸体照片的事，他知道吗？这点我可没法保证，我觉得他可能知道。你有能力搞到五千美元现金吗？"

"如果不告诉爸爸，或者不跟别人借，我是搞不到这笔钱的。也许，我能跟艾迪借钱。他对我比较大方，上帝才知道这是怎么一回事！"

"那你最好去借钱。这笔钱说不定要派上用场。"

她往椅子后背靠了靠，将一只胳膊放在椅背上，问我："报警怎么样？"

"这倒是个不错的主意。不过，我相信你不会这样做。你的妹妹和父亲需要你来保护。虽然警察们在处理敲诈案时，尽量会将整个事情掩藏起来。但是，警察能挖出什么事来，你还不清楚。说不定，会翻出一件让你妹妹和父亲沉不住气的事情来。"

"那这件事，你能帮我做点什么吗？"

"我想也许我能帮上忙。不过，我不能告诉你我帮你的目的，也不会告诉你我到底会怎么做。"

她突然说："我挺喜欢你的，你是个相信奇迹的人。请问，你办公室里有什么可以喝的东西吗？"

我打开一只比较深的抽屉，拿出一个酒瓶和两个小酒杯。然后，我将酒杯倒满酒，跟她喝起来。

她"啪"的一声关上手提包，往后移了一下椅子，说："我肯定能弄到那五千美元的。我可是艾迪的忠实顾客。此外，他也应该帮我这个忙。你也许还不知道吧，被里甘拐走的那个金发女人，正是艾迪的妻子。"说完，她朝我笑了一下。这个笑容转瞬即逝，还没从嘴角扩展到眉梢便消失不见了。

我没有说话。

她直直地看着我，又问："怎么，你对这件事不感兴趣？"

我说："这个消息会让我找他这件事变得更加容易点。当然，前提是，我的确在找他的话。不过，你觉得里甘跟你妹妹这件事有关系吗？"

她将空杯子推给我，吩咐道："请给我再倒一杯酒。唉，你这个人，真是的，从你嘴里什么话都问不出来。我说话，你甚至连耳朵都不竖一下。"

我替她倒满酒："我已经将你想知道的事告诉你了，我知道你想打听的事，我真的不是在寻找你那失踪的丈夫里甘。"

她呷了一口酒，一下子放下酒杯。也许，她只是装作呛了一下。她缓缓舒了一口气，说："里甘不是那种坏人。就算他做坏事，也绝对不会为几个小钱犯傻。他失踪时，身上带着一万五千美元现金。按照他的话来说，那是'以备不时之需'。我嫁给他的时候，他身上就带着这笔钱，他离开我的时候，便拿走了这笔钱。我想，里甘绝对不是那种干敲诈勒索这种小事的人。"

随后，她拿起信封，站起来告别："暂时这样吧，我会跟你保持联络的。"

我说："如果你想跟我说什么，可以打我公寓大楼的电话。公寓的女电话员会将来电转告给我的。"

我们一起走向房门，她一边用信封敲着手指，一边说："我还是觉得，我不能跟我爸爸说——"

我打断她的话："我必须先见见你爸爸。"

快走出门的时候，她停住了，又拿出照片看了看，问我："她的身材很漂亮，是吗？"

"嗯。"

她往我站立的方向靠了靠，一本正经地说："那你应该看看我的身材。"

"什么时候可以？"

她忽然尖声笑起来，一条腿迈出房门，又转过身来，用冰冷的口吻说："马洛，你还真是冷血！你这样的人，我以前还真没见过！我可以叫你菲尔吗？"

"请自便。"

"你可以叫我薇维安。"

"好的，里甘太太。"

"见鬼，马洛！"她头也不回地离开了。

我关上门，将手放在门边。我怔怔地看着自己的手，脸有点儿发烫。很快，我走到办公桌前，收拾好威士忌酒瓶放回远处，又把酒杯洗干净，放进抽屉里。

我取下放在座机电话上的帽子，打电话给地方检察官办公室，要奥尔斯接电话。

奥尔斯已经回到那如同鸽子笼一般的办公室了。

"告诉你，我没有惊动将军老头儿。"他说，"管家告诉我，要么将军自己会发现这件事，要么他的哪个女儿会把这事告诉他。这个欧文就住在汽车房上面，我把他的东西查了一下，发现他的父母都住在衣阿华州都布克。于是，我给那地方的警察局打了个电话，让警察局问一下欧文的双亲有什么打算。我想，斯特恩乌德这家人应该会给欧文的父母一笔钱。"

"欧文是不是自杀而死的？"我问。

"不一定。他没有写下任何东西，况且他昨晚是自作主张开车出去的。昨天晚上，除了里甘太太，其他人都在家。里甘太太跟一个名叫拉瑞·科布的年轻人去了拉斯·奥林达斯。这件事我已经核对过了，那儿一个赌桌上的服务生跟我认识。"

"那里的豪赌，你应该管管了。"我说。

"咱们这里有黑手党，你不知道吗？马洛，你别太天真了。对了，我很怀疑欧文脑袋上的伤痕。我想这件事情，你一定能帮我，对吗？"

奥尔斯这样的问话方式，我真心喜欢，因为我可以直接的拒绝他并且不觉得自己在跟他撒谎。随后，我跟他道了声"再见"便挂了电话，离开了办公室。我买了三份中午新出的报纸，叫了一辆出租车到法院，把我的汽车从法院的停车场取出来。报纸上依然没有关于盖格的消息。我又将盖格的蓝皮记事本看了看，那些密码，同昨天一个样子，我还是没有将其中的秘密找出来。

第十二章　偶遇卡门

经过一场大雨，拉维恩·特雷斯街道两侧的树木吐出了青绿的嫩叶子。午后，阳光澄澈，街道后面的陡坡以及那个躲在暗中连开三枪杀死盖格的杀人犯逃走时走的那一段室外楼梯，我都看得清清楚楚。盖格房子的后门对面，是两栋沿街的房子。也许房子里的人听到了枪声，不过也有可能他们什么都没听到。

此刻，包括盖格房子在内的整个街区，毫无动静。

房子前面的正方形矮树丛，绿意盎然，一片宁静，房顶的木瓦还没有干，看上去湿漉漉的。我开着车，慢慢经过盖格住房前面，一直在琢磨一件事：昨晚，我没有搜查汽车房。如今，盖格的尸体已经失踪，我也没有了继续找寻下去的打算，因为继续找尸体的下落会打乱我的行动步骤。我想的是：如果他的尸体被拖进了汽车房，放在他自己的车上，凶手只要将车子开到洛杉矶附近，那里有上百个荒凉的峡谷，随便找其中一个，就能把盖格的尸体处理掉，并且很多天甚至很多星期也不会被人发现。不过，这样做要具备两个条件：第一，要有盖格家的房门钥匙；第二，要有盖格的车钥匙及汽车房的钥匙。从这条线索着眼，就能缩小侦查范围，尤其是案发当时，我已经拿走了盖格身上的那串钥匙。

汽车房锁门了，我没有机会进去搜查。当我开车来到汽车房前面时，矮树丛后面响起了一阵脚步声。一个穿着白绿相间的格子衣服、戴着一顶小帽子的金发女人从矮树丛后面走了出来，她眼睛睁得大大地看着我的车，好像刚才并没有听见汽车开动的声音。随后，她一转身，又躲到矮树丛后面去了。不用说，这个人就是卡门小姐。

我开车来到马路上，在路边停下来，步行回到盖格房子处。大白天里这样做，似乎过于冒险，我已经把自己完全暴露了。我绕过矮树丛，看见卡门一脸痴傻模样，依靠着紧锁的房门。她慢慢抬起一只手，开始吮吸那个已经畸形了的大拇指。她有些紧张，脸色苍白，眼睛下面的两块紫癜倒是格外显眼。

她对我笑了笑，用又尖又细的声音跟我打招呼："嗨，你是——你是——"话音未落，她又开始咬起手指来。

我说："你记得我吗？我叫道格豪斯·莱利，我个头特别高，你有印象吗？"

她点点头，微微一笑。

"那我们进去吧，我有房门钥匙。真是太奇妙了，对不对？"我说。

"什——什么？"显然，她很吃惊。

我推开她，拿出钥匙打开门，然后把她推进去，随手把门关上，站着使劲闻了一下。在阳光的照射下，这间屋子的气氛显得格外恐怖。无论是墙上挂着的中国风小摆件、地上的地毯、装饰繁复的台灯，还是简单的柚木家具、色彩花里胡哨的图腾杆子、装着乙醚及鸦片酊混合剂的大肚瓶子，都暴露在阳光里，看上去令人作呕，给人的感觉就像突然闯入一个同性恋的聚会。

卡门和我站在那里，你看看我，我看看你。她用尽力气，想挤出一个媚人的微笑，可惜她脸上的肌肉已经累了，完全不听使唤。最后，她勉强摆出来的笑容，就像流过沙地的水，一瞬就消失不见了。她的眼睛呆滞无神，脸上也长出了很多小颗粒，此刻她正用毫无血色的舌头舔着嘴唇。这个长相漂亮、娇生惯养、头脑不够聪明的女孩，已经在邪路上走了很远了，遗憾的是，直到今天，也没有人伸手去拉她回来。我对这些有钱人家的少爷小姐们厌恶至极，就让他们自甘堕落吧！我伸手拿出一根纸烟，推开几本书，坐在黑色书桌的一边，点好烟，喷出一缕缕青烟。卡门依然在我面前表演咬手指的无聊游戏，不过她站在我面前的样子，倒挺像犯了错误的女学生站在校长办公室里。

"你来这里干什么？"我问。

她只是扯着衣服上的线头，一言不发。

"关于昨天晚上发生的事，你还记得多少？"我继续问。

这次她说话了，眼睛里还闪过一丝狡黠："什么记不记得！昨天晚上，我病了，一直待在家里，没有出门。"她的话音含含糊糊的，卡在嗓子眼，低得只够我刚好听得见。

"别再撒谎了。"

她的眼睛快速闪动一下。

我说："你回家之前，就是在我送你回家之前，你一直在这间屋子里面，就坐在那把椅子上。对，坐在椅子上面的黄色纱巾上。你肯定记得这事。"

一层红晕慢慢爬上她的脖子，泛到脸上。真是稀奇，她居然还知道害臊！她那呆滞的灰色眼球下面浮出一块亮白，她使劲咬着大拇指，声音急切地问："你——是你吗？"

"对，是我。你还记得什么吗？"

她用不太清楚的声音问："你是不是警察？"

"我不是警察，我只是你父亲的朋友。"

她轻轻地叹了口气，接着问："你——你想干什么？"

"谁杀死了盖格？"

她的肩膀动了一下，不过脸上却没有丝毫的惊讶："谁？还有谁——知道这事？"

"你指的是盖格的事吗？我不清楚。起码警察还不知情，要不然警察们早在这里探查了。或许，乔·布罗迪知道这事。"

这句话好像一把刀子，把她捅得叫起来："乔·布罗迪！这个人是乔·布罗迪！"

随后，我们不再交谈。我只顾着抽烟，她只顾着咬手指。

我催促她说："看在上帝的份儿上，收起你的小聪明吧。看来处理这件事需要点传统中的直爽。说，是布罗迪杀死了他吗？"

"杀死了谁？"

"去你妈的！"我吼道。

看来，她被我骂到痛处了。她很快耷拉着下巴，一本正经地说："是的，是布罗迪杀了他。"

"他为什么要杀盖格？"

"我不知情。"她摇摇头，尽力让人相信她的确不知道其中缘由。

"最近这些天，你经常跟布罗迪见面吗？"

她的两只手垂下来，骨节绷得紧紧的，捏成了一个个的白色小疙瘩："我只见了他一两次，我讨厌这个人。"

"那么，你知道他的住址吗？"

"知道。"

"你不喜欢他？"

"是的，我讨厌他。"

"那他惹了这个麻烦，你应该高兴，对吗？"

她的神情又变得呆滞起来。我的推理太快，她一时无法理解。不过，我还是得这样问她："你愿不愿意告诉警察，说布罗迪杀了盖格？"其实，我这样说只是试探她。她立马大惊失色，我便宽慰她道："当然，我不会将你被人拍了裸体照片的事抖出来的。"

她"嘻嘻"地笑了。听着她的笑声，我又想呕吐。如果她尖叫起来或者一头晕倒在地板上，事情反而好办多了。但是她却笑起来了。是的，她突然之间发现这件事特别有趣。她假扮成埃及女神被人拍了裸照，照片还不知道被谁偷走了，当着她的面，盖格被打死，而她自己则被灌醉了，不省人事。对她来说，这一切突然成为一件特别令人开心的事。她觉得自己非常了不起，于是，她歇斯底里地大笑起来。笑声从屋子的一角传到另一角，听上去就像有很多小老鼠在护壁板后面跑来跑去。我跳下书桌，走到她面前，给了她一巴掌。

我说："真是跟昨天一模一样，我们俩凑在一起就是彼此取乐，莱利和斯特恩乌德，我们两个就是正在寻找一位戏剧演员的滑稽演员副手。"

她停止了大笑，不过跟昨天一样，她对我给她一巴掌的行为毫不在意。也许，她的男朋友们，早晚都会打她的嘴巴。要是他们真的这样做，我倒是完全可以理解。

我又在书桌的一边坐下来。

她一本正经地说："你不叫莱利，你叫菲利浦·马洛，是个私人侦探。我的姐姐薇维安已经把你的名片拿给我看了，她都跟我说了。"她揉揉被我打过的地方，笑了笑，看那样子，她还挺愿意跟我待在一起。

我说："好，事情的经过你还是记得的。你现在是想回来找你的照片，但是你进不了门，我说的对吗？"

她将下巴贴在胸上，颠动了一下，对我媚笑，暗送秋波。我想，她以为我快要被勾引了，正要发出一声快乐的呼喊，恳请她跟我一起去尤玛玩。

"照片被人拿走了。昨天晚上，我送你回家之前，已经找了一遍，没找到照片。说不定是布罗迪拿走了你的照片。对了，关于布罗迪的事，你说的是真话吧？"

她格外认真地点了点头。

我接着说："这件事你不用想了，权当它已经过去了，你到这里来的事，不管是昨天晚上还是今天来的事，都不要告诉任何人，就算是你的姐姐薇维安，也别告诉她。你干脆把到这里来的事全忘掉！至于接下来的事，就让莱利替你处理吧。"

"不对，你的名字不是——"她刚开口又立即打住。随后她使劲点点头，同意了我给她出的主意，或者说，她在偷偷地赞成自己脑海里的某个想法。她的眼睛快眯成一条黑色的线。我想，她已经在心里决定了某个主意。

"我得回家了。"她说话的语气就像此刻我们正在喝茶。

"好的。"我说。

我坐在原处不动。她又朝我抛了一个媚眼，朝房门走去。就在她握住门把手时，我们听见外面有一辆汽车开过来。她看看我，眼睛里打出两个大大的问号，我无奈地耸耸肩膀。汽车在盖格房子前停了，卡门的脸已经恐惧得变了形。门外响起了脚步声和门铃，卡门回过头，看着我，使劲捏着门把手。因为害怕的缘故,她的模样看上去都有点滑稽了。门铃响了一阵后停了,过了一会儿,我们听得钥匙在锁孔里转动的声音,卡门一下子跳开,僵立着。门开了,一个人动作敏捷地走了进来。不过,他看见我和卡门,很快就站住了,不动声色地盯着我们,神情镇定自若。

第十三章　与艾迪的交锋

　　来人穿着灰色的衬衫、灰色的法兰绒双排扣西装,脚上的黑皮鞋油光锃亮,灰色缎面领带上别着两颗形状跟轮盘赌格子的红方块类似的红钻石。他看到了卡门,便摘下灰色的帽子,露出满头灰白头发,头发质地像用网罗筛选过一样,特别细密。他的眉毛也是灰白色的,不知道什么缘故,他看上去有一股江湖气。他的下巴长得有些长,鹰钩一般的鼻子上面,是一对灰色的正陷入沉思的眼睛,他的上眼皮耷拉下来遮住了眼角,看上去像在斜视着谁。

　　他彬彬有礼地站着,一手摸着身后的门,一手拿着灰色帽子轻轻拍着大腿。他的表情看上去很严峻,没有恶人一般的粗鲁,而像一个饱经风霜的骑士那样神情严酷。不过,他不是骑士,他名叫艾迪·马尔斯。

　　他关上门,将手插入上衣口袋,留在口袋外的大拇指,在屋内朦胧的光线下闪着亮光。他朝卡门亲切而随意地笑了笑,卡门舔着嘴唇,凝视着他,也回给他一个微笑。现在,她已经不害怕这个人了。

　　"请原谅,我这么随便地闯进来是有些失礼。不过,我刚才按了门铃,你们似乎没听到。请问,盖格先生在吗?"他说。

　　我回答道:"他不在。我们也不知道他去了哪里,我们也是来找他的,发现门没有关,就进来了。"

　　他点点头,拿起帽子的帽檐蹭了一下下巴:"你们是盖格的朋友吗?"

　　"我们跟他是通过买书结识的,今天我们来这儿,是为了找一本书。"我回答说。

　　"什么,一本书?"他这句话说得又快又响亮,甚至还带着一点刁钻,好像他已经知道了盖格那些书的事情。随后,他看看卡门,耸了一下肩膀。

　　我转身朝门口迈开脚步:"失陪了,我们得走了。"说完,我拉住卡门的胳膊。她两眼盯着艾迪,我看得出来,她挺喜欢这个人的。

　　"你们要留什么话让我转告吗?如果盖格回来,我会告诉他的。"艾迪客气地说。

　　"谢谢,我们不想给你添麻烦。"

　　"那真是糟糕透了!"他说。

　　显然,这句话还有另一个意思。当我从他身边经过去开门时,他的灰色眼睛闪动了一下,眼神变得格外严厉。但是,他依然用那种随便的口气说:"当兵的,这个女孩子要是想走,随便她。至于你,我想跟你聊两句。"

　　我把手从卡门的胳膊上拿下来,茫然而疑惑地看着他。

　　他说:"少来跟我玩这套把戏,别浪费力气了。告诉你,我外面的车上有两个小伙子,他们只听我的话。"

　　站在我背后的卡门,发出一个轻微的声音,径直跑了出去。不一会儿,她的脚步声就消失在山坡下面。我刚才没有看见她的车,我想她一定把车停在山下了。

我问:"你到底想干——"

我还没说完,艾迪打断了我,叹了一口气,说:"你别再废话了!这里有点不对劲,我得弄清楚这是怎么回事。如果你想挨枪子儿,你大可以跟我对着干。"

"好,好,好,算你厉害!"我说。

"当兵的,不到万不得已的时候,我不会给你难堪的。"他说完,不再理我,皱着眉头,在屋子里走了一圈。我透过房子正面的一扇破玻璃窗户往外看,矮树丛外面有一个汽车的车顶,汽车的发动机还在转动,发出一些声响。

艾迪看到了放在书桌上的那个紫色的大肚子玻璃瓶和两只镶着细金边的玻璃杯。他先拿起玻璃杯闻了闻,又打开大肚玻璃瓶闻了一下,嫌弃一般地撇了撇嘴。

"盖格这个臭流氓!"他用毫无起伏的呆板语调骂道。

他把书桌上的几本书翻了翻,嘟囔了一声,又转到书桌另一边,仔细地看了看那根架着照相机镜头的图腾杆子。最后,他将目光锁定在图腾杆子前面。他用脚挑开那块小地毯,快速蹲在地上,另一只膝盖也跪在地上,身体挺得笔直。书桌挡住了他的身体,我看不清楚他到底在做什么。随后,他惊叫一声,站了起来。

他飞快地在衣服下面摸了摸,掏出一把德国鲁格尔黑色手枪。不过,他只是用棕色的长手指捏着枪,没有对准我,也没有对准任何东西。

"血!地板上有血,就在那块地毯下面,有好多血!"他激动地说。

"真的?"我装出一副好奇的样子问道。

他身体一歪,坐在书桌后面的转椅上,将鲁格尔手枪换到左手,右手勾住紫红色的电话机,两条浓密的眉毛皱在一起,眉间耸出一道深沟。

他说:"我觉得,我们得通知警察。"

我走过去,踢了一下那块盖在盖格尸体躺过地方的地毯,说:"血迹不是新鲜的,看来血印早就干了"

"那我们也必须报警。"

"是,我们当然要报警。"我说。

他将眼睛眯成一条缝,先前那副温文尔雅的样子不见了,取而代之的是一个衣着华贵、拿着鲁格尔手枪的硬汉。显然,他不喜欢我这样随声附和说话。

"当兵的,你到底是谁?"

"我叫马洛,我是个私人侦探。"

"我可从来没有听过你的名号。刚才走掉的那个女孩是什么人?"

"她是我的雇主。盖格想敲诈她,我今天跟她一起来就是想找盖格聊一聊这件事。不巧的是,盖格不在家,我们看见门没有锁,就进来等他了。这些,我不是已经说过了吗?"

"实在是太巧了!你们没有钥匙开门,恰好这房子的门没有锁!"他说。

"你说的一点不差。不过,你怎么会有这所房子的钥匙?"我问。

"当兵的,这跟你有什么关系?"

"我可以把这件事当作跟我有关。"

他闭上嘴巴,狰狞地笑起来,将帽子往后脑勺掀了一下:"好,我也能把你的事当成我的事。"

"你才不稀罕吧。干我这一行,可赚不了什么钱。"我调侃道。

"好，你还真是机灵。跟你说，这所房子是我的，盖格只是我的房客。你对这些事，有什么看法吗？"

"显然，你认识很多这种'正派人士'。"

"哪里，我只是租房子给他们而已。租房的人鱼龙混杂，什么样的人都有。"他看看拿在手里的枪，把它夹在腋窝下，耸耸肩膀继续说："当兵的，你对这里发生的事有什么高明的见解？"

"我的解释有很多种。也许盖格被人开枪打死了；也许盖格开枪杀了人然后逃走了；也许杀人凶手是别的什么人；也许盖格在那根图腾杆子前面做了什么奇怪的宗教仪式，杀了什么东西当祭品；也许他喜欢吃鸡，在客厅里杀了鸡。"

他脸色阴沉，眼睛瞪得大大的，直直盯着我。

我说："算了，我懒得猜了。你还是打个电话，把城里的警察朋友们叫来吧。"

他对我龇牙咧嘴："我搞不懂你，搞不懂你打算在这干些什么。"

"快，快，快，你快点把'雷子'叫来，你肯定能看见一场热闹。"

他闭上嘴巴，想了一会儿，坐在那里按兵不动。

"你这话是什么意思，我搞不懂。"他的脸脸绷得紧紧的。

"我说不好，可能你今天有点儿出师不利。艾迪先生，我认识你。你在拉斯·奥林达斯创办了柏树俱乐部，有钱人在那里通宵达旦豪赌，就连当地的警察都对你睁一只眼闭一只眼。甚至你在地方检察官那里也有内部眼线。换句话说，你有一个大靠山。当然，盖格干的这种生意也是需要靠山的，说不定你正是看在他租了你房子的份儿上，偶尔也照顾一下他。"

他的表情格外难堪："关于盖格的生意，你知道多少？"

"他做的是租售淫秽书籍的生意。"我说。

他目不转睛地盯着我，看了很长一段时间后，他才压低声音说："他遭遇了黑手。你肯定知道点内情。今天，他没有去书店，书店里的人也不知道他的去向，他们给这里打电话，无人接听。我只好亲自过来看看这到底是怎么回事。结果，我在地毯下面发现了血迹，还遇见你和那个女孩子。"

我说："你的这个故事说得有点儿牵强附会。或许，你能找到一个乐意接受的买主，他愿意把你编的这个故事推销出去。不过，你的故事少了一个情节：今天，有人将书店里盖格用来租售的那些惹人喜爱的书转移走了。"

他打了个清脆的响指："当兵的，这一点，我应该早点想到的。你好像知道很多事，那你想一想，这是怎么回事？"

"我想，盖格极有可能已经遇害了，我认为地板上的血迹是他留下的。凶手把他的尸体藏起来是为了把书转走。看来有人已经接手了他的这个买卖，只是这个人需要一点时间来重新组织经营。"我分析道。

艾迪狠狠地说："哼！这些人是逃不掉的！"

"艾迪，得了吧，就凭你和外面车上的两个打手，能找到凶手？我们这个城市越来越大，据我所知，最近很多有势力有靠山的人都在这附近成立了据点。唉，这是城市发展壮大过程中所必须遭受的惩罚。"

"他妈的，你的话也太多了！"艾迪说完，吹了两声口哨。外面的车门"砰"的一声打开了，我听到一阵匆忙的脚步声从路障那里传来。艾迪拿出鲁格尔手枪，对准我的胸口："你，去开门！"

门把手响了一会儿，外面有个人在说着什么。我一动不动站在原地，鲁格尔的枪口在我看来，就像大马路的地下通道入口。我知道，我的身体没有防弹功能，但是我依然站着不动，对他说："艾迪，你自己去开门吧。你凭什么对我发号施令呢！你要是对我客气一点，说不定我还能帮帮你。"

他姿势僵硬地从书桌后面走出来，一边盯着我，一边走到房门那里，把门打开。外面的两个人连滚带爬地进了屋子，慌张地在胳膊底下摸出手枪。这两个人当中，那个白皮肤的帅气小伙子，是个拳击手，因为他的鼻梁是歪的，肯定在拳击中受过伤，此外他的耳朵长得像一块小小的牛排。另一个人，身材细挑，头发金黄，两只眼睛离得很近，目光一片惨白，脸上没有丝毫表情。

艾迪对他们俩说："你们看看，检查一下这个鸟人身上有没有带家伙。"

那个金黄头发的家伙拿出一支短把枪，朝我比划着。拳击手则走过来，小心翼翼地检查了一下我的口袋。我像个展览晚装的时装模特，没精打采地转过身去。

"他身上没有枪。"拳击手压着声音说。

"看看他到底是干什么的。"艾迪命令道。

拳击手一手伸进我胸前的口袋，拿出我的钱包，并把它打开，检查了起来。

"他叫菲利浦·马洛，住在富兰克林大街的哈巴特·阿姆斯大楼，这里有他的私人侦探执照和徽章，还有一些杂七杂八的东西。他是个私人侦探。"拳击手将钱包放回我的口袋，轻轻打了一下我的脸，转身走开了。

"好的，你们先出去吧。"艾迪说。

两个手下出去了，随手带上门。我听见他们回到了车上并发动了汽车，让发动机一直空响着。

"好了，老实交代吧。"艾迪呵斥我，他的两条眉毛快要飞到额头上去了。

我说："我还不想把我知道的东西全部告诉你。我以为，为了抢盖格的生意而把他杀掉，这样做非常不明智。如果盖格真的被人杀了，我觉得这件事不是我们看起来的这么简单。书店里的那位金发女人不知道是怎么回事，好像被吓得魂都没了，我已经能猜到谁把那些书弄走了。"

"是谁？"

"这件事只是我不想说出来的事里面的其中一件。你要知道，我得考虑我的雇主的利益。"

艾迪抽了一下鼻子："那个雇主——"他忽然停下来不说了。

我说："我猜，你知道那个女孩是谁，对吧？"

"当兵的，到底谁把书弄走了？"

"艾迪，我不准备告诉你，我为什么要告诉你呢？"

他将鲁格尔手枪放到桌子上，拍了拍枪："我可以用这个，并且我也可以付一点报酬给你。"

我说："给钱，这倒是个好主意，只是你可别用手枪。我对金币发出的声音倒是很敏感，能听得清清楚楚。请问，你准备付给我多少金币呢？"

"说，你到底是为了什么？"

"你到底需要我做什么？"我说。

他把桌子拍得"砰"的一声响："当兵的，你给我听好了。要是我问你一个问题，你又问我另外一个问题，这样下去，我们永远也谈不到一起来。现在，我得知道盖格到底在哪里。总之，我打听这件事有我的理由。他干的那个买卖，我不喜欢，我也没有为他提供保护，我只是凑巧成了他的房东。现在，我也不怎么喜欢把房子租给他了。我觉得，不管你知道些什么，肯定有人也在研究这件事，而且肯定有一大拨儿警察正在赶来的路上，他们的大头皮鞋立马会在这里踩得'嘎吱嘎吱'响。你也不是什么好货色，我想你也需要找一个靠山。所以，你还是快点将你知道的东西告诉我吧。"

他的猜测很是奇妙，可是我就是不愿意将自己知道的东西告诉他。我点起一支纸烟，吹灭火柴，冲图腾杆子上的照相机镜头挥了挥手。

"你说得不错，要是盖格真的出事了，我必须将我知道的东西告诉警察。所以，这件事属于官方，我可不能将'货'卖给私人。先生，如果你允许的话，我就先行告退了。"

他的脸色突然变得惨白，表情也变得卑鄙而凶狠，他的手朝放手枪的地方动了动。

我用那种特别随便的语气问："对了，我随便问一下，你太太近来身体好吗？"

也许，我的这个玩笑开得有点过火。他双手哆嗦，一下子拿起枪，脸上的肉绷得紧巴巴的。他轻声说："滚！你想去哪里就滚到哪里去，你想做什么就做什么，我才不在乎！当兵的，我只说一点，别把我掺和到这件事里来！否则，你会后悔你老妈把你生出来的！"

我说："我妈不想我刚生出来就下了地狱！听说，地狱那边，你的某个朋友正要找你呢。"

他一动不动，伏在书桌上，眼睛瞪得圆溜溜的。我走到门边，打开门，回头看了他一下。他一直盯着我看，身体没有任何移动，但是他的眼睛却充斥着仇恨的火焰。

我走了出来，穿过矮树丛，来到山坡上我停车的地方。我上了车，掉过头，直接开过山顶，期间，没有人朝我开枪。开过几个街区后，我拐进一条岔路，关掉发动机，等了几分钟，也没有发现有人在跟踪我。于是，我把车开回了好莱坞。

第十四章 "精明"的布罗迪

下午四点五十五，我把车停到了兰达尔广场那幢白色公寓大楼门前。此时，暮色四合，灯光从公寓里的几扇窗户照出来，收音机正在高声喧哗。我乘电梯来到四楼，走过一间铺了绿色地毯、镶嵌了象牙色护墙板的过道。通往安全楼梯的门上挂了门帘，凉风正通过未关闭的门帘一阵阵吹进过道。

405号房门边有一个象牙色的小门铃按钮。我按了一下，等了很长一段时间后，门悄无声息地开了一道一英尺宽的缝。这个开门的方法并不正大光明。来给我开门的人，是个宽肩膀、腰腿修长的男人。他毫无表情，有着一张黝黑的脸，和一双棕色的眼睛，他的头发硬得像鬃毛。他的发际线比较高，露出黝黑的脑门，冷不防看一眼，说不定这脑门里面还存着点脑子呢。

他的目光冷冰冰的，将我从头到下看了个遍，又用黝黑的细长手指摸摸脑门，站在那里，始终不说话。

我问："盖格？"

他听到这两个字，依然面无表情。他从门背后取出一根纸烟，叼在嘴里吸着，格外傲慢地将烟雾懒洋洋地喷到我脸上。随后，从烟雾后面传来一个不急不躁、语调平缓的声音，这声音听起来，就像发费罗纸牌的人在说话。

"你说什么？"这声音问道。

我又重复了一遍："盖格——阿瑟·格恩·盖格。他是那些书的主人。"

长腿男人从容不迫地想了一会儿。他低着头，看了看手里的纸烟，他的另一只手，一直抓着门框，藏在我目光无法看到的地方。从他肩膀的动作来看，他这只手好像躲在门背后做着某种动作。

"叫这个名字的人，我不认识。请问，他住在这附近吗？"

我笑了笑。显然，他不喜欢我这样的笑容，恶狠狠地盯着我看了一下。

我问："你叫乔·布罗迪，对吗？"

他那黝黑的脸绷得紧紧的："是又怎样？兄弟，你是想来搞几个钱，还是专门找我寻开心？"

我说："你这么说，就是承认自己是乔·布罗迪了。那你说，你不认识一个叫盖格的人，这说法还真是有点儿滑稽。"

"哦？也许，你跟别人的幽默感不一样，你居然认为这样很滑稽！我认为，你还是到别的地方去施展你的幽默感吧！"

我靠在门上，若有若无地对他笑笑："布罗迪，你有很多书，而我这里有一张那些冤大头的名单。我想，我们应该好好聊一聊。"

他一直盯着我看。这时，他身后的屋里传来一个低微的声音，听上去像那种挂着帘子的金属圈轻轻碰了一下金属棍子。他斜着眼睛往里面瞟了一眼，将门开得更大了一点。

"好，要是你觉得你手上有点东西，我们可以聊聊。"他一边冷冷地说，一边让开门。

我绕过他，进了屋子。

这间屋子的布置看上去很舒适，家具高级，摆放得错落有致而不致拥挤。后面的墙上，有一道落地窗户，通向石头阳台，可以透过暮色遥望远处的矮山。西边的墙上，有两扇门，靠着窗户的那扇门紧闭着。另一扇门离房门不远，上面悬着一根金属棍，棍子上挂着一块长绒毛做的门帘。

东边墙上没有门，中央靠墙位置放着一张坐卧两用长沙发。我在沙发上坐下来，布罗迪关上门，侧身走到一张宽大的橡树书案后面。书案上钉着很多方头钉子，下层摆放着一个有镀金折页的雪松木盒。他拿着这个盒子，走到西面墙的两扇门中间的安乐椅边坐下，我摘下帽子扔在沙发上，等他开头说话。

"我准备好了，洗耳恭听。"布罗迪说着，打开木盒，将手上的纸烟头扔进烟灰缸，从木盒里抽出一支长长的雪茄，问我："来根雪茄吗？"说完，他扔过来一根。

我伸手接住雪茄。布罗迪趁机快速从盒子里拿出手枪，对准我的鼻子。这是一支三八口径的警察用手枪，我一时还不想跟这种武器产生任何争端。

布罗迪说："我动作挺麻利的，对吗？现在，你可以稍稍站起来，往前走两步，这样你能呼吸到一丁点儿空气。"他的语气，是电影里硬汉们惯用的那种刻意装得很随便的语气。是的，电影总是把硬汉塑造成一个类型。

"嘘——"我坐在那里纹丝不动，继续说，"是个人都能拿起一把枪，可惜拿枪的人都太没脑子。你是我这几个小时里见到的第二个没脑子的人。你们这种人，总是以为只要拿着手枪就能让全世界的人跟在你们的屁股后面走。布罗迪，我劝你别干蠢事，还是放下枪吧！"

他皱起眉头，扬起下巴，目露凶光。

我说："我遇见的第一个人拿枪没脑子的人是艾迪，这个名字，你听过吗？"

"没听过。"布罗迪依然拿枪指着我。

"如果他知道昨天晚上下大雨的时候你在哪里，他肯定会像赌场里码筹码的人一样，一竿子把你干掉。"

"我哪里惹到他了？"布罗迪的神情依然冷漠，不过他把枪放在膝盖上了。

"你没怎么惹他。"我说。

我跟他就这样你瞪我、我瞪你地僵持了一阵。我故意装作没有看到左边长绒毛门帘下面已经露出来的黑色拖鞋鞋尖。

布罗迪心平气和地说："别误会，我不是那种不讲道理的人，只是我必须保持小心。你是什么人，我一无所知，说不定你闯进来是打算行凶杀人呢。"

我说："你还是太小心谨慎了，你弄走盖格的书，手段可一点儿也不高明。"

他慢慢做了一次深呼吸，又不动声色地吐了一口气，将身体往后靠了靠，两腿叠起来，一只手拿枪放在膝盖上。

他说："你可不要打错算盘！如果有必要，我还是会开枪的。现在，把你知道的东西告诉我吧。"

"好，那你也让那位穿尖头鞋的朋友出来吧，她在那里真是累得慌，一口大气也不敢出。"

布罗迪的眼睛盯着我的胸口，朝那里喊着："阿格尼丝，你出来吧。"

门帘被卷起，我在盖格书店见过的那个有着绿眼珠的金发女人一扭一扭地走了出来。她目光凶狠地瞪着我，显然恨我恨得牙痒痒。不过，她眼圈乌黑，鼻翼也像被人掐过一把，看上去挺不痛快。

她话中带刺地对我说："我早就看出来了，你是个祸害。我告诉布罗迪，就连走路都不能掉以轻心。"

我说："他需要小心的可不是走路，我觉得他应该留神一下自己的后腰。"

"我猜，你一定觉得自己的话说得很滑稽可笑。"金发女人尖声说。

我说："我过去认为自己说话滑稽，现在我可不认为我说的东西滑稽。"

"你还是留着你的俏皮话跟别人说吧，我这个人一直很小心。阿格尼丝，你去开灯，如果到了非开枪不可的地步，开了灯我能打得更准一点。"布罗迪说。

阿格尼丝打开一盏四方形的落地灯开关，然后在灯那边找了一张椅子坐下。好像是皮带扎得有些紧的缘故，她的身体看上去很僵硬。我咬掉雪茄的头，拿出火柴点着，期间，布罗迪一直拿着枪，防备着我。

我吸着雪茄，慢慢说："我刚才跟你说的那个冤大头花名册是用密码写的，我暂时还没有破解出密码，不过这些名字共有五百多。据我所知，你从盖格那弄走了十二箱书，至少有五百本吧，加上借出去的，也许还不止呢。不过我保守估计，就说共有五百本书吧。如果这个名册上的顾客跟书店还有联系，暂且算一半顾客跟书店还保持着联系吧，那你就可以把这些书出租个十二万五千次。关于租书这些事，你的女朋友比我更在行。我说的，只不过是个估计。我们可以将租金尽量说得低一点，但再低也不会低于一美元。这些书的成本很高，就算一本书的租金是一美元，你也能赚到十二万五千美元，此外你的资本——这些书没有丝毫减少。我的意思是说，盖格的那些资产一点也不会减少。所以，你这个人，有被人追踪的价值。"

阿格尼丝又尖声叫起来："你疯了，你是个混账，你是个鸡蛋脑袋的——"

布罗迪对她龇牙咧嘴地吼道："闭嘴！他妈的，你给我少说两句！"

她打住话头，憋了一肚子怒气，又气又恼，只好使劲用银色指甲挠自己的膝盖。

我用一种特别亲切的口吻告诉布罗迪："这种买卖，一般的笨蛋都干不了，得是你这种头脑精灵的人才能成事。布罗迪，你得对你干的这一行永远保持信心。你要知道，那些花钱买淫秽书籍、寻找第二性刺激的人，就像找不到旅店的有钱老太太，总是保持着高度的紧张，脾气也急躁。所以，我认为你对他们进行敲诈勒索是个错误的决定。你最好安分守己，专门经营租售图书的生意。"

布罗迪用他那深棕色的眼睛将我打量一番，继续举起手枪，瞄准我身上足以让我致命的部位。

他用呆板的语气说道:"你这个人还真滑稽,谁说我要干租售那种书的买卖了?"

我说:"你现在大概已经干上这档子事了吧!"

阿格尼丝倒抽了一口气,气得将自己的耳朵揪来揪去。布罗迪一言不发,直直地望着我。

"你说什么?"阿格尼丝大声喊道,"你别在这儿信口雌黄,盖格先生怎么可能在那样热闹的大街边开卖那种东西的书店!我看你脑子有病。"

我格外礼貌地朝她笑笑:"我说的这些都是实话。是个人都知道那里有一家这样的书店。反正,好莱坞这种地方就需要这样的东西。既然是这样,讲究实际的警察们自然希望店铺开在热闹的地方,这个道理就跟他们赞成红灯区一样。只要警察们乐意,他们就知道该将'猎物'赶到哪里。"

阿格尼丝嚎叫起来:"上帝呀,布罗迪,你就眼睁睁看着这个干奶酪脑袋的家伙坐在那羞辱我吗?难道你什么都不管了?你手里拿着枪,而他手里只有一根雪茄,你就这样任由他胡说八道!"

布罗迪说:"我就是爱听他说话,这家伙还算有点头脑。你还是闭嘴吧,否则,我就用这家伙打你,让你张不开嘴!"他朝阿格尼丝挥挥手枪。很明显,他对我的防范越来越宽松。

阿格尼丝倒抽了一口凉气,别过脸,盯着墙壁。布罗迪一脸狡黠地看着我,问:"你说说看,我到底是怎么把盖格的这份宝贵的家当弄到手的?"

"你杀了盖格,从而弄到了这些书。昨天晚上下着大雨,这是极好的杀人天气。可惜,让你觉得麻烦的是,你杀死盖格的时候,边上有人目睹了案发经过。你要么是没有发现自己的行为被人察觉了,当然我觉得这种情况不太可能,或者你是看到风声不好,偷偷溜掉了。不过,你这个人胆子倒挺大,居然从相机里面拿出了底版照片,后来还跑回现场将盖格的尸体藏了起来。这样,你就能在警察发现盖格尸体开展调查之前,将盖格书店里的那些书转移走。你的确胆量过人!"

"呸!"布罗迪一脸鄙夷,拿起手枪在膝盖上来回晃着,黝黑的脸绷得紧紧的,真像一块干木头:"先生,你这是拿自己的生命在开玩笑。幸好,我并没有杀死盖格,要不然你也别想活命了。"

我幸灾乐祸地说:"就算你没有杀死盖格,但是这件案子你无论如何也逃不掉了。"

布罗迪用颤抖的声音问:"怎么,你想设计陷害我?"

"完全正确!"

"那你打算怎么陷害我?"

我说:"还有人说这事是你干的。我刚才已经说了,有一个人看见了你行凶。你别那么简单地以为是我想找你的麻烦。"

布罗迪的情绪一下子爆炸了,他喊起来:"天啊,是卡门那个小婊子!该死的,她那是在跟我作对。是的,她就是为了跟我作对!"

我往沙发后面靠了靠,看着他笑嘻嘻地说:"真是太好了,我还以为你手里有她的裸体照片了呢。"

布罗迪和阿格尼丝不再说话。我也没有说什么,刻意留点时间让他俩好好地将我说的话琢磨琢磨。过了一会儿后,布罗迪的脸色尽管还有点灰不溜秋的,但是已经不像刚才那样难看了。他好像已经把这件事想通了,把枪放在了椅子边的小桌子上。不过他的右手始终放在手枪附近。他弹了弹雪茄上的烟灰,将眼睛眯成一条缝,使劲地盯着我看。

他说:"我猜,你一定认为我是个头脑迟钝的人。"

"不!说到干敲诈这种买卖,你的聪明程度还是算得上中等资质。现在,你把照片拿出来吧。"

"什么照片?"

我摇摇头说:"布罗迪,你这样就把戏给演砸了。要知道,假装清白是不能解决问题的。要么你昨天晚上真的去了盖格房子那里,要么是从一个去过那里的人手里拿到了那张裸体照。你知道卡门去过那里，所以你让你的女朋友打电话吓唬里甘太太，威胁她说这件事还牵涉到一桩刑事案件。你这么干，起码是亲眼看见了昨晚发生的事，要不然就是你手里有这张照片，并且你还知道这张照片的拍摄时间和地点。你还是聪明点，乖乖地把事情经过说出来吧。"

"我得搞一点钱。"布罗迪一边说，一边扭头去看他的女友阿格尼丝。现在，这个绿眼睛、黄头发的女人，已经瘫软了，活像一只刚被宰杀的兔子。

"我可没有钱。"我说。

他一脸阴沉，皱起眉头："你是怎么找到我这里来的？"

我拿出钱包，让他看了看我的证章："目前我受一个主顾的委托，正在处理盖格的事情。昨天晚上，我就在盖格家房子外面的大雨里，听到了枪声。于是，我就从窗户爬了进去。总之，我没有看见是谁杀了他，但是别的情况我都看见了。"

布罗迪冷笑着说："你没有将这件事告诉别人！"

我整理好钱包放进口袋，承认道："是的，直到现在我都没有跟别人说。那你到底要不要把照片交给我？"

布罗迪问："关于那些书的事情呢？你怎么知道的，我搞不懂。"

"我从盖格的书店一直跟踪你到了这里，我有一个证人能证明这件事。"

"是那个小流氓吗？"

"哪个小流氓？"我问。

他又皱起眉头："就是在书店上班的那个。装书的卡车刚开走，他就溜掉了，就连阿格尼丝也不知道他的去向。"

我对他笑笑说："你讲的这个情报对我很有用。原本这件事我有些地方还没想通。那么，昨天晚上，你跟阿格尼丝，到底是谁去了盖格家？"

布罗迪气愤地回答说："我们谁也没去！怎么，卡门跟你说我杀死了盖格？"

我说："如果你把她的裸照给我，我就能帮助你，让卡门觉得昨天晚上是她自己搞错了，本来嘛，昨晚她喝了太多酒。"

布罗迪叹了口气，清了清嗓子："我把她甩了，她当然恨透了我。当然，跟她分手，我得到了一笔钱。不过，就算没有这笔钱，我还是迟早得甩掉她。这个女人有点癫狂，我是个老实人，可伺候不了她。你给我点钱怎么样？我穷得叮当响，但是我跟阿格尼丝必须得离开这个鬼地方。"

"我的雇主可不愿意给钱。"

"你听我说——"

"布罗迪，把照片交给我吧。"我说

他骂道："他妈的！行，算你赢了！"说完，他站起来，将手枪插到衣服侧边的口袋里，将左手伸进上衣里面。他拿出照片，神情厌恶地将它握在手里。然而，就在这时，门铃突然没完没了地响了起来。

第十五章　突如其来的卡门

布罗迪讨厌铃声，他咬着嘴唇，皱着眉头，一张脸布满了警觉、奸诈、狡猾、阴险、狠毒。

我也不喜欢门铃。如果来的人是艾迪和他的手下，他们可能仅仅因为我出现在这里就会将我干掉；如果来人是警察，我只有满脸堆笑，将自己知道的东西全部说出来，除此之外，我也帮不上警察什么忙；如果进来的人是布罗迪的几个朋友，那新来的人可能比较棘手，不会像布罗迪这样好对付。

阿格尼丝也不喜欢门铃一直响。她陡然跳起来，一只手使劲挥舞着，由于精神紧张的缘故，她的脸忽然变得又老又丑。

布罗迪盯着我，打开书桌上的一个小抽屉，拿出一只自动手枪递给阿格尼丝。她侧过身，双手抖动着把枪接过来。

布罗迪轻声呵斥她道："你坐到他身边去，拿枪抵着他。对，枪口放低一点，位置离门远一点。要是他敢耍花招，你知道该怎么办。亲爱的，我们有办法过这一关。"

阿格尼丝带着哭音说："布罗迪，上帝啊！"她走过来，坐到我身边，拿起枪口对准我大腿动脉。她的眼睛里充满了恐惧和紧张，我还真不喜欢她这副表情。

门铃停了，紧接着传来几声急促的敲击声。布罗迪将握着手枪的手放进口袋，将门打开。我看见，卡门拿着一把小手枪，顶着他那棕色的嘴唇，将他推了进来。

布罗迪慢慢后退，嘴角抽搐，一张脸已经被吓得变了形。

卡门随手关门，将舌头从牙齿间微微伸出来，步步紧逼布罗迪，不看我也不看阿格尼丝。布罗迪从口袋里抽出手，朝她做了一个和解的姿势，他的两道眉毛已经扭曲成各种曲线。阿格尼丝调转枪口，对准卡门。我突然伸出手，使劲抓住了她握枪的手指，用大拇指卡住了手枪的保险，终于将手枪从她手下夺了下来。我们之间的这场扭打时间短暂，由于我们谁也没说话，布罗迪和卡门都没有留意到我们的状况。阿格尼丝连连喘气，浑身颤抖。卡门则满脸绷得紧紧的，就连呼吸也带着"嘶嘶"的声音。她语气单调平缓地说："布罗迪，把我的照片给我。"

布罗迪咽了咽口水，极力装出一脸微笑的样子："孩子，当然，照片当然会给你。"这时，他说话的声音轻轻的、细细的，跟刚才和我说话的音量比起来，那简直是一辆小斯库特摩托车跟一辆十吨大卡车的区别。

卡门说："我看见你打死了盖格，我只要我的照片。"

布罗迪的脸扭曲着，变成了绿色。

我冲卡门喊道："卡门，嗨，等一下。"

突然，阿格尼丝反应过来，低下头，对着我的右手狠狠咬了一口，我叫了一声，一把将她甩开。

布罗迪依哼哼唧唧地说："孩子，你听我说，就听我说一句。"

阿格尼丝朝我吐了一口水，扑向我的大腿，试图再咬一口。我拿起枪，用合适的力度打了一下她脑袋，打算从沙发上站起来。她滚到我的脚下，双手张开抱住了我的腿，我又坐到了沙发上。要么是因为爱情，要么是因为恐惧，要么这两种原因都有，总之，这个黄头发的女人力气大得惊人。说不定，她天生就有一身好力气。

布罗迪试图躲过这支距离他的脸只有一尺远的小手枪。不过，还没等他抓住手枪，手枪就发出了一声不太大的清脆响声。子弹射穿了落地窗上的玻璃，布罗迪惨叫一声，倒在地上。他绊倒了卡门，只听"咕咚"一声，卡门也跌倒在地，手枪被她扔到了墙角。

布罗迪跪起来，将手伸进口袋。

我毫不客气地打了一下阿格尼丝的脑袋，踢开她，站了起来。布罗迪看看我，我拿出阿格尼丝那把自动手枪，他看了看，掏口袋的手停止了动作。

他带着哭音喊着："上帝！别让她杀了我！"

我像个白痴一样，不受控制地笑个不停。阿格尼丝从地板上坐起来，两手撑着地，嘴巴张得大大的，一缕金属线一般的黄头发在她的右脸耷拉下来。

卡门手脚并用，拼命往前爬，嘴巴里还发出"嘶嘶"的声音。墙角的护墙板下面，她的小手枪正闪着亮光。

我拿起手枪对布罗迪晃了晃："你站好了，别轻举妄动，没人打算伤害你。"

我绕过在地上爬的卡门，到墙角边捡起手枪。她抬起头看了看我，笑嘻嘻地站了起来。我把她的枪放进自己的口袋，伸手拍拍她的后背，对她说："快起来吧，小天使，你在地上爬的样子可真像一只哈巴狗。"

我拿出自动手枪抵着布罗迪的肋骨，将他口袋里的枪掏出来。现在，这里的但凡我见过的武器都落到了我手里，我将它们一支接一支装进口袋，伸手对布罗迪说："给我！"

他点点头，抿着嘴，满眼惶恐。他从前面的衣服口袋里拿出一个很厚的信封递给我，里面是一个已经冲洗好的底版和五张上了光的照片。

我问："你能保证这些就是全部吗？"

他又点点头。我将信封放在自己口袋，转过身。这时，阿格尼丝坐在沙发上，梳理着头发，她恶狠狠地盯着卡门，看那眼神，恨不得将卡门吃掉。卡门也站了起来，她一边伸手一边朝我走过来，脸上带着笑，嘴巴还在"嘶嘶"地喘气，她的嘴角挂了一点白沫，贴着嘴唇的小牙齿正在熠熠闪光。

"可以把照片给我吗？"她一边说，一边冲我撒娇般地笑笑。

我说："我先替你保管着，你快回家去吧。"

"回家？"

我走到门边，朝外看了看。夜晚的凉风，阵阵吹进客厅，四周一片寂静，没有那种好奇心特别重的邻居扒在房门外朝屋里张望。一把小手枪不小心走火了，将窗户的玻璃打碎了，这种声音，大家听多了，已习以为常。我握着门把手，拉开门，冲卡门点头示意。她朝我走来，脸上还带着犹豫不决的微笑。

"回家吧，去家里等我。"我安抚她说。

她拿出大拇指放进嘴里，冲我点了点头，走了过来，经过我身边的时候，她伸出手摸了摸我的脸，声音温柔地问："你会照顾我的，对吗？"

"一切按你说的办！"

"你好帅！"

我说："你看到的，还算不上什么。我的右腿上有一个刺青，那是一个正在跳舞的巴厘岛女人呢。"

她瞪圆眼睛："你真顽皮！"随后，她伸出一个指头对我摇了摇，低声道："我的手枪，给我吧！"

我说："现在不给。我之后再给你，我会送回去给你的。"

她忽然搂住我的脖子，对着我的嘴巴吻了一下："我喜欢你！卡门特别、特别地喜欢你！"说完，她像个画眉鸟一样，蹦蹦跳跳出了客厅，走到楼梯口的时候她又转过身朝我挥挥手，然后便顺着楼梯跑下去了。

我又回到布罗迪的房子里。

第十六章 揭开盖格凶案的谜底

我走向落地窗户，将那扇被打碎的玻璃窗户检查了一下。卡门的手枪打出来的那颗子弹，击碎了整扇玻璃，而不仅仅只是射穿了一个洞。不过，仔细一看，还是能看到落地窗户上留着一个玻璃弹孔。我拉上窗帘，挡住了被打碎的窗户，从口袋里拿出卡门的小手枪。这把小手枪是专门为银行守卫制作的，二点二口径，凹头子弹，珍珠母手柄，手柄上面镶嵌着一块银制小圆牌，牌子上刻着——"欧文赠给卡门"。唉，卡门这个疯女孩，不管对方是什么人，她都拿来戏耍。

我将手枪塞回口袋，坐在布罗迪身边，直视着他那双茫然的棕色眼睛。时间已经过去一分钟了，阿格尼丝正对着一面小镜子化妆打扮。布罗迪在身上摸索了一下，拿出一根纸烟，冷不防地开口问我："现在，你满意了吧？"

我说："到目前为止，我对你们的表现还算满意。不过，你为什么不直接找那个将军老头儿要钱，而是去敲诈里甘太太呢？"

"大概六七个月前，我已经从那个老头儿那要了一笔钱。这一次，我担心再跟他要钱会惹恼他，他说不定会报警。"

"那你怎么会觉得里甘太太不会向老将军说起这件事？"

布罗迪吸着烟，盯着我的脸，想了好一阵子，才问我说："里甘太太这个人，你对她了解多少？"

"我跟她见过两次面。想必，你非常了解她，要不然你也不会想到利用卡门的照片从她那里榨取点油水了。"

布罗迪说："里甘太太这个女人，交际范围特别广。我想，她或许有那种见不得人的事，不敢告诉老头儿，所以，我觉得让她凑五千美元，不是什么难事。"

我说："你的这个理由不是特别能令我信服。不过，我也不想往下深究。你现在缺钱花，对吗？"

"是的。一个多月过去了，现在我手里只有两个镍币，我想挣点钱给它们配个对儿。"

"那你从事什么正当行业？"我问。

"卖保险。我在帕斯·瓦尔格林公司任职，那里有一间我的办事处，这家公司就在桑培·莫尼卡区的富尔威德大楼。"

"既然这些事你都告诉我了，那你干脆将其他事也告诉我把。你这房子里的那些书，到底是怎么回事？"

他将牙齿咬得"咯咯"地响，挥了挥手，突然自信满满地说："那些书已经不在这里了，它们被我放到仓库了。"

我问他："你请人把书运到这所公寓，然后又把它们运到一家仓库保存，是这样的吗？"

"当然！难道我会叫人直接从盖格的书店里把书运走吗？"

我佩服地感叹道："你还真是聪明！那么，除了这件事，你还做过别的什么违法的事情？"

他神情忧郁地使劲摇头。

"好，那就这样吧。"我说。

随后，我看了看坐在我对面的阿格尼丝。她已经化好了妆，傻愣愣地看着墙面，那样子好像没有听到我跟布罗迪的交谈。经过劳累和恐慌惊吓，她看上去面容憔悴、特别想睡觉的样子。

布罗迪警觉地眨眨眼睛："你还有什么想问的？"

"照片，那张裸照是怎么落到你手里的？"

他又皱起眉头："你听我说，你想要的东西，你已经不花一分钱就弄到手了。这事你干得很漂亮，现在你应该赶紧跟你的主子邀功。我现在可是干干净净的，反正照片的事我一无所知。对吗，阿格尼丝？"

阿格尼丝睁着眼睛看了看布罗迪。虽然她的目光涣散，游移不定，但是我明显感觉到，她对他已经没什么好感了。

她懒洋洋地用鼻音说道："我的结论是，你只有一半的精明。我从来没有见过哪个人，是精明透顶的。"

我冲她笑笑："我刚才那下，没有打疼你吧？"

"挨打这件事，我早就习惯了。你也好，还是我见过的任何人也好，谁打我，我都能挨过去。"

我扭过头看布罗迪。他正在使劲揉捏纸烟，不过他的手好像有点发抖，但是他的脸却平静如水，没有丝毫表情。

我说："有件事很重要，我们必须对这件事的意见保持统一。那就是，卡门没有来过这里，你们刚才看到的都是幻景。"

布罗迪冷笑着说："哼！照你这么说，你得给我——"他将手掌向上展开，大拇指贴着食指和中指轻轻晃了晃。

我会意地点点头："行，不过我给你的酬劳数额较小，不会过千。好，那你现在告诉我，照片怎么到你手里的？"

"别人给我的。"

我说："你不会告诉我说，这个人是你在大街上碰见的，你之前没有见过他，以后再见面也不会认识他？"

布罗迪打了个呵欠，咧开嘴笑了笑："照片是从这个人的口袋里掉出来的。"

我接着问："嗯。那你有没有证据，能够证明昨天那桩案子发生时，你没有在现场出现过？"

"我当然有证据。当时我就在这间公寓里，阿格尼丝也在这里。对吗，阿格尼丝？"

我说："我真是为你感到难过。"

他睁大眼睛，嘴角耷拉下来，纸烟也掉在了下嘴唇上。

我说："你这个人，喜欢自作聪明，实际上，你真是蠢得要命！就算你不会在昆丁监狱了此残生，但你的未来也不会有好日子过，你此后的生活肯定孤单又凄凉，你甚至都熬不到头。"

他嘴上的纸烟抖了抖，烟灰都撒到背心上了。

我说："就凭你这股聪明劲——"

"我要出去呼吸新鲜空气，"他突然打断我的话吼了起来，"我要出去活动活动。我已经懒得跟你耍嘴皮子了，你给我快滚！"

"好。"我说，然后站起来，走到橡木做的大写字台旁，掏出他的两把手枪，在吸墨纸边上并排摆得整整齐齐，然后捡起地板上的帽子，走向门口。

布罗迪冲我喊道："喂！"

我转身站立。

纸烟在他嘴里来回跳动，就像一个脚底下按了弹簧的小孩，他喊道："现在一切都搞定了，我没事了，对吗？"

我说："当然。在这个崇尚自由的国家，如果你不想在外面好好待着，你也有进监狱的自由。当然，我说的这一切，都是以你是这个国家的公民为前提的。请问，你是这个国家的公民吗？"

他注视着我，嘴里的纸烟依然来回跳动，阿格尼丝慢慢转过头，也看着我，他们俩的目光里，有一模一样的狡猾、怀疑和闷在心里无处发泄的怒火。突然，阿格尼丝抬起手，用银色指甲扯下一根头发，使劲揪成两段。

布罗迪低声说："兄弟，你不可能去找警察。如果你真的是替斯特恩乌德家办事的，你一定不会去报警的。这一家子的事，我知道得太多了。现在，照片你已经拿到手了，你让我不要将这事张扬出去，我也照办了。你还是快点走吧，快去你的主顾那里，兜售今天的'晚报'！"

我说："你还是拿个主意吧。刚才你让我滚蛋，我立马走人；这会儿你喊我站住，我又立即站好。现在，我又要走了。请问，你是不是决定让我离开？"

布罗迪说："反正，你是抓不到我的什么小辫子的。"

"当然，你没有什么小辫子，你只不过是犯了两条人命案。不过，这种案子对你这样的人来说，只是小意思罢了。"

他跳了起来，离地几乎有一尺高！他的棕色眼睛已经被眼白占领了，在灯光的照射下，一张黝黑的脸变得惨绿。

阿格尼丝发出一声类似某种动物的哀号，一头扎进沙发底下的靠垫。我站在原地，看着她两条修长的大腿。

布罗迪慢慢舔舔嘴唇，对我说："兄弟，请坐。也许我还能跟你说点什么。告诉我，你说的两条人命是什么意思？"

我靠在门上："布罗迪，昨天晚上七点半，你在哪里？"

他的嘴角阴郁地耷拉着，两眼望着天花板："我在盯梢，这个人是盖格。我看他生意兴隆，说不定需要个搭档。因此，我时不时盯着他，想看看他到底有什么样的靠山。我猜，他肯定有几个实力雄厚的朋友，要不然他哪敢堂而皇之地干这种买卖。不过，我发现，他的那些朋友都不去他家，去他家的人都是女人。"

我说："那是你盯得不够紧。你接着说吧。"

"昨天晚上，我就在盖格房子边的马路上。天下着大雨，我坐在车里，没看到什么。他的房子面前停了一辆车，不远处山坡上也停了一辆车。因此，我在他家后门停了车，当时那里也停了一辆车。我下去查看了一下，那是一辆大型布依克轿车，车子的驾照上的名字是薇维安·里甘。后来，房子里也没发生什么事，我就走了。就是这样。"

他朝我挥挥手里的纸烟，将我从头到脚看了看。

我说："也许就是这样吧，不过，你知道那辆布依克现在在哪里吗？"

"我干嘛要知道？"

"它现在停在法院的停车库里。今天早上，有人从里多渔码头前的十二英尺深海底将这辆车打捞上来，车里的人死了，他生前被人用重物敲击了脑袋。当时，汽车头是对着码头外面掉进海里的，汽车的风门杆也被拉了下来。"

布罗迪开始呼吸急促，他的一只脚也开始不安地抖动起来："上帝啊，这件事你可不能算在我的头上。"他说话的声音很是粗重。

"我为什么不能？按照你刚才说的，这辆布依克牌大轿车只是停在盖格家后门而已，里甘太太并没有自己开车出来。当时开车的是个叫欧文的小伙子，他是里甘太太家的司机。他想找盖格聊聊，因为他挺喜欢卡门，不喜欢盖格跟卡门玩那些无聊的把戏。于是，他拿着一根撬棍和一把手枪从后门走了进去，恰好看到卡门脱光了衣服，任由盖格拍照。欧文气得火冒三丈，手里的枪也'砰砰砰'响起来，天知道怎么回事，手枪就是爱这样'砰砰砰'作响。盖格栽了个跟头倒在地上，欧文拿起照相机里的底片溜之大吉。之后，你追上他，抢走了底片。我说的对吗？如果不是这样，你手里怎么会有这张照片的底版？"

布罗迪舔舔嘴唇："你说的不错，但是，这并不能说明是我杀了欧文。没错，我听见了枪声，又看见杀人凶手欧文'咚咚'地跑下后门的台阶，开汽车跑了。我立马开车跟在他后面。他开到了峡谷那边，然后掉头往西驶向森赛特，翻过比维尔利山之后，他的车冲到马路上面，停了下来。我冒充警察走了上去，尽管他拿着枪，但是他有点儿神经紧张，所以他还是被我打晕在地。我翻了翻他的衣服，想知道他是谁，然后又拿走了照片底版，当时我有点儿好奇，正在琢磨这张底片到底是怎么回事的时候，这人醒过来，猛地将我打到车外。我挣扎着站起来的时候，连他的影子都看不到了。之后，我也不知道他去了哪里。"

我问："那你如何确认是欧文将盖格打死的呢？"

布罗迪耸耸肩膀："这只是我的推测，也许我的推测不一定准确。随后我将底片冲洗出来，大概知道是怎么回事之后，我就有了成事的把握。今天早上，盖格没有去书店，我给他打电话也无人接听，这样一来，我就更有把握了。于是，我想，这是个好机会，我能把他的那些书弄走。此外，我还可以从斯特恩乌德家弄点钱来，先到别的地方避一避风头。"

我点点头说："你说的话，听起来好像还挺有道理的。说不定这两个人真的不是你杀的，那么，你把盖格的尸体藏到哪里去了？"

他挑了挑眉毛，咧开嘴笑笑："你可别胡说八道，我没有藏他的尸体。你想，我给他善后，这种事可能吗？说不定什么时候，就会有载满警察的几辆警车到我家里来，所以，我才不会干这种事。"

"总之，盖格的尸体被人藏起来了。"我说。

布罗迪又耸耸肩膀，依然笑着，对我说的话表示怀疑。就在他这样半信半疑的状态里，门铃又"嗡嗡"地响了。他"噌"地一下站起来，眼睛瞪得溜圆，看着桌上的两只手枪，吼叫着："好哇，她居然又回来了！"

我安慰他道："别紧张，就算是她，她手里也没有手枪了。难道，来人就不会是你的什么朋友吗？"

他依然气呼呼地说："我也只有那么一个半个朋友。总之，我已经受够了这种被人踩在脚底下的感觉。"他走到桌前，拿起手枪，左手握住门把手，将门开出一道一尺见宽的缝隙，探出上半身，右手紧握手枪，贴在大腿上。

门外，一个人问："你就是布罗迪？"

布罗迪回答了什么，我听得不是很清楚。随后，传来两声像闷在什么里面的枪响，显然，开枪的时候，枪口一定紧紧抵在布罗迪身上。只见，布罗迪往前一倒，靠在门上。"砰"的一声，门又关上了。

随后，布罗迪滑了下来，两只脚将地毯蹭得皱了起来，他的左手也从门把手上掉了下来，"扑通"一下落到地上。现在，他倒在地板上，尽管右手还握着手枪，但他的身体已经不再动弹。他死了！

我快步跳过去，推开布罗迪的尸体，将门打开一点，挤了出去。斜对面，有个女人探着脑袋往外看，她满脸惊恐，伸出长指甲指了指那边的过道。

我快速跑过走道，听见一阵"咚咚咚"的下楼脚步声，我循着声音往前追。跑到楼下大厅时，我看见大厅大门正晃悠悠地往回关，那个人已经跑上了人行道。我趁着大门还没关好，顺势一推，一下子冲到马路上。

我眼前晃过去一个穿着皮质短外套、不戴帽子的人，他穿过几辆停在公寓门前的汽车，斜着冲向对面的马路。他一边跑，一边回过头，朝我开枪。两颗子弹呼啸而来，打在我身边的泥巴墙上。然后，他的身影在两辆汽车中闪了一下，消失不见了。

有个人走过来问我："发生了什么事？"

我说："有人开枪了。"

"上帝！"朝我打听的人立刻跑进了公寓大厅。

我沿着人行道快速走到我的汽车边，上车发动起来，慢慢往山下开去。马路对面，没有任何汽车发动的声音。我好像听到了一阵脚步声，不过我还不是很确定。于是，我顺着下坡路往前开了半个街区，然后在一个十字路口掉头，又原路开回去。这时，我听见一阵不太响亮的警笛声从人行道那边传过来，随后便是一阵杂乱的脚步声。我在马路边停着一排汽车的地方停了车，走了下来，掏出卡门的那把左轮小手枪，找到两辆汽车将自己隐藏起来。

脚步声越来越近，警笛也响个不停。

不一会儿，一个穿皮质短外套的人走在人行道上，我从两辆车之间走出来，对他说："朋友，借个火！"

他迅速转过身，右手飞快摸进上衣。借着路灯的灯光，我看见他一双杏仁形状的黑眼睛正发着水灵灵的亮光，他的脸很帅气，皮肤白皙，弯曲的头发贴在脑门上划出两道弯。是的，他长得很帅气，他就是我在盖格书店里见过的那个替盖格停车的人。

此刻，他一言不发，站在原地看着我。他的右手只是放在衣服前面，还没伸进去，而我已经握住手枪贴在大腿边。

我说："你是被盖格那个'皇后'迷晕了吧！"

"去你妈的！"小伙子低声说。他没有丝毫动作，只身站在路边的一派汽车和人行道内侧那五尺高的土墙中间。

一辆警车拉响警笛从远处开上了山坡，小伙子听见警笛声侧了一下头。我向前跨一步，拿枪抵着他的皮外套，问："你是想跟我走，还是想去警察局？"

他像被我打了一巴掌那样，头往边上偏了一下，没好气地问："你是哪根葱？"

"我是盖格的某个朋友。"

"你这狗娘养的，给我滚开！"

"兄弟，你可别小看我这把手枪，虽然它个头不大，但我要是一枪打进你的肚脐眼，绝对能让你三个月都不能走路。不过，最后你还是能走路的，但你走进去的，是昆丁监狱里那间新盖起来的既舒服又漂亮的毒气室！"

他又骂道："去你妈的！"他试图将手伸进衣服里面，我只好用手枪紧紧地抵住他的肚子。他长叹一口气，右手瘫软地放下来，垂在一边，随后他耷拉下肩膀，小声问我："你想要我做什么？"

我伸手探进他的皮外套，将他的自动手枪拿了出来，说："兄弟，快上我的车。"

他从我身边往前走，我跟在他后面，一把将他推上车，说："你坐驾驶的位置，你来开车。"

他侧身在方向盘后面坐好，我挨着他坐在副驾驶位置，对他说："先等等，让警察的巡逻车先走。这样警察会以为我们是听到警笛才到这里来的。等他们的警车开过去后，你掉头，开车下山回家。"

我收起卡门的左轮手枪，拿出小伙子的自动手枪顶住他的肋骨，回头朝窗外看了看。警笛的声音越来越响，马路中间也亮起了两盏红灯，红灯的光线越来越强，成了一道红光。当警车从我的汽车边呼啸而过时，我对他说："好了，开车吧。"

小伙子掉过头，朝山下开去。

我说："我们回去吧，去拉维恩·特雷斯。"

他那光滑的嘴唇抽动了一下，很快开着车驶向富兰克林大街。

我问："孩子，你还真是头脑简单。你叫什么名字？"

"卡洛尔·伦德格林。"他有气无力地回答。

"卡洛尔，你搞错了，你的盖格不是布罗迪杀死的。"

他又骂了一句，继续开车。

第十七章　凶手卡洛尔

拉维恩·特雷斯街道两侧，种满了桉树。此刻，树梢上蒙着茫茫白雾，月亮照过白雾，洒下银色光芒。山坡底下，一所房子里正发出吵闹的收音机声音。卡洛尔将车开到盖格房子前的方形矮树丛前停下，两手搭在方向盘上，直愣愣地看着前方。房子里，没有一点亮光。

我问："这所房子，还有人住吗？"

"有没有人，你应该比我更清楚。"

"我哪里清楚？"

"去你妈的。"

"有的人就是太喜欢说这句话，因此不得不装上假门牙！"我淡淡地说。

他脸绷得紧紧的，一咬牙，踢开车门，走了下去。我跟在他身后，也下了车。他双手握拳，放在两侧髋骨处，一言不发地看着房子。

我说："这样，既然你有钥匙，开门吧，我们得进去。"

"谁说我有钥匙了？"

"孩子，别装了！你的老相好盖格给了你一把房门钥匙，还在这房子里给你弄了一间挺不错的单身男子汉卧室。当家里来女客人时，他把你撵出去，将你的卧室锁起来。盖格这个人，就像恺撒,在女人面前是个正常的男人,而在男人面前他却扮演着妻子的角色。你觉得,你跟他的这种关系,我猜不出来吗?"

我的自动手枪依然抵着他,但是他的拳头却朝我挥了过来,一拳打中了我的下巴。我躲过这一拳,快速退了两步,还好,没有跌倒。他这一下打得特别狠,不过不论他外表看起来如何,但他的身体因为纵欲而变得空虚,挥出的拳头算不得强硬。

我把枪扔到他脚边:"也许,你需要这个。"

他闪电般弯下腰,动作十分迅速,但还是被我一拳打中了脖子。他摔在地上,想伸手抓手枪,却扑了个空。我捡起手枪,丢进汽车里。

小伙子手脚并用,朝我爬过来,眼睛睁得大大的,斜着眼看我,然后咳嗽了两声,晃了晃头。

我说:"你也不想打架?这段时间,你瘦了很多。"

他依然没有放弃,像用弹射器弹出的飞机一样,弯着腰,扑向我的双腿。我往边上一闪,紧紧抓住他的脖子,他双脚使劲蹬地,几番挣扎,终于缓过神来,抽出双手,狠狠地捶打我身上抵抗力比较薄弱的地方。我一把扭过他的身体,将他托高一点,然后拿出左手握住右手手腕,用右边的胯骨将他使劲顶住。我们俩就这样僵持了好一会儿,谁也不动。在皎洁的月光下,我们俩连连喘气,脚掌贴地,既如两尊雕像,又像两个奇形怪状的怪物。

我将两只胳膊的力量集中在右臂上,用右胳膊顶住他的喉咙。他两只脚在地上乱蹬了一会儿,被我勒得闭了气,左腿往一边叉开,膝盖也变软了。我还是没松手,继续勒了他一分钟,随后他瘫倒在我的胳膊上,压得我几乎抱他不住。于是,我松开手,他趴在我脚边,已经晕过去了。我转身回到车里,从放手套的储物箱子里拿出手铐,将他的双手反过来,铐上手铐。为了不让过路的人发现,我托着他的腋窝,将他拖到矮树丛后面。随后,我将汽车开到山上距离盖格房子一百码的地方停好,步行回来。

我回来的时候,小伙子还未苏醒,我打开门,将他拖进去,然后关上门。我累得厉害,直喘气,开了一盏灯,小伙子的眼睛眨了眨,使劲地瞪着我看。

我尽量远离他的膝盖,弯下腰对他说:"给我老实点,否则,我会让你吃不了兜着走!你给我老实地躺好了,别出声,使劲憋气,直到你实在憋不了了。你的脸会憋得发紫,你的眼睛已经鼓了出来。你对自己说,你得马上喘口气。可是,你被关在昆丁监狱的干净小毒气室里,被绑在一把椅子上。如果你吸了一口气,你一定会万分后悔,再也不敢吸气了。因为,你呼吸进去的不是空气,而是氮化钾的烟雾。懂了吗,这就是我们国家宣传的所谓人道主义处决。"

他轻声叹了口气:"去你妈的!"

我说:"小兄弟,你还是老老实实招了吧,别以为你能熬过去。告诉你,我们想让你说什么你就得说什么,不要你说什么你就是想说也没办法说出来。"

"去你妈的。"

"你要是再骂,我就往你头上垫个枕头。"

他动了动嘴。我让他躺在地上,将他被铐住的双手放在上面。他的半张脸都被地毯挡住了,只露出一只像野兽般发亮的眼睛。我又打开一盏灯,走进卫生间后面的过道。

盖格的卧室有人进来的痕迹。我打开盖格卧室对面的屋子,这一回,门没有上锁。屋里昏暗的灯影摇曳着,空气里弥散着一股檀香味。橱柜上放着一只小铜盘,铜盘里面有两对并排的香灰。床两边各放着一张高背椅子,椅子上是一只一尺来高的烛台,上面点着一根黑色蜡烛,烛光照亮了整个屋子。

床上躺着的人，正是盖格。他那件中国式上衣胸口处的血迹，被两块原先放在外间的长条挂毯遮盖住了。挂毯摆了个×形十字架。他下身穿着一条黑色睡裤，两条腿伸得笔直，脚上穿着一双白色的厚毡底拖鞋。×形十字架上面，放着盖格两条交叉折叠起来的手臂，手掌放在肩膀上，手指放得整整齐齐，并拢在一起。他的嘴鼻紧闭着，陈查礼式的小胡子看上去很假，像是贴上去的，鼻子上一块青一块紫的，一只眼睛微闭着，另一只假眼还闪着微光，像在朝我眨眼睛。

我没有动盖格的尸体，甚至都没有靠近他。总之，他已经冷得像块冰，僵硬得如一块木板。

一股冷风吹了进来，一滴滴烛泪顺着蜡烛往下流。屋内的空气很是龌龊，我赶紧退出去，关上门，返回起居室。小伙子依然躺在地上，我安静地站着，等待警笛声。问题的关键在于阿格尼丝到底什么时候跟警察交代案情，以及她到底会说些什么。如果她跟警察讲了盖格的事，那警察可能随时会来。不过也不排除这种可能：要么她几个小时都一言不发，要么她已经跑掉了。

我低下头，看看卡洛尔，问："孩子，你想不想坐起来？"

他闭上眼睛装睡。我走到书桌前，拿起深红色的电话机，接通了奥尔斯的办公室。不巧，六点钟之后，他下班回家了。于是，我又打了他家里的电话。

我在电话里问他："是我，马洛。你的手下今天早上有没有在欧文身上找到一把左轮手枪？"

我从听筒里，我听到了他清理喉咙的声音。我明白，他在故作镇静，不想让我发觉他的惊诧。

他说："不管有没有，警察局的档案一定会记载的。"

"如果他们找到了手枪，会发现手枪里有三只空弹壳。"

他依然心平气静地问："你怎么知道的？"

"你到拉维恩·特雷斯7244号来，这个地点就在月桂谷大道的一条岔路上。我能让你找到子弹到底在哪里。"

"哦，就为这个？"

"对，就为这个。"

奥尔斯说："你留意窗户外面，我会从拐角那边走过来。我一直觉得，你对这件事的处理有点鬼鬼祟祟了。"

"'鬼鬼祟祟'？这个词用得可真不恰当。"我说。

第十八章　怀尔德的提醒

卡洛尔坐在沙发上，斜着身体靠着墙。奥尔斯低着头，一声不吭地看着卡洛尔。奥尔斯的两道淡白色眉毛，弯弯的，一根一根立起来，特别像富勒尔制刷公司免费赠送的两把用来刷水果的小刷子。

他问卡洛尔："你承认布罗迪是你枪杀的吗？"

卡洛尔闷声闷气地骂了一句他最爱说的那句话——"去你妈的"！

奥尔斯看看我，叹了口气。

我说："我们不用他亲口承认，他的枪已经在我这里了。"

奥尔斯说："如果我每被人骂一次就能得到一美元，那我早就发财了。这句话，怎么那么有意思呢？"

我说："骂人可不是为了有意思。"

奥尔斯转过身去，说："你这句话我一定好好记着。我已经给地方检察官怀尔德打了电话。我们得带上这个小流氓一起去见怀尔德。我跟这家伙一辆车，你开着在后面跟着，如果他在我这儿不老实，打算动点什么手脚，你在后面也有个照应。"

"卧室里的那个东西，你喜欢不？"

奥尔斯说："我真是太喜欢了。依我看，欧文从码头掉进海里是件好事。他干掉了盖格这个老流氓，要是他还活着，我可真不想送他去死牢。"

我回到摆放盖格尸体的那间卧室，吹灭蜡烛。当我再回到起居室时，奥尔斯已经将卡洛尔提了起来。卡洛尔两眼炯炯有神地看着奥尔斯，脸紧绷着，肤色苍白，如同一块冰冻的肥羊肉。

"走吧。"奥尔斯极不情愿地拉起卡洛尔的胳膊。我关掉房子里所有的灯，跟在他俩后面上了汽车。山路弯曲而漫长，我开着车，紧紧跟在奥尔斯汽车的两个闪闪发光的尾灯后面。我真希望，这是我最后一次前往拉维恩·特雷斯。

地方检察官怀尔德住在位于拉斐德公园和四马路拐角的一套白色房子里。这套房子的面积几乎跟电车车房一般大，房子一侧有一个用红砖盖好的车棚。房子前面是一大片绿意盎然的草坪。这种坚固的老式房子，常因城市持续向西扩展而整体迁移到新的市区。怀尔德来自于洛杉矶的一个比较古老的家庭，或许他就是在这栋房子来到人世的。不过，他出生的时候，这栋房子一定位于西亚当斯或者格菲罗亚、圣杰姆斯公园一带。

行车道上停着一辆较大的私人汽车和一辆警车。一个穿制服的司机靠在警车的后挡板上，抽着烟，抬头赏月。奥尔斯走过去跟这位司机聊了两句，司机看了看坐在奥尔斯车里的卡洛尔。

随后，我和奥尔斯来到怀尔德家房门前，按响了按铃。一个头发梳得油光锃亮的金发男人打开门，带领我们来到大厅，走过一间摆满了深色笨重家具的半地下起居室，来到房子一端的一个客厅。他敲了敲门，先走进去替我们打开大门。我们走进一间镶嵌了护墙板的书房。书房墙上，挂着几张已经褪色的油画，摆着几把安乐椅和一些书。书房尽头，有一扇敞开的落地窗户，通过窗户，可以隐约看见沐浴在夜色里的花园和一片充满神秘的树影。此刻，一股潮湿的泥土芬芳和鲜花香气正通过这扇窗户飘进室内，跟屋子里的高级雪茄香味混合在一起。

地方检察官怀尔德坐在书房的办公桌后面。他已经步入中年，身体开始发福，一双清澈的蓝眼睛里装满了刻意表现出来的友好。他面前摆着一杯咖啡，他的左手手指修剪得很整齐，正夹着一支带了花纹的雪茄。他的身边有一把蓝色皮椅，一个瘦得像草靶子似的人坐在椅子上，这人脸色凶狠，目光冰冷，那冷酷的样子，活脱脱像一个当铺老板。

这个人的脸修理得很干净，胡子还像一个小时前刮过的样子。他穿着一身熨得笔挺的棕色西服，领带上还别了一颗黑色珠子作为点缀。他手指修长，整个人看上去头脑灵敏且稍微有点神经质。此刻，他气呼呼地坐在那里，好像憋足了气要跟人大吵一架似的。

奥尔斯拉过一把椅子坐下，咧开嘴笑了笑，说道："克罗加格，晚上好，这位是菲利浦·马洛，他是个私人侦探，目前遇上点麻烦。"

克罗加格看了看我，傲慢得连头也不点一下。他如同看一张照片一般，将我从头到脚打量一番后才稍稍动了动下巴。

怀尔德说："马洛，请坐。我正在跟克罗加格警官谈事情，当然，你肯定知道我们谈的是什么事。现在我管辖的这个地方，已经是个大城镇了。"

我坐下来，拿出一根香烟点燃。

奥尔斯看了看克罗加格，问道："兰达尔广场发生的那起谋杀案，你们的调查有进展了吗？"

这个面色凶狠的人将手指的一个关节捏得"嘎巴"一响，垂下眼睑说："我们找到了一具死尸，死者身上被打了两颗子弹。此外，我们还在案发现场找到了两把没有开过火的手枪，抓住了一个黄头发女人。当时，这个女人慌里慌张的，正要开走一辆跟自己的车型一致的汽车，而她的车就停在别人这辆车旁边。我叫手下扣下她，后来真的从她那里问出来一些东西。布罗迪被杀时她就在现场，只是她一口咬定说没有亲眼见过凶手。"

奥尔斯问："你目前的情况就这些？"

克罗加格扬了扬眉毛："案发至今才一个小时，你还想知道多少情况！难道，你想要我们将案发经过拍成电影吗？"

奥尔斯道："那么，你能给我们说说凶手的样子吗？"

"高个子，穿了一件皮外套。如果你认为这就是凶手的样子的话，我只能这样告诉你。"

奥尔斯说："现在，你说的这个人就铐在外面我的那辆破汽车里面。是马洛给那家伙上的手铐，这是凶手的枪。"奥尔斯从兜里掏出卡洛尔的手枪，放在怀尔德面前的办公桌角上。克罗加格看了一眼，却没有伸手去拿。

怀尔德"咯咯"地笑了，往后一仰，叼住雪茄的嘴里喷出一口烟，然后他向前探了一下身子，喝了一小口咖啡。他从上衣口袋里拿出一条丝巾，轻轻擦了一下嘴唇，又将它塞回去。

奥尔斯一边用手托着下巴上的肥肉，一边说："这件案子还牵涉了其他几起死亡案件。"

我看得出来，克罗加格听到这句话时明显有些震动，他那阴沉的眼睛里突然射出两道异常阴冷的目光。

奥尔斯继续说："你们听说了没有，今天早上，我从里多码头的栈桥外面的海里打捞上来一辆汽车，车里面有个死人。"

克罗加格阴阳怪气地说："没听过。"

"车里的那个死人，是一个有钱人家的司机。前些阵子，因为他们家一个女儿的事情，有人想敲诈他们。于是怀尔德先生吩咐我处理这件事，我就将马洛介绍给那家人，所以，马洛一直不声不响地办理着这件事。"

克罗加格语气非常不友善地说："我倒是挺喜欢那些就算见了谋杀案也一声不吭的私人侦探。对于这件案子，你他妈的不必这样遮遮掩掩。"

奥尔斯说："的确，我用不着遮遮掩掩，可是，我也没机会对哪个警察装腔作势啊。我倒是费了不少口舌跟他们说在哪里下脚才能避免崴脚。"

克罗加格气得鼻子尖全白了。屋子里很安静，他那气呼呼的呼吸声很是明显。不过，他还是故作镇定地说："聪明人，我的手下完全不需要你告诉他们该在哪里下脚。"

"好，那我们就走着瞧好了。我刚说到的那个在里多码头死掉的司机，在昨天夜里开枪打死了一个叫盖格的家伙。这个盖格，在好莱坞大街开了一家租售淫秽书籍的书店。他跟我外面汽车里扣着的那个小流氓卡洛尔住在一起。我的意思是说，他们两个是同居关系，你明白这话的意思吧？"

克罗加格眼睛直直地盯着奥尔斯："我一听你说话的声音就知道，后面肯定有比较肮脏的事情。"

奥尔斯吼道："根据我做警察这么久的经验，我觉得大多数警察的故事不会比我说的这些干净多少。"随后，他转过身来向我，竖起眉毛说："马洛，该你说说了。你把那些事说出来让他们听听吧。"

我将事情的经过说了一遍。

不过，也不知道是为什么，我特意没有将这两件事说出来：第一，是卡门去过布罗迪家；第二，是艾迪下午去了盖格的住处找盖格。此外，剩下的事，我说了个干净。

在我说这些的时候，克罗加格一直死死盯着我看，但是他的目光却没有一丝表情。我说完之后，他很久都不说话。怀尔德也一言不发，只是小口地喝着咖啡，悠闲地抽着雪茄，奥尔斯则一直盯着自己的大拇指看。

克罗加格慢慢仰着身体靠在椅子上，将一只脚放在另一条腿的膝盖上，拿出瘦削的手，颤巍巍地揉着脚踝。他眉头紧锁，却用分外客气的口吻说："这样看来，你非但没有及时向警察局报告昨天晚上发生的那起谋杀案，反而是用了今天一整天的时间四处追踪，好让盖格的相好卡洛尔有机可乘，在今天下午又杀了一个人。"

我说："说起来是这样。当时，我也觉得案情特别棘手。说不定，是我判断有误。只是，我必须保护我的委托人不遭受伤害。再说了，我也没有任何根据推断出来卡洛尔会去枪杀布罗迪。"

克罗加格说："马洛，但是警察就能想到这些。如果你昨天晚上就将盖格死亡的案件报上来，那么那些书就不会被布罗迪从书店搬出来，那个小流氓卡洛尔也不会通过跟踪这些书找到布罗迪，然后又把他给杀了。就算布罗迪真该死，就算他们这种人的下场就是这样。但是不管怎么说，这也是一条人命啊。"

我说："你说的完全正确，不过，我觉得这些话你还是先留着吧。下一回，你的手下因为一个小偷只是偷了一条备用轮胎就将他开枪打死的时候，你再拿这些话去教训你的手下吧。"

怀尔德两只手"啪"的一声放在书桌上，大声断喝道："够了！够了！马洛，你这样肯定地说是欧文杀死了盖格，有什么依据？就算打死盖格的那把枪，是从欧文身上或者车上搜出来的，那你也不能仅仅凭借这一点就咬定欧文是杀人凶手。说不定，这把枪是别人栽赃陷害的，说不定这个栽赃的人，就是布罗迪这个真正的杀人凶手。"

我说："是的，从物质的角度上来看，被栽赃也是完全可能的，但是，从伦理的角度出发，这种推论需要特别多的巧合，要不然无法立足。这种栽赃的做法，与布罗迪和他的那位叫阿格尼丝的女朋友的性格完全不符。从布罗迪的作案动机来分析，也解释不通。我跟布罗迪聊过，他这个人，不是什么好人，但不会是杀人凶手。他有两把枪，却并不随身携带。他从女朋友阿格尼丝那里打听到了盖格的这个生意，一直想插手这桩肮脏的生意，所以经常跟踪盖格，想看看盖格到底有没有实力雄厚的后台撑腰。我相信，他说的这些是实话。如果他只是为了那些书杀了盖格，之后又带着盖格刚给卡门拍的裸照溜掉，然后将枪栽赃给欧文，还将欧文推进里多码头的海水里，这种假设也未免太离谱了。但是，从另一个方面分析，欧文不但有目的也有机会杀死盖格。他忌妒盖格和卡门的交往，对盖格恨之入骨，于是没有经过主人的同意就私自开车出门，当着卡门的面杀死了盖格。这种事，布罗迪绝对做不来，就算他曾经杀过人他也干不了了。我想象不出来，那种唯利是图的人会干这种不赚钱的事情，而欧文却有理由这样做，盖格拍的那些卡门的裸照就足以令他气得去将盖格杀死。"

怀尔德"咯咯"地笑了，斜着眼看了看克罗加格。克罗加格哼了一声，清了清嗓子。怀尔德又问我："有一点我想不明白——欧文为什么要把盖格的尸体藏起来。"

我说："外面那个小伙子卡洛尔虽然没承认，但藏盖格尸体这事肯定是他干的。布罗迪绝不会在盖格遇害之后再回到那所房子里去。一定是卡洛尔在我送卡门回家的时候溜了回去。他那种没脸见人的人，肯定害怕警察。所以，他可能以为在将盖格的财产转移之前，先把他的尸体藏起来是个高招，于是，他将盖格的尸体拖出前门，这一点我从地毯上留下的痕迹判断出来的。随后，他可能将尸体藏到了汽车房，然后将屋子里所有他的东西收拾好藏到别的地方。到了深夜，盖格的尸体还没僵硬的时候，他突然认为自己这样做很对不起朋友，便心血来潮，回去将盖格的尸体搬出来放到了床上。当然，这一切都是我臆测。"

怀尔德点点头说："随后，到了今天早上，卡洛尔装出什么事也没发生过的样子回到书店。但是他的眼睛却一直在偷偷观察。当布罗迪开始往外搬书的时候，他搞清楚了书的去向，并且断定，那个弄走这些书的人就是为了得到这些书而杀死了盖格。原本，卡洛尔对布罗迪和阿格尼丝的情况掌握得非常清楚，完全超过了这两个人的预料。奥尔斯，你说，情况是这样的吗？"

奥尔斯说："具体的情况，我们会一一核实。不过，我们可帮不了克罗加格——他现在心里觉得很别扭，这件事昨天晚上就发生了，而他却刚刚才得知案发的消息。"

"关于这件事，我想我有自己应对之法。"克罗加格没好气地说，狠狠瞪了我一下，瞬间又转移了目光。

怀尔德挥挥手里的雪茄："马洛，我们先看看物证吧。"

我将口袋翻了个底朝天，将收集来的证据一件件放到怀尔德的办公桌上。它们是：盖格交给斯特恩乌德将军的三张纸条和名片、卡门的裸照、盖格的用密码书写着黑名单的蓝皮笔记本。至于盖格住址的钥匙，我早已交给了奥尔斯。

怀尔德看着这些物证，轻轻地吐出几口雪茄烟雾，奥尔斯也拿出自己的一支小雪茄点着，对着天花板吐着烟圈。克罗加格则靠在书桌边，查看我交出来的物证。

怀尔德拍拍那三张有卡门签名的条子："我认为，这些东西只是一个试探。如果斯特恩乌德将军真的给了钱，那他一定是为了阻止什么更不好的事情发生。这样一来，盖格反而会得寸进尺。马洛，你知道老将军在害怕什么吗？"

我摇了摇头。

怀尔德继续问："跟案子有关的细节，你确定你都说清楚了？"

"怀尔德先生，我只是将牵涉到私人方面的几个问题略过不谈。当然，这几个问题，我以后也不打算提起。"

克罗加格意味深长地感叹道："啊哈！"

怀尔德平静地看着我，问道："你这是为什么呢？"

"我的雇主有受到保护的权利，除非是面对陪审团，否则我绝对不会说出来。我是个私人侦探，也有私人侦探的营业执照。我想，'私人'这个词，应该还是有丁点儿意义的。现在，好莱坞警局辖区发生的两桩杀人案，已经被侦破了：凶手被逮捕归案，作案动机已经查明，就连凶手的武器也已经找到了，因为，这两桩案子还牵涉一桩敲诈案，这件案子，实在没有张扬出去的必要。至少，不一定非要将当事人的姓名公开。"

"为什么？"怀尔德再次追问。

克罗加格冷冷地说："算了吧，怀尔德先生。我们警察局倒是很乐意给一名私人侦探当副手的。"

"我去拿一件东西给你们看看。"我站起来走了出去，去我的车里将盖格书店的那本书拿了出来。穿警察制服的司机还站在奥尔斯的车子边，守着窝在汽车座位上的卡洛尔。

我问司机："他有没有说什么？"

司机吐了一口唾沫，说："他提了一个什么要求，不过，我没有搭理他。"

我回到书房，打开蒙在书外面的包装纸，将书放在怀尔德的办公桌上。正在打电话的克罗加格，看见我走进来，立即挂断电话坐了下来。

怀尔德不动声色地将书翻了翻，又合上递给克罗加格。克罗加格打开书只看了一两页，脸上立即浮现两块半美元硬币大小的酡红，他也很快合上了书。

我说："你们先看看书的封面，上面有借书的登记日期。"

克罗加格"哦"了一声，又打开书翻了翻。

我说："我发誓，这本书是盖格书店里的东西，如果有必要的话，我可以提供证明。书店的那个黄头发女人阿格尼丝，会告诉你们书店里到底在捣什么鬼。稍微有点眼力的人都能看出来，那个书店只不过是挂羊头卖狗肉。然而，好莱坞的警察局却允许这种买卖存在。当然，警察局这样做肯定有自己的理由。我敢断定，陪审团特别想知道警察局的理由到底是什么。"

怀尔德咧开嘴笑了笑："当然，大陪审团总是会问这样令人觉得尴尬的问题，不过在我看来，他们是白费力气。其实，他们想弄明白的是，为什么城市被管理成现在这副尊容。"

克罗加格突然站起来，戴上帽子气冲冲地吼道："我在这是以一敌三！我是刑事部门的警察，就算盖格在干租售淫秽书籍的勾当，但这个跟我有何关联！当然，我承认，这件事要是传出去，对我们警察局绝对没什么好处。所以，你们到底打算怎么样？"

怀尔德看了看奥尔斯。

奥尔斯心平气和地对怀尔德说："长官，我只是想将一个人犯交给你罢了。马洛，我们走吧！"

奥尔斯说完，便站了起来。克罗加格恶狠狠地看着他，率先走出房门。随后，奥尔斯也走了出去，随手将门关上。怀尔德敲了敲桌子，抬起那双清澈的蓝眼睛盯着我说："你应该能够理解，你这样隐瞒了整桩案件，警方会怎么看你？起码为了将案子存档，你应该将全部的情况说出来。依我看，这两起杀人案还是分开处理吧，这样就能避免将斯特恩乌德将军卷进去。现在，你知道我没有将你的耳朵揪掉一只的原因了吗？"

"我想我不是很明白。我猜，你大概是想暂时留着这只耳朵，方便以后将它们一起揪掉。"

"你这样做到底能拿到什么样的报酬？"

"一天可以领到二十五美元酬金，必要的花销可以报销。"

"这样算起来，你一天的酬金也不过五十美元，此外还有点汽油补贴，如此而已。"

我说："差不多是这样。"

怀尔德歪着头，用左手的小指头背面搓着下巴说："那你会不会因为这么点酬劳就将这地方的警察局里一半人给得罪了呢？"

我说："我也不想这样。但是，除此之外，我还能怎样？同样是办案，我只不过是凭着自己的一点本事混口饭吃。为了保护我的雇主，我得出卖上帝赐予我的勇气和智慧，出卖能够经受夹板气的本领！今天晚上，我告诉你们这么多事，并没有征得将军本人同意，我已经违背了自己的原则！至于你们说的隐瞒，其实你早就知道，我也在警察局混过一阵子。此外，我手里的事还没做完，我这件案子还得继续往下办。如果有必要，我还是会这样隐瞒下去的。"

怀尔德又咧开嘴笑了："假如克罗加格没有吊销你的私人侦探执照的话，你还能这样干。不过，你刚才说的那几件没有透露的私人问题，到底重不重要？"

"这是我的案子，我还是会继续办下去的。"我一边说，一边直直地看着他。

怀尔德露出他那爱尔兰人所富有的坦诚而爽朗的微笑，对我说："孩子，我来跟你说点东西吧。我父亲跟斯特恩乌德将军是老朋友，为了不让老将军伤心，我已经动用了我职权范围内尽可能利用的力量，说不定，我做的还不止这些。但是，到头来，我却是在白费力气。将军的两个女儿，早晚得牵涉一件无法遮掩的事情里去，尤其是那个黄毛丫头卡门，她们俩的行为真不该如此放荡！不过，这些事也得怨这位老将军，我估计他现在并不知道如今的世界变成了什么样子。此外，既然我们俩都是男子汉大丈夫，我对你也无须装腔作势。有一件事，我不妨跟你说一下。关于将军跟他那位贩卖过私酒的女婿里甘，我敢赌一美元，说他们俩跟这种事多少是有些牵连的。他真正想要你证明的是，里甘跟这些事毫无瓜葛。我这样想，你觉得有无道理？"

"据我调查的东西来看，里甘并不像一个诈骗犯。他娶了薇维安，已经得到了一个安乐窝。但是，他却弃窝离去。"

怀尔德哼了哼鼻子，说："到底是不是安乐窝，究竟让他快乐到什么程度，你我都无从知晓。如果里甘是个有骨气的男人，他弄到的这个窝就不太安乐。将军难道没有告诉你他一直在找里甘吗？"

"他跟我说，想知道里甘的下落，也希望里甘平安无事。他蛮喜欢里甘，但是里甘却不打招呼一声不吭地走了，这一点，老将军觉得很伤心。"

怀尔德往椅子上一靠，皱了皱眉头，用另一种腔调说："我懂了。"随后，他将盖格的蓝色笔记本推到书桌的另一边，将剩下的东西推给我说："这些东西，你都带走吧，它们对我已经没有作用了。"

第十九章　凶案暂时了结

接近夜里十一点，我开车来到霍巴特阿姆斯。停好车后，我来到前门。大楼的玻璃门在晚上十点就锁了，我只好拿出钥匙开了门。空荡荡的方形大厅里，一个男人正拿起一张绿版晚报放到一盆棕榈树边，将烟头掐灭在花盆里。他见我走进了，对我挥挥帽子，说："兄弟，你可真让我等太长时间了。我的老板想跟你聊一聊。"

我停下来，看了看他的塌鼻子和肉饼一样的耳朵，问他："到底是什么事？"

他抬起手摸向没有扣上的上衣扣眼处，说："什么事你就先别管了，总之只要你别找麻烦，就什么事都没有。"

我说："我身上可留着警察的味道。我现在已经累得不想说话，不想吃东西，就连脑子都累得不想动了。不过，要是你以为我累得连艾迪的命令都要听的话，那你最好在我没有将你的耳朵打下来之前，先将你身上的家伙拿出来！"

他死死地看着我，一双钢丝一般的黑色眉毛拧巴在一起，耷拉着嘴角说："胡说，你身上根本没枪！"

"之前是没带枪，说不定现在就带了。我也不至于总是赤手空拳。"

他挥挥左手："好，好，好，你赢了。老板不让我对你开枪。他马上就过来了，我只是给你带个信。"

"现在可不是聊天的时候。"我说。

他经过我身边时，我慢慢转身过去看。之间他打开门，头也不回地出去了。我觉得自己傻得有点好笑，随后我上了电梯，回到了自己的房间。我将卡门的小手枪拿出来，对它笑笑，仔细擦拭一遍，给它上了油，然后将它用一块法兰绒布包好锁起来。我给自己倒上一杯酒，正喝着，电话响了，我走到放电话机的桌子边坐下拿起听筒。

电话那头，是艾迪的声音："我听说，你今天晚上露了一手。"

"你这人放肆、傲慢而顽固，并且还浑身长刺。请问，我能为你做点什么吗？"我说。

"警察去了那地方，你知道那地方到底是哪里。你有没有将我牵扯进去？"

"我干嘛要将你的事藏着掖着？"

"当兵的，我可是个以德报德、以怨报怨的人！"

"你仔细听一听，我吓得牙齿都打战了！"

他干笑一声："你没有把我的事说出去——真的没有？"

"没说。他妈的，我也不知道自己为啥不说。我想，就算没你这件事，这桩案子也够复杂的了。"

"当兵的，谢谢你。是谁杀了盖格？"

"可能明天的报纸上会有报道，明天买份报纸看就知道了。"

"我现在就想知道。"

"你想办的事都办好了吧？"我问。

"没有。当兵的，这就是你的答案吗？"

"总之，是一个你没有听过的人杀死了盖格。好了，我能说的就这些。"

"当兵的，如果你所说属实，早晚有一天，我会还你一个人情。"

"挂电话吧，我得睡一会儿。"

艾迪笑了笑，问："你正在找一个名叫里甘的人，对吗？"

"看来，很多人都以为我在找他，实际上，我并没有找他。"

"如果你想找这个人，我倒是可以给你出点儿注意。如果你方便的话，可以随时到海滨来找我，我很乐意接待你。"

"这事还说不准。"

"好的，再见！""咔嚓"一声，电话挂断了。

我拿着听筒坐在那里，尽量耐心地保持克制。随后，我打电话去了斯特恩乌德家，铃声响了四五次之后，我便听见管家用殷切的声音说道："您好，这里是斯特恩乌德将军府邸。"

"我是马洛。你还记得我吗？我好像在一百年前见过你，或者昨天我们才见过面？"

"马洛先生，我当然记得你。"

"里甘太太在吗？"

"在的，你要和她——"

我突然改变了想法，打断管家的话说："不需要了，麻烦你帮我带个口信给她。就说全部的照片都在我这里，一切问题都被解决好了。"

管家的声音听上去有点儿颤抖："好的……先生，您拿到了全部的照片……我，我应该这样说——先生，真是太谢谢您了。"

电话挂断后，过了五分钟，又响了起来。我喝光了酒，突然觉得应该出去吃一顿早就被我忘得干干净净的晚饭。于是，我没搭理电话，走了出去。等我回来的时候，电话依然断断续续地响个没完没了。已经是深夜十二点半了，我打开窗户，关上灯，拿起一张纸堵住电话铃声，上床准备睡觉。这一晚，我满脑子都想着斯特恩乌德家的事情。

第二天早上，我一边吃着火腿煎蛋，一边看三份早报。关于这桩案子的报道跟事实还是有些差距的，这种差距差不多能赶上火星跟土星之间的距离。不过，这是报纸报道事情的通病了。这三份报纸都没将在里多码头发现的那辆车里的司机欧文跟月桂谷的盖格凶杀案联系在一起，也没有提到斯特恩乌德、奥尔斯或者我的名字。至于凶手欧文的背景，被写成了"一个富人家的司机"。此外，好莱坞警察局的警长克罗加格因为侦破了他辖区内的两起大案而声名鹊起。

报纸上说，这两桩案子是由对一家通讯社的财产纷争引起。一个叫盖格的人在好莱坞大街上的一家书店后面，开了一家通讯社，布罗迪为了通讯社的财产杀死了盖格，卡洛尔为了给盖格报仇又枪杀了布罗迪。目前，卡洛尔已经被警方缉拿在案，并对自己的罪行供认不讳。卡洛尔有过一段犯罪历史，也许在中学时代他就犯了点错。此外，警方还拘留了一个名叫阿格尼丝的女证人，此人是盖格的秘书。

报道写得真绝妙，从而给人们留下了这样的印象：头天夜里，盖格遇害了，大概过了一个小时，布罗迪也被打死了。而克罗加格警长只用了抽一根烟的时间就侦破了两桩命案。关于欧文自杀的消息，登在第二类新闻的头版，上面还附上了一张照片——一辆停在驳船上的汽车和汽车边一具用白布盖着的尸体。当然，车牌号已经被刻意涂掉。报道声称，欧文近来情绪低落，身体健康状况也不是太好，于是选择了自杀，欧文的老家在都布克，警察局将把欧文的尸体通过轮船载运回去，且不再深入追究这桩自杀案。

第二十章　里甘失踪案

早饭后，我去了失踪人员调查局，坐在格里高利上尉的办公室里。上尉坐在宽大的办公桌后面，拿起我的名片，不停地在桌子上摆来摆去，将名片跟桌边摆成两条平行线。他歪着脑袋，嘴里嘟哝着什么，将我的名片研究了一下。随后，他转过转椅，望了望窗外的半个街区外法院大厦顶层上嵌着铁栏杆的窗户。格里高利上尉身材魁梧，但是他看上去却眼神疲惫、行动迟缓，谨慎得像个守夜人。

他用那种呆板的、让人提不起任何兴趣的语调问我："你是个私人侦探？找我有何贵干？"说完，他依然叼着烟，两眼盯着窗外，一缕青烟，慢慢地从他嘴里叼着的那支被熏得发黑的烟斗里飘出来。

我说："我正在替斯特恩乌德将军办事，老将军住在西好莱坞，阿尔塔·布利亚·克瑞森特街3765号。"

格里高利上尉继续抽着烟，从嘴角吐出一缕青烟，问："替他办什么事？"

"这件事跟你的工作性质不尽一致，不过我对这件差事挺感兴趣。我觉得，你能帮我点忙。"

"我能帮你做什么？"

我说："斯特恩乌德将军可是个大富翁，他跟本区的首席检察官的父亲是老朋友了。老将军专门雇人帮他办点差事，才不会理会警察局的意见。总之，这家人有钱，这点儿花销还是花得起的。"

"那你如何认定我就愿意为他服务呢？"

这个问题，我没有回答。他又慢吞吞地将身体笨拙地从转椅上转过来，把两只脚平放在地板上的油毡上面，脸色阴沉地看着我。

我闻到这间办公室里有一股弥漫多年积累的发霉气味，我一边将椅子往后挪动四英寸一边说："上尉，我不想浪费你宝贵的时间。"

他一动不动，用那没精打采的眼睛盯着我，问道："你认识地方首席检察官怀尔德先生？"

我回答道："我认识他，我以前在他手底下做事，还认识他的侦探长奥尔斯，并且我跟奥尔斯之间的关系还不错。"

格里高利拿起电话听筒，嘟囔道："我要接检察官办公室，帮我找奥尔斯来接电话。"

说完，他握着电话听筒，坐在那里。他的眼神浑浊而呆滞，两只手也没有丝毫动作。只有烟雾一缕缕地从他的烟斗里飘散出来。好一会儿之后，电话铃响了，格里高利左手拿起我的名片，接起电话："喂，请问是奥尔斯……哦，我是格里高利。我这儿有个叫马洛的人，他说自己是个私人侦探，想跟我打听点消息……哦，是这样啊，他长什么样子……好的，好的，谢谢你。"

他放下电话，拿出烟嘴，拿起一只大铅笔的帽子按了一下烟斗里的烟丝。他的动作看上去小心翼翼，一本正经，好像他现在做的事跟今天必须要完成的公事一般重要。他向后一靠，又眼神直直地看了我好一阵子，才开口问："你想从我这知道些什么呢？"

"如果你们真的调查过的话，我想知道你们调查到什么程度了。"

格里高利琢磨了好一会儿，才问："是里甘的事情吗？"

"正是。"

"你们认识？"

我说："不认识，我连他的面都没见过，我听人说，里甘是个年近四十、长得很帅气的爱尔兰人，曾经贩卖过私酒，后来他娶了斯特恩乌德将军的大女儿为妻。不过，这对夫妻不怎么合得来。将军告诉我，里甘在一个月前离家出走失踪了。"

"里甘不见了，斯特恩乌德将军应该觉得无比庆幸，干嘛还雇佣一个私人侦探四处打听这人的下落呢。"

"将军特别喜欢里甘，你也知道，这种事也是比较常见的。老将军身体瘫痪，害怕寂寞，里甘在家里时，总是陪伴在他身边。"

"找里甘这件事，我们失踪人员调查局都办不到，你认为你有能力办好吗？"

"也许，我是没有什么办法能打听到里甘的下落。不过，这件事还涉及一桩神秘的敲诈案。因此，我需要证实里甘并没有参与敲诈。如果能知道他的具体下落，或许对我还是有点儿帮助的。"我说。

格里高利有点儿抱歉地说："兄弟，我倒是挺愿意帮你的，只是我们真的不知道他在哪里。总之，他已经谢幕下台了，就是这样。"

"上尉，如果有什么事想瞒住你们，应该会比较困难，对吗？"

"是的，不过也不是都这样，有时候我们也可能暂时被蒙蔽。"格里高利说完，按了按桌边的铃铛。一个中年女人从侧门探头进来，格里高利吩咐道："阿芭，去将跟里甘有关的档案都拿过来。"

门又关上了，室内的气氛很是沉闷，我跟格里高利上尉彼此打量了好一会儿之后，门开了，那个女人将一叠编号的绿色档案放到办公桌上，然后随手关门出去了。格里高利拿起一副大号角质眼睛戴上，慢慢翻阅起档案里的文件，我则用手指转动起香烟玩。

格里高利一边看文件一边说："里甘离家失踪的那天是九月十六号，开车出去的时间是当天黄昏，但是那天司机放了假，没有人看见里甘开车离开。四天之后，我们在森赛特附近一个叫卡萨·德·奥罗的地方的两栋漂亮别墅的汽车房里，找到了里甘离家时开走的那辆车。当时，看守汽车房的人发现那辆车并不属于那里，便将这事当作一桩失窃案上报到警察局。此外，这件事还跟另外一件事有关，稍后我再说给你听。总之，谁将汽车停到那里的，我们没有查到丝毫线索。我们在汽车上提取到的指纹，跟警方档案中的旧犯没有任何关联，并且尽管警方有理由认定里甘曾经有过某种犯罪行为，但是那辆出现在汽车房的车子却跟任何罪行无关。不过，那辆车停在那里倒是跟另外一件事有关，我现在就把这件事告诉你。"

我说："是不是跟艾迪失踪的妻子有关？"

格里高利有些恼火地说："是。我们对那两栋别墅的房客进行了调查，发现艾迪的妻子正好在那里住过，她失踪的时候跟里甘离家出走的时间相差前后不过两天。有人说，曾经看到艾迪的妻子跟一个长得有点像里甘的人在一起，不过我们没有得到有效的证据。警察们办案的手法，有时候还真滑稽。一个老太太，可能见过从窗户外跑过去的什么人，六个月之后，她还能从一群人中将这个人指认出来。但是，我们给别墅招待者一张清楚的里甘的照片，他们却完全指认不出来。"

我说："按理说，认人是一个合格的招待必须具备的本领之一。"

"是呀。艾迪跟他的妻子分居两处，但是据艾迪说，他们的夫妻关系还是挺融洽的。因此，这桩失踪案有如下可能：第一，里甘身上带了一万五千美元现金，这是一大笔钱。有的人就是爱显摆，在别人看着他时，总喜欢将自己的财产掏出来炫耀。说不定，里甘也是这种人，不过也有可能他对钱财之类完全不放在心上。据里甘的妻子薇维安说，里甘除了食宿和她给他买的一辆帕卡德120外，没有花过老将军一个铜板。你可别忘了，里甘以前是个大发横财的私酒贩子。"

我说："这些我还真搞不懂。"

"好了，总之我们现在要找的这个人是一个人人都知道的带着一万五千美元现金潜逃的人。因此，这件事可能跟钱财有关。就算我有两个上中学的孩子，要是我有了一万五千美元，说不定也潜逃走了，因此，我们最先想到的，是有人为了得到那些钱将里甘弄死了，埋在沙漠里的仙人掌下面。不过，我不太相信这个推理。里甘随身带着手枪，并且他也有使用手枪的丰富经验。你要知道，他并不只是在那帮滑头滑脑的私酒贩子里厮混。我了解到，早在一九二二年或许随便哪一年的一场爱尔兰人发动的叛乱里，里甘指挥了整整一个旅的人马。这样的人，对抢劫犯来说，绝不是一块好啃的肥肉。再者，里甘把车停在那个地方，打算抢劫他的人，也应该知道里甘跟艾迪的老婆有着不错的交情。我推测，这应该是事实。不过，这件事可不是随便哪个赌场上无赖都能知道的消息。"

我问："你有里甘的照片吗？"

"有。不过奇怪的是，没有艾迪妻子的照片。这桩案子真有不少奇怪的地方。给你，这就是里甘的照片。"

格里高利拿起桌上一张上了光的照片推了过来。照片上，是一个明显的爱尔兰人面孔，既不是那种铁血硬汉子，也不是任人推搡的软骨头。脸上的神情快乐中带着忧郁，稳健中隐藏拘禁：头发乌黑浓密，发际线不是很高，额头比较宽，黑色的眉毛很是笔挺，颧骨突出，鼻子较为纤小，嘴巴较大，下巴的线条也很流畅，只是有些小，配不上那张大嘴。整张脸紧绷在一起，一看就是那种做事果断、猛打猛追型的人才会有的脸型。

我将照片递给格里高利，我想以后要是见到这张脸，我肯定能认出来的。

格里高利磕了磕烟斗，重新装上烟丝，拿起大拇指按进烟斗，重新点燃，继续吸着烟，往下说："第二，也许有人知道里甘爱上了艾迪的妻子，艾迪本人也知道。当时，我们彻底调查过案情发生前后艾迪的行踪，让我感到特别奇怪的是，艾迪并不在意这件事。当然，艾迪不会因为忌妒就杀了里甘，那样的话也太容易引人注意了。"

我说："那得看艾迪到底有多聪明了。说不定，他会将计就计呢。"
格里高利摇摇头说："如果艾迪真的是个特别精明的人，他弄了一个大赌窟都没人敢过问，那他绝对不会干这种事的。我懂了，你的意思是说正是因为艾迪认为我们不会怀疑他会干这种蠢事，才会放手去做这件事。不过，从警方的角度看，你的这个推断无疑是错误的。因为如果艾迪真的这样做了，肯定会引起我们高度注意，那他的生意也会受到影响。也许，你我以为，可以耍点小聪明干这种偷偷摸摸的事，但是，一般人都不这么看，他会认为自己今后没有好日子过了，所以，我还是认为艾迪不会干这种事。只要你能拿出证据证明我错了，我就把我的椅垫嚼着吃了！不过，在你拿不出有效证据之前，我还是坚持自己的观点——艾迪是清白的！他这种人，不会因为忌妒而杀人。黑社会的首脑们，都有干大事的头脑，知道做事要注意策略，不会感情用事。因此，我认为你的推论是无法立足的。"

我问："那你以为，什么样才是能成立的推论呢？"

"这起失踪是艾迪的妻子跟里甘导演的没有任何外人插手的一出好戏。艾迪妻子过去的头发是金黄色的，现在早就不是这种颜色了。我们没有找到她的车，说不定他俩就是开她的车逃走的。我们的动作晚了两个星期，因此除了里甘的那辆车之外，我们没有找到别的线索。当然，这种发生在上流社会家庭里的事，我已经司空见惯了。此外，凡是经我办理的事，我一律严禁秘密外泄。"

他停了停，往后一靠，用一双又大又粗的手掌敲了一下转椅的扶手，继续说："当然了，我也不是什么事都不干，我已经跟各地发了通知，可能发出去的时间还比较短，暂时没有收到什么消息。我们知道，里甘身上有一万五千美元，那个女的身上也许带着一大堆零钱。不过，早晚有一天，他们会花光所有现金，里甘就不得不去银行兑换支票，那时总会露出点蛛丝马迹。说不定，里甘还会写信什么的。他们现在极有可能改头换面住在一个陌生的城镇，但是一些旧的习惯总是难以改掉的，而这些习惯早晚会在钱财方面暴露出来。"

"那个女的嫁给艾迪之前是做什么的？"我问。

"她是唱流行歌曲的。"

"你能不能弄到一张她以前的照片？"

"没办法。艾迪肯定有那些照片，但是他绝对不会拿出来。他说不想被人打扰，我也不懂他这话的意思。他在城里有几个朋友，要不然他也没能力开赌场，做这种大买卖。"格里高利咧嘴笑笑，问："怎么样，我说的这些，对你有没有帮助？"

我说："这两个人，你一个都没找到，看来，太平洋还真是离我们太近了。"

"我跟你打个吃椅垫的赌！我们会找到他们的，只是需要花一些时间，说不定要花一两年的时间。"

"但是，斯特恩乌德将军说不定活不到那个时候。"我说。

格里高利那松散的眉毛抖动着，眼睛直直地盯着我，他说："总之，我们已经尽力了。如果斯特恩乌德将军愿意多花钱点，出一笔酬金，说不定我们能搞出点动静来。你也知道，市政当局的收入不菲，但却没有将找人的这笔花销拨给我。马洛，你不会真的以为是艾迪干掉了他们俩？"

我笑了笑："不，不，不，我只不过是开个玩笑。上尉，我跟你想的一样。里甘更喜欢这个女人，所以跟她私奔了。虽然他的老婆很有钱，但是他跟她合不来，再者，她老婆也没有将老将军的家产弄到手呢。"

"你见过里甘太太吗？"

"见过。这个女人，跟她来一个狂欢周末还是不错的，但是如果整天跟她待在一起，就会让人倒胃口了。"

格里高利又咧开嘴笑了，我跟他道谢，非常感激他浪费宝贵的时间为我提供案件情况。之后，我便告辞离开了。

从市政厅回家的路上，我的车后面一直跟着一辆灰色的普利茅斯小轿车。我开到一条僻静的街上时，刻意放慢速度让它超过我，但是它只是老实地跟在我后面。我想起自己还有很多正经事没做，只好将它甩掉了。

第二十一章　拜访艾迪

我没有去斯特恩乌德家，直接回了办公室，坐在转椅上，晃荡着两条腿，我好像已经很久没有时间这样悠闲了。

凉风阵阵，从窗口吹进来，隔壁旅馆中汽油炉子的煤烟，像一块空地的野菜那般，飘进窗户，从我的办公桌上滚了过去。我想，是不是得出去吃个饭呢。生活令人乏味，就算喝一点酒，生活的乏味依然挥之不去。并且，这个点出去喝酒，并没有什么意思。就在我正想来想去的时候，斯特恩乌德家的管家诺里斯打电话来了，他用特别礼貌的语气告诉我，老将军身体不舒服，他已经将报纸上的几则新闻读给老将军听了，将军认为我的侦探任务可以告一段落了。

我说："是的，关于盖格的事的确结束了。不过，我得声明，盖格并不是我杀死的。"

"马洛先生，将军也认为他不是你杀死的。"

"将军是否知道里甘太太担心卡门那些照片这件事？"

"先生，他不知道，我敢肯定他不知道。"

"那你知道将军给我的东西是什么吗？"

"知道，三张借条和一张名片。"

"是的，我打算将这些东西都还回来。至于照片，我觉得我还是马上销毁它比较好。"

"好极了，先生，昨天晚上，里甘太太打了好几次电话找您……"

我打断他的话，说："当时我出去喝酒吃饭了。"

"先生，吃饭喝酒可是必须的，我明白。将军让我寄一张五百美元的支票给您，您看。这份酬金够吗？"

"将军真是太慷慨了。"

"那我现在是不是能认为，这件事已经彻底了结了？"

"当然，这件事已经完全了结了，而且还被严密地封锁起来了，封得就像定时锁都生满了锈的保险库那样严密。"我说。

"先生，真是太谢谢您了。我敢这样说，我们都认为这件事办得很出色。等将军的身体状态有所好转的时候，说不定就是明天，他想当面对您传达谢意。"

我说："行，那我得喝一点儿老将军的白兰地，嗯，酒里还得加一点香槟。"

老管家的话音里带着笑意："好的，先生，我一定将酒冰得凉悠悠地等着您。"

随后，我们相互道了一声"再见"，然后挂上了电话。隔壁咖啡馆的饭菜香味跟煤烟一起飘了进来，而我却没有丝毫食欲。于是，我拿起早先储存在办公室的酒喝了起来。至于我的自尊心会对给老将军家办的这件差事有什么反应，我已经懒得管了。

　　我扳起手指算了算。里甘居然放弃了一大笔钱财和一个漂亮的妻子，跟一个女人私奔了，而这个女人，不仅来历不明，还跟黑帮头子艾迪结过婚。但是，里甘居然连声招呼也不打就失踪了。他的这种做法，或许有多种原因。我根据跟老将军第一次见面的印象进行分析，老将军是个过于骄傲的人，换句话说，他行事谨慎，所以没有将失踪人员调查局已经着手办理里甘失踪这事告诉我，而失踪人员调查局费了很多时日，事情依然毫无进展。显然，他们认为不值得再为这件事耗费精力，里甘想干什么就干什么去吧，别人何需再为他操心呢？此外，我也同意格里高利上尉的意见，艾迪不会因为里甘跟他的老婆私奔了就将这两人干掉，这种事发生的可能性实在太小了。更何况，艾迪跟他老婆已经分居多时。就算这件事惹恼了他，他首先要顾及的也是自己的生意。

　　在好莱坞这种地方混，得时刻咬紧牙关。否则，关于他那黄头发老婆的事情就会传到艾迪那里，他每天都得反复跟人解释这件事。不过，要是跟钱有关的话，这件事又该另当别论了。只是，在艾迪的眼里，一万五千美元算不得什么，他才不像布罗迪那种人，不会为了万把块钱而耗费心力。

　　盖格死了，卡门只好再去找别的不三不四的人一起喝洋酒了。我才不会担心她有什么烦心事。她想做的事，就是找个僻静的地方老实地待个五分钟，刻意露出害羞的样子引人注意。我只是希望，下一个想勾搭她的人，对她稍微客气点，心思放得远一点，不要急于将她弄到手。

　　里甘太太居然跟艾迪的关系到了能借钱的地步，仔细想起来，这种事也很正常，如果她经常玩轮盘赌注，经常输的话，那么任何一个赌场的老板都愿意在必要的时候将钱借给这样的老主顾。此外，他们俩之间还有这样一层利害关系：里甘太太的丈夫里甘，跟艾迪的老婆私奔了。

　　至于卡洛尔，这个很久都不出现在我脑海里的人，只是个除了说脏话再也说不出别的什么话的年轻杀人犯。就算警察局的人不将他绑在电椅上拷问，当然他们不必这样做，因为卡洛尔请不起大律师，很有可能主动招供。这样一来，倒是免去了那些翻来覆去的审讯环节，能给警察局省下一些开销。而阿格尼丝只是被当作一个证人拘留起来，如果卡洛尔承认了罪行，她也无须出庭作证了。只要在传讯的时候卡洛尔主动认罪，警察就会释放阿格尼丝。他们不想深究盖格死亡事件，只要不继续追查，他们就抓不住阿格尼丝的把柄。

　　那么就剩下我自己了。我隐瞒了一桩杀人案，还将证据扣在自己手里长达二十四小时，我不但逍遥法外，还即将获得一张五百美元的支票。现在，我要做的最聪明的事就是再喝上一杯，将这些乱七八糟的事情统统扔下不管。

　　既然，我这样做是再也聪明不过的决定，那么，我何不给艾迪打个电话呢？于是，我打电话告诉艾迪，晚上我会去拉斯·奥林达斯，我得跟他谈谈。这样，大家应该看出来我到底有多聪明了吧！

　　大约晚上九点，我来到拉斯·奥林达斯。明月高悬，清冷的月光照射着大地。我到达海滨的时候，月亮的光辉被一层迷雾给遮了起来。柏树俱乐部就在拉斯·奥林达斯市的尽头，是一座看上去很庞大但结构不太整齐的大楼。这里原先是一个名叫德·卡森的富豪建立的避暑山庄，后来山庄被改成了旅馆。从外观来看，这栋年久失修的房子又大又黑，周围长满了被风吹得东倒西歪的蒙特利丝柏树。

　　因此，这栋楼房的名字也跟柏树有关。大楼前面是带有旋涡装饰的巨大门廊，门廊的四周是角楼，楼里的大窗户安装了彩色玻璃。大楼后面，是空旷的大马厩。整栋大楼看起来阴森而破败，艾迪买下它之后，没有将它装饰得如米高梅电影公司那般金碧辉煌，而是让它保持了原来的样子。

　　我在一条挂着那种"噼里啪啦"作响的老式霓虹灯街道上停下车子，顺了一条潮湿的石子路走向这栋楼的大门。

一个身穿双排扣卫兵外套的守门人,领着我走进一间光线昏暗的门厅。这里十分安静,有一道非常威严的弧形白色橡木楼梯,直接连通光线更加幽暗的楼上。我脱下大衣外套和帽子,放在更衣室,一边等着,一边听着那些从那对大门后面传过来的音乐声和嘈杂的交谈声。这些声音似乎来自特别遥远的地方,跟这座大楼有些不协调。我等了一会儿,一个身材瘦削、满脸铁青的黄头发男人从楼梯后面的一扇门里走了过来。他就是陪着艾迪去盖格住处的那位拳击手,他冲我微微一笑,带领我走过一个铺着地毯的大厅,来到艾迪的办公室。

这间办公室方方正正的,窗户是那种窗口很深的老式月桂木窗户。房间里有一座用石头砌的壁炉,炉子里一大块松木正微微地燃烧着。屋子四面墙壁上用了胡桃木做壁板,上面还挂着已经褪色的缎面壁毯。房间的天花板很高,整个房间弥漫着一种冰冷的海水味。

房间里的深色办公桌应该不是这个房间原来的家具,不过,这屋子里所有的家具都不是一九零零年以后生产的。房间的地毯颜色是佛罗里达的棕红色,角落里摆放着一架酒吧间才会用到的收音机。此外,桌上的铜盘里还摆着一套塞佛尔瓷茶具和一把俄式茶壶。我特别想知道,这些东西是为谁预备的。此外,房间的角落里还有一扇门,门上安了一把定时锁。

艾迪客气地跟我握手,笑着用下巴指着那间安了定时锁的门,得意地说:"如果不是这东西,我在一群抢劫犯当中生活的日子还真是不好过。你知道吗,本市的警察们每天早上都进来亲眼看我打开保险库,那情形,好像是我跟他们约好了一样。"

我说:"之前在电话里你说好像有点什么事要告诉我。究竟是什么事呀?"

"别急啊,先坐下来喝一杯。"

"我才不忙呢,只是我们要谈的可是正经事。"

"你还是喝一杯吧,我敢肯定,你喜欢这酒。"说完,艾迪将调好的两杯酒拿出一杯放在一把红皮椅子边,自己则叉着腿,站在办公桌前。他穿着深蓝色的晚礼服,正好将手插进衣服两侧的口袋里,露出指甲闪闪发光的大拇指。他穿晚礼服的样子,比穿灰色法兰绒的衣服显得更加严肃一些。不过,整体看来,他很像一个骑士。

我们一边喝酒一边点头示意。

艾迪问我:"你以前来过这里吗?"

"禁赌那段时期来过。你知道,我一直对赌博不感兴趣。"

艾迪笑了笑:"我对钱不感兴趣。今天晚上,你应该顺便去看看你的一位朋友——薇维安·里甘,她正在这里玩轮盘赌。听说,她今天手气不错。"

我一边喝酒,一边拿起一支印着艾迪姓名缩写的特质香烟。

"你昨天处理问题的方式,我很欣赏。起初见到你的时候,的确有些不痛快,但是后面我已经看出来了,你的处理方式是正确的。我们俩会比较合得来。顺便问一下,我应该欠你多少钱?"他说。

"为什么欠我钱?"

艾迪露出他的大白牙:"你还真是一如既往的谨慎。我在警察局有内线,什么内幕都了如指掌。要不然我在这里也是干不下去的。我得到的情报可是事情的真相,而不是报纸上写的那些东西。"

我问:"那你知道多少消息?"

"什么消息?"

"你可真是健忘,我说的是关于里甘的消息。"

艾迪挥了挥手，手指甲在一盏铜灯射向天花板的光束的照耀下，看上去闪闪发亮。他说："我听说，关于这方面的消息，你已经得到具体的情报了。我觉得，我应该付点酬金给你。我向来是这样，别人对我讲义气，我就会有所报答。"

我说："我到这里来，并不是为了跟你要钱。我做的事，已经有人给过酬劳了。当然，按照你的标准，这点钱算不上什么，不过对我来说，也算是一笔说得过去的收入了。我一直有一个信条——一次调查只忠于一位主顾。所以，我想问问，你没有干掉里甘？对吗？"

"不是我，你认为我会做这种事吗？"

"我觉得没有什么是不可能的。"

他笑了："你这是跟我开玩笑吧，我只当你在开玩笑。"

我说："我没见过里甘，不过我已经看过他的照片了。顺便说一说，你的手下还真不是办事的人。既然我跟你说起这个问题，我希望你以后别再派拿着枪的手下到我那里去给我下命令。说不定，我真的发了疯，会干掉一个呢。"

他透过玻璃酒杯，看了看炉火，然后将杯子放在办公桌边上，拿起一条麻布薄手帕擦了擦嘴，说："你说的还真是好听！不过，我敢这样说，你也不是一个好对付的人。实际上，你对里甘并没有什么兴趣，对吗？"

"的确，就我的职业来说，我对这个人是没有什么兴趣的，而且我的雇主也没有要求我调查这件事。只是我知道，有人希望知道里甘的下落。"

艾迪说："她哪里会关心这个。"

"我说这个人，指的是她的父亲老将军。"

艾迪又擦擦嘴，他看了看手绢，那目光好像想从手绢上找出点血迹一样。他浓眉紧锁，拿起一只手摸着饱经风霜的鼻子，没有说话。

我说："盖格想敲诈老将军。尽管将军没跟我直说，但我猜，他也担心里甘搅和到这件事里。"

艾迪笑了："盖格跟谁都来这一套。这些全是他自己的算盘。他从别人那里搞来几张看起来完全合法的借条，我敢保证这些借条是合法的，只是盖格没有胆量凭借这些借条将对方告上法庭。他在这些条子上用花体字签上自己的名字，然后不留任何凭据，将这些借条寄出去。如果不凑巧遇到了一个胆小的人，他认为能将对方吓唬住，他就下手敲诈；如果没有遇到这种人，他就歇手不干了。"

我说："这个盖格还真聪明。这一回，他是彻底停手了，不但停了手，还搭上了自己的性命。这些事，你是怎么知道的？"

艾迪有些不耐烦地耸耸肩膀："我倒希望这些别人告诉我的消息我一点也不知道才好。在我的这个圈子里，打听别人的秘密可是最亏本的生意。如果将军让你办的差事只是跟盖格有关的话，那么这趟差事已经了结了。"

"是的，这事已经了结了。老将军给我了一笔钱，辞退了我。"

"这一点，我可真替他感到遗憾。我希望老斯特恩乌德出一笔钱，雇到你这样的一个当兵的，让他两个女儿好好地待着家里。哪怕只是每周让她们在家里只待上几个晚上也成。"他说着，嘴角好像耷拉下来："她们俩到处惹是生非。就说黑头发的薇维安吧，她一到我这里，简直让人无法应对。如果输了钱，她会不要命地下赌注，最后到我手里的都是一堆形同废纸的借条，不管我打多少折扣，她也没办法偿还。她手上，除了老将军每月给的零花钱，没有一个多余的子儿。再说了，老将军到底有多少遗产还是个未知数。如果她赢了钱，她就会将我的钱全部带走。"

我说:"第二天晚上,你可以再把钱捞回来呀。"

"我只能捞回一些。时间长了,我还是输家。"艾迪说完,目光恳切地看着我,好像他说的这些话对我来说非常重要。我觉得很奇怪,他干嘛要将这些事说给我听呢。

我打了个哈欠,喝完杯里的酒,说:"我想出去见识一下赌场到底是什么地方。"

艾迪指了指保险库边上的一扇门:"好的,这是通往赌桌的后门。"

我说:"我倒想从那些赌鬼们进去的路走进去。"

"好,随便你。当兵的,我们俩已经是朋友了,对吗?"

"那是当然。"我站起身来跟艾迪握握手。

他说:"这一回,你需要的消息,格里高利已经告诉你了。说不定某一天,我还真的能帮到你点什么呢。"

"这么说,你跟格里高利也有点儿交情?"

"不,跟你想的不一样,我们只是朋友关系。"

我盯着他看了一会儿,然后朝刚才我走进来的那扇门走去,门打开后,我回头看着他,问道:"你有没有派人开一辆灰色普利茅斯轿车跟踪我?"

他的眼睛一下子瞪得老大,惊讶地说:"真是见鬼!我可没干这事。我干嘛派人跟踪你?"

"我也想象不出来你这是为什么。"说完这句话,我就走了出去。我觉得,艾迪那副格外吃惊的样子比较真实可信,似乎他甚至还有点忧虑,这到底是什么原因导致的呢?我暂时还不清楚。

第二十二章 赌徒薇维安

这时大概是十点半了,佩戴着黄色绶带的墨西哥乐队无精打采地演奏完一支花里胡哨的低音伦巴舞曲。不过,演奏期间,并没有人和着节拍跳舞。演奏葫芦丝的人一边揉着兴许有点酸疼的手指尖,一边拿起一根烟放在嘴上。另外四个人,则一起弯下腰,从椅子底下勾出酒杯,端起来喝两口,舔舔嘴唇。看他们的样子,好像在说:"这可是台奎拉酒!"实际上,说不定只是矿泉水。他们这种装模作样的德行倒是跟他们的音乐一样,纯属浪费,自然没有人愿意看他们的演出。

这间大屋子曾是舞厅,艾迪根据生意上的需求做了一些必要的调整。屋里安装着电镀铬的闪光,带棱的灯柱后面还装了无影灯,墙上挂着石英玻璃画,四周摆着用抛光的金属管做的紫蓝色的硬皮包面的椅子。这里的装饰设备,没有一件像好莱坞夜总会那种典型的现代化风格。灯光从笨重的枝型水晶大吊灯中散发出来,板墙上还罩着玫瑰红颜色的锦缎。这些,都是为了跟木地板的颜色协调而特意装饰的,只是因为灰尘太多,时间久了有些褪色。只有乐队那边,有一小块木地板没有遮起来其余地方都用厚重而名贵的深红色地毯铺了起来。木地板是由十几种硬质杂木拼嵌起来的,最开始铺的是缅甸柚木,接着是六七种颜色由深到浅的橡木和类似桃花心木一样的红木,最后是青白色的加利福尼亚山中生产的野丁香木。地板拼嵌的图案极其精致,色彩的变化也非常怡人。

当然,这间大厅依然很漂亮,只不过那种老式、优雅的舞蹈被轮盘赌台取代了。对面的墙根下面,摆了三张赌桌。一道道铜制矮栏杆将这几张桌子连在一起,形成移动栅栏,将收赌钱的人站立的地方围了起来。三张桌子都开了赌,不过大部分赌客都挤在中间的那张赌桌边。我倚靠酒吧柜台站立,看见里甘太太的脑袋紧紧地贴着赌桌。我拿起摆在桃花心木柜台上的一小杯巴卡第酒,用手转动着玩。

酒吧间招待员站在我身边,看着中间那张赌桌边上衣冠楚楚的赌客们,对我说:"这个高个子的黑头发娘们儿,今晚上大赢特赢,庄家输得一塌糊涂。"

我问:"她是谁啊?"

"我不知道她叫什么,她经常来这里玩。"

"那你还不知道她的姓名?真是奇怪。"

招待员毫不介意地说:"先生,我在这里不过是个打杂的。今天她没有人陪着,刚才跟她一起来的人喝醉了,被人抬到停在外面的汽车里了。"

"过会儿我送她回家。"

"你当然该送送她。不管怎样,祝你好运。你需要我把巴卡第酒冲得淡一点吗?或者还是就这样?"

我说:"就这样吧,这种酒喝起来挺不错的。"

"我可不喜欢。我宁可喝治喉炎的药水,也不喝这种酒。"

我不再说话。

这时,人堆往两边散开了,两个身穿晚礼服的人挤了出来。通过人群之间的空隙,我看到了里甘太太的后脖颈和裸露着的肩膀。她穿了一件领口较低的暗绿色天鹅绒衣服。这样的场合,她的穿着倒有些过分地讲究了。人群又挤到一起了,挡住了她,我只看见她的黑头发。那两个男人走到吧台,要了加苏打水的威士忌。其中一个,脸色绯红,情绪激昂,拿出一块镶着黑边的手绢擦脸,他裤腿两侧的缎子条,宽得像轮胎印子。

他极其兴奋地说:"老兄,我从来没见过这样好的手气!连押十次红,八胜两和。老兄,轮盘赌就该是这样,就该是这样!"

另外一个说:"真是让人看得心里直痒!她一次下注一千美元,居然没输!"这两个人拿起酒杯,很快喝了个底朝天,又回到了赌桌边。

招待员慢慢地说:"这些人,只是没有见过世面的小人物。一次一千美元而已。有一回,我在哈瓦那见过一个马脸的家伙——"

忽然,中间的那张赌桌喧哗起来,打断了招待员的话音。只听,一个带着外国腔的声音,清晰地盖住了嘈杂声:"夫人,本赌台现在无法收您的赌注,请您稍等一会儿,艾迪先生马上就过来了。"

我放下手里的酒杯,悄悄走了过去。小乐队又开始演奏起来,这次是一曲探戈。这一回,音乐奏得倒是挺响亮,不过根本没有人跳舞。我穿过稀稀拉拉站着的人,走向左边的那张赌台。这些人,有的穿着晚礼服,有的穿着运动装,有的甚至还穿着工装。左边的赌台已经散了,只有两个管赌台的人脑袋凑在一起,站在桌子边。其中一个人拿着一个搂钱的耙子,在空荡荡的下注格子上漫不经心地来回划拉着,这两个人都盯着里甘太太。

里甘太太站在中间的赌台边,长长的睫毛扫动着,脸色有点白得不自然。她正对着中间的轮盘,面前堆了一堆凌乱的钞票和筹码。这些钱,看起来可不是小数目。里甘太太拉长声调,冷淡而傲慢地对管赌台的人说:"我倒想领教领教,你们这里究竟有多寒酸!阔庄家,我看你还是赶紧将轮盘转起来吧,我还想再玩一局。这一回,我押桌子上所有的钱!你收钱倒是挺麻利,但你出钱的时候可总是哼哼唧唧的。"

　　管轮盘赌的人已经见了成千上万个喜欢耍脾气使性子的赌客，他只是神情冷淡而不失礼貌地笑了笑。这种态度，不动声色，充满了高傲和神秘，让人无法挑出一丁点儿毛病。随后，他板着脸说："夫人，本赌台收不了您的赌注。您那桌子上的钱已经有一万六千多了。"

　　里甘太太挖苦道："这些可都是你的钱呀，难道你就不想把它们捞回去？"

　　站在她身边的男人动了动嘴，想跟她说点什么，她别过身子飞快对着他啐了一口。那个人涨红了脸，干脆躲到人群里去了。

　　铜栏杆围起的那块地方的最里面的木板墙上的门开了，艾迪走了出来。他脸上依然带着从容不迫的笑容，双手插在上衣的口袋里，露出两个闪闪发光的大拇指，他好像挺喜欢这种姿势的。他慢慢走过收赌费的人，站到中间赌台的一边，用不像收赌人那样客气的语气平和而慢吞吞地问："里甘太太，有何贵干？"

　　里甘太太猛地扭过头来，脸上的肌肉绷得紧紧的，好像神经已经紧张到难以忍受的地步，不过，她没有搭理艾迪。

　　艾迪依然不紧不慢地说："如果您不打算接着赌了，请允许我派人送您回家。"

　　里甘太太的脸"刷"地一下红了，转眼又变得更加苍白。她阴阳怪气地笑了，狠狠地说："艾迪，让我再赌一次。这次，我要押上我全部的家当买红。我喜欢红色，那是鲜血的颜色。"

　　艾迪淡淡一笑，点点头，伸手从上衣口袋里掏出一个镶了金角的海豹皮大钱包，毫不在意地扔向收赌人，说："你拿出同样的钱来跟她对赌，如果大家不反对的话，这一局专门为这位夫人开设。"

　　无人反对。里甘太太弯下腰，恶狠狠地用双手将面前的钱全部推到赌盘格子的红色方块上。

　　收赌人毫不犹豫地俯下身来，将里甘太太的钱和码数清点了一下，码起来，把几个筹码和几张钞票以外的钱也码成一个小堆，用搂钱的耙子将剩余的零头推到赌盘外边。随后，他打开艾迪的钱包，抽出两沓面额为一千美元的钞票，拆开其中一沓，拿出六张放在没拆开的那沓钱上面，将剩余的四张钞票放回钱包，像扔火柴盒一样毫不在乎地将钱包扔在一边。艾迪也没有动那个钱包。所有看热闹的人都静静地站着，收赌人左手摇动轮盘，手腕随意抖了一下，象牙球便沿着轮盘的槽子滚动起来。收赌人将两只手抽回来，抱在胸前。

　　里甘太太的嘴巴张开了，牙齿在灯光的照射下，像刀刃一样发出亮光。象牙球沿着轮盘的斜面往下慢慢滑动，在数字格上面的镀铬棱角上跳动着。好一阵子过后，听得一声清脆的"咔嗒"声，象牙球停了下来。这时，轮盘的速度也慢下来了，带着象牙球慢慢转动。收赌人抱着双臂纹丝不动，直到轮盘完全停下来。

　　"红胜。"收赌人冷静地说。象牙球停在了二十五号红格上面，距离"零零"还差三个格子。里甘太太往后一仰头，得意扬扬地笑了。

　　收赌人举起耙子，慢条斯理地将那堆面额为一千美元的钞票推到里甘太太的赌注那边，再将所有的钱推到轮盘外面。

　　艾迪笑了笑，将钱包收起来放进口袋，转过身，打开木墙上的门，走了出去。

　　房间里的十几个人这下才回过神，不约而同朝酒吧间走去。我跟着他们挤了出来。在里甘太太收拾好赢得的钱从赌台上转过身的时候，我已经走到屋子的另一头。出了屋子，我来到空无一人的门厅，从管衣帽的女孩那里取下我的帽子和外套，朝她的盘子扔了一枚两角五分钱硬币，然后走到外面的门廊上。

　　看门的人走过来问我："先生，需要我将您的车开过来吗？"

我说："不用，我自己去吧。"

雾气打湿了门廊上的涡形栏杆。丝柏树上，雾气凝结成水珠，滴滴答答往下掉。丝柏树沿着大海边上的悬崖伸展开来，影子越来越淡，渐渐被一片朦胧掩盖。雾气很重，前后左右只能看见几步远的地方，我顺着门廊的台阶往下走，慢慢穿过树丛，沿着一条依稀可辨的小路往前走，听到了悬崖下面浪涛拍打海岸的声音。周围没有一丝亮光，雾气时浓时淡，我一会儿能清楚地看见十几棵树，一会儿只看得见模糊的树影，一会儿看见的树影也变得更模糊，一会儿除了雾气再也看不见别的东西。我只好往左边一拐，打算沿着能绕到赌客们停车地点的一条小路往回走。当我能清晰地看见柏树俱乐部那栋大楼的轮廓时，我听到前面不远处有一个人在咳嗽，于是我停了下来。

草地湿漉漉的，我的脚步很轻，没有一点儿声响。那个人又咳嗽了一下，紧接着，声音被一条手绢或者衣袖挡住了。趁着他遮住嘴巴的空隙，我往前走了几步，隐约看见路边有一个身影。我找到一棵树蹲了下来，那个人扭过头来。我没有看到他的脸，原本这个部位在雾气里应该是一团模糊的白色，而我看的是却是黑乎乎的一团——他戴了面具。

于是，我蹲在树后面，耐心等待。

第二十三章　有惊无险的抢劫

不一会儿，传来一阵轻盈的脚步声。是一个女人，正沿着那条看得不太清楚的小路走过来。我前面那个男人也向前探了探身体。起初，我还看不清那女人的样子，过了一会儿，我能隐约看见她的身影了。我对她那傲慢的脑袋倒是挺熟悉。那个男人敏捷地走了过去，两个人的身影就这样混合在浓雾里。一开始，是死一般的沉寂，随后那个男人开口说道："夫人，这可是一支手枪，你最好老实点，将你的皮包提给我！"

那个女人一言不发，我又向前走了一步。突然，我看见男人的帽檐在雾气里凝结上了一层白绒。女人站在原地一动不动，她的呼吸开始像用一把小锉刀锉在一截软木头那样粗重起来。

那个男人说："你喊呀，只要你开口喊，我就把你撕开成两半！"

她没有叫喊，也没有什么动作。男人动了一下，"咯咯"冷笑两声说："你最好在这里将这事了结了！"

我听见皮包"咔"的一声打开了，随后是一阵手在包里摸索的声音。那个男人转过身，朝我藏身的这棵树走了三四步，又开始"咯咯"地笑起来。这种笑声，实在令人难忘！我从衣服口袋里掏出烟斗，把它当作手枪一样举了起来，然后我轻轻喊道："嗨，拉尼！"

男人猛地站住了，将手往上抬。我说："拉尼，我之前告诉过你，不要干这种事，你现在的行为可真不像话。拉尼，我正拿枪对着你呢！"

我们三个就这样僵持着，女人、拉尼还有我，谁也没有动一下。

我吩咐道："小子，皮包就在你两腿之间，你最好动作慢一点，别太紧张了。"

他弯下了腰，我趁着他弯腰的时候一步跳到他身边。他直起身，快要撞到我身上，大口大口地喘着气。我发现，他手上什么东西也没有。

"你是不是想说，不能便宜我了？"我一边说一边靠在他身上，从他的大衣口袋里掏出手枪:"唉,总是有人被我缴枪!你们这些家伙压在我身上让我走路都得弯着腰。你还是滚吧!"

我们俩嘴巴里呼出的热气混合在一起,我们就像在一堵墙上碰面的公猫,怒目而视,好像要用目光将对方刺穿。

我往后退一步说:"拉尼,让开!你最好别大动肝火,这件事你我都不要张扬出去,成吗?"

他哑着嗓子说:"行。"

随后,他的身影消失在浓雾里。刚开始我还能听见隐约的脚步声,过了一阵子后,脚步声完全消失了。我捡起皮包,摸了摸,朝女人走去。她仍旧一动不动地站着,用一只没有戴手套的手紧紧抓住灰色皮大衣的领口,她手上戴着的戒指正在微微闪光。她没有戴帽子,眼睛和中分样式的黑发像是黑夜的一部分。

她用略微刺耳的声音说道:"马洛,干得漂亮!现在,你已经是我的保镖了!"

我回答说:"我是有点像你的保镖了,夫人,这是你的皮包。"

她伸手接过包,我问:"你是自己开车来的吗?"

她笑了笑:"不,我跟一个男人一起来的。马洛,你在这做什么?"

"艾迪想见我。"

"哦,我还不知道原来你们俩认识。他见你干嘛?"

我说:"告诉你也行,艾迪以为我正在找一个他认为跟他老婆一起私奔的人。"

"那你真的在找他吗?"

"不是的。"我说。

"那你干嘛要跑一趟呢?"

"我只是想搞清楚,艾迪凭什么以为我在找一个跟他老婆私奔的人。"

"那你搞明白了吗?"

"暂时没有。"

她说:"你泄密的时候还真像收音机里的播音员。我认为这件事跟我没有任何关系,哪怕这失踪的人就是我丈夫。依我看,你对这件事也不怎么感兴趣嘛。"

"是有人一定要让我对这件事感兴趣不可。"

她磕着牙齿,有点不高兴。不过,刚才那个戴着面具、拿着手枪抢劫她的事,好像对她没有丝毫影响。

她说:"好吧,你带我去汽车库,我得去找我的保镖。"

我们顺着小路走去,拐到大楼一侧,又拐了个弯,来到一个从破马棚改成的停车场。两盏汽车车灯将停车场照得雪亮,地面上铺着地砖,以某个坡度倾斜着从一条栅栏处延伸而去。汽车被灯光照得闪闪发光,一个穿褐色衣服的工作人员从一条长凳上站立,朝我们走过来。

里甘太太用毫不在乎的语气问他:"我的男朋友还是醉得一塌糊涂吗?"

"小姐,恐怕是这样的。我给这位先生盖上了一条毯子并且帮他摇上了车窗。我估计他没什么事,只是得好好休息一下。"

我们走向一辆大型卡迪拉克小轿车,工作人员打开车门。又宽又长的后座上,正有一个男人歪歪扭扭地躺在上面,嘴巴张开打着鼾。身上盖了一条方格呢子毯子。他是个身材魁梧的黄头发男人,长得很帅,酒量应该不错。

里甘太太说:"来,这就是科布先生。科布先生,这是马洛先生。"

我随意哼了两声算是打招呼。

她又接着说道:"科布先生陪我到这里来的,他还真是个好保镖。你看他将我照顾得多周到细致!你我都应该看看他清醒时的模样,总之应该有人看看他清醒时该是什么样子。我的意思是,他很少清醒过。因此,科布先生酒醒的那一刻还真像昙花一现,转瞬即逝,这种让人永远难忘的时刻,值得载入史册!"

"是啊。"我附和道。

好像刚才的抢劫案该引起的震动现在终于显现了出来,里甘太太有些不自然地说:"我甚至还想过要嫁给他呢!当然,那是比较偶然的情况,当时我想不起来任何值得高兴的事情。我们谁都有这种心情的时候,过一阵子就好了。你知道吗,这位科布先生,钱多得没处花。他在百慕大有一栋别墅,说不定他在全世界都有别墅。别墅对他来说,跟东一瓶西一瓶的威士忌没什么区别。在科布的眼里,一瓶上好的威士忌也是唾手可得的东西。"

"是啊。"我又附和道:"那么,他有司机送他回家吗?"

"你不要总说'是啊',听起来也太俗气了!"里甘太太挑起眉毛,看着我。工作人员正使劲咬着嘴巴。

"至于司机嘛,还用你说!他的司机多得可以编成一个排!说不定,这些司机每天早上都要在汽车房里排班操练。总之,他们扣子闪亮,制服发着光,就连白手套也白得耀眼,这是绝对的西点军校才有的高雅派头。"

我说:"行了吧,你还是告诉我他的司机到底在哪里吧。"

工作人员带着歉意说:"科布先生今晚是自己开车来的,我可以给他家里打电话,通知他们派个司机来接他。"

里甘太太转过身去,对工作人员笑了笑,那笑容,就像这位工作人员刚刚送给他一副钻石耳环那样甜蜜,她说:"那真是太好了。你是不是该立刻去打电话?你看他嘴巴张得老大,如果他死了,别人还以为他是犯了酒瘾才死掉的呢。"

工作人员说:"小姐,你只要闻一下,就知道绝不是犯了酒瘾死掉的。"

里甘太太打开钱包,抓了一把钞票塞到他手里:"我知道,你会将他照顾得好好的。"

这家伙眼睛瞪得老大老圆:"哎呀!小姐,我肯定会将他照顾好!"

"我姓里甘。"里甘太太用甜美的嗓音说道:"我是里甘夫人。说不定以后你还会见到我的。你刚来这里,是吗?"

"是的,夫人。"工作人员将那把钞票紧紧攥在手里,不知道该往哪里放了。

"你肯定会喜欢这里的。"说完,里甘太太挽起我的胳膊:"马洛,我坐你的车走吧。"

"行,我的车停在外面的大街上。"

"走一段特挺好的,我喜欢在雾气里遛弯,因为你会在里面遇到很多有意思的人。"

我说:"得了,你别再说瞎话了。"

她盘着我的胳膊,开始浑身发抖,在走向汽车的那段路上,她始终紧紧地拉着我。走到汽车面前时,她终于停止了颤抖。我开着车,驶过一条位于大楼阴面的弯曲林荫小道。

这条路通向拉斯·奥林达斯的主街——德·卡森斯大街。汽车从那老式的、"噼里啪啦"作响的弧光灯下开过,随后,我们来到一座小镇,先后经过了一栋栋建筑物、一片死寂的商店、一个夜班电铃上亮着一盏灯的加油站。最后,我们终于看到了一个还没关门的杂货店。

我建议道:"你最好喝上一杯再回去。"

里甘太太的下巴动了一下,小白点一般的牙齿闪了闪。我开车斜穿过马路,然后停在了路边，对她说："来一小杯黑咖啡，再加掺了点黑麦的威士忌，保管对你有用。"

"两个水手的酒量加起来才喝得过我，再说了，我特愿意喝得像水手一样烂醉如泥。"

我拉开车门，里甘太太紧挨着我走了出来，她的头发都贴到我脸上来了。我们进了杂货店，我在卖酒的柜台上买了一品脱黑麦威士忌，拿到方凳边，放在已经有了裂缝的大理石柜台上。

我对店员说："给我两杯咖啡，浓一点，别加奶。你可别将去年的陈货拿出来！"

店员穿了一件已经褪色的工作服，留着稀稀拉拉的头发，他的眼神看上去挺诚实，他的下巴缩在一起，绝对不会在看到墙壁的时候撞到墙上去，他说："不好意思，你们不能在这里喝酒，在这儿喝酒可是犯法的。"

里甘太太伸手从皮包里拿出一包香烟，动作像男人抽烟那样，摇出两根，递了一根给我。我接过烟点着，并不理会店员的反对。店员拿出一个失去光泽的镍壶，倒出两杯咖啡放到我们面前。他瞅了瞅那瓶黑麦威士忌，用无可奈何的语气说："好吧，你们俩喝吧，我去街上把风。"

店员说完，走了出去，站在橱窗后面，背对着我和里甘太太，竖起耳朵听着外面的动静。

我打开威士忌的瓶塞，往咖啡里倒了一些酒："干这种事真让人提心吊胆！这个地方的警察还真是厉害。整个禁酒期，艾迪的俱乐部便成了夜总会，警察局派了两个穿警服的人站在俱乐部大楼的门厅处，不允许客人带酒进去。无论是谁，想喝酒都得在艾迪的俱乐部里面买。"

站在外面的店员转过身，又走回柜台那里，径直走进了玻璃窗户后面的内室。

我俩慢慢喝着兑了酒的咖啡。我在咖啡壶后面的镜子里打量着里甘太太。她有一张洁净而苍白的脸，很漂亮，还带着些许野性，她的嘴唇红得很耀眼。

我说："你的眼神看上去有一股凶气。你究竟被艾迪抓住什么把柄了？"

她也从镜子里看着我，回答说："今天晚上，我在轮盘赌上赢了他不少钱，而这些钱的本钱，是我昨天从他那里借来的五千美元。除此之外，这笔钱我根本没有动用过。"

"说不定艾迪心疼了，说不定那个歹徒就是他派来的。你觉得呢？"

"歹徒是什么人？"

"那些舞刀弄枪的家伙。"

"那你是不是歹徒？"

我笑着说："当然，我也是。不过严格意义上的歹徒，指的可是站错地方的人。"

"我经常怀疑，到底站在哪一边才算真的站对了地方。"

我说："话题扯远了。到底艾迪抓住了你的什么小辫子？！"

里甘太太一撇嘴："马洛，你应该是个聪明人，应该比你现在的表现还聪明得多。"

"老将军近来身体如何？我才不想装成机灵人的样子。"

"他身体不太好，今天还没下过床。现在，你至少该停止对我的审问了吧？"

"我记得之前有一次我也想问你这个问题：你和你妹妹的事，老将军到底知道多少？"

里甘太太道："说不定他全都知道了。"

"你们的管家诺里斯会把这些告诉他吗？"

"不会。那位地方检察官怀尔德来家里探望过他。那些照片，你都烧掉了吗？"

"当然全部销毁了。看来，你还是很担心你的妹妹，总是时不时为她操心。"

"我认为，现在唯一让我操心的人就是她，从某种层面来说，我也替我爸爸操心，因此这些事我尽量瞒着他。"

我说："老将军倒是对你们没有抱过多的幻想。不过我觉得他还是比较有自尊心的。"

镜子里，里甘太太那深邃的目光注视着我，她说："我和妹妹是他的骨肉呀，这才是麻烦的地方。我不希望他在对自己骨肉的蔑视中去世。的确，我们的血液难以安分，但是我们并非一味地堕落腐败。"

我问："那你现在算得上堕落腐败吗？"

"我知道，你就会这样想。"

"不，我倒不这样看，你不是这样的，你只是在演戏。"

里甘太太的目光垂了下去，我又喝了几小口咖啡，替我和她各点了一支烟。

她平静地说："这样说你也开过枪杀过人。你是个杀人犯。"

"我？怎么可能？"

"警方的说辞和报纸的报道编得实在太巧妙了。但是，我并不相信自己读过的所有东西。"

"噢，原来你以为我干掉了盖格或者布罗迪，或者是将他俩一起干掉了。"

她一言不发。

我接着说："我用不着杀掉他们。当然我想，干掉他们对我来说也并非难事，他们俩肯定都想对我开两枪的。"

"你这样说就恰好证明了我的观点，你跟警察没什么两样，本质上也是杀人犯。"

"你可别胡说。"

"你这个人，阴沉沉的，一声不吭。我第一次见到你的时候就明白，你对他人的感情不见得比屠夫对他即将屠宰的畜生要多多少。"

我说："你有太多的狐朋狗友，你对其他类型的人不可能有太多了解。"

"那些人跟你比起来，他们都是软骨头。"

"夫人，谢谢你的美誉。你自己也不过是一块松软的英国式蛋糕。"

"我看我们还是赶紧离开这个鬼地方吧。"

我结了账，将那瓶黑马威士忌放进口袋，然后跟里甘太太一起走了出去。显然，那个店员对我没有什么好感。

我开车驶过拉斯·奥林达斯，又路过了几个潮湿的海滨城镇。这些小镇的房子，低矮一些的建在波涛喧哗的沙滩上，高大的楼房则建在往后一些的斜坡上面。往窗外看去，时不时能看到一两扇散发着黄色灯光的窗户，当然绝大多数房子已经熄了灯。从海面上飘过来一股海草的腥味，在雾气里弥散开来。在湿漉漉的混凝土公路上，汽车轮胎"嘎吱嘎吱"地响着，整个世界陷入了一片潮湿和空洞。

从杂货店出来，里甘太太一直缄默不语。快到德尔雷时，她才用那好像嗓子里压着什么东西一样的压抑嗓音对我说："我想去海边看看，你沿着靠左的第二条马路，从德尔雷海滨俱乐部边开下去。"

十字路口有一盏摇摇欲坠的路灯，灯光昏暗。我掉转车头，顺着一道斜坡开下去。路的左边是悬崖峭壁，右边是城际公路。公路的正前方有一片散乱的灯光，更远的地方则是码头的灯火。这时，雾气差不多散尽了，只有上方的天空还漂浮着一座城市的上空较为常见的烟雾。汽车在城际公路转了个弯，沿着从峭壁上延伸出来的岔路开上了一条砖石铺成的滨海大道。大道一侧是一片辽阔而寂静的海滩，很多汽车停在道路边，车身黑乎乎的，车头对着大海。几百码之外，灯光闪耀，那里是海滨俱乐部。

我靠路边停了车，关掉车前灯，手扶着方向盘。

弥漫的雾气里，海水泛着白沫，无声地汹涌起伏着。

里甘太太喘着粗气，声音含糊地说："你坐过来点吧。"

我的身体从方向盘后面移了移，坐到了座位的中间。里甘太太先将身体移开一点，好像在偷偷察看窗外情形。随后，她一声不吭地往后一仰，头差点撞上方向盘。她倒在了我的怀里，闭上了眼睛。

过了一会儿，她睁开了眼睛，微微眨了一下，说："你这畜生，将我抱紧点。"

起初，我只是用手臂轻轻搂着她。她的头发扎着我的脸，把我扎得有点慌了，我搂紧她，将她抱起来，慢慢凑近了她的脸。她的睫毛像飞蛾的翅膀那样颤动起来。

我飞快而用力地吻了她一下，接下来我们紧贴着一起，长长地吻起对方来。她的嘴唇张开着，身体在我的怀里摇晃着。

她的呼吸冲到了我嘴里，只听得她用温柔的声音说道："杀人犯！"

我紧紧地贴着她的身体，直到她全身颤抖得快要让我的身体也颤动起来。我吻了她很长一段时间后，她仰着头问我："马洛，你住在哪里？"

"肯莫尔附近的富兰克林区，霍巴特·阿姆斯公寓。"

"这地方我还没去过呢。"

"那你想不想去？"

"想。"她喘息着回答。

"艾迪到底抓住了你什么把柄？"

她的身体一听到这句话立刻挺得直直的，呼吸也变得粗重了。随后，她往后仰着头，两只眼睛睁得大大地看着我，黑色眼珠周围，突显的眼白像是一道白环。

她用有气无力的呆板音调说："原来，你竟然是为了这个。"

"是的。我承认，接吻是一件挺美的事，不过你爸爸并没有雇用我来陪你睡觉。"

"你这个狗娘养的！"她冷冷地说，坐在那里一动也不动。

我冲她笑了笑："我也不是一根冰柱。我眼睛不瞎耳朵不聋，跟其他人一样，我的血也是热的。只是，你真的是太容易到手了。艾迪到底抓住了你什么把柄？"

"你要是再说这个，我就喊人了。"

"行，你喊吧。"

她挣脱我的怀抱，直起身体，坐到了车里最靠里面的角落，对我说："马洛，男人们往往因为这些不起眼的小事而挨枪子儿，丢性命！"

"实际上，男人们挨枪子儿，都是没什么缘故的。我第一次见到你的时候，就告诉过你我是个侦探。我想，关于这一点，你那可爱的小脑袋瓜应该弄个清楚明白。我现在是在工作，而不是跟你做游戏。"

她从皮包里摸出一条手绢，一口咬住，然后别过头，用牙齿将手绢撕成一条条碎片。

"你为什么认为艾迪抓住了我什么把柄？"她小声地问。由于用手绢捂着嘴巴，她的声音听上去有点儿闷气。

"他让你赌赢了一大笔钱，再派人拿着枪将这笔钱弄回去，对此你并不惊讶。我帮你把钱留了下来，你连声谢谢都不说。我认为，这件事从头到尾就是一场表演。如果我还有看表演的资格的话，我觉得从某种角度来看，你们这场戏至少是刻意表演给我看的。"

"你以为轮盘赌是他想赢就赢，想输就能输的？"

"那当然，如果赌注的输赢对他来说都没什么关系的话，那么十有八九就是这样。"

"侦探先生，我想你已经用不着我对你说'我特别讨厌你了'！"

"当然。你也没什么东西欠着我。总之，已经有人付过佣金给我了。"

她将撕烂的手绢扔到窗外："你对女人还真是彬彬有礼！"

"我喜欢跟你接吻。"

"你还真是冷静！还真让我高兴。我是不是该祝贺你，或者说，我该祝贺的人是我爸爸？"

我又对她说："我喜欢跟你接吻。"

她用冰冷的声音慢慢说道："如果你真是个好心人，请带我离开这里吧，我现在可以肯定，我想回家了。"

"你真的不想当我的妹妹？"

"听着，要是我手里有把刀，我会切开你的喉咙，我想看看你的血管里流的都是些什么东西！"

"只是毛毛虫的血罢了。"我一边说一边发动了汽车，掉转车头往回走。汽车从城际公路上了大道，开进城里，一直到了西好莱坞区。一路上，里甘太太一言不发，一动不动。我开过一道道大门，来到通向斯特恩乌德府邸的下凹车道时，她突然打开车门，还没等我停好车就跳了下去。

她始终没有跟我说话，背着我站在门口按了按门铃。门开了，管家诺里斯往外看了看。她急冲冲地从管家身边冲进门里，身影快速地消失在我的视野里。

大门"砰"的一声关上了，我顺着原路往回开，回到了自己的家。

第二十四章　举止荒唐的卡门小姐

这一回，公寓的门厅空荡荡的，再也没有拿着枪站在棕榈树下对我发号施令的人了。我乘坐电梯到了我住的那一层，沿着走廊往前走。收音机里的轻柔音乐，正从某家人的门背后传出来，我的脚步和着音乐节拍快速往前走。是的，我一分钟都不想等了，我得赶紧回家喝一杯！一打开门，我连灯都没开，直奔厨房而去。可是就在我还有个三五步就走进厨房的时候，我停了下来。屋里有些不对劲。空气里飘散着一股香气。此刻，窗帘已经放了下来，街灯从窗帘的边缝里透进来，将屋里照得朦朦胧胧的。我站在那里不动，听了一下四周的动静。是的，空气里有一股浓得让人发腻的香水味。

屋子里静悄悄的，没有任何声响。我的眼睛渐渐适应了屋里的黑暗，看到我前方的地板上放着一件屋子里本不该有的东西。于是，我后退两步，用大拇指"啪"的一声按开了墙上的电灯开关。

屋里的活动床被放了下来。一个有着金黄头发的脑袋正压着我的枕头，她的两条胳膊赤条条地向上弯曲着，双手交叉枕在后脑勺下面。没错，现在，卡门正仰面躺在我的床上，"嗤嗤"地对我傻笑。她的头发像是精心安排一样，在枕头上散开，她那双蓝灰色的眼睛跟平时一样，像从枪筒后面瞄准我一样直直地看着我。

她笑了笑，露出一排闪闪发光的尖细牙齿，问我："我的样子很酷吧？"

我没好气地回答道："酷得要命，你简直就是星期六晚会上的菲律宾人。"

我打开一盏落地灯，再走过来关掉天花板上的灯，然后走到落地灯下面的一个小牌桌边坐下。棋盘上摆着一个残局,再走六步就能分出输赢。我想,那一大堆问题我解决不了,何不先解决眼前这个问题呢!于是,我伸手挪了个一步马,摘下帽子、脱下外套随地一扔。卡门"嗤嗤"地傻笑着,一直没个停,这笑声,总是让我想起躲在一所老房子墙板后面为非作歹的老鼠。

她很得意:"我敢打赌,你绝对想不到我如何进来的。"

我拿起一根香烟,用冷冷地目光将她上下打量一番:"我敢说,我肯定知道你是怎么进来的,你就像彼得·潘,从房门的钥匙孔里钻进来的。"

"哦,这个人是谁呀?"

"他呀,我以前在弹子房认识的一个人。"

卡门又"嗤嗤"地笑了:"你也知道自己很帅,对吧?"

我刚想说:"那个大拇指——"但是,卡门的反应比我快多了,完全不用我提醒,她便将右手从后脑勺抽出来,一边吮吸着大拇指,一边用那任性而圆溜溜的眼睛盯着我看。

我看着她,抽完了烟,她说:"我身上没有穿任何衣服。"

"上帝!我心里正隐约想着某件事,正在琢磨这件事到底是什么呢,我马上就想出来这件事是什么了,却让你抢先说了出来。其实,你要是不说,我也会说'我敢打赌,你已经一丝不挂了'。我睡觉的时候连胶鞋都穿得好好的。谁知道我半夜里突然醒来会受到什么良心谴责,穿了胶鞋我能麻利地从床上溜走。"

"你好帅!"说完,卡门像小猫那样转了转头,从后脑勺下面把左手抽出来,一把抓住被子,表演似的刻意停了一下,然后猛地将被子甩开。她全身一丝不挂地躺在床上,在灯光的照耀下,她真像一颗闪烁光彩的珍珠。

今天晚上,斯特恩乌德将军的两个女儿都将火药朝我喷射过来。我从嘴里扯出一缕烟丝,感叹道:"你真美!不过,你记得吗,你这样子我已经见过了。我总是遇见你赤身裸体的时候。"

卡门又"嗤嗤"地笑了笑,重新将被子盖好。

我问:"你到底是怎么进来的?"

"公寓的管理员让我进来的。我从薇维安那里偷到了你的名片,拿出来给管理员看了看,告诉他是你让我来这等他的。你看,我还真是神出鬼没呀!"卡门得意地回答说,整张脸因为得意而变得格外明亮。

"干得漂亮。"我说,"公寓管理员都这个德行。现在,我已经明白你是怎么进来的了。轮到你了,你说说你打算怎么出去吧。"

她"嗤嗤"地不停笑着:"我可不打算出去。起码,我得在这里多呆一会儿。我喜欢你这地方,你真是太帅了!"

我拿起手里的烟头指着她:"听好了,我已经烦透了给你穿衣服!对于你想给我的东西,我表示感谢,但是我不会领你这份情,我道格豪斯从来不这样害人。我拿你当朋友,就算你自己乐意,我也不会这样害你。我们之间只能是朋友关系,而你现在打算做的事,会玷污我们之间的友谊。现在,你愿意做一个听话的小姑娘,乖乖穿好衣服吗?"

卡门使劲摇了摇头。

我继续说:"你听好了,你并没有将我这个朋友放在心上。我知道,你这样的行为只不过是想让人看看你可以撒野到什么地步。但是,你完全不用在我面前演示,我对你的德行已经一清二楚,我总是赶上你——"

她"嗤嗤"地笑着打断我的话:"关上灯!"

我将烟头扔到地上踩灭，掏出手绢擦了擦手，我得再次消灭卡门的这种念头："我不是怕邻居，他们才不搭理这些事呢。不管哪所公寓，总有一些下流女人钻进来，就算再多进来一两个，这所公寓也不会有什么震动。但是，这样的行为关乎我的职业尊严。我想你应该明白，什么是职业尊严。现在，我在为你爸爸工作。你爸爸是一个特别脆弱而绝望的病人，他信任我，认为我不会对他耍什么花招。所以，卡门请你穿上衣服，好吗？"

她说："你不叫道格豪斯·莱利，你可骗不了我，你是叫菲利普·马洛。"

我低头看了看棋盘。刚才那个一步马走错了，我又将它挪回原来的地方。那样的下法赢不了，在跟卡门的这盘"棋局"里，仗义还真的无法解决问题。

我又抬起头看了看，卡门还是躺在那里。白色的枕头，将她的面色衬托得格外苍白；她的眼睛又大又黑，却像干旱季节的空水桶，空洞无物；她伸出一只没有指甲盖的小手指，不安地抓住被子。从她的眼神里，我看到了几丝隐约的忧虑。不过，她还是没有搞明白我为什么要这样做。要让女人们，就算是那些高雅的女人，来认识到她们的肉体并不是难以抗拒的诱惑，这还真是天底下最难的事。

我问："我去厨房里调一杯酒，你要喝吗？"

"嗯。"卡门回答说，漆黑而沉静的眼睛里，充满了迷茫和疑虑。就像一只猫越过深深的草丛走向一只小画眉鸟一样，她的眼神里不知不觉出现了渐渐加深的疑虑。

"如果你在我回来的时候已经穿好了衣服，你就能得到一杯酒，你看这样行吗？"

她露出两排牙齿，发出"嘶嘶"的声音，完全不理睬我说的话。我来到厨房，拿出一些苏格兰威士忌和汽水，调出两杯苏打水威士忌。我没有用那种酒劲很大的酒，也没有用加了硝化甘油或者经过蒸馏的烈酒。我端着酒杯走回去时，卡门嘴巴里的声音倒是停止了，但是她还没起来。

她的眼神又恢复了平静，嘴巴似笑非笑。随后，她忽然坐起来，掀开身上的被子，伸出一只手，说："给我酒。"

"穿上衣服，不穿就不给！"我一边说，一边将酒杯放在桌子，拿出一支烟点起来。

我别过脸，又听到了一阵刺耳的"嘶嘶"声。我只好警觉地回过头。卡门就那样一丝不挂地坐着，两只手撑在床上，脸色像刚刮过的骨头，嘴巴张开一条缝，发出一阵阵不能自控的剧烈"嘶嘶"声。她那空虚的眼神背后，还隐藏着一种我从来没有在别的女人那里见过的神情。紧接着，她的嘴巴就像被弹簧操纵的假嘴唇那样，缓慢而谨慎地动了动。

她说了一句极其下流的脏话。

她这样说，我并不在乎。我不在乎她怎么骂我，也不在乎别人怎么骂我。这里虽然只是我住的地方，我却将它当成了我的家；虽然这里的东西并不多，只有几本书、几张画、一台收音机、一副棋盘、一些旧信件，但是它们已经成了我的一切，完全占据了我的记忆，使我产生了某种联想，让我想起过去我曾有过的一个叫作家的地方。

她骂我的话使我想到了这些，我已经不能再忍受她继续呆在这里。

于是，我用十分克制的语气告诉她："现在，我给你三分钟时间。在这三分钟里，请你穿好衣服出去。如果时间到了你还穿好，那我就会使用武力，将你直接扔出去。是的，就让你这样光着屁股出去，并且我还会把你的衣服也扔到走廊里。现在，我计时了！"

卡门的牙齿不停打战，又发出一阵更加刺耳和疯狂的"嘶嘶"声。她慢慢站到地板上，从一把椅子上拿起衣服，慢慢穿起来，我看着她，尽管她用了一种对女人来说比较笨拙、僵硬的手法穿衣服，但是她的动作倒是很快速，只用了两分多钟就穿好了。

她站在床边，提起绿色皮包，紧紧地压在镶嵌了皮边的大衣上，头上一顶显得格外放荡的绿色帽子戴得歪歪扭扭。她的面色仍然像刚刮过的骨头那样难看，眼神既空虚又狂野。对着我继续嘶叫了一阵子后，她快步走到门边，无声地打开门走了出去，头也不回。

我听到了一阵电梯发动机沿着机架往下滑动的声音。随后，我走到窗前，将窗子尽量开得大大的。一股并不新鲜的甜腻味道夹杂着汽车尾气和城市气息，飘了进来。我端着酒杯，慢慢喝着。窗下，公寓大门关上了。寂静的人行道上传来了一阵脚步声，不远处有辆汽车发动起来，离合器踩得"咔哒咔哒"地乱响，一头冲进了夜色中。我走到床边，卡门在枕头上留下的那个脑袋的印子还在，床单上也还留着她那窈窕而堕落的身体压出的印记。

我放下酒杯，十分愤怒，将床铺扯得乱七八糟地睡下了。

第二十五章　跟踪者哈利

第二天清晨，又下雨了，雨点灰蒙蒙地斜着落下来，像是飘着一幅用玻璃珠子串起来的窗帘。起床的时候，我觉得浑身懒洋洋的，疲惫而乏力，嘴巴里还隐约有点斯特恩乌德将军两位女儿留下来的苦涩味。我的生活就如稻草人身上的破口袋，空洞无物。

起床后，我走进厨房，喝下两杯黑咖啡。总而言之，除了醉酒，别的一些东西也能让人感到头疼和懊恼，关于这一点，我已经从女人身上体验到了。女人，真让我觉得恶心！

我刮好脸，冲了个澡，穿上衣服，拿着雨衣，走下楼梯，站在公寓大门口，看着街道。街对面大概一百码之外的地方，停了一辆灰色的普利茅斯牌汽车。这辆车，昨天企图跟踪我，这事，我已经跟艾迪提过了。

假如某位警察有如此多的时间乐于用来跟在我后面东奔西跑的话，说不定那辆车里面坐着的，正是一个警察。说不定是一个在侦探界混口饭吃的老油子，想在别人的案子里插一杠子、挤进来捞点好处，再不然就是哪位一向不赞成我的夜生活方式的百慕大主教。

我走进公寓大楼背后的车库，将我的敞篷车开出来绕到公寓前面来，从这辆灰色普利茅斯前开过去。车里坐着个矮个子男人，他见我开车过去，立即跟了上来。虽然还下着雨，但是他的开车技术挺不错，紧紧地跟在我后，但凡较短的街区，我还没开过去他就跟上来了。此外，他跟我刻意保持了一段距离，在我们的两辆汽车之间时不时隔着其他车子。我将车开到大马路上，来到了我办事处所在的大楼，在停车场停了车，走了下来。我将雨衣的衣领立起来，将帽子的帽檐压得低低的，但是雨点还是从帽檐和雨衣之间的缝隙掉进来，落在我脸上，凉冰冰的。普利茅斯车停在街对面的一个消防栓边。我朝十字路口走去，顺着绿灯穿过马路，然后转过身朝人行道外侧停着一辆辆汽车的地方走去。那辆普利茅斯没有发动，也没人下车。我走到这辆车边，从人行道那侧猛地拉开车门。

汽车方向盘后面，坐着一个个头不高、眼睛闪亮的男人，他紧紧地贴在汽车的角落里。我站在雨里，直直地看着他，雨水已经打湿了我的后背。他抽着烟，眯着眼睛，双手不安地拍打着方向盘的窄边儿。

我问："你到底能不能下决心？"

他咽了一下口水，香烟在嘴巴上动了动，压低声音说："好像我跟你并不认识。"

"我叫马洛，这两天来你一直在跟踪我。"

"不，我什么人都没跟踪。"

"是，你没有跟踪我。但是你这辆车却一直跟着我，可能你会说是你自己控制不住这辆车，总之你爱说什么就说什么吧。现在，我要去马路对面的咖啡馆吃早餐。我想吃橘子汁、火腿蛋、土司、蜂蜜，还想来三四杯咖啡，对了，我还需要一根牙签。早餐后，我就去我的办事处了，它就在你正对面的那栋大楼的第七层。如果你真有无法忍受的烦恼，你可以来跟我聊聊。我今天没什么事要做，只需要给手枪上一点儿润滑油。"

我说完便走开了，任他在车上干瞪眼。二十分钟后，我来到办公室，将清洁女工留下的《爱之夜》扔了出去，拆开了一个厚厚的粗纸信封，信封上的字是用老式笔法写的，秀丽而工整。信里面是一封简短的信柬、一大张紫红色的五百元的支票，取款姓名写的是菲利浦·马洛，这张支票是管家诺里斯替斯特恩乌德将军签字的。收到这张支票，我觉得阴沉的天气也变得明朗了。当我正在填写银行存款单时，传来了一阵电铃声。

有人走进了我那间又小又窄的接待室。来人，正是刚才坐在普利茅斯车上的小个子男人。

我对他说："好极了，脱掉你的外衣进来吧。"

我开了门，他小心翼翼地从我身边钻了进来，那谨慎的样子好像害怕我会对准他的屁股踢一脚一样。我俩隔着办公桌坐了下来，面对面打量起对方来。他的确身材矮小，起码没超过五英尺三，体重恐怕还不及一个屠夫的大拇指。他的眼睛机警而明亮，尽力装出一脸严厉的样子，严厉得像悬挂在牡蛎的半片壳上的肉。他穿了一套暗灰色衣服，上衣是双排扣的。这件衣服对他来说，肩膀太肥了，领子也太宽了。他的外衣是爱尔兰花呢质地的，没有系扣，有一些破旧的斑点。一条花绸领带耷拉在外衣的翻领边，上面有许多雨点。

他自我介绍道："我是哈利·琼斯，说不定你认识我。"

我告诉他说，我并不认识他，然后推给他一盒香烟。他伸出整洁的瘦手指，像蝉吞苍蝇那般迅速麻利地抽出一根来，拿出台式打火机点着，冲我挥挥手。

他一边抽烟一边说："以前我在这一带认识很多人。那时我贩卖私酒，从怀尼米·帕恩特那里将酒运过来。兄弟，这桩买卖可不好做。我开着一辆探路用的小汽车，在腿上放一把枪，往裤子后面的口袋里塞一大沓足够塞住一整条运煤槽的钞票。一般情况下，在到达贝弗利山前，有四拨儿警察跟我要买路钱。总之，这可不是一桩好生意。"

"太可怕了。"我说。

他往后一仰，一边抿紧嘴巴朝天花板吐着烟圈一边跟我说："你可能不会相信我说的这些。"

我说："我可能信，可能不信，还可能根本没有空闲来拿主意。你葫芦里究竟卖什么药？"

他装出一副无所事事的样子说："没什么。"

"你就像一个小伙子追一个姑娘一样，跟在我后面，又缺乏点勇气，陆陆续续跟了我两天。说不定你是来推销保险的，说不定你认识一个叫布罗迪的人。总之，这些'说不定'有一大堆，但是我手上也有一大堆事情需要处理呢。"

他的眼珠鼓出来，下巴也差点掉在大腿上，尖声问我道："上帝！你怎么知道这些？"

"我专门琢磨别人的心思呢。你还是快点将你葫芦里的药晃一晃，全部倒出来。我实在没有空闲一整天都陪着你。"

他突然眯起眼睛，眼睛里的光泽几乎快消失了。我们又陷入了沉默。雨点用力地敲打着大楼门厅的柏油地面。

过了好一阵子，他稍微睁开眼睛，万分感慨地说："跟踪你的那两天，我只是想摸摸你的底。我弄了点东西想转手，只要几百美元就成。你怎么将我跟布罗迪扯到一起了？"

我拿出一个信封拆看，看了看。这是一个研究指纹的函授学校的招生宣传单，学习期限是六个月，要是我想就读，学费可以给我八折优惠。我将这封信扔进垃圾桶，又看看矮个子男人，说："我说的那些你别介意，我那都是瞎说。你不是警察，跟艾迪也不是一伙的，这事我昨晚已经问过他了。除了布罗迪的朋友，我还不清楚谁会对我这么感兴趣。"

"上帝！"他舔了舔嘴唇喊道。当我提到艾迪这个名字时，他的脸变得像张白纸那样惨白，嘴角也耷拉了下来，只有香烟像是得到了什么魔力，依然还挂在嘴唇上。

最后，他的脸上浮现出那种在手术室能经常看见的绝望笑容，他说："啊，你骗我！"

"好，我承认，我骗了你。"我拿起另一封信打开，寄件人表示可以每天从华盛顿寄一封直接从机密部门发出来的内部新闻稿给我。于是，我又对他说："我估计，阿格尼丝已经被释放出来了。"

"是的，就是她叫我来跟踪你的。怎么，你对这事感兴趣了？"

"当然啦！阿格尼丝可是个金发的大美人呀。"

"别开玩笑了。布罗迪送命的那天晚上，你在那里干得相当漂亮。布罗迪一定知道一些跟斯特恩乌德家利害相关的事情，要不然他也不会孤注一掷，将那张照片给他们送过去。"

我说："嗯。这样说来，布罗迪的确知道些事情。不过，他知道的东西是什么呢？"

"这就是你需要付两百美元从我这里买的东西。"

我又拆开了几封信，都是我的崇拜者们寄来的，我随手将它们扔进垃圾桶，又点燃一根烟。

他继续："我们得出城一趟。阿格尼丝是个好女人，你不要因为那件事而责怪她。这种社会，女人们想混口饭吃可真难啊。"

我说："对你而言，她的块头有点大，她会将你压扁，将你憋死。"

"老兄，你这个笑话可说得有些不入流。"说完，他还装出一副道貌岸然的样子。

我看着他这副尊容，瞪了他一眼，说："对，你说的很对。我近来总是遇见一些不对路子的人。我们还是别磨嘴皮子了，谈正经事吧，你打算拿什么东西卖给我？"

"你就说说你想不想给钱吧？"

"那得看你的消息能派上什么用场。"

"要是它能帮你找到里甘呢？"

"我并没有找他。"

"你只是这样说说罢了，你到底想不想听？"

"你接着说，如果消息对我有用，钱一定少不了。在我的这个圈子里，两百美元可是能买一大堆消息的。"

"里甘被艾迪干掉了。"他的口气很平静，说完还往后仰了仰，那派头好像刚刚被选上副总统。

我对着门口挥挥手："我懒得跟你争论。我可不想在这浪费口舌，请自便，小矮人！"

他朝办公桌这边探了探身体，嘴角绷出一道白道子。他小心地掐灭烟头，又看也不看地一遍遍掐着玩。这时，从某扇门背后传来单调的"咔哒咔哒"的打字机声音，打字机一行又一行地打着，每打一行就发出一声铃铛声响。

他说："我真的没有骗你。"

"你还是走吧，别在这给我添乱了，我还有正经事要做呢。"

"不，别赶我走！"他严厉地说，"我可没那么好打发。我到你这里来就是想将我知道的事说给你听。我告诉你吧，我认识里甘，只是跟他不太熟，见了面也不过是跟他打个招呼，问一声'兄弟，还好吗？'他可能会搭理我，也可能不理我，这都要由他的心情而定，不过他这人倒是不错，我还挺喜欢他的。后来，他爱上一个叫摩娜·格兰特的女歌手，这个女人后来嫁给艾迪。里甘万分伤心，娶了一个有钱女人。这个女人像是不睡觉一样，天天出入赌场和舞厅。你应该很了解她，她高个子，黑头发，长得像一匹德尔贝赛马会获胜的大马那样漂亮迷人。但是这种类型的女人却会给一个男人带来很多负担。她很神经质，里甘跟她不可能相处得来。但是，上帝呀，他大概跟她家的那位将军老头的财产合得来，对不对？你多半会这样想。你觉得，这个里甘是个斜眼大秃鹰，目光长远，总是看得到接下来该飞往的地方，而对当时的落脚点毫不在乎。你会这样想。但是我认为他根本不把钱财放在眼里。这句话从我这样的人嘴里说出来，应该算得上特别了不起的恭维了。"

这个小矮人还是有点脑子的，那些没有见过世面的混混土得掉渣，根本想不到这一层，更不知道该如何表达出来。

我说："这样看来，里甘是逃走了。"

"说不定他是打算带着摩娜一起逃跑的。摩娜嫁给艾迪之后，并没有跟他住在一起。摩娜不喜欢艾迪干的那些事，特别是他的副业，敲诈、偷车、藏匿从东部流窜过来的逃犯，等等。据说有天晚上，里甘在大庭广众之下警告艾迪，说要是艾迪将摩娜也牵连到这些违法的事情里来了，他就会来找艾迪算账。"

"哈利，你说的这些事都是有案底可查的，就凭这些，你别指望能从我这里弄到钱。"

"好，那我就说无案底可查的事情吧。是的，里甘失踪了。以前，我每天下午都能看见他坐在瓦尔迪斯酒馆，眼睛盯着墙，默默地喝着威士忌。他不再高谈阔论了。之前，他经常去下一笔赌注。我之前老往帕斯·瓦尔格林那儿跑，就是为了兜揽几笔赛马的赌票生意。"

"我还以为，里甘干的是买卖保险的生意呢。"

"那是他的幌子。我估计你要是踩到他身上了，他说不定会卖一份保险给你。九月中旬的时候，我再也没见到里甘了。这一点，我没有立刻意识到，我想你知道这是怎么回事：你在一个地方看见一个人，后来他不来这里了，你也就将这个人忘记了。让我想起他的，是有一次我听到一个玩笑，说艾迪的老婆摩娜跟里甘私奔了，但是艾迪一点也不吃醋，倒像是摩娜跟里甘结婚了，他只是当了一回伴郎。于是，我把这件事告诉了布罗迪。布罗迪马上变得精明起来。"

我说："布罗迪这个人，是挺精明的。"

"他的精明还不及警察，但是已经很精明了。他立即想到，可以从这事里捞上一笔。他算好了，如果他能多少打听到里甘跟摩娜这对野鸳鸯的消息，他就能从艾迪和里甘的老婆那里敲上两笔。布罗迪跟斯特恩乌德家多少还有些关系。"

我说："那是五千块钱的关系。不久前，他已经敲诈了老将军一大笔了。"

"是吗？"哈利显得有点惊讶，"这件事，阿格尼丝应当告诉我的。女人就是这样，总想留下一点秘密。我和布罗迪一直留心看报纸，但是报纸上没有一丁点儿消息。因此我们便清楚了，肯定是老将军把这事给遮掩起来了。后来有一天，我在瓦尔迪斯酒馆见到了拉什·卡尼诺。这个人，你知道吗？"

我摇摇头。

"这个家伙心狠手辣。有些人就是这样，能多狠毒就多狠毒。艾迪需要他的时候，他就帮艾迪杀人灭口。他都能在两个人喝着酒的时候就把人开枪打死。在艾迪不需要他的时候，他也不去打扰他。此外，他并不在洛杉矶常住。当然，他在不在洛杉矶，也许有实际意义，也许没有。说不定，他们已经打探到里甘的下落，艾迪一脸阴笑地坐在家里，不声不响，等待下手的时机。当然，也可能不是这样。总之我把我的想法免费告诉了布罗迪，布罗迪便开始跟踪卡尼诺。我干这种事完全是外行，可布罗迪跟我不一样，他擅长跟踪。布罗迪一直跟踪卡尼诺到了斯特恩乌德府邸。卡尼诺将车停在宅子外，一辆小汽车开了过来，里面坐了个女人。他们俩聊了几句，布罗迪认为那个女人递了点什么东西给卡尼诺。布罗迪觉得那东西很可能是钱。那个女人匆忙走了，这个女人就是里甘的老婆薇维安。真是妙极了！她认识卡尼诺，而卡尼诺为艾迪办事。这样，布罗迪认为卡尼诺一定知道点里甘的事，他打算从中捞点油水。后来，布罗迪跟丢了，卡尼诺不知道去了哪里。这一幕就这样结束了。"

"这个卡尼诺长什么样子？"

"身体又矮又粗壮，棕色的头发和眼睛，经常穿一身棕色的衣服，戴棕色的帽子，就连小山羊皮的雨衣也是棕色的，他开着一辆棕色的小汽车，总之，这个人从内到外都是棕色的。"

我说："那你继续说第二幕吧。"

"你不给我钱，我能告诉你的只有这些。"

"你说的这些事，并不值两百美元。既然薇维安在夜总会认识了过去贩卖私酒的里甘，并且嫁给他做妻子，那么她当然也会认识其他这样的人。她跟艾迪是老熟人了，要是她觉得里甘出事了，她自然会去找艾迪问个清楚。而卡尼诺极有可能就是艾迪派来的处理这些事的人。你知道的，就是这些吗？"

矮个子哈利平静地说："那你想不想掏两百美元买有关艾迪老婆摩娜下落的消息？"

我的耳朵一下子竖了起来，我紧紧地靠在椅子扶手上，差点把扶手给压断了。

哈利用一种轻柔而阴险的语气说："你想知道她的消息吗？就是关于她这个人的消息？如果说她根本没有跟里甘私奔，而是被秘密安顿在距离洛杉矶四十英里以外的地方，这样一来警方就会误以为她跟里甘潜逃了。要是我将这些情报告诉你，侦探先生，你愿意出两百美元购买它们吗？"

我舔了舔干巴巴的嘴唇，说："我愿意，这个女人在哪里？"

他冷冷地说："一个偶然的机会，阿格尼丝发现了她。她看见这个女人开车回来，便悄悄跟在后面，找到了她的藏身之处。当你把钱给了阿格尼丝，她就会告诉你这个地方在哪里。"

我板起脸来："哈利，如果你把这事告诉警察，你一分钱也得不到。警察局总有很多审讯犯人的老手，要是他们在审讯期间把你弄死了，他们还可以找阿格尼丝。"

他说："行，他们不妨试一试，我可不是那种一捏就碎的人。"

"阿格尼丝肯定知道一些我尚未留意到的事。"

"侦探先生，她跟我一样，都是混混，所以我们才为了一点小钱出卖对方。好，现在得看看你有什么能耐让我把秘密说出来。"他伸手钩了一根烟，动作干净利落地夹在嘴唇上。他点烟的方式倒跟我一模一样——在大拇指的指甲上连划两次都没将火柴划着，只好在鞋面上将火柴划燃。他一边均匀地吐着烟圈，一边直直地盯着我看。这个小矮人真让我觉得好笑！如果在棒球场上，我能轻而易举地将他从一垒扔进二垒。他是大人国里的侏儒，不过我倒是挺喜欢他身上的某些特点。

他坦然自若地继续说："我来这里不是为了跟你耍什么花招，只是想跟你做一笔两百美元的交易。我不会涨价，我来这里是想得一个准信：你到底想不想做这笔买卖。但是，你现在却搬出警察来吓唬我,你这样说不替自己感到脸红吗?"

我说:"好,这条消息值两百美元,但是你得先让我把钱准备好。"

他站起来,点点头,扯了扯身上那件破旧的爱尔兰呢子大衣,将它紧裹在身上说:"你这样说就对了。天黑了办事才方便,跟艾迪这种人对着干,我可得格外小心。但是人总要混口饭吃,近来我的赛马赌票生意不见起色。我想,那些大老板们已经通知帕斯·瓦尔格林,让他挪到别的地方去。如果你愿意,你带上钱,到我的办事处——西桑塔·莫尼卡·富尔威德大楼428号找我,那时我会带你去见阿格尼丝。"

"你就不能将这个消息告诉我吗?我跟她早已见过面了。"

"不行,我已经答应她了。"他说完,扣好大衣,将帽子歪了歪戴在头上,点点头,慢慢地从门口走了出去,脚步声渐渐消失在大厅里。

我来到银行,将老将军给我的五百美元支票存入账户,然后取了两百美元现金,又走回了办事处。我坐在椅子上,琢磨哈利告诉我的这些事。这件事未免显得太巧了,不太像现实事情那样错综复杂,倒像一部内容严肃的小说,直截了当。按照哈利的话,如果格里高利上尉真的试着找过这对野鸳鸯的话,他早就找到了摩娜。

一整天,我都在办事处里琢磨这件事。雨一直下,没有人来我的办事处,也没有人打电话过来找我。

第二十六章　杀手卡尼诺

晚上七点的时候,雨停了,不过水沟里的积水已经漫到路上来了。西桑塔·莫尼卡街道的积水已经漫到了马路的边沿,就连人行道上也积了薄薄的一层水。一个穿着浑身发亮雨衣的交警,蹚着水从湿哒哒的岗棚里走了出来。我穿着橡胶雨鞋,走在打滑的路上,拐了个弯,来到富尔威德大楼狭窄的门厅。门厅里面,一盏灯孤零零地亮着,照着先前被镀上一层金色的电梯大门。电梯的门是开着的,边上有一块破烂不堪的橡皮垫子,垫子上摆着一只看上去非常污秽的痰盂。深黄色的墙壁上挂着一个装满了假牙的、类似大闸盒的大玻璃盒子。我甩了甩帽子上的雨水,看了看假牙盒子边一块写着大楼内房客姓氏和房间号的牌子。有些房间号下面写着姓氏,也有些没有写。我想,要么是因为大部分房间都还空着,要么就是住在这里的大部分房客不想让别人知道自己住在这里。这里,有用无痛医疗法治病的牙医、侦探事务所、生意冷清快要关门的小商店;教人怎么成为一名铁路职工、无线电技工、电影脚本作者的函授学校,要是邮政检查员不会因为这些学校没有支付邮费就逼得他们关门大吉的话,这些学校会一直存在。在这里,最干净的气味恐怕只有陈腐的雪茄烟头。

电梯里,一个老头东倒西歪地坐在一张凳子上打盹,凳子的垫子破破烂烂的。他张大嘴巴,额头上的青筋在灯光里闪闪发光;他那件蓝色的制服外衣,看上去空荡荡的,整个身体就像一匹拴在马棚里的马;他的灰裤子裤脚都磨破了,脚上的一只黑色皮鞋在大脚趾边上的地方开了个口子,白线袜子露了出来。他就这样一边坐着一边等待乘电梯的人,打盹的姿势极为别扭。我悄悄从他身边走过,拉开了消防楼道的门。楼道已经有一个月没打扫了,有流浪汉在这过夜、吃饭,地上有扔了一地食物残渣、油污的烂报纸、零零碎碎的火柴棍,还有一个已经被撕碎的钱包。墙壁已经被涂得乱七八糟,一个阴暗的墙角里,还有一个乳白色的避孕套。没有人理睬这些,这栋大楼还真是样样齐全!

我走到四楼,赶紧停下来深吸两口气。四楼的大厅同样放着破烂的皮垫子和脏兮兮的痰盂,墙壁也是深黄色的。这里一切的东西都留给人一种破烂、肮脏的印象。我顺着走廊继续往前走,拐了个弯,来到一扇写着"L.D.瓦尔格林——保险公司"字样的黑洞洞的磨砂玻璃门前,第二、第三扇门都有同样的字样,后面一扇没有打开的房门上写着两个字——"入口",门上开着玻璃气窗,屋内亮着灯。

此刻,哈利那像鸟叫一般的又尖又响的声音正从里面传出来:"你是卡尼诺?嗯,我想我在什么地方见过你。对,就是这样。"

我愣住了。

另一个声音说:"我想,你会记住我的。"这个声音像一台在砖墙后面运转的小马达,听上去很低沉,嗡嗡嗡的,但却给人一种阴险狡诈的感觉。

我听见一把椅子在漆布地毯上蹭了蹭的声音,接着又传来一阵脚步声。门上面的气窗关上了,磨砂玻璃后面的人影也变得模糊起来。

我往回走,来到写着瓦尔格林名字的三扇门中的第一扇,门上了锁,我轻轻推了一下。这扇门有些松动,显然已经使用了很多年了,也许当时装门的时候用的木头还是潮湿的,现在这扇门已经有些收缩了。我拿出夹子,将驾驶证上面那层又厚又硬的透明塑料片撕下来。当然,我要用一种被法律忽视、没有受到禁止的一种盗窃方式打开这扇门。我戴上手套,像爱抚一样,轻轻用身体顶着门,将门把手朝着与门框相反的方向使劲一扭,用塑料片插进推开的门缝,找到装锁的斜面,门像一块冰裂开那样清脆地发出"咔哒"一声。我像一条漂在水里懒洋洋的鱼,一动不动地贴在门边。屋内没有任何动静,我扭开门,推开走了进去,然后像进来的时候那般,轻轻把门关上。

街头路灯穿过一扇没有窗帘的窗户照了进来,形成了一个长方形的亮光。在这片亮光里,有一个办公桌的桌角,能隐约看见桌角上有一台被罩着的打字机。我来到通往隔壁房间的一扇门,它没有上锁,我打开门走进了第二间办公室。这时,突然下起了雨,雨点滴滴答答敲在紧闭的窗户上。于是,我在雨声的掩护下来到这间办公室的另一头。通向开着灯的办公室的门,恰好露出一条缝,一道窄窄的灯光正从门缝里射出来。这正是我需要的环境。

我像一只在壁炉架子上行走的猫,轻手轻脚地走到门背后合上缝隙的那边,朝门缝里看。可惜,除了照射到门缝上的灯光,我什么也看不见。

那个说话嗡嗡的人正用一种愉快的声音说道:"当然,如果一个人清楚另外那个人在干什么的话,他完全可以将这个人干的事给搞砸。这么说,你已经见过那个侦探了?哼,这件事你可搞错了,艾迪不喜欢你这么做。那个侦探跟艾迪说,有一个开着一辆灰色普利茅斯的人在跟踪他。艾迪当然想知道这个人是谁,想知道他这样做的目的。我这么说,你明白吗?"

哈利轻轻笑了笑:"这跟艾迪有什么关系?"

"你这样做能拿到什么好处?"

"我已经告诉你了,我去找那个侦探,只是为了布罗迪的女朋友。她已经吓得快没魂了,她必须离开这里。她估计,那个侦探能给她一笔钱,我手上一分钱都没有。"

那人继续柔声说道:"什么钱?据我所知,侦探才不会随便把钱给一个妓女。"

"他认识不少有钱人,能搞到钱。"哈利笑了,虽然他的笑声不大,但是我听出来了,他并没有被对方吓倒。

嗡嗡的声音开始变得尖锐，就像马达的轴承里进了沙子，他说："小矮人，别再说废话了。"

"好，好，好。关于布罗迪的死，你是知道的。那个疯疯癫癫的帅小伙欧文干得漂亮，但是当晚那个侦探就在案发现场。"哈利说。

"小矮人，这事众人皆知，那个侦探将这些告诉了警察。"

"不，他还有一些情况没有说。布罗迪打算用一张斯特恩乌德家二小姐卡门的裸体照敲诈一笔，这件事被马洛知道了。当他们俩正在为这件事吵闹不休的时候，卡门拿着把枪出现了，她朝布罗迪打了一枪。这一枪打飞了，只是震碎了一扇玻璃窗户。这个情况，马洛没有告诉警察，并且阿格尼丝也没有跟警察说。她认为只要她不说出来，她就能弄到一张车票，再到别的地方鬼混。"

"这些事跟艾迪有什么关系？"

"你倒是说说，没有什么关系？"

"这个阿格尼丝现在在什么地方？"

"不清楚。"

"小矮人，你必须告诉我，她在这里，还是在后面那间年轻人正在玩赌钱的房子里？"

"卡尼诺，她现在是我的女人。不管发生了什么事，我可不能让她替我背黑锅。"

接下来是一阵沉默。雨一直敲打着窗户，门缝里飘出一股香烟味道，熏得我直想咳嗽，我只好使劲咬着手绢。

嗡嗡的声音又恢复了先前的平和："据我所知，这个黄头发的女人只不过是盖格的同伙，这些事我会告诉艾迪的。你跟那个侦探要价多少？"

"二百美元。"

"到手没有？"

哈利笑笑："我明天跟他见面，这件事，我觉得挺有希望的。"

"阿格尼丝在什么地方？"

"我说——"

"阿格尼丝在什么地方？"

又是一阵沉默——

"小矮人，看看这个。"

我丝毫未动，我没有带枪，但是不用从门缝里看我就知道，这个人拿给哈利看的不过是一把手枪。不过我想，卡尼诺只是把枪亮了出来，并不会有下一步的举动。于是，我打算按兵不动。

哈利的声音好像没办法从嘴巴里挤出来一样，闷声闷气地说："我在看呢，而且我看这也不是什么新鲜玩意儿。你还是快点开枪好了，我倒要看看这对你有什么好处。"

"小矮人，这事对你有利，你能得到一件芝加哥外套——一块墓碑。"

沉默了好一阵子，卡尼诺问："阿格尼丝到底在哪里？"

哈利叹了口气，有气无力地回答："唉，好吧。既然我是个胆小鬼，也不用装什么英雄了。邦克山宫廷街28号的一所公寓，301房间，她就在那里。"

"的确，你用不着装。你是个懂道理的人，跟我一起找她聊聊吧。老兄，我想知道，她会不会揭了你的老底。如果事情像你说的那样，样样周全，你的确可以敲那个侦探一笔，之后你想干什么就干什么。这样，你还觉得哪里不痛快吗？"

"卡尼诺，没有，我不觉得有什么不痛快了。"哈利说。

"好极了。那我们就一言为定，你这里有酒吗？"嗡嗡声的话已经像女招待的睫毛那样虚假，像一粒西瓜子那样圆滑。

我听见一个抽屉被拉开的声音，接着有什么东西在木头上撞了一下，椅子"嘎嘎"地响了起来，再接着，就是鞋子在地上走动的声音。

卡尼诺说："来，为我们这笔买卖成交干杯！"

接着便是一阵倒酒的声音。

"就像女士们经常说的那样，希望你的貂皮大衣里不要长虫子。"

"祝你成功。"哈利轻声说道。

我听到一阵急促而尖锐的咳嗽声，接下来，是一阵剧烈的干呕声音。地板"咚"地撞一下，好像有杯子掉下来了。我紧紧抓住雨衣。

卡尼诺问："老兄，不至于吧，你才喝一杯酒就不行了？"

哈利没有说话，发出了一阵更加急促的喘息声。随后，便是死一般的安静。好一阵子之后，我听见椅子挪动的声音。

卡尼诺说："小矮人，再见了！"

接着是一阵脚步声，电灯"啪"的一声关上了，一扇门轻轻地打开又关上了。接着，从容不迫的脚步声越走越远，渐渐在我的耳边消失。

我挪到门的另一边，打开门，朝里面看了看。借着从窗户里照进来的路灯灯光，我将屋内的情况看了个大概。里面有一张微微反光的写字桌，桌子后面有一把椅子，椅子上蜷缩着一个人。空气里散发着一股有点类似香水味的浓烈气味，我走向通往走廊的那扇门，听了一下，远处的电梯已经开动了。

我开了灯，天花板上，用三条铜制链子吊着的一盏玻璃灯罩满是灰尘。哈利直挺挺地坐在写字桌后面，歪着脑袋，眼睛睁得大大地看着我，五官扭曲满脸泛着青色。

写字桌上，立着一个还剩半品脱威士忌的酒瓶，瓶盖已经打开了。哈利用过的杯子掉在了桌角边，另一只酒杯却不见了。

我尽量小心地吸气，附身闻了闻酒瓶。里面除了烈性威士忌的焦味道，还有一种像苦杏仁的味道。哈利的大衣上留下了他吐出来的一大片呕吐物，这些症状说明，哈利死于氰化物中毒。

我小心翼翼从他身边走过，取下挂住窗户框子一个挂钩上面的电话簿，拿起听筒，尽量离这个已经死去的小矮人远远的，拨通了问讯处的号码，电话通了。

我问："您好，请帮我查一下宫廷大街28号301房间的电话号码。"

"请您稍等，"那边沉寂了片刻，"文特渥兹2528，这是格林多渥公寓区的电话，您打这个电话再查一下。"

我说了声"谢谢"，然后拨了文特渥兹2528号。电话铃响了三次，电话被接起，我听到那边吵闹的收音机声音被调小了，一个粗哑的男音说："哈喽。"

"请问，阿格尼丝在吗？"

"老兄，这儿没有叫这个名字的人，你打的电话是多少？"

"文特渥兹2528。"

"号码没错呀，但是很遗憾，我这边没有这个人？"对方"咯咯"地笑着说。

我挂断电话，又拿起电话簿，找到文特渥兹公寓的电话。我拨了管理员的号码，脑海中立刻浮现这样一幅画面：卡尼诺正冒着大雨，将车子开得飞快，他将会把死亡带给阿格尼丝。

电话通了，那边说：“这里是文特渥兹公寓楼。我是斯奇夫。”

我说：“我是保安调查局的瓦里斯。你那里有一个叫阿格尼丝·罗谢拉的女孩登记了入住吗？”

"你是谁？"

我又重复说了一遍。

"要是你将你的电话号码告诉我，我可以……"

我气哼哼地说：“别跟我开玩笑，我有急事，你这有没有这个人？”

"没有。我们这里没有。"对方的声音僵硬得像面包干。

"你们的小店里，有没有一个身材高挑、黄颜色头发、灰色眼睛的姑娘来登记住宿？"

"我说，这可不是小旅馆——"

我装出警察的口气："别啰嗦，你是不是想我把刑警队派过来，将你那个下流地方翻个底朝天？先生，邦克山的那些公寓住房，我再也清楚不过，尤其是那些每个房间里都装了电话的公寓。"

"警官，您别急啊，我愿意跟您合作。黄颜色头发的姑娘，哪里没有呢？我这也有不少，您找的这个人是单身一人吗？"

"是的，要不然她就跟一个身高五英尺三、体重一百一十磅的小矮人住在一起。这个小矮人有一双亮晶晶的黑眼睛，穿着双排扣暗灰色衣服和爱尔兰呢子外衣，戴着灰色帽子。我听说这个女人就住在301，但是我往那里打电话却被人呛了一顿。"

"哦，她不在那儿。301的房客只是几个汽车推销员。"

"好的，谢谢，我还是亲自去你那里看看吧。"

"先生，你别惊动这里的房客，请直接到我的办公室来，好吗？"

"好，谢谢你，斯奇夫先生。"我挂断了电话。

我擦掉脸上的汗水，走到办公室尽头的墙角，拿出一只手轻轻拍打着墙。随后，我慢慢转身，看见屋子那头的小矮人哈利，正在椅子上对我做鬼脸。

"好。哈利，你耍了卡尼诺。"我的声音有些大，听上去连我自己都觉得有点奇怪，"你没对卡尼诺说实话，你像一个绅士一样喝下了氰化物，死得像只中毒的老鼠。不过，在我的眼里，你绝不是一只老鼠。"

我不得不对他进行搜身。这可不是一件美差，他的衣服口袋里没有任何跟阿格尼丝有关的东西，没有留下任何我想要的东西，当然我也不指望他会留下这些。但是我不得不证实一下自己的想法，因为卡尼诺说不定会回来。这位卡尼诺，极有可能是那种自信心特强的绅士，他才不在乎重返自己的犯罪现场会遇到什么麻烦。

我关上灯，准备开门出去，突然电话铃响了起来。这声音听上去很刺耳，我咬紧牙关，下巴上的肌肉都被我拧成了疙瘩，我感觉到下巴微微发疼。

我又关上门，打开灯，接通电话。

是一个女人，她问：“哈利在吗？”

"阿格尼丝，他刚出去。"

她听到我叫她的名字，听了一下后慢慢问道："你是哪位？"

"那个给你带来过麻烦的人，马洛。"

她很不客气地问："哈利呢，他在哪里？"

"我也是来找他的。我带了两百美元，打算让他告诉我一件事。我们已经讲好了条件，我带着钱呢，你在哪里？"

"他没告诉你我的地址？"

"没有。"

"也许你最好还是问一下他，他到底在哪？"

"我没办法问他，你知道卡尼诺这个人吗？"

我听见她猛抽了一口气，声音清楚得就像她正站在我身边，我接着问："这两百美元，你想不想要？"

"我——先生，我太需要这笔钱了。"

"好，你告诉我我该带着钱去哪里。"

"我——我——"她的声音渐渐小了，但是她马上焦急又害怕地喊起来："哈利呢，他到底在哪儿？"

"他被吓坏了，已经跑了。你在一个地方等我，好吗？不管哪里都可以，我身上带着钱呢。"

"你说的哈利的事，我并不相信你，这是你的圈套。"

"真是胡说八道，如果我想把哈利抓起来，还用等到今天吗？我根本就没必要设置圈套。卡尼诺不知从哪里知道了哈利的事，哈利被吓跑了，我不想四处声张这件事，你跟哈利也不会愿意的。小天使，你不会认为我是艾迪派来的奸细吧？"总之，哈利的嘴巴永远地闭上了，谁也不可能从他嘴里套出什么话来了。

"我是这样想过……不过我想你应该不会替艾迪做事。半个小时后，你去布罗克斯的威尔舍大厦旁停车场东口等我，我在那里跟你见面。"

"好的。"我说。

我挂断了电话，杏仁味和呕吐物的酸臭又弥漫开来。小矮人已经断了气，他安安静静地坐在那里，不再有恐惧，也不再发生什么变化。

我走出这间办公室，楼道依旧又黑又脏，没有丝毫动静。一扇扇磨砂玻璃后面，都熄了灯。我从消防楼梯走到二楼，看了看电梯间发亮的顶棚，按了按电梯开关，电梯摇摇晃晃地开动了，我从楼道跑到底层走出大楼的时候，电梯刚好落在我前面。雨又下大了，我走进大雨里，雨点迎面打在我脸上。一颗雨珠竟然落到了我的舌头上，这时我才发现自己还张大着嘴巴。我觉得下巴有点疼。看来我的嘴巴一直使劲往后裂开着，张得实在太大了。我想，我是在模仿哈利死亡时脸上的痉挛症状。

第二十七章　栽在卡尼诺手里

"把钱交给我。"

那辆灰色普利茅斯小车，"突突"地响着，雨点正"噼里啪啦"地敲打着车篷。在我和阿格尼丝的头顶上方，布罗克斯大厦那绿色的塔楼发出一道紫色的光。在这个黑暗而潮湿的城市里，这道光显得恬静而寂寞。

阿格尼丝伸出手，我将钱塞到她手里。她俯下身子，借着汽车仪表板上的微弱光线将钱数了数，然后将钱放进了包里。

她舒了一口气，往我这边靠了靠，说："侦探，我将离开这个地方了。这笔钱就是我的路费，上帝知道，我是如何地需要它。你能不能告诉我，哈利到底出了什么事？"

"我早告诉你了，卡尼诺不知怎么地知道了这件事，哈利已经跑了。我已经把钱给你了，我需要知道关于艾迪老婆的消息。"

"好的，上上个星期天，我跟布罗迪开车到伏契尔大街兜风。当时天色已晚，路灯陆陆续续亮了，跟平时一样，街上有不少来来往往的汽车。我们的车超过了一辆棕色的小车，我看见驾驶员是个满头金发的女人，她身边还坐着一个又黑又矮的男人。这个女人就是艾迪的老婆摩娜，男人则是卡尼诺。这两个人，只要你见过一面便永远不会将他俩忘记。布罗迪擅长跟踪，便开着车一直跟踪他们。原来，卡尼诺是个看守，他只是带摩娜出来放风。我们一直跟着他们。在雷阿利托东面大概一英里的地方，有一条拐向山丘的岔路，路的南边是一片橘园，北边是像地狱的后院，那是一片光秃秃的荒地。路边还有一个叫阿尔特·胡克的人开的小铺子，经营汽车修理和喷漆，这家店铺极有可能是走私汽车的中转站。店铺后面是一座木板房子，房子背后就是山脚了。这里到处是露在地上的光秃秃的石头，顺着车铺往前走几里路，有一座制造杀虫剂的工厂，艾迪的老婆就藏在那里。当时，他们开车来到那条岔路上，布罗迪也掉转车头等待着。我们看见汽车拐进了有木板房的岔路上，于是我们就在原地等了半个小时，留意来往的车辆。当时没有人再从那条岔路上出来，直到天黑，布罗迪才悄悄地走过去查看了一下。他告诉我说，木板房前面停着卡尼诺他们坐的那辆车，房子里还有灯光和收音机的声音。再后来，我们就开车回到城里了。"

她停了下来，我听着汽车从大街上驶过的"沙沙"声，问："说不定从那时开始，他们已经换了好几个地方了。但是你只能拿这个消息出来卖钱，毕竟你只知道这些。你确定你见到的人就是艾迪的老婆？"

"只要你见过她，再次见面你绝不会不认识她。侦探，再见了，你应该祝我好运，我这段日子过得可真不顺。"

"一路顺风，有缘再会吧。"我说完，穿过马路，回到了自己的车上。

那辆灰色普利茅斯发动起来，快速转了个弯，开向森赛特区。汽车的马达声消失了，阿格尼丝也消失了，至少她跟我已经没有什么关联了。现在，盖格、布罗迪、哈利都死于非命，这个女人却冒着大雨，拿着我的两百美元，神不知鬼不觉地开车潜逃了。我开着车，来到市内，好好吃了一顿晚饭。

之后，我便往阿格尼丝告诉我的那个方向开去。这里距雷阿利托大概四十英里，要在大雨里开这么远，还真是件苦差事，更别提我还打算再开车回到城里。

我一路往北，过了河，开过帕萨迪纳之后，我几乎开进了一片橘林。在车灯的照耀下，密密麻麻的雨点像是一道白色的瀑布，雨刷刮板甚至来不及将雨点及时刮干净。不过，透过大雨和夜幕，我还能分辨出道路两边整整齐齐的橘树林。

车窗外，一排排树影飞快后退，没入无休无止的黑暗里。来往的车辆发出刺耳的"嘶嘶"声，溅起大片大片泥浆。

我沿着公里的一个急转弯，拐进一个小镇。镇子到处是低矮的房子，铁路的支线挨着这些房子经过。越往南边走，橘树林越稀疏。公路渐渐高了起来，空气里有了几分凉意。道路北边，起伏的黑色山丘越来越近。一阵阵冷风吹来，我又往前开了一段路，隐隐看见两点黄色的汽灯灯光，灯光围着一个霓虹灯招牌，上面写着——"欢迎来到雷阿利托"。

木板房跟马路之间的距离并不近。我开过一条宽阔的街道，来到一片开了很多家店铺的地方：一家玻璃窗户雾气蒙蒙、亮着灯光的杂货店；空地前停了一片汽车的电影院；矗立在拐角处的黑洞洞的银行大楼，大楼上有一座大钟，俯瞰着下方的道路。一群人正站在雨里看着银行的窗户，好像里面正在进行什么演出。我继续往前开，来到空旷的原野。

命运主宰了这一切。

我开出雷阿利托镇大约一英里的时候，公路前面有一个急转弯。大雨影响了我的视线，我拐弯的时候跟路肩靠得太近，车子右前胎突然"嘶"的一声开始漏气，我还没来得及停车，车子的右后胎也快瘪了。我只好猛地刹车。车子一半停在公路上，一半停在路肩上，我下车后拿起手电筒一看，两个车胎全瘪了。可惜我只有一个备用车胎。干瘪的右前胎上扎了一个镀锌的平头大钉子，这种大钉子马路上随处可见，尽管有人将它们扫到一边，但是他们并没有将这些钉子完全扫干净。

我关上手电，站在那里，闻着空气里的雨水味，看着岔路上的黄色灯光。那灯光好像是从一扇天窗里射出来的，可能这家汽车修理店将天窗装到了房顶上，可能这家修理店就是一个叫阿尔特·胡克的人开的，可能在这间铺子的后面还有一栋木板房子。我将下巴缩进衣服，朝那个地方走去。没走几步，我又折回来，从驾驶操作杆上取下驾驶证，放进口袋，弯腰趴在方向盘下面，拿出一个装着我的秘密的小箱子。

箱子里有两把枪，一把是艾迪的手下拉尼的，另一把是我自己的。拉尼的那把枪，使用次数应该比我那把多得多，于是我将它枪口朝下塞进口袋，朝岔路走去。

我大概走了一百码远，修车铺正对着公路的一面是一道没有窗户的高墙，我拿出手电照了照，上面写着："阿尔特·胡克——汽车修理、喷漆"。我不由自主地"咯咯"笑了起来，但是哈利的脸一下子浮现在我面前，我顿时就笑不出来了。修车铺已经关门了，不过从门底下和两扇大门的门缝里漏出了一丝光线。

我走过修理铺，看见铺子后面有座木板房，房子的前面两扇窗户挂了窗帘，还亮着灯。这所房子建立在一片稀疏的树林后面，离大路比较远。房子前面，有一道窄窄的木头走廊，一辆车静悄悄地停在那里，车身很暗，我不太看得清楚车子的颜色，但我敢肯定这就是卡尼诺的那辆棕色小汽车。

或许，卡尼诺偶尔会让摩娜开车出去兜一圈。出门时，他就坐在她身边，说不定手里还得拿把枪。摩娜，这个原本该嫁给里甘的女人，这个艾迪都留不住的女人，却根本没有跟里甘私奔。卡尼诺真是好手段！

我冒着雨又走到修车铺，拿起手电的把头敲了敲木门。片刻的安静后，屋里的灯灭了。我站在门前，看着手电筒照在门上的光圈，舔着嘴唇上的雨水，又朝两扇门中间的位置敲了敲。这地方，还真是值得来。

屋里的人用粗暴的语气问道："你要干嘛？"

我说："麻烦开开门，我的两个车胎漏气了，在路上抛锚了，我只有一个备用胎，请你帮帮忙吧。"

"先生，真是对不住，我们已经打烊了。往西走一英里就是雷阿利托镇，你去那里看看吧。"

我很不满意这个回答，又使劲地踢了两下门。

另一个声音说："这个人挺机灵的，对吗？阿尔特，给他开门吧。"这个声音嗡嗡地响，正像装在墙壁后面的小马达，我真喜欢这声音。

门栓"吱嘎"一声响了，半扇门向里打开了。我拿起手电，灯光在一张瘦削的脸上一闪而过。突然，一件发光的东西砸了下来，一把将我的手电打在地上。是一把瞄准我的手枪，不过，我还是从容不迫地弯下腰将手电捡了起来。

声音粗暴的人说："朋友，赶紧把你的手电关了。很多人就是因为这样打手电而吃了大亏。"

我关上手电，直起身来。房间里的灯又亮了，站在我面前的人是一个穿着工作服的高个瘦子，他从敞开的那扇门后面一边瞄准我一边往后退："陌生人，快点进来把门关上。我们得看看到底该怎么办。"

我走了进去，随手关上门，打量着那个瘦高个。他的身体被一个工作台挡住了，我进来之后，他没有说话。整个店铺里弥散着一股夹着令人作呕的焦木味道的香气。

瘦高个呵斥我道："你是不是没脑子？今天中午雷阿利托的一家银行，发生了一起抢劫案。"

我想起了之前在路上看到的那些站在银行外面看热闹的人，我说："对不起，我可不是抢劫犯，我不是这地方的人。"

他阴沉沉地说："哦，原来是这样。有人说是几个小流氓干的，他们已经被人包围在这里的小山里面了。"

我说："今天晚上的这种天气倒是挺适合捉迷藏的。我估计路上的那些平头大钉子就是这些人撒的，我的车胎就是被这些钉子给扎坏了。我想，你们修车铺巴不得这样，对吧？"

瘦高个没好气地问我说："你这个人是不是从来没被人掌过嘴？"

我说："哪里，只是没有被你这样瘦的人打过。"

站在阴影里的那个人，用嗡嗡地声音说道："好了，阿尔特，你别再吓唬他了，他已经够倒霉的了。你的工作不就是修理汽车吗？"

"谢谢你。"我说，但是并没有朝他那边看。

"行啊，行啊。"穿工作服的瘦高个嘟哝着，把枪放进口袋，一边咬着一个手指关节，一边用阴沉沉的眼神看着我。房间里的焦木味道像乙醚一样，让我觉得很恶心。在房间的角落里的吊灯下方，停放着一辆很新的小汽车，汽车的挡泥板子上还放着一把喷漆枪。

我转过头，看了看站在工作台后面的那个人。他个子矮小，身材粗壮，肩膀又宽又厚，有一张冷若冰霜的脸和一双同样冰冷的眼睛。他穿了一件扎了皮带的棕色羊皮雨衣，衣服上还有雨点的印子，头上歪歪扭扭地戴着一顶棕色的帽子。他就站在工作台后面，好似若其事地看着我，不过他对我好像不怎么感兴趣，看着我的眼神就像在看一块冷冻肉。说不定，他真的认为所有人不过是肉片。

他慢慢地动了动自己的黑眼珠，将自己的手指甲放在灯光下，仔细地挨个检查了一番。这一套，他一定是从好莱坞学来的。他叼着香烟，说："真够呛的，你居然被扎坏两个轮胎，我还以为地上的钉子已被打扫干净了呢。"

"我拐弯的时候，车子打滑了。"

"这么说，你之前没来过这个小镇？"

"我只是路过，我打算去洛杉矶，这里距离洛杉矶还有多少路？"

"四十英里。这种天气路程会显得更遥远。陌生人，你打哪里来？"

"圣罗莎。"

"路远啊，对吗？是从塔霍和龙·潘恩过来的吗？"

"不是。我从雷诺和卡森城过来的。"

他嘴角浮起一丝微笑："那已经很远了。"

我问："法律禁止开这么远吗？"

"不，当然不禁止。看来你以为我们是爱管闲事的人。都是因为这里发生了抢劫案我才这样问的。阿尔特，你去拿一个千斤顶把他的车胎取下来吧。"

瘦子吼道："我正在忙呢，我手里还有活要干，喷漆还没弄好呢，再说了，你大概已经看到了，外面正下着大雨！"

穿棕衣服的人一脸和气地说："空气潮湿，油漆喷不好，你出门去活动活动吧。"

我说："车子右侧的前胎和后胎都坏了，你要是忙，可以用我的备用胎将其中一个换下来。"

穿棕色衣服的人吩咐道："阿尔特，你拿两个千斤顶去。"

"喂，你听着——"阿尔特大声吵嚷起来。

穿棕衣服的人转了转眼睛，用一种柔和而平静的目光看了阿尔特一眼，然后又害羞似的垂下眼皮。他没有说任何话，但是阿尔特却像被一阵暴风吹起来一样，走到墙角，取下一件橡胶雨衣套在工作服外面，戴上了防水帽，抓起一把管子钳和一个手提式千斤顶，推着一台带轮的千斤顶走向门口，一言不发了走了出去。

门虚掩着，穿棕色衣服的人慢慢踱过去，关上门，又回到原先站立的地方靠着。如果我有意的话，原本可以将他制服的。现在屋子里只有我和他，他还不知道我到底是谁。

他满不在乎地看了我一眼，扔下烟头，眼睛也不抬，一脚将烟头踩灭，对我说："我敢打赌，你需要喝杯酒，让身体像外面那样湿淋淋的。"说完，他转身从身后的工作台取出一个酒瓶和两个酒杯放在台子上，倒满酒，举起一只酒杯对着我。

我像一个木偶一样走过去接过酒杯。这时我的脸上还能感觉到雨水的冰凉，浑浊的空气里有一股油漆味。

棕色衣服的人说："跟所有汽车修理工一样，这个阿尔特，总是拼命地赶上周落下的活。你到这里来，是为了生意上的事情吗？"

我没有让他觉察，闻了一下酒。酒味是正常的，我看着他先喝了一口，才小心地跟着喝了一口。我刻意让酒在嘴巴里含了片刻，没感觉到有氰化物，于是我端起小酒杯，一饮而尽，将空杯子放在他身边，转身走开说："公私兼顾吧。"

我走到那辆挡泥板上还放着金属漆喷枪的汽车边，大雨正猛烈地敲打着屋顶。这时，阿尔特正骂骂咧咧地在大雨里干活呢。

穿棕色衣服的人看了看这辆车型有些大的汽车，漫不经心地说："这只是个门面活罢了。不过车主挺有钱的，他的司机也想捞一点外快。这种骗人的勾当，你应该也知道吧。"也许刚喝过酒的缘故，他的声音听上去显得格外柔和。

我说："还有比这个历史更加悠久的骗人行当呢。"我的嘴唇有点干，所以我不想说话了，便点起一根烟。我希望我的车胎快点修好，越快越好。时间悄无声息地一分一秒过去。如果不是我和这个穿棕色衣服的人之间隔着一个叫哈利的死人，那我们两个还只是萍水相逢的陌生人。当然，他还不知道这一点。

门外传来一阵"吱嘎吱嘎"的脚步声，门被推开了，灯光将外面的大雨照亮了，染成一根根银丝。阿尔特紧绷着脸，滚进来两个全是泥污的轮胎，一脚踹上门。一个轮胎倒在了门口，他气呼呼地看着我，吼道："你还真会找支撑千斤顶的地方！"

穿棕色衣服的人笑了笑，从口袋里掏出一个装了镍币的金属管，拿在手里上下颠着，干巴巴地说："阿尔特，你就别发牢骚了，快点把车胎补好。"

"我不正在干这事吗？"

"行，那你别再哼哼唧唧了。"

"哼！"阿尔特脱下橡胶套衣和防水帽，随手往边上一扔。然后，他将车胎抬到一个支撑架上面，狠狠扒开外胎，掏出内胎，麻利地补好，再阴沉着脸走到我站立的墙角边，抓起一根气管，给内胎打气。气打好之后，他将气管"啪"的一声朝已经粉刷过的墙上扔去。

我站着不动，看着卡尼诺颠着手里的镍币玩。刚才那股让我浑身肌肉收缩的紧张状态已经过去了。我又别过头，看着这个瘦骨嶙峋的修理工。他将打好气的内胎往上一抛，双手接住，一只手抓住内胎的一边，一脸厌恶地检查起来。然后他看了看墙角里一个装满了脏水的镀锌铁盆，嘟哝了几句。

他们俩之间的配合十分默契，我竟然没有看出来这里面有任何意思的暗号、眼色或手势。瘦子将充好气的内胎举在半空里，看了看，然后半侧身体，飞快地跨出了一大步，抡起车胎猛地砸向我的脑袋和肩膀。

我立即被这个紧箍套牢了。

瘦高个又在我身后跳起来，用力压着轮胎，他的全身重量都压在我的前胸，我的两只胳膊无法动弹，只好乖乖地贴在身体两侧。我的手虽然可以活动，但够不着放在口袋里的手枪。

几乎同时，卡尼诺手里紧握那截装了镍币的铜管，从屋子的另一侧朝我扑过来。他毫无声音和表情地走到我身边，那一瞬，我正想弯下腰将阿尔特凌空举起来。

卡尼诺那拿着铜管的拳头狠狠地打在我张开的双手上，就像一块穿过尘雾的石头，他好像将我的手砸穿了。我感觉有些眩晕，我眼前的灯光开始跳动，视线开始模糊。但是我还没完全失去知觉。他又打了我一下，我彻底感觉不到什么了。视线里的灯光变得更加强烈，我的眼睛里除了晃得两眼生疼的灯光外，再也看不到别的东西。之后，便是一片黑暗，我感觉好像有什么小红东西像在显微镜底下的细菌那样在慢慢蠕动着。再后来，光亮和蠕动的东西都消失了，只剩下黑暗和空虚，还有一种狂风过后大树倒下的感觉。

第二十八章　被艾迪的妻子解救

在我身边不远处，好像有一个女人。她坐在一盏特别明亮的灯光边，就像是灯光的附属品。另一道刺眼的灯光打在我脸上，我将眼睛眯成一条缝，透过睫毛之间的空隙观察起这个女人来。她浑身都亮闪闪的，就连头发都像一个装水果的银碗，在闪闪发光。她穿了一件绿线衣，往外翻着宽大的白领，脚上穿了一双尖头的、质地光滑的拖鞋。她正抽着烟，胳膊肘边上放着一个浅琥珀色的玻璃杯。

我小心翼翼地动了一下脑袋，虽然有点疼，但是并没有我预想中疼得那样厉害。我的双手被紧紧地捆住了，他们像绑一只准备扔到烤箱里烤的火鸡那样，将我双手反背在身后，用手铐铐住，手铐上还有一根绳子，绑住了我的脚踝。他们将我绑好之后就扔在了一个褐色的沙发上面，我无法看清下半身被绑成了什么样子。

我用力挣扎了一下，发现自己已经被绳子绑得结结实实的。

挣扎无效，我停止了这种偷偷摸摸的小动作，睁开眼睛，朝那个女人招呼道："喂！"

她将凝视着远处山峰的目光收了回来。她的下巴小巧而坚实，一双眼睛像山中的湖水，格外湛蓝。大雨仍旧"噼里啪啦"地敲打着屋顶，只是这雨声听上去很遥远，好像是下在别处一般。

她问:"你感觉如何?"她的声音悦耳动听,像银铃一般,微微含着一种叮叮当当的乐调,这乐调倒像是放着洋娃娃的小房子里面的钟声。总而言之,她的声音跟她的头发一样,都是那么美。

我回答说:"我感觉好极了,就是不知道是谁在我的下巴上面搭起了一座加油站。"

"马洛先生,难道你还指望有人在你的墓前送来一盆兰花吗?"

我说:"不,对我来说,一个简陋的松木匣子已经足够了。不用在盒子上安装铜把手或者银把手,也不要把我的骨灰撒入蔚蓝的太平洋。你知道吗,我更喜欢蛆虫。它们也分男女,任何一个男性都可以和另一个女性谈情说爱。"

她瞪了我一眼:"你脑袋发昏了吧?"

"请你帮我将我头上的灯光移开一些,好吗?"

她站起来走向沙发后面,灯光终于消失了。我还是第一次觉得身处黑暗也是一种幸福。

"我认为你不至于那么危险。"她说。我看了看她的身材,算得上窈窕匀称:个头偏高,但并不细挑;比较苗条,但不干瘦。

她回到自己的椅子上,说:"看来你知道我叫什么了。你睡得很沉,他们有充足的时间对你进行搜身。除了没有给你上防腐香料,他们做了自己认为该做的事。这么说,你真的是一个私人侦探?"

"难道他们就因为这个跟我过不去?"

她不再说话,点起一支烟放在手里。纸烟飘散出一缕轻烟,烟圈在半空中动了动。她的手很小,长得也很漂亮,不像现在那些女人的手,瘦得皮包骨,跟园丁的草靶相差无几。

我问:"现在几点了?"

她透过缭绕的烟雾,看看放在灯光边的手腕,说:"十点十七分,你还要赶什么约会吗?"

"我对这个时间点倒不会觉得吃惊。请问,这是阿尔特·胡克汽车修理店旁边的那所木房子吗?"

"是的。"

"那两个小伙子呢?他们在忙什么,是在给我掘墓穴吗?"

"不,他们有事去别的地方了。"

"你的意思是说他们把你一个人留在这里?"

她慢慢转过头,笑着说:"你看上去不是那么危险的人。"

"我还以为他们将你当作囚犯关押起来了呢。"

这句话似乎对她没有造成什么影响,她反倒有些开心地问:"你为什么会这样想?"

我说:"我知道你是谁。"

她那双湛蓝的眼睛发出一道锐利的光,我几乎看见,那道光像刀剑挥舞发出的闪光一样,闪了一闪。她抿紧嘴唇,依然用那种平和的语调说:"恐怕你现在的处境很危险,我一向讨厌杀人。"

"但是你是艾迪的妻子,摩娜,你不觉得杀人是件丢人的事情吗?"

她不喜欢我说的这句话,使劲瞪着眼睛看着我。

我笑笑,接着说:"你把我的手铐打开,倒不至于丢人。我奉劝你,别干杀人的事。我看你的杯子就放在哪里,你也不喝一口,还是拿给我喝吧。"

她将酒杯端了过来,杯子里还泛着泡沫,但是跟到头来必定落空的希望一样,这些泡沫必定会消失不见。她俯身靠向我,小巧得像小鹿的眼睛看着我,我张大嘴喝了几大口,她又将杯子从我嘴边拿开,看着几滴酒顺着我的脖子往下淌。

之后,她再次俯下身。我像一个察看新居、满怀希望的房客一样,浑身热血沸腾。

她说："你的脸简直就是船上的防撞垫子。"

"你尽管欣赏吧，反正你也欣赏不了多长时间了。"

她的脸刹那间变得苍白，她转过头听了一阵子，只听到雨水敲打墙壁的声音。随后，她走向房间另一端，侧身对着我，微微弯腰，眼睛看着地板，平静地问："你为什么要到这里来，要将自己的脖子架在刀刃上？艾迪并没有干什么对不起你的事情。如果我不躲到这里来，警察一定会认为是艾迪谋害了里甘，这一点，你完全能想得明白。"

我说："艾迪已经谋杀了里甘。"

她听到这句话，依旧一动不动没有任何反应，只有呼吸变得急促、粗重起来。

我看了看这间屋子。一面墙上有两扇门，其中一扇半开着。地上铺着红色和棕色交叉的方格地毯，窗户上挂着蓝色窗帘，墙纸上画着葱绿的松树。屋子里的家具看上去像是从一个专门制作汽车座椅的地方采购来的，既漂亮又结实。

她温和地说："我已经有好几个月没有见到里甘了。但是艾迪不是那种人，他不会把里甘怎么样的。"

"你一直一个人生活，既不跟艾迪睡同一张床，也不跟他住同一所房子。有人已经从照片上认出了里甘，说他曾经到过你住的地方。"

她冷冷地反驳："他们撒谎。"

我开始努力回忆，想确认一下格里高利上尉是否真的说过这种话。只是我的头昏昏沉沉的，我自己也不敢确定我记住的东西完全正确。

她又说："这些事跟你一点关系也没有呀。"

"怎么会？这件事从头到尾都跟我有关，我已经被人雇佣，专门来调查这件事。"

"艾迪不是那种人。"

"你就喜欢开赌场的这种人？"我问。

"只要有人喜欢赌，就必定会出现提供赌博的地方。"

我说："你这样说只不过是替他开脱，人只要做过一件违法的事，就再也没有什么顾忌了。你以为艾迪只不过是个开赌场的，但我却认为他还是个租售淫秽书籍的，是诈骗犯，是非法倒卖汽车的中间人，是一个买凶杀人的凶手，是一个贿赂警察的坏蛋。他觉得干什么对自己有利，干什么能赚钱，他就会去做。你可别跟我宣扬，说什么黑手党的人也有心灵高尚的。你要知道，黑手党根本就不要心灵高尚的人。"

她皱起眉头："艾迪不是杀人犯。"

"他只不过没有亲手杀人罢了。他雇佣了杀手卡尼诺。今天晚上，卡尼诺就杀了一个人，这个人是一个没有对别人造成伤害的小人物，这个人只不过是在尽力帮助另外一个人。几乎可以这样说，我亲眼看见卡尼诺将他杀死了。"

她有气无力地笑了笑。

我吼叫着说："好，你不用相信我说的话。要是艾迪真的是个什么好人，我倒是愿意在卡尼诺不在场的情况下跟他聊聊。卡尼诺当然不能在场，你清楚他会干什么事：首先他会打掉我的牙齿，然后再因为我口齿不清而踢破我的肚子。"

她仰着头站在原地，一脸若有所思的样子，好像在认真想着什么事。

我调侃道："我觉得白金颜色的头发已经过时了。"当然，我这样说，只是为了让屋子里有声音。

"你这傻瓜，我戴的是假发。"她举起手，一下子将假发扯开。原来，她的头发已经剪得像男孩子那么短了。随后，她又将假发带上去。

我问："谁把你弄成这样？"

她吃惊地说："我让别人剪的，怎么，有问题吗？"

我说："是呀，好好的为什么要剪这么短？"

"为什么？为了向艾迪表明我的心意，我愿意做他要求我做的事，愿意躲起来，为了告诉他不必派人看着我。我爱他，我不会拆了他的台。"

"上帝呀！"我叫起来，"但是你却让我跟你待在这间屋子里。"

她翻过手背，看了好一会儿，然后猛地走出去，拿了一把剪刀回来。她俯身开始将我身上绑着的绳子割开，说："手铐的钥匙在卡尼诺那里，我没办法帮你打开手铐。"

她已经将所有的绳子割开，后退两步，一边呼呼地直喘气，一边说："你这个人还真有意思，自己都到了这种地步了，一张嘴还知道开玩笑，我认为艾迪不是杀人犯。"

她说完，又快速转身，走到刚才灯旁的椅子坐下来。她将脸用双手藏起来，我将脚挪到地板上，站了起来。我的腿已经僵硬，摇摇晃晃走了几步，感觉左边脸上的神经网在"砰砰"地跳动。我又向前走了一步，我还能走路，如果到了非跑不可的时候，我还能跑呢。

我说："我想你一定是打算将我放走了。"

她头也不抬地点点头。

我说："如果你还想活命，你最好跟我一起走。"

"你别浪费时间了，卡尼诺随时可能回来。"

"那你帮我点根烟吧。"

我站到她身边，挨着她的膝盖，她一下子也站了起来，我们之间，眼睛只离了几寸那么远。

我温柔地说："嗨，银发姑娘。"

她往后退了两步，绕到椅子后面，从桌上拿起一包烟，拿出一根，动作粗鲁地放到我嘴上，双手哆嗦着，打着一个小小的绿皮打火机，帮我点好烟。我吸了一口烟，直直地盯着她那湛蓝色的眼睛，趁着她还没来得及走开，对她说："一个名叫哈利的小鸟将我带到了你这里来。这只鸟儿经常在酒吧里来来去去，兜售几张赛马的赌票来赚点零用钱，同时也打探一些小道消息。这只小鸟探到了一些跟卡尼诺有关的事。他和他的几个朋友不知道通过什么途径打听到你的下落。所以他就找到我打算把这个情报卖给我。因为他知道我在办理斯特恩乌德将军交办的一件差事，关于他怎么知道的，说来话长了。总之，我得到了他的情报。但是卡尼诺却将哈利抓住了，现在哈利已经成了一只死鸟，他羽毛散开，脑袋也耷拉了下来，嘴上还凝结了一滴血珠。卡尼诺将他弄死了。当然，艾迪是不会干这种事情的，对吗？银发姑娘？艾迪从不杀人，他只是雇佣杀手替自己杀人。"

她手里抓着那个绿色小小打火机，举在半空中，手指紧紧扣着打火机，手指关节毫无血色。她声嘶力竭地冲我大喊："你给我出去！快出去！"

我说："不过，关于哈利这只小鸟的事，卡尼诺并不清楚我已经知道了整件事情的来龙去脉。他只知道我伸着鼻子到处打听消息。"

她笑了，但她的样子很痛苦，像在狂风里瑟瑟发抖的枯树。我想，这笑声里的成分不完全是惊讶，还夹杂着某种疑惑不解。她对艾迪这个已经有过了解的人有了一层新发现，但是这个新发现跟原先的情况完全匹配不上。不过，我又想，这只是她的笑声罢了，哪能隐藏这么多心思呢！

"真是太有意思了。"她像喘不过气一样，对我说，"真是太有意思了。你知道，我还爱他，艾迪。女人啊——"她还没说完，又大笑起来。

我竖起耳朵听听外面的动静，头部的神经"呼呼"地跳着，我听了一会，听到的只是"唰唰"的雨声。

我说："我们赶紧走吧。"

她又往后退了两步，阴沉着脸说："你出去！出去！你完全可以步行到雷阿利托。你不要将这里的事告诉别人，至少一两个小时之内不要说出去。最起码，你还是欠我一点交情的吧？"

我说："银发姑娘，我们一起走，你有枪吗？"

"你知道，我是不会跟你走的。求求你，求你快点走吧！"

我走近她，快要挨着她的身体，低声说："你打算将我放走之后还待在这里？等着卡尼诺那个杀人狂回来好好跟他道歉？那家伙杀一个人跟拍死一只苍蝇一样容易。银发姑娘，你得跟我一起走。你想想，如果你那英俊的丈夫艾迪真的杀了里甘呢？或者是卡尼诺背着艾迪将他杀死了呢？你只需好好想一想，你将我放走之后，你还能活多长时间？"

"毕竟我是卡尼诺老板的妻子，我才不用怕他。"

我厉声说道："艾迪不过是一小碗玉米粥，卡尼诺拿个勺子就能把他一勺一勺地吃个干净，他还能像小猫逮金丝鸟那样将艾迪叼在嘴里。你这样的姑娘，爱什么人都好，可别爱上像艾迪一样的玉米粥男人。"

"给我出去！"她啐了我一口，命令道。

"好吧。"我转身离开，从半开的门走向外面黑暗的门厅。她赶上我，从我身边跑过去，打开前门，悄悄观察着外面黑漆漆的雨地，又认真听了一会儿，才示意我出去。

她压低声音对我说："再见！祝你一路顺风！不过有件事我得告诉你，艾迪没有杀害里甘。当里甘愿意抛头露面的时候，你就会发现他正在某个地方好好活着呢。"

我靠到她身上，将她压在墙上，用嘴巴对着她的脸，说："我不用着急赶路。就像广播节目一样，这一切都是预先安排好的，每一个细节被排练好了，连半秒的时差都不会有。银发姑娘，吻吻我吧！"

我的嘴正贴着她的脸，她的脸冷得像一块冰。她举起手，捧住我的头，用力吻了一下我的嘴唇。她的嘴唇也冷如冰块。

我走了出来，身后的门悄无声息地关上了。雨点飘进了门廊，但是并不像她的嘴唇那么冰冷。

第二十九章　　干掉卡尼诺

隔壁的汽车修理铺漆黑一片，毫无亮光。我走过石子铺砌的汽车道，又穿过一片到处是积水的草坪。雨水在汽车道上积成了一条条小水渠，流进了远处的一条水沟。我的帽子一定是丢在汽车修理铺了，我只好光着头在雨里走。卡尼诺肯定没有将这顶帽子带到木板房，他没必要为这种小事操心，也根本想不到我现在需要用这顶帽子。我想，他现在应该洋洋得意地开着车往回赶。他一定将那个瘦高个修理工阿尔特和那辆多半是偷来的、没有上好漆的小轿车安放到一个非常安全的地方了。银发姑娘摩娜很爱艾迪，心甘情愿地为艾迪躲起来，不愿露面。卡尼诺以为，他回来之后，还能在原来的地方找到她，她一定也还安安静静地坐在灯下，就连身边的酒也是原封不动，而我仍旧结结实实地被绑在沙发上。到时，他让摩娜将自己的东西拿到外面的汽车上，然后将屋子里的东西仔细检查一番，以确保不会留下任何痕迹。他让摩娜在外面等他，她也不会听到任何枪声，他只需要用一根包了橡皮的铅头棒子打在我头上，就能将我的小命解决。当然，他会告诉摩娜，说他只是暂时将我绑在那里，过一会我自己就能挣扎着解开绳子溜掉。他认为，摩娜傻里傻气的，他说什么她都会听。

这位卡尼诺先生，还真是一个可爱的人。

我的手反扣着，我的雨衣前面的扣子没有扣好，我也没办法系上扣子。雨衣的下摆拍打在我的腿上，我就像一只无精打采的扇动着翅膀的大鸟。我走到公路上，一辆辆汽车从我身边经过，车灯将一大片水波照得透亮，"吱吱"的车胎声渐渐消失在远方。我在原先的地方找到了我那辆车篷可以翻转的汽车，两只轮胎已经修好并重新装上了。如果我需要，只要发动马达就能将车开走。卡尼诺他们想得还真是周全！

我爬进车，俯身到方向盘下面，摸索着打开了储存箱的盖子。我将另一只手枪也拿出来，藏在外衣下面，再转身往回走。此刻，我觉得整个天地变得极其狭小闭塞，黑暗将人压得透不过气，好像这个世界只有我和卡尼诺能置身其间。

我刚走了一半，差点被一辆汽车的车灯照住。车灯快速往旁边一拐，我一个忙不迭，滑进了路边的水沟，屏住呼吸趴在水里。汽车没有降速，"呜"的一声开了过去。我抬起头，听着刺耳的车胎声离开了公路，开到了石子铺成的岔路上。车停下来了，我听到车门"砰"的一声开了。我没有听见房门开的声音，不过我已经看见了一缕穿过树丛的光线。要么是窗户的窗帘拉开了，要么是客厅里的灯被打开了。

我走回湿漉漉的草坪，趟过积水，走到那辆停着的汽车边。手枪放在我的右侧，我使劲扭动右臂，差点把右胳膊拉得脱臼。汽车的灯已经关了，车里没有人，车子还散发着热气，散热器的水还在流动，声音听上去很悦耳。我从车门往里看，仪表盘上还挂着车钥匙。卡尼诺这样大胆，应该是没有想到会出现什么差错。我从车尾绕过去，小心谨慎地走过石子路，站在窗户下听了一会儿。不过，我除了听见雨点敲打在排水道下面的金属拐脖的声音，再也没有听到别的什么声响。

我继续听着，但是一切都很安静，听不到什么大动静。说不定，卡尼诺正对摩娜聊着什么，说不定摩娜马上就会告诉卡尼诺她将我放走了，说我已经答应她了，绝不会将他们的行踪泄露出去。当然，卡尼诺不会相信我，就像我不会相信他一样，他肯定不会在这里待很长时间，他马上就会将她转移到别的地方去。我现在要做的事，就是在外面等他出来。

不过，我没耐心一直等他。我将枪放到左手，弯腰抓了一把石头，往窗户上面一撒。这一招的效果并不大，只有少许几颗石头打在了纱窗上的玻璃上。这一点就够了，我刚扔掉石头便听见了一阵"刷刷拉拉"像水堤决口的声音。

我再跑到汽车这里，站到了汽车的踏板上。屋里的灯关上了，但是也没有其他的动静。我一动不动，俯身在踏板上耐心等待。卡尼诺太狡猾了，没有上当。

我站起来，倒着身体缩进汽车，摸到了汽车钥匙，将它拧开。然后我又用脚在上面探了探，找车子的启动器，但是这辆车子的启动器安装在仪表盘上面，我费了好大力气总算找到了，用手一拨，启动器打着了，尚未冷却的马达立刻发动起来，发出令人愉悦的"突突"声。随后，我从汽车里钻出来，蹲在车子后轮边。

我冷得全身发抖，不过我很清楚，卡尼诺并不喜欢我制造的这种声音。他非常需要这辆车。

玻璃窗上的闪光晃动了几下，一扇黑乎乎的窗户正在一寸寸往下移动。突然间，火光闪了闪，接着便传来三声又急又快的枪声。汽车的玻璃窗马上出现了星光一般的裂纹，我先发出凄厉痛苦的呼叫声，接着又凄厉地呻吟，然后，呻吟变成了喉咙里的"咯咯"声，流出的血快要令我窒息。很快，这让人厌恶的"咯咯"声消失了，我张开嘴巴，大声大声地咽气。我很得意，我知道我的表演逼真而出色。我猜卡尼诺也高兴坏了。我听见了他那低沉的、瓮声瓮气的笑声，这笑声跟他说话时那种猫打呼噜的声音全然不同。

随后便是一片沉寂，我只听见雨点"噼噼啪啪"的声音以及马达发动时发出的轻柔"突突"声。之后，房门一点一点地打开了，门后面是一个深邃的黑洞。一个人出现在黑洞里，动作谨慎，我好像已经看到了那人脖子上有一块白色的东西，那是摩娜的衣领。她像个木头人，动作僵硬地来到门廊上，卡尼诺躲在她后面，不敢多走一步。他们这出戏演得实在太过认真了，认真得都有点滑稽了。

摩娜走下台阶，我已经看到了她苍白而肌肉紧绷的脸。她朝汽车这里走了过来。对卡尼诺而言，她就是个挡箭牌。沙沙的雨声中，我听见她用缓慢而平静的声音说："卡尼诺，我什么都看不见，窗户上雾气很重。"

卡尼诺又说了一句什么，摩娜的身体猛地动了一下，看上去他拿起手枪在她身后捅了一下。她又往前走了几步，靠近了这辆车前面，我已经看见了她背后的卡尼诺，我能看见他的帽子、半张脸和一侧的肩膀。摩娜突然僵立站住了，尖声地叫喊道："卡尼诺，我看见他了，他躲在车子后面，就在车轮那里。"

这声叫喊很刺耳，我像被人打了一拳，浑身震动了一下。

随后，卡尼诺像一只铅桶，滚进了我设置好的陷阱。他将摩娜飞快往边上一推，一下子窜到前面，抬手往上一扬。黑暗里，闪起三道火光，接着传来一阵玻璃被打碎的声音，一颗子弹打穿了车窗玻璃，打进我身边的一棵树里，另一颗子弹打在了别处，呼啸着跳到了远处。期间，汽车的马达仍然在无声地转动着。

他弓着腰，缩在黑暗里。一阵枪响之后，他的脸好像又出现在了黑暗里，成了一个没有具体形状的灰块。要是他用的是左轮手枪，子弹应该都打光了，当然也可能没有打光。他一连开了六枪，说不定他在屋里又装上了子弹，我不希望他拿着空枪，我希望枪里还有子弹。说不定他用的是自动手枪呢。

我问："你打完了吗？"

他朝我扑了过来，也许我应该像一个老派绅士那样表现出一点侠义风度，给他留个机会让他再打一两枪。但是他的枪还拿在手里，我来不及扮演老派绅士，不能等下去。我朝他开了四枪，手里的枪柄一下下地震动着我的肋骨。

他像是被人踢了一脚，手枪飞了出去。他腾出双手捂住肚子，我甚至都听见了他拍打肚子的声音。他就那样直挺挺地一头栽下去，两只手抱着自己，脸朝下趴在湿哒哒的石子路上，再也没有发出任何声响。

摩娜也没有说话，她木然地站在那里，任由雨点落在自己身上。我绕过卡尼诺，把他的手枪随便一脚踢往远处。随后，我弯下腰将手枪捡起来。这样一来，我就站在摩娜身边了。我听见她自言自语一般忧郁地说："我，我刚才就在想，你肯定会跑回来。"

我说："我们不是还有个约会吗？我已经告诉过你，一切都安排妥当了。"说完，我像个傻子一般放声大笑。

她弯腰在卡尼诺身上摸索了一会,然后直起身,手里拿着一把带着细链条的钥匙,有些气恼地对我说:"你非要将他杀了吗?"

我突然不笑了,就像我放声大笑那样突然。她走到我身后,替我打开手铐,然后她温柔地说:"是的,我想你必须要将他杀死。"

第三十章　调查受阻

新的一天开始了,太阳重新照耀大地。

我又来到失踪人员调查局。格里高利上尉目光呆滞地看着窗外法院大楼上安装的铁栅栏的窗户。经过一场大雨的冲洗,这座大楼显得洁白而干净。好一会儿之后,格里高利才将转椅上自己那笨重的身体转了过来,拿起已经被烟斗烫得起了厚茧的大拇指按了按烟斗,一脸阴沉地看着我说:"这么说,你又捅了什么娄子了?"

"哦,这件事你已经有所耳闻了。"

"兄弟,我整天待在这里。看上去我好像没长脑子,但是你如果知道我到底打听到了些什么,你一定会吓一大跳。依我看,你打死了卡尼诺倒是一件好事。但是你也别指望处理刑事案件的警察给你颁发一枚奖章。"

我说:"这段日子,左一件右一件的凶杀案总是围着我打转,但是领奖这事却跟我沾不上边。"

他笑了笑,笑容里有几丝宽容的意味:"谁告诉你说躲在那个地方的人就是艾迪的老婆?"

我将事情的来龙去脉对他讲了一遍。他仔细地听完了,打了个哈欠,拿出一只盘子大小的手帕擦镶着金牙的嘴巴,说:"我猜你会这么想,你认为我应该早就将这个女人找到了。"

"是的,这推论合情合理。"

他说:"说不定我早就知道了。或许可以这么说,我以为要是艾迪在跟他老婆玩一个小花招,我何不将计就计呢!起码,这一回我得精明一点,让他们都以为骗过了所有人。此外,你也许还以为我是处于某种私心才让艾迪一直逍遥法外。"说完,他伸出一只大手,用大拇指捻着食指和中指转了起来。

"不。我真的不会这样想。即使那天我们在这儿的谈话内容已经被艾迪知道了,我也不会这样看你。"

也许是很久不练皱眉这个招数了,他竟然费了很大的劲才把眉毛挑起来。他的额头上爬满了深深的皱纹,皱纹很快就消失了,取而代之的是由白渐渐变红的道子。

他说:"我只是个普普通通的警察。按照常理来说,我也配得上'诚实'这个词了。在这个诚实已经不再时兴的世界里,要找到像我这样诚实的人,还是需要花费很大一番力气的。这就是我一大清早把你找来的关键原因,但愿你相信我说的全是真话。作为一名警察,我愿意看到邪恶被法律打败,愿意看到像艾迪这样衣着华贵的家伙在佛尔萨姆采石场劳改,愿意看见他们那精心修剪的指甲被磨坏,跟那些在贫民窟长大的穷人一起干苦力。我希望这些倒霉蛋只犯一个案子就被关进监狱,永远不会获得释放。这一切,都是我们希望看到的结果。我们已经对人情世故了如指掌,不会认为我希望看到的这些事能变成真的。在我们的这个城市,这种事不可能发生,在任何一个城市,哪怕这个城市只有我们这里的一半那么大,这种事也是不可能发生的。总而言之,在我们这个美丽而富饶的国家里的任何一个地方,这种事都不可能发生。我们根本就不会按照这种希望来治理国家。"

我没有说话,格里高利一仰头,吐出一口烟,看看烟斗,继续说道:"但是我这样说并不代表我认为是艾迪杀死了里甘。也许艾迪有杀死里甘的理由,也许他不但有这样的理由而且还已经将里甘杀掉了。我只是推测,艾迪可能知道点什么东西,说不定这东西迟早会泄漏出来,叫大家都知道。将自己的老婆藏在雷阿利托是幼稚而可笑的举动,这个举动在那些机灵鬼的眼中却是非常聪明的做法。昨天晚上,地方检察官找到艾迪,跟他聊了聊。随后我也将他找来了,他什么都说。他说他认为卡尼诺是个值得信任的保护人,所以才雇佣卡尼诺为他做事。他不知道,也不想知道卡尼诺有什么不良嗜好。他不认识哈利,也不认识布罗迪。当然,他认识盖格,但是却一口咬定说不清楚盖格会做那种肮脏的勾当。我想,这些事你都完全知道。兄弟,你在雷阿利托干的那件事很漂亮。你没打算隐瞒什么。我们现在对没有经过鉴定的子弹都有档案记录,如果哪一天你用了这把手枪,兄弟,那时候你就要倒霉了!"

我瞟了他一眼,说:"我昨天的枪法打得很漂亮。"

他磕磕烟斗,盯着它思考着什么,头也不抬地问我:"艾迪的老婆怎么样了?"

我说:"我不清楚。警察局没有扣留她。我们将事情的经过都说清楚了,录了口供。口供一式三份,一份交给怀尔德,一份交给警察局长办公室,剩下的一份留给了刑事杀人侦缉队。他们把她放走了,我之后没有再见到她。"

"那姑娘挺不错的,人们都说,她不会干什么坏事。"

我说:"是的,她是一个好姑娘。"

格里高利叹了口气,用手揉揉满头灰色短发,用近乎和蔼的语调说:"你这个人看上去还是挺不错的,就是办事有些不知深浅。如果你真心要帮斯特恩乌德一家,你最好别在插手管他们家的事情了。"

"上尉,我想你说的对。"

"你现在身体还好吗?"

我说:"好得不能再好了。昨天晚上,我浑身都淋湿了,还被人打了个半死。之后,又被各部门的老爷们呼来喝去训斥到大半夜。我现在真的感觉好极了!"

"兄弟,你希望他们怎么对你?"

"就这样吧。"我站起来,冲他笑笑,往门口走去。我快走到门边的时候,格里高利突然清了清嗓子,厉声问我:"难道我说了半天讲的完全是废话?你认为你还能找到里甘吗?"

我转回身,看着他的眼睛:"不,我觉得我找不到他了,我也不想继续找下去了。这样,你满意了吗?"

他慢慢点了点头,过了好一会儿又耸耸肩说:"马洛,我真不知道我说这个干嘛。祝你好运,有空再过来聊聊吧。"

"上尉,谢谢你。"

我走出市政大厅,走向停车场,找到我的车,然后开回了家。回到家后,我立刻脱下外套,躺在床上,看着天花板,听着外面车辆过路的声音。阳光慢慢移到天花板一角,我很想睡一觉,却怎么也睡不着。

我只好坐起来。尽管现在还没到喝酒的时候,我还是喝了一杯酒才躺下来。我依然无法入睡，头像钟摆那样"滴滴答答"响个不停。我又坐起来，装上一斗烟，大声吼道："那个老家伙肯定知道些什么东西！"

烟斗像蘸了碱水，苦得难以下口，我只好将它随便往边上一扔，倒下来继续睡觉。我的思维在记忆的大海里飘忽不定，在这些回忆里，我好像一遍又一遍地重复做着一件事，到同一个地方，遇见同一批人，跟他们说同样的话，每一次的回忆都极其真实。

好像是真的，这件事真的发生过，并且对我来说还是第一次。

我冒着大雨，开着车在路上疾驰，银发姑娘摩娜坐在汽车一角，一言不发。等我们来到洛杉矶，好像我们两个又成了互不相识的陌生人。我在一家通宵营业的杂货店门口停下车，打电话给奥尔斯，告诉他说我在雷阿利托杀人了，现在正跟艾迪的妻子摩娜一起赶往怀尔德家里。我杀人的全过程摩娜都看见了。

挂上电话后，我沿着被大雨冲洗得焕然一新的安静街道，开车来到拉斐特公园，将车子停在怀尔德的大木房子后面的停车棚里。

奥尔斯事先已经打了电话给怀尔德，告诉他我要来，所以当我达到的时候，房子的门灯已经亮起来了。

我走进怀尔德的办公室。怀尔德穿了一件大花睡衣，坐在写字台后面。他紧绷着脸，手里拿着一根带了花条的雪茄，一会儿将雪茄捏在手里，一会儿又拿到一脸苦笑的嘴边闻闻。奥尔斯也来了，跟他一起来的还有一个来自警察局长办公室的人。这个人头花发白，身材消瘦，浑身散发着一股浓厚的学究气息。他看上去不像一个警察，倒像一个经济学教授。

我向他们将案情的经过说了一遍。这些人静静地听着，一言不发。摩娜坐在不远处灯光的阴影里，把双手交叠在一起，不看在座的任何人。电话铃时不时响起来，从刑事侦缉处来的两个人用一种好奇的目光来回打量我，他们看我的眼神好像认为我是一头从马戏巡演团逃出来的怪兽。

我又发动汽车，有一个人坐上了我的车。我带着他们来到富尔威德大楼哈利被杀的那间办公室里。我们到来时，哈利仍旧端坐在写字台后面的那把椅子上。他那张扭曲的脸已经变得僵硬了，屋里还飘散着那股酸甜的气味。有个法医跟着我们一起来的，他很年轻，长得很壮实，脖子上还有粗大的红汗毛。

一个指纹专家在房子四周查看找凶犯指纹，我提醒他留意透气窗上面的插销。果然不出所料，他在上面找到了卡尼诺的指纹。这是喜欢穿棕色衣服的卡尼诺留在这里的唯一指纹，多亏了它帮我证明我的话并非谎话。

我们又回到怀尔德家。怀尔德的秘书去另一间屋子将我的证词打印出来，我在上面签上了我的姓名。这时，门开了，艾迪走了进来，他一看到摩娜，立刻笑着对她说："亲爱的，你好。"摩娜没看他，也不搭理他。

艾迪看上去神采奕奕，他穿着一身颜色较深的工装，围着镶边的白围巾，外面还穿了一件苏格兰呢子大衣。摩娜跟着他走了，所有人都走了，屋子里只剩下我跟怀尔德。怀尔德用冰冷而愤怒的语气对我说："马洛，这是最后一次了。下次你要是再耍什么花招，我就把你扔出去喂狮子。谁要为你伤心就让他伤心好了。"

就这样，我的脑海里一遍又一遍重复着这些事。

当屋里的日光渐渐移到最下边的墙角的时候，电话铃想了。斯特恩乌德家的管家诺里斯打电话来，用往常那样遥远而拘谨的声音说："请问是马洛先生吗？我往你的办事处打电话，一直无人接听，我只好打到你家里来了。如有唐突，请见谅。"

我说:"我昨晚差不多一整晚都在外面,因此今天没有去办事处。"

"先生,将军上午想跟您见一面,您要是觉得方便的话,就过来吧。"

"好的,半个小时后我过来,将军身体还好吗?"

"先生,他还没起床,不过身体状态还可以。"

"好的,那就请他等我一会儿吧。"说完,我挂断了电话。

我刮好脸,换了衣服往外走了几步,又折回来,带上卡门的那把小柄手枪。外面的阳光很强烈,仿佛跳动着一般,二十分钟后,我将车开到斯特恩乌德将的侧门门廊下停好。这时已经十一点十五分了。雨过天晴,树上的小鸟发疯一般使劲啼叫,门廊下的草坪绿得像一面爱尔兰国旗。整栋房子看上去像十分钟之前才建起来那样整洁。我按了按门铃。从我第一次按门铃到现在,只不过才五天时间,而我却觉得好像已经过了一年似的。

一个女佣人替我开了门,领着我走过侧厅来到大厅,请我在那等待,说诺里斯马上过来。大厅的模样跟我第一次见到的一模一样,壁炉架上的肖像,依然瞪着他那乌黑又火热的眼睛。花玻璃上的那幅图,骑士仍然装模作样地假装要解救绑在树上的裸体姑娘。

我等了几分钟,诺里斯过来了,他还是老样子,跟过去一样,一双蓝眼睛显得无比深沉,皮肤灰里透红,让他看上去健康而安详。他的动作看上去比他的实际年龄要年轻二十岁,跟他相比,我倒像一个感觉到岁月负担的人。

我跟在诺里斯后面,走上铺着瓷砖的楼梯,朝跟里甘太太的住房相反的方向走去。我每走一步,都觉这栋房子变得更宽大、更安静了。最后,我们来到一扇厚重的老式房门面前,这扇门老得就像从教堂里搬出来的。诺里斯轻轻推开门,往里面看了看,闪开身子,将我让了进去。我从他身边走进,进了房间。走了大概四分之一英里后,我来到一张支撑着华盖的大床前,说不定亨利八世就是在这张床上去世的。

斯特恩乌德将军靠在这张床的枕头上,半躺半坐。那没有丝毫血色的双手握在一起,放在白色被单上。在被单的映衬下,这双手的颜色显得更加灰白。虽然他一张脸像死人一样,但是他的眼睛却炯炯有神。

"马洛先生,请坐。"他说话的样子有气无力,吐音格外吃力。

我拉过一把椅子,坐到他身边。房间里的窗户都关得严严实实的,窗户外面的遮阳篷挡住了照进屋子的所有光线,因此房间里没有一点儿阳光。房间的空气里,微微散发着一股老年人特有的气味。

他默默地看着我,过了很长一段时间后,他的手像是证明自己还能活动一样稍微动了动,然后他又把这只手放在另一只手上面,有气无力地说:"马洛先生,我并没有请你帮忙找我的女婿里甘。"

"可是将军,您想让我去把里甘找出来。"

"我并没有明确提出来让你去找。你自己假定的事情太多了。我这个人,一般我想别人做什么,会直接提出来的。"

我无言以对。

他冷冷地继续说道:"我已经将酬劳付给你了。只是,钱不钱的都是小事,你辜负了我对你的信任。当然,你不是刻意要辜负我的。"说完,他合上眼睛。

我问:"您今天找我来这里就是为了这个吗?"

他又慢慢睁开眼睛,好像那眼皮是铅做成的,他睁眼的过程特别慢,他说:"你听我这样说,是不是有些生气?"

我摇摇头,说:"将军,您有支使我的权利。我说什么也不会擅自做主,挑战您的权威,我连一丝一毫的胆量也没有。考虑到您现在必须忍受的这一切,您具备这样支使我的权利。随便您怎么说,我都不会生气。我倒愿意将您支付给我的酬劳还给您。当然,这对您来说只是一件无足轻重的小事,但对我而言,这件事跟我的关系很大。因为,这意味着,我并没有将您托付的事情办好,所以我拒绝接受任何酬劳。"

　　"那你经常将事情办得很糟糕吗?"

　　"不论是谁,办事也不可能一直顺手,也会有办不好的时候。"

　　"你为什么要去见格里高利上尉呢?"

　　我往后一靠,将一只胳膊搭在椅背上,仔细观察着将军的表情。从他的脸上,我没有看出任何表情,我不知道该怎么回答他这个问题,我想我不能给他一个满意的答复了。

　　我说:"那时候我以为,您将盖格的那些借条拿给我,只是为了试验一下我的本事。让您担心的是,里甘是否跟这桩敲诈案有所牵连。当时我对里甘的事全然不知情。直到我跟格里高利上尉谈过之后,我才认定里甘绝不是那种敲诈他人的人。"

　　"你说的这些并不是我这个问题的答案。"

　　我点点头说:"的确,我没有正面回答您的问题。我不太愿意承认我办事仅靠直觉。上次我到您这里来,刚从您的兰花房离开,里甘太太就把我叫过去了。她以为您找我来是为了寻找她的丈夫里甘,并且她并不喜欢我插手找人这件事。不过,她无意中透露了一个信息,她说警察们在一个车库发现了里甘的车子。由此我分析,警方一定掌握了部分案情,而失踪人口调查局专门负责掌握失踪案件的材料。当然,我并不清楚您或者别的什么人是否已经向警方报过案。我也不知道是哪位报案人将车库里有人丢车的消息上报给了警察,从而让警察找到了里甘的汽车。不过,以我对警察的了解来看,我想,要是他们真的知道这么多信息,那么他们一定还掌握了更多的信息,尤其是您的司机欧文恰好还在警局有过备案。我不清楚警方到底还能调查出什么信息来,所以我想去失踪人口调查局打探一下。此外,怀尔德先生的话也让我确信我的猜测是有一定道理的。有天晚上,我在怀尔德的家里讨论盖格一案和其余的一些案件,我跟他单独相处了一段时间。他问我您是否将寻找里甘的事交给了我。我对怀尔德说,您只是想知道里甘身在何处,是否平安。怀尔德当时嘴巴一撇,看上去神秘兮兮的。尽管他没有挑明,但是我却清楚地知道,他说的'寻找里甘',指的是利用法律部门来打听里甘的行踪。就算是这样,我跟格里高利上尉交谈的时候,我只是将他已经知道的事情说给他听,别的事我一句也没有多讲。"

　　"但是,你却留给格里高利上尉这样一个印象,让他误以为我雇用你是让你帮我寻找里甘。"

　　"是,当我了解到他的确着手处理这桩案子的时候,我就想留给他这样一个印象。"

　　将军闭上眼睛,眼皮跳动了几下,他闭着眼睛问我:"你觉得你这样做,还算道德吗?"

　　我回答说:"当然算得上,我认为没什么有失道德的。"

　　他又睁开眼睛,死灰色一般的脸上,一双眼睛突然射出令人惊讶的两道光芒:"也许,我并不理解你。"

　　我说:"也许吧。失踪人员调查局的格里高利上尉,可不是一个嘴巴不严实的人,要不然他不可能在那里上班。这个人老练又聪明,刚开始的时候,他尽力给我造成一种假象,让我误以为他对自己的工作早已烦透了,只不过是在应付了事。我差点儿就被他骗过去。当然,我没有跟他玩拆棍子的游戏,我也对他说了不少唬人的话。我知道,不管我怎么说,在警察那里,我的话都会被他打个折扣。因此,对警察而言,我说的话其实跟您关系不大。雇我们这样的私人侦探为您干活，您可不能像使唤一个临时工那样对他说：'就是这八扇窗户，擦完就行了。'您不知道，我办一件差事，需要里里外外、前前后后捣腾一番。我得按照我的方式去做，我已经尽了我最大的努力来维护您和您家人的名誉。或许我不得不违反几条您的规定，但是我这样做完全是为了维护您的利益。我办事时，首先考虑的是我的当事人，除非当事人不够正派，我才不会加以考虑。即使遇见当事人不正派这种情况，我也不过是将差事回绝，以后闭口不谈。再者，您根本没有嘱托我，不允许我去找格里高利上尉。"

他微微一笑："这种话我很难说出口。"

我继续说道："好，那我还有什么事做错了呢？你的管家诺里斯好像认为，将盖格打发了，这件事就算了结了，但是我不这么看。盖格展开敲诈的那种方式，我一开始就觉得里面大有文章，直到今天我仍然迷惑不解。我不是夏洛克·福尔摩斯和菲洛·万斯那种小说里的著名侦探，我不指望将警察搜寻过的地方重新搜寻一遍就能捡到一个断笔头之类的线索，然后成功侦破整个案件。要是您以为做侦探的这么干就能挣钱吃饭，那您还真是太不了解警察了。如果说警察有时候也会忽略掉一些的东西，但是他们一般忽略的都不会是断笔头之类的东西。我的意思不是说警察们放手查案会经常漏掉线索。我是说，如果他们要漏掉什么，那么漏掉的通常是某些难以确定的、不好下手的事情。比如像盖格这样的人送欠条给您，让您像一个绅士那样欠债还钱之类的事情。盖格干的事，是一桩说不清楚的买卖，他随时会遭受法律制裁。但是，他有一个有权有势的黑社会人物做靠山，警察只好对他不闻不问，这样一来，警方也给他提供了某种消极的保护。那么他为什么想敲诈您呢？那是因为他想试探一下，您能否受到某种压力的制约。如果您感到压力，您就会乖乖地把钱送给他；如果您觉得此事无关紧要，并不理睬他，想看看他下一步的动作，那么他就会停止小动作。关键是，您的确有使您感受到压力的事——里甘。您担心里甘表里不一，担心他在您身边待了那么久，对您又很好，只是为了弄清楚您的存款后对您耍花招。"

他想开口说话，但我打断了他继续说："就算是这样，您关心的也不是您的财产，甚至也不是您的女儿们。您对她们早就不抱希望了。关键是，您有极强的自尊心，您担心自己看走了眼，被里甘耍弄了。因为您的确挺喜欢里甘这个人的。"

沉默片刻之后，将军平静地说："马洛，你的话也实在太多了点。你是不是还想解开这个谜团呢？"

"不，我已经放弃了。警方已经对我提出警告，认为我做事没有分寸。因此，我打算将您支付给我的酬金退给您。因为按照我的标准，我并没有将这件事圆满办好。"

他笑了笑："算了，不用。我想再给你一千美元，让你找里甘。你不用把他找回来，甚至连他在什么地方生活也不要告诉我。一个人有选择自己生活道路的权利，我不会因为他甩了我的女儿就对他加以责怪，甚至他不辞而别我也不会因此有所埋怨，说不定那只是他一时冲动。我要知道的是，不管他在哪里，他现在平安无事，这一点我需要从他本人那里得知。要是他凑巧缺钱花，我也会满足他。我的意思说得够清楚了吗？"

我说："将军，已经很清楚了。"

他稍微歇息了一会，放松身体，闭上了眼睛。他的眼皮乌黑，嘴唇紧闭着没有一丝血色。看上去，他像打了个败仗一样耗尽了精力。好一阵子后，他再次睁开眼睛，竭力想做出一个笑脸。

"罢了，我完全不是个军人，而是个将感情看得太重的老山羊。我喜欢里甘，我看得出来他对我是一片真诚。我想也许我对自己判断别人的能力太过自负。马洛，你帮我找找他，只要找到他在哪里就够了。"他说。

我回答说："好的，我会尽力！您现在该好好休息一下了，我已经唠叨了太久了。再见！"

说完，我快速站起来，走过宽阔的地板，走出房门。在我走出去之前，老将军又闭上眼睛，双手无力地放在被单上面。他的模样，比死人还像死人。我走出房间，轻轻把门关上，再走过过厅，来到楼下。

第三十一章　疯狂的卡门

管家拿着我的帽子朝我走来，我接过帽子戴上，问他："你觉得将军的身体如何？"

"他不像看上去的那样衰弱。"

"如果真是这样，就该替他准备后事了。里甘这家伙到底有什么本事，能那么招老将军喜欢？"

老管家盯着我看了好一阵子，但是他脸上却没有一丝奇怪的表情，他回答说："先生，因为里甘身上那种青春的力量，因为将军那军人的目光。"

我说："那将军看你也一样。"

"先生，如果您允许的话，我想告诉您将军也是这样看待您的。"

"过奖，小姐们今天早上都还好吧？"

管家极其礼貌地耸了耸肩膀，替我打开门。

我站在房子外的台阶上，看着延伸到远处的一层又一层的草坪、修剪得整整齐齐的树木和花坛，还有那直到花园尽头处的金属栏杆。我看到卡门坐在花园中间的一条石板凳上面。她双手捧着头，看上去既孤单又凄凉。

我顺着连接草坪的红砖台阶走下去，当卡门听到我的脚步声时，我已经走到了她的面前。她跳起来，小猫一样将身体转了过来。她身上穿着我第一次看见她时的那件浅蓝色的家居服，满头金发蓬松着，闪着水波，她的脸色很苍白，看到我的时候，双颊泛起一阵红晕。

我问："你是闷得慌吗？"

卡门慢慢地笑了，看上去有些羞涩，随后她很快点点头。好一阵子之后，她才小声地问我："你有没有生我的气？"

我说："我猜，你生我的气了。"

她拿出大拇指放进嘴里，"嗤嗤"地笑了起来。

"我没生气。"我说。

她这么一笑，我就不那么喜欢她了。我看了看四周，三十尺外的一棵橡树上挂着一个靶子，靶子上戳着几个飞镖，卡门坐的石凳子上还放着三四根飞镖。

我说："单就有钱人来说，你和你姐姐过的日子好像并没什么意思。"

卡门透过长长的睫毛望着我，这眼神不是那种想让我仰头在地上打滚的样子，我问："你喜欢飞镖？"

"嗯。"

"这倒让我想起了一件事。"我回头朝房子那望了一下，又往前走了几步，让一棵树将从房子那里投过来的目光挡住。然后我从口袋里掏出她那把枪："你的武器我带回来了，枪我擦拭干净了，还替你装了子弹。你听我说，除非你已经将枪法练习好了，否则不要随便对人开枪。你记住了吗？"

卡门的脸色变得更加苍白，她拿出嘴里的大拇指，看看我，又看看我手里的枪，眼睛里流露出一种迷醉的神情，点点头说："好。"

突然，她又说："你教我怎么开枪吧，我喜欢打枪。"

"在这里吗？这可是违法的。"

卡门走到我这边来，拿走我手里的枪，快速塞进衣服，生怕被人发现了，还回头看了看我，诡秘地说："我知道在哪里可以。"她指了指山坡下面，说："在下面的老油井那里，教我好吗？"

我盯着她的蓝灰色眼睛，但是我从那对眼睛里看不出任何东西来，看她的眼睛还不如看一对瓶口。

我说："可以，你把枪先交给我，我要先看看那地方行不行。"

卡门笑了，冲我做个鬼脸，一脸顽皮和诡异的样子，将枪递给我，那神情，好像交给我的是她的房门钥匙。我们走过台阶，绕道来到我的汽车那里。花园好像变得荒芜起来，阳光也像餐馆的招待领班那样变得虚伪。我们上了车，我沿着汽车道开出去，穿过一道又一道大门。

我问："你姐姐薇维安在哪里？"

她"嗤嗤"地笑着说："她还没起床呢。"

我将车开下山坡，穿过被雨水冲洗得焕然一新的安静街道，朝东边的拉·布利亚开去，然后往南开了十分钟，到达了卡门说的那个地方。

她从车窗探出头指点着说："就在那里面。"

这条土路十分狭窄，并不比一条小道宽阔，倒像一个通向山麓农场的入口。入口处，有一扇五道立柱钉好的大门，大门往后开着，顶着一根立柱，看上去这扇门很多年没有关上了。

道路两边是高大的桉树，道路当中有很深的车印。过去这条路经常有卡车通行，现在它在阳光的照射下显得空空荡荡的。这场雨下得很大，并且雨才停了没多久，因此路上没有什么灰尘。我沿着车印往下开，城市的喧嚣一下子变得微弱了。我突然有一种奇异的感觉，好像我们已经不在市区，而是置身于某个遥远的梦乡。再往前走，有一个矮矮的木头井架。井架的活动木梁油迹斑斑，竖立在一根粗壮的树枝上。一根生锈的旧钢缆将这根木梁同另外五六根木梁绑在一起。这些梁臂停在那里，一动不动，说不定有一年没有转动了。这些油井早就不出油了，路边还放着一堆已经生锈的钢管、一个歪歪斜斜放着的装卸台、五六个胡乱堆放在一起的空油桶。阳光下，一个飘着一层油垢的废水池正闪着五颜六色的光。

我问："这里是不是要修一个公园？"

卡门下巴一缩，眼睛冲我闪一闪，我说："我们赶快动手吧。这个脏水池臭得能熏死一群山羊。这就是你说的地方吗？"

"嗯，你喜欢这里吗？"

"这里很漂亮。"我说，然后将车停在装卸台边。下车后，我听了一下四周的动静。马路上的噪音在这听上去很遥远，就像蜜蜂的"嗡嗡"声。这地方，就像墓地一样冷清，大雨之后，高大桉树也像蒙了一层灰。不过，这种树不管什么时候都是灰蒙蒙的。一根大树枝被风刮断了，倒在水池边，羽毛状的宽大树叶有的落到了水里，有的轻轻迎风摇曳。

我绕过水池，看了看泵房。泵房里还放着一些破旧的机器，看不出有人翻动过的痕迹。泵房外面的墙上，斜靠着一个大木头轮子。这里看上去还真是一个练习射击的好地方。

我走回汽车旁，卡门正在整理头发。她把头发捧在手里，让阳光照耀着。

一看到我，她伸出手说："给我。"

我拿出手枪交到她手里，弯腰捡起一个生锈的空罐头盒子说："你小心点。五颗子弹都在枪膛里装好了。我先过去将罐头盒子放进那个大木头轮子中间的洞里。你看见了没？"我一边说一边指了指木轮子。她歪着头，看上去很高兴。

我说："这里距那里大概有三十步，在我走到你身边之前，不要开枪，你明白吗？"

"我懂。"卡门"嗤嗤"地笑着回答。

我走到水池那边，将罐头放进木轮中间。要是卡门打不中盒子，这是显而易见的，她多半会将子弹打在车轮上，子弹也不会弹到别的地方去。可惜，她想打中的东西却不是这个。

我绕过水池，向卡门走去。当我站在水池边，离她还有十步的距离时，她突然咧开嘴，对我亮出两排锋利的牙齿，嘴里还发出"嘶嘶"的声音，对我举起了枪。

我猛然呆住了，背后的水池正散发着令人作呕的臭气。

她说："你这个狗杂种，给我站好了，别动！"

枪瞄准了我的胸膛。卡门把枪拿得很稳，嘴巴里的"嘶嘶"声也越来越响，一张脸像刚刚刮过的骨头，绷得紧紧的。她好像一下子老了很多，既堕落又邪恶，像一头凶狠的野兽。

我冲她笑笑，继续朝她走去。我看见她那纤细的手紧紧扣住了扳机，指尖因用力而开始发白。我走到距离她五六步远的时候，她开了枪。

枪声尖锐而空洞，在阳光下听起来很清脆。

我没有看见烟从手枪里冒出来，于是我停下脚步，又冲她笑了笑。

卡门又打了两枪，我认为说不定哪一枪就会击中我。手枪里共有五发子弹，她已经打了四发，我可不想让最后一发子弹打在我脸上。于是，我将身体往边上一闪，朝她冲了过去。她不慌不忙，开了最后一枪。恍然之间，我感觉一股火药热气扑到了我脸上。

我直起身体说："哎呀，你还真酷。"

卡门那举着空枪的手开始剧烈地颤抖起来，只听"啪"的一声，手枪掉在了地上。她的嘴巴也颤抖起来，头往左边扭着，嘴巴里吐出白沫，她的呼吸也有了一种"哼哼唧唧"的声音，身体也开始摇晃起来。就在她快摔倒的时候，我伸手将她扶住。她已经不省人事，我用手撬开她的牙齿，卷起一条手帕，塞了进去。

我费了很大力气，才将卡门抱起来，抱进汽车。然后，我扭头找到手枪，放回口袋，再爬到驾驶座上，倒好车，沿着来时的车印开回去。

汽车开出大门，爬上山，朝斯特恩乌德家开去。

卡门蜷缩在汽车一角，一动也不动，直到汽车开到院子里的汽车道上，她才醒过来，一脸惊恐地睁大眼睛，一下子坐起来，喘着气问："发生什么事了？"

"没什么，你怎么了？"

她"嗤嗤"地笑着说："出事了，我的裤子都湿透了。"

我说："每个人都会这样。"

她突然猜到了接下来要发生的事，像生病一样呻吟起来。

第三十二章　里甘已经长眠不醒

那个目光和气、长了一张马脸的女仆将我带到楼上一间灰白色的、狭长的起居室里。屋子里，铺着白色的地毯，挂着象牙色的窗帘，有一大截窗帘翻卷在地上，很是浪费。这间屋子像一个电影女明星的闺房，充满了诱惑，但是这里的一切又显得格外虚假，假得像一条木头做成的义肢。

我进来的时候，屋子里空无一人。房门轻轻关上了，悄无声息，就像关上病房的门一般，没有一丁点儿声响，给人一种极不自然的感觉。屋子里摆放着一张长沙发，沙发边安放着一张带轮子的早餐桌子，桌上放着咖啡杯子。餐桌镀银的地方还闪闪发亮，但是咖啡杯子里已经落满了灰尘。我坐在沙发上耐心等待着。

好像过了很长一段时间后，房门开了，里甘太太走了进来，她穿着一件缀了白边的白色睡衣，看上去很有蓬松感。一瞬间，我误以为她是一个寂寞的孤岛，夏日的海水正在海边泛起白色泡沫。

她脚步轻盈地从我身边大步走过，坐在沙发上。她嘴上叼着一根烟，手指甲从指甲根到指甲尖都涂成了红铜色。她看着我，平静地说："看来，你这个人真是一头残忍的野兽。昨天晚上你把一个人杀死了，这件事你别管我怎么知道的，总之我已经听说了。现在你又到我家来吓唬我的小妹妹，你把她吓晕了。"

我没有说话。里甘太太看上去有点局促不安，从沙发上挪到一张活动椅子坐下，头枕着一只靠墙摆放的白色靠垫上。她张开嘴，对着天花板吐起烟圈来，烟圈慢慢向天花板飘去，一缕缕地散开，逐渐融化在空气里，消失不见了。过了好一会儿，她慢慢垂下眼睛，用冰冷的目光打量着我，说："我不够了解你。我真庆幸，前天晚上我们俩之间还有一个人是清醒的。之前我找了一个贩卖私酒的人当丈夫，这已经够倒霉的了。喂，看在上帝的份儿上，你倒是说点什么呀。"

我问："卡门怎么样了？"

"哦，我看她没什么大碍，她睡得很香，她一向贪睡。你怎么招惹上她了？"

"我根本没有招惹她，我见过你父亲后，从房子里刚走出来，看到卡门在前面的花园里玩飞镖。因为我身上还带着一把欧文曾经送给她的手枪，因此我走过去跟她聊了几句。那天晚上，就是布罗迪被打死的那个晚上，她带了这把枪去见过布罗迪，当时我不得不将手枪从她手里夺过来，所以这把枪便落到了我的手里。这件事我没跟你说，所以你并不知情。"

这一次，里甘太太一言不发地盯着我，眼睛里一片茫然。

我接着说："我把枪还给她，她很高兴，求我教她练习射击。于是她领着我去了山下那几口老油井那里。我知道，你们家靠这些油井发了家。但是那个地方真叫人毛骨悚然啊，到处扔着废铁、枯井，还有漂浮着油垢的废水池。我想她就是在那里受了点刺激。我猜你也去过那个地方，那里真是太阴森了。"

"嗯，是的。"里甘太太有气无力地小声说道。

"我们到了那里后，我捡起一个罐头放在一个大木轮里面，让她瞄准射击。她突然发疯了，我看她好像有轻微的癫痫症。"

"是的，卡门是得了这个病，她每隔一段时间就会发病。你来看我就是为了告诉我这个吗?"她继续有气无力地问我。

"我想,你还是不愿意告诉我艾迪到底拿住了你的什么把柄。"

里甘太太冷冷地说:"他没有拿住我什么把柄,你总是这样问,我有点厌烦了。"

"那你认识卡尼诺这个人吗?"

她皱起两条清秀的黑色眉毛,做出一副陷入沉思的样子,说:"我好像记得这个名字,稍微有点印象。"

"他是艾迪的打手,大家都说这个人阴险毒辣,我想他就是这种人,如果不是一位好心的女士帮忙,我今天就待在卡尼诺待的那个地方了——停尸房。"

"女士们好像都——"里甘太太说到一半,忽然停了下来,脸色煞白地继续说道:"我不愿意拿这种事开玩笑。"

"我没有开玩笑。如果我说话有些兜圈子的话,这些事就是这样兜着圈子接连发生的,钩子勾住圈子,事情全部连在了一起。盖格和他那精妙的小骗局;布罗迪和那些裸照;艾迪跟他的轮盘赌;卡尼诺和那个并没有跟里甘私奔的女人,这些,全部都联系在一起了。"

"你的话我完全无法理解。"

"要是你理解的话,你就明白,大致情况就是这样发生的。盖格抓住了你的妹妹卡门,当然抓住她并不是什么困难的事情。他从卡门那里弄来几张借条,打算用比较文明的办法敲诈你父亲。艾迪是盖格的靠山,他一边保护盖格,一边让盖格替自己打头阵。你爸爸找到我,并不想还账,说明他并没有被盖格的借条吓唬住。艾迪正是想搞清楚这点,因为他抓住了你的一个把柄,他想知道能不能在你爸爸身上利用这个把柄,如果能利用,他就能大发横财。如果不能,他只好等到你分到家产的时候再加以利用。在这之前,他只能通过轮盘赌从你身上捞点油水,并且胃口还不能显得太大。欧文打死了盖格,这个小伙子爱上你的傻妹妹,他不喜欢盖格跟她玩那些鬼把戏。当然,盖格是死是活跟艾迪的关系都不大。因为艾迪正在进行一项隐秘的赌博,盖格和布罗迪完全不知情。可以这样说,这场赌博,除了你和艾迪以及那个叫卡尼诺的光棍外,没有其他人知道。你的丈夫里甘失踪了,艾迪知道大家都说他跟里甘之间有过一些过节,便将自己的老婆摩娜藏在雷阿利托,让人误以为她跟里甘一起私奔了。为了弄假成真,他甚至还将里甘的汽车开到摩娜之前住过的一所房子附近的一个汽车房里。他这样做,如果只是为了转移视线,以免别人误以为是他或者他派人杀死了里甘,那么,他的这种做法未免显得太过愚蠢。事实上,艾迪一点儿不笨,他还有另一个企图。他知道里甘在哪里,也知道里甘为什么去了那里。他不想让警察们被逼得非要将里甘的下落调查出来,他只是希望警察们对里甘的失踪有一个合理的解释,能让大家心安理得,不再深究。我是不是说得太多了,是不是让你感到厌烦了?"

里甘太太精疲力竭,有气无力地说:"你快把我烦死了!上帝呀,你有多让人厌烦啊!"

"抱歉。我绝不是那种自作聪明、到处钻营的人。今天早上,你爸爸说要给我一千美元,让我打探里甘的下落。对我来说,这不是一笔小钱,但是我不想干下去了。"

她声音沙哑地说:"请给我一支烟。你为什么不干了?"我看见,她脖子上的一根青筋"突突"地跳得厉害。

我递给她一支烟,划燃一根火柴递过去。烟点着了,她深吸一口,一点点将烟吐出来。之后,她好像把这根烟给忘了,一直捏在手里,不再吸第二口。

我说:"让我怎么说呢?失踪人员调查局的人都找不到里甘,这件事不好办,他们都找不到,我还有什么办法?"

"啊——"她感叹一声，好像大大松了一口气。

"此外，失踪人员调查局认为里甘是故意自行消失的，按照他们的说法——'幕布已经落下来了'。他们不认为是艾迪杀害了里甘。"

"难道有人说里甘被人杀害了吗？"

"嗯，接下来我就会说这件事。"

短短的一瞬间，里甘太太的脸好像变形了，她的眉眼都失去了控制，嘴巴也露出快要尖叫的形状。不过，只短暂的一瞬，她又恢复了平静。原来，斯特恩乌德家的人，除了眼睛乌黑，做事鲁莽外，的确还有一些别的优点。

我站起来，取过里甘太太手里那支还在冒着青烟的烟，在烟灰碟里掐灭，然后装出一副小心谨慎的样子，慢慢将卡门的那把小手枪从口袋里掏出来，放在她那被白缎子裹着的膝盖上，摆得平平的。随后，我像一个布置橱窗的人欣赏自己给模特脖子上的围巾摆了个新造型一样，歪着头后退一步，回到沙发坐下。她的目光一点点地往下移，最后直直地看着那把枪。

我说："这把枪已经伤不到人了。五颗子弹已经被卡门打空了，她接连对我开了五枪。"

里甘太太脖子上的青筋又"突突"地跳了起来，她好像想说点什么，却说不出来，只好将话头压了回去。

我说："射击的距离只有五六步，她干得还真漂亮，对吗？可惜，我装的只是空子弹。"我不怀好意地笑笑，接着说："我有一种预感，如果有机会，卡门就会干出这种事来。"

"你这个人真让人害怕！你太可怕了。"她的声音听上去好像刚从特别遥远的地方收回来。

"你说的对，我很可怕。你是卡门的大姐，这件事你准备怎么办？"

"你没有有效的证据？你不能证明她对你开过枪。你刚才说，去油井那里的人，只有你们两个人，你说的事没人替你作证。"

我说："哦，关于这个，我并不想证明，我想的是别的事，如果这把手枪装的是实弹会发生的事。"

里甘太太的目光看上去像两汪漆黑的潭水，比黑暗的潭水还要深邃。

我接着说："我想到了里甘失踪的那天。当时已经是黄昏了，里甘带着卡门去那里练习射击，拿起一个罐头盒放在一个地方，教她瞄准。她开枪的时候，里甘就站在她身边。但是，她没有对准罐头盒，而是掉转枪口，对里甘开了枪。至于开枪的原因，就像她今天开枪打我一样，是出于同一个原因。"

里甘太太的身体颤抖了一下，枪从膝盖上滑落到地板上，这是我有史以来听过的最大的动静了，她的眼睛直勾勾地看着我，嘴巴发出一声长长的痛苦呻吟声："卡门……慈悲的上帝啊，卡门究竟为什么会这么做？"

"难道你非要让我说出她对我开枪的原因吗？"

她的眼神依然很让人害怕："你非告诉我不可！我想，我想你必须告诉我。"

"前天晚上，我回家之后，发现卡门在我的房间里。她骗过公寓的管理员，进了屋子，全身脱得溜光，躺在我的床上等着我。我揪着她的耳朵将她扔了出去。我猜，里甘也对她做过同样的事情。但是，卡门却不允许别人这样对待她。"

里甘太太把嘴巴往回一缩，下意识地想用嘴唇抿住。她看起来像个被吓坏的孩子。她脸上的轮廓变得格外清晰，她慢慢抬起一只手。好像这是一只被线操纵的假手一般，手指很僵硬，正在一点一点紧紧地抓住衣服领口的白皮子。之后，她目光呆滞地坐在椅子上。声音嘶哑地说："钱，我猜你想跟我要钱。"

我尽力压制住脸上的嘲讽表情，问："你打算给我多少钱？"

"一万五千美元,行吗?"

我点点头:"这个价还不错。警察们推算出来的也是这个数目。里甘被卡门打死的时候,口袋里就装着这么多钱。你求艾迪帮忙,卡尼诺替你把里甘的尸体处理掉之后得到的也就是这些钱。但是这些跟艾迪希望某天能捞到手的钱比起来,只不过是九牛一毛。我说的对吗?"

她骂了一句:"你这个狗杂种!"

"哈哈,我是个机灵人。我活在这个世上,没什么感情,自然谈不上什么良心的谴责。我想弄到手的,就是钱。我这么财迷心窍,所以每天有二十五美元的酬劳和一笔用来报销汽车油费和威士忌酒钱的报销费。我开动脑筋,当然是在我还有脑子的情况下,我用了自己的生命和前途来冒险,得罪了警察,得罪了艾迪和他的一帮打手,让这些人对我恨之入骨。我整天躲着枪子儿,吃着棍棒,逢人就说——'谢谢您,如果您再遇上什么麻烦事,还可以来找我,我给您一张名片,说不定您还用得上我'。我做了这么多,只是为了一天能拿到二十五美元的酬金。或许,我还能多做一些事,来保护一位心力交瘁、病魔缠身的一位老人的身体里仅存的一点儿自尊心。因为,我考虑到老人的血液里没有流淌毒汁,考虑到他的两个女儿虽然跟很多有钱的姑娘差不多带着一点儿野性,但是她们毕竟还没有堕落,没有成为杀人犯。就因为这样,我成了你嘴巴里的'狗杂种'。对于这件事,没关系,我毫不在乎。我早就被各种各样的人骂过了,包括你那个妹妹,因为我不跟她上床,她骂的比你说的难听得多。我从你爸爸那里拿到五百美元酬劳,这笔钱不是我跟他要的,他也花得起这笔钱。如果我找得到里甘先生,他还答应给我一千美元。现在你又给我一万五千美元,我简直是个大财主了。拿到这笔钱,我可以买一座房子、一辆崭新的汽车还有一年四季的衣服。说不定我还能去哪里度个假,不必再为错过一个主顾而忧心忡忡了。真是好极了!可是你为什么要给我这笔钱呢?是为了要我继续当一个狗杂种,还是要我像那天晚上在自己的车里醉得不省人事的那位阔少爷那样,成为一个绅士?"

里甘太太像一个石头人,一言不发。

我继续用沉重的语气说:"好,那你能不能带卡门到别的地方去?带她到一个能给她治病的地方,别让她再接触刀枪和烈性酒。说不定她真的能被治好,这种例子过去也曾发生过。"

里甘太太慢慢走到窗前,站在乳白色的窗帘前,朝窗外望去,望着远处寂静而幽暗的山麓。她就那样一动也不动地站着,几乎跟窗帘的颜色融为一体。她的双手松软地垂在身体两侧,就像一个木头或者泥巴做成的雕像。好一会儿之后,她转过身,目不斜视地往屋里的另一端走去。

经过我身边时,她突然喘了一口气,说:"里甘就在那个水池里,已经成为一具骇人的枯骨了。这事是我干的。就像你说的,我找了艾迪。卡门回家之后,将整件事告诉了我,她像个孩子,不是正常人。我知道从她嘴里,警察什么都能问出来,过不了多久,不用别人问,她自己都会洋洋得意地将这件事说出来。如果我爸爸知道了,他一定会立刻叫来警察,将这件事和盘托出,然后半夜里就咽了气。他去世倒不是什么大事,让我无法忍受的是他去世前会怎么想。里甘不是坏人,尽管我不爱他,但是他对我挺好。为了不让我爸爸知道这件事,我也顾不上这么多了。总之,这样也好,那样也罢,死也好,活着也好,对我来说都是无关紧要的了。"

我说:"于是,你让你妹妹继续瞎搞,再去惹麻烦。"

"我是为了争取时间。当然,我采取的办法不对。我甚至认为她会忘了这件事。我听别人说,有这种病的人,事后对发病时候做的事完全记不起来。说不定她早就忘了。我早就明白,艾迪会狠狠地敲我一笔,甚至还会榨干我的骨髓。但是我已经不在乎了,那时候我太需要帮助,只能从他这种人那里寻求帮助。很多时候,我都不敢相信家里发生了这种事。我想,不管是不是该喝酒的时候，我都需要喝得酩酊大醉，赶紧醉倒躺下！"

我说："你要把卡门带走，这是你需要赶紧去做的事。"

里甘太太背对着我，语气变得缓和起来："那你打算怎么做？"

"我什么也不会做。我会离开你家，我给你三天时间。如果三天之内你们走了，那就不会有什么事情发生。如果时间到了你们还不走，那我就会将这件事抖出来。你不要以为我不会说话算话。"

她忽然转过身："我不知道该对你说些什么才好，我也不知道该从何说起了。"

"好了，你带着卡门赶紧走吧。你得保证随时随地有人照看着她。这一点，你能答应我吗？"

"我答应你，那艾迪——"

"你就别管他了。我休息一会儿就去找他。关于艾迪的事，你就交给我吧。"

"他会杀了你。"

我说："随他吧，他最好的打手都没本事杀死我。别的杀手我还想冒险试试看。这件事，管家诺里斯知道吗？"

"他绝不会把这件事说出去的。"

"好的，我想他应该知道整件事了。"

说完，我快速离开里甘太太，走出房间，下了楼，来到前面的大厅，我没有看到任何人，只看见自己的帽子摆在大厅里。不知怎么的，我看着窗外明媚的花园忽然有一种阴森的感觉，就好像有一双凶狠的眼睛正躲在树丛后面窥视我，就连阳光也好像带着一种神秘的色彩。

我上了车，朝山下开去。

你一旦死了，是躺在肮脏的水坑里，还是躺在高高矗立在山峰上的大理石宝塔里面？其实，躺在哪里又有什么关系呢！

你已经死亡，不会再醒来，这些事你不用再去计较。对你而言，满是油垢的脏水和清风阵阵的空气，已经没有什么区别。你只需安安稳稳地睡着，再也无须思考你如何死亡、死在何处这种种肮脏的事情了。而我现在，正在处理的事情，远比里甘的事更龌龊。但是那位老将军，已经没有必要将他牵扯进来了，就让他安安静静地躺在那张支撑着华盖的大床上吧，让他那没有血色的双手继续搭在被单上等待吧。他的心只有短暂而模糊的呢喃了，他的思维已经像灰尘一样飘忽、灰暗了，用不了多久时间，他也会像里甘一样，长眠不醒。

在进城的路上，我经过一个酒吧，停了车，进去喝了两杯双料威士忌。但是，我的心情一点儿也没好转，这两杯酒，只让我想起了银发姑娘摩娜。后来，我再也没有见到她了。

◆ 湖底女人 ◆

第一章　初见金斯利

在奥列佛街的西边，那个靠近第六大道的地方，有一座特洛尔大厦。它前面有一条由黑白两色橡胶砖组成的人行道。此刻，有人正把它们挖起来，去给市政府交差。一个脸色苍白，没有戴帽子的男人，正不舍地看着这工程，看起来他应该是附近的大楼管理员。

我经过他后，又走过了一条排列着各种专卖店的走廊，然后进入到一个宽敞的黑金色大厅。七楼，在包着白金的双层玻璃旋转门后，是临街的吉尔兰恩公司。接待室装饰着中国地毯，家具棱角分明且精致，角落里放着闪亮的几何形雕塑底座，墙角的三角展示柜又高又大，暗银灰色的墙。那些一层一层的闪光玻璃上，放置着每个季节、各种场合适用的蜜粉、乳液、香水、香皂，这些大概可以算是世界上设计最精巧的瓶瓶罐罐了。那装有香精的细长瓶子，似乎一口气就可以吹倒；装饰着绒布蝴蝶结的小瓶子，则像极了一个正在舞蹈的小女孩。在眼睛这般高度的正中间，一个又矮又胖的琥珀瓶子占了很大的位置，孤零零地，它装的则是植物乳液，看起来稀有且纯净。标签上是"香水中的香槟，皇家吉尔兰恩"。想来，这一定是每个人都梦寐以求的，只要一滴，就会马上感觉到红色珍珠像夏天的雨一样洒落在身上一般。

在较远的角落，是电话转接房，一个身材小巧的金发女郎正坐在栏杆后，那里倒是非常安全。与门平行的桌子主人，叫阿德里安娜·弗罗姆塞特小姐，名签上这样写着，她深色头发、身材高挑。

最引人注目的是她胸前的手帕挺得似乎可以切面包，铁灰色套装里面是深蓝色衬衫，还打着灰色的男式领带。全身上下，除了一条项链外，再也没有其他首饰。她那深色的头发中分着，自然地散落在肩头。象牙色的皮肤，大大的黑眼睛，还有那看起来相当严肃的眉毛，我想，如果在某些适当的场合，它们给人的感觉应该会更温暖一些。

我把那款角上没有手枪标志的名片放在她桌上，希望能见德雷斯·金斯利先生一面。她看了一眼名片，问道："请问您有预约吗？"

"我没有。"

"如果没有预约，是很难见到金斯利先生的。"

这一点，我心里自然是明白的。

"请问您有什么事呢？马洛先生？"

"一些私事。"

"是这样啊。那他认识您吗？"

"不认识。不过我想他应该知道我要来找他，我是姆吉警官介绍来的。"

"所以他认识姆吉警官？"

她把我的名片放到了一叠打好的信件旁后，身子便向后靠去，拿着金色铅笔的手轻轻敲起了桌子。

我笑了笑。正好瞧见电话转接房里的金发女郎正竖着她那贝壳似的耳朵，脸上挂着浅笑。她似乎想说点什么来缓解气氛，但又有些害怕，像极了一只被忽视的小猫咪。

"希望如此吧。或许您可以问问他。"我怀揣希望地提醒说。

可能是为了控制住自己不把手中的铅笔扔我身上，她迅速地写下了三个首字母。"金斯利先生此刻正在开会。等合适的时候，我会把你的名片给他的。"她说这些话的时候，头也没抬一下。

谢过她之后，我走向一张镀铬皮椅，并坐了下来，确实这椅子比普通椅子要舒服得多。时间在慢慢流逝，再也无人进出的四周，一片静谧。除了阿德里安娜小组那纤细的手指在文件上游移，还有那"窥视的小猫"偶尔发出的声响和电话头被咔啦咔啦插进拔出的声音。

我拖过一个烟灰缸后，点燃了一支烟，坐等时间一点点过去。我在思考这地方到底是做什么生意的。可能是大到几百万的生意呢，也许在这些房间后面就是保险柜，且正有个警长斜靠在那呢。

在我抽了三四支烟，大约过了半个小时的样子，阿德里安娜小姐身后的门被打开了，退出来两个满脸堆笑的男人，第三个男人撑着门，赔着笑。在一番热烈地握手之后，两个男人走出了办公室，第三个男人则瞬间收起了笑脸，仿佛他从来都没有笑过一般。他是个大个子，穿着灰西装，看起来很严肃。

"有我的电话吗？"言语中带着高高在上的口气。

"马洛先生想要见你，他说他有私事找你，从姆吉警官那里过来的。"阿德里安娜回答的声音很温柔。

"不认识。"大个子接过名片后，压根儿看也没看我，就吼出了这句话，然后回了办公室。门砰一声，自动关上了。我瞧见阿德里安娜小姐朝我甜蜜地笑了一下，有些无奈，我则挑逗性地回应了她一眼，暗示不在意。紧接着，为了打发时间，我又点燃了一支烟。我发现，这家叫吉尔兰恩的公司让我越来越有好感。

那扇门再次打开是在十分钟以后，戴着帽子的大个子一边走出来，一边哼着说要去理发。他像运动员一般大步流星地走过地毯，大概在离门一半距离时，突然转身，看向我坐的地方。

"是你想见我？"他朝我吼道。

他身材结实，大约六英尺二英寸的样子，一双石灰色的眼睛透着冷峻的光，身上穿的大尺码外套是有石灰白细纹的灰法兰绒，显得非常优雅。同时，也正是这优雅，表露了他的不好相处。

"是的，如果你就是金斯利先生。"我站起身来，回答道。

"你觉得我是吗？"

我没有接他的话，递上了一张有生意头衔的名片。他接过去后，夹在手里，有些不耐烦地瞄了几眼。

"姆吉介绍你来的？"他的问话还是很严厉。

"我只是认识他。"

"不明白。"他一边说，一边回头看了看阿德里安娜小姐。她非常喜欢他这样。"你还愿意多说一些关于他的事吗？"

"没问题。他身材高大，银色头发看起来很柔软，那俏皮的小嘴特别适合亲吻婴儿。对了，因为他喜欢嚼紫罗兰味的喉片，所以他们都叫他紫罗兰姆吉。上一次我见他时，他穿着一套整洁的蓝色西装，灰色的宽沿帽子，褐色的宽头鞋子，他在抽鸦片，用一支很短的石楠根烟斗。"

"你的态度让我很不喜欢。"金斯利说话的声调仿佛可以压碎一颗巴西豆。

"没事，那是你的自由。"

像是我在他鼻下放了一条死了一星期的鲭鱼一般,他向后仰去。没一会儿,他背对着我说道:"就三分钟。天知道我为什么要这么做。"

他迅速往回走去,经过地毯和阿德里安娜小姐的桌子后,猛地开门,然后再甩到了我脸上。是的,阿德里安娜小姐也很喜欢这样的他,不过,此刻的她眼里却呈现了一丝丝狡猾的笑意。

第二章　老婆失踪了

这间办公室狭长、昏暗,非常安静,是典型的私人办公室。屋里开着冷气,窗户紧闭,半闭着的灰色百叶窗把七月的骄阳挡在了外面。灰色的窗幔,搭配了同色的地毯,一个黑金色的大保险箱安静地矗立在屋子的角落里,旁边还有一排低矮的档案盒。墙上的着色照片里是一位老人——络腮胡、嘴角轮廓分明,衣领竖起,我发现,从我这个角度看过去,他的喉结似乎比一般人的下巴还要硬呢。马修·吉尔兰恩先生,1860—1934,照片下方有文字介绍。

金斯利从约八百美元的办公桌后穿过,落座在一张高大的皮椅上。接着,他拿出一只镶嵌的桃花心木盒子,从里面娴熟地取出一根细长的雪茄,修剪之后,用他那精致的打火机点燃了。他不慌不忙地做着这一切,丝毫没有顾及我的时间。直到他把这一切都做完了,才放松地往后一靠,又吐了几口烟之后,才开口说道:"你也知道,我是个生意人,我们就直奔主题吧。你刚刚给我的名片上说你是一名有执照的侦探,那就证明证明吧。"

我拿出皮夹给他看。他看完后顺手丢回给了我,刹那间,装着塑胶套的执照掉了出来,可他居然没有一点点歉意。

"你说的姆吉我并不认识,我只认识彼得警长。我希望他帮我找个可靠的人,为我做一件事,我猜,应该就是你。"

"你可以去查查,姆吉是在警长办公室辖区的好莱坞分局工作。"

"那倒不必。我想我可以信任你,但是,千万别试图和我耍花样。你一定要记得,我用了谁,我就会给他充分的信任,对方也得实实在在为我做事。我说做什么就做什么,管好自己的嘴巴,否则立马滚蛋。你懂吗?希望这些对你来说,并不算难事。"

"关于这个问题,我们也许可以以后再谈,你觉得呢?"

他皱了皱眉,开门见山地问道:"你怎么收费的?"

"二十五一天,其他费用另算。车子的费用是八分每英里。"

"开什么玩笑!这也太离谱了。最多一天十五块,车子按里程算,你不许乱逛,合理范围内我都可以买单。"

我没有接话,只是吐出了一团灰色的烟雾,用手赶了赶。对于我的反应,他有些吃惊。

他身体前倾,直到挨着桌子,接着用雪茄指着我说:"现在,我还没雇佣你。如果我们谈好了,记住我让你做的事,不准告诉你的那些警察朋友。知道吗?"

"那么,你到底要让我做什么呢?金斯利先生。"

"这个重要吗?反正都是侦探的活,你做的不正是这些吗?"

"我只接正经的侦探活。"

他似乎有些咬牙切齿，直勾勾地瞪着我，那对灰色眼睛更是让我捉摸不定。

"离婚案子我不接。另外，第一次合作的客户，我要收订金一百块。"我继续说道。

"这个没问题。"他的声音变得柔和。

"大部分顾客刚开始要么是呜呜咽咽，要么是大吵大闹，而你的态度好像不太客气。要知道，通常到最后他们都会变得很理智，如果他们还活着的话。"

"很多客户最后都没有活下来？"他盯着我问，声音还是一样的柔和。

"如果他们能坚持信任我，就不会是那样的结果。"

"你也来一根雪茄吧。"他说。

我礼貌地接过来，然后放进了口袋。

"我太太已经失踪一个月了，我要你去找她。"

"没问题，我一定可以找到她的。"

他有些激动地双手拍着桌子，直直地注视着我，"我想你会做好的。"他笑了笑，好冷。"要知道，四年了，还从没有人这么跟我说过话。"

我没有接话。

"我真是太开心了，非常开心。"他一边说，一边用一只手抓他那浓密的头发，"她从我们山上的木屋跑掉整整一个月了，靠近狮角那里的木屋。对了，你听说过狮角吗？"

我告诉他我知道那里。

"我们的木屋修建在离村子大约三英里的地方，有些是私人道路，挨着一个叫小鹿湖的私人湖泊。为了改善那里的居住环境，我们三个人还修建了一座水坝。对了，那块地很大，但还没有开发，短时间内，我们也没有计划开发，它属于我和另外两个人。我有自己的木屋，我的朋友也都有。在另一幢木屋里，住着比尔·切斯和他的太太，他们免费住那里，负责看管那地方。他有退休金，是一位残疾退伍军人，那儿的情况大概就是这样了。五月中旬的时候，我太太去了那里，中间回来度过两次周末。六月十二日那天，她应该回来参加一个聚会，可是她并没有出现。从那以后，我就再也没有见过她。"

"那么，你到底做了些什么呢？"

"不，我什么也没有做。我根本没去过那里。"他没继续往下说，他在等我问为什么。

我也很顺其自然地问了为什么。

他往后推了推椅子，从一个上锁的抽屉里拿出了一张折着的纸，递给了我。我打开后，发现是一张六月十四日早上九点十九分从埃尔帕索发过来的电报，地址写的是比佛利山卡大道965号，显然，收信人是德雷斯·金斯利，电文的内容很直白：

将与克里斯结婚，请速到墨西哥办理离婚。好运。再见。

克里斯特尔

我把电报放在桌子上。接着，他给了我一张既大又清晰、相纸还发亮的照片，在海滩上的一把伞下，一男一女正坐在那儿。男人穿着短裤，女人则穿了一件貌似很暴露的白鲨鱼皮泳装，一位真正的金发女郎，年轻漂亮，身材苗条，还满脸带笑。男人是深色皮肤，身材魁梧，相貌英俊，肩膀宽阔，更重要的是他那修长的双腿、乌亮的头发、洁白的牙齿、标准的六英尺身高，一看就是专门破坏别人家庭的典型。他的手臂总是紧紧地揽住身旁的女人，脑袋里的那一点点智慧在他的脸上表现得淋漓尽致。手上拿着一副墨镜，对着镜头微笑，那笑容是那么轻松，却训练有素。

金斯利介绍道："那个女的就是我太太克里斯特尔，另一位是克里斯。他们要想好就去好吧，一起见鬼去！"

我把照片放在了电报的上面，问道，"那么，你觉得有什么不对劲呢？"

"没有电话号码。"他继续说道，"这次她回来，我根本不以为意。换句话说，在接到她电报之前，我根本没有多想什么。但是，这封电报让我有些意外，因为在几年前，我和克里斯特尔就各过各的。得州的一个油田家族企业，每年大约给她两万美元，所以她有不少钱，她经常在外面鬼混，这克里斯只是其中之一。可要说她真要嫁给他，我还是很惊讶的，毕竟那男人是个吃软饭的，这一看便知。不过，从相片上看很幸福，对吧？"

"接着发生了什么？"

"什么事也没发生，就这样大约过了两个星期。之后有一天，我接到通知，在圣贝纳迪诺的普雷斯科特旅馆的车库，有辆车无人认领，登记在克里斯特尔的名下，地址也写的是我家。我便给他们寄了张支票过去，嘱咐他们把车留着。这件事其实也没什么特别，当时我想她或许和克里斯去了别的州，开得是克里斯的车。可是，就在前天，在街角的健身俱乐部前，我遇到了克里斯，他告诉我，他根本不知道这一切，更不知道克里斯特尔在哪里。"

金斯利迅速看了我一眼后，伸手去桌上拿了一瓶酒和两只彩绘酒杯。他倒了两杯，推给我一杯。他举杯对着光，慢吞吞地说："克里斯说已经两个月没见过她了，也没有联络过，更没有跟她走。"

"所以，你相信了他的话？"

他点了点头后，皱着眉喝了杯中的酒，随即把酒杯推向一旁。我也礼貌性地尝了尝，虽是苏格兰威士忌，却不是好酒。

"可能我不该相信他。"他试图解释，"很奇怪，这次我选择信任他。不过，绝对不是因为他值得信任。像他这种人，先跟我称兄道弟，然后睡了我的老婆，还到处炫耀，再绝交，让我难堪。我了解混混儿，特别是他。之前，他在我们公司工作过一段时间，一个接一个地惹麻烦，他总是控制不住自己去勾搭女同事。对了，我告诉他这封电报，我问他这有什么好隐瞒的。"

"也许，她甩了他，他觉得很没面子。毕竟那可是极伤自尊的——一个情圣的自尊。"

金斯利的情绪好像比之前好了一点，但没有那么明显。他摇了摇头，说道："看他的表现，我还是有些相信。所以，我希望你来告诉我，我是错的。这也是我为什么找你的原因之一。另外，还有一些让我烦心的事。你也知道，我有一份好工作，这很重要。我不想要丑闻，我也禁不起，如果我太太和警方扯上了关系，那我就得立马卷铺盖走人了。"

"警方？为什么？"

"在过去的日子里，"金斯利的声音有些沉重，"只要她一喝多，就常常会去百货公司偷东西。每一次这样，我们就必须去经理室面对那难堪的局面。目前来说，我至少可以帮助她不被起诉。但是，如果她是在一个陌生的城市做了这种事——"他气愤地将手"啪"地一下拍在桌子上，"那她就会被抓起来，关进监狱了，不是吗？"

"以前她有被留过指纹吗？"

"这倒没有。她并没有被正式逮捕过。"

"不，我不是这意思。我是说，一般大型的百货公司都会让这些人留下指纹来作为不告你偷窃的交换条件，如此这般，不但可以建立一个关于偷窃癖人的档案，还可以震慑那些想要下手的窃贼。当这些指纹出现的次数达到一定的量，他们便会来找你。"

"就我知道的，还没发生过这种事。"他回答道。

"那就好。那我们就可以先把偷窃的事放一边。你想，如果她被抓住了，一定会被盘查。即使警方允许她用假名，那仍然有可能会联络上你。如果她已经入狱了，早就向你求救了。"我用手指在白底蓝格的电报纸上敲了敲，"已经一个月了。如果真发生了你担心的事，案子也早该结了；如果是初犯的话，最多被训斥一番，判个缓刑，也就放出来了。"

为了缓和自己的焦虑，他又给自己倒了一杯酒，"你的推测，让我好受多了。"

"其实，你有没有想过，还有很多种可能。比如她真的和克里斯跑了，然后因为一些事情，他们分手了；或者电报只是个幌子，她真正的是和其他男人跑了；也有可能是她自己一个人跑了；和一个女人走了；喝酒喝得太厉害，正在某个隐秘的疗养院治疗；被关在一个神秘的监狱里；被杀害了。"

"天哪！千万别这么说。"金斯利几乎是惊叫了出来。

"为什么不？你再仔细想想。在我心里，金斯利夫人年轻漂亮、性格冲动、爱喝酒，而且她一喝多，就喜欢做一些危险的事。另外，她还风流、奔放，非常有可能勾搭上一个陌生人，正好这个陌生人是个坏人。你觉得我说得对吗？"

"都对，都对。"他点点头。

"一般来说，她身上会带多少钱？"

"她有自己的账户，想取多少都可以，她喜欢带足够的钱出门。"

"有孩子吗？你们。"

"没。"

"你帮她理过财吗？"

他摇了摇头，"理什么呢，无非是一些存支票、花钱、取钱的事。她不喜欢投资，也从没在投资上花过一毛钱。虽然她有钱，但我并没有得到任何好处，如果你想问这个的话。"他停了停后，继续说道，"其实，我也努力过，毕竟两万美元，每年就这样用来喝酒和花在像克里斯这样的男人身上，还真挺不是滋味的。"

"你能从她的开户银行拿到过去几个月的支票使用详细记录吗？"

"不能，他们不告诉我。之前我以为她被敲诈了，就尝试去问过一次，可一无所获，他们什么也不愿意说。"

"我们可以问到，"我说，"不过，那就必须要去失踪人员调查局，你是否愿意呢？"

"如果我愿意那样做，就不找你了。"

我一边点点头，一边把证物收起来放进了口袋，"除了刚才问到的，我还有一些别的想法。不过我想先去会会克里斯，然后再去一趟小鹿湖，看看有没有什么收获。现在，请你给我写一个克里斯的地址，另外，给帮你照看山上小屋的男人写张纸条。"

他抽出了一张有信头的信纸，快速地写了几行字后，递给了我。

亲爱的比尔，这位是菲利普·马洛先生，他想过来看看我的这片地，请带他看看我的木屋并给予他最大的帮助。

德雷斯·金斯利

我把折好的信放进了他写有地址的信封里，接着问道，"其他的木屋呢？都是些什么状况？"

"现在不会有人去。他们都和自己的太太在一起,其中一个在华盛顿的政府机构工作,另一个则在利文沃斯堡。"

"地址,请给我克里斯的地址。"

我头顶上方的某个地方吸引了他,他盯着那里,说道:"他住在湾城,我可以找到那,但我不记得具体的地址。弗罗姆塞特小姐知道,她可以给你,不过,不要告诉她为什么你要找这个。也许有一天,她会知道的。对了,你刚刚说要预付一百美元?"

"不用。因为你刚才太嚣张了,所以我才那样说的。"

他笑了笑。我站了起来,迟疑地看着桌子对面的他,过了好一会儿,才继续说道:"你确定没有隐瞒什么事吧?任何事、任何细节。"

他没有看我,只是盯着自己的大拇指,"没有。我想知道她现在在哪儿,我很担心她,真的非常担心。你一旦有消息,请立即给我打电话,不论白天晚上都行。"

我告诉他,让他放心,事情有进展会第一时间通知他。接着和他握了握手后,便从那间阴冷狭长的办公室走了出来,正好,阿德里安娜小姐优雅地坐在那儿。

"金斯利先生请你给我克里斯的地址。"我看着她的脸,说道。

她翻开一本专门登记地址的褐色皮簿子,声音有些不自然,显得很冷,"留在这的地址是湾城,牵牛星街623号,湾城12523是他的电话。这是一年前的信息,后来再也没有联络过,也许他早就搬家了。"

谢过她之后,我就向大门走去了。到门口时,我回头看了看,她双手放在桌子上,坐得笔直,两眼空洞,直勾勾地盯着空中。两片红晕在她脸颊上燃烧,眼神飘忽不定,苦涩得很。

也许对于她来说,克里斯并不是个美好的记忆。

第三章　小男友的谎言

牵牛星街坐落在一个峡谷的末端,大概是一个V字形的边缘。在它的北边,蓝蓝的海湾潮流涌向马里布市,而南边,在高速路上绵延展开的,便是那湾城了。

这条街仅仅有三四个街区,一点也不长。在街的尽头是一处深宅大院,用高高的铁丝网围起来的。透过那金黄的篱笆,我看到了院内的树、草坪,还有一些灌木和一条蜿蜒的车道,不过,我并没有看到房子。牵牛星街靠陆地这边的房子不但都很大,还维护得很好,而散落在峡谷那一边的几间稀疏平房,则很不起眼。铁丝网围住的短短半个街区内,仅有两幢房子,正好隔街相望,我一眼便看到了623号,正是小的那幢。

我开着克莱斯勒经过克里斯的家,一直到街的尽头转了半圈,调头回来,把车停在了他家边上的一块空地上。他的房子向下倾斜,完全是依地势而建的。房子上方有一些藤蔓植物,房门比地面还略低。卧室安排在地下室,屋顶有一个平台,而车库的设计更像是一个台球桌的角袋。房子的前墙被一种红色的九重葛簇簇地披拂着,小路上的石头扁平,边缘长满了韩国青苔。房子上面是拱形的尖顶,门不但非常窄,还装着栅栏。我走上前,敲了敲门上的铁栅栏。

没人应门。我听着我旁边的门铃,还有那屋内不远处的铃声,等了一会儿,依然没有回应。

我继续敲了敲门环，还是没人搭理我。我回到小路上，向车库走去，拉开门，里面停着一辆轮胎边缘有一圈白色的车，我想他应该是在家的。我走向前门。

对面的车库驶出了一辆雅致的黑色凯迪拉克双门小轿车，先是倒车、转弯，经过克里斯房子时，他故意慢了下来，一个戴着墨镜的瘦男人，眼神犀利地看着我，像是在告诉我，不该来这里。我也狠狠地瞪着他，他才开车离开了。

当我走下克里斯家的小路，再次敲门时，终于有回应了。一个相貌英俊、眼睛明亮的男人打开了一扇小窗，出现在了铁栅栏里。

"你要把人吵死了。"一个声音响起。

"请问是克里斯先生吗"

他告诉我他是后，直截了当地问我有什么事。我把名片从铁栅栏递到了一只棕色大手上。明亮的眼睛再次出现，他说道："今天我不见侦探，不好意思。"

"德雷斯·金斯利，我替他工作。"

"你们都去见鬼吧！"说完，便使劲关上了小窗户。我拿出我的好耐性，靠在门边，一边继续按门铃，一边拿出一支烟，当我刚想在门框上擦火柴时，门开了。他穿着游泳裤、沙滩鞋，系着一条白色浴袍，就这样走了出来。

我的大拇指离开门铃，礼貌性地朝他笑了笑说，"怎么了，怕了吗？"

"如果你敢再按一次门铃，我保证把你扔到马路对面去。"

"别逗了。我想我们需要好好谈谈，你很清楚这一点。"

我把那份电报放到他那明亮的棕色眼睛跟前。他皱着眉头，读完它后，咬咬嘴唇，像是下了好大的决心，低声吼道，"进来吧，就当是看在克里斯特尔的份儿上。"

他打开门后，我经过他，进到了屋里。房间里虽昏暗，但却很舒适的样子。貌似昂贵的杏黄色中国地毯、高背椅、几盏白色柱灯，还有一张很大的卧榻，铺着浅褐色安哥羊毛点缀着深棕色圆点床罩。壁炉带罩，上方还有白色的木制台子。一大簇熊果花遮住了一部分壁炉罩，那花虽还很娇艳，但已有多处变得枯黄。在一张低矮的核桃木桌上放着一瓶维特69，茶盘里则放着几支玻璃酒杯和一个制冰桶。这间房可以直通屋后的拱门，通过它，三扇窗和通往楼下的一段白色扶手映入眼帘。

克里斯把门重重关上，坐到了他的卧榻上，气冲冲地从银盒里拿出了一支烟，熟练地点上，然后看着我。我也在他面前找了个位置坐下，盯着他。确实，他和照片上的人一样英俊，不论是腰身，还是大腿的线条，都是那么完美。眼睛是栗褐色，眼白有一点点发灰，头发发梢微卷，长度刚好覆盖了太阳穴，一身棕色的肌肤丝毫没有松弛的意思，是的，他真的很让人着迷。对于我来说，他的身材实在是无懈可击，瞬间我就明白他为什么会招女人喜欢了。

"为什么不说实话？你也明白，总有一天，我们会找到她的。而现在，只要你告诉我们，你就不会再被打扰。"

"一个私家侦探，还没有能力打扰到我。"

"是吗？可是你必须知道，私家侦探的工作就是找别人的麻烦，什么怠慢、冷落，他们早就司空见惯，并且习以为常了。有人买他们的时间，就是花钱让他们来给你找麻烦，他们会对你穷追不舍。"

"你听着，"他向我凑了过来，用烟指着我，说，"我刚刚看了电报内容，那简直是胡扯。我已经很久没有跟她联系过了，也没见过她，更别说和她一起去埃尔帕索了。这情况，我已经告诉过金斯利了。"

"他觉得你没有说实话。"

"我为什么要说谎？"他回应道。

"你说谎了吗？"

"听着，"他的声音变得急切，"不论你怎么想，很遗憾你不认识克里斯特尔。金斯利管不了她。我认为，如果克里斯特尔的行为让他不能忍受，他就应该想办法去改善。说实话，这种霸道的丈夫让我觉得恶心！"

"如果你说的是真的，那这封电报怎么解释？"

"我也想知道。"

"或者，你应该有更好的解释。"我指了指壁炉边的熊果花，"这花应该来自小鹿湖吧？"

"哈，附近的山上到处有熊果树，这有什么奇怪？"他傲慢地回道。

"这儿的花和小鹿湖的不一样。"

他勉强地笑了笑，说，"即使我不说，你也会查出来的。我确实去过那里，在五月的第三个星期。不过，那真的是我们最后一次见面。"

"所以你想过和她结婚吗？"

"想过吧。她有钱，这总是好的。但如果真那样做，我又觉得太麻烦了。"他吐了口烟，在烟雾缭绕中，若有所思地回答道。

我赞同地点点头后，没有再接话。他一边打量着熊果花，一边向后靠去，又吐了几口烟，露出他那棕色的喉结。好一会儿，我依然没有说话。他开始不安，看着我的名片，主动找话题："这种帮别人打探消息的生意不错吧？"

"没啥好的，东家挣一点，西家挣一点。"

"都是些'小'钱。"

"我们没必要闹得不愉快，克里斯先生。金斯利先生觉得你知道他太太的下落，却不愿意透露，这即使没有恶意，至少也藏着某种动机。"

"那他更喜欢哪种情况呢？"克里斯嗤之以鼻。

"他根本不在乎。他只想知道确切的消息。你也明白，你和克里斯特尔之间有什么，要去哪儿、结不结婚，都不是重点。他只想知道她现在是否安全，有没有惹上什么麻烦。"

"麻烦？什么意思？"克里斯听到这个，顿时有了兴趣。他伸出舌头，似乎在品尝这两个字。

"也就是说你不知道他所担心的麻烦？"

"不知道，他担心什么！还是我不知道的！我喜欢听这样的事！快告诉我！"虽是请求，却带着讥讽。

"你真幽默，"我说，"找你谈正事，你没时间，可却有工夫闲扯。如果你以为就这点小伎俩，就让我们放弃追究你和克里斯特尔去别的州的事，那就太自以为是了。"

"我真的想好好夸夸你，真是个聪明人。但是，请你一定要找到证据，不然说什么都是白搭。"

"我想这电报应该能说明一些什么。"我固执己见，我记得这句台词我已用过几次了。

"也许那只是个玩笑。要知道，她常玩这种蠢的小把戏，但有些，却是很恶毒的。"

"那这电报的用意是什么呢？"

他小心翼翼地把烟灰弹到玻璃桌上，迅速地看了我一眼，然后望向别处。

"可能这是我让她白等的报复吧，"他慢悠悠地说道，"那个周末我应该去的，可我没去，我想，我想我有些烦她了。"

"呃，"我盯着他，直截了当地说，"也许，这话应该这样说：其实你真的和她去了埃尔帕索，但很快，就吵得不可开交，然后分手。对吗？"

黝黑的肌肤并没有遮住他的脸红。

"我想我已经说过了，我没有和她去任何地方！任何地方！你记得吗？"

"如果你的话足以让我相信，我自然会记得的。"

他身子往前倾，灭了烟，故作轻松地站了起来，不紧不慢地理了理他的浴袍带子，然后走向卧榻的另一端。

"好了，就这样吧。"他的言语干脆利落，"我不想再听你废话了。如果你的时间还有点价值的话，就别再浪费我和你自己的时间了。"

"我是被雇来的，我的时间就值这么多钱。"我站起身，笑了笑说，"你们会不会在哪家百货公司遇到什么麻烦了？比如，珠宝部门，或者是袜子。"

他审视着我，皱了皱眉，瘪了一下嘴。

"我不知道你在说什么。"他的声音空洞，像是在思考什么。

"非常感谢你，你提供的信息已经够了。对了，离开金斯利后，你现在做什么工作？"

"和你有关系吗？"

"没有，但我可以查出来。"说完我就朝门口走去，刚走不远。

"什么也没做，"他的言语冷冷地，"我在等一份任职书，海军陆战队的。"

"我相信你在那会做得很好。"

"我想是的。请您别再来了，我不会在家。再见，侦探。"

我走到门口去开门，海滩的湿气让门卡得很紧，当我费尽力气打开门后，回头看见他正气冲冲地站在那，眯着眼。

"我想，也许我还会来的，"我说，"不过，下次再来的话，一定是我发现了什么，来找你谈谈。"

"这么说，你依然不相信我？"他变得暴躁。

"我想你并没有告诉我，你所知道的全部，事实上，这种情况太多了。也许，那和我毫不相干，但如果情况相反，恐怕你就得再赶我一次了。"

"乐意之至。那么，请你下次一定带个人和你同行，否则头破血流、屁股开花，可是不好开车的。"

接着，他使劲朝地毯上吐了一口唾沫。

这个举动明显震惊到我了，这就好比我看着他脱去虚伪的外衣，露出狰狞；或者更像是眼睁睁看出一个优雅女人的爆粗。

"大个子，有缘再见。"我缓过神来，看他还站在那，跟他打了招呼后，用力关上门，走向通往街上的小路。出来后，我没有立即离开，而是站在人行道上，注视着对面那幢房子。

第四章　愚蠢的警察

那房子外墙的玫瑰色已褪变成了一种柔和的色彩，搭配了暗绿色窗框。看上去，房子很宽敞，但实际上，也许里面并不太深。屋顶的绿瓷砖又粗又圆，前门门框镶嵌着一种混合了多种颜色的瓷砖。门前，有一个小花园，再前面是一堵矮墙，墙上有铁栏杆，不过早被海边的潮湿空气侵蚀了。在墙外的左边，有一个可以容纳三辆车的车库，还有一扇正好可以通向院子的门，另外，还有一条小路，可以通向房子的侧门。

"阿尔伯特·S.阿尔莫医生"，门上挂了一个牌子，上面写着这些。

当我打量着这一切的时候，之前我见过的那部凯迪拉克从街角驶了回来。他减速，向外偏，想要腾出空间直接开进车库。尝试之后，他发现我的车正好挡住了他的路，于是，他不得不继续开到尽头，然后调头回来，停进了第三个空车位。

那个戴着墨镜的瘦男人手里提着一个双把手的医药箱，沿着人行道，向他的房子走去，他看看我，有意识地放缓了脚步，我则自顾自地走向自己的车。到房前，他开门时，又看了我几眼。

我钻进车，点了支烟，心里盘算着要不要找个人盯着克里斯。一番思想斗争后，我决定放弃这个想法，毕竟目前的情况看来，还没有到那个地步。

等阿尔莫医生进屋后，我发现一只瘦手拨开了靠侧门的一扇低矮窗户的帘子，我明显看见了眼镜片的反光。就这样过了一会儿，帘子又后上了。

我看向克里斯的房子另一边，从我这个角度，正好可以看见一道上过漆的木制台阶连接着他家门廊，方向是一条倾斜的水泥道，通向下面小巷的是另一道水泥台阶。

我又回头看阿尔莫医生的房子，心里琢磨他是否认识克里斯，他们熟不熟。我想他们应该是认识的，因为这条街一共就这两幢房子。但是，作为一个医生，想从他那知道什么的，无非是天方夜谭。就在我想着这一切时，窗帘被完全拉开了。

此刻，三扇窗户没有任何遮挡，我可以清楚看到阿尔莫医生正在那看着我，那瘦削的脸上，眉头紧锁。我往车外弹了弹烟灰，突然他转身坐在了桌子边，面前是那个双把手箱子。他就那样直挺挺地坐在那里，敲打着箱面，像在思考什么，拿起电话又放下。紧接着，他点了一支烟，使劲地甩了甩火柴，又回到窗边，继续看我。

我觉得好笑，因为他是一名医生。要知道，医生一般是没有什么好奇心的。早在他们实习时，就会听到足够多的秘密，应该没什么可以让他们觉得稀奇了。这个阿尔莫医生可真有趣，甚至有些过了头，他表现得不安。

就在我准备发动汽车，离开这里时，克里斯的前门开了。我停下动作，往后靠去。只见他轻快地走上小路，看了一眼街上后，进了车库。还是刚才的穿着，只是手臂上多了一条粗毛巾和用来蒸浴的浴巾。打开车库、车门开关、发动车子的声音一气呵成。他的车是辆可爱的蓝色敞篷车，从后面，可以清晰看到他那黑黑的头发，还戴着一副白镜架的漂亮墨镜，整体来说，很潮。他倒着开下陡坡，车尾冒出一团白雾。飞驰而去的敞篷车在拐角处转了个漂亮的弯。

不用想也知道，他一定是去太平洋岸边，享受阳光浴和女孩子的尖叫。我不用跟着他。

我把注意力集中在阿尔莫医生身上。此刻，他拿着电话，一言不发，一边抽烟一边等，似乎有声音了，他身体前倾，然后挂断电话，在纸下写了些什么。接着，他翻开一本黄页书，他做这些时，还时不时地看向我。

在那本书里，他似乎找到了他要的东西，只见他俯身去看，烟雾萦绕在书页上方，然后他记了些什么后，把书推开，接着又打了一个电话，迅速地说着什么，一边点着头，一边用夹着烟的手比划着。

挂掉电话后，他若有所思地靠在椅子上，眼睛直愣愣地盯着桌子，大约每隔半分钟，他就会看我一眼。我想，他在等什么，而我，却没有任何原因地陪他等。通常，医生都会打很多电话，和人沟通，或者是交代什么事，他们也会向窗外张望，他们皱眉、紧张，这都不足为奇，他们也是人，也有压力，同样，也有悲伤痛苦。

事实上，他的一系列行为，让我想要探明究竟。我看了看表，是吃东西的时候了，但我并没有离开，而是点了一支烟。

大约过了五分钟，一辆绿色轿车飞驰进了这个街区，停在了阿尔莫医生的门前，高高的汽车天线还在晃来晃去。一个土黄色头发的大个子男人从车上下来，直接走到阿尔莫医生家门前，按了按门铃后，在台阶上划了根火柴。紧接着，他看了看四周，最后隔着马路望向我。

很快，门开了，他进去了。不知道是谁的手拉上了窗帘，挡住了房间里的一举一动。我静静地坐在那，看着被太阳晒出条纹的窗帘。就这样，时间一点点地过去了。

前门再次被打开，那个大个子看似心不在焉地下了台阶，走出大门，然后把烟蒂弹向远处。紧接着，他揉了揉自己的头发，耸耸肩，捏捏下巴，斜穿过马路。在这寂静的环境里，他的脚步声是那么清晰，那么自然。我发现，阿尔莫医生再次拉开窗帘，注视着这一切。

很快，我胳膊搭着的车窗上出现了一只手，一只满是斑点的手。他脸的线条很粗犷，皱纹很深，蓝眼睛却很明亮，看着我，"等人？"他的声音很低，也很粗。

"不确定，你觉得呢？"

"是我在问你话。"

"混蛋，这真像一场哑剧。"

"哑剧？什么哑剧？"他那深蓝色眼睛瞪了我一眼，好像很气愤。

我用烟指了指街对面的方向，"他和他打的电话，我想，他应该是在类似于汽车俱乐部的地方找到了我的名字，然后再查到我的电话，叫来警察。那么，你找我有什么事呢？"

"请出示一下你的驾照。"

"你们动作可真快，简直就可以和蜂鸣器相提并论了。你呢？不出示一下证件吗？还是就像这样耍耍威风，我就应该知道你是做什么？"我瞪着他，问道。

"我要真想耍威风，你一定会感觉到的。"

我没有理他，低身转动钥匙，踩离合器，发动了引擎。

"快关掉引擎！"他一边粗暴地吼，一边把脚踩在车门踏板上。

我只好熄掉引擎。然后靠着座位，盯着他，等他发作。

"混蛋，你想把我拖出去，扔在路上吗？"

我把钱包递给他。他拿出塑封套，看了看我的驾照后，又翻过来，看了看我另一个执照的复印件。然后，满脸轻蔑地把它们放回原处，交给了我。等我收好钱包后，他掏出一个警徽，蓝金两色的。

"我是德加莫警官。"声音粗鲁,且低沉。

"幸会!幸会!"

"少来!告诉我,你为什么一直盯着阿尔莫医生的房子!"

"事情不是这样的,警官。事实上,我根本不认识什么阿尔莫医生,我更不知道为什么在这儿看他。"

他转过头去,吐了一口唾沫。天哪,为什么今天我总遇到这种粗鲁的人!

"那你在这儿做什么?我们这不欢迎偷窥的人,这整个镇上,都没有这种人。"

"是吗?"

"千真万确。快说实话,不然我把你带到局子里去,让你见识一个审讯室的灯光。"

我无话可说。

"是他的父母吗?是他们雇你来的?"他突然问我。

我摇了摇头。

"亲爱的,我想告诉你,上一个来这儿做这事的人,被打得挂了彩,再也不敢来。"

"这么有趣,"我说,"我无法想象他做了什么事。到底发生了什么呢?"

"他想敲诈他。"他轻声说道。

"那简直太遗憾了。就目前来说,我还不知道可以用什么理由敲诈他。不过,他好像是个很容易被敲诈的人。"我说。

"要知道,你这么说话,对你可是百害而无一利。"

"好吧,我们也别绕弯子了。我来这边是拜访朋友的,顺便看看风景。我根本不认识什么阿尔莫医生,闻所未闻,对他更没有任何兴趣。另外,不管我做了什么别的事,都与你相关。如果你不喜欢我这样说话,你可以先请示一下你的领导,问他应该怎么办。"

"这都是真的?"我感觉到他的脚在我踩踏板上重重地移了一下,脸上则是满满的怀疑。

"毋庸置疑。"

"混蛋,简直有病!"他突然转向那幢房子,开口骂道,"应该去好好看看医生。"边说着,边收回了脚,挠了挠像金属丝一般的头发,尴尬地笑了笑。

"快走吧,离这远点,省得莫名其妙地摊上什么事。"

我再一次发动车子,当引擎空转时,我又问了一句:"请问阿尔·诺加德好吗?"

"你知道阿尔?"他有些吃惊地看着我。

"是的。说来是几年前的事了,当时,我正是在这和他一起办过一件案子。我还记得,那时的警察局长是韦克斯。"

"呃,他被调去做军警了。好羡慕他,我也很想去。"他的话语透着苦涩,转身正准备离开时,又回头叮嘱道,"快走吧,在我改变主意之前,快离开这儿。"

他步履沉重,过了马路后,直接进了阿尔莫医生的家。

我开车离开。一路上,各式各样的想法充斥着我的脑海,比如阿尔莫医生的神经质,他的瘦手拉窗帘的举动,等等。

顺利回到洛杉矶后,我简单吃了午餐,就去了办公室,想看看有没有我的什么信,当然,我也给金斯利先生通了电话。

"今天我去见了克里斯,他讲了一大堆不着边际的话,有一定可信度。另外,我也尝试着逼问他,但一无所获。现在我依然相信他们应该是吵架了,克里斯想要和好,却还没好。"

"也就是说，克里斯知道她的下落。"

"不敢保证。对了，我今天遇到一件怪事，在克里斯住的那条街上，一共就两幢房子，另一幢住的居然是阿尔莫医生。"我尽量简短地介绍了一下。

"你说的是阿尔伯特·S.阿尔莫医生？"他沉默了一会儿，才开口问。

"是的。"

"以前，当克里斯特尔酗酒时，他来过家里几次，就是克里斯特尔的医生。我总觉得，每次他总是急于给克里斯特尔打针。对了，我记得他太太好像出了什么事，哦，对，是自杀了。"

"你还记得那是什么时候的事吗？"

"记不清。我和他们没有来往，应该是很久以前的事了。那么，接下来你有什么打算呢？"

我告诉他我想去一趟狮湖，但是恐怕时间上有点晚了。

他说山上的白天比山下要长一个小时，时间上很充裕。

我回答说那就好，然后挂了电话。

第五章 两个女人消失了

午后的阳光把圣贝纳迪诺晒得像一个火球，感觉连空气都可以把舌头烫出泡。我一边开车，一边喘着粗气，为了不被热晕，我还在路上买了一品脱饮料。然后，朝着克莱斯特莱恩的崎岖山路开始长途攀爬。仅仅十五英里，就上升到了五千英尺，可还是一样的热。在连续开了三十英里的山路后，我终于看到了高大的松林，这地方叫涌泉，我知道。在这里，仅有一家简易商店和加油站，我感觉自己完全像进了一个乐园。再往后，就一路很清凉了。

狮湖水坝有三个武装警卫，分别在两头及中间的位置。我遇见第一位警卫时，他叫我在进入水坝前，关上车窗。大约在离水坝一百码处，为了防止游艇靠近，特地放了一条系着很多软木浮标的绳子。除了这些细节，战争对于狮湖来说，好像并没有什么影响。

在蓝色的水面上，有人正悠闲地划着小船，马达游船也正嘟嘟地响着，而快艇则像极了孩子，特别爱表现自己，瞧它们绕着圈子，所过之处，留下一条条水波。那些坐在快艇上的女孩们尖叫着，垂在水里的手拖曳着。在快艇留下的水波中，有人竟在钓鱼，是的，他们花了两美元买的钓鱼执照，可盼着能钓些鱼上来回本呢。

接着是一段山路，有高高的花岗岩层突露，然后降回到了满是野草的山地，真美，野鸢尾花、喇叭花、紫色羽扇豆等等，不止如此，还有在沙漠中才会见到的灌木丛，和那直挺挺地刺向晴朗的天空高大的黄松。忽然，路又降到和湖面平行的高度，到了一个村庄。那成群结队的女孩戴着束发网，还有大围巾，身上穿着色彩炫丽的宽松裤，都穿着凉鞋，她们那白嫩的小腿一览无余。还有人骑着自行车摇摇晃晃，小心谨慎。偶尔，"嗖"的一声，会有受到惊吓的小鸟飞向空中。

等我离开那个村庄大约一英里，公路连接着一条蜿蜒的小路，没错，这正是通往山里的路。路边竖了一块粗糙的牌子，上面写着："小鹿湖离这里一点七五英里。"我驶入小路后的前一英里，到处散落着小木屋，可再往后，就没路了。又开了一会，一条很窄的岔道出现在我面前，在这儿，同样有一块牌子，"此乃私人道路，禁止入内"。

我开进小路后，小心翼翼地经过了巨大的花岗岩、小瀑布，然后是迷宫一样的熊果树、黑橡树、铁木，到处都是一片寂静。我看到一只蓝鸟正乖乖地蹲在枝丫上；一只松树正拍打着松果；然后是一只红顶的啄木鸟，它停下了啄树，用它那又小又圆的眼睛看着我，很快，它又躲到树干后面，用另一只眼瞧我……我来到了一扇栅栏门前，栅栏是用五根木条做成的，这儿也有个牌子。

大门旁有路，我顺着路在林中绕了一会儿。我发现下面有个小湖，椭圆形的，深深地掩藏在树林、岩石和野草之间，就好像一颗露珠在一片卷曲的叶子上。在湖的尽头，有一个水泥筑成的水坝，上面还有一条当扶手用的绳索，旁边有一个老水车，一个就地取材的松林小屋就在那不远处。在湖的对面，是一大间红木屋，可以直接俯视湖水。如果从小路过，会绕得比较远，但要是直接走水坝，就会近很多。再远一点的地方，还有两间分得很开的小木屋。相同的是，这三间屋子的门都紧闭着，窗帘也严严实实地合着。那个稍大点的房子是橘黄的百叶窗，十二个窗格正好面向湖水。

从水坝望去，隐约可以看到湖对面的尽头处有一个小码头、一个圆形的亭子，还有一个木牌东倒西歪，上面用白色的漆写着："克尔凯尔营地"。我想象不出，在这样的地方建一个营地有何意义。下车后，我走向离我最近的木屋。我听到有人在屋后砍东西。

我试着敲了敲木屋的门，斧声停下来了，我听到一个男人的应答声。我在石头上坐下，开始吸烟。很快，一阵凌乱的脚步声之后，我的面前出现了一个手里提着斧子、皮肤粗黑的男人。

他右脚有点跛，走起路来，一瘸一瘸地，地面上留下一串弧形脚印。身材结实，但不高。他有一对深蓝色的眼睛，卷曲的灰发几乎盖住了眼睛，没刮脸，胡茬子也很浓密，可以想象，他应该很久没打理自己了。他穿的粗布裤子是蓝色的，衬衫也是蓝色的，领口露出棕色的粗脖子，嘴角还叼着一根烟。

"你有什么事？"他的声调像极了城里的粗人。

"请问你是比尔·切斯先生吗？"

"是的，我是。"

我站了起来，掏出金斯利写的字条递给他。他看了看后，拖着沉重的脚步回到屋里，再出来时，多了一副眼镜。他认认真真地读了那张纸条后，放进了衬衫口袋里，顺手扣齐了扣子。

"你好，马洛先生。"

我们握了握手，不得不说，他的手真的很粗糙，像锉刀一般。

"金斯利先生说你想看他的房子，我非常愿意带你去。对了，就因为克里斯特尔，他真的要把房子卖掉吗？"他一边用大拇指示意着湖对面，一边盯着我问。

"也许吧。要知道，在加州，没有什么东西是不能卖的。"我顺着他的话敷衍道。

"是吗？瞧，那就是他的木屋，全是红木。用很多木节的松木打成隔间，然后再盖成屋顶；地基和走廊全部用石头铺的；整套的沐浴设备；还有百叶窗、大壁炉、瓦斯炉等厨房设备。对了，主卧还有暖炉——兄弟，如果你是想春秋季到这里来住，这些都用得上的。所有的一切都是最高级的，整个下来大约花了八千美元，在这里，这样一间木屋，就要值这个价。另外，山里还有蓄水池，用水很方便。"

"那有电灯和电话吗？"我想，我是一时不知该接什么话。

"有电。但没有电话，因为山里要装电话，是需要花大价钱牵线进来的。"

我们看了看彼此。虽然他的脸深深地刻着被风雨洗礼的痕迹，但酒鬼这两个字用在他身上，可能更为贴切——又老又粗的皮肤，血管凸起，眼睛却很亮。

"那边有人住吗？"

"现在没有。几星期前，金斯利太太回来过，后来又下山了。我想，也许她随时可能回来，金斯利先生告诉你这个了吗？"

"她和屋子一起卖？"我故作惊讶。

他的一脸怒色转瞬即逝，取而代之的是仰头大笑，拖拉机回火般的笑声打破了林间的寂静。

"哈哈，真好笑！她——"他闭上了嘴巴。

"是的，那木屋很漂亮。"他好像意识到了什么，谨慎地看着我。

"那里的床怎么样？舒服吗？"我问道。

"我想，你的脸一定是想开花。"他凑了过来，微笑着跟我说。

"我不想，也从没想过。"我张着嘴，望着他。

"那么，你问我床舒服不是什么意思？我怎么会知道？"他气呼呼地说完后，稍稍弯下了身子，好像准备随时给我一拳。

"你知不知道，我不清楚。你也不一定非要告诉我，我想我自己会找到线索的。"

"也是。"他语气酸溜溜地，"你真的认为我认不出侦探吗？以前，我常常和他们玩你追我打的游戏。你和金斯利一起滚蛋吧。别雇个侦探来调查我，看我有没有穿他的睡衣！哈哈！虽然我跛了一只脚，但我如果想要什么女人——"我伸出一只手，示意他停下，期望他不会将我的手拧下来，然后扔进湖里。

"不对，我来这可不是为了调查你的私生活。"我解释道，"事实上，我也是今早才见过金斯利先生的，而他太太，我从未谋面。发生什么事啦？"

他心事重重地望向别处。为了不表现得过分紧张，他狠狠地用手蹭着嘴，然后又把双手举高，握成拳头，再松开。尽管如此，他的双手依然在颤抖。

"不好意思，马洛先生。最近一个月，我都是独自生活在这里，所以我开始自言自语。昨晚，我喝醉了，便在屋顶上睡了一夜。前段时间，发生了一件事。"

"要喝一杯吗？"

顿时，他眼里放光，"你有吗？"盯着我问道。

我掏出刚刚买的那一品脱麦酒，又给他看了看标签。

"我从没喝过这么好的酒，真心消费不起。"他说，"请稍等，我去拿杯子？或者你一起进来？"

"不用，我喜欢待在外面，欣赏这美丽的风景。"

只见他甩着他那条僵直的腿，从屋里取来了两个酒杯，然后在我旁边的石头上坐下。我闻到了他身上的汗味。

我拧开瓶盖后，给他倒了一大杯，自己则象征性地倒了一点。然后我们碰了碰杯，就开始喝了，他咂着酒的样子很幸福，脸上也闪现出了一丝笑意。

"真是好酒！"他说，"我不知道从什么时候开始自言自语，我想，可能是我一个人待在山上太久了、太孤单了。没有朋友，也没有伴儿，更没有老婆。"说到这时，他有意地停顿下来，把脸转向一边，"特别是失去了老婆。"

我注视着蓝色的湖水，远处一块突出的岩石下，破水而出的一尾鱼激起了一圈涟漪。我还清晰感觉得松林尖上有一阵微风拂过，留下一阵潮声。

"她走了。就在一个月前的六月十二日，星期五，这一天就像刻在我心里一样，永远记得。"他慢吞吞地讲。

我有些诧异，这一天不正是克里斯特尔应该进城去参加聚会的日子吗？我不动声色地给他的空杯添酒。

"你对这些没兴趣的。"嘴上虽这么说,但从他的眼神里,我可以明显看出他很想讲出来。

"如果讲出来会让你好受些——"

他感动地点点头,"有没有发现?如果两个男人在公园的椅子上相遇,他们一定会开始谈论上帝,而没有谁会跟自己的朋友聊上帝。"

"的确如此。"

他喝了口酒以后,望着静静的湖面,"穆里尔和我算是一见钟情,她很可爱,也很好,只是有时嘴巴太厉害了。大约在一年多以前,我和她在一家酒吧相遇,是那种比较乱的酒吧,我没指望会遇上像她这样的好女孩。我爱上了她,我们结了婚。但我心里清楚,我是一个混蛋,我不该祸害她。"

我动了动身子,以示回应。我不想破坏他要讲故意的情境,所以不敢随意说话。我坐在那里,一点酒也没喝。事实上,我是喜欢喝酒的,但不是现在这种情况。

"相信你也知道,婚姻都一样,激情过后就是平淡。没过多久,我就开始按捺不住了,我想寻找刺激,想找其他女人。也许这想法很混蛋,但确实如此。"他继续伤感。

他疑惑地看着我,我点头表示听懂了。

接着,在他喝光第二杯酒后,我把酒瓶递给了他,示意他随意。我发现了一只翅膀不动的蓝鸟,正跳跃在松树顶的枝丫间,甚至它都没有停下来,维持一下身体的平衡。

"也许住在山里的人都是半疯的,我想,我也是。在这里,我不但不用付房租,还可以收到一张养老金支票——之前我买战争债券的红利。穆里尔是位金发姑娘,非常漂亮,我想你也会喜欢的。后来不知怎么了,我就犯混了。"他指了指湖那边的红木屋子,此刻已是傍晚,红木的颜色变成了牛血一般,"就在那的前院,窗户下面,她来了。对于我来说,她不值钱,或者更像是一个风骚的小妓女。可是,不得不说,有时,男人就是那么蠢。"

第三杯酒下肚后,他把酒瓶放在了石头上。掏出一支烟,在大拇指上划着了火柴,很快,就喷起烟来。等他做完这一切后,我张嘴使劲呼了一口气,我发现,我安静得就像一个躲在窗帘后的贼。

"也许你会想,如果要找女人,至少应该找一个离家远一点的,或者是风格迥异的。但是,那个小骚货却和我的穆里尔如出一辙——一样的金发、一样的身材、一样的体重体型,就连眼睛的颜色也几乎是一模一样的。事实上,她们又是那么不同,对于我来说,虽漂亮,却谈不上出众。那天早上,我像平常一样忙着自己的事。当我正烧着垃圾时,她穿着一件很薄的睡衣从木屋的后门进来了,我几乎可以看到她睡衣下面的粉色奶头。'比尔,喝一杯吧,大早上的,别让工作破坏了这美好。'她的声音懒洋洋的,听起来魅惑极了。我承认,我是很想喝一杯的,于是我去厨房拿酒。接着,我一杯接着一杯,是的,像你想的一样,我们一起进了屋子,当我越来越靠近她,她却总是不停地看向卧室。"他终于开口说话了,还一口气讲了这么多。

他看了看我的反应后,无奈地呼了口气。

"刚才你问我那里的床是否舒服,我很愤怒,是我想多了,我想你是没有恶意的。我承认,那床我睡过,舒服至极。"他停下来,没有再继续说下去,当然,我也没接话,一切又归于平静了。他侧身过去,拾起酒瓶,狠狠地瞪着它,仿佛在做斗争一般。毫无悬念地,酒赢了。他猛地灌了自己一大口后,故意拧紧了瓶盖。接着,他将一粒石子扔进了湖里。

"我从水坝回来,飘飘欲仙。"他像是在边回忆,边娓娓道来,"我想,这事神不知鬼不觉,男人嘛,总会犯些这样的小错误,对吧?事实上,穆里尔全知道,当她跟我讲话时,竟然连音量都没有提高。她说的那些关于我的事,简直出乎我的意料。也对,现在我算是完完全全地躲过去了。"

"所以，她走了。"他沉默的时候，我补充道。

"是的，就在那天晚上，我觉得愧对于她，便开着我的福特，跟几个混家伙出去喝酒了。我喝得很醉，但我心里并没有好过一点。所以大约凌晨四点时，我回到了家。我发现，穆里尔已经走了，东西也没了，除了桌上的一张便条和她常用的面霜，什么也没有留下。"

他递给我一张从破旧皮夹里拿出的折好的纸——一张蓝格子纸，很明显是从笔记本上撕下来的，上面是用铅笔写的：

"比尔，对不起。即使是死，我也不想再和你一起继续生活了。"

穆里尔

我看完后，把纸条还给了他，"那边呢？"我用手指着湖对岸问道。

比尔拿起一块扁平的石头，想要打个水漂儿，但石头并没有跳起来。

"后来什么也没有发生。就在当天晚上，她也下山走了，之后，我再也没见过她。我想，我并不想再见到她。整整一个月过去了，穆里尔杳无音讯，我不知道她现在在哪儿，也许和别的男人生活在一起，我希望那个男人会对她更好一些，别再让她伤心。"

说完，他站了起来，从口袋里摸出钥匙，"你不是想去看金斯利的木屋吗？我现在就可以带你去。谢谢你，愿意听我讲这些。对了，还有酒，给你，你拿着。"他把喝剩的酒递给了我。

第六章　湖底的女尸

我们一起走下山坡，先来到湖岸，再上了狭窄的坝顶。比尔握着铁柱间的绳索，拖着那条不方便的腿走在我前面带路。水流一次次冲刷着水泥堤坝，激起一个个漩涡。

"明早，我会顺水车放些水，这些东西，也就这水车还有点用了。"他背对着我，自顾自地说着，"这些都是三年前，那些拍电影的人修建的。那部电影拍完后，他们拆走了大部分的东西，除了这小码头和水车，这两样是金斯利请求他们留下来的，多少可以为这个地方增添一些色彩。"

在经过一道厚重的木制台阶后，我们到了金斯利的房门前，他开了锁，一团闷热向我袭来。是的，久不通风的房子都这样。光线从百叶窗的缝隙穿进来，投射在屋里的地板上，留下一条条细长的光影。起居室简洁明亮，长方形形状，屋里铺的是印第安地毯，窗帘用的是印花棉布，还有用金属包边的家具、普通的木地板、很多灯，在角落，放着一个小吧台和几张圆凳子。整个房间干净整洁，完全不像有人匆忙离开的样子。

他又带我看了卧室，其中有两间分别放着单人床，另一间放着一个大双人床，乳白色的床罩还缝有青色梅子的装饰图案，比尔告诉我，这就是主卧，我想也是，看那光亮的木制梳妆台上，放满了翠绿色的彩釉、不锈钢的卫浴用品、各式各样的化妆品，其中有几瓶冷霜瓶上赫然印着吉尔兰恩公司的商标，金色波浪状的。房间里，有一整面墙的带门衣柜，我随意打开了一扇，看了看，里面都是些女性休闲衣物，比尔不满我翻看衣柜。于是我拉上门，又打开了下面的一个鞋柜，至少放了半打新鞋。我用力关上后，站直身体。

比尔扬起下巴，直挺挺地站在我面前，双手攥紧拳头，放在腰侧，我看见他的骨节都露出来了。

"你看女人的衣服干嘛？"他气呼呼地问。

"比如说，金斯利太太离开后，并没有回家，现在也没人知道她的下落，包括她的丈夫。"

比尔的手在身体两侧缓缓伸开，几乎是从鼻子发出的声音说道："哼，我就知道你是个侦探，第一印象果然很准。我把该说的都说了。老兄，是吧？我把什么都告诉你了？天哪，我真聪明。"

"我会保守秘密的。"我一边说，一边绕过他，进了厨房。

厨房里的炉灶是绿白两色，黄松木水槽刷过亮漆，自动热水暖炉放在设备间。早餐室紧挨着厨房，那儿有很多窗户，还有一套名贵的塑料餐具，这一切看起来非常舒适。架子上放着玻璃杯、一套锡制的盘子和色彩缤纷的碟子。

水槽里没有脏杯子或脏碟子，也没有空酒瓶之类的东西，更没有苍蝇或蚂蚁，一切都是那么地井然有序。我想，不论金斯利太太过着多荒唐的生活，至少没把家里搞得乱七八糟，这就是好的。

我穿过起居室，回到门廊，比尔还是一脸怒容，他锁好门后转向我，我立即说："我并没有要求你对我那么地开诚布公，但你要讲，我是不会拦你的。金斯利先生可不知道他老婆对你'献殷勤'。我在想，你是不是还有一些别的事，我不知道的。"

"你去见鬼吧！"他的火气一点也没消。

"好，我去见鬼。你觉得，会不会你老婆和金斯利老婆一起跑了？"

"我不明白你的意思。"

"就是说，当你在借酒消愁时，她们可能经过了吵架、和好、抱头痛哭，接着，金斯利太太就带着你太太一起下山了，你也知道，她下山，总需要个交通工具，是不是？"比尔听得很认真，尽管这想法似乎很荒唐。

"不不，穆里尔不是那样的人，她不会跟人抱头痛哭，即使会，她也不会挑那个小骚货。至于你说的交通工具，她可以开自己的福特。我腿不好，我的车操控装置做过改动，她可开不了。"

"只是突然的一个想法。"

"如果你还有类似突然冒出来的想法，就让它们都见鬼去吧。"

"在一个陌生人面前，你这么真诚，真让人感动。"

"然后呢？"他逼进了一步。

"嘿，老兄，别这样，我可一直当你是个好人呢。"

他深吸了一口气后，放开了拳头。

"老兄，下午我可是帮过你了。现在我们要沿湖走回去吗？"他叹了口气，无奈地说道。

"如果你的腿受得了的话，完全可以。"

"我已经走过很多次了。"

我们像朋友一样，并肩往回走。我想，我们应该可以友好地走完这五十码。这路蜿蜒在岩石之间，处于湖面之上，仅够一辆车通行。大约一半路程的地方，有一座木屋建在石头地基上。湖的尽头，在远离湖边的平坦土地上建立着三幢木屋。其中两幢都挂着锁，一看就是久无人居的样子，没有一丝生气。

大约过了一两分钟，"那个小骚货真的消失了？"比尔开口问道。

"目前来看，是这样。"

"你是警察？还是仅仅是个私家侦探？"

"私家侦探。"

"她是和男人跑的吗？"

"我想是的。"

"她迟早会这么做。她有很多男朋友。金斯利应该早知道。"

"你说的是在这里吗？"

比尔没有回答。

"有一个叫克里斯的吗？"

"我不知道。"

"这不是秘密。之前她从埃尔帕索发了一封电报回来，说要和克里斯去墨西哥结婚。"我把电报拿给他，他摸索出眼镜。看完后，还给了我，然后取下眼镜，眺望着蓝色的湖面。

"这个小证据可以反驳你说的一些话。"

"之前，克里斯确实来过一次。"他慢慢地说，并没有看我。

"两个月前，他说他们见过一次。我想可能就是在这儿。他说从那以后，他们没再见过面。我不知道他说的是不是实话，没有理由选择相信或者不相信。"

"那他们现在在一起吗？"

"他说没在一起。"

"以我对她的了解，我觉得只有像去佛罗里达度蜜月这样的事，才是她应该说的，像结婚这样的小事，她是不会到处嚷嚷的。"他很认真地说。

"你能告诉我一些确切可靠的消息吗？比如你见到的，或者听到的？"

"这个真没有，即使有，我也不会告诉你的。我承认，我是很混蛋，但还不至于这样。"

"好好，谢谢。"

"该做的我都做了，我可不欠你什么。你，和所有的侦探一起见鬼去吧！"

"哎，怎么又来了！"

很快，我们就走到了湖的尽头。我把他独自留在那儿，自己上了小码头，倚着木栏杆看亭子，说是亭子，其实就是两块墙板立起来，上面加了约两英尺的凸檐，卡在两墙之间算是屋顶。亭子是圆形的，面朝水坝。这时，比尔也过来了，在我身旁的木栏上靠着。

"其实，我很感谢你的酒。"

"好了，你说这湖里有鱼吗？"

"有一些老鳟鱼，很狡猾，没小的。我很少钓鱼，因为我不想打扰它们的宁静。不好意思，刚才我又失礼了。"

我笑了笑，表示释怀。我们凭栏俯视湖水深处，我们可以看到的最底层是绿色的，还有一个漩涡，哈，此刻水里正有一个绿色的物体在迅速移动着。

"这条鱼年纪可不小了，瞧它的尺寸，还长这么肥，真不知道什么叫羞呢！"比尔说。

我看见水底好像有一个平台，但看不清楚，便问他那是什么。

"以前筑水坝时，专门做来上岸用的。后来，水面提高了，那平台便没在六英尺深的位置，就是那儿。"

码头的柱子上，拴着一根破旧的绳子，牵连的是一条平底船，此刻它正停在那里，一动不动。这里洒满阳光，空气平和，有城市里永远感受不到的宁静。我真的好想多在这里待几个小时，忘掉金斯利、他太太和她的男朋友。就这样静静地放空心灵，什么也不想，什么也不做。

突然，比尔猛地一动，声如响雷地喊道："快看那儿！"

他僵硬的手指使劲掐着我，这让我很生气。我见他脸色煞白，像一只觅食的水鸟一般，全神贯注地注视着水下。我顺着他的目光，也看向那没入水中的平台边缘。

水中，漂浮着一个绿色的木架，旁边有个不明物体正慢悠悠地从暗处晃动出来，停了停，又消失在了平台下。

天哪！那东西像极了人的手臂。

比尔震惊了，整上身子都是僵硬的。他没说一句话，便转身沿着码头，朝着一堆石头一跛一跛地走了过去，到那里搬了一块足有一百磅的大石头。我能听到他那沉重的呼吸。他把石头举至胸前，开始往回走。我注意到，他那褐色颈部肌肉暴突，就像一条条扯帆的绳子，他咬紧牙，呼哧呼哧地喘。

回到码头后，他高举石头，等身体保持好平衡，然后开始向下目测具体的位置。他身体前倾，抵住晃动的木栏，随着一声模糊不清的痛苦声，石头被投进了水里。

顿时，溅起了大大的水花，当然，也溅了我们一身。石块迅速往下落，正好砸中那板子的边缘，也就是刚刚看到有东西漂浮的那个地方。

等湖水翻腾片刻后，水波便向四面扩散了，越接近中央位置，越小，有泡沫冒出。我们听到，有木头碎裂的声音从水底传来，可明明我们早该听到的，却好似过了很久，才传回来。突然，一块又旧又腐朽的铺板伸出了水面，那带锯齿样的一端冒出了大约一英尺高，然后回落到水里，瞬间漂走了。

湖的深处重回平静，湖里有东西在漂，看不清是什么，但绝对不是木板。慢慢地，它浮起来了，好像在水中滚动得很困难，紧接着，一个又长又黑、还扭曲着的东西不紧不慢地呈现在了我们面前。我发现，那是一堆浸泡得太久的衣物，有黑色毛衣、墨黑的皮制紧身背心、宽松的裤子，还有鞋。在鞋和裤管之间，有种东西，又恶心又肿胀。慢慢地，金色的头发在水中散开，一根一根，直得像刚刚梳过一样，不过很快，那些头发又绞在了一起。

随着水流湍急的涌动，这东西翻转了一下，一只手臂划破了水面，末端，手已肿胀成了畸形。脸上没有眼睛，也没有嘴，确确实实已看不出相貌，肿胀得像一个灰色的面团，只是披着人发。

再往下，应该是脖子，上面有一条沉重的绿宝石项链，有一半已经嵌进了肉里。不过，还可以分辨出，绿宝石是用某种闪亮的东西串起的。

比尔紧紧抓住栏杆，骨节处已泛出骨白色。

"天啦！是穆里尔！"他的叫声撕心裂肺。

那声音就好像从天际传来的一般，越过一座座山头、一片片茂密的树林，然后回到我耳边。

第七章　警长巴顿

木屋窗后的柜台一端，堆满了蒙有厚厚灰尘的文件夹。在门窗的玻璃上写着："警察局长、执法官、消防局长、商会会长"，只是个别黑色的字迹已经剥落了。再往下较低的角落，联邦服务局的牌子和红十字会的标志正系在那儿。

我走了进去。首先映入眼帘的，是那张挂在墙上的蓝色区域地图，旁边的木板上有四个钩子，其中一个挂着一件补了又补的羊毛衫。在柜台后面的一个角落里，放着一个圆肚形的炉灶，而另一个角落，则放着一张书桌，它的顶盖是可以掀动的。柜台上的文件夹旁，放着一支墨水笔；一罐脏污黏稠的墨水，应该是很久没人用过了；还有一个笔记本，空白页已所剩无几了。在书桌旁的墙上，用力地写着很多电话号码，好像是为了永远都能让人看见。

一个姿势像滑雪一样的男人正坐在桌旁的木椅上，两腿一前一后，仿佛定在地板上一般。他那汗渍斑斑的牛仔帽被推在脑后，大手搭在肚子上，咔叽裤想必已穿了多年，已经变得很薄了，上身的衬衫看起来更旧，纽扣还一直扣到了他那粗胖的脖子处，他没有系领带，左胸上的徽章有个凹洞。虽然他的头发是棕褐色的，但鬓角处已然花白。再往下看，他的右屁股口袋处有一个手枪皮套，所以，他不得不侧着左屁股坐，那把露出了半英尺的点四五手枪正在他的后侧，顶着他那厚实的背。对了，在他的右脚边，放着一个痰盂，简直可以塞入一圈消防水龙带那么大。

大耳朵，和善的眼睛，下颚还在慢慢嚼，整个人看起来像松鼠一样让人放心。他的一切都让我对他充满好感。我靠着柜台，就那样看着他，他也一样，冲我点点头，看着我，然后将嘴里正嚼着的一大口烟草吐进了痰盂，天哪，那让人作呕的东西掉起水里的声音真难听。

我赶紧点了根烟，到处找烟灰缸。

"没事，就弹地上吧，小子。"他果然很友善。

"请问你是巴顿警长吗？"

"是的，我既是警察局长，也是代理警长。总之，这一片执法的事，全是我的管辖范围。不过，马上选举要来了。我有了两个不错的竞争对手，所以，很有可能，我很快就下台了。在这座又老又旧的小山城里，每个月八十块，还有木屋、电、柴火，也算不错的待遇了。"

"我觉得你还会出一阵风头的，没人会让你下台。"

"真的吗？"他一边漠然地问道，一边吐了一口烟。

"你的辖区包括小鹿湖。"

"是的，那是金斯利的地方。怎么了？有什么问题吗？小子。"

"在湖里，发现了一具女尸。"

显然，这句话让他惊讶万分。之前放在肚子上的手松开了，他用手挠了挠耳朵，然后扶住椅背站了起来，再敏捷地把座椅踢了回去。瞬间，一个高大的硬汉出现了。另外，他的胖让他显得可爱。

"是谁？我认识吗？"他的声音里充满了不安。

"也许吧，是比尔·切斯的老婆，叫穆里尔·切斯。"

"是的，我认识比尔。"回答很僵硬。

"可能是自杀。因为她留了一张像是要自杀的字条。泡在水里大概一个月了，所以有点惨不忍睹，很难看。"

"还有什么别的情况吗？"他一边抓耳朵，一边用目光注视着我的眼睛，很慢，也很平静，丝毫没有立即吹哨子的意思。

"一个月前，他们夫妻吵了一架后，比尔离开了几小时，去了湖的北岸，等他回来时，她就无影无踪了。在那之后，他就没见过她，也没有她的消息。"

"我懂了。那么你是谁呢？小子。"

"我来自洛杉矶，叫马洛，我是过来看看那片地的。我有金斯利写给比尔的条子。后来，他就带我沿湖看看，我们到了拍电影时遗留下来的小码头。在那里靠着栏杆，看看水，欣赏风景。突然，就发现有个像手臂一样的东西在平台那晃动。于是，比尔就抱了块石头扔下去，接着，尸体就浮出水面了。"

巴顿没接话，只是站在那一动不动地看着我。

"我觉得我们是不是应该尽快赶过去？警长同志。那个男人受了很大的刺激，现在正待在那，快疯了。"

"今天他喝了多少？"

"我来时带了一品脱，刚刚聊天时，已所剩无几。"

他向那张可以掀盖的书桌走去，打开一个抽屉，然后拿出了三四瓶酒，举起其中一瓶，拍着它说：“这瓶弗侬山几乎还是满的，应该可以控制住他的情绪。像这种紧急情况要用的酒，我可不是用公费购买的。所以，平常我自己就不喝，尽量攒一点。其实我真的弄不明白，为什么有些人会沉迷于酒瓶里。"

说完，他把酒塞进了左边屁股的口袋里，然后锁上书桌，合上顶盖，再把一张卡片夹放在门框上。等我们走出去后，我才看到卡片夹的字："二十分钟后，我就回来。"

"那是你的车吗？我现在先去接一下霍利斯大夫。"

"是的，那是我的车。"

"那等我回来时，你就跟上我的车。"

说完，他上了车。车上除了有警笛，两盏红色聚光灯，两盏雾灯以外，车顶空袭警报器还是崭新的。车的后座放着三把斧头，两卷沉重的绳索和一个灭火器。另外，如汽油罐、水罐、机油罐这些备用物品则放在踏板的框子上，备胎上用绳子还绑了另一只轮胎。整个车身的油漆几乎快掉完了，不但如此，车身上差不多有半英寸厚的尘土。

在挡风玻璃的右下角处，放着一张白色卡片，上面的内容是："各位选举人，请注意！吉姆·巴顿已经老了，没法再去找别的工作了，请让他继续任职警长！"

拐了个弯后，他的车沿马路开走了，扬起一团尘土。

第八章　比尔被抓

在一幢带有白色门窗的建筑物前，他的车停下了，对面正好是汽车站。他下车进了房子，很快，一个男人和他一起出来了。那男人坐在了放绳索那些东西的后座。等他们的车驶回大街后，我便跟了上去。就这样，我们一前一后，沿着主街，穿行在人流中。这儿的人有的穿着宽松裤，也有的穿着短裤，还有的直接穿着法国的水兵装，甚至还有人把T恤在腰间打了个结。我一边开车，一边观察着，有人抹着猩红的唇彩，有人的膝盖骨节很大。等我们出了村子后，又驶上了一座滚滚灰尘的小山丘，最后终于停在了一间木屋前。只听到巴顿按了一下警报，接着便有一个男人开了门，他穿着一条褪了色的蓝工作裤。

"安迪，快上车，有公务做。"

那个男人一言不发，只是点了点头，然后转身回了趟屋子，再出来时，头上多了顶灰色的兽皮猎帽。接着，他跳进巴顿正在启动的车子。他皮肤黝黑，三十岁上下的年纪，身手很灵活，只是脸上看起来有点脏兮兮的，一副没吃饱的样子。他有点像当地的住民。

终于，我们开始向小鹿湖进发了。这一路上，我吃的尘土简直可以做一炉泥土馅饼了。很快，车子开到了五根木条做成的栅栏前，又是巴顿下车，把我们放了进去，继续往湖边开。到水边后，巴顿下车走到湖边，沿湖望向小码头。此刻，比尔正坐在码头的地板上，光着上身，他身旁放着一件东西，湿漉漉的，直挺挺的。

"也许，我们应该再往前开一点。"巴顿提议说。

于是，我们两辆车一直开到了湖的尽头，四个人下车后，一起走向码头，比尔的方向是背对着我们的。没走一会儿，那个医生就停了下来，用手捂着嘴，剧烈地咳嗽。他可真是一脸病容呢，身材瘦削，双眼还很肿胀。等他咳完后，还仔细地看了看手帕。

那具尸体的手臂上绑着绳子，趴在木板上。比尔的衣服单独放在一边。他把额头放在那条完好的弯曲的腿上，另一条腿则直直地放在那儿，看上去很扁，膝盖部位还有伤。我们从背后走过来，他动也没动一下，更没有抬头看看。

巴顿拿出那瓶弗侬山，拧开瓶盖，"比尔，来喝酒了。"一边说，一边递了过去。

空气中弥漫着恐怖，还有令人恶心的味道。就在大家都没反应过来时，安迪已经从车里拿来一条褐色毯子，盖在了尸体上。嗯，那毯子上有很厚的灰。接着，安迪一声不吭地走到一棵松树下，去吐了。

比尔给自己灌了一大口酒，然后把酒瓶放在了自己的膝盖上。接着，他开始呆若木鸡地讲述那次战争，还有以后发生的事，但并没有提到吵架和金斯利太太。讲这些的时候，他没有看任何人，像是在说给我们听，又像是自言自语。他说当我去找警察时，他便脱光衣服，自己找了条绳子，然后下水，去捞尸体，等拖上岸后，他就把她放在自己背上，背回小码头。他不知道自己为什么又下了一次水，当然，他也无须告诉我们原因。

巴顿给自己的嘴里塞了一截烟草，轻轻地嚼着，没发出声响。眼神很平静，面无表情，他弯下身，小心翼翼地揭开毯子，然后，谨慎地翻转尸体，好像怕它随时会碎掉一般，傍晚的阳光照着了那块陷到脖子里的绿宝石项链上。现在仔细看来，这项链没有光泽，且做工粗糙，像极了假玉，或者是肥皂石，项链末端还坠了个鹰状环扣，连接着链子。巴顿用黄褐色的手帕擤了擤鼻子后，又直了直他那厚实的背。

"你有什么看法，医生？"

"什么什么看法？"那个眼睛肿胀的男人声音很严厉。

"当然是死亡原因和时间。"

"你别那么傻，好吗？巴顿。"

"你的意思是什么也看不出来？"

"我的天，这还能看出来什么！"

巴顿叹了叹气说道，"看来，应该是淹死的。但也不可能每次都能弄清楚来龙去脉。有些案件，有可能先被刺死，或下毒，或别的方法，然后再投进水里，给大家制造一种假象。"

"你经手过很多这样的案子吗？"医生言语之间充满了讽刺。

"事实上，这么多年，我就只遇到过一件谋杀案。"巴顿一边说，一边用眼睛的余光打量比尔的反应，"就是北岸那边关于米查姆老爹的那件。在西迪峡谷，他有一间木屋，夏天时，他到旧水岸那里淘了一段时间金子，然后就说他回贝尔顶村子了。直到秋末，再也没有见过他。后来，下了一场大雪，压塌了他的半边屋顶。我们就想，也许他下山过冬了，那就帮他把屋顶给撑起来。谁曾想，他根本没下山。而是躺在自己的床上，一把利斧插在他的后脑上。我们查了很久，也不知道是谁做的。有人猜测，可能是那袋金子给他招来杀身之祸。"

他看着安迪，心有所想。这个戴猎帽的男人挑衅地说："是盖伊·波普，就是他干的。只不过,在发现米查姆老爹死去的前九天,盖伊·波普已经因为肺炎离开了人世。"

"我记得是十一天。"巴顿纠正说。

"就是九天。"安迪丝毫没有示弱。

"这都不重要了,安迪,你想怎么说都可以,这毕竟已经是六年前的事了。可是,你为什么说是盖伊·波普做的?"

"因为我们在他屋里发现了混着尘土的小金块,大概有三盎司之多。可盖伊·波普却说他没钱,也没值钱的东西。还说他的金子只值一文钱,倒是有一大把时间。"

"是的,通常事情就是这样。不论你多小心,总有不周全的地方,对吧?"他一边说,一边向我暧昧地笑。

"别说你们警察那一套废话!"比尔的语气满是不屑,他穿上衣服、裤子和鞋,然后站起身。接着,他又俯身拿起洒瓶,一口喝了个够,再放回木板上。他伸出他那毛茸茸的手,放到了巴顿面前。

巴顿并没有搭理他,径自走到栏杆边,俯视水下,"真有意思。尸体居然在这儿,要知道,这里正好没有水流,如果有,那就会朝水坝的方向流去。"

比尔放下双手,喃喃自语地说道:"穆里尔的水性非常好,一定是她自己潜水到那块木板下,然后再使劲吸水。一定是这样的,一定是她自己做的,这个蠢货,根本没有其他的可能。"

"我不同意你的看法,比尔。"巴顿的眼神让人捉摸不透,语气却很平静。

只见安迪摇了摇头。巴顿狡黠地笑了笑,说道:"你又要跟我较劲?"

"我又算了一次,就是九天,哼!"他倒是很固执。

医生甩了一下手后,走开了。他一边摸着头,一边又不断地咳嗽起来,接着,他仍然会很仔细地检查手帕。

巴顿给了我一个眼色后,拍了拍栏杆,"安迪,我们一起来做一件事吧。"

"往水下六英尺深的地方拖尸体,你尝试过吗?"

"从来没有。安迪,是不是用绳子就可以做到?"

"如果用绳子的话,一定会在尸体上留下印子。除非你想暴露,否则为什么要这样做呢?"安迪耸了耸肩,回答说。

"如果时间有冲突呢,也就是说凶手赶时间做别的事。"巴顿说。

比尔没有插话,只是气冲冲地哼了一声,然后又俯身去拿酒了。说实话,看着他们这些山里人严肃的面孔,我真搞不清他们到底在想什么,准备做什么。

"对了,之前你有提到什么纸条。"巴顿开始心不在焉。

比尔再次拿出那张折好的纸片,递给了巴顿。

"这上面没有日期。"巴顿发现了问题。

"真的没有。她是六月十二日离开的,也就是一个月前。"巴顿自言自语,在努力思索着什么。

"之前她也有离开过一次,是不是?"

"是的。去年十二月的第一场雪前,有一次我喝醉了,跟一个妓女睡在了一起。那次,她离开了一星期。说是去和之前在洛杉矶一起工作的人玩了,她说她仅仅是离开一下。回来后,整个人容光焕发。"比尔回复道。

"如果是聚会的话,总该有个原因,或者是名目吧?"巴顿追问道。

"她没说,我也没问。我从不干涉穆里尔的自由。"

"这很好。那么，这字条其实是那次留下的，对吗？比尔。"巴顿顺理成章地问道。

"当然不是。"

"可是，这纸条看起来太旧了。"巴顿拿着纸条，翻来覆去地看了看。

"那是因为我这一个月都随身带着它罢了。"比尔怒吼道，"我什么时候告诉过你，之前她离开过我？"

"我不记得了。"巴顿有些无奈，"你也知道，在我们这样的地方，除了夏天陌生人比较多时，其他任何事都会引起别人关注的。"

好一会儿，都没有人开口说话，还是巴顿心神恍惚地继续问道："刚刚你说她是六月十二日走的？还是仅仅你认为她走了？对了，你好像还说了有湖对面的人来过，是吗？"

比尔看了看我，脸色立即变得阴沉，"这些，你去问这侦探吧。如果，他还没把他知道的都告诉你的话。"

巴顿望着湖远方的群山，没有跟我有任何眼神交流，只是平和地说，"比尔，事情也许并不是你想的那样。马洛先生只给我讲了尸体是谁，怎么浮出水面，还有穆里尔离开时，留下的纸条，你给他看过。就这些，别的什么也没有说。你觉得这有什么问题吗？"

又陷入了一阵沉默里。比尔看着那具尸体，拳头越握越紧，不自觉地，脸上滑落下一大颗眼泪。

"是金斯利太太来过，并且她也是同一天下山的。其他两间木屋的佩里斯和法尔斯，差不多一年都没上来过了。"

巴顿礼貌性地点了点头，没有答话。是的，能说什么呢？这无言的气氛已包含了一切，大家心知肚明，还有什么好说的。

突然，比尔又发起疯来，"你们带我走吧，你们这些混蛋！你们不就认为是我干的吗！是的！就是我干的！是我把她淹死了！我很爱她，她是我的！我知道，我是一个混蛋，以前是，现在是，将来也是，但这并不妨碍我爱她。说这么多也没用，你们根本不了解，也不必了解。快带我吧！混蛋们！"

没有人接他的话。

比尔盯着自己那僵硬的拳头，恶狠狠地冲自己脸上挥了一拳，"混蛋！王八蛋！"他气急败坏地喊道。

他的鼻子流血了，一滴血流到嘴唇、下巴，然后缓缓滴到衬衫上。

"是的，我们是要带你下山。不过，我们不是指控你，而是问话，跟你了解一些详细的情况。"巴顿镇静地说道。

"那么，我能不能回去换件衣服呢？"比尔的语气很沉重。

"当然没问题，让安迪和你一起去吧，顺便找个什么东西来包一包这尸体。"

眼看着他们沿湖边的小路走去。望着湖面的医生，清了清嗓子，说道："吉姆，难道你要用我的救护车运送这尸体？"

"不不，当然不是。医生，像我们这样的穷地方，我想，这位女士可以使用更便宜的交通工具。"

"如果丧葬费需要我帮忙的话，请通知我。"说完，医生便头也不回地走开了。

"那倒不用。"巴顿一边叹气，一边说。

第九章　女记者的采访

　　印第安岬旅社是一幢棕色的建筑，在新舞厅对面街角处，我把车停下后，直接去了卫生间洗了把脸和手，理了理头发里的松针，然后去了餐厅。餐厅与大厅相连。大厅里，男人大多穿着休闲的夹克，正呼吐着酒气；女人的指甲鲜红，指节却很脏，她们正在海阔天空地大笑着。经理看起来像个粗俗的人，穿着一件短袖衬衫，嘴里的雪茄已经嚼得稀烂，正双眼灼灼地巡视着大厅的一切。柜台边，一个白发苍苍的男人正在调一个小收音机，他希望可以收到关于战争的频道，无奈听到的只是没完没了的杂音。在大厅的角落，有一个五人组成的山地组合，身上穿着的紫色衬衫和白夹克明显尺寸不合，在这样喧闹的酒吧里，他们一次次努力，希望人们可以欣赏到他们的音乐，然后在这烟雾缭绕、醉言酒语中，满足地微笑。可以看出，在这怡人的夏季，狮角的生活很丰富多彩，也很热闹。

　　当他们称之为便餐的晚饭上来后，我一边饮着白兰地，一边囫囵吞枣地吃了起来。用完餐后，我来到大街上，此时，天还比较亮，但有几处霓虹灯已经亮了起来。傍晚的街头，充斥着各种各样的声音，喇叭的肆意喧哗、孩童的嬉戏声、点唱机里疯狂的演奏声、地球滚着的嘎嘎声、打靶厅里传来的二二手枪爆裂声。不但如此，从湖上传来的快艇咆哮声尤为夸张，它们就那样漫无目的地横冲直撞，就像是一股敢死队在执行命令一样。

　　在我的车前，一个身材苗条的褐发女子正坐在那里，她表情严肃，穿着一条暗色的宽松裤，她一边吸烟，一边和一个坐在我车门踏板上的农场牛仔说着话。我没有搭理他们，直接绕过车子，坐了进去。牛仔提了提他的工作裤，识趣地走开了，那女人，却一动不动。

　　"你好，我叫帕迪·佩尔。白天我经营着一家美容院，晚上我供职于《狮角旗帜报》。"她愉快地介绍着自己，"我很抱歉，刚刚坐在你车上。"

　　"那么你只是随便坐坐，还是希望我可以捎你一段呢？"

　　"如果你愿意花几分钟时间跟我聊聊的话，你可以沿这条路往下开一点，那儿的环境安静得多，马洛先生。"

　　"看来你消息很快啊。"我发动了车子，想一探究竟。

　　我开车经过邮局，来到了一处角落，那里有一个标着"电话"的箭头，蓝白相间，指着一条可以通往湖边的小路。我绕过它，驶过一个前面围着栏杆，还有小草坪的电话局，接着又经过了另一间小屋后，最终停在了一棵巨大的橡树前，它的枝丫足有五十英尺长，树冠横着延伸，已盖过了小路。

　　"你觉得这里怎么样？佩尔小姐？"

　　"这里很好。不过，应该是佩尔太太，或者你可以叫我帕迪。马洛先生，见到你真开心。我知道你来自罪恶之城——洛杉矶。"

　　她热情地伸出她那只棕色的手，我礼貌性地握了握。她的手像金属钳子一样有力，我想，大概是因为她常常给那些金发太太们上发卷的缘故。

　　"我知道了穆里尔·切斯的事，她真可怜。我希望你能告诉我一些细节。霍利斯医生说是你发现尸体的。"

"不,是比尔·切斯先发现的,我只是正好和他在一起而已。那么,你见过吉姆·巴顿了?"

"没有,他下山去了。不过,即使见到他,他也不会透露太多细节的。"

"也许吧。他现在一门心思忙于选举,而你,却是个女记者。"

"不,我可不认为吉姆是位政客,而我,更不是记者。就我供职的这家小报社,很不专业。"

"那么,你想知道一些什么呢?"我为她点上了一支烟。

"你就讲讲事情的整个经过好了。"

"这个好说。我带着金斯利写的字条,上山找比尔,让他带我看看金斯利的木屋。比尔很乐意地带我四处看看,然后告诉我,他很烦闷,因为他老婆离开了,他还给我看了穆里尔留下的字条。对,他还把我带的一品脱酒差不多喝没了,他越喝越难过,话也多了起来,他开始讲,他老婆离开后,他很寂寞,一想起这事,他就很心痛。大概情况就是这样,我是今天才第一次来这儿的,我不了解他。当我们往回走,走到湖的尽头处时,我们走上小码头,想要倚栏欣赏一下美景,谁知他突然瞧见木板下有只手臂在晃动,然后种种迹象显示就是穆里尔。"

"听霍利斯医生说,尸体已经严重腐烂,因为在水里泡了好一段时间。"

"是的,一整个月。当时,穆里尔留了字条说要离开,比尔就以为她去寻找新的生活了,并没有多想。谁知道,她竟然一直泡在水里。那字条居然是一份自杀留言。"

"就这点来说,你有什么疑问吗?马洛先生?"

我没有马上回答。我看了看她的侧面,她那蓬松的棕发下,一双心有所想的黑眼睛正等着我的答案。此刻,夜幕即将降临,阳光强度已明显有了改变。

"我想,这种案子,警方应该有所怀疑。"我官方地回复道。

"你呢?"

"我不发表意见。"

"什么意思?"

"今天我才第一次见比尔,他给我的印象是比较暴躁,行为有些鲁莽。用他自己的话说,他有时很混蛋。但他很爱他老婆,这一点是毋庸置疑的。如果,他早知道他老婆在湖里的木板下腐烂,我觉得他是无法安心在这生活一个月的。你想想,每天他从木屋出来,看到那浅蓝色的湖水,心里很清楚那里面有什么,曾经发生了什么,还是自己亲手做的,那该是多么令人崩溃的事。"

"是的。我同意你的看法。"帕迪若有所思,轻轻地说,"不过,这种事总会发生的,以前有,现在有,将来也会有。对了,马洛先生,你做房地产生意吗?"

"不。"

"那请问你是做哪一行的?"

"我想我最好不要说出来。"

"随便你。在你告诉巴顿全名时,霍利斯医生有听到,而我正好有一本洛杉矶的姓名电话本,哈,这事别人都不知道。"

"你真善良。"

"不止如此。你要是不想我把你的事告诉别人,我是不会说的。"

"那需要多少钱?"

"一毛钱也不用。我不敢说自己是个优秀的女记者,但如果有任何事可能会让巴顿难堪,我们都不会登。他真的是个好人。不过,这事儿迟早要曝光,对吗?"

"千万别急着下定论。"我回答道,"另外,我对比尔这件事没有兴趣。"

"那他老婆呢?对穆里尔有兴趣吗?"

"为什么这么问?我应该对她有兴趣吗?"

她小心翼翼地把烟熄灭在烟灰缸里。"不管你怎么说。但我想,也许有件事你还不知道,也会感兴趣。大概在六星期前,从洛杉矶来了一个警察,叫德·索托,他态度差得要命,是个十足的大老粗。

"我们《狮角旗帜报》办公室的三个人都很讨厌他,自然也不会对他说什么实话。他说他有公事,要找一个女人,叫米尔德里德·哈维兰德。他还带了一张照片,不过不是警方专用的那种,而是一张普通的放大照片。照片上的女人长相跟穆里尔·切斯很像,只是头发是红色,头型不一样,眉毛修得很细、很弯,这些改变让一个女人看起来很不一样。但我还是坚信,照片上的女人就是穆里尔·切斯。"

我一边思索,一边在车门上敲着鼓点,过了好一会儿,才开口问道:"你们告诉他什么了?"

"什么也没说。第一,我们根本不确定照片上是谁;第二,我们都很讨厌他;第三,即使我们知道是谁,同时也很喜欢他,我们也不希望他找到穆里尔。为什么要让他找到呢?我想,每个人或许都做过一些遗憾事儿。比如我,我有婚史,之前的老公是一名古典语言学教授,供职于雷德兰大学。"她释怀地笑了笑。

"一个有故事的女人。"

"是的。但在这个地方,我们都是普通人。"

"那你说的这家伙见到巴顿警官了吗?"

"我想是的。但吉姆从没提过这事。"

"他有给你出示他的警徽吗?"

她认真地想了想后,摇了摇头。"完全不记得他有出示过。不过,从他的讲话态度来看,简直就是一个凶悍的城市警察,所以,我们认为他是。"

"听你的描述,我可不那样认为。那,这家伙的事,穆里尔知道吗?"

她没有立即回答我,只是静静地透过挡风玻璃,看着外面,像在思考什么,或者是迟疑。好一会儿后,她才转过脸了,点了点头。

"我告诉过她。也许,我不该这么做,对吗?"

"她说什么了?"

"没,她一句话也没说。就像是我跟她恶作剧一般,她只是尴尬地笑了笑,就走开了。但是,她眼里有一种奇怪的神情转瞬即逝,这一点我记忆犹新。哈,你对她还是没兴趣吗?马洛先生?"

"为什么要有呢?要知道,在今天下午以前,我的世界里,从没听说过她,更没听说过姓哈维兰德的人。那么,现在需要我送你回镇上吗?"

"呃,不用不用,已经很麻烦你了。非常感谢。就几步路,我走回去就好了。但愿比尔不要惹上这么龌龊的麻烦。"

说着,她就跨出了车。当她的一只脚还在踏板上时,突然仰头笑了笑说,"他们说,我是个很好的美容师,希望这是真的。但在做记者这一块,我却很差劲。晚安,马洛先生。"

在我跟她道了晚安后,她便走进了夜色中。我看着她,直到她走到中心街,然后转弯消失在我的视线里。我才下车,走向电话公司,那建筑可真够朴拙的。

第十章　一通电话

我前面的马路上，有一只母鹿正慢悠悠地穿过，它居然带着狗项圈。我上前拍了拍它那毛茸茸的脖子后，便进了电话公司。一个小女孩正坐在一张小书桌前看书，穿着一条宽松的裤子。她给我换了零钱，并告诉我打到比佛利山的价格。电话亭在外面，在建筑物前墙处。

"这里很安静，希望你会喜欢。"她说。

九毛钱，可以让我和金斯利通五分钟话。我进了电话亭后，电话很快接通了，但有很多杂音。此刻他正在家。

"上面有什么发现吗？"他的声音严厉，也充满着自信。

"有很多。但好像都与我们无关。你身旁有人吗？"

"这有什么问题吗？"

"我是无所谓。因为你不知道接下来我要讲什么，但我知道。"

"你说吧。"

"我跟比尔·切斯好好谈了谈。他说他一个人很寂寞、很孤单。一个月前，他和他老婆吵了架，然后他就出去喝酒了，等他回到家，他老婆已经离开了。给他留了一条字条，字条的内容里表示宁愿死，也不想再和他生活在一起。"

"比尔一定是喝多了吧。"金斯利回复说。

"他回家后，发现两个女人都无影无踪了，他不知道金斯利太太去了哪儿。他说五月时，克里斯来过一次，之后就再也没来过。这一点，倒是和克里斯自己说的相吻合。当然，也不排除克里斯趁比尔出去喝酒的那段时间上来，但那样的话，他和克里斯特尔就要开两辆车下山了。另外，我有一种预感，我觉得金斯利太太是和穆里尔一同离开的，虽然穆里尔也有自己的车。不过，现在这想法已被彻底推翻，因为穆里尔根本没有离开。今天我们发现，她死在了你的湖里，比尔把她捞了上来，当时，我就在现场，目睹了这一切。"

"天哪，你的意思是她自杀了，还是在我的湖里？"金斯利听到这个消息后，很震惊。

"可能是这样。她留的那张字条和所有遗书内容差不多。她的尸体就卡在小码头水下的板子下面。当时，我和比尔正站在码头欣赏湖水，他突然发现水里有一只手臂在晃。于是，他把她弄上了岸。现在，警察已经把他逮捕了。他快崩溃了。"

"天哪！"他再一次感叹道，"我应该意料到的，他现在看起来——"这时，电话接线生要求续交四毛五分钱，于是我投进去了两个两毛五分的硬币，然后电话再次接通了。

"你刚刚想说什么？"

"我是想问，是他谋杀了她吗？"这一次，电话没了杂音，金斯利的声音变得很清晰。

"只能说有这个可能吧。这里的警官巴顿，觉得遗书上没有日期这点很可疑。之前，穆里尔好像因为某个女人就离开过比尔一次。所以，巴顿觉得，比尔可能藏起了另一张旧字条。总之，现在尸体已经被运下山，比尔也被带去了圣贝纳迪诺，他们一定会好好盘问盘问比尔的。"

"你有什么看法？"他缓缓地问出了这句话。

"尸体是比尔自己发现的。我想如果是他做的，他就没有必要把我带来湖边，他可以让她永远待在水下，不被人知晓。至于纸条很旧这点，可能是他一直携带着，常常拿出来看一看，久而久之，就变旧了。没有日期，我倒觉得不足为奇，通常人们在这种情况，都是匆匆忙忙的，怎么会那么周全呢。"

"尸体泡了这么久，他们还能查出什么呢？"

"那要看他们的设备怎样了。但我想，他们至少可以查出她的死因，到底是淹死的，还是其他的方式，有没有被施暴的痕迹。这些是不论尸体泡多久，腐烂到什么程度，都可以查出来的。比如她喉咙的舌骨断了，那就可以推断她是被勒死的。现在最重要的问题是，我得接受审讯，告诉他们，我来这儿的原因。"

"那怎么办？你想怎么说？"他大声吼道，"这真是太糟糕了！"

"等我回来时，我想顺便去一趟普雷斯科特旅馆，去那看看能不能发现什么。对了，你太太和穆里尔关系好吗？"

"应该不错吧。一般来说，克里斯特尔都很随和，也很好相处，而我，仅仅是认识而已。"

"你知道米尔德里德·哈维兰德吗？"

"什么？"

我重复问了一次。

"我不知道。我应该知道吗？"

"为什么每次我问你什么问题，你都会反问我。你不用知道哈维兰德，尤其你和穆里尔又不熟。明早我再给你打电话吧。"

"好的。让你摊上这种事，真的很抱歉。"他的话说得很犹豫，然后道了晚安，挂了电话。

铃声马上响起，提示我刚刚又投了五分钱，我解释了一大堆，例如我一看到洞，就想往里面塞钱之类的。她根本不愿意听。

我走出电话亭后，深深地吸了一口新鲜空气。一眼又看到了那头温驯的母鹿，此刻，它正站在路的尽头，那围篱边的小沟旁边。我尝试着把它推开，但它一动不动，就靠着我。于是，我不得不跨过围篱上车，开车回村里。

巴顿的办公室空无一人，灯却还亮着，那块"二十分钟后，我就回来"的牌子仍然挂在原处。我往前走了走，经过岸边停船的地方，然后到了湖滨游泳场边，此时，到处都是空荡荡的，绸缎般的湖上除了有一些小汽船和快艇仍在游荡。微弱的黄色光线照着湖面，还照出了斜坡上玩具一样的木屋。东北方的山头上空，有一颗明亮的孤星正在闪烁。百尺高的松树尖上，有一只知更鸟栖息在上面，它在等天黑，然后好为大家唱晚安曲。

很快，天黑了，它一边鸣唱着，一边飞入那一望无际的夜空。我飞快地把烟弹进了平静的湖水中，然后上坡，回到车内，驶向小鹿湖。

第十一章　破窗而入

那条通往私人小路的门已经被锁上了，我只好把车停在了两棵松树间，然后从门上爬了进去，猫着身子，轻轻地沿着路走，直到我看到了那个闪着微光的小湖。比尔的木屋黑乎乎一片，其他三间木屋的影子正好倒映在了苍白的花岗岩上。泛着白光的湖水经过坝顶，顺着坡斜悄无声息地流进下面的溪流中。我聚精会神，没有听到任何声响。

比尔的前门是锁着的，我轻轻摸索到后门，也是锁着的。我沿着墙，去摸纱窗，希望可以从那找到突破口，可结局总是那么悲伤——窗户也是关住的。有一个高一点的窗户是一扇两层的小窗，那儿没装纱窗，但上了锁。我站直身体，倾听着周围的动静，也思索着还有没有别的可能。树林里没有风，树木像树影一样安静。

我拿出刀子，尝试着从两扇窗户之间插进去，但这丝毫没影响到窗扣的固若金汤。我靠着墙想办法，还真想到了——我抱起一块石头，砸向两个窗框中间的连接处，马上听到了窗扣与木框断裂的声音。黑暗中，窗户向里打开了。我爬上去，将一条腿蜷曲着，慢慢送进去，翻身，跳进屋里。然后我转身，屏住呼吸，仔细倾听。不得不承认，在这样的海拔，做这一系列动作，真让我有点气喘吁吁。

突然，一道刺眼的手电筒光照在了我的脸上。

"如果我是你，就乖乖地站那儿。累坏了吧，小子。"一个平静的声音响起。

在手电筒光照下，我就像是一只被拍烂在墙上的苍蝇一般。随着"咔啦"一声，桌上的灯亮了，手电筒光灭了。是巴顿，他正坐在桌子旁边的一把褐色旧椅上。桌上铺的那块缀着流苏的褐色桌布正好垂到了他粗大的膝盖上。他手上拿着一个手电筒，穿着和下午一样，只是外面加了一件皮制短上衣，天哪，我想这可能还是克罗佛尔·克利夫兰德当第一任总统时做的。他两眼无神，嘴巴有规律地蠕动着。

"小子，你不会告诉我，你只是来跳跳窗户玩的吧？"

我拉过一把椅子，坐上去，手臂很自然地放在了椅背上，然后，开始环视这间屋子。

"本来我有个不错的想法，但现在的情况，还是算了吧。"

从里面看，木屋要比外表看起来大得多。现在，我待的是起居室，里面放了几件很普通的家具，松木地板、百衲毯；靠墙有一张圆桌、两把椅子。从一扇开着的门看过去，可以看到一个大黑色烤炉的角。

巴顿和气地点了点头，看着我说，"刚刚我听到汽车的声音，推测一定是来这儿的。你的走路真轻，我几乎没听到。小子，我对你很有兴趣。"

我没有接他的话。

"别生气，我叫你小子。我想我不应该这么随便称呼，但你也知道，习惯是很难改过来的。在我看来，只要是没有长长的白胡子，或者是没有风湿病的人，都还是小子。"

我回答说："你想怎么叫都行，没有关系。"

"洛杉矶的电话簿里虽然登记了很多私家侦探，但只有一个叫马洛的。"他笑了笑说。

"你查这做什么？"

"比尔·切斯说你是个侦探，当然，你也可以觉得是因为好奇。你自己可没跟我提到这件事。"

"我本来不想说的，更不想引起不必要的麻烦。很抱歉，冒犯到你了。"

我把皮夹拿给他看。

"你身材这么好，很适合干这一行。"他的声音夹杂着满意，"不过，你的表情总是让我难以捉摸。你是来这儿找线索的吧。"

"是的。"

"从山上回来后，我就直接来了这里。事实上，我还在我的小屋里逗留了一会儿。刚刚我已经仔细搜查了一遍。我是不会让你搜查这的。"他挠了挠耳朵，试着解释说，"我的意思是说我还不知道你的目的是什么，所以我也不知道能不能让你搜。是谁雇你来的？"

"金斯利先生。他希望我能帮他找到她老婆的下落。她是一个月前从这里走的，种种迹象显示，她是和一个男人一起走的，可那个男人不承认。所以我只好回到这里，看看有什么发现。"

"那你找到什么有价值的线索了吗？"

"还没。我们知道她去过圣贝纳迪诺、埃尔帕索，但之后，就下落不明了。所以，我这是从头开始调查。"

巴顿起身去把屋门打开了，刺鼻的松树气味一下涌了进来，他吐了口痰后，又坐了回来，取下帽子，揉了揉他那棕褐色的头发。是的，他总是戴着他那帽子，所以猛然一摘下帽子，还让人有点不太习惯呢。

"你对比尔·切斯的事有兴趣吗？"

"没有，一点点都没有。"

"我想，你一定办过很多离婚案吧，这可不是什么道德的事。"他激我。

我一言不发，任由他说。

"金斯利老婆的事，他不愿意求助警方，对吧？"

"是的，绝对不愿意。"

"可是，你说的这些，和你为什么来搜比尔·切斯的木屋，毫不相干。"他聪明地转入正题。

"我擅长做'侦探'。"

"或许，你有更好的选择，去做更好的事。"

"好吧，如果非要说我对比尔·切斯的事有兴趣，那也仅仅是因为他现在有了麻烦，令我同情，想帮帮他而已，虽然他真的很笨。我想，不管是不是他杀了他老婆，在这里，都可以找到一些相应的东西来说明问题。"

"比如什么呢？"他警觉地看着我。

"女人要离开，而且不准备回来那种，有些东西就一定会带走。譬如衣服、洗浴用品、珠宝等。"

"你别忘了，她并没有离开这里，小子。"他边说，边向后缓缓靠去。

"那东西就该还在这儿。如果是，比尔应该早就发现的，也就是说，他早应该知道她压根儿没离开。"

"不论是哪种情况，我都不想看到。"他说。

"如果真的是比尔杀了她，那他应该会把她的东西全都处理掉，造成她离开的假象。"

"为什么你认为他会这样做，小子？"他面孔朝向光的地方被木屋黄色的灯光照成了古色。

"穆里尔开的是福特。如果真的是比尔做的，我想他应该会把她所有东西都处理好，能烧的烧掉，能埋的都埋到树林里，而福特比较棘手，不能烧也不能埋，或者可以沉到湖底，但这又太冒险了。对了，他能驾驶这车吗？"

巴顿很惊讶的样子，"当然能。虽然他右膝盖没法弯曲，操控刹车不太方便，但你别忘了还有手刹。比尔的刹车踏板设在左边靠近离合器处，这样，他就可以同时控制两个踏板。这是两辆车唯一不同的地方。"

桌上有一只蓝色的小罐，专门用来装烟灰的。我把烟灰弹了进去。现在，也只有瓶上的标签能证明它曾经装过一磅橘子蜜了。

"处理车子是个大问题。不管放哪里，他都得走回来，还得避免被人遇见。如果他直接把它扔在像圣贝纳迪诺这样的街上，那很快就会被查出车主是谁，显然，他不愿意这样；把车交给一家生意兴隆的车行是个好办法，但可能他并没有这样的资源；所以我想，他最有可能把车放到附近的树林里，对他来说，距离不算远的地方。"

"对于一个没有兴趣的男人，你好像想了很多。"巴顿讽刺道，"所以，你觉得车在树林里。然后呢？怎么做？"

"他要好好想想车子被发现后的问题。这树林虽然人少，也很僻静，但还有伐木工人和巡逻队，一旦车子被发现，那穆里尔·切斯的东西最好也在里面，这样会比较好解释一些。首先，如果穆里尔·切斯是被别人杀的，那这一切都是凶手策划的，目的就是嫁祸给比尔；其次，如果穆里尔·切斯真的是自杀，就可以说是她自导自演的，一切的布置就是为了让比尔受到指责，一种报复性的自杀。虽然这两个解释不算完美，但至少说得过去。"

巴顿认真听着我的假设。然后去把门重新锁上，坐下来又揉了揉他的头发，用怀疑的眼光看着我。

"你说的第一种情况，也许真的是那样，但仅仅是个可能。"他承认道，"但我实在想不出还有谁会杀穆里尔·切斯。我想，应该把那张纸条弄清楚。"

我摇了摇头，表示不赞同，"就当比尔早就有这张纸条。假设穆里尔·切斯根本就没留下任何话就离开了。那这一个月都过去了，比尔都没有任何她的消息，他应该很着急，他就会想是不是该拿出这张纸条，这样至少算是对自己的一种保护。我想，如果纸条真的有所怀疑的话，比尔应该是出于此种目的。"

巴顿也摇了摇头，明显他有别的看法，事实上，我心里也不信。"对于你说的第二种，明明是自杀，却安排得像谋杀，然后让某人被控告，这完全不符合我对人性的理解，这太疯狂了。"他慢慢地说。

"那你可真是太天真了，人性是很复杂的。"我说，"以前，确确实实有过类似的案件，而一般这种案子，几乎可以肯定是女人做的。"

"不不，我已经五十七岁了，见过太多疯狂的人或事，但我依然无法同意你的见解。我希望的情况是穆里尔·切斯确实想离开，也写好了字条，然后在整理东西时，被比尔发现了，他气急败坏，失手把她杀掉了，然后他就做了那些刚刚我们在讨论的细节。"

"我不认识她，更没见过她，所以，我无法推测她会做出什么样的事。"我说，"听比尔说，一年前，他们在河滨市什么地方遇见的。我想，也许在那之前，她有一段很长很复杂的故事。你觉得她是个什么样的女人？"

"她是一位典型的金发女郎，看起来很安静，还很神秘，打扮之后非常漂亮。从某种角度说，她跟比尔一起生活，好像是有点随意了。比尔说她脾气很大，我倒不觉得，因为我从没见她发过脾气，却常常见识到比尔的臭脾气。"

"你觉得她像照片里的哈维兰德吗？"

瞬间，他的嘴巴紧闭，下巴也停止蠕动，好一会儿，才又恢复过来，"混蛋，今晚睡觉前，我一定要好好检查一下床底下，确定你不在那儿。你怎么知道的？"

"帕迪·佩尔说的。她在报社兼差，是个很好的女孩。早一点，她采访了我。不经意间，提到了德·索托拿着照片四处找人，还说他是来自洛杉矶的警察。"

忽然，巴顿使劲拍了拍他的膝盖，倾身向前，严肃地跟我说："天哪，我做了一件错事。德·索托来找我前，就已经把照片拿给所有的人看了，这让我有些气愤。不得不说，照片上的女子确实有点像穆里尔，但我不敢肯定。我有问他找这个女人干嘛，他很官方地回复我说是警方的事。于是我就跟他装，说自己也是做这个的。这下好了，他正好拿这一点来故意压我，他告诉我说他接到的指示是找到她,其他的他不清楚。唉,我现在才明白。我不应该告诉他,我不认识任何像那张照片的人,我错了。"

说完,他好像整个人通透了,对着天花板的某个角落笑了笑,然后把目光落在了我身上,"马洛先生,如果你能对这件事讳莫如深,我将万分感谢。另外,你刚刚的推测很准。你知道浣熊湖吗?"

"闻所未闻。"

"从这往后,大概一英里的地方,往西边有一条小路。"他一边说,一边用大拇指指向肩后,"你可以开车过去,经过树林后,再开一英里,然后再往上爬大约五百英尺,就到了浣熊湖。那地方非常小,偶尔会有人去那里野餐,但不是经常。那条路沿途有两三个又小又浅的湖,里面全是芦苇。即使是现在,那儿有些阴凉的地方都还有雪。整体来说,那条路不好开车。那儿有几幢老木屋,从我记事起,就是塌的。在湖的后方,有一幢又大又破的屋架子,是用粗重的木头建成的,大概十年前,蒙克莱尔大学曾把那儿当过夏令营的营房,但时间不久。你绕到屋后,可以看到一间盥洗室,里面放着生锈的旧锅炉。嗯,还有一个装了滑轮推门的大仓库,本来是用来放车的,但却放了木柴。遇到没人的季节,这里便会锁起来。你知道,木柴会被人偷的,但小偷一般也不会为了偷点木柴,去把锁弄坏了。我想,你应该猜到我在那儿有什么发现。"

"我原以为你应该是去了圣贝纳迪诺呢。"

"本来是那样的,但我改主意了。之前我想让比尔自己坐车下山,然后把他老婆放在车后边,可我又觉得那样欠妥。于是,我便安排安迪和比尔一起坐医生的救护车下山。我想,我应该在把案情报给警长和法医前,多了解了解情况,掌握更多的信息。"

"在仓库里,你发现了穆里尔的车?"

"是的。车里还有两个皮箱,没有上锁,装的全是女人的衣服,看那样子,收拾得慌忙。小子,我真正想说的是,陌生人根本不可能知道那儿。"

我想他是对的。他摸索着上衣侧面的口袋,拿出了一团揉皱的卫生纸,小心翼翼地打开,放在他伸直的手上,"来,看下这个。"

我凑近一看,是一条很细的金链子,准确地说,是一条被扯断的金链子,可上面的小锁却完好如初。链子长约七英寸,和卫生纸一样,上面都沾有白色粉末。

"你猜一猜,我在哪儿找到这个的?"巴顿卖起了关子。

我拿起链子试了试,想看看它们的断裂处是否吻合,答案是否定的。我没说什么,舔了舔那白色粉末,"应该是细砂糖罐子吧。这是一条脚链,几乎和结婚戒指一样,很多女人一辈子都不会取下来。这个不管是谁取下的,可以肯定,他一定没有钥匙。"

"所以,你的推断是?"

"我没觉得有什么特别之处,"我继续说道,"比尔应该不会把穆里尔的脚链弄断,却留下那串绿宝石项链,这毫无意义,而且我想,如果是比尔做的,他大可以直接扔进湖里,不更是一了百了;那是穆里尔自己弄断——假设她丢了钥匙,目的是为了被人发现,这好像也没什么意义。除非有人首先发现了她的尸体,不然谁会想着去找这东西呢。我想,也许是穆里尔想保存它,但又不想让比尔知道,那她藏匿的地点,就可以说得过去。"

"为什么这么说?"巴顿有些疑惑。

"因为细砂糖是用来做蛋糕的,像这种地方,男人是绝对不会触及的。你能找到,正好说明你是一位聪明绝顶的警长。"

巴顿有些不好意思地笑了笑，说，"哈哈，那是因为我正好打翻了糖罐，所以糖粉撒出来了。如果不是这巧合，我想我也不会去那里找线索的。"他一边解释，一边把纸重新团起来，放回了口袋，然后像终于做完了一件事一样，放松地站了起来。

"你是要继续留在这儿，还是回镇上呢？马洛先生？"

"回镇上。我想你应该会想要审问我。"

"是的。具体还要看法医的回复。请你关上刚才你闯进来的那窗户，然后我好关灯、锁门。"

我听话地照他说的做，然后他打开了手电筒，关了桌灯。我们走出去后，他还细心地回头摸了摸，确定房门真的锁好后，才轻轻地关上了纱门，望着远处月光下的湖水。

"我想，比尔应该是无意杀害她的。你也知道，他的手强悍有力，很容易就会失手杀掉一个女人。"他的言语充满了悲伤，"如果真的发生了，他就一定会费尽心思去掩饰。我一想到这样的情景，就很难过。但又能怎么样，什么也改变了事实，或者事情发生的可能性。当整个事情变得简单而自然，就往往是真相。"

"我觉得，如果真是他做的，他应该不会留在这，忍受这一切。"我提醒道。

巴顿朝着旁边一丛熊果树的影子狠狠地吐了口痰后，说："你别忘了，他还享受着政府的抚恤金，如果跑了，就没有了。而且我觉得，如果事情真的来了，大多数男人会迎上去，他们是可以忍受那些他们必须要忍受的事的。这一点，全世界的男人都如此。好了，晚安吧。我还要再去小码头感伤一番，在月光下静静待一会儿。瞧，如此美好的夜晚，我们却用来讨论谋杀，太遗憾了。"

很快，他就没入了黑暗之中。我站在那看着他，直到他消失在我的视线后，我才返回大门，然后爬了出去。我开车沿着山路往回走，我必须给自己找个合适的地方藏身。

第十二章　再探比尔木屋

大约在那扇门三百码的地方，有一条小路，上面残留着去年秋天落下的褐色橡树叶，接着绕过一块圆圆的花岗岩后，就没了。我磕磕绊绊，沿着小路又往前行驶了五六十英尺，然后绕过一棵树后，掉转车头，面向着我来时的路。熄灯、关引擎、坐等。

我静静地待在那儿，没有吸烟，所以觉得时间特别漫长。应该是半小时后，我终于听到了引擎发动的声音，越来越响，很快，白色的车头灯光经过了我底下的路。声音渐行渐远，但汽车行驶后留下的那一缕尘土干燥气息，仍回荡在空气中了好一会儿。

我迅速下车，回到了比尔的木屋。这一次有经验了，我找准目标，用力推开弹簧窗，爬了进去，到屋里后，打开手电筒，寻找桌旁的灯。然后打开，认真倾听了一下周围的动静，确认没有任何异常后，我进了厨房，打开了悬在水槽上方的灯。

在烤炉旁边的木箱，一堆劈好的木柴整整齐齐地摆放在里面。水槽里，很意外地没有脏碟子；炉子上，也没有脏的锅，显而易见，不论比尔有多寂寞，多难过，但他的生活还是井井有条的。厨房有一扇门通向卧室，连接处还有一扇门通向一间很小的浴室，那门很窄，从那隔音板的外观来看，成色很新，所以应该是新加建的。我看了看浴室，并没有什么特别之处。

卧室的摆设很普通，一张双人床，旁边是一个松木柜子，上面挂了一面圆镜。床的两边，分别放了一张椭圆形的地毯。另外房间里还有一张桌子、两把椅子、一个锡制的垃圾桶。墙上钉了一张战争地图，应该是比尔从《国家地理》杂志社找来的。整个房间，让我印象最深刻的是梳妆台上的那张桌布，红白荷叶边装饰的，看起来完全不搭。

我开始查看那一个个抽屉。首先映入我眼帘的是一个仿皮首饰盒，里面装了品目繁多的珠宝饰物，亮闪闪的。然后是一些女人经常用在脸、眉毛、指甲上的化妆品，在我看来，有些太多了，当然，我并没有经验，纯粹是直觉。柜子里的衣物倒是不多，男款女款都有，其中还有一件颜色非常艳丽的男式格子衬衫，应该是比尔的。我正好奇呢，突然，一叠蓝色卫生纸下的东西引起了我的注意——一件几乎全新的桃色丝质内衣，还镶有蕾丝边。太奇怪了，这年头，是没有女人会丢下一件丝质内衣的。

不知道巴顿看到这个后，会怎么想，显然，这个发现对比尔很不利。我再次回到厨房，开始搜索水槽旁、上面开放的架子，没发现异常，都是一些常用的瓶瓶罐罐。然后，我看到了那个装细砂糖的褐色方盒子撕开了一角，想必刚刚巴顿还清理了细砂糖。旁边则放了一些诸如盐、苏打粉、硼砂、玉米粉之类的东西。也许这些东西里面也藏了什么？

刚刚的脚链两头不能吻合，明显还差一截呢。

我闭上眼，用手随意摸索，当我摸到苏打粉时，我停下手，从木柜后拿了一张报纸出来，放平，然后把苏打粉倒了出来，用汤匙仔细地搅了搅，仅仅一堆粉而已。我细心地把它们放了回去，然后又如法炮制，分别试了硼砂和玉米粉，但都毫无收获。

这时，远方突然响起了脚步声，我愣了一下后，赶紧熄了灯，躲回客厅，把桌灯也关了。我想，可能为时已晚。脚步声再次响起，小心翼翼地，很轻很轻，我感觉到后背凉飕飕的。

我左手拿着手电，隐没在黑暗中，静静地等着，连大气儿都不敢喘一下。漫长而忐忑的两分钟过去了。

我猜测，应该不是巴顿。如果是他来了，一定会直接打开大门，然后让我滚蛋。走几步，停一会儿，再走几步，又停一会儿，脚步声似乎向我这边来了。我迅速溜到门边，轻轻转动门把手，一边突然打开了门，一边把手电光照了出去。

我的眼前出现了一双亮闪闪的眼睛，还没等我反应过来呢，一跃身，就奔向树林，一溜烟儿的工夫就跑得无影无踪了。哎，原来是一头好奇的小鹿。

不过是虚惊一场，我镇定自若地关上门，然后借着手电的光回到厨房。那一小束圆圆的光对着的地方，正好放着细砂糖。

于是，我打开灯，把方盒拿下来，像刚才一样倒在了报纸上。

看来，巴顿是个粗心的人。发现一点什么就按捺不住激动的心情，草草地就收工了。

在细白砂糖粉中，我发现了另一团白卫生纸。我小心翼翼地抖干净，然后打开，里面放着一颗金心，像女人的小指甲那么小。

我把糖装了回去，罐子也放回了原处，然后把报纸丢进炉中处理掉了。接着，我回到客厅，打开桌灯，微弱的灯光下，我看到小金心背后刻着字，虽然很小，但基本还可以看清。

字是用手写体刻的："送给米尔德里德，一九三八年六月二十八日，一心一意爱你的阿尔。"

显然，这是阿尔送给米尔德里德的。也就是说，穆里尔·切斯确确实实就是米尔德里德。在一个叫德·索托的警察来找过她的两个星期后，穆里尔·切斯死了。我紧握着金心，思索着这些跟我有什么关系，但没想出任何答案。

我把金心包了起来，然后离开木屋，回到镇上。

巴顿的门锁着，他正在打电话，于是我就等在外边。一会儿后，他挂了电话，过来开门。

进屋后，把那纸团直接放在了柜台上，打开。

"这是在那个细砂糖罐里找到的。"

他看了看金心，走到柜台后，从书桌里拿出一个放大镜，仔细地看着金心背后的字。好一会儿，终于放下了他那廉价的放大镜，皱着眉头，若有所思地盯着我。

"我应该早想到你不会放弃搜索那木屋的，"他怒气冲冲地说，"你该不会给我带来什么麻烦吧，小子？"

"我觉得，你应该注意到刚才那条链子的两头根本不能吻合。"我说道。

他看着我，很不高兴地说，"我年纪大了，可没你那么好的眼力。"一边说着，一边捏了捏那颗金心，然后就那么瞪着我。

"你是不是在想，可能是脚链让比尔忌妒，好吧，如果他看过，我也会那么想。但我敢打赌，从始至终，他都没有见过这个东西，更不知道米尔德里德这个名字。"我说。

"这么说来，我好像应该向德·索托说声对不起，对吧？"巴顿顾左右而言他。

"如果你还能再见到他。"

他两眼放空，瞪着我，我也看着他，"你先别说，小子。让我猜猜，你现在有新的见解了，是吗？"

"对，我觉得穆里尔·切斯不是比尔杀的。"

"为什么？"

"照目前掌握的情况来看，我想，应该是过去她的某个男人做的。之前，她一直杳无音信，忽然，他不知从哪儿知道了她的消息，于是就来找她。可是当他看到她已另嫁他人时，气愤不已。接着，也许是巧合，也许是无意，他知道了一个可以藏车藏衣服的地方。怀恨在心的他，表现伪装得很好。他去找她，说服她和他一起离开。当一切都准备妥当，连留言的纸条都写好后，他把她给勒死了，然后，把她沉到湖底去，自己离开了。也许他来到这儿的目的，就是为了杀死她。你觉得会不会是这样？"

"嗯，我觉得事情会不会太复杂了？其实，案件没有水落石出以前，任何可能都存在。"他想了想，认真地说道。

"要是你觉得这个推断，不是那么合你的意，可以随时告诉我，我还有很多新奇的想法等着你呢。"

"哈，我想你一定有的。"第一次，我见他露出了笑脸。

我跟他道了晚安后，便离开了。而他，此刻像极了一个挖树根的农夫，在那儿冥思苦想着。

第十三章　傲慢的领班

大约十一点，我到了山脚，把车停在了普雷斯科特旅馆旁，然后从后备厢取出行李，刚走了几步，就有一个服务员从我手中接过了袋子，他穿着一件白衬衫和一条镶边的裤子，还打着黑领结。

值班柜台人员穿着混搭的白色亚麻西装，态度漠然，好像什么事都与他无关一般。他递笔给我时，还打着哈欠，目光透过我，看着远方，也许他在回忆童年吧。

我和拎包的服务员一起上了二楼，绕了个弯后，又经过了好几个房间，真是越走越闷热。终于，他打开了一扇门，把我带进了一个小房间——屋里仅有一扇窗户和一个通风孔，天花板一角的冷气也仅有女人的手帕般大小，上面系了根带子，随风飘动，证明确实有冷气进来。

我眼前的服务员正嚼着口香糖，皮肤发黄，又高又瘦，年纪应该不小了，态度却像一块冻鸡肉。他面无表情地把行李放在了椅子上，抬头看了看窗户那边的护栏，然后看着我。我发现他眼睛发红，身上有酒的气息。

"这间太小了，请给我一个贵一点的房间。"

"别开玩笑了，现在镇上全是人，有房间就已经很不错了。"

"那请你去拿点姜汽水、杯子和冰块给我们吧。"我说。

"我们？还有别人吗？"

"没有，如果你想喝一杯的话，那就是我们。"

"好啊。反正已经很晚了，几乎没人过来了。"

他离开了。我脱掉衣服，在排气孔处走着，风里有一股热铁的味道。我走进浴室，泡进了半温的水里。等那无精打采的家伙再过来时，我终于有了点力气，今天真是太充实了。他关上门后，我拿出了一瓶麦酒，他调了两杯，我们客气地喝了起来。还没等我放下杯子呢，我感觉到后背的汗已流到袜子上，但我仍然感觉比之前好太多了。我坐在床上，就那么看着他。

"你可以在这待多久？"

"怎么啦？"

"我想请你帮我回忆一点事儿。"

"我对任何事都漠不关心。"他拒绝了。

"我想用比较特别的方式花些钱。"我一边说，一边拿着皮夹，掏出了一元皱巴巴的钱。

"对不起，我想你应该是警察。"

"不不，你见过警察花自己的钱找信息吗。或者，你可以认为我是个侦探。"

"这样的话，我非常乐意。我想，这么好的酒一定会让我的脑袋想起些什么。"

"那就试试吧。休斯敦来的得州大个子，我可以这样叫你吗？"我给了他一美元。

"不，我来自阿马里洛，不过这不重要。很多人都很喜欢我的德州口音，你也喜欢吗？其实我自己很讨厌。"

"留着吧，不会让你损失什么。"

他笑了笑，把钱放进了裤袋。

"六月十二日那天晚上，或者傍晚，你在哪儿？在做什么？那天星期五。"

他轻啜了一口酒，好似在努力回想。只见他慢慢地晃着冰块，让酒顺利漱过牙床，"那天我是六点到十二点的班，所以我就在这里。"

"那你是否记得，当天有个身材苗条且非常漂亮的女人入住了这里，她应该是要乘坐火车去埃尔帕索。我想是这样的，因为第二天早上，她出现在了埃尔帕索。对了，她是开车来的，登记在克里斯特尔·德雷斯·金斯利名下，地址留的是比佛利山卡大道965号。当然，也许她是这样登记的，也有可能当时登记的别的名字，或者压根儿没有登记。目前，这辆车还在你们车库里。现在，我想见见当时给她办理入住和退房的服务员，如果你能帮到我，我可以再给你一块钱。"

说着，我又拿出一块钱给他，一阵毛毛虫打架的声音后，钱进了他的口袋。

"我可以帮你。"他的语气很平静。

话音刚落，他就出了房间。我喝完这杯酒后，自己又调了一杯，然后再次进到浴室，用温水泡身体。突然，墙上的电话响了起来，我挤进浴室门与床之间接电话。

"那天是桑尼值班，是他办的入住手续。然后一个叫莱斯的服务员帮她办的退房，现在他就在这上班。"接起电话，是那个得州口音。

"好的，请把他带上来，可以吗？"

当我正喝完第二杯酒，想着再来一杯时，敲门声响了。我打开门，一个像耗子一样的家伙出现在了门前，一对绿眼，一张像极了女孩子的嘴紧闭着。

他走路像跳舞一样，扭着进了门，他看着我，脸上还带着一丝冷笑。

"喝一杯吗？""没问题。"他淡定地给自己倒了一大杯，加了一点姜汽水，然后咕嘟咕嘟地喝了下去。他拿出一支烟，放在了薄薄的嘴唇之间，然后拿出火柴点燃了。他开始一边喷着烟，一边看着我，当然，他的余光也瞄到了床上的钱。他的衬衫口袋处绣的不是号码，而是"领班"两个字。

"请问你是莱斯吗？"

"我不是，"他顿了顿回答说，"我们这里很平静，没有侦探。我们不喜欢侦探，也不喜欢别人雇来的侦探。"

"谢谢你。没什么事了。"

"啊？"他以为自己听错了，不悦地撇撇嘴。

"我叫你滚。"

"你说你要见我。"他辩解。

"你是领班？"

"是的。"

"那我也给你一块钱，再请你喝一杯，"我递钱给他，"非常感谢你愿意上来。"

连声谢谢也没有，他就把钱放进了口袋。然后站在那儿，眯着眼，鼻孔喷着烟，一副尖酸刻薄的样子。

"在这儿，我说话很管用的。"他说。

"那仅仅是在这儿，再说你的地盘也没多大嘛。现在酒也喝了，钱也拿了，快滚吧。"

他一言不发，无奈地耸了耸肩，溜了出去。

过了几分钟，又响起了很轻的敲门声，接着，进来了那个高大的服务员，我绕开他，坐回床上。

"不喜欢他吧？"

"没事，他高兴吗？"

"应该吧。你也知道，领班嘛，总要摆摆架子。请叫我莱斯吧，马洛先生。"

"也就是说，是你帮她退的房？"

"不，她并没有退房，那只是幌子。她根本没有在柜台登记，我记得她的车，是因为她让我帮她停车，并给了我一块钱。对了，她还让我在上火车前，帮她照看行李。她在这用的晚餐。在这样的镇上，一块钱的事是一定会记得的，而且，那辆车丢这儿这么久了，大家都议论纷纷。"

"能形容一下她吗？"

"她的穿着以白色为主，黑白两色的打扮，戴着一顶巴拿马草帽，上面还有一条黑白两色的飘带。基本上跟你描述的一样，她很漂亮，是个金发女郎。后来，去火车站时，她还叫了辆出租车，是我帮她把行李放上车的。对了，我记得行李上有名字的缩写，但我不记得具体是什么了，很抱歉。"

"很高兴你不记得了，否则，那一切就太完美了。"我说，"来，再喝一杯。你还记得她看起来有多大年纪吗？"

他冲了冲另一只杯子，然后给自己调了一杯酒。

"哈，现在女人的年龄是很难判断的。我想，可能是三十左右吧。"

我拿过外套，掏出那张克里斯特尔和克里斯的合照，递给他辨认。

他确实看得很仔细，拿远了看，又放近了看。

"哈，不用那么费劲，不用去法庭作证的。"我戏说道。

"我可不想去。"他点了点头，说，"其实我觉得金发女郎几乎是大同小异，只要她们的服装、妆容，或者是光线不一样，看起来就会有差距。"他盯着照片，有些犹豫。"那你在迟疑什么？"

"这男人。他和这件事有没有关系？"

"继续。"

"我见他们在大厅说话，并一起用了晚餐。他高大英俊，身材像极了轻量级的拳击手。对，他们还一起上了出租车。"

"真的吗？你肯定？"

他看了看床上的钱，并没有立即回答我。

"想要多少钱？"我迫切想知道答案。

他愣了一下，放下照片后，掏出了刚才的两块钱扔在床上，"见鬼去吧。不过还是谢谢你的酒。"说完，他走向房门。

"喂，你回来！别生气嘛。"我大声喊道。

他再次坐下，两眼直愣愣地瞪着我。

"别一副大惊小怪，没见过世面的样子，"我说道，"我常跟旅馆服务员周旋。如果能遇到不说谎不使诈的人，自然是最好。可谁能保证一定会遇上呢。"终于，他笑了笑，又点点头。重新拿起那张照片，从它上方的位置看着我。

"照片里的这男人照得很清楚，所以比女人好分辨。"他说，"那个女人好像不愿意他到大厅来找她，所以我有印象。"

我仔细想了想，这好像并不能说明什么问题。她不高兴可能是因为他迟到了，或者爽约等等。我说："这没什么。你有没有留意到那个女人的首饰，比如耳环、手镯之类比较值钱的、也比较引人注目的东西？"

他说没有留意。

"那你还记得她是直发还是卷发？长的还是短的？她的金发是天生的还是染的吗？"

他释怀地笑了笑，"她的发型是当下流行的样式，又长又直，下面有点卷。至于你说的最后一个问题，我可是爱莫能助了，即使是天生的，也会慢慢变淡了。"说完，他又看了看照片，"这照片，她头发束起来了，所以不好确认。"

"是的。我之所以问你这么多，我是想确认你到底注意到了多少。要知道，太了解细节或者什么都不知道的人，大多都是谎话连篇，是不可靠的证人。一般来说，你所记得的内容是正常现象。真的非常感谢你的帮助。"

"我把之前那两美元还给他，然后又多给了一张五元的。他道了谢，把酒喝了，然后轻轻地离开了。天太热了，我喝了剩下的酒后，又去冲了个澡，我想我还是回家睡好了，家肯定比这舒服。接着，说做就做，我穿上衣服，拿起行李就下了楼。

"此刻，大厅里只剩下一个服务员，正是贼眉鼠眼的领班。直到我提着行李走到柜台，他也没搭理我一下，而那个收了我两美元的柜台值班员，更是没有看我一眼。"

"花两美元住在这下水道般的地方，我还不如去外面找个通风的垃圾桶，至少那儿免费。"我讽刺道。

他打了个哈欠，想了想我说的话，好一会儿，才意会，打趣地说道："凌晨三点以后会很冷的，不过，到了八九点就会很舒服。"

我抹了一把脖子上的汗后，摇摇晃晃地走回车里。虽然已是午夜，可车座还是很热。

大约两点四十五分的时候，我终于回到了家。不得不说，好莱坞像冰柜一样凉爽，即使是帕萨迪纳也能感受得到。

第十四章　噩梦缠身

我做了一个噩梦：在冰冷的绿色湖水深处，我的手臂下夹着一具尸体，长长的金发漂浮在我面前。一条带着腐味的大鱼向我游了过来，眼睛暴突，身体又鼓又胀，鳞片还闪烁着光，斜眼看着我。就当氧气耗尽，感觉自己快要死了时，尸体突然活了过来，自己挣脱开去。然后，不知为什么，我又开始和鱼搏斗，而那尸体就肆意地在那水里翻滚，长发随意漂散着。

惊醒后，我发现自己嘴里塞满了床单，双手则使劲扯着床头的架子。慢慢把手放松下来后，才感觉到肌肉酸痛得要命。我起身，光脚站在地毯上，点了一支烟，来回踱步。等吸完烟后，我又接着睡了。

再次醒来时，阳光洒在我的脸上，时间已到了九点。房间里还是很热，我起来冲澡，刮胡子，然后披上衣服在厨房做早餐，吐司、鸡蛋、咖啡，一应俱全。等我准备好一切时，响起了敲门声。

我嘴里含着一块面包就去开门了。一个身材瘦长的男人出现在了我的门口，他穿着深灰色西装，表情很严肃。

"我是刑事局的副队长，叫弗洛伊德·格里尔。"他一边自我介绍，一边走进来，伸出了手，我礼貌地握了握。他用他们一贯的"坐"法，坐到了椅子边，手里的帽子转来转去，然后再用那惯有的眼光看着我，是的，很平静的眼光。

"一个从圣贝纳迪诺打来的电话告诉了我们狮湖发生的事，有个女人的尸体被发现时，你正好在现场。"

我点头表示同意，问道："喝点咖啡吗？"

"谢谢，不用了。两个小时以前，我已经用过早餐了。"

我端着咖啡，在屋子的另一端坐了下来，正好面对着他的角度。

"他们要求我来了解些情况，然后再通报给他们。"他介绍道。

"完全没问题。"

"从初步了解的情况来看，到现在为止，你是清白的。真的是太巧了，发现尸体时，你正好赶上了。"

"我就是这么运气好。"我无奈地说。

"所以我来拜访拜访你。"

"非常荣幸，副队长。"

他点点头，问道："你说你上山是去办事？"

"理论上是，"我回答道，"但我办的事，与这个女人毫无瓜葛。嗯，至少目前是这样的。"

"你并不确定？"

"案子没结一天，谁也不敢保证会出现什么枝节，不是吗？"

"这倒是。"他捏着帽子的边缘，在手上转着，像极了一个害羞的牛仔，但他的眼神并没有害羞之意，"有没有什么'枝节'跟这个被淹死的女人的外遇正好有关，我想这一点，你可以给我们指一条明路。我们想要知道确切的答案。"

"那这条'明路'，希望值得你们信赖。"

"不是'希望'，是'一定'。现在可以说吗？"他的舌头舔了舔下嘴唇，说道。

"目前来说，我知道的，巴顿都知道。"

"谁是巴顿？"

"他是狮角的警官。"

终于，这个严肃的瘦子笑了笑，摁了下自己的手指关节，然后停了一下，说道："开庭前，圣贝纳迪诺的检察官想跟你聊聊，但应该不会那么快。我们派了一名专业的技术人员过去，他们正在试图从尸体上采集指纹。"

"尸体腐烂很严重，应该没那么容易采集到。"

"现在已经在进行中了。"他平静地说道，"处理这种从水里打捞出来的尸体，纽约有一套专门的处理方法——他们切下手指的皮肤，然后用硝酸处理，使之变硬后做成指纹。真的做得很好，效果很不错的。"

"你觉得警方有那女人的记录吗？"

"你应该知道，我们通常都是从尸体采集指纹。"他回复说。

"我并不认识她。如果你们觉得我上山就是为了找她，那就大错特错了。"我补充道。

"可你并没有告诉我们，你为什么上去。"他固执地继续追问。

"你的意思是我在说谎？"

他用他那突出的食指继续转动着帽子，"不，你错了，马洛先生。我们什么也没有认为。我们的工作是还原真相，来找你只是例行公事而已。你干这行时间已经不短了，应该明白。"说完后，他起身戴上帽子后，嘱咐道，"如果你想离开镇上，请一定记得通知我，谢谢配合。"

我告诉他，我一定会的。然后我把他送到门口。他低着头笑了笑，无奈地离开了。我看着他百无聊赖地走去按电梯。

我回到餐厅，想看看还有没有咖啡。嗯，很好，还有三分之二呢。于是，我往里面加了奶精、糖，然后端子杯子去打电话了。我拨打了警察总局刑事局的电话，我说我要找格里尔副队长。

"他现在不在，其他人可以吗？"一个混浊的声音问道。

"那，德·索托现在在吗？"

"谁？"

我又重复了一次问话。

"什么职位？哪个部门？"

"应该是便衣类的。"

"请稍等。"

我听话地等着。很快，那个混浊男声就回来了，"你弄错了吧？我们的名册上根本没有这个人。请问你是谁？"

当然，我直接挂掉了电话。我喝完咖啡后，理了理思路，给金斯利的办公室打了电话。永远都很冷静且一丝不苟的阿德里安娜小姐接了电话，说金斯利刚到办公室，并为我接通了与金斯利的电话。

"嗨，"崭新的一天，他的声音变得洪亮有力，"你到旅馆有什么发现吗？"

"她确实去过那里，而且克里斯也去了，他们在那里碰面，并一起用了晚餐。我没有给任何提示，那个透露消息给我的服务员正好是带克里斯进去的那位。晚餐后，他们一起去了火车站，对了，乘坐的出租车。"

"好的。我早就料到他在说谎。我记得，当我告诉他那封从埃尔帕索寄来的电报时，他第一反应是惊讶。还有别的什么发现吗？"

"暂时没有了。另外，今早有个警察例行公事来找我，问我去狮角干嘛，我没说。他不知道巴顿，说明巴顿没有告诉别人。对了，他警告我，没有他的允许，不准离镇。"

"巴顿会尽力处理好这件事的。另外，你昨晚问一个叫哈维兰德什么的人，做什么？"

我简单和他讲述了一个关于发现穆里尔·切斯的车和衣服的事。

"如果是这样的话，对比尔明显不利。我知道你说的那个浣熊湖，但我从没想过要去使用那个老木头仓库，确切地说，我根本不知道有个仓库。这一切好像预谋好的。"

"我不这样认为。如果是比尔知道这样一个地方，那他根本就不需要花时间去寻找藏匿地点了，而且，那么远的路，对他来说，难如登天。"

"可能是吧。接下来你有什么打算？"

"继续去找克里斯谈谈。"

"这件事和我们无关，对吗？"他同意我去找克里斯。

"那要看你太太是否知道些什么了。"

"马洛，你听着，我知道你们的职业直觉，就是把一些发生的事合理地串联在一起，但你别走得太远了。世界上的事并非都是那样，至少我认为不是。现在，你最好放下比尔·切斯的家事，然后多花点心里在我们金斯利家的事上。"

"遵命。"

"我不是在对你发号施令。"

我笑了笑，心情放松了些，跟他说了再见后，就挂了电话。接着，我穿好衣服，驱车再次去了湾城。

第十五章　没有子弹的枪

我驶过牵牛星街的十字路口后，沿着马路继续开，一直开到了峡谷的尽头，把车停在了那个半圆形的停车场。停车场旁边，是一条由白色防护篱围着的人行道。我待在车里，一边在心里盘算着等会儿会发生的事，一边远眺大海，欣赏蓝灰色的瀑布冲向海洋的美景。是的，我在仔细考虑见到克里斯后，到底是先来软的，还是先来硬的？软的不会有什么损失，可以和平解决问题，但我马上否定了这种可能性。到时，一定会大打出手，然后把到处搞得乱七八糟。

我看着那半山腰处的房子下面，此刻公路上空无一人。再往下看，山边上的街道旁，有几个小孩正在往斜坡上投回飞棒，接着他们开始相互推搡、嬉笑、咒骂、追逐。再继续往下看，有一幢房子，正好被树丛和红砖墙围起来了，在那斜斜的屋顶上，有两只鸽子一边昂首阔步地走着，一边点着头。后院晾衣绳上，晾着一排洗好的衣物。此刻，沿着那幢房子前面的马路，正有一辆蓝褐色相间的公共汽车缓缓地开了过来，然后停下，从车上颤颤巍巍地下来了一位老人，等他好不容易站稳后，先用他那沉重的手杖敲敲地，确定安全后，才开始往上爬坡。

真是一个祥和的早晨，今天的空气可比昨天清新多了。我下车向克里斯家走去。

屋子正面的百叶窗垂着，让整个屋子看起来像在沉睡一般。我走过长满韩国苔藓的小路，上前按了按门铃，发现大门有些下坠，和门框间明显有一条缝，而且弹簧闩还搭落在锁的下边，也就是说门压根儿没有关好。我记得这门得用很大力气才能关上。

我轻轻推了一下门，咔嗒一声，门朝里开了。屋里比较昏暗，但西面还是有光从窗户照进来。屋里没有反应，我也就不再敲门了，我把门又推开了点，然后走进去了。

接近中午还没开窗，屋里有一股特有的味道，寂静而温暖。在长卧榻旁边的圆桌上，一瓶维特69几乎见底了，另一瓶则在旁边恭候着主人的青睐。桌上还放着半瓶苏打水和两个被人用过的酒杯。制冰的桶底还剩余一点点水。

我努力把门恢复原样，然后站在那里，静静听着屋里的动静。如果克里斯不在家，我似乎应该好好看看这房子，毕竟我手里并没有太多对他不利的证据。但就目前掌握的情况来说，他也不会想要叫警察的。

在这寂静中，时间一点点流逝。除了壁炉上那个电子钟传来的单调滴答声，偶尔远处传来的汽车喇叭声，飞机飞越峡谷山脚的嗡嗡声，当然，还有冰箱突然启动的声音。

我走向屋内，不时地环顾下四周，认真听听，可丝毫没有人为的声音。我沿着地毯，向屋后的拱门走去。

突然，在拱门边楼梯的白色扶手上，出现了一只戴着手套的手，然后，停在那儿了，一动不动。

接着，它开始移动了，一顶女人的帽子，她的头，陆续出现在我的视线里。这个女人身材苗条，褐色的头发有些凌乱，嘴唇猩红，两颊有明显的腮红，还涂了眼影。她穿着斜纹薄呢套装，头上颤颤巍巍地戴着一顶紫色的帽子，样子还真的有点让人害怕。她小心翼翼地走上楼梯，然后转过拱门，好像并没有发现我的存在。

当她看见我后，并没有停下脚步，面无表情地继续往屋里走。她的右手戴着褐色手套，握着一支小型自动枪，手臂自然地垂在身体一侧。

突然，她停下脚步，一边身体向后仰，一边嘴里发出了些可怕的声音，接着，她大声地咯咯笑了起来，很神经质地笑。是的，她正用枪指着我，一步一步紧逼上来。

我看着枪，却并没有被吓得叫出声来。

她的枪对着我的腹部，离我越来越近，说："我只是想收回我的房租。这房子他保护得很好，也没有什么东西被损坏。从我认识他，我就觉得他是个小心且仔细的房客，我只是不想他欠太久的房租。"

"他欠多久了？"我的声音充满了紧张和不悦。

"三个月了。一共二百四十块。像这样一个设备齐全的房子，八十块是非常合理的价格。以前，我也遇到过拖欠房租的情况，但最后都拿到了。他在电话里说，今天早上给我支票。我的意思是他答应今天早上给我支票的。"

"今天早上给，电话里说的。"我重复道。

我不露声色地往前挪了几步，思索着尽量靠近她一点，然后找机会打掉她手中的枪，并制伏她。我承认我并不擅长这些，但有时必须得试试，比如现在。

我向前挪了大约六英寸，但还不是最佳的距离。我问道："请问你是房东吗？"我心存侥幸地看着枪，希望她忘了自己正拿枪对着我这件事。

"是的。我是法尔布鲁克太太。不然你以为呢？"

"我想也是，因为你刚刚讲到房租的事，不过我并不知道你的名字。"不经意的对话间，我又悄悄靠近了八英寸，这么好的位置如果还失手的话，那就太丢人了。

"那你又是谁呢？"

"我是来催讨车款的。我看大门没关严，就直接溜了进来。我并不知道发生了什么。"我故意板着脸，像真正财务公司来要账那样严肃。但我是可以随时绽放笑容的。

"你的意思是克里斯还拖欠了车子分期？"她的声音满是焦虑。

"是的，但并不严重。"我平静地回答她，希望她能安心一点。

差不多到最好的位置了，我想我速度应该也没有问题。现在我要做的就是迅速准确地把枪往外扫。我试着迈出脚。

"你看这枪，特别有意思。楼梯地毯用的是上好的灰色绒线织品，可当我在楼梯上发现这枪时，它上面都是油渍，你看看？"

她一边说着，一边把枪递给了我。

我接过手枪，我发现此刻我的手像鸡蛋壳一样，又硬却又脆弱。她嗅了嗅她那握过枪柄的手套，满是厌恶的神情。接着，她继续用那种特有的合理且荒唐的口气说着话。我的膝盖一软，终于可以放松下来了。

"你收的是车款，这可比房租容易太多了。必要时，你可以直接把车开走，而我怎么办呢？赶走房客需要钱和时间，那样还容易结怨，东西也有可能被破坏，有时，他们就是故意这样做的。你看，这麻的地毯是二手的，但还花了两百多了，瞧它的颜色多可爱！要是我不说，你能看出它是二手货吗？不过这不重要，东西用过就是二手的了。今天我是走路过来的，就是为了替政府省钱。公交车那东西老是朝反方向开。"

她的言语就像遥远的溪流一般，经过我的耳朵，瞬间就消失了。倒是那枪，吸引了我的注意。

我仔细检查了枪，里面没有子弹，但枪口却有浓浓的火药味儿。

这是一把可以装六发子弹的点二五口径自动手枪，可它的子弹被射光了，就在不久前。不过不是刚才的半小时内。我把枪小心地放进口袋。

"这枪有人用过吗？希望它没有。"法尔布鲁克太太饶有兴致地问道。

"为什么呢？"我平静地回答，但脑袋里，却在飞速运转着。

"我来时，它被扔在楼梯那儿。"她说，"毕竟有时人们也会用上它的。"

"完全正确。我想也许是克里斯的口袋坏了，所以枪掉了出来。他在家吗？"我问道。

"他这样真讨厌。"她失望地说道，"他说今早给我支票的。"

"你打电话给他了？什么时候？"

"就是昨晚。"她皱了皱眉，好像不喜欢别人问太多。

"也许他是临时被别人叫出去的。"

她紧紧盯着我眼睛的某一点。

"好了，法尔布鲁克太太，我们别扯那些没用的，"我说道，"你不会为了三个月房租，就杀了他吧？"

她慢慢坐在了椅子边缘，舔了舔她那猩红嘴唇上的裂痕，生气地说，"你怎么会这么想？这太可怕了。你刚刚说枪并没有用过？"

"枪都会装子弹，也会被使用。可这枪里，没有子弹。"

"那——"她有些不耐烦，然后又闻了闻沾了油渍的手套。

"好了，我只是开个玩笑罢了。克里斯不在家，你也找过房子了。作为房东，你有钥匙，对吗？"

"我不是故意这样做的。"她一边说，一边可怜兮兮地咬着指头，"也许我也不该这么做，但我想，我有权利看看自己的东西。"

"没错，现在你看过了，也确定克里斯不在家了，对吗？"

"除了冰箱和床底下。"她冷冰冰地说道，"我有按门铃，可没反应。于是我又到楼梯处和下面客厅喊他，还悄悄看了一下卧室。"说到最后，她有些不好意思地垂下眼睑，一只手则在膝盖处转来转去。

"好了，就这样。"

她点点头，高兴地说，"嗯。你叫什么？"

"弗罗·万斯。"我说。

"你在什么公司工作？"

"我没有工作。"

"可你刚刚说你是来催车款的。"她吃惊地说。

"临时的，兼职。"

"如果是这样，那你现在最好赶紧离开。"她站起身，看着我不客气地说。

"我想再确认一下，也许你漏了什么地方。如果你同意的话。"

"没必要。请你现在就离开，这是我的房子。那样我会很感激的，万斯先生。"

"如果我不呢？你叫个人来赶我吗？先坐下吧，我就看看，我觉得这枪有些奇怪。"

"我来时，它就躺在楼梯上。关于这枪，我真的一无所知，这辈子我也没开过枪。"说着，她打开蓝色袋子，拿出手帕，擦了擦鼻子。

"那是你的一面之词。"

她伸出左手，可怜兮兮看着我的样子，像极了《东林怨》里误入歧途的妻子。

"我真不该进来，如果克里斯知道了，一定会大发雷霆的。"她哭着说。

"本来你可以掌控全局，如果你没让我发现枪里没子弹的话。"

她跺了跺脚。天哪，这场面瞬间圆满了。

"你真可恶！"她大叫道，"你不准碰我！不准向前踏一步！你这样侮辱人，我不想跟你再待在这儿了——"

像塑料绳忽然从中间断了一般，她哽住了。接着，她拿起紫色帽子和东西，跑向大门。在经过我时,她想推我一把,无奈距离太远,没能得逞。随后,她猛地打开门,跑到了街边的人行道上。伴随着关门声,我还听到了她急促的脚步声。

我用手指关节撑着下巴,指甲轻轻敲着牙齿,仔细倾听周围的动静。我手上拿着一把可以装六发子弹的枪,子弹却被射光了。

"这房子里一定有问题。"我大声喊道。

死一般的寂静。我穿过杏黄色的地毯、楼梯的拱门,站在那里继续仔细地听。

接着,我耸耸肩,轻轻下了楼。

第十六章　又一具尸体

楼下客厅两端各有一扇门,中间还并排着两扇门。一扇锁住了,另一扇是一个衣柜,亚麻色的。我先走到尽头,去看那间空闲的卧室,里面百叶窗紧闭,没人住过。我折回大厅,去了另一头那间卧室,里面有大床,棱角分明的浅色家具,地毯则是牛奶咖啡色的。化妆台上的圆形镜子上方,装了一盏荧光灯。房间的角落里,一只水晶猎狗正立在一张玻璃面桌子上,旁边有一个水晶盒,用来装香烟的。

空气中散发着浓浓的香气。化妆台上到处撒着粉;垃圾桶上搭了一条毛巾,上面有个深色唇印。床上并靠着一对枕头,有明显的头型凹陷痕迹。一条手绢从枕头一角露了出来,还有一套薄而透明的睡衣正放在床尾。

我在想,如果法尔布鲁克太太看到这一幕,会是怎样的表情。

橱柜门上有一面长镜,我转身正好看到了自己。白色的橱柜门,水晶把手,我拿了条手帕垫着,转开了门往里看。杉木的柜子里有一股怡人的苏格兰呢味道,里面装的大多是男人的衣服,但并非全部。

里面还赫然放着一件女式黑白套装,大部分是白色,上面架子上放着一顶巴拿马帽,黑白两色相间的饰带,下面还有一双黑白相间的鞋。另外还放了些女人的衣物,我就没细看了。

我把柜子关上,出了卧室。手里依然还拿着手帕,等会儿再开别的门时会用得着。

亚麻色柜子边的门是关着的,看起来像是浴室。我试着开了一下,确定门被锁住了。我发现,门把手的中间有一条很短的裂口。也就是说,这门是从里面按下锁中间的按钮锁上的,不过,可以用金属片拨开那裂口处。如果有人晕倒在浴室,或者小孩贪玩把自己锁在里面时,可以这么解决。

按理说,钥匙应该放在亚麻色衣柜的上方,但并没有。接着,我试了试我的小刀片,太细了,没成功。我找了一个指甲锉刀,这次行了,浴室门打开了。

浴室窗户是关着的,洗脸盆边,放着一把刮胡刀,还有一罐开了盖子的剃须膏,一件沙色的男式睡衣被扔在篮子上,地上放着一双绿色拖鞋。整个空气中弥漫着一种异于平常的刺鼻气味。

浴室的窗格上有一个显眼的弹孔,尼罗绿瓷砖上躺着三颗闪亮的子弹壳。在窗户左上方的石灰墙上,有两个似乎被子弹射穿了的洞。

整个沐浴帘子都是拉上的,亮闪闪的金属环挂着,是白绿相间的防水绸布。我随手把帘子拉到一边，传来金属刮擦的刺耳声。

我俯身下去的瞬间，顿时感到脖子有些发软，天哪，他缩在两只水龙头下面的角落里，莲蓬头里的水正慢慢地滴在他的胸膛上，看样子，他是无处可逃了。

他膝盖缩着，但明显已经松弛了。胸膛上两个发乌的枪孔离心脏很近，足以致命，血早已被冲得一干二净。

他眼睛明亮，且充满期待和好奇。就好像是闻到早晨咖啡的香味，正要起身而去一般。

看这样子，应该是刚刮完胡子，脱了衣服准备沐浴，正在浴帘处调水温时，后面进来一个拿着枪的女人。当他发现时，她已经开枪了。这一切做得真是干净利落。

这么短的距离，开了三枪都没中，这种可能性好像微乎其微，但却是事实。当然，也许常发生这种事，只是我不知道罢了。

如果他想反抗，可以一跃而起扑倒她。但当时他正在莲蓬下，还隔着帘子，可能很难保持身体的平衡。或者他被这突如其来的状况吓得惊慌失措，只想到了躲。于是，他就只得缩进浴缸里，把自己搞到无处可逃。

浴缸就那么一点大，尽管他想躲好，但瓷砖墙挡住了他的去路。于是他靠着墙，已然无路可走，他的生命即将走到尽头。两枪，可能是三枪，他顺墙滑了下去，眼里不再有恐怖。现在，它们只是一双空洞的死人眼睛。

接着，她关了水，拉好浴帘，锁上浴室门。走出屋子后，随手把枪扔在了地上。是的，这枪应该让她觉得很烦恼，或者，这还是他的枪。

事情的经过是这样吗？应该是吧，没有别的可能了。

我俯身碰了碰他的身体，已经又冰又硬了。出来浴室后，我没有锁门，不用给警察增加麻烦了。

我走进刚才那间卧室，抽出枕头下的手绢。这是一条亚麻手绢，手工细致，还绣着红色的扇形花边。手绢一角，绣着两个缩写字母：A.F.

"阿德里安娜·弗罗姆塞特。"我念出这个名字时，笑得相当残忍。

我抖了抖手绢，试图把味道抖掉一些，然后折好放在卫生纸上，包起来放进口袋。我又去了一趟楼上的起居室，走马观花地看了看书桌上有没有什么特别的信件、电话号码或可疑的文件，结果一无所获。

在壁炉旁靠墙的小桌子上，放着一部线很长的电话。我想象着克里斯躺在长卧榻上，嘴里叼着烟，愉快地和他的女朋友们海阔天空，最好身边的桌子上还有一大杯饮料。就这么惬意地打个情、骂个俏，用他那惯有的聊天方式，既不含蓄，也绝不粗鲁。

不过，这一切都结束了。我走向大门，把门锁调好，让门既能很好地锁上，也可以方便我再进来。随着咔嗒一声，门关上了。我走上了人行道，享受着阳光，同时看着阿尔莫医生的房子。

阳光下，一切都是安静平和。没有尖叫，没有警笛声，更没有人从大门里跑出来，所有的所有，都很正常。唯一不正常的是，马洛又发现了一具尸体，这可真是太巧了。也许大家可以叫我"每天发现一具尸体的马洛"。或者应该专门派辆灵车跟着他，这样便可以随时调查他的这些发现了。

其实，马洛真是个简单又老实的好人。

我回到十字路口，开车离开了那里。

第十七章　五百美元

大约等了三分钟，健身俱乐部的服务员示意我随他进去。于是，我们一起上到四楼，绕过一个角落后，他把我引到了一扇半开的门前。

"先生，请你左转，轻一点，现在有些会员正在休息。"

我来到了一个图书室。玻璃门后放着很多书，中间长桌上摆着一些杂志，墙上有一盏灯，正好照着这家俱乐部创始人的肖像。敞开的书架把整个房间隔成了一个个小间，里面放着又大又柔软的高背皮椅。椅子里，有些老家伙正打着盹，他们的面孔因为高血压而涨得通红，鼻孔里还有轻微的鼾声。看来，这地方真正的用途是睡觉。

此刻，金斯利正在屋子顶端的最后一个小隔间里等我，我轻轻往前走了几步，然后往左一转就到了。屋里的两个椅子被他调整成并排对着角落，我看到了其中一张椅子上露出的一头黑发。随后，我坐进了空着的椅子，飞快地向他点了个头。

"小声点，这里是用来午餐后休息的，"他有些不悦，"又发生了什么事？我雇用你是帮我解决麻烦的，而不是给我增加麻烦。为了见你，我中断了一个重要的约会。"

"这个我知道。"他身上散发出一股好闻的威士忌味道，我凑近他，悄声说道，"她杀了他。"

瞬间，他脸沉了下来，咬紧了牙。随后他叹了口气，一只大手摩挲着自己的膝盖。

"继续说。"他声音很低，也很冷静。

我小心翼翼地看了看椅背后面，确定离我们最近的老家伙在沉沉地睡着，鼻孔还呼哧呼哧地喘气。

"克里斯家大门微开着。昨天，它还是可以关紧的。我推开门，房间里很暗，很安静，有两只用过的酒杯放在桌上。过了一会儿，有一个又黑又瘦的女人从楼梯上走了下来，她戴着手套，手上拿着一把枪，她说她是房东法尔布鲁克太太。她是自己开门进来的，她有钥匙，她说她是来收克里斯欠她的三个月房租。我猜，她应该已经看过整个屋子了。我找机会夺过她手里的枪，我发现枪用过，而且就在不久前，但我并没有告诉她。她很失望地说克里斯不在后，我便说了些话把她气走了。也许她会去找警察，但更大的可能是忘掉这一切，去继续那些生活琐事，当然，除了她的房租。"

我看了看金斯利。此刻，他满脸焦虑，看着我，因为牙齿咬得太紧，以致于下颌肌肉鼓了起来。

"接着我下了楼，发现卧室里有睡衣、化妆品、香水等东西，明显有女人在这过夜。然后浴室的门关死了，我想办法把它弄开，看到地上有三个弹壳，窗户上有一个弹孔，墙上有两。而克里斯正光着上身躺在浴缸里，死了。"

"天哪。"金斯利低吼道，"昨晚有人在克里斯那里过夜，今早他却被枪杀在自己的浴室？"

"不然呢？你觉得我在说什么？"我反问道。

"小点声！"他提醒说，"这真是太恐怖了！浴室？为什么？"

"你小点声！"我反驳道，"这还要理由吗？能让男人没有防卫的地方，还有别处吗？"

"你并不确定是女人杀了她，对吗？"他试探性地问道。

"是的。"我回答道，"我并不确定。也有可能谁装成女人，使用一把小型手枪，胡乱开枪，用完了枪里的子弹。浴室外一片空旷，正好处在坡地上。因此在那开枪，外面可能根本听不见。或者在那过夜的女人早就走了，也有可能一切都只是假象而已，还可能是你打死了他。"

"我为什么要这么做？"他一边低声说，一边用双手捏着他的膝盖，"我可是文明人。"

其实这没有什么好争辩的，"她有枪吗？"我问道。

他的神情变得沮丧，无精打采地问道："天哪，你不会真认为是她做的吧？"

"她有吗？"

"她有一支小型自动手枪。"他无奈地支支吾吾道。

"你买给她的？"

"不是。两年前，在旧金山的一个宴会上，一个醉鬼拿着一把枪乱晃着，觉得很好玩，我就把它夺了过来，再没还他。"他用力捏了捏下巴，"像这种醉鬼，可能根本不知道自己什么时候、怎样弄丢的。"

"漂亮！你对那把枪还有印象吗？"

他手托着腮帮，半闭着眼睛回想着。我趁机又回头看了看椅子后面。那个睡着的老人正好打了个大喷嚏，差点把自己震到地上。接着，他咳了几声，挠了挠鼻子，摸出一块金表看了看时间，然后把表放回去，继续睡。

我拿出枪放在金斯利手上，他瞪着它，愁眉苦脸地缓缓说道："看起来挺像的，但不敢肯定。"

"枪的侧面有一组号码。"

"我对号码没有印象。"

"希望如此，不然我就惹上麻烦了。"

他试着握了握那手枪，然后放回了椅子上。

"克里斯这个卑鄙下流的东西，一定是他甩了她。"他愤愤地说道。

"那我就无从得知了。如果这是动机的话，对你可明显不足，对她倒是充分得很呢。"

"每个人思考方式不一样，通常，女人都比男人冲动。"他说。

"就好比猫永远比狗冲动一样。"

"为什么这么说？"

"我同意你的说法。但如果真要说是你太太做的，可能还需要更充分的理由。"

他转头与我对视，他的嘴唇已被牙齿咬出了印子，神情相当严肃。

"这事可不是闹着玩的。"他说，"克里斯特尔的枪注册过，她有持枪许可证，所以警方一定知道号码，虽然我不知道。我们一定不能让警方拿到这把枪。"

"但法尔布鲁克太太知道这件事。"

他摇摇头，固执地说，"我们一定要想想办法。我知道，这让你很冒险，但我不会让你白辛苦的。如果你能想办法把这事布置成自杀，我就同意你把枪放回去。但按你刚刚描述的，这根本不可能。"

"如果是自杀，也就是说前三枪他都没有打中自己。我想，即使你再多加十块钱，我也不能昧着良心掩盖一件谋杀案，枪必须要放回去。"

"你太低估了。我想给出的是五百美元。"

"我很想知道，你用这么大笔钱到底想买什么？"

他凑了过来，眼神严肃而幽暗，却有些底气不足，"除了这把枪，还有什么东西可能证实克里斯特尔最近去过那里吗？"

"黑白相间的衣服，一顶帽子，和圣贝纳迪诺的服务员讲的如出一辙。也许还有一些我不知道的东西。当然，肯定有指纹。虽然你说她并没有留过指纹，但警察可以拿着她的指纹去比对，家中、卧室、小鹿湖的木屋，到处都有。对了，还有她的车上。"

"或者我们应该先找到她的车——"他试探着说。

"没用的，能找到她指纹的地方太多了。"他还没说完，我就打断了他的话，"对了，她用什么香水？"

"呃，香水中的香槟——吉尔兰恩，有时，她也用香奈尔。"他意会了一下，答道。

"吉尔兰恩是什么味的？"

"檀香味儿。"

"卧室有那种味儿。我觉得闻起来像便宜货。"我说。

"天哪！便宜货？哈，一盎司可卖三十美元呢。"他像受刺激一样吼道。

"哈，我还以为三块钱一加仑呢。"

他摇摇头，把手重重地放在膝盖上，"刚刚说的五百美元，我现在就开支票给你。"

他的话就像沾了土的羽毛一样，旋了一圈又落到了地上。身后，那个老家伙迷迷糊糊地站起身，摸索着走了出去。

金斯利阴沉着脸说："保护我远离丑闻是我雇用你的主要原因，如果我太太也需要，你也要责无旁贷地保护她。目前看来，丑闻已经无法避免，当然，这不是你的问题。这件事事关她的性命，我不相信她会这么做，别问为什么，这只是我的直觉。也许昨晚她真在那里过夜，枪也是她的，这也不能说明就是她杀了克里斯。她对什么都漫不经心，包括枪，别人很容易从她那里拿到。"

"你也知道，警察不喜欢去证明什么。"我分析说，"至少我见到的警察都是这样。他们到了现场，首先会确认一个头号嫌犯，而你太太正好符合所有的条件。"

他双手合掌，悲惨的神情溢于言表。原来，生活中真正的悲惨就是这么具有戏剧性。

"我们还是来讨论一下重点吧。"我说，"我觉得那个现场太完美了，床上留着她的衣服，之前还有人见她穿过，因此一定会追查得到。还有，她就那么随意地把枪扔在楼梯上，她应该不至于那么笨。"

"这么说，让我看到了一丝希望。"他还是很焦虑。

"这并不能说明什么。我们从推测的角度来想想，通常那些犯罪嫌疑人是因为感情或者怨恨的人，都很冲动，做了就走，什么也顾不上。就目前的情况来看，她正是这样一个既冲动又愚蠢的女人。现场很明显，完全没有预谋的迹象。再说，即使这些现场的东西都与你太太无关，警察在调查克里斯的背景、交际、女人时，她的名字也会出现在警察的名单中。这样一来，她已经失踪一个月这件事马上就会成为焦点，让警察兴奋不已。当然，还有这支枪，警察一定会追查的，如果它是你太太的——"

没等我说完，他便迅速地伸手去拿那把枪。

"绝对不行，"我说，"这把枪必须还回去。我也许有些聪明，也很喜欢你，但藏匿杀人凶器这种事，我是不会冒险的。现在我做的事，几乎都是假设你太太就是嫌疑犯为前提的。但现场确实太明显了，因此我的假设，别人才会觉得是错的。"

他不情愿地松开了枪。我赶紧把它放到了一个他够不到的地方，但马上我又拿了回来，说道："请把你的手帕借我用一下。我想我很可能被搜身，所以不能用我的。"

他把一条熨得很平的白手帕递给了我。我小心翼翼地把枪擦了一遍后，放进口袋，然后把手帕还给了他。

"我不想被他们发现枪上面有你的指纹，这是现在我唯一能为你做的。我把枪放回去之后，就通知警方。你就做自己该做的事就好了，让他们去查吧。至于我去那里做什么这一点，迟早会查出来的。现在最糟糕的情况，无非是他们找到了她，而且有足够的证据证明她杀了克里斯，而最好的结果就是他们先找到她，然后我再千方百计地去证明她没有做。也就是说，我只要证明杀克里斯的另有其人就好了。你觉得呢？"

"只要你能证明克里斯特尔没有杀克里斯，五百块钱我照给。"他点了点头。

"你最好清楚，我并不指望能挣这笔钱。"我回答道，"对了，弗罗姆塞特小姐跟克里斯关系怎样？熟吗？我指的是下班以后。"

他的脸一沉，原本放在腿上的手握成了拳头，愣在那儿，一言不发。

"昨天我向她要地址时，她的表情有些奇怪。"

他叹了口气。

"是不是就像口臭一样，一段臭了的罗曼史，"我问道，"这么说是不是有点粗俗？"

他呼吸粗重，舒了口气后，冷静地说道："有一段时间，他们确实非常熟。不得不说，在感情方面，她确实是个任性的女孩。我想对于女人来说，克里斯是非常有魅力的。"

"我想我得找她聊聊。"

"有什么事吗？"他的问题很直接，脸颊泛起了红晕。

"这个你就别问了。我的工作就是去向各种人问各种问题。"

"那就去吧。"他说，"她还认识阿尔莫一家，包括已经自杀的阿尔莫太太。对了，克里斯也认识。这有联系吗？"

"现在我也不知道呢。你很爱她，对吗？"

"如果条件允许，我明天就可以娶她。"他硬生生地说。

我点了点头后，站起身来。回头望着房间，人走得差不多了。除了屋子尽头还有几个老家伙在打鼾外，其他的柔软座椅已陆续恢复他们进来时的状态了。

"现在还有一件事，"我看了看金斯利，"谋杀案后，过了这么久才通知警方，他们一定很恼火。现在已经过去了这么久，我还得再耽搁一会儿。然后，我会再回去那里，若无其事地装着今天第一次去，我想我可以，只要不去想法尔布鲁克。"

"法尔布鲁克是谁？"金斯利好像忘了这个人，"哦哦，我知道了。"

"你别想了，我觉得她是不会主动去和警察打交道的。"

"好的。"

"千万别把事搞砸了。他们一定会去找你问话的，不会先告诉你克里斯被杀了，你记得一定不要掉进他们的圈套。你的所有记忆就留在刚刚我找你之前。一旦出错，我就会去坐牢的，那到时就什么也不用找了。"

"你报警前，或者可以从那房子里打电话告知我一下。"他提示说。

"我觉得不打更好。一般来说，警察都会查座机的通话记录。如果我打给你，等于告诉他们，我见过你。"

"有道理。我一定会处理好的，请相信我。"

我们握了握我，我便离开了，他还继续站在那想着什么。

第十八章　旧情人

　　健身俱乐部离特洛尔大厦很近，仅半个街区。我走过去，往北到了入口处。以前的橡胶人行道已经不在了，取而代之的是玫瑰色的水泥地面，周围有篱笆。在留着的一道出入口里，挤满了刚吃完午饭，准备回办公室工作的人。

　　这一次，吉尔兰恩公司的接待室好像显得更空旷了些。电话转接房里的金发女郎冲我顽皮地笑了笑，我回给她一个持枪的动作，大拇指还上下摆动着，像极了西部牛仔耍枪。她轻轻地笑了，很开心。我想，这样一个小小的举动，可能比她这一周遇到的开心事更加有趣。

　　我指了指弗罗姆塞特小姐的书桌，她点点头后，拨了一个电话。然后，一扇门打开了，优雅的弗罗姆塞特小姐走了出来，坐到了办公桌前，她冷冷地看着我，眼神里充斥着探寻。

　　"有事吗？马洛先生。金斯利先生出去了。"

　　"我刚和他分开。我能和你谈谈吗？"

　　"和我谈谈？"

　　"我有点东西要给你看。"

　　"给我看？"她谨慎地看了看我。看来，以前有不少男人想给她看一些东西。如果不是现在这情况，我可不想成为其中一员。

　　"关于金斯利先生的事。"

　　她打开了他的门，"那我们直接去他的办公室好了。"

　　她为我撑着门，我经过她时，顺便嗅了一下，"香水中的香槟——吉尔兰恩？"

　　她笑了笑，"你觉得我的薪水买得起吗？"

　　"我可没说你买，你不需要自己买香水。"

　　"其实我也要花钱的，"她说，"事实上我并不喜欢在办公室用香水，但他却偏要我这么做。"

　　我们一起走进了那间狭长、昏暗的办公室。她坐在了书桌的一端，我依然坐我之前的位子。我们相互看了看对方。今天的她穿着一身褐色套装，脖子上系了一个打褶的领结，整体来说，看起来很有女人味，但还是很冷。

　　我拿起金斯利的烟，给她递了一根。她接过去后，用桌上的打火机点燃了，然后身子往后一靠。

　　"我们直奔主题吧。你心里很清楚我的工作性质，昨天早上也许你不知道，那仅仅是因为他永远都想做一位领导者。"

　　她的目光从膝盖上的手移开，看了看我，害羞地笑了。

　　"他人挺好的。"她说，"虽然他常常把事搞得复杂，但最后通常是把自己弄得团团转。如果你知道那个贱女人怎么对他——"她弹了弹烟灰，"算了，我们还是不要说这件事了。你有什么事找我？"

　　"他说你认识阿尔莫医生一家人。"

　　"是的，我认识他太太，有过几次见面。"

　　"在哪儿见的？"

"有什么问题吗？朋友家见的。"

"是克里斯家吗？"

"你这是找事吗？马洛先生。"

"我不懂你说的'找事'的意思是什么。我只是在就事论事，这只是一次私下交谈，不用那么正式。"

"这样就好，"她点了点头，"克里斯办过几次鸡尾酒会，所以我去过几次，我们是在那见到的。"

"也就是克里斯也认识阿尔莫一家，确切地说是阿尔莫太太。"

"是的，他们很熟。"她的脸泛起了红晕。

"毫无疑问，他认识很多女人，都非常熟。那么，金斯利太太和阿尔莫太太也很熟？"

"比我熟。她们都直接称呼对方的名字。大约一年半前，阿尔莫太太自杀了。"

"你觉得有什么问题吗？"

她机械地挑了挑眉毛，表情显得很做作，算是回应。

"你问这个做什么？我的意思是，这和你办的事有联系吗？"

"我不知道到底有没有。昨天我去克里斯家时，在阿尔莫医生的房子外待了一会儿，他居然叫来了警察。我想，他一定调查了我的车牌。那警察不知道我去那干嘛，也不知道我去了克里斯家，他非常凶。不过，阿尔莫医生知道，因为他看到我在克里斯家门前。我想不明白的是，是什么原因让他叫了警察？又是什么原因，让警察觉得在阿尔莫医生门前的人就是匪徒？还有又是什么原因，让警察觉得阿尔莫太太的父母会雇人过来？如果你能为我解惑，我就知道到底与我办的事是否有关联。"

她想了会儿，期间匆匆看了我一眼，然后又迅速看向别处。

"我能回答你的问题，虽然我和阿尔莫太太只见过两次。"她的声音缓缓响起，"我和她最后一次见面是在克里斯家，当时有很多人在那儿。大家都喝了很多，高谈阔论着。女人和女人玩，男人和男人玩。当时，有个喝得大醉的人，传说他叫布朗威尔，还是一位海军，他跟阿尔莫太太开玩笑，说阿尔莫医生整天只知道提着药箱到处给人打针，让那些参加派对的人宿醉不归。阿尔莫太太态度很温和，说她不在意丈夫的钱从哪儿来，只要她有钱花就足矣。看得出来，她也已经醉醺醺了，平时应该也不是这么好欺负的。另外，当时在场听着的还有一位金发女郎，她蓝蓝的眼睛像婴儿一般，却行为轻浮，一看就很俗气，像发疯一样，在椅子上笑得左摇右晃，还露着她白花花的大腿。对了，那个叫布朗威尔的当时还说，阿尔莫太太当时是不用担心钱的，只要阿尔莫医生去一趟病人家，最多也就十五分钟的光景，就可以得到十到五十美元的报酬，做他们这行，挣钱易如反掌。不过，他有一个疑问，作为一名医生，他哪来这么多麻醉剂，是不是和黑道老大有来往，经常一起吃饭。阿尔莫太太很生气，朝他的脸上泼了一杯酒。"

阿德里安娜面无表情，我则笑了笑。她把烟捻熄在金斯利的玻璃烟灰缸里后，静静地看着我。

"就该这么做。"我说，"除非他正提着拳头想揍人。"

"过了几周后的一天深夜，阿尔莫太太被发现死在了自己家的车库里。当时，车库门关着，汽车的引擎却发动着。"她用舌头舔了舔嘴唇，"是克里斯发现的。没人知道她是什么时候回的家，就那样穿着睡衣，躺在水泥地上，有一条毯子罩着她的头和汽车的排气管。传说阿尔莫医生不在家。对了，这则消息封锁得很严，报纸上什么也没报道，只说她突然离世。"

她合起双手向上举了一下，然后又垂下放在大腿上。

"你觉得有什么不对的地方吗？"我问道。

"大家都这么想吧。之后不久，我无意中听到了一些'内幕'。一天，我在葡萄树街偶遇了那个姓布朗威尔的男人，他想请我喝一杯。虽然我并不喜欢他，但当时正好有半小时时间没有安排。于是，我们一起坐到了列维酒吧的角落里，他问我，是否还记得向他脸上泼酒的女人。我告诉他记得。接下来的谈话内容就一直围绕这件事，所以我记忆犹新。他说，克里斯过得很好，即使有一天他没有女朋友可以利用了，还可以出卖美色。我表示听不懂。他说我是不想懂。他还说阿尔莫太太死的那晚，之前她一直在洛·康迪那玩轮盘赌，输得一塌糊涂，她便开始大吵大闹，说轮盘做了手脚。最后，康迪把她拖到办公室，并给阿尔莫医生打了电话。没一会儿，阿尔莫医生过来给她打了一针，就是他常打的那种针。接着，阿尔莫医生好像有什么急事，便让康迪送她回家。到家后，来了个护士，说是医生让她过来照顾阿尔莫太太的。康迪把她弄上楼，然后护士把她弄上床休息。接着，康迪便回赌场了。当时，她应该是被抬上楼的。可就在那天晚上，她自己居然起床下楼，然后到车库，用一氧化碳了结了自己的生命。说完这些，他问我有什么看法。"

"我说我不了解，所以没看法，你呢？"

"他的原话是：我有个熟人是一家破报纸的记者。这件案子没有侦查，没有验尸。即使这些都做了，也不会有下文的，这里的法医由殡仪馆的人轮流值班，每周轮一回，根本不是正规法医。当然，他们听命于政治团体。在这样的小地方，只要有钱，想掩盖一件事是很容易的。康迪和阿尔莫医生都不想把这件事公之于众。"

阿德里安娜没有继续说，似乎在等我开口。我没答话，"也许你明白布朗威尔的意思。"她提示道。

"我当然明白。阿尔莫医生杀掉了她，然后和康迪一起想方设法遮掩此事。事实，很多比湾城更好的小镇也有这类事。我想，事情并不是这么简单吧。"

"是的。有个提供夜间守卫服务的人是继克里斯之后，第二个到达现场的。后来阿尔莫太太的父母雇了他。据布朗威尔说，他手里应该有些资料，但一直没拿出来，后来他因为酒驾被判了刑。"

"仅仅是这样？"我问。

"也许你觉得我记得太清楚了，但记录谈话内容是我的工作之一。"她点了点头。

"我想，也许不用把事情搞得那么复杂。事实上，我没看出这整件事与克里斯有何联系，即使他第一个发现尸体。刚刚你好像说到，布朗威尔觉得有人因为此事，勒索阿尔莫医生。那应该有证据吧，尤其是那些法律已经认定毫无关系的人。"

"克里斯是不会做像勒索这种见不得人的事的。我能说的只有这些了。我该出去了，马洛先生。"阿德里安娜说。

说完，她准备起身离开。"请稍等，我有东西给你看。"

我拿出那条从克里斯枕头下抽出的手绢，在她前面的书桌上摊开。

第十九章　一块手绢

她看了看手绢后，看了看我。然后拿起桌子上的一支铅笔，用橡皮那头拨了拨布片。

"这是什么味道？好像杀虫剂？"她问道。

"我想，也许是檀香。"

"令人倒胃的廉价人造香味，这么形容已经算客气了。为什么给我看这个？"她冷冷地看着我，身子向后靠。

"这是我在克里斯家的枕头下发现的，上面绣着一个人名字的缩写。"

她又用橡皮头拨了拨手绢，脸立刻绷紧了。"上面的两个字母正好是我名字的缩写，你指的是这个吗？"她的声音很冷静，也很生气。

"是的。不过字母缩写一样的女人，也许他认识半打呢。"

"你专程来找我的麻烦？"

"这是你的手绢吗？"

她没有立即答话。慢吞吞地伸手拿起一支烟，点燃，然后再缓缓地摇着火柴，静静地看着火焰燃烧。

"是我的。不过应该是很久以前掉在那里的。我保证，我并没有把它塞到枕头下。你想知道的是这些吗？"

我没接话。"我想，也许是他借给了某个喜欢这种香水味的女人。"她继续说道。

"有一个女人，但我又觉得她好像跟克里斯不配。"我说。

她轻轻卷了卷她的上唇，很漂亮，我喜欢。

"我觉得，也许你应该多研究一下克里斯。你现在看到的，不过是巧合而已。"她说。

"我不觉得这样说一个死人有多好。"

有那么一会儿，她一言不发地坐在那，就直愣愣地看着我，好像在等着我开口。接着，她喉咙有一阵缓缓的颤动，然后到全身。她攥成拳头的双手，已把香烟捏弯了。她下意识地低头看了看，一甩手丢进了烟灰缸。

"他刚刮了胡子就被人枪杀了，现场看来，似乎是被一个昨晚在他那过夜的女人干掉的。那女人随意地把枪丢在楼梯上。另外，枕头下放着这块手绢。"

她眼神空茫，脸冷得像雕塑，稍微动了动身子。

"你希望我能给你一些线索？"她问。

"弗罗姆塞特小姐，你听着，我也想把所有事都如你所愿地处理好，做得巧妙、高明，谁都不得罪。但现实的情况是，我的雇主、警察，包括我调查的人，都不肯让我这么做。不论我多努力想做好，结果总是灰头土脸，好像我要吃他们的肉一般。"

她茫然地点点头，好像压根儿没听到我在说什么，"枪杀的时间是？"她的声音在颤抖。

"也许是今天早上他起床后不久。我刚刚说了，他的状态应该是刚刮完胡子，正打算淋浴。"

"那时间应该比较晚了。八点半我就到公司了。"

"我可没觉得是你做的。"

"你真好。这的的确确是我的手绢,虽然不是我惯用的香水。我想警察是不会关心到香水这么细致的地方的,也许他们对其他事也漠不关心。"

"是吧,也许私家侦探也一样。这样说你满意吗?"

"天哪。"她用手背抵住嘴。

"他一共被打了五六枪,但仅中两枪。就那么倒在莲蓬喷头下,很残忍。可以肯定的是,要么这个凶手很冷酷,要么就是太恨他了。"

"他是一个容易让人爱得发狂,也容易让人恨的人,而女人,哪怕是正常的女人,也容易犯错。"

"你的意思是你没有枪杀他。发狂的爱已成为过去了。"

"是的。"她的回答简洁,也轻松,就像她不喜欢在办公室用香水一样,"我想,你会慎重处理这些巧合的。"她苦笑了一下,"这个不可靠的男人虽然英俊,但也下流、自私,同时也很可怜。他被干掉了,死了,变成了一具冷冰冰的尸体。不,马洛先生,不是我做的。"

我就安静地坐在那里,等她接受这件事。好一会儿,她终于平静地问道:

"金斯利先生知道这事吗?"

我点头表示知道。

"那警方应该也已经知道了?"

"应该还不知道。至少我还没报警。刚才我去找他时,大门没关好,我便直接进去了,然后就——"

她再次拾起铅笔,拨了拨手绢,问:"这东西,金斯利先生知道吗?"

"只有你、我和放这个东西的人知道。"

"非常感谢你,也谢谢你对我的信任。"

"我承认,我很喜欢从你身上散发出来的气质,既优雅又高傲。"我说,"但请不要太自以为是了。你希望我怎么看这事?当我从枕头下拿出这手绢后,闻闻它的香水味道,说:'嘿,这上面有阿德里安娜·弗罗姆塞特名字的缩写。'她应该是认识克里斯的,关系一定还很亲密,就是我那下流的脑袋所想出来的那么亲密,但她是不会用这种低级的人工檀香味的。而且这手绢被放在枕头下,弗罗姆塞特小姐是从不会这样做的。所以,此事一定和弗罗姆塞特小姐毫无关系,这一切都是伪装出来的假象罢了。"

"别这么说。"

我善意地笑了笑。

"在你心里,我是个怎样的女孩?"她突然问出了这一句。

"现在向你表白显然太迟了。"

这一次,她整张脸都变得红彤彤了,很好看,"你知道是谁做的吗?"

"仅仅是有些想法吧。我怕警方会敷衍了事。在克里斯家的衣柜里,放着一些克里斯特尔的衣物。而且,如果他们知道了发生的这些事,包括小鹿湖的发现,那他们就会立即准备逮捕克里斯特尔。当然,他们必须找得到她,这对警察来说,并非难事。"

"她是有充分的理由杀她的。"她的表情木然。

"不一定吧。也有可能是因为一些别的事,别的人做的。像阿尔莫医生那样的。一些我们根本不知道的动机或事由。"

她抬起头,飞快摇了摇。

我坚持自己的看法说:"有可能的。那些不利于他的事,我们根本不知情。可昨天,他莫名其妙地慌张,因为一个陌生人的出现。当然了,也不是只有有罪的人才会感到害怕。"

我站起身来,一边用手指敲着桌子的边缘,一边低头看她。我发现,她的脖子很漂亮。

"这个怎么处理?"她指着手绢问道。

"如果这东西是我的,我会赶紧把它上面的廉价香水味洗干净。"

"或许它能帮你找到一些线索。"

"我不这么觉得。"我笑了笑,"女人总是丢三落四。像克里斯这样的家伙,可能会专门把这些收集起来,然后和檀香袋一起,放进抽屉。也许正好有人发现了,就拿出一条来用。或者他故意拿出来给别的女人看,就为了欣赏她们看到名字缩写的反应。我想,也许他就是无耻。非常感谢你跟我聊这么多。弗罗姆塞特小姐,再见。"

我走了几步,突然又回头问道,"你知道那个给布朗威尔消息的记者名字吗?"

她摇了摇头。

"那阿尔莫太太父母的名字和地址呢?"

"不知道,不过我可以试试,也许可以查到。"

"怎么查?"

"我想,洛杉矶的报纸一定登过阿尔莫太太的讣告,而讣告上一般都会印这些内容。"

"麻烦你了。"我的手指轻轻划过书桌边缘,她的侧影很美,象牙白的肌肤,漂亮的黑眼睛,飘逸柔顺的秀发。

我走出金斯利的办公室,看到那个电话转接房的金发女郎红嘟嘟的小嘴微张着,眼神充满了期待,似乎想探听一些好玩的事。

但我没有给任何回应,直接离开了。

第二十章　报警

我又来到克里斯家,人行道上没有围观的人,门前也没有警车。我再次推开前门,没有香烟或者是雪茄的味道传来。窗户上已经没了阳光,酒杯上有苍蝇在飞舞。我迅速走到屋子尽头,靠着可以通往楼下的扶梯查看,屋里一片寂静,没有被动过的痕迹,除了楼下浴室的水滴在尸体上的微弱声音。

我回到电话旁,从桌子上的电话簿上查到了警察局的电话后,拨了号码,等待接通的间隙,我把自动手枪放在了电话机旁。

"这里是湾城警局。"一个男人的声音响起。

"一个叫克里斯的男人被枪杀了,地址是牵牛星街623号。"

"你是谁?"

"我叫马洛。"

"你现在在那儿吗?"

"是的。"

"不要碰屋里的任何东西。"

挂了电话后，我坐在长卧榻上等他们过来。

不一会儿，我就听到了远处传来的警笛。随着节奏，越来越近，很快，耳边传来轮胎和地面的尖锐摩擦声。警笛的声音随之弱了下来，取而代之的是一阵刺耳的鸣叫声，然后世界安静了。随后，又响起了轮胎摩擦的声音，人行道也有了脚步声，我走过去，给他们开门。

是两个穿着制服的警察，常见的身材、普通的面孔、一样多疑的眼睛。一个年纪大一些，样子比较阴沉，头发已经有些灰了。另一个右耳边还塞了一支康乃馨。他们站在那，警惕地看着我。"他在哪儿？"年纪大些的开口问道。

"在楼下的浴室里。"

"埃迪，你和他一起待在这儿。"

说完，他匆匆走进屋内。那个叫埃迪的则留下来盯着我，"别耍花样，伙计。"仿佛是从嘴角挤出来的一句话。

我继续坐到了长卧榻上。他则扫视着房间。楼梯那儿响起了脚步声。突然，他看到了电话机旁的手枪，猛冲过去，像极了足球场对前锋的后卫。

"这是凶器吗？"他几乎是喊出来的。

"也许吧？有人使用过它。"

他几乎是扑向那把枪的，同时还用手指解开了自己的枪套扣子，抓住了他那把黑色左轮枪的枪柄。

"你刚刚说什么？"他吼道。

"有人用过它。"

"非常好。"他的语气满是嘲笑。

"也许并非你想的那么好。"

他往后退了几步，小心翼翼地看着我，气冲冲地喊道，"为什么杀他？"

"这个问题，我也在想。"

"还会思考问题呢？"

"我们坐下来慢慢等吧。看谁是真正的凶手。不过，我保留我的申诉权。"我说。

"别跟我演戏！"

"我没有跟你演。如果是我做的，我现在就不会待在这里，也不会报警，更不会让你发现这把枪。另外，你也不要太费心了，十分钟以后，这事就和你没什么关系了。"

我看他的眼神，好像因为这番话受伤了。他把帽子摘了，耳边的康乃馨也随之掉到了地上。他弯身下去，捡起来在手指间捻了捻，顺手扔到了壁炉前的网罩里。

"最好别做这样的事，"我提醒道，"也许他们会认为这是条重要的线索，在这上面浪费大量的时间。"

"你懂很多，是吗？伙计。"他骂骂咧咧地捡回了康乃馨。

另一个年长的警察阴着脸，上了楼。他在屋子中间站着，抬手看了一下表，在笔记本上写了些什么，接着把百叶窗拨到了一边，望着窗外。

"我可以下去看看吗？"埃迪问道。

"别去了，这件事跟我们没关系。你给法医打过电话了吗？"

"我打给了凶杀组。"

"那就好，接下来韦伯局长会处理的，他总是喜欢亲力亲为。"他看向我，"你就是马洛？"

我回答说我是。

"他可是个聪明人，没有他不知道的。"埃迪冷嘲热讽道。

无奈那个年纪较大的警察对他说的好像并没有兴趣，直到他的眼睛瞅到了桌上的枪，心不在焉的神情立即烟消云散了。

"那枪就是凶器。"埃迪说，"我没碰过。"

年长的警察点了点头，"他们这速度也太慢了吧。先生，你是他朋友吗？你做哪一行的？"他边说，边指了指地下。

"我是私家侦探，从洛杉矶来的。昨天是我第一次见他。"

"是吧。"他目光犀利，另一个则用怀疑的眼光看着我。

"这下热闹了，一切都会被搞得乱七八糟。"

这还是我从他那听到的第一句有点意义的话，于是我很友好地朝他笑了笑。

年纪较大的警察看向窗外，说道："埃迪你看，阿尔莫医生住对面。"

埃迪也走了过去，"看那门牌，还真是呢，楼下这家伙该不是——"

"别乱讲话！"年纪较大的警察打断了他，然后放下了百叶窗。他们一起转过身来，神情有些尴尬地看着我。

街道上有一辆车开了过来，停下，开关门，接着传来了脚步声。年纪较大的警察去为他们开了门，是两个便衣，其中一个我认识。

第二十一章　冤家路窄

首先进来的警察穿着一套暗褐色套装，手放在夹克口袋里，露出了大拇指。中等年纪，头上戴的卷边平顶帽，蓝色的，帽子下隐约有粉白的头发露出。他的脸瘦瘦的，脸上的神情好像永远都是那么疲倦，作为一个警察来说，他的个子似乎有点太小了。特别的是他的鼻子，尖尖的，却向一边歪着，好像被人用胳膊撞过一般。

跟着他身后的大块头警察就是德加莫，他那张凶狠的脸上被岁月刻了很深的皱纹，土黄色头发，深蓝色的眼珠，他就是昨天阿尔莫医来叫来的家伙。

那两个穿制服的警察礼貌性地向他们敬了礼。

"韦伯局长，这位叫马洛，他是私家侦探，洛杉矶来的。我没问他什么问题。尸体现在在浴室，身中两枪，另外应该有几枪没有射中。已经死了有些时间了。""你好，辛苦了。"韦伯局长回答得很简洁，也很直爽，稍带怀疑地看了看我，礼节性地点了个头，"我是韦伯局长，这位是德加莫警官。我们先去看看尸体再说吧。"

说完后，他就向房里走去了。德加莫像从未见过我一样，看了我一眼后，才随他而去。那个年纪大的警察也和他们一起下了楼。又有好一段时间，只剩下我和埃迪两个人。

"对面是阿尔莫医生家，对吗？"我问道。

他面无表情，"是的，怎么啦？"

"没事儿。"

他安静了。有声音从楼下传来，但听不清。他努力地竖起耳朵，和气地问道："你对那个案子还有印象？"

"有一点儿。"

他笑了笑，"他们做得滴水不漏。包好藏在浴室柜子的最上层，那地儿没有椅子根本够不着。"

"我对原因很好奇。"

他表情变得严肃，"应该有很好的理由。对了，你和克里斯熟吗？"

"不。"

"那你来找他干什么？"

"我来调查他，你和他熟？"

"不，我只知道他住在这里。那次，是他最先发现阿尔莫太太死在车库的。"

"也许那时，他并不住在这。"我说。

"他在这住多长时间了？"

"没了解过。"我回答。

"差不多一年半。"埃迪想了一会儿，说道，"难道洛杉矶的报纸没有报道过吗？"

"在乡镇版，有一段报道。"我应付着。

他挠挠耳朵。这时，有脚步声从楼梯处传来。瞬间，他脸色一变，赶紧挺直身子，和我保持距离。

韦伯局长快速走向电话，并拨了串号码，然后，他一边握着话筒，一边转头问道："阿尔，这星期的法医是谁？"

"艾德·加兰德。"德加莫木然地答道。

接着，韦伯局长对着电话说："叫艾德·加兰德和照相的人赶紧过来。"

刚放下电话，他就大吼道："你们谁动了这把枪？"

"是我。"我承认道。

他转过身，扬起他那小而尖的下巴，在我身前走来走去。然后，他小心翼翼地用手帕拿着枪，问道："凶案现场的武器不可以随便动，你不知道吗？"

"我当然知道。不过，我拿它的时候，并不知道这屋里有命案，更不知道这枪被用过。我来时，它就被放在楼梯那儿，我还以为是谁掉在那儿的呢。"

"说得跟真的一样。你做这工作，应该常常碰到这种事吧？"好刻薄的问话。

"什么事？"

他紧紧盯着我，一声不吭。

"你想听听事情的经过吗？"

"或者你应该先回答我的问题。"他像极了一只好斗的公鸡。

我没有回答。他转身对着两位制服警察说："你们可以回去跟调度中心报告了。"

他们敬礼后，轻轻关上门，离开了。直到确定他们的车子开走了，韦伯局长才用他那阴冷的目光看着我，说道："请出示一下你的证件。"

我把钱包递给他后，他开始认真地翻看。德加莫则无所事事地坐在那里，一边跷着腿，一边看着天花边，接着又开始嚼火柴的末端。韦伯局长看完后，把钱包还给了我。

"干你们这行的，总会惹很多麻烦。"

"也不完全如此。"

他提高嗓门，大声吼道："我说你们惹了很多麻烦，就一定是这样！但在我们湾城这个地方，可不是你能惹麻烦的。"

我没有回他的话。接着，他又用食指点着我说，"别以为自己从大城市过来，就自以为是，我们可有办法治你。我们这是小地方，但麻雀虽小，五脏俱全。我们按规矩办事，非常有效率，可没有托关系那套。所以你就别太费心了，先生。"

"我可没那闲心，我的目的就是稳稳当当地挣点小钱。"

"别在那油嘴滑舌，我不喜欢这个。"韦伯说。

德加莫终于从天花板上收回了目光，看了看他的指甲后，不耐烦地说道："头儿，死的那人叫克里斯，我了解一点他的情况，是个爱围绕着女人转的家伙。"

"那能说明什么？"韦伯局长严厉地问道，眼光并没有离开我。

"从整体来看，并没什么有价值的线索。"德加莫说，"你也知道，私家侦探专门为离婚搜集证据之类的。你别把他吓傻了，听听他想说些什么。"

"我还真没看出来我吓着他了。如果是，我倒很乐意知道。"韦伯局长说道。

他走到窗户边，合上了百叶窗。瞬间，再透进来的光线就变得幽幽。他沉重地往回走，似乎每一步，他的脚跟都重重地踏在了地上。"你说吧。"他指着我说。

我开始讲："我受雇于洛杉矶一个商人，他雇用我的主要原因是他不方便露面。一个月前，他太太离开了，并发给他一个电报，说明她是和克里斯一起离开的。几天前，我的雇主在市区遇到克里斯，问他此事，他否认了。于是，我的雇主开始着急，担心她到底是和朋友在一起，还是被抓了。听起来，这女人好像很大胆，也很莽撞。昨天我来见克里斯，他同样否认了和她在一起，我持怀疑态度。后来，我得到确切的信息，就在她离开木屋的当晚，克里斯和她在圣贝纳迪诺的旅馆见了面。知道这个消息后，我就又来找克里斯。然后就是敲门没人应，大门虚掩，我就进去一探究竟，先是看到了枪，接着我一间房一间房地找，最后发现他在浴室，就是你们看到那样。"

"你好像没有权利搜索这房子。"韦伯局子冷冰冰地说道。

"是的，可我也不想错失这良机。"

"雇你的人叫什么？"

"德雷斯·金斯利，"说完，我给了他一个金斯利的地址，"他管理着一家叫吉尔兰恩的化妆品公司，在奥利佛的特洛尔大厦。"

韦伯局长看着德加莫懒洋洋地记在一个信封上。"然后呢？"他转头看着我，问道。

"那女人离开前住在小鹿湖的木屋，那儿靠近狮角，从圣贝纳迪诺再继续往山里开四十六英里的地方。"

我看了看德加莫，慢吞吞记着什么的他听到这个后，手似乎僵在了半空一会儿，然后才又开始继续写。

"金斯利太太离开的同一天，山上管理员和他太太有一次激烈的争吵，然后管理员以为他太太离开他了。可昨天，在湖底发现了她。"我继续说。

韦伯局长双腿抖了抖，眯着眼，平静地问道："为什么说这个？你是觉得这两件事有联系吗？"

"应该吧。我只是讲述我所了解的。之前克里斯上过山。"

此刻，德加莫看着自己面前的地板，比之前坐得更直了。他脸孔绷紧，看起来非常凶狠。"那女人是怎么死的？淹死？自杀？"韦伯局长问道。

"自杀、谋杀都有可能。她叫穆里尔·切斯,她丈夫叫比尔·切斯。她给比尔留了一张离别的纸条。现在,比尔因为涉嫌谋杀已被逮捕。"

"我们还是不要扯远了,主要说说这里发生的事吧。"韦伯局长回到正题。

"这里没什么事。"我一边说,一边看了看德加莫,"我来过这儿两次。昨天我找克里斯聊天,一无所获;今天我俩连聊天都省了,依然一无所获。"

韦伯局长慢悠悠地说:"那么我有一个问题想要问你,你可以现在回答,也可以等一会儿告诉我,但我必须要听到实话。问题就是,我想你已经彻彻底底地查看过这房子了,请问屋里有什么东西,让你认为金斯利太太曾来过这里?"

"这叫作目击者的结论。"

"这可不是法庭审问,我要的仅仅是一个答案。"他阴阴地说道。

"问题的答案是肯定的。在楼下的柜子里,挂着一件黑白两色的衣服,以白色为主的,还有一顶巴拿马草帽,环绕着黑白相间的带子。这身衣物,正是金斯利太太和克里斯在圣贝纳迪诺旅馆见面时所穿的,虽然与我听到的不是完全吻合。"我说道。

德加莫"啪"地打了一下信封,"干得真漂亮。巧妙地把一个女人扯进这件谋杀案,而她正是与克里斯一起私奔的人。长官,也许我们不用太费力气去找凶手了。"

韦伯局长虽面无表情,但却保持十足的警戒状态。他对德加莫刚才说的话,点了点头。

"或许你们可以去看看衣柜里的衣服,那全都是裁缝订做的,很容易追查,我想你们也不笨。警官,我已经在这折腾一个小时了。"我说。

"还有别的吗?"韦伯局长冷静地问道。

还没等我回答,门口又来了两辆车。韦伯局长前去,打开门后,一共进来了三个人。两个带着沉重皮箱的男人,一个是卷发矮子,一个则像牛一样。在他们身后,是一个脸像扑克牌一样面无表情的人,他眼睛明亮,高高瘦瘦,穿着深灰西装,打着黑领带。

韦伯局长指着那位卷发男人说:"楼下浴室,布松尼。另外,我还要这屋里的所有指纹,特别是女人的。也许要花点时间。"

"我乐意做任何工作。"布松尼咕哝了一句后,便与那牛似的男人一起下了楼。

韦伯局长继续对第三个人说:"楼下有具尸体给你,加兰德。我们一起去看看吧。你叫过车了吗?"

那个眼睛明亮的男人点了点头,和韦伯局长一起下了楼。

随后,德加莫把铅笔和信封推到了一旁,瞪着我。

"也许我们可以聊一下昨天发生的,或者你想要私下和解?"我说道。

"你想怎么办都好。我们警察的责任就是保护市民。"

"既然如此,我想知道一些阿尔莫家案子的内幕。"

"昨天你还说不认识他。"他的脸有点变红,眼睛里有凶光露出。

"是的,昨天他对于我来说,确实一无所知,但现在,我知道克里斯是第一个发现自杀的阿尔莫太太的,并且他被怀疑勒索过阿尔莫医生。另外,刚刚那两个制服小子发现对面是阿尔莫家后,好像很兴奋,还说了一些什么干得漂亮之类的言语。"

"两个畜生,看我回去不摘掉他们的警徽!只是两个没脑袋的混蛋,耍耍嘴皮子而已。"德加莫气愤地说道。

"你的意思是,他们说的没什么可信度?"我问道。

"什么没可信度？"他看了看他手里的烟。

"阿尔莫太太是被丈夫杀掉的，事后，他们花了很多心思把这事遮掩住了。"

德加莫向我走走，恶狠狠地说："你再说一次。"

我又说了一次。

他使劲给了我一耳光，瞬间我的脸变得又热又肿，头也被抽得偏向了一边。

他又说："有脾气你再说一次。"

我听话地又说了一次后，他又朝相反的方向，给了我一记响亮的耳光。

"再说一次。"

"不必了！事不过三。再说，你也未必还能打得着我。"我抬起手，揉了揉我的脸颊。

他弯下腰，龇牙咧嘴地看着我，像极了一只蓝眼睛的野兽。

"任何时候，一旦你这样跟警察讲话，就应该要想到后果。如果刚刚你还敢再说，我可能就不会只是空手打你了。"

我咬紧嘴唇，没有搭理他，继续揉着脸颊。

"也许哪天你会在某个巷子醒来，旁边还有一群野猫正虎视眈眈地盯着你，如果你胆敢再多管闲事。"

我一言不发。他呼吸沉重地走到旁边坐下。我停下揉脸的手，去扳开攥紧的手指，让它们能放松放松。

"我会记住今天的。两样都会刻在我的脑海里。"我说道。

第二十二章　一封信

傍晚时分，我终于回到了好莱坞的办公室。走廊静悄悄的，整栋楼的人都已经下班离开了，除了清洁女工正带着吸尘器、抹布等东西在里面忙碌。

我打开办公室门，随手捡起信箱前的一封信，扔到了桌子上。接着，我打开窗户，把头伸出去，静静地望着街上的霓虹灯。此刻，也只有那隔壁咖啡店抽风机过滤出来的熟食气息，能让我感觉到一丝心安了。

我走到桌边，脱下外套，解开领带后，坐到了书桌上。随后，我从抽屉拿出一瓶酒来，倒了一杯，喝下后，并没有什么用处。于是我又喝了一杯，还是没有用。

想必现在韦伯局长已经和金斯利见过面了，也已经确认了金斯利对他老婆的担忧，所以，他们应该很快就有定论了。对他们警察来说，事情几乎已经一清二楚，无聊至极。热烈的爱情、过分的亲近、令人厌恶的风流债、过量的美酒，酝酿发酵之后，就变成了剧烈的恨、杀人的冲动、死亡的结局。

事情会不会太过简单。

我打开了扔在桌子上那封没贴邮票的信，内容是：

你好，马洛先生。我已查到弗罗伦斯·阿尔莫的父母是欧斯塔斯·格雷森夫妇，他们住在罗斯摩尔·阿姆斯大厦，具体地址是南牛津街640号。我已打电话确认无误。

阿德里安娜·弗罗姆塞特上

优雅的手写出来的字，也很优雅。我把信丢到一边后，又喝了一杯，瞬间觉得心情放松了些。我把东西在书桌上摊开，手开始慢慢变得发热、无力、厚重。我的手指不经意划过桌角，我擦掉灰，下面有一条痕迹。接着，我弹掉手上的灰，看看墙，看看手表，好像没什么东西可以看了。

我收起酒瓶，然后走到洗脸池旁，洗了洗杯子，洗了洗手，还用冷水浸了浸脸。我对着镜子，看着自己的脸，基本不红了，但还有点肿。我打起精神，梳了梳头发，发现自己的灰发又变多了。还有，头发覆盖下的脸看起来是那么疲惫，我很不喜欢。

我回到书桌旁，把阿德里安娜·弗罗姆塞特的信又看了一次，然后把它摊平，压在玻璃杯下面，拿出来闻闻，再压压，最后我还是把它折好，放在了自己的外套口袋里。

我纹丝不动地坐在椅子上，坐得笔直，我在倾听窗外的夜一点点变得寂静。慢慢地，我与这夜一起沉静了下去。

第二十三章　谋杀案

罗斯摩尔·阿姆斯大厦是用一堆暗红色砖头围成的巨大院子。楼下寂静的大厅里，放着一些长毛绒装饰和盆栽花木。还有一只金丝雀，它的笼子差不多有狗屋那么大。整个房间，弥漫着一股旧地毯的气味和浓烈的栀子花香味。

当我到达北翼前侧的五楼，进入格雷森的家后，瞬间让我感觉到，时光的沙漏仿佛倒退了二十年。空气中充斥着烟草味，还有晚餐烤羊排与芥兰的味。家里满是沉重的家具、蛋状的黄门钮，墙上的大镜子还是镀金框架的。窗前的桌子是大理石桌面。窗边是暗红色的窗幔。

年轻时的格雷森太太，应该有一双清亮的蓝色大眼睛。可是现在，她变得丰盈，一头卷曲的白发，眼睛不但无光，还有些往外凸。此刻她正织着袜子，一个大针线篮子放在膝上。她那两只胖乎乎的脚踝交叉着，让脚正好可以触在地面。格雷森先生戴着一副双焦眼镜，正心情烦躁地和一份晚报较着劲。他眉毛很粗硬，脸色蜡黄，几乎没什么下巴，肩膀高耸着，个子虽然很高，但已经弯腰驼背了。他的脸很奇怪，上一半似乎是要严肃地说，下一半却像是叫你赶快走。来之前，我查过电话簿，他曾是一位会计师。即使是现在，手指沾着墨水，敞开的背心口袋里还有四支铅笔，俨然也是一副会计师模样。

他反反复复地看着我的名片，好一会儿，才慢吞吞地开口问道："有事吗？马洛先生？"

"我过来是想了解一些克里斯的情况。他住在阿尔莫医生家的对面。正是他第一个发现你们的女儿——阿尔莫太太——死了。"

我故意在最后两个字上停顿了一下，果然，他们像等候捕鸟的猎犬一般，挺直了身子。格雷森看了看他太太，只见她示意性地摇摇头。

他立马回复道："这件事太悲伤了，我们不想再谈论。"

我等着，眼神也和他们一样忧郁，"我完全可以理解。事实上我过来，是想找你们曾雇用调查这件案子的那个人谈谈。"

他们再次相互看了看。这一次，格雷森太太没有任何表示。

"理由呢？"格雷森问道。

"也许我应该讲讲我的情况。"接着我便简单讲述了我的工作，但没说金斯利的名字。同时我还讲了前几天在阿尔莫医生家外发生的事，包括德加莫。他们听到这时，再次挺直了身子。

格雷森惊讶地说："你的意思是，你压根儿不认识阿尔莫医生，也从未谋面，更不是去找他，他却莫名其妙地找来了警察，仅仅是因为你在他屋子外面多待了一会儿？"

"是的。我待在那儿，应该有一个多小时。确切地说，是我的车子。"

"太匪夷所思了。"格雷森说。

"我觉得，他好像有点过于神经质了。"我说，"对了，德加莫还问我，是不是阿尔莫太太的父母雇我去的。他好像很没有安全感，对不对？"

"你说他对什么没有安全感？"他看也没看我地问了这句话。他拿起烟斗，用铅笔的末端塞实了烟草，然后点燃它。

我耸了耸肩，没有答他的话。他看似无意地瞧了我一眼，然后迅速看向别处。格雷森太太干着自己的活，没有看我，也没有说话，但她的鼻孔翕动着。

"他怎么找上你的？"格雷森问道。

"我想应该是他记下了我的车牌号，然后打电话一步一步查的。通常，我也这样查别人。所以我从窗户里看到他的一举一动，大概就是这些程序。"

"也就是说，专门有警察在为他工作。"

"不完全对。也有可能是，当初他们一起犯的错，然后就要一起遮掩而已。"

"错！"声音尖锐，带着笑。

"好吧，我知道不该重提此事，但如果有新发现，应该也不坏吧。事实上，你们一直认为是他做的，对吗？所以，当时你们才会去雇私家侦探。"

格雷森太太迅速地看了我一眼后，又继续做她自己的事了。

格雷森则一声不吭。

"你们有证据吗？还是仅仅因为看不顺眼？"我继续问道。

"有的。"格雷森的声音充斥着苦涩。接着，他清了清嗓子，好像终于要说出来了。"应该说一定有。他告诉我们他有证据，但还没说，就被警方拿走了。"

"这个我已经知道了，他被判了酒驾，坐牢了。"

"是的。"

"你的意思是，他从来没说过他有什么证据？"

"是的，他没有。"

"这种行为太无耻了，我可不喜欢。"我说，"其实他就是没想好，到底是该拿这情报帮你们，还是去阿尔莫医生那儿换点钱。"

这一次，格雷森太太开口了，她静静地说："塔利给我们的印象倒不是这样的。他个子小小的，从不摆架子，看起来也很安静。但也不好说，人总有看不准的时候。"

"他叫塔利。这正是我想知道的。"

"你还想知道什么？"

"怎么可以找到他！另外，是什么让你们产生了怀疑。别告诉我没有，如果没有，你们就不会雇用一个来历不明的人。"

格雷森一边拘谨地笑了笑，一边伸出自己又长又黄的手指开始摩挲着下巴。

"就是麻醉剂。"格雷森太太答道。

"是的，没错。"仿佛那几个字就是绿灯一样，格雷森立刻接下了话茬儿，"毫无疑问，阿尔莫是位'麻醉剂医生'，我女儿曾当他的面，明确告诉过我们，但，他对此表现得非常反感。"

"你说的'麻醉剂医生'指的是什么？格雷森先生。"

"他的诊疗对象大多是酗酒或放荡后，精神处于崩溃边缘的人。他们使用镇静剂的频率很高，甚至是依赖。一般来说，如果这些病人已经到了最后阶段，他们又不是在疗养院，任何一个有职业道德的医生都不会对他们有任何治疗。但阿尔莫不同，只要病人还有意识，只要有钱挣，他就会给他们用药，即使病人已经上了瘾，他才不在乎这些。这可是能挣很多钱的，但我觉得，作为一个医生，这是件非常危险的事儿。"格雷森严肃地说。

"这是自然。"我说，"但也可以挣到很多钱。你认识康迪吗？"

"不！但我们知道他。弗罗伦斯怀疑，正是他给阿尔莫提供的麻醉剂。"

"应该是这样的。他自己肯定不会开太多这种处方。"我说，"你知道一个叫克里斯的人吗？"

"知道，但从未谋面。"

"你觉得之前勒索阿尔莫医生的，会不会就是他？"

他的手轻轻地摸过头顶，顺脸滑了下来，最后放到了他那骨瘦如柴的膝盖上。看来这个假设对他来说，是个新想法。他摇了摇头。

"不知道，为什么这么问？"

"是他最先发现阿尔莫太太的死。所以，如果有值得怀疑的地方，塔利知道，那克里斯也一定心里有数。"

"你觉得他是那种人吗？"

"不了解。但我知道的是他没有工作，更没有生活来源。他喜欢跟女人到处鬼混。"

"我想，应该有这种可能。一般来说，这种事都会处理得很隐秘。"格雷森苦笑着说，"在工作上，我曾遇到过这样的人。长期不清的账目、没有抵押的贷款，还有那些看起来完全没有价值的投资——有些不会投资的人真的去做了。还有一些项目，早就该处理成呆账，却从未处理，为的只是增加纳税人的信心。是的，这些事很容易就可以做到。"

格雷森太太的手一直没停过，一打袜子都已经补好了。我看着格雷森太太，心想，看来格雷森这两只又瘦又长的脚特别费袜子呢。

"塔利是怎么回事？被陷害的吗？"

"我想是的。他太太很生气，曾说塔利和一个警察在酒吧喝酒，然后被下了药。等他出来刚发动车，就被早等在街对面的警察给抓住了。另外，还说他的审讯完全是敷衍了事。""那没什么意义。这一定是他被捕后，告诉他太太的。除此之外，他还能说什么呢。"

"事实上，警察在我心里是公正、诚实的。但有些事，它就是这样赤裸裸地发生了，大家都知道。"

我说："对于你们女儿的死，如果他们真的犯了错，那他们一定不想被塔利揭发。毕竟，这可能会让某些人丢掉饭碗。如果塔利只是想勒索，那他们可能会掉以轻心。那么问题是，现在塔利到底在哪儿？他到底知道些什么？还是只知道从哪下手？知道该找什么？你们知道他现在在哪儿吗？"

"完全不知道。之前他被判了六个月，但早就期满释放了。"格雷森回答道。

"那知道他太太住哪儿吗?"

格雷森看着他太太。只听她简洁地说道:"她过得很困窘,之前我和欧斯塔斯送过一点钱过去。她住在湾城,地址是西摩街1618 1/2号。"

我仔细地记下地址后,身子往后一靠:"今早,克里斯被枪杀在自己的浴室里了。"

话音刚落,格雷森太太又短又粗的手就僵在了篮子边。格雷森用手握着烟斗,张着嘴,仿佛死者此刻就在他面前一般。好一会儿后,他清了清嗓子,慢慢地把烟斗塞回了自己的牙齿间。

"很意外。"显然他话没说完,吐了一口烟后,继续说道,"这和阿尔莫有关吗?"

"他们住得那么近,我觉得应该有。不过,警方觉得是我客户的太太做的,等他们千方百计找到她后,就算漂亮地结了一个案。但如果这事和阿尔莫有关,那你们女儿的事必定会旧事重提,这便是我今天来的原因。"我说。

"一个人如果做了一回,那下一次再做时,犹豫程度仅是上次的四分之一。"他说得振振有词,好像专门做过研究一般。

"可能是那样吧。那你知道他第一次的动机是什么吗?"

"弗罗伦斯挥霍无度,脾气很坏,也很任性。"他在回忆,声音很悲伤,"她常常口无遮拦地大声说话,行为粗鲁,还结交一些不靠谱的朋友。我想,对于阿尔莫这样的男人,无疑她是非常危险的。但我并不觉得这是最主要的原因。莱蒂,对吧?"

他的目光看着他太太,但她并没有给任何回应。她缓缓地将针插进了一团线球里,没有答话。

格雷森叹了一口气,接着说:"我们觉得,阿尔莫和他诊所的护士关系亲密,弗罗伦斯曾扬言说要把这事公之于众。可能阿尔莫不想被公布,因为常常一个丑闻会带出其他的事。"

"那你觉得他是怎么做的呢?"我问道。

"毫无疑问是吗啡。他是用这个的专家,手里也有货。我想,他应该是等弗罗伦斯昏迷时,把她抱到了车库,并发动了车子。最后,尸体没有被解剖。如果解剖了,那晚阿尔莫给她打过针这件事就会变得尽人皆知。"

我点点头表示赞同。他则找了个舒适的角度往后靠去,再一次把他的手从头滑到脸,最后落到膝盖上。看样子这一切,他已经研究得很透了。

我静静地看着这对老夫妇。命案已经过去一年半了,但对他们来说,犹如昨天一般,他们的心还沉浸在深深的仇恨里。我想,如果真是阿尔莫杀了克里斯,他们应该是很乐意看到这种情况的,甚至会为此兴奋不已。

过了好一会儿,我说道:"可能你们心里坚信事情就是这样的。但也有可能,她真的就是自杀了。那些被遮掩的部分,也许仅仅是为了在听证会上,不让阿尔莫受到质询,或者只是为了保护康迪的那家赌场。"

"胡说八道。"格雷森大声呵斥道,"她当时在睡觉,一定是他做的,他谋杀了她。"

"可你没有确切的证据。也许她已经嗑了很长一段时间的药,瘾越来越大。那药力对她就非常有限,她可能在半夜醒来,无意中看到镜子里的自己,像一个恶鬼一般。要知道,这种情况是真实存在的。"

"我想你已经浪费我们太多时间,该离开了。"格雷森提醒道。

闻言我便起身感谢他们夫妇,刚向门口走了一步,我又突然想起一个问题,"你们雇的塔利被捕后,你们还做了什么?"

"我们找过一个地区助理检察官,他叫里奇。不过,没有任何进展。他跟此事完全搭不上边。甚至，他对案子牵涉到麻醉剂，也丝毫不感兴趣。但大约一个月后，康迪的场子关门了。这也算有点效果吧。"格雷森说。

"哈，那可能只是湾城警察做给大家看的罢了。如果可以，你应该去别的地方找找康迪。你会发现，他所有的东西都安然无恙。"

我继续向门口走去。这一次，格雷森站起身来，跟在我的后面，他原本蜡黄的脸一阵阵发红。

"真是抱歉，"他说，"也许我们不该总以自己的理解去看待这件事。"

"你们很耐心地接待了我，我很感谢。是否还有什么人在整件事中被遗漏了？"我问。

他想了想后，摇了摇头，然后回头看他太太。她手里握着绷在织架上的一双袜子，一动不动地把头侧向了一边，仿佛在听什么，但并不是我们的聊天内容。

"我听说，那天晚上扶阿尔莫太太上床的是诊所护士。所以，这护士就是你们认为跟阿尔莫关系亲密的那个吗？"我说。

"这女孩我们并没有见过，但她的名字很好听，请给我一分钟，让我回想一下。"格雷森太太突然开口说道。

我们就站在那等着她，"应该是叫米尔德里德，后面我记不太清了。"她边说边咬着牙。

我惊讶地深吸了一口气，说："米尔德里德·哈维兰德，是吗？格雷森太太。"

她开心地笑了笑，使劲点点头，"对，就叫米尔德里德·哈维兰德。对吧，欧斯塔斯？"

他摇头说不记得。看着我们的神情，仿佛自己是一匹进错马厩的马一般。他一边为我打开门，一边问道："这有联系吗？"

"对了，你刚刚说塔利是个小个子，那他肯定不是那种大嗓门，或者态度很傲慢的强壮型男人吧？"我推开门，说道。

"他不是。"格雷森太太说道，"他说话的声音很轻，中等身材、中等年纪、棕色的头发。他看起来总是忧虑，我的意思是，他好像总有一些事需要担心。"

"哈，看样子是这样的。"

我握了握格雷森伸过来的手，天哪，简直跟毛巾架握手一般。

"如果你能将他绳之以法，请把账单寄过来。我指的是阿尔莫。"他边说，边紧紧咬住烟斗。

我告诉他，我知道他说的是阿尔莫，但没有账单。

我沿着安静的过道往回走。乘坐的自动电梯里弥漫着一股老年人的香水味，里面铺着红色的长毛地毯。

第二十四章　生病的女人

在一幢大屋后面，我看见了西摩街的那间小平房。我没找到门牌号，但大屋门边有一块刻着"1618"的金属板。有一抹微弱的灯光从门牌后照过来。窗下，有一条通向后面房子的水泥路。房前的门廊很小，还放了一把椅子在上面。我小心翼翼地踏上去，按响了门铃。

铃声很近。原来，纱门后的前门一直是开着的，只是里面没有开灯，所以黑漆漆的一片。

"谁啊？"黑暗中传出了一个不耐烦的声音。

"请问塔利先生在吗？"我对着黑暗处喊道。

"你是谁？"她的声音变得平淡。

"我是他的一个朋友。"

我听到那个黑暗中的女人喉咙里咕哝了一声，也许是表示她有一点点兴趣，也许仅仅是清了清嗓子。

"好了，这次又是多少？"她说道。

"请问你是塔利夫人吗？我不是送账单来的。"

"那就滚，不要烦我。"那声音吼道，"他不在这儿，永远不在，也不会再回来。"

我凑过身子，透着想看看屋内。但根本看不清，只能看见家具的大概轮廓。发出声音的地方是一张卧榻，上面躺着一个女人。此刻，她好像正仰躺着，纹丝不动在瞪着天花板。

"我生病了。麻烦已经够多了，求求你们别再来烦我。"那个声音再次响起。

"我刚从格雷森夫妇那边过来。"我说。

空气陷入沉默，好一会儿后，她叹了口气，说道："我从没听说这个名字。"

我靠到门框上，看向通往马路的小道。街对面有一辆停着的车，灯还亮着。沿街还有很多其他的车子。

"我知道你听过，塔利太太。他们没有放弃，我就是被雇来的，难道你已经放弃了吗？你就不想为自己讨点什么？"

"我只想安静，希望你们都别再来烦我。"那声音回答道。

"我想知道一些情况，只要你告诉我，我就立即走开，还你安静；相反，我只能一直在这儿打扰你。"我说。

"又来一个警察？"那声音问。

"塔利太太，你知道我不是。你也知道格雷森夫妇是不会跟警察打交道的，你现在就可以打电话确认。"

"警官，我已经病了一个月了。我刚刚说过我没说过他们，就算听过，我也不知道他们的电话。请离开吧。"

"我是洛杉矶来的私家侦探，叫菲利普·马洛。我从格雷森夫妇那儿得到一些消息，想要找塔利先生聊聊。"

那女人笑了笑，声音很低，几乎听不到，"你已经得到一些消息，哈！这话真耳熟！他曾经也得到了一些——不说了，都是过去的事儿了。"

"他现在也可以，只要方向对了。"我说。

"请忘了他的名字吧。"她说。

我无计可施了。倚着门框，挠了挠下巴。我似乎看到有人在我车子附近，打开手电筒，又熄掉了。

卧榻上那张苍白模糊的脸似乎动了一下，但很快又消失了。她转过脸去面向墙，甩给我一头乱发。

"我真的很累，你就行行好，赶快走吧。"因为对着墙，声音变得嗡嗡的。

"钱，能不能帮你改善现状？"

"你有没有闻到雪茄味儿？"

我使劲嗅了嗅，什么也没有闻到，"没闻到。"

"他们刚刚在这待了两个小时。我真的已经烦透了，先生。"

"塔利太太，请你听我说——"

她翻身过来，那张模糊的脸再次出现在我的面前，甚至我看到了她的眼睛。

"你别说了，还是听我说吧。"她开口说道，"我不想和你扯上关系。即使我真的有什么消息，我也不会告诉你。你瞧瞧，我住在这样的地方，你觉得这是人住的吗。但最起码我还可以活下去。现在，我什么都不需要，除了安静，所以别再烦我，请你离开这里。"

"塔利太太，你让我进去，我们可以好好谈谈，我可以给你——"我说。

她突然又翻了个身，脚踩在了地上，看起来很气愤。

"如果你再不走，我就要喊了。"她说，"快走！马上走！马上！"

"好好！我走！马上走！"我赶紧答应道，"我把名片插在了门上。如果你改变主意了，请打给我。"

说着，我拿出门片，插进了纱门的缝隙。"塔利太太，我走了，晚安。"我说。

她看着屋外的我，黑暗中的眼睛有些微微发亮。她没有回话。我走下门廊，沿着之前的路走回街上。

此刻，马路对面正停着一辆车，灯正亮着，引擎也响着。我想，现在大概无数条街就有无数引擎正响着吧。

我上车，发动，离开。

第二十五章　　被警察揍了

西摩街是条南北方向的马路，位于城市的荒废地段。我一路向北，在下个拐角处经过了一条废弃的城市车轨，进入了一条满是垃圾的街道。一些木栅栏后，乱七八糟地堆着很多旧汽车的残骸，活脱脱一个现代战场。月光下，那成堆的生锈部件阴森森的，让人害怕。与屋顶一般高的废铁中间，专门留有一条通道。

一对越来越近的车头灯灯光出现在了我的后视镜中。我加大油门，并迅速用钥匙打开了仪表盘下的小柜子，拿出一把点三八口径的手枪，放到了腿边。

前方是一个砖厂。荒地上空，耸立着两个没有冒烟的砖窑烟囱。砖厂里堆着黑色的砖头，另有一座很低矮的小木屋，屋前挂着一块牌子。空荡荡的砖厂，没有灯光，更没有一点动静。

一阵刺耳的警笛划破了整个夜空，后面的车加速跟上，先是划过东边废弃的高尔夫球场边缘，然后是西边的砖厂。我又加了些速，但于事无补，他们很快就追上了我。瞬间，整条街都被红色聚光灯照亮了。

那辆车已与我齐头并进，并寻找机会斜插。我猛地刹住车，离蹭住他们的车仅差半英寸。我加速调转车头，往相反的方向开去。随即，耳边传来猛然换挡和引擎的咆哮声。不停扫来扫去的红色聚光灯，几乎笼罩了方圆几英里。

我已无计可施。很快，他们追了上来。我想，也许我应该回到有住户的地方，那今晚发生的一切，至少有人会看到、会记得。

但现在一切都为时已晚。他们的车已和我并驾齐驱，"快停车，否则我就开枪了！"一个凶狠的声音喊道。

我把车停到了路边，同时把枪放回了小柜子。警车停在了我车挡泥板的左前方。一个胖子狠狠地把车门一甩，吼道："快下车！你听不懂警笛，是吗？"

月光下，我下车站在车旁，看到胖子手里有枪。

"出示驾照！"他的声音粗得像一把锉刀。

我递给他。这时，车里的另一个人下车，绕过来拿去我的驾照，用手电筒照着看。

"马洛，混蛋，他是个私家侦探。"他说，"库尼，你想想吧。"

"是吧？那就不用这个了。"他说着，就把枪塞回了枪套，然后扣上了皮盖，"用小指头就足够解决他了。"

"你的车速五十五英里，肯定喝了酒。"另一个说道。

"你去闻闻。"库尼说道。

另一个人礼貌地看了看我，凑过身来，"能让我闻闻你的呼吸吗？"

我照做了。

"好了。"他似乎已有判断，"我承认，他走路一点都不晃。"

"这样美好的夜晚，那就请多布斯警官为他买杯酒吧。"

"好主意。"多布斯回应道。随即，他从车里拿着一个半品脱装的酒瓶，举起看看，大约还有三分之一。"没多少了，"边说边把酒递给了我，"我们请客，老兄，喝吧。"

"我从不喝酒。"我拒绝。

"别跟我装。如果你不想我踢你肚子几脚的话。"库尼低吼道。

我打开酒瓶，闻了闻，是纯威士忌。

"你们不能老玩这游戏。"

"八点二十七分，多布斯警官，请记下来。"库尼说道。

多布斯靠着车记了下来。"一定要喝吗？"我举着酒瓶问库尼。

"也不一定，你可以选择朝你肚子来几脚。"

我压住喉咙，给自己灌了一口。与此同时，库尼狠狠地朝我肚子来了一拳。瞬间，手里的酒瓶掉在了地上，嘴里的酒全喷了出来，我弯下腰，吐着气。

当我正拾酒瓶时，库尼硕大的膝盖袭向我的脸。我迅速闪向旁边，直起身子，用尽全力揍了他鼻子一拳。他恼羞成怒，一边捂脸低吼，一边摸向枪套。此刻，多布斯跑向我，手臂向下挥动，手上的警棍正好打着了我的左膝后侧，我的腿瞬间麻了，一下瘫坐在了地上。我咬紧牙，吐出一口酒。

库尼拿开了捂着脸的手，全是血。

"天哪，我流血了。"他惊恐万分，一脚踢向我的脸。

我往旁边一躲，正好落在了我肩上。就这，也够我受的了。

"好了好了，查理，别玩过了。"多布斯站在我们中间劝说。

库尼摇摇晃晃地后退几步，阴沉着脸，坐到了警车的踏板上，他拿出一条手帕，捂住鼻子。

"再给我一分钟。"声音从手帕后传来。

"差不多了，查理，到此结束吧。"多布斯说。

多布斯的警棍在腿侧轻轻摇晃着。库尼再次站起身，向我走来。多布斯用手抵住他的胸口，轻轻往回推。库尼则使劲把他的手拨开。

"我必须得再见点儿血。"他声音嘶哑地喊道。

"冷静点,我们的目的已经达到了。"多布斯厉声阻止道。

库尼转身走向警车的另一边。骂骂咧咧地靠着车子。

"你也起来吧。"多布斯面向我说道。

我起身揉揉膝盖后侧,此刻那儿的神经像只在乱蹦的野猴子。

"你上我们的车。"多布斯说。

我爬上警车。

"查理,你去开他那辆吧。"多布斯对库尼说道。

"我一定会把它撞成一堆废铁的。"他怒吼。

多布斯把地上的酒瓶扔到了篱笆外。然后上车坐到了我旁边。他边启动车子,边说:"你不该打他,你会后悔的。"

"理由呢?"

"除了有点大嗓门,他还算是个好人。"

"那太没意思了。"我说。

"别跟他说这个,他会伤心的。"警车出发了。

库尼上车后,使劲关上车门,蛮横地换挡,似乎要将汽车扯烂的意思。多布斯则恰好相反,它温柔地沿砖厂向北开着。

"我想,你会喜欢新监狱的。"

"什么罪名呢?"

他一只手轻扶着方向盘,一边想,一边通过后视镜看库尼有没有跟上。

"比如超速、拒捕、酒驾,都不错。"

"那我被你们威胁,被迫喝酒,腹部被打,肩膀被踢,你们怎么解释呢?还有,在我手无寸铁的情况下,你们持枪恐吓我,拿警棍打我,又怎么说呢?"

"哈!你不会觉得我们钟爱这种事吧?"

"我以为小镇已经一片祥和。晚上,善良的百姓不用穿防弹衣就可以出来散步。"我说。

"也是比较祥和的吧,但你也知道,整顿是有度的,太干净,那黑钱也会一同被扫走的。"

"我劝你别因此砸了自己的饭碗。"

"哈!去他妈的。再过两星期,我就去入伍了。"他笑了笑。

如此的话,对他来说,这事就算结束了,跟从未发生过一样。这就是一项例行公事,他已经习以为常了,根本没有丝毫歉意。

第二十六章　新监狱

这是座几乎全新的监狱。钢门铁墙上的铁舰灰油漆看起来还很新,不过有烟草的痕迹。顶灯嵌在磨砂板里,外面罩着一层网罩。牢房里的床是上下铺,上铺有一个男人正在打呼噜,没什么酒味,他盖着一条深灰色的毯子。看样子,他应该睡得比较早,而且比较有经验地选择了上铺,以免被打扰。我想他在这应该住了些时日了。

刚刚进来时，他们搜过我的身，不过也只是看看有没有凶器，其他东西都留给我了。此刻，我在下铺坐着。我一边点燃一根烟，一边轻揉膝盖后的肿胀处，那痛已蔓延到脚踝了。之前吐到外套上的威士忌已有了臭味。我拿起它，往上面喷烟，烟雾经过它，升到天花板，在上空徘徊。这里简直安静得像教堂，除了另一端传来的女人尖叫声。

女人的尖叫声很细，不知是哪里发出的，此刻听起来更像是月光下的狼嗥。不过，音调没有渐渐上升，很快，声音就没有了。

我接连抽了两支烟后，把烟蒂扔进了小马桶里。上铺的男人从毛毯露出的油头发是我唯一能看到的。他还在打呼噜，趴着也能睡这么熟，真是佩服。

我再次坐到了床上。这床是用钢条做的，上面铺着很硬的薄垫，两条叠得非常整齐地深灰色毯子放在床上。这个牢房在新市政厅的十二楼。我想，住在这里的人都会觉得这市政厅不错，湾城也不错吧？如果我也住这儿，也会有相同的感慨。从这儿，可以看到蓝色海湾、停靠的游艇、安静的街，还有悬崖、大树下的老屋，带绿草坪的新房子，车道上成排的小树。我认识一个漂亮的妞儿，她喜欢湾城，住在二十五街。

在她的世界里，不知道贫民窟的墨西哥人和黑人；不知道那些沿海岸线玩跳水的人；不知道挥洒汗水的小舞厅和大麻烟卷；不知道扒手、歹徒、酒鬼；不知道从报纸上探出来的猥琐面孔；更不知道皮条客和妓女。

我走到门边，靠在那儿。走道上灯光黑暗，一片寂静，连鬼影都没有。似乎这监狱人很少。

我看手表上的时间是九点五十四分。平常这时我应该在家，穿着拖鞋，享受一斗烟，或者喝杯酒、下盘棋，也有可能就安安静静地跷起脚，坐在那儿，或者看看杂志、打打盹。总之，一个有家的人，在这个时候，就应该休息，应该融入夜晚的空气，为明天的工作放空一下脑袋，放松一下心情。

终于，中间的通道过来了一个穿蓝灰色狱警服的男人。他边走边看牢房的号码，最后停在我这间，打开锁，凶巴巴地瞪着我。他们永远都是这样一副脸孔，仿佛在说，我是警察，老兄，你得小心点儿，你要是让我不高兴，我就会给你点颜色看看，让你满地找牙，老兄，快说实话吧，老兄，你心里要明白，我们是有各种手段的，你受不了。就你们，我们想怎么收拾，那就是看心情。

"你出来！"他说。

我走出牢房后，他又锁上了门，然后示意我跟着他走，接着我们经过了一道宽大的铁门，他开锁、上锁，我听到钥匙碰撞钢环发出的悦耳声。又走了一会儿，再次经过了一道外漆是木头色、里漆是钢灰色的铁门。

靠着柜台的德加莫正和值班警员说着话。"还好吗？"他的蓝眼睛看向我。

"非常好。"

"我们的监狱怎么样，喜欢吗？"

"非常好。"

"还会别的词儿吗？"

"在这里不会。"我说。

"看你走路，脚有点跛，怎么了？"他说，"撞哪儿了？"

"警棍跳起来，咬了我左膝一口。"

"那真是太不幸了。"德加莫一边说，一边朝我眨眨眼，"去把你的随身物品拿来吧。"

"他们没搜走我的东西。"

"很好。"

"是的，很好。"我说。

值班警察抬起他那头发蓬松的脑袋看着我们，说："如果你们想看看'好'东西，那就去看库尼的鼻子吧，像爱尔兰佬一般，或者是烘饼上抹了糖浆，满脸都是。"

"怎么回事？打架了？"德加莫心不在焉地问。

"不知道，可能也是被警棍咬了一口吧。"值班警察说。

"你这值班警察话太多了。"德加莫吼道。

"也许正是值班警察话多，所以才当不了凶杀组的队长吧。"值班警察回道。

"你看，多欢乐的大家庭！"德加莫说。

"人人都是喜笑颜开地欢迎你，"值班警察说，"同时，手里也都握着一块石头。"

第二十七章　　识破身份

写字台后的韦伯局长朝我点了一下头，说："请坐。"

这间办公室靠近角落，很大，很整洁。我坐到了一张圆背木制的扶手椅上，小心翼翼地伸长双腿，避免碰到座椅的棱角。德加莫坐到了桌子另一头，跷着腿，抱着脚踝，若有所思地看着窗外。

"在住宅区开车，时速五十五英里，忽视警车给出的警笛、红灯信号，企图逃跑。还用暴力打伤了警察的脸。我想，你是在自找麻烦。"韦伯局长说。

我一言不发。韦伯局长从腰折断一根火柴，扔向肩后。

"他们和以前一样，在说谎？"他说。

"我不知道报告是怎么写的。即使真的开到了五十五英里，那也在这城市的限速内。"我说，"在我拜访的人家外面，那辆所谓的警车早就等在那儿。当我离开时，就跟着我，我申明一下，当时我并不知道是警车。我很反感有人跟踪我。我想我是开得快了些，但我只是想尽快开到一个相对安全一点的地方。"德加莫目光空洞地看向我，韦伯局长则烦躁地咬着牙。

"在你知道是警车后，还调了个头，想侥幸逃脱，对吗？"他说。

"如果要解释的话，我就只有直言不讳了。"

"嗯，毋庸讳言。我喜欢这样。"韦伯局长说。

"那辆警车早在我去之前，就停在塔利太太房前。塔利之前是私家侦探，我想去找他。德加莫知道原因。"我说。

德加莫面无表情地咬着一根火柴的柔软端面，点了点头。韦伯局长没有看他。

"你这个笨蛋，德加莫。你用的都是一些愚蠢至极的笨方法。昨天，在阿尔莫屋前，你故意耍威风、刁难我，让我起了疑心。甚至你还无意地给了我一些暗示，让我去满足好奇心。如果你真的想保护你的朋友，在我有所行动前，就应该管好你的嘴巴；如果我没什么行动，你也可以省了麻烦。"

"这些跟你被捕有什么关系？"韦伯局长说。

"跟阿尔莫医生有关。之前塔利受雇调查这件案子后，就因酒驾被捕了。"我说。

"阿尔莫的案子不是我经手的。"韦伯局长严厉地说，"我也不知道谁先给了恺撒大帝第一刀。你别顾左右而言他，好吗？回归正题。"

"我谈的就是正题啊。德加莫不愿提及阿尔莫的案子。库尼和多布斯跟踪我没有任何理由，除非是因为我拜访了曾经经手过此案的塔利家。刚开始，他们跟踪我时，我时速是不到五十五英里的。我想，我可能会因为去了那儿而被痛揍一顿，所以才加速，想离开。是德加莫让我这样想的。"

韦伯局长若有所思地看着德加莫，而德加莫的蓝眼睛正凶狠地瞪着墙壁。

"要不是库尼逼我喝酒，趁我不备揍了我肚子一拳，让我把酒正好吐在了外套上，我是不会打扁他鼻子的。我想你应该不是第一次听说这花招吧，局长。"我说。

韦伯局长再次折断了一根火柴。他一边身子往后靠，一边看着自己又小又紧的手指关节。接着，他又看向德加莫，说："我想你应该给我一个解释，即使你现在就是警察局长。"

"哼！警察就应该懂些'花招'，开个玩笑而已嘛。如果不想开——"德加莫说。

"你的意思是，库尼和多布斯是你派去的？"韦伯局长问。

"是的。这些私家侦探为了挣到钱，或者以后有活儿干，到我们这儿来，把这一些陈年旧事都翻出来，应该要好好教训一下这些家伙。"

"你真的这么想？"韦伯局长问。

"是的。"德加莫回答。

"像你这种人，真正需要的是什么！警官，我想你现在需要一些新鲜空气，出去吸点儿吧。"韦伯局长说。

"你叫我出去？"德加莫有些惊讶地张开嘴。

韦伯局长倾身向前，小下巴像巡洋舰的舰头一样划了过来，"是的，请帮忙，好吗？"

德加莫颧骨上涌起一抹暗红色，慢悠悠地站起身，一只手撑着桌面，和韦伯局长对视着。瞬间，仿佛空气都凝固了，安静得令人窒息。他说："没问题，局长，但我想，这回你错了。"

韦伯局长没有搭话，直到德加莫走出去，关上了门。

"一年半前的阿尔莫案子和今天的克里斯枪杀案是真的有联系？还是你知道是金斯利太太做的，故意放出的烟雾弹？"

"在克里斯被杀之前，二者之间就有关系。不过，这只是我的初步推测，也许仅仅是个结，但足够我好好推敲推敲。"我说。

"虽然我没有经手阿尔莫太太的案子，更不是首席检察官。"韦伯局长冷冰冰地说，"但这件事，我比你想的也许更深。昨天早上之前，你还不认识阿尔莫，不过这一天的时间里，相信你已经听到太多关于他的传闻。"

我承认我从阿德里安娜·弗罗姆塞特和格雷森夫妇那儿了解到一些。

"那你觉得是不是克里斯勒索了阿尔莫？从而引发了这场谋杀案？"

"算是一种可能。如果我连这种可能性都没想到，那我可以改行了。也许克里斯和阿尔莫根本不认识，或者是泛泛之交，也有可能他们的关系深不可测，但有一点我可以肯定，那就是他们俩从来没有说过话。如果说阿尔莫案子没什么'特别'之处，那为什么要刁难所有与案子相关的人？塔利被陷害酒驾，也许是巧合。我无意待在阿尔莫房子外，他就叫了警察，还有当我想第二次找克里斯时，他就死了，如果这都还是巧合，那今天，那两个等在塔利房外的警察，专程去找我麻烦，我想这绝对不是巧合。"

"我保证，这件事不会敷衍了事。要起诉他们吗？"韦伯局长说。

"人生苦短，我不想用来打官司，特别是和警察。"

他的身子往后缩了缩，"那就当长见识了，让它随风而去吧。据我所知，你进来没有登记，所以随时可以离开。我要是你，我就会把克里斯案和与阿尔莫案子相关的疑点，全部都扔给韦伯局长，让他去处理。"

"昨天，在靠近狮角的小鹿湖里，发现了一具女尸，死者是穆里尔·切斯。'全部'包括这件事吗？"我说。

他扬了扬眉，"这事儿也有联系？"

"也许你并不认识穆里尔·切斯，但你一定认识哈维兰德。阿尔莫太太死的那晚，正是她照顾她上床休息的，她是阿尔莫诊所的护士。如果这案子真有蹊跷，那她一定知道内情。后来她离开了这里，我想应该是被人收买了，或者被恐吓之类的。"

韦伯局长又折断了两根火柴，小眼睛直愣愣地看着我，一言不发。

"这样一来，真正的巧合就注定了。"我说，"这整件事中，我唯一相信的巧合。一年前，比尔在河滨市的一个酒吧遇见了哈维兰德，他们相爱并结婚，一起住到了小鹿湖。这小鹿湖的女主人正是金斯利太太，她与克里斯鬼混在一起，而克里斯是第一个发现阿尔莫太太尸体的人。是不是就像上天注定一样巧。总的来说，这一切似乎太巧妙了，它们似乎有关，又好像无关。"

韦伯局长起身去饮水机旁，喝了两杯水后，把纸杯捏成一团，扔进了旁边的金属垃圾桶。接着，他走到窗边，远望海湾。此刻还没开始灯火管制，所以码头上还有灯光在闪烁。

他踱回桌旁坐下，用手捏了捏鼻子，像在下一个什么决心。

"把一年半前的案子和现在这件枪杀案相提并论，我没觉得有任何意义。"他慢慢地说。

"好吧，那非常感谢你听我说了这么多。"我起身准备离开。

"你的腿还很痛吗？"当我弯腰揉腿的时候，他问道。

"是的，但已经好很多了。"

他像是在解释，声音很温和："警察这一行，就像做政治，需要最好的人才，却没有好的条件去吸引这些人才。那么只能用现有的人，就会发生这种事，也会出现很多问题。"

"这一点我一直都明白，所以我也不会抱怨，韦伯局长，晚安。"

"请稍等，"他说，"再坐会儿吧。如果想把整个案件弄清楚，就要把这些个案摊开来分析分析。"

"是该这么做了。"我重新坐了下来。

第二十八章　一只鞋

"也许有人觉得我们是骗子。有人杀了他老婆后，打电话过来：'警官你好，我这发生了一起小小的谋杀案，家里搞得乱七八糟。现在手上正有五百美元，不知道该怎么用。'我就会说：'你别动，维持原状，我带条毯子稍后就到。'"韦伯局长冷静地说。

"也许没有这么糟。"

"你找塔利做什么？"

"他受雇于弗罗伦斯·阿尔莫的父母,他应该知道一些内情,但从没反馈回去。"

"你觉得你能问到?"韦伯局长的语气充满了讽刺。

"至少试一下。"

"还是你觉得德加莫刁难了你,所以你想报复他?"

"也许有一点点这个原因。"

"塔利那个贼眉鼠眼的家伙,不止一次地勒索别人,你最好离他远点儿。你想知道的我能告诉你,他手上有一只从弗罗伦斯·阿尔莫脚上偷来的鞋。"韦伯局长鄙视地说道。

"鞋?"

他笑了笑,"是的。后来我们在他的屋里找到了。这只绿色天鹅绒的轻便舞鞋是在好莱坞专门定做的,那是家专门做舞台用鞋的店铺。舞鞋的鞋跟处,嵌着几粒小石头。你为什么不问一下我,一只舞鞋能说明什么问题?"

"那它能说明什么?局长。"

"她有两双一模一样的舞鞋,应该是同时定做来备用的。这好像并没有什么不合逻辑。可能怕鞋磨坏,或者是谁喝醉了,踩到了她的脚。"他停下来,笑了笑,"其中有一双,没有什么穿过的痕迹。"

"我大概懂了。"我说。

他手拍着椅子的扶手,身子往向仰,等我说下去。

"从屋子侧门到车库,那段路非常粗糙。如果她并不是走过去的,而是被人抱过去,然后再穿上那双几乎没有穿过的鞋。"

"然后呢?"

"克里斯跑去给医生打电话时,塔利正好留意到了这个。因此,他拿走了那只没穿过的鞋,用来证明弗罗伦斯·阿尔莫是被谋杀的。"

韦伯局长点了点头,说:"如果他没拿走它,等警方来发现,那就是一个证据,可他就那么无耻地拿走了。"

"有没有做过一氧化碳测试?用弗罗伦斯·阿尔莫的血液。"

"当然做过,"他一边说着,一边看着平放在桌上的双方,"她的血液里确实有一氧化碳,身上没有暴力的迹象。调查此案的警察意见相同,他们觉得阿尔莫太太就是自杀。我想,那次的调查似乎有点马虎,也许他们是错的。"

"那么当时是谁负责的?"

"你应该可以想到。"

"警察到现场,难道没有发现少了一只鞋吗?"

"警察到时,鞋还在。前面说了,克里斯打了电话后不久,阿尔莫就回来了,他比警察先到。所有关于那只失踪鞋的事,都是塔利告诉我们的。也许他是去屋里偷到的那只鞋,当时正好女佣在睡觉,侧门没锁。问题是他怎么可能知道屋里有一只没穿过的鞋呢?不过这种可能还是要考虑在内的。因为他非常狡猾,也很坏。虽然这么想,可我没有找到什么有力的证据来证实我的推测。"

我们四目对视,各自思考着事情的可能性。

"会不会是塔利和护士合谋,意图敲诈阿尔莫。似乎有理由相信他们会这么做,同时也有更多理由相信他们不会这样。对了,你怎么知道淹死的那个女人就是这个护士?"韦伯局长缓缓地说道。

"有两个原因。如果我们只看那一件事,是发现不了什么;如果把事情连起来,就能说明一些问题。几个星期前,有一个和德加莫酷似的粗鲁男人,拿着一张哈维兰德的照片,上山去找过她。照片里的女人很像穆里尔·切斯,除了发型和眉毛有细微区别。那里的人没有给他提供什么消息。他说他是好莱坞的警察,叫德·索托。后来我查了,警察局根本没有这个人。而穆里尔·切斯听到这个消息时,非常害怕。如果那个人正是德加莫,那一切都水落石出了。还有一个原因是,发现穆里尔·切斯死后,比尔被抓了起来。后来我在切斯家的糖盒子里,发现了一条带金心的脚链。在那颗心的背后刻着一行字:送给米尔德里德,一九三八年六月二十八日,一心一意爱你的阿尔。"

"也许是重名重姓。"

"我不相信你真的这么想,局长。"

他再次把身子往前凑了凑,手点了点空中,"你想表达什么?"

"克里斯的死、哈维兰德的死,应该都与阿尔莫的生意有关,而金斯利太太失踪,一定是她知道了一些内幕,吓到了。有可能她知情,有可能不知情。我的结论是,金斯利太太没有杀克里斯。如果我能证明这个,就可以拿到五百美元。所以,这值得我努力试一试。"

"当然了,我知道你的真正动机后,一定会帮助你。时间已经不多了,还没有那女人的消息,但是,我也不可能派我的手下去帮助你。"他点了点头。

"你把德加莫叫阿尔。我一直以为你是称呼阿尔莫医生,他叫阿尔伯特。"

"不,阿尔莫医生没有和她结过婚,但德加莫结过。我告诉你,那女人很厉害,德加莫对她言听计从,他身上的很多陋习都来自她。"韦伯局长说。

我一动不动坐在那儿,过了好一会儿,才又说道:"我好像看到了一些之前不明白的东西。这个女人怎么样?"

"很聪明,看起来也很温和,却不是什么好女人。她对制伏男人很有一套,能叫他们做任何事。如果有谁敢说她坏话,德加莫那个笨蛋一定会把对方的头给拧下来。后来,他们离了婚,但德加莫并没有放手。"

"她死了的事,他知道了吗?"

韦伯局长好像很认真地想了一下,才说:"看他的表现,应该是不知道,但如果真如你所说,就是一个人,他应该知道才对,不是吗?"

"据我所知,他上山并没有找到她。"我把身子往前靠了靠,"局长,你刚刚说的都是真的吧?没开玩笑?"

"绝对没有。有时,有的女人确实可以改变一个男人。另外,你要是以为德加莫上山是去找她麻烦,那就大错特错了。"

"我没那样想过。"我说,"德加莫对山上的情形不熟,所以基本可以排除这种可能。从目前掌握的情况来看,杀那个女人的凶手对那儿的情况应该很熟。"

"希望你能对今天的事保密,仅限我们俩知道。"

我点了点头后,道了句晚安,就离开了。韦伯局长神情哀伤地看着我走了出去。

此刻,我的克莱斯勒正停在警察局的停车场,钥匙插在车上,挡泥板也完好如初。看来,库尼并没有那样做。我开车回到好莱坞,到家已近午夜。

空荡荡的走道有电话在响。看得出来,那铃声很固执。当我离家越来越近,铃声越来越大。我打开门,确认是我的电话。

黑暗中,我穿过房间,到墙边的一张橡木书桌旁接起了电话。看这样子,在我接起前,这电话至少已经响了十下。

是金斯利先生。

"天哪,你到哪儿去了?我已经找了你很久了。"

"很抱歉。我刚回来。有什么事吗?"

"她有消息了。"

我深吸一口气,下意识地握紧了电话,"继续说。"

"我现在离你不远,大概五六分钟就到你家了,你做好行动的准备。"

说完,他挂上了电话。

我一动不动地站着,话筒仍然在我的耳朵和电话机之间,我慢慢挂上电话。我看着刚才握话筒的手,僵硬、半张半蜷曲,好像还握着话筒一般。

第二十九章　她出现了

大半夜的,门外响起了小心翼翼的敲门声。我打开门,穿着奶油色运动外套的金斯利出现在我的面前,他戴着一条黄绿相间的围巾。一顶暗红色的帽子盖住了额头,帽檐下的眼睛看起来很受伤。

和他一起过来的是阿德里安娜小姐。她穿着深绿色外套,下身是长裤配凉鞋。她没有戴帽子,头上闪着一些异样的光彩。她的耳环是一朵叠一朵的小栀子花,每边两朵。"吉尔兰恩"和她一起进了屋。

我轻轻关上门,请他们坐下,"喝点什么吗?"

阿德里安娜小姐坐到了一把有扶手的椅子里后,交叠着腿,目光开始到处搜寻香烟。找到后迅速点燃,姿态很夸张。接着,她抬头朝着天花板一角,茫然地笑着。

金斯利则很焦躁地站在屋子中间。我转到厨房,调了三杯酒,递给他们一人一杯后,自己端了一杯坐到了棋桌旁的椅子。

"你去做什么了?还有你的腿?怎么回事?"金斯利问道。

"被警察踢的。我想应该是湾城警局的例行服务。我被他们判为酒驾,进了监狱一趟。现在看你这样子,貌似我还得回去。"我说。

"我听不懂你的言下之意。"他简洁地说道,"一点都不懂!我没心思跟你开玩笑。"

"那就不开玩笑。她现在在哪儿?你知道了什么?"

他捧着酒坐下,然后从外套口袋里拿出了一个长长的信封。

"这是五百美元,我到一家俱乐部,用支票好不容易兑来的。你得把这个给她送去。本来她要得更多,但一时筹不到那么多钱。她现在必须出城去。"

"出城去?她要出哪座城?"

"当然是湾城。她现在就在那儿,但我不知道具体的地方。孔雀厅,你和她在那儿见面。"

我看了看阿德里安娜小姐。她依然看着天花板,仿佛这一切都和她无关,她只是出来兜风的。

金斯利把信封丢在了棋桌上,我看到是钱。我想,他刚刚讲的,有大半是成立的。我没动它，任那个褐色、纯金色镶框的信封就那么躺在那儿。

我说："她自己不是很有钱吗？为什么不用？大部分旅馆都可以把支票当现金收，或者直接兑现。她账户被冻结了？还是有别的原因？"

"别这么说，她应该是遇上麻烦了。"金斯利的语气很沉重，"让我纳闷的是，她怎么知道自己有麻烦，难道是警方已经下令抓她？会吗？"

我说不清楚，因为我一直忙于和那些活生生的警察过招，根本没空听警方的无线广播。

"之前可能会，但现在这个时候，她是不会去冒险兑换的。"他缓缓地抬起眼，用从未有过的空泛眼神看着我。

"好吧，我们谈这些也没有意义。至少我们知道她现在在湾城。你们通过话吗？"

"我没有，弗罗姆塞特接的电话。我们刚下班时，她打来办公室，当时韦伯局长正和我在一起。弗罗姆塞特就没有让她和我说话，她也没有留下电话号码，说自己稍后会再打。"

我盯着阿德里安娜小姐。她的目光终于从天花板移到了我的头顶，她的眼神空洞，看不出任何信息，像极了已经拉上的帘子。

"我们都不想和彼此通话。我猜，可能就是她枪杀了克里斯，韦伯局长也这么认为。"金斯利继续讲道。

"韦伯局长说的可未必就是他想的，那代表不了什么。我觉得事情有点不对劲，现在几乎没有人会听警察的短波了，那她是怎么知道有警察在找她呢。对了，她打回来后，又说了些什么？"

"我们就那么一直坐在办公室里等着，差不多六点半的时候，她打回来了。"金斯利说完，把头转向一边，"你讲讲细节。"

阿德里安娜小姐说，"我把电话转到他办公室后，他一言不发地就坐在我旁边。金斯利太太就说把钱送到'孔雀厅'，问我让谁送去。"

"她的声音听起来，有没有点害怕的感觉？"

"完全没有。她像冰一样冷静，精心策划好了一切。她似乎早就猜到德雷斯，呃，金斯利先生不会亲自送去，还有送钱去的人她可能不认识。"

"你就叫他德雷斯吧，我知道你在说谁。"

"她说，每个钟头的第一个十五分钟，她就去一趟孔雀厅。我想，德雷斯可能会请你去，所以便简单地跟她形容了你的特征。另外，我说让你戴上德雷斯的围巾，这样会更显眼一些。因为他常常在办公室留一些衣物。这样，你们应该就可以顺利地碰头了。"

我想她说的对。那围巾确实很显眼，蛋黄色的底，上面有深绿色的腰果图案。我可以想象我戴上它的样子，完全就像是推着一辆红、白、蓝的手推车走了进去。还有比这更显眼的吗？

"她考虑得很周到，对于一个呆瓜型的脑袋来说。"我说。

"现在不是开玩笑的时候。"金斯利的语气很严厉。

"你刚刚已经说过这句话了。"我说，"让我拿钱去给一个逃犯，是什么让你觉得我会同意呢？你还挺不客气的！"

他有些尴尬地挤出了一丝微笑，一只手则在膝盖上扭来扭去，"我承认，我有些过分。那你愿意去吗？"

"我们三个把事情摊开，就是共犯。但她的丈夫和他工作上的秘书，找一些恰当的理由为自己开脱，是说得过去的。而我做的，他们是不会手下留情的。"

"我会加倍补偿你。再说，如果不是她做的，也就谈不上共犯了。"

"我是这么认为的,否则,我也不会坐这跟你扯这些。还有,如果有什么蛛丝马迹让我觉得就是她做的,我就会直接把她送到警察局。"

"她不会告诉你任何事。"

我从桌上拿起信封,"她想要这个,所以她会。"我抬手看了看表,"要是现在立刻出发,应该可以赴一点十五分的约。时间已经过去了几个小时,或许酒吧有人记得她。这算是个好消息。"

阿德里安娜补充了一句:"她的头发现在是深褐色,希望对你有帮助。"

"这样我也不可能认为她仅仅是个无辜的客人。"我把酒喝完后,站起了身。金斯利也一口喝掉了杯中的酒,然后起身解下围巾,递给了我。

"你做什么了,为什么会被警方揍了?"

"之前,弗罗姆塞特小姐好心给我提供了一些线索,于是,我去找塔利,他曾受雇阿尔莫太太的父母,经手过阿尔莫太太的案子。结果,警察早就在那等我了,然后我就进了牢房。"我看了看阿德里安娜小姐,"你可以详细给他讲讲事情的经过,我现在没时间了。你们在这儿等?还是跟我一起走?"

"我们一起回我家,等你的消息。"金斯利回答。

"不,我今天太累了。我要回家休息,德雷斯。"阿德里安娜打了个大大的哈欠,说道。

"不行,你得和我一起,得看着我,以免我疯掉。"他的语气清晰有力。

"弗罗姆塞特小姐,你住在哪儿?"我随口一问。

"有什么事吗?我住在日落大道的布莱森大厦,716号。"她怀疑地眼光看着我。

"也许哪天我想去拜访你。"

此刻的金斯利眼神依然像头病兽,脸色也像刚受过刺激后的惨白。我把围巾绕到脖子上后,去厨房关灯。等我回来时,金斯利揽着她的腰正站在门口,她看起来很累,也很烦。

"其实,我真的希望——"他快速向前迈出一步,回身和我握手,"马洛,你真是个可靠的人。"

"快走吧,"我说,"快走,走得越远越好。"

他用奇怪的眼神看了我一眼后,就与她相携着离开了。

我又等了一会儿,直到电梯上下两回后,我才再次出门,走楼梯到了地下车库,叫醒我的克莱斯勒,一起出发了。

第三十章　相约孔雀厅

"孔雀厅"有一面玻璃墙,一只彩色玻璃孔雀嵌在上面,此刻它散发出柔和的光。它是个临街酒吧,又窄又小。旁边是家礼品店,礼品店的窗户上放着一盘水晶动物,映着街灯,亮闪闪的。我进门,绕过一个中国式屏风,观察了一下吧台四周,然后挑了一个视线向外的位置坐下。整个酒吧都是琥珀色的灯光,中国红的皮革,卡座里还有塑胶桌子。不远处,有四个大兵围坐在一起,正悄无声息地喝着闷酒,一副无聊至极的样子。他们对面那桌,坐着两个女孩和两个纨绔子弟,大声嬉闹着。也许,其中一个就是难觅芳踪的克里斯特尔。

一个枯瘦的侍者走了过来，天哪，他的眼睛看起来很邪恶，脸像被啃过似的。他在我面前放了一杯鸡尾酒和一张印有孔雀的餐巾纸。我轻啜了一口后，看了看那琥珀色的钟，刚过了一点十五分。

突然，两男两女中的一个男的站了起来，大步向门口走去。"为什么要这样侮辱人？"另一个男人质问道。

"侮辱？你可真会聊天！你怎么不说他跟我提无理要求呢。"一个女孩说。

"那也不用侮辱人吧？"男人的语气充斥着责怪。

一个大兵冷不丁地大笑了起来，随即他用手一抹脸，笑容又消失不见了，他开始大口喝酒。我揉了揉仍然肿痛的膝盖窝，已没有麻木感了。

这时，一个墨西哥男孩走了进来，白白的脸，又大又黑的眼睛，慌慌张张地拿着报纸正沿着卡座叫卖，希望在被赶出去之前，能卖出去几份。我买了一份，想看看是否有新的谋杀案，结果是没有。

我折起报纸时，正好瞧见一个身材苗条的女子不知从哪冒了出来，褐发、黄衬衫、黑裤、长灰外套，她经过我的卡座，却看也没看我一眼。我在想，这张脸似乎有点似曾相识，或者仅仅是我想象过多次的纤瘦、冷艳的标准模型。她绕过屏风，出了大门。大约过了两分钟，卖早报的墨西哥男孩回来了，他看了看酒保后，紧张地跑到了我身边。

"先生，你好。"哀伤的大眼睛亮晶晶的，一边说话，一边做了个打招呼的手势，然后，又慌慌张张地跑了出去。

我喝完剩下的酒后，随他走了出去。刚才看到的那个女子正站在礼品店前，望着窗户。我走过去，站在她身边。

她看看我。她的脸色很疲倦，也很苍白，比深褐色还深的头发。接着，她看向远处，"请给我钱。"她对着窗户说话，气呼在玻璃上，形成了雾气。

"你是谁？"

"这个你有答案。你拿来了多少钱？"

"五百美元。"

"这么少？完全不够。请给我吧，我都等急了。"

"有什么地方可以让我们聊聊？"

"不用聊。你把钱给我，就赶紧走！"

"你想得太简单了。我冒险来见你，必须要知道发生了什么。"

"混蛋，他怎么不来？"她的语气很刻薄，"我没什么和你聊的，我要赶快离开！"

"你从没想过让他来，甚至你根本不让他和你通话。"

"是的。"她点了点头。

"你必须跟我聊聊。我是一位私家侦探，可没有他那么好对付，我得保护我自己。现在，不管是对我，还是对于法律，你都没有第二条路可以选择。"

"哼，有意思，找了个私家侦探过来。"她冷笑道。

"他在职责范围内竭尽所能。要知道，对于他来说，怎么做，都是件难事。"

"你想了解什么？"

"关于你。这么久去哪儿了，做什么了，接下来，想做什么。这些鸡毛蒜皮的小事，举足轻重。"

她呼出的气在橱窗玻璃上形成了雾，等雾消散后，她才再次开了口。

"我觉得你把钱给我,我自己把事情解决了更好。"她似乎不想多聊,冷冰冰地说道。

"绝对不行!"

她气愤地瞥了我一眼,耸了耸肩。

"那好。我住在第八街向北两个街口的618号房。如果你非得这样的话,请给我十分钟时间,我自己走回去。"

"可以坐我车。"

"我自己走。"说完,她就转身离开了。

她走到街角后,穿到了大路的另一边,然后沿着一排胡椒树继续走,直到看不见她的踪影,我才上车,等了十分钟后,向她家开去。

一栋很丑的灰色公寓,入口的玻璃门与街道正好平行。我转过街角,就看到了奶白色的"车库"两字。在一条隆起的水泥路后,是一片塑胶味的死寂,车子一排一排地停在那。我刚停好车,就从玻璃房走出一个瘦高男人,走到了我车边。

"我上楼找人,短暂停一下,要多少钱?"

"现在很晚了,先生。你的车也需要好好洗洗。给一块钱吧。"他斜眼瞄了我一眼。

"多少?"

"一块。"他黑着脸说。

我下车后给了他一块钱,他递给我了一张票。没等我问,他就告诉我玻璃房后就是电梯,在男厕旁边。

我乘电梯到六楼后,找到了相应的门号码,没有动静,倒是闻到了从走廊尽头吹来的浓浓海滩气息。看起来这个地方应该住了些快乐女郎,难怪刚刚那男人收了我一块。眼光不错啊,小家伙。

走到618号门口,我观察了一下周围的动静后,才轻轻地敲了敲门。

第三十一章　杀人灭口

她站在门后,还是那件灰上衣。我经过她,进入到一间正方形的屋子。屋里窗户是开着的,仅有几件简单的家具,两张折叠单人床挂在墙上。靠窗有个茶几,上面的台灯发出昏黄的灯光。

"坐下说话吧。"她说。

她关上门后,坐到了一张沉甸甸的摇椅上。我则选择了一张厚实的沙发。沙发一端挂着一面布帘,深绿色的,我猜应该是通往盥洗间和更衣室的;另一端有一扇门,紧闭着,应该是厨房。房间的布局大概就是这样了。

那女人仰躺在椅子里,两腿交叉放着,她的眉毛很细,头发是棕色的,乌亮的睫毛下,一双眼睛正直愣愣地看着我。她的脸看起来很安静,也很神秘,看样子,她对自己的表情很吝啬。

"现在的你,和别人告诉我的你,不太一样。"我说,"当然,我指的是你丈夫,金斯利先生。"

她抿了抿嘴唇,没有接话。

"克里斯也是。看来每个人对每件事的看法都不尽相同。"我继续说。

"我没空跟你闲扯,直接说重点吧!"

"他雇我来找你。我也一直在这么做，你心里应该清楚。"

"是的，他那个小蜜在电话里提到了这事。说来的人应该是马洛，还提到了围巾。"

我取下围巾放到了口袋里，说："所以，我对你的行踪有所了解。你把车丢在了普雷斯科特旅馆，并在那和克里斯见过面，然后你坐火车去了埃尔帕索，发了封电报回来。当时你怎么想的？"

"我只想要钱，我怎么做、怎么想跟你毫无关系！"

"重点是你要不要这钱。"

"好吧。本来我想和他结婚，也确实去了埃尔帕索。你看见电报了？"她的声音里满是疲惫。

"看到了。"

"后来，我反悔了，便叫他自己回来，他很生气，发了火。"

"他就自己回来了？"

"是的，不然呢？"

"接着，你又去了哪儿？做了什么？"

"分别在圣塔巴巴拉和帕萨迪纳各待了一个星期，然后去了好莱坞，接着回到这儿。"

"你一个人？"

"是的。"她似乎犹豫了一下。

"你刚刚说的这些行程中，克里斯有和你一起过吗？"

"他离开后，就没有了。"

"你到底在想什么？"

"什么意思？"她的声音变得尖锐。

"你杳无音讯地离开这么久，你不觉得他会担心吗？"

"你说金斯利啊，这个我还真没想过呢。"她的声音冷冰冰地，"我电报里说了我在墨西哥，他应该也那么认为吧？我这么做，是因为我的生命遇到了一个结，一个死结，我必须好好想一些事，所以我自己单独去，就是为了把事情理清楚。"

"之前你已经在小鹿湖理了一个月了，根本没有任何结果，不是吗？"

她看了看自己的鞋，又看了看我，点了点头。那蓬松的卷发顺脸滑落了下来，她抬起左手往后捋了捋，然后用手指按揉太阳穴。

"我想，也许我需要个新环境。"她说，"一个没人认识、能让我安静生活的地方，不一定要有趣。好比饭店之类的。"

"现在这样，你过得好吗？"

"不太好，但我是不会回他那儿的，他怎么想，希望我回去吗？"

"他没说。你为什么来这儿？来克里斯住的地方。"

她一边轻轻咬着指关节，一边看着我。

"他让我心里很乱，我想再见他一面。虽然我已经不爱他了，更不会和他结婚，但还是有些难以释怀。合理吗？"

"部分合理。据我所知，你一向我行我素，你离开家，住在寒酸的旅馆里，是不合理的。"

"我必须……自己一个人把事理清楚。"她有些急了，又咬起了自己的手，"你把钱给我，就赶紧离开吧，好吗？"

"完全没问题，告诉我，你为什么离开小鹿湖？跟穆里尔·切斯有关吗？"

听到这话，她惊了一下，表情很做作，跟装的一样，"为什么这么说？冷冰冰的小……我会跟她有什么瓜葛？"

"我以为你和她吵了一架，因为比尔·切斯。"

"比尔·切斯？为什么？"她表现更震惊了，或者说她被这突如其来的说法吓到了。

"他说你勾引了他。"

她仰头冷笑了一声，"哈，那蓬头跣足的酒鬼？"她板起了脸，"到底怎么回事？这么离谱？"

"是的，他或许是个酒鬼。但现在，他被警方抓起来了，因为在湖里发现了他太太的尸体，大约一个月了。"

她舔了舔嘴唇后，把头转过来，紧紧盯着我。此刻，房间真是太安静了，我清晰地嗅到太平洋吹过来的海风。

"这很正常。他们总是吵架，结局也就这样了。"她若有所思地慢慢说道，"你是觉得我的离开与这件事有关吗？"

"不排除这种可能。"我点了点头。

"完全没可能。"她一边摇着头，一边认真地说，"刚刚我已经说了事情经过。"

"穆里尔死在湖里的这件事，应该对你没什么好处吧？"

"她很孤僻，我几乎不怎么认识她。"她说，"毕竟——"

"那你一定不知道她曾在阿尔莫诊所工作。"

她看起来很困惑，缓缓地说，"是的，我从没去过他诊所。只是很久以前，他出诊来过我家几次，我——你到底想表达什么？"

"她之前是阿尔莫诊所的护士，真正的名字叫米尔德里德·哈维兰德。"

"太巧了。"她很惊讶，"我只知道他们是在河滨市遇见的，不知道她具体来自哪里，之前是做什么的。哦？即使她是阿尔莫诊所的护士，那也说明不了什么，不是吗？"

"是的，仅仅是个巧合。这就是我必须要找你聊聊的原因。你的离开，穆里尔的溺亡，而她就是哈维兰德，这之间的种种好像都与阿尔莫医生、克里斯有关，只是关联方式不同罢了。还有，克里斯住在阿尔莫的对面。克里斯和穆里尔好像是在别的地方认识的？"

她咬了咬嘴唇，像是终于下定决心一般，开了口："在山上时，克里斯见到穆里尔，就像是第一次见面一般。"

"他就是这么能装的人。"

"也不一定，我觉得克里斯应该不认识阿尔莫医生，虽然他认识阿尔莫太太。所以，他可能真的不认识诊所的护士。"

"好了，我们没有必要争论这个，你心里很清楚我为什么找你谈。现在我就给你钱。"一边说，我一边把信封拿出来放在了她的膝盖上，她没任何反应，我又坐了回来。

"你的角色扮演很成功。大家都以为你是一个既冲动又不懂事，还很笨的女人，实际上呢，你是内心刻薄，充满怨恨，外表装无辜。"

她拧紧眉毛盯着我，嘴角露出一丝笑意。然后她拿起膝盖上的信封放到了身边的桌子上，目光从未离开过我。

"法尔布鲁太太你也演得不错。"我说，"只是现在回头想想，还是有些破绽的，但当时你确实唬住我了。那顶紫色的帽子，应该是戴在金发上的，而不是乱蓬蓬的褐发；那妆容，简直就是一个手臂扭伤的人画出来的。还有，当时你把枪放我手上的模样，哈，我简直呆若木鸡。"

她把手插进了深深的上衣口袋，轻声窃笑着，还用鞋跟敲打着地面。

"可你回去干什么？大白天的，冒那么大风险。"

"所以，你觉得是我杀了克里斯，对吗？"

"我确定就是这样。"

"你就想知道我为什么回去？"

"也没有那么想知道。"

她笑了，声音很尖锐，"他拿光了我所有的钱，包括身上的零钱，所以我要回去。我熟知他的生活习性，一点也不觉得冒险，或者说更加安全。我回去可以帮他拿拿牛奶，取取报纸。一般来说，人们遇到这种情况都会惊慌失措，但我一点也不，我觉得保持冷静会安全得多。"

"我知道了，其实你在前一天晚上，他正在刮胡子时就已经把他杀了。哈，我早该想到这点了。不过这无关紧要。一般胡子浓密，又有女朋友的男人都会在前一天晚上刮胡子，对吧？"

"应该有这样的说法。"她爽快地说道，"所以，你现在想怎么办？"

"把你交给警察局。不然呢？你真是我见过最冷血的小贱人。"我说。

"也不一定吧。你知道我为什么把空枪给你吗？"她声音很轻快，"因为还有另外一把放在我包里，就像这把。"

她迅速拿出右手，用枪对准了我。

我笑了，虽然不那么真诚。

"这场景我一直都不喜欢。"我说，"哈，侦探遇上凶手，凶手说出所有真相，最后拔枪相向，把他给杀了，但事实上，即使真的那样做了，也浪费了太多逃跑的时间，而且，凶手从来就没能如愿以偿地把侦探给杀死过，中间总会横生枝节，阻止了事情的发生。我想，也许是上帝也不喜欢这场景，所以千方百计地破坏它吧。"

"但这一次，如果我们和以往不一样，"她一边柔和地说，一边起身向我这边靠近，"比如我并没说出真相，中间也没发生什么，那结局是不是不一样呢？"

"我也不喜欢这种情景。"

"你看起来一点也不害怕。"她慢慢地舔了舔嘴唇，继续走过来。

"我不怕，"我想我在说谎，"窗户还开着，而且夜深人静，枪声一定会很响。从这儿到街上还很远，并且你并不擅长用枪，我没记错的话，你打克里斯时就失手了三次，所以，你未必能打到我。"

"你站起来。"

我听话地照做。

"这一次我会靠你很近，就不会失手了。"她的枪抵住了我的胸口，"就好像这样，一定不会射不中的，你说对吧。站直，不准动，举起手来！你别乱动，否则我怕我一紧张，枪就走火了。"

我举起手，低头看着枪，我感觉到自己的舌头已经硬了，但勉强还能动。

她用左手搜了我的身，没发现枪，她放下手来，咬紧嘴唇瞪着我，像在思考什么。"请你转身！"这语气像极了裁缝量尺寸。

"你做事总是这么粗心。不得不说，你对枪真的没什么研究，你现在距离我太近了。还有一个老问题——你又忘了开保险。"

两件事她一起进行，后退一步、开保险，不过她的目光却是一直盯着我的。简简单单的两件事本来只需要一秒钟就可以搞定，但她似乎不喜欢我给她意见，不喜欢别人驾驭她的思想，所以，她分心了。

我猛地伸出右手，把她拽向我，她的喉咙里似乎发出了窒息声。我用左手使劲打她的右手，枪飞落到了地上。她的头在我胸前拼命扭动，想要寻找机会尖叫。

她试图用脚踢我，这让本来就站立不稳的她更加难以保持平衡，很快就摔倒在地。她用手来抓我，我顺势将她的手扭到了她身后。我见识到了，她力气很大，但我比她更强壮，她也意识到了这点。于是，她不再用力，而是把脚一缩，全身重量都集中在了我搂着她的那只手上，这样我是肯定撑不住的，我的身子顺着她的身体往下弯。

在沙发旁的地毯上，我们扭打在一起，发出沉重的喘息声，我想此刻，即使地板裂了，我可能也听不到。我听到窗帘环扯动的尖锐声响，但我并没有时间多想，或者去确定。突然，一个身材高大的男人身影出现在了我的左后方，我没看到具体的面目，只知道他在那儿。

我眼冒金星，此后，就什么也不知道了。甚至我不记得自己有没有被他击中，记忆里只有金星和黑暗，然后是恶心、彻底的黑暗。

第三十二章　替罪羊

我仿佛闻到了杜松子酒味，但这次和那些平常的寒冷冬天，我起床喝了四五杯后的感觉截然不同：我像是掉进了一个纯杜松子酒的太平洋，我的眉毛、头发、下巴上下、衬衫上，全都是杜松子酒味，像极了一只死蛤蟆。

我的外套被脱了，正躺在长沙发前的地毯上，一幅画正好出现在我的视线里。那幅画上，有像巍峨的拱桥一般的浅黄色高架铁路，一个正拉着深蓝色普鲁士列车的黑色车头正准备穿过拱门。透过拱门，呈现在眼前的是一片金黄色的沙滩，上面还有伸开四肢晒太阳的人、花色漂亮的海滩伞。除此之外，还有三个分别撑着粉红、草绿色、淡蓝色阳伞的少女迎面走来。沙滩的那头，蜿蜒着令所有海滩失色的湛蓝海湾。耀眼的阳光照耀着蓝蓝的海水，还有那弯弯白帆点缀其间。远处的陆地上，还有金黄、淡紫、土褐三座小山丘。这幅画的画框是用廉价的软木做成的，上面漆了亮光漆。

画的下方有一行字：从蓝色列车眺望法国海岸

哈！看到这个，心情好了一些。

我用力撑起身子，感觉脑袋昏昏沉沉的，紧接着，一阵钻心的疼痛袭来，我不由得呻吟开来，但由于男人与职业的自尊心作祟，呻吟转换成了低吼，同时我意识到我应该看看周围的情况。我慢慢转过身，发现之前挂在墙上的两张单人床，有一张被放了下来，另一张保持原状。那上过油漆的木头上有俗气的图案，很眼熟。这幅画的位置就在长沙发上方，我却一点印象也没有。

我刚想翻身，就从我胸部滚下了一瓶方形的杜松子酒，掉在了地上。空空如也的酒瓶是白色透明的，我百思不得其解，这瓶子怎么可能装下那么多酒。

我双手撑着地，像只贪婪的狗一样跪在那儿，使劲嗅着。我试着转了一下头，疼；再转了一下，依然很疼。我小心翼翼地爬起身来，发现自己居然光着脚。

我的鞋正在墙根处睡觉。我费力地穿着鞋，像极了一个老人终于走完了一段长坡路。我下意识地动了动嘴，嗯，幸好我的牙还在，不过并没有杜松子酒的味儿。

"总有一天，你一定会有报应的。"我说，"我想，你不会喜欢那种场面。"

开着的窗户旁有张桌子，桌子上有盏灯，绿色沙发，绿色门帘。不要对着门帘坐，那方位不好，容易发生命案。好熟悉的场景，我跟谁说过这些？是一个女人，深褐色头发且脸庞清秀的女人，对，她原来是金发。

我开始找寻她的踪迹。她还在，在那单人床上。

她头发很乱，嘴巴张开着，舌头吐在嘴外；眼睛又鼓又胀，眼白已经不白了；脖子上有明显的紫色瘀伤；浑身上下，只穿了一双深色长袜。

不止如此，她肚皮上，还有四条深深的抓痕，血淋淋的。这是有多深的仇恨才抓得出来呀！

长椅里堆着很多衣物，乱七八糟的。除了她的衣服，我的也在里面，我赶紧翻出来穿在身上。在翻的同时，有硬乎乎的东西在簌簌作响，我拿起来一看，原来是那个装着钱的信封。我把它放进了自己的口袋，这五百美元希望没被动过，马洛，这算是稍感安慰吧。

我踮起脚，忍着疼轻轻走了几步后，便弯下身揉揉膝盖后侧，边揉边想，膝盖和头到底哪儿更疼。

沉重的脚步声、低语声从走廊传来。脚步停下后，响起了重重的捶门声。

我看着那扇门，屏息以待地站在那儿，等着有人开门进来。但门锁被扭了一下后，门并没有开。接着，又是一阵敲门声，然后停下来了。一阵低语声后，离开的脚步越来越远。我在估算，从这儿去找经理拿钥匙大概需要多久？应该几分钟吧。

对于我来说，从法国海岸回家是不现实的。

我大步过去拉开绿色门帘，是一条黑暗通道，尽头是一间浴室。我过去打开灯，地上放着两块垫子，浴缸边还有一块。在浴缸的一角，有一扇没有窗帘的玻璃窗。我站上浴缸，用力推开窗户，我清楚记得，这是六楼。我试着把头探出去，伸手不见五指，黑漆漆一片，除了植着树木的街道隐约可见。我再左右侧头，看了看两边，惊喜地发现从这儿到隔壁的浴室窗户竟不足三英尺。即使是头肥羊，也可以爬得过去。

那么问题来了，刚刚挨过打的马洛可以办到吗？如果能，又将是什么在等待着他呢？

身后，传来模糊不清的叫喊声，大概是警察，"快开门，不然就冲进去了！"这种话真是让人啼笑皆非。他们怎么可能用脚来踢门呢，那是很疼的，可能也只有他们的脚，能让他们那么在意了。

我快速从架子上扯了条毛巾，卸下了两片玻璃，小心翼翼地钻出去，站在了窗台上。然后，紧紧抓住窗框，把半个身子荡到了隔壁窗台上。此刻，如果那窗户没锁，我就可以用力把它拉开。但它被紧锁着，我只好尽量瞄准窗钩旁的那块玻璃，然后一脚踢了过去。"砰"的一声，也许雷诺市都可以听到。我用裹住毛巾的左手去开窗钩。就在这时，下面街道正有汽车经过，但没人朝我吼叫。

我拼尽全力推开踢破的窗户，爬了进去，同时，毛巾在黑暗中飘下，落到了两幢公寓间的狭长草地上。

就这样，我进到了另一间浴室。

第三十三章　性杀手

我没入一片黑暗之中，四处摸索着，终于找到了一扇门，打开，仔细听了听。此时，窗外有月光洒进来，照亮了这间卧室。房间很整齐，两张单人床都是空的，不过与隔壁的折叠床不同，这间屋子相对大一些。我经过床边和一道门后，进入了客厅。这两个房间的窗户都紧闭着，所以屋里充斥着一股霉味。我继续摸索，终于找到了一盏灯，打开。我用手摸了摸桌子的边缘，有薄薄的一层灰，看来这间房子已经封闭了一段时间。

房间里放着一台收音机、一张桌子；还有一个书架，一个装了全是小说的大书柜，连封套都还在；还有一个高脚柜，上面放着一只铜盘，里面盛着四只倒扣的玻璃杯和一瓶酒。再旁边，是一个银质的相框，显年轻的中年男人和女人，眼睛里带着笑意，似乎在对我说，不介意我来这里。

我把酒拿过来闻了闻，是苏格兰威士忌。我试着喝了一点，瞬间，我的头更疼了，但其他地方似乎舒服了些。我走到卧室，打开灯，翻了翻衣橱，里面全是定做的男人衣服，很多。从一件大衣的口袋上，我知道了它的主人名字叫H.C.塔尔博特。我在里面找了件淡蓝色衬衫，拿着进了浴室。我脱光自己，把脸和胸前好好洗了洗，然后用湿毛巾擦擦头发，穿上了衣服。我用了他太多的整型发蜡，然后把头发梳得整整齐齐。此刻，我好像再也没有闻到什么杜松子酒味儿。

显然，这件衬衫对来我说有点小，最上面的扣子根本扣不上。于是，我又去衣柜里找了条深蓝色领带打上。接着，我穿上自己的外套，照了照镜子。在这深夜，这身打扮似乎太整齐了些。就算是与细心的塔尔博特相比，也太整齐、太显眼了。

我故意松了松领带，把头发弄乱了些，然后回头去找那瓶酒，我想，此刻应该不要那么清醒会比较好。我点燃了一根烟，希望无论塔尔博特现在何处，都过得比我好。同时，我也祈祷，希望自己能活着，有一天能回来看望他们，感谢他们。

我走到门前把门打开，故作镇静地靠在那儿吸烟。我心里当然知道这可能没用，但再怎么样也比他们从窗户那儿追过来好吧。

大厅那头，正有人在咳嗽。我探出头去，他看到我后走了过来。这个身穿警察制服的男人看起来短小精悍，眼睛有点发黄，头发是红色的。

我懒洋洋地打了个哈欠，问："警察先生，有事吗？"

他认真地看着我，"你的隔壁出事了，你听到什么动静了吗？"

"我刚刚回来，只听到了敲门声。"

"你回来得太晚了。"

"还好。"我说，"隔壁出事了？怎么了？"

"是一个女人。你们认识吗？"

"应该见过。"

"或许你该去看看……"他使劲鼓起眼睛，然后用手卡住自己的喉咙，发出一些难受的声音，"就是这样，你真的什么都没听到吗？"

"是的，我只听到了敲门的声音。"

"你的名字是？"

"我叫塔尔博特。"

"请稍等，塔尔博特先生，就在这里稍等一下。"

说完，他就沿走廊下去，探身进了一扇门，同时有灯光泻出来，"警官，隔壁的人在外面。"一个高大的男人从大厅那头望着我，天哪，土黄色的头发，蓝蓝的眼睛，是德加莫。这也太巧了！

德加莫漠然地看着我，一点也没有惊讶的神情。他冷静地走过来，把我往里推，在离门大约六英尺时，他回头叫小个子，"快进来，把门关上。"

小个子警察听话地照做了。

"演得不错啊，"德加莫说，"矮子，快用枪顶着他。"

小警察掏出他那把点三八手枪，像拿手电筒似的紧紧握在手里。他还紧张地舔了舔嘴唇。

"警官，你是怎么看出来的？"他轻声问道，还兴奋地吹了一声口哨。

"看出什么？"德加莫在回答他，眼睛却盯着我，"你现在打算做什么，伙计——穿这么好，是准备下楼去买份报纸——看看上面有没有她被杀的消息吗？"

"天哪，原来他就是性犯罪杀人的凶手，脱光女人的衣服，然后掐死她。警官，你太厉害了，一眼就确定了？"

德加莫没有回答他的问题，只是面无表情地前后移动着脚跟，目光很冷。

突然，矮子大叫道："是的，他确实就是杀人犯。警官你看，壁炉上的钟根本就没有走，书架上有灰尘，还有这房间明显很久没有通风了。他应该是从——警察，可以让我进去查看一下吗？"

说完，他就跑进了卧室。我听到他走来走去的声音。德加莫则木然地站在原处。

矮子回来了，"浴缸里有很多碎玻璃，他确实是从浴室的窗户爬过来的。警官，你还记得我们进那房间时，扑鼻而来的杜松子酒味吗？这有件衬衫，跟在杜松子酒里面泡过的一样。"

他抖了抖衬衫，立刻散发出了强烈的酒味儿。德加莫大步走上前来，拨开我的外套，看我里面穿的是什么。

"我知道他怎么做的，他一定是偷了这家主人的衬衫。"矮子说，"你猜到了，对吗？"

"是的。"德加莫松开了我。他们对话的口气，就好像我是块木头一般。

"矮子，搜搜身。"

矮子摸遍了我全身，"什么也没有。"

"我们从后门离开。"德加莫说，"这次，是我们找到的。如果我们能在韦伯局长之前搞定，他就什么也找不到了。"

"可是这不是你的案子，而且，听说你现在已经被停职了？"矮子矛盾地说。

"即使我被停职，我还能损失什么呢？"德加莫说。

"你是不会，但我会因此丢掉饭碗。"

德加莫很生气地看着小警察。此刻，他涨红了脸，神情很不安。

"那好吧，你去报告韦伯局长吧。"

小警察舔了舔嘴唇，像是下定决心一般："警官，你说怎么做，我听你的。我可以不知道你被停职的事。"

"我们俩把他带走。"

"没问题。"

德加莫的手指碰了碰我的下巴："性杀手，哼，真他妈的可怕。"他朝我浅浅一笑，声音很平静。

第三十四章　一条围巾

我们朝618号房相反的方向走去。敞开的门里，有灯光泻出来。两个正吸着烟的便衣站在门口，用手圈护着烟，似乎怕有风吹来一般。公寓里，有争吵的声音传来。

经过走廊拐角处，我们来到了电梯口。德加莫打开了旁边的防火梯门，我们顺着那水泥台阶，一层层往下走去，耳边有脚步的回音传来。到了底层，德加莫若有所思地手握门钮，认真听了听后，回头问我："你车在哪儿？"

"放在地下停车场。"

"漂亮。"

我们继续往下，到了地下室，阴森森的。我把存车卡交给了那个瘦高男人，他一言不发，一边偷瞄着小个子的警察制服，一边指了指我的克莱斯勒。

我们上了车。德加莫坐了驾驶座，我坐副驾驶，小个子只好坐到了后面。我们驶上斜坡，没入了潮湿寒冷的夜里。几个路口外，有一辆闪着两盏红灯的大车迎面而来。

德加莫把车转了方向，朝窗外吐了一口，"是韦伯，他总是姗姗来迟。我们这算是从他鼻子下溜走了，矮子。"

"警官，我不喜欢这样玩，真的。"

"小子，提点精神！说不准哪天你就来凶案组了呢。"

"我只希望能稳稳妥妥地穿着这身警服。"看来他刚刚的那点勇气已经消失殆尽了。

十个街区过去了，车速终于慢了下来，"警官，我想你很清楚你要做什么，这不是去警局的路。"矮子的语气里充满了不安。

"我从来都没说回警局，不是吗？"德加莫说。

他减速，慢慢拐进了一条满是住宅区的街道。一模一样的小草坪后是千篇一律的小房子。德加莫轻轻踩住了刹车，让车开始慢慢滑行，最后停在了街区的中段。接着，他把手搭在了座椅背后，看向矮子。

"你觉得他是凶手？"

"我不确定。"矮子有点紧张地回答道。

"带手电筒了吗？"

"没带。"

"靠左手边的小柜子里放着一支。"我说。

矮子摸索了一会儿，找到后，打开了它，一束白光射了出来。德加莫吩咐道："你仔细看看他的后脑勺。"

光束移到了我的脑后，停下来。我听到矮子的呼吸声，脖子也能清晰感受到他的气息。不知是什么东西碰到了我的肿包，我疼得哼了一声。随后，手电筒灭了，黑暗再次涌了进来。

"他好像被狠狠打了一棍。我想不明白了，警官。"

"虽然不太明显，但那女人后脑确实有个印记，可以证明她也被打了一棍。"德加莫说，"被打晕后，脱光她的衣服，在她肚子上狠狠抓上几道，这时的伤口才会渗出血来，最后把她勒死。整个过程都悄无声息，为什么要这么做？还有公寓里根本没电话，那到底是谁？他怎么报的案，矮子？"

"我怎么知道？柜台说，有人打电话报案，说618号房有女人被杀了。报案人的声音很低沉，像装出来的，也没有留下任何联系方式。当你进来时，我们的韦伯局长还在找摄影师呢。"

"如果是你做的，你会怎么离开那儿？"德加莫问。

"直接走出去啊。为什么不呢？"矮子突然朝我吼道，"你为什么不直接若无其事地走出去？"

我没搭理他。德加莫继续说："我想，你是不会从六楼高的窗户爬出去，打破隔壁的浴室窗户，然后钻进一间不但你完全陌生、可能还有人正在睡觉的房间里，你说对吗？也不可能装成屋子的主人，浪费时间去报警，对吧？如果没人知道，那女人可能在那儿躺一个星期，或者更久，为什么不趁这个机会赶紧逃走呢？"

矮子说："如果是我，肯定不会自己报警的。但你也知道，性罪犯和平常人不一样，他们做事总是很奇怪。也许他们是两个人，然后另一个把他打晕，让他留在那儿，去承担责任。"

德加莫不耐烦地说："你不会说最后一点是你想出来的吧？现在，知道真相的人就在我们旁边，他却一言不发。"说着，他脑袋转向我，"到底是怎么回事？"

"头上被打了一棒后，脑袋一片空白，什么都不记得了。"

"我们会帮你的。我带你去山上，静一静，看看星星，回忆一下就会想起来的。"德加莫说。

"别乱来，警官，我们何不把他带回警局，按规定办事呢？"矮子说。

德加莫说："别管什么规矩了！他让我很有好感，我想和他好好促膝长谈一番。矮子，他只是有点害羞，需要好好开导一下。"

"我不想这么做。"

"那你打算怎样？"

"我必须回警局去。"

"没人拦你。你要怎么回去？走着吗？"

矮子想了想，好像终于下定决心一般，"嗯，我走回去。"他下车站到路边，"警官，你知道，回去后我得如实汇报这一切。"

"好的，我请求你告诉他。下次，他再请客买汉堡时，就可以少买我这份儿了。"

"听不懂。"矮子甩上了门。德加莫踩下离合器，发动引擎，车开出去还不到两个街区，时速就达到四十英里。到第三街区时，加到了五十。直到车开到了大街上，车速才慢下来向东转，接着，变成了正常行驶速度。此时的世界完全沉浸在寒冷的寂静中，除了旁边不时滑过的几辆夜归车。

车上了一段坡后，又进入了一条大街，接着拐过一个停车场般的庭院。在这样一个夜晚，高高的三角枝形电灯笼着一层光环，空气中弥漫着海风吹来的雾气，我开始讲。

"今晚，金斯利来了我公寓，说她太太跟他联系了，她需要钱。所以，他让我带钱过去，并说她知道怎么认出我，还告诉我每个钟头过十五分钟，她会在孔雀厅等我。"

"她这是要跑，更加说明了她确实做了什么，比如谋杀。"德加莫慢慢地分析。他抬了抬手，又落到了方向盘上。

"之后我赶到那里。对了，他们还告诉我，她的头发染成了棕色。我和她从未谋面，只见过她的一张照片，所以当她从我身边走出去时，我并没有认出她。后来，她叫一个卖报纸的墨西哥男孩把我叫了出去。她不愿意跟我有任何交流，除了要钱。我却告诉她，我必须要知道怎么回事。僵持之下，她明白，除了跟我谈谈，她才可能拿到钱。于是，她告诉了我地址，并嘱咐我十分钟后再去。"

"为布置陷阱争取时间。"德加莫说。

"确实有陷阱，但我不清楚她有没有参与其中。她一直不同意我去她公寓，也不想跟我谈什么。最后她明白，必须解释清楚，我才会给她钱。也许她的不情愿，还有被我掌控局面都是她在演戏。我承认，她演得不错。总之结果是我去了。我们开始谈，她说的都是一些无关痛痒的话题，直到我们说到克里斯被杀的事，她马上变了，她的解释太合乎情理了。我说，我要把她交给警方。"

在车行驶的北边，韦斯特伍德镇溜了过去，黑暗中，除了远处公寓的几盏灯，我只看到了一家通宵营业的加油站。

我说："于是她拿出枪对着我，想要干掉我。但她靠我太近了，我找机会扭住她的手，打掉了她的枪，然后我们扭成一团。就在这时，从绿色帘子后出来一个人，狠狠地在我的后脑勺敲了一棒，我就晕过去了。等我再次醒来时，她已经死了。"

"你看到敲打你的人了吗？"

"没看清。但凭直觉和余光瞄到的一眼，我想应该是个高大的男人。对了，我在躺椅上发现这个东西和一堆乱七八糟的衣服混在一起。"我一边说，一边从口袋里拿出金斯利的那条围巾放到了德加莫的腿上。"金斯利今晚戴的就是它。"

德加莫拿起围巾凑到灯光下："相信你不会太快忘记这件事，"他说，"它常常会自动跳出来。哈！金斯利，真是难以想象，接下来呢？"

"有人来敲门。那时我刚醒，脑袋还很晕、很疼，意识也很模糊。而且我的外套和鞋子都被脱了，满身都是杜松子酒。我想，不管怎么看，那时的我就像一个脱光女人衣服、再勒死她的凶手。所以，我想方设法爬到隔壁屋，把自己清理干净，再以后的，你就知道了。"

"你为什么不直接待在隔壁屋呢？"

"有用吗？再笨的警察也会在短时间内发现我逃去了哪儿。如果在被发现之前，自己能大大方方地走出那幢公寓楼，就万事大吉了。当然，如果我没遇到你的话。"

"我倒不这么想，不过试试也好。"他说，"你觉得杀人的动机是什么？"

"金斯利为什么杀她？如果真是他做的。这很好理解啊，她要那么多钱，她给他惹了那么多麻烦，甚至已经威胁到了他的生意，并且别忘了她还杀了人。她有很多钱，如果她被抓住坐牢，金斯利只能通过离婚来摆脱她，一毛钱也拿不到。还有比如说金斯利想娶别的女人；他怕她花钱洗罪，逍遥法外来嘲笑他。他有太多动机去干掉她。最重要的是，让我当替罪羊这么好的机会，他怎么能轻易放过呢？虽然不是绝对没问题，但至少可以给警方造成困扰，或者延误。凶手杀人前都会精心策划，让自己可以逃之夭夭，不然谁还会去做。""即使金斯利去找过她，也不代表就一定是他干的。你觉得，会不会是另外一个人干的，一个没出现过的人物，或者克里斯也是他干掉的？"

"你喜欢天马行空地假设。"

"不，不喜欢。我能不能复职，就看我能不能破得了这案子；如果不行，我就会被调走。也许你觉得我是笨蛋，那我就是吧。你知道金斯利住哪儿吗？我有很多种方法可以让人开口。"

"等会儿我们转向北边的山脚后，大概再行驶五个街区。他家就在日落大道的下面，左边的位置。具体地址是比佛利山，卡森大道的965号。我一次也没去过，不过我知道应该怎么去。"

"你把这个收起来，到时候他有什么好解释。"德加莫把围巾递给了我。

第三十五章　老板去哪儿了

那是一栋两层的白色房子，搭配的是深色屋顶。此刻，皎洁的月光把白墙照得发亮，像刚刚涂过一层白漆。显得窗户都是黑漆漆的。房前的窗户还装了防护栏。房子周围的草地成放射状，向外延伸出去。还有那阶梯式的草坪一直蜿蜒到了门前，而门则被装在一堵突出来的墙上。

德加莫下车，沿车道走向车库。在房子的拐角处，他消失了。接着，我听到了开关车库的声音。又过了一会儿，他再次出现在了刚刚消失的地方，跟我摇摇头后，直接从草坪穿到了门前。他一边按门铃，一边拿出一支烟衔在了嘴里。

他背着门，用火柴点烟，脸部的棱角被火焰照得更加分明。没多久，门上方的灯亮了，窥视窗口也拉开了。德加莫出示了警徽。门好似不情愿一般慢慢打开，他进去了。

大概他在里面待了四五分钟。这期间，有几扇窗户的灯亮了，又灭了。接着，德加莫出来，走向车子。很快，门上方的灯也灭了。这幢房子又陷入一片黑暗之中，和我们来时一样。

他望着那条弯曲的小路，靠在车旁吸烟。

"我查看了所有房间，金斯利不在。车库里只有一辆小车，厨子确认是他的。他们说，今天早上后，他们就再也没见过他。还有，黄昏时，韦伯局长带来了指纹师，现在主卧到处是采取指纹留下的白粉末。也许他们正和克里斯家的指纹对比。至于韦伯局长有没有什么收获，屋里的人表示不知情。那么，金斯利可能在哪儿了呢？"

"旅馆里、路上，或者正在泡土耳其浴，放松放松。"我说，"任何地方都有可能。不过，我想我们应该最先去的是他女朋友家。她住在布莱森大厦，就在日落大道上，布劳克·威尔什尔的附近。我们得穿过市区。她叫阿德里安娜·弗罗姆塞特。"

"她做什么工作？"

"负责金斯利办公室的大小事。当然，下班后，他们更是形影不离。她是一个很有气质、很聪明的女人，不仅仅是花瓶。"

"如此一来，她更可以大显神通了。"德加莫一边说，一边把车开到了威尔什尔，向东驶去。

大约二十五分钟后，我们到了布莱森大厦。这幢灰泥色的大楼前，有一些高高的椰树；院子里的灯，看起来已经很破旧。我们经过L形大理石上的入口和一道拱门后，进入了一个很大的大厅。阿里巴巴式的大油壶装饰着大厅的四周，地毯是很蓝的蓝色。柜台处有个值班管理员，他脸上的小胡子像是会扎人似的。

德加莫忽略了管理员，直接走向电梯。电梯旁的高脚凳上，有一个疲倦的老人好像正在等客人。这时，德加莫的胳膊被迅速跑过来的管理员拽住了。

"请稍等，你们要找谁？"

停下脚步的德加莫回头，疑惑地看着我，"他是在问我们找谁吗？"

"是的，他确实问了，但你不要揍他。"

德加莫舔了舔嘴唇，"当然，我只是好奇这句话他们是怎么用的。"他看向管理员，"老兄，716室，你有没有意见？"

"当然，"管理员冷冷地说，"现在已经是凌晨四点二十三分了，我们不可以再通报会客。"他边说，边看了看手表。

"正因为你不能再通报，所以我才没想要给你添麻烦，你懂吗？"德加莫说着便出示了自己的警徽，"我是警察。"

管理员无奈地耸了耸肩："好吧，希望不会有问题。我还是通报一下吧，你们是？"

"德加莫警官、马洛先生。"

"716室，请稍等。"

他走进了玻璃屏风后。好一会儿，我们听到电话通了，然后他出来，跟我们点了点头。

"你们可以上去了，阿德里安娜小姐此刻在家。"

"她在就好了。"德加莫仿佛松了口气，"你不用叫警卫了，我不喜欢他们。"

管理员冷冰冰地笑了笑，随后，我们上了电梯。

七楼的走廊很安静，好像没有尽头。终于，我们看到了用一圈金箔小叶子围着的716，门旁有一个象牙色门铃。德加莫按了按后，屋内响起了铃声。很快，门开了。

此时的阿德里安娜小姐头发有点乱，脸上有一点淡妆，身上穿着睡衣，外面是浴袍，脚上是一双带羽毛的高跟拖鞋。

她的起居室很窄，墙上挂了几面椭圆形的镜子；灰色的古典家具上盖着蓝色的缎子。看起来，这些并不是普通的公寓家具。她坐到了一张细长的双人沙发上，泰然自若地靠在那里，等我们开口。

"我们是来找金斯利的，他不在家。我想你可能知道他在哪儿？这位是湾城的警官，德加莫。"我说。

"很着急吗？"她看也没看我们，问道。

"嗯，出了一些事。"

"出事？什么事？"

"我们没时间跟你说这些，只想知道金斯利的下落。"德加莫粗暴地说道。

她冷若冰霜地看了看德加莫后，又看向我，"马洛先生，告诉我发生了什么事。"

"我拿着钱，找到了她。当我们在她公寓谈话时，窗帘后突然跑出来个人，狠狠地敲了我一棒，我没看见那人的模样。等我醒来时，她已经被杀了。"

"死了？"

"是的，被杀死了。"我说。

阿德里安娜闭上了漂亮的眼睛，收起了可爱的嘴角，站起身来，耸了下肩后，向一张大理石面的桌子走去。她慢悠悠地从一个浮雕小银盒里拿出一支烟，点着了，眼神空洞地看着桌上。她摇火柴的手，越摇越慢，直到最后停下来，火还没熄灭。她把它扔进烟灰缸后，转过身来。

"也许听到这个后，我应该尖叫，但事实上，我没有任何感觉。"她说。

"你什么感受，我们没兴趣。我们只想知道金斯利现在在哪儿，你说不说，别装腔作势，给句痛快话！"

她冷静地看着我，问道："他是湾城的警官？"

在得到我的点头示意后，她又摆出了她那副高贵迷人的姿态，缓缓转身，向德加莫走去，"就这件案子，请问是哪条法律允许你像个无赖一样，在此大呼小叫？"

德加莫呆若木鸡地看着她。接着，他笑了笑，走到一张绒毛椅处，叉开长腿坐到了里面，然后向我挥了挥手。

"你来吧。反正我还可以找洛杉矶那帮人协助，只是再见他们，能跟他们解释最快也得下星期二。"

"很抱歉，这么晚打扰你，阿德里安娜小姐。如果你知道他现在在哪儿，或可能在哪儿，希望你能告诉我们。只有找到他，事情才会真相大白。"

"理由呢？"她的声音很冷静。

"这宝贝儿可真厉害。"德加莫笑了笑说，"他老婆被杀了，她居然觉得我们该对他守口如瓶？"

"她比你想得更聪明。"我对德加莫说。他一边吮吸着自己的拇指，一边无礼地打量着她。

"就为了告诉他这件事？"她说。

我拿出金斯利的围巾，抖开放在她眼前。

"我想你应该知道这条围巾。在她被杀的公寓里找到的。"

她面无表情地看了看围巾，然后看了看我，"马洛先生，看来你想要找的秘密很多，也许你还没成长为一位真正优秀的侦探。"

"希望我可以找到。至于我优秀与否，就不劳你费心了。"我说。

"真精彩。你俩一唱一和，真是最好的搭档，或者应该派个特技师跟着你们。不过现在——"德加莫突然插话道。

"她怎么死的？"她很无礼地直接问道。

"衣服被脱光了，身上有很深的抓痕，应该是被勒死的。"

"德雷斯不会做这么残忍的事。"她说。

"亲爱的小姐，没有人完全了解另一个人，但警察却很了解。"德加莫说。

她还是没看他，继续平静地问道："你想知道从你那离开后，我们又去哪儿，或者他有没有送我回家之类的，是吗？"

"对。"

"如果我们没分开，一直在一起，他就不可能去海滩那边杀人了，对吧？"

"那只是一个环节。"我说。

她缓缓地说："从你那儿离开不到五分钟，在好莱坞大道上，我拦了辆出租车，自己回了家。我想他应该也回家了。之后，我们没见过。"

"通常聪明的女人，都会极力证明自己的男友不在场。不过，这世界真的是无奇不有，对吧？"德加莫对我说。

阿德里安娜小姐看着我，说："他是很想送我，但当时我们俩都太累了，而且也不顺路。之所以我实话实说，是因为我相信不是他做的；如果是，我就不会跟你浪费这么多时间了。"

"如此说来，时间上他很充裕。"我说。

她摇了摇头："我不清楚，那需要多少时间我也不知道。他后来去了哪儿，我也无从得知。那女人也没说什么，也没有什么让我转达。"她深蓝色的眼睛似乎在探寻什么，"你就想知道这个？"

我把折好的围巾放进了口袋："他在哪儿，是我最想知道的。"

她看着我做的一切，紧盯着我："这个我真的不知道。你刚刚说你被打了，晕过去了？"

"是的。当时，她正拿着枪想干掉我，于是我们扭打在一起。接着就有一个人从门帘后出来袭击了我，不知道是谁。对了，克里斯确实是她杀的。"

"你们说得很精彩，也很热闹，不过没什么用。我们走吧。"德加莫突然站起身说。

"稍等，我还有问题。弗罗姆塞特小姐，如果他有很重、很困扰他的心事，事实上，今晚的他看起来就是那样；或者他对整件事的发展很清楚，我的意思是至少比我清楚，那他可能想去一个没人打扰的地方，好好想想接下来该怎么办。你觉得他会吗？"

我停下来，希望听到她的答案。旁边的德加莫已经等得很不耐烦了。过了一会儿，她说："也许他需要时间，他要好好想想，但他不会跑、也不会逃。因为根本跑不掉、也逃不掉。"

我想起克里斯特尔说的话，"一个陌生的、没有人认识的地方，旅馆，或者更安静的地方。"

我的眼光开始四下寻找电话。

"在卧室。"她似乎马上明白了我在想什么。

德加莫紧跟着我穿过房间，进入了卧室。里面有一张没有床尾板的大床，上面摆放的床头有被压出凹陷头型的痕迹。梳妆柜是嵌入式的，上面的盥洗用品闪闪发亮，正上方还悬着一面镜子。象牙色和淡玫瑰色是整个卧室的主色。浴室的门开着，可以看到里面的深紫红色瓷砖。床边的小桌子上放着一部电话。

我坐在床沿上，拍了拍阿德里安娜小姐的头枕过的地方，然后拿起话筒，请接线员帮我呼叫狮角的巴顿警长。我还说明事关重大，我一定要和巴顿警长本人通话。我挂上电话后，点了支烟。德加莫站在那儿，一脸的强悍，气呼呼地看着我，丝毫没有困意，看这意思是要发火了。

"你在做什么？"这话几乎是吼出来的。

"看看就知道了。"

"我们到底听谁的？"

"刚刚明明是你叫我做的，或者你也可以叫洛杉矶的警察来帮忙。"

他用拇指擦着了一根火柴，看着它燃烧，接着呼出一口气吹灭了。他丢掉后，又拿了一根叼在嘴里。电话响了。

"你好，狮角的电话已为你接通。"

巴顿迷迷糊糊地说："我是巴顿。"

"我是马洛，你有印象吗？洛杉矶来的。"

"当然，虽然我还没清醒。"

"请你帮我一个忙吧，虽然我想不出什么好理由。你或者派人去趟小鹿湖，看看金斯利是否在那儿。就看看他屋里的灯有没有亮，车在不在那儿，睡了没有，但别让他发现你。尽快告诉我，我会上山来，好吗？"

"如果他想走，我没办法拦他。"

"我身边有个湾城的警察，想跟他聊一聊谋杀案。不过不是你那件。"

电话里安静了一会儿，"你不会是在逗我吧，小子？"巴顿说。

"当然不是，请尽快给我消息。顿布里奇2722。"

"最快也得半小时。"

电话挂了。"你好像发现了什么我不知道的？"德加莫笑了笑。

"没有。我只在站在他的角度想了想。他不是冷血的职业杀手，不管之前他有多气愤，时间过了这么久，应该也冷静下来了。我想他可能会去一个安静的地方，好好调整一下，而小鹿湖的木屋正好符合。也许他还会有别的行动，所以，尽快找到他对你非常有利。"

"一枪解决了自己，我想这种人最容易做出这种事。"德加莫冷冰冰地说。

"所以，要尽快找到他。"

"是的。"

我们一起走回起居室。厨房里的阿德里安娜小姐探出头来，问我们要不要来杯咖啡，她正在煮。接着，我们围坐在一起，喝着咖啡，就像在火车站送别朋友一般。

时间大约过了二十五分钟，巴顿回电话了。说金斯利的小木屋前有辆车，而且屋里的灯也亮着。

第三十六章　失败的勒索

在阿尔罕不拉，我们简单吃了点早餐，然后把车加满了油。我们驶离七十号公路，把几辆货车甩在了身后，接着开进了一片连绵不断的乡间牧场。我专心开着车，身旁的德加莫则双手放在口袋里，显出一脸的恶劣情绪。

耳边不时传来轮胎摩擦地面的声音，我看着窗外，粗壮的橘子树像车轮的辐杆一般，飞速掠过我的身边。长时间的激动情绪，加上没有休息，此时的我已疲惫不堪。

很快，我们到了圣·迪马斯，经过一条长长的斜坡，再下去就是波蒙那市了。这个地方已是多雾地带的末端，同时也是半沙漠地区的开始。明亮干燥的阳光，像极了陈年雪利酒。到了中午，这会热得像火炉，再到晚上，温度又会像砖头掉落一般，骤降下来。

叼着一根火柴棒的德加莫轻蔑地说："昨晚，在你面前，韦伯让我颜面尽失。他想和你单独谈，他到底和你谈了什么？"

我简单地说："没什么。"他不相信地看了看我，然后看向别处，手伸到窗外，使劲挥着："这大早上的，空气就臭了。这样的鬼地方，请我来住，我也不会来的。"

"很快，我们就要到安大略湖了。接着，我们就会转上富希尔大道。到时，你会看到世界上最漂亮的银桦树，连绵五英里。"

我们经过镇中心后，继续沿着大路向北，往尤斯里德方向驶去，而那些银桦树，德加莫根本不屑一顾。

又过了好一会儿，他说："我的女人死在了湖里，可是到现在，我都还没能进入办案环节，真让人气愤。要是我见到了比尔——"

"你帮她逃脱杀害阿尔莫太太的罪责，你做的已经够多了。"

我目不转睛地看着玻璃正前方，我知道他正惊讶地看着我，但我不知道他脸上是怎样的表情，他的手在做什么动作。又过了好一会儿，他才咬牙切齿地说："你是神经病吗？"

"当然不是！你知道，你跟案件相关人一样，心里非常清楚阿尔莫太太是被抬到车库去的；你也知道塔利为什么要偷她的鞋，因为那鞋没有在石头上走过的痕迹；你还知道，在康迪那里，阿尔莫医生给他的太太打了一针，那剂量恰到好处，他精通于怎么打针，就如同你知道怎么对付一个流浪汉一样，如果是阿尔莫医生想要杀她的老婆，吗啡无疑是下下之选；你更知道，杀阿尔莫太太的另有其人，并不是阿尔莫医生。他不过是事后把她放到了车库，然后趁她还有呼吸时，非常技巧地让她吸入了一氧化碳，这样，在医学上，死因就会判为窒息。"

"我在想，你是怎么活到现在的？"德加莫的声音很柔和。

"那是因为我没有掉进你们设计的一个又一个陷阱，更没有被某些找上门耍威风的人吓倒。

当然，阿尔莫医生做的这种事，只有无耻的人才会做，也只有心里有鬼，或者是做了见不得人的勾当，心里无比害怕的人才会做。从技术上来说，他的谋杀是成立的，但这不是问题的重点。也许为了证明她当时昏迷得有多严重，多无可救药，他还花了很多时间和精力。但事实呢？你心里一清二楚，是她做的。"

德加莫敷衍似的笑了笑。

我们经过富希尔大道后，转往东向。此刻，天气还是很凉，可德加莫却在流汗，也许是因为他身上别着枪，所以不能脱掉外套。

我继续说："我从阿尔莫太太的父母处得知，阿尔莫太太对哈维兰德和阿尔莫的私情一清二楚。另外，哈维兰德还威胁过阿尔莫。哈维兰德知道怎么使用吗啡，也知道从哪里弄到，当房间里只有她两人时，这无疑是个绝佳的时机。装个四五克在阿尔莫之前用过的针筒里，打进没有意识的身体里。说不定在阿尔莫回家前，她就已经死了。所以，当他回来后，发现她死了，他只能想办法解决这个麻烦。谁会相信是别人杀了她老婆呢？没有人知道这中间发生的事，只有你。除非你比我想的还要笨。于是，你帮她逃过了法律的惩罚，因为你还爱着她，而她被你吓得离开了这地方，为了远离危险，她只好去了一个陌生的地方生活。但毕竟你让凶手逍遥法外，所以你被牵着走，她这样控制你，你还上山找她做什么？"

"请你说得详细一点，会不会太麻烦你？"他的声音很粗。

"不会。她讨厌山上无聊的生活，更讨厌他的脾气、酗酒。所以，只有钱能改善她的状况。她觉得她有阿尔莫医生的把柄，自己很安全，于是就写信要钱。阿尔莫收到信后，让你去找她。她当时可能只顾着要钱，根本没在信里说她现在使用的名字，在哪里生活，过得怎么样。信上仅仅写了狮角的哈维兰德收，她以为她可以收到钱。但在那儿，没人知道哈维兰德就是她。而你态度恶劣，还只有一张照片，所以根本没用。"

"你怎么知道她跟阿尔莫要钱了？"德加莫变得暴躁。

"哈！我只是为发生的事找个理由。如果克里斯或者是金斯利太太知道她的真实身份和那些事，并去警局告发她，那你就会知道去哪儿找她、她用的什么名字，但你不知道。说明没人知道这些事，除了她，所以也只能是她写信勒索了。"

"好吧，现在说这些已经没意义了，就当我是个笨蛋吧！但要是再碰到类似的事，我依然会做同样的选择。"终于，他貌似承认了。

"哈，我从没想过给任何人找麻烦，包括你。我只是把事情尽量还原，以免你把不是金斯利做的事儿也算给他。当然，如果是他做的，就必须要找到他。"

"你费这么大劲，就为了这？"

"是的。"

"我还以为你针对我。"

"不不，我恨人的时候，可能很强烈，但那劲儿很快就会过去。"

经过一片辽阔的沙色葡萄园不久，我们就到了圣贝纳迪诺。在这儿，我们没有停留，直接穿过城市，继续向前。

第三十七章　再次上山

　　山上，海拔五千英尺，天气还没转暖。我们下车，喝了罐啤酒。回到车里后，德加莫拿出他那把点三八口径的史密斯韦特手枪，开始检视。这是把好枪，枪体是点四四的，用起来可与点四五媲美，优点是有效射程更远。

　　"我想应该用不上这个，"我说，"虽然他又高又壮，但他是个稳重的人。"

　　哼了一声后，他把枪放了回去。我们没有再交流，已无话可说了。在陡峭的山壁上，围着白色的垣墙，有些特别的地方则用粗重的锁链网着石块，砌成了墙，车子就在这样的路上绕来绕去。一路上，橡树的高度越往上越低，松树则相反。好长一段时间后，我们终于到了水坝上。

　　我停了车，背着枪的哨兵走到车窗边："请你通过水坝前，关上车窗。"

　　我听话地摇上了身后的车窗。德加莫却亮出了警徽："我是警察，老兄，别找麻烦！"

　　哨兵坚定地看着他："请你关上车窗。"语气和之前一样。

　　"有病，你这当兵的一定有病！"德加莫说。

　　"这是上级的命令，不是我定的，先生。"哨兵的灰色大眼睛瞪着德加莫，下巴肌肉微微胀起，"请把车窗摇上来！"

　　"我要是命令你跳到湖里去呢？"德加莫冷笑着说。

　　"也许我会的，但我很容易受凉。"哨兵一边说，一边拍了拍他的来复枪。

　　德加莫没再搭话，转过头后，摇上了车窗。接着，我们驶过水坝。我想，第一个哨兵应该是用手电给了信号，所以中间与另一头的哨兵一路像监视我们一样，非常不友善。

　　经过花岗岩石滩后，是一片杂草丛生的草地。外面的大手帕、短裤、鲜艳裤子，甚至微风、阳光、天空、松针味道、夏天的清凉柔和，这一切的一切，都和前天如出一辙。但时间却像已经过了一百年。就像是什么东西被凝固了，比如琥珀里的苍蝇。

　　我驶向小鹿湖，绕过巨石，经过瀑布，通往金斯利土地的门是开着的。巴顿的车面向湖停在路上，这个角度，应该什么也看不到吧。车内没人，挡风玻璃上那块让他继续当警长的牌子还没有换掉。

　　一辆破旧的双人座小汽车停在巴顿的车旁，朝向正好相反，一顶猎帽安静地躺在里面。我把车停在了巴顿车后，然后下了车。安迪也下来，漠然地看着我们。

　　"德加莫，湾城的警官。"我介绍说。

　　"吉姆在山脊那边等你，连早餐都还没吃。"安迪说。

　　我们往山脊走去，安迪则回到了车上。路边往下，有个小小的蓝湖，湖的尽头，就是金斯利的木屋，此刻好像没什么动静。

　　"这个湖就是——"我说。

　　德加莫心碎地往下看了看，肩膀起伏，说："我一定要抓住那混蛋！"

　　我们继续走了一会儿，看到了一块岩石，巴顿从后面走了出来，他穿着牛仔帽、咔叽布裤子，衬衫扣到了粗脖子下，他还是老样子，就连左胸上星徽的凹痕都还在。当然，他的嘴还是在不停地嚼着，下巴随着节奏蠕动着。

"再见到你真高兴。"说这话时，他看的是德加莫。

他握了握德加莫粗硬的手："上次你用的是另一个名字，我想你会说是秘密办案。真抱歉，没能好好招待你。我想，我早认出照片上是谁了。"

德加莫一言不发地点了点头。

"如果当时再留意一些，说不定会救下一条人命，也会少掉很多麻烦。对此，我很难过，但我不是个没完没了伤心的人。现在是不是坐下来，你们先说说要做些什么。"

"昨晚，在湾城，金斯利的老婆被杀了，所以我要找他。"

"你怀疑是他做的？"巴顿说。

"我也想知道真相。"德加莫咕哝道。

巴顿若有所思地看着湖那头，一边揉脖子，一边说，"他好像根本没出木屋，现在还在睡着呢。今早，我去查看木屋周围情况时，好像房里有人，收音机也开着，似乎还听到了瓶子、杯子碰撞的声音。我应该没打草惊蛇吧？"

"这就过去吧。"德加莫说。

"警官，你有没有带枪？"

德加莫拍了拍他的左臂里侧。巴顿又看向我，我摇摇头表示我没有。

"可能金斯利也有枪。这是我的地盘，我不想发生枪战。看起来你应该是个快枪手。"

"是的，我动作是很快，如果你对这个问题很感兴趣的话。"德加莫说，"我要见他。"

巴顿来回看了看我们，最后把目光落在了德加莫身上，接着，吐出了一口烟。

"就我目前知道的情况，是不足以逮捕他的。"巴顿很固执。

于是，我们不得不把事情的经过给他描述一遍。他眼睛都没眨一下，好像听得很认真。最后他看着我说："你把工作做得很有趣。但我觉得一定有什么误导了你们，等会儿便可知晓。我肚子大，走最前面，目标最明显——如果事情就像你们想的那样，那他一定会拔出枪，作垂死挣扎。"

我们很快经过了湖边那条长长的路，到了小码头。我说："解剖了吗？警长。"

巴顿点了点头，说："那不是一具易于解剖、完好的尸体。她身上有数不清的伤痕，多到没有具体的意义。但她确实是被淹死的，而不是被刀杀死、枪杀、头部被攻击致死，这个他们非常确定。"

德加莫看起来很气愤，脸色也很苍白。

"你和她好像关系匪浅，或许我应该早告诉你，警官。"巴顿的语气很温和，"这确实让人很难过。"

德加莫说："好了，工作吧。"

我们沿湖走到了金斯利的木屋前，上了粗重的台阶后，巴顿快速经过门廊，走到了门口。他先拉了拉纱门，没扣上。他小心翼翼地拉开它后，又试了试房门，依然没上锁。他握着门钮，没有立即打开，等德加莫接过纱门后，他才打开房门，我们一起走了进去。

房间里浓浓的威士忌味道。一把很深的椅子里，金斯利正闭着眼仰躺在那儿。他身旁的壁炉冷冰冰的。一瓶几乎见底的威士忌酒和一只空杯子放在他身旁的桌子上，酒瓶旁，放着一个堆满烟蒂的碟子，两个被捏扁的烟盒胡乱扔在烟蒂上。

屋里很热，所有窗户都紧闭着。正打着呼噜的金斯利虽然只穿了一件毛衣，但还是热得脸色通红。他看起很疲倦，他的手垂在椅子外边，已经触到了地面。

在离他几英尺的地方，巴顿站在那儿，看了他一会儿，才平静地说道，"金斯利先生，我们有事找你谈。"

第三十八章　隐瞒的事

金斯利抽搐般动了几下后，睁开了眼睛。但他的头却保持原状，只是眼珠在转动。他看了看我们三人，目光最后落到了我身上。看他的眼睛很疲惫，但目光却很犀利，也很有神。他慢慢坐直了身子，用手搓着两颊，似乎想让自己清醒一点。

"我想我大概是喝醉了，几个小时前，我睡着了。"他说，"本来，我没想醉得这么一塌糊涂。"说着，垂下了手。

"这位德加莫警官，是从湾城过来的，他有事找你。"

金斯利看了看德加莫后，又看着我，"你把她交给警方了？"再次开口的声音听起来很累，但却平静而清醒。

"我倒是很想那样，但她没给我这样的机会。"我说。

金斯利一边看着德加莫，一边努力思索我这句话的含义。巴顿让前门保持开着后，又把前面的两扇百叶窗和窗户都打开了。接着，他坐到了一张离他们很近的椅子上，双手交叉，像平常那样放在他的肚子上。德加莫则气呼呼地瞪着金斯利。

"金斯利先生，你太太被谋杀了。"德加莫很直接地说，"不知道这件事对你来说还算不算新闻。"

金斯利先是惊讶地瞪着他，然后舔了舔发干的嘴唇。

"把那条围巾拿出来，给他看看。"德加莫说。

于是，我从口袋里拿出那条围巾，并晃了几下。德加莫指着它问，"这是你的吗？"

金斯利点了点头后，又舔了舔嘴唇。

"你太粗心了，居然把这么重要的东西落在了那儿。"德加莫情绪很激动，呼吸沉重，鼻子缩紧，深深的皱纹在鼻孔和嘴角边连了一条线。

"我把它落在哪儿了？"金斯利没有看那围巾，也没看我，平静地问道。

"在湾城，第八街的公寓，618房。有印象了吗？"

金斯利慢慢地抬眼看着我，"那是她住的地方？"

我点头："刚开始她不愿意和我说话，但我告诉她，必须得和我聊聊，她才能拿到钱。她承认，克里斯确实是被她枪杀的。然后，她从包里拿出了一把枪，想杀我灭口。当我们扭成一团时，门帘后窜出一个人，把我打晕了。等我再醒来时，她已经被谋杀了。"接着我又把见到她后的过程，她的死状详细地讲了一遍。

金斯利一动不动，好像听得很认真。等我讲完后，他指了指那围巾说，"这个与那案子有什么联系呢？"

"警官觉得这个可以证明躲在公寓里的人是你。"

金斯利似乎很认真地想了想，但没有意会到什么。他把身子往后靠，让自己的头可以枕到椅背上："我想，你应该很清楚自己在讲什么，但我却听不明白。"

"好了，别装了，没什么好装的。昨晚，你把那个女人送回家后，你去了哪儿？做了什么？现在可以好好解释下了。"德加莫说。

"你说的得阿德里安娜小姐吗？我并没有送她回家。从马洛先生那出来不到五分钟，她就乘出租车回家了，而我，本来也想回家的，但最终还是来了这里。我想，一个人的旅程、夜里寒冷潮湿的空气、静谧的夜晚，这一切也许会帮助我想清楚一些事。"

"哈哈，想清楚什么事，可以说出来吗？"

"当然是所有让我烦恼的事。"

"哼，在你老婆的肚子上狠狠地抓几道，然后勒死她，这点小事，应该不会太烦恼吧？"

"嘿，警官，别这么说话。"巴顿插话了，"现在并没有足够的证据，所以别这样说。"

"这条围巾还不足以说明什么吗？胖子。"德加莫怒气冲冲地问。

"你所讲的那些跟这条围巾有什么联系，我完全没听出来。"巴顿平静地说，"而且，我只是肉比你们多了一点，并不胖。"

德加莫蔑视地转过头后，他一边指着金斯利，一边厉声说："你的意思是你根本没去湾城。"

"当然！我去那儿做什么呢？所有的事我都交代马洛办了。并且我不明白的是，围巾怎么成了重点？后来戴着它的人一直是马洛。"

德加莫愣住了，一副怒气冲冲的样子。他缓缓转过身，瞪着我的眼睛像是要把我吃掉一般。

"所以，你一直在戏弄我？"

"我好像只说稍早时候，我看到了金斯利戴着这条围巾，接着，我又在公寓里发现了它。你似乎只对这些感兴趣。我想我也许说过，后来我戴着这条围巾去见那女人，有利于她认出我。"

德加莫后退到了火炉边，靠在那儿的墙上。他的右手自然下垂，手指部分弯曲着，左手手指则拉着他的下嘴唇，若有所思的样子。

"我跟你说过，我从未见过金斯利的老婆，只看过她的一张照片。那我俩要见面，一定得有一个人能认出对方，所以，围巾就是最好的标识。事实上，我曾和她有过一面之缘，只是我当时没认出她。"我看向金斯利，"就是那位法尔布鲁克太太。"

"之前你说她是克里斯的房东。"

"是的，她是那样告诉我的，我就信以为真了。有什么理由怀疑呢？"

这时，德加莫有了点反应，眼神也变得有些疯狂。我又详细给他讲了见到法尔布鲁克太太时的场景，她戴着一顶紫色帽子，她是如何慌张，又如何将一把没子弹的手枪交给了我。

我说完后，他谨慎地问道："你好像并没有告诉韦伯局长这些事儿。"

"是的。我不想让他知道，早在三小时以前，我就去过那房子。更不想承认，在报警前，我见过金斯利，并把这事儿告诉了他。"

"我会好好跟你算算账的。"德加莫冷笑着说，"天哪，我真是太笨了！金斯利先生，你到底给了这家伙多少钱，居然帮你掩盖谋杀案？"

"正常的薪酬。要是他能证明克里斯不是我太太枪杀的，会有五百美元的奖励。"金斯利的声音像从远方飘来的一般。

"这么说来，他只能遗憾了。"德加莫的语气充满了嘲讽。

"哈哈，我想我已经赚到了。"我说。

瞬间，屋内静了下来，像随时会被炸开的那种寂静，但，并没有炸开，寂静像一堵厚实的墙，在每个人的心里。许久，椅子上的金斯利动了动身子，之后，他点了点头。

"德加莫，你心里应该最清楚。"我说。

巴顿面无表情地看着德加莫。德加莫却注视着我，确切地说，他更像是透过我，正眺望着远处，比如峡谷后的一座座远山。

就这样过了很久，德加莫轻轻问道："为什么这么说？直到昨晚，我应该从未见过金斯利的老婆，对她的事更是毫不知情。"

他垂下眼皮，看着我。他应该知道我要说什么，那我就说了。

"昨晚你见到的根本不是她，那个淹死在小鹿湖一个多月的人才是。而那个死在公寓的女人是哈维兰德，也就是穆里尔·切斯。所以，既然克里斯被枪杀之前，金斯利太太就已经死了，那她就不可能是凶手。"

我看见，金斯利放在椅子上的拳头握得越来越紧，但他却什么也没说。

第三十九章　　揭露谜底

又陷入了一阵凝重的寂静之中。"这似乎有点让人难以捉摸，比尔连自己的老婆都会认错吗？"巴顿的语气谨慎且缓慢，终于打破了这沉寂。

我说："你是说那个在水里泡了一个月的尸体？一张根本无法辨认的脸，穿着他老婆的衣服，戴着她的首饰，水里泡过的金发与他老婆的几乎一模一样。他怎么会去怀疑？还有，她留下的那张字条，就表达了她要自杀。他们吵过架，然后她跑了，衣服、车子都无影无踪。在她消失的那一个月，他对她的事、她的踪迹一无所知。接着，无意之中在水里发现了一具酷似穆里尔的尸体。如果之前有人怀疑过这女人的身份，那就一定会查出一些不同之处，但根本没有理由去怀疑。克里斯特尔是活着的，她把车丢在了圣贝纳迪诺后，跟克里斯私奔了，还从埃尔帕索给她的丈夫发了封电服。就比尔来说，她没有任何问题。他根本不会把这两个人联系起来，没有任何原因让他去怀疑那尸体到底是不是他老婆，不是吗？"

"也许我早该想到这点的，不过即使我想到，也会很快否定掉，因为这太荒诞不经了。"巴顿说。

"表面上看是这样的。"我说，"我们不妨再想得深一点。如果没人去打捞，也许那尸体永远都不会浮上来，那穆里尔就彻底消失了，没有人会去找她，更不会有她的消息。而金斯利太太的情况与她截然相反，她有钱，有各种人际关系，最重要的是还有一个担心她的丈夫。可能最后，也会找到她，但时间不会很快，除非有人开始怀疑这件事。我想，那可能需要好几个月才会水落石出。也许人们会去湖里找，但更可能的是顺着她的足迹去寻线索，她已经下了山，还在旅馆稍作停留，然后上了火车向东去。如果那样，我们再也不会想到这湖了。即使想到，也打捞上来了这具尸体，那也难以辨认她真实的身份。比尔会因为谋害他妻子，被抓起来，我想，他应该会认罪，那这尸体的身份就被认定了，克里斯特尔将一直处于失踪的状态，最后成为一个难解之谜，我们就会推测她已经死了，但具体是怎么死的、在哪儿死的、什么时候死的？没有人能回答得了。如果没有克里斯，我们今天也不会坐到这，谈这些。这整件事，克里斯是关键。在大家认为克里斯特尔下山的那晚，他在圣贝纳迪诺的旅馆遇到了一个女人，那女人穿着克里斯特尔的衣服，开着她的车，他当然知道他遇到的是谁，但他却没发现有什么问题，或者说他根本不知道那是克里斯特尔的车和衣服。他唯一知道的是，他那晚遇到的人是穆里尔．切斯。再接下来的所有一切，都是穆里尔·切斯在控制。"

我停了下来，看看大家有没有什么问题。巴顿一动不动地坐在那儿，双手正抱着肚子。眼睛半闭的金斯利仰靠在椅子上，也没有动。脸色苍白的德加莫依然靠着火炉边的墙，表情很冷漠，这真是一个城府很深的硬汉。

我接着往下说："这一个月里的克里斯特尔都是穆里尔·切斯装扮的，显而易见，是她杀了克里斯特尔。接下来我们再来看看穆里尔·切斯到底是谁，她都做了些什么。在嫁给比尔·切斯以前，她曾是阿尔莫诊所的护士，与阿尔莫医生是搭档。她寻找机会，巧妙地谋杀了阿尔莫太太，让阿尔莫不得不为她善后。另外，她还曾与一个湾城警局的人结过婚，那男人更是爱她爱得发狂，甚至帮她逃脱罪责。我对她知之甚少，不知道她是如何让这些男人对她言听计从的，但她确实有这样的能力。克里斯就很好地诠释了这一点。很明显，只要谁妨碍了她，那她就会把谁给杀了，金斯利太太就是这样。其实我不想提这件事，但现在看来，应该是没什么关系了。克里斯特尔对男人也是很有一套的，她和比尔·切斯上了床，穆里尔怎么可能忍得了？还有，她应该早就烦透了山上那种无聊的生活，所以一直想逃走，但苦于没有钱，所以她曾写信跟阿尔莫要钱，反而把德加莫引了过来，把她吓得心惊胆战。德加莫这个人让她捉摸不透，她很害怕他，是这样吗？德加莫。"

德加莫冷冷地说："你所剩的时间已经不多了，好好抓住，赶快讲吧。"

"克里斯特尔有钱，金斯利先生也曾说过，她身上常常带着一大笔钱。她的衣服、车子、证件，哈维兰德不一定非要，但无疑这些东西对她会有所帮助。另外，克里斯特尔应该还有很多珠宝，可以变现。这些让她被杀成了必然。这便是动机，接下来我们再讲讲她是怎么杀死克里斯特尔的。"

"机会很快就来了。那天她和比尔吵完架后，他就跑去喝酒了。她当然了解他会喝到什么程度，大概需要多长时间。足够的时间是做这件事的基本条件，否则一切都泡汤了。她迅速收拾好自己的衣物，放进车里，然后把车藏到了浣熊湖，走路回来。接着，她杀死了克里斯特尔，给她穿上了自己的衣服，然后将她沉入湖底。至于方法，既简单又合理。我想她应该是先把她灌醉，猛烈地敲打她的头，然后把她扔到这木屋的浴缸里，淹死了。她之前是名护士，所以处理尸体这种小事难不倒她。还有，比尔说她水性很好。她要做的就是把已经淹死的尸体弄到湖边，找到她满意的水深，把她沉下去，这些对于会游泳的她来说，易如反掌，她也确实做到了。然后，她把克里斯特尔的衣服穿在自己身上，并把她想要的东西都装进了行李箱，扔到了克里斯特尔的车里，下了山。首先她到了圣贝纳迪诺，在那儿，她遇到了克里斯，这成了她的第一个障碍。"

"之前，克里斯在山上见过穆里尔，所以他没有任何理由认不出她，而且这次，可能他也是上山途经这儿，正好遇到了穆里尔。他上山后，一定会发现克里斯特尔的木屋紧锁，也许他会去找比尔打探，而她绝对不能让比尔知道她离开了小鹿湖，她必须阻止这件事发生。因为那样的话，他们就会找到尸体，也就知道那是谁了。所以，她开始千方百计勾引克里斯，这似乎没什么难度。我们对克里斯唯一真正的认知，应该就是他很喜欢女人。而哈维兰德很聪明，把他弄到手，那简直是轻而易举。接着，她玩弄他，带他去埃尔帕索，并发了一封电报给金斯利，他根本不知道。最后，可能是克里斯想回家，她才不得已跟他一起回到了湾城。因为她不能让他离自己太远，那对她来说，太危险了。就克里斯自己，就可以证明克里斯特尔从未离开过小鹿湖。一旦人们发现异常，开始寻找克里斯特尔，第一个就会找上克里斯，届时，克里斯的生命也就走到了尽头，没什么利用价值了。一开始他的否认，也许不足以让我们相信，事实也如此。要是他把知道的和盘托出，那事情就完全败露了，因为那些都可以一步步得到证实。于是，在我找上克里斯的当晚，她在浴室枪杀了克里斯。大概情况就是这样了。至于第二天早上她回去的原因，这应该是所有谋杀犯都会做的事。她告诉我克里斯拿走了她所有的钱，我怀疑。我想，更有可能的原因是她想把事情处理得更好一些，或者是确认一下现场是不是真的无懈可击，也有可能是她觉得克里斯藏了一些钱，或者真如她说的，帮克里斯拿拿报纸，取下牛奶。她回去后，正好遇到了我，于是，她给我演了场好戏，让我哑口无言。"

"那她又是谁杀的呢？你应该不会告诉我们是金斯利做的吧。"巴顿说。

我的目光看着金斯利，说："你说你们没有通话，那阿德里安娜小姐相信和她通话的是你太太吗？"

金斯利摇了摇头："我有些怀疑。也许想骗到她，不是件容易事。她说她的声音很低沉，和之前不一样。当时我没有多想，直到我回到这木屋。昨晚当我一进屋，就觉得很反常，这屋里既干净又整洁。一般来说，克里斯特尔住过的地方，烟蒂随处可见。卧室里的衣服丢得到处都是，厨房里应该堆满了酒杯和酒瓶，还有没洗的碟子，甚至还可能会有蚂蚁或苍蝇。刚开始，我想可能是比尔太太整理的，转念一想，这段时间她和比尔一直在吵架，后来又自杀或者是被杀了。这些乱七八糟的事搞得我心烦意乱，怎么想，也没想出个所以然来。"

这时，巴顿起身走到门廊上，用手帕擦了擦嘴后，又回到了原位。因为他屁股右边挂着枪套，所以只能靠左侧坐。他看着德加莫，若有所思。表情僵硬的德加莫还靠在那儿站着，连姿势都没换一下。

"到底是谁杀了穆里尔·切斯，我还是没有听出来。你是不知道？还是不想说呢？"巴顿说。

"当然是一个既爱她、又恨她的人。作为一个警察，无疑太离谱了，让一个身负几宗谋杀案的她逃了；同时，他也是一个不合格的警察，他无法将她抓捕归案，让整件事水落石出。很显然，他就是警官德加莫。"我说。

第四十章　一场比试

直起身的德加莫从墙边走开，脸上带着阴险的笑，一个干净利落的动作之后，枪已经在他的右手上。不过，枪口对着的是他前面的地上。他在跟我说话，却没有看我。

"你没枪，巴顿动作太慢，有枪也没用。我在想，你到底是手里有了些证据，可以解开谜题，还是觉得那些不重要，没必要费心了？"

我回答："准确地说，是有一点不充分的证据，不过我想，会越来越完善的。除了受过专业训练的警察，没有人能在门帘后，安静地站半个小时，还不被发现。还有，根本不看我的后脑，就知道有人从后面打晕过我，在车上，你对那矮子这样讲的，记得吗？另外，在他还没有好好察看那女人尸体时，他就知道那女人也被击打过。他脱光女人的衣服，在她肚子上狠狠地抓了几道。是的，这个女人让他如履薄冰，过着地狱一般的生活，所以他想疯狂虐待她。我想，这个人的指甲里应该有一些东西可以拿去化验，比如血、皮肤屑。德加莫，我打赌，你不敢伸出右手让巴顿看。"

德加莫笑得阴森森的，甚至露出了他那口白牙。

"那我是怎么找到她的呢？"他问。

"我想，应该是她在进入或离开克里斯家时，阿尔莫看到了她。这让他惊恐万分。所以当我出现在阿尔莫家门外时，他才那么害怕，立即把你叫了过去。至于你怎么找到她家，我就无从得知了。但我想，对于一个警察来说，那可不是难事。你可以在阿尔莫家藏着，找准机会跟踪她或克里斯。这不过是警察的日常工作嘛。"

德加莫点了点头，若有所思地站在那儿。此时的他面色狰狞，但蓝眼睛里却有一种貌似好奇的光彩。房间里还是很热，凝重的空气里夹杂着一种无法挽回的灾难他似乎还没感觉到。

"无论如何，我要离开这儿。"终于，他开口了，"我绝对不允许这些愚蠢的警察碰我，有意见吗？"

"你知道的，这可能办不到！虽然这些还没有确实的证据，但我是不会让你离开的。"巴顿的语气很平静。

"你的大肚子很好看，巴顿。我很好奇，你会怎么抓我？我的枪法很准的。"

"这个，我也在考虑。"巴顿一边说，一边抓了抓帽子下的头发，"显然，我不想我的大肚子挨枪，但我也不能让你在这儿胡作非为。"

"让他走吧。既然我能带他来这儿，我就相信他是出不了这个山区的。"我说。

"不行，到时抓他，可能会有人因此受伤。如果那样，我宁愿受伤的人是我。"巴顿说。

德加莫笑了笑："真是个好孩子，巴顿。瞧，我现在把枪放回去。让我们再来一次公平的比试。我照样不会输你。"

说着，他就把枪放回了枪套。接着，两臂垂直，下巴略向前，注视着周遭的一举一动。巴顿嘴里还在嚼着什么，无精打采地看着德加莫的眼睛。

"我不喜欢别人说我是胆小鬼。但一个坐着的人怎么可能比你速度快呢。"德加莫看向我，"这事跟我有什么关系，你把他带上来干嘛？瞧你给我惹的这麻烦！"语气里有委屈，有软弱，还有困惑。

德加莫放松地把头缩回了一些，笑了笑。同时，又迅速地去拔枪。

说时迟，那时快，屋里响起了"砰"的一声，是巴顿的柯尔特自动手枪发出的。

那一枪打在了德加莫的手臂上，史密斯韦特脱手飞到了身后的松木墙上。他一边甩了甩麻木的右手，一边困惑地看着它。

巴顿缓缓站起身来，穿过房间，把枪踢到了椅子下。他表情忧伤地看着德加莫，而德加莫此刻正在吮吸渗出的血。

"也许你应该再谦虚一些。要知道，我当枪手的时间，甚至比你的年龄都长。你不该给我机会的。"巴顿说得很悲伤。

德加莫点了点头后，起身向门口走去。

"别试图离开这里！"巴顿说。

德加莫没有停下来。他继续往前，推开纱门后，转身看着巴顿，脸色很苍白。

"我不会待在这儿。只有一种方法可以让你真正地阻止我。胖子，再见了！"

巴顿纹丝不动地站着。

德加莫沉重的脚步经过了门廊、台阶。我走到窗口，向外看去。巴顿还是一动不动。德加莫已经走到了小水坝上。

"他马上就走完水坝了，安迪有枪吗？"

"他没有任何理由动枪，有，又有什么用呢？"

"完蛋了。"

巴顿叹了口气："他给了我机会，让我控制局面。就当我还他个人情吧。虽然没什么意义了，对他来说。"

"别忘了，他是凶手。"

"不是那种丧心病狂的凶手。你的车有没有锁上？"

我肯定地点了点头："德加莫拦住了从水坝那头过来的安迪，他们正在说着什么。"

"应该是跟安迪要车。"巴顿的语气很哀伤。

"那就完了。"我回头看了看金斯利，他正抱头盯着地板。等我再次看向窗外时，德加莫已不见踪影。已走到水坝中间的安迪继续向这边走来，不时地还回头看看。远处，有车子启动的声音传来。安迪抬头看看木屋后，迅速转身往回跑去。

渐渐地，引擎声越来越弱，等完全没有声音后，"我想，我们应该回办公室，打几个电话出去。"巴顿说。

突然，金斯利起身走进厨房，拿了瓶威士忌出来后，自己倒了一杯，站在那儿喝了。然后，他跟我们挥挥手，步履沉重地走进了屋里。很快，耳边传来弹簧被压扁的声音。

我和巴顿轻轻地走出了木屋。

第四十一章　峡谷里的尸体

巴顿刚打完要求封锁公路的电话，就接到了狮湖水坝守卫队的回拨。我们一起坐进了巴顿的车，安迪负责驾驶。我们沿着湖边小路，驶过村落、湖岸，最后到了水坝尽头。等到哨兵放行后，我们即刻穿过水坝。此时，在总部小屋旁的吉普车里，水坝队长正等着我们。

那位队长一面朝我们挥挥手，一面发动了吉普车。我们一路跟着他，又沿公路开了大概几百英尺，到了一个峡谷的边缘处，几个士兵正在望着下边。旁边，还停着几辆车。一大群人都围在士兵周围。队长下车了，我们三个也跟着下了车去找队长。

"到哨兵那儿，那家伙连速都没减，差点把公路上的哨兵撞飞了。桥中间和另一头的也是，躲得快，才幸免于难。他们一再叫他停车，他置之不理，直冲向前。"队长很气愤地说。

接着，队长一边嚼着口香糖，一边看向峡谷下面。

"哨兵遇到这种情况，按规定必须开枪阻止，所以，他们开了枪。"队长说着，便指了指峡谷边缘车子摔出去的地方，"他就是从这儿摔出去的。"

距离我们几百英尺的峡谷里，一块巨大的花岗岩上，有一辆几乎四轮朝天的双人座轿车倾斜在上面。三个士兵正在那儿努力地移动车子，好像是为了方便从车里抬出什么。

是的，一具男人的尸体。

全世界最受欢迎的男侦探故事 中册

[美]雷蒙德·钱德勒◎等著　李曼◎编译

中国华侨出版社

目 录
CONTENTS

▎夏洛克·福尔摩斯的故事▎

◆ 血字的研究

第一章　夏洛克·福尔摩斯先生　427
第二章　演绎法　433
第三章　劳里斯顿花园街迷案　441
第四章　约翰·兰斯的自白　450
第五章　我们的启事引来了客人　455
第六章　托拜厄斯·格雷格森
　　　　大显神通　461
第七章　黑暗中的光明　468
第八章　在荒凉的大平原上　474
第九章　犹他之花　481
第十章　约翰·费里尔
　　　　与先知的谈话　485
第十一章　逃命　488
第十二章　复仇天使　494

第十三章　医学博士约翰·华生
　　　　　回忆录续篇　500
第十四章　结局　507

◆ 四签名

第一章　演绎法的推理　511
第二章　回顾案情　516
第三章　寻找答案　520
第四章　神秘人的讲述　523
第五章　樱塘别墅的悲剧　529
第六章　福尔摩斯的推测　534
第七章　意外出现的木桶　539
第八章　侦查小分队　546
第九章　陷入迷雾　553
第十章　凶手葬身河底　560

第十一章	大批阿格拉财宝	565
第十二章	乔纳森·斯莫尔奇遇记	569

◆ 巴斯克维尔的猎犬

第一章	侦探夏洛克·福尔摩斯先生	586
第二章	巴斯克维尔家族的厄运	591
第三章	悬疑案件	597
第四章	访客亨利·巴斯克维尔爵士	604
第五章	三处中断的线索	613
第六章	前往巴斯克维尔庄园	621
第七章	米瑞比特宅院的主人斯泰普尔顿一家	628
第八章	华生医生的第一封汇报信件	638
第九章	华生医生的第二封汇报信件	643
第十章	华生医生的日记抄录	655
第十一章	凸岩上的男人	663
第十二章	沼地上的悲惨命案	672
第十三章	设局布网	681
第十四章	巴斯克维尔的地狱猎犬	691
第十五章	案情回顾	699

夏洛克·福尔摩斯的故事

◆ 血字的研究 ◆

第一章　夏洛克·福尔摩斯先生

一八七八年，我获得伦敦大学医学博士学位后去往内特黎，攻读军医必修课程。进修一结束，我便被分配到驻扎在印度的诺桑伯兰第五明火枪团担任助理军医。第二次阿富汗战役就在赶赴部队的途中爆发。到达孟买码头时，听闻我所在的部队已翻山越岭深入敌营，尽管这样，我依旧与一群同我一样脱离队伍的军官结伴，日夜兼程，安全抵达坎达哈。在坎达哈，我终于与大部队会合，并立即承担起我的新工作。

阿富汗战役让许多人名利双收加官进爵，对我来说，只是厄运和苦难。被调任到巴克州旅后，我参与了该旅在迈旺德的那场殊死鏖战。迈德旺战役中我肩部中弹，捷则尔枪打碎我的肩胛骨并擦伤锁骨下的动脉。如果没有我那英勇忠诚的勤务兵摩瑞，我就会被凶暴的嘎吉人俘虏了。是他把我救起扔在一起骑的马背上，将我安全带回英国所在阵地。

伤病令我形容消瘦面色枯槁，再之长期的奔波忙碌舟车劳顿，我的身体每况愈下。这种情况下，我和许多伤员一样，被送至波舒尔后方医院。在医院我的身体状况大有起色，渐渐恢复到可以在病房里走动走动的程度，有时还可以在走廊上晒一会儿日光浴。那时，我却又不幸感染上了英属领地印度的一种疫症——伤寒。连续几个月间，我一直不省人事，命悬一线，危在旦夕。虽然最终我清醒了过来，但大病初愈的我却体虚憔悴，弱不禁风。医生们对我情况进行会诊后认为，必须马上把我遣送回国，刻不容缓。后来，我乘坐运兵船"噢仑梯兹号"回到英国。但我一个月后又登上了普次茅斯码头。那时我的身体状况已经坏到无以复加，能说是岌岌可危了。不过幸运的是，仁慈的政府让我休假九个月，给我调养身体。

在英国我举目无亲，因此仿佛漂浮的空气那般随意；又像是一位日收入为十一先令六便士的工作者般的自由惬意。每天生活在这样的环境里，自然而然，我掉进了伦敦这个巨大泥淖里无法自拔，可以说，这里是大英帝国大批无业游民们的大本营，他们不约而同聚集在这里。在伦敦河滨公路所在的某座公寓里我度过了一段十分难熬又枯燥的时光，最后生活拮据，状况十分窘迫。

因为我没有积蓄，入不敷出，导致了巨大的财政赤字。这样的日子过了没多久，我领悟到：摆在我面前的只有两条路，要么离开伦敦住到乡村地带，要么就一定要彻头彻尾地放弃我现有的生活习惯。最后我选择了后者，下定决心退掉公寓的住房，重新寻觅开销相对比较小的地方居住。

就在我做出决定的同一天，有一个人在科莱蒂莉安酒吧门口猛地拍了拍我的肩膀，我一个回头便看见了小斯坦福。我在巴茨工作的时候，小斯坦福是我的助手。诚然，在茫茫人海的伦敦相遇让我感到欣喜若狂，于这座城市相逢旧识显然能成为孤独者的慰藉。虽然以前我和小斯坦福的交情并不算太深，但这种情景下，我和他的寒暄显得十分热络。他也是一样，见到我显得心情很畅快。我情绪高涨，兴奋之余马上提出和他一起去侯本餐厅用午餐，就这样，我们乘车一同往餐厅去。

我们的车快速地穿行在喧嚷的伦敦街道上，在车里，他面露讶异之色，问道："华生，你最近在做什么呢？看你脸色黄蜡蜡，瘦得只有骨架子啦。"

我过往的那些生死经历简直一言难尽，我只好试着言简意赅地长话短说，故事还没结束呢，我们已经到了侯本餐厅。

听说了我遭遇的后，小斯坦福惋惜又同情："你是多么让人可怜啊！那么，当下你打算怎么办呢？"我对他说："我现在打算找个能住的地方，想要租几间房子，租金不贵，经济实惠居住环境又不错的那种，不过这难题能否解决还是个未知数呢。"

小斯坦福说："说来还真是奇怪，你可不是今天第一个跟我讲这种事情的人了。"

我问道："谁是那第一个人？"

"一个在医院的化验室工作的人，他找着了几间条件还不错的房子，但租金实在是太昂贵，他一人负担不起，也没找到能一起住分担房租的对象，从今儿早开始就愁眉苦脸地哀叹呢。"

我说："正好，他需要一个能和他一起合租的人，而我就是他需要的那个人。相比较一个人独来独往的生活，我倒是更倾向于有个人一起。"

小斯坦福的视线从酒杯转移到我的脸上，他满脸讶异地看着我，跟我说说："你一定没听说过夏洛克·福尔摩斯吧？不然你应该不会乐意成为与他长期待在一起的伙伴哩。"

"这是为什么，他为人有什么问题吗？"

"哦，我的意思不是他为人有什么问题。只是他的思维方式有点儿与众不同，他总是在专心致志地钻研一些关于科学的东西。就我对他的了解来说，他的为人十分正派。"

我说："难道说他是学习医科的？"

"不是，我也完全不知道他究竟在研究什么东西，但我知道他擅长解剖学，还是一位数一数二的药剂师。不过据我所知，夏洛克先生尚未完整、体系地研修过医学。他钻研的领域庞大而毫无章法，还是那种稀奇古怪的东西，可就因为这样，他变得学识过人，知道很多冷门的知识，这些令他的老师也备感诧异。"

我问小斯坦福："难道你一次也没询问过他他究竟在研究什么吗？"

"没有，他是那种很难对人敞开心扉的人，尽管有时候他也会说起话来滔滔不绝，那是他心情畅快的时候。"

我对小斯坦福说："我很想会一会这个夏洛克先生。现在我的身体尚未完全康复过来，不堪忍受喧哗，情绪也不能太激动，可以说，在阿富汗战场我已受够了那种感觉，根本一生都想远离那滋味。若是要我和其他人一起住，我十分乐意和一个性格安静又努力学习的人一起。不知道我要如何才能与你说的这位朋友见面呢？"

小斯坦福回答我："毫无疑问，他现在待在医院的化验室里呢。他总是连续几周都不去化验室，如果去了的话就夜以继日地在化验室工作。要是你高兴的话，吃完饭之后我们可以驱车去那儿找他。"

我说："我自然是十分乐意啦！"

之后我们结束了这个话题转而说了些别的。

在从侯本餐厅去医院的路途中，小斯坦福给我补充了许多与那位夏洛克先生有关的具体信息。

小斯坦福告诉我："要是你没有办法与他和谐相处就不是我的错啦。是你自己想要和他合租的，这样的话有什么事也跟我没关系。我不过也是在医院的化验室里和他有过一日之雅，除了我跟你说的那些，我也没什么知道的了。"

我跟他说："要是大家无法融洽相处，好聚好散吧。"我直视着小斯坦福的双眼，跟他说："斯坦福，你怎么一副迫不及待要划清楚河汉界的样子，我看这事有点蹊跷。难道这个夏洛克的性子比传闻中还古怪？还是有其他缘故？别如此支支吾吾的。"

斯坦福微微一笑，回答道："要怎么说呢，这些事难以言喻。不瞒你说，那个人他对于科学太执着、太较真，像是被科学同化了，简直可以用'冷酷'来形容。印象里他还居然让他的朋友品尝植物碱呢。众所周知，他这么做没有心存歹念，也只是一小口，他的动机终究就只是为了研究，不过是想要充分认识植物碱的不同效果而已。在我看来这无可厚非，我觉得福尔摩斯也能毫不犹豫地一下子吃掉它。如此看来，他对于具体的知识有着执着的追求。"

"有如此的想法也很正常呀。"

"话虽如此，但是未免有些过了头。他后来居然还在解剖实验室用棍子敲击尸体，这怎么说也算奇闻一桩吧。"

"敲击尸体！"

"对啊，他想知道尸体上会留下怎样的伤痕。我亲眼看见过他这么做。"

"我记得你说过夏洛克先生不是医科生呀？"

"没错，只有上帝知道他研究的是什么。现在，我们到目的地啦，他究竟是何方神圣，你拭目以待吧。"他一边说我们一边下车，接着踏上一条不宽阔的弄堂，从一扇低矮的侧门进去，到达一间规模较大的医院的侧楼。我十分熟悉这样的布局，用不着人指引我们便踏上白石台阶，拾级而上，走过一段悠长的走廊。走廊两旁的墙壁被粉刷得纯白一片，走过还能看见数量不少暗褐色小门。一段低矮的拱形过道靠在走廊的尽头，从过道便能直达化验室。

化验室非常宽敞，但却乱七八糟，数不胜数的瓶子摆放得一团糟。一些低矮却宽大的桌子成排列队，桌子上摆放着大量的蒸馏瓶、试管和小本生灯，那些本生灯还摇曳着蓝色的焰火。偌大的屋子人烟稀少，只有一个人坐在距离我们很远的一张桌子伏案专心致志地工作着。听闻我们到来的脚步声，他转过身望了我们一眼，然后忽然欢呼雀跃，兴高采烈地喊："我发现了！我发现了！"他朝着小斯坦福高声地喊，他向我们跑来的同时手里还有一个试管，"我发现了一种只有用血色蛋白质才能使之沉淀的试剂，其他化学物质都做不到。"他欣喜若狂，那兴奋的程度不亚于发掘到了金山银山。

斯坦福为我们介绍着彼此，说："这是华生医生，这是福尔摩斯先生。"

"您好。"福尔摩斯十分热情地招呼，还紧紧地握住了我的手。他的孔武有力让我觉得不可思议。

"我一看就能知道，您去过阿富汗。"

我十分讶异，问他："您是如何得知的？"

"这不值一提，"他咯咯地微微一笑，"此时我们要说的是关于血色蛋白质的话题。毋庸置疑，您一定能明白我的这项发现多么举足轻重了吧？"

我对福尔摩斯先生说："不容置疑，就化学层面而言，这发现是意义重大的，但如果说实用性的话……"

"何出此言？先生，这能称得上实用法医学方面这几年来最具有价值的发现了。您怎么会能对我发现的试剂能让我们的血迹鉴定十拿九稳没有信心呢？请过来看一下！"福尔摩斯先生兴冲冲地扯着我的袖子，拉我到他刚刚埋头研究的那张桌子上一探究竟。

"来，我们需要一点新鲜血液。"他一边说一边拿针将他的指头刺破，随后又用吸管将冒出来的血滴吸掉。

"现在，我要将这一滴血滴在这一公升的水里面。如您所见，血滴在这里面产生的液体其实和清水没什么差别，但我依旧笃信不疑，我们会看得出某种具有标志性的反应。"他一边发表他的看法一边将几颗白色的小颗粒扔在盛着水的器皿中，接着还滴下了一些无色的液体。没过多久，器皿里混着血的液体居然呈现出深红色，还有一点点的棕色的晶体慢慢沉淀到容器底部。

"啪啪！啪啪！"他像是一个得到新玩物的儿童那般神采飞扬地鼓着掌喊道，"对此您有什么看法？"

我对福尔摩斯先生说："这么一来，您做的实验十分严谨科学呐。"

"非常棒！根本无与伦比！以往采用的是操作困难也不精确的愈创木液试验法。当然，采取显微镜血球检验法一样不怎么高明，因为显微镜血球检验法在血迹变干几个小时之后就会无用武之地。而如今，不管是新的血迹还是旧的血迹，靠我发现的新试剂，它们都无处可逃。这么一想，之前社会上成千上万的本应当被法律惩治的犯罪就不能凌驾于法律之上了，要是这个鉴定方法能更早问世。"

我低声近乎自言自语："事实如此！"

福尔摩斯先生继续说："这一点对于大量刑事案件的定罪至关重要。有时候找到一个犯罪嫌疑人已经是案发数月后了。之后，经勘验，会发现犯罪嫌疑人的衬衫或其他什么衣物上头留下了褐色的斑点。那么这留下的斑点是什么呢就会成为一个问题，也许为血迹？或者水泥？铁锈或者果汁留下的残渣？这么简单的的问题令众多专家烦恼不已，为何导致这样的局面？究其原因不过是缺少值得信赖的血液测试办法。而如今，世界上出现了夏洛克·福尔摩斯检验法，从今以后可以彻底解决相关问题。"

他遣词造句时双眼放光异常明亮。他的举止也仿佛是站在舞台中央对一些想象之中欢欣鼓掌的观众致谢，他的一只手绅士地放在胸口，还欠身鞠躬。

他溢于言表的欣喜让我不胜讶异，我对他说："福尔摩斯先生，我衷心恭喜你。"

"要是去年就发现福尔摩斯检验法，发生在法兰克福郡的冯·彼少夫一案一定会证据充分，让他认罪伏法接受制裁的。除了这些还有很多案子，布莱德弗郡的梅森案、恶名远扬的摩勒案、新奥尔良的赛姆森案，还有茂姆培利耶的洛菲沃案。诸如此类的案子我数不胜数，至少有二十多件，我的这个检验法能扮演至关重要的角色。"

斯坦福忍俊不禁，他打趣道："你根本就是一本刑事案件百科全书。如果你要创刊办期刊报纸，就取个标题叫'警讯历史报'。"

"能阅览那种报刊肯定十分有意思。"福尔摩斯说着，在刚刚戳破的手指伤口上贴了一小块橡皮膏。

他接着说："我必须要让自己多谨慎。"他抬起脸冲着我抿了抿嘴唇溢起一抹笑容，继续道:"因为我与毒品打交道的次数很频繁。"他一边说一边摊开手手掌给我一探究竟。我看见他的双手因为受到强酸的侵蚀,已经变了颜色,两只手还贴满形状相同的橡皮膏。

此时坐在一只三脚高凳上的斯坦福开了口:"我们俩呢,也是无事不登三宝殿,有件事跟你商量。"

斯坦福抬脚将另一把椅子推往我身边,他继续往下说,"我的朋友华生想有个地方落脚,刚好听到你烦恼没有寻到合租的对象,借此机会就碰巧让你们两人认识认识。"

福尔摩斯先生一听面露喜色,好像很乐意跟我一起住,他对我说:"我选的那地方一定合我们两个人的胃口,是一处位于贝克街的公寓,只是希望您对浓郁的烟草味道不怎么反感。"

我对福尔摩斯先生说:"我也经常会抽轮船牌香烟。"

"这样再好不过,但我时不时会弄一些化学物品,也会做一些实验,那会让你介意吗?"

"肯定不会。"

"容我想想看,我还有其他别的毛病呢?我有些时候会情绪低落,一连数日闷着不言不语;遇到我这种情况的时候千万别认为我在发脾气,您不要管我,过段时间我自然会好转。您现在也应该说点什么吧,关于您的缺点?在我们做出住在一起的决前,清楚地知道彼此的最大缺点是很必要的。"

他如此刨根盘问让我忍俊不禁。我告诉他:"我养了一条小牛头犬,最受不了热闹,因为我的神经曾受过伤。而且我还十分懒,从不准点起床,虽然在我身体状况还不错的那会儿,还有很多另外的恶习,但当下我主要的毛病就这些。"

他急不可待地再次发问:"您所说的吵闹包括拉提琴吗?"

我跟他说:"那取决于拉提琴人的水准。奏得好的小提琴不啻是宛转悠扬的仙乐,若是水平差强人意……"

他满面春风地朗声道:"噢,要是我选的那房子您也比较中意,合租的事我们算是达成一致了。"

"我们什么时候能去看那些房间?"

"明天中午吧,您还是到化验室找我,之后我们再一道去看房,把所有问题都解决掉。"

"没问题,准时中午见。"我说道,同时握住他的手。

我们离开时,福尔摩斯先生仍旧埋头于各种化学药品中忘我地工作。我们一起去往我所居住的旅馆。

"顺带提一下,"我停下脚步,转过身望向斯坦福,突然地开口:"他究竟是如何看出我是从阿富汗来的呀?"

小斯坦福脸上呈现出神秘的笑容，他告诉我："这正是他与众不同之处。不少人都十分疑惑他到底如何看破事情真相的。"

"喔，这应该算是一种不解之谜吧？"我摩挲着我的双手，朗声道，"这个非常有意思。通过你的介绍我们俩才得以相知相识，对此我不胜感激。你应该明白这个道理的，'研究人类的正确方法莫过于从人开始'。"

"这样，你必须好好研究他。"斯坦福跟我告别的时对我说，"不过你会发现，他根本就是个无法攻克的世纪难题。我敢打包票，他看穿你要比你看穿他简单得多，再见了！"

"再见！"我跟小斯坦福告别，接着继续朝着我的旅馆缓步前行，能结交到福尔摩斯这个朋友，我感到十分有意思。

第二章　演绎法

第二天，按照他的安排我们进行了会面，还查看了我们上一次会面时候他曾经说起过的贝克街221号B座的那些房间。这些房间包括两间惬意的卧房和一间开阔又通风的大厅，室内布置令人心情舒畅，加上两个大宽窗让屋子采光十分好，相当亮堂。可以说，这些房间各方面都让人称心如意。我们分摊房租后，费用十分适中，于是我们立即达成合意，马上租下了这些房间。当天晚上，我便从旅馆把自己的东西搬了过来。隔天一大早，夏洛克·福尔摩斯也陆陆续续将好几只皮包和旅行箱搬了过来。我们整理自己的行李，布置房间，忙忙碌碌了好一阵子。做完后，我们渐渐平静下来，适应了新的环境。

诚然，夏洛克·福尔摩斯先生并非那种不好相处的人。他处事从容，生活相当有规律，基本在十点前就上床睡觉了。早上在我起床前他往往已经解决了早餐出门了。有时他一天都在化学实验室里度过，有时会在解剖室；有时也会走很长一段路去散步，这好像把他带到了城里最底层的地区。他工作起来情绪高涨，精力过人，万夫莫敌。但他也会行为反常，一连几天躺在大厅的沙发上，不分昼夜地一声不吭，甚至毫无动静。每当遇到这些时刻，我就注意到他的眼中有一种魂不守舍的神色。要不是他在生活中自我克制、洁身自好，我就可能会怀疑他服用麻醉剂上了瘾。

几周过后，我对福尔摩斯先生的兴趣和生活目标的好奇心亦渐渐增强。他的容貌身形随便让人一看都会令人侧目不已。他身高超过六英尺，瘦骨嶙峋，显得越发高大。除了我之前曾提过的那些迟钝的时刻，他都目光炯炯。瘦长的鹰钩鼻使得他整个表情敏锐果敢。

他的下巴也突出方正，表明了他是一个意志坚强的人。尽管他的双手总是斑斑点点，整天与墨水以及化学物品为伍，但举止还是非常灵敏细腻。因为在平时，他总会熟练操作那些脆弱精确的化验仪器，我总是有机会在旁观看。

不得不承认，夏洛克·福尔摩斯这人激发了我强烈的好奇心，我常常拼劲全力打破他那有关自己的一切三缄其口的规则，读者可能会觉得，我是个无药可救的好管闲事之人。然而，在读者们盖棺论定之前，烦请试想一下我每天的日子是如此漫无目的，生活在这样的环境中，吸引我好奇心的人和事又那么少。

我的身体状况又不允许我冒险外出，当然，十分宜人的天气情况除外。

而且，几乎没有朋友上门拜访我，让我打破枯燥日常的桎梏。如此一来，我对在我周遭的朋友们的大小秘密兴趣浓厚，还把许多时光都用在揭开谜底上。

他在钻研医事科学。当福尔摩斯先生回答我抛出的一个疑问后，他亲自进一步印证了斯坦福关于这一点的看法。他不仅不是为获得理科学位而攻读任何课程，也完全没有那种通过另外公认的途径来让自己跻身学术界的想法。但是，他在有些领域埋头研究的热情却让人瞠目结舌，而且在许多千奇百怪的研究范围内，福尔摩斯先生的知识量非常丰富细致，所以他的见解总是让我相当讶异。诚然，要是一个人并非冲着某种明确目标，绝对不可能如此不辞辛劳地钻研，更不会获得如此精切的学问。杂乱无章的读者很少会学术涵养深厚，锋芒毕露。要不是存在非常必要的原因，否则谁也不会为一点小事而增加自己的思想负担。

他的无知领域像他丰富的知识量一样令人瞠目结舌。他好像对当代文学、哲学和政治领域的东西一无所知。在我引用托马斯·卡莱尔的所说的话时，他一脸天真地问我"谁是卡莱尔"，还问了我卡莱尔都做过些什么事儿。然而，当我偶然发现他对太阳中心说和太阳系的构成一无所知的时候，我惊讶到了极点。在我看来，在十九世纪还有文明人不明白地球围绕着太阳运行的这个真理，这根本是奇闻。

"你似乎非常惊讶呢。"见我如此难以置信的表情，他不自觉嘴角上扬，说，"因为我的确明白这一点，所以我要竭尽所能将其遗忘。"

"将其遗忘！"

"你明白。"他解释说，"在我看来，人类的大脑原本就仿佛一间狭小而又空荡荡的阁楼，必须得有取舍地将许多家具放在里面。傻子才会将他遇见的良莠不齐的家具全部放在里面。如此可能会适得其反，原本有用武之地的知识都会被挤出来；可能还有一种情况，最大程度上也不过是与大量另外的知识混在一起。这样会导致他在运用时产生障碍。那么，一个技术熟练的人往大脑阁楼里放一些东西的时候，在选择应该放什么上他的确会小心翼翼。他可能只会留下对工作有帮助的工具，那些工具还井井有条、面面俱到，其余的他都不要。若是认为这狭小的阁楼配备颇富弹性的墙壁，能够扩张到任何程度，那是一种谬论。我敢说，在不久的将来，你将会把过去能信手拈来的知识通通遗忘，只要你不断地吸收新东西。因此，切勿让那些无用武之地的东西挤掉有用的东西，这是至关重要的。"

"但，这可是关乎太阳系的知识！"我反驳道。

"这到底和我有什么关系。"他迫不及待地打断我，"你说地球是围绕太阳旋转，但那又怎样，哪怕地球是围绕月亮旋转，都对我以及我的工作无关紧要。"

我正打算开口问他那项工作可能会是什么样的工作，但他的举止向我表明了一件事，这个问题可能未必会得到我想要的答案。不过，我反复思量了一下我们之间的简短对话，试图尽可能地从中找到微量蛛丝马迹。福尔摩斯先生说他不乐意去涉猎和他研究领域以及研究目标没有联系的知识，由此可知，他拥有的所有知识无疑全部对他有用武之地。

我在心里列举出他向我显示出的尤其灵通的所有的学科，我甚至把不同的要点用铅笔将它们草草记下来。我完成后，情不自禁地露出了微笑。记录是这样写的：

夏洛克·福尔摩斯的知识范围：

1．文学方面知识——没有。

2．哲学方面知识——没有。

3．天文学方面知识——没有。

4．政治学方面知识——一点点。

5．植物学方面知识——反复不定。常常精通颠茄、鸦片和有毒物质。但在实用园艺学方面依旧一片空白。

6．地质学方面知识——侧重实用，但还是一知半解。不过能一眼就断定各种的土质。曾经有一次，他正好散步回家，给我看过溅在他长裤上的污泥痕迹，他有本事依据它们的颜色和浓度告诉我，他是在伦敦哪个地区沾染上的。

7．化学方面知识——渊博。

8．解剖学方面知识——精准，却不成系统。

9．耸人听闻的文献知识方面——相当深厚，他对本世纪发生的每个恐怖事件了如指掌。

10．小提琴弹奏得不错。

11．擅长单棍搏斗、拳击以及击剑。

12. 充分了解英国法律的实务类知识。

列出这几条后,我感到十分沮丧,就把列举的这张纸扔进了火盆。

"要是我将这些技能全部凑在一起,并发现一种需要这些技能的职业,但到头来我还是根本无法搞明白这个家伙是在做什么,那对我来说,趁早断了这种念头才是明智之举。"我自言自语道。

我曾经在上文提及福尔摩斯先生弹奏小提琴的技能。尽管他弹奏小提琴的本事十分高明,但不得不说,这项技能跟他另外的技能一样,弥漫着稀奇古怪的味道。我完全明白,福尔摩斯能演奏一些相当有难度的曲子。出于我的盛情邀请,他也曾给我演奏过门德尔松的几首抒情曲,以及好几首他中意已久的曲目。然而,在福尔摩斯先生一个人独处的时间里,他很少能演奏出众所周知的曲ма。傍晚时分,他常常倚在靠背椅里,闭着双眼,漫不经心地拉着横在臂上的小提琴。他的琴声有时嘹亮悲怆,有时却美妙愉悦。

显而易见,它们恰如其分地反映出某个时刻支配着他本人的一些思想,但那些曲子是有助于他脑中的这些思想,抑或它们不过只是他一时兴起想象中的产物,我也不能下定论。要不是福尔摩斯先生总是在他拉的那些恼人独奏后紧接着奏出几支我比较中意的曲调,我可能会在强烈的厌恶下情绪失控,还好,有那些优美的曲子来弥补我受伤的心。

前一周,我们没有任何上门的客人。我开始认为福尔摩斯先生可能和我境遇相同,孑然一人无亲无友。然而,没过多长时间,我就发现,他还是有大量熟人的,并且,那些熟人还都来自各个相异的社会阶层。他们中有一个家伙个子矮小,皮肤灰黄,贼眉鼠眼,眼睛乌黑。福尔摩斯跟我介绍说,这个人的名字叫作雷斯特雷德,他每周来拜访三四次。一日清晨,来了一位打扮时尚的年轻女子,呆了超过半个小时才离开。那天下午,还来了一个穿着邋遢、一头灰发的客人,一副犹太小贩的模样。在我看来,他的心情非常激动,神情也异常紧张,一个衣衫不整的老妇人紧紧跟在他身后。还有一回,一位白发苍苍的老先生会见了福尔摩斯先生,另外,还来过一个穿着棉绒衣裤的铁路搬运工。一旦这些莫名其妙的客人们上门拜访,夏洛克·福尔摩斯先生就会提出让他单独使用大厅。

于是,那时候我总是一个人呆在卧室。他总是会因由此带来的各种不便向我表示歉意。他这样告诉我:"因为这些来访的人都是我的顾客,所以我情非得已地要将这大厅用作办公的场所。"我想,这给了我一个极好的契机让我能直截了当地提出疑问,而我的细心体贴又阻止我强迫对方向我坦诚相对。我在心里这么告诉自己,他对自己的工作绝口不提,绝对有充足理由或苦衷。然而,事隔几天,他自己主动地提及了这个话题,彻底改变了我以前的想法。

我笃定我的记忆没有偏差，那是在三月四日，我起得比平常稍微早点儿，那时候福尔摩斯先生的早饭还尚未结束。房东太太早就已经习惯我那晚点起床的生活规律，所以没有在餐桌上给我留一个位置，甚至也没有准备我的咖啡。顿时间我有点无名暗火，气急败坏地按了按铃，几近粗鲁地通知房东太太，我要开始吃早饭了。随后，我拿起桌子上的杂志，随手翻看希望可以用杂志来打发略显漫长的等待，而坐在桌旁的福尔摩斯先生呢，只是默默无言地细嚼慢咽着烤面包。我看到其中有一篇文章的标题处残留着被人用铅笔画过的痕迹，我下意识地从这一篇开始看。

　　"人生之书"的文章标题怎么看都有矫情的成分。作者试图用文章让人相信一个道理：如果观察敏锐的人能够在处世接物时对他遇到的一切进行准确而整体的观察，他可能会受益匪浅。这篇文章给我最强烈的感受就是，它既精明出色，又有点滑天下之大稽。尽管推理方面称得上紧凑严密，但在我看来，演绎显得有些牵强附会，言过其实。作者在文中写道，只要通过刹那间的动作表情就能彻底了解一个人内心深处潜藏的思想，包括肌肉的细小抽搐或不经意间的一个眼神。依照他的观点，对训练有素擅长观察以及分析的人而言，"欺骗"简直没有任何生存空间。不得不承认，该作者表达的观点仿佛欧几里得提出的众多定理那般，准确无误。但是他的这些观点对于缺乏经验的人来说无疑是非常惊人的，若是搞不清楚他是通过什么实践才得出这般近乎真理的阐述，那些门外汉定然会将他看成是一个能够未卜先知的超能力者。

　　作者这样表述："只要有一滴水，不用亲眼看到或亲耳听到，逻辑学家就可以推断出水是来自于大西洋或尼亚加拉瀑布。因此，整个人生不啻一根硕大无比的链条，我们可以见微知著，正如一叶知秋，通过链条上的某个环节便可知悉其全部的特征。和另外所有的技能相同，演绎和分析的科学方法必须通过长时间潜心研讲究方可得其要领，哪怕有些人穷其一生，也不足以把这种科学方法掌握得尽善尽美。刚开始接触这些的人，在转向呈现最大困难的那些涉及道德方面和心理方面的事情之前，最恰当的还是从攻克最基本简单的问题开始。

　　"举例来说，在你偶尔碰见某人的时候，要能一眼看出他身上背负的过去和从事的行业或职业。尽管这种练习可能看上去有点不高明，甚至是无趣幼稚的，不可否认的是通过这种训练可以让人慢慢拥有敏锐的观察，还能让人学会一件事：视线到底该落在何处，到底该寻找什么东西。通过观察对方的指甲、衬衣袖口、脸上的表情、靴子、衣袖膝盖部位裤子的情况、双手虎口部位的老茧等等，通过我列举出的这些细节部分，就可以明显地知道他所从事的职业。若是将全部线索凑在一起形成有机整体还不能让有资格的案件调查者豁然开朗，那简直令人难以置信。"

　　"简直是胡说八道！"看到此处，我耐不住性子地将杂志甩在桌上，提高声调说："这是我迄今为阅读过的最拙劣的文章。"

　　"哪篇文章？"福尔摩斯问道。

"啊，就这篇，叫'人生之书'的。"我用小匙点着我刚刚看的那文章，准备坐下来吃早饭，我对福尔摩斯先生道，"我看你早就看过这篇文章了，我看见了你在标题下画的铅笔痕迹。整篇文章遣词造句等方面可圈可点，我不得不承认这一点，不过，阅览后我总觉得有点气不打一处来。显而易见，这全是某个习惯纸上谈兵的碌碌无为之庸人坐在与世隔绝的书房演绎出来的种种泛泛而谈的所谓小妙论而已，他的观点完全脱离现实。我真想看看要是将他关在地铁的最差等车厢中，他能不能将这个车厢里所有人从事的职业一一道明。要我与他下一个赌注一千比的赌约也没问题。"

"你一定会成为输家，"夏洛克·福尔摩斯先生平静地开口："我是那篇文章的作者。"

"怎么是你？"

"是的，我既爱好观察也痴迷于推理，可以说在观察推理上我略有心得。这篇文章中我所谈到的一些道理在你看来似乎荒诞不经，但它们的确十分有实用价值，实用到我要依靠它们来赚到我手中的这个干酪和面包的地步。"

"你是如何依靠的呢？"我不禁问道。

"是这样的，我自己有我的工作。恐怕整个世界上可能就我一人从事这种职业啦，我想。我希望你应该会知道我从事的是什么，我是一名'顾问侦探'。大量的官方侦探和私人侦探布满伦敦城的每一个角落，有很多家就会在陷入窘境时上门拜访我，然后我会想方设法地解决他们的各种问题。这些来拜访的人总是会将全部的证据摆在我面前，我常常会借助我对犯罪史领域的充分了解，替他们拨乱反正。所有的犯罪行为皆具有共同点，可以说万变不离其宗，若是你对1000个刑事案件的各种细节都明白通晓，要是被第1001个刑事案难倒的话，那么简直太不像话了。雷斯特雷德也是一个颇具盛名的侦探，但最近他被一起伪造案弄得晕头转向，只好过来寻求我的帮助。"

"那么其他的人为什么过来呢？"

"那些人大多数是被私家侦探介绍来的，他们全部是陷入窘境想要我来指点迷津的。我会非常耐心地听他们讲述的事情发生的过程，然后，他们则会从我这里得到稍微的点拨，如此一来，我就能取得一定数目的酬金。"

我继续问他，"照你的话说，尽管其他人亲身看见不同的细节也不能切实地解决问题，但是你却能足不出户只听讲述就让所有的疑难杂症迎刃而解？"

"就是这样，没错。可以说，我在推理那方面有种异于常人的直觉。当然，时不时的也会碰见比其他案子要棘手的案件，若是碰到的话，我就会忙碌起来，不免要亲眼去看一看到底什么情况。如你所知，我具有可以应用于这种疑难问题的大量特别领域的知识，能够轻轻松松地解决问题。尽管我写的那文章中谈及的一些演绎规则引来你一顿冷嘲热讽，但是我不得不说，他们是我实际工作里的宝贵财富。观察对于我来说就是第二天性。还记得我们头一遭见面，我断言你是从阿富汗回来的时候，你似乎十分震惊呢。"

"毫无疑问，是谁跟你说过这件事吧。"

"绝不是那样。我看见你的那一瞬间几乎就明白你从阿富汗来。因为我已经长期习惯一连串的思想一股脑地从我脑海中掠过，所以虽然还没能够觉察出推理演绎的全部步骤，我却已经得到了最后的答案。然而，这过程当中必然存在某些步骤。你是来自阿富汗这点，我的一串推理是：'这一看就是位具有医生气质的先生，不过还带着浓郁的军人风度。如此一来显而易见的是，这位先生应该当过军医。而且他手腕白皙，脸却是黑黢黢的，便可得知这黑色不是他皮肤的天然色，那么就能推理出他才从热带地区回来没多久。加上他一张饱经沧桑又大病初愈的憔悴脸庞以及动作僵硬举止不自然的受伤的左臂，答案非常明显。试想什么热带地区能让一位英国军医饱经磨难还弄伤胳膊？答案呼之欲出，阿富汗战场。这整个系统的思维仅仅占用了不超过一秒钟的时间，所以我才能不假思索地说你来自阿富汗，而且还让你大吃一惊呢。"

"你将整个前因后果解释一通之后，情况就变得不那么复杂了。"我微笑地对福尔摩斯先生道，"你这个人令我不得不联想到埃德加·爱伦·坡所著的某部小说里杜平，他和你一样也是侦探。这简直令人难以置信，那样的人物竟然真存在于故事之外。"

夏洛克·福尔摩斯站起身来并且动作娴熟地拿出烟斗开始抽烟。

"你肯定会觉得将我这个人和小说里的杜平同日而语对我来说是一种褒扬，但，对我而言，杜平根本就是不值一提的存在。他总是要保持缄默十几分钟后才猛地打断朋友们的思绪，这浮夸又显得矫情的手段，我非常不屑。杜平那家伙的确在分析和推理能力方面超乎常人，这一点谁都不可否认，但他也并非爱伦·坡设置的那般无与伦比。"福尔摩斯这么说。

"你看过佳博里约的书吗？他小说里塑造的勒考克对你而言能称为合格的侦探吗？你会怎么评价他呢？"我问他。

夏洛克·福尔摩斯嗤之以鼻。"勒考克那家伙就是个没什么本事的大蠢货。"福尔摩斯一脸嫌弃，语气轻蔑："那家伙的充沛精力就是唯一的可取之处了，再无其他优点。那种小说只能令人反感甚至恶心不已，该小说的唯一宗旨便是教人如何分辨出那些潜伏很深不容易乖乖就范的犯罪嫌疑人。不是我说，那种称不上难题的东西用不了一天我就能做到了。看看勒考克那笨蛋，整整耗了大半年的光景。这漫长珍贵的六个月应该用来做个反面教材给各种侦探们敲敲警钟，告诉他们侦探的禁忌为何，以后千万别做这样的傻事。"

福尔摩斯的倨傲让我内心无比愤懑，在他的口中眼中我敬重的两位侦探竟然如此不堪，令人一时间无法接受。

　　为了缓解心中的郁闷，我信步走向窗户，落寞地凝视喧嚣的马路。"或许这个家伙智商异于常人，然而他的傲慢自恋也超乎常人。"我在窗边喃喃自语着。

　　"最近一段时间都缺乏刑事案案件，没有刑事案件发生就不会有需要找的犯罪嫌疑人，再这么下去的话，像我一样的专职侦探就无用武之地了，脑子思考的能力也会慢慢衰退。"他轻声抱怨，表达着对现状的不满。

　　他接着说："我可以笃定地说，我万夫莫敌的知识面能够让福尔摩斯这个名字家喻户晓。在罪案刑侦甚至犯罪现场调查的技术和天赋上，根本是前无古人后无来者，任何人无法超越我。但那又如何？根本怀才不遇，英雄无用武之地，既缺少能够展现我才能的刑事案件，虽然总有一些案子，但那些笨手笨脚的案件毫无技术含量可言，动机清楚简单，叫伦敦警察厅的警官来办，都会短时间破案。"

　　若是继续听他盲目自夸自大的言论，我一定会雷霆万钧火冒三丈，所以我明智地打算结束这个主题。

　　"真令人疑惑，那家伙在寻什么东西呢？"我点了点一个身强体壮、打扮朴实的人问。这个人沿着街道的另一边缓缓前行，看他的样子，正神情忧郁地查看每家每户的门牌号，他手里的大号蓝色信封表明他是位信使。

　　"你在指那个海军陆战队的退伍战士吗？"夏洛克·福尔摩斯蓦然开口。

　　"还自吹自擂呢！他心知肚明，根本不能验证他自己的说法。"我暗自寻思。

　　我心里想的话还在我的脑海里盘旋，却发现我一直看着的那个人从对街疾步而来，他似乎是看到我们房子的门牌号后才飞身而来的。接着便听到了一连串的吵闹声，其中包括他响亮又频繁的敲门声、楼下低沉的讲话声以及从楼梯传来的闷闷的脚步声。

　　"这是要给夏洛克·福尔摩斯先生的信。"信使刚踏进房门，就迫不及待地将手中的大信封递给了福尔摩斯。

　　他刚刚信口开河的时候一定没料到这信差会自己送上门来让他搬起石头砸自己的脚，我想，他的到来是给夏洛克·福尔摩斯下马威的绝佳时机。我拿出最绅士、最友好的语气，开口问他："年轻人，冒昧地一问，你做什么工作？"

　　"先生，是信差。"信使声音很粗，不慌不忙地告诉我，"制服送去修补还没拿回来呢。"

　　"那么，以前你从事什么职业的？"开口的瞬间，我向福尔摩斯投以不怀好意的一瞥。

　　"我曾服役于皇家海军陆战队，是步兵中队的士官。先生，有回信吗？那就这样，先生。"

　　那小伙子啪嗒地并起双脚脚跟，敬了一个标准的军礼才飘然而去。

第三章　劳里斯顿花园街迷案

诚然，我无法否认这一点，福尔摩斯先生的观点再次被实践所认同，虽然着实叫人叹为观止，但自此之后我开始打心里敬重他超群绝世的演绎推理之才。然而，我依旧心存疑虑，害怕这一切的一切不过是他下的一盘棋，预先安排，谋划已久地想迷惑我，让我丑态百出，但这么一想之后我也无法弄清他想让我出洋相的动机。我抬眼望向已经将整封信看完的福尔摩斯，他的表情十分迷惘，六神无主，魂不守舍。

"为什么你会知道这一切？"我问他。

"什么知不知道？"他的语气粗鲁中带着随便。

"你为什么能推断出信使是海军陆战队的退伍士官？"

他的语气近乎粗暴："我没空说这样那样鸡毛蒜皮的事。"但却又挂上了笑容，告诉我："对不起，请别在意我一时的粗鲁。就算你打断了我的思绪也没有关系，但认真地问你，你怎么能看不出他以前是服役海军陆战队的士官？"

"没骗你，没看出来。"

"要我说出前因后果要比明白事实有难度得多。这就像你确信2加2等于4，但要你证明这个众所周知的公理却难于登天，过于简单的事情反而不好证明。就算是他远远地站在对街，我依旧能清楚地捕捉到他手背上蓝色的刺青——船锚，船锚不正是海军的标志么，更不用提他浑身散发着的军人风度，还保存了正规军的络腮胡，从这些细节我可以笃定那家伙曾经服役于海军陆战队。再瞧瞧他那颐指气使、盛气凌人的气质举止，一秒钟便令人联想到他雄赳赳气昂昂舞杖的画面。就光从表面你就能知道，那家伙踏实又稳重，带着独当一面的风范，综上所述，那些线索和细节让我确定他以前是士官级别的。"

"简直太棒了！"我脱口而出。

"没什么特别的，老生常谈罢了。"虽然福尔摩斯如是说，然而福尔摩斯的表情告诉我，他对于我毫不掩饰地表达出内心的敬重和惊讶是十分开心的。

"上一秒我说错了，我居然说缺少能让我发挥的案子，你过来看呀！"

他将退伍军人刚刚送上门的信件丢给我看，我扫了一眼，忍不住地惊呼出："啊，简直是太惊悚了！"

"如此来看，果真事有蹊跷，你能否帮我朗读一下信中的具体内容？"福尔摩斯语气平缓，淡然自若。

我所朗读的信的内容如下：

尊敬的夏洛克·福尔摩斯先生：

　　昨日半夜里从布里克斯顿路拐进去的劳里斯顿花园街三号发生了一起恶性谋杀案。我们的巡警大概是在凌晨两点前后发现那里的灯亮着，众所周知，那房子向来是空无一人的，所以巡警自然觉得事有蹊跷，前去一探究竟。那警察一去看见大门敞开，前室什么都没有，却意外发现一具男尸，他的穿着十分考究，在他的裤子口袋中还发现了写着"伊诺克·J·德雷柏，美国俄亥俄州克利夫兰市"的名片。经过初步勘验发现，屋内没有财产犯罪的痕迹，也没有其如何死亡的线索。房间里发现了一些血溅痕迹，不过令人疑惑的是，尸体上没有任何受伤的蛛丝马迹，我们也不知道这死亡的无名氏是怎么到达案发现场的，这些疑问让整个案子成了一个谜，我们任重道远。我会一直在现场等待您的到来，12点以前的任何时刻都不成问题，衷心地期盼您的到来。在我得到您的回信之前案发现场都不会有任何变动。若是您不得空亲自来现场，我也会提供更加具体的细节，希望您能不吝赐教，我将不胜感激。

您忠实的
托拜厄斯·格雷格森

"格雷格森称得上伦敦警察厅最精明的人了。"福尔摩斯对我说，"跟那些笨蛋们相比格雷格森和雷斯特雷德是十分出色能干的。这俩人动作敏捷、精力充沛，然而却全是那种墨守成规的人，可以说相当死板。而且，格雷格森和雷斯特雷德两人之间总是互相暗算，明争暗斗，火药味浓重，一逮到机会就挪揄对方，这两人总是如卖笑女那样善妒并且互相猜忌。若是他们俩都要管这起案件的闲事，肯定是妙趣横生的一件事啊！"

我对他侃侃而谈、镇定自若的样子备感震惊。我只好提高音量对他喊："这件事根本就刻不容缓，我去帮你找个马车怎么样？"

"我还在考虑到底要不要去看看呢。尽管有些时候我也动作迅速，比较殷勤，但当我懒惰的毛病发作的时候，就全宇宙也无药可救。"

"可是你不是想要有挑战力的能展现你才能的案子吗？这就送到你面前了啊。"

"老伙计，这个案子于我算什么呢？假使我破了整个案子，你可以放心，飞鸟尽，良弓藏，鉴于我没有官方背景这一点，格雷格森他们俩人肯定将所有的荣誉都揽在自己身上。"

"然而现在很明显，他强烈希望你能帮。"

"没错，他相比于我稍逊一筹，在这点上他有自知之明，但这个人就算失去说话的能力也不会向别人坦然接受他比我差的事实，那家伙只会在我面前低头承认，然而，我们去看看也没什么损失。我要是想，能靠一己之力揭开案件的谜底。哪怕最后我一无所获，也能给这俩人点颜色看看，我们启程吧。"

他急急忙忙穿上大衣，那迫不及待的举止恰如其分地表明，精力充沛的一面早已势不可当来势汹汹地消灭了他所有的懈怠懒惰和漠不关心。

"请去拿您的帽子吧。"

"如果我跟你一起是你想要的吗？"

"当然，要是你不需要忙其他更重要的事。"我们坐进双轮双座马车快马加鞭驶往布里克斯顿路是一分钟以后的事了。

早晨的天气十分阴沉，而且雾霾很重，薄薄的暗褐色天幕紧紧地笼罩着屋顶，仿佛是倒影在屋顶上的曲折街道那般神秘。福尔摩斯先生神采飞扬，滔滔不绝地说着一些知识，关于产自意大利克里莫纳的小提琴与斯特拉迪瓦里小提琴以及阿玛蒂小提琴到底有什么差异，至于我呢，则沉默不语，做一个合格的听众，缘由是阴暗压抑的天气简直是给此等惨绝人寰的案子雪上加霜，让人怎么也快乐不起来。

"怎么你似乎对手头的这个任务有点漠不关心。"终于，我耐不住性子地打断了他关于音乐的话题。

"现在证据线索还很不充分呢。"他对我说，"若推理不是建立在完全把握所有证据的基础之上，将让得到的结果偏离真相，这是刑侦大忌。"

"这些马上就会送到你面前了。"我一边伸出食指一边告诉福尔摩斯："如果我看的是对的，我们已经到达布里克斯顿路花园街了，不远处正是发现尸体的地点。"

"就是这里。可以停车了，师傅！"明明距离案发现场还剩下不止100码的路程，在他的执拗下我们是徒步走过去的。

劳里斯顿花园街三号似乎带着与生俱来的凶险，光看那样子我就知道。发生命案的房子是这一处连在一起的四间别墅之一，这里远离街道，其中一半在使用中，剩下的一半无人居住，案发现场便为无人居住的房间之一。

那发生凶案的房子里靠着街道的三排窗由于长期的闲置早已不堪入目，单调沉闷，唯一的"景色"便是那布满整墙的告示，上面写着"出租"两个大字，不啻患病者眼中的白内障那般突兀。

让这四间别墅泾渭分明的是每家门前有一座小花园,花园里草木扶疏,因为一整夜的暴雨让一条小路非常泥泞,那小路呈现出淡黄色,显然是由粘土和砂砾铺设而成的。小花园里还有3英尺左右高的砖墙,墙顶上还设置了木制的围栏。

靠着这堵墙的是个人高马大的探员,他的身旁还零零散散地站着一些好事者,他们伸长脖子瞪大双眼以期冀窥探里屋的状况,不过很显然,只是徒劳无功枉费心机罢了。

原本我的设想是,夏洛克·福尔摩斯必然会迫不及待地冲到屋里,投身破解摆在眼前的疑点重重的罪案。但出乎我的意料,他显得慢条斯理,并没有表现出急于进行下一步的意图,那若无其事的表情在如此的重要时刻多少显得做作矫情。福尔摩斯像是个无头苍蝇那样时而抬头仰望天空时而低头凝望地面,时而又呆呆地望着房子和木围栏,整个过程中他就在人行道上游来荡去的,以便于察看。经过他一番细致入微的勘验,他又缓缓地踏上那条泥泞的小路,也许更准确地说,是沿着路旁的草坪踏上小径,开始专心致志地在路面寻找线索。

一路上他的脚步停了两次,其中一回我不仅捕捉到了他嘴角上扬的表情,还有那心满意足地惊呼。我想不通的是,这条湿漉漉的泥路有什么探索的价值呢?虽然雨后留下了大量的脚印,但来来往往的警探们的脚印早就破坏了有意义的证据,让这条路几乎派不上用场。尽管如此,我仍然记得他是怎样以惊为天人的方法来印证他那洞悉一切的超群观察才能,所以基于这一点,我笃定福尔摩斯能发现我忽略的一些细节。

一个肤色白皙、发色微黄、个子高大、手拿笔记本的人在发生命案的房门前等待着我们。他兴冲冲地到我们面前一把抓住了福尔摩斯的手,他洋溢着满腔热忱,"太好啦,你能亲自过来,这里的所有东西都没移动过。"

"那里就是个例外!"福尔摩斯点着泥泞小径路,话有所指:"简直坏到无以复加啊!恐怕一群水牛也没本事将那毁成那样。不过,毫无疑问,格雷格森,若不是你心里已经有了确凿的想法,断不会让其他人践踏那条路。"

格雷格森含糊其辞地推卸责任:"我把房间外的工作全权委托给我的同事雷斯特雷德先生啦,他是外面的负责人,里屋的事已经让我焦头烂额了。"

我的伙伴不着痕迹地瞥我一眼,对我挤眉弄眼,然后开了口:"其他人根本就没有用武之地啊,只要你和雷斯特雷德两个厉害的家伙就够了。"

格雷格森自鸣得意地摩擦着双手,回答道:"此次的凶案着实疑点重重,简直是为福尔摩斯先生量身定做的啊,在我看来,我俩已经使出浑身解数了,依旧没什么实质性进展。"

夏洛克·福尔摩斯问他:"你是坐马车来的?"

"不是的。"

"雷斯特雷德也不是坐马车来的？"

"是的，他不是坐马车来的。"

"这样的话我们进屋看看吧。"

他结束前言不搭后语的对话，大步流星地走进案发现场。紧随其后的格雷格森显得十分讶异。

走过一条满是灰尘也未铺设地毯的通向厨房的短过道，能看见过道两旁的两扇门，左右均分。显而易见，有一扇早被弃用了，没有使用的痕迹，从第二扇门进去就是找到尸体的餐厅。我跟着夏洛克·福尔摩斯进入现场，一股压制和失落感油然而生，我想该归咎于被发现的尸体。

缺少家具陈设的偌大方形屋空空荡荡，大得可怕。它的墙壁因发霉而显得斑斑点点，与贴着的粗俗壁纸一样难看，常年的失修也导致墙面大块脱落，甚至都能将下面的黄色灰泥一览无遗。正对着门的壁炉十分显眼，它的框架由白色的仿大理石拱顶构成，壁炉的一边角落上插着一段未全部燃烧的红色蜡烛。环视四周，仅有的一扇窗非常肮脏，闪烁不定的光线让整间屋子暗无天日，仿佛给所有的实物都蒙上了一层阴影，加之覆盖在屋内的如雪一般堆积的灰尘，昏暗的感觉愈发浓重。

事后我才观察到这所有的细节。在我刚踏入餐厅时，那阴森森、孤零零、静止不动的尸体就吸引了我全部的视线。死者身体伸展着躺在冷冰的地板上，失焦无神的瞳孔直直地仰望已经老旧的天花板，再一细看，该男性三四十岁的样子，两肩宽厚，体型中等，黑色卷发，又短又硬的络腮胡，上身是一袭黑色的质地精良的毛呢西服以及马甲，挺括的衣领和袖口还十分洁白，下身是浅色西裤。尸体的旁边放着一顶大礼帽，刷洗一新，相当整齐。从死者的动作能知道，他经历过剧烈的垂死挣扎，只见他两手紧握，两条手臂往外展开，下肢交叉，没有血色的脸旁还残留着临死前的惊惶，怎么说呢，那是一种我见所未见的表情，我将他解读为怨恨、仇恨。这种可怕扭曲的狰狞面目，加上低额头、扁鼻子、凸下巴的面部特征，让我不寒而栗，此时此刻的尸体仿佛是万分怪异的类人猿，越看越觉得诡异恐怖。无论多么千奇百怪的死状我都领教过，可此时此刻躺在伦敦市郊大道这所肮脏昏暗的空房里的这具尸体，是我所见过的最不可思议、最惊悚人心的。

素来带着侦探腔调的、瘦骨嶙峋的雷斯特雷德直立于门口，迎接福尔摩斯和我。

"先生，我能预见此次凶案将闹得沸沸扬扬尽人皆知，尽管我称得上经验丰富，但如此不可思议光怪陆离的案子真是没接触过。"他说。

"有头绪吗？"格雷格森问雷斯特雷德。

雷斯特雷德立即接腔："什么都没发现。"

夏洛克·福尔摩斯走近尸体，然后单膝跪地，一丝不苟地勘验尸体。

他指着墙面上飞溅四处的斑斑血迹问："百分之百确认了不存在伤痕么？"

"真的找不到。"他们二人的声音交叉在一起。

"如此说来，留下的这么多血溅迹必然是在场第二人的，若定性为谋杀案，这些血就非常可能为凶手所留。这么说来便令我不由自主地忆起1834年，那年发生的荷兰乌得勒支市的谋杀案，被害者范·詹森死亡的情形和这里很像。你对它有印象吗，格雷格森？"

"先生，没有任何印象了。"

"我认为你需要好好地研读一下旧案。对于过去发生的事情来说，世界上根本就不会有完全脱胎于旧事物的新东西，说到底不过是拾人牙慧。"

他一边说手上却不停地忙活，像是个法医官那样熟稔地触摸并按压死者的许多部位，甚至解开被害者的扣子仔细勘验每个细小部位，与此同时，我能看到，他的目光里散发出我曾提及过的迷惘的光芒。令人意想不到的是，他勘验快而静，细致入微，全神贯注。在临近结束时，他凑到被害者的唇边闻了一下，然后又扫了一眼被害人黑漆皮靴的靴底。

"死者没被移动过吧？"他问两位侦探。

"这是当然的，我们只是进行了一些必要的勘验。"

他简单明了地开口："好了，不用进一步了解啦，可以把他送往停尸间了。"

格雷格森叫了一声，早就在旁待命的四个伙计便抬着担架过来了，四个人将被害者的尸体抬出房间。就在四个人抬起担架的瞬间，一枚戒指毫无预兆地掉了出来。雷斯特雷德飞快地将戒指捡起来，一头雾水地审视着。

"初步看是女性的结婚戒指，必然是现场来过女人。"他断言。

他说话的时候将戒指握在手中伸出来向众人展示。众人凑上去一探究竟，这枚普通的纯金打造的戒指可能曾经戴在某位新娘手上。

"简直是雪上加霜啊，如此的发现只能让凶案更烦琐，我的天，本来就已经一团糟，不知从哪里下手了。"格雷格森埋怨着。

"别这么早下定论，你如何确定它对破案没有帮助呢？"福尔摩斯问他："像你一样傻傻盯着也不过徒劳无功，获得不了什么信息，倒是他的衣袋里你有没有发现东西？"

格雷格森指着楼梯底层台阶上的一小堆零碎说："找到的东西就放那儿了，一只伦敦巴罗德公司出产的编号97136的金表，还有一条艾尔伯特金项链，厚重得很，还有一枚刻有共济会图案的金戒指。还有形似牛头犬脑袋的金色别针一枚，用以点缀眼睛的红宝石。俄国皮质名片盒中有写着'克利夫兰市伊诺克·J·德雷柏'字样的名片，他的名字缩写与衬衣上'EJD'三个字母一致，正如我信中所言，仅仅7英镑13先令的零钱，尚未发现钱包。还有一本封面上写着'约瑟夫·斯坦杰森'这个名字的薄伽丘的小说，是袖珍版《十日谈》。对了，两封信，收件人分别是德雷柏和约瑟夫·斯坦杰森。"

"两封信送达的目的地是哪里？"

"河滨路美国交易所——留所待取。而且这两封信件的寄信人一样，盖恩轮船公司，信中大概提及了该公司的轮船将在利物浦出发的时间。显然，那不走运的人才准备返回纽约。"

"对于约瑟夫·斯坦杰森你们进行过什么了解？"

格雷格森说："一发现就马上进行了调查，先生，我早就派人将宣传通知发给了诸多当地的杂志社报，让他们如期刊登，我的一个手下已经去美国交易所调查取证了，只是尚未赶回来。"

"联系克利夫兰市官方了吗？"

"一大早发了电报给那边。"

"你们的电报是怎么写的？什么内容？"

"就言简意赅地讲述了案情，当然也谈了一些具体信息，然后说，若是找到有价值的线索或信息，希望能向我们伸出援手，对此将不胜感激。"

"你询问过你觉得能成为破案重点的细节问题吗？"

"当然，我提及了斯坦杰森，问了他的相关情况。"

"就只是这样？你觉得这谋杀案中只有这个最至关重要？可不可以请你重新发一份电报？"

"电报上我已经问得很清楚详尽了。"格雷格森有点不开心。

夏洛克·福尔摩斯冷哼一声，刚打算开口，雷斯特雷德装模作样、自鸣得意地摩擦着手掌走进了现场。刚刚和格雷格森在门厅交流时他一直在前屋。

雷斯特雷德开口道："格雷格森先生，若非刚才我耐心勘验了一遍墙面，我们就会错失一样万分关键的证据。"他虽然个子不高，双眼却炯炯有神，非常明显，在这点上略胜死对头一筹让他神采飞扬起来。

他说话的工夫又匆匆返回现场，"你过来看。"所幸的是现场变得更干净了，因为被害人已经被抬走了。

"停，就站在那儿！"

雷斯特雷德将一根火柴在靴子上一划，就点起火来，他抬起手臂将火光照往墙面。

他的话语里透露着得意："看看那！"

我曾经提及过，这墙面庸俗的贴纸多处脱落，而房间的这个墙角有一大块掉下来的壁纸，能明显看到一块粗糙的方形的黄色灰泥。就是在这个空白区域，潦草地写着血红色的单词：雷切（RACHE）。

"对此你如何看？"雷斯特雷德犹如马戏团团长那样浮夸地展示着自己的演技，提高音调，"由于这个字位于整个房屋最不起眼的暗角，所以没人注意到要观察一下，因此大家都忽略了这个字。看看这滴血由于重力原因往下淌的痕迹就知道，字必然为凶手用他或她本人鲜血书写的，所以说，这起案子已经排除了自杀的可能性。但让人百思不得其解的是，凶手写在角落的动机是什么？让我提醒你们，再瞧一瞧壁炉上的红色蜡烛吧，如果案发日蜡烛是燃的，最黑暗的角落就成了最亮堂的位置。"

"然而你找到的这单词能产生什么作用？"格雷格森轻蔑地说。

"你何出此言？显而易见，写这个单词的人原本想完成的是'蕾切尔'（RACHEL），可出于意志以外的原因，没能够完整写下这个女人的名字。你绝对不能忘记，我说过这个案子肯定和一个叫作'蕾切尔'的女人有千丝万缕的联系，等真相大白后你看我所言是否属实。夏洛克·福尔摩斯先生，你完全能嘲笑这一切，不可否认，你才思敏捷、伶俐精明，但说到底，我的实战经验还是远胜于你。"

"那真不好意思！"福尔摩斯用肆意的笑声让雷斯特雷德恼怒起来，他对个子不高的侦探说："当然，带血字迹是你最先找到的，确实要把功劳算在你头上。而且你所言极是，这个证据的确证明，昨晚的神秘案件中有其他人写下了这个字，只是我尚未得空仔细勘验现场。要是你能同意，我想立即开始勘验。"

福尔摩斯一边嘴巴不饶人，一边已经从口袋里掏出勘验的工具——卷尺和庞大笨重的圆圆的放大镜。福尔摩斯就这样一手拿着卷尺，一手拿着放大镜在现场来回踱步，一言不发，他时而站立有而单膝跪地，甚至还会俯身趴下！

他忘我地进行勘验，完全无视大家的存在，只是自顾自地喃喃嘀咕，时而叹息时而叫喊，甚至心情大号地吹起口哨，还会如备受鞭策的孩子那样欢呼雀跃。我保持沉默，静静地看着他的一举一动，情不自禁地联想到了身手敏捷的纯种猎狐犬，他们喜欢奔跑于丛林，发出低沉的吼叫声，不找到关于猎物的蛛丝马迹是绝不肯善罢甘休的。福尔摩斯持续勘验长达20分钟，甚至耐心谨慎地测量那些我早已忽略掉的痕迹相距的尺度。有时候他还会用卷尺去量墙面，简直让人匪夷所思。接着，福尔摩斯又小心翼翼从地板上某处收集起一点点的灰色尘土，还放进了信封中。然后十分详细地用放大镜观察了写在墙上的每一个带着血的字母。

所有工作都结束后，他心满意足地将自己的两样工具放回了口袋。

"我听过一句话，'天才'是煞费苦心的无限能力。"他微微一笑，"对于天才的判断虽然有点失之偏颇，却十分贴切地形容了刑侦这一行。"

格雷格森和雷斯特雷德带着鄙视又疑惑的神情盯着福尔摩斯的一举一动，然而，这两个官方侦探依旧没能搞清楚他每一个行为的目的,反而我慢慢地领悟到一个事实:夏洛克·福尔摩斯从来不做无用功,他的一举一动都是有的放矢,而非浮夸炫技。

"您是如何认为的?先生。"两个官方侦探异口同声。

我的同伴说:"要是我自作聪明地协助你俩,必然会抢了两位的风头,你们将失去关于这起凶案的荣誉。"福尔摩斯的话中带着明显的挖苦,"当下你们进展顺利表现出色,其他无名小卒都不配干涉。"

他继续道:"其实我非常乐意提供帮助,若是两位愿意随时向我报告进程,我定当鞠躬尽瘁,当下我想做的就是与第一个到达现场并报案的警员聊聊,两位能否提供其姓名和地址给我呢?"

雷斯特雷德瞥了一眼手中的记事本,告诉福尔摩斯:"约翰·兰斯,已经下班,若是你急着要找他聊聊,就去肯宁顿花园门路噢德利大院46号。"

我的伙伴快速地记了地址。

他对我说:"我们立即就去找他,走吧,医生。我还可以给你们提供一个非常有价值的信息,对这个案子来说。"

福尔摩斯转过身头,告诉两位先生:"可以断定此案为谋杀。要找到犯罪嫌疑人是为身高6六英尺左右的中年男子。对于他身材而言他的脚码偏小,脚着粗糙的方头靴,还抽印度特里奇雪茄。被害人与犯罪嫌疑人一道乘坐只有一匹马拉着的四轮车到达这里,而且那匹马只有右前蹄的蹄铁是新的,其余三只蹄铁都是旧的。该犯罪嫌疑人十有八九面色红润,右手指甲尤其长。尽管只是一些微不足道的线索,也希望能起作用吧。"

雷斯特雷德和格雷格森带着一种将信将疑的笑容四目相对,面面相觑。

"若说这是一起谋杀案,请问犯罪嫌疑人用的是什么方法?"雷斯特雷德问。

"毒药。"夏洛克·福尔摩斯言简意赅。

他迈开大步走向门外,在充当了门框的位置又停下脚步,转过身补充了一句:"雷斯特雷德,忘了告诉你,'雷切'在德语中的含义为复仇,根本不是什么'蕾切尔女士',别煞费苦心最后一无所获啦。"

简单地留下这些箴言,他就迅速消失,只留下两个官方侦探呆呆地愣在原地,瞠目结舌,他们还没反应过来是怎么回事。

第四章 约翰·兰斯的自白

下午一点钟左右，我和福尔摩斯才走出劳里斯顿花园街三号。我在我的同伴的要求下和他一起在不远处的电报局发出一封内容翔实的电报。接着我和福尔摩斯就立即坐上了去往约翰·兰斯警员家的马车。

"没有任何东西能比第一手证据更关键了，不瞒你说，对这个案子我已经基本了解，能判断出来龙去脉了，但保险起见，有些东西还是必须要弄个水落石出。"福尔摩斯对我如是说。

"你让我有点云里雾里摸不着头脑呢，老伙计，前边你告诉格雷格森他们的许多线索，我看肯定不会如你自称的那般胜券在握。"我对他说。

福尔摩斯说："我敢保证我说的都对，到达目的地后，第一个映入我眼帘的细节就是路边一辆马车驶过留下的两道车辙，而且你想，昨天夜晚之前的一周伦敦都没有下雨，车辙既然这么深，必然是马车在晚上经过那条街留下的。关于马蹄印的论证，我观察到四个马蹄中只有一个马蹄的印记格外清晰，由此得知，其余三个都是旧的蹄铁，而且格雷格森又确定一个上午无来往车辆，马车又是下过雨后才到达的，将所有的证据线索都串联起来，不难得出一个结论：该马车昨晚到过发生凶案的空房，且送被害人和犯罪嫌疑人的，就是这辆马车。"

我问他："经你这么一分析，你的话的确有道理。可，我奇怪的是你如何推算出其中一人的身高的呢？"

"嗯，怎么说呢，从某人走路的频率和步幅就能够推算他的身高。虽然这种计量手段相当容易，当下过多赘述也毫无意义，但我可以告诉你，我是通过空房外留下的混合灰尘和泥土的脚印来推算出犯罪嫌疑人走路时候双脚的间距，然后根据步幅测算其身高。随后，我还知道了验证我得出的身高正确与否的方法。一个人若要在墙上写字，那么他出于本能地会在自己视平线的上方写。经过我的测算，那血字与地面的距离差不多就6英尺。这根本就是一场轻而易举的儿童游戏。"

我继续追问："那年龄你又是怎么知道的呢？"

"真是个好问题！如果一个人可以轻而易举地健步跃出4.5英尺半，他没可能垂垂老矣。空房前的花园能证明我的说法，在必经之路上有一个将近四英尺半的水坑，水坑周围的脚印说明，穿皮靴子的死者迂回绕过水坑而穿着方头靴的犯罪嫌疑人却是直接从水坑上方越过去的。这种直接的演绎推理根本谈不上有难度。正如你那天早餐阅读过的我写的《人生之书》那篇文章里写的那样,我也只是将那里面的演绎推理和观察的诀窍在实践中加以运用而已。请问你的疑惑都解除了吗?"

我提出:"关于手指甲和印度雪茄的推理又如何而来的呢?"

"留在墙壁的血字是嫌疑人用食指写上去的,当我用放大镜观察的时候就看出了蹊跷,字的旁边微量的墙粉掉下来了。要是嫌疑人稍微修剪指甲,也不可能把墙上的粉都刮下来。那些我装进信封的灰,是从地上发现的,仔细看就能明白只有印度特里奇雪茄的烟灰如此——烟灰呈黑色,而且是絮片状的。不瞒你说,我对各种雪茄的烟灰颇有研究,甚至还撰写了专门的文章。不是我自吹自擂,不管是何种品牌的雪茄或烟草制品的烟灰,让我辨别的话,只需要给我观察一下。技术熟练经验老到的侦探与格雷格森、雷斯特雷德那些笨蛋的差别,也就体现在这些容易被人忽视的细节上了。"

"那你怎么知道犯罪嫌疑人面色红润?"我又问道。

"唔,尽管我十分笃定自己的推理是无误的,但毕竟是超乎常理的一个推测,结合当下的情势来看,我们先将这个疑问放在一边吧。"

我一只手抚了抚额头。"果然还是莫名其妙啊,真是疑点重重让人捉摸不定呢。若是现场出现两个人,问题是这两个人是如何闯进空屋的呢?还有,马车夫发生了什么事?被害者又是怎么会中毒的呢?既然尸体没有任何伤口,墙上溅的血迹该如何解释?还有,被害者的零钱没有被偷走,不是以占有财物为目的,犯罪动机为何?为什么有新娘的婚戒掉下来?戒指从何而来又是谁的?最关键的一点便为墙上的血字,犯罪嫌疑人杀人之后为何留下德语中的'复仇'一词呢?在我看来,各个环节以及现有的证据线索根本无法将它们串连成有机的整体。"

福尔摩斯静默不语,只是噙着笑容,那微笑里似乎带着点赞同。

"关于这起凶案的疑难点你罗列得十分明了干净。"他说,"尽管我已经对最重要的部分胸有成竹,但不可否认依旧有些细节模棱两可。说到雷斯特雷德洋洋自得的血字,说到底仅仅为障眼法,也算某种暗示,想让警察们以为凶手是恐怖分子或一些反社会的秘密组织,是让他们搞错侦查方向的手段。墙上的血字绝非出自德国人之手,请你细细地回想,那个单词带有什么德国味道呢,不过是冒牌货罢了,一个真正的德国人是惯常使用拉丁字体的。所以可以完全地确定,犯罪嫌疑人根本不是什么德国人,只是一个弄巧成拙的笨蛋模仿家。他的所作所为只有一个目的:混淆视听,改变警察的侦查方向。医生先生,这起凶案暂时只能跟你说这么多了。众所周知,魔术师的把戏被揭开谜底之后便会失去观众的喝彩,若是我将全部的侦查推理手段一股脑告诉你,过不了多久，你会觉得，啊，夏洛克·福尔摩斯也不过如此，普普通通的。"

"我绝对不会那样。"我对福尔摩斯说："你几乎要推动罪案刑侦技术发展为精密科学，总有一天你的成就会享誉世界，得到认可。"

福尔摩斯听闻后满脸通红，他是因为我的发自内心的称赞而高兴得脸红。之前我就发现了，他对与其他人称赞他在刑侦技术上的才能和成绩显得十分敏感，不啻一位害羞的姑娘，只要有旁人夸其长得漂亮，就动不动脸红。

"我还有一个发现要跟你说。"福尔摩斯说："方头靴和皮靴的主人貌似是关系不错的熟人，两人应该一路同行，同一辆马车，十有八九还是手挽手互相搀扶着走过花园里的泥泞小径。两人进屋后还来来回回踱步，说得更具体些，只有着穿着方头靴的人走来走去，穿漆皮靴的人没有移动位置。地板上残留的尘土印记充分说明了这一定，与此同时也告诉我，穿方头靴子的那位情绪越发失控，从他慢慢扩大的步幅便可略知一二。请发挥你的想象，他喋喋不休地强调着些什么，然后毫无疑问地达到情绪失控的临界点，盛怒之下便酿成了悲剧。话已至此，我几乎将刚才从证据中知悉的所有对你坦诚相告，没说的也不过是大胆的仍需求证的假设。不过，我们已经建立了开始解决问题的坚实基础。那么，我们得赶快行动，否则我就来不及欣赏今日下午诺尔曼·聂鲁达会出席的哈勒音乐会啦。"

我和福尔摩斯谈天说地的同时，马车已经陆陆续续地驶过沉闷的街道和凄凉的小路。就在最沉闷昏暗的路口师傅停了车，并且告诉我们："你们到了，奥德利大院，"他指着一排了无生气的砖墙中的一条窄缝说，"你们完事回来还能在这里找到我。"

奥德利大院并非常什么迷人的地方。一条狭窄的通道将我们引到了小一个四方院子，铺满石板的院子两旁错落着几间条件不怎样的房屋。在一大堆邋遢且不干不净的孩子们中间穿梭而过后，我们又钻过一排排晒在架子上的已经褪色的亚麻衣服，好不容易行至46号。门上装饰了一个刻着"兰斯"字样的小铜牌。经打听，我们得知兰斯警员正在休息。于是我们被领进了不远处的小客厅里，耐心地等待他的到来。

虽然他在短时间内赶来，但显得郁郁寡欢，似乎是我们这两个不速之客来得不是时候。

"在局里我已经做过笔录过了。"他显得有点不耐烦。

"但是，我们想请你完完整整、事无巨细地叙述事情的经过。"福尔摩斯一边说一边从口袋里拿出半镑的金币，在手中若有所思地把玩。

"先生，愿效犬马之劳，我一定会将遇到的全部如实告知。"兰斯两眼放光地盯着福尔摩斯手上的金币，立即改了口。

"你想怎么说就怎么说，不用拘谨，只要让我明白事情的来龙去脉。"

兰斯皱了皱眉，郑重其事地坐在马毛织品沙发上，沉思的样子似乎在努力不遗漏任何细节。

兰斯缓缓道来："我会从开始告诉你们的。我值班时间段是夜里10点起到隔天早上6点。除了午夜11点的时候有人在白鹿街闹事打架外，我负责治安的地段一直平安无事。将近是半夜一点，天下起雨来，与此同时我碰见了负责荷兰小树林区治安巡逻的哈里·默彻，遇见之后我俩就并肩在亨丽埃塔街角站着谈笑风生。聊了一会儿，我觉得我应该去巡逻一会儿了，必须确定布里克斯顿路是安稳无忧的，那是在半夜两点钟前后。那偏僻的地方路况很不好，脏兮兮、黏乎乎的，放眼望去还渺无人烟，难得会有马车经过我身边，一辆还是两辆。我一边到处闲逛一边想，若是当下手里能捧着杯美酒该是多么惬意的一件事啊。正想着呢，一抬眼却意外发现，原本空荡荡的房子有亮光照耀出来。众所周知，那两间房子是闲置的，还有一间有个房客死于感冒后，那屋子就再没进过人了，哪怕到那种地步房东依旧不肯出钱维修下水道。看到窗户里有光线射出来当然大吃一惊，心想肯定有问题，就走到门口一探究竟——"

福尔摩斯猛地打断："但是在那里你停住脚步，然后还走回了花园门口，你出于何种原因要回去呢？"

兰斯猛地一跳，目瞪口呆地望着夏洛克·福尔摩斯。

他说："没错，我的天哪，先生，但您是如何了解我的动态的，简直太神通了！你听我说，一到大门口，我突然感到一阵凄冷袭来，太寂静了，就寻思着能有个人陪我最好。虽然在阳间我天不怕地不怕的，可那一边要是有死于感冒的人和害他命丧黄泉的下水道过不去怎么办。心中的恐惧驱使我迈开步子，重新退回大门口，想确定一下默彻有没有在值班，但放眼望去，鬼影都没有，空荡荡的毫无生气。"

"什么人都没出现在街道上吗？"

"先生，确实是渺无人烟，别说人，就是狗都不见踪影呢。踟蹰了好一会儿，我又找到了继续前行的动力，转身回去，推开门。屋内悄无声息，没有任何动静，我只好循着灯光往里面走去。进去之后能看见壁炉架上有一支明亮的蜡烛，我记得蜡烛还是红色的，摇曳的烛光里，我看到了——"

"是的，你目睹的一切，我全明白，你接下来做了什么我也了解，你在餐厅里来来回回了一会儿，之后在尸体旁单膝跪地，起身后接着又去推了推厨房的门，再接着——"

约翰·兰斯满脸惊恐地一跃而起，他的眼神似乎再说这一切的推断都不可思议，他朗声问："照我说，你不可能了解那些细节的，你躲在哪里偷窥我的一举一动呢？"

夏洛克·福尔摩斯哈哈大笑，将他的名片丢在桌上让约翰·兰斯看。

他对警察说："千万别误会，我不是犯罪嫌疑人，我只是一条能追索蛛丝马迹猎犬而非吃人的狼，格雷格森和雷斯特雷德两位侦探能保证这一点。所以兰斯先生，继续说你之后如何表现的呢？"

兰斯惊魂未定，再一次坐回沙发的时候脸上的疑神疑鬼尚未消散。

他心有余悸地开口："我跑回大门口吹响警笛。很快，召唤到了默彻以及其他警察，一共三个人。"

"街上当时是空无一人吗？"

"当然，没问题的人早在家待着了。"

"何出此言？"

兰斯咧嘴一笑，不慌不忙地开口："醉鬼我也见识过千千万万，但醉到那般不省人事的这辈子我也头一遭遇见，就在我出大门时我看见他摇摇晃晃地倚在门口的栅栏上，扯着嗓子豪迈地吼着科隆比纳的《新款的旗帜》或类似的曲调。那人踉踉跄跄，不可救药啊。"

夏洛克·福尔摩斯问："那人如何？"

约翰·兰斯对于夏洛克·福尔摩斯的插嘴表示出反感，撇了撇嘴，快快地说："普天之下都难找到能与他媲美的醉汉了。要是当时我们手头得空，那醉汉必然去牢里蹲着了。"

福尔摩斯不厌其烦地打断他："你有看清楚他的脸和衣着吗？"

"仔细回忆一下的话，我和默彻还不得不将他扶起来呢，所以就顺带观察了一下。他人高马大，脸上红通通的，下面围着——"

夏洛克·福尔摩斯大声说："这些相当充分，那接着他如何了？"

他说："那时候谁管这么多啊，我们都手忙脚乱捉襟见肘自顾不暇啦。"

约翰·兰斯接着愤愤不平地说："我能保证他会知道怎么走回家。"

"他衣着如何？"

"穿的外衣是棕色的。"

"他的手中是否有马鞭？"

"马鞭？没看见。"

"那家伙必然将马鞭留下了，"福尔摩斯喃喃自语："那之后，你有没有碰巧望到或听到马车声吗？"

"没听到也没看见。"

福尔摩斯从沙发上站起来，戴上帽子对兰斯说："现在半镑金币是你的了，兰斯，我担心你在警察这一行里没有任何晋升空间了。你这不灵光的脑袋也该稍微动动，而不是只用来看看，或许在昨晚你就错失了能平步青云的好时机，原本你应该紧紧抓住的那人无疑是这凶案的重要突破口，也是我们正苦苦追寻的人，不过现在任何话都是枉然了，只是让你知道，情况如此。医生，我们走吧。"

福尔摩斯说完，我们便离开原地返回上了马车，只留兰斯杵在原地若有所思，面露疑惑，我认为，他会开始惶恐焦躁的。

"兰斯那超级蠢货！试想一下，几乎是把无与伦比的好东西摆在他面前，他都能错失良机，应该牢牢抓住的。"在驶往家中的车上，我的伙伴不留情面地讽刺着兰斯警员。

"我依旧有点不明白。的确，对这个人描述与你根据线索推理出的犯罪嫌疑人十分吻合，可说不通的是他都离开了又为何回去呢？这对于杀人凶手来说是匪夷所思的。"

"戒指，伙计，他原路返回的原因当然是戒指啦。如果倾尽所有手段都不能将其捉拿归案，掉下的戒指就是我们最后的必杀技了，用它来引蛇出洞再合适不过。医生先生，我敢跟你打一个二比一的赌，我会将其捉拿归案。我向你保证，一定会逮到他。话说回来这都要归功于你呢。若非你鼓动我亲临案发现场，我就将错失良机啦，这是我终生难忘的最绝妙的研究。'血字的研究'这个标题怎么样？有时候感性艺术一点也无伤大雅啊。谋杀的红线从头至尾贯穿于索然无味的日常，我们存在的意义便是解开它，并且将它与日常分离，还要无情地揭穿。好了，是用餐的时间了，结束后再去欣赏一下诺尔曼·聂鲁达的演奏。她的运弓以及手指的调动根本是绝世独立的。在她的演奏下肖邦的那些曲子堪比天籁之音，哆啦啦—啦—啦—咪啦—咪啦—啦。"

这位私人侦探家悠闲地倚在马车上，犹如不停歌唱的云雀那般唧唧喳喳。我则陷入深度思考，人脑的潜能是无极限的呀。

第五章 我们的启事引来了客人

一上午的奔波让我的身体不堪重负，到下午已经筋疲力尽将近虚脱。我的同伴如愿所偿地离家去欣赏聂鲁达的演奏，于是我想休息一段时间，可靠在沙发无论如何也睡不着。脑海中充斥着由凶案引起的各种各样的光怪陆离的念头和思绪，它们让我情绪高涨，根本无法平静地入睡，尸体躺在灰沉沉房里的画面在心头萦绕，死者犹如发狂的狒狒般面目狰狞的表情在脑中挥之不去。

我感觉那张脸聚集着全宇宙的丑陋邪恶，所以我发现，我竟然对犯罪嫌疑人心存感激，而且毫无厌恶憎恨的情绪，只是因为这未知的犯罪嫌疑人让那张奇丑无比的脸从此在世界消失了。若是按照相由心生这个道理来说，被杀害的伊诺克·J·德雷柏一定是十恶不赦罪大恶极之徒。尽管这样，世界上每个人都应该被公平对待，理智地说，法律面前人人平等，被害人过错也非违法阻却事由，冤冤相报并不合法，法律禁止私刑，罪大恶极之徒也必须由法律来审判。

在我看来，福尔摩斯的推理十分离奇，他是如何知道被害人死于毒药呢？他做出这样的推理肯定有其道理，在印象中，他俯身闻过尸体的嘴唇，必然在那时候掌握了关键证据。再说，若不是中毒死因还可能是什么呢？被害人身上未能找到任何受伤的证据，光洁的脖子也排除了勒死的可能性。

然而，问题就来了，不是被害人的血，这数量并不少的血是谁的呢？现场也未能找到挣扎搏斗的证据，若是说被害者刺伤凶手，武器又为何无处可寻？我明白，但凡所有的疑惑悬而未决，无论是我的伙伴抑或我本人，欲安枕无忧便是奢望。

福尔摩斯表露无遗的胸有成竹令我对他所有的推理见解都毫不怀疑，他势在必得。至于福尔摩斯的所思所想，内容究竟如何，我依旧不得而知，对我来说，这还是个谜。

我的伙伴返家时天色已晚，晚餐都已准备就绪只等开动了。单纯欣赏聂鲁达的演奏哪能花这么多时间，他一定做了别的，我笃定。

"演奏简直棒极了。"我的伙伴一坐到桌旁，就开始说，"你一定知道达尔文怎么评价音乐这一存在，达尔文说，远古的人类学会怎样去谱写曲调和欣赏音乐的时候还没有学会怎么开口说话呢。大概正是基于这个原因，人类才永远对音乐心生向往并且深受感染。人类的心灵依旧保留着那段开天辟地时混沌世界里蒙昧的记忆，尽管已经不再清晰，却永远无法抹灭。"

"这看法说到底太抽象，不够具体。"

"若是我们想要对大自然了如指掌，我们就一定要让自己的思想堪比无垠的大自然。"他回答我，然后问："伙计，你还好吗？看上去有点反常呢，是不是花园街惨案让你心烦意乱了。"

我告诉福尔摩斯："不瞒您说，花园街惨案真心叫人寝食难安呀，我以为我没那么脆弱的，毕竟经历了阿富汗战役的磨炼，就是迈旺德那一战，我都无所畏惧的，就算是真真切切地对面我战友们血流成河，依旧面不改色。"

"你说的我都明白。你遐想联翩的原因是此次案件疑点重重，要是你停止胡思乱想，也不会感到害怕了。伙计，晚报看了吗？"

"还没。"

"晚报对花园街惨案进行了十分翔实的报道，却忽略了至关重要的一点，抬走尸体的时候一枚属于新娘的婚戒被发现了，不过，幸好他们遗漏了这一细节。"

"何出此言？"

福尔摩斯说："来，你瞧一瞧，就是今天上午，发现了花园街惨案后，我火速地刊登了一篇启事，并且发给了各大报馆，为了扩大影响力。"

福尔摩斯将晚报给我看，我迅速地接过来阅览我的伙伴要我看的内容。该启事被放在失物招领的栏目之下，具体写的是：今日早晨，于布里克斯顿路，白鹿酒馆和荷兰小树林交界的地方，拾到一枚足金女式婚戒。若欲取得遗失物，请在本日夜晚8点到9点之间到贝克街221B座找华生医生认取。

"原谅我使用了你的名字，"我的同伴说，"要是留福尔摩斯的信息，很多愚蠢好事的人就会蠢蠢欲动，想要干涉我的计划。"

我对福尔摩斯说："我不会介意这一点，但是，我手上根本没有那个遗失物，要是谁上门来认，该如何是好。"

"噢，别担心，你有的，"他福尔摩斯将一枚戒指放到我手上，"这戒指和那个很相似的，以假乱真没有问题……"

"即将上门的客人，你心里应该有数了吧，是哪位呢？"

"啊，兰斯警员口中的穿棕色外衣和方头靴还面色红润的男人，我们的朋友要是无法亲自认领，必然会派同伙过来的。"

"那个男人应该会察觉到是个骗局吧？"

"当然没可能。要是从全局来看我的推断正确，不，应该说所有证据都会支持我的论断，我能笃定，对那男人来说，不入虎穴焉得虎子，为了这枚婚戒会不顾一切。根据我个人推断，他自己并没能察觉到，当他弯腰确定德雷柏是否死亡的瞬间，戒指掉了。事后，他突然意识到婚戒丢了，但那时候他已经走出房子了，只好再匆匆返回。然而，回去时已晚了一步，因为疏忽之下他忘记吹灭蜡烛，而正是因为点燃的蜡烛引来了兰斯那个笨蛋警员。他明白，那种情况下贸然进去一定会引起警方的怀疑，便心生一计，伪装成一个醉汉在空房间那里晃悠。如果你是他，你会怎么想？感同身受之下，你也会和他一样想：重新回顾一下自己的每一个行为后，他必然对自己产生怀疑，会不会将婚戒掉在了回去的途中呢？如果他产生了这样的想法，接下来会做什么？无疑是迫不及待地翻看各大报纸，期冀能碰到我们这样的好心人。看到我们刊登的启事，他必然两眼放光，欢呼雀跃，得来全不费功夫。哪有时间去怀疑这是真是假啊。他根本不会想到，谋杀案居然和一枚婚戒的下落有关系。总而言之，他会上门的，我保证，他肯定会上门的。不出一个钟头他定会站在你面前。"

"然后我应该做什么？"我问道。

"噢，等他来了我会随机应变。你有武器能借我吗？"

"一支军用左轮手枪，剩了几发子弹，虽然比较旧，但还能使。"

"我想，那男人一定会破罐子破摔的，严阵以待是必要的，还是把它拿出来擦擦亮。尽管不动声色地逮到他对我还说问题不大，不过谁也不能保证不会发生意料之外的事，到时会陷入被动。"

我打算听从福尔摩斯的安排，所以去卧房找搁置已久的左轮手枪。

当我走出卧房时，只见我的伙伴正忙着最喜欢的消遣活动，把玩着小提琴，连餐桌也已经被收拾得井井有条了。

"这个案子马上就要真相大白啦。"看见我从卧房出来，我的伙伴对我说："就在刚才，我收到了美国方面的回电，他们的回答印证了明我的猜想，一些关于花园街惨案的推断。"

"这是真的吗？"我兴冲冲地问。

福尔摩斯漫不经心地说："如果更换上新弦这小提琴能奏出更美的声音，将手枪藏你口袋里，他上门之后你得装得若无其事，千万不能神色慌张露出破绽，剩下的就让我处理。"

"已经八点了。"我瞥了一眼手表，告诉福尔摩斯。

"的确，让门留个缝，可能要不了多久那男人便上门啦。好了，现在请将钥匙留在门锁上，对，就是这样，十分感谢！昨天机缘巧合我在书报亭得到了本书，那书特别古老，难得一见的神奇著作，一六四二年，在苏格兰东南部低地的列日以拉丁文出版，这本棕色封面的小书叫作《论各民族的法律》，想想一六四二年，查尔斯的脑袋和身体还没分家呢。"

"哪一家印刷商？"

"名不见经传，什么菲利普·德·克罗伊，没听说过，这书的封面上还印有'威廉·怀特珍藏'几个字，印刷体的颜色也随着时间变淡了。我也没听说过威廉·怀特这个人，我猜可能是17世纪的一位实证派法学家，所以这个人的字迹也蕴含着浓郁的法律人特色。也许，我们等的人如期而至了。"

福尔摩斯话音刚落，便传来一阵刺耳的门铃声。

我的伙伴不紧不慢地起身将他身后的凳子移往房门，仆人匆匆经过门厅打开门闩的动静毫无遗漏地传进我们的耳朵。

一道清晰但刺耳的声音响起："这里有一个华生医生吗？"

我和福尔摩斯都不知道女仆如何作答的，但明显能听出房间大门再一次关上，之后便传来了上楼的脚步声。那走路的声音拖沓冗长，断断续续，又有些沉闷，我看见福尔摩斯面露讶异，听得十分入神。那人的脚步声顺着走廊渐渐往这里移动，不一会儿，便响起了轻轻的敲门声。

我提高自己的音调："进来。"

出乎我的意料，打开门的是个年过半百满脸皱纹的老太太，而非意料之中那人高马大的杀人凶手。老太太步履蹒跚，向我们走来，那一瞬间，我感觉她有点头晕，或许是房间的灯光太亮她一时间无法适应，连脚步都不稳了。

她简单地作揖，费力地盯着我和福尔摩斯看，她的手微微颤抖，在口袋里不知找什么呢，窸窸窣窣地翻着。那种突如其来的情况下我瞥了一眼福尔摩斯，他的脸上呈现出郁郁寡欢的神情，所以我唯一能做的便是强装镇定。

半晌，老太太从口袋里拿出晚报，并伸出颤抖的手点了点我们广而告之的招领启事，缓缓开口："好心的先生们，此次冒昧来访就因在报纸上看见了这个。"一边说老太太一边再一次行礼：

"这则启事里写一枚足金婚戒掉在了布里克斯顿路。我想那枚戒指是我女儿萨莉丢失的，差不多在去年这季节她和一个英国船上的会计结婚，萨莉的丈夫脾气非常不好，酒品也很差，一喝醉就变本加厉，那种性子暴烈的男人要是工作回家知道萨莉把婚戒弄丢了，一定会出大事的，那人什么事都能干得出来，根本无法预料，实在是给您添麻烦啦，事情是这样的，萨莉昨晚去看马戏，是和——"

我问老太太："这枚戒指是她的吗？"

"简直太幸运啦！这一枚就是她的婚戒呀。看来萨莉今晚要兴奋得睡不着啦。"老太太非常激动地叫着。

"请问您的住址是？"我拿起一支铅笔，问她。

"住在离这里很远的地方，豪恩兹迪奇区邓肯街13号。"

"从豪恩兹迪奇区到任何马戏团都不可能途径布里克斯顿路啊。"福尔摩斯蓦然开口。

老太太闻声转身望向我的伙伴，她那精明还带着血丝的双眼直勾勾地望着福尔摩斯，她回答："我女儿的地址是贝克汉姆区梅菲尔德广场3号，华生医生问的是我的住址。"

"请问您贵姓？"

"我冠索耶的姓，因为萨莉嫁给了汤姆·丹尼斯，所以她冠以夫姓，丹尼斯。汤姆在工作上可是独当一面前途无量的会计，帅气英俊为人耿介，但一离开工作的英国船，就不那么循规蹈矩了，花天酒地的。"

"索耶太太，给你，你的戒指！"接收到福尔摩斯的眼神指示，我中止了她的长篇大论："照你这么一说，这婚戒肯定是萨莉遗失的，能物归原主我也就放心了。"

索耶太太絮絮叨叨地重复着一些老掉牙的感谢词，然后小心翼翼地将婚戒包好，塞进了口袋，接着迈着和来时一样的步伐慢慢离开了。

索耶太太离开我们的公寓后，我的伙伴一跃而起，冲进他的卧室。

他穿上大衣系好围巾，动作迅速地走出房间，这一切不过是几秒间的事。他神色匆忙，神秘地告诉我："我去跟踪她。索耶太太就是那个帮凶，只要跟着她就能找到犯罪嫌疑人，等我回来，千万别睡着。"

老太太出门的关门声才响起，我的同伴就迫不及待地下楼紧随其后。

我站在窗边眺望外面的情况，能望到索耶太太步履蹒跚地沿着大街的另一侧行走，我的伙伴机灵隐蔽地跟在她身后，隔着一小段距离。

此刻，心头涌上一种想法：若是他所有的推理成立，那么此时此刻他距离谜底只有一步之遥了。福尔摩斯根本不必开口强调要我等他，就算他不那么说，我也不可能在他解开谜底前安然入睡。

我的伙伴大概是在九点时候出去的，但我无法预料这趟行程需要多长时间，百无聊赖中便静坐着抽抽烟，读一读亨利·米尔热的《放纵的生活》。直到十点钟，楼上响起了脚步声，仆人都走回房去睡觉了。将近十一时房东太太也回房睡觉了，她沉闷的脚步经过房门。听到我的伙伴将钥匙插进门锁的时候，时钟已经指向十二。从他一进房的表情我就可以明白，我的伙伴失败了。并且他五味杂陈心情十分复杂，既有点激动也带着失落后悔，这两种情绪撕扯着他。最后，激动占了上风，他发出了让我猝不及防的爽朗笑声。

他扑通一声坐进椅子，大声地说："我绝对不能让伦敦警察厅的人晓得，我对那些笨蛋极尽讽刺，所以那群人也一定等着幸灾乐祸看我笑话呐。然而，我经得起多大的赞美也经得起多大的嘲讽，因为总有一天，我要一雪前耻，然后让他们刮目相看。"

"刚刚发生了什么？"我问福尔摩斯。

"噢，我不在乎将今天我被摆了一道的事情告诉你，也没什么大不了。索耶老太太没走几步路便开始跌跌撞撞的，看上去脚下十分不舒服，应该很疼。之后，她就没往前走，而是喊了辆经过身边的四轮马车。那我就设法靠上去，借此知道老太太的目的地，事实上她洪亮的嗓音让我的这一举动显得有点画蛇添足毫无必要，对，是我有点太心急了，站在对街也分明可以听到，'去豪恩兹迪奇区邓肯街13号'。那一瞬间，我还想，这老太太没撒谎，眼看她坐上四轮马车，我也偷偷地跳在马车后面，当然，这技术是合格侦探的标配。我和她一路平安无事，稳稳的马车快速向前跑着，而且在到达邓肯街之前从没减速慢行过。我看马上就要到她所说的那个街道了，就在到达门口前抽身离开，沿着大街悠闲自得地溜达。不久就看到车夫停稳马车，然后动作熟练地跳下车，恭敬地打开车门等待客人出来，结果，根本就没等到。我不着痕迹地到他身边一探究竟，只见车夫还发疯似的在空荡荡的车厢里四处寻找，骂着一些登峰造极的脏话，令人啼笑皆非，我还是第一次见识到如此深厚的骂人功夫呢，没错，那老太太无影无踪了，消失了。估计车夫的费用是打水漂啦，后来，我和车夫结伴拜访了她说的13号，打听之后才知道，那里住的却是一个叫作凯斯维克的品性优良的裱糊匠，根本没见过所谓的索耶太太和丹尼斯太太。"

"你不会是在承认，这么个踉踉跄跄弱不禁风的老太太在马车飞速行驶的过程中跳车了，你和车夫也毫无察觉？"我十分惊愕，提高音调问福尔摩斯。

"见鬼的老太太！"夏洛克·福尔摩斯愤愤不平地吼道，"我看你和我才老眼昏花智商堪比老太太呐，居然被耍得团团转，好窝囊。他才不是步履蹒跚的老太太，而是演技出众的影帝呐，根本没有会比他演得更惟妙惟肖的人了，以假乱真，迷惑了我们，而且，他行动灵敏，必然是身强体壮的青年人，反侦察能力很强，一开始就识破了我的跟踪，才故意设了局引我进去，在半路我的眼皮子底下就消失得无影无踪。由此我也彻底明白了，我们的设想是不周密的，我们的对手肯定不是孤军奋战，也不是什么简简单单的人物，并且他帮手云集，都是一群亡命之徒呐。呀，华生医生，今天折腾得够呛，你一定精疲力尽，听我一句，赶紧休息去。"

诚然，我的身体已经到了极点，便不再推辞，回卧房休息了。

我的伙伴依旧落寞地形单影只，坐在文火燃烧的火炉旁。夏洛克·福尔摩斯婉转凄凉的小提琴声在夜深人静地公寓中回荡，我明白，我的伙伴还是为这复杂到不可思议的谜题所困，才会在如此漫漫的长夜里埋头沉思。

第六章　托拜厄斯·格雷格森大显神通

隔天，"布里克斯顿花园街奇案"成为每一个报社的头条新闻，被疯狂地报道，无疑地占据了每份报纸的头等版块，其中不乏所谓的追踪报道，甚至还有几家报纸刊登了一些看上去独具一格的社会评论文章，外界的揣测颇多，甚至添油加醋了许多我闻所未闻的东西。翻看我的剪贴簿能够发现，里面很多涉及此案的报纸版块一直保存至今。下面是其中几个摘要：

《每日电讯报》的内容是：从犯罪史角度说，花园街惨案必然是最扑朔迷离惨绝人寰的。死者使用了德文姓名，犯罪动机和目的至今成谜，令人捉摸不定，甚至在墙上留下了预示着不详的血字，所有的事情昭然若揭，必定为激进的反动派和政治亡命者所干。在美国有很多社会党的分部，被害人一定抵触了它们的柔性宪法，所以就一路追杀至英国，下场惨烈。

这篇评论还轻描淡写地说了以往的德国矿泉案、秘密法庭案、意大利达尔文学说案、雷特克里夫公路谋杀案、马尔萨斯原理案、烧炭党案以及布兰威利耶侯爵夫人案等案件，最后给政府提了建议，提倡从今往后针对旅英外侨必须加强监视之类的。

《旗帜报》上刊登的文章是这样的：只有自由党执政的社会中才会出现此等凌驾于法律之上的暴行。民心不稳加上政府职权备受限制才是这些无法无天的粗暴行径出现的罪魁祸首。一名来自美国的先生在这里被害身亡，他已经在伦敦城居住了一段日子，他是在他的个人助理约瑟夫·斯坦杰森的照顾下一起出来旅游的。被杀身亡前他曾经住于坎伯威尔区陶凯巷夏彭蒂儿太太的公寓。他俩于本月四号的周二离开所住公寓去往尤斯顿车站，宣称想乘开往利物浦的快车，而且有目击者证明两人的踪迹，但是那之后去往了哪里就无人知晓了，他们最后的身影似乎定格在尤斯顿车站。直到最近，德雷柏先生的尸体在距离尤斯顿车站很多英里远的布里斯克顿路被找到，他躺在一间闲置已久的空屋里。他究竟是怎样过去的还有具体的死因和犯罪嫌疑人的犯案手法都令人匪夷所思，至今尚未有确定的答案，而德雷柏先生的个人助理斯坦杰森也没了音讯。但令人备感欣慰的是，伦敦警察厅为了侦破此案，已经派遣了享有盛名的两位侦探先生强强联手，相信在雷斯特雷德侦探和格雷格森侦探的大力合作下，此案的水落石出指日可待。

《每日新闻报》则是这么写的：毫无疑问地说，这是一起牵涉政治的恶性凶案。在残暴专横的大陆各国推行强权政治和封杀自由主义的风潮下，大量的异国公民将我国变成了避风港。若是能不计前嫌地忘掉这些人以前犯下的滔天大罪，他们也可以回头是岸成为城市的建设者，但不得不指出的是，这些逃亡至我国国土的群体间有必须遵守的道义规范，凡是违法，定将死无葬身之地。所以说，当下情势下，头等大事便是找到德雷柏先生的助理先生，借此来知道被害人生前的习惯和风格。发现被害人生前最后住过的地方推进凶案迈出了关键一步。这个突破完全仰仗于伦敦警察厅的格雷格森侦探的高瞻远瞩和聪明敏锐。

等等，很多……

夏洛克·福尔摩斯与我一起在吃早餐的时候浏览了一下那些文章，这倒让福尔摩斯情绪高涨起来。

"对此刚开始我就告诉你了，发生什么都不是问题，荣誉都会被那两个官方侦探瓜分。"

"谁能笑到最后还不一定呢，凶手还没捉拿归案。"

"啊，我的伙计，如果你这么想的话那就错了，无论有没有让凶手归案都不重要，他们处在稳赢的局面，成功，加官进爵名利双收；不成功，一句我们已经尽力了就能推脱一切责任，还能博得众人的同情，再怎么说也还是有收获的，倒霉的黑锅都让其他人背了，留给他们的只有荣誉，无论这两人是对是错，拥护者都在那里不来不去，**蠢货再蠢**，也有比他们更蠢的蠢货替他们欢呼呐喊。"

"这是怎么一回事？"我大声地问，因为走廊和楼梯上突如其来的声音打断了我们的谈话，吧嗒吧嗒的脚步声和房东太太的清晰可闻的唾弃声让人心烦。

福尔摩斯神情严峻地介绍："这是贝克街的侦缉小分队。"话音刚落，六个脏兮兮、穿着邋遢的小孩子冒了出来，这是我见所未见的街头流浪儿们。

夏洛克·福尔摩斯大叫："立正！"

在他的指挥下，几个流浪儿童仿佛许多破烂不堪的小雕像那样站成了一条线。

"今后你们只要在马路上等就行，让维金斯独自过来告诉我，听到没？那么，维金斯，你有消息吗？"

"先生，还没有。"其中一个孩子答道。

"这是我意料之中的事情，不过你们不能停止查找，若是没有消息是无法交差的。拿着属于你们的报酬。"我的伙伴递给每个小孩一先令，"行了，你们走吧，下次带一个更好的报告。"

夏洛克·福尔摩斯抬起大手一挥，一帮野孩子仿佛一队老鼠飞奔而去。

不久，还能听见马路上传来的他们响亮的嬉闹声。

我的伙伴说："这群野孩子的本事要比大部分的警察大，可以说能打听到许多警察们根本弄不到的信息，最主要是孩子们让大家毫无戒备，市井小民们一看到警察都噤若寒蝉，什么有价值的东西都不会透露，但孩子们童言无忌，无论谁都不反感他们，自然各种信息都能传到他们耳朵里，可以说，这群伶俐的野孩子就是移动的情报机，到处搜集情报，唯一的缺点就是太没有规范，缺少组织意识，总是吵吵闹闹。"

"为了得到布里克斯顿路花园惨案的信息，你才用雇的他们？"我问福尔摩斯。

"当然，因为还有一件事我需要查明，当然以后一定会知道的。嘿，伙计，马上最新的新闻又要自动送上门啦，抬头看看吧，格雷格森就在马路上神采飞扬地朝这边走呢。一看就明白来找我们的，快看，来了，就是格雷格森那家伙！"

紧接着门铃暴响，几秒钟之后，金黄色头发的格雷格森侦探已经迫不及待地到我们面前了，他不请自来还毫不客气地冲进了起居室。

"噢，敬爱的夏洛克·福尔摩斯先生。"格雷格森用力抓住了不情不愿的福尔摩斯，我的伙伴看上去有点不屑一顾。

格雷格森说："快点祝贺我吧！在我的侦查下，这疑点重重的花园街惨案就要水落石出啦。"

隐隐约约间，我捕捉到了我的伙伴富有表情的脸上浮现出些许不安。

"你的意思是你们已经步入正途了？"夏洛克·福尔摩斯问格雷森。

"就是这样！噢，老伙计，实话告诉你，我已经将犯罪嫌疑人捉拿归案啦！"

"犯罪嫌疑人是谁？"

格雷格森雄赳赳气昂昂，还洋洋自得地搓着一双他肥嘟嘟的手，语气中带着明显的炫耀和傲慢：

"英国皇家海军阿瑟·夏彭蒂尔中尉。"

听到答案的夏洛克·福尔摩斯先生情不自禁地露出笑容，顿时觉得一身轻松。

福尔摩斯对格雷格森说："坐下，来支雪茄怎么样。我们对你怎么破案的过程很感兴趣，你要加水威士忌吗？"

格雷格森说："既然朋友你盛情邀请，我也不好拒绝，那就来点儿吧，几天来可是让我到处奔波精疲力尽了，的的确确是下了大功夫的，想来这行你也了解，尽管不是做苦力，可光是思考推理就很费神，让我每天紧张兮兮的，这种感觉您应该是感同身受的，毕竟大家都干侦探这一行，全是脑力工作者啊。"

"侦探先生您抬举我了！快告诉我们，如此卓越过人的结果你是如何推理出来的呢。"夏洛克·福尔摩斯表情严肃，一本正经地问格雷格森。

格雷格森往扶手椅上一坐，惬意且慢条斯理地抽着雪茄，像是突然想起什么似的激动地拍了一下大腿，神采飞扬地说："雷斯特雷德那个滑天下之大稽的笨蛋，明明就彻底走错了路，还沾沾自喜地觉得找到了宝藏呢，那家伙依旧花工夫想获得个人助理斯坦杰森的下落呢。要我说，那个人助理和整个惨案毫不相干，他仿佛是尚未获得新生的婴儿，哪有用武之地呀？不过估计这会，雷斯特雷德已将斯坦杰森捉拿归案了。"

话已至此，格雷格森对自己心里的想法笑得上气不接下气。

"能说说你的推理和证据线索吗？"

"唔，对你们，我自然是知无不言的。你应该明白的，医生先生，我说的全是我们内部才能敞开心扉聊的机密。在调查中，头等大事就是排除一切障碍知道这个来自美国的德雷柏先生的真实身份。换了别人一定会发布一些寻人启事，或者守株待兔地盼望着家属前来报案或认领，他们总认为消息会自己上门来的，我托拜厄斯·格雷格森绝非这种人。你一定还对被害者身旁的礼帽记忆犹新吧？"

我的伙伴回答道："是的，一顶来自于坎伯威尔路129号约翰·安德伍德帽子店的帽子。"

格雷格森闻言，脸上的洋洋得意立马收敛了起来，垂头丧气地问：

"原来你已经知道了，还是你已经去访问过了。"

"不是。"

"噢！"格雷格森感到心满意足："无论如何，你应该抓住这个机会的，虽然几率不大。"

夏洛克·福尔摩斯简洁精炼地说："成大事者必须不拘小节。"

"就这样，我们去帽子店里询问，问有没有出售过同一款式同一型号的礼帽，结果，一查交易记录，顺藤摸瓜地找到陶凯巷夏彭蒂尔公寓，原来，该店是将订购的礼帽送至居住在那里的德雷柏先生。由此，我的证据就跟上了陶凯巷夏彭蒂尔公寓。"

我的伙伴低声称赞着："很好，做得非常好！"

格雷格森侦探说："之后，我去陶凯巷夏彭蒂尔公寓找夏彭蒂尔太太谈谈，和她谈话的时候我察觉到了问题，你要知道，什么都逃不过我敏锐的观察力，她神色慌张脸色苍白，她那长得十分美丽的女儿也在，情况和她很像，一双美丽的大眼通红的，像是刚刚哭过，浑身战栗。这样的一举一动必然会引起我的疑心。我的好朋友，这种情况下你一定明白我的感受，那种神奇的感觉，当你找到重要的突破口的时候，心里窜起的激动一瞬间会把人淹没的，所以我趁热打铁，迫不及待地问她们：之前住在这里的客人来自克利夫兰城的德雷柏先生惨遭杀害，这件事你们知道吗？夏彭蒂尔太太噤若寒蝉，非常不明显地点了点头，坐在一旁的女儿还泪流满面，由此我知道，这两个人一定知道惨案的隐情。我问她们，还记得德雷柏先生离开这里去车站的时候是几点钟吗？

"大概是八点，她几度哽咽，断断续续地说。按照德雷柏先生的个人助理斯坦杰森所言，那天开往利物浦的列车有两班，九点十五分和十一点这两个时间各有一班，德雷柏先生打算坐九点十分的那班走。

"我继续问她，那天之后你们还见过德雷柏先生吗？

"夏彭蒂尔太太一听到我的问题整张脸吓得惨白，过了很久她才回过神来，支支吾吾地告诉我，再也没见过德雷柏先生了，她的口气很心虚，一看就有问题。

"之后几分钟我们都没说话，一直到她那漂亮的女儿心平气和地开口。她倒不像她母亲那样慌慌张张。女儿对妈妈说，谎言总是要被拆穿，我们还是实话实说最好，的确，那不是我们最后一次与德雷柏先生打交道。

"夏彭蒂尔太太举起双手，整个人都往椅子后面倒去，十分懊恼地惊叫出声'你会把你哥哥送上绝路的啊！希望主能保佑你！'

"那漂亮姑娘语气笃定，说哥哥也必然不想看到我们谎话连篇。我就告诉他们，坦白从宽，抗拒从严，趁早如实地告知我全部实情才是明智之选，若是一直遮遮掩掩，便没有什么好说的了。换句话说，我们掌握了大量的情报，你们一定还没意识到吧？

"夏彭蒂儿太太骂了女儿一句说，'爱丽丝，全是你惹的！'然后又心急忙慌地转向我：

"'先生,只要能说的我会全部让您知道,请您别误会,我这样慌慌张张只是担心让我的儿子受到牵连,但实际上他跟这个案子毫无瓜葛。不知道外人怎么想,但我能十分确定我儿子是无辜的,请原谅我的遮遮掩掩,我的苦衷是怕你们把怀疑的目光放在他身上。可那种想法简直荒诞至极。阿瑟品质高尚、职业光荣、身家清白,绝不会干违法犯罪的事。'

"'请相信我的能力,若是你儿子没有犯罪,我会帮他证明清白,前提是你把知道的一切情况如实相告。'我对她那么说。

"然后她把女儿支走,屋子里就剩下我和夏彭蒂尔太太,她说,'先生,事已至此,有些我本开不了口的话也只好统统都跟你道明了,说实话,要不是爱丽丝不懂世事,将一切明说,我绝对不会告诉您的,但现在,我说,而且我会一点细节都不遗漏地说给你听。'

"'此乃明智之举',我说。

"'德雷柏先生之前一直和他的个人助理斯坦杰森先生在欧洲大陆旅居,来的时候我看到他们的每个行李箱上都有哥本哈根的标签,我想他们就是最后从哥本哈根来到英国的吧。之后,他们在我的公寓住了大概三周。印象中,斯坦杰森先生是一位绅士,举止儒雅,彬彬有礼,但是谁能想到这么一个绅士服务的老板竟是个流氓。德雷柏先生和斯坦杰森先生天差地别,他流里流气,粗鲁无礼,十分令人倒胃口。住在这里的第一个晚上,德雷柏先生就烂醉如泥,到隔天正午还不省人事。对待女仆们德雷柏先生也举止放纵,随便轻薄,让人反感到无以复加。最让人不能忍受的是,他居然还如出一辙地并且多次地轻薄我的女儿爱莉丝,对她说一些下流随便的话,庆幸的是爱丽丝不懂世事,也没放在心上,但过分的是,德雷柏先生对爱丽丝动手动脚,将爱丽丝一把搂在怀里,还抱得紧紧的。就算是他的助理都看不下去,骂他是禽兽不如,这么放纵随便太不像话了。'

"我问她,'既然如此,为何要看人脸色,何不将他赶走,只要你想,随时都可以。'

"经我这么一说夏彭蒂尔太太涨红了脸,不好意思地说,'现在我也后悔,没在他们来的当天就说不租了。但现在正是客人稀少的淡季,他们俩日租分别为一镑,如此一来一周就是十四镑,这么诱人的收入我要如何开口拒绝呢,加上,阿瑟在皇家海军服役的开销巨大,作为一个寡妇我无法不要这笔可观收入,所以拼命忍耐,但最近这次,他实在太过分,我借此机会赶走了他。'

"'之后发生了什么?'我问。

"'这两个人离开后,我关上了大门,心里的大石头终于落了地。那时候阿瑟也正巧休假在家,但关于德雷柏欺负爱丽丝的事情我只字未提,他性子暴烈,又不能忍受别人欺负爱丽丝。可谁能想到,才短短一个小时,他们又登门了。他又是喝得酩酊大醉,胡言乱语,还没有经过允许就冲进大厅,那时我和爱丽丝都坐在房里,他劈头盖脸地说错过火车了。接着,他竟敢当着我的面和爱丽丝说话，还怂恿爱丽丝离家出走。德雷柏对爱丽丝说，"嫁给我吧，在法律上你是具有完全民事行为能力人了，可以自己决定终身大事，我有钱，养你绰绰有余，能让你荣华富贵，过得跟公主那般锦衣玉食，别担心这个老女人了。"听着这些，爱丽丝恐惧地往后躲，谁知道德雷柏先生紧紧抓住她的手腕不放，就要带走她，我只好大喊。危急时刻，阿瑟来了。那之后的事我无从得知。我记得谩骂声和打斗的声音混杂在一起，我胆战心惊，不敢抬头。等没有声音之后，抬头一看，阿瑟手拿着一根木棍在门口哈哈大笑，说：别担心，那混蛋不会再来找麻烦啦。我要跟去看看他究竟要干嘛。留下这么一句话，他就拿着帽子跑出去了。隔天一大早，德雷柏先生惨遭杀害的消息就传过来了，就这些内容了。'

"她说话的时候断断续续，而且分贝很低，让人听着费劲，不过，专业的我自然做了完整的笔录，绝对可靠。"

"非常精彩！"我的伙伴打着呵欠问，"之后呢？"

格雷格森回答："听完她的陈述，我就知道整桩案子的核心。所以，我换上带有压迫性的眼神，这种方法能让女性说实话，询问她阿瑟是什么时候回到家的。"

"她回答说，'不知道'。"

"'为什么'？"

"她继续说，'阿瑟有钥匙，随时可以自己回家。我没骗您。'"

"'他回家的时候你已经睡了吗？'"

"'没错。'"

"'你上床睡觉的时候几点？'"

"'十一点左右。'"

"'也就意味着阿瑟至少在外两个钟头。'"

"'没错。'"

"'那你觉得他有可能在外四五个小时吗？'"

"'会的。'"

"'这些时间里他都做了什么？'"

"她的回答还是不知道，而且吓得嘴唇煞白。"

"事情发展到这一步，就没什么好说的了，我们立即逮捕了阿瑟·夏彭蒂尔中尉。我按着他肩膀让他不要负隅顽抗的时候，他居然不打自招，厚颜无耻地说，'你们一定是以为我跟混蛋德雷柏的死有关才抓我的吧。'态度主动得太不寻常，非常值得怀疑。"

我的伙伴点头："的确有问题。"

"抓捕他的时候他手里还拿着根十分结实的橡木粗棍，应该就是她妈妈所说的追打德雷柏的那根。"

"对此你怎么看？"

"嗯，以我的推理，阿瑟拿着棍子将德雷柏追至布里克斯顿路。在两人激烈的争吵和厮打之中，德雷柏可能心脏被阿瑟用力打一棍子，导致内伤，这样就解释得通为什么死者没有明显伤痕。案发当天正值天降暴雨，人烟稀少，是毁尸灭迹的好时机，我们的中尉就趁着夜色弃尸空屋。什么血字、血溅痕迹、没灭的蜡烛、掉落的戒指，都是烟雾弹，想要迷惑我们的侦查方向。"

"十分不错！格雷格森，你有步步高升的潜力，你的进步我们有目共睹，对我们很有帮助。"福尔摩斯称赞道。

格雷格森十分自豪："我觉得我已经处理得天衣无缝了，这案子在我手中无懈可击，谁知犯罪嫌疑人却矢口否认，他说，他追出去之后被德雷柏发现，那混蛋坐马车跑了。就在返家途中，碰上了以前的战友，两人便一路同行了很长一段路，可我问他老战友住在什么地方的时候，他又遮遮掩掩地说不出口。在我看来，整个案子已经非常清晰了，证据之间也环环相扣。可怜的是雷斯特雷德就没选对方向。他估计没有指望啦。呀！说曹操，曹操到。"

雷斯特雷德果然进来了。往日他那举手投足间的自信得意不见踪影，一进来，便风尘仆仆，面容憔悴，愁云密布，穿着凌乱。本来他是来找夏洛克·福尔摩斯先生帮忙的，但介于格雷格森这个对手在场，他便羞赧难当，无地自容了。他局促不安地立于大厅中央，惴惴不安地蹂躏着手中的帽子。半晌，他开了口："这是一桩彻头彻尾的扑朔迷离之案。"

格雷格森神采飞扬说："呀，雷斯特雷德先生，英雄所见略同啊！你的反应我早已料到，话说回来，助理先生斯坦杰森找到了吗？"

雷斯特雷德忧心忡忡："今早大概六点，在哈利代旅馆发现了斯坦杰森先生的尸体。"

第七章　黑暗中的光明

雷斯特雷德让我们获悉的情报至关重要，并且猝不及防。听闻后我们都瞠目结舌。格雷格森从椅子一跃而起，打翻了装着掺水威士忌的杯子。我沉默不语地望向夏洛克·福尔摩斯，他眉毛耷拉着，抿着嘴唇。

"斯坦杰森一死，整个案子更加错综复杂。"福尔摩斯嘀咕道。

雷斯特雷德一边抱怨一边坐下来，说："本来就扑朔迷离，现在更是云里雾里了，搞得跟打仗谈判似的。"

"你，你对这个情报有把握吗？"格雷格森支支吾吾地问雷斯特雷德。

他说："我才从斯坦杰森被杀的现场出来，最先发现他已经死了的人是我。"

"你来之前我们一直在听格雷格森对这个案子的看法呢，你能不能把你的所见所闻也跟我们分享一下呢？"我的伙伴问。

"当然可以，"雷斯特雷德便不客气地坐下来，开始叙述："不能否认的是，我以为斯坦杰森肯定跟德雷柏先生的死脱不了干系，但现在斯坦杰森死了，这条线索也就断了，我的推断也就此被推翻了。刚开始我满脑子只有这个念头，所以不惜一切代价着手去找斯坦杰森。打听了一番之后，得到了一些线索，目击者证明三号晚上大概八点的时候，他和德雷柏一同出现在尤斯顿车站，而德雷柏的尸体是在四日凌晨两点钟在布里克斯顿路被发现的，那么问题的关键就是斯坦杰森在于三号八点半到案发前的这几个小时里做了什么，还有之后又发生了什么情况。我往利物浦方面发了封电报，描述了这个人的长相，还提醒他们要密切监视美国方面的船只。随后，我开始调查靠近尤斯顿车站的所有旅馆和出租屋。要是你们，也一定会按照平时的逻辑去设想，若是德雷柏和助理在车站分道扬镳，当晚斯坦杰森一定会就近找一个能容身的处所，方便第二天重新去车站。"

"他们事先约好接头场所的可能性很大。"我的伙伴说。

"就是这样，没错。昨天我疲于奔命一整晚却一无所获，没有任何消息。今儿一大早我便动身着手打听，大概八点我问到位于小乔治街的哈利代旅馆。我问前台有没有一个叫作斯坦杰森的入住，我得到了肯定的答复。

"前台人员说，'你必然是他殷切盼望的人了，斯坦杰森先生已经等候您整整两天了。'

"我问前台，'他人呢？'

"他们回答我，斯坦杰森依旧在休息。他还定了九点的叫醒服务。

"我跟前台说，'我必须马上见到他'。

"在我看来，我的突然出现可能会让他猝不及防，在慌慌张张的时候肯定要露出马脚。负责擦鞋的杂役将我领到三楼的那个房间，通过一条短短的走廊便可以轻易到达。那杂役指了指斯坦杰森所在的房间就打算离开，可几乎在同时，我的视线落在一个特别恶心的东西上，让我无法忍受，尽管我已经从业二十年，那东西也令我无法自持。只见一条细小的血迹从门下蜿蜒流出，已经蔓延至走廊，在对面的墙脚下形成小小的水凹。我吓得条件反射般地叫出声来，我发出的尖叫使得擦鞋的杂役回过头,他差点被眼前的状况惊得魂飞魄散。房间从里面上锁,我俩合力用肩膀撞开门,走了进去。环视房间,窗户是敞开的,一个穿着睡衣的男人蜷曲着躺在窗边。上去一看,那男人已经没有温度,四肢僵硬了,看样子死了很久。当我俩一起将尸体翻过来时,杂役马上指认死者就是住在这里的斯坦杰森。看出血量和初步的尸体勘验能知道,左心脏的穿刺伤是死因。匕首刺进去很深,失血过多。最令人瞠目结舌的是,死者脸上竟然有神奇的东西,你们想会是什么?"

闻言我后背发凉,一阵战栗,甚至还没等到福尔摩斯的回答,就预感到恐怖即将降临。

"'雷切'血字。"我的伙伴不假思索地回答。

"没错。"雷斯特雷德肃然起敬,感到分明的惊悚。心照不宣地,一时间大家皆不说话了。诚然,那未知的犯罪嫌疑人一系列的犯罪行为都有条不紊,并且让我云里雾里无法看穿,这样便更让人觉得毛骨悚然了。

我经历过战争,经常自诩意志坚定,哪怕是尸横遍野的景象都不会让我心生恐惧,但当下,脑子里一旦浮现那凶案现场的一幕幕,便莫名地一阵颤抖。

"关于这个凶手,是有目击证人的。"雷斯特雷德接着说,"是一个送牛奶的男孩,碰巧在去牛奶场的途中路过位于旅馆后面的通往马车房的那条小弄堂。那男孩发现以前都闲置的梯子被挪开了,朝着旅馆三楼一户窗子竖着,并且窗已经被打开。他慢慢地经过那里后忍不住回头张望,无意中就发现一个人正在下梯子。那男孩本能地认为他是旅馆雇佣来干活的工人,因为他完全是淡定自若且不慌不忙的,这样当然不会让人多想,只是一下子有些好奇,怎么会那么早就开工。因为没太注意,男孩也只是隐约记得他的特征,身着棕色长外衣,人高马大,面色红润。还有,我在斯坦杰森居住的房里发现,洗脸盆里的水是红色的,凶手在盆里洗手了,这证据充分证明,杀人之后凶手还逗留在现场一段时间。不仅这样,床单的血液痕迹表明,杀掉斯坦杰森后凶手又用床单清理了凶器。"

听闻这个描述和夏洛克·福尔摩斯曾经推测的犯罪嫌疑人在外表和体形上完全一致,我激动地望着他,但我发现,他并未表现出任何的欣喜或满意,连一点喜气都没有。

"在案发现场你有没有找到什么能将凶手捉拿归案的蛛丝马迹?"福尔摩斯问他。

"找不到任何有价值的线索。这个人助理看来平时掌管经济,因为他保管着老板德雷柏的钱包,里面八十多镑现金动都没动。这便排除了财产犯罪的可能,简直太离奇了。也没有找到有价值的文件或日记本,只是在死者口袋里找到一份一个月前来自克利夫兰城的电报,还没有署名,只是写着'J H. 在欧洲'。"

"还有其他线索吗?"福尔摩斯问他。

"一本小说，放在床边，应该是斯坦杰森的睡前读物。桌上有一杯水。窗台上有个小药盒子，里边有两颗药丸。烟斗在床头椅上。除了这些再没什么了。"

我的伙伴一跃而起，欢呼雀跃起来，他神采飞扬地说："这就是最后一步，这个案子，终于完成啦。"

格雷格森和雷斯特雷德瞠目结舌地看着突然发狂的福尔摩斯。

此时，夏洛克·福尔摩斯胸有成竹，开口道："至此，乱成一团的证据线索都被我掌握了。尽管还有细节部分需要完善，不过，以两个死者在火车站分道扬镳为起点，以死亡的助理被找到为终点，期间所发生的关键的步骤，都全部在我掌控之中，仿佛我身临其境那般真实。现在，到了见证我推理是否正确的时候。伙计，你可以拿到刚刚说的那两颗药丸吗？"

"有的！"雷斯特雷德一边说一边拿出一个白色小药盒，"我将钱包、电报、药丸都带来啦，想着必须藏在最安全的位置。当然，解释一下也是必要的，我本人并不觉得这东西有价值，带来也只是一个巧合。"

"把它们放到这里。"夏洛克·福尔摩斯说，然后又转向我，问："喂，医生，你认为这是一般的常见药吗？"

我一看，手上那如珍珠般的灰色小圆球很不同寻常，在灯光的照耀下成了无色。

"就从大小以及光泽上判断，它们应该具有可溶性。"我说。

我伙伴对我说："你说的很对。能不能麻烦你将楼下那条濒临死亡的小病狗抱到这儿来？昨儿房东太太是不是劳烦你给它安乐死来着吗？"

我听从福尔摩斯的差遣将可怜的小病狗狗抱上楼。它双眼无神，气息微弱，命不久矣。我将小狗放在了地毯上的一块小垫子上。

我的朋友拿出小刀一边把药丸切开，一边说："现在，我将两颗药中的一颗切成两半，剩下的另一半要留着将来用，切下的一半呢，放在盛有一匙水的酒杯中。你会发现，我们的医生先生没有说错，它立即溶于水。"

雷斯特雷德以为福尔摩斯在出他的洋相，语气中带着颓丧，又有点愤怒："这真是搞笑！在我看来现在的这个实验与秘书先生的被害毫无关联。"

"请不要着急，伙计，别这么着急！时机一到你就能发现，它们之间有千丝万缕的关系。当下呢，给小狗的盘子里加一点牛奶，这样不出一分钟，它就能消灭得一干二净。"

说完，福尔摩斯将混着药的牛奶倒在盘子里，然后给小狗吃，不出所料，牛奶很快被小狗吃了。我伙伴胸有成竹的样子让我们没有顾虑，屏息等待着即将发生的事情。

然而，事实上一切平稳如常，可怜的小狗有气无力地躺着，依旧苟延残喘。谁都看得出来，这药丸没产生任何作用。

我的伙伴急不可耐地拿出手表，随着时间流逝但仍然什么都没发生。他紧紧地咬着下嘴唇，纤长的手指叩击桌面，懊恼失望和迫不及待爬上他的脸庞。他情绪高涨，我衷心地为此惋惜；相反，坐在沙发的两位先生倒有点幸灾乐祸，露出鄙视的讥笑。

夏洛克·福尔摩斯最终耐不住性子，在房间里来回踱步，焦躁不安地喊：“绝对不会这样的！绝对不是机缘巧合！花园街惨案的时候我就怀疑死者是死于未知的毒药，可如今，有了药丸却根本没有毒性？为什么会这样呢？毫无疑问，福尔摩斯的推理环环相扣，根本不会不正确！但为什么小病狗什么反应都没出现？啊！知道了！我知道了！”

我的伙伴欢呼雀跃地从小药盒中拿出剩下那颗，依旧分为两半，像上一次那样混在牛奶中给小狗吃。这次，可怜的小狗几乎还没沾湿舌头呢，就四肢痉挛，在一阵颤抖起中仿佛瞬间被雷电击倒，一下子迈向死亡。

"事实上哪怕是没看过这个小盒子，我也能够据此推理出来的，是我的信仰太不坚定，此时我才意识到，若是某一环节与所有的推断都无法衔接，必然应该换一个角度去审视。所以，白色小盒子里装的一粒是剧毒一粒却无毒。"福尔摩斯总算是能够放下心来，如释重负地叹一口气，擦了擦额头上的汗珠。

在我看来，我的伙伴刚刚的陈述简直震惊四座，我都开始怀疑他是否脑子不正常了，然而，被毒死的小狗铁证如山，无一不在告诉所有人，福尔摩斯的设想无误。这一瞬间，我竟然感觉到豁然开朗，仿佛是柳暗花明，慢慢地，整个事情的来龙去脉变得清晰可见。

"在你们看来一切的一切都匪夷所思，"夏洛克·福尔摩斯继续说，"那是由于在故事的开端，你们便已经错过最正确的部分、最核心的情节最应该前往的方向，而幸运之神眷顾我，让我从一开始就认清方向，并且朝着那个方向不断深入，逻辑因果作用下，每一个相互印证的环节都支持了本人的推理。所以，许多让各位一头雾水的意外以及那些将一切复杂化的证据对我来说却是越来越有力的支撑，我还因此受到很多启迪。将神秘与奇怪相提并论是极其荒谬的。往往最神秘的却是最平淡无奇的犯罪行为，它会让你找不到能作为推理依据的奇特之处。若是花园街惨案中德雷柏是横尸街头，平淡无奇，不具任何引人注目、不合常理、惊悚悬疑的情节，它倒会成为难以破解的悬案了。这也就意味着，你们所言的奇奇怪怪疑点重重的地方是解开谜案的重要推动力，让案子变得更容易。"

格雷格森侦探听着福尔摩斯的长篇大论时，一直压制着性子，最终还是按捺不住，不耐烦地打断："夏洛克·福尔摩斯先生，听我说，谁也无法否认你是个才思敏捷机智过人的侦探，并且独树一帜眼光独到，不走寻常路。但当下我们想听的不仅仅是纯粹的理论教学，将凶手捉拿归案才是重点。的确,我的推测不完全对,夏彭蒂尔中尉与斯坦杰森之死没有任何关联,而且雷斯特雷德揪着德雷柏的助理不放也被证明走了弯路。你这边暗示一下那边暗示一下,好像比我们了解得更深。也是将你知道的一切都公之于众的时候啦,你有义务直截了当地告诉我们你到底掌握了多少关于这个案子的情况。能告诉我们犯罪嫌疑人叫什么吗?"

"先生,我十分赞同格雷格森的话。"雷斯特雷德附和着:"很显然,我和格雷格森都没能成功破案,但今儿踏进你的家门,你就说你掌握了所有的情节,而且还强调了很多回,那么,现在让它水落石出吧。"

"要是一直这么拖延下去,会给凶手再次犯罪的机会。"我也希望福尔摩斯公布真相。

因此,在大家的逼迫下,他犹豫地在房里来回踱步,蹙着眉头耷拉着脑袋,陷入沉思。

"你们大可放心,凶手不会再为非作歹了,"倏地,他停下脚步说,"我保证,不需要有这方面的顾虑了。我承认,我知道凶手的名字,然而,光晓得谁是凶手派不上用场,跟将其捉拿归案相比,根本不值一提。别担心,不出意外,短时间内就可以达成,我十分乐意亲自促成这件事。然而,面对一个精明凶残的亡命之徒,并且有证据显示,他还有富有聪明才智的人站在他身后支持,所以我们必须微妙地处理这件事。要不着痕迹地不让他察觉,神不知鬼不觉地将其逮到。若是打草惊蛇让他听到风吹草动,凶手必将草木皆兵,逃之夭夭,那以后想在伦敦的400万居民里找出他简直是天方夜谭。我保证没有恶意,也不是看不起各位,可实不相瞒,你们警察根本斗不过他们,所以我才不向警察求助。当然,若是此次福尔摩斯没能成功,基于这点疏忽所要面对的所有谴责我愿意面对。当下我乐意说,若是不妨碍我的整个计划,结果出来,第一时间通知两位。"

两位官方侦探显然对于福尔摩斯的保证和轻视表示不悦。格雷格森闻言无地自容地羞愧到一张脸爆红,连脖颈都红了,而雷斯特雷德则是睁大双眼,一副不可思议的样子,既愤愤不平又万分震惊。只是尚未来得及表达心中的不满,敲门声便响起来了。打开门,邋里邋遢的少年侦查队中的小维金斯光临了。

小维金斯触摸了一下额发说:"请吧,先生,我让马车停到了楼下。"

我的同伴温和地说:"干得不错!"然后一边打开抽屉拿手铐对那侦探说,"伦敦警察厅也应该改进装备用这种手铐啦,你看这种手铐很好使用,特别管用,一下子就能扣上。"

雷斯特雷德说:"手铐只要能戴上犯罪嫌疑人的手,就行了。"

我的伙伴噙着微笑说:"很好,很好。维金斯,快去叫马车夫上楼来,有些行李要请他搬。"

站在一旁的我十分意外,福尔摩斯从没说过他即将出远门的事情,这事有点突如其来,让我摸不着头脑。我的伙伴将房间里唯一的一个小皮箱翻了出来,手忙脚乱地开始捆扎。那个马车夫进来的时候我的伙伴还在弄着行李箱呢。

我的伙伴跪在地上一顿忙活,头也不抬地说:"车夫,过来帮我紧一下这个皮带扣。"

那个大块头车夫闷闷不乐,目中无人似的走上前,向下伸出双手打算帮忙。几乎就是在同一瞬间,突然传来咔哒的一声,我的伙伴一跃而起将手铐扣在了车夫的手上。

"各位,"他双眼放光,忽闪忽闪地告诉我们,"大家都来认识一下这位杰斐逊·霍普先生,杀死德雷柏先生和斯坦杰森先生的罪魁祸首。"

整个事情就发生在一瞬间,快到我根本无法弄明白到底发生了什么。

画面似乎在此定格,我的伙伴欣喜若狂大获全胜的表情、他洪亮爽朗的说话音调、马车夫对突如其来的手铐的怒目而视、马车夫脸上手足无措、无比狠毒的表情,永远被珍藏在我的内心深处,成为历久弥新的一段回忆。

当时,大概在场的各位皆目瞪口呆,不啻一群雕塑那般都愣住几秒。

接着,随着马车夫口齿不清的一声怒吼,他逃出我的伙伴的束缚直接纵身跃向窗户,窗户的外框与应声碎掉。还没等他完全出去,在场的三位侦探不约而同地纵身扑向他,将他一把拽回房间,紧接着房间里展开了殊死搏斗。

那凶手无比蛮狠,像疯子那般不受控制,一次又一次地挣脱我们四个,虽然在跳窗时他身受重伤、血流不止,却依旧势不可当。

最终,雷斯特雷德侦探一把钳制住他的脖子,那凶手才放弃了抵抗。尽管如此,心有余悸的众人还是决定绑住他的手脚以免他再度发疯。一切完成后,大家才上气不接下气地站起来。夏洛克·福尔摩斯说:"好的,各位,我们就用他的马车将他扭送至伦敦警察厅。"

然后脸上洋溢着笑容说:"现在,我们已经到达了该神秘小案的终点,我保证会回答你们所有的疑问。"

第八章　在荒凉的大平原上

位于北美大陆中部的一片草木不生、令人厌恶的沙漠,一直以来都是阻碍文明发展的存在。从内华达山脉到内布拉斯加州,北起黄石河南至科罗拉多州,都彻底被覆盖在无边际的荒芜里。虽是荒芜,风光却非一成不变。

尽管有崇山峻岭、幽暗山谷、无垠平原，春夏的景色也不尽相同，然而，总体上还是冷漠荒芜。

在这片无望的土地上，几乎看不到人，灰熊、狼、秃鹰就是这里全部的居民，但偶尔会有有波尼人和黑足人成群结党，经由这里去其他的狩猎地。

全宇宙可能就布兰卡山脉北麓的景色是最凄惨的。放眼望去，除了盐碱地再无任何生物，只有亘古不变的比永远更长久的死寂。

其实，要说这里找不到任何生命，却有失偏颇。

俯瞰布兰卡山脉，一条经车轮碾压和冒险家践踏而成的曲折蜿蜒的小路清晰可见，上面散布不均的一块块白色在阳光下闪出刺眼奇异的光芒，上去一看，竟然是白骨：有的粗大有的细小，有牛骨也有人骨。

一八四七年五月四日，一名形单影只的旅行者在山上远看此景。乍一看仿佛他是该区域的神灵或魔鬼，再细致入微的人也无法判定他是四十岁抑或六十岁。那旅行者手握步枪，面容憔悴，双眼凹陷，目光呆滞，两鬓斑白，瘦骨嶙峋，不堪重负的他只能靠步枪支撑身体，不难从他宽大的骨架和高瘦的体形判定，以前这位旅行者也拥有结实精壮的体魄。然而，现在的他干干瘪瘪，整个人窝在衣服中，垂垂老矣，没错，他已经因为饥寒交迫奄奄一息。

他强忍痛苦一路坚持，摆在他面前一望无际的盐碱地和绵延不绝的高山平原令他最后一丝找到水源的希望破灭了，没有植被就没有水源。他疑惑而抓狂地环视四周，意识到他的生命将在冰冷的悬崖峭壁上终结。

他嗫嚅道："葬身于此又如何，与二十年后安逸地死于羽毛褥垫的床上并无异。"然后他在巨石下面坐下来。

不过，休息之前，他把没有装弹药的步枪扔在一边，接着将斜跨于右肩的灰色大包放在地上。包袱很重，因为他早就耗尽所有力气，放下来的时候包袱由于惯性重重地落地。随即，一阵呻吟声从包袱里传来，然后露出一张恐惧的小脸，一双褐色的小眼非常明亮，还有两只肥嘟嘟带着斑点和浅涡的拳头。

"你弄疼我啦！"孩子以天真的口吻责备。

这个男人歉然地道："我弄疼了你吗？可是，我是无心的。"

那个男人一边说一边打开用大披巾裹着的包袱，然后抱出一个大约5岁的漂亮女孩。仔细看，她带着亚麻布围嘴，一身美丽粉红上衣配上一双小巧玲珑的鞋。所有一切的细节都表明其母亲周到全面的关怀。

漂亮女孩显得稍微虚弱，嫩嫩的小脸没有血色，可跟她的同伴相比，那健健康康的没有任何伤痕的四肢说明,她没吃多少苦。

看着小女孩不断揉着脑后的蓬乱的金黄色头发,他担心地问:"当下感觉如何?"

她向他露出受伤的部位,十分认真地说:"吻一吻它就会好的,以前妈妈常常为我这么做。对了,妈妈在哪里?"

"她走了,但是我保证用不了很长时间你就可以看到妈妈了。"

漂亮女孩一脸懵懂,问:"真的吗?但总是有点不正常,这次妈妈都忘记跟我告别了,过去要是她去姑姑那里拜访一下也会跟我说再见呀,而现在妈妈已经离开三天啦。哎,我说,口干舌燥的,对吗?这个地方为什么连一点能填饱肚子的东西也看不见?"

"小宝贝,这里没有吃的喝的,物资匮乏,但小宝贝,你若是稍微忍耐一下,很快就没事了。这样你能好过一点的,对,把你的小脑袋靠着我。其实,我嘴巴仿佛塞了皮革那样说不出话来了,不过我觉得最好如实将事情跟你说说。你小手里装的是什么?"

"漂亮东西!好东西!"漂亮孩子举着两块云母片在他眼前晃悠,心情激动地回答:"我们回到家里后,我要将这个给鲍伯小弟弟。"

"马上你会找到很多比这更漂亮有趣的东西。"那男人人自信满满地告诉小女孩:"只要再过几分钟。其实有件事要跟你说一下,宝贝,没忘记我们走过那条河的景况吧?"

"嗯,忘不了。"

"噢,那就对了,过河的时候我跟你说了吧,要不了几分钟还能到达一条河。是这样说的吧?但一路上也许指南针坏了,也许是地图不对,我也不清楚,总之,因为各种各样的原因,我没能按照计划到另一条河。能用的水所剩无几,也许能够你这么小的孩子喝的,而且……接着……"

漂亮女孩抬起头来望着他那张黑乎乎的脸,神情认真地打断了他:"你自己都没办法洗脸啦。"

"根本是连想喝的水也没了,别说是洗脸。那以后,第一个走的是本德先生,印第安人皮特是第二个走的,然后麦克格雷戈太太、约翰尼·霍恩斯,他们纷纷走了,最终,小宝贝,连你最爱的妈妈也离我们而去了。"

"这么说,妈妈已经不在了。"漂亮女孩意识到这一事实后,用亚麻布围嘴蒙着小脸,失声痛哭。

"是的,其他人都死光了,我们俩是最后幸存的。我还以为这边会让我找到能活下去的希望,才坚持着抱着你艰难地迈开步伐,但找了大半天没找到,已经山穷水尽了,你和我就快走到尽头了!"

"你的意思是说我们也要死了吗？"她蓦地不再哭泣，抬起头问他，脸上还挂着泪珠。

"我想事实基本就是这样。"

她一下子破涕为笑，说："真是被你吓死了呀。这种事情你刚开始就说清楚多好？那么，现在如果我和你也一命呜呼，就可以与妈妈团聚啦？"

"亲爱的，是这样没错，你会的。"

"当然你和我一样可以的。你对我简直没话说，我会跟妈妈说这个的。我想，我的妈妈必然等在天堂里呢，等我们一到，就捧出热烘烘的香喷喷的荞麦饼，我和鲍伯最喜欢的那种，当然，以及一大壶水。然而，我们为什么还没死？要等到什么时候啊？"

"还要一段时间，具体我也说不清。"那个人人的目光定定地望着北方的地平线。只见一望无垠的苍穹里冒出来势汹汹的三个黑点，以迅雷之速慢慢变大，成为三只棕色庞然大物，盘旋在两人头顶的秃鹰，宣告了死亡即将来临。

天真的女孩抬起手点向三只秃鹰，开心的呼唤："公鸡和母鸡。"她还兴奋地不断击掌，想要吓唬着让三只秃鹰继续飞翔。

"哎，是上帝创造的这个地方吗？"

小女孩突如其来的问题令他心头为之一震，他错愕地说："是这样的，没错。"

"他创造了下面的伊利诺斯州，他也创造了密苏里河，可我觉得这里不是上帝创造的，不然怎么能忘记造水和植物呢。"小女孩接着说。

"你认为现在做祈祷怎么样？"那男人缺乏自信地问。

"现在又不是夜里。"小女孩回答说。

"不碍事，祷告没必要非得这么多的规矩，不用想太多，他不会太介意这些细节。当下你就像每天晚上我们途经平原时你坐在四轮马车上一样，祷告一下。"

"你自己怎么不祈祷呢？"漂亮女孩疑惑地瞪着大眼问道。

"祈祷文我都已经忘光了，我很久没有祷告了，自从拿起我的步枪的那一天。不过，想祷告什么时候都不迟，那么让我跟你一起祷告吧，只要你将祈祷的内容念给我听就行。"他回答说。

"我跪下，你也需要跪下。"她说着，铺开披巾，以便两人跪下来，说："必须和我一样举起手，这样能使你感觉好点儿。"

这是一幅万分奇特的画面，当然，三个秃鹰却是他们唯一的目击者。

两个流浪者在小小的披巾上并排跪着，其中一个是未脱稚气脸色粉嫩的漂亮女孩，而另一个却是刚毅粗犷憔悴黝黑的旅行者，两人形成鲜明对比。两人齐齐地仰面向着万里晴空，真心真意地向着万能仁慈的造物主上帝表达他们的敬意，这时有两种声音在虔诚地祈求上帝的宽宏大量、怜悯同情——一个轻声细语，一个忧郁低沉。

　　结束祈祷后他们回到原来的"避风港"，小女孩安稳地靠在男人有安全感的怀里安然入睡。这个男人已经三天三夜没合过眼了，他的身体状况也到了极限，所以呆呆地望着小女孩安稳的睡颜，他也感到无比困乏，情不自禁地合上眼皮，耷拉着脑袋。

　　就这样，那男人斑白的胡子与同伴金黄的头发缠绕在一起，共同沉入梦乡。

　　若是那男人能早清醒三十分钟，就不过错过奇特一幕。

　　荒凉的盐碱地平原上飞起尘雾，随着时间的推移越发浓重，像是一朵蘑菇云那般密集，这不是海市蜃楼而是一支大部队过来了。几秒钟，一支向西行进的浩浩荡荡的旅行队席卷着滔天烟尘朝他们这两个流浪者进发而来！多么庞大的旅行队伍！多么帅气的帆布篷车与骑士武装啊！

　　该队伍极其壮观，一直从山脚蔓延到遥不可及的地平线。原本荒芜的盐碱地一下子变得热闹非凡，车水马龙，人潮涌动。男人们骑着马，女人们肩负重物，孩子们胡乱跑着，一支庞大的游牧民族队伍就这样引起一片骚动喧哗，车马隆隆而过，但，这么大的动静也没能把两个流浪者吵醒。

　　仔细一看，一群大概二十个穿着朴素带着步枪的男人们作为领队，神情严峻、刚毅果敢地带领着队伍。到达山脚时他们停下来了，交头接耳地商量着什么。

　　"井就在右边呐，伙计们。"一个头发花白、紧闭嘴唇、胡子净光的男人开了口。

　　"往布兰卡山右边走，达格兰德河就在前边啦。"此时另一个人插嘴了。

　　"别害怕找不到水源。真神能够保佑我们的子民，就算是在石头里也能给我们弄到水。"第三个人大声喊。

　　接下来所有人异口同声地喊："阿门！阿门！"

　　正当他们打算再一次启程的瞬间，冷不防地，一个年轻男人尖叫出声。观察入微的他眼疾手快地指着头顶的崎岖悬崖，因为他在上面看见了飘荡着的粉红色，与灰色岩石形成鲜明对比。见此情景，几乎是出于条件反射，这群男人勒住缰绳，齐刷刷地拿出步枪，而且，从后上来大批的后援军。众人喊了一句："发现印第安人！"

　　一位颇具领袖风范的年长者说："绝对不会是印第安人，我们在刚刚突破了波尼人的地界，按理说在翻过这座大山之后才可能遇见别的什么游牧民族。"

　　"斯坦杰森伙计，能让我前去打探一下吗？"其中一个人主动请缨。

　　接着十几个人异口同声地都说要去看看。

　　那个时候，领袖人物发话了："你们就这样上去，其余人会一直在此等你们的。"

　　那几个身强体壮的小伙子立即下马，朝悬崖峭壁而去。他们训练有素，一看便知道那矫健的身姿经历过千锤百炼，他们身轻如燕，直冲目的地。其中最先发出警报的年轻人在前面带路，对于他突然举起双手的动作，后面的人吓了一跳，众人围上去一瞧，皆目瞪口呆。

他们看见了什么？

荒无人烟的巨大石块下躺着一位面色憔悴、须发长长、脸庞刚毅、身材高大的男子，他的怀里依偎着一个稚气未脱、白白嫩嫩的小女孩，他们俩一黑一白，一胖一瘦，一个干瘪一个圆润，一个干净一个肮脏，形成了非常鲜明的对比，这种情况下的两人却呼吸低沉，睡得相当沉。

而更令人瞠目结舌的是，这对神奇组合头顶的岩石上，停着三只目光骇人的秃鹰，跃跃欲试地想把他们吃掉，但这么一群不速之客一来，它们只好怏怏不乐地飞走了。

这两个熟睡的流浪者是被秃鹰的叫声吵醒的，一张开眼，茫然环顾四周，看着眼前的一群人，却不知道发生了什么。黑黑的男人踉踉跄跄起身望向山下。

他的脸上写满不可思议，明明在睡着之前他还身处一望无际的盐碱地，如今眼前却有千军万马。他伸出瘦骨嶙峋的手搭在额头眺望远方，将信将疑地自言自语着："我想我是疯了。"

漂亮女孩一声不吭，默默无言地攥紧那男人的衣角，用孩子独有的无辜疑惑的眼神环顾四周。

救援队让这两个流浪者深信，原来这并非海市蜃楼。他们中的一个抱着漂亮女孩，其他两人则是搀扶已经疲惫不堪的男人，走向大部队。

"约翰·费里尔，是我的名字。我们一队二十一个人都饿死在南边了，只有我和这孩子幸存下来，到了这里。"这个男人首先自报家门。

"这是你女儿吗？"有人问道。

"在我看来，如今已经是我女儿了。"他毫不忌讳地承认，"我是她的救命恩人，如此来看，也只有我们能相依为命了，从今天她的名字就是露茜·费里尔啦，没人能从我身边抢走这孩子。不过，请问你们是？"这个男人怀着疑惑扫了一眼这群皮肤黝黑、结实彪悍的帮助者，说："好像有特别多的人呢。"

"将近一万人。这个民族是上帝的子民，只是备受迫害，莫罗尼天使是我们的守护神。"一个年轻人这样告诉他。

"那天使我好像闻所未闻，不过看来，他保佑的好臣民实在是数量庞大啊。"闻言，流浪者幽默了一把。

"神圣之事不可随便亵渎。"其中一人表情严厉，一本正经地告诉他："我们都信仰用埃及文字写上金箔上的圣经，在帕尔迈拉传递给了至高无上的约瑟·史密斯。我们曾经在伊利诺斯州瑙伏城建立了专属于我们民族的教堂，我们就是从那里迁徙过来的，因为受到了残暴的史密斯以及许多无神论者的迫害，才不得不流浪至此，但我们甘之如饴。"

瑙伏城这个地名倒是让费里尔瞬间明白了，他脱口而出："啊，明白了，原来你们全是摩门教徒。"

他们齐声大喊："我们是摩门教徒。"

"当下你们要去向何处？"

"这个目前也不得而知。但是，上帝之手会通过先知来告诉我们该往哪里去。他也会告诉我们要如何对待你，所以你一定要和我们一起去拜谒先知。"

几句话之间，一群人与大部队汇合，随后就被团团包围——这些人中有脸色白皙、模样温顺的女人，有身强体壮、嘻嘻哈哈的孩子，也有热诚善良的男人。众人望着两个可怜的客人，一个脆弱年轻的幼童和一个穷困憔悴的成人，皆扼腕叹息。不过，他们只是在万人瞩目中走过，那些年轻力壮英姿勃发的年轻人并未停下，一直将孩子和费里尔护送到一辆马车前。

他们眼前的这辆马车跟其他的相比与众不同独树一帜，冠冕堂皇，跟其他普通的马车相比，多套了三四匹马。车夫的旁边坐着年纪大约三十岁的人，他比一般人要大的脑袋和果敢的脸庞无疑不表露着领导风范，这位一定是首长了。他正在读一本棕色封面的书。一群人簇拥过来时，他将正在阅读的棕色封面的书放到旁边，开始聚精会神地听手下的报告。之后，他若有所思地看向两个流浪者。

"我们的羊圈里绝对不能让狼混进来，所以，要想留下来跟着我们一起，必须成为我们的教徒。要是日后你们成为引起整体腐烂的根源，还不如现在就让你们成为这一路上白骨中的一具。你是否能接受我说的，与我们同行呢？"他正言厉色地说道。

费里尔迫不及待地强调："不管什么条件都答应，只要能与你们同行。"他的语气逗笑了一群向来自持的长老，但正襟危坐的领袖依旧面无表情，一动不动。

"斯坦杰森伙计，就让他们和我们一起走吧，让他和他的孩子不用饿肚子。然后，就由你来给他传授一下我们摩门教的教义，让他虔诚地信仰。好了，延误了不少时间，现在，启程去郇山吧！"长老下了命令。

摩门教徒们异口同声地喊："出发，向郇山出发！"

随后，这句话在队伍中不断地传送扩散，慢慢消散在平原上。

随着尖锐的马鞭声响起，队伍动了起来，向前挺进。负责照看的斯坦杰森长老将流浪者领入自己车中，食物早已准备就绪。

"你俩先待这儿休息，要不了几天，会生龙活虎的。"他说："同时，现在开始，必须时刻铭记，你们永远是摩门教信徒。布里格姆·扬传达的决定就是约瑟·史密斯的决定，从而，我们听从的，不过是上帝的安排。"

第九章　犹他之花

在此章节我并不会累述摩门信徒们迁徙中遇到的艰难困苦。

从密西西比河到洛矶山脉西麓，他们以盎格鲁萨克逊人史无前例的坚韧顽强精神战胜一切天灾人祸，那是连自诩为全世界最无所不能的勇士也会为之却步的艰难险阻。所以，听到他们领袖宣告，他们到达犹他山谷，而且这无人涉足的乐土将会是他们永远的家园时，所有教徒无不顶礼膜拜，虔诚祈祷。

扬很快就用自己的文韬武略证明他是位出色能干的首长，一切有条不紊地按照他制定的宏图发展。城市以及有序的土地分配，实行社会等级制，商人工人各司其职，并且推动乡村生产发展，造篱立界、开沟排水、开垦种植，按照季节播种，隔年夏天乡村处处麦浪金黄，一切生机盎然。

尤其是建造在市中心用来纪念引导他们越过困苦赢得新生的上帝的那座富丽堂皇的大教堂，在各方力量的努力下夜以继日地缓缓升起。

约翰·费里尔将露茜收作养女，两人相依为命，与大批信徒共同踏上新乐园。温顺可爱、年幼丧母的小女孩于长老马车中被众人垂怜。露茜与斯坦杰森的三个妻子、人小鬼大的十二岁儿子一起生活，很快生龙活虎起来，也适应了到处游荡、以车为屋的新日子。与此同时，费里尔亦重新振作，崭露头角，不同凡响，以忠诚肯干、坚守朴实的猎手身份在新群体中赢得声望。因此，众人到达终点开始新生活时，大家都同意：除了扬本人以及四位长老斯坦杰森、坎博尔、约翰斯顿、德雷柏外，费里尔也该获得移民待遇，得到块上好的地皮。

约翰·费里尔身强体壮，踏实肯干，以得到的那块土地为基础，不断改进扩大，又心灵手巧，通过各种技术让庄园茂盛蓊郁，将房子升级为别墅，还八面玲珑，为人亲和。他一步一个脚印，一年比一年更好，从温饱小康到富贵之家，蒸蒸日上，短短十二年，他就成了全盐湖城享誉盛名的人物，无人能敌。

不过，在娶妻生子上，费里尔让同教人备受伤害，所有的劝告都是枉然，他毅然决然地选择孑然一身。但他选择不婚的理由始终成谜。大家猜测纷纷，有的说他对教规不忠诚，有的说他为情所困，念着大西洋沿岸某位曾为她而死的金发女郎，有的说他小气不想花钱婚娶。但不可否认的是，忽略他不结婚的信条，他绝对是一位品行端正、为人高尚、循规蹈矩的人。

在山区美丽的生活环境下少女露茜·费里尔长大成人，亭亭玉立，娇艳欲滴，体态轻盈，身材修美，她也会帮着约翰·费里尔处理园中大小事务。不可否认，曾经含苞待放的小花如今美丽绽放了，无数路过费里尔庄园的人目睹露茜骑父亲的马穿过麦田驰骋而过，都不禁感叹，那苗条修长又带着成熟韵味的体态还能让人回想起过去的一幕幕。十二年的打拼务实，让她的父亲成为最富有的农民，也让她成为整个太平洋沿岸最美的少女。

然而，发现"吾家有女初长成"的往往都不会是父亲，因为蜕变的过程是不知不觉循序渐进的，所以青涩少女自己也不能领悟此变化，除非某天她自己领悟到这种感觉：因对方的一个眼神、一句话，或是不经意的肢体接触，而心花怒放，甚至怦然心动。

那种害怕与自豪融合的感觉会让她明白，某种初为人知、广阔深远藏在她身体里的本能正滋长壮大。对大多数人来说，都能记住当年或新事物来到自己生命的瞬间。对于露茜·费里尔，不管此事对他们有何影响，对她是相当糟糕的。

一个温暖的六月晨上，摩门教徒们勤劳的身影散布在城市的各处。因为加利福尼亚州正兴起的淘金热，所以繁华的街道车水马龙，来来往往的人向西部而去。路上人潮涌动，一排排疲乏的移民还有从边远地区来的牛羊，就在人头牲畜攒动的闹市中，奉父命前往城中的露茜英姿飒爽地策马奔过，脸蛋因运动而飞起红云，红棕色长发随风飘扬。

她驾轻就熟，无所畏惧，一心只想着该如何完成父亲交代的事。随着露茜的出现，让一向不苟言笑的印第安皮货商、疲倦不堪的旅行者都两眼放光，一脸讶异，放松他们通常恬淡寡欲的脸孔。

当她来到城郊时，道路却被6个长相粗犷的牧人所赶的牛群挡住，她情绪急躁不胜等待，便竭力策马，试着从牛群的空隙中走出去。

然而，露茜策马闯进牛群不过一秒钟，便成了所有牛的围攻对象，一下子她便陷进怒眼长角的滚滚牛海中。所幸露茜经常和牛打交道，尽管处境危险，却也毫不恐惧，继续策马往前。

不幸的是，她坐骑的肚子被一头牛的角用力戳了一下，马立即狂嘶不已，开始上下颠簸，越是摇摆却又受到碰触，受了惊的马狂跳不已，情况万分紧急。

若不是露茜技术过硬，早就从马背上摔下来了，所以，她除了紧贴马鞍，没有能做的，若是一不小心，就会摔下马粉身碎骨。

她不习惯突发情况，扬起的尘土也让她喘不上气来，她开始天旋地转，眼看就要掉下来，猛地，身后响起巨大的声音，同时，一只褐色大手用力地拉住缰绳，还趟出一条出路，一会儿露茜便脱离危险了。

"希望你没大碍，小姐。"那位保护神谦恭地问。

露茜抬头望向这个男子，一看见他的黝黑勇猛的面孔，她笑出了声。

她未脱稚气道："我被吓坏啦，真没料到庞乔居然失控了！"

"最幸运的是，你没掉下来呀。"他语气真挚。

露茜仔细地看，她的救命恩人年轻高大，孔武有力。他穿着粗糙的猎人装，背着一支长步枪，身骑灰白色斑点马。"你应该是约翰·费里尔先生的女儿吧。"他说："小姐从费里尔先生家过来的时候我正好看到了。要是没错的话，您父亲和我父亲以前交往很密切，是很好的朋友呢，要是小姐回家的话，请代替我问一下，有没有忘记圣路易的杰斐逊·霍普。"

"为什么你不亲自问他？"她认真地反问。

闻言，年轻人面露喜色，眼中散发喜悦的光芒。他告诉她："我们蜗居深山两月有余，这样的情况下实在不适合贸然上门，本来是应该亲自去拜访的，如果能与费里尔先生见面，我们必然会受到他的款待。"

"他十分疼爱我的，若是我死于这群蛮牛的践踏之下，他会悲伤死的，所以我父亲会对你感恩戴德，当然，我也一样。"露茜说。

"如果你有三长两短，悲伤也会找上我的。"

"为什么，我们还称不上严格意义上的朋友呢，就算我死了，你有什么损失？"

不觉间，年轻小伙面色铁青，她望着他爽朗地笑着道："别这样，算我说错话啦，从今天起我们肯定是朋友啦。只是当下我一定要赶时间去办父亲交代的任务啦，有空记得来拜访啊，下次见！"

他跟她道别的时候还挥动着自己的墨西哥式宽边帽，绅士般地俯身亲吻她柔嫩细腻的手。之后，露茜策马而去，扬起一地尘埃后消失在街道上。

小杰斐逊·霍普沉默不语、失落忧郁地往前赶路。

小杰斐逊与伙伴们往盐湖城走，他们欲计划弄到可观的资金来开发在内华达山脉中勘探到的银矿。过去，这个年轻人热衷并且笃信这能让他们干出一番大事业，投入所有，可当下，与露茜的邂逅让他改变主意了。

那位突然撞进他生命的仿佛微风般宜人的曼妙少女点燃了他心中炽热的火焰，引发了一系列不可遏制的情怀。望着她消失于晴朗天空下的背影，小伙子内心涌动着莫名的悸动，仿佛到达了人生顶峰，在那种时刻，所有的事业和前途显得微不足道，眼前的这个女子就是全部。

由此点燃的爱情之火，不再是懵懵青涩的少年期幻想中的心血来潮、变幻莫测的爱情，却仿佛一场不动声色又意志坚定的暗线角逐，他那轰轰烈烈的欲望让这场爱情显得势在必得。至今为止尚未品尝过胜利滋味的年轻人下定决心,若是需要坚持和毅力方能获胜,这场爱情他绝不善罢甘休。

  择日不如撞日,小杰斐逊当晚便登门造访,建立联系后,殷勤地往费里尔家跑,总算混了个脸熟。十二年来,约翰·费里尔几乎与世隔绝,住在乡村致力于农作。小霍普便找到发挥的机会,绘声绘色将他在外面的见闻告诉他和露茜,引得父女俩听得入了迷。小霍普经历过加利福尼亚的最早的淘金热,所以对当时的状况了如指掌,他还体验过各种人间疾苦,侦查员、捕兽员、矿工、牧场工人,他都做过。没过多久,老费里尔便对小杰斐逊赞赏有加,每逢这种时候,露茜都不说话。不过,她泛着红色云朵的脸庞、清澈喜悦的眼神都透露着一个讯息:她纯粹美好的心被偷走了。可能反应慢半拍的父亲没能察觉,不过,这些细小的动作表情却被小杰斐逊那偷心贼捕捉得一览无余。

  盛夏的某个黄昏,霍普骑马奔驰到费里尔家门前,年轻女孩立即上前迎接。

  他大步流星地上前,抓住她的双手,眼里全是温柔,说:"亲爱的露茜,我要离开一段时间,当下,我不能带走你,不过下一次我再来,跟我走好吗?"

  她莞尔一笑,问:"但,那会是何时?"

  "亲爱的,不会超过两个月,我保证。等我再回来,谁也不能阻止我们在一起。"

  "不过,你爸爸是什么态度呢?"

  "父亲没有异议,若是银矿生意发展得可以,完全不用在意他。"

  露茜柔声细语,并且乖顺地偎依进他那宽阔的胸膛:"这样的话,我就放心了,一切照着你和父亲的安排便是。"

  他弯腰低头吻露茜,声音低沉沙哑:"感谢上帝!那就一言为定。我要走了,亲爱的露茜,若是继续和你在一起,我会不舍得走得,可伙伴们在等我,别担心,两个月后我就回到你身边啦,宝贝,再见了!"

  小霍普说话间已经推开露茜,压抑着心中的不舍策马离开,他甚至不敢回头,怕舍不得离开。露茜心满意足地看着心爱的人远去,这一瞬间,她觉得,全世界没有人能比她更加幸福。

第十章　约翰·费里尔与先知的谈话

小杰斐逊·霍普走了三周了。约翰·费里尔沉浸在深深的痛苦中，因为他明白，当小杰斐逊凯旋那天心爱的露茜将不再属于他。可老费里尔不得不屈服现实，因为露茜每天喜悦洋溢的脸庞令他毫无办法。不过，老费里尔很久前就发誓，不能让露西与摩门信徒结婚。老费里尔万分笃定，摩门教义下的婚姻有失体面，根本名不符实。但是，在圣徒们的土地上，表达异端看法无疑是大逆不道可能招惹杀身之祸的事情，所以，老费里尔必须绝口不提。

诚然，最有威信的长老也不敢冒天下之大不韪，公开非议神圣的摩门教，他们都害怕惹来杀身之祸。出于以其人之道还治其人之身的报复，受迫害者成了迫害者，他们无所不用其极。无论是塞维利亚的宗教审判还是德国秘密刑事法庭抑或意大利秘密社党，它们所推行调查机制的恐怖程度不及犹他谷摩门教的万分之一。

传闻中的机构无从察觉，神秘莫测，而且神通广大，渗透在生活中的方方面面，在神不知鬼不觉中将反教会分子处理掉，谁都无法得知那些莫名其妙下落不明的人都遭遇了什么，只是有一天，无论家人如何望穿秋水，身为人父的他再也没回来过，更没有机会将他接受残酷审判的真相公之于众。稍微的言语轻率或举动匆忙都会把人送进地狱，可是，没有人晓得那是一股什么恐怖力量。所以，众人提心吊胆，心惊胆战，哪怕处在荒凉边缘，都没胆量质疑此种打压。

清除唱反调的异教徒是创造如此神出鬼没的调查机构的初衷。后来，适用效力不断扩张，女人数量的锐减也让男人三妻四妾变得异常困难。骇人听闻的流言四处散播——印第安人未涉足之处，移民遭杀，旅人被抢。

蹊跷的是，就在这个时候，长老们的妻妾群里有了新面孔，这些女人哭哭啼啼，气色不佳，眼中带着深深的畏惧。天色已晚仍在山中赶路的流浪者说起，一伙蒙面荷枪实弹的土匪偷偷摸摸地从他们眼前飞过。一番添油加醋后，这些奇闻便确定下来，并最终归结到某个人的名下。流传至今，凄凉的西部仍有两个邪恶的代名词——"达恩帮"和"复仇天使"。

对于这些邪恶集体，知道得越多，心中的不安便越深，没人确定周围的人是不是这个可怕集体的一分子，他们潜伏在城市的每个角落，神不知鬼不觉地扩张着残暴，或许某天你告诉某个朋友的无心言论便成为明天你招致杀身之祸的原因，所以，大家都无法坦诚相对，只是互相提防、互相猜忌。

　　清早，约翰·费里尔听到门被打开的时候正欲下田去，随后透过窗户，一头黄棕色头发的高大中年男人进入视线，他正在往这里的小路上走来。

　　费里尔的心一下子提到了嗓子口，大名鼎鼎的扬首长大驾光临，他怀着忐忑出门迎接，心里明白，这是无事不登三宝殿，大事不妙，首长则是面无表情地跟着费里尔走到客厅。

　　首长正襟危坐，居高临下地望着费里尔，语气严肃："费里尔兄弟，我能是上帝最虔诚的子民，长期以来将你视为家人般友好，若不是我们在荒无人烟的盐碱地救了你，你就一命呜呼了。我们甚至同意让你同行，最后还给如此肥沃的土地，若不是在我们的支持和庇护下，你也没有机会发家致富，你说对吗？"

　　"对的。"

　　"那天我同意带你一起走是有条件的，而你也十分爽快地答应了。所以你应该遵守承诺当一个虔诚的信徒，同时，达成教规要求你做的事情。然而，根据很多人的言论，你没有做到。"

　　"可是，我哪里没有做好？我奉行教规上交了公共基金，也按时在教堂做礼拜，也……"费里尔伸出双手为自己辩解。

　　首长环顾四周说："如此说来，把你那几个妻子喊出来让我看看，她们人呢？"

　　"的确，我不得不承认，我一直未婚，然而我又不是孤身一人，这里有比我更需要结婚的，况且，女人越来越少，我只要有女儿陪伴就满足啦。"

　　"其实，这正是我来的目的。你女儿现在出落成这里最美的姑娘啦，不少位高权重的人对她宠爱有加呢。"约翰·费里尔闻言，苦不堪言。

　　"最近流言蜚语甚多，传闻她跟不知名的异教徒私定终身，我绝不相信！神圣的约瑟·史密斯诫命第13条还记得吗？'摩门教的所有女子必须与上帝的信徒结为夫妻，与异教徒私定终身是罪不可赦的。'若是你虔诚尊敬我们的上帝，绝不会让她亵渎教规教义。"

　　约翰·费里尔沉默不语，惴惴不安地蹂躏着手里的马鞭。"于此能看出你信仰是否虔诚，所以四圣会已有定夺。她正此妙龄，许配给白发苍苍的人不合理，当然，她没有太多的选择。长老们妻妾成群，'小母牛'绰绰有余，但长老们的后代没到那种地步。斯坦杰森和德雷柏的儿子都很想和你的女儿结婚，他们英俊年轻，多金富贵，信仰纯正，是不错的人选，你的女儿就择一吧。你没意见吧？"

　　费里尔眉头深锁，不置一词。

　　"我女儿年纪尚小，谈婚论嫁有些早，希望您多宽裕些时限。"他开了口。

　　首长站了起来："她有三十天来考虑的时间，那之后，必须给我确定地告诉选择谁。"

首长行至门口，猛地红着脸声色俱厉地说："若是你敢不自量力，不遵圣令，还比不上那时候就在盐碱地成一堆白骨！"

首长挥拳威胁他之后转身离开，他听到首长沉闷的脚步声嘎吱嘎吱远去。

费里尔一手支颐，深思熟虑，一言不发，烦恼着该如何开口告诉露茜这个坏消息。正束手无策时，一双温柔的手放在了他手上，费里尔抬起头便看见站在他身边的露茜，她恓惶无措的表情告诉他，女儿全部都知道了。

"不是要偷听，首长的嗓门大得全世界都知道了，父亲，现在如何是好？"露茜告诉父亲。

费里尔将女儿拉到自己身边，用粗糙的大手爱抚女儿的长发，安慰道："别自己吓自己，船到桥头自然直，但是，你对杰斐逊不是一时兴起，不会三分钟热度的，对吗？"

她唯一的回应只是哭着握住父亲的双手。

"不，你一定是长情的，我希望你不会改变喜欢他的心意。虽然信徒们不断的说教不断的祈祷，但从是他基督徒这一点上说那小伙子就无人能及，他前景无限。恰巧明儿会有人往内华达去，我打算就当下的情势托人给霍普捎封信，要是小杰斐逊如我所知那般有担当，必然要飞速往回赶的。"

费里尔的话令露茜不再忧心忡忡。

"霍普必然能化解窘境的，如果他能赶回来。然而，我怕你受到牵连，我听闻凡是逆摩门教首长命令的人都会惹来杀身之祸啊。"

"不过，一个月期限到之前我们还算安全，因为尚未明确说拒绝，若是直接提出拒绝，就得小心啦，所以我打算，尽快离开这里。"

"逃跑？"

"必须离开。"

"那我们的农场怎么办？"

"我们尽可能筹集成现金，剩下就随它去吧。不瞒你说，离开这里的念头我有过多次，我是生长于自由国度的美国人，我不会像那些任人摆布的子民一样乖乖俯首称臣，对犹他的所有都无法习以为常，垂垂老矣，学不会那些鬼东西，但谁要敢在我的地盘放肆，说不定就正好撞上我的猎枪子弹呢。"

"不过，这些人不会轻易放过我们。"露茜不敢苟同。

"霍普一从内华达回来，我们就立即动身。宝贝，他回来之前，别杞人忧天，别想太多，更别以泪洗面，否则，回来瞧你憔悴不堪，杰斐逊会责怪我，别担心，现在我们还是很安全的。"

这个老头胸有成竹地对自己的女儿说了这番话，然而，露茜注意到，父亲反常地在晚上小心翼翼地检查门窗，还将长久以来没有使用已经生锈的猎枪取出擦净，并装上子弹。

第十一章　逃命

与首领谈话的隔天一大早，费里尔去了盐湖城，托人给在内华达的霍普带了一封告知他当下情势紧张的信，以便让这个年轻小伙速速赶回，完事后，费里尔如释重负，迈着轻快的步伐走回家。

费里尔离家不远的时候就吃惊地发现，大门两边分别各拴一匹马。一进家门便看见两位小伙子在客厅里，他更是瞠目结舌了。其中长白脸的那个小伙子，脚跷在炉子上，舒服地躺在摇椅里；那丑陋粗犷的小伙子气势逼人地两手插袋，站在床边哼圣歌。费里尔微微颔首，那长白脸的小伙子说：

"介绍一下，我是约瑟夫·斯坦杰森，那位则是德雷柏长老的儿子。在上帝神圣英明的引导下，你们成了羊群的一员，我们便同行在盐碱地，翻山越岭。"

第二位小伙子带着浓浓的鼻音开口了："上帝最后将普度众生，虽进程不快，但是慢工出细活。"

约翰·费里尔礼貌性地弯腰表示恭敬，这两位的到来是他意料之中的。

"我俩从父命亲自上门拜见，请求娶你女儿，让你与你女儿来决定最好的是哪个。照我说，我比德雷柏更适合，德雷柏家里都7位啦，我才4位，说真的，我更加适合娶你的女儿。"斯坦杰森说。

"此言差矣，伙计，关键是养不养得起，而不是以数量决胜负，老实说，我家底比你厚，因为我已经继承了我爸爸的磨坊。"德雷柏叫道。

"不过，要说前途我的更光明。待上帝带走我那垂垂老矣的父亲，那么硝石场以及制革厂就都是我的啦。要不了多久，在教会我就拥有高于你的地位，我就是你的长老啦。"斯坦杰森情绪高涨。

小德雷柏仔细望着镜子里的自己，强颜欢笑，道："我们还是把选择权彻底交给未来即将嫁给我的小姐吧。"

两个年轻人争论中，站在一边的老男人火冒三丈，差点无法克制地扬起手中的鞭子，他真想狠狠地揍他们一顿。

"警告你们，没接受到我女儿的邀请别再来，我不想看见你们。"

最后，费里尔声色俱厉地警告他们，斯坦杰森和德雷柏都惊呆了，呆若木鸡地望着这个口出狂言的老男人。

他们认为，这个老头和他的女儿都应该对他们如此盛情的求婚感到荣幸之至。

"这里有两条路能出这间屋。要么是门要么是窗，哪一条是你们想要的？"费里尔大声说。

此时，这个老男人凶神恶煞般咄咄逼人地盯着他们，他紧握的双手，两个小伙子被吓得脸色大变，最后仓皇而逃，而这个老男人却追至门口。

斯坦杰森吓得魂飞魄散，却嘴巴不饶人："想好了麻烦告诉我们！居然敢跟圣会叫板，有你苦受的，忤逆领袖的意愿，让你没有好下场！"

"上帝给了你生命，也能剥夺你的生命，你会被上帝严惩的！"小德雷柏也喊着。

"那么，就让我先要了你的命！"费里尔怒不可遏，想要冲上楼拿出猎枪教训一下这两个家伙，幸好，露茜及时出现，拽住费里尔的手臂，才能让那两个出言不逊的家伙在他挣脱露茜前仓皇而逃。

"都是胡言乱语的混蛋家伙，亲爱的露茜，要我同意你与两人中随便哪个结婚，过生不如死的日子，宁愿现在就一命呜呼……"他边擦着额头上的汗，边气呼呼地喊。

"您想的和我一样，若是嫁给那样的人，不如死了，但是，霍普快到啦。"她的情绪显得有点激动。

"对啊，很快杰斐逊就到了。越早越好，因为他们接下来要怎么对付我们还是未知数。"

诚然，在这种紧急关头，需要有一位能力超群的谋士来为素来坚毅刚强的费里尔以及他女儿出谋划策。胆敢忤逆领袖之意的事件对于这片区域的人来说是史无前例的，若是不值一提的小失误便被严刑重罚，更别提这般离经叛道的行径了，后果可想而知。

费里尔心知肚明，此时此景下，金钱与地位都无济于事。例子就摆在他面前，很多与他相同的人都被教会神不知鬼不觉地处理掉，并且侵吞了他们所有的财产。费里尔本无所畏惧，然而，遭遇这种不知随时会爆发的灾难，总会有点提心吊胆。

这种灾难跟具体存在的苦难相比更令人心里备受煎熬，若是明枪他自然迎难而上，无奈却是暗箭难防。这个老男人小心翼翼地伪装着内心的害怕，却依旧被露茜聪慧的明眸识破了。

如此张狂的行径必然引发先知的制裁，这早就在费里尔的意料之中了，但这个老男人却没预料到制裁的方式竟会是来自床上的一张小纸条，他醒来便在被子的表面他胸口的位置发现了它，其上的字粗犷深刻：

"给你29天改正，然后……"

这个省略号可能比任何威胁还让人心生恐惧。

让约翰·费里尔百思不得其解的是纸条是如何而来，他的房间处于封闭状态，而且仆人住在外屋。费里尔将纸条揉碎，并对露茜只字未提，不过，不能否认的是，这个男人惴惴不安起来，29天显然是对先知指定期限的倒计时。仅有一腔热血要如何迎战潜伏在身边的无形杀手？奉上倒计时的背后黑手要神不知鬼不觉地正中他红心，也易如反掌。

次晨，他的讶异加倍增长。用早餐时他的女儿冷不防地尖叫着，顺着她手指所点的方向，他们看见天花板上用烧焦木棒写出的"28"。对于露茜的一头雾水费里尔依旧不置一词，但当晚，他手持猎枪通宵看护，却一无所获，但，神奇的是，次日，刺眼无比的"27"赫然现于大门上。

日子悄然飞逝，正如太阳照常升起，费里尔同样找到了暗敌倒计时的规律，它们总是赫然出现于地板墙上或栏杆门上的纸条，令人胆战心惊。他戒备森严，可倒计时好像从天而降那般，让他寝食难安，惊慌失措，日渐消瘦，只能忐忑地期冀杰斐逊·霍普能早日归来。

倒计时越发紧张，20，15，10天，但杰斐逊·霍普却始终没有回来。

只要路上传出任何策马奔腾的风吹草动，费里尔都满怀希望地出去迎接，认为杰斐逊·霍普回来了，可每一次都让他失望了，到倒计时只剩下三天的时候，他彻底绝望。这个老男人单枪匹马，对新建区环境十分生疏，根本无能为力，想要通过教会预设的严密封锁线，简直难于登天。这种严峻情势下，他们没有任何出路与希望，尽管死路一条，费里尔也没有屈服的打算，哪怕耗尽生命的最后一分钟，也要誓死捍卫女儿的幸福。

明天，是一月期限的最后一天了，今天早晨墙上的"2"已赫然在目。

尽管已经绞尽脑汁，但他仍然对于即将到来的灭顶之灾束手无策。这个老男人的脑海里甚至出现了很多难以看清但毛骨悚然的画面。他们会不会还有逃过这一劫的希望？如果不是，那么，费里尔若在这场反抗中丢了性命，露茜要怎样活下去？不断的设想和想象让这个老男人无比绝望，情难自已地趴在桌上啜泣。

有什么声音？

大门那边传来若有似无的刮擦的动静，万籁俱静中尤其明显。

老男人循着动静的来源战战兢兢地在门厅敛声屏气，专心致志地关注动静，断断续续的刮擦声从门上传来，或许，四圣会已经迫不及待地要让他神不知鬼不觉地消失？还是，密探恰好来写下倒计时最后一天的大字？

最后，老男人下定决心，每天如此诚惶诚恐地过日子倒不如死了一了百了，就纵身向前，拉开门闩，打开门。

朗月的清辉泻下来，天上繁星密布，熠熠闪光，照耀得门外十分祥和。

费里尔接着月光眺望，只是空无一人，环顾四周后，他终于如释重负，然而，脚下的情形却差点他尖叫出声，幸好他靠在墙上，用手按住喉咙，才没喊出声来。只见某位身受重伤或行将就木之人趴在地上，四肢伸开。

然而，认真观察的话，这个人却动了起来，仿佛一条蛇那般敏捷地游到门厅。待到进屋，这人一跃而起，还自己关上门。此时呆若木鸡的费里尔看见的是期盼已久的年轻猎人的坚毅勇猛的脸庞。

"我的上帝！"老男人气喘吁吁地开口："你干嘛偷偷摸摸地进来？差点把我吓得魂飞魄散。"

霍普声音沙哑："我要填饱肚子，日夜兼程整整两天没进食了。"看到桌上一点没少的晚餐，他迫不及待地扑上在冷肉和面包上大口大口地吃起来。

"露茜怎么样了？"他填饱肚子饱后，开口说话了。

费里尔说："她还不明白已经到了这种程度，所以还不错。"

"这样就行。我一路爬进来是因为你的家腹背受敌，周围都是耳目，果然是一群不择手段的家伙啊，不过，若想逮到瓦休湖猎人，远远不够呐。"

老男人精神焕发，因为眼前的这个年轻支持者让他重新找到了活下去的希望。

"霍普，如此时刻挺身而出的你让人敬重引以为傲！全世界也只有你愿意救我们于患难之中了。"老男人紧紧地抓住这霍普坚韧的双手，表达着内心的激动。

"老先生，您所言极是，我也很敬重您，然而，若此次的目的仅仅是让您脱险，我勇闯虎穴之前就不会像现在一样毫无顾虑了，因为心爱的露茜，我才不顾一切。在最后期限来临前，我就要带走她，从此以后，霍普家族在犹他州就消失了。"杰斐逊·霍普说。

"现在要做什么？"

"明日大限已到，今天晚上就是最后的机会，必须要立即动身。我将两匹马与一头骡子停在了鹰谷，可以接应我们。您存款多少？"

"五千元纸币加上二千金币。"

"应该没有问题，而且，我的存款也如此，加在一起够用，我们要翻山越岭往卡森城避难。还好，这房间没有仆人，能掩人耳目，请去把露茜叫醒吧。"

费里尔离开，到另外的房间将露茜叫醒，好开始流亡生涯，与此同时，这个年轻猎人将全部能填饱肚子的食物打包，还储备了一罐水，经验丰富的小伙深知，翻山越岭时水是稀缺而重要的物资。

他打包结束，费里尔便与穿戴整齐做好准备的露茜出来了。他们必须分秒必争，所以情侣间的问候亲热却短促，还有更重要的事情摆在眼前呢。

这个年轻猎人语气果敢，明知山有虎偏向虎山行，带着背水一战的气势说："立刻起程，刻不容缓，四周全是教会的眼线，不过也不是完全没有出路，只要爬过侧面的窗户，从田野里穿过去。而且，到达大路后我们距离鹰谷就只有两里啦，按照计划，天亮前，我们应该可以穿过大山的一半。"

"若是遭遇敌人不让我们走，如何是好？"费里尔这样问。

"就算他们人多势众，我们也要拼一拼。"霍普拍了一下衣襟下面露出的左轮手枪的枪柄，面目狰狞地冷笑。

费里尔的庄园笼罩在一片黑暗之中。

这个男人望着即将失去的这片沃土，他几乎倾尽一生的事业成为了教会的牺牲品，总有些难以释怀，然而，这种牺牲换来的是女儿的终身幸福，他便不在乎自己是一无所有了。飒飒的风吹着，树林发出沙沙的声音，宽阔安稳的麦田弥漫着一种让他心情舒畅的祥和。不过出乎所有人意料的是，曾经的净土现在充斥着魑魅魍魉，霍普坚定煞白的表情告诉他：蛰伏于此的四伏危机，他早已心里有数。

三人出发了，年轻猎人带着必需物资，露茜背着装着珍贵物品的小包，费里尔怀里揣着钱，三人战战兢兢小心翼翼地打开窗户，趁着乌云遮住朗月，他们有序地翻过窗户。匍匐前行至花园。三人蹑手蹑脚，屏息猫腰，蹒跚地走到躲在栅栏后，以栅栏为掩体，一直走到麦田的缺口。方才到达缺口处霍普便一把将费里尔和露茜拽在隐蔽处。三人噤若寒蝉，躲在原地，全身不由得阵阵战栗。

长期旅居在外的经验让霍普训练有素，洞察能力极强，不会错过任何风吹草动。三人才藏好，便传来不远处山枭的哀鸣，而距离很近处马上响起另一声山枭的哀鸣以做回应。在彼此的呼叫中，两人现身了。

其中看似行动指挥官的人开口："明日午夜，北美夜鹰三声叫就行动。"

"明白，我告诉德雷柏伙计怎么样？"另一个答道。

"传达至他，再由他不断传下去。9到7！"

"7到5！"

随后，两个人一溜烟地消失了。

很明显，两人之间最后的对话是某种通关密语。两人前脚刚离开，这个年轻小伙便迫不及待地一跃而起，带领露茜和费里尔用尽可能少的时间穿越田野。没多久，年轻女孩就体力不支，杰斐逊连拖带拽，加速前进。

他喘着粗气不断喊:"加速!抓紧!我们突破封锁啦,现在就是要和时间赛跑,抓紧加油啊!"

踏上大后三人更是快马加鞭地赶路,又一次遇见有人,便马上躲在田野里掩人耳目。在越过城边境前,霍普却带着他们选择偏僻山路前行,这条路位于两座大山之间,正是他说的鹰谷。霍普凭他正确无误的能力于巨石间迂回往前,走过无水的河道,终于到达巨石遮挡的平地,那里骡子和骏马正在等待主人的到来。姑娘被扶上骡子,老男人和年轻小伙子分别骑在马背上,在年轻猎人的带领下,他们走上一条漫长崎岖的山路。

山中崎岖荒芜的情况足以让大部分人望而生畏,然后半途而废。

因为光用崎岖是不足以形容其高大险峻的,连绵的悬崖峭壁阴森森黑黢黢,那仅剩的一条坑坑洼洼的小径不啻一位咄咄逼人的魔鬼随时可以将人推入万丈深渊中,他每一次只允许一个人走过,若非骑术精湛,必将死无葬身之地。

虽然重重压力挑战,三人也没有一丝恐惧,没有什么比暴政更恐怖的了,只要多走一米,他们就多远离那专制教会一米。

然而,三人很快意识到,这里仍在摩门教的统治之下。

在这一片荒到无与伦比的区域,年轻女孩猛地叫出了声,点了点上面。只见山路上方的昏暗岩石上有一个哨兵,在他广袤的苍穹下孤身一人。四个人彼此看到了彼此:"来者何人?"静谧的山谷回荡着哨兵的声音。

"我们是去内华达旅行的。"年轻猎人一边回答一边握紧挂在马鞍旁的步枪。

很明显,哨兵不满意他们的回答,没有放松戒备,手还扣着扳机,居高临下。

"谁批准的?"哨兵接着问。

"是四圣。"费里尔随机应变,依照他对摩门教的了解,四圣至高无上。

"9到7。"哨兵喊。

"7到5。"年轻猎人立即接腔,因为他曾于花园听过这个通关密语。

"你们可以走了,阿门。"哨兵放行了。

此后便一马平川了,他们转身望了一眼形单影只背着步枪的哨兵,三人明白,终于突破摩门教区的封锁了,从此便摆脱教会的魔爪,要拥抱自由了。

第十二章　复仇天使

一整夜,他们都在凹凸不平坑坑洼洼的回环曲折的小道上艰难前行。庆幸的是霍普经验丰富,才能让他们在不断走错方向的情况下再一次找到正确的路。第二天破晓时,一种绝妙而原始的美景展现在他们面前。

只见积雪盖顶的一座座巨峰从四面八方把他们团团围住,层峦叠嶂,连绵不绝,直插云天。他们两边的岩石异常险峻,落叶松似乎正要从他们的头上掉下来。此情此景下害怕并非空穴来风,乱石遍地荒草茂盛的山谷中,这样的事常有发生,甚至他们赶路的途中,猛然掉下的超级大石块发出的轰隆声就把早已精疲力尽的坐骑们吓坏了。

初生的朝阳爬上遥远地平线从东方渐渐露出整张脸的时候,连绵不绝的山峰仿佛节日庆典上排排挂的灯笼那般,挨个被点燃,最后整片群山都闪耀着红光。此等壮观的景象鼓舞了奔波疲乏的他们,便又有了继续赶路的力量。

在峡谷急流奔腾的地方,他们稍作休憩,喂马的同时也填饱了自己的肚子。费里尔和她的女儿很想停留得久一点,但年轻猎人不为所动,说:"算算时间他们该发现了,他们必定不会善罢甘休,肯定会一路穷追猛打的,我们只有快过他们才会安全,一旦无事走到卡森城,想停下多久就多久。"

所以三人快马加鞭赶了一天一夜,傍晚时分便距离摩门教包围圈超过三十英里了。为了相互取暖,晚上三人在能遮风挡雨的大岩石下相拥入睡,没过几小时,在昏沉的早上便又启程了。

一路上十分安稳,让年轻猎人渐渐放松戒备,觉得自己的逃亡已经成功了,他们彻底摆脱了那种束缚,摩门教的魔爪无法伸到这么远的地方,但是,他无法预知的是,摩门教这个洪水猛兽不久便要吞噬他们了。

大概是在逃亡生涯的第二天中午,他们便物资匮乏了。

然而,经验丰富的年轻猎人毫不担心,对他来说,群山中有无尽的资源可供他享用,这位年轻猎人很习惯靠打猎来生存下去的生活。

为了让费里尔和露茜在海拔五千英尺的高山之保持温度,他在安全又无风的地方点燃干柴,生了点火。他拴好骡子和骏马,简单地抱了抱心爱的恋人,便背着步枪,打猎去了。他边走边回头，看见费里尔与露茜围火堆取暖，而站在他们身后的是静止不动的骡马。随后，插在中间的巨石便阻碍了他的视线。

这位年轻猎人本以为能找到野熊，但三个小时二英里的路程让他的希望落空了，什么都没找到。只好铩羽而归了，没想到，一只羊羔模样的"大犄角"出现在他面前。它背对霍普，所以他很占上风。霍普低姿匐匐做好射击准备，彻底瞄准后扣下扳机。"大犄角"跳向空中，挣扎一会儿之后，轰隆隆掉到了下面的山谷。

野兽非常庞大，猎人无法一人搬动，只好从它的腿与腰上割些肉。霍普肩扛战利品匆匆回头的时候，天色已晚，而且，他还没起步就意识到自己正面临的窘境。他迫不及待一门心思地找寻猎物，却没发现自己已经偏离了原来的方向，走到了陌生的地带，当下想原路返回，绝非易事。

此时此刻在他眼中，每一个山谷都长得一模一样，根本无法分清它们之间有什么不同。杰斐逊顺着其中一条山前进了大概1英里，发现了一条急流，这个猎人十分确定他从未至此，便知道选错了方向，便另辟蹊径，却亦是错误。

当这位小伙摸索到一条还算熟悉的偏路时，夜晚已经降临，但要保证一路顺畅，并不简单。道路崎岖坎坷还没有月光的照耀，举步维艰，加上负重越野的超体能运动，这位年轻人精疲力尽。然而，心爱的恋人是他前进的动力，哪怕再艰难，他还是站了起来，迈出步伐。他想，他马上就能看到露茜了，他弄的物资也能吃很长一段时间，所以，他再一次获得了前进的动力。

终于，年轻猎人回到了心爱之人所在的山谷口。

尽管是一片黑暗，但那巨石轮廓他不会忘记，所以一眼认出。杰斐逊心想，过去的五个小时，费里尔和露茜一定万分担忧。在难以克制的兴奋下，杰斐逊激动呐喊，却始终没有回应，能听到只有他自己的回音。

他不断重复叫唤，依旧毫无动静，这时候，杰斐逊的心头被一股汹涌的惊悸占据，他似乎意识到了什么，连辛辛苦苦捕捉来的猎物都不要，狂奔过去。

杰斐逊跑过拐角便将原来生火的地方一览无遗。

从依旧在燃烧的炭火中他发现，他走后就一直维持现状。包围着这个年轻人的除了一望无际的安静再无其他。似乎心中害怕的真的发生了，他气急败坏地跑上去。骡马、费里尔和露茜消失无踪。

一切相当明显，年轻猎人出去没多久，费里尔和露茜便遭遇了灭顶之灾，而且不留一丝痕迹，他不知道发生了什么。

顿时，杰斐逊·霍普觉得全世界都崩塌了，他呆若木鸡地愣在原地，差点摔倒，若不是及时扶住了手中的步枪，那种打击足够让他瞬间倒下。

然而，霍普毕竟聪明能干且刚毅勇敢，小伙子回过神来，在火堆中拿出未燃尽的一截木头，吹燃后借着光仔细地环视四周。随处可见混乱的马蹄印充分证明费里尔和露茜被许多人发现带走了，而且马蹄的痕迹表明，一群人目的地还是盐湖城。霍普想，教会的人应该将费里尔和露茜都带回去了，不过，下一秒这个年轻人却看到了令他身上的每个神经都战栗的东西——那是新增的东西，年轻人笃定，就在他们以前休憩的地方附近，出现了一个矮矮的坟墓，新的，用红土堆成。他怀着好奇疑惑的心去一探究竟，便看见坟墓里竖着一根夹着纸的木棒，纸上写着触目惊心的几个字：

约翰·费里尔
生前住于盐湖城卒于1860年8月4日

这是费里尔的墓志铭，杰斐逊怎么也想不到，短短五个小时，身骨硬朗的费里尔就去世了，这个年轻人心惊胆战又气急败坏地寻找有没有露茜的坟墓，最终一无所获。他想，他心爱的女子现在一定被残暴昏庸的魔门教徒抓回去当长老儿子那些妻子中的一个了。

悲惨的命运安排成这样，他的任何行为都只是徒劳无功，想到这些，杰斐逊有种念头，陪伴着费里尔，也在这里结束自己的生命。

可最终，内心点燃的斗志推翻他的消极绝望。

如果再也没有可以活下去的理由，那么以仇恨为动力似乎是不错的选择，没错，杰斐逊·霍普将要穷其一生来洗刷这段罪恶的仇恨。

在无数个与印第安人一起度过的日日夜夜中，他学到了如何捍卫复仇的决心，而且，这个年轻小伙向来浑身是胆、品质顽强，只要他想做便势不可当，所以，这场复仇，他绝不会善罢甘休。

伫立于若隐若现的火堆旁，某种强烈的感觉涌上他的心头：他要手刃敌人仇人方能解心头之恨，还必须采取那种最直接、痛快、淋漓的方式，没错，他找到了为之奋斗终生的事业——复仇。

仇恨将成为支撑这个年轻人活下去的唯一理由。他面目狰狞、气势豪迈，郑重其事地往回走，将之前丢掉的战利品捡回来，并且让火重新燃起来。

这个年轻人不断地将肉烤熟，以便未来几日的携带和食用。尽管经历过这么多事情后他将近虚脱，却不屈不挠地沿着那帮万恶的复仇天使走过的路，翻山越岭，一点一点往回走。

杰斐逊·霍普五天五夜日夜兼程，用光了所有力气，磨破了自己的脚。每逢夜幕降临，便随便找个地方休息一段时间，太阳还未升起前，又继续前进了。

第六天，霍普回到了他们开始恐怖逃亡生涯的鹰谷。

从这里往下看，能将教徒们的住宅一览无遗。当下，精疲力尽骨瘦如柴的杰斐逊靠着他的步枪，居高临下地朝寂静广阔的城市猛挥拳头，虽然他已经瘦得只剩下骨头了。随后，杰斐逊注意到街上张灯结彩的，像是迎接某种节日的来到。霍普心头一阵疑惑，突然，一个人迎面而来，马蹄声打断了他的思绪，杰斐逊立即认出来人是考珀，虽然他也是个摩门教徒，但考珀毕竟受过杰斐逊的恩惠，杰斐逊便拦住他，欲询问关于露茜的事情。

"考珀，你还记得我吗？杰斐逊·霍普。"他说。

考珀万分惊异地盯着向自己说话的形容枯槁、目光凶野的男子，根本不敢相信这是以前长相英气的霍普。然而，他百般确认其人后反而变得更害怕，仿佛遇见了魑魅魍魉那般避之不及。

考珀一惊一乍，说："你怎么还敢回来，你这个不要命的疯子，你已经被全城通缉了知不知道，因为你协助费里尔父女出逃，如果被人撞到我与你有瓜葛，我也死路一条。"

"霍普天不怕地不怕，管他们要对我做什么呢！但是我亲爱的朋友，你必然知道我想要的，能不能告诉我一些事情，上帝会保佑你的，拜托了，回答我的几个问题。"霍普低声下气，态度十分诚恳。

"在这个地方，若要人不知除非己莫为，有什么问题你快点快说。"考珀一脸防备，急促地问。

"在露茜·费里尔身上究竟发生了什么。"

"那个女孩昨天嫁给了小德雷柏。哎，你挺住，你看上去魂不守舍的呀？"

"我没关系，"霍普脸色煞白，双腿一软，跟跄跄地瘫在一直倚着的巨石上，颤颤巍巍地问，"什么？嫁给了德雷柏？"

"房子上挂的喜庆的东西也就是庆祝他们昨天结婚。小德雷柏和小斯坦杰森两人为了娶这个女孩纠缠不休呢，斗来斗去，要说小斯坦杰森理由最充分啦，毕竟两人都前去追赶，是小斯坦杰森先下手为强，打死了老费里尔呢，然而，这件事闹到四圣会，情况就大不相同啦，德雷柏家族声望显赫，有权有势，占据绝对优势，首长便同意将她许配给小德雷柏了。不过，嫁给谁都一样，不会幸福太久的，你没看见昨天她面色枯槁的样子，人不人鬼不鬼。啊，你离开啦？"

杰斐逊·霍普一边说一边起身："对，就此别过。"

此次此刻的霍普仿佛一尊大理石雕像，冷峻坚毅，一双眼睛闪露着凶光。

"那么你去哪儿呢？"

"不用担心。"说完，杰斐逊·霍普挎着他的步枪，大步往峡谷下面走去，去往崇山峻岭间常有野兽地方。哪怕各方野兽聚在一起,也不会出现杰斐逊·霍普那样目露凶光、勇猛无畏、极度危险的"野兽"。

考珀的话很快成真。

惨遭杀害的父亲、不情不愿的婚姻、无处发泄的仇恨,无论是基于哪个原因,露茜总是毫无生气,颓然憔悴,一个月未满,郁郁而终。

小德雷柏那混蛋家伙跟露茜结婚的原因不过是觊觎老费里尔的家财,所以根本毫无丧妻之痛,反而,德雷柏的其他妻妾们纷纷备感惋惜,为露茜举办了符合摩门教礼仪的葬礼,并且下葬前给露茜守夜。

次日清早,妻妾们还围坐在棺材边时,让她们惊恐万分的是,一个穿着邋遢、模样粗犷、历经沧桑的男子突然撞开大门大步走来。

众人噤若寒蝉、畏畏缩缩之际,该男子熟视无睹,他的心里眼里被露茜占满,他自顾自走到露茜的遗体旁,她没有温度的安静身体依旧无法抹灭其曾美丽的灵魂。他俯身温柔真挚地吻了一下她苍白的额头,然后,握住她毫无血色的手,把她无名指上的金戒指拿下来。

"露茜万万不可以戴它下葬。"这个男人恶狠狠地吼。

还没等大家发出警报,这个男人就健步下楼,没了踪影。

这个来历不明的男人的所作所为非常蹊跷,也非常短暂,所以根本令人不敢置信,德雷柏的妻妾们也觉得莫名其妙,但是,露茜手上的的确少了一枚代表着新娘身份的足金指戒指,这实实在在说明一切都不是想象之中的幻境。

被仇恨围绕着的杰斐逊·霍普逗留在深山里长达数月,过着一种完全与世隔绝的野蛮的原始的生活,仇恨萦绕在心头久久不散。城中被各种流言蜚语淹没,传闻有一个住在人迹罕至的崇山峻岭中的怪人,他徘徊于市郊。

一回,子弹毫无预兆地射穿斯坦杰森的窗户落在他身后的墙上。

还有一回,德雷柏走过峭壁时,正好在他正上方掉下来一块巨石,若不是他卧倒及时,早就一命呜呼了。很快,德雷柏和斯坦杰森就知道到底是谁要置他们于死地。所以两人率着精兵良将企图围剿这个要他们命的怪人,然而,不能如愿得逞。所以,两人只好实行保守的方案,从不一个人行动,晚上便紧闭家门,不仅这样,还加强戒备,添加护卫。

时间一久,那刺杀者便销声匿迹了,德雷柏和斯坦杰森开始掉以轻心,觉得再也不用小心翼翼胆战心惊地过日子了,原因是那不要命的人随着时间的推移已经冷却了报仇的火焰。

但真相可不是他们一厢情愿想象中的那样,若是要说杰斐逊·霍普有什么变化,那就是复仇的火焰燃烧得更旺了。

他素来一旦开始就绝不轻易放弃，而且迎难而上。对于霍普来说，没有一种感情能比复仇更强烈，没有一件事会比复仇更重要。他的整颗心被复仇的欲望填满。并且，霍普向来务实。他马上看清一点，尽管自己精壮魁梧，也抵不过自然的侵蚀，长期的衣不蔽体食不果腹让他日渐消瘦，没了健硕身体，哪来复仇的本钱？

他明白，绝对不能自暴自弃自生自灭，他不是野狗，他不该死在山里，让亲者痛仇者快，而要重新振作，完成复仇大计。所以，他只好逼着自己振作起来，回内华达的矿上维持生计，并且重新调理身体，只有拥有固定的经济来源，他才有追着仇人跑的资本，才能不潦倒被动地生活。

杰斐逊·霍普刚开始计划一年之内回去报仇雪恨，但许多半路冒出来的琐事阻碍了他复仇的脚步，一拖便是五年。尽管时过境迁，他心中的那仇恨的火焰依旧炽热，仿佛这个人永远置身于那个夜晚——他面对着约翰·费里尔的坟墓的那个夜晚，他的仇恨热烈而不可遏制，而如今，那种决心丝毫未减。霍普回到曾经的伤心地，改头换面，隐姓埋名，一心只为报仇雪恨，甚至可以牺牲一切，包括生命。辗转回到盐湖城，坏消息接踵而至。原来，摩门教在不久前爆发了一次年轻派反抗长老的分裂斗争，最后大量反对派成为异教徒并远走他乡。德雷柏和斯坦杰森也是反对派之一，但他们不知踪影。

有传闻，德雷柏先发制人地变卖出众多家财，所以德雷柏出走时身价斐然，称得上富甲一方，但斯坦杰森就差远了，他一穷二白。不过，两人如风一般消散，找到他们并非易事。

摆在面前的似乎是无法逾越的障碍，踪迹全无的仇人要到哪里去寻？一腔报仇热血无处挥洒，任谁都会郁郁不得志而屈服，断掉复仇之念。不过，霍普从未怀疑过自己复仇的决心。

他带上微薄的积蓄辗转于美国各个城市不放弃寻找仇人，同时尽可能打工维持生活。年复一年，青丝变白发，然而，仿佛通人性的警犬那样，霍普一直坚持不懈的寻找线索。为达到报仇雪恨的人生目标，他牺牲了全部的人生，终其一生只为心中根深蒂固的仇恨能获得解放。终于，他的一路坚持得到了回报。

尽管仅仅是窗口的惊鸿一瞥，霍普却笃定：德雷柏和斯坦杰森两个罪大恶极之徒正在俄亥俄州克利夫兰城。所以霍普当即返回自己简陋的出租屋，安排好了整个复仇大计。然而，碰巧的是，在两人的对视中，德雷柏亦立即辨出那衣衫褴褛的男人是谁，还将他视线里的仇恨尽收眼底。

所以，德雷柏和斯坦杰森一起（斯坦杰森早就是德雷柏的个人助理了），仓皇买通某位当权者，急忙找到了治安官，对他说：因为一段旧情牵扯出的恩怨情仇，他的人身安全受到威胁。那天，霍普就被逮捕，由于没有人作担保，他遭到几周的拘留。待霍普重获自由，德雷柏之家已经人去楼空，他和斯坦杰森早逃去欧洲了。

虽然再一次失败，霍普却没有失望，而是怀着越来越浓的恨意矢志前行。可是没有积蓄的他只好打一段时间短工，节衣缩食，省钱凑路费，终于，他如愿去了欧洲。

依旧那样辗转与各个城市寻找那两人的下落，并且打零工维持生计，却完全跟不上他们的步伐。每每他都慢一步，就这样一路跟着两个仇人，杰斐逊经过圣彼得堡、巴黎、哥本哈根、伦敦。在伦敦，这场旅行到达了终点，霍普终于完成他的复仇大计。关于自此后在那里的一系列事件，引用华生医生日记是再好不过的了，里面十分详尽地记录下了他全部的人生。

这些叙述，我们早已知道。

第十三章　医学博士约翰·华生回忆录续篇

十分明显，凶手出于本能的激烈挣扎并非是想对我们耍横，只要看他明白自己再也无处可逃之后露出的和蔼笑容便可得知。那时候他还一脸歉然地说，希冀纠缠扭打的过程中我们一个人也没受伤。

"我的马车就在门外，如果你想要将我扭送至警局。我想，要是各位能让我行动自如，我完全愿意亲自下楼上车。我没那么轻，你们轻而易举能扛得动。"束手就擒的凶手对夏洛克·福尔摩斯说。

格雷格森与雷斯特雷德相互对视，挤眉弄眼，好像再说提出这种想法有点出格。然而，我的伙伴马上同意了他的提议，迅速地拿掉了绑在他腿上的毛巾。

该凶手得到解放重获自由，悠闲地起身抖了抖腿，我与他对上视线的一瞬间，顿时涌上我心头的想法至今我记忆犹新，像他那样体魄强健的人如今已经罕有。历经沧桑的黑黢黢的脸带着一种意志坚定、精力充沛的表情，与他的身形呼应，让人望而生畏。

"若是警察厅里需要一位英明的局长，没有人比先生您更配得上啦。先生您追踪我的手段真是独特而又小心翼翼呢。"那凶手直勾勾地盯着福尔摩斯，毫不掩饰自己由衷的钦佩之情。

我的伙伴跟格雷格森和雷斯特雷德说："我想，你俩也应该同行。"

"赶车的活我可以做。"雷斯特雷德自告奋勇。

"没问题，如此一来，格雷格森与我们共乘，当然，华生医生，一起走吧，我想你浓烈的好奇心也想知道解密的过程。"

我当然十分高兴，和大家一起坐上马车。那凶手心平气和地上了马车，没有任何挣扎反抗，其余人尾随其后。

　　雷斯特雷德侦探坐进车夫位殷勤地赶马车，一会儿之后，众人达到警察厅，被带到询问室，然后一个面无表情地警官例行公事般地登记了该名凶手的姓名和被害人的姓名以及案由。他的说辞和做事方式相当官方："本周内将把犯罪嫌疑人移交法院审理。杰斐逊·霍普先生，在我开始询问前，你是否需要申明什么？你应该明白你的权利，另外，以下你全部的陈述，都将作为呈堂证供。"

　　"各位，我想将我心里藏的东西一点不漏地跟你们说。"杰斐逊·霍普先生缓缓开口。

　　"庭审时和盘托出是更好的选择。"这个警官说。

　　"也许我根本就等不到那一天，千万别误会，目前没有自我了断的想法。先生，你是医生对吧？"霍普先生望着我说，他的眼神深邃而凶猛。

　　"没错。"我说。

　　霍普脸上扬起一抹笑容，用戴着手铐的手点着自己的胸口，对我说："这样的话，您摸一摸我的胸口就知道了。"

　　我把手放在他胸口时马上感觉出里面正发生着与众不同的悸动和震荡。

　　那明显的动静不啻坚不可摧的城堡中隆隆作响的一台超大功率发动机，颤动得我的心一阵难受，狭小寂静的空间中，他胸腔发出的杂音对我来说异常清晰。

　　"啊，你长了大动脉肿瘤！"我忍不住惊叫出声。

　　"医生先生你和他们说的一样。"霍普语气平缓，"我上周去看诊，医生告诉我，它破裂是就这两天的事了。我也算是久病不愈，而且越发严重，病因要追溯到以前我生活在盐湖城深的时候，每天食不果腹，衣不蔽体，睡眠不足，营养不良。其实，我对死亡已经毫无恐惧了，因为达成了人生目标，我为之奋斗终生的事业结束了，对这个世界也再无留恋。然而，我希望以后社会谈起我的时候不是把我视为一个平庸的凶手，为此，我想留下对这些事的一些说明。"

　　那名警官与格雷格森和雷斯特雷德犹豫不决。

　　"医生，在你看来，他真的病入膏肓濒临死亡了？"警官问我。

　　"没错。"

　　"若是如此，我必须履行职责，为犯罪嫌疑人记下供述以维护法律的权威。先生，你可以开始陈述了。然而，重复强调一次，你的任何言论将作为呈堂证供。"

　　"如果你同意，我要坐着说。"杰斐逊说着就自顾自地坐下，说："患有动脉瘤让我不能长时间劳累，加上三十分钟前的和你们的纠缠也让我的病情恶化，反正我半只脚进了鬼门关，人之将死，其言也善，再没什么好隐瞒的了，法律的制裁和未来要接受什么样的审判，我都不在乎。"

申明过后，杰斐逊·霍普将所有故事缓缓道来，条理明晰，他一副曾经沧海的神情，我们却十分震惊。

　　我将他所述内容从雷斯特雷德的笔录中完整准确地誊写下来。

　　霍普道："犯罪动机，关于那些爱恨情仇，作为局外人的你们一定无法理解。他们罪大恶极，所以应该受到惩罚。这两人杀害了一对父女，却没有受到制裁，过去多年，那些所谓的证据早就湮灭，法律无法制裁这两人，所以，就由我维护正义。我下定决心，既当审判员又当行刑者，亲自了结他们，若是各位心存一点气概和正义感，将心比心，必将做出与我一样的决定。二十年前，我与上面提及的女子本来两情相悦，然而，德雷柏那家伙强行娶了她，最终，婚后不久，她便郁郁而终。从她没有温度的手上，我拿下了这枚婚戒，心中暗暗决定，必须让德雷柏临终的时候知道，他是多么的罪有应得，让他看着它死去，后悔羞愧。无论他们逃到天涯海角，我都带着这枚耻辱戒指，绝不放弃，一直追寻，德雷柏终究是逃不掉的，就算下一秒我一命呜呼也无怨无悔，因为我明白，手刃仇人后我已生无可恋，那是最完美的复仇，实现了我全部的人生价值。

　　"对于我来说，追着富翁跑并不简单，因为我一穷二白，追他们至伦敦时，口袋里已经没有一分钱了，所以我明白，想要在这里活下去，必须找个活干，骑马和赶车在我看来就是家常便饭，所以我去一家马车厂应聘，很快有了工作，除了租金之外的微薄收入，还能让我糊口。因为对伦敦不熟悉，它本身也像是错综复杂的迷宫，刚开始我必须随身携带地图，艰难地找路，一段时间后，终于摸熟了主要的车站以及旅馆，便得心应手了。

　　"寻到他们的处所花了我很多时间，经过多方打听，居然偶然撞上了那两个家伙，原来，他们的公寓就在泰晤士河对岸的坎伯韦尔，我想，这一次，这两人肯定是我的囊中之物了，一切都由我来掌控，这一次绝不能再让他们逃脱了。那两人绝不会发觉我的存在，因为我改头换面，留了长胡子，所以我悄悄地跟踪他们，伺待机报仇。

　　"但不幸的是，那两人差点儿再一次跑了。时而赶马，时而步行，总之，我如影随形地跟着他们走遍伦敦的每一个角落。其实用马车能真正完全地跟上他们，所以大部分时间我用马车跟踪，如此一来，能赚钱的时间便少了，甚至会付不起租金。不过，这些我都不在乎，最重要的是报仇雪恨。

　　"然而，德雷柏和斯坦杰森似乎早有预料，所以小心翼翼，戒备森严，总是成双成对，天一黑便足不出户。我跟踪了他们两周，两人从未有过单独行动的时候。德雷柏总肆意妄为，斯坦杰森还是那么谨慎小心，虽然二十四小时紧迫盯人，却苦于没有时机。不过，无论什么困难都不能难倒我，有种强烈的预感告诉我，不会太远了，离成功已经很近了。只是，动脉瘤仿佛一颗定时炸弹，我怕因此功败垂成。

　　"故事的结局是黄昏，我和我的马车一起在陶凯巷监视着他们的一举一动，很快有了动静，来了辆马车停在门口，很快有人搬出行李，然后，我就我看我的两个仇人一起坐上马车了。看样子他们又要跑路了，我忐忑地加速前进，紧跟那两人一直至尤斯顿车站。安置好我的马车，我便紧随其后，原来这两人想逃往利物浦的，但前面一班才出站，第二班还要等很久。闻言，德雷柏欢呼雀跃，而他的伙伴就垂头丧气了。在熙熙嚷嚷的人群里我十分靠近他们，便将两人的对话全部掌握了。德雷柏告诉斯坦杰森他想解决点个人事务，很快回来，要他的同伴等他。斯坦杰森不乐意，说两人说好要互相扶持不分开的。德雷柏强调那是需要一个人去办的棘手事。后来斯坦杰森的话我没听清，但德雷柏却情绪失控，开始谩骂，指责他多管闲事，说他充其量不过是个下人。由此斯坦杰森只好闭嘴，憋屈地告诉德雷柏，若是没赶上末班车，就去哈利代旅馆找他。德雷柏跟他的伙伴说，他将于十一点前到达，就离开了车站。

　　"这个复仇的机会总算来临了，我等待已久的机会，现在，我势在必得，我想。那两人合力我无可奈何，但单独行动后，便任我摆布啦。尽管这样，我也不能太仓促草率，该怎么做我早就心里有数，必须要让他们死得其所，而不是不明不白，如果他们不知道我是谁、不知道为什么，这个报仇雪恨怎么算是成功的呢？所以，在我预设的蓝图中，我必须让无礼对待我的家伙清楚地认识到一件事，血债要用血来偿，罪恶滔天的迫害者要接受惩罚。非常幸运的是，前段时间我拉了一位去布里克斯顿路看房的先生，他不小心将里面一坐房子的钥匙留车中，而且，在他找到我拿回钥匙之前，我已经弄了把一模一样的，我想，那会是不受干扰的安全的空间。唯一难倒我的问题是怎样才能将德雷柏引过来。

　　"德雷柏慢慢步行，途中经过两家酒店还进去了一会儿，在最后一家差不多有三十分钟。他踉踉跄跄摇摇晃晃地出来，醉得很厉害，上了一辆位于我前方的双轮小马车。一路上我都与他保持着很近的距离，可以说，当时我驾着的马车的最前端离他的身体之间不超过一码。两深马车在道路上一路狂奔着，一口气便行驶了好几英里呢。不过，到达终点的时候我十分震惊，德雷柏所说的重要的事情令人意想不到，他居然再一次返回陶凯巷——以前和斯坦杰森一起住的公寓。德雷柏再一次上门的原因是什么呢？我觉得莫名其妙不可思议，然而，依旧紧随其后。能不能让我喝杯水，我口干舌燥的。"

　　他将我给他的水喝光之后继续说："这下感觉不错。那么，十五分钟之后，也许不止十五分钟，公寓中出现了杂乱又刺耳的搏斗的动静，很快，门被猛地打开，德雷柏和一个面相陌生的年轻人一前一后出来。那是我以前从未见过的年轻人，他揪着德雷柏的领子不放，一直将他揪到台阶边上，然后猛地一脚将德雷柏踢在了道路上。那年轻小伙子挥着手里的木棍朝着德雷柏破口大骂，'下流胚子！给你点颜色瞧瞧，居然还色胆包天欺负善良小姑娘'。若不是德雷柏跑得够快，那雷霆万钧的小伙子必然要用手里木棍将德雷柏教训得落花流水。仓皇而逃的德雷柏被吓得魂飞魄散，一个掉头就撞上我的马车，便示意要上车，去哈利代旅馆。

"我心花怒放，他这是自己找上门来了，不过我也不敢太激动，非常恐惧在这种关键的时刻那一颗狂跳的心会刺激动脉瘤，若是现在破裂就会功亏一篑。一边想着什么方案才是最周密的，一边我放慢速度，缓缓前进。难道将德雷柏弄到僻静的农村找一处渺无人烟的地方来个大清算？正当我打算实行这项计划时，德雷柏自己倒是选择了方案。嗜酒如命的他又想喝酒，就近找了一间酒店，我就在外面等他。直到不省人事而且酒店关门他才摇摇晃晃地出来，那时候我便明白，他的死期就是今天。

"如果你们认为我是那种冷血的刽子手，让他人头落地便草草结束，那就错了！那是墨守成规的法律会做的事情，绝非我想要的。在我的计划里，德雷柏会有改邪归正的选择，若是他聪明有觉悟，或许他可以不用以死谢罪。我流浪在美洲的时候从事了许多工作，其中有一个是在约克学院实验室负责打扫和守卫。一次我碰巧看到他们的老师上化学毒品课，老师给学生看了一种他从南美洲土人毒箭上提取的名曰生物碱的毒药，是一种剧毒，凡是碰上必死无疑。我特别注意他们存放配制品的瓶子，趁他们不在的时候，我自己取出些许。配药对我来说毫无难度，所以，我将拿到的生物碱配制为几颗能溶于水的颗粒。我将一颗有毒的和一颗长得一样但无毒的药丸装进同一个小盒。我想的是，在我控制那两人后，德雷柏和斯坦杰森一人一颗，这两人有优先选择的权利，另一颗则是留给我自己。这如此一来，与用手帕消音开枪无异，杀人于无声无息。自此之后，这个药盒子便一直被我随身携带，如今，它终于闪亮登场啦。

"那是凌晨一点左右，过了12点，而且大雨滂沱，狂风呼啸，十分冷清惨淡，虽然气氛如此的阴沉凄清，我却十分高兴，甚至想欢呼雀跃。请你们试想一下我的心情，二十多年的苦苦追寻望穿秋水的等待，我倾尽一生想得到的东西终于摆在我面前，若是各位有过相同的经历，必然感同身受。我点起一支雪茄，吐着烟圈，稳定自己的神经，但因为难以遏制的兴奋，双手颤得很厉害，脑神经紧张。驾马车前行的途中我仿佛能感觉到老约翰·费里尔以及美丽的露茜两人的脸庞浮现在我眼前，他们的笑容在夜色中若隐若现。他们是确实存在的，正如当下你们在我面前一样，是真真切切的，我十分确定。就在我赶路的时候两人分别在我左右，一路相伴，陪着我来到位于于布里克斯顿路的那间闲置房。

"万籁俱寂，渺无人烟，唯有滴滴答答的下雨声。我停下车，然后便打算叫醒醉得不省人事、蜷在车里的德雷柏，所以轻轻晃了晃他的胳膊，告诉他，已经到了。

"'没问题，车夫，'他说。

"德雷柏一定没想到自己到达的地方不是哈利代旅馆,所以不置一词,非常配合地从马车上下来,浑浑噩噩地什么都不知道,还跟跟跄跄地差点摔倒,我只好搀着他一步一步地和我一起穿过花园,去往正门口,然后我打开门,领德雷柏进屋。绝对不是说假话,费里尔和露茜才是领路人,他们俩一直引导着我前行的方向。

"德雷柏挣扎了一下,说,'太黑了。'

"'这里会亮起来的,'一边说,我就划了火柴点燃事先准备好的蜡烛,然后用蜡烛照着我的脸转过去对他说,'现在,伊诺克·德雷柏,睁大你的眼睛瞧瞧你眼前的人吧!'

"他蒙蒙眬眬地张开眼睛,看了很久,突然,整张脸扭曲起来,显得非常害怕,我知道,德雷柏知道我是谁了。一瞬间,德雷柏惊得一跃而起,跟跄着躲闪,浑身颤抖地冒冷汗,惊悸战栗中牙齿碰撞发出很大的声音,那屁滚尿流的表情笑得我前仰后合,复仇成功的快感激动人心,这个全在我意料之中,但,那种感觉却前所未有。

"我对德雷柏说,'混蛋!你一路从盐湖城逃到圣彼得堡,算你运气好,但这一秒开始,你的快乐生活结束了。今天,我和你之间只有一个人能活下来。'德雷柏边听我说边往后退,他一定以为我是疯子,他的表情这样告诉我,但是,当时的情况的确如此,我情绪失控,脑袋似乎要爆炸了似的,毫无理智。不过,恰好那个时候我开始流鼻血,这倒是让使我觉得痛快了不少,大概正是因为这个缘故,才没有因为兴奋过度而动脉瘤破裂。

"我情绪失控地嘶吼,然后将门上锁,我说,'你觉得露茜·费里尔过得好吗?你应该还没忘记吧,对啊,报应拖得真是太久了,事到如今,杀人凶手才要被正法。'德雷柏动了动嘴唇似乎想求饶,不过又心知肚明,一切都太迟了。

"'你是要弄死我?'他支支吾吾地问我。

"'绝对不是谋杀,对我来说你,只是畜生不是人,配不上谋杀这个罪名。德雷柏,一直以来你都在对美丽的露茜为非作歹,当着她的面儿,要了老费里尔的命,还强迫她嫁给你,你甚至不知羞耻地蹂躏了她,每当那些时刻,你有想过给她一点点的仁慈吗?'我是这样说的。

"德雷柏很快反驳说,'不是我害死老费里尔的。'

"'不过,她美好脆弱的灵魂却是你玷污的!我恶狠狠地斥责他,然后将药盒拿出来,说'把命交给上帝吧。一颗有毒,一颗无毒,你先选,看看运气怎么样,上帝究竟公不公平。'

"德雷柏要死要活,狼狈地求饶,我就直接把刀架在他脖子上,他才乖乖就范。吃下药后,德雷柏和我都默不作声,等待上帝的抉择。突然,他脸色变得很难看,我永远不会忘记德雷柏那一刻的表情,痛得面目狰狞,惨绝人寰,这令我心满意足,开怀大笑。这种剧毒发作很快,所以我只有几秒钟的时间将露茜的金婚戒给德雷柏看,很快,他便双臂一伸,两腿一蹬,应声倒下。

我一摸德雷柏心脏，没动静，死了！

"那种情况下，我根本没注意我流了很多鼻血。突然，灵光一闪，心情很轻松，有种恶作剧的冲动，就在墙上用蘸着血的手指写了'雷切'。在印象中，曾有一桩迷惑人心的悬案发生在纽约，一个被杀害的德国人身上就有德文的复仇两字，舆论一致将矛头指向秘密党，所以我便依葫芦画瓢，希望误导警方。完事后我便原路返回，狂风暴雨中，四下一片黑暗，人迹罕至。回去的中途，我习惯性地摸了摸口袋，发现露茜的唯一遗物，那枚金戒指不在口袋，惊愕中我的第一反应就是确定是否德雷柏死亡的时候不小心掉了。所以，才再一次去了空房子，我想，不管风险有多大都要把露茜的遗物找回来，但是，才到门口，便碰见了一个警察，他貌似才从空房子里出来，为了打消警察的疑虑，我假装是个不省人事的醉鬼。

"杀害德雷柏的过程就是这样，下一步便是让住在哈利代旅馆的斯坦杰森和德雷柏一样完蛋，因为害死老费里尔的人是斯坦杰森。随后，我一直密切监视哈利代，但从未见过斯坦杰森，或许德雷柏的杳无音讯令素来狡猾的他提高警惕啦。不过，足不出户不代表能躲开我，稍微花了点功夫，就确定了斯坦杰森的房间。隔天，天蒙蒙亮，我在旅馆后的弄堂找了梯子，然后爬上去，翻窗到斯坦杰森所在房间，弄醒他，说，'杀人偿命天经地义，现在就是为他多年前欠下的债偿还的时刻了。'然后，跟他说了德雷柏的遭遇，让他效仿，谁知，斯坦杰森不懂珍惜，拿起床头的刀冲上来，出于防卫，我杀了他，命中他的心脏。无论怎么说他都是死路一条，老天有眼，会让恶人有恶报，他总会中毒。

"故事就快结束了，我再补充一点。结束这些，我继续做生意，希望能攒够回美洲的盘缠。但是有一天，我在等生意，就冒出个流浪儿童模样的孩子，到处问我的下落，还说，贝克街221号B座的先生要用车。我丝毫没多想，便和那孩子一起去了，接下来发生了什么你们都清楚，这小伙子干净利落地铐上了我，我从未见过那种人呢。各位，我的故事已经很完整地告诉你们了，虽然，在各位眼中霍普不过一个冷血杀手，然而，我觉得我是一位手持正义之剑的审判员，与各位没有什么不同。"

我们都沉默不语，霍普的经历带有浓厚的传奇色彩，这个人鲜明的性格也让众人难以忘怀。哪怕是经验丰富的格雷格森和雷斯特雷德，也被他的故事深深吸引。询问室静得只剩下雷斯特雷德速写笔录的纸张摩擦声。

末了儿，我的伙伴问："我依旧心存疑惑，请问，你的同伙是谁，那个拿着启事上门招领戒指的人。"

"要我出卖朋友是不可能的，我已经说了我全部的故事。启事，我怀疑过那启事是个局，所以我的朋友才自告奋勇，因为我不能失去露茜的遗物。没错，他做得完美无缺。"

这个罪犯滑稽地对福尔摩斯眨了眨眼。

"毫无疑问。"

"好了，先生们"，警官神情严峻，"我们必须依法办事。这个周四，这桩谋杀案要开庭审理，到时候请务必参加。此前，我来看管他。"他边说边按铃，很快两个警卫就把我们的凶手带走，福尔摩斯和我便回家了。

第十四章　结局

本来，我们都以为周四要参加庭审，所以提前做了准备。没想到，在此之前，我们的凶手便接受了秘密的特殊审判，所以我们都不用出庭了。

因为，我们离开的隔天清晨，杰斐逊就在监狱中死去了，他死于动脉瘤破裂。

霍普的遗容带着一份释然和满足，可以说，这个人死而无憾，因为苦苦追寻的二十多年时光没有白费，最终实现了他的人生目标。

"格雷格森和雷斯特雷德必定对杰斐逊的死扼腕叹息捶胸顿足呢。"第二天黄昏时分，我们随便聊聊的时候我的伙伴说，"现在那两人到哪里去大肆宣扬呢？"

"其实，格雷格森和雷斯特雷德对于将凶手捉拿归案没有任何功劳。"我对福尔摩斯说。

"做人最重要的本领不是贡献社会，而是让世界知道你对社会有贡献。"福尔摩斯讥讽地说，沉默半晌，却突然释怀了，快乐地说道："这对我来说无关紧要。无论如何，这件前所未有的悬案就是为我量身定制的，尽管案情不算复杂，很多细节倒也具有深远意义。"

我惊讶地喊："不复杂？！"

"当然不复杂啊，绝不能描述成其他方式。"见我一脸不可思议的样子，我的伙伴淡然一笑，说："在三天之内我独立调查行动，加上几个非常普通的设想猜测，凶手便乖乖伏法了，所有的事情不过道出一个事实，这桩谋杀并不复杂。"

"你说的也对。"

"此前我便解释了这个原理，越稀奇古怪的存在越能推动案件的发展。逆向推理在其中扮演着十分重要的角色，它经常在实务中由于顺向推理的普遍应用而被忽略，但那却是大有裨益且操作简单的技术。五十个掌握综合推理能力人当中也许只有一个人会分析推理。"

"不瞒你说，你的话我没听懂。"我对福尔摩斯说。

"要你完全明白的确很困难，也许我可以用稍微具体的话来阐释。如果你向其他人系统整体地描述某个事情的来龙去脉，将各种细节整合后绝大部分人心中会有一个结果；反言之，直接将结果摆在这些人面前，能以结果为起点，在各种演绎推理思考的基础上一步一步地抽丝剥茧描述出引发这个结果的各种细节，那种人却少之又少。这种能力就是我刚刚说的逆向推理以及分析推理。"

"已经懂了。"我说。

"霍普的谋杀案正是如此，摆在我们面前的就是结果，至于那些如何引起这个结果的全部细节要靠自己的推理。那么，接下来我便将我根据线索进行的一步步推理告诉你，这要从一开始说。我将自己看作一个客观的观察者，去探访现场的每个细节，所以，一路徒步过去就发现了很多线索。第一，正如我跟你说过的那样，勘验道路后我发现，一辆马车车轮清晰可见，那么新鲜的车轮印只可能是昨晚刚有的。我测量了一下车轮间距，符合伦敦市面上很普遍的雇佣四轮马车，因为车轮距离比私人马车要短得多，所以我能确定。

"经过街道之后便是一条花园里非常容易发现蛛丝马迹的粘土路，真的是天助我也。不过，不用说，你一定认为它毫无价值，甚至因它的泥泞而想退避三舍，然而，对训练有素洞察秋毫的我来说，所有细节都不容错过，而且价值重大。不可否认，痕迹学在刑侦学中举足轻重却不受重视，但是，我非常在乎观察各种痕迹足迹，并且多加训练，将其几乎变成我与生俱来的能力。虽然先到的警员留下了复杂繁多的足迹，不过，这并不影响我的判断，因为刚开始涉足花园的两个人他们也留下了脚印，就在那些警察的脚印的下面，只要从那些脚印下面便能找到自己想要的线索，所以我在此基础上发现了又一事实。那就是，那天晚上一共是两个人来到这个空房间，从两人的脚印可以判断，一个穿着时髦，一个身材魁梧，因为他们的鞋印一个步幅很大，一个小巧精致。

"很快，我的猜测就被证明为是真的，因为，死者正是留下时髦靴子鞋印的先生。我立即产生一个想法，若这位先生死于非命，毫无疑问，身材魁梧的那位必然为犯罪嫌疑人。虽然他并非死于外伤，不过死者的表情很特别，局促不安十分惶恐，充分证明死者预想了自己的下场。不过那种表情亦排除了心脏病发、自然死亡和猝死的可能。所以我便俯身闻了一下被害人的嘴唇，带着一些酸酸的味道，这一点足以证明，被害人死于毒杀。而且，死者带着恐惧与愤懑的表情，从这里又可以看出他并非自愿服毒。通过排除所有与案件各种事实线索不吻合的猜测，我便很容易地推理到被害人死于谋杀的结果。我所言的推理结果并不是史无前例的，你别感到新鲜，因为，谈起逼受害人吃毒药这种案子，所有研究毒药品的高手第一反应便是，马上想起敖德萨市多尔斯基案以及蒙彼利埃市勒蒂里埃案。

"接下来最重要的点便是犯罪动机。被害者的随身财物没有被拿走，证明凶手根本不是想谋财害命，如此一来动机便只剩下了两个，要么是涉及政治的谋杀，要么便是为情杀人。这个疑惑摆在我面前，前者还是后者，后者的可能性更大，这并非是毫无依据的猜测。政治刺客往往行色匆匆，若是成功绝不会有任何逗留，马上逃之夭夭。此案的凶手却毫不慌张，有条不紊，甚至痕迹遍布案发现场。尤其是在看到留在墙上的血字，我就更加笃定，这个案子是一起情杀案，墙上的血字不过是凶手的障眼法，而那一枚金戒指让所有的疑惑都渐渐明朗起来。毫无疑问，遗留的金戒指承载着与死者有关的某个新娘的记忆。你应该记得，在德雷柏是否有值得关注的过去这事上我问过格雷格森，因为他曾经发报给克利夫兰市，但他给出了否定的答案。

"勘验现场，这进一步证明了我犯罪嫌疑人身材魁梧的猜想，还有，那印度特里奇雪茄和指甲长之类的细节。由于被害人未有外伤，那么自然是犯罪嫌疑人因情绪高涨流鼻血，而且遍布现场，所以，他必身强力壮，一亢奋就流鼻血，脸色红润，这个推理当然也被确认了。"

"出了现场我便迫不及待去弥补那官方侦探的过失啦，再一次给克利夫兰那边发了一封电报，咨询德雷柏的婚姻状况。回电明确告诉我，德雷柏过去曾被一名叫杰斐逊·霍普的仇人提出过指控，经过调查，杰斐逊身在欧洲，从这些内容便将案情一览无遗了，只等着将凶手捉拿归案。其实，一切都非常明显，赶马车的那个人就是除了德雷柏之外的第二人，若是马车有人看管，绝不可又能在大路留下如此随便的车辙印，而且，再笨的人都知道，杀人灭口的时候不能有目击证人，所以说，根本没有赶马车的第三人，他就在案发现场。需要补充的是，于偌大的伦敦城紧迫盯人，装成马车夫是最好的掩护了，将得出的每一个细节整合，不难知道，我们的凶手是一名伦敦城的马车夫，名字叫杰斐逊·霍普。

"一个收入微薄的马车夫随随便便撂挑子不干，一定会引发其余人的怀疑，所以霍普必然继续履行作为马车夫的职责，然后找一个恰当的时机罢工。至于他为什么不隐姓埋名这一点上也需要一点推理，因为他在茫茫伦敦城举目无亲，孤身一人，根本无人相识，所以在他看来，这是不必要的。然后我便利用了你曾经见识过的那支无孔不入的少年行动队，循序渐进周密广泛地查找杰斐逊·霍普，他们几乎找遍了全城的马车厂才有所收获。但是也有出乎我预想的，就是斯坦杰森之死。不过，世界上突如其来的东西总是在所难免。至于那两颗毒药却是我意料之中，所以说，从德雷柏之死到斯坦杰森被杀，所有环节都排列有序、没有断裂。"

我情不自禁地喊出声："太精彩了！这些技能和功劳都值得公之于众，流芳百世。你若是觉得将它公之于众比较麻烦，我可以为你效劳。"

"华生，这件事你想怎么做都可以，现在先瞧瞧这个吧！"福尔摩斯边说边将报纸给我看。

当日的《回声报》上如此记载霍普的谋杀案：杀害伊诺克·德雷柏先生和约瑟夫·斯坦杰森先生的犯罪嫌疑人在接受庭审前便发病离世，让公众没了茶余饭后对这桩骇人悬疑之案的谈资。尽管我们有充分资料显示，凶手与两位被害者的恩怨情仇要追溯至二十多年的摩门教以及他们的儿女情长，不过其中很多重要细节将被尘封。我们所知道的是，德雷柏先生和斯坦杰森先生过去皆信仰摩门教，而犯罪嫌疑人亦从盐湖城来。无论如何，不管结果和社会影响，此案都用最显著的方式表现了伦敦警察厅侦破案件的高效精准，有效地起到了威慑作用，警告他们内部事情内部解决，勿牵连我国。众人皆知，这次能漂亮抓获罪犯，伦敦警察厅的雷斯特雷德侦探以及格雷格森侦探功不可没。他们在一名叫作夏洛克·福尔摩斯的私家侦探公寓里将凶手捉拿归案。可以说，展现了部分才能的夏洛克·福尔摩斯先生，在两位顶级官方侦探的循循善诱中将来必成大器。两位侦探有望加官进爵，得到表彰等。

我的伙伴啼笑皆非："之前一开始我便跟你坦言了吧，我们劳心劳力研究血字不过是为他人作嫁衣裳！"

我对夏洛克·福尔摩斯说：不用担心，我已将整个案子写于日记中了，公众总一天能明白真相。此时，你一定要为取得的成功自我满足，正如罗马守财奴所言：

笑也好嘲也好，我仍自豪；
自家有财宝，方能乐逍遥。

◆ 四签名 ◆

第一章 演绎法的推理

　　夏洛克·福尔摩斯把一瓶药水从壁炉架的一个角落里取出来，又从一个干净的山羊皮盒子里拿出一只注射器。他用细长白嫩的手指把纤细的针头固定好，接着把他左边的衣服袖口撩了起来。他盯着自己壮硕有力却布满针眼的胳膊思考片刻后，慢慢把装有药水的注射器推进去，最后心满意足地发出一声感叹，重新躺回舒适柔软的老人椅里。

　　一连几个月，他每天都要这样注射三次，尽管早已见怪不怪，可我心里却一直都很排斥他这种对自己身体极度不负责的行为。随着时间的流逝，面对这种情形，我越来越生气，越来越火大。我不敢贸然制止他，每当午夜梦醒时，一想到这件事，我就翻来覆去，辗转难眠。很多次我都下定决心准备和他推心置腹地好好谈谈，可一想到他冷若冰霜的脸，永远一副拒人于千里之外的架势，我就怯懦地打了退堂鼓，我打心底知道想让他听取别人的建议并加以改正，简直比登天都难。他渊博的学识、自信的谈吐以及那些我亲眼见识过的非比寻常的人格魅力，都让我不得不一次次退却，不敢让他心生不快。

　　不过那天午后，可能是因为午餐喝下的红酒起了作用，也可能是他那种得意扬扬的神情刺激了我，总之那一刻积攒多时的不满一下子爆发了。

　　我没好气地问道："刚才用的哪种？吗啡？可卡因？"

　　他慵懒地从面前刚摊开的旧书里抬起头，满不在乎地说："可卡因，浓度比例7%。怎么，你对它有兴趣？"

　　我粗鲁无礼地说："毫无兴趣。阿富汗战争给我的身体带来的损伤直到现在也没有复原，我要好好爱惜它们。"

　　他丝毫不在意我激动的情绪，微笑着说："可能你做的没错，华生。我心里很明白这样对身体不好，可是对我来说，鉴于它对大脑强烈的刺激，从而使我可以一直保持精神的高度亢奋，它的那些副作用就显得微不足道了。"

"但你也应该权衡一下利弊啊!"我真诚地说道:"如你所言,或许你的思维可以因为外物的刺激而不知疲倦地高速运转,可这总归是一件得不偿失的事情。因为它会推进你人体组织衰老的速度,让它们变异失去原有的功能,最轻的症状也会让你经常性身体衰弱,你很清楚它会带来怎样严重的后果,为什么还要贪图短暂的享受,而不惜消耗你非凡的才智呢?你要明白,我这会儿不光是你的挚友,更是一个时刻关心你身体的私人医生。"

如此看来,我的话非但没有激怒他,恰恰相反,他十指并拢,两肘拄在椅子两边,摆出一副饶有兴趣的架势。

他说:"我生性爱动,一旦闲下来就烦躁不安。把困难扔给我,把工作扔给我,把最难解的问题扔给我,把一团乱麻的线索扔给我,只有那样,我才能感觉到生命的跳动,才能不靠外界的诱导而保持旺盛的精力。我极度讨厌波澜不惊的日子,我向往精神生活的洒脱和自由,所以我才从事了和你们不一样的工作,甚至可以说这个工作是我开创的,因为这个世界上只有我自己是干这行的。"

我挑了挑眉说:"你指的是私家侦探?"

他回答说:"没错,仅有的私人侦探,我是案件的最终审判官。每当格雷格森、雷斯特雷德以及阿塞尔尼·琼斯力不能及时,这种事屡见不鲜,他们就会跑来求助我。我会像专家那样整理资料,梳理案情,然后给出专业的意见。我从不邀功请赏,也不让媒体署我的姓名。我已经收获了足够多的酬劳,这份工作让我的特殊本领施展得淋漓尽致,这种纯粹的快乐是你所想不到的。我是怎么在杰斐逊·霍普的案件中大展拳脚的,你应该还有印象吧?"

我毕恭毕敬地回答道:"是的,我印象很深。我这辈子都没见过如此诡异的案件,我把它从头到尾完整地写了下来,题目有些奇怪,叫《血字的研究》。"

他失望地摇了摇头。

"我简单地翻了几页,说实话你的水平着实不怎么样。侦查学是或者说应该是一门严密的学科,它应该受到理性的对待而不应该用感性的眼光解读,你给它披上一件小说的外衣就好像把浪漫的爱情故事生生塞进严谨的几何定理里面一样不伦不类。"

我抗议道:"可案件本身就存在浪漫的桥段,我只是在陈述事实。"

"不是所有真实的东西都要摆出来,一定要有所侧重。那个案子最需要写的就是我怎样顺藤摸瓜,紧紧抓住线索,通过科学的推理和判断进而找到动机一举破案。"

我原本以为那篇文章会让他喜形于色,结果他却鸡蛋里挑骨头毫不领情,这让我很不爽。坦白地说,他居高临下的态度深深地伤害了我,他的骄傲自大好像在暗示我,我写的每一个字都应该用来歌颂他的独特魅力。我们住在贝克街的那些年,很多次我都意识到他安静稳重、乐于助人的外表下掩盖着一颗狂妄自大的心。我没有继续说下去，坐在那里按摩我受伤的腿，它曾经被子弹打穿过，尽管对走路没什么影响，然而只要碰到阴雨天，它就疼痛难忍，让我苦不堪言。

沉默了一会儿，福尔摩斯往烟斗里塞满了烟丝，缓缓地说："这段时间欧洲大陆也开始有我的业务了。上周有个叫福朗索瓦·勒·维拉尔的拜访我，你可能听说过，最近他在法国侦探圈很有名。他有凯尔特人敏锐的感触力，不过因为不具备渊博的知识，这让他想要侦查技术突飞猛进的想法举步维艰。他咨询的是一件耐人寻味的遗嘱案件。我找出两个类似的案子供他借鉴研究：一件发生在1857年的里加市，另一件发生在1871年的圣路易城。这两个案子给了他侦破案件的灵感，并且我今天早上已经收到了他寄来的感谢信。"他边说边递给我一张皱巴巴的外国信纸。我瞥了几眼，信上满是"杰出"、"手法高明"、"果敢有力"之类赞美的词语，让那个法国人的仰慕之情跃然纸上。

我不屑地说："他简直是一个对老师充满尊敬的学生。"

夏洛克·福尔摩斯低声说："哦，他言过其实了，其实他本人也很有能力。他具有一个称职的私人侦探所必需的观察和推理的基本素质敏感，遗憾的是他涉猎不够广泛，当然，随着时间的推移，这些不足可以慢慢弥补。顺便提一下，他正着手准备把我的几篇文章翻译成法语。"

"你的文章？"

他大笑着说："你没听说过啊，说来挺不好意思的，我以前发表过几篇学术性比较强的文章，估计你会对那篇《论各种烟灰的辨认》有印象。在那篇文章里，我列举了一百四十种雪茄、纸烟还有烟丝的灰烬，并画了彩色插图用来描述它们的不同。在案子的侦查过程中，它们经常作为证据使用，甚至有时会成为破案的关键线索。结合杰斐逊·霍普的案子，你想一下，准确地区分出各种烟灰，对案件的侦破是很有用的。打个比方说，假如你准确判断出你所调查的案子是一个抽印度雪茄的人干的，你就可以大大缩小你的排查范围了。在经验丰富的人眼里，印度雪茄的黑灰和鸟眼的白灰，就像白菜和土豆一样有着天壤之别。"

我回答道："你对那些容易被忽视的细节的关注的确有过人之处。"

"我的直觉告诉我它们很有用。这是我写的一篇有关脚印追踪的专业论述，里面还介绍了如何运用熟石膏保留脚印。还有一篇不同一般的文章，主要论证了职业生涯对一个人手的形状的作用，并且里面配有石匠、船员、雕刻工、排版工、织布工人和玉工的手形插画。这些看似毫不关联的东西，在案件调查过程中，往往会起到关键作用，尤其是碰到无名尸身的案子或者推测凶手工作时都能发挥意想不到的效果。啊，我一味大谈特谈自己的爱好，让你不舒服了吧？"

我真诚地说："不，我不但没有不舒服，反倒很开心听你说这些，毕竟我以前目睹过你是怎样把这些理论付诸实践的。刚才你提到观察和推理，不用多说，从某个角度看，它们是相互嵌套的。"

他惬意地倚靠在躺椅上，慢慢地吐出一口呛人的烟圈，说道："不，它们互不相关。比如说观察告诉我，你今天早晨去了威格莫尔街的邮局，但我经过推理发现你去那儿是为了发电报。"

我吃惊地说："是的！丝毫不差！可我奇怪的是你是怎么分析的。我只是一时兴起，谁都不知道。"

我迷惑不解的样子，让他不由得洋洋得意起来，哈哈大笑地说道："这不难，根本不用解释，不过稍微梳理一下倒是能帮你更好的认识观察和推理的不同之处。我注意到你鞋子的上方有一小块不显眼的红泥，而威格莫尔街邮局的对面正在施工，挖出的泥土随意丢弃在街上，每个去邮局的人都会多多少少踩上几脚。就我知道的来说，除了那里，附近没有那种不常见的红泥。这些是观察后知道的，而剩下的结论是通过推理知道的。"

"可是你怎么知道是电报而不是别的呢？"

"因为我没看到你提笔写信，要知道我今天整个上午都在你的对面坐着。我也发现你桌子上，有一大张完整的邮票以及一打明信片，如此一来，你去邮局就只能发电报了，剔除不相干的东西，留下的就是真相。"

我低头思考了一下说："你说的对，这简单得不能再简单了。我给你出一个稍微难些的问题，你不会介意的，是吗？"

他说："当然不会，求之不得，正好我不用再注射可卡因保持清醒了，我很开心可以分析你给我找的难题。"

"你以前说过，每个人在他经常使用的日常用品上或多或少都会留下自己的特点，经验丰富的人一眼就能看出来。我有一只刚入手的手表，想请你研究一下它前任主人的人格特征和行为举止。"

我顺手把表传给了他，忍不住有点得意。

我打心底觉得他不可能找到答案，甚至想拿这件事给他的骄傲自大一个下马威。他认真打量着表盘，然后把表的后盖打开，刚开始只是用眼睛，过了一会儿又拿出高倍放大镜仔细盘查内部的零件。看到他愁眉苦脸的样子，我不禁哑然失笑。他合上后盖，然后把表递给我。

他嘟囔道："表最近做过清理，把我用得到的东西都擦掉了，差不多没留下什么有价值的线索。"

我说："是的，我拿到它时，它已经清理干净了。"我很不屑他竟然用如此苍白的理由来开脱自己的无能为力，不过话说回来，就算是没有清理过，他又能看出什么呢？

他眯着眼盯着墙壁回答说："尽管没找到太多痕迹，不过我也不是一无所得。它以前属于你哥哥，应该是继承你父亲的，你说对吗？"

"没错，我觉得一定是表后盖的H.W.提醒了你，是吗？"

"嗯，你姓W。我估计它应该已经50多岁了，H.W.看起来和它的生命一样苍老，因此我推断应该是父辈的东西。传统上贵重的东西一般都会由长子继承，而长子基本上都会沿用父亲的名字。假使我没记错的话，你的父亲入土多年，因此我猜想它以前属于你哥哥。"

我说："你说的都对，还看出了什么？"

"他生活不太讲究。他的未来原本很有前途，只是他一再与机会失之交臂，经常吃了上顿没下顿，有时候情况还不错，但最终因酗酒过度死去。这些是我经过推理知道的。"

我一跃而起，极度痛苦地在房间走来走去。

我大声嚷道："福尔摩斯，你这个小人！我不敢想象你居然卑鄙到如此地步，你事先查明了我苦命哥哥的悲惨遭遇，然后声称你是经过分析知道的。你以为你故弄玄虚的鬼把戏骗得了我吗？实话告诉你，我半个字都不信。"

他和颜悦色地说："哦，我的医生，请原谅我无意中的冒犯。我只顾着证明自己推理的才能，忘了这件事本身可能给你带来的伤害，但是我必须要说，在今天你让我看表之前，我根本不知道你哥哥的存在。"

"那你到底是怎样分析出事情的真实情况，甚至连细节都丝毫不差。"

"哈！可能正好撞上了吧。我只是推测，没说一定，没想到全猜对了。"

"这些不仅仅靠猜的吧了？"

"是的，没错，我一向不喜欢猜测。那样没什么好处，不利于严密推断的形成。因为你不知道我的方式，所以你才不理解，其实细节处可以看出很多重要的东西。例如，刚开始我说你哥哥不拘小节。表的边角上处有两处凹痕，表的面上也布满划痕，我推测是经常和硬币，钥匙诸如此类的东西一起装在口袋里的原因。如此随意地对待市值50金镑的表，他生活的其他方面也认真不到哪儿去吧？另外，仅仅一块表就这么值钱，他继承的财富肯定不是小数目。"

我微微点头，以示明白他的意思。

"伦敦的当铺有个约定俗成的规定，有人当表就用针尖在表的内壁刻下当号，这比挂号码牌好多了，省去号码牌丢失或者被替换的麻烦。如果你用高倍放大镜仔细观察，你会看到里面差不多已经有四个这样的号码。这样一说明他经常入不敷出；二说明他偶尔生活会宽绰些，不然表就永远留在当铺了。还有你看有钥匙孔的内侧，那上面有无处条被钥匙弄出来的划痕。正常人怎么会把一块好好的表搞成这样呢？但是酗酒的人就不一样了，他夜里颤颤巍巍地拧发条，才会有那么多划痕。推断出这些其实没什么技术含量的。"

我说："我的疑惑全解开了，很抱歉错怪你了。我本应毫不怀疑地相信你的，不过我想知道你最近有没有开展类似的侦探工作？"

"正因为没有，我才依赖可卡因提神。大脑一不转动，我就找不到存在的意义，我的生活除了侦查没有任何快乐。你看窗外，有比这个世界更悲伤、沧桑而且糟糕的东西吗？你看啊，雾气弥漫着街道，从那些陈旧的老房子前走过，还能再乏味点吗？我的医生，空有一身本领却无处施展，这样又有什么意义呢？犯罪很常见，活着同样很常见，除了这些司空见惯的事情，好像任何特殊的才能都找不到存在的必要。"

正当我想反驳他过激的见解时，一阵急促的敲门声打断了我。我们的女房东拿了一个托盘进来了，只见一张名片静静地躺在上面。

她冲福尔摩斯说："门外有一位小姐请求拜访。"

他念道："玛丽·摩斯坦。哦，我好像不认识她。夫人，有劳您了，让她进来吧。亲爱的医生，如果你可以留下，我会很开心的。"

第二章　回顾案情

摩斯坦小姐的脚步坚定有力，同时给人一种镇静的感觉。她浅色头发，身材苗条，手套的颜色很暖，衣服也搭配得刚刚好，朴素淡雅的穿衣风格同时暗示了她不富裕的生活。她穿着暗黑色毛呢外套，不带有任何装饰和花边，头戴一顶颜色灰暗的女帽，帽檐装饰着一根羽毛。她称不上明艳照人，然而神采奕奕，落落大方，一双灵动的蓝眼睛好像会说话一样。我遇到过很多女人，大约有十多个国家，甚至包括三个大洲，可我从来不曾见过一张如此优雅端庄的脸。她顺从福尔摩斯的示意落座，嘴唇发青，浑身发抖，表明她此时忐忑无助的心情。

她开口道："先生，您以前帮助过我的雇主塞西尔·弗里斯特太太摆脱过一件家庭琐事的困扰，所以我才来找你。您的才能和鼎力相助让她赞不绝口。"

他思考了一会儿说："塞西尔·弗里斯特太太啊，我是帮了她一点小忙，但那件事一点都不复杂。"

"那已经让她很头疼了，不过我今天的问题，对你来说肯定不是小菜一碟了。我觉得不会有比我的遭遇更匪夷所思、难以琢磨的案件了。"

福尔摩斯反复摩挲着双手，目光如炬。他轻轻挪动了一下躺在椅子上的身体，棱角分明而又坚毅严峻的脸上呈现出全神贯注的表情。

"你可以开始讲述你的经历了。"他一本正经却又难掩激动的心情。

我突然意识到自己的多余，于是起身说："抱歉，我要先走了。"

那位带着温暖手套的小姐居然会挽留我，这着实让我有些惊讶。她说："我希望您可以留下来，也许能帮到我很多。"

我只好又坐了回去。

她又说道："长话短说，事情的经过如下：我的父亲是一名驻印度的军官，在我还小时，他就把我送了回来。我的母亲已经离世多年，在英国我也没有任何亲人，因此他只得把我送到爱丁堡城一个环境优雅的私立学校念书，我在那里一直待到十七岁。一八七八年，我父亲已经成为军团资历最高的上尉了，他申请了一个长达一年的假期，回英国看我。他在伦敦给我发电报说，他已顺利抵达伦敦，在朗汉姆酒店入住，叮嘱我尽快去找他。他的电报满满都是对我的关爱，这让我记忆犹新。一抵达伦敦，我就打了辆车直奔朗汉姆酒店。酒店前台对我说，我父亲确实在他们酒店下榻，不过他前天夜里走后至今未归。我在那里守了整整一天，音信全无。一直到深夜，我接受酒店经理的劝告报了警，而且第二天早晨我在大大小小的各种报纸上都发了寻人启事，但我们的行动依旧一无所获。直到今天，我再也没有得到我苦命父亲的一丁点消息。回英国时他对未来充满憧憬，原本以为能好好生活，远离战争，谁料想……"

她手抚着咽喉，哽咽着说不出话。

福尔摩斯把笔记本摊开，说："能说出是哪天吗？"

"一八七八年十二月三号，距离现在已经十年左右了。"

"行李怎么处理的？"

"留在酒店了，里面没有任何有价值的蛛丝马迹，只有几件衣服和一些书，数量可观的安达曼群岛古董，我父亲曾在那儿看管犯人。"

"伦敦有他熟人吗？"

"我们调查到一个与他一起驻扎在孟买第34团的名叫肖尔托的少校。他前段日子刚从军团退伍，现在在上诺伍德居住。我们设法找过他，然而他甚至不晓得我父亲已经回国了。"

福尔摩斯说："匪夷所思。"

"还没讲到最费解的地方呢。大约六年前，具体是一八八二年五月四日，我在《泰晤士报》上看到一个声明，内容是问我的地址，而且强调说如果我公布地址，对我是很有好处的，声明末尾什么都没有，包括落款和住址。我那时刚接受塞西尔·弗里斯特太太的聘任，在她家做家庭教师。我们沟通后，就在公告栏里公开了我的地址。公布那天邮局就送来了一个精巧的盒子，盒子里有一颗光彩夺目的明珠，还是没有任何署名。自打那天起，每年的那一天，我都会准时收到一个装着一颗差不多明珠的类似盒子，但始终不知道究竟是谁寄给我的。我曾请珠宝专家鉴定过它们，他们认定是无价之宝，很珍贵。你们自己判断一下吧，的确很好看。"她边说边拿出一个细长精美的盒子，打开后里面放着我所见过的最耀眼的顶级明珠。

福尔摩斯说："你说的事情很有意思，还碰到过其他的事情吗？"

"没错，我之所以求助您，是因为今早我收到了一封奇怪的信，请您过目一下。"

福尔摩斯说："很感谢您对我的信任，麻烦把信封递给我。邮戳是伦敦市的西南区，时间是九月七号。哦，信封边上印有一个大拇指，不过也许是邮递员留下的。纸张质量不错，这样的信封一扎需要六便士，看来寄信人对信纸信封要求很苛刻，很注重生活品质，没留下住址。"

"请今天晚上七点到莱森戏院外的从左边数第三个柱子前等我。要是您感觉不放心，可以找两个人陪你。您曾经受到过不公正的待遇，必须要得到补偿。切记不要找警署，要是你向他们寻求帮助的话，我们也没有见面的必要了。您的无名朋友。"

"这实在太有趣了，亲爱的摩斯坦小姐，您接下来是怎么考虑的？"

"不知道，我想听听你的意见。"

"必须赴约。我们，以及……啊哈，华生医生正好填补了空缺。信上不是说可以带两个人嘛，我俩是事业上的伙伴。"

她诚恳地看着我，问福尔摩斯："那他乐意帮助我吗？"我亲切地说："当然，能略尽绵薄之力，我很骄傲。"

她说："你们的热心肠让我十分感动，我经常深居简出，平时没什么人来往。我晚上六点左右再来，应该没问题吧？"

福尔摩斯说："是的，不过时间不能再往后推迟了。对了，这封信的字迹和珠宝盒的一样吗？"

"六张我都拿着呢。"她边掏边说道。

"您心思细腻极了，简直是我所有顾客的榜样。来，我们一起研究一下。"他把那些纸全部打开后放在桌子上，认真对比起来。他说："这封信除外，其余的字迹都是假的，不过可以断定是一个人写的。瞧，希腊字母e写得几乎占满格了，还有结尾的s字母的弯曲角度。亲爱的摩斯坦小姐，我不想制造不可能的惊喜，不过我想了解一下，它们有没有可能是您父亲写的？"

"根本不可能。"

"我也是这么认为的，那您就六点再来吧。希望您能把这些纸张留给我，我想好好梳理一下整件事情的来龙去脉，现在才下午三点半，您就先回去吧。"

她说："回见。"最后，她热情地看了一下我们，紧紧地抱着珠宝盒，急忙离开了。我从窗户里看到她心情舒畅地走在大街上，目送她戴着插着白色羽毛的暗灰色帽子的身影慢慢消失在远方。

我转身对他说："她真漂亮！"

他点燃了再次添满的烟斗，倚靠在椅子上，双眼微闭，不感兴趣地说："哦？我并不觉得。"

我喊道："你真不解风情，一台机器！不带任何私人感情。"

他不在意地笑笑说："永远别让别人的人格魅力干扰你的判断，顾客本身只是一个个体而已，整个事件的一个小因子。感性和理性当然不一样。我见过的女人中最有魅力的被施以绞刑，因为她为了保险金杀死了3个亲生的孩子；我见过的最讨厌的家伙是一位为了资助伦敦的下层人民而捐出25万镑的大好人。"

"可，万一呢……"

"对我来说，不存在万一的情况,神圣的法律适用于一切。你钻研过一个人的字迹特点吗？你怎么看这个？"

我说："清晰规范，写字的人果敢坚毅，富有魅力。"

福尔摩斯摇摇头说："你注意那些长字母没有？它们看起来和一般字母没什么两样，d写得像a，i也和e类似，果敢坚毅的人就算字体再龙飞凤舞，字母的长短肯定还是可以区分的，他把k也写得歪歪扭扭的，不过大写字母写得还不错。我要出门一趟，有些情况还不知道。给你找本书看吧，一部伟大的作品，温伍德·里德的《人类的牺牲》，我大约需要一个小时。"

我捧着书坐在窗户下面，然而我却没有心情读这本有名的著作。我一直在想刚刚来拜访的小姐，她端庄秀丽的容貌以及她耐人寻味的经历。倘若她父亲消失那年她十七岁，那么她如今差不多已经二十七了，恰恰是最迷人的时候，褪去青涩迎来成熟，渐渐懂得如何处理人情世故的最佳年龄。我一直坐在那里冥思苦想，直至猛然意识到这想法的可怕性。我连忙回到桌子前面坐下，抽出一本最新的病理学的论文认真研究起来，以此压抑我那不切实际的幻想。我是谁呢？瘸腿的陆军医生罢了，储蓄更是少得可怜，怎么能做这样的白日梦？她就是整个案件单一的个体，细小的因子而已，其他就都不是了。假如我是个没有什么未来的人，还不如坚强地面对生活的不如意，把那些乱七八糟的想法统统扔掉，放弃想用它们改变明天的邪恶意图。

第三章　寻找答案

福尔摩斯直到晚上五点半才回家。他神采奕奕，十分亢奋，暗示他已经找到解决问题的关键所在了。

他捧着我倒给他的水，说："案件没什么复杂的地方，似乎只有一种可能。"

"天啊！你竟然那么快就知道了事实！"

"不全是。我只是找到了一条很有价值的线索，不过同样要充实一些内容。我在日期较久的《泰晤士报》上发现上诺伍德的前驻孟买陆军第34军团的肖尔托少校于一八八二年四月二十八日离世。"

"福尔摩斯，可能是我太笨了，但我实在不知道这个消息和我们的案子有什么关系。"

"你还不知道？真让我感到有些意外。我们换个方式研究吧。失踪的摩斯坦上尉，他在伦敦唯一能去找的朋友就是肖尔托少校，但肖尔托少校却说自己根本不知道他回国的事情。又过了四年，肖尔托少校去世了，然而仅仅过了一周，摩斯坦小姐竟然莫名其妙地接到了一颗价值连城的珍珠，而且从此之后每年都会准时收到类似的东西。如今又出现了一封信，直言她曾遭受不公正的待遇。那么如果不是父亲去世，那封信指的又能是什么呢？并且肖尔托去世后没几天，摩斯坦小姐就开始收到珍珠，难道是肖尔托少校的后辈发现了他的过失，从而以此替长辈赎罪？除了我说的这些，你有别的看法吗？"

"哪有这样赎罪的！这也太奇怪了！况且，这封信为什么直到现在才出现，他六年前就可以写啊？你看，他说要还她一个公正的待遇。这暗示的会是什么呢？难道她的父亲根本就没死，这似乎不太可能吧。难道除了这个，她还有什么不公正的待遇吗？"

"不太好解决，的确不容易。"福尔摩斯思考了一会儿说，"不过今晚去了之后，一切就水落石出了。哈，一辆马车从那边过来了，我猜里面坐着摩斯坦小姐。你怎么样了？我们应该立刻下去，我们约定的时间已过了一会儿了。"

我拿了帽子和粗手杖，而福尔摩斯却拉开抽屉把手枪谨慎地放进口袋。当然，他知道今天晚上的行动将会很危险。

摩斯坦小姐身穿黑色外套，围巾捂得严严实实，尽管看上去很冷静，但脸色却很差。如果这次充满未知性的活动没有引起她内心的波动,那她绝对是个非同一般的女人。她自制力很强,福尔摩斯问她几个别的问题,她都可以迅速做出反应。

她说:"肖尔托少校是我父亲关系非常亲密的兄弟,他在信里很多次说到他。他们都是驻扎在安达曼群岛的长官,因此他们经常一起工作生活。对了,我在我父亲的书房找到一张鬼画符一样奇怪的纸张,我觉得它应该没什么用,不过我想你可能不这样认为,因此我就拿过来了。您看,它在这儿。"

福尔摩斯仔细把它展开,认真地放在膝盖上弄平整,接着拿起放大镜前前后后彻底检查了一遍。

他解释道:"印度本地生产的纸,以前在木头上钉过一段日子。上面画的图好像是一栋建筑物的部分图纸,画有不少房子、长廊和走道。有个地方用红墨水标注了醒目的十字,依稀可见旁边还有铅笔的笔迹,'左起3.37'。左上角写了一个奇形怪状的文字,看起来似乎是四个首位拼接的十字。周围潦草地写着,'四签名,乔纳森·斯莫尔,穆罕默德·辛格,阿卜杜拉·汗,多斯特·阿克巴'。哦,我无法判断它对调查案件有什么用!然而我敢说它绝对很有用。它的正反面都很整洁,因此我说它曾被放在钱包里好好地保管过。"

"是的,我在他的钱包发现的。"

"小姐,您用心收藏它吧,也许以后会派上用场。这会儿我意识到案子比我开始估计的要复杂麻烦得多了,我应该从头梳理案情了。"他背靠在车座上,双眉紧锁,眼神呆滞,我知道他陷入了思考。我和摩斯坦小姐小声地交谈着,讨论正在进行的工作以及可能发生的事情,而我的同伴一路上都没再说话,直到我们到了约定的地方。

那时已经九月份了,不到晚上七点,天阴得很重,整个城市都弥漫着白茫茫的大雾。街上的路面泥泞不堪,黑压压的乌云垂在半空,让人莫名地烦躁。伦敦河两边的街道,昏黄的街灯映射着泥水混杂的大马路,只留下熹微的光芒。柔软温暖的光从两边商家的透明橱窗里透出来,把朦胧的大雾抛到身后,把光明径直送到人来人往的马路上。我不禁暗自揣摩:这些在我面前走来走去擦肩而过的路人们,他们有开心也有悲伤的,有疲惫不堪也有兴高采烈的,我相信他们之间一定有很多奇怪甚至匪夷所思的经历,好比我们人类漫长的一生,走出灰暗进入光亮,再从光亮走到灰暗。我不经常抒发感情,然而在那个灰蒙蒙的傍晚,以及想到我们即将可能面对的情况,我还是忍不住有些多愁善感。通过摩斯坦小姐不经意间的小动作,我知道我们的心情差不多。福尔摩斯拿着手电筒不时往笔记本上记点什么,好像屏蔽了外部的干扰。

莱森戏剧场两边的入口已聚集了很多观众,各种马车依旧络绎不绝地赶过来。身穿高贵礼服、潇洒帅气的男人和裹着皮草、雍容华贵的女人,依次从车中钻出来。我们三个人一到达约好的第三个柱子前，马上就出现了一个个子不高、肤色黝黑、孔武有力、一身车夫装扮的中年男子问候我们。

他说："伙计，你们几个是和摩斯坦小姐一起来的吗？"

摩斯坦小姐说："是我，他们是和我一起的。"

他机警地盯着我和福尔摩斯，坚定而蛮横地说："对不起，小姐，您必须要保证他们两个都不是警察。"

她说："请放心，我保证。"

他吹了一个嘹亮的口哨，接着一个流浪儿把一辆马车赶到我们面前，并打开车门。先遇到的那个人坐到司机的位置上，我们三个依次钻进车里，没等坐好，他就甩开了马鞭，马车在大雾弥漫的马路上快速地前进着。

我们面临的情况既尴尬又诡异，不但不知道终点在哪，而且对将会发生的事情也一无所知。要是你说他们在耍我们吧？似乎缺少点什么，不过既然已经来了，总要知道一些不为人知的事情吧，而摩斯坦小姐却好像一如既往的沉着冷静。我搜肠刮肚地讲我在阿富汗战争中的遭遇，想以此缓解她紧张的心情。然而，不得不说，因为我也对我们目前的处境感到担忧和恐惧，所以我自己都不知道自己究竟在讲些什么。时至今日，摩斯坦小姐依旧把它当作笑柄揶揄我：故事说的是一支枪趁深夜溜进我的宿营帐篷，被我用一只小老虎一下子打死了。刚开始时，我依稀能认出我们行进的方向，但过了一会儿，行程越来越远，雾气越来越浓，还有我对伦敦也不是太了解，所以很快就晕头转向了，唯一肯定的就是走了很久很久。不过福尔摩斯一直都很清醒，每到一个街道，他都小声地报出地名。

他说："啊，到罗彻斯特路了，文森特广场。目前我们好像正从沃克斯霍尔桥路向萨利区跑去。对，当真如此。这会已经在桥上了，看，下面亮的地方就是河水。"

是的，我们看见了夜色笼罩下的泰晤士河，然而马车依旧不知疲倦地飞快前进，不一会儿就驶过河到对面七拐八拐的马路了。

福尔摩斯说："到华兹华斯路了，这是修道院的小路，拉克霍尔街道，斯托克维尔巷子，罗伯特路，冷港街。如此一来，我们要去的地方应该不是富人区。"

我们确实来到了一个未知而且危险的地方，路两边是一栋接一栋古老破旧的砖瓦房，几家低级、俗气的小酒馆出现在街口的转角处，接着又出现了几栋两层的居民房，它们都带有一个小花园，几间砖制的崭新楼房也在其中，它们是城市往郊区延伸计划的附属品。终于，马车在新区域的第三个房子前停下了。其余的房屋大概还没有主人，除了从厨房透出的零星灯光，我们下车的房子和它们没什么两样，一片漆黑。敲门后，一个扎着黄色头巾、穿着白色宽大衣服、绑着一条黄腰带的印度仆人立即把我们迎了进去。一个来自东方的仆人竟然为一个下层的居民区服务，这显然不太对劲。

他说："我的主人恭候多时了。"话音未落，我就听见里面传出一个嘹亮的声音说："请把他们带进来吧，送到我这里就可以了。"

第四章　神秘人的讲述

我们走在印度仆人后面，穿过一条没什么特别之处的、脏乱的、暗淡的、装饰粗糙的小路，直到到达右面的一个侧门。他打开门，从里面透出橘黄的光，一个矮小的男人出现在屋子中间，头发已经全部脱落，头顶十分光滑，四周长了一些红色的头发，看起来似乎是一片枫树林里凸出的秃山。他时而满脸笑容，时而愁容满面，静静地来回搓手，一刻都不闲着。他的嘴好像生来就耷拉着，即使时刻注意拿手遮挡它，也没什么用，一口歪歪扭扭的黄牙依旧隐约可见。尽管头发脱落，然而实际上他年龄不大，仅仅三十岁而已。

他不间断地反复说："亲爱的摩斯坦小姐，很荣幸可以为您服务。尊敬的先生们，你们也一样。请进来，房子空间不大，不过里面的摆设是我钟情的风格。我觉得它是幸存于荒无人烟的伦敦郊外沙漠中的艺术长廊。"

这个房间的装饰让我们三个不禁大吃一惊。外部结构和室内摆放完全不搭配，就像一颗璀璨的珍珠嵌在一个铜盘上一样，连窗帘和悬挂的壁毯都十分奢华尊贵，还摆放了一些水平一流的作品和东方陶艺。

踩在质量上乘、淡黄色和黑色交错的加厚地毯上，就像双脚站在人造草坪上一样舒服。地毯上摊着两张面积不小的虎皮，屋子角落的草席上放着印度产的大水烟壶，使房间平添几层雍容华贵的韵味。房子中间垂下的金线，系着一盏鸽子造型的银色中央壁灯。壁灯被点着时，清幽的香气四散开来。

这个小个子还是一幅心神不宁的样子，脸上挂着笑容说："我是撒笛厄斯·肖尔托。您就是摩斯坦小姐了，他们是……"

"这位是夏洛克·福尔摩斯先生，另一位是华生医生。"

他特别激动地说："哈，医生？您现在有听诊器吗？您能帮我看一下身体吗？谢谢了，我一直觉得我的二尖瓣不太好，大动脉应该没有大问题，至于二尖瓣方面，我需要您专业的诊断。"

我检查了一下他心脏方面的情况，除了他因为害怕引发的战栗，其他都没什么问题。我安慰他说："放心吧，一切都很好。"

他浑身放松地说："尊贵的小姐，很抱歉，我经常感到恐慌，总以为心脏方面出了问题。不过现在我知道它很好，我也就不担心了。摩斯坦小姐，假使您父亲可以管住自己的欲望，好好保护自己的心脏，也许他至今还健在呢。"

他的话让我忍不住一股无名火起，气得我恨不得给他一巴掌。这种触碰别人伤口的话题，怎么能说得这么直白？摩斯坦小姐落了座，脸色苍白地说："我一直都知道他早就离开我了。"

他说："我把我知道的全都说出来，我还要还你公正的待遇，不管我的哥哥巴塞洛谬想对你做什么，我都会坚持自己的立场。我很开心您带着两位伙伴准时赴约，他们不光充当您的陪伴者，而且还要见证接下来我的所作所为以及说的话。我们结成同盟一起抵抗我的哥哥，但这件事不能牵涉其他人，尤其是警察和政府人员。我们不借助外界的力量就能把完美地处理好事情，而一旦走漏了风声，他是不会轻易放过我们的。"他坐在低矮的小板凳上，两眼无助地盯着我们，好像在征求等我们的意见。

福尔摩斯说："我以我的名义担保，不管发生什么，我绝不会透漏半个字。"

我也点头以示自己的立场。

他说："这样再好不过了！非常好！摩斯坦小姐，您能赏脸喝杯香槟或者透凯酒吗？我只有这些酒。我能帮你们打开一瓶吗？不愿意？嗯，我抽东方特有的带有淡淡烟草味的香烟，你们应该不会介意吧？我心情烦躁不安，只有烟才能让我冷静下来。"他把烟壶点着，然后烟从玫瑰水中慢慢地跑出来，形成烟圈。我们三个人围了一个半圆紧挨着坐下，抬起头，双手托腮，而那个行动怪异，心思难以捉摸的小个子秃头，盘腿坐在中间，满腹心事地吐着烟圈。他说："我刚开始决定接洽您时，我打算向您透漏我的具体地址，不过我担心您有所顾虑，向警察之类的人求助。因此我重新制定了计划，先让你们和我的手下接触，我很放心他解决问题的能力。我告诉他，要是感觉不对劲，就放弃行动自己回来。我性格内向，甚至有点孤僻，我认为警察是这个世界上最无趣的人群了，所以请你们不要介意我小心谨慎的行为。你们看，我的生活充斥着艺术气息，我觉得自己是一个文艺忠实爱好者。那幅柯罗的风景画是真的，可能会有鉴别师提出异议，然而它就是真的，这点无可厚非，此外我也很痴迷法国的现代画。"

摩斯坦小姐说："很抱歉，肖尔托先生。我觉得您让我来肯定有重要的事要说。天色已晚，请您尽快转入正题。"

他说："还要等一会儿，我们要先去上诺伍德拜访我的哥哥。我们必须说服他，并阻止他疯狂的行径。他对我符合常规的做法大发雷霆，我们昨天为了这个吵了一个晚上，你们不知道他发火时有多难缠。"

我忍不住插话说："要是我们还要去上诺伍德的话，最好立即出发。"

他笑得耳朵都红了，说："当然不行了，要是我不打招呼就带你们去了，我无法预料他会有什么过激的反应。嗯，我要确保万无一失，先分析一下我们目前面临的问题吧。事先声明，接下来讲的事情里有几处我自己也想不明白，但我会把我所掌握的情况全都说出来。

"你们大概已经知道了，我父亲就是曾经驻扎在印度军团的约翰·肖尔托少校。十一年前左右，他从军队回来后就住进了上诺伍德的樱塘小别墅。他显然在印度混得不错，回国时带了很多钱，稀有的古董以及几个印度仆人。他用它们购置了一栋别墅，生活得很舒适，而且他只有我和我的孪生哥哥巴塞洛谬两个孩子。

"我至今还能清晰地想起摩斯坦上尉失踪案所带来的巨大影响，我在报纸上看到了完整而详细的过程。我和我哥哥都知道他是父亲的旧识，就时不时无所顾忌地当着他的面谈起摩斯坦上尉。他偶尔也会加入我们的谈论，我们根本没有想到这件事竟然是他干的，摩斯坦上尉到底去哪儿了，只有他一个人知道。

"不过我们确实感觉到他好像藏着什么秘密，似乎是很可怕的事情。他害怕独自外出，甚至把别墅的守门人换成两个专业拳击手，其一就是今晚去接你们的威廉，他曾荣获英国拳击比赛的轻量级冠军。他从来没说过他到底在害怕什么，不过他特别反感装有木假肢的人。有次他竟开枪把一个装有木假肢的人打伤了，然而随即我们就知道那个人只不过是个推销商品的小贩罢了，因此只得赔钱了事。我们原本认为那只是他偶尔犯错，不过随后发生的一系列怪事，让我们不得不重新思考整件事情。

"一八八二年春天，一封从印度寄来的信送交到我父亲手上，这让他极为震惊。那天正赶上早饭时间，他看完后差点昏厥，打那以后他就卧病在床，直到离开人世。我们谁都不知道信上究竟写了什么，不过他读信时，我在一旁偷瞄到信的内容不多，字体也龙飞凤舞的。他心脏肿大已经很多年了，经过这次惊吓，他的身体越来越糟糕。四月底时，医生认定他剩下的时间不多了，让我们上前和他告别。

"我们进去时，他边背靠枕头坐着边艰难地呼吸。他吩咐我们锁好门，然后站在床边。他使劲抓住我们的手，花了很长时间才说出了一件难以置信的事情，声音既异常难受又亢奋不已。现在我站在他的角度告诉你们实际情况，以下就是他的原话。

"我马上就要死了，可我始终亏欠一个人，她是摩斯坦上尉的女儿。因为可笑的贪念，我这辈子的所作所为不配得到原谅。我让她不能享用那批她至少应该拥有二分之一的财产，虽然我也从来没有动用过它们，贪心的欲望实在太可怕了。我很享受它们永远属于我一个人的感觉，因此我不愿意和任何人共有。看，我在盛金鸡纳霜药瓶旁放了一串精美的珍珠项圈，尽管我把它挑出来是为了补偿摩斯坦小姐，但我现在还是有点舍不得。亲爱的孩子们，你们要把属于她的那部分阿拉格财宝还给她。不过，只要我还有最后一口气就别给她任何东西，包括那串项圈，虽然我现在病入膏肓，但万一又恢复健康了呢。

"现在该说摩斯坦上尉的死亡经过了。他心脏衰弱已经有些年头了，不过除了我，他没和任何人说过。我们在印度一起经历了很多你们难以想象的事情，因此意外获得了一笔不小的财富。按照计划，我先把它们带回国内，而摩斯坦上尉一到伦敦就马上来找我索要属于他的财富。他是从车站一路走到这里的，已经去世的忠心耿耿的仆人拉尔·乔达接待了他。我们在平分财产的问题上产生了不同看法，吵得不可开交。他十分生气，从椅子上一跃而起，接着双手捂着胸口，脸色蜡黄，往身后重重倒去，猛地撞在了宝盒的一角上。我赶紧把他拉起来，可是他已经停止呼吸了，我害怕极了。

"我茫然地坐在椅子上，脑子一片空白，很久都不知道该怎么办。我第一反应是给警察打电话，不过一想到我可能会被冠以杀人的罪名，我就退缩了。他在我们吵架的过程中停止呼吸，头上留下的伤口和我也脱不了干系，更何况审理此案的法官肯定要追问财宝是从哪里得到的，这点是万万不能让别人知道的。他说过他来找我没有告诉任何人，因为我们的事情不应该牵涉其他人。

"正当我左右为难拿不定主意时，我发现拉尔·乔达出现在门口。他不动声色地走进来，把房门插上，转身对我说：'老爷，没什么大不了的，不会有人怀疑你的。只要我们把他藏好，谁又能找到他呢？'我说：'我不是凶手。'他摇了摇头，笑着说：'老爷，我知道你们吵得很凶，然后听到他重重的倒地声，不过您放心，我不会告诉任何人的。趁其他人都在睡梦中，我们抓紧时间把他处理了。'如此一来就坚定我的判断了，连亲近的仆人都不相信我，我又拿什么指望那十二个笨蛋商贩组成的陪审团证明我的清白呢？我们连夜把他埋了，没过几天，伦敦的各大报纸就接连报道了他失踪的消息。说到现在，你们应该清楚我对他的死几乎没有责任。我错就错在我不但把他埋了，还把财宝藏了起来，甚至把原本属于他的部分据为己有，因此我嘱托你们替我把财产分给摩斯坦小姐。把耳朵伸过来。财宝就放在……"

话音未落他突然面目狰狞，双眼微凸，脸瞬间就耷拉下来了，用听了不禁毛骨悚然的声音尖叫道："让他走开！一定要……一定要轰他走！"我们顺着他的目光看向窗外。漆黑的夜里，我能看到一张脸正死死地盯着我们。他把鼻子按在玻璃窗上以至于显得有些发白，脸上毛发较重，眼露凶光，一幅凶神恶煞的模样。我们立刻跑出去追他，但却丝毫未见他的踪影了。我们折回房间时，父亲头歪向一侧，脉搏也不再跳动了。

"那天晚上我们找遍了整个花园，却发现他除了在窗户下留下一个清晰的脚印，其他就什么都没有了。仅凭那个脚印，我们甚至怀疑是不是看错了，那张冷酷无情的脸是不是幻觉。但很快，我们就知道那个人确实是存在的，有一群人埋伏在我们周围密谋着一些不为人知的行动。第二天一早，我们就看到父亲房间的窗子被撬开了，衣柜和箱子都翻了个底朝天，箱子上还留有一张残破的纸条，龙飞凤舞地写着：'四签名'。我们至今没弄清楚这几个字背后的含义以及那个奇怪的拜访者究竟是什么人。我们唯一可以确定的是，尽管我父亲的东西几乎被他找了一遍，然而他却没有拿一分钱。我们知道这和我父亲没死之前害怕的事情绝对有关系，然而我们依旧不知道到底发生了什么事情。"

小个子顿了顿，又把水烟壶点燃了，眉头紧锁地猛吸了几下。我们一动不动，认真地听他给我们讲这段非比寻常的经历。在讲到摩斯坦上尉死去的经过时，摩斯坦小姐面如土灰，浑身抖如筛糠。我担心她会昏过去，就拿起隔壁桌上摆放的一个威尼斯造型的水壶，给她倒了一些水，她这才慢慢平静了。夏洛克·福尔摩斯坐在椅子上，双眼紧闭，陷入了思考。我瞟了他一下，心里暗想：他今天还抱怨活着乏味，没有意义，眼下的案件倒是正好可以发挥他的特殊本领了。撒笛厄斯·肖尔托先生来来回回盯着我们看。他对我们听完他的讲述后的反应很满意，于是又咬着烟壶接着说道：

"一听见我父亲说他还有大批财宝，我们的心情有多激动，你们可想而知。我们花了好几个周，好几个月的时间，挖遍了整个花园的边边角角都一无所获。一想起藏宝地点永远被我父亲带去了另个一世界，我们就后悔不迭。从那串被我父亲挑出的项圈，大概能猜到那笔找不到的财宝到底有多值钱了，而我们就项圈的事情也曾专门商量过，上面的珍珠确实价值连城，我哥哥舍不得松手。从这点来说，他继承了我父亲的刻薄本质。他转念一想，要是直接把它交给摩斯坦小姐，肯定会招致别人的怀疑，甚至会惹祸上身。我只能慢慢说服他，然后设法取得摩斯坦小姐的地址，按时寄给她一颗从项圈拆分下来的珍珠，确保她生活得不会太艰辛。"

福尔摩斯真诚地说："你是个好人，您真的感动我了。"

小个子不在意地摆了摆手说："我觉得我们只不过暂时保管着珠宝，但我的哥哥却站在我的对立面。我们本身已经很有钱了，要那么多钱有什么用呢？况且用如此恶劣的手段对待一个年轻的小姐实在太下流了。法国民间流传一句话，'粗鄙是罪恶的源头'，确实十分经典。我们在这方面看法不统一，因此我决定另寻住处，从别墅搬出来时只带了一个印度管家和威廉。然而我昨天得知了一个振奋人心的消息：财宝已被我哥哥找到。我赶紧通知了摩斯坦小姐，眼下我们要一起前往上诺伍德我哥哥那里争取属于我们的那份财宝了，昨天晚上我就已经表明我的态度了。可能他不喜欢我们去，不过我们去了，他也不会怎么样的。"

肖尔托先生不再说话了，他陷在沙发里全身发抖。我们都默不作声，全神贯注地思考这个离奇案件的走向，我的同伴首先站起来并开口说话。

　　他清清嗓子，说道："尊贵的先生，这件事自始至终您处理得都十分完美，可能我们能解答您的个别疑惑当作对您的感谢。不过，刚才摩斯坦小姐也说了，现在已经不早了，我们要抓紧时间解决这件事，一分钟都不能再耽误了。"

　　小个子仔细地把水烟壶收好，把一件长款羊羔皮的加厚大衣从衣柜里拿出来。其实今晚天气十分燥热，然而他却把纽扣全部扣上了，甚至还戴了一顶皮帽，把耳朵也盖住了，他把自己裹得严严实实，只能看见他瘦削的脸颊。他边领着我们往走廊那头走去边说："我一直都不舒服，我很担心我的身体。"

　　马车停在门外，我们一上车，车夫就马上开动了，很明显这场行动已经计划了很久。肖尔托先生一直在高声说话，声音盖住了马车行进时的哒哒声。

　　他说："我哥哥为人十分谨慎，谁也不会想到他是如何搜寻到财宝的？他经过缜密的分析后认为藏宝地一定在房间里。于是他计算了别墅里全部房间的体积，连小小的缝隙都不放过。最终他得知了整栋别墅高七十四英尺，然而他将全部屋子的高和采用钻孔的方法测得的楼板厚度相加后，也没有超过七十英尺。那剩下的四英尺呢？唯一的可能就是它存在天花板上。于是他把处在别墅最高层的房间的用木板和水泥浇筑而成的天花板凿开了一条缝。他推测的很对，那里有一个我们从来没发现的密室，装着财宝的箱子就在两条中间横木上放着。他小心地把箱子拿出来，打开后看到了我父亲留下的财宝。他大致推断了一下，财宝的价值不会低于五十万英镑。"

　　这个数目可观的财产，让我们不禁大吃一惊，瞠目结舌。要是摩斯坦小姐在我们的帮助下顺利拿到属于她的东西，那么她会马上从一个底层的家庭女老师摇身一变成为英国最有钱的上层小姐了。没错，她真正的朋友听到这个消息肯定会欢呼雀跃，然而这并不包括我，相反此刻我的心情十分沉重，自私的念头占据了我的思想。我心不在焉地敷衍了几句，没精打采地坐在椅子上，什么都听不进去，甚至连小个子又说了什么都不知道。他的确有抑郁症的前兆，我隐隐约约听到他向我讲述了一些相关的迹象，而且从钱包里掏出了很多处方之类的东西，请我分析一下这些处方所涉及的药物以及它们各自的效果。但愿他没记得我们那晚的谈话内容，我的同伴说我曾建议他停止把两滴以上的蓖麻油当作镇定剂以及嘱咐他转而服用加大剂量的番木鳖碱。无论如何，当马车停下，车夫为我们打开车门时，我悬着的一颗心终于放了下来。

　　肖尔托先生边请摩斯坦小姐下车边说："亲爱的小姐，樱塘别墅到了。"

第五章　樱塘别墅的悲剧

当时钟将要指向十一点时，我们终于来到危险行动的终点站。此时，雾气已散去大半，夜色迷人，和煦的风轻轻地吹，将乌云驱散，一弯新月时不时地出现在我们上空，尽管月色明朗得足以照清路面，然而肖尔托先生依旧坚持提了一只小照明灯用以引路。

别墅位于一大块平地上，围在一起的石墙很高，碎玻璃渣零星地撒在上面，仅有的入口就是旁边一扇狭窄的铁栅栏门。肖尔托先生重重地敲了几下门。

"哪位啊？"一个很没有礼貌的声音从门里传了出来。

"我啊，麦克默多。这个点来拜访的还会是谁？"

不耐烦嘟囔声夹杂着钥匙的哗啦声在门后响起。门打开后，一个五短身材但体魄强壮的男人拿着灯笼，出现在门后。昏暗的灯光映射出他微凸的面孔以及狡诈阴险的双眼。

"是肖尔托先生吗？不过剩下的人是谁？主人不发话，我可不敢让他们进去。"

"不让他们进去？麦克默多，你胆子也太大了吧！我昨晚就和我哥哥说过今晚我要带几个人过来和他商量一些事情。"

"尊敬的先生，你哥哥把自己闷在房间一整天了，而且他也没有事先通知我。你很了解你哥哥的作风，您当然可以先进屋，至于他们，就只能等主人的命令了，不过眼下绝对不能进去。"

我们做梦也没料到事情会发展到如此地步！撒笛厄斯·肖尔托尴尬地盯着他嚷道："你实在太过分了！我为他们作担保可以了吧？况且难道你忍心让这位小姐也一直在外面等下去吗？"

看门人还是不为所动地说："撒笛厄斯先生，请原谅，尽管他们是您带来的，但却不一定是主人想见的人。他给我报酬，我替他工作，所以我必须坚守自己的岗位。我不知道他们是谁，因此谁也不能进去。"

福尔摩斯亲切地说："嗨，麦克默多，你怎么把我忘了呢，你应该记得我啊。四年前你在爱里森举办了一场拳击比赛，我作为业余选手和你较量了三个回合，这下你总该想起来了吧？"

对方大声喊道："啊，是夏洛克·福尔摩斯先生吗？上帝啊！我当然记得你啊！谁叫你一直躲在角落不说话呢！你要是直接上来给我一拳，我百分之百刚开始就知道是你了。唉，您辜负了自己拳击的天赋，消极地选择了其他的人生道路，可惜啊！倘若您可以坚定地走下去，您肯定会前程似锦的。"

福尔摩斯冲我笑了一下，说："华生，你现在相信了吧，就算我什么都做不好，我在拳击方面还是有点天赋的。你放心，我们的朋友这会儿肯定不会再把我们堵在门口了。"

他说："亲爱的先生们，赶紧进来吧！当然还有那位小姐！撒笛厄斯先生，十分不好意思，您也知道你哥哥很苛刻，我只有搞清楚来访者的身份才能做主放他们进屋。"

一条碎石块铺成的斜道映入眼帘，路的尽头是一栋藏在树林深处的占地不少的普通房子。茂密的树叶给它平添了几分诡异的色彩，惨淡的月光也只能投射到阁楼上的一个小窗子。周围寂静无声，阴森的环境不禁让人打了个冷战，撒笛厄斯·肖尔托似乎也开始有点紧张了，以至于他手中的灯晃了几下。

他说："太不对劲了，难道发生意外了？我对他说过，我们今晚过来找他，但现在他的房间却一片漆黑。我想不通他为什么要这样做。"

福尔摩斯说："他平常也如此小心谨慎吗？"

"没错，这点他和我父亲一样。我父亲很疼他，我甚至觉得父亲爱他远胜于爱我。你们看，月光投射的就是我哥哥的房间，看起来一片光明，然而我觉得他一定没点灯。"

福尔摩斯说："确实看不到一点光亮，不过门旁边的小窗户里有好像有灯光。"

"哦，那是女仆人住的地方，伯恩斯通老太太的房间。她会毫无保留地把她知道的事情全部说出来，不过由于她不知道我们要来，所以烦请你们等几分钟，我去说一声，让她有些心理准备。啊，别说话！谁在尖叫？"

他举高了灯笼，灯光伴随着手的颤抖左右摇曳。摩斯坦小姐死死地抓住我的臂膀，我们心惊肉跳地站在原地，大气都不敢出一声。伸手不见五指，女人受到惊吓后发出的哭喊声陆续从这栋阴森的大房子里传出来。

撒笛厄斯说："一定是伯恩斯通太太，这里唯一的女人就是她。请你们等一下，我去看看发生了什么。"他立刻跑到门口，像刚才一样敲了敲门。一个高个子中年妇女，像抓住一根救命稻草一样让他进屋了。

"啊，撒笛厄斯先生，您来得真是时候！您来得实在太及时了！啊，撒笛厄斯先生！"直到门被关上后，她激动不已的声音还依稀回荡在我们耳旁。

福尔摩斯拿起他遗留的灯，慢慢地、仔细打量着这栋房子的周围情况以及扔在那里的大片垃圾。摩斯坦小姐始终站在我旁边,用力地攥紧我的手。爱情简直太妙不可言了!我们至今只见了一面,而且根本没有相互表达过爱意,然而当危险来临时,我们却下意识地死死抓住对方的手。我时常会回想起当时的情形,美妙极了,那时我只是本能地寻找她的手,而她后来也说过,那时她潜意识里觉得只有抓住我才能让她不那么害怕。我们就像两个孩子,手牵手地站在那儿,全然不顾周围可怕的环境,内心静谧得如一潭湖水。

她看了看周围感叹道:"太古怪了!"

"看起来像整个英国的地鼠都跑过来兴风作浪了。这种情况我以前在巴拉莱特附近的山里碰到过,我记得那会儿矿工们正实施作业。"

福尔摩斯说:"看来这里的确被挖过不少次,到处坑坑洼洼。要知道,他们毕竟花了六年时间来搜寻财宝,所以我们脚下的地没有一处平整的。"

突然门开了,撒笛厄斯·肖尔托一阵风似的冲出来,两只手拼命地伸向前方,看起来害怕极了。

他大喊道:"我哥哥肯定遭遇不测了!吓死我了!我承受不住打击。"他确实吓得不轻。他像一个遇到危险的孩童一样,无助地奔走号哭,皮外套衣领里藏着一张狰狞、骇人的脸。

福尔摩斯斩钉截铁地说:"走,进去看看。"

他带着哭腔说道:"你们去吧!去吧!我现在脑子一片空白!"

他领着我们踏进位于左边走廊女仆人的房间时,那个女人正惶恐不安地独自走来走去,然而当她看到摩斯坦小姐时,似乎瞬间冷静了很多。

她发疯一样冲摩斯坦小姐哭喊道:"上帝啊,您生了一张如此亲切柔和的脸颊!您的到来,给了我莫大的安慰!今天过得太糟心了!"

摩斯坦小姐温柔地拉着她布满皱纹的手,轻声细语地宽慰着她。慢慢地,她没有血色的面孔开始泛起了光晕。

她说:"主人从里面反锁了房间,怎么喊都不搭理我,我今天一直守在这里听候他的命令。虽然他时常独处,但我还是很担心,因此一个小时前我去楼上通过钥匙孔的缝隙朝里面瞄了一眼。请您务必去看一眼,撒笛厄斯先生,您务必要亲自看一眼!十年了,您哥哥开心也好、伤感也罢的样子,我几乎见过他所有的样子,但我却从未见过他如今这么骇人的样子。"

夏洛克·福尔摩斯拿着灯走在最前面,撒笛厄斯先生的牙齿一直在咯咯作响,双腿软得无法站立,因此我只得扶着他去楼上。上楼的过程中,我的同伴两次把放大镜从衣袋里掏出来,仔细地观察那些貌似遗留在地毯上的泥脚印。他把灯贴近地面,一个阶梯一个阶梯地认真扫视着。摩斯坦小姐没有跟随我们上来，而是在下面安慰受到惊吓的女仆人。

三段阶梯走完后，我们看到一条很长的走廊，墙壁右侧挂着一条印度产的挂毯，左侧有三个门。福尔摩斯还是不紧不慢地边走边用心搜寻有价值的线索，我们紧紧地跟在他身后，修长的影子留在我们刚走过的长廊上。我们要去的是第三扇门。福尔摩斯使劲地拍了拍门，没有任何声音，接着他又拧了一下门把，使劲推了一下门，但同样也无济于事。当他努力使灯靠近门缝时，我们才意识到门用粗重的门闩死死地锁住了。虽然钥匙还插在上面，不过钥匙孔还是有空隙的。夏洛克·福尔摩斯猫着腰往钥匙孔里瞟了一眼，瞬间弹了起来，他打了个寒战。

我从未见过他如此惊慌失措。他说："华生，我也差点吓着了，你也发表一下意见吧。"

我只瞥了一眼就立即站了起来。清冷的月光盈满了整个房间，恍惚中似乎有一张悬在空中的脸直勾勾地看着我，脸的四周却陷入一片黑暗。这张脸和我们的新朋友撒笛厄斯是一个模子刻出来的，油光可鉴的秃头，头的周围长着一圈红色的短毛发，面如土灰，这些全都一样，不同的是这张脸的面目神情十分恐怖，奇怪的露齿笑让人看了不禁心里发毛。在充斥着宁静祥和的月光的房间，猛然出现一张捉摸不透带着笑容的脸，其可怕程度要远远超过看到一张愁云密布的脸。我看到的脸和我们小个子新朋友几乎一样，因此我下意识回头想确定他还在不在这里。我猛地想到他以前告诉我们，他们是双胞胎。

我问福尔摩斯："下面要做什么，恐怖极了！"

他说："先把门踹开再说。"话音刚落，他就拼尽全力朝门踹去。门吱呀发出几声巨响，然而依旧没开。我就上前一步帮他，在我们共同的努力下，咔嚓一下锁掉在地上了，我们慢慢走进巴塞洛谬的房间。

房间的摆设似乎是为了做化学实验。对面墙上放着两排塞着塞子的玻璃瓶，本生灯、试管和蒸馏器之类的东西乱七八糟地堆在桌上。角落里堆着几个筐，里面装着很多酸溶液的玻璃瓶，有一瓶看起来坏掉了，里面的黑色液体淌了一地，以至于空气中弥漫着呛人的柏油味道。房间的另一侧堆积着一些凌乱不堪的木板和水泥，旁边竖着一架梯子，头上的天花板已经凿开了一个洞，一个人完全能从那里爬出去，一条长绳乱糟糟地扔在地上。

巴塞洛谬瘫坐在桌边的一把带有把手的木制椅子上，头倒向左侧，诡异地笑着。距离他的死亡时间已经很久了，冷冰冰的身体早已僵硬不堪。仔细观察后，我发现他不仅面目狰狞，而且肢体也匪夷所思地扭曲着。他垂下的手边有一个粗制滥造的、锤子一样的东西，不知道是做什么用的，一块石子被麻绳胡乱地绑在上面。旁边还有一张好像从笔记本撕下来的纸张，上面写有几个看不清楚的字。福尔摩斯瞟了一下后，随手递给了我。

他扬了扬眉说:"你看一下。"

借着微弱的灯光,我心惊肉跳地看到"四签名"几个字。

我说:"上帝啊,到底发生了什么?"

他边俯身检查尸体边说:"一起谋杀案!哈!我想的没错,看这儿!"他指着尸体耳朵上插着的一根又黑又长的刺。

我说:"看起来似乎是一根刺。"

"没错。你想把它拿出来吗?不过要注意点,刺上有毒液。"

我将它夹在拇指和食指间稍一用力就拔出来了。刺一拔出,伤口处就恢复原状了,仅有一点遗留的血迹证明它曾存在过,其他就没什么了。

我说:"今天的事情简直神秘莫测,我越来越找不到头绪了。"

他说:"我站在你的对面,每一步都慢慢明朗起来,就差几个步骤,我就能知道真相了。"

我和福尔摩斯先后进了房间,几乎把新朋友忘得一干二净。他依旧倚着房门瑟瑟发抖,嘴里不停地念叨着什么。就在这时,他猛然悲怆地叫了一声。

他喊道:"财宝没了!财宝被偷光了!财宝原本就藏在天花板那个凿开的洞里,是我们一块取出来的!他生前最后见的人是我!可昨天晚上我走时,我分明听见他把门锁上的声音。"

"大概什么时辰?"

"十点。如今他去世了,警署的人铁定会把我当作犯罪嫌疑人抓起来。但你们不会怀疑我,对吗?我是清白的,对吗?要是我把他杀了,我干嘛还要没事找事带你们过来?啊,上帝啊!啊,上帝啊!救救我吧!"他不知所措地又蹦又跳,好像疯了一样。

福尔摩斯拍了拍他臂膀,安慰地说:"肖尔托先生,别急,不会有事的。您要是相信我,就马上去报案,尽全力配合警方的调查。快去吧,我们守在这儿等您。"

小个子显然已经六神无主了,他只好听了福尔摩斯的建议,在黑暗里艰难地爬下台阶。

第六章　福尔摩斯的推测

福尔摩斯反复摩擦着双手说："华生，我们不能把这半小时浪费了。我说过这个案件我大部分都搞清楚了，不过我们不能刚愎自用，还是得谨慎一点。它表面看来没什么复杂的，然而可能它背后还有很多我们不知道的东西。"

我忍不住说："这还不够复杂吗？"

他用教导小学生一般的语气回答道："一点都不复杂！你去墙角待着吧，省得破坏现场。我给你大致讲讲吧！第一，他们如何进房间的？又如何离开的？毕竟房间自打昨天晚上就一直锁着。还有，窗户是什么样的？"他把灯凑近窗户，比起与我对话来说，他更像是自娱自乐。他嘴里一直叨咕着："窗户从房内插得很死，窗户框架也十分牢固结实，两侧没安装合页。推开后可以看到，房子没装排雨的管子，屋顶离这有一段距离。不过有人曾在这儿站过，因为昨天下了场不大的雨，所以留下了脚印，一个泥泞的圆形脚印。哦，地上留下一个，桌子旁边也留下一个。啊，华生，你快看！这些发现太重要了。"

我认真观察后说："它们看起来不像脚印。"

"这里还有更有用的东西，一截木棒留下的痕迹。窗台上还有靴子印……哦，一只鞋后面补了补丁的棉靴，边上还有木头踩过的印记。"

"木假肢。"

"是的。不过那个人是谁呢？十分聪明、机警的伙伴。华生，你可以从那边爬过来吗？"

我扫了窗外一眼。屋顶依旧沐浴在清澈的月光下，距离地面的高度少说也有六英尺，墙上连条缝隙都找不到，根本没有下脚的地方。

我说："丝毫不可能。"

"不借助外力肯定不行。倘若你有一个同伙，他把扔在墙角的粗麻绳的一端死死地穿进墙上的吊钩里，而你拿着绳子的另一端，我觉得但凡你有点劲，哪怕你一条腿是瘸的，你一样能顺着绳子爬过来。你走时同样采用这种方法，接着你的伙伴把绳子撤了，从吊钩里扯下，拉上窗户后，从房内把它插死，最后从原路返回。"他摆弄着绳子接着解释道："第二个应该重视的是，装有木假肢的人尽管很会爬墙，然而却不是专业海军，至少他不经常从事重体力劳动。我拿着放大镜观察到绳子上留下很多处血印，底部尤其多。我认为他应该在快速攀爬的过程中，不小心把手弄破了。"

我说："你分析得很对，不过案件更扑朔迷离了。帮凶是谁？他如何进入房间的？"

福尔摩斯想了一会儿，喃喃自语道："是的，问题就出在帮凶身上！他比一般人好玩多了，竟然可以干得如此漂亮。我觉得他让我们国家的犯罪领域上升到了一个全新的境界，不过，相似的案子已经在印度的一个国家发生过了，我记得好像是在塞内冈比亚。"

我追问道："可他到底是如何进入房间的？门反锁着，从窗户爬不过来，不会是爬烟囱吧？"

他说："我考虑过你的想法，不过烟囱十分狭窄，就排除了那种可能性。"

我继续问道："那你觉得呢？"

他摇了摇头说："你想问题从来都不愿运用我教给你的方法。我以前反复强调了很多遍，把所有完全不可能的东西剔除后，遗留的就是真相，不论它看起来多不可思议，它也就是事实。我们已经分析过，他不可能通过门、窗以及烟囱进入房间。房间没有隐蔽的角落，所以排除他事先躲起来的可能，那他到底怎么做到的呢？"

我大叫道："还有天花板上的洞口。"

"没错，千真万确。你帮我照一下，我们结伴去上面仔细勘探一番，是的，去那个找到财宝的密室。"

他爬上云梯，双手交错使用，纵身一跃进了阁楼。他弯腰接过我手里的灯，然后我就跟在他身后了。

这个小密室长约十英尺，宽约六英尺。横梁拼接的地板上有一层薄薄的木板，上面还抹了一层水泥，因此我们只得小心翼翼地跨过横梁。房顶是尖状的，看来房间真正的房顶就在这里了，没有任何装饰，到处是积累数年的灰尘。

夏洛克·福尔摩斯摸着倾向一边的墙说："这是通向外面的暗门，打开后就是起伏和缓的楼顶，这就解释了那个帮凶是怎么进来的，现在我们要搜寻一下了，也许会有一些可以推断他身份特点的线索。"

他尽量把灯贴近地板，那天晚上我第二次瞥见他惊喜而又害怕的神情。我顺着他的目光一看，立即倒吸了一口凉气。地上留有很多光脚的痕迹，清晰可见，什么都不缺，然而长度却不到一般人的二分之一。

我小声地说："伙计，一个小家伙干了件耸人听闻的案子！"

他平复了一下心情说："刚开始我也不敢相信，不过想了一下后又觉得没什么，我早该想到的。这间密室差不多全都看完了，那我们就走吧。"

我们一到下面房间，我就赶紧追问他："你怎么看待那些脚印呢？"

他没好气地说："华生，你就不能试着想一下吗？你清楚我调查案件的思路，跟着它走下去，接着我们交流一下彼此的观点和看法，这样对破案水平的提升更有用。"

我说："就它们来说，我无法解释。"

他毫不犹豫地说："等会儿你就知道了。我觉得这儿应该不可能再发现有价值的线索了，不过我还想四处走走。"他把放大镜和尺子掏出来，蹲在地上挪动。他坚挺的鼻子几乎快要碰到地板了，乌黑透亮的眼睛敏锐得和鹰一样。他不知疲倦地在房间里一遍一遍地测量、分析以及搜索。他身手矫健、默不作声，观察细致入微，很像一只训练多年的军犬在分辨一些气味。我不由得感慨道：要是他把心思和才智用在犯罪而不是破案上，那可就太糟糕了！他边观察边小声嘀咕着，突然他哈哈大笑起来。

他说："太幸运了，这下事情就简单多了。那个帮凶没注意踩到了木馏油。你瞧，他的印记留在了这气味刺鼻的东西周围，玻璃瓶破了，木馏油洒了一地。"

我说："这有用吗？"

他说："当然，他马上就会落入我们手中了。我记得一只狗可以沿着气味走到终点；一群狼可以凭借气味搜寻吃的东西，如此一来，让一只训练有素的牧羊犬顺着如此呛人的气味追查凶手，结果会怎样呢？这是颠扑不破的真理，当然行得通……嗯，你听！他们来了。"

匆匆的脚步声、说话声以及门被关上的声音在外面交叉响起。

福尔摩斯说："趁他们还没赶来，你触碰一下尸体的四肢。感觉怎样？"

我说："比石头还僵硬。"

"没错，是剧烈的强行收缩造成的，比一般死亡后身体自然的僵硬可怕多了，还有诡异惨淡的笑容，你觉得是什么原因导致了这种情况？"

我说："植物性生物碱，毒性和番木鳖碱很像，可以导致破伤风，进而死亡。"

"我看到他扭曲的面目表情，就觉得可能是中毒了。一进房间，我就立即着手观察他究竟是怎样中毒的。正如你所见，我找到了那根轻轻松松就可以刺进或吹进死者头部的刺。你看，死者那时好像端正地坐在椅子上，而扎入刺的部位恰好对着藏宝的洞口。我们再好好观察一下它。"

我谨慎地把它拿起来，借着灯光认真地揣摩。一根又长又尖的大黑刺，顶端涂了一层亮亮的胶状物，已经干了，而另一端则被小刀修理过。

他说："是英国本土的吗？"

"一定不是。"

"现在结合它们，你可以推断出一些可能存在的事实了。重头戏搞定了，剩下的就迎刃而解了。"

谈话间，走廊里的脚步声越发清晰。一个身穿灰色外套的胖子进了房间。他红光满面，体型高大，血气方刚，眼睛小而机智，眼泡鼓鼓地突了出来。他身后是一个穿正式服装的警察。哦，浑身颤抖的撒笛厄斯·肖尔托先生也在呢。

他大声嚷道："成何体统！成何体统！他们是干什么？这个房间挤得像个鸡窝一样。"

福尔摩斯轻声地说："阿塞尔尼·琼斯先生，您对我还有印象吗？"

他上气不接下气地说："肯定了！逻辑学家夏洛克·福尔摩斯先生嘛。认识，认识的！我至今还记得您就主教门珍宝案的犯罪动机，案情发展以及真相剖析对我们所做的指导。您的建议那次的确发挥了作用，不过您心知肚明，您不过是走运而已，案件的侦破和您的建议没啥关系。"

"它没什么可研究的。"

"哈，拉倒吧！拉倒吧！有什么可装的！不过这里发生了什么？倒霉极了！倒霉极了！这些就是案情，犯不着逻辑推理了。正好走运了，我恰好在这里调查一些事情。他去报警时，我正待在分局没事干。您是如何推断他的死亡过程的？"

福尔摩斯冷嘲热讽地说："哦，这里好像轮不到我发表意见。"

"是的，是的。不过我们知道，您偶尔确实可以猜对。就我知道的来说，门被反锁了，值五十万英镑的财宝被偷了。那么窗户有什么发现吗？"

"从里面插得死死的，但留了一些脚印。"

"知道了，知道了。要是确定窗户是插紧的，那脚印就没什么用了，傻子都知道的事情。他可能刚好犯病，而恰巧这时财宝又被偷了。啊！这可以当作一个结论，看来我偶尔也会迸发灵感呢。警官，请你先离开，以及您，肖尔托先生，哦，您的朋友倒可以留下。亲爱的福尔摩斯先生，到底发生了什么？肖尔托先生说他昨天晚上还见过他哥哥。他哥哥突然得病去世，因此他趁这个机会偷了财宝。您觉得这个推论成立吗？"

"遇害者死前还反锁了门。"

"啊哈！这点的确有些棘手。我们推测一下一般事件的走向。撒笛厄斯和他哥哥待在一起时起了争执，吵得很凶，这点很明显。他哥哥去世了，财宝也没了，这点也很清楚。他离开之后，他哥哥就没见过任何人，他的床铺很整洁，应该没被别人动过，现在他的内心一定很慌乱，他整个人看起来也不在状态。我觉得假如我再加一把火，他估计就束手就擒了。"

福尔摩斯说："您对案件了解得远远不够！我确定是这根有毒的刺导致了他的死亡。它是从受害者头上拔出来的，你看这是它留下的痕迹，再加上这张放在桌子上的纸，当时，旁边还放有一根外观奇怪的木棍。按照您的猜想，这些新线索您作何解释？"

胖警官煞有介事地说："这些都会有答案的。房间里到处都是印度的古董，要是这根刺有毒，别人可以拿它行凶，撒笛厄斯也同样可以。至于这个纸条嘛，障眼法而已，是凶手用来扰乱我们的视线的。剩下的疑问就只有他如何离开的？哈！没错，天花板上的洞就可以了。"

他很胖，不得不努力攀爬云梯，拼命塞进洞口，这才到达了小密室。然后他就欢呼道，发现凶手逃跑的暗门了。

福尔摩斯不屑地撇撇嘴说："他偶尔会看到点东西。法国有句谚语说：'不会思考的蠢货太难打交道。'"这时阿塞尔尼·琼斯已经回来了，他说："瞧，事实永远胜于雄辩。我的猜想可以解答一切疑问了，上面的暗门和房顶连着，并且它处于半开状态。"

"先生，那是我的杰作。"

"哦，对！意思就是您也留心它了？"他似乎有点懊恼，"嗯，谁找到的都可以，毕竟它是杀人者离开现场的通道。警官！"

有个声音在走廊响起："我在这里！上级。"

"请把肖尔托先生带过来。肖尔托先生，对不起，我必须提醒您，不管您试图作何种辩解，都会给您带来不好的影响。请允许我以政府的立场抓逮您，您和您哥哥的被害有扯不清关系。"

苦命的小个子，拼命朝我们挥手，大声喊道："我猜的没错吧！我一开始就知道。"

福尔摩斯说："肖尔托先生，请您冷静一下，我相信我可以帮您摆脱嫌疑。"

胖探长马上讽刺道："我的大逻辑家，请您别轻易许诺，很多事情都没有表面看上去的那么容易解决。"

"侦探先生，我不但可以给他清白，我还可以告诉您昨天晚上进入这里行凶的两个人中，其中一个的姓名以及他的体貌特点。我有足够的证据说明他是乔纳森·斯莫尔。他学历不高，小个头，动作敏捷，右腿截肢后安了一条木假肢。木假肢里边磨损了一部分，左靴加了一片做工较粗的方掌，后面的鞋跟上还打了一小块铁皮掌，中年男人，肤色较黑，曾坐过监狱。我上面所说的分析以及他手上多处受伤，您也许用得着这些线索。至于剩下那个……"

很明显，我同伴的精密分析让阿塞尔尼·琼斯很惊讶，然而他还是满不在乎地说："推断的真好，还有呢？"

夏洛克·福尔摩斯回头说："他和一般人不太一样，但愿不需要太长时间，我能介绍你们认识。华生，请过来，有些事要交代你一下。"

我们走到楼道前，他说："这场突发事打乱了我们行动最初的计划。"

我说:"嗯,我觉得也是,摩斯坦小姐继续待在这里不太好。"

"你马上把她送走。地址是下坎伯威尔,塞西尔·弗里斯特太太的家,相隔很近。送完之后你要是想回来,我就在这儿等你。不过你这会儿困了吧?"

"完全没有,不知道真相,我睡不着。我以前也见过很多不可思议的事情,不过说真的,今晚发生的一串匪夷所思的事情,快把我绕晕了。来都来了,我想跟着你一起揭开真相。"

他说:"你能派上大用场,我们不和他们搅和,随便他们干什么吧。你把她送走后,赶紧去河边郎伯斯区品琴街3号,一个做鸟群动物标本的地方右数第三个门,你进去找谢尔曼。很好认的,他窗户上画着一只黄鼠狼在抓一只白兔。把他喊醒,代我问好,然后请他把托比交给你,最后把托比带到这里。"

"它是狗?"

"没错,一条好玩的杂交狗,鼻子相当机敏。整个伦敦的警察都比不上它,它好用极了。"

我说:"我保证借到它。这会儿已经一点了,要是有新的马,三点前我肯定赶回来。"

福尔摩斯说:"我还得和女仆人伯恩斯通太太和印度仆人交谈一下,看看能不能打听到一些消息。撒笛厄斯先生说过,女仆人的房间就在隔壁。最后我要看看高傲的琼斯警官是如何破案的,顺便让他继续不礼貌地讽刺我。'我们要见怪不怪,有的人就是喜欢对他看不懂的事情指指点点。'歌德的名言永远都是言简意赅,发人深省。"

第七章　意外出现的木桶

警察来的时候乘坐了一辆马车,所以我就自然而然地乘它送摩斯坦小姐回去了。她心地善良,发生危险时,如果身边有需要安慰的人,她就可以头脑清醒。我找到她时,她正冷静地抚慰着身边受到刺激的女仆人。这个夜晚带给她的震惊和打击,让她一上车就情绪崩溃了,刚开始垂头丧气,接着就小声哭起来了。后来,她不满地对我说,在她回去的路上,我的反应简直太过分了。但她怎么会看到我内心的挣扎和努力隐藏的伤心呢?我们在房间里牵手时,我就知道我爱上她了。尽管我曾经历经风雨,但如果不是今天这个惊心动魄的夜晚,恐怕我也不知道她竟然如此善良迷人。不过,我不说话有两个原因:首先,此时的她正处于痛苦中,形单影只没人帮她,这时表达爱意，有点不道德；其次更不利的是，要是福尔摩斯抓住凶手，她拿到财宝就会成为有钱人，而我不过是一个只能领取一半薪水的医生罢了，要是我趁此机会袒露心扉，我也太无耻了吧？如果她认为我是那种爱财如命的人怎么办？我绝对不允许她如此看待我，阿格拉财宝是横在我们之间的鸿沟。

将近凌晨两点，我们终于回到了塞西尔·弗里斯特太太的家。仆人们已经睡很久了，不过弗里斯特太太很担心摩斯坦小姐今晚的赴约，因此她一直在等她平安回来，而且我们敲门后，是她过来开的。她人到中年，风韵犹存，高贵而典雅。她贴心地抱着摩斯坦小姐，像母亲一样柔声安慰她，这个场面让我很欣喜。我可以看到，在这儿，摩斯坦小姐没有被当作一个仆人看待，更多的是作为他们的朋友存在。她介绍我后，弗里斯特太太热情地让我进屋休息，而且请我讲述一下今天晚上发生的事情。我不得不再三推辞，说还有事情等着我去做，并承诺有空肯定会登门拜访，再完整地告诉她案子的经过。我坐上车后故意回头瞄了一下，依稀看到她们牵手站在那里的秀丽身影，半合半闭的门、彩色玻璃反射的室内灯光、晴雨表，还有明亮的楼梯栏杆。在经历这么一个残酷血腥的夜晚后，一个与世无争，安谧的英国小家庭让人心里备感温暖，关于今天晚上发生的一系列案件，我越发惶恐和害怕。车子在煤气路灯照耀的安静的大路上极速前进时，我坐在车里仔细梳理案子的细节。可以放下的事情有摩斯坦上尉的死亡，无缘无故收到的珍珠，登在报纸上的寻人启事以及今晚收到的莫名其妙的信件。这些东西基本上没什么问题了，然而解开它们的同时，我们又遇到了更复杂、更费解的事情：阿格拉财宝，摩斯坦上尉遗物中的建筑图，肖尔托少校死前的不速之客，藏宝地的意外得知和肖尔托先生哥哥的死亡，死时的反常现场，小脚印，古怪的木棍，还有桌上的纸片上写有和摩斯坦上尉留下的纸张上的文字。果真环环相扣，跌宕起伏啊，只有拥有福尔摩斯般的卓越头脑才能找到真相，一般人估计根本无从下手。

品琴街是一排年代已久的二层小楼，在莱姆贝斯区的最深处。我在三号门前，喊了好多声后，终于得到回复了。格子窗里有光在闪烁，一个头从窗里探出来。

他大喊道："快点走，你这个酒鬼！你再喊一句，我就把四十三只狗全扔出来追你。"

我说："好啊，一只就行，我专门来找它的。"

他继续骂道："滚！袋子里装着锤子，你再不走，就别怪我不客气了！"

我大喊道："不，我要的是狗。"

谢尔曼大叫道："懒得理你！立刻滚开。数到三，我就开始砸你了。"

我接着说："是夏洛克·福尔摩斯先生……"他的名字立即引起了意想不到的结果，窗户马上就关闭了，一分钟不到门就被拉开了。我看到一个修长清瘦的老人，颈上青筋凸显着，弓着背，鼻子上夹着一副蓝光眼镜。

他说："我随时欢迎福尔摩斯先生的朋友光临寒舍。请进屋，先生。注意那只獾，它也许会咬你。"接着他又冲一只从笼子里露出脑袋的两只眼睛红得可怕的鼬鼠嚷道："坏蛋！坏蛋！难道你想抓他！"然后回头对我说，"先生，别担心，它只是只无毒的蛇蝎罢了，它在房间来回爬动，可以吃掉很多甲虫。请您原谅我起初的不礼貌，以前那些淘气的小孩总是跑来捉弄我，让我不能好好睡觉。不过话说回来，夏洛克·福尔摩斯先生让你来取什么？"

"一条狗。"

"哈！托比！"

"是的，他要托比。"

"托比的窝在左数第七个栏。"老谢尔曼先生捧着蜡烛小心地走在我前边，路上都是他从各处搜寻到的奇异动物。昏暗不清的灯光下，我似乎能感觉到从角落里发出的阴森森的光无时无刻不在打量着我们。我们上方的横梁站立了不少只野生的禽类，我们把沉睡的它们吵醒了，正无精打采地把全身的重量从一只脚挪到另一只脚上。

外表毫不起眼，毛很长，耷拉着脑袋的杂交狗竟然就是托比。它的狗毛黄白相见，身体站不稳似的前后摇晃。我接过谢尔先生递来的糖果，成功地诱惑它跟我上了马车。再次来到别墅时，皇室的钟表刚报了三点。我意识到那个以前是职业拳击手的麦克默多现在被怀疑是帮凶，和肖尔托先生一起被抓起来了。门被两名警长看守着，不过当我报出侦探的大名时，他们就允许我牵着狗进屋了。

那时福尔摩斯立在台阶上，双手在衣袋里插着，若有所思地抽着烟。

他说："哈，你借到它了！不错，不错！阿塞尔尼·琼斯先生早就离开了。你刚走，我们就吵得不可开交。他不仅抓了撒笛厄斯先生，还抓了看门人、女仆甚至印度仆人。除了坚守楼上的一名警察，这片是我们的地盘。先把狗放这里吧，我们得去楼上看看。"

我们把托比系在房间里的桌腿上，立刻上了楼。现场保护得很好，没太大变化，只不过死者身上多了一块布。一名疲惫不堪的警察蜷缩在角落。

福尔摩斯说："警官，我想用一下你的探照灯。帮我把卡纸放到脖子处，这样它才可以出现在我眼前。十分感谢！此刻我要把我的鞋袜都脱掉。亲爱的华生，请帮我把它们放在楼下，我要看看我攀爬的水平。还有帮我把手帕浸一点木馏油，这就可以，我就要一点。最后请随我去顶楼的小密室。"

我们又顺着洞口上去了。福尔摩斯再次借助灯光研究那些脚印。他说："你仔细看看他们，能发现不一样的东西吗？"

我说："它属于儿童或身材较矮的女人。"

"大小之外呢，其他的呢？"

"没什么特别的了。"

"当然不是。注意！它是散落灰尘里的右脚印，如今在它边上，我留下一个我自己的赤脚印，你观察一下有什么不同？"

"你的脚趾头全都紧扣着，而它却是相离的。"

"不错，分析得很好，这个请你记下。你去窗户前闻闻窗框的气味。我手里有手帕，没法过去。"

我听他的话去闻了一下，顿时难闻的焦油味直冲我的鼻子扑来。

"他逃跑时踩过窗户，要是你可以闻到，托比当然可以搞定。请你马上下楼，解开绳子，然后等我。"

我从楼上下来，走到院子里，福尔摩斯爬到了房顶。探明灯在他前面，因此他就像一只巨大萤火虫一样在房顶蠕动着。突然他消失在烟囱后，不过似乎爬到后面了。于是我跟着他也跑到后面，看见他坐在屋顶的一个角落里。

他说："你是华生吗？"

"没错。"

"我找到他的出入口了，那个黑乎乎的是？"

"一只桶。"

"有没有盖？"

"嗯。"

"能看出梯子的痕迹吗？"

"不能。"

"可恶的家伙！这里难度很大，不过他可以做到，我当然也可以。这个水管看起来还算牢固，随便了，我要爬下去了！"

一段攀爬的声音过去后，灯贴着墙面慢慢地下落，他纵身一跃，双脚就踏在桶上了，接着又回到了地面。

他把鞋袜慢慢穿好，说："想要找到他也不是太难，他把上面的瓦片都弄破了。他急匆匆的逃跑过程中，不小心落下了这个。用你们的话就是：它佐证了我的分析是对的。"

他递给我的是一个彩色草编织而成的，和烟盒差不多大的小荷包，装饰了几颗廉价的玻璃珠，里面有六根粗黑刺，一端尖，另一端圆，看来导致巴塞洛谬·肖尔托死亡的那根和它们是一类。

他说："恐怖的家伙，注意点。看到它们，我很开心，估计他手里的凶器就这么多了。这下我们不用担心中刺的毒了。一枪打死我，都好过用这个刺我。华生，你的身体还允许你步行六英里吗？"

我说："可以。"

"你的腿能行？"

"没事的。"

他让托比嗅一块刚才沾染了木馏油的手帕，大声喊道："啊，老托比！托比！记住它的味道，托比，记住！"托比分开它毛茸茸的四条腿站立着，不停地嗅着，似乎是一个品酒师正在专心地鉴定红酒。福尔摩斯把手帕扔掉，给它换了一条结实的狗绳，然后把它引到木桶那里。它马上激动地狂吠起来，在地面上闻来闻去，屁股撅着，朝着气味的方向一路跑着。我们使劲攥着狗绳，一直在它后面跑着。

此刻天慢慢开始亮了，我们在白茫茫的雾气中隐约可以看到远方。那栋方正的大房子屹立在我们身后，窗内一片黑暗，加高的墙面寂静无声。院子里的垃圾随意丢弃着，杂草疯长，阴森落寞的情景暗示了昨天晚上的可怕遭遇。

我们从院子里堆积的大大小小的土包穿过，来到墙下。托比跑到墙角处就开始躁动地咆哮，最终，它跑到一棵小山毛榉树的墙角下不动了。地势稍低的那面，砖隙间已经有了裂缝，砖块也被摩擦得很光滑，应该是经常攀爬的原因。福尔摩斯先爬上墙头，然后我把狗递给他，再由他把托比放到墙的那边。

等我也上去后，他对我说："这里有一个装木假肢男人的手掌印，白水泥里的血迹还那么清晰。多亏昨夜没有下大雨，就算已经过去了二十八个小时，我相信路上应该还有味道。"

当我看到街上川流不息的人群和车马时，我心里一直在打鼓，担心托比会辨别不出气味。不过当它根据自己的判断毅然决然地朝前滚去，我心里的石头也落下了。很明显，这里的气味比任何地方的气味都更加刺鼻。

福尔摩斯说："千万别觉得我不过是因为一个倒霉的笨蛋不小心沾上木馏油这个意外的线索，才可以抓住侦查案件的关键点。事实上，要想抓住他们，我可以采取好几种不同的手段。但是现在，上帝给了我们最快的捷径，要是我们不用，就枉费他的一片心意了。可一个原本很费脑子的案子现在变得这么毫不费力，只要一个小小的疏忽就可以解决了，这样就没法看出我们的本事了。"

我说："挺好的。伙计，我认为这个案件调查中你采取的手段比杰弗逊·侯波谋杀案高明得多。例如，你根据什么信誓旦旦地说出木腿人的名字以及特征呢？"

"哦，医生！知道这些轻而易举，我不打算夸大其词，事情其实很清楚。两个看管罪犯的军团上级知道某个藏宝的细节问题，他们让一位名叫乔纳森·斯莫尔的英国人绘制了一张藏宝图。你有印象吗，它出现在摩斯坦上尉留下的平面图里。他签上自己的名字后，也替其他人签了，即四签名。两名军官或其中之一把财宝拿回了祖国，我推测也许他回国后，违背了刚开始订立的某个协议。可是乔纳森·斯莫尔为什么也没得到财宝呢？很简单，那张图的绘制时间，正处于摩斯坦上尉他们看管罪犯的时期。因为他和帮凶都是犯人，不能随意出入，因此他们没拿走那批财宝。"

我说："可这只是你的猜想而已。"

"没那么简单。它不只是猜想，更是唯一可以串起那些线索的可靠推理。我们先顺着这个分析回顾一遍案情发展吧。肖尔托少校拿着财宝回到英国，舒服地过了几年好日子，然而有天当他收到一封来自印度的信时，他不禁方寸大乱，到底出了什么事？"

"信上写着那些他曾骗过的罪犯们如今已刑满释放。"

"我觉得逃狱的可能性要大一些，毕竟肖尔托少校应该记得他们关押的时间，要不然他也不至于如此紧张了。之后他又用了什么方法来保护自己呢？他十分惧怕木腿人。那个人肤色是白的，因此他以前拔枪打过一个装了木假肢的英国小贩，而四签名中仅有一个名字是白人，剩下都是印度人或者伊斯兰教徒的名字。综上所述，我们就能十分确定木腿人是乔纳森·斯莫尔。你觉得这样推理武断吗？"

"完全不，头头是道，简单明了。"

"哈，现在我们从乔纳森·斯莫尔的角度重新考虑问题。他带着两个目标回了国家：第一是拿到属于自己的那份财宝，还有就是找到肖尔托上校寻仇。他知道了肖尔托上校的地址，甚至收买了别墅里的某个人。伯恩斯通夫人告诉我，一个男仆人叫拉尔·拉奥，他行为不端正，不过我们并没看到他。藏宝地很隐秘，除了肖尔托少校和一个忠心不二并且已经离世的老仆人，没有人知道财宝在哪儿，因此他一无所获。突然有一天，有人告诉斯莫尔，少校快不行了，他生怕藏宝地点永远被少校带走，因此心里一慌，他不顾可能会被吊打的伤害，直接来到上校的窗外偷听。碍于少校的两个儿子都在房间，因此他不敢进去。他恨透了上校，所以当晚他又偷偷潜入房间，到处翻找信件，妄想找到一点有用的东西。两手空空走上前，他在一张纸上写了'四签名'证明他曾经来过。很显然，他制定计划时，就已经打算杀死少校后就扔下写着四签名的卡片，以此暗示这个案子另有隐情，它是惩治那些背信弃义家伙的手段。类似这种捉摸不透的报仇理由我已经司空见惯了，偶尔还会暴露凶手身上的某些特征。我说的你能听懂吗？"

"听得懂。"

"然而他别无他法，不得不藏在黑暗里，偷偷观察肖尔托兄弟探宝的进展情况。也许他会暂时离开英国几天，回来后就马上打听近况。房顶上的小密室一被找到，内奸就立即通知了他。因此，我笃定他在这栋别墅了肯定安排了眼线。他一条腿是木假肢，无法依靠自己的力量爬进巴塞洛谬·肖尔托住的高房子，但是他还有一个奇特的伙伴。这个伙伴顺利地完成任务，可不小心踩到了木馏油，咱们这才把托比喊来帮忙，而且连累一个腿脚行动不便的享受一半薪水的军医忍痛奔波了六英里。"

"你的意思是真正的凶手是那个从犯了。"

"没错。我观察到斯莫尔在房间里踱来踱去，因此推断他根本没想过杀他。他对巴塞洛谬·肖尔托没什么过节，他只要堵上他的嘴就万事大吉了。杀人偿命，他犯不着冒险。但是他的伙伴却突然控制不住残暴的本性把他用毒刺杀死了。事已至此，他只得写了卡片，偷走珠宝，带着帮凶迅速离开了现场。上面都是我经过分析后知道的。因为很多年都被关押在燥热的安达曼岛监狱，因此他肯定人到中年并且肤色黝黑。通过他跨动步子的幅度大致能推断他身高的多少，还有撒笛厄斯·肖尔托亲眼看到站在窗外的他毛发较重。剩下的东西估计就无关紧要了。"

"他的伙伴呢？"

"哈！他也没啥可研究的，马上就真相大白了。早上的空气着实好啊！天上的那一小朵云，多像火凤凰身上的一根红色的羽毛，太阳已经冲出厚厚的大气层。阳光照在数以万计的人身上，然而不会有人和我们一样正在从事伟大的工作了。和浩瀚的宇宙相比，个人的理想和追求实在太浅薄了！你知道约翰·保罗吗？"

"知道一点，我首先看到卡莱尔的著作，后来才知道他的。"

"就好比一条小河总会有它的源头一般。他有一句另类但发人深省的名言，'人类真正可贵的品质是知道自己渺如尘埃'，他的话论证了区分和鉴定的巨大能量，而能量本身就已经是很高端了，瑞奇特的很多著作都是很好的精神财富。你有没有拿枪？"

"只带了手杖。"

"等我们一接触他们的藏身之处，估计就得动手了。你对付斯莫尔，要是另一个对我们不利，我就毫不犹豫地一枪杀死他。"他边说边拿出枪装上两发子弹，然后又放进外套的右口装。

我们追着托比跑到了连接伦敦市区的大马路上，路的两边全是田园式的小别墅，此刻我们正赶往人潮汹涌的闹市区。勤劳的人们和码头体力工人大多已起床，家庭主妇们正忙着整理卫生。街头方方正正的小酒馆陆续开门做买卖，身强力壮的男人们接连里面走出来，粗犷地拿袖子抹着被酒水弄湿的胡须。街上出没的流浪狗煞有介事地打量着我们，然而托比像没看到一样，专心致志地嗅着地面，一心朝前跑去，有时焦急地大叫几声，意思是气味越发刺鼻。

我们把斯特莱塞姆区，布瑞克斯吞区，坎伯韦尔区都抛在了身后，走过很多小巷子，最后来到了奥弗尔区东面的肯宁顿街。他们好像特意挑羊肠小道逃跑，可能是怕被人追到吧，一旦出现曲径通幽的近道，他们就绝不选路。一直到肯宁顿街的最深处，他们才朝左边继续逃跑，穿过证券街，麦尔斯路最后来到骑士巷。托比突然停下不走了，只是在原地打滚，一只耳朵耷拉着，另一只耳朵直立着，好像拿不定主意。接着它又晃了几下身体，抬头看着我们，好像在征求我们的意见。

福尔摩斯骂道："它在干什么？他们绝对不可能坐了马车，更不可能乘了热气球离开了。"

我说："也许他们曾在这儿停留过片刻。"

他松了一口气了，说："哦！嗯，它又开始工作了。"

托比的确又开始奔走了。它各个地方都仔细闻一遍后，仿佛瞬间有了答案，坚定勇敢地飞奔着向前冲去。气味越来越浓烈了，我看到托比已经不再贴着地面狂嗅了，相反拽着绳子径直跑向前方。福尔摩斯喜形于色，好像马上就要大功告成了。

我们跑过九榆树来到白鹰酒店临近的布罗德里克和纳尔逊木材场。托比激动不已，穿过侧门进入了伐木工人工作的木料间间。它接连跑过大量的木屑和刨木花，在满是木料的小道上兴奋地狂奔，终于它炫耀似的叫了一声，然后猛地跳上存放在手推车上还没来得及卸下的一只圆木桶上。它吐着红舌头，蹲在那里巴巴地看着我们，一副邀功请赏的架势。桶身和车轮上都是黑乎乎的油渍，强烈的焦油味刺激着我们的鼻子。

我和夏洛克·福尔摩斯互看了一眼，顿时忍不住哈哈大笑了几声。

第八章　侦查小分队

我说："接下来做什么？托比已经不能发挥它无可取代的作用了。"

福尔摩斯把小狗从桶上牵下来，带着它离开了木料场。他说："托比是跟着它自己内心的想法追踪的，要是你估量一下伦敦市区一天运送木馏油的数量，你就知道托比为什么把他们跟丢了。木馏油的用途越来越广泛，用它保存木料的更是不胜枚举，因此托比一点错都没有。"

我提议说："要不我们回到气味出错的地方重新追吧。"

"也好，好在离得很近。托比在骑士街墙角处徘徊过，很明显它选错路了，我们应该沿着和它相反的路去追他们。"

我们又把托比带到了它判断失误的地方。它原地摇晃了几下，几乎没怎么耽误没就朝对面跑去了。

我说："还是得小心点，可别再被它领到木馏油桶的出发地了。"

"嗯，我知道。不过它现在跑的是人行道，而运输车则出现在马路上，因此这次我们应该走对了。"

跑过贝尔芒特巷和太子路，托比开始向河边跑去，直到到了宽街河边上搭建的一个小木码头才停下，然后它就站在河边静静地望着河水，不时地叫两声。

福尔摩斯说："这次不走运，他们登上船跑了。"几只小客船和小游艇停在码头，我们挨个让托比把每条船都嗅了一遍，它的确十分听话地都闻了，但却没什么反应。

不远处是一间小砖房，距离候船处很近，其中第二个窗上挂着一块木板，上写着几个粗大的字："莫迪凯·史密斯"。下面还有一行小字："出租船只，计价单位为小时数或天数都行。"门上也挂着一个木板，写的是小汽艇也可出租。码头上到处都是数量巨大的焦炭，作为发动小汽艇的燃料动力。福尔摩斯若有所思地打量着周围，一脸的沉重。

他说："情况不太乐观。这两个家伙刚开始就刻意扰乱我们的侦查计划，我没想到他们会这么聪明。"

他正打算敲门，门突然打开了。一个六岁左右的卷发淘气包从门里冲出来，一个面色红润，身材较胖的中年妇女，举着一块洗碗巾在后面追他。

她大声叫道："杰克，快点回来洗澡！快点，小坏蛋！你父亲要是回来后看到你这么调皮，肯定会抓住你打你一顿的！"

福尔摩斯趁机说："嘿，小可爱！粉嘟嘟的脸颊可爱极了，你太淘气了！杰克，告诉我，你想得到什么？"

那调皮鬼低头思考了一会儿，说："一先令。"

"有没有东西比一先令好玩呢？"

他又认真想了下，说："那就两先令吧。"

"哈哈，不错，拿好了！史密斯夫人，他实在太聪明了。"

"先生，他顽皮得很，我丈夫出船时经常好多天不回来，他太难管教了，我有时真的对他一点办法都没有。"

福尔摩斯表示同情地说："哦，真是难为你了，你先生不在吗？我来得真不是时候，我拜访你先生有些事情要谈。"

"亲爱的先生，他昨天一大早就离开了，直到现在都没回来。说真的，我都开始担心了。话说回来，先生，要是您打算租船，我也能做主的。"

"是的，就是那艘小汽艇。"

"唉，先生，真对不住，那艘小汽艇已经被我丈夫开走了。不过，我始终想不明白，船上剩余的煤根本不够来回往返伍尔维奇的。他走的时候要是开大片底船，我也就犯不着担心他的安危了，况且很多时候，他都要到离这里更远的葛雷夫赞德去办事情。一旦事情棘手一点，他就没法当天赶回来，要是汽艇半路煤烧完了，那可怎么办啊？"

"路上他可以找地方补充一些。"

"话是这么说没错，不过这不是他处事的风格，他总是抱怨用散装煤实在太奢侈了。还有我很不想看见那个木腿人，他的脸丑得可怕，整天摆着一幅外国人的嘴脸。他最近经常来这边，搞不清楚在计划着什么。"

福尔摩斯目瞪口呆地说："有个木腿人来这里？"

"没错，先生！是个尖嘴猴腮的男人，已经来过很多次了，昨天他喊醒我丈夫就一起匆匆地走了，而且我丈夫早就把小汽艇发动好了，很显然在等他。亲爱的先生，怎么说呢，总之，我这颗心一直在悬着。"

福尔摩斯摊了摊手说："可爱的史密斯夫人，放轻松，不必担心那些有的没的。何况昨晚来找你丈夫的一定就是你不待见的那个木腿人吗？我想不通，为什么您这么信誓旦旦地说一定是他呢？"

"先生，他低沉独特的嗓音出卖了他，我一下就听出来了。凌晨三点左右，他拍了拍窗子小声喊说：'老兄，该起床了，要出发了！'于是我丈夫喊上我们的长子吉姆，什么都没和我交代就转身离开了。他们走后，木腿敲击地面的响声在我耳边久久没有消逝。"

"只有那个木腿人吗，有其他人吗？"

"先生，这个我就不能保证了，至少我没听到第二个人的话音。"

"史密斯夫人，真遗憾，我原本想租用一艘小汽艇，它的大名早就如雷贯耳了……对了，我一时忘记了，它的名字是？"

"先生，是'曙光'。"

"哈！就是那艘船身是绿色的、画着粗黄线的旧汽艇吗？"

"啊，搞错了。它和行驶在河上普通的干净小汽艇没什么区别，刚喷的油漆，船身的颜色是黑色，上面有两条红色横线。"

"哈，非常感谢，祝愿史密斯先生过不了多久就回家和你们团聚了。我需要去下游办些事情，要是恰好看见'曙光'号，我一定会把您的关心说给他听。对了，它的烟囱是不是黑色的？"

"不，是交织着白色横线的黑色烟囱。"

"哦，我明白了，船体是黑的。史密斯夫人，我要走了，再见！亲爱的华生，那边有人正在划一只小船，我们请他帮忙划到对岸吧。"

上船后，福尔摩斯说："和他们这类人沟通，关键是不能让他们察觉到他们告诉你的东西对你有用，一旦发现他们会立即默不作声。换个方式，要是你装作对他的话不感兴趣，结果就完全不一样了。"

我说："我们究竟要做些什么，如今好像没什么悬念了。"

"你怎么考虑的？"

"租一条船直奔下游大面积搜寻'曙光'号汽艇。"

"我亲爱的医生啊，这样做实在有些愚蠢。它从这儿到格林威治中间有几十个大小码头，它可以随心情想停哪儿就停哪儿。桥对岸附近几十英里都可以停靠。要是你就这么挨个搜寻，不得要找到猴年马月吗？"

"我们可以联合警察一起努力？"

"那哪儿行啊？可能走投无路时，我会选择求助阿塞尔尼·琼斯警官。他有些能力，我不想打扰他工作的升迁。反正都追查到这里了，我们就干脆谁也不依靠，放手一搏吧。"

"那我们能在报纸上刊登启事，发动码头工作人员给我们提供线索吧？"

"那样就更一发不可收拾了！如果我们那样干了，凶手们同样也会得知道我们正在拼命找他们，如此一来他们肯定会尽快逃出英国，其实我相信他们这会儿也很渴望走得越远越好。然而当他们还没意识到危险时，他们也许就不会那么慌张。其实，琼斯探长的抓捕行为无意中帮了我们。他的言论肯定会公布在报纸上，这样一来他们就会以为警察署的破案主攻方向已经偏离轨道了，因此他们也许就会放松戒备了。"

我们最终在密尔班克监狱周边下了船，我说："那你说我们下一步做什么？"

"眼下我们先坐车子回家享受早餐，接着补一个小时的睡眠，没准儿今天晚上我们得继续追他们。马夫，麻烦在电报局门前停一下车。先不把托比送回去了，也许还会碰到用着它的地方。"

马车停在了大彼得路电报局门口，福尔摩斯进去把一封电报发了出去。回到车上后，他问我："你觉得电报发给谁了？"

"猜不出。"

"我们曾在杰弗逊·霍普案件中训练过的贝克街侦查小分队，你有印象吗？"

我笑了笑说："记得啊！"

"也许现在这个案件十分需要他们。要是他们没能达到目的，我还可以采取其他的方式，可我想测验一下他们的能力。刚才的电报我发给了小分队队长威金斯，我估计不等我们享用完早饭，他们就会浩浩荡荡赶来了。"

此刻已经到了八九点了。奔波了整整一夜，此刻，我实在太累了，双腿已经麻木得没有知觉了，简直是又累又困。对于案件的侦破，我达不到福尔摩斯对工作极度狂热的兴奋感，而且我也没有把这个过程当作好玩的益智游戏。我觉得巴塞洛谬·肖尔托的品行不太好，所以他的死亡并未使我感到十分难过。不过说起财宝，就完全是另外一回事了。这批财宝，它部分的主人原本是摩斯坦小姐。哪怕只有一丝希望，我都会拼尽自己的全身力气拿到它。是的，一旦追回了财宝，我们也许此生就会就此别过了。然而，神圣的爱情一旦掺杂了私心，它也不会再那么纯洁无瑕了。倘若福尔摩斯可以追踪到罪犯，那我就应该付出十倍的精力督促自己追回财宝。我回到位于贝克路的家，冲凉后换上一套干净的衣服，这样一来我的意识清醒多了。下楼后，我看到早饭已摆在餐桌上了，福尔摩斯正坐在桌边磨咖啡。

他边笑边用手指着一张摊开的报纸说："哈哈，得意忘形的琼斯警官和自以为是的记者群体联手侦破了此案子。不过，它已经让你恶心了，所以吃完火腿鸡蛋再讨论它吧。"

我拿到报纸，看到上面的题目是《发生在上诺伍德的悲剧》。报道的正式内容如下：昨天晚上夜里大概十二点，上诺伍德樱塘别墅的主人巴塞洛谬·肖尔托先生被发现在房间里死亡，经调查后确认是他杀。根据本报从现场反馈的消息，受害者身上没有明显的受伤痕迹，不过受害者父亲的一批印度财宝遗物却不知去向。第一时间知道他死亡的是他的胞弟撒笛厄斯·肖尔托先生，还有请求拜访受害者的夏洛克·福尔摩斯先生和华生医生。幸运的是，当时总警署出色的探员阿塞尔尼·琼斯先生恰好在上诺伍德警察分署办事情，所以一听到消息就马上出发了，不到半个小时时间就到达了案发现场。他资历很深，接手过的案子不计其数，不一会儿就发现了破绽。受害者的胞弟撒笛厄斯·肖尔托先生被当作最大的疑犯抓了起来，女仆人伯恩斯通夫人、叫拉尔·拉奥的印度男仆以及看门的麦克默多先生也一并投进了监狱。目前可以十分确定，罪犯很了解房间的构造，来去极其自由。根据琼斯警官的高超的侦探技巧以及细致入微的分析，罪犯从门和窗户踏进房间的可能性几乎为零，因此绝对是通过房顶的暗门溜进去的。根据这个无法推翻的铁证，我们能够知道本次案件不是一般的入室抢劫案。警署的警官们所采取的果断行动强调了危难时刻，一名经验丰富的探长挺身而出有多么重要，而且这次事件也恰恰论证了分散全市警署的侦查警力，更好地解决突发案件是十分明智的举动。

福尔摩斯抿了一口杯里的咖啡,笑着说:"简直让人膜拜!你觉得呢?"

"我觉得我们也几乎被他们当作罪犯抓起来。"

"和我想的一样,哈哈,倘若那时他一拍脑门,没准儿我们这会儿就在监狱里待着呢。"

突然,门铃响了,接着就传来女房东哈德逊夫人和别人尖着嗓子争执的声音。

我连忙起身说:"上帝!福尔摩斯,他们不会真跑到这儿逮捕我们吧!"

"这个倒不会。我猜是我们一手培训的业余侦探方队,贝克路的小分队来找我们了。"

话音刚落,我就听见有人在楼梯间赤脚奔跑声以及熙熙攘攘的打闹,接着十几个衣不蔽体、流落街头的小可怜虫挤了进来。尽管他们看起来热热闹闹的,不过还算懂规矩。只见他们瞬间面朝我们列成一队,满脸兴奋地等着我们下达指示。队列的最前面站着一个年龄较长、领袖模样的小毛头,一本正经的样子在一大群流浪儿中显得好玩极了。

"先生,一收到您的电报,我就领着他们过来了。还有,车费是三先令六便士。"

福尔摩斯递给他一些钱,说:"拿着吧。我不是说过嘛,威金斯,以后再找你,你就一个人过来。你再告诉他们要干什么,你们一下子都涌进来了,我的房间可受不了。但这次就算了,我直接发布任务好了。我急需找一艘叫'曙光'的小汽艇,它主人的名字是莫迪凯·史密斯。船体黑色,上面画有两杠红色的横线,黑色的烟囱上画有一条白横线,现在不确定它停在下游的哪个码头。我派你们其中一个躲在密尔班克监狱对面的莫迪凯·史密斯码头,一看到汽艇靠岸就马上通知我。你们一定要在下游的两岸分头行动,一旦发现蛛丝马迹,就赶快汇报我。有不清楚的地方吗?"

威金斯说:"没有,先生,全都懂。"

"酬劳不变。谁发现汽艇,谁就多得到一畿尼。先把今天的报酬发给你们,交代完了,你们出发吧!"他一人发了一个先令。

这群孩子兴奋地出了门,没过多久他们的身影就隐匿在大街深处不见了。

福尔摩斯从餐桌旁起身,慢慢把烟点燃,然后说:"我敢说,只要他们没离开水面,想要抓住他们就只是时间问题。现在让他们随便去哪儿,随便看稀奇古怪的东西,随便和别人说话吧。我推测天黑前他们可能就会发现汽艇的踪迹,不过这会儿,我们就不得不闲着了。没有'曙光'号或莫迪凯·史密斯的消息,我们没办法开展下面的工作。"

"就喂托比吃些我们没吃完的早餐吧。福尔摩斯,你需要休息一下吗?"

"哦,不用了,我没事。我和别人不一样。一旦投入工作,就一门心思扑进去,好像浑身有使不完的劲,相反要是没事干,我就会无精打采需要可卡因提神了。我需要抽一会儿烟,认真梳理一下摩斯坦小姐交给我们的案件。就案子本身来说,想要破案其实很容易,毕竟整个伦敦市也没多少木腿人，至于另一个，那简直罕见极了。"

"你所说的那个人太奇怪了。"

"是啊，我觉得他不是一般人，但可能你有自己的看法。我们把一切都联系起来：小到极致的脚印、不穿鞋子的赤脚、一头嵌有石块的木棍、矫健的身手以及带有剧毒的黑木刺。这些线索能给你带来什么启示？"

我大声叫道："野人部落！也许是乔纳森·斯莫尔从印度带来的。"

他说："可信度不高。我刚发现那件古怪的凶器时，我第一反应和你一样。不过那些不同寻常的脚印让我推翻了这个想法。虽然印度半岛的人民大多身材低矮瘦小，不过他们的脚印不可能是这种形状。印度原住民的脚偏瘦偏长，而鞋带紧紧勒入大脚趾的缝隙间，因此它和其余四个脚趾是相离的。还有那些黑木刺也只能从小吸管向外吹才能射出去。这种野人哪个地方会存在呢？"

我低声说："南美洲有。"

他伸手把一册厚厚的书从书架里拿了出来，然后说："它是最新版国家地理辞典系列的第一册，是最近最规范的参考工具书了。请注意这个地方的介绍。'安达曼群岛在孟加拉湾，那儿离苏门答腊三百四十英里。'哈！哈！你看它怎么写的？'常年阴雨湿润、珊瑚礁岩、大鲨鱼、布勒尔港、监狱集中地、罗特兰德岛、白杨桦林……'哦！终于查到了！'安达曼群岛的居民，几乎是世界上最矮小的种族聚集营了，尽管一些专家认为非洲的布须曼种族，美洲的迪格印第安种族或者火地岛上的种族才有可能摘此桂冠。他们的均高不足四英尺，甚至很多成年男性连平均身高都达不到。他们性情暴戾、性格乖张，认定的事情不会轻易改变，因此倘若抓住了他们的心，他们就可以为你做任何事情。'记住这点，华生！还有下面的：'他们外表丑陋，头大得很不正常、邪恶的眼神、面目可憎、手和脚格外小。他们本性心狠手辣，又不听人劝告，因此英国官府绞尽脑汁，也没能招降他们。他们对待发生意外的船只上的水员们十分残忍，经常把他们的头拿嵌着石块的木棍敲爆，或者用浸了毒液的弓箭刺死他们。最后这场杀戮时常不出意外地以人肉宴席落幕。'我们太伟大了！华生！要是没有看着这家伙，让他为所欲为，那就完蛋了。事到如今，我认为也许乔纳森·斯莫尔真的是走投无路了，才让他为自己办事的。"

"那他们是如何结盟的呢？"

"目前还不知道。然而，现在我们已然肯定斯莫尔曾经在安达曼群岛待过，那么他们会狼狈为奸也就不足为奇了。当然，这些谜题我们最后都会一一解开的。华生，你看起来已经疲惫不堪了，赶快去沙发上睡一会，让我帮你尽快进入梦乡吧。"

他把小提琴从墙角拿出来，然后拉了一支声音轻柔的催眠曲子。不用问一定是他自己谱的曲子，毕竟他对音乐很有悟性。直到今天，我还可以依稀看到他修长的手指，一本正经的脸庞以及来回摆动的弓弦。我沉醉在优雅动听的小提琴声中，慢慢睡着了，玛丽·摩斯坦小姐正在我的梦里安静地冲我笑着。

第九章　陷入迷雾

我醒来时，下午已过大半，我精力充沛，容光焕发。福尔摩斯早把小提琴丢到一边了，现在在书架前全神贯注地翻看一本书。他发现我醒了，抬头看看我，看起来，他有些不开心。

他说："看你睡得那么香，我还怕我们谈论时会把你吵醒。"

我说："我一句都没听见，这会儿有动静吗？"

"依旧一无所知。很遗憾，让我无奈的是，我原本以为现在多少可能会发现点什么。可威金斯刚才上来说至今没看到汽艇的半点影子，真让人有点心急如焚。事情越来越危急，留给我们的时间已经不多了。"

"我可以干点什么吗？我这会儿神采奕奕，可以继续工作一个通宵。"

"没有，我们眼下寸步难行，不得不坐在这儿干等。要是我们自己去找线索，万一他们发现什么，回来报告却找不到我们，那就太糟糕了。你想干什么都行，我留在这儿等消息就好了。"

"好吧，我去住在坎伯威尔的塞西尔·弗里斯特太太的家里做客，我们昨晚说好的了。"

福尔摩斯飞快地眨着眼睛，坏笑着说："你确定只是看望塞西尔·弗里斯特太太？"

"哦，也向摩斯坦小姐问好，她们都很想知道事情的进展如何。"

福尔摩斯说："最好保留一些东西，哪怕她们是世界上最善良的天使，你也不可以掉以轻心。"

我不打算和他继续谈论这个无聊的话题，因此我马上说："我最多出去一两个小时。"

"哈！希望你一路顺风！不过，要是你顺路过河，请你带上托比，顺道把它还回去，我觉得它应该不会发挥太大作用了。"

我听从他的建议把托比送到它主人那里，临走时给他半个英镑作为报酬。等我到达坎伯威尔时，我看到摩斯坦小姐，通过昨天晚上离奇经历的洗礼后，她的神情沮丧，面容十分憔悴，不过，她很想知道案子的近况，而弗里斯特太太同样期待着我精彩的讲述。我向她们介绍了我们追查案件的完整过程，不过几处关键的信息被我藏在了心里。尽管我提起了肖尔托先生的离世，然而具体的细节以及罪犯作案的工具，我都缄口不言。不过，就算我只是简单地概括了一下事实，她们还是瞪大了眼睛，表示实在难以置信。

弗里斯特太太大叫道："都能写出一本书了！一位饱受委屈的小姐，价值五十万镑的大批财宝，一个野蛮凶残的小矮人，再加上一个安了木假肢的犯人。这比平常看的书精彩多了。"

摩斯坦小姐满脸崇拜地凝视着我说："您忘了他们，两个英雄的仗义相救。"

"不过玛丽小姐，如果找到他们，你的财宝就有指望了，但你看起来好像不怎么开心？你想象一下，突然间你有了很多很多钱，天上掉馅饼，那该是一件多让人激动的事情啊！"

她无所谓地摇摇头，好像我说的话和她一点关系都没有。她视金钱如粪土的态度，对财宝保持平常心的冷静，让我打心底里佩服。

她说："我现在就怕撒笛厄斯·肖尔托先生受到不公正的待遇，剩下的我统统不感兴趣。他自始至终都显得彬彬有礼，教养很好，所以我们一定要抓住凶手，还他清白之身。"

从坎伯威尔返回家时，天色的确不早了。福尔摩斯看的那本书和烟斗依旧留在椅子边，然而他却找不到了。我到处翻找，祈祷他能给我留张小字条什么的，但最终一无所获。

哈德逊夫人恰巧来房间拉帘子，于是我说："夏洛克·福尔摩斯先生是不是出门办事了？"

"哦，先生，当然不是了，他现在在自己房间里待着呢。"她压低了嗓音，小声地对我说："先生，您发现了吗，我猜他生病了！"

"哈德逊夫人，您为什么这么说？"

"先生，您不知道他的举动有多反常。自打您离开后，他就一直在房间来回走动，来回走动，听到他反反复复的踱步声，我都有点生气了。然后他又开始自己和自己说话，一有人敲门，他就马上站在楼梯处大声问我：'哈德逊夫人，刚才谁来了啊？'这会儿他又一个人待在房间，不过我还是能听见他在房间里来回踱步的脚步声。先生，我是担心他的身体。就在不久前，我突兀地劝他用点镇静剂缓解一下。啊，先生，他只是抬头瞥了我一下，我就被吓得六神无主了，现在都想不起来我是如何从房间出来的。"

我说："哈德逊夫人，您想多了，我曾经也以为他疯了呢。他一碰到事情就这样，没事的。"我装作毫不在意地和哈德逊太太解释着，然而当他来回走动的沉重脚步声整夜都没有停下时，我越发感觉到他渴望破案的激情却一再被压抑，已经让他十分愤怒了。

第二天吃早饭时，他面容憔悴，萎靡不振，脸红的好像发烧一样。

我说："伙计，不要太拼命。你昨天一夜都在房间里来回走动。"

他说："我失眠了，我快被这个该死的线索气死了。大风大浪都过去了，眼下却要在一条小阴沟里翻船了，这也太让人恼火了。凶手的名字，汽艇的名字以及它的特征，这些我们都搞清楚了，然而汽艇却消失了。我已经发动了小分队帮忙，能想到的手段我也使用了，河流的两岸都快被踏平了，然而一点用都没有。史密斯夫人同样没得到她丈夫的下落，我甚至都要怀疑他们是不是把汽艇凿沉，然后从陆路逃跑了。不过即使这样，还是有些东西解释不了。"

"会不会是史密斯夫人诱导了我们。"

"不可能，她没有问题，我问过别人，那样的小汽艇的确只有一艘。"

"那也许它划到河流上游了？"

"这个我也考虑过，我先前让他们抽出几个人去上游瑞奇门德附近寻找了。要是今天再什么都找不到，我就得自己上阵追踪凶手，不管小汽艇的线索了。不过，今天我们一定会有些收获的。"

可是，一天很快就结束了，威金斯以及他的小分队都杳无音讯。很多报纸都刊登了上诺伍德悲剧的有关文章，他们几乎都大肆批评倒霉的撒笛厄斯·肖尔托先生。不过，除了官方报纸公布要在第二天解剖尸体外，其他没什么动静。晚上我趁散步的机会，跑到坎伯威尔，告诉她们目前的调查遭遇了瓶颈。当我再次回来时，福尔摩斯还是灰头土脸，一脸懊恼的样子，我和他说话，他也心不在焉的。这个夜晚，他一直在做一个有关化学原理的复杂的实验，我实在忍受不了蒸馏气经加热后散发的阵阵恶臭，所以很快就逃离了房间。一直到凌晨，试管的碰撞声依旧在那里叮当作响，我就明白了他依然在搞那个臭气冲天的实验。

第二天一早，我从睡梦中惊醒，突然看到福尔摩斯就在我床前站着。他身上罩着水手服，最外面穿着短袖外套，裹了一条针织红围巾。

他说："华生，我要去下游看看。我想了很久，就只剩下这种可能性了，不管怎样我要去验证一下。"

我说："我们是不是一起赶往下游？"

"不是。华生，相比之下你更应该留下，以防出现意外情况。我也不想亲自跑到下游，小分队昨天的确没什么消息，但万一今天走运了呢？你可以看一切信件和电报，凡事都由你做主。你愿意帮我吗？"

"没问题。"

"我不确定会走到哪儿，因此估计你也联系不到我。不过，要是走运的话，我很快就会回来的，到那时一定能告诉你一些线索的。"

吃早饭时，我没听到他丝毫消息。然而，当我掀开《旗帜报》时，我注意到有关案情的调查已经有了最新报道。上面写着：根据警方最新消息，发生在上诺伍德的悲剧没有表面上看上去那么容易，事实上案件相当棘手。强硬有力证据的出现洗刷了撒笛厄斯·肖尔托先生的犯罪嫌疑。因此肖尔托先生还有女仆人伯恩斯通太太已于昨晚无罪释放，恢复了自由。警署已经部分掌握真凶的有关资料，本案目前已交给苏格兰场能力卓越的阿塞尔尼·琼斯先生全权调查，相信不久就能将真凶缉拿归案等。

我在心里说：结果还不错，最起码肖尔托先生已经摆脱嫌疑了。真凶的有关资料又是指什么啊？难道又是警察掩人耳目、声东击西的把戏吗？我随手把报纸往桌子上一扔，突然看到报纸找人板块里有一则寻人启事。上面写着："找人：船主莫迪凯·史密斯和他的儿子吉姆大约于周二凌晨三点乘坐'曙光'号小汽艇驶离史密斯栈道，从此下落不明。'曙光'号船体呈黑色，上面画有两条加粗横线，黑色的烟囱，中间带有一条白线。倘若您恰巧遇到我的先生莫迪凯·史密斯或'曙光'号小汽艇，请务必前往史密斯码头找史密斯夫人或者通知贝克街221号B楼，您会得到酬金五镑。"

很明显，这是福尔摩斯的鬼主意，从贝克街这个地址就能知道了。就算凶手发现这个寻人启事，他们也可能仅仅把它当作妻子因为担心丈夫和儿子的安全才发的公告，而不会往深处想，所以在我看来这个启事登得相当完美。

时间走得太慢了。每当敲门声响起或路上传来急匆匆的脚步声，我都有种要么福尔摩斯回来了要么看到寻人启事跑过来告知消息的人来了的错觉。我尽量强迫自己看看书，可心一直静不下来，不由自主地就想起案子牵涉的两个不同一般的凶手。我甚至有点不相信福尔摩斯了，他要是在追查开始时就分析错了呢？他的狂妄自大会不会蒙蔽了他的双眼？要是我们找到的线索有错的，而他没发现呢？虽然我从来没发现他工作时犯过错，不过再缜密的心思也会有他想不到的细节，我觉得也许是他想多了，把一个简单浅显的案件复杂化了，因此一直在错误的道路上徘徊不前？然而回头看看，这些线索的搜集过程我同样也参与了，他的分析也头头是道没听出什么破绽。然后我又仔细想了想这几件匪夷所思的小插曲，尽管有的没什么意义，不过大体上方向都基本一致。我只能说，就算福尔摩斯的推论一直都没进入正轨，这个案件侦查的过程也一定能让人发疯。

下午三点左右，门铃又响了，居高临下的说话声从楼下传来，我十分惊奇地看到，这次前来拜访的竟然是阿塞尔尼·琼斯警官。不过现在的他就像换了个人一样，他显然没有了在上诺伍德时的粗鲁无礼、蛮横自大，眼前的他不仅毕恭毕敬，而且还流露出一丝自卑。

他说："打扰了，先生，打扰了！太太告诉我福尔摩斯先生外出办事了。"

"没错，他没和我说什么时候回来。要是您不介意，就稍等一下吧。来这边坐，要不要抽一根雪茄烟？"

"好的，承蒙您看得起。"他边回话边用红手帕擦去额头上沁出的细汗珠。

"愿意喝一杯苏打威士忌酒吗？"

"可以，我只喝半杯。还没到夏天，天就热得像火炉一样，头疼的事又一大堆，关于我对上诺伍德案件的论断，您还有印象吗？"

"您好像提过一次。"

"呵，如今我必须重新开始审视它了。我原来已经认定肖尔托先生了，然而，唉，先生，谁曾想他竟然半路自己跑走了。他提供了无法伪造的不在场证明：他从他哥哥家走后，每时每刻都和别人在一起，因此那个由暗门潜入房间里伺机行凶的人根本不可能是他。案件的侦查难度超出了我的能力，它甚至会威胁到我的探长名誉，所以我特意前来求助你们。"

我说："大家都会走到用得着别人的那步的。"

他由衷地说："先生，您朋友夏洛克·福尔摩斯先生着实才智过人，这点是常人无法望其项背的。我打听了他办理的很多案件，全都抓获真凶了。他侦破案件的手段千奇百怪，尽管有的用力过猛，然而整体而言，他会是一个潜力无穷大的侦探。说真的，我远远赶不上他。早上我收到一封他发给我的电报，他在上面说，他目前已掌握了肖尔托案件的最新动向。电报我也带来了。"

他从口袋摸出电报并递给了我。电报于十二点从白杨镇发出，上面写着："收到后请马上赶往贝克街。要是去后没见到我，请稍等一会儿。我眼下已经发现肖尔托案凶手的隐蔽点。倘若你对此有兴趣，今天晚上我们一起行动。"

我说："看到这的确十分振奋人心。他一定重新发现了凶手的行踪。"

琼斯兴奋地说："哈，你的意思是他也判断失误过。我们最聪明的警官也不能避免犯错呢。我对这个案件也失手了。不过，干我们这行的本来就是宁可出错，也不能让线索溜走。听，门铃又响了，可能是他。"

有人步履沉重地上了楼，不停地喘着气，好像呼吸不畅，上楼时歇了几次，似乎对他来说爬楼梯不是简单的事情。最终他进了房间，外表和他刚上楼时发出的响声相匹配。一个上了年纪的老人，破烂不堪的水手制服，最外面穿了一件外套，扣子胡乱地扣到了脖子处。他的背弓得很厉害，双腿一直在晃，大口大口地艰难喘息着。他拄着一根粗重拐杖，双肩不停地抖动，费劲地呼吸着。他用围巾把自己捂得严严实实，能看到的除了两只机警的眼睛，剩下的就是稀疏的白眉以及灰白的胡子。总的来说，他看起来是一个年龄大了、晚景凄凉但让人肃然起敬的退休船员。

我说："您好，请问您找谁？"

他像所有的老人一样，用目光慢吞吞地扫视了一遍周围。

他说："请问夏洛克·福尔摩斯先生是住这儿吗？"

"是的，不过他不在。我现在帮他处理事情，您想干什么都能跟我说。"

他说："不，我只告诉他一个人。"

"我不是说了吗，这会儿我在帮他做事情，您知道莫迪凯·史密斯小汽艇的消息吗？"

"没错，我很清楚它藏在哪儿，清楚他要找的人藏在哪儿，我同样清楚财宝的下落，总之所有的一切我都了如指掌。"

"那您说吧，我一定把您的话带到。"

他把老年人的倔强以及暴躁诠释得淋漓尽致。他说："我只和他一个人说。"

"好吧，那您就坐这里等吧。"

"我不等，绝对不，仅仅为了带个消息就把今天白白虚度了，太得不偿失了。既然福尔摩斯先生恰好不在，那就请他另辟蹊径寻找线索吧。我很讨厌你们两个，因此你们别想从我嘴里套出点什么。"

他起身准备离开，这时阿塞尔尼·琼斯探长堵住了他的去路。

琼斯探长说："老兄，麻烦听我说几句。您既然知道线索，您就不可以拍拍屁股一走了之。您高兴也好，不高兴也罢，反正今天您不能走，我们一起在这里等福尔摩斯。"

老年人情急之下快步跑到门口，不过阿塞尔尼·琼斯警官用背紧紧地贴住门，这样他就没法出去了。

老人气得拿拐杖使劲捶着地面，大叫道："你们太过分了！我是来找我的朋友的，我根本没见过你们，你们却限制我的自由，简直是无赖！"

我说："您冷静一下，我们会弥补您失去的宝贵时间。现在就请好好地去坐下吧，我相信，过一会儿福尔摩斯先生就会到家了。"

他满脸黑线，坐在沙发上垂头丧气地双手托腮。我和琼斯探长依旧边抽烟边讨论案情。突然就在这时，我恍惚听到福尔摩斯的说话声。

"请递给我一根烟。"

我们瞬间从椅子上弹起，福尔摩斯居然就在身边笑眯眯地看着我们。

我惊呼道："啊！福尔摩斯！你什么时候回来的？他走了吗？"

他掏出一撮头发，说："你说的是他吗，假发帽、胡子、眉毛，所有的都在这儿。怎么样，我装扮得还可以吧，不过，让我惊讶的是，你们竟然没认出我。"

琼斯探长手舞足蹈地说："哈，你真好玩！你的演技太棒了，绝对是专业水平，你把下层劳苦群众的生病咳嗽声，以及受过风寒的腿颤颤巍巍的动作演得惟妙惟肖，就凭这些，你的周薪至少有十英镑。然而，我注意到你的眼睛了，因此我们也不是完全被蒙在鼓里。"

他点了一根烟，说："今天一天，我都是这副装扮。你们也了解，那些罪犯几乎都已经记住了我的样子，更何况我们的朋友还把我的光荣战绩汇编成了小说。没办法，我必须把我的外表做些改变，以便更好地调查案件。我发给你的电报看到了吗？"

"我看到后就马上赶来了。"

"你那边有什么情况吗？"

"什么都没发现。我迫于舆论放了两个疑犯，至于剩下的那两个，我一时也找不到理由控告他们。"

"没事的，等会儿你就可以再投进监狱一两个了。不过你要保证听从我的差遣，至于名誉你全部拿走好了，我只要你听我的指示工作，可以吗？"

"只要能抓住真凶，你让我做什么都行。"

"不错，首先，帮我找一艘警用快艇，先把它停在威斯敏特码头，晚上七点听我的指挥。"

"没问题，有一艘汽艇常年在那附近巡视，我只要打个电话安排几句就搞定了。"

"汽艇上要有两个身强力壮的警察，万一凶手抵死不从，他们可以派上用场。"

"汽艇里一直都配备两到三个警员，其余的呢？"

"等我们控制住凶手后，自然也可以拿到财宝了，我觉得我的朋友肯定非常愿意把宝盒交给摩斯坦小姐，她拥有全部财宝的二分之一，给她一次亲手开启的权利。哈，华生，你觉得怎样？"

"再好不过了。"

琼斯摇了摇头说："这样干不太符合规矩，但总会找到办法解决的。不过那位小姐打开后，就一定要立即上交警署查明它来源的合法性。"

"那肯定了，我可以保证。此外，我十分想听听乔纳森·斯莫尔是如何讲述他的所作所为的。你理解的，我一向对案件的细节问题着迷，想把它完全弄明白。如果有你们警察的监督，我打算在这个屋子或者别的什么地方和他就案件的几个关键点做一次私人的调查，您觉得可行吗？"

"现在一切都是你说了算。尽管我不确定他到底是否存在，然而要是你真到找到他了，我想你想做什么我也无权干涉。"

"也就是说，你不反对？"

"当然，其他还有需要准备的吗？"

"最后就是请你和我们共进晚餐，给我半个小时就行。这里有海鲜，两只野鸡以及一些上等白兰地。华生，我还没给你露一手呢，其实我的厨艺相当了得。"

第十章　凶手葬身河底

晚餐的氛围十分融洽。福尔摩斯一旦碰到志趣相投的人就口若悬河，而今天晚上，他看起来更是前所未有的激动，因此几乎把所有方面都扯了个遍。我从未见过他如此善于和人打交道，神话戏剧，中世纪陶瓷，来自意大利的斯特拉迪瓦里大提琴，锡兰的佛教学问甚至连未来世界的战斗军舰他都知道，好像世界上没有他没接触过的东西一样，简直是无所不知，如数家珍一样说个不停，持续几日的乌云在这会儿也晴空万里了。阿塞尔尼·琼斯探长私底下也十分健谈，开朗大方，现在他正津津有味地享受着专门为他准备的丰盛大餐。我以为让我们心力交瘁的案件会在今天晚上落下帷幕，就无所顾忌地加入他们的谈论阵营了，我们全都陷入了晚餐的欢快时光，似乎大家都忘了我们等会儿又要踏上危险的旅程了。

吃饱喝足之后，福尔摩斯看了一下怀表，然后倒了三杯葡萄酒说："干了这杯，但愿今天圆满结束战斗。到时间了，我们出发吧。华生，枪你有吗？"

"我桌子里放着一把打仗时曾经用过的手枪。"

"我希望你还是拿着吧，以防万一。车子已经在门口停好了，我们约好六点半过来的。"

七点多一点，我们就来到威斯敏斯特码头了，警用汽艇已经停在那儿等我们了。福尔摩斯认真环顾后，对琼斯警官说："有明显的警用标志吗？"

"嗯，汽艇上挂着绿灯。"

"把它拿下来吧。"

把绿灯拿下来之后，我们依次上了汽艇，然后就把缆绳断开了。我、琼斯探长还有福尔摩斯一起在船尾坐着，一个掌舵，一个看着发动机，那两个结实的警员就在我们前方坐着。

琼斯先生说："我们要去哪儿？"

"伦敦塔，请吩咐他们停靠在雅各布森修船厂对面就好。"

汽艇飞速前进着，很快把很多装满东西的小船甩在了背后，当看到又超过一艘小船时，福尔摩斯心满意足地颔首微笑。

他说:"速度如此之快,我敢说什么汽艇我们都能追到。"

琼斯说:"也不一定,但是确实没有几艘船能像我们这么快了。"

"我们一定要撵上'曙光'号汽艇,它可是出了名的快艇。华生,眼下事情稳定了,我们开诚布公地谈谈吧。你知道当我被一个毫不起眼的问题缠住脚时,我心里有多烦躁吗?"

"我能理解。"

"我转而研究化学实验,从而让我的大脑从高速运转中慢慢放松下来。一个大政治家有一句名言说:'换一份工作,就是最有效的放松。'说的对极了。当我圆满地完成分解碳氢化合物的实验后,我又拾起了肖尔托先生的案子,从头仔细地又分析了一下。小分队把河流的上下游都找过了,却什么都没发现。它没在任何一个码头停靠也没回史密斯的家,更不太可能把船沉到河底,不过要是找到最后依旧一无所获,这种情况也许是存在的。我承认斯莫尔诡计多端,但他毕竟接受的教育有限,他应该想不到如此心思缜密的计划。不过他在伦敦生活这么长时间了(从他埋伏在樱塘别墅周围这么多年得知),他多少会留出一些时间,就算短短的一天也好,处理一下身边的事情,才可以放心地远走高飞。不管怎么说,这个预测有可能成立。"

我说:"我觉得这个说法有些牵强,估计他还没准备动手,就把一切都处理好了。"

"当然不会,我和你的看法不同。只有到了万不得已或者这个藏身地确实没有存在的意义时,他才会毫不犹豫地扔掉它。不过,我转念一想,乔纳森·斯莫尔肯定会意识到,他的伙伴不同寻常的外表,怎么伪装都没用,一旦被有心人察觉就有可能想到上诺伍德悲剧,斯莫尔如此聪明的一个人肯定会想到这些。为了不引起怀疑,他们必须晚上行动,还要确保清晨前回到藏身地。那天史密斯夫人告诉我们,他们凌晨三点左右乘坐汽艇离开了码头,一个多小时后天就会亮了,那时路上也会有很多人了,因此我觉得他们的路程不会太远。他们给史密斯先生很多报酬,让他保守秘密,然后租下小汽艇,为远走他乡做好准备。把一切安排妥当后,他们把财宝带回了藏身地。趁这几天留心一下报纸,分析一下目前的处境,最后趁一个夜黑风高的晚上,跑到格雷夫森德或者肯特码头,跳上他们早就准备就绪的小汽艇,按照计划前往美洲或者其他地方。"

"但他们总不会把汽艇也拖到藏身处啊。"

"他们肯定办不到啊。可我觉得,尽管直到现在,我们也没有找到汽艇的行踪,不过它肯定就停在附近什么地方。我设身处地地站在斯莫尔的角度,凭他的机智一定会考虑到,要是警察发现事情不对劲想找他,那么不管是把船送回史密斯先生家还是随意把它停靠在任何一个码头,都会暴露自己的行踪。怎么做才可以既能把汽艇藏好不被发现,又能在用时很快就把它拖出来呢?倘若我是他,我会采取什么方法呢?我绞尽脑汁只想到一个对策,把船停在修船厂做一些外观上的改变,这样一来不但躲过了搜查,而且只要提前几小时说一下就能把船开走。"

"听起来并不复杂。"

"越没技术含量的手段，越难想到。打定主意后，我马上按新的思路着手行动。我找了一件和他们职业相关的水手服穿上，准备跑遍下游所有的修船厂。前十五个修船厂都没什么线索，直到我去了第十六个，雅各布森修船厂，我打听到前两天确实有一个木腿人送来一艘'曙光'号快艇，说是想修理一下船舵。可是厂里工作的工人告诉我那艘船身带有粗红线的船舵，好好的，什么问题都没有。我们正交谈着，一个人走了过来，而这个人就是已经几天不见人影的船家莫迪凯·史密斯，他那时喝得醉醺醺的。我的确没见过他的模样，不过当他大声报出自己和汽艇的名字时，我就意识到是他了。他大声嚷道：'今天晚上八点我会把快艇开走。切记，八点整，一定要牢记。我要开它送两名尊贵的客人离开，因此千万不能出现意外情况。'看来他们确实付给他很多酬金，他冲工人们炫耀塞满口袋的钱币，不可一世地笑着。我盯了他一会儿，看到他一头扎进一家小酒馆后，我又顺着原路返回修船厂，走到半路恰好撞见小分队的一个成员，于是我吩咐他待在那儿，看好小汽艇。我告诉他，一旦小汽艇离开修船厂，他就立即站在岸边冲我们挥舞手帕传达消息。我们先停在这里养精蓄锐，观察他们的一举一动，如果这样还不能抓住他们，那简直见鬼了。"

琼斯说："就算他们不是真凶，你的计划也相当周密。可是换作我，我早就挑几个年富力强的警员埋伏在雅各布森修船厂了，他们一露面就能一网打尽了。"

"你这么做肯定行不通，斯莫尔为人谨慎，疑心很重，他肯定会事先探清虚实，一旦发现有问题，他绝对会继续躲藏一段时间。"

我说："如果你寸步不离莫迪凯·史密斯，你就能知道他们藏在哪儿了啊。"

"可是我要是跟着他，我今天就什么都干不成了。况且我觉得他极有可能不知道他们的藏身地。他现在不缺酒也不缺钱，对此一举，他何必管那么多呢？需要他时，凶手们自然会找他。所有的一切我都想过了，我觉得我们采取的就是最合适的解决方案。"

不知不觉，我们驶过了连接泰晤士河两岸的几座石拱桥。当我们离开伦敦市区时，夕阳正温柔地照耀在圣保罗教堂屋顶的十字架上，看上去金碧辉煌的。还没等我们航行到伦敦塔，天就已经黑了。

福尔摩斯指着距离我们很远的萨利区对岸密密麻麻的桅杆和绳索说："雅各布森修船厂就坐落在那儿，正好这里停靠了那么多小船，我们可以悠闲地在周围划着，而不引起别人的怀疑。"他又掏出望远镜看向对岸，说："我们的信使已经就位了，不过没发现手帕有摇摆的迹象。"

琼斯连忙说："要不我们先赶去下游吧。"此刻我们都有些心急如焚，包括那几个对情况模棱两可的警员以及船夫，也同样难以掩饰激动的心情。

福尔摩斯说："尽管他们90％会从下游逃跑，然而我们绝对不可以掉以轻心。我们现在停靠的地方可以清楚地观测到修船厂的进口，不过他们要想发现我们就难了。今天晚上万里无云，皎洁的月光照射着大地，我们现在就停在原地不动了吧。你看这么多人都往煤气路灯下跑，到时候那儿肯定挤得不行。"

"他们是修船厂下班的工人们，正在赶着回家。"

"他们穿的衣服都不怎么干净，不过他们心灵深处都憋着一股不服输的劲。这些都是从他们表面看不到的东西。没有人是完全一样的，大家都有自己的追求，人生太复杂了。"

我说："好像有人说过，人类是有感情的高级动物。"

福尔摩斯说："温伍德·里德专门研究过这个论断。他分析说尽管人生变化莫测，每个人也都是一个独立的个体，但如果把他们看成一个整体，就完全不一样了。打个比方，你无法预测单个人的性格特征，不过你却可以轻易推断出人类共同的行为特征。个体可以千差万别，但共性却可以一成不变的，人类研究学家的研究结论基本和这个类似……啊，难道手帕有动静了吗？对岸有个白色的小东西一直在飘。"

我惊呼道："是的，那个小家伙开始报信了，我的视力非常好。"

福尔摩斯嚷道："啊，'曙光'号出现了，开得太快了。船长，麻烦您快点，死盯住那艘发着黄色光芒的小汽艇。要是这次让他们跑了，我肯定会懊恼一辈子的。"

"曙光"号转眼间就驶离了修船厂，很快就被两三只小船遮挡了视线。当它又一次出现在我们视野中，速度已经快得让人不敢相信。它正顺着河流往下游快速逃去，琼斯探长严肃地观察了一会儿，叹口气说："它实在太快了，估计它要跑掉了。"

福尔摩斯不甘心地喊道："不行，一定要赶上。船长，多加些煤！不遗余力！哪怕把船毁了，我们也得追上他们！"

我们紧咬着他们不放，煤火燃烧的势头很旺。马达持续地发出隆隆的轰鸣声震耳欲聋，就好像一颗铁做的心脏在那里不停地跳动着，尖锐的船头把沉默的河流一层层地划开，把一朵朵浪花分成两个不同的派别。船体随着发动机的震动而左右摇晃跳跃，好像被赋予了生命。挂在船边的一台黄色大灯朝远方投射了一束修长耀眼的光影。距离我们较远的前方有个看不清的小黑点，那即是我们追赶的"曙光"号小汽艇。它船尾荡起的晶莹浪花，暗示了它前进的速度有多快。河流上来来往往船特别多，我们在它们中间来回穿梭游走。然而"曙光"号依旧好像没受干扰一样全速前进，我们只好死咬着不放。

福尔摩斯冲发动机那边大叫道："老兄们，加把劲，努力啊！尽量让煤炭充分燃烧！"发动机的强烈火焰映出他严峻而坚定的脸孔。

琼斯凝视着"曙光"号自言自语道:"距离拉近了一些。"

我说:"是的,离得不是太远了,我相信用不了几分钟就能抓到他们了。"

不过,人算不如天算,倒霉事找上我们了。三艘紧密相连的装满货物的船打破了我们的追捕计划。多亏及时转换方向,才没撞上它们。我们还没突出它们的包围圈,调整我们原有的追赶路线时,我们发现虽然还能看到"曙光"号,但它距离我们至少有二百多码了。那时候,璀璨的星空已经完全取代了低沉昏暗的黄昏景象。煤炭已经耗尽了它全部的能量,薄薄的船壳被汽艇飞速行驶的极大动能冲击得不停抖动,发出沙沙的响声。我们驶过了伦敦桥,也驶过了西印船厂,沿狭长的戴特弗德河区跨过了狗岛。如今"曙光"号由一个隐约的小黑点变成眼前十分清晰的样子。琼斯拿着照明灯朝他们照去,看到船舱里有人在走动。其中一个在船尾端坐着,膝盖处不知道是什么东西,黑乎乎,身边还卧着一个黑影,看轮廓似乎是一条狗。一个男孩在掌舵,在火光的照耀下,史密斯没穿上衣努力地往锅炉里添煤炭的身影格外清晰。我觉得刚开始时,他们可能还不敢确信我们真的在追他们的船,不过这会儿不管他们怎样左闪右躲,我们都一如既往地追着他们,他们也就确信无疑了。等船开到格林威治时,我们相距三百步左右,等到了布莱克沃尔,我们离他们最多也不超过二百五十步。我这辈子走南闯北,去过很多国家捕捉猛兽,却从未有过像今天晚上沿着泰晤士河顺流而下紧追不放的经历这样刺激。我们的距离越来越近了,周围万籁俱寂,"曙光"号发动机的轰鸣声和汽笛声此刻显得格外清晰。船尾蹲着的那人依旧保持着原有的姿势,两只胳膊不停地挥舞着,时而抬头看一下我们又逼近了多少。我们马上就要成功了,仅仅隔着四条船船身的长度,我们双方都在拼命地向前冲去。此时,我们来到了河流的平坦处,一面为巴尔金开阔地,而另一面是普拉姆斯泰德烂泥地。琼斯大声喊道让他们减速停驶,坐在船尾的那个人收到命令后,起身朝我们扬了扬拳头,大声叫骂着。他体魄强健,身材魁梧,双腿随意分开立在甲板上,我发现他右腿的重量仅靠一根木棍支撑着,而那团一直卧着漆黑的影子,像听到他的召唤一样,挣扎地艰难起身。我从不知道世界上居然有如此瘦小的黑人,怪模怪样的大脑袋,顶着一头乱糟糟的毛发。福尔摩斯迅速掏出了手枪,而我一看到那个丑陋的小黑人也瞬间拿出了枪。他身上披着暗黑色的厚大衣或者毛毯,只把脸裸露在空气里,然而那张恐怖的脸却能让人吓得六神无主。我生平第一次看到如此凶残恶毒的外貌,双眼狡诈,厚厚的嘴唇外翻着,他冲着我们连蹦带跳,兽欲的本性一触即发。

福尔摩斯小声对我说:"他一扬手臂,我们就杀了他。"此刻,我们的距离已经不超过一条船的长度了,他们汽艇上的一切都摆在我们的面前。木腿人拖着双腿大声地呵斥我们,那个侏儒一样的小黑人正狂躁不安地指着我们跳脚大骂。

多亏我们可以观察到对方的一举一动。小黑人从衣服里摸出一截不长,手指一般粗的圆形木棍放在嘴角。我们两个同时开枪，两颗子弹一齐朝他射去。只见他的身体摇晃了两下，然后双手向上伸着，随即掉在了河里，这只心狠手辣的野兽瞬间沉入了洁白的浪花里。正在这时，木腿人突然扑向船舵，拼命把船闸拉下来，小汽艇呼啸着驶向河流南面，我们之间就隔了几英尺，差点和它迎面相撞。我们马上调整船向，继续紧追不舍。"曙光"号此刻已到达河流南面，上面是一大块空空如也的荒地，月光静静辉映着被人遗忘的烂泥地，空地里到处是一洼洼腥臭的浑水以及一丛丛变质发酵的水生植物。小汽艇行驶到河边就无法移动了，船头冲天空撅着，船尾陷入泥潭。木腿人从船里跑出来，然而他的假肢却拔不出来了。他拼命摇晃着身体，但依旧不起作用。他龇牙咧嘴地用力抖动着左腿，然而木腿却完全陷入泥潭里了。我们慢慢停了汽艇，看到他已被死死地吸入泥里动弹不得。我们不得不从船上找出一根绳索，朝他丢去，让他的双肩套入绳中，像捞鱼一样把他从烂泥里拔了出来。史密斯父子俩正无精打采地瘫坐在甲板上，看到我们向他们招手后，他们也只得抛弃自己的船，垂头丧气地上了我们的汽艇。船舱里放着一只做工讲究的印度的小铁盒，这当然就是给肖尔托先生带来厄运的财宝匣了。盒子外面上了锁，可没看到钥匙，分量不轻，我们谨慎地把它抬到我们船上放好。我们拉着"曙光"号，缓缓地沿着上游航行。我们时而会照一下河面，但始终没发现那个小黑人的任何痕迹，我想他肯定真的被淹死了。

  福尔摩斯指了指船舱的门说："你瞧，我们差点就没命了。"甲板上我们曾经站过的地方，它的正后方钉了一根黑木毒刺，估计是小黑人在我们开枪时吹过来的。福尔摩斯看着它笑了笑，摊摊手表示无所谓，然而一想起那晚我曾经和死神擦肩而过，我的心情就久久不能平静。

第十一章　　大批阿格拉财宝

  我们的手下败将在甲板上呆坐着，眼前放着他煞费苦心抢到的宝物箱。他的脸因常年饱经风霜而变得黝黑，眼神中透露着不可一世的狂妄，皱纹横生，看他的样子我们可以想到他的生活一直很艰辛。他的连鬓胡须暴露了他从不随便屈服的张扬个性。他乱糟糟的头发已经白了不少，这说明他应该已经五十左右了。他冷静下来，样子就没那么可怕了，然而他发起疯来，剑眉一横，下巴充满挑衅的样子让人不寒而栗了。他沉默地坐着，带上镣铐的手搭在两腿间，时不时地拿他敏锐的双眼若有所思地打量着引诱他自取灭亡的宝物箱。我觉得，此时的他内心深处的后悔远远大于生气。期间他抬头扫了我一下，眼神竟透露着一丝诙谐。

福尔摩斯又点了一根雪茄，说："乔纳森·斯莫尔先生，我十分遗憾我们会以这种方式见面。"

他坦荡荡地说："哈，先生，我也十分不喜欢。我觉得我要死在这个坎儿上了。但我必须要交代清楚，肖尔托先生不是我杀的，是汤加那个小坏蛋用一根该死的毒木刺杀死了他。先生，请相信我，这件事和我一点关系都没有。肖尔托先生意外身亡，让我心里十分难过。我甚至因为这件事狠狠地抽了汤加，然而人死是不能复生的！"

福尔摩斯说："你想抽根雪茄吗？你现在浑身上下没有干的地方了，赶快喝点酒抵抗一下寒冷吧。我想知道，你爬绳潜入房间时，怎么就那么自信你瘦弱的小助手一定可以降服肖尔托先生呢？"

"先生，您说的如此详细，就像目睹了案发经过一样。我原以为房间空无一人的，我掌握了他们的作息时间，通常肖尔托先生会在那时下楼享受晚餐。我可以把一切都说出来，因为我知道只有如实坦白罪行，才能争取宽大处理。说实话，倘若房间里是他该死的父亲，我肯定果断地杀了他。杀了就杀了，这和我抽这根烟一样，转身就会把它忘得干干净净。然而，如今我却要为肖尔托先生的死亡承担罪名，锒铛入狱，这很让我恼火，毕竟我们之间无冤无仇。"

"你已经被苏格兰场的阿塞尔尼·琼斯探长逮捕了。他打算先把你押解到我家，准许我问你一些和本案有关的问题。请你一定要据实回答，要是你愿意配合，也许我能帮你洗刷一些罪名。我相信我可以找到证据，让他们相信毒刺的药性蔓延得特别快，还没等你爬上窗去，他的呼吸就停止了。"

"先生，你说的很对。我刚爬到窗前就看到他脑袋倒向一边，还冲我诡异地笑，我当时都吓得快掉下去了。假如小汤加动作慢一点，我可能就控制不住自己杀死他了。我觉得或许正是因为我当时追他，他才把木棍还有毒黑刺弄掉了，也正是因为你们发现了它们，你们才能最终找到我们。可我始终想不通您是如何把这些蛛丝马迹结合在一起、从而追到我们的，是我没处理好细节，谁也不怪。"然后，他又无奈地说，"说起来真像做了一场梦。我本应合法拥有这五十万镑的财宝，可我却花了半辈子的时间在安达曼群岛运土修河堤，如今看来去特穆尔烂泥地挖排水沟就是我后半辈子的工作了。自从那天遇见商贩阿奇麦特，并因此与阿格拉财宝结下不解之缘后，我就再也没走过运。事实上，和它扯上关系的人全都没有好下场，阿奇麦特被我们杀了，肖尔托少校整天生活在惊吓和后悔中，至于我，恐怕要长年累月地干苦工了。"

正在此时，阿塞尔尼·琼斯警长把头探入船舱，说："难道你们在开家庭会议吗？福尔摩斯先生，我想喝儿口酒，可以吗？今天结果很不错，我们应该好好干一杯啊。只不过让那个死掉了，不过我们也确实无能为力。福尔摩斯先生，今天全指望你了，要不是你，我们估计又要白忙活一场了。"

福尔摩斯说："今天的行动差强人意，然而，让我惊讶的是，'曙光'号竟会如此之快。"

琼斯说："据老史密斯交代，'曙光'号的行驶速度之快在泰晤士河上数一数二，要是那时船上多个人帮他看着锅炉，他们就可以跑掉了。他甚至对天发誓，他根本没察觉他们就是上诺伍德悲剧的凶手。"

斯莫尔先生大叫道："他确实不了解真相，我掏了好多钱雇佣他，只是因为打听到他的汽艇速度快而已。至于原因，我们一个字都没向他透漏。我承诺过，只要他把我们送到格雷夫森德并且顺利登上驶向巴西的翡翠号客轮，他就会额外拿到很多钱作为他的报酬。"

琼斯说："嗯，只要他确实没有触犯法律，我们肯定会放了他。尽管抓人很快，但审判可没有那么简单。"面对犯人，琼斯探长已经开始打官腔了，他昂首阔步，神情十分骄傲。我注意到福尔摩斯似笑非笑的表情，我知道他心里已经开始盘算了。

琼斯又继续说："等一下就是经过沃克斯豪尔桥了。亲爱的华生医生，您先抱着财宝箱下船吧。您应该明白，我擅自给予您这么大的权利，我心理压力有多大。诚然，这样做不符合规定，不过我们事先已经约定好了，我必须遵守约定。然而这毕竟不是小孩子过家家，因此以防万一，我需要安排一名警察和您一起去。请问您是坐车走吗？"

"没错。"

"然而这上面似乎没钥匙，要不然我们就能先检查一遍了，估计您要找东西把它撬开了。斯莫尔，钥匙呢？"

斯莫尔淡淡地说："河底。"

"坏蛋！你真是个麻烦制造机，但这次却多此一举。你把我们搞得筋疲力尽，东奔西跑的。不过医生，我不想多说什么了，总之务必要保护好财宝。那位小姐看完后，请把它带回贝克街，在我们没返回警署前，您可以在那儿找到我们。"

于是我抱着分量不轻的财宝箱在沃克斯豪尔上了岸，身边跟着一位彬彬有礼的警员。十五分钟后，我们来到了塞西尔·弗里斯特太太家门口。迎接我们的女仆人对我们此次的深夜造访明显表现得十分不解。她告诉我们，弗里斯特太太外出了，估计要很久才能到家，但摩斯坦小姐目前在客厅。我请那位警员在车里稍等我一下，我自己则带着宝箱进了客厅。

她在窗下安静地坐着，身上穿着洁白而且有些透明的纱裙，脖子还有腰上都挽着大红的丝带。她斜靠着一把软椅子，一条如藕一般的玉臂随意放在椅子的扶手上，她妩媚的侧脸和染成暗金色的如瀑秀发在客厅罩灯的映衬下显得格外曼妙，可是她的一举一动却分明传达着她的不快和难过。我走路的声音引起了她的注意，她立即起身，脸颊绯红，既吃惊又有些不敢相信。

她说:"我听到外面有动静,还以为弗里斯特太太提前到家了呢,不曾想来的竟然是您。您这次来又想告诉我什么呢?"

我边把财宝箱轻轻地摆在桌子上,边极力压抑着内心深处的不悦,欣喜地说:"它可比消息好上百倍,我把属于您的财产追回来了。"

她扫了一下宝物箱,冷冰冰地说:"财宝在里面?"

"没错,价值连城的阿格拉宝藏就在里面,您可以得到一半,而一半则是撒笛厄斯·肖尔托先生的。我估计你们大约可以各自拿到二十万镑。啊,请假设一下!什么都不算,光利息这一项,每年就可以得到一万镑。整个英国,像您这样的有钱小姐也找不出几个,这还不足以让您欣喜若狂吗?"

我发现我有点兴奋过度了,因为我意识到她有些反感。她挑了挑眉毛,凝视着我,一字一顿地说:"要是我可以享受它,那可全是您的功劳了。"

我说:"别!别这么说!多亏我的朋友夏洛克·福尔摩斯先生力挽狂澜,这箱财宝才得以追回。像他这样的侦探天才,为侦查此案也绞尽了脑汁,心力交瘁,甚至还差点功亏一篑。要是换作我,估计想破脑袋也理不清头绪。"

她说:"华生医生,请先坐下,慢慢把这一切讲给我听吧。"

我接着上次告诉她的进展说了下去,把福尔摩斯重新采取的追踪手段,走访中发现"曙光"号,阿塞尔尼·琼斯探长的加入,今天晚上的危机活动以及泰晤士河上的生死较量全都大概地做了一个总结。她一直都在聚精会神地听着,当听到我们几乎被毒木刺夺去性命时,她突然面如土色,看样子随时都有可能昏厥。

我立刻起身,倒了一杯水递给她。她说:"我没事,放心吧。知道你们为了我的事情,曾经经历过如此可怕的情形,我十分过意不去。"

我说:"一切都结束了,其实也没什么大不了的。我们把这些不开心的事情通通忘掉吧,转而看点好玩的。你看,财宝就在这儿,我特意跑来送给您的,我相信如果由您亲手开启财富的大门,您心里肯定会很激动的。"

她说:"听起来还不错。"但从她冷静的音调中,我可以知道她并不十分期待盒子里的财宝。毕竟为了追回它,我们也经历了很多磨难,她这样说,也许只是出于礼貌。

她侧身端详了一下宝箱说:"如此精致的宝箱!印度制造的吗?"

"千真万确,印度珍贵的比纳里兹铁制工艺品。"

她试探地拎了一下箱子,说:"太沉了,估计仅这个箱子就很贵重呢。咦,怎么没有钥匙?"

我说："斯莫尔把它丢在泰晤士河里了，我想我需要用一下弗里斯特太太的火钳。"箱子正面嵌着一个粗厚笨重的圆铁环，接口处浇铸了一尊佛像。我小心地把火钳送入铁环中，找了一个点作支撑，使劲一撬，只听砰的一声，箱子就被撬开了。我心跳立即加快了，可当我激动地打开盖子时，我们盯着宝箱，不由得吃惊地瞪大了眼睛。里面空无一物！

怪不得宝箱那么沉，它的四面被三分之二英寸厚的铁块包围着，十分结实耐用，制作的工艺也很考究，和所有用来储存财宝的宝匣没什么两样。然而箱子里却没放任何东西，空空如也！

摩斯坦小姐不动声色地说："财宝没有了。"

听她这么说，我突然想清楚了一些事情，一点一点地挣脱了心灵的枷锁。我无法形容这笔阿格拉财宝给我带来了多大的压力，不过如今它已经没有了。是的，我承认我这样想有些狭隘、不堪，甚至有点无耻，然而那时的我已经顾不上考虑那么多了，我只是恍惚意识到我们的距离又重新拉近了很多。

我发自内心地脱口而出："谢天谢地！"

她笑了一下，疑惑地问道："哦，您说这话的原因呢？"

我情不自禁地抓住她的手，她回应了我的热切。我说："现在我可以表白了，玛丽，我真的很喜欢你，和世界上所有的真挚的爱情一样。那批财宝，那笔数量巨大的财产拉开了我们的距离，而如今财宝已经不存在了，我也能鼓足勇气向你坦白我对你的爱意了。所以我刚才喊了句：'谢天谢地。'"

我一把搂住了她，她在我怀里低声呢喃道："我也要说：'谢天谢地。'"

我不知道那天到底谁失去了财宝，但我很清楚，我倒是收获了一件无价之宝。

第十二章　乔纳森·斯莫尔奇遇记

留在车里的警员耐心十足，等人是一件很无聊的事情，况且我又耽搁了那么久。我把空空如也的宝箱递给他，他脸上写满了不高兴。

他怏怏不乐地说："唉，这下奖金泡汤了！财宝不见了，奖金自然也没指望了，否则，今天晚上的行动可以为我和我的搭档山姆·布朗争取到每个人十英镑的额外奖励呢。"

我说："撒笛厄斯·肖尔托先生钱财很多，就算财宝丢了，他也会奖励你们一笔可观的酬金的。"

可这名警员还是垂头丧气地摇摇头说:"阿塞尔尼·琼斯探长一定会觉得这样的结果坏透了。"

他预测的非常准确,等我们顺利返回贝克路,把空箱交给琼斯警长时,他气得脸色发青。那时,他们三个、福尔摩斯 琼斯探长还有那个犯人,刚抵达贝克街。他们半路调整了以前约定好的事情,中间拐了个弯去警察署备了案。福尔摩斯和平时一样,全身放松地躺在沙发椅上。坐在他对面的是冥顽不灵的斯莫尔,他得意扬扬地把木腿叠加在好腿上。当大家看到箱子里什么都没有时,吃惊得目瞪口呆,只有他忍不住拍打着椅子哈哈大笑。

阿塞尔尼·琼斯生气地喊道:"斯莫尔,你怎么可以做出这种事情!"

斯莫尔大笑道:"是的,我把财宝藏在没人知道的地方,你们这辈子都休想找到它们。财宝永远都是我的,既然我无法享受它们,那就让它们永远在这个世界上消失吧。说实话,除了关在安达曼岛监狱集中营的三个囚犯以及我之外,其他人都没资格拥有它们。如今我们四个都失去使用它们的机会了,我就按照他们的意愿把财宝藏起来了。如此一来也恰好履行了我们四签名的承诺:我们永远共进退。他们三个一定会赞成我的做法的,哪怕把财宝扔进泰晤士河,也不能把它们拱手送给肖尔托或者摩斯坦的后代。阿奇麦特是我们杀死的,凭什么让他们坐收渔翁之利。财宝、钥匙现在都陪着小汤加了。当我预计跑不掉,肯定会落入你们手里时,我就果断把它们藏在一个你们谁也想不到的神秘角落了。哈哈,你们辛苦一场,连一个卢比都没看见。"

阿塞尔尼·琼斯严肃地说:"斯莫尔,你在说谎!要是你真的把财宝倒进泰晤士河了,你为什么不直接把宝箱也丢了?要知道,那样做容易得多啊。"

斯莫尔奸诈地瞥了他一眼,说:"那当然,我丢简单,你们找更简单。既然你们本事大得能找到我,你们同样可以想到办法从河里找到一只宝箱。我把财宝零散地撒入一段绵延五英里河道了,你们要想把它们捞起确实要费些功夫了。我也是被逼无奈,当你们离我越来越近时,我急得手足无措,不知道该干什么。抱怨毫无意义,我此生大风大浪经历得够多了,我早就学会了对那些无法改变的事情一笑了之了。"

琼斯说:"斯莫尔,没和你开玩笑。要是你好好配合调查,不再处处和政府部门作对,那么你在量刑判罪时肯定会有诸多好处的。"

"政府部门?!"他怒吼道,"完美到无可挑剔的政府!要是财宝不属于我们,还能属于谁?他们没为财宝出过力、流过汗,为什么可以合法拥有它们,这样公平?你们知道我为了财宝付出了多少吗?连续二十年生活在热病肆虐的潮湿地,白天一整天钻进红树林里干体力活,晚上就被塞进臭气熏人的窝棚,手脚都被带上镣铐,蚊虫不停地叮咬,疟疾一直在侵蚀我的身体,还要忍受那些总是拿白人发泄不满的该死的黑人监狱看守和各种各样的刁难，我为了阿格拉财宝付出了我的全部，你却妄想告诉我何为公平。就因为我不愿意把我受尽折磨守护的财宝交给完全不相干的人，你说，这一切不公平吗？我宁可上绞架甚至让小汤加一针刺死我，也绝对不允许我在承受囚犯之苦而让他们心安理得地享用着我的财产过好日子！"斯莫尔撕开了他的伪装，那些伤痛的过往被他一一揭开来。他双眼怒视，手铐伴随着来回摆动的手臂发出很大的声音。看见他如此生气和狂躁不安的样子，我突然明白了，为何肖尔托少校知道他越狱潜逃回国时寝食难安了，他受了那么多年的委屈，肯定不会轻易放过他。

福尔摩斯坦然地说："我们并不知道你们之间究竟发生了什么，你还没把故事详细地讲给我们听，所以我们当然也没有办法说明法律应该维护谁的利益。"

"嗯，先生，我很喜欢听您讲道理，尽管我心里清楚正是因为您，他们才会抓到我，但我对谁都不会怀恨在心……我所做的事情全都名正言顺、合情合理。倘若您对我的经历有兴趣，我也不介意和您好好聊聊，我保证会据实相告。麻烦您，请给我一杯水，并把它放到我旁边，如果我讲得口干舌燥了，我就可以直接把嘴唇凑近杯口喝水了。

"我家乡在伍斯特尔州，位于珀肖尔城周边。我们斯莫尔家族世代住在那儿，我偶尔十分渴望回那里探望他们，然而我一直都在给家族添麻烦，所以我想他们也许看到我会不开心。我家族里的人都是虔诚的教徒，在乡里的名声很好，是被所有人敬重的小农场主，但我却从始至终都居无定所，到处游荡。十八岁时，我爱上了一个女孩并因此闯了大祸，族人帮不了我，我只能听天由命，寻找出路。正好赶上步兵第三团即将常驻印度，为了活命，我暂且应征当兵了，准备先在军队里躲一阵子。

"但我和军旅生涯天生没多大缘分。军队刚教我学会踢正步，刚教我学会如何使用步枪时，我就鬼迷心窍地跑到恒河游泳，一条凶猛的鳄鱼咬掉了我右大腿以下的所有部分，好像医生做手术似的，切口整齐，动作利落。多亏当时我们一个队的游泳健将约翰·侯德也在那儿玩水，我才得以逃生。惊恐和流血过度让我很快就晕迷不醒了，倘若不是侯德一把拖住我拼命游上岸，我估计早被河水呛死了。我住院长达五个月，终于带着一条木假肢跟跟跄跄地走出了医院。因为腿受伤，我不得不离开军队，并且干不了重活。你们设身处地想一下，我二十岁不到，就注定是一个百无一用的残疾人，我该有多倒霉，但没过多久，我就脱离了困境。正好有一个叫怀特的种植园主刚到印度准备种植靛青庄园，他那时需要一个工头负责看管靛青庄园的农民们干活。万幸的是，他恰好是我以前所处连队上校的朋友，并且上校一直都很同情我的不幸遭遇，所以他就拼命地介绍我。从事这项工作很多时候都要骑在马背上，我剩下的腿完全可以死死夹住马肚子，所以尽管一条腿断了，我依旧可以骑马。我主要负责在庄园里到处游荡，不间断地督促那些雇佣的农民好好工作，并把不好好劳动的人揪出来。我的酬金十分丰厚，住的地方也让我很满意，那时我觉得就这么做一辈子也很不错啊。我的主人怀特先生待人宽厚温和，他时而去我的房间，和我一起抽烟谈心，那儿的白人同我就像一家人一样，互相关心爱护，哪像这儿这么不近人情。

"呵，平静的日子没过多久就结束了。仿佛一夜之间，声势浩大的动荡就这么来了。一个月之前，我们还像在英国一样好好地生活，二十多万黑人却在这个月发了疯，他们把整个印度搞成了人间炼狱。不过，我相信你们肯定在报纸上看到很多这样的报道，甚至比我亲身经历的还要多，毕竟我没念过书看不懂报纸，我说的只是我看到的东西。我们的靛青庄园坐落于穆特拉，它距离西北几省的最外面都很近。夜晚房子燃烧的火光把天映衬得格外明亮，而白天到处是一列列小分队的欧洲卫士拖家带口地从我所在的种植园门前走过，逃向离那儿最近并且有军队保护的阿格拉城。我的园主怀特先生很冥顽不灵，他觉得形势没那么糟糕，他坚信叛乱很快就能被镇压，所以他和往常一样守着阳台喝喝酒抽抽雪茄，事实上我们已经危机重重了。我和打理财务的道森夫妇始终坚守岗位，彼此关系很好。然而，厄运悄然而至。有一天我有事去了一个离我们很远的种植园，临近晚上我骑着马悠闲地往回走。突然我看到险峻的峡谷底处好像有一团黑乎乎的东西。我拍了一下马凑近一瞧，不由得脊背发凉。躺着的是道森的爱人，她被分割成一片一片的，而且尸体已经被狼狗撕咬了一大半。没了呼吸的道森匍匐在不远处，死死地抓着一把子弹用光的枪，四个印度兵叠加死在他身边。我攥紧马缰绳，心里拿不定主意。我抬头发现怀特先生的家已经被点燃了，甚至可以很清楚地看到火焰。我明白我回去只会给他带来麻烦，搞不好自己也会没命。我看到数以百计的黑人，身穿红色的大衣在熊熊大火前高兴得哇哇乱叫。突然，他们中有人发现了我，便立马向我瞄准，然后两颗子弹就擦着我的脑袋飞了过去。我马上调转方向朝稻田跑去，一直到半夜才抵达阿格拉城。

"其实，躲进阿格拉也没有想象得那么万无一失，印度已经彻底沦为一锅沸腾的粥。但凡可以把几个英国人汇聚成一个小团体，他们的力量也只够确保枪炮射程范围里的安全，至于另外落难的英国人，谁都无能为力。几百万人在杀戮几百人！最让人难以接受的是，这些正在对我们进行残杀的敌人，步兵也好、骑兵也罢，包括炮兵，全是我们以前不分昼夜严格筛选出的优秀士兵，他们用的武器曾经属于我们，吹的号角也曾经属于我们。阿格拉由孟加拉第三枪团守卫着，包括几个印度兵，两列马队以及一个炮兵连队，甚至还刚组建了一支包括商人和政府职员的后备军队。尽管我是残疾，但依旧成了其中的一员。七月刚开始，我们出发去沙根吉和黑人作战，曾一度逼得他们连连后退，然而由于弹药供给不足，我们只能先回到城里。我们每天收到的众多情报中没一个是鼓舞人心的，这也没什么好惊讶的，你打开地图研究一下就一目了然了，我们位于动荡的核心地带。东边是拉克瑙，离我们一百多英里，南边是康普城，离这儿也一百公里的样子。我们周边充满了血腥、屠杀，场面令人发指。

"阿格拉城面积广阔，千奇百怪并且恐怖至极的激进分子全涌到了那里，拥挤闭塞的小街道往往会成为他们攻击的首选地。正因为如此，上级决定集结一部分军队，跑到河的对岸，在阿格拉城堡内开辟了一个聚集点。你们有没有听别人提到过它，或者曾经在书上看到对它的介绍？它让我感到浑身不自在，尽管我也去过很多乱七八糟、神秘莫测的地方，然而对于它，我却完全搞不懂。第一，它十分辽阔，占地面积已经超过了我的估算能力，我们所有的部队官兵，老幼残弱还有剩余的军用物质全都集中在其中一座年代稍晚的房子里，即使是这样，可以利用的空间还有很多，然而稍新一些的建筑和那些旧建筑实在没法比，因为那儿不住人，因此蝎子和蜈蚣汇聚在那儿，它们占山为王。古老建筑里随处可见空荡荡的厅堂、弯曲的走廊以及盘旋起伏的幽长走道，进入后一不小心就会迷失方向。所以，大多数人都不愿意去那里，但确实也有胆子大的人组成队伍举拿火把去进行探险活动。

"河水经古建筑前穿过，暗中起到了一层保护作用。它左右两边以及后方都开了很多供人进出的门，不用说，这里的门还有我们聚集的新建筑全都需要有人看管。我们人不多，没办法面面俱到所有角落和排炮位，所以在这么多门前全部安排人看管太不现实了。因此我们只好在堡垒中间处成立了一个核心保卫处，一个白人带着两到三个土著士兵负责一个门。我被分配在每个夜晚不变的时间段，带着我的两个锡克教卫士下级，看管旧堡垒西南处的一个和其他城门相距很远的小门。上级的命令就是，倘若碰到危险就立即开枪，然后核心保卫处就会马上派人来支援。不过我们把守的城门和城堡中心之间至少有二百步的距离，更何况中间还有很多迂回往复的走廊和过道。我不敢想象，要是真的遭遇危险，能不能指望他们搭救我们。

"我刚混进组织不久，还断了一条腿，突然就当上了小领导，这让我十分开心。我和那两个印度土兵一起保护了两个夜晚，他们其中一个叫穆罕默德·辛格，另一个叫阿卜杜拉·汗。他们都体态健壮、外表勇猛，参加过很多战争，他们以前还在齐连瓦拉打过仗，能说一口很流利的英语，然而我却始终不知道他们在讨论什么。他们经常凑一块，说着我听不懂的锡克语言唧唧歪歪地可以谈论一夜。我独自在门口伫立，只有曲折的明灭可见的河流还有远处的万家灯火陪着我。震耳欲聋的鼓点声，印度铜锣的敲击声，沉迷于鸦片毒品的满足中的乱党们的嘶吼，这些无一不在时刻告诉我们，对岸的敌人随时可以要我们的命。守夜的官员每过两个小时，就会来各岗位例行巡逻，确保没有危险的发生。

"到了第三夜，天色阴暗，下着毛毛细雨。接连在这样的环境中站岗数个小时，的确很容易烦闷无聊。我尽量想和他们搭话，然而他们并没有和我交流的意向。到了凌晨两点，来检查的军官让我打起了一点精神。他们依旧对我的话题没有兴趣，我只好把枪放在地上，然后把烟斗和火柴从口袋里拿出来，准备抽烟解解闷。就在这时，他们一下子扑倒了我，一个把我的枪拿走，手摁扳机然后对准我的头；另外一个将一把刀架在我的颈上，恶狠狠地说，倘若我再挣扎一下，他就用刀杀死我。

"我首先的反应是：他们被河对岸那些人策反了，并且新的战争要打响了。要是这个门被他们控制了，那就意味着城堡会沦陷，里面避难的老幼残弱终究逃不脱死亡的命运。可能你们会觉得，我在编故事提升我的人格魅力，然而我说的话字字属实。当我发现事情的严重性时，尽管我的脖子可以感觉到冰冷的刀刃，但我依旧下意识地张开嘴想喊些什么。就算这将成为我在世界上所发出的最后的声音，但要是可以被核心保卫处的人听到，也许就可以因此挽回很多生命。按着我的那个人好像猜到了我的想法，还没等我喊出口，他就耳语道：'别说话，城堡不会出事，我们这里不会出现背叛者。'他说得极其真诚，何况我也清楚，我一说话，他们就会毫不犹豫地宰了我。他棕色的眼睛里似乎藏着什么秘密，因此我暂时屈服了，我没再说话，想知道他们在干什么。

"他们中相对更强壮威猛的，名为阿卜杜拉·汗的家伙说：'先生，我要告诉你，眼下摆在你面前的有两个选择，一是我们结成同盟；二是我们杀死你。这件事非同小可，我们要速战速决。你或者发誓永远真诚地加入我们，绝不违背诺言，或者我们现在把你解决了往河里一扔，接着我们跑到对岸叛变。除了这些，没有任何折中的办法。你想活着还是现在就死？至多给你三分钟考虑，来不及了，这一切都要在巡查军官来之前完全解决。'

"我说：'我不知道到底出了什么事情，又怎么能做出选择？但我事先说明，要是这件事对城堡的守卫工作不利，我一定不会和你们同流合污，你们把我杀了吧，我求之不得！'

"他说：'和城堡扯不上关系，你们英国人千里迢迢来印度是为了什么？不就是为了钱吗？我们现在给你一个成为有钱人的机会。倘若今天晚上你选择加入我们，我们就一起对着这把刀许下神圣的誓言，这种誓言只要是锡克教徒就会严格遵守它。我们保证把宝贝均分成四份，把其中一份送给你。你轻而易举就可以得到那么多财宝，这真是天底下最公平的事情了。'

"我说：'财宝在哪儿？我当然想成为有钱人，但你们需要我做什么呢？'

"他说：'你敢发誓吗？以你父亲的四肢、你母亲的声望以及你虔诚的宗教信仰的名义发誓，无论以后发生什么，都不会做影响我们利益的事情，不会说破坏我们关系的言语。'

"我说：'假如你们能保证不牵涉城堡，我可以照此发誓。'

"'这样一来，我们也发誓财宝一定会分给你四分之一。'

"我说：'不是三个人吗？'

"他说：'不是的，多斯特·阿克巴是我们的其中的一员。趁他还没来，我愿意和你讲一下事情的完整经过。穆罕默德·辛格，麻烦望一下风，以防他们突然进来。先生，怎么说呢，我听说欧洲人向来说一不二，因此我们有理由相信你。如果你是撒谎上瘾的印度人，那对不起了，就算你对着天地万物发誓，我们也一定会让你的鲜血祭拜我的刀刃，把你的尸首丢进河里喂鱼。然而我们知道英国人的传统美德，所以，我要把故事全部告诉你。'

"'北面地区有个土王，他没多少土地，但却拥有了巨大的财宝。其中一半是继承他父亲的遗产得到的，而另一半则是他多年积攒的，他唯利是图且一毛不拔。发生动荡后，他观察现在的形势白人不占优势，就巴结印度人支持他们作战，但又考虑到万一白人卷土重来，估计会侵犯自己的利益。因此他瞻前顾后，考虑了很长时间，终于想到一个好办法。他把拥有的全部财富按种类分成两部分，金银币和贵金属藏在他挖好的地下密室里，而那些罕见的珍珠和宝石则被装进一只小铁箱里，他让自己最信任的人伪装成商人，带着箱子躲在阿格拉城堡避难。这样一来，要是印度士兵获胜，他将得到那些金银贵金属；要是白人成功，尽管钱币没了，那些财宝也是一笔巨大的财富。他拿定主意后站到了印度叛军那边，毕竟叛军在他的土地范围内势头正猛。先生，他这样选择后，也就是说他拥有的那些财富也就应该为叛军服务了。

"'而那个假冒的商人用了一个假名叫阿奇麦特，眼下已经来到了阿格拉城，他打算伺机溜进城堡。陪他一起来的是我的朋友多斯特·阿克巴，这件事就是阿克巴最先发现的。多斯特·阿克巴已经和我们商量好今天晚上把阿奇麦特领到我们三个看管的城门前。再过几分钟，他们就到了，我们现在正在这里等他们。我们在的地方平时几乎没有人走动，所以他们过来不会被人看到，那个叫阿奇麦特的冒牌商人从来就不存在过，至于那些财宝，自然而然就属于我们四个了。先生，您觉得如何？'

"在我的家乡伍斯特尔州，生命是庄严不可侵犯的，但如今我们所处的时代却战火纷飞，血流成河，我也就管不了那么多了。那个叫阿奇麦特的商人死还是不死，都和我没关系，然而他们说的财宝却引起了我浓厚的兴趣。我在想，假如我得到了它，我会把它带回故乡做些事情，而我们族人们发现吊儿郎当的我现在竟然拿着这么多钱币荣归故里，他们的眼神该有多羡慕啊。然而，正当我在心里打定主意时，穆罕默德·辛格却认为我左右摇摆，于是继续诱惑我。

"他说：'先生，您一定要想清楚，要是商人不巧被军官抓住，他必死无疑，而财宝也铁定上交，如此一来大家都别想拿到一个卢比。不过，既然如今他自己送上门了，我们难道要眼睁睁地看着煮熟的鸭子飞走吗？财宝我们四个分了和上交国库有什么区别呢？这些财宝可以让我们四个后半生衣食无忧。我们所处的地方这么偏僻，怎么可能会有人发现呢？您觉得这样考虑还不够万无一失吗？先生，我劝您一定要慎重考虑，您究竟愿意成为我们其中的一员，还是毅然站在我们的对立面？'

"我说：'我当然愿意和你们生死不离了。'

"他马上把枪递给我，说：'太棒了，我们坚信您会像我们一样信守承诺。眼下我们唯一可以做的就是静静地等候我的朋友和商人了。'

"我说：'你朋友是否知道我们接下来要做的事情？'

"'当然，这些全是他一手安排的。我们去门口吧，不能总让穆罕默德·辛格一个人守着。'

"正值雨季时期，雨依旧淅淅沥沥地飘落着，天上的乌云一块一块的，天色很暗，仅仅相隔几步路就很难辨清东西了。门前有一条沟，沟里已经几乎没什么水了，可以毫不费力地穿行。我们沉默地在门口站着，等待那块送上门的肥肉。

"正在这时，我发现沟那边有一处灯光被什么挡住了，然后过一会又亮了起来，远看像是朝我们缓缓走过来。

"我大喊道：'是他们！'

"阿卜杜拉小声说：'您问他话时放轻松点，一定不能让他看出破绽，我们负责把他领进去，您只要看好门就行了，一切都交给我们。把灯弄亮些，看看是不是他们。'

"灯光一明一暗地朝前前行着，走走停停，直到看见沟对面出现两团人影。他们慢慢翻过沟，越过泥沼地，爬到岸边，我小声问道：'你们是谁？'

"有人说：'朋友。'我高举着灯走进看了看，走在前边的印度人身材修长，胡子蓄得很长，长度都快到腰间了，我只在戏剧中见过如此魁梧的男人，而另一个人则矮小得多，身材胖得有点滑稽，脑袋上包着一块黄头巾，怀里死死搂着一个用围巾紧紧捆绑的包袱。他看起来很害怕，双手不停地颤抖着，如同染上疟疾病一般。他就像一只刚出洞口的小老鼠，惶恐不安地打量着周围，一双受惊的小眼睛闪烁着光芒。想到他马上就要死了，我心里不由得难过起来，然而财宝在我眼前一晃，我的愧疚就马上消失得无影无踪了。他发现我是白人，就一路小跑，欢呼雀跃地投奔了我。

"他气喘吁吁地对我说：'先生，您一定要救救我，收留命苦的阿奇麦特吧。我来自拉杰普塔纳，一路历经艰险才抵达阿格拉城堡。我遭遇过抢劫、打骂甚至欺凌，因为我曾经支持过你们。如今我和我的宝贝终于抵达了避风港，谢谢上帝。'

"我说：'你拿的什么？'

"他说，'小铁箱，装着几件世代相传的玩意儿，对你们也许没什么用，然而对我来说可就意义重大了。我不会白请你们帮忙的，要是您的上级肯收留我在此避难，我保证会给您还有您的上级一笔可观酬金的。'

"我无法和他交谈了。他惊吓过度的圆乎乎的小脸越在我面前晃，我越怕我忍不住良心发现告诉他实情，最好的办法就是速战速决。

"我说：'你们带他去中心处吧。'然后他们就站在他两边，引他进入了漆黑的走道，那个高大的家伙就走在最后面。那个可怜的人被恐怖的杀机围得密不透风，估计死定了。我拿着灯笼一个人守着堡门。

"他们的脚步声清晰地回荡在寂寥无人的走道上。顷刻间，声音戛然而止，然后就听见里面开始撕扯打斗。不一会儿，我惊讶地看见一个人上气不接下气地急匆匆地朝我这边跑来。我忙把灯笼举高照了一下，发现那个胖商人，整个脸上都是血，却跑得飞快，而那个大高个举了一把刀像吃人的猛兽一样拼命地追赶他。我从未想过一个人的生命遇到危险时竟然可以迸发出如此惊人的力量，并且他的确快摆脱危险了。我心里很清楚，只要他可以穿过我把守的这道门，他就极有可能捡回一条命。我当时有点犹豫了，甚至想放他一条生路，然而一看见财宝，我就丧失了仅存的一点良知。他一跑到我身边，我就瞅准时机拿起枪扔向他的双腿间。他果然被绊倒了，在地上滚了两圈，活像只中枪的兔子。他还没成功地站起来，大高个就猛地扑到他身上，冲他肋骨处刺了两下。他一点都没挣扎，甚至不曾呻吟，就倒在那里死了。我觉得也许他是在我绊倒时就停止了呼吸。先生，你瞧，我没有考虑利弊，只是纯粹的讲述事实。"

他顿了顿，用戴着镣铐的手捧着福尔摩斯为他倒的加过水的淡威士忌酒。现在我对他的冷漠无情越来越感到愤慨，因为他不但杀了一个无辜的人，并且他在回忆经过时，竟然表现出一副若无其事的无耻嘴脸，由此可见，他是多么心狠手辣、麻木不仁。因此不管等待他的是多么严重的惩罚，都休想得到我半点怜悯。夏洛克·福尔摩斯和琼斯探长依旧把手搭在膝盖上，静静地坐在椅子上，全神贯注地聆听他的讲述，然而脸上却写满了鄙夷。或许斯莫尔感觉到我们对他不满了，所以他下面的讲述，无论是语气，还是肢体都不再像刚开始那么配合了。

他说："没错，事情处理得很卑鄙。但我倒想问问你们，会有多少高尚的英雄面对我的那种处境，宁愿选择被人杀死也要自愿放弃那批财宝？况且他一踏入城堡，就注定了我们中只能有一个人活着的局面，一旦他逃出城堡大门，我们的计划就会被发现，我就一定会被处分甚至要被枪决。毕竟特殊时期，法官不会网开一面的。"

福尔摩斯打断他说："让我们回归正题吧。"

"我和阿卜杜拉·汗以及多斯特·阿克巴一起把尸体搬进去了。他个子不高，然而体重却不轻。穆罕默德·辛格继续把守着堡门。我们三个把他搬到事先就找好的角落，那里离堡门很远，穿过一条迂回的长廊，映入眼前的是一间空空如也的大厅堂，四周墙上的砖块都已经脱落。地面上恰好有一处凹下去的大坑，我们就把这坑当成藏尸的好地方了。我们把尸体扔下去后，在上面埋了很多破碎的砖块，全部搞定后，我们才放心离开回堡门那里检查财宝。

"铁箱躺在我绊倒阿奇麦特的地方，喏，它现在就放在你们的桌子上，一根丝线穿过钥匙然后系在箱盖的镂花扶手上。我们掀开了铁箱，里面的珍珠在灯光的映衬下显得格外晶莹剔透，和我童年时期在家乡珀肖尔读的童话书里描述的以及我没见之前设想的完全一致。这些璀璨的珠宝，简直让人目不暇接。我们四个解了眼馋后，才慢慢把它们拿出来清点了一下。一共有一百四十三颗顶级宝石，其中有一颗名为'大莫卧儿'的，传说是世界上重量排第二的钻石。九十七块高级翡翠，一百七十块红宝石（中间掺杂了一些小的），四十块红石榴玉，二百一十块青色的玉，六十一块红玛瑙，还有数不清的绿色玉石、缟玛瑙、猫儿眼、土耳其玉石还有很多我叫不出名字的珠宝。当然，慢慢地我就全知道。另外，箱子里还装着三百颗左右晶莹的明珠，中间有十二颗镶嵌在一个金色的项圈上。把宝箱从樱塘别墅带回去后，我仔细检查过，什么都有，唯独它丢了。

"我们清查一遍后，就把财宝重新装进箱子里了，然后带到门口又让穆罕默德·辛格检查了一下。最后我们又庄严地重申了誓词，一定要同心协力，严格遵守诺言。我们一致赞成先把宝箱藏在一个隐蔽的角落，局势一旦稳定，我们就平分财宝回家过好日子。我们考虑过，就地分赃在当时的环境下行不通，毕竟财宝非常值钱，万一不小心被人看到，必定会招致麻烦的，况且我们居住的城堡也找不到稍微闭塞的角落供我们藏匿财宝。所以我们只好带着箱子回到了藏尸体的那个大厅，挑了一面看起来最结实的墙，从上面抠出几块砖头，然后把箱子藏了进去，最后把砖仔细盖好。我们牢牢记住了那个地方，而且第二天我特意画了四张平面图，我们每个人都留了一份，在最下面签上我们四个人的名字当作我们誓言的见证：从今天起，我们四个人成为一个整体，利益共享，风险共担，绝不允许有人自私自利违背盟约。我向上帝发誓，我从未背弃过我们的约定。

"没错，接下来战争以什么收场，我相信你们肯定早就知道了。刚开始威尔逊攻占了德里，然后科林爵士夺回了勒克瑙，接着叛党就溃不成军了。大批的新部队络绎不绝地占领失地。纳诺·萨希布沿着国境线上消失了，格雷特里德上校指挥一支队伍进入阿格拉城，把叛军处理得干干净净，大好的局势好像慢慢回来了。我们渴望着再过几天就能把财宝分了，然后重新开始美好的生活，但现实很快狠狠地扇了我们一个耳光，我们被投进了监狱，因为有人控告我们杀死了阿奇麦特。

"让我告诉你们真实的情况吧。尽管那个土王相当信赖阿奇麦特把财宝交给他保管，但东方人生性多疑，因此他又让自己一个更加信任的仆人跟着阿奇麦特，暗中监视他的一举一动，而且特意嘱咐他一定不能把人跟丢了，要保证此人时刻在自己的视野范围内。那天晚上，他一直偷偷地尾随他们，目睹阿奇麦特踏进了城堡门，因此他就认为阿奇麦特已经顺利进入城堡逃难，然而当他第二天也到了城堡后，却一直都没发现阿奇麦特的身影。他觉得事情不对劲，立即报告了看守的卫士，卫士又向上级说明了情况，最终整个城堡开展了一次地毯式的搜索，结果尸体就被找到了。我们还没意识到危险的时候，就毫无防备地被抓了，罪名是蓄意谋杀。我们之间三个是案发当晚的看守士兵，剩下那个是死者的同路人。受审时，关于财宝的问题不了了之，毕竟那个土王已经被罢免王位，驱除国境了，所以大家就不太在意财宝的去向了。但谋杀案却无法推翻，我们四个都无法洗刷嫌疑。起初他们被判为无期徒刑，而我则是死刑，不过后来我被减刑，这样我们就保持一致了。

"那时我们的情况十分尴尬，我们都是终身监禁，也许这辈子就只在监狱度过了。不过，与此同时，我们四个又都得知一个天大的喜讯，也许我们运用得当，下半生就能衣食无忧过上好日子。只要我们能出去，那批财宝就是我们的，花都花不完，然而现在却因为几餐微不足道的粗茶淡饭而必须任由那些小士兵的冷嘲热讽、肆意谩骂，这种感觉简直让我抓狂。不过我一向宠辱不惊，因此我一直默默忍受着这种非人的折磨，慢慢等待翻身的机会。

"终于，我等到了。我的服刑地从阿格拉转到马德拉斯，然后又转到安达曼群岛的布莱尔小岛。那个岛上白人犯人非常少，再加上我刚到那里时就很服从管教，因此我很快就享受了优厚的区别对待。他们让我独自住在哈里特山脚下的霍普城的一座小房子里，我在那里过得十分快活。我所在的岛上，恐怖骇人的热病一直在肆虐着，并且附近还有以吃人为乐趣的野人，他们经常无缘无故地朝我们发射毒木刺。我们在那儿每天都有做不完的工作，翻土啦，开沟啦，种植山药啦，以及其他各种各样乱七八糟的事情，只有到了深夜才可以轻松点。我跟着监狱的医生懂得了如何抓药、配药，慢慢也知道了一些外科手术方面的知识。我从来没有放弃过越狱的想法，然而我所在的地方和周围陆地的距离都有几百英里，况且那片海域的风异常的小，综合种种因素，越狱的确不是一件简单的事情。

"名叫萨默顿的外科医生乐观开朗，爱说爱笑，驻扎在这里的年轻士兵们晚上都喜欢去他住的地方打牌赢点小钱。我进行抓药的工作室就在他们玩牌的隔壁房间，中间隔着一个小窗户。要是我在工作室里无聊烦躁，我就会关掉灯，走到窗户边听听他们在讨论什么，看看谁的手气比较好。我以前也很喜欢赌钱，所以只是旁观就让我感到很兴奋了。时常聚集此地打牌的是训练土著军人的肖尔托少校、摩斯坦上尉和布朗利·布朗中尉、外科医生以及两三个看管监狱的小狱卒。他们都经常打牌，十分会玩，这样的团体一起玩才有意思。

"过了一段时间，我发现了一件事情，玩牌时每次输的都是军官，赢的都是狱卒。我没觉得中间有猫儿腻，也许这些狱卒抵达这个岛后，找不到可供消遣的娱乐活动，于是整天琢磨牌技，慢慢地就玩得越来越好了。而那些军官都不怎么会玩，因此经常输钱，输得越多就越想赢回来，赌的钱也越来越多，所以那些军官渐渐就没钱了，过得穷困潦倒，他们之中肖尔托少校的情况最糟糕。刚开始他赌的是金币和现金，不久钱输完了，不得不把期票拿出来，偶尔赢那么一点钱，他就想翻本，可结果却血本无归，因此他经常垂头丧气，开始酗酒排解失落情绪。

"那天晚上，他输得比平时更惨。我在小房间里坐着，看到他和摩斯坦上尉慢慢地走向住处。他们关系很亲密，经常勾肩搭背，去哪儿都在一起。那时少校正因为输钱的事情懊恼不已。

"走到我房间时，他嚷道：'摩斯坦，完蛋了！我没法留在这里了，我必须要走了。'

"上尉拍拍他的背说：'伙计，这点挫折算什么啊，我以前经历的事情比你现在不知道要难搞多少倍，然而……'他们后来又说了什么我不得而知，不过这几句对话就足以让我开始有些想法了。

"过了两天，我看到肖尔托少校在海边闲逛，就赶紧跑过去搭话。

"我说：'少校，我想咨询一点事情。'

"他把雪茄从嘴里拿掉说：'斯莫尔，怎么了？'

"我说：'少校，我想知道您认为，要是藏着财宝，我应该请谁保管才能放心呢？我知道有个地方藏了一大笔财宝，它值五十万镑。毕竟我现在没有办法享受它，所以我觉得最完美的解决方法就是把这个秘密告诉政府，可能我会因此少坐几年牢呢。'

"他做了一个深呼吸，瞪着我，想要判断我是不是在开玩笑，他不相信地问道：'斯莫尔，你是说五十万镑？'

"'少校，千真万确，全是珍珠和宝石，到那里就能找到。然而，可惜的是它的主人触犯了法律被驱逐出国了，所以现在谁先拿到就是谁的。'

"他磕磕巴巴地说：'上交，斯莫尔，交给政府吧。'他说的时候犹豫不决，我知道他逃不出我的手掌心了。

"我若无其事地说：'少校，您赞成我把这个秘密告诉上级吗？'

"他说：'别急，你好好想想，要不会追悔莫及的。斯莫尔，到底发生了什么，你讲一下吧。'

"然后我就把事情讲了一遍，不过有些地方做了变动，怕他猜出藏宝地。等我讲完后，他若有所思地站在那里，嘴唇不停地禽动着，很明显，他现在的内心深处正挣扎不已。

"许久，他开口说：'斯莫尔，这不是儿戏，你一定要死守秘密，给我点时间，我想好后立即过来找你。'

"两天后的深夜，他和摩斯坦上尉一起拿着灯笼走进了我的小房间。

"他说：'斯莫尔，我把摩斯坦上尉拉过来了，你再讲讲你的遭遇吧。'

"于是我又重复了一次。

"肖尔托说：'感觉很像真的，要试试吗？'

"摩斯坦上尉点点头表示赞许。

"肖尔托说：'斯莫尔，我说说我的想法。关于这件事我们俩已经商量很久了，我们一致觉得这件事情和政府部门无关，这是你自己的事情，你想怎么做就怎么做。不过，我想知道你愿意给我们多少报酬呢？要是我们可以说好条件，可能我们就会帮你把它拿回来，哪怕是帮你打探一下真假。'他竭力克制住自己内心的狂喜和激动，然而他的双眼早已出卖了他的欲望。

"我同样装作满不在乎，但其实心跳得快要蹦出来了。我说：'我只要你们帮我办一件事，那就是让我们四个摆脱牢狱生活，这样你们就可以加入我们，而财宝的五分之一也就属于你们了。'

"他说：'呸！才给五分之一，太不划算！'

"我说：'你们每个人拥有五万镑，还少吗？'

"肖尔托说：'然而你提出的条件，我们如何才能办到呢？你比谁都明白，这件事是不可能做到的。'我说：'其实很容易，我全都计划好了。我们最大的困难就是缺少一条在海上漂荡的小船以及逃跑要吃的食物。我知道加尔各答和马德拉斯那里的小汽船还有小汽艇速度十分快，你们帮我们找来一条，我们说好在半夜跳上船，随便停靠印度海岸边的一个小地方，就算你们的工作完成了。'

"他说：'如果只送你就很容易了。'

"我说：'要走就必须一起走，我们发过誓，有福同享，有难同当。'

"他说：'摩斯坦，你听到了吗，他很讲义气，绝不会出卖和背叛别人，我们应该和他合作。'

"摩斯坦说：'这样做太无耻了。然而你分析的很对，我们十分需要这批财宝。'

"少校说：'斯莫尔，我答应你的条件了，但我们必须要验证一下事情的真假。请你说出藏宝地点，我一定要请假登上固定时间往返的小汽船专门去印度求证。'

"他越心急如焚，我越是得波澜不惊。我说：'急什么，我首先要问问他们三个的想法。我事先说过，我们四个是一个利益共同体，做什么都要一起决定。'

"他插嘴说：'可笑！我们合作为什么要扯上那三个黑鬼？'

"我说：'黑也行，蓝也可以，毕竟我们一起发过誓，一定要统一看法。'

"经过两次会面未果后，穆罕默德·辛格、阿卜杜拉·汗以及多斯特·阿克巴这次终于聚齐了。我们反复讨论争辩后，最终达成了一致。我们给他们两张阿格拉城堡的藏宝地平面图，并精确地指出了图里藏着财宝的墙，这样他们找起来就轻松多了。等肖尔托少校发现财宝后，继续把它留在那儿，然后找到一条载满食物的小汽艇，开着它前往拉特兰岛，帮助我们逃跑。这时肖尔托少校马不停蹄地返回军队报到，紧接着摩斯坦上尉请假前往阿格拉城堡找我们一起把财宝平均分成五分，最后摩斯坦上尉会把属于肖尔托少校的那份带给他。我们用我们脑海里出现的以及可以说得出口誓言保证这次行动的神圣，必须履行诺言，绝不背叛。我借着灯光连夜描摹了两份藏宝平面图，并且在最下面写下我们的名字：穆罕默德·辛格、阿卜杜拉·汗、多斯特·阿克巴还有我。

"先生们，这么冗长的经历是不是听得不耐烦了？琼斯探长肯定一刻都不想耽误，想赶快把我扔进监狱里，这样他的任务就完成了。我会尽量叙述得快点。该死的肖尔托自从去了印度后就再也没有他的消息了。不久后，摩斯坦上尉递给我一份由印度开往英国的客轮游客清单，我竟然在上面看到了肖尔托。有人说他伯父去世了，所以他继承了一笔数目不小的财富，也正因为这样，他离开军队了。他竟然如此下流，不仅背叛了我们四个，而且对自己的好朋友也不管不顾。没过几天，摩斯坦请假去了印度，当然我们早就猜到了，财宝没有了。那个混蛋违背了我们的誓言，没帮助我们逃跑就把财宝据为己有了。自此，我的生活就只剩下了复仇两个字。我做梦都想杀了他，满腔怒火无处发泄，我那时根本顾不上警察和绞刑架了。我一直在找机会越狱，然后完成找到肖尔托并一下子掐死他的愿望。亲手杀死他，远比阿格拉财宝带给我的快乐多

"我这辈子许过不少愿望，全部都实现了。然而我没逃出去的那些年，却尝遍了人间悲苦。我前面说过，我会一点医学方面的东西。那天，一个安达曼群岛的小野人病得快死了，所以就自己跑到一个人迹罕至的角落等待死亡的降临，结果却被去小树林里劳动的犯人发现，并把他拎回来了。恰好那时萨莫顿医生发高烧无法下床，因此尽管深知这个小野人心狠手辣，但我依旧坚持照顾他。两个月过去了，他的身体慢慢康复了，并且又可以下床嬉戏了。他慢慢开始依赖我，不怎么愿意回小树林了，整天在我的小房间四周转悠。我让他教我几句他们的语言，我会说后，他就更加喜欢我了。

"他叫小汤加，水性很好，还有一条吨位不小的木船。我意识到他对我忠心不二，什么都肯为我做后，我知道好运找上门来了。我向他坦白后，让他趁天黑把木船划到一个没有人看管的码头接我逃跑，并嘱托他事先备好几大瓶可供饮用的水，不计其数的山药、椰子以及番薯。

"小汤加的确十分聪明能干，不可能有比他更靠谱的搭档了。到了约好的那晚，他准时把船停靠在码头附近。巧的是，那天的看守是那个一直以取笑挖苦我为乐，并且我早就想好好教训他一次的阿富汗士兵。我每天都在想如何报复他，这次他终于落到我手里了，就如同命中注定一样，注定我恢复自由之前要和他做一次永远的告别。他把枪挎在肩上，背对我立在海边。我看了看周围，准备捡块石块敲他的头，然而地上却一块都没有。接着我一低头，突然知道该怎么报复他了。我摸黑坐在地上，解开木假肢，跨了三大步，然后举着假肢朝他脑袋上狠狠砸去。他的枪

在背上挎着没起到作用,我把他的头骨砸成了渣。看这里,假肢上的断痕就是当时砸他头时遗留的。我一条腿不平衡,因此我们一起跌倒了,我马上就起身了,但他却依旧倒在地上。我急忙登了船,一个小时后,我们就逃到安全的地方了。小汤加拿上了他在这里的所有财富以及他的武器和神像,他的家当中有一根竹子制造的长矛和几条椰子树叶编织的凉席。我们把矛当作船桅,把凉席子制成帆,就这样漫无目的地在海上漂流了十天。直到第十一天,一条由新加坡前往吉达的客船发现了我们,里面坐的都是马来西亚朝圣信徒。他们和一般人不一样,但过一会儿我们就能和他们愉快相处了。他们性格宽厚,很少和我们说话,也不问我们的遭遇。

"要是继续讲我们在大海上的航行,也许讲到太阳出来都不一定能讲完。总之,我们在世界各个角落游荡,但不知道为什么无论如何也到不了伦敦,不过我从未迷失过方向。我晚上做梦会经常看到肖尔托,他在我梦里死了不下百次。终于,三四年前我们辗转来到了伦敦,接着,我轻而易举地知道了肖尔托的地址。然后我开始打听他拿走的财宝究竟是变卖了还是依旧在他手里,我和那个朝我伸出援助之手的人成了好朋友,别指望我会告诉你们他是谁,我绝不会出卖我的朋友。不久后,我知道了肖尔托依旧藏着那些财宝。尽管我设计了很多方法想杀死他,然而他十分小心谨慎,身边不光有他两个儿子、一个印度仆人,还有两个职业拳击手。

"那天,我朋友告诉我他得了大病快要死了。我还没报仇,他竟然就快死了,我一想到这儿,就气得浑身发抖。我马上溜进小花园,透过窗子朝里面看。我看到他虚弱地在床上躺着,他的儿子站在两侧。我正打算冲进房间以一敌三赌一把,这时,我发现他的下巴下垂了,我心里明白他死了,就算我现在冲进去也无济于事了。当晚,我悄悄溜进了他的房间,把所有的文件翻了个遍,妄图从那上面发现他有关藏宝地的记录,但最后我依旧一无所获。我非常生气,因此,我找了张纸潦草地写下和藏宝平面图上一样的四签名,扔在他身上就走了。这样要是以后我碰到他们三个,我就能对他们说至少我们留下了愤怒的痕迹。如果让他就这么长眠地下,而他做过的那些无耻行为永远不为人所知,那也太不公平了吧。

"从那以后,我在街上或者其他市井小地方,把小汤加当作食人的小黑人为观众表演节目挣一点钱以此谋生。他可以表演吃生肉,跳他们部落的舞蹈,因此我们每天都可以得到装满一整个帽子的便士。我依旧不时打探樱塘别墅的近况,不过那几年,他们一直在别墅里到处寻找财宝,没什么其他的动静。终于,我们渴望许久的那天来了,财宝找到了,它被藏在巴塞洛谬·肖尔托化学实验室的房顶上。我恨不得马上跑到那里,可我意识到我的残腿可能会爬不进去。不过接着我朋友告诉我房顶相通处有个小暗门,而且还告诉我肖尔托先生固定的晚餐时间,因此我觉得小汤加可以帮助我爬上去。我领他到了樱塘别墅,把一根长绳拴在他身上,他爬墙时就像猫一样快,不一会儿就爬进去了。然而十分遗憾,巴塞洛谬·肖尔托竟然在房间里,所以他就没命了。

小汤加把他杀死了，居然认为我会很开心。当我沿着绳子攀爬上去时，他那会儿正在房间里不可一世地来回走动。我压制不住怒火，边用绳子抽他，边骂他小魔鬼时，他才知道自己做错了。我拿走财宝箱，把一张写有四签名的卡片往桌上一扔，意思是我们才是财宝的主人。我把财宝箱用绳子放了下去，接着才攀附着绳子滑下去。小汤加把绳子拉了上去，把窗子关上，然后由原路返回。

"我该说的都说完了。以前有一个船夫告诉我，'曙光'号的速度非常快，所以我觉得我们逃跑时肯定会用到它。于是我租用了老史密司的小汽艇，告诉他一旦我们可以安全登上客轮，他就会得到很多报酬。虽然也许他觉得事情没那么简单，可他并没有多问，因此这件事情也和他无关。我说的话全部都是真的。先生们，我给你们讲这些事情，不是想取悦你们，何况你们也给不了我好处。我知道坦白从宽，抗拒从严，因此我把实情全说出来了，并且我要把肖尔托少校全部的卑鄙行径昭告天下，可他儿子的死却和我完全没有关系。"

福尔摩斯说："你的遭遇十分传奇，这个精彩绝伦的案件终于可以画上一个圆满的句号了。你讲述的最后部分，我除了没料到长绳是你自己准备的，剩下的我全都想到了。不过，我本来猜想小汤加的毒木刺已经全部弄丢了，为什么他在小汽艇时还能冲我们发射一根呢？"

"先生，毒木刺确实全被他弄丢了，不过那时吸管里还装着最后一根。"

福尔摩斯说："哦，这样啊，我竟然没想到。"

对方讨好似的问道："还有其他的问题吗？"

福尔摩斯说："应该没了，非常感谢。"

阿塞尔尼·琼斯说："福尔摩斯先生，我们十分尊重您，您是刑事侦探的权威人物，然而我身上也肩负着责任，今天我已经为您破例，宽限很多时间了。眼下我不得不把这个传奇人物送进大牢了，不然我会一直心神不宁的。我们的车就在楼下等着，车上配有两名警员。我很感激你们的鼎力相助，等受审时，可能还要麻烦二位出庭作证。好了，晚安。"

乔纳森·斯莫尔说："先生们，好梦。"

谨慎的琼斯探长走出房间时说："斯莫尔，请走前头。毕竟你曾经如此残忍地对待过安达曼群岛的那个可怜士兵，因此我不能掉以轻心，避免你拿木假肢敲我脑袋。"

他们离开后，我们静静地坐在那里，我的朋友吸了一小会儿雪茄，我说："话剧终于落幕了，也许往后的日子，我不能时常和你一起侦破案件了，因为摩斯坦小姐已经答应我的求爱了。"

他不屑一顾地说："早就猜到了，抱歉，我没办法和你一起高兴。"

我有点生气，问他道："她的哪些方面让你看不惯？"

"完全没有。事实上我觉得她是我认识的女人中最有魅力的,而且她会对我们所研究的刑侦工作很有帮助。她确实具备这种天赋,这点可以从她保管那张藏宝地的平面图以及她父亲的遗物的细节中得到验证。然而爱情终究太感性了,而我却始终需要保持理性。因此我永远不会踏入婚姻的殿堂,时刻保持清晰的头脑。"

我笑了笑说:"当然,我觉得我这次的选择是对的,但你似乎真的困乏了。"

"没错,我意识到了,恐怕接下来的一周,我都会无精打采了。"

"搞不懂,"我说,"为什么一个十分懒惰的人偶尔工作起来会如此满腔热血呢?"

他说:"没错,我生性散漫,不过我也活泼好动。我时而想起歌德的一句名言,'上帝不过给了你一个身体,原来表里不一,各有千秋。'

"不过话说回来,我以前推断过此案中,别墅内藏着一个叛徒,只有一个可能,他是琼斯探长撒开的大网里碰巧撞上的印度男仆拉尔·拉奥,所以琼斯也的确发挥了一点作用。"

我说:"好像有些不公正。整个案件是你一手搞定的,结束后,我收获了爱情,琼斯探长收获了名声,那么如此一来,你收获了什么呢?"

夏洛克·福尔摩斯说:"至于我嘛,当然是可卡因瓶了。"说罢他准备用手抓那个小瓶子了。

巴斯克维尔的猎犬

第一章 侦探夏洛克·福尔摩斯先生

夏洛克·福尔摩斯先生在早餐桌旁坐着，除非他整夜没睡，不然他早上总是起得很迟的。站在壁炉前的小地毯上，我拿起我们那客人昨晚落下的手杖，它精巧而粗壮，顶部呈圆球状，其用料是产自槟榔屿的"槟榔木"。顶部下方缠绕着一圈约一英寸宽的银箍，其上铭刻"致皇家外科医师学院学员詹姆士·莫缇默，他C.C.H的朋友们赠"，后附时间"1884年"。这也就是个庄严、坚实且可靠的手杖——以前的家庭医生通常随身携带。

"对于它，华生，你有什么看法？"

福尔摩斯是背对着我坐着的，我原本还以为他没发现我在把玩手杖。

"你如何知道我在做什么？我说你脑袋后面也长了眼睛吧。"

"至少有一把被擦得锃亮的镀银咖啡壶放在我的面前。"他道，"不过，华生，关于这位客人的手杖，你是怎么看的？可惜我们没碰到他，对他前来的目的也无从了解，因而这根意外的手杖就显得尤为重要了。你仔细瞧瞧，再把你对这个人的推想说给我听听。"

"在我看来，"我尽量参照我这位老伙计的方式进行推测，"莫缇默医生应该是个上了年纪的成功人士，并且很受人尊敬，这从这个认识他的人为表感激而送给他的纪念品上就能看得出来。"

"很好！"福尔摩斯道，"棒极了！"

"我还觉得他应该是个乡村医生，经常步行出诊。"

"怎么说？"

"因为这手杖虽精致，但已然磕碰得很严重了，在城里行医的医生显然不大可能会用它。手杖底部的厚铁包头已经被磨穿，可见它曾撑持着它的主人走过不少的路。"

"很有道理！"福尔摩斯道。

"并且，手杖上刻着'C.C.H的朋友们'，我估计那可能是个猎人协会，或许他曾为这个协会的人进行过某些外科治疗，所以他们送了这个小礼物以示酬谢。"

"华生，你确实进步很大，"福尔摩斯说着将椅子往后推了推，并点燃了一根香烟，"不得不提的是，在你热心记录我那些微末成就的过程中，你已然惯于小觑自己的能力。或许你自身并非发光体，但你无疑能传递光芒。有的人并非天才，却有着激励天才的超凡能量。亲爱的伙计，我得坦诚告诉你，我对你感激不尽。"

他一下子说那么多话，这在之前是从来没有过的，毋庸置疑，他的一席话让我很是欢欣鼓舞，因为此前我对他的敬佩以及为宣传他的推理方法而作的努力，他都置若罔闻，我的自尊心也常因此受伤。如今我也学会了他的方法，还把这方法实际应用起来，甚至还获得了他的称许，我感到无比自豪。这时他拿过我手中的手杖，仔细端详了几分钟，随后饶有兴趣地放下香烟，将手杖拿至窗边，又用放大镜观察起来。

"虽然简单，但很有意思。"他边说边又坐上了他最中意的那张靠背长椅的一角，"手杖上必然有几处端倪，它会提供依据，帮助我们推断。"

"我还有遗漏的地方吗？"我颇为自负地问，"我觉得自己并没遗漏什么重要线索吧？"

"亲爱的华生，可能你的大部分推论都是错的。坦率来讲，我之前说你激发了我的灵感，意思是我经常会在发现你的错谬之时找到真理的方向。当然，你这一次也并非完全错误。这个人确实应是位乡村医生，并且走过不少的路。"

"如此说来，我的推论并没有错。"

"也就到此为止而已。"

"可这已经是所有了。"

"不，不，亲爱的华生，绝非如此——这并不是所有。就比如说，我更倾向于这件送给医生的礼物更可能来自医院（Hospital），而非猎人协会。而"C.C"位于医院前面，不难让人想起Charing Cross这两个词。"

"可能你说的没错。"

"这很有可能。现在我们以此作为有效假设，将它列为新的根据来推想下这名未知的访客。"

"好吧！假定'C.C.H'就是查林十字医院（Charing Cross Hospital），那我们下一步能推知出什么呢？"

"难道这不能说明什么问题吗？你知道我的推理方式，试着用一下嘛！"

"我只能推断出一个显而易见的结论，就是那个人成为乡村医生之前应该曾在城中行医。"

"我认为我们还可以更大胆地往前推，从这方面来看，这样的礼物馈赠最可能发生在什么场合？怎样的情况下会让他的这些朋友们联合起来送他这份饱含贴心祝福的礼物呢？很明显，是在莫缇默医生从医院辞职自立门户的时候。我们已推知有过一次赠别事件，我们也得出他是从城里转为乡下行医的结论，那我们假定这个赠别就发生在他的转换之时，这并不过分吧？"

"看起米确有可能。"

"现在，你还能看到的是，他绝不会是医院的在编医生，因为在编医生一般在伦敦都有一定的名望与地位，而这样的人是不会辗转于乡村的。那他到底是干什么的呢？倘若他就职于医院却并非在编，那他的身份只会是住院内科医生或是住院外科医生——比医学院高年级学生的地位稍高一点。并且他是五年前离开医院的——手杖上的日期告诉了我们这一点。所以，我亲爱的华生，你的那个上了年纪的严肃医生就此消失了，取而代之的该是一位不到三十岁的温和青年，没什么野心，也不怎么细心，他还养了只爱犬，我大致可以将它描述为比袖珍犬大，比獒犬小。"

我很怀疑，甚至笑出声来。靠回长椅的夏洛克·福尔摩斯冲天花板吐着摇曳的小烟圈。

"对于后半部分，我难以确认其正确性，不过要核查这个人的年龄及履历的几个细节那并不难。"我边说着边在自己的医学类小书橱上翻出一本医学手册，查到那个姓名。其中有不少姓莫缇默的，不过我们的访客却只会是这唯一一个。我大声地读出他的资料：

"詹姆士·莫缇默，德沃郡达特穆尔高原格瑞盆人，一八八二年皇家外科医师学院的毕业生，是查林十字医院一八八二年至一八八四年期间的住院外科医生，他的文著《疾病能否隔代遗传》曾获杰克森比较病理学奖。他还是瑞典病理学学会成员。发表的作品有《几种隔代遗传的畸形病》、《我们在向前吗？》。担任格林盆、索斯里及高巴罗郊区的医务主任。"

"完全没有说起当地的猎人协会啊，"福尔摩斯语带调侃地笑道，"华生，正如你细致观察的那样，他的身份确实是乡村医生。我觉得我推断的没错。而那几个定语，我似乎用的是'温和，没什么野心，也不怎么细心'。我的经验告诉我，这世间唯有温和的人才可能收到纪念品，唯有没什么野心的人才可能舍弃伦敦的事业而甘守乡村，唯有不怎么细心的人才可能在你的处所等了一个小时后没留下名片却落下了手杖。"

"那你从何推断出狗的呢？"

"手杖中间的牙印就能说明这个问题了，它一定经常用嘴衔着手杖跟在主人身后，因为手杖挺沉，所以它只能咬住中间位置。从这些牙印看，我推断这条狗的下颚宽过猎犬，但窄于藏獒。它应该是——噢，对了，它一定是只垂耳长毛犬。"

他站起身，一边分析一边来回踱步。此时他停在了窗户的凸出处，语气昂扬又自信，我惊讶地抬头看向他。

"你怎么会如此确信这一点呢？我亲爱的老伙计。"

"原因并不复杂,因为此时那条狗正蹲在我们门前的石阶上,而现在传来的门铃声也正是他的主人按的。我有个请求,华生,你就待在这儿别动。你和他是同行,你在这可能会帮得上忙。华生,命运中极富戏剧性的时刻来临了,楼梯上的脚步声你听见了吗?他正踏入你的生活,而你不知是福是祸。这位来自医学界的朋友要找探案专家夏洛克·福尔摩斯咨询什么呢?请进!"

出乎意料的是,这位客人的外貌并非我预估的典型的乡村医生那般。他高且瘦,鼻子长如鸟嘴,醒目地横亘在犀利的灰色双眼之间,这两只间距很近的眼睛,隐在金边眼镜后炯炯发亮。他身着职业套装,身上很是污秽,长礼服皱巴肮脏,裤子也邋遢磨损。虽然年纪不大,修长的后背已然伛偻,他的头在走路时往前探着,总体上依稀可见温和风度。他一进门,视线就停留在了福尔摩斯手中的手杖上。紧接着,他欢叫着冲手杖跑去。"我太开心了!"他道,"我不知道自己是将它落在了这儿,还是落在了轮船事务所。我可万万不能失去这个手杖。"

"我猜它是件赠礼吧?"福尔摩斯道。

"没错,先生。"

"来自查林十字医院?"

"是我两个朋友送我的新婚礼物。"

"哎呀,我的上帝!太糟糕了!"福尔摩斯摇头说道。

莫缇默医生透过镜片困惑又讶异地眨眨眼。

"为何太糟糕了?"

"因为您已经推翻了几个我们的小推论。你说是你的新婚礼物,对吗?"

"对的,先生,我婚后就从医院辞职,成为顾问医生的一切希望也随之消失。为了组建自己的家庭,我不得不那样做。"

"啊哈!我们总算还没有错得太离谱。"福尔摩斯道,"那么,詹姆士·莫缇默博士——"

"阁下称呼我先生就可以了——我不过是个微末卑下的皇家外科医学院学员。"

"并且毫无疑问是个条理分明的人。"

"我是个对科学研究不求甚解的人,福尔摩斯先生,我也仅仅是在未知汪洋的岸边捡捡贝壳。我觉得我是在跟夏洛克·福尔摩斯先生交谈,并非——"

"不,这位是华生医生,我的朋友。"

"见到你很高兴,先生。我曾经听到过人们将你和你朋友的名字放在一起谈论。福尔摩斯先生,我对你很好奇。我完全没有料到你会有那么长的头颅,也没有想到竟有如此深陷的眼窝。你不会介意我用手指沿着你的头骨骨缝摸一摸吧?在没有获得头骨实物之前,先生,依照你的头骨所做成的模型将会是所有人类学博物馆当之无愧的珍品。我不想招人厌恶，但我不得不承认，你的头骨令我敬慕。"

夏洛克·福尔摩斯轻抬了下手，招呼我们陌生的客人于椅子上就座。"我看得出来，先生您跟我一样，热衷于对自己的职业进行思索，"他道，"您的食指暗示我，您是自己动手卷烟抽的。不必犹疑了，来一根吧。"

这位客人掏出卷烟纸与烟草，以极其娴熟的手法在手中迅速卷好一支。他瘦长的手指微微颤动，仿若昆虫头部的触须一般，动作不止，迅捷敏锐。

福尔摩斯没有说话，但我从他飞快投去的一瞥中看出，这位奇特的客人引起了他浓厚的兴趣。

"先生，我觉得您昨天晚上大驾光临，今天又再次造访此地，"他终于打开话匣子，"应该不会只是想察看我的头颅吧？"

"不，不是的，先生，虽然能有这样的机会我感到十分高兴。但福尔摩斯先生，我来找你是因为我知道自己没什么实际经验，并且我最近忽然碰到了一件很是棘手又特殊的事情。我了解到，你是欧洲排名第二的专家——"

"是吗？先生！那我可以请教一下子，是谁获得了'欧洲排名第一的专家'这项殊荣呢？"福尔摩斯尖酸生硬地问道。

"就具备精确科学头脑方面而言，贝蒂隆先生的工作无疑具有更强大的吸引力。"

"那你去寻求他的帮助不是更好吗？"

"我是说，那是在具备精确科学头脑的方面，先生，而你，作为具体实践的务实者，是大家公认的卓尔不群的人。先生，我觉得我没有粗疏大意地——"

"也就一点点，"福尔摩斯道，"我觉得，莫缇默医生，你现在最应该做的是，把需要我提供帮助的难题清楚地讲给我听。"

第二章　巴斯克维尔家族的厄运

"我带来了一份手稿，就在我的口袋里。"詹姆士·莫缇默医生道。

"你刚才一进门我就看到了。"福尔摩斯回道。

"那是一份旧手稿。"

"如果不是仿冒品的话，那这手稿的年份应该在十八世纪初。"

"先生，你是如何得知的？"

"在您说话的间隙，我察觉到您让手稿冒出了一两英寸左右。倘若不能将判定一份文件的时代误差控制在十年以内，那这位专家一定技艺拙劣。你应该已经看过我写的那篇有关此主题的小文章了吧。我推测这份手稿的成文日期是在一七三零年。"

"确切地说，是在一七四二年。"莫缇默医生自他的胸前口袋中将文稿掏出来，"这份祖传文稿是查理斯·巴斯克维尔公爵托付给我的，他在三个月前猝然惨死，这事在德沃郡一度引起极大慌乱，而我，既是他的私人医生，也是他的私交好友。先生，他心性坚韧，干练现实，跟我一样不好幻想，但是，他对这份文稿很重视，并且已经做好接受这种结局的准备，而他最终竟真的遭受了意外。"

福尔摩斯将手稿接过来，把它放置在膝头抚平。

"你仔细瞧，华生，长S与短S的交换使用正是我断定其年代的其中一个特征依据。"

我凑近他，透过他的肩看向那张发黄的纸与褪色的文稿，上书"巴斯克维尔庄园"，下方是凌乱的草书大字"1742"。

"似乎是某种记录。"

"没错，是流传在巴斯克维尔家族的一个传说的记录。"

"但我想你此次前来寻求帮助为的是时间更近、也更具实际价值的事情吧？"

"迫在眉睫，是一件极其实际、相当焦急的事情，二十四小时之内一定要作出决定。不过，这篇不长的手稿跟这件事有着很大的关联，假如你同意的话，我想将它读给你听。"

福尔摩斯向后靠着椅背，两手指尖相对，闭上双眼，一副洗耳恭听的架势。莫缇默医生拿起手稿转至亮处，用沙哑高昂的声音将以下这个古老而奇特的故事朗读了出来：

"有关巴斯克维尔猎犬的来由，一直众说纷纭。作为乌戈·巴斯克维尔的直系后代，我在父亲那里听来了这个故事，我父亲同样是由他父亲告诉他的，我将这个故事记录下来的原因，是因为我深信此事曾经发生过。儿子们，我希望你们相信，正义的上帝不仅会惩治罪恶，还会宽恕悔过，只要潜心祈祷、诚恳悔过，不管多么恶劣的罪行，都能得到宽恕。告知你们这个故事，不是让你们去恐惧曾经的恶果，而是教你们谨慎地面对未来，要防止那些罪孽深重的过往再次毁灭我们的家族。

"听说那时恰逢大叛乱时代（我诚恳且严肃地推荐你们去阅读一下学识渊博的克莱伦顿勋爵所撰写的历史），乌戈·巴斯克维尔将这座巴斯克维尔庄园据为己有，无可否认，他是一位粗俗野蛮、不敬上帝的人。事实上，这原本可以被他的乡邻们所原谅，因为圣徒从未在那个地区活跃，但是他本性残酷凶暴，在西部都素有恶名。这位乌戈偶然间对巴斯克维尔庄园附近的一位拥有土地的地主之女产生了爱意（倘若他那阴险的欲望也能用这么明亮的字眼来形容的话），但是，这位少女向来言行谨慎，有着不错的名声，她因为忌惮乌戈的恶名而时常躲着他。于是，在米可莫斯节那天，乌戈打听到她父亲与兄弟们都不在家后，伙同五六个游荡成性的恶徒朋友，一起偷偷摸进农庄，掳走了这位少女。乌戈与他的朋友们将少女带进庄园，锁在阁楼的房间，然后在楼下照旧举行他们每晚的例行节目——痛饮狂欢。楼下的欢呼叫骂传到楼上那位可怜少女的耳朵里，使她不知所措，因为有传言说，无论是谁，即便是把乌戈·巴斯克维尔的醉话重说一次都可能蒙受天谴。最后，极度恐慌的她竟做出了连最勇敢与最机智的人可能都不敢尝试的事情，她顺着布满南墙的常春藤，从屋檐下方攀缘而下，随后趟过沼泽地往家里跑，庄园与他父亲的农庄之间大约有九英里。

"过了不久，乌戈丢下客人，拿着酒与食物——或许还有更糟糕的东西——去找那个他劫来的少女，但却发现那笼中鸟竟不翼而飞。之后，他如同中魔了一般狂冲下楼，跳上餐厅的大桌，将面前的酒瓶与木盘全部踹飞。他当着那些朋友的面赌咒一般地吼叫着说：只要他今晚能追上那少女，他愿意将自己的肉体与灵魂交由恶魔，任凭其处置。那些酒肉之徒一时被他的狂暴吓得噤若寒蝉，而此时，一个更残忍的人——或者是比其他人醉得更厉害的人——叫嚣着说应该放出猎犬去追那名少女。乌戈听了这话，当即从房间里冲出去，呼喝马夫给马装上马鞍牵出来，又将猎犬放出犬舍，拿着少女落下的头巾给它们闻了闻，便挥手示意它们出去追，于是一群猎犬蜂拥而出，月光下的犬吠声响彻了整片沼地。

"此时，这些酒肉之徒尚未从那火急火燎的仓促中回过神来，都在原地呆愣了一会儿。过了一阵，他们才反应过来要去沼地做什么。然后，喧嚷四起，有人骂骂咧咧地要拿枪，有人在召唤自己的马，还有人吵嚷着要再带酒。最终，他们狂热的头脑有了些许清醒，月光清亮地照在他们身上，他们齐齐上马，往少女回家的必经之路狂追而去。

"他们追了两三英里后，碰到了一个在沼地上夜牧的人，他们厉声喝问有没有看到他们追赶的对象。据说当时那夜牧人被吓得甚至说不出话，最终，他声称自己的确见到了那个悲惨的少女，一群猎犬追在她背后。'我不止看到了这个，'他道，'乌戈·巴斯克维尔也骑着匹黑马过去了，他后面还跟着条一声不吭、仿佛恶魔一样的猎犬。上帝啊！可千万别让它跟在我身后！'于是，这些个醉酒大汉冲着那夜牧人骂了一通，又继续上路了。然而，不一会儿他们便觉得全身发冷，因为他们听见马蹄声从沼地深处传来，之后那匹黑马口吐白沫地从他们面前跑过去，缰绳在地上拖着，马鞍上空无一人。这些醉汉感到万分惊恐，于是驱马紧挨在一起，并排在沼地上继续缓缓向前。假设他们是独自一人的话，一定早就毫不犹豫地调头跑了。此时，他们慢慢驱马前行，最终赶上了那群猎犬。这些猎犬素来以悍勇与凶狠闻名，可这会儿却在沼地上的一个深沟尽头挤成一团呜咽着，有的悄悄溜走，有的颈毛直竖，直愣愣地瞪着前方的一道狭窄山谷。

"这帮人不再向前，可以想象得到，他们的头脑比出发的时候清醒了许多。大部分人都拒绝再往前去，唯有三个人胆子最大——抑或是醉得最厉害，他们沿着深沟拍马向前。前方是一片空旷的平地，两块巨石矗立着——现在还能看到——是古时某个不知名的民族竖立的。明亮的月光洒在空地上，那位可怜的少女在空地中央躺着，已然因疲惫与恐惧倒地身亡。然而，令这三个胆大包天的醉鬼不寒而栗的并非是少女的尸体，也并非少女尸体旁的乌戈·巴斯克维尔的尸体，而是立在乌戈身旁撕咬着他喉咙的邪恶东西，一头既黑又大的畜生，外形似猎犬，但如此大的猎犬他们却从未见过。正当他们盯着那东西撕咬乌戈·巴斯克维尔的喉咙时，它将那雪亮的眼睛与流涎的嘴巴朝他们转过来。那三人见此情形，吓得尖叫不止，当即调转马头逃命而去，甚至穿过沼地时都还能听到他们的尖叫。据说，见到那东西的三个人当中的一个当晚就吓得命赴黄泉，另两个也都在精神失常中度过余生。

"我的儿子们，有关那只猎犬来历的传闻就是这样，听说我们的家族从此以后便可怕地一直受到那只猎犬的侵扰。我将其记录下来，是因为我明白捕风捉影的暗示与猜测比清楚了解的东西要来得可怕。不得不承认，我们家族有不少人是遭遇不幸身亡的，死得猝然、惨烈又诡秘。希望上帝能以无边的慈爱庇佑我们的家族，让我们那虔信《圣经》的第三代及第三代以降的无辜子孙能幸免于难。为长远计，我的儿子们，我奉劝你们一定要万事谨慎，并且切记，不可在邪恶势力大行其道的黑夜穿过沼地。

"这份手稿是乌戈·巴斯克维尔写给他的儿子洛杰与约翰的，他嘱咐他们切莫跟他们的姐姐伊丽莎白提这件事。"

莫缇默医生将这篇奇特的故事读完后，将眼镜上推至额头，眼睛直盯着夏洛克·福尔摩斯先生。福尔摩斯打了个哈欠，将烟头丢进炉火。

"怎么了？"他问。

"你不觉得这挺有意思的吗？"

"对雅好收集传说故事的人来说是的。"

莫缇默医生将一份折叠的报纸自口袋中拿出来。

"福尔摩斯先生，现在我将告诉你一件时间较近的事。这份是今年五月十四日的《德沃郡新闻》报，上面有一篇通讯稿，报道的是几天前查理斯·巴斯克维尔死亡的消息。"

我的朋友身体微向前倾，神色也转为专注。我们的客人再次架好眼镜，开始朗读起来：

"查理斯·巴斯克维尔公爵的猝死让本郡笼罩在悲伤的愁云之中。这位可能已经被提名为德沃郡下一届中部自由党的候选人，虽然在巴斯克维尔庄园待的时间不长，可他的平易近人与慷慨无私已经让他获得了众多同他往来的人的敬爱。在这个暴发户遍地的年代，有一位名门之后能够在家道中落之际力挽狂澜，重现家族辉煌，实在是一件激动人心的事情。查理斯公爵是通过南非的投机生意积累的财富，这是尽人皆知的事情，而他急流勇退带着变卖资财所得返回英国的举措，无疑比那些不懂得适可而止的人明智太多。正当大家都在热切关注他那宏大的重建与整修规划之时，才在巴斯克维尔庄园住了两年的他，竟突然暴亡，那规划也因他的死而搁浅。没有子嗣的他曾公然宣布，自己有生之年都将致力于用自己的财富帮扶乡里，因此不少人惋惜他的早逝也是出于自身利益的考虑。而他在本地及郡属慈善机构慷慨解囊的事迹，也常常见诸报端。

"虽然验尸报告还不能完全解释与查理斯公爵死亡相关的全部情况，但一定程度上破除了由于当地迷信而引起的一些谣言，人为犯罪或超自然原因而导致死亡的说法纯属无稽之谈。查理斯公爵是鳏夫，有传言说他的精神状态有些失常。他虽坐拥丰厚财产，却没什么个人情趣；巴利墨尔夫妇是巴斯克维尔庄园的仆人，丈夫是总管家，妻子是女管家。他们有证词称，查理斯公爵有段时期身体状况不是特别好，尤其是心脏方面更是如此，表现为面色异常转变，呼吸急剧气喘以及严重的神经衰弱，这些证词已经得到了几位朋友的证实。查理斯公爵的朋友们以及他的私人医生詹姆士·莫缇默也给出了类似的证据。

"案情并不复杂。查理斯·巴斯克维尔有每晚睡前去巴斯克维尔庄园有名的红豆杉夹道散步的习惯，这一点有巴利墨尔夫妇的证词为证。五月四日，查理斯公爵吩咐巴利墨尔替他打点行装，因为他第二天要去往伦敦。那天晚上，他照例出门散步，抽着雪茄是他散步时的习惯。他没能再回来。十二点钟的时候，巴利墨尔惊讶地发现厅门大开，于是他提着灯笼去找寻主人的踪迹。那天空气潮湿，因此很容易便看到了查理斯公爵沿着夹道散步的脚印。这条夹道中部有一扇通往沼地的小门，有迹象表明查理斯公爵是在这道小门处稍作停留之后再继续顺着夹道往前走的，而夹道的尽头便是被发现他的尸体的地方。这里有个未能得到解答的事实就是，巴利墨尔声称查理斯公爵的脚印在过了夹道中间的那扇小门后有了变化，仿佛自那处后便是踮着脚尖在走路。彼时，在离案发地点不远处的沼地上，还有一个叫莫菲的吉普赛马贩，但他说自己似乎醉得迷迷糊糊，却又断定他有听到过叫喊的声音，只是不清楚是从什么方向传来的。查理斯公爵身上完全没有被暴力袭击的痕迹，尽管医生开具的证明中指出他的面部极度扭曲，甚至扭曲到了令人无法置信的程度，这也是为什么莫缇默医生原先不敢相信躺在他面前的便是他的朋友与病人的原因——据解释称，这种症状在因呼吸困难与心脏衰竭而死亡时比较常见。尸检报告证实了这种解释，这表明公爵脏器方面的病症由来已久。法院验尸官呈报的判定书与医生开具的证明结论是一致的。这样的结果挺好，因为查理斯公爵的继承人将仍在庄园生活，并继续那不幸中断的善事，这显然相当重要。倘若验尸官的据实检验不能消弭与此案的谣言，那为巴斯克维尔庄园再寻个住户将会变得非常困难。据悉，要说查理斯·巴斯克维尔公爵还有在世的近亲的话，那就只有他弟弟的儿子亨利·巴斯克维尔先生了。有传言说，这位年轻人在美洲生活。为了通知他来继承巨额遗产，具体调查正在进行中。"

莫缇默叠好报纸，又将其放回口袋。

"福尔摩斯先生，关于查理斯·巴斯克维尔公爵之死的公开消息就是这些了。"

"我真要感谢您，"夏洛克·福尔摩斯道，"让我对这件很有意思的案件产生了兴趣。之前我看到过一些报纸的报道，但那时因急于完成教皇嘱托，我正专注于一件关于梵蒂冈雕玉的小案件，所以没能与英国发生的那些有趣案件进行接触。您说一切公开事实全在这篇报道里了吗？"

"没错。"

"那就把那些没公开的事实告诉我吧。"他又靠回椅背，两手指尖对顶，脸上是一副极其冷静、公正严明的表情。

"这样的话，"莫缇默医生说着，情绪开始有些激动起来，"我就会将我从未对任何人说的事讲出来，验尸官询问时我守口如瓶，是因为一个信奉科学之人不愿意对公众流传的迷信公开表示认可，此外还有一个原因就如报纸所言，我不想因为什么事令巴斯克维尔庄园已经极其可怕的名声再雪上加霜，以致无人居住。想到这两个方面，我觉得我有所隐瞒的做法是对的，因为毫无保留并不会带来什么好结果，不过要是对你说，我没有理由不和盘托出。

"沼地上的住户不多，所以住得近的人碰面的机会不少。因为这个原因，我同查理斯·巴斯克维尔见面的机会很多。方圆数英里，受过教育的人只有拉伏特庄园的富兰克兰先生与自然主义者斯泰普尔顿先生。查理斯·巴斯克维尔先生喜好清静独处，但他的病让我们认识了彼此，又因为对科学的共同兴趣我们有了更频繁的接触。他自南非带回了不少科学资料，我们在关于布希曼人与霍腾督人的比较解剖学研讨中消磨了无数美妙的傍晚。

"近来几个月，我越发察觉，查理斯公爵的神经系统紧绷到了极致。他对我之前读给你听的那个传说故事深信不疑，所以他虽然时常在自己的庄园内散步，可是一旦夜色降临就绝不肯去沼地上了。虽然福尔摩斯先生你可能心存怀疑，但他对那个家族厄运的说法深信不疑。不过他先辈的记录也确实让人心存阴影。关于恐怖幽灵的揣度时常在他心头萦绕，因此他多次跟我打听有没有在出夜诊的路上碰到过什么不对劲的东西，或者听到过猎犬的咆哮声。后面那个问题他问我的次数尤其多，并且问话的声音总因惊惶恐惧而颤抖。

"我记得清清楚楚，那大概是出事前三周的某个傍晚，我乘着马车抵达他家时，他恰巧站在门厅处。我从小双轮马车上下来，走到他面前，却发现此时他的神情惊恐又惧怕，他的双眼越过我的肩膀死盯着我的背后。我迅速转身，恰好看到一只仿佛大牛犊一样的黑东西在路的尽头一闪而过。他惊慌不已，我不得不走到那黑影闪过的地方四下查探了一番，却什么也没发现。这次事件给他的心理带来了巨大的阴影，我陪了他整整一晚上，也就是那天晚上，为了缓解他流露出的情绪，他将之前我读给你听的那个传说故事记录交给了我保管。我跟你说这个小插曲，是因为它在后来发生的悲剧中可能有着某种重要性，尽管当时我觉得那事完全不值一提，也觉得他的惊恐有些莫名其妙。

"查理斯公爵是在我的劝告下决定要去伦敦的。我很清楚那些事已经影响到了他的心脏，并且他常常被焦虑的情绪所困扰，不管起因有多虚幻，他的健康已经受到严重影响这是不争的事实。我觉得或许他能通过几个月的都市生活转移注意力，进而变得面目一新。斯泰普尔顿先生——我们共同的好友也认同我的看法，他对他的健康状况也很关心。然而，在最后一刻竟然还是发生了这可怕的灾祸。

"查理斯公爵猝死的那天晚上，总管家巴利墨尔发现出事后，当即让马夫帕金斯骑上马来找我，因为我很晚才就寝，所以出事后的一小时内就赶到了巴斯克维尔庄园。验尸时提到过的全部事实我都是一一查证过的。我沿着红豆杉夹道的脚印，看到了那扇通往沼地的小门，他好像在那停留过，我发现那处之后脚印有所变化。我还发现，砂砾地上除了巴利墨尔的那些脚印外没有别的脚印痕迹。最后我还对尸体进行了细致查验，在我去之前没有人动过尸体。查理斯公爵身体朝下趴于地，两臂外伸，手指挖进地里，面容因情绪激烈而抽搐扭曲，以致我几乎认不出他。他身上的确没有伤痕印记，但是在验尸时，巴利墨尔有一点说错了。他说尸体附近的地面没有什么痕迹，他什么都没看到，可我却看到了——在距离很近的地方，不但清晰并且痕迹犹新。"

"脚印？"

"脚印。"

"是男人的脚印还是女人的脚印？"

莫缇默古怪地看了我们一阵，用仿若耳语的声音答道：

"是硕大的猎犬爪印！福尔摩斯先生。"

第三章　悬疑案件

老实说，这些话让我听得全身发颤，同样在发颤的还有医生的声音，可见作为叙述人他自己都深感震撼。福尔摩斯趋身向前，他的眼神炯然坚定，这是他对某件事燃起强烈兴趣时的特有表现。

"您看清楚了吗？"

"就跟我现在看到你一样的清楚。"

"您什么都没说吗？"

"说又有用吗？"

"为何没有其他人看到呢？"

"那些爪印在离尸体约二十码的地方，没有人会留意到。假如我没听过那个传说故事，我也不会去注意它。"

"沼地上有不少牧羊犬吧？"

"自然不少，但那绝不可能是牧羊犬。"

"您说它挺大是吗？"

"相当大。"

"它并没有靠近过尸体？"

"是的。"

"那是个怎样的夜晚？"

"阴暗潮湿。"

"但事实上并非雨天，对吧？"

"是的。"

"夹道是怎样的呢？"

"夹道是由两排十二英尺高的老红豆杉树篱构成，人无法穿过，中间是条小道，宽约八英尺。"

"树篱与小道之间还有其他什么吗？"

"有，两边都各有条宽约六英尺的草地。"

"我猜那红豆杉树篱有一个地方开了个小门吧？"

"是的，那个小门也就是通向沼地的小门。"

"其他还有什么进出通道吗？"

"没有。"

"也就是说，要去到红豆杉夹道只有从屋里或者从那个通向沼地的小门这两种途径，是吗？"

"越过尽头的凉亭另有一个出口。"

"查理斯公爵去过那儿了吗？"

"没有，他的尸体与那个地方还有约五十码的距离。"

"现在，莫缇默医生，请将那至关重要的一点告诉我——你看到的脚印都是在小道上，而并非草地上吧？"

"草地上并没发现什么脚印。"

"那些脚印是在靠向通往沼地的小门那边的小道上吗？"

"没错，就是在小门那边的小道边上。"

"您的话让我产生了强烈兴趣。还有一个问题，那小门是关闭的吗？"

"是关闭的，而且还锁上了。"

"门的高度大约是多少？"

"四英尺左右。"

"也就是说，谁都可以爬进去？"

"没错。"

"那您在小门上发现什么痕迹了吗？"

"并没发现什么特殊的痕迹。"

"上帝啊！难道没人去检查吗？"

"有，就是我亲自检查的。"

"完全没发现什么吗？"

"其实挺让人纳闷的，查理斯公爵明显在那儿站了有五到十分钟的样子。"

"你从何得知？"

"地上有他雪茄上两次掉下的烟灰。"

"太好了！华生，确实是个同行，跟我们有着相同的看法。但那些脚印呢？"

"那一小块砂砾地面都是他留下的脚印，我没看出来有其他脚印。"

夏洛克·福尔摩斯神色不耐烦地用手叩着膝盖。

"假如我当时在那儿就好了！"他高声喊道，"这个案件显然是很有意思的，它是探案专家进行研究的好机会。我原本可以从那块砂砾地上找出不少线索的，可惜雨水和凑热闹的农民的木底鞋让那些线索都消失了。唉，莫缇默医生，莫缇默医生啊，您为何当时没叫我去呢！您的确得为这事负一定责任。"

"我不可以叫你去，福尔摩斯先生，也不想将那些真相公布出来，并且我之前也说过不想那么做的原因。再者，再者——"

"你为什么不想呢？"

"有些事情，即便是再机敏干练的侦探也对其无能为力。"

"您指的是那件超自然的诡异事件？"

"我并没有说得那么肯定。"

"你确实没有说得那么肯定，但您心里显然很肯定地那么认为的。"

"福尔摩斯先生，这件惨案发生后，我曾听闻好几起有悖自然法则的事件。"

"例如？"

"我听说，不少人在这可怕的事发生之前就对那个类似巴斯克维尔恶魔的怪物有所见闻，他们觉得那绝非科学已知的动物，在他们的口中，那是魔鬼一样发着光的庞然大物。我曾经仔细询问过这些人，他们一位是执拗的乡下人，一位是马蹄铁匠，另一位则是住在沼地上的农户，他们的回答都说那是个恐怖的幽灵，这跟那传说中的地狱猎犬毫无二致。我发誓，那片地区被恐怖所笼罩着，唯有极大胆的人才敢在夜晚穿过沼地。"

"难道作为一个受过科学教育的人，你也相信那是超自然的怪事吗？"

"我不知道到底该去相信什么。"

福尔摩斯无奈地耸了耸肩。

"迄今为止,我的侦查范围仅在现实世界,"他道,"我有过与罪恶搏斗的经历,但若要与恶魔搏斗,我可能有心无力。不过,你不能否认的是,那些脚印是真切存在的。"

"这只诡异的猎犬也确然存在到能将人的喉咙撕碎了,而它也确实是恶魔。"

"不难看出,您已经全然接受超自然的说法了。不过莫缇默医生,现在请您告诉我,假如您已完全认同了超自然的观点,那您还来找我做什么呢?您一方面希望我去调查查理斯公爵之死,而另一方面却以同样的口气告诉我那调查终将无济于事。"

"我并未说过希望你去调查。"

"那你需要我怎么帮助你呢?"

"我想请你指点我,该如何面对那位即将抵达滑铁卢车站的亨利·巴斯克维尔爵士。"——莫缇默医生看了看手表上的时间——"他一小时零一刻后到。"

"就是那个继承人吗?"

"没错。查理斯公爵过世后,我们对这个年轻的绅士展开了调查,得知他一直在加拿大当农民。据调查的结果,我们认为他无论哪方面都相当出色。我此时并非出于医生的立场说这话,而是站在查理斯公爵遗嘱的托管人及执行人的角度上发言的。"

"我估计,没有其他继承人了吧?"

"是的。我们可以追溯到的另一位男亲属是三兄弟中的老幺,叫罗杰·巴斯克维尔。查理斯公爵是老大,而亨利那孩子的父亲便是英年早逝的老二。老幺罗杰是家族里的败家子,他几乎完全继承了老巴斯克维尔的蛮横,他们告诉我,他的相貌与家中老乌戈的画像神肖酷似。他在英国闹腾得待不下去后逃往了中美洲,最终因黄热病死于一九七六年。亨利是巴斯克维尔家族仅剩的血脉。一个钟头零五分钟后的滑铁卢车站,我就将接到他。此前我收到份电报,说他在今天早上到达南安普顿。好了,关于怎么面对亨利,福尔摩斯先生,你有何建议?"

"为何不让他去祖先世代居住的庄园呢?"

"这好像理所应当,不是吗?不过,想到厄运找上了住在那里的每一位巴斯克维尔家族的人,我觉得,要是查理斯公爵临死前有遗言的话,肯定会让我将家族的独苗和巨额财产的继承人从那个诅咒之地摆脱出来,但是,毋庸讳言,他的到来会给穷困荒芜的乡村带来繁荣的希望。倘若庄园没有了主人,那查理斯公爵所为善行也将消失无踪。我担心自己对此事的过度关注会影响对这案子的判断力,由此才来求助于你,征询你的看法。"

福尔摩斯思考了一阵。

"简而言之,情况是这样的,"他说道,"您认为,达特穆尔高原在某种邪恶力量的掌控下，已经成为巴斯克维尔家族的丧命之所——您是这么想的吗？"

"最起码可以这么说，不少迹象表明似乎是那样。"

"的确如此。不过可以肯定的是，假设你的鬼怪之说能成立的话，那这位年轻人无论是在伦敦还是在德沃郡可能会同样悲惨。因为倘若一个魔鬼跟教区礼拜会一样，仅在当地有其威力，那就太匪夷所思了。"

"福尔摩斯先生，假如你切身经历过这些事，你或许就不会那么草率地断言了。好吧，我可以理解为你的意思是：这位年轻人在德沃郡会跟在伦敦一样没有危险。他五十分钟后就到了，你有何建议？"

"先生，我的建议是，您立即叫一辆出租马车，带上您那只正挠我大门的垂耳长毛犬，一起去滑铁卢车站迎接亨利·巴斯克维尔爵士的到来。"

"之后呢？"

"之后，在我对这事有所决断之前，别跟他说任何事。"

"你需要多长时间才能有所决断？"

"二十四小时以内。要是明天十点您能来这儿找我，我会感激不尽；要是能带上亨利·巴斯克维尔一起来，那对我以后的计划更是有莫大的帮助。"

"我会照做的，福尔摩斯先生。"他将约定的时间匆匆记在衬衣袖口上，又带着他那副眼神呆滞、魂不守舍的诡异神情急忙往外走去。在他走到楼梯口的时候，福尔摩斯拦住他。

"莫缇默医生，还有一个问题，您曾说，在查理斯公爵出事前就有几个人在沼地上见过这个恶魔？"

"有三个人见过。"

"之后还有人见过吗？"

"我再没听说有人见过。"

"谢谢您。早安。"

福尔摩斯带着心满意足的闲适神情坐回靠椅，这说明眼前的任务很对他胃口。

"要出门吗，华生？"

"假如我可以帮上忙的话。"

"不，我亲爱的伙计，我只会在采取行动的时候寻求你的帮助，但是，这个案子很奇妙，从某些方面来说，算是绝无仅有。你路过布兰得利商铺的时候，吩咐他们送一磅蓬烟丝过来，可以吗？谢谢了。如果可以的话，日落前请别回来，我很想将今天上午我们掌握的这个最有意思的案件的一些线索比较、整合一下。"

我明白闭门独处对我这位朋友在思想高度集中、比较细微证据、推算不同可能，再比对决定关键要点和无关事项时刻的重要性，于是，这一天我待在了俱乐部，直到晚上才返回贝克街。大约九点钟的时候，我再次回到休息室。

一推开门，我第一感觉是好像起火了，因为满屋烟气缭绕，让台灯的光线都模糊不清了。不过走进去后我就放下心来，因为我的喉咙被辛辣的蓬烟丝气息呛得发痒，进而止不住地咳嗽。烟雾背后，我依稀见到福尔摩斯还穿着晨起的睡衣蜷卧在摇椅上，嘴里咬着黑色的陶烟斗，几卷纸被放置在他身边。

"华生，你是着凉了吗？"他问。

"不是，这有毒的空气才是罪魁祸首。"

"啊，你都这么说了，我想这空气确实够浓的。"

"当然！简直令人难以容忍的浓！"

"既然如此，那就开开窗吧。我感觉你这一整天都是在俱乐部里待着的吧？"

"我亲爱的福尔摩斯！"

"我说的不对吗？"

"对，但怎么——"

我不明就里的表情逗笑了他。

"华生，你情绪不错、精神良好，让我忍不住拿你耍了耍小把戏寻开心。一个在泥泞的阵雨天气出门的绅士，晚上回来时全身依旧干净无比，鞋帽甚至依然闪着亮光，那他肯定是一整天都坐着没怎么走动。再加上他还是个没什么亲朋好友的人，那么他还能去哪儿呢？这不是明摆着的吗？"

"是，的确明摆着的。"

"世上多的是没人察觉的明摆着的事。你猜我今天待在什么地方？"

"也是待在这儿没挪窝。"

"恰恰相反，我出门去德沃郡了。"

"你的灵魂去的吗？"

"没错。我的肉体是一直躺在这把摇椅里的，并且很遗憾，它还趁灵魂不在时将两大壶咖啡喝掉了，顺便还抽了数量惊人的烟草。你走之后，我叫人去史丹福警局把沼地区域的军用地图取来了，我的灵魂就是在这地图上转悠了一整天。我自信对这块地区的路已经非常熟悉了。"

"我猜，那是幅大比例地图吧？"

"正是如此。"他将一部分地图展开，置于膝盖之上，"与我们有着特别联系的地方就在这一块，巴斯克维尔庄园就在中间。"

"四周都是树林吗？"

"是的。虽然那条红豆杉夹道在地图上并无标记，但我估计应该是顺着这条线蜿蜒的，你看，它的右边就是沼地。这处簇集在一起的建筑便是格瑞盆村庄，也就是我们的朋友莫缇默医生的宅邸所在。周围半径五英里内都只分布着寥寥几处房屋。这便是故事中提及的拉伏特庄园，这栋做了标记的房子主人应该就是那位自然主义者了——要是我记得没错的话，是姓斯泰普尔顿的先生。这儿是沼地的两家农户——高托与佛麦尔。而王子镇的大监狱就在往外十四英里处。连接这些散落各点的便是人迹罕至的沼地。也就是说这里就是曾上演悲剧的舞台，或许在我们的帮助下，这个舞台会重演这出戏。"

"那里一定很荒凉。"

"是啊，假如魔鬼真想在人间的事上插一脚的话，那的环境再合适不过了——"

"这么说，你也认同那个超自然的鬼怪之说了。"

"恶魔可能让血肉之躯在为他做代理呢，难道没有这种可能吗？从一开始我们就面临两大问题：一是究竟是否发生过犯罪行为；二是怎样的犯罪、又是怎么犯的罪？自然，要是确如莫缇默医生猜测的那样，我们要搏斗的对象是超自然的力量，那我们的调查也就终结了。不过，我们必须在验证推翻所有假设之后再去考虑这个猜测的可能性。假如你同意的话，我想我们又得把窗户关上了。神奇的是，我发觉自己的思想在浓密的空气中更容易集中。虽然还不至于钻进箱子思考，但我相信那是合乎逻辑的结果。关于这件案子，你脑海中想过吗？"

"有，我白天想了很久。"

"你有什么想法？"

"这案子太错综复杂了。"

"它确实有些特别的地方，有几个明显的特征，例如变化的脚印。关于这个，你有何看法？"

"莫缇默曾说，在那段夹道上那人是用脚尖在走路。"

"他不过是重复了一个傻瓜在验尸时下的结论。一个人怎么会踮起脚尖顺着夹道走路呢？"

"那应该如何解释呢？"

"华生，他是在跑——在逃命地狂跑，直至心脏破裂倒地身亡。"

"他为什么要逃命狂跑？"

"这正是问题关键所在。种种迹象都表明，在开始狂跑之前这个人就已被吓疯了。"

"为何这么说？"

"我猜想，是沼地里的什么东西让他如此恐惧。若果真如此，他当时应该是吓得失去了理智以至于往背离房子的方向跑，而不是朝着房子跑。假设那位吉普赛人的证词没错的话，那他该是边跑边喊救命，可他跑的方向不可能有人烟让他获救。另外，那天晚上他是在等着谁？他为什么不在屋里等，而要选择在红豆杉夹道等呢？"

"你觉得他在等人吗？"

"那人年事已高，身体孱弱。我们也能假设他在黄昏散步，可是夜深露重，地面潮寒。对于莫缇默医生依据地面雪茄灰而来的贴合实际的判断我表示赞同，他在那站了有五分钟到十分钟，这难道算正常的吗？"

"但他一向每晚都出去。"

"我想他不会每晚都在通往沼地的小门那儿等待。恰恰相反，证据表明他并不愿意去沼地，可那天晚上，他在那儿等着。那天晚上也恰是他出发去往伦敦的前一晚。华生，这个案子有了很大进展，已经初具轮廓。请你将小提琴拿给我，要是明天早上能够见到莫缇默医生与亨利·巴斯克维尔爵士，我再对这个案子作进一步的思考吧。"

第四章　访客亨利·巴斯克维尔爵士

我们很早就把早餐桌拾掇干净了，身着睡衣的福尔摩斯等待着约定的会面，而我们的委托人准时赴约。十点整刚过，莫缇默医生就到了，年轻的准男爵与他同行。大概三十岁的准男爵个子不高却思路清晰，身姿矫健，他那坚定好斗的面孔上生着一对浓密的眉，下嵌一双乌黑的眼。他身穿暗红斜纹软呢外套，面容显得沧桑，由此可知他或许长年活动在户外，不过他眼神坚定，举止从容，又带着股温和的绅士风度。

"这位便是亨利·巴斯克维尔爵士。"莫缇默医生介绍道。

"是的，正是在下。"亨利·巴斯克维尔爵士接道，"夏洛克·福尔摩斯先生，令人不解的是，就算我的这个朋友没有建议今早到你这来，我也会自己找机会亲自拜访您。我知道您对付小难题很有一套，而我今早就遇到了这么一个难解的题。"

"亨利爵士，请坐下说话。您的意思是您到了伦敦后碰到了一件稀奇事儿吗？"

"是的，福尔摩斯先生，但并不是什么极重要的事，也许不过是个玩笑。我今天早上接到一封信，如果它能被称为信的话，就是这个。"

　　他将信放到桌上，我们俯身看去。那是一张质地普通的的浅灰色信封，上面有潦草的字迹写着收信地址：诺森伯兰旅社亨利·巴斯克维尔爵士，盖的邮戳是"查林十字街"，发信时间为前一天傍晚。

　　"有人知道您的下榻地点是诺森伯兰旅社吗？"福尔摩斯眼神犀利地向我们的访客问道。

　　"不可能会有人知道。那是与莫缇默医生会合后才商定的住处。"

　　"然而，莫缇默医生之前定然在那逗留过吧？"

　　"不，我之前都是跟一个朋友在一起，"医生道，"绝不可能透露我们将在那家旅社住下。"

　　"哦？似乎你们的行动引起了什么人对你们的注意。"福尔摩斯打开信封，从里面抽出被叠成四折的信纸，将其打开置于桌面。那是半张大页书写纸，信纸中央只有一行印刷字临时贴成的一句话：

　　假如你还珍视自己的生命价值或头脑还算清醒的话，就别靠近沼地。

　　"沼地"二字是唯一用墨水写就的词。

　　"那么，"亨利·巴斯克维尔爵士道，"或许福尔摩斯先生你现在可以告诉我这是怎么回事？是谁对我如此关注？"

　　"您怎么看，莫缇默医生？不管怎么说，您不得不承认这信可并非什么超自然的鬼怪事件吧？"

　　"不是，先生，不过发信人或许是相信超自然的鬼怪事儿的。"

　　"你们说的是什么事？"亨利爵士声音尖细地问道，"看来，各位对我本人的事比我自己还要了解得多！"

　　"亨利爵士，我保证在你离开这间屋子之前，我会将我们知道的所有事情都告诉你。"夏洛克·福尔摩斯道，"眼下请允许我们先把这封有意思的信的事弄明白，这信肯定是在昨天傍晚时分拼凑而成并发出的。华生，你那儿有昨天的《泰晤士报》吗？"

　　"就放在那个墙角落呢。"

　　"请把它递给我好吗？帮忙打开至内里的一版，就是专门刊登主要评论那一版，拜托了。"他快速地由上而下浏览了一番那些专栏。那篇社论的主题是自由贸易。在此为你们摘录如下：

　　"花言巧语可能会将你蒙蔽，令你觉得保护性关税是对你自己的专门贸易或是行业的鼓励，但毫无疑问，这样的政策长期执行下去将让富足越发难以靠近我们的国家，也让进口额减少，让岛国的整体生活水平下降。"

"你对此有什么想法，华生？"福尔摩斯喜出望外地问道，他兴奋地直搓手，"你不觉得这种情操值得赞美吗？"

莫缇默医生看向福尔摩斯，带着他那充满职业兴趣的眼神，而亨利·巴斯克维尔爵士则是用他那乌黑的眼珠转向了我，眼带不解与困惑。

"我对关税的事情了解不多，"亨利爵士道，"并且我觉得这离我们研究这封信的主题有点远。"

"恰恰相反，我们其实正合主题，亨利爵士。对于我的查案方法华生可能比您了解得多些，不过我担心或许连他也没看出来这句话的重要性。"

"确实如此，我并没看出有何关联。"

"但我亲爱的华生啊，它们之间的联系再紧密不过了，其中一个就是取自另外一个。'你'、'你的'、'生命'、'清醒'、'价值'、'靠近'、'来自'。你如今还没想到那些字是取自哪里吗？"

"哦！原来是这样！天啊，你可真聪明！"亨利爵士说道。

"要说还有些地方不能确定的话，也只要找到证据证明'靠近'与'来自'是取自同一张报纸就可以解决了。"

"对，正是这样！"

"这实在太出人意料了，福尔摩斯先生，"莫缇默医生惊奇地看着我的朋友道，"要是有人说这些字取自报纸我觉得那并不意外，可你却能说出是哪一张报纸，并准确到来自哪一篇社论，这实在是超出我所知的神奇的事之一了。你是如何得知的呢？"

"我猜，对于黑人与爱斯基摩人的头骨，医生您是能分辨得出来的吧？"

"当然。"

"那您是怎么分辨的呢？"

"那是由于我的个人癖好。那些不同很容易分辨，隆起的眉骨、面部的轮廓、上下颚的骨头曲线，以及——"

"而这也正是我的个人癖好，它们的不同之处于我也很容易分辨。出自《泰晤士报》的九点字体文章与半个便士就能买一份的廉价晚报铅字体是很不同的，这就跟在你眼中黑人与爱斯基摩人的区别明显一样，在探案专家眼里，甄别铅字的不同也是最基本的知识之一。虽然年轻时的我曾有一次混淆了《利茨导报》与《西方早报》，但《泰晤士报》的社论铅字是独有特色的，绝不可能出自其他报纸。再者这信是昨天贴成的，因此昨天那期的报纸很大可能正是这些字的出处。"

"我总算弄清楚你的意思了，福尔摩斯先生，"亨利·巴斯克维尔爵士道，"也就是说，这封信是被人用剪刀剪出来的——"

"应该是指甲钳，"福尔摩斯道，"这个工具应该刀刃不长，因为你们看'靠近'这部分，裁剪的人不得不剪了两下才将其剪下。"

"确实是这样。也就是说，这封信是有人利用短刃剪刀剪下，再用糨糊粘起来——"

"胶水。"福尔摩斯道。

"用胶水粘起来贴在纸上。不过，我不明白的是，'沼地'这个词怎么是手写的呢？"

"因为在报纸上他没找到这个词。其他的都是常用词，随便哪一期都会有，但'沼地'这个词却不是这样。"

"哦，确实，如此也就能够得到解释了。你在这封信中还看出了别的什么线索吗，福尔摩斯先生？"

"还有一两处蛛丝马迹，不过，显然有人为了消灭这些迹象做了不少努力。你看那个印刷体地址被有意写得潦草粗糙，但《泰晤士报》这样的报纸一般只有受过极高教育的人才会看，其他人很少看。所以我们可以肯定的是，这封信出自一位受过教育的人的手笔，而他想伪装成没有受过教育的人来摆脱嫌疑，并且，他用心良苦地想掩盖自己的笔迹，那说明你可能知道他的笔迹或是你最终会认出他的笔迹。此外，这些词没有准确地贴在一条水平线上，有的字被贴得比其他字高一些，比如'生命'就没有跟其他字在同一水平线上。这表明那人要么粗心，要么是剪贴的时候匆忙且不安。总的来看，我觉得后者更有可能，因为这事无疑非常重要，能做出这样一封信的人绝不可能粗枝大叶。假设是因为他在匆忙与不安间做成的话，那有趣的问题就来了：他为何会匆忙？因为亨利爵士离开旅馆之前清晨发出的所有信件都会送至他手中。发出信件的人是担心受到干扰吗——是担心谁会干扰呢？"

"我们开始胡乱猜测起来了。"莫缇默医生道。

"确切地说，我们是在设想各种可能，直至选出最有可能的那个设想。这是科学地运用想象力，不过我们开始设想的基础是建立在重要的证据之上的。此外，你可能又会认为这不过是胡猜，但我能够万分肯定的是，那人是在一家旅社写就的这个地址。"

"何以见得？"

"要是你仔细去看，你就会发现钢笔与墨水曾两次给那人造成麻烦。写其中一个词的时候钢笔就阻滞了两次，短短一行地址，墨水干了三回，这就表明瓶里墨水不多，而私人用的墨水与钢笔极少会出现这样的问题，两者同时出现问题的情况更是少之又少。你们也知道，这在旅社是再常见不过的事儿了。没错，我可以很肯定地说，只要去查一下查林十字街附近那些旅社的垃圾桶，找出《泰晤士报》被剪剩下的那部分，这封怪信是谁发出的问题也就一清二楚了。咦？哎呀！这是什么？"

他将那张贴着字的信纸举至眼前约一二英寸处仔细察看。

"嗯？"

"没什么，"他放下信纸说道，"这就是半张连水印也没有的空白纸，我猜，在这封怪信上我们能得到的线索也就这么多了。好吧，亨利爵士，你在来伦敦的路上，有什么有趣的事儿发生过吗？"

"啊，没有，好像没有。福尔摩斯先生。"

"你有发现被人跟踪或监视吗？"

"我似乎到了一本廉价小说故事里了，"我们的访客道，"究竟为何我会被跟踪或监视？"

"这就是我们马上要谈论的话题了。不过在此之前，你还有别的什么情况要对我们说吗？"

"啊，这就要看你们想知道什么情况了。"

"我觉得所有反常的日常事务都应该说说。"

亨利爵士笑了笑。

"关于英国人的日常生活，我了解不多，因为我长年居住在美国与加拿大。不过我想丢了一只靴子应该不会是英国日常生活的一部分吧？"

"你的一只靴子丢了？"

"我亲爱的爵士，"莫缇默医生喊道，"它不过是到了错误的地方，你回旅社后一定能找到它。为什么这么一点小事也要麻烦福尔摩斯先生呢？"

"啊，是他要问我日常生活中的反常之事啊。"

"没错，"福尔摩斯道，"哪怕那事看上去有多离谱！你是说你有只靴子丢了？"

"唉，不管是放错了地方还是怎么说吧。昨晚我在门外放好我的两只靴子，早上却发现只有一只了。我在擦靴人那里没打听出来什么消息。最让人郁闷的是，那双靴子还是我昨晚才从施特兰德买回来的新靴子，还没上过脚呢。"

"既然没上过脚，干嘛要把它放外面去擦呢？"

"那双靴子是棕褐色的，还没上过油，我就把它放外面去了。"

"也就是说，你昨天一到伦敦就出门去买了双靴子？"

"在莫缇默医生的陪同下，我买了不少东西。你知道的，要到那儿做乡绅我得穿得正式点，我在西部一向随意懒散。那双靴子就是我买的其中一样，可这双六美元的靴子还没等我穿上就被偷了一只。"

"只偷一只靴子好像没什么用，"夏洛克·福尔摩斯道，"我觉得我跟莫缇默医生的看法是一样的，那只不见的靴子要不了多久就会被发现的。"

"好了，绅士们，"准男爵断然开口道，"我似乎将我知道的一切琐碎事情都交代得无比清楚了，现在是你们兑现诺言的时候了，请将我们都在关注的事儿细致地讲给我听吧。"

"你的要求并不过分，"福尔摩斯道，"莫缇默医生，我觉得你最好能再讲一遍昨天对我们讲的那些事。"

于是，我们的科学家朋友在受到鼓励后自口袋中拿出那份手稿，又将昨天早上讲述的全部案情再次陈述了一遍。亨利·巴斯克维尔爵士全程听得很认真，且不时发出惊奇的感叹。

"啊，我似乎成为了一份受诅咒的遗产的继承人。"长篇的讲述过后，亨利爵士感慨道，"当然，我在小的时候就听过关于这只猎犬的传说。这是家族里最常提的故事，虽然我以前从未将它放在心上。不过，我伯父的猝死——噢，我好像突然想到一个问题，并且我还不清楚答案。你们似乎并不完全清楚这个案子究竟是由警察管，还是由牧师管。"

"没错。"

"而此时又有人寄信到我住的旅社，我猜这和那事有些关联。"

"这似乎表明，对于沼地上发生的事件有人了解得比我们多。"莫缇默医生说道。

"并且，"福尔摩斯道，"对于你，他们似乎没有恶意，因为他们警告你远离危险。"

"也有可能是他们想将我吓走，以达到自己的目的。"

"啊，不排除这种可能。莫缇默医生，感谢你给我展示了一个有几种不同可能的有趣问题。不过，亨利爵士，眼下我们最需要决定的实际问题是，你去巴斯克维尔庄园是不合适的。"

"为什么？"

"那里似乎不安全。"

"你指的不安全是源自家族的恶魔，还是源自人呢？"

"噢，那正是我们需要去查探的。"

"不管有多不安全，我的答案都不会改变。福尔摩斯先生，地狱并无恶魔，世上也没人能阻止我回自己家乡。这句话可以算是我的最终答复。"他说话时，那浓黑的眉毛皱在一起，脸色也涨得暗红。显而易见，巴斯克维尔家族的火爆脾气在他们最后一位继承人的身上依旧留存。"并且，"他道，"我还需要将你们告知我的一切事情再仔细思考一下。想清楚并作决定并不是件容易的事儿。我需要安静地思考后再作决定。好了，听我说，福尔摩斯先生，此时已经十一点半了，我要即刻回旅社去。——倘若你跟你的朋友华生医生能够在两点钟的时候来与我们共进午餐的话，我会将这件事带给我的震撼更准确地告诉你们。"

"华生，你到时方便吗？"

"完全没问题。"

"那到时见。需要我帮你叫辆马车吗？"

"我想走一走，这件事带给我的冲击太大了。"

"我很乐意陪你一起走一走。"他的同伴道。

"那我们两点钟见吧。再见，早安！"

两位访客下楼及前门砰的关上的声音响毕，福尔摩斯立马由无精打采的发呆状态变为雷厉风行的行动状态。

"拿上帽子，穿好靴子，快点，华生，一分钟也别浪费！"身着睡衣的他冲进卧室，几秒钟后就换了一身双排扣长礼服出来了。我俩匆忙下了楼梯走到街上，还能望见莫缇默医生与亨利爵士在我们前面往牛津街方向约两百码的地方。

"需要我去拦住他们吗？"

"千万别那样做，我亲爱的华生。承蒙不弃，你愿意陪伴我，我已经很满足了。我们的访客十分聪明，这样的大好时光确实极适合散步。"

他加紧步伐，直至我们与他们之间的距离缩短至一半左右。之后，我们保持约一百码的距离尾随他们穿过牛津街，进入摄政街。有一次，我们的访客停下了他们的脚步，盯着一家商店橱窗看，福尔摩斯也盯着橱窗看，然后他发出一声满意的轻叹，我顺着他热烈的眼神看去，发现街对面那辆本来停着的坐着一个男人的两轮两座马车此时又在缓缓向前了。

"华生，那个人就是我们要找的人！跟上我！什么也不能做，我们也得仔细看看他。"

恰在此时，我发觉有一簇浓密的黑须及一双犀利的眼睛透过马车侧窗盯上了我们。有人即刻打开车顶的活板门，向车夫喊了句什么，然后那车就狂奔着沿摄政街而去。福尔摩斯着急地四处打量，想找到一辆马车，可惜没瞧见一辆空车。于是，他疯狂地钻进川流不息的车流中，不过那辆车跑得太快，已经消失无踪了。

"好吧！"福尔摩斯喘息不已，脸色发白，愤懑不快地钻出车流，恨恨地道，"有遭逢过这样的背运、碰到过这么糟糕的事情吗？华生啊华生，你要是诚实的话，就该把这事也写下来，让它跟我获得的成功对比一下！"

"那人是谁呀？"

"不知道。"

"会是侦探吗？"

"呃……据我们了解的情况来看，亨利爵士一到伦敦就被盯上了，不然怎么会那么快就被知道住在诺森伯兰旅社呢？要是他们第一天就跟踪他，那我肯定他们第二天会继续。或许你曾察觉到，我在莫缇默医生念那个传奇故事的时候，曾两次踱到窗前。"

"没错，我还有印象。"

"我是在观察街上来往的人，不过我并没有什么发现。华生，我们的对手是个聪明人。这件事扑朔迷离，虽然还没最终确认与我们接触的力量是出于善意还是恶意，但我感觉到对方很有谋略与手段。我尾随我们刚刚离开的朋友就是想找出偷偷跟踪他们的人。但他老奸巨猾，连走路跟踪都担心被发现，还为自己备了辆马车，这样他既能跟踪在他们身后闲逛，又能从他们身边冲过去避免被察觉。他这个方法还有个优点，那就是在他们要坐出租马车的情况下，能够及时跟上他们，但显然也存在缺点。"

"他会受制于马车车夫。"

"没错。"

"可惜我们没把马车车牌号记下来！"

"虽然我手脚并不灵活，但我亲爱的华生，你不会真以为我甚至没记下那个车号吧？车号2704就是我们的目标。不过眼下它对我们毫无助益。"

"我想不出你当时还能有什么更好的处理办法。"

"发现那辆马车的时候，我本应该转身往回走。再淡定地去另外雇辆马车，远远地跟在第一辆马车后面，或者哪怕驾着车赶到诺森伯兰旅社在那等着都行。这样等那个未知的跟踪者尾随亨利爵士的人到达住处时，我们就能趁机反跟踪，看他往哪里去。但由于我的急躁与轻率，我们的对手迅速采取了对策，我们把自己暴露了，还错过了目标。"

我们边谈边沿着摄政街慢慢踱步，莫缇默医生与他的朋友早已消失在我们的视线范围之内。

"继续跟着他们已经没有必要了，"福尔摩斯道，"跟踪的人已经离开，不会再返回了。我们得合计一下手里还有哪些筹码，得下得果断些。你可以辨别出车里那人的脸吗？"

"我只知道他有胡子。"

"我也知道——而且我还知道那肯定是假胡子。一个做这种细致工作的人留胡子，除了是为掩盖自己的容貌之外别无其他可能。华生，跟进来吧！"

他转身踏进本区的邮政所。经理很热情地上前招待他。

"嗨，威尔森，看来您还惦记着我曾有幸帮助您的那件小案子啊？"

"是的，我当然不曾忘记，先生。您挽回了我的声誉，甚至可能救了我的性命呢。"

"我亲爱的朋友，您太夸张了。威尔森，我记得您手下有个叫凯莱特的小伙子，在那次案件调查期间展现出某种特殊本领。"

"没错，他现在还跟着我工作呢，先生。"

"您能喊他过来吗？——麻烦您了！另外还要拜托您替我将这五英镑纸钞拆兑成先令。"

经理招呼一声，一个聪慧灵活的十四岁男孩闻声而出。此时他在那儿站着，恭恭敬敬地望着这位有名的侦探。

"请将那本旅社索引拿给我，感激不尽！"福尔摩斯道，"啊，凯莱特，这里总共有二十三个旅社的名字分布在查林十字街的附近。你看到了吗？"

"看到了。"

"你得挨个拜访这二十三个旅社。"

"行。"

"你每拜访一家旅社就给一个先令给守在门外的门人，这儿有二十三个先令。"

"没问题。"

"你跟他们讲，你需要翻找一下昨日的废纸篓。因为你送错了一份重要的电邮，你得找回它。了解了吗？"

"了解了。"

"但你真正要找的是一张被剪成几个小孔的《泰晤士报》中间的那版。这就是《泰晤士报》，就是这一版。你可以认出来吗？"

"可以的。"

"外面的门人每次都会喊门厅内的门人，你也要另给一先令给他们，这里是另外的二十三先令。这二十三家里大约有二十家可能已经将昨天的废纸烧掉或处理掉了。而剩下的三家可能会丢给你一大堆废旧报纸，到时你就在那些废旧报纸里找出这版《泰晤士报》。很有可能是找不到的，这里再给你十个先令应急。黄昏前发电报到贝克街告诉我结果。华生，如今我们还只剩一件事可以做了，那就是发电邮查探牌号为2704的马车车夫的身份。然后我们就去证券街的那家美术馆打发时间，再按时去旅社赴那个午餐之约。"

第五章　三处中断的线索

夏洛克·福尔摩斯在随时随地转移自己的注意力方面有着出色的禀赋。他全情投入地观赏着当代比利时大师们的画作，似乎早已将困扰我们两小时之久的诡异事件抛诸脑后了。我们从美术馆去往诺森伯兰旅社的一路上，聊的话题也只有艺术。事实上，他那些关于艺术的看法并不高明。

"亨利·巴斯克维尔爵士正在楼上等着二位，"接待员道，"他嘱咐我等你们到了就领你们过去。"

"介意我看一下你们的来客登记本吗？"福尔摩斯道。

"请便。"

登记本上记录着，在亨利爵士到达后还有两位客人入住。一位是来自纽卡索的希欧斐勒·约翰森与他的家人，另一位是来自埃尔顿郡高房镇的奥德摩尔太太与她的侍女。

"这位约翰森肯定是我认识的那个人，"福尔摩斯对接待员道，"他是律师，对吧？头发全白了，走路一瘸一拐的。"

"不对，先生，这位约翰森先生是个煤矿主，是个年纪比您还小的活泼绅士。"

"你弄错了他的职业吧？"

"不会弄错的，先生！他用我们旅社很多年了，我们对他十分了解。"

"哦，原来如此。还有这位奥德摩尔太太，我似乎对这名字有印象。请体谅我的好奇，我们经常在拜会一位朋友的时候，发现另一个朋友。"

"她身体不太好，先生。以前的格罗斯特市市长正是她的丈夫。她来伦敦时经常下榻在我们旅社。"

"十分感谢，恐怕她并非我认识的熟人。这些问题让我们确定了一个十分重要的事实，华生，"上楼的时候，他继续低声对我说道，"我们现在可以确定那些对我们的朋友十分关注的人并没有住在这家旅社。也就是说，他们如我们所见的那般十分急切地想跟踪他，可他们也很担心会被他看到。所以，这个事实很令人玩味。"

"这又能代表什么呢？"

"这代表——哎呀！我亲爱的朋友，这是发生什么事了？"

我们快登上楼梯顶端的时候，正碰到亨利·巴斯克维尔爵士迎面走来。他手中拎着一只沾满灰尘的旧靴子，脸因气愤而涨得通红。他气愤得几乎讲不出话了，等他开口的时候，他的话跟早上相比，声音高亢了许多，言语粗俗了不少，西部口音也更重了。

"这旅馆简直太欺负人了！"他喊道，"他们要是稍微有眼色一点，就该知道自己开玩笑找错了对象！上帝啊！简直不可理喻！要是他们找不回我的靴子，那就麻烦了。我不是开不起玩笑的人，可是福尔摩斯先生，他们这次实在是太过火了。"

"还在找你的靴子吗？"

"对，先生，我一定要找到。"

"可你之前不是说你丢的是只崭新的棕色靴子吗？"

"是呀，先生，可我的一只旧的黑靴子现在也不见踪影了。"

"啊？你的意思是说——"

"没错，就是那个意思。我总共有三双靴子，一双崭新的棕色靴子，一双旧的黑色靴子，还有就是我现在脚上穿的这双黑色漆皮靴。昨晚他们把我的棕色新靴子偷走了，今天竟然又偷走了我的旧黑靴！哎！你到底找到了没有？嘿，大点声音说，别在那儿傻站着！"

一个德国籍服务员满脸惊惶地上前来。

"先生，还没找到。我在旅馆里问遍了，可没得到什么消息。"

"好吧，要是在傍晚前还不找回我的靴子，我就去找你们经理，跟他说，我要立刻退房。"

"肯定可以找到的，先生，请您稍微忍耐一下，我发誓我会找到的。"

"那样最好，我再也不想在这个贼窝里被偷东西了。好了，很抱歉，福尔摩斯先生，因为这样的小事搅扰到你——"

"我觉得这事挺值得搅扰呢。"

"哎，你对这事看得太过严肃了。"

"那你是怎么看待这件事的呢？"

"我压根儿不想看到这样的事。这简直是我碰到过的最疯狂、最诡异的事情了。"

"可能最诡异的事——"福尔摩斯耐人寻味地道。

"这事儿你是怎么看的呢？"

"啊，这事儿我还不能说已经完全弄清楚了。亨利爵士，你的案子相当复杂。想到你伯父的猝死，我说不好自己经手的五百多件大案中是否有过这样诡异莫测的先例。好在我们目前有了一些线索，这些线索中可能有一个会让我们通往真相的路，但也有可能我们正在错误线索的迷惑下耽搁时间，但我们总会抓到正确的线索的。"

我们度过了愉快的午餐时光，把我们联系在一起的那件事在用餐间隙几乎没怎么被提起。饭后在起居室，福尔摩斯问亨利爵士往后有何打算。

"去巴斯克维尔庄园。"

"什么时候？"

"这周周末。"

"大体来说，"福尔摩斯道，"我认为你的想法比较明智。我有十足的把握证明，你在伦敦已经被人盯上了，伦敦太大，人也太多，很难查明这些人的来路，也难以弄清他们的意图。要是他们图谋不轨，你可能会受到伤害，我们对此恐怕也束手无策。莫缇默医生，你们今早从我那出门就被人跟踪了，你知道吗？"

莫缇默医生十分惊讶。

"被跟踪？是什么人跟踪我们？"

"很遗憾，这正是我们目前需要调查的。在达特穆尔高原那儿，你有认识的人或是周边邻居是蓄着黑长胡须的吗？"

"没有吧——呢，我再想想看——哦，想起来了，查理斯爵士的管家巴利墨尔就蓄着满脸黑须。"

"哦？巴利墨尔人在何处？"

"他打理着那个庄园。"

"我们最好想个办法确认一下，他是不是真的在那儿待着，也有可能他已经在伦敦了。"

"想个什么办法呢？"

"拿一份电报纸给我。'替亨利爵士打点好一切了吗？'这就行了。收件人为巴斯克维尔庄园的巴利墨尔先生。庄园附近最近的电报局是哪个？格瑞盆。好极了，我们再给格瑞盆的邮政站长发一份电报，内容就写'请务必将发给巴利墨尔先生的电报交到他本人手上。要是本人没在，请复电告知诺森伯兰旅社的亨利·巴斯克维尔爵士。'如此这般，日落之前我们就能确认巴利墨尔管家究竟在不在德沃郡的庄园了。"

"这办法可以，"亨利爵士道，"但莫缇默医生，巴利墨尔这人怎么样？"

"他是上一代老管家的孩子，他们家族打理这庄园如今已到第四代了。据我了解，他跟他的妻子在乡间很得人尊重。"

"并且，"亨利爵士说道，"显而易见的是，没有主人的庄园对他们来说不要太舒服，完全没事可干。"

"确实如此。"

"查理斯公爵的遗嘱里对巴利墨尔有所照顾吗？"福尔摩斯问道。

"他与他的妻子各分得了五百镑。"

"哦！他们之前对此知情吗？"

"应该是知情的，查理斯公爵对谈论他的遗嘱条款挺热衷。"

"这算是重要的线索。"

"我希望你不要对遗嘱里分得好处的所有人都抱以怀疑，"莫缇默医生说道，"他也分了一千镑给我呢。"

"是吗？其他还有谁吗？"

"除了分给个人的小部分款项及捐给慈善机构的大笔捐款，剩余的都归亨利爵士所有。"

"剩余的有多少？"

"七十四万镑。"

福尔摩斯意外地挑眉道："我真没料到遗产如此丰厚。"

"查理斯爵士向来以富有闻名，我们也是在查证他持有的有价证券后才知道他有如此丰厚的资产。资产总值约一百万镑。"

"哎呀！这么丰厚的财帛足以打动人心了。不过还有个疑问，莫缇默医生，倘若我们这位年轻的准继承人遭逢意外——请原谅这不吉利的假设——那谁会是这笔财产的继承人？"

"查理斯公爵的胞弟罗杰·巴斯克维尔未婚早逝，所以财产将会由表亲戴斯门德家族来继承，杰姆士·戴斯门德是维斯摩兰的一位老牧师。"

"非常感谢，这些都是挺重要的线索。你跟杰姆士·戴斯门德见过面吗？"

"有过一面之缘。查理斯公爵曾接受过他的拜访。他傲然端庄，情志高洁。我印象深刻，他还曾拒绝接受查理斯公爵强行转让给他的财产呢。"

"但这个情志高洁的人竟要成为查理斯公爵丰厚资财的继承者吗？"

"因为限定继承的规定，他会是产业的继承者，他也可能成为财产的继承者，只要财产的现有继承人另立遗嘱——当然，财产的现有继承人有权按自己的意愿处置这份财产。"

"亨利爵士，你有立遗嘱吗？"

"没，还没来得及立，福尔摩斯先生，我昨天才搞清楚发生了什么事。并且，我觉得不管怎么说，产业跟财产应该相伴随。我那可怜的伯父也是这么想的。如若不然，失去了财产支撑的产业，怎么可能重现巴斯克维尔家族的辉煌呢？房产、地产与财产绝不能割裂开来。"

"确实如此。对了，亨利爵士，关于你想去德沃郡的这个打算我十分赞同，不过有一个前提是，你一定不能独身一人去。"

"莫缇默医生会陪着我。"

"但莫缇默医生要顾及自己的工作，并且他的住处与你的庄园隔着数英里。即使他再有心，或许也有心无力。不能那样，亨利爵士，你得让一个人陪着，一个值得信赖的人，而且他能够做到随时陪在你身边。"

"你亲自去一趟可以吗？福尔摩斯先生？"

"倘若事情到了危急时刻，我尽量亲自过去。但请你原谅，我得解决广泛的咨询业务以及各方的求助，所以长时间不在伦敦是不现实的。眼下就有个勒索者企图玷污一位英格兰可敬人物的声名，只有我能让这影响颇大的诽谤事件终止。你该明白我是脱不开身去达特穆尔高原的。"

"那你建议谁陪我去呢？"

福尔摩斯拍拍我的手臂道："要是我的朋友愿意担此重任的话，那在你身陷险境时，他在你身边是最可靠不过的了。在这件事上没有谁能比我更值得信任了。"

这个建议令人意外，我简直要手足无措了。我还没来得及应答，亨利爵士就上来一把将我的手抓住，热情地牢牢握着。

"啊，你心地真好！华生医生，"他说，"你明白我的处境，对这事的了解也跟我一样多，要是你能答应陪我去巴斯克维尔庄园助我渡过难关的话，我将终身感激。"

应承冒险之旅对我来说总是有着奇异吸引力的，更何况我还得到了福尔摩斯的肯定，准男爵也热诚地邀请我前往。

"好的，我答应你，"我说道，"以此来充实自己的时间是再合适不过了。"

"你要详尽地跟我报告情况，"福尔摩斯说道，"在危急时刻到来时，我会指导你该怎么应对。我估计星期六之前应该能够做好准备吧？"

"华生医生来得及吗？"

"完全没问题。"

"那这周星期六，要是我没再另外通知你的话，我们就在那辆从帕丁顿开过来的十点三十分的火车上碰面。"

我们正要起身告辞，亨利爵士突然惊喜地欢呼着冲向房间角落，从角落的壁橱下面拖出一只棕色长靴。

"是我丢的靴子。"他喊道。

"希望我们的困难都能解决得像这事一般毫不费力。"夏洛克·福尔摩斯道。

"但这事实在太奇怪了，"莫缇默医生道，"我在午餐之前已经将这间房仔细地搜查过了。"

"我也搜查过！"亨利爵士道，"每个角落都找遍了。"

"我确信那个时候这只长筒靴不在房间里。"

"也就是说，很有可能是服务员在午餐间隙放进来的。"

那名德国籍服务员被喊了过来，但他说自己毫不知情。不管怎么盘问，都说对此事一无所知。接二连三的奇怪事件在轮番上演，此时又多了一件。除去查理斯公爵猝死的恐怖传说，这两天里发生的各种让人摸不着头脑的事儿，像印刷字粘贴的信件、双轮马车里蓄着黑胡须的跟踪者、丢失的崭新棕色靴子、接着丢失的旧的黑色靴子以及现在被送回来的崭新棕色靴子。坐车回贝克街的路上，福尔摩斯安静地坐着，他紧皱的眉毛与严峻的脸庞透露出跟我一样的心绪：忙着理清这些凌乱无比又莫名其妙的线索，看是否能找到突破口。他在那呆坐了一整个下午，烟雾缭绕，伴随着他陷入深沉的思索。

傍晚时分，恰在晚饭前有两封电报送过来了。

第一封的内容是：

据了解，巴利墨尔确在庄园。巴斯克维尔

第二封的内容是：

依照吩咐寻访了那二十三家旅社，很抱歉的是，并没发现被剪过的《泰晤士报》。凯莱特

"我那两处的线索都断了，华生。还有比到处碰钉子的案子更让人郁闷的事儿吗？我们得重新找寻线索了。"

"去找找那个为跟踪者赶车的马夫怎么样？"

"当然。我已经向执照注册部门发去电报询问马车夫姓名与地址——要是来的就是我这封电报的回复，那我不会觉得意外。"

事实上，此时的门铃声带来的回复比我们预期的更满意，因为打开门后进来的是一个行事粗鲁的家伙，显然他就是那位马车夫。

"我被总部告知说，这里有一名绅士在寻找车牌号2704的车夫，"他道，"我做马车夫已经七年了，还从来没接到过投诉，我从车场直接赶过来，就是想当面了解清楚，你对我有何不满？"

"好极了，我并非对你不满，"福尔摩斯道，"恰恰相反，要是你乐意认真回答我的提问，你还能在我这得到半个金镑。"

车夫听得喜笑颜开道："啊哈！今天的运气真不错！先生，你想知道什么呢？"

"先报上你的姓名与住址吧，方便我日后有需要的时候去找你。"

"我叫约翰·柯雷顿，家住镇上特北街三号。我的马车来自滑铁卢车站附近的史普里车场。"

夏洛克·福尔摩斯将这些信息一一记录下来。

"好的，柯雷顿，现在请你将今天上午十点在这房子外监视，之后又在摄政街跟踪两位绅士的那位乘客的相关信息告诉我。"

那个人似乎大吃一惊，有些惊慌失措。

"啊，这事儿你好像知道得差不多了，我也没什么更多内容可讲的了，"他道，"实际上，那个绅士曾嘱咐我，他是一位侦探，让我不管对谁都不要讲他的事。"

"我的好朋友，这件事挺严重的，你最好不要妄图对我有所隐瞒，否则你会倒大霉的。你是说那人告诉你他是个侦探，对吗？"

"没错，他是那样对我说的。"

"是在什么情形下说的呢？"

"是在下车后说的。"

"他还讲过其他的吗？"

"他透露了他的名字。"

福尔摩斯得意扬扬地瞥了我一眼。"是吗？他跟你提及了他的名字，对吗？那可真是挺莽撞的。他说他叫什么名字？"

"先生，是夏洛克·福尔摩斯。"车夫道。

我这位朋友在听完车夫的回话后脸上表现出的吃惊是我以前从来没有见到过的。一时间他呆坐在那沉默了，随即又大笑出声。

"妙不可言，实在是妙不可言！华生，"福尔摩斯惊叫道，"我能感觉到他是一个如我一般机智聪慧的人。他这次十分漂亮地给了我一个当头棒喝。所以，你之前讲他说自己是福尔摩斯，是吧？"

"正是如此，先生，那位绅士是这么说的。"

"真是太棒了！他是在哪里拦的你的车？上车后又发生了什么事儿？你快跟我说说。"

"九点三十分的时候，他在特拉伐加广场租了我的车，他告诉我说自己是个侦探，要是我能听从他的安排并且不多嘴发问的话，他就会付我两个金币，我很开心地答应了。我们先是到的诺森伯兰旅社，在那两位绅士坐上一辆停在门口的马车后，我们追踪着那辆马车到了这附近。"

"就在这门这儿吧？"

"啊，这个我没法确定，但我那位客人一定是早就知道的。我们中途在街上停了一个小时三十分钟左右，直到那两位绅士步行经过我们马车旁，我们才又继续沿着贝克街尾随下去，顺着——"

"这我知道了。"福尔摩斯道。

"我们跟踪到摄政街四分之三处的时候，马车上的客人突然将活板门打开，大喊着吩咐我立即赶往滑铁卢车站。我加快速度赶过去，不到十分钟就到了那儿。之后，他信守诺言地给了我两个金币，在准备进车站离开的时候，他转过身对我说：'要是你知道你服务的对象是夏洛克·福尔摩斯，你一定会很有兴趣的。'就是在这样的情况下我才得知他是谁的。"

"我知道了。你还有再见过他吗？"

"在他进车站后再没见过。"

"你可以形容一下这位夏洛克·福尔摩斯先生吗？"

马夫挠着头道："啊，要形容这位先生真是有点困难。他约莫四十岁左右，身材中等，比你的个子矮两到三英寸的样子，先生。他穿着体面，脸色泛白，留着黑胡须，黑胡须的末端被修剪得很整齐。除了这些我没有什么别的可说的了。"

"他眼睛的颜色呢？"

"不清楚，不知怎么说。"

"你还能想起别的什么吗？"

"不，先生，我实在想不出什么了。"

"好吧，这半个金镑给你。要是你还能提供更多消息，你还会得到另外的半个金镑。晚安！"

"万分感谢，先生，晚安！"

约翰·柯雷顿面带微笑地出去了。福尔摩斯望着我，苦笑地耸耸肩。

"第三处线索也突然断了，我们又返回到了原点，"他道，"这个狡诈的混蛋！他了解我们的底细，也知道亨利·巴斯克维尔爵士曾求助于我，还在摄政街把我认了出来，甚至预估了我会借助记下的马车车牌号去找马车夫，所以就留下来那么嚣张无比的口信。华生，我跟你说，我们这次遇到势均力敌的对手了。在伦敦我已被他摆了一道，现在我只能祈祷你在德沃郡能有好运。只是，我很担心。"

"担心什么？"

"担心派你去不妥当。华生，这件事很复杂，既棘手又危险，我越想越觉得不安。是这样的，我亲爱的朋友，你可以笑话我，但我发誓，要是你能够顺利安然地回到贝克街，那我一定会十分开心。"

第六章　前往巴斯克维尔庄园

　　到了约好的那个星期六，亨利·巴斯克维尔爵士与莫缇默医生都整装待发，于是我们依约前往德沃郡。夏洛克·福尔摩斯乘车送我去车站，临别时，他给了我一些最终的指导与提议。

　　"我不想让我的想法与建议去干扰你的思维与判断，华生，"他道，"我只要求你将所知全部情况向我报告，剩下的推理工作你可以交给我。"

　　"什么情况呢？"我问他。

　　"所有看起来与案件相关联的情况，不管有多微不足道，特别是年轻的亨利爵士和周遭友邻的相处情况，或是跟查理斯爵士猝死的一切新细节与新进展的相关情况。前几天，我已经亲自展开了一些调查，但结果并不乐观。但还是有一件事是可以确定的，那就是作为下一个继承者，那个上了年纪的杰姆士·戴斯门德牧师性情温和，所以他绝不会是施行如此残忍罪恶的凶手。我发自内心地觉得可以把他从这个案件的嫌疑人名单中剔除。其他的就要看亨利·巴斯克维尔过去后，环绕在他身边的那些沼地上的人了。"

　　"为什么不直接辞退巴利墨尔夫妇？"

　　"万万不能那样做，不然就可能乱了大局了。倘若他们是被冤枉的，那样便有失公平；倘若他们确实犯罪了，那我们就错失了良机，让他们逃过了法律的制裁。不，不能，我们不能那样做，我们要保持对他们的怀疑。印象中，巴斯克维尔庄园还有一位马夫，沼地里还住着两个农户以及我们的朋友莫缇默医生。我觉得他本人确实是诚实的，但他的妻子如何我们却并不了解。还有那个自然主义者斯泰普尔顿先生以及他那个据说十分迷人的、娇俏的妹妹。此外，拉伏特庄园的富兰克兰先生同样是个未知数。最后，他的那些其他邻居等人，你都要高度注意，认真观察。"

　　"我会竭尽全力的。"

　　"我猜你应该带了武器吧？"

　　"是的，我觉得还是带过去比较好。"

　　"当然要带，你那把左轮手枪一定要随身携带，日夜不离身，千万别有一时一刻的疏忽大意。"

这时，我们的朋友已将头等车厢订下，站在月台处等我们。

"没有，我们这儿没得到什么消息，"莫缇默医生答复我朋友的提问道，"但我可以肯定的是，这两天我们并没有被人跟踪。每次出门前我们都会仔细观察确认，绝不可能会看漏。"

"那你们是一直在一起吗？"

"只有昨天下午没有。我每回来伦敦，都要腾出一天时间来稍作消遣。所以我昨天下午去了外科医学院的展览馆。"

"我去公园闲逛了，"亨利爵士道，"但我们都没碰到什么问题。"

"无论如何，都不能掉以轻心。"福尔摩斯神色严肃地摇头道，"亨利爵士，我希望你不要单独行动，不然可能会遭逢不幸。你的另外一只靴子找到了吗？"

"并没有，再也没看到，先生。"

"好吧，真是件有意思的事儿！那就这样吧，再见了。"火车顺着站台开始启动，他又追上了补充了一句："亨利爵士，别忘了莫缇默医生念的那个传说里的那句警告——千万别在晚上穿过沼地。"

等车驶离站台，我回身望去，看到福尔摩斯那高大挺直的身影还静静地立在原地，目光专注地目送我们。

这段旅程实在是愉快又迅速。在这段路程里，我与两位同伴的关系亲密不少，还不时跟莫缇默医生的垂耳长毛犬共同嬉戏。几个钟头过后，大地由棕色转为赭红，房屋从砖房变为石砌房，树篱环绕着吃草的枣色牛，植被葱郁，草野青葱，可见其土壤之肥沃，气候之湿润。年轻的亨利爵士新奇地凭窗远眺，一见到有熟悉的德沃郡的风物，便高兴得欢呼不已。

"华生医生，我从德沃郡离开之后，足迹遍布世界上许多地方，"他说道，"但没有一处能超过这里在我心目中的分量。"

"我见过的所有德沃郡人莫不对自己的家乡赞恋不已。"我答道。

"那不仅是因为这里的风光地理，还因为这里的人，"莫缇默医生说道，"你看我这个朋友，他圆乎乎的头颅有着凯尔特人的特征，所以凯尔特人的澎湃的热情与丰富的情感在他身上展露无遗，而可怜的查理斯公爵的头颅类型比较少见，既又盖尔人的特性，又有艾弗人的体征。说起来，你上次见到巴斯克维尔庄园还是在你很小的时候吧？"

"那时候我父亲才过世，我大概十几岁的样子，当时他在靠海的南边小屋里住着，其实我也从未见过巴斯克维尔庄园。之后，我就辗转投奔到了我一个美国朋友那里，所以我跟你说，那庄园之于我的新鲜程度是跟华生医生一样的，我甚至等不及要看看那沼地了。"

"是这样吗？如此一来，你的期盼很快就能得到满足了，因为沼地马上就要到了。"莫缇默医生一边指着车窗外一边说道。

穿过切割得很规整的碧绿原野与矮小弯曲的树林,一座苍翠的暗灰色小山矗立在眼前,山峦高低起伏,连绵着奔向朦胧的远方,宛如身处梦里虚无缥缈的仙境。亨利爵士眼睛呆呆地盯着远方,坐了半晌。他那热切的神情透露出这个地方对于他的重要意义。他第一次看到这个奇妙的地方,这个被自己的家族掌控经年,留下无数印记的地方。他身穿斜纹毛呢服,一口比较纯正的美国口音,在这单调乏味的火车车厢角落里安静地坐着,他黝黑面庞上变化丰富的表情让我绝不会错认他就是那支有着贵族血统、情感丰富、自视甚高的家族的后裔。自尊、英勇与力量在他那浓黑的眉毛、敏感的鼻孔以及浅褐色的大眼睛中展露无遗。假如未来的调查布满了恐怖沼地所设下的危险陷阱,那至少他是一个危急时刻能挑起大梁的敢闯险境敢于承担责任的朋友。

火车停靠在一个道旁的小站上,我们在这个小站下了车。低矮的白色围栏处有一辆由两匹矮脚马拉的四轮马车在那恭候多时。显然我们受到了高规格的隆重接待,站长与行李搬运工一起上前,围着我们替我们搬运行李。这个乡下地方的风情很是淳朴可爱,所以乍一看到有两位身着黑制服的士兵守在大门口的时候,我还有些惊讶。赶车的马夫个子不高,饱经风霜的面庞现出一脸严正肃穆的神情,在看到亨利·巴斯克维尔后,他朝他行了个礼。不多时,我们便在马车的带领下奔驰在宽阔平坦的大路上。两侧的牧场在我们身旁飞快地擦过,绿荫拢翠中钻出一座座附带山墙的老房,不过阳光拂照下的宁静乡村之后承接的却是连绵不断、黄昏映衬下的阴森沼地,偶尔间杂着几座嶙峋的险恶小山。

四轮马车继续往前,随后转道进入了一条分岔路,我们沿着这条经由几个世纪的车轮碾轧而成的深沟坡道蜿蜒而上。深沟坡道两旁遍布湿绿的苔藓及肥厚的蕨类植物。锈绿的蕨与五彩缤纷的树莓在夕阳的映照下闪现出动人的光泽。我们不断往上走,穿过狭窄的石桥,跟着顺流而下的溪流前进,溪水四溅奔流,蹦跳着穿过棕色的圆石。道路与溪流在茂密的橡树与枞树峡谷间曲折穿行。每次行至转弯处,亨利爵士都会欢喜地叫出声来,欣喜地环顾四周景色,问个不停。在他的眼中,这一切美得不可思议,但于我而言,这一片乡间小景始终笼罩着一股忧郁的气息,这种气息混杂深秋的印记,使我感到压抑。当马车压过飘落的黄叶,车轮声被吞没——我觉得这些都是大自然送给重返家园的巴斯克维尔家族继承人的哀伤馈赠。

"看!"莫缇默医生大喊一声,"那是什么?"

前方是一个遍植石楠树的陡峭山坡弯道,这一处也恰巧是沼地外沿的一个山垭,一个骑马的士兵伫立在山垭顶上,清晰硬挺,仿佛一座矗立在那里的骑兵雕塑,黢黑又冷峻,他前臂上托着步枪,做着瞄准戒严的准备姿势。我们行进的这条道路正处在他的监视之下。

"怎么回事啊,帕金斯?"莫缇默医生问道。

驾车的车夫转过头来答道:"一名罪犯从王子镇监狱逃脱了,先生。加上今天已经有三天了,士兵们在各个道路及各个车站都设有监视岗哨,但那罪犯至今不知所踪。先生,附近的农户都不愿看到这样的局面,可事实就是如此。"

"哦,我听说过这个事情,还听说谁要是能提供线索,还能得到五英镑的奖励呢。"

"没错,先生,但是,相较于可能被割断喉咙的风险,五英镑简直不值一提。你知道的,这个人可不是一般的罪犯,他手段凶残毒辣得很。"

"那这人到底是什么来路啊?"

"他就是瑟尔顿,那个诺丁山案件的元凶。"

那个案件我有印象,凶手残忍无比,每一次暗杀行动都极其血腥凶残,所以曾引吸引过福尔摩斯关注的目光。因为他的暴行令人发指,所以有人怀疑他是否有些精神失常,他也由此得以减刑,未能被立时处决。

马车登上了一处高地,广袤的沼地顿时展现在我们眼前,沼地上遍布嶙峋的石堆与岗岩。寒风自沼地上横袭而来,扑面吹得我都打了个寒战。那个形状如魔鬼一般的人此时正在地广人稀的平原某处窝藏着,如同野兽潜藏在地洞一般,他的内心满是对驱逐他的主人的怨恨。如此种种,再加之荒芜的沼地、凛冽的寒风以及晦暗的天空,气氛顿时变得阴沉恐怖起来。就连亨利爵士也都安静下来,他将大衣裹紧了些。

丰沛富饶的乡村已经落在了我们背后,我们回首眺望,但见夕阳晚照,在溪流上映出条条金线,新开垦的红壤土地以及密密的树林反射着璀璨的光泽。眼前的道路是巨大的斜坡,浅棕与冷绿的土色交织着,让一切显得越发荒芜冷凄。硕大的圆石随处可见,两旁偶尔掠过一栋沼地小屋,都是石砌的墙壁与屋顶,缺少爬行植物的墙壁轮廓鲜明粗犷。忽然,一处杯形洼地在我们眼前展现,发育不良的栎树与冷杉各自成块地分布着,长年的暴风骤雨让这些树生得有些弯曲变形。树顶的上方耸立着两根细高的塔楼。车夫拿鞭子指着示意道:"那里就是巴斯克维尔庄园了。"

庄园的继承者起身站立,双颊泛着红光,眼睛明亮有神,一动不动地凝视着。过了几分钟,我们就来到了庄园的大门处。铜铁浇铸的大门上镶嵌着复杂古怪的纹饰,两根饱经风雨洗礼的柱子分立两侧,柱身在苔藓滋长的作用力下显得污浊不堪,柱子的顶端镶的是巴斯克维尔家族的标识——野猪头。黑色花岗岩堆落的废墟曾是庄园的门房,如今却只剩些光秃的橡木。花岗岩废墟的对面有一座在建的新建筑,已经完工了一半,那正是查理斯公爵用在南非淘来的金子建造的第一所房子。

过了大门就进入了林荫道。车轮声隐没在层叠的枯叶中，一株株老树的枝丫交杂相接，在我们的头顶交织成一条暗沉的过道。顺着漫长的阴沉车道，亨利爵士看见那栋房子在路的尽头仿如幽灵一般微光闪烁，他忍不住打了个冷颤。

"这里就是案发现场吗？"他声音低沉地问。

"不，这里并非案发现场，那边的红豆杉夹道才是。"

这名年轻的继承者脸色晦暗地环顾着四周。

"这么一处地方，也不怪我伯父觉得压抑，甚至觉得会遭遇不幸，"他说着，"这儿不管是谁都会觉得压抑，都会让人心惊胆战呢。我打算在半年内给这上方安上一列一千支烛光的灯泡，天鹅牌与爱迪生牌的就不错。到那时你一定完全认不出来这里了。"

林荫道终结于一大片广阔的草坪，房子也近在眼前了。晦暗光线下，我辨认出中央位置矗立的是一栋坚实的大楼，大楼凸出处是一道门廊，顶部伸出的是两个古老的塔楼，上面有不少枪洞。塔楼两侧是样式新一些的黑色花岗岩副楼。厚实的竖框窗户被黯淡的光线穿过，一条柱状黑烟自高脚烟囱中升起。

"亨利爵士，欢迎！欢迎来到巴斯克维尔庄园！"

门廊的阴影处走出一位个子高大的男人，他走上前将四轮马车的车门打开。随后一个女人的身影也出现在了门廊的黄色灯光之下，她走过来，帮着男人将我们的行李搬下车。

"我把你送到这儿，亨利爵士你不会介怀吧？"莫缇默医生道，"我妻子还在家等着我。"

"你留下来吃完晚餐再走吧？"

"不了，我必须得回去了，可能家里还有事在等我处理呢。虽然我很想陪着你参观一下这房子，但有巴利墨尔在，他一定能做得比我更好。就此告别吧，之后要是需要我，无论何时，尽管吩咐便是。"

我跟亨利爵士才走到客厅，车道上的车轮声就慢慢听不见了，身后有沉重的关门声响起。我们站立的客厅十分豪华，高大开阔，橡木制的巨梁虽因长年累月的销蚀有些发黑，但却整齐细密地排列着。巨大的旧时壁炉就在高大的铁狗雕像背后，柴薪在壁炉里燃烧得哔啵作响。我跟亨利爵士都围着壁炉烤起火来，长途的舟车劳顿，让我们的全身都有些僵麻。我们举目四望，在中央顶部的吊灯照射下，细高的旧式彩纹玻璃窗户、原木的镶嵌木板、挂在墙上的牡鹿标本以及盾型的徽章都被笼罩上一层柔和的细纱，显得朦胧又幽暗。

"跟我想象的差不多，"亨利爵士道，"这不正是一个古老的家族应该有的气派吗？这个大厅供我们家族的人员居住了五百年，一想到这儿，我的崇敬之情便油然而生。"

在他四处打量的时候，我察觉到他的黢黑的脸上有着孩子般的热忱在闪光。他所立之处尽管有着光线映照，但墙上长长的投影配合顶部暗黑的房梁，就像在他头顶支开了一张巨大的天篷。巴利墨尔将行李送到我们的房间后又回到了客厅。他来到我们面前，顺从恭敬的态度透露出他受过良好的仆从训练。他个子很高，胡须整齐，皮肤白皙，相貌堂堂。

"晚饭要现在开始吗，先生？"

"已经备好了吗？"

"只用几分钟就能备好。先生，房间里的热水也准备好了。亨利爵士，在你有新规划之前，我与妻子愿意一直为您服务，但您得明白，在如今的新形势下，这栋房子需要更多的仆人来满足打理的需要。"

"什么新形势？"

"我指的是查理斯公爵向来喜好清净，所以我们夫妻俩才得以满足他的需求，先生。而您，肯定希望有更多的人来陪伴你，因此家里的情况也肯定要做出相应的改变。"

"你的意思是你跟你妻子想要走？"

"等您完全方便了以后，先生。"

"但你们家族与我们家族延续了几代的交情了，不是吗？要是轮到我这里就断了几百年的联系，我会感到极其惋惜。"

我似乎看到些许激动的神色在这位管家白皙的面庞上闪现。

"我也是这样想的，包括我的妻子也是，先生。但老实说，查理斯公爵是我与妻子都非常敬爱的人，他的过世让我们俩大受打击，身处这熟悉的场景，如今却物是人非，这令我们夫妻俩极其痛苦。我担心我们要是继续待在巴斯克维尔庄园的话，心里再也没法轻松起来了。"

"那你有何打算？"

"我对自己的经商才能有些许自信，我觉得我要是去做买卖，一定能够取得成功，先生。更何况，查理斯公爵的慷慨已经为我经商铺垫了资本条件。我现在还是先带你们去参观下你们的房间吧。"

这个年代久远的大厅顶部装着一圈带护栏的方形回廊，爬过一段双层的楼梯就能到达这个回廊。两道走廊自大厅开始接通了整栋房子，每一间房的房门都通向这两个走廊。我的房间与亨利爵士的房间在同一侧，之间只隔着一道墙。相较于大楼中部的房间，这些房间显然样式新颖得多，亮色的壁纸与无数明亮的烛光驱散了刚来到这儿时我脑海中的灰暗印象。

不过，面向大厅的餐厅却显得阴沉晦暗，这间房呈长条形，一处台阶将餐厅划分为两个部分，高处部分是主人用餐的地方，低处部分是供仆人用餐的地方。演奏廊被建立在其中一端的高处。头顶是黢黑的横梁，横梁上是熏黑的天花板。要是有几列明亮的烛火照耀，再配合形式多样、喧闹欢乐的旧时宴会，那气氛一定会很热烈。但此时却只有两个穿黑衣服的绅士借着微弱的灯罩透出的灯光，一个说话的声音越来越低，一个精神很受压抑。一排褪色的先祖画像身着各式的服装，自伊丽莎白女皇时期起，一直延续至摄政时代的膏梁子弟止，他们都在低头看着我们，无声地陪伴我们、震慑我们。我们没怎么交谈，我为终于吃完了这顿饭而松了口气，终于可以去新式桌球室抽根烟了。

"老实说，这里的气氛真的很难让人愉快起来，"亨利爵士道，"我本以为融入这儿的环境并不难，但如今我觉得自己很难融入进去。无怪乎我伯伯在这样的房子里住着会觉得恐慌不安。不过，要是你觉得合适的话，我们今天晚上就早点安寝，或许明早起床一切会变得让人更愉快些。"

睡觉前，我将窗帘打开凭窗远眺。窗外正对着客厅前的草坪，更远处，两处茂密的树林在愈发肆虐的狂风中摇晃着，并哗哗作响。一轮圆月在团团的云层中飞奔穿梭。凄清的月色下，我能看到树林之后参差残缺的岗石边缘以及阴森沼地的绵长弯道。我将窗帘拉上，觉得我此时的印象与先前其他所得的印象并无二致。

但这并非最后的印象。虽然我身体已经很疲惫了，但我完全没有办法进入睡眠，只能在床上辗转反侧，却发现越是想让自己睡却越是睡不着。报时的钟声自远方传来，十五分钟敲一次，可这古老的房子里却寂静无声。但在下半夜，我突然听到一种声音，清楚、透亮，绝不是我的错觉。那个声音来自某个女人的哭泣，好像是没法抑制内心的苦痛折磨而发出的濒临窒息的喘息。我从床上坐起身，侧耳细听。这声音的声源地似乎并不远，一定在这栋房子里。我全神贯注地静等了三十分钟，可除了报时的钟声与风穿过常春藤飒飒作响的声音之外，再也没能听到任何声音。

第七章　米瑞比特宅院的主人斯泰普尔顿一家

第二天一大早的清爽晨景将我们初次见到巴斯克维尔庄园留下的灰暗印象驱逐了不少。我与亨利爵士在餐厅围坐着用早餐的时候，阳光正好，光线穿过高高的竖框窗户，穿透玻璃上的盾型纹章，在地上形成了如水般的粼粼色块。太阳将深色嵌板照射得夺目闪亮，实在让人难以想象这正是昨晚让我们心理压抑的房子。

"看来原因并非出在房子身上，问题应该归咎于我们自己！"亨利爵士道，"我们一路舟车劳顿，坐车受冻，难免会觉得这房子阴冷晦暗，而此时我们精力充沛，精神焕发，所以会觉得身心愉快。"

"但这不全是因为想象所造成的，"我说道，"举个例子，你有没有恰巧听见有个人——我感觉是一个女人——在半夜里哭？"

"好奇怪，我昨天晚上迷迷糊糊间似乎也确实听到有哭声。我静等了很久，可却再也没有听到那个哭声了，我本来还以为那不过是我在做梦呢！"

"我听得清清楚楚，并且，我可以断定那绝对是一个女人在哭。"

"我们得立即查问一下这个事情。"他摇响桌上的铃铛召唤巴利墨尔，询问关于哭声这件事他能否解答。我见到这位管家在听到主人的提问后，本就苍白的脸色变得愈发苍白了。

"亨利爵士，只有两个女人在这栋房子里住着，"他答道，"一位是在厨房打下手的女仆，她在对面的厢房里住着，另一位便是我的妻子，但我发誓，那绝不会是她发出的哭声。"

但是，他说谎了。因为吃完早餐后，我在门廊恰巧碰上了巴利墨尔的妻子，阳光将她的脸映照得清清楚楚。她个子很高，神色漠然，脸色阴沉，嘴角耷拉着，面无表情。但她用那红肿的眼睛瞥向我的时候，她那泛红的眼角透露出她曾哭过的隐情。这说明，昨晚正是她发出的哭泣声。假如确实是她在哭的话，那她的丈夫不可能不知情。巴利墨尔却甘冒被拆穿的风险矢口否认这件事。他这么做的目的何在呢？另外，她又是因为什么事哭得如此伤痛呢？那个肤色白皙、相貌俊美、留着黑须的人身上似乎缠绕着一个个神秘莫测的疑团。他是查理斯公爵尸体的第一个发现者，我们关于公爵死亡情况的所有了解都源自于他。在摄政街发现的马车中的跟踪者会是巴利墨尔吗？胡须或许一样，而马车夫关于相较于福尔摩斯矮两三英寸的印象描述有极大的弄错可能性。我要怎样才能查清楚这件事呢？

显然，当务之急我应该先去格瑞盆的邮政站长家跑一趟，问清楚那封意在试探的电报有没有被亲手交到巴利墨尔本人的手上。不管得到什么样的回复，这样一来，我也总算有些事可以拿出来汇报给夏洛克·福尔摩斯了。

用过早餐后，有一大堆的文件等着亨利爵士去处理，所以我正好能利用这个时间段出去一趟。这次的散步十分愉快，我顺着沼地边沿走了将近四英里，最后到达一个灰蒙蒙的小村庄，这个村庄有两栋房子比别的房子都高大些，后来得知那两栋分别是旅馆和莫缇默医生的家。邮政站长在村里开了个杂货店，他对那封电报印象深刻。

"那当然啦，先生，"他道，"我依照吩咐让人将那封电报亲自送到巴利墨尔先生那里。"

"您派谁去送的？"

"就是派的我这个儿子。杰姆斯，你上个礼拜有把那封电报交到庄园的巴利墨尔先生那里，对吧？"

"是的，爸爸，我亲自去送的。"

"是交给他本人接收的吗？"我追问道。

"哦，他本人当时在楼上，所以我没能让他本人接收，但我把它亲手交到巴利墨尔夫人手上了，她答应了我立刻把信交与巴利墨尔先生的。"

"你那天有见到巴利墨尔先生吗？"

"没有呢，先生，我跟你说过了，他那时在楼上呢。"

"你并没有见到他，那你是如何得知他那时在楼上呢？"

"哦，他夫人对他行踪的了解难道还会有错吗？"邮政站长恼怒地说道，"那封电报他没有收到吗？要是出现了什么问题的话，也该是巴利墨尔先生自己的责任。"

继续追问好像也没什么意义了，但有一点可以确定的是，虽然福尔摩斯设了个巧妙的局，但我们依然没办法证实巴利墨尔究竟有没有到过伦敦。假设他确实去过伦敦——假设他就是查理斯爵士死前见到的最后一个人，也是先行一步跟踪抵达伦敦的新继承者的人，那又如何呢？他是因人唆使，还是自己心怀不轨？他能在谋害巴斯克维尔家族的人当中得到什么利益？我又想到了那封从《泰晤士报》上剪下来粘贴而成的警示信。这封信是他所为？还是其他不知什么人为粉碎他的阴谋而所为呢？眼下唯一的可能性就只有亨利爵士曾经暗示过的那个动机了，即倘若因为恐惧，庄园不再有主人，那巴利墨尔夫妇就能安然闲适地永久享受这个庄园了。但是这个说法还是没法完全解释那个高深莫测、波诡云谲的阴谋，因为那个阴谋始终缠绕在年轻的亨利爵士身边，仿佛一张无形的巨网一般。就连福尔摩斯也曾说过，这件案子甚至比他侦办的那一系列骇人听闻的众多案件还要来得复杂。顺着灰色僻陋的小道返回时，我在心中不断祈祷我的朋友能迅速从他的繁忙要务中脱身，赶到这里来，接过我肩上这副沉重的责任担子。

突然，我的思绪被身后传来的一阵跑步声与叫我名字的声音打断了。我转身看去，想着可能是莫缇默医生。但事实并非如此，我很惊讶地看到一个陌生男子朝我跑来。他个子矮小，身材纤瘦，胡子剃得很干净，下巴清瘦，面容整洁，头发呈淡淡的黄色，年纪约三四十岁的样子，身着棕灰色的衣服，头上顶着个草帽，一个植物标本盒子在他肩上斜挂着，手中是一个绿色的扑蝶网兜。

"华生医生，我相信您会谅解我的莽撞的，"他跑到我面前喘着粗气说道，"我们在这片沼地上彼此相处仿佛家人一般，都用不着等正儿八经地介绍。我猜您肯定在咱们共同的好朋友莫缇默医生那儿听说我的名字了。我就是在米瑞比特宅院住着的斯泰普尔顿。"

"您的网兜跟盒子已经告诉我这些信息了，"我道，"因为此前听说过您是位自然主义者。但你怎么知道我的呢？"

"我刚在莫缇默家做客，您经过他的医务室窗口时，他指着您跟我介绍的。因为我们正好顺路，所以我就想着追上您来向你自我介绍一下。我想亨利爵士一路来都挺顺利的吧？"

"挺好的，谢谢您关心。"

"查理斯公爵遭逢不幸后，我们都担忧新来的准继承人会不愿意在这里住着。虽然要求一个有钱人在这样的乡下地方屈就蜗居着确有些不合情理，但我不惮跟你说，这事儿对于我们这乡下却是有着重大的影响的。我猜亨利爵士应该不会因迷信那样的事而觉得恐惧吧？"

"我想应该不会吧。"

"您应该对那个地狱恶犬缠住巴斯克维尔家族这个传说已经有所耳闻了吧？"

"是的，稍有耳闻。"

"这里的农户太容易受这些迷信蛊惑了！他们所有人都振振有词地保证说，他们之前在沼地上都曾见过那样一个东西。"他说话的时候脸上始终保持着微笑，但我能从他的眼睛里看出他对待这事儿的认真，"那个传说给查理斯公爵增加了无穷尽的想象空间，并且我能断定，就因为这才造成了他的惨死。"

"但为何会那样呢？"

"他始终紧绷着神经，稍有风吹草动就十分紧张，因此一有狗出现就会给他那有病症的心脏带来巨大的负担。我猜，那天晚上他应该确实在红豆杉夹道那儿看到了类似狗的东西。我以前很担心他会出问题，因为我对那个老人心怀爱戴与尊敬，并且我知道他向来心脏不好。"

"您是从何得知的？"

"哦,是我的朋友莫缇默跟我说的。"

"所以,您的意思是查理斯公爵是因为被狗追赶而吓死的?"

"您有其他的看法吗?"

"我目前还没有得出什么结论。"

"那夏洛克·福尔摩斯先生有结论了吗?"

我听到这话大吃一惊,但看到对方那淡定的神情与坚定的眼神,我知道他的本意并非是让我吃惊。

"若是想让我们装作不认识您,那显然是不现实的,华生医生,"他道,"我们这里到处流传着您撰写的探案记录,您在褒奖他的同时,也让自己的名字被人们记住了。莫缇默医生跟我提起您的时候也没法否认您的身份。现在您到了这儿,那说明夏洛克·福尔摩斯先生本人肯定也在关注这件事情,所以我当然很好奇他是怎么看待这件事的。"

"这我恐怕没法给您答案。"

"那方便告诉我一下,他本人会不会亲自过来吗?"

"他眼下还没法离开伦敦,他要专心侦查手头的别的案件。"

"那太可惜了!或许他能够弄清楚这件让我们大家都费解的事情呢。不过,要是您在调查过程中有什么用得上我的,请您尽管吩咐。要是我能知道您的困惑与调查此案的规划,或许我现在就可以给您一些帮助与提议。"

"我可以很确定地跟您说,我此番前来不过是到我的朋友亨利爵士这儿做客,并不需要什么帮助。"

"真棒!"斯泰普尔顿道,"您这么小心说话太对了。我的鲁莽无礼确实该受到责备,所以我对您发誓,此事我绝不再提。"

这时我们已经走到了一处草木茂盛的狭窄小路前,这条路是从大路分叉而去的,它弯弯曲曲地一直穿过了沼地。小路右边是散布着圆石的峻峭小山,现在已被开采成了花岗岩的采石场。迎向小路对面的是黑色的悬崖,不少蕨类与荆棘从悬崖的裂缝里钻出来生长着。更远处是一座笼罩着一团灰蒙蒙烟雾的小山。

"沿着这条小路再往沼地里走一阵子,就能到我的住处米瑞比特宅院了,"他道,"要是您能抽出一个钟头的时间,我十分乐意介绍我妹妹跟您认识。"

我第一反应是我应该回到亨利爵士那陪着他,但随即又想起他案头那些堆放得繁多凌乱的文件与账单。我在那些事上面帮不上手,并且福尔摩斯也曾确切地嘱咐我,要我好好观察下住在沼地上的这些邻居。于是我应承了斯泰普尔顿的邀约,一起踏上了那条小路。

"这块沼地可真是神奇，"他张望四处着说道，绵延不绝的丘陵仿如起伏的绿色浪潮，峰顶形状各异的花岗岩就像那浪潮里凸起的浪花，"对这块沼地你永远不会感到厌烦。沼地里包罗的那些神奇的秘密绝对是你想象不到的，它是如此的广袤，荒芜又神秘。"

"看来，你很熟悉这片沼地？"

"我不过在这儿住了两年。那些居民经常喊我新来的。我们到这里的时候，查理斯公爵也才来不久。不过，我在自己的兴趣驱使下把这乡下附近的角角落落都踩遍了，因此我估计比我对这儿还了解的人或许还真没几个。"

"要了解这里很难吗？"

"不容易。打个比方，你看，有几座奇怪的小山在北边的那个大平原上矗立着，你能看出那儿有什么不一样吗？"

"那是个少见的适合跑马的好去处。"

"就知道你会是这样的想法，但此前已经有不少性命丢在你这样的想法上了。你看到了那处鲜草丰美的地方了吗？"

"看到了，相较于其他地方，那处的土壤好像更肥沃。"

斯泰普尔顿哂笑出声，"那处便是大格瑞盆泥淖，"他道，"在那处地方，一旦走错一步，人畜都只能等死。我昨天还看到一匹小马驹误跑进泥淖后再没能出来。我见到那小马驹在泥淖里伸了好长时间的头，可最终还是被吞了进去。即便是旱季，要在那里穿过也很不安全，更不要说几场秋雨过后，那处地方有多恐怖了。不过，我能找到路去到沼地的中心，还能安然无恙地返回。上帝啊！又有一匹可怜的小马驹陷进去了！"

此时，丰茂的绿草中间有一道棕色影子在不停地翻滚着，之后，那马驹仰长脖子，痛苦地扭动着向上挣扎，凄厉的啼叫在沼地上空回荡着，听得我周身发冷，而同伴的神经显然比我的强悍。

"糟糕了！"他道，"它已经完全陷进泥淖了。两天就葬送了两匹马驹，以后可能还不知有多少马驹命丧于此，因为马驹们早就习惯了在旱季的时候跑去那里，一直没发现有什么不一样，直至陷入泥淖不得脱身。格瑞盆大泥淖真是一个恐怖之处。"

"但你说你可以穿过去，是吗？"

"是的，那里有几条小径，只有轻巧灵活的人才能顺利通过。我已经找着了。"

"你怎么会想到去那么恐怖的地方呢？"

"啊，那边的几座小山你看到了吗？那可真像是四处阻绝、不通人烟、时代久远的被泥淖隔离的孤岛。要是你能设法到那里去，你就会发现那里有着各种珍稀植物与蝴蝶。"

"或许某一天我会去试试运气。"

他惊讶地看着我。

"你还是打消这个念头吧，"他道，"不然你遭到什么意外我就得担责任了。我发誓，你要想平安从那儿活着回来是根本不可能的。就连我也只能靠记住那些复杂的地标才能过去。"

"哎呀！"我叫道，"这是什么声音？"

沼地上空回旋着一声悠长低沉的呻吟声，这呻吟声凄惨得难以用言语形容，仿佛出现在空中一般，让人找不到声源地。最初是隐隐约约的嘟哝声，随后又变成了阴沉的嘶吼，最后又变成了阴郁忧伤的哼叫。斯泰普尔顿一脸探究地望着我。

"沼地这地方可真奇怪！"他道。

"但这究竟是怎么回事？"

"那些农户传言说这声音是巴斯克维尔的猎犬在找寻它的猎物。我以前也听过那么几次，但都没这次的声音那么大。"

我听了心中害怕得直打战，看看四周，只见起伏不平的大草原上只有几片绿色的树丛零星地散落着，这片广袤的原野上，除了站在我们身后的凸岩上哇哇大叫的两只大乌鸦外，别无其他声响。

"你是受过高等教育的人，对这样的荒谬言论应该嗤之以鼻吧？"我道，"你觉得这种怪异的声音到底是怎么来的呢？"

"泥淖经常会发出一些怪异的声音，有时候是因为泥淖下渗或是水往上涌啊之类的原因。"

"不，不会的，这像是什么活物的声音。"

"哦，可能是吧。你以前听过麻鸦的叫声吗？"

"并没有，我从未听过。"

"在英国，这是一种珍稀鸟类，它们几乎要濒临灭绝了，但这沼地上或许还有这类鸟存活着。就是这样，如果你对我说，我们刚才听到的是最后一只麻鸦的叫声，我也不会感到意外。"

"这叫声是我听过的最陌生、最诡异的了。"

"没错，这里本就是一个极其诡异的地方。你瞧小山那边，你知道那些东西是什么吗？"

灰白的石头摆成一个个圆圈，大约围了有二十多个圈在那，将整个峻峭的山坡都覆盖住了。

"那些东西是什么？圈起用作养羊的吗？"

"并非如此，那可是我们的先祖居住之所。史前人类就是在沼地上群居生活，因为在那之后没有人再在沼地住，所以他们那时候的布置没有人再动过，一如他离开时的样子。这些是没了屋顶的房子。要是你有兴趣进去的话，你还能看到他的炉灶跟床。"

"但这几乎是镇子的规模了。那些人是在什么年代在这里居住的？"

"可能是新石器时代吧——具体年代已不可考。"

"他都做些什么呢？"

"他在这些坡地牧羊放牛，在石斧被青铜器取代之后，他还学会了怎么开采锡矿。你瞧对面山坡的深沟，那就是他采掘后的遗迹。没错，华生医生，你看到了，沼地确实是个很神奇的地方。哦，很抱歉，请稍等片刻！那一定是塞克洛哌飞蛾。"

我们走的这小路上，一个不知道是苍蝇还是蚊蛾的东西飞了过去，斯泰普尔顿当即爆发出惊人的速度与力量跟着飞跑而去。让我瞠目结舌的是，那只不知名的飞虫直直地从大泥淖上方飞过，我那新认识的朋友手中挥舞着绿色网兜，没有一丝停顿地跟在飞虫后面跳着穿过一处处树丛。他身上的棕灰衣服随着他左突右跳的迅速移动，让他本人看起来也仿佛一只飞虫一般。我等在原地看着他四处追逐，心里面一边为他敏捷迅猛的灵活动作而感到羡慕无比，一边又为他随时可能会失足掉进诡异莫测的泥淖而感到担心不已。这个时候，我忽然听见了一阵脚步声。我循声转身，看到一个女人正从我旁边的一条小路上走来。她过来的方向笼罩着一团烟雾，说明那边是米瑞比特宅院的所在，而因为沼地洼处的遮挡，直到她走得很近了，我才发现她。

我敢断定这就是传说中的斯泰普尔顿小姐，因为沼地上的夫人小姐本就不多，更何况我还曾听闻斯泰普尔顿小姐是个美女。显然正朝我走来的这个人就是个美女，并且肯定不是个一般的美女。他们两兄妹真是有着霄壤之别，因为斯泰普尔顿小姐的肤色偏中性，甚至比我见过的那些浅黑皮肤的女人的肤色还显得深些，她的头发颜色极淡，眼睛是棕灰色的，身材苗条，仪态万方。她有一张美得不可方物的脸庞，五官雅正，性感的嘴唇与忽闪的美丽眼睛淡去了那分高冷。她身段极佳，打扮风雅，仿佛一个奇异幽灵般走在偏僻的沼地小路上。我回身看她时，她正望向她的哥哥，然后她加紧脚步朝我走来。我拿下头上的帽子，正想说几句，但她的话瞬时将我的思绪带往另一个新的方向去了。

"回去！"她道，"立刻回伦敦去！"

我惊讶地望着她，呆愣了一下。她眼神如炬地盯着我，一只脚在地面焦急地轻跺着。

"为什么要叫我回去？"我问她。

"我说不清楚。"她把声音放低，说得很急切，话音中带有奇怪的咬舌音，"不过请你看在上帝的面上听从我的话，赶紧回去吧，立刻回去，再也别踏足这沼地。"

"但我才来不久啊！"

"你这人怎么——你这人怎么——"她喊道，"你没看出来我是为了你好才出言警告的吗？

快返回伦敦！今天晚上就启程！不管怎么样，赶快从这儿离开！嘘！我哥哥过来了！我跟你说的每一句话你都别告诉他。你可以帮我摘一下沙叶藻那边的那朵兰花吗？我们这儿的沼地盛产兰花。只是，你当然来的不是时候，没法见到这儿的壮美景观了。"

斯泰普尔顿已经停下了追逐的脚步，返回到了我们的身边。他追得直喘粗气，脸也涨得通红。

"哎呀，贝丽儿！"他叫道，我听得出来他的问候并非出自真心。

"啊，杰克，你热坏了吧。"

"是呢，我方才在追一只塞克洛哌飞蛾。这种飞蛾在深秋时节很少见，是极其珍贵的呢。遗憾的是，我没能抓到它！"他不甚在意地道，而他那炯炯有神的眼睛在说话的间隙不断地在我与那个姑娘之间打量。

"看得出来，你们已经相互认识过了。"

"没错，我方才还对亨利爵士说，他这会儿来得不是时候，没法见识到沼地的美丽了。"

"什么？你说他是谁？"

"我想他一定是亨利·巴斯克维尔爵士吧。"

"不，我不是，"我道，"我不过是个身份卑微的一般人，是亨利爵士的朋友。你可以叫我华生医生。"

她表情丰富的脸因为恼怒的情绪而泛起红晕，"我们倒一直在自说自话地聊天了。"她道。

"哦？你们也没聊多长时间啊？"她哥哥语带怀疑道。

"我跟他聊天时，是把他当一般住户，而不是单纯的客人来看待的，"她道，"兰花开得早晚对他而言没什么影响。不过，你愿意去米瑞比特宅院看看吗？"

我们没走多久就到达了目的地。那座房子十分荒凉孤凄地矗立在沼地上，以前沼地繁华的时候，这里可能是某个农户的仓库，但如今被整饬一新，被改成了一栋现代住房。四面环绕着果树，不过这些果树跟沼地上的其他树一样，生得矮小，发育不良，整栋房屋给人的印象是阴沉简陋的。出来一位瘦骨嶙峋、衣着黯淡的老男仆将我们引进屋，他跟这栋房子的感觉倒很一致。但这房子里有几间大房布置得精细雅致，看得出来，这是一位女士的审美品位。我透过他们的窗户往外望，窗外尽是茫茫无际、乱石遍布的沼地，一直延续到地平线。我既惊讶又纳闷：为什么这个受过高等教育的男人与这个万分美丽的女人会住在这样一个地方？

"选择在这地方居住很奇怪，对吧？"他似乎看穿我的想法一样说道，"但我们尽可能地在让自己过得非常快活。对吗，贝丽儿？"

"是，非常快活。"她答道，但言语中很是勉强。

"我以前办过一个学校。"斯泰普尔顿道,"学校办在北方。虽然对于我这种性格的人来说,那样的工作极其枯燥乏味,但可以跟那些青年人在一起生活,用自己的言传身教与理想信念去引导和培养那些年轻的灵魂,于我而言是极其可贵的。可是,命运跟我开了个玩笑,严重的传染病在学校爆发,有三个男孩因此丧命。学校由此一蹶不振,而我所有的投资也都血本无归。但要不是因为再不能跟那些可爱的孩子们在一起,对于这样的灾劫,我或许会一笑置之。出于对动植物的兴趣,我在这里发现了无数可调研的对象,再加上我妹妹跟我一样,对大自然有着深切的热爱。华生医生,你的那些疑问在你观察我们窗外的沼地时已经钻入了你的脑海,你的表情出卖了你。"

"我确实想着你们在这儿住可能会稍显乏味——可能对于你妹妹来说是这样,当然对于你自己来说可能并非如此。"

"不,并非如此,我从来不觉得乏味。"她立即接口道。

"我们这里有书籍,有需要调研的工作,有富有趣味的邻居。莫缇默医生是他那个领域的专家,可怜的查理斯公爵也是位令人敬佩的朋友。我们跟他很熟,并且十分想念他。你说要是我今天下午去拜访亨利爵士会让他觉得有些冒昧吗?"

"我敢肯定他会很开心。"

"那你回头帮我提前通知一声吧。或许我们可以在帮助他适应新环境上略尽绵力,让他更轻松些呢。华生医生,你有兴趣到楼上看看我那些鳞翅类昆虫收藏吗?我估计整个英国西南部都找不出一套比它更完整的了。在你看完后,午饭应该也差不多可以了。"

但我此次有任务在身,急于回庄园。阴沉的沼地、可怜死去的小马,还有跟巴斯克维尔家族有关联的诡异声音,这一切种种都让我的脑海笼罩着一团忧郁的阴云。除了这些多多少少有些朦胧的印象之外,还有斯泰普尔顿小姐明确清楚的警告。她说话时态度那么严肃恳切,我断定这警告背后定然还有着重大内幕。我婉拒了留下吃午饭等所有邀约,当即沿着来时那遍长野草的小路往回走。

似乎认路的人都比较容易找到捷径,因为在我还没走到主道的时候,就骇然发现斯泰普尔顿小姐竟在前方小路上的岩石上坐着,她一手扶腰,累得双颊都泛起了红霞。

"我赶着跑过来就是想追到你,华生医生,"她道,"我连帽子都没来得及戴上。我不能在此逗留太久,不然会被哥哥发现我跑出来了。对于我所犯的那个将你错认成亨利爵士的蠢笨错误,我想向你表达我的万分歉意。请将我之前说过的话统统忘记,那些话对你毫无意义。"

"但我没法忘记,斯泰普尔顿小姐,"我道,"我跟亨利爵士是朋友,对于他的幸福,我很是关心的，请将你那么着急地想让亨利爵士回到伦敦去的理由告诉我。"

"不过是女人的一时兴起，华生医生。等你对我有了更多的了解后，你就会知道，我并不是能对自己的所有言行都能给出理由解释的。"

"不，不是这样的。我还记得你当时的声音是颤抖着的，我还记得你当时的眼神。斯泰普尔顿小姐，请你如实地告诉我吧，因为我一到这儿就发现周围都遍布疑云。生活就跟那格瑞盆大泥淖一样，让各种绿地掩盖在表面，缺乏领路人的指点迷津，有人可能会深陷泥淖而不可自拔。请告诉我，你的话究竟是什么意思，我保证会将你的警示转告给亨利爵士。"

她的脸上闪过一丝犹豫，但当她开口的时候，她的眼神又变得坚定起来。

"是你自己想多了，华生医生，"她道，"我跟哥哥在听到查理斯公爵猝死的消息后都十分惊愕，我们和他相熟，因为他喜欢从沼地穿过，慢慢散步到我们家。他一直深受家族厄运的困扰，所以在案件发生后，我当然会觉得他的恐惧肯定不会是空穴来风。就因为这个原因，我在得知庄园里又有人过来住的时候感到很担忧，担忧到怕他会遭逢意外而出言示警。这些就是我需要转告的所有想法。"

"那你说的意外是指什么呢？"

"你听说过那个猎犬的传说吗？"

"那种无稽之谈我并不相信。"

"但我信。要是你能劝动亨利爵士的话，请你将他从这个于他家族而言永远是噩梦的地方带走。天高海阔，他为什么要待在这么危险的地方呢？"

"就因为这地方危险。亨利爵士的性格就是如此。我想要是你不能提供一些更明确的信息给我，恐怕亨利爵士是不会走的。"

"我没有什么明确的信息可说了，因为我什么都不知道。"

"那请允许我再问你一个问题，斯泰普尔顿小姐。要是你当时只是要跟我表达这些想法，那你为何要遮遮掩掩不让你哥哥听到？这些想法并不会引起他或任何人的反对。"

"我哥哥万分期盼有人能住进庄园，因为他觉得那对沼地上的穷人来说是件好事。要是他知道我曾劝亨利爵士离开的话，他一定会大发雷霆。但现在我已经言尽义至，再不会多说什么了。我要回去了，不然他要是发现我没在家里，就会猜到我跑来见你了。再见吧！"她转身离去，不一会儿就在乱石间没了踪影。我满怀沉重又莫名的恐惧赶回了巴斯克维尔庄园。

第八章　华生医生的第一封汇报信件

从今天开始，我要依照事情的前后经过，将摆在我眼前桌上的我给夏洛克·福尔摩斯写的信件内容抄录下来。虽然有一页不知去向，但这些信件还是将事情的整个过程完整地记录下来了，将我当时的感想与疑虑清楚地记下来了。虽然那些悲惨的事件在我脑海里印象深刻，但这些信显然比我的印象更为准确。

我亲爱的福尔摩斯：

前面我给你寄的信件与电报相信已经及时让你知道了在这个世界上最荒凉角落里上演的所有故事。人在这儿待的时间越久，自己的灵魂越会被茫茫无涯且有着可怕魔力的沼地的灵魂渗透得更多。一旦身处沼地，你就得将现代英国的一切痕迹抛诸脑后，并且，你知道这儿遍布史前人类的房屋遗址与劳动遗迹。你走路的时候，周围都散布着被人们忘却的房屋以及那些巨大的石柱与坟墓，那些石柱所在应该是他们彼时的殿堂。触目所及的那些千疮百孔地静立在山坡上的灰色石屋，会让人浑然忘却自己身处何时何地。相比你自己出现在这个地方，你会觉得一个披着兽皮、搭着燧石箭拉弓的浑身毛发的原始人出现在这里显得更合适。令人费解的是，在这片必然土壤贫瘠的沼地上，那些人竟然这么密集地在此群居。虽然我并非文史专家，但我可以推测出，他们这些人应该都是不喜战乱、深受掠夺的族群，不得不生活在这片无人愿意居住的地方。

自然，这些跟你交代给我的任务没有什么关联，而且这应该会让你这种务实严谨的人感到极其无聊吧。你对太阳与地球这二者谁绕着谁转的漠然态度我至今都还有印象，所以，下面就让我们言归正传，说回跟亨利·巴斯克维尔爵士相关的那些事吧。

你之前没有收到我的报告那是因为在今天之前我还没发现什么需要报告的重要情况。但今天发生了令人吃惊的事儿，我稍后会详细地告诉你，而在此之前，我要先向你交代一下跟这件事有关的其他一些情况。

情况之一就是我提的不多的那个在沼地上躲藏的逃犯。有十足的理由相信，那个逃犯应该已经逃去别的地方了，这样的认知让在这沼地独居的住户们都松了一口气。他已经逃走两个星期了，在这段时间里没有一个人见过他，也没有一个人听说过他的消息。他要是一直在沼地上待了那么久的时间那简直无法想象。当然，他在那里躲藏肯定不难，随便一个石头房子都可以成为栖身之所，但他除非去猎杀沼地上的羊，不然他不可能有任何食物。因此，我们大家都觉得他一定是逃到别处去了，这样的结论也会让那些住得偏远的农户睡得更安心些。

我们住的地方有我们四个身强力壮的男人，我们毫无后顾之忧，但我不能否认，我一想起斯泰普尔顿一家就很是担忧，他们住的地方偏远孤立，方圆几英里都没有别的住户，家中也只有一个女仆、一个年老的男仆以及他们兄妹两个，并且哥哥还很文弱。要是那个诺丁山的逃犯冲进宅院，他们就只能束手就擒，孤立无援。对此，我跟亨利爵士都放心不下，还提议过让马夫帕金斯晚上过去他们那边睡觉，可斯泰普尔顿对此毫不理会。

实际上，我们的爵士朋友对我们那美丽的邻居燃起了极大的兴趣。这并不奇怪，像他这么外向的人，在这么偏远的地方待着熬那缓慢的时间定然觉得无趣至极，更何况那还是一个千娇百媚的美女。不同于他哥哥身上理智冷淡的气质，她身上带着一股热带的异国气息。不过，她哥哥也给人一种内心火热之感。他对她的影响一定是非常大的，因为我看到过她说话的时候总是不停地看向他，似乎连说话也要寻求他的意见。我不怀疑他对她极好。他眼神明亮，气质清冷，薄嘴唇抿得坚定，这是一种果决和或许无情的个性。你一定会觉得他是一个很有意思的研究对象。

他第一天就来到了巴斯克维尔庄园拜访。隔天早上，他又带领我们去察看那个地方，邪恶乌戈的传说就是在那里发生的。穿过沼地还要走几英里的路程才能到达那儿，那是一个很冷凄的地方，那个地方极容易让人想起那个传说。我们在凹凸不平的山岩间看到了一个不长的深沟，那个深沟的尽头是一片长满白绵草的广阔空地。两块顶部被风化作用削尖的巨石矗立在空地正中间，仿佛巨型怪兽的两根獠牙一样，这跟传说里那个惨案的情形别无二致。亨利爵士兴致高涨，一直追问斯泰普尔顿相不相信恶魔会插手人类的事情。他说话声音低沉，但他明显不是随口问问。斯泰普尔顿的回答也很慎重，看得出来，为了照顾亨利爵士的情绪，他对自己的全部想法有所保留，所以尽可能地在少说话。他讲了一些类似的案件，一些家庭曾被恶魔所影响，因此，他给我们的感觉就是，他跟其他住户的看法是一样的。

返程的路上，我们在米瑞比特宅院吃了中饭，亨利爵士就是在那里认识的斯泰普尔顿小姐。两人一见面，他就深深地被她所吸引，要说这两人并非情投意合，那就只能是我判断失误了。我们回庄园的路上，他还在不停地说起她。在那一天之后，我们基本上每天都会看到这对兄妹。今天晚上他们来这儿吃饭的时候，还说起下个星期去他们那里做客。可以想见，这两个人如此般配，斯泰普尔顿应该乐见其成。但实际上，我多次看见在亨利爵士表现出对斯泰普尔顿小姐的关心之时，斯泰普尔顿脸上那极其不满的表情。他一定对她很依恋，失去她，他的生活便十分孤独，可是倘若因此而要破坏那么美好的姻缘，那他未免也太自私了。不过，我可以很肯定地说，他对他们二人将亲密感情发展成为爱情的这事上并不见得支持，并且我好几次都看到他为了阻拦他们私下单独相处煞费苦心。顺便提一句，你嘱咐我千万别让亨利爵士独自外出，可要是加上爱情的元素，这件事就更加困难了。倘若我坚持依照你的嘱咐行事，那我当即会成为不受欢迎之人。

前不久——确切地说是礼拜四——我跟莫缇默医生一起吃午饭。他最近都在长陵勘探一座古代坟墓，还发现了一具史前人类的颅骨，他很是欣喜。我以前从没见过他这么虔诚的狂热爱好者！后来，斯泰普尔顿兄妹也来了，在亨利爵士的提议下，这个好医生带着我们一行人去看了红豆杉夹道，给我们了看在那个悲惨的夜晚事情是如何发生的。那是一条昏暗狭长的小道，两边是修剪得很平整的高高的树篱墙，篱墙内侧是不宽的草地。小道的尽头只有一个破败的凉亭孤单地矗立着。小道中部就是那道通往沼地的小门，查理斯公爵的雪茄烟灰就是掉在那里了。那道沼地小门是扇白色的木门，上面还安有门栓，从这道门出去便是一望无际的沼地了。我按照印象中你对当时情形的推理尽力想象事情的发生。老人在那里站着的时候，见到有未知的东西从沼地穿过向这边走来，那东西吓得他惊惧不已，所以他不停地跑呀跑，直到因恐惧与力竭而倒地身亡。他就是沿着这个昏暗幽长的夹道跑的。但他是看到了什么呢？一只沼地上的护羊犬？抑或是一只巨型、沉默的黑色地狱猎犬？有人在其间插手吗？是脸色惨白、极其警惕的巴利墨尔知情却不愿交代吗？所有事情似乎都是朦胧模糊的，而那罪恶的阴影却始终掩藏在背后。

上次给你写完信以后，我又碰到了另一个邻居——拉伏特庄园的富兰克兰先生。他的庄园位于我们庄园南面约四英里的地方。他年纪已经很大了，满头银丝，面色发红，脾气火爆。他深爱英国法律，且在诉讼上花费不少。他跟人打官司只为得到诉讼的快感，不管是帮哪一方打官司他都同样乐意，所以他在这种娱乐上损耗良多也是可以想见的。他公然无视教会让他打开通道的命令，有的时候将一条过道给封锁。还有的时候，他会去将别人家的大门亲自拆掉，主人将他告上法庭指认他侵犯私权时，他宣称那里自古就是一条通道并以此来反驳控告。他对旧采邑权法与公共权法研究得很深入，有的时候他还会运用自己的知识来帮助福恩沃的居民们，但有的时候又会反过来批驳他们，所以按照他最新阶段的言行，他有时会被人敲锣打鼓地抬着游街，有时又会被人扎小人烧成灰。听说眼下他身上还有大概七宗诉讼案子缠身，或许这些案子会把他剩余的财富耗尽。清除了他的毒刺，他应该再也不能胡来了。抛去诉讼相关的这方面，他应该还算一个和善慈爱的人。关于他，我只是捎带一提，因为你曾叮嘱我在信中描述一些周围邻居的情况。如今他正忙得无处分身，因为他的另一个身份——业余的天文学家，他有一架制作精良的天文望远镜，现在他整日蹲守在自己屋顶上，用那架望远镜搜索着沼地，想要找出那个逃犯呢。要是他将自己的全部精力都放在这件事上那也算不错，但听说，因为莫缇默医生在长陵的墓穴中挖出了一具史前人类的颅骨，所以他打算起诉莫缇默医生，原因是莫缇默医生没能经过死者亲属的同意就私开坟墓。富兰克兰先生为我们单调的生活增添了不少调剂趣味，而这样轻松的小插曲也正是我们此时迫切需要的。

好了，我已经及时地将逃犯、斯泰普尔顿一家、莫缇默医生以及拉伏特庄园的富兰克兰先生的情况介绍给你了，下面让我用最重要的事来结尾。我会告诉你有关巴利墨尔一家的最新情况，特别是昨天晚上发生的惊人进展。

首先要提一下你之前为了查实巴利墨尔有没有去过伦敦而发的那封电报。我之前跟你说过，邮政站长的话表明我们那次没有试探出效果，我们对那件事还是不清楚。我把这件事跟亨利爵士说了，他当即将巴利墨尔叫过来，直接问他有没有亲手收到那封电报。巴利墨尔答自己收到了。

"那个小男孩亲手交到你手上吗？"亨利爵士问。

巴利墨尔神情惊愕，犹豫了半晌。

"没有，"他道，"我那时候正在储存室，是我的太太将电报送上来给我的。"

"是你自己回的电报吗？"

"不是的，我将要回复的内容告诉了我太太，是她下楼去回的。"

那天晚上，他主动跑过来又说起这件事。

"亨利爵士，我没想通你今天早上问我那个问题的用意何在，"他道，"我想，该不会是他们说我做了什么事情而让你怀疑起我来了吧？"

亨利爵士只能再三保证自己绝无此意，并将自己大量的旧衣服送给了他以表安抚，因为他在伦敦做的全套的衣服已经送过来了。

巴利墨尔太太让我产生了极大的兴趣。她体格健壮，为人拘谨，十分检点，带有一种清教徒的倾向。你几乎想不出会有比她还冷情的人。但我之前跟你说过，我在到庄园的第一晚就曾听到过她哭泣的声音，而在那之后，我三不五时地会发现她脸上挂着泪痕，她的内心是被深重的哀伤吞噬着。我有时候会想，她是因为过去的事而感到困扰内疚吗？还是说巴利墨尔在家中是个残暴的丈夫呢？我总觉得这个人的个性古怪，令人起疑，但这点疑虑在经过昨天晚上的奇遇之后彻底被打消了。

不过，那本身或许并不是什么大不了的事。你知道我一向睡眠很浅，再加上我现在在庄园内更是时时要保持警惕，所以睡眠比往常更浅了。昨天晚上，大概凌晨两点钟的时候，房门外一阵悄悄走过的脚步声将我惊醒了。我坐起身，打开房门往外窥探，发现走廊上有一道长长的黑影在地上拖行。那道阴影投射出那人正手持烛台、沿着走廊偷偷摸摸地往前走着。他身着衬衫长裤，脚上并没穿鞋袜，我只能依稀辨认出他的轮廓，他的身高显示这人是巴利墨尔无疑。他走得非常慢，蹑手蹑脚，这让他整个人的形状有一种莫名的偷偷摸摸鬼鬼祟祟之感。

我之前介绍过，围绕大厅的阳台将走廊隔开了，而过了阳台后，走廊又连上了。所以我一直等着他走出视线才跟踪上去。我跟过阳台的时候，他已经到达了那一段走廊的尽头，借着一扇打开的门里照出的昏暗灯光，我见到他走进了其中一间房。现在这个时候，其他所有的房间都是空的，既没有什么家具，也没有人居住，因此他的所作所为显得比之前更加诡异了。灯光定定地照着，他似乎在那站住了，一动不动。我悄悄地跟上去，尽可能毫无声息地沿着走廊往前走，透过门缝往屋里看。

巴利墨尔伏身在窗边，将烛台举向玻璃窗，他的侧脸半对向我，在他紧盯着窗外黑黢黢一片的沼地时，他的脸仿佛因满怀期待而显得僵硬。他在那儿站着，目不斜视地望了好几分钟，大大地深叹了口气，手势带着不耐的情绪将蜡烛熄灭了。我立即返回了自己的房间，不一会儿就听到房门外响起一阵偷偷返回的脚步声。过了很久，在我正迷迷糊糊就要进入睡眠的时候，我忽然听到某处有钥匙转动的声音，但声音到底是从何处传来的我分辨不出来。虽然对这一切我想不透意味着什么，但显然有什么隐秘的事情正在这栋阴沉的老房子里上演着，我们早晚会找出真相的。我不想把自己的推测告诉你而干扰你的思路，因为你之前交代过只让我报告事实。今天早上的时候，我跟亨利爵士有过一次长谈，并且，按照我昨天晚上观察的情况，我们已经拟定了一个行动方案。我现在还不能告诉你，不过它会让我之后的报告读起来更有趣的。

十月十三日

巴斯克维尔庄园

第九章 华生医生的第二封汇报信件

我亲爱的福尔摩斯：

在我接受你交予我任务的头几天，我因迫于实际情况，没能给你多汇报一点情况，最近你知道我一直在努力追回时间，并且如今一堆的事情向我们席卷而来。上一封情况汇报的书信中，我将结尾停在了巴利墨尔跑去窗边，要是不出我意料的话，我手头应该已经有了会让你相当惊讶的大量材料。我没有想到，事情会发生这样的逆转。就某种程度而言，在过去的四十八个小时中，事情的轮廓渐渐有些明朗了，但若从其他的角度来看，也许是变得更为扑朔迷离了也不一定。但不管怎么说，我会将事情原原本本地告诉你，然后由你自己去判断。

那个奇遇夜晚过后的第二天早上，我在用早餐之前穿过走廊及阳台，再次去到前一天晚上巴利墨尔跑去的那个房间仔细勘察。我发现，他紧紧盯着的那扇窗户有一个与这栋房子里的其他一切窗户都不相同的特点，那就是在这扇窗户观察，离沼地最近。窗前两棵树之间存在一个空隙，透过这个空隙可以直接看到沼地，但在其他窗户那却只能远远眺望。因此，我们可以得出结论，巴利墨尔要么是在沼地上找什么东西，要么他是在沼地上寻什么人，因为只有这扇窗户才能达成他的心愿。那天晚上四处黑茫茫的，所以我觉得他能看到什么人这种猜想显然不现实，但我随即想到，他或许是在秘密约会什么的。这样一想的话，他的偷偷摸摸以及他的妻子伤心不已也就都能解释得通了。巴利墨尔长相标致，足以令一个乡下女子倾慕，所以这样的推想好像也不是毫无根据。我返回房间后听到的钥匙声也许就是他出门去偷偷约会了。所以，我早上起来自己推测了一下，不管结果证明我的这个推测有多无稽，我还是想将我推测的方向告知于你。

但是，不管怎么推测巴利墨尔的行为才算正确，我总感觉，在我可以清楚解释这件事之前，对我而言要将这件事保密那是个挺沉重的负担。所以，早饭过后，我去亨利爵士的书房面见他时，将这件事情说了出来。出乎我意料的是，他对此事并没有像我想象的那么惊讶。

"巴利墨尔晚上走动的这事儿我也知道，并且我还正打算跟他谈谈，"他道，"我已经有至少两三回听见他在走廊里来回走动的脚步声了，时间点跟你说得一样。"

"那或许他每天晚上都会到那间房的那扇窗户前去一趟。"我提醒他道。

"可能是的。要是那样的话，我们可以试着尾随他，看看他到底在找什么。要是你的朋友福尔摩斯在这儿的话，不知道他会作何打算。"

"我猜他也会和你一样，试着跟踪巴利墨尔去看看他究竟想干什么。"我道。

"那我们就一起去跟踪他吧。"

"但那样的话，他可能会发现我们的。"

"这个人有点耳背，并且不管怎么说我们一定不能错失这次机会。今天晚上，我们两个人就一起在我的房间里坐着，等着他从我门前经过。"亨利爵士兴奋地直搓手，他明显是拿这次的冒险当作沼地枯燥生活的调剂了。

亨利爵士已经跟替查理斯公爵设计规划的建筑师以及从伦敦来的经销商取得了联系，所以庄园要不了多长时间可能就会发生翻天覆地的变化。就连普丽莫斯的室内装饰专家与家具商人都赶来了，可见我们这位朋友正踌躇满志，打算要全力以赴、不惜代价地重现家族往日的辉煌了。整修完这栋房子之后，他就只缺一位女主人了。种种迹象表明，只要那位美丽的女士答应，那便一切完美了，因为亨利爵士对斯泰普尔顿小姐的那份痴迷也是我平生少见的。但是，即使是这样，这段感情的发展也并非想象中那么顺畅。举个例子说吧，这段感情的水面今天就因意外的波澜而被打破了平静，这也让亨利爵士很是烦恼与困扰。

在我们讨论完关于巴利墨尔的话题后，亨利爵士拿上帽子，打算出门。于是，我也打算陪同。

"华生，怎么？你也要一起去吗？"他惊怪地看着我问道。

"那要看你是不是打算去沼地了。"我答道。

"没错，我就是打算去那里。"

"啊哈，你知道我是身负任务的。很抱歉要打扰你了，可是之前福尔摩斯那么郑重其事地不断嘱咐我，叫我千万别让你一个人，尤其是不可以让你一个人去沼地，你也是听到了的。"

亨利爵士将手放在我的肩膀上，面带微笑。

"我亲爱的好友，"他道，"福尔摩斯确实聪明智慧，可他也并没预料到我来沼地后发生的那些事儿。你懂我表达的意思吗？我猜你一定不会愿意做一个败人兴致的人的，我一定得一个人出去！"

我感到很是为难，也不知该如何是好。还没来得及等我想清楚，亨利爵士已经拿起他的手杖出门去了。

但是，在经过重重的考虑之后，我的内心感到无比自责，无论因为什么理由，我都不应该放任他自己独自一人出去。我可以想见，要是我无视你的嘱咐最终他遭到了什么意外，我只能返回你身边忏悔，那时我会是怎样的心情。我发誓，我一想到会变成那样的结局就忍不住脸红了。好在我这个时候追上去应该还来得及，于是我当即往米瑞比特宅院方向进发。

我用自己最快的速度顺着大路急忙追去，一直追到分叉的小道处都没能见到亨利爵士的踪影。在那个分叉路口，我担心自己走错了路，于是登上路旁的一座小山，在那小山上面能够看得更远一点。这座小山正是被开发为阴暗的采石场的那座，我站在上面一下子就看到了亨利爵士。他此时正站在离我大概四分之一英里远的沼地小道上，在他身边还站着一个女人，毫无疑问，那必然是斯泰普尔顿小姐。显而易见，他们两人之间已经达成了一种默契，并且是约定好的见面。他们聊着天慢慢地向前走，我看见斯泰普尔顿小姐两只手很急切地做着手势，似乎对自己说的话极其认真。亨利爵士也听得很认真，还完全不同意地摇了几次头。我在岩石中间站着，看着他们，不知道下一步该怎么办。尾随他们，打断他们的谈话，好像太粗暴且没有礼貌了，但我的任务是时刻让他在我的视线范围之内。侦查一个朋友这样的任务实在是太可恶了。即便如此，眼下我也只能继续在这山上看着他，事后再跟他诚实地交代一切以求无愧于心了，除此之外也别无办法。要是他忽然碰到什么危险，我这里离他太远，确实也帮不上忙，但我相信，你会同意我的做法的，处在这样的位置实在尴尬，而我也没有更好的办法了。

我们的好友亨利爵士跟那位美女停下了脚步，专心地在那儿交谈着。此时我猛然发现，不单是我一个人在看着他们约会。空中浮起的一道绿色的东西吸引了我的注意，我仔细一看才发现，那个绿色的东西是被绑在一个木棍上面，有个人正拿着那个木棍在起伏不平的草地上走着。那是斯泰普尔顿的扑蝶网兜。他跟那两个人之间的距离要比我近多了，他似乎是在往他们两人旁边走去。就在那个时候，亨利爵士忽然一把将斯泰普尔顿小姐拉到自己怀里，虽然她正被他一只手臂环抱着，但我看到她的脸躲向一边，并在奋力挣扎，试图挣脱怀抱。他伏身低头看向她，可是她将一只手举起来，似乎在反抗。然后，我看见两人跳着分开了，还仓皇地转过了身。原来是被斯泰普尔顿打断了。他发足马力朝着他们狂奔，那个扑蝶网兜在他的背后可笑地摇晃着。他打着手势，愤怒地几乎在那两人面前手舞足蹈了起来。我想象不到那究竟是何意，看起来像是斯泰普尔顿在怒斥亨利爵士，而亨利爵士在努力地想要解释，但斯泰普尔顿似乎并不接受，反倒变得更加恼怒了。那个女人淡定而高傲地站在一旁，不发一言。最终，斯泰普尔顿转过了身，蛮横地朝他妹妹招了招手，他的妹妹迟疑地看了一眼亨利爵士后，就跟着她的哥哥离开了。自然主义者那气愤的手势说明他对自己的妹妹也很是不满。亨利爵士站在那儿，望着他们离去的背影呆立良久，之后便沿着来路一步一步地往回走。他的头耷拉着，一副灰心丧气的模样。

我搞不清楚这一切到底是怎么了，但对于自己在朋友毫不知情的情况偷窥了那么隐私的一幕，我深感愧疚与羞惭。所以，我从小山上下来，在山脚跟亨利爵士碰面了。他气愤不已，脸涨得通红，眉毛紧锁着，似乎大感意外又惊慌失措，完全不知道该怎么办了。

"天啊，华生！你是打哪儿冒出来的？"他道，"你别告诉我你竟真的是跟踪我过来的？"

我向他坦白了一切：我是怎么觉得不能在庄园等，怎么尾随着他，怎么亲眼看到了刚才发生的所有事情。他怒目而视地盯了我良久，但最终我的坦诚消弭了他的愤怒，他终究懊恼地大笑出声。

"你肯定会觉得那平原的中央是个十分妥当的私密之处，"他道，"但是，上帝啊！似乎全乡下的人都跑来看我求爱了——还是那么可怜至极的求爱！你的观众席位在哪儿？"

"那边的小山上面。"

"属于大后排的座位了，不是吗？而他的哥哥可是占据了大前排的座位。你看到他冲我们俩跑过来了吧？"

"嗯，看到了。"

"你以前有见过他那么激动的样子吗——她那个哥哥？"

"没有见到过。"

"我敢肯定没有。就在今天之前，我还一直觉得他极其理性，可是请你相信，或者是他，或者是我，应该去穿那绑疯子的紧身衣了。我是出现什么问题了吗？华生，你陪在我身边也有好几个星期的时间了，请你坦率地跟我说！还有什么问题是让我不能成为我所倾慕女人的丈夫的呢？"

"在我看来，并没有。"

"他应该对我的身份地位无可指摘，所以他是看不起我这个人了？他看不起我什么呢？我这一辈子对自己认识的人，无论男女，从来没有加以伤害。但是，哪怕是她的手指尖，他也不让我碰。"

"他是这样对你说的吗？"

"类似这样的话，他说了不知道有多少。我跟你说，华生，我虽认识她不过几个礼拜，但我在见到她之后，就觉得她是为我而生的，她应该也是这么想的——我们俩在一起相处得十分愉快，对于这一点，我可以指天发誓。女人的眼睛比语言更有力量。可是，他一直拦着不让我们俩相处，我今天还是第一次找到跟她单独聊天的机会。她见到我很开心，可是见面后，她跟我谈论的却并非爱情，要是可以阻止的话，她也不允许我跟她谈爱情。她一直不停地说这个地方很危险，让我赶快离开，只有我离开了，她才会感到开心。我对她说，从见到她的时候起，我就不怎么想离开这儿了，要是她真那么想让我离开，那除非她跟我一起走。我讲了很多，还提出娶她为妻，但还没来得及得到她的答复，她那个哥哥就气冲冲地跑了过来，脸上的表情就跟个疯子一样。他的脸因气愤而变得煞白，眼睛里满是怒火。我对那个小姐做了什么过分的事儿了吗？我怎么会去做令她反感的事儿呢？我难道会因为自己是爵士就胡作非为吗？如果他不是那位小姐的哥哥，我有的是话回敬他。我坦诚地对他说，我并不觉得自己对他妹妹的倾慕之情十分可耻，并且我祈求她能纡尊嫁给我。但这好像并没有让事态有所好转，所以到后来我也来了脾气。我有些答复他的话语可能有一点过火，因为她那时候还在旁边站着。因此，后来，你也看到了，他带着她一起离开了，留下我在原地茫然无绪又不知所措。华生，要是你能帮我解释一下这究竟是怎么了，我会不胜感激。"

我虽然那时候试着给出了一两种解释，不过，老实说，其实我自己都还有点摸不着头脑。我们的好友不管是身份、财产、年纪，还是品性、相貌都是无可挑剔的，抛去困扰他们家族的那个厄运，我完全想不到任何一个他不好的地方。出人意料的反而是斯泰普尔顿竟罔顾女士自己个人的意愿，直接粗暴地拒绝了追求者，而那位女士居然也不以为忤，乖顺地听任他哥哥的处理。不过，就在那一天的下午，斯泰普尔顿本人亲自来庄园拜访解释，这才打消了我们的重重揣度。他为自己早上粗蛮无礼的态度向亨利爵士道了歉，两人经过书房长谈之后，彻底冰释前嫌重归于好，这一点从我们计划下礼拜五到米瑞比特宅院吃饭这件事上不难看出。

"现在我也并不觉得他不是一个疯子。"亨利爵士道，"我没法忘记他今天早晨冲我跑来的时候那种眼神，可我不能否认，很少会有人像他这般坦荡慷慨地道歉。"

"对于自己的行为，他作出什么解释了吗？"

"他解释说，自己的妹妹是他生活中的所有，这自然无可厚非，并且对于她能如此被珍视我感到很高兴。他们一直在一起生活，正如他自己所言，他很孤单，一直是妹妹在陪着他，因此，一想到会失去妹妹就觉得可怕至极。他还说，他没想到我会爱上她，所以在他亲眼见到这样的事情确实在发生，而他妹妹也许会离开他身边的时候，他极其震惊，这也是当时他自己的言行一度失控的原因。对于他过去的所作所为，他表示十分抱歉，并已经意识到要是自己想将自己妹妹这样的美女强行留在身边一辈子那太过愚蠢与自私了。假如她最终还是会从他身边离开，那他宁可将她嫁给住在附近的我这样的人，而不是其他人。可是不管怎么说，这对他而言还是一个很突然的打击，他需要一点时间去准备好面对这个事。倘若我愿意将此事搁置三月，并且在这段时间里答应只和斯泰普尔顿小姐做朋友而不谈恋爱，那他就不再提出反对。我答应了他的提议，所以这件事情也就暂时搁置了。"

如此，我们便解答了其中的一个小困惑。这就好比我们在泥潭里挣扎时在某一块地方踩到了底一般。我们如今弄清楚了斯泰普尔顿为何那么反感他妹妹的追求者——即便是亨利爵士这么般配、合心的追求者。所以，我要转到一堆乱麻里抽出来的另一个线索上面去了，也就是夜晚的哭声、巴利墨尔夫人的满脸泪痕以及管家巴利墨尔偷偷摸摸去西边房间的玻璃窗户那儿的秘密。祝贺我吧，我亲爱的福尔摩斯先生，对我说我不负你的重托吧——你派我过来时对我的信赖没有被辜负。经过一晚上的努力，这些秘密已经全部且彻底地弄明白了。

我说"经过一晚上的努力"，事实上应该是经过两天晚上的努力，因为头一天晚上我们完全扑了个空。那天晚上在亨利爵士的房里，我跟他一直等到了凌晨三点钟却还是没有听到除了楼梯那的钟表报时声音外的任何响动，那次可真是个令人郁闷的守夜，最终我们两个人都倒在椅子里睡了过去。好在我们并没有因此而放弃，而是下定决心继续尝试。第二天晚上，我们开着小灯，闷坐在那里抽烟等着。等待的时间走得令人难以想象地慢，不过我们那好比猎人等待自己布下的陷阱被猎物自投罗网的耐性与关注帮助我们熬了过去。钟敲了一声、两声，就在我们绝望了打算再一次放弃的时候，走廊里响起的嘎吱嘎吱的脚步声令我们闻声坐直了身子，每一个疲惫不堪的感官又都重新振作了起来，变得敏感而警醒。

我们听见脚步声窸窸窣窣地过去，在远处逐渐消失。之后，亨利爵士将房门打开，我们开始尾随上去。我们尾随的对象已经走过了阳台，走廊里黑漆漆的一片。我们轻手轻脚地到了另一边的房间，恰巧见到那个留着黑色胡须的高个身影，他悄悄地穿过走廊，然后，跟上次一样走进那间房，蜡烛的光线描摹出黑暗里门口的轮廓形状，昏暗的走廊被一道黄色的光线射穿。我们蹑手蹑脚地往那个方向走去，每次下脚之前都先试踩一下每一条木板，然后才踩实压上身体所有的重量。为了保险起见，我们都把鞋脱了留在身后，不过即便如此，老旧的木地板依然在我们的脚下咯吱咯吱地响，有的时候甚至大到他似乎不可能没听到我们走近的声音。但好在这个人耳朵有点背，并且他此时正专心致志地在关心自己的事情。最后，我们终于走到了房门口窥探，只见他手中举着蜡烛躬身站在窗户边上，他那心无旁骛的苍白脸庞紧靠在玻璃窗边，跟我前两天晚上看到他时的情态一模一样。

虽然我们没有作过具体的行动方案，不过亨利爵士向来自然、直接，他走进房去，巴利墨尔便立时从窗户边上跳开，倒吸了一口气，在我们面前站定。他的脸色又青又紫，身子也不停地在发抖。他看了一眼亨利爵士，又望了望我，他那寡白的脸上，闪亮乌黑的眼睛满是惊恐。

"你在这儿做什么呢，巴利墨尔？"

"什么也没做，先生。"他惊慌焦急地几乎说不出话来，手中的烛台也随着他的手而不停地抖动，晃得人影也跟着上下跳动，"先生，我就是晚上到处看一看，查看门窗有没有关好。"

"三楼的门窗吗？"

"对，所有的门窗，先生。"

"听着，巴利墨尔，"亨利爵士声色俱厉地道，"我们已经决意要问个清楚，所以你最好早点把事实说出来，省得麻烦。快点说！别想欺骗我们了！你之前在窗户那干嘛？"

那管家无助地看向我们，双手交搓用力扭着，仿佛深陷迷惘苦痛的深渊一般。

"我没做不好的事，先生。我只是举着蜡烛到窗边。"

"那你为何要在窗边举蜡烛？"

"别问了，亨利爵士！别问了！先生，我发誓，这并非我自己的秘密，所以不可以告诉你。要是它没有牵涉其他人，只跟我自己有关联，我绝对不会对你隐瞒。"

我突然灵感一现，拿过管家那发抖的手中的烛台。

"举蜡烛肯定是他在发信号，"我道，"让我们试试看会不会有什么回应的信号。"我照着他的样子将蜡烛举起，望向窗外的黑夜。因为月亮掩入了云层，所以我依稀只能辨认出重重叠叠的黑色树影以及色彩稍淡广袤的沼地。但下一个瞬间，我惊叫起来，因为有一点微弱的黄色亮点忽然亮起来，穿透了夜幕的漆黑，在玻璃窗的黑色边框中央定定地发着光。

"是在那儿！"我惊叫道。

"不，不是的，先生，那什么都没有——根本没有什么的！"管家插过话头道，"我可以对你发誓，先生——"

"你将灯从窗户移过，华生！"亨利爵士叫道。"瞧！那处的灯也动了！天啊，你这个混蛋！你不是说那不是信号吗？喂！大声点告诉我！你那儿的同谋是什么人？你们在实施什么阴谋？"

那人脸上显示出公然反叛的表情。

"这是我自己的事情，跟你无关，我不会告诉你的。"

"那你从此刻起就别在我这儿做事了。"

"好极了，先生。要是我一定得走的话，我现在就动身。"

"你这样走是不光彩的。上帝啊！你真应该引以为耻！我的家族已在这同一片屋檐下一起生活了一个多世纪，但你现在竟被我发现你一直在想方设法地阴谋害我。"

"不，不是这样的，先生，并非害你！"这个声音来自一个女人，巴利墨尔夫人此时在门口站着，脸色的苍白甚至比她丈夫更甚，也更为惊惶恐惧。要不是她脸上那副惊惶恐惧的表情，她身穿长裙、肩搭披巾的健壮身躯可能会更加可笑。

"我们必须要走，易丽莎。这儿已经没什么事了，你回去把我们的东西收拾一下。"管家对她说道。

"啊，约翰啊，约翰！是我将你连累到这样的境地的，那都是我做的，亨利爵士——都是我做的。他没做什么，全是因为我，是我恳求他帮我做的。"

"那就大声告诉我！这究竟是怎么一回事？"

"我那可怜的弟弟在沼地上饿得快要死了。我们总不能任由他在我们的门前饿死。这烛光是给他发信号，告诉他已经帮他准备好了食物的信号，他那边的烛光是指示食物送过去的地点。"

"所以你弟弟是——"

"没错，就是那个在逃的罪犯，亨利爵士——逃犯瑟尔顿。"

"先生，这些话句句属实，"巴利墨尔道，"我已经说过了，那不是我自己个人的秘密，所以我不能跟你说。但如今你已经知道了，你也应该知道了，就算是有阴谋，也不会是要害你。"

所以，晚上偷偷摸摸的行为与玻璃窗的烛光问题也就得到了解答。我与亨利爵士十分吃惊，都呆愣地盯着那个女人看。这个坚韧且令人尊敬的女人竟然与那个全英国最臭名昭著的罪犯出自同一个血脉，这是真的吗？

"正是如此，先生，我姓瑟尔顿，那个人是我弟弟。他从小就被我们惯坏了，所有事情都迁就他，最终让他觉得全世界都是为了让他高兴才创造的，以为能在这个世界上肆无忌惮地为所欲为。后来，他慢慢长大了，却又交上了不好的朋友，因而被恶魔附身变得越来越坏。他把我母亲的心都伤透了，也让我们家族的名声遭到了玷污。他不断地干坏事，陷得越来越深，最终也是上帝慈爱，没有让他被立时判死刑。可是先生，他在我的眼中始终都不过是那个被我这个姐姐照顾过、带着玩耍过的一头卷发的小弟弟啊。他逃狱的原因也在于此，先生。他是知道我住在这里的，并且我们也不能不去帮助他。某一天晚上，他全身乏累地饿着肚子找到这里，那些士兵一直在后面穷追不舍，我们还能有什么别的办法吗？我们把他带进来，让他吃了饭，对他进行照顾。之后，先生你就来庄园了，我弟弟觉得，在风声过去之前，最安全的地方莫过于沼地上，于是他就躲藏在那儿。但是，每隔一天晚上，我们就放一盏蜡烛在窗边，试探他还有没有在沼地，要是有光回应，我丈夫就会送一点面包跟肉给他。所有的真相就是这些了，我很虔诚地信奉基督教，你也能看得出来，这件事要是要怪的话只能怪我，不能怪我丈夫，因为他都是为了我才去做的所有这一切。"

那个女人的一席话言辞恳切，让人对其中的真实性毫不怀疑。

"她说的都是真的吗，巴利墨尔？"

"没错，亨利爵士，句句属实。"

"好吧，你是为了帮你夫人，那我不能责怪你，请你把我之前对你说的那些话全都忘记吧。你们今天先回你们的房间去吧，这件事情我们明天早上再讨论。"

他们离开后，我们又看向窗外。

亨利爵士打开窗户，寒冷的晚风刮擦着我们的脸颊。在那黢黑的远方，那点黄色的亮光依然在亮着。

"他居然敢这么做，"亨利爵士道，"这实在让我很诧异。"

"可能他放蜡烛的地方只有从这个位置才可以看到。"

"很有可能。你觉得这儿离那地方有多远的距离？"

"我估计是在裂嘴山的位置。"

"最少离这一两英里。"

"可能没到那么远。"

"嗯，要是巴利墨尔要把食物送过去，那应该不会太远，而那个坏蛋此时正等在蜡烛旁边。上帝啊，华生，我得去把那个人逮住。"

我脑中也曾闪过同样的念头。似乎巴利墨尔夫妇对我们并不信任。他们是被逼着将秘密说出来的。那个人是社会的潜在威胁，完全是个作恶多端的混蛋，他不值得同情，也不值得原谅。要是能趁机将他送到不能再危害世人的地方去，那我们也不过是在履行自己的本分。按照他那凶残狂躁的本性，如果我们听之任之，那其他人也许便会为此付出沉重代价。就好比我们的邻居斯泰普尔顿，他们每一天晚上都会有遭遇袭击的可能，或许正因为想到了这里，亨利爵士才会下定决心去冒险。

"我也一起去。"我道。

"把你的左轮手枪带上，穿好靴子。我们要尽快出发，以防那家伙将蜡烛吹灭逃跑。"

五分钟不到我们就走出门，开启了冒险之旅。秋风萧瑟，落叶嘶吟，我们步履匆匆地从黑暗灌木丛穿过。湿润腐朽的气息在空气中漫天散发着。云团在天空穿梭爬行，月亮在云层里时隐时现。我们才走到沼地，天空就开始飘起了绵绵的细雨，而烛光依旧在前方安定地亮着。

"你身上带什么武器了吗？"我问他。

"带了一根猎鞭。"

"我们得快速将他包围，因为听说他是个穷凶极恶之徒。我们得趁其不备将他逮住，在他实施反抗前逼他就范。"

"华生，你说福尔摩斯在这样境地的时候会讲点什么呢，在这样的罪恶势力喧嚣尘上的夜晚？"

仿佛是回应他的话一般，一阵诡异的怪叫声忽然在阴暗黑沉的广阔沼地上响起，这声音跟我在大格瑞盆泥淖听到的一模一样。怪叫声刺破了万籁俱寂的夜空，首先是低沉悠长的一声低吟，之后是越来越尖锐的嘶吼，最后在凄惨无比的呻吟声中逐渐消失。声音不断响起，刺耳尖锐又气势迫人，好像整个夜空都在随之震颤。亨利爵士拽着我的衣袖，他惨白的脸色在黑暗中像闪着光一般清晰。

"天啊，华生，这是什么声音？"

"我不清楚。这个声音来自沼地，我之前听到过一次。"

声音逐渐消逝，寂静又重新将我们包围。我们立在那儿凝神细听，却什么也没听到了。

"华生，"亨利爵士道，"那是恶魔猎犬的声音。"

我全身的血液瞬间凝结，因为我听出他说话的时候，声音有所停顿，那表明他忽然恐惧了起来。

"他们是怎么谈论这声音的？"他问我。

"谁？"

"那些乡下的人。"

"哦，他们都是些蒙昧不化的人。你何必介意他们怎么谈论呢？"

"快告诉我吧，华生。他们是怎么说的？"

我有些迟疑，可这个问题却无可回避。

"他们说那是巴斯克维尔猎犬在怪叫。"

他低声咕哝几句，又沉默了良久。

"那确实是猎犬，"他终于又说起话来道，"不过声音似乎离我们这儿有几英里远，我猜是在那个方向。"

"很难说清楚是从哪个方向传过来的。"

"声音在风中忽高忽低。那边不正是大格瑞盆的方向吗？"

"确实是的，正是那个方向。"

"啊，正是在那儿。所以，华生，你不觉得那叫声是来自猎犬的吗？我也不是几岁小孩子，你不用顾忌，尽管实话实说。"

"我之前听到这声音时，斯泰普尔顿正跟我一起，他说那有可能是一种奇怪的鸟的叫声。"

"不，不会的，那就是猎犬的叫声。我的天啊，那些传说究竟有几分可信度呢？我是不是确实身处原因不明的危险之中而不自知呢？华生，你是不信那些的，对吧？"

"对，我不信。"

"这样的事儿放在伦敦可能就是个笑话，可是在这样的地方，身处如此漆黑的沼地中，耳闻如此诡异的怪叫，却是另外一回事了。还有我那个伯父，他死后的尸体所在地不远处就有猎犬的爪印。这种种迹象都串联在一起了。华生,我自认不是个胆小的人,可那个声音却似乎令我恐惧得要命。你不信摸一下我的手!"

他的手冰冷得仿佛一块岩石。

"到了明天你就会好了。"

"我觉得我没法把那种怪叫声从我脑子里抹去。你觉得我们现在要怎么做?"

"我们要原路返回吗?"

"那怎么可以,不能返回。我们是专程来逮那个逃犯的,一定要继续做下去。我们在追捕逃犯,而那地狱猎犬也许在追捕我们。快点走!即便是将地狱里的一切恶魔都在沼地上放出来,我们也要坚持下去。"

我们磕磕绊绊地在黑暗中前行,四周环伺着座座峻峭黢黑的幢幢山影,黄色的亮光在前方定定地烧着。在漆黑的夜晚中,对远处的亮光离自己有多远的距离判断很不靠谱。有的时候那微弱的光点似乎远在天际,有的时候似乎又近在咫尺。不过,我们总算能看到它是在哪个位置了,随后我们才明白过来我们离那儿已经相当近了。一根流着烛泪的蜡烛被插进石头间的缝隙中,两边都有岩石遮挡着,所以既将风挡住了,又将除巴斯克维尔庄园方向以外的视线挡住了。我们前方有一大块花岗岩巨石遮挡,我们便顺势在它后面蹲伏着,透过岩石上方窥探这盏信号烛光。令人纳闷的是,只能见到这根蜡烛在沼地中央烧着,它周围却并没有任何活物的迹象——仅有一簇直直挺立的橙黄火焰以及它两边岩石的细微反光。

"如今我们该做什么?"亨利爵士低声问我。

"等在这儿。他肯定就在烛光周围不远。我们等等看,说不定能见到他。"

话还没说完,我们就见到了他。一张邪恶的黄色面孔自蜡烛燃烧的石头缝隙上面伸出来,那是一张极其恐怖的兽脸,一脸横肉,暴戾狠恶,污脏不堪,他胡子拉碴,头发蓬乱,跟古代穴居山顶洞的原始人没什么区别。他那狡诈的小眼睛倒映着下方的烛光,眼珠在夜幕中警惕地左右窥探,仿佛一头倾听猎人脚步声的奸诈野兽。

他明显是因为什么东西起了疑心。或者是我们疏忽了他跟巴利墨尔之间约定的秘密暗号,也或者是别有其他原因令这个家伙深感不妙,我在他那可怕的面孔上看出了恐慌的情绪。他随时会将蜡烛瞬间扑灭,然后借着黑暗遁逃而去。因此,我跃身趋前,亨利爵士也随身而上。恰在这个时候,那个逃犯冲我们厉声骂了一句,抄起一块石头使劲朝我们丢了过来,却丢到了我们用以掩护的花岗岩巨石上,摔了个粉碎。在他调转身跳起来逃跑时,我瞬间看清了他那健硕矮胖的身影。正好这时月亮冲破了云层,我们爬过山顶,那罪犯沿着另一边的山坡迅捷如野羚羊一般腾跃过乱石堆直奔而下。要是我拿起左轮手枪射击他,可能恰巧会将他打残,可是我携带手枪只是为了在遭受侵害时进行自卫保护，而不是为了射击一个身上没有任何武器的逃跑的人。

我们两个人都跑得飞快，并且都曾接受过良好的训练，可是没过多久我们就发觉已经不可能追得上那个人了。在月光的映照下，我们有好长一段时间都能看到他的背影，直至他变成一个快速移动的黑点消失在远方山坡的巨石之间。我们不停地奔跑，直至体力耗尽，但与他的距离却是越拉越大了。最终，我们停下了追赶的步伐，瘫坐在两块岩石上，气喘不已，眼睁睁地看着他在远方消失。

恰在此时，一件令人意想不到的诡异事件发生了。就在我们放弃了没有希望的追踪，从岩石上站起身，打算返程回家之时，与垂挂在右边天幕的月亮下半边对遮着的锯齿状凸岩尖顶上，我亲眼见到一个男人的身影在那站立着，仿佛乌黑的雕塑剪影贴在闪亮发光的背景幕布上一般。别说我那是出现了幻觉，福尔摩斯。我可以发誓，我这一辈子从来没像那时候那般看得那么清晰明了过。据我推测，那应该是个高瘦的男人。他双腿分开在那站着，双臂交叉抱胸，似乎在对着广阔的沼地与花岗岩低头沉思。或许他就是那个恐怖地方的幽灵。他不会是那个逃犯，这个人距离那个逃犯消失的地方很远。并且，他似乎个子比那个逃犯要高得多。我惊叫出声，指着他示意给亨利爵士看，可就在我去拽亨利爵士手臂的时候，那个人瞬间隐没了踪迹。凸岩尖顶依旧跟月亮下半边对遮着，可那个静立沉思的人影却在那个山顶上消失得无影无踪。

我本想走到那边去，查看一下凸岩，可是那儿离这里还有段距离。因为那个怪叫声的缘故，亨利爵士的神经至今还在发抖，那个怪叫声使他想起了那个困扰他家族的恐怖传说，因此他不想再去冒险。他并没有看到那个站在凸岩上的孤清身影，没有办法感受到那人神奇出现及威凛姿态带给我的那种心灵震撼。"那一定就是个士兵，"他道，"自从那家伙逃狱以后，这个沼地上到处都有士兵。"好吧，或许他说得没错，可是我想进一步查实这一点。我们计划今天联系一下王子镇监狱那边，给他们指明追捕逃犯的方向，不过可惜的是，我们没能亲手将他逮住，成功地将其作为俘虏带回。我们昨天晚上的冒险就是这样了，我亲爱的福尔摩斯先生，你不能否认，在向你汇报情况这件事上我已经做得很好了。虽然我跟你汇报的情况中似乎有不少是跟案件不相关联的，可我还是觉得最好能让你了解所有的情况，让你自己去挑选最有用的信息，以助你分析出结论。当然，我们获得的进展也不少。像巴利墨尔夫妇，我们已经知道了他们的行为动机，也弄清楚了很多情况。不过，神秘的沼地与怪异的住户还是令人百思不得其解。或许在下一次给你的报告中，我可以搞清楚这些问题。要是你能到这儿来一趟，那就最好了。无论如何，往后的几天里我会再给你写信的。

十月十五日
巴斯克维尔庄园

第十章 华生医生的日记抄录

　　截至目前，我都可以将之前那段时间我寄给夏洛克·福尔摩斯的那些汇报信件作为引用进行叙述。但是，讲述到了这儿，我必须将这种方法放弃，转用我彼时日记所记载的记忆来代替。一段段的日记摘录勾起了烙印在我记忆中永生难忘的那些清晰明了的详细情景。好吧，下面就从我们在沼地上追捕逃犯却徒劳无功以及碰到了种种奇妙际遇的那个早上开始说起吧。

　　十月十六日。

　　天气阴蒙蒙的，飘着细雨，房子周身笼着滚滚云雾，雾气间或上升，暗沉起伏的沼地便展露出来了。山坡上，潺流闪着银光缓缓地流淌，巨石在远方隐隐绰绰地闪现，阳光洒在湿润的石面上，处处都是凄蒙迷离的一片。经历过昨晚刺激冒险的亨利爵士，同样情绪低迷。我能感到自己同样心绪沉重，还能感觉到有一种始终存在的危险在迫近，但我又没法具体名状这种危险，因此这危险也就显得更为可怕了。

　　难道我的这种感觉是空穴来风吗？联想下近期的这一系列事件，无一不在昭示着凶多吉少的危机正在我们身边潜伏着。庄园前主人的猝死印证了困扰这个家族的传说中的情景，还有农户们纷纷谣传的沼地恶魔猎犬。我有过两次亲耳听闻到不知在何处的类似猎犬嚎叫的声音的经历。要说真的是超自然的力量，那既不可信也不可能，可一个恶魔猎犬遗留的具象的爪印以及诡异莫测的嚎叫，这些事儿确实都超出了想象。斯泰普尔顿也许会认同那些迷信的说法，莫缇默医生也许也会认同，可我要是还算有什么特质的话，那便是我拥有自己的判断力，我无论怎么说都绝不会认同那种事儿的。要是认同了的话，那不就将自己降到跟那无知农户一个水平去了吗？他们光把狗说成恶魔猎犬还不满足，甚至还要将其说成是眼睛嘴巴都在往外喷着地狱业火的恶魔猎犬。福尔摩斯对这种无稽之谈绝不会信，而我便是他在这儿的代言人。但终归事实摆在眼前，我确实在沼地上听到过两次那样的嚎叫。要是沼地上确实是来了什么巨型猎犬，那所有问题就都迎刃而解了。但这样的一头猎犬可以在哪儿躲藏呢？它在哪儿获得食物？它是从何处而来？为何没有人在白天见过它？不得不承认，合理的、合乎自然力范围内的猜测与其他猜测一样有着许多说不通的地方。抛开猎犬这个问题不谈，伦敦跟踪者、马车中的人以及警告亨利爵士不要靠近沼地的那封信，这些总归是实实在在发生的事实，它们也许是要保护亨利爵士的朋友所为，也有可能是敌对势力的手笔。那这个不知是敌是友的人此时在哪儿呢？他是还在伦敦待着，抑或是已经尾随我们到了这儿呢？他也许——也许会是我在凸岩顶上见到的那个陌生人吗？

我的确只见过他一眼，可有些事情我能断定，他绝不会是我在这儿已经见过的任何人，我如今已见过这儿所有的邻居了。从那个人的身影判断，他高过斯泰普尔顿，也瘦过富兰克兰，有可能是巴利墨尔，但我们当时已经将他留在庄园里了，并且我肯定巴利墨尔不会跟踪我们。所以，跟踪我们的另有他人，就跟在伦敦的时候，有个陌生人在跟踪我们一样，我们从来没能将他彻底甩开。要是我可以将那个人抓住，那我们所有难题最终可能都会得到解答。为了能够实现这一目标，我如今必须要竭尽所能。

我首先想到的是跟亨利爵士和盘托出我的整个计划，但我随后又想到，我应该自己去做，尽可能跟谁都保密。我的后一个想法无疑是明智的，因为亨利爵士的神经还处在因沼地怪叫而受到的震撼之中，整个人都是沉默寡言又懵懂迷茫的。我不想再说任何事去加重他焦虑情绪的负担，可我必须想点办法来实行自己的计划。

今天吃完早餐后，我们又碰到了一件小事情。巴利墨尔要求跟亨利爵士聊一聊。在亨利爵士的书房里，他们将房门关着聊了一会。我在桌球室有好几次都听到他们谈话的声音突然变高起来，我完全可以猜到他们是在讨论什么。过了不久，亨利爵士将房门打开，叫我进去。

"巴利墨尔觉得自己有些蒙冤，"他道，"他觉得自己自觉地将秘密告诉了我们，可我们却去追捕他的小舅子，那有失公平。"

男管家脸色苍白地在我们面前站着，神色镇定。

"先生，或许我刚刚那些话有说的过火的地方，"他道，"要是确实如此的话，我请求你谅解我。但是今天早上你们二位回来的时候我听到了，我很惊讶地得知你们竟然是去追捕瑟尔顿了。哪怕我这儿不去给那个不幸的家伙添麻烦，他也已经够困扰了。"

"倘若你是自觉交代的，那自然另当别论，"亨利爵士道，"不过你，或者更确切地说，应该是你的夫人，是在被逼得没办法的情况下，才不得不向我们交代实情的。"

"我真没想到你竟会抓住这一点，亨利爵士——我真是没想到。"

"那个人对公众来说是个潜在的威胁，沼地上都是散落独居的人家，而他向来不择手段。你只要见过他一次，你就会对这一点深有体会。举例来说，就好像斯泰普尔顿先生一家，他家就他一个人能肩负起护家的责任。要是不把那个人送去牢房，那所有人的生命都有可能遭到威胁。"

"先生，他做不出强行登堂入室那样的事儿来的，这一点我可以对你郑重承诺。并且他也绝不会去骚扰任何人。亨利爵士，我跟你保证，再过几天我就能将必要的安排做好，送他去南美洲了。先生，我恳请你看在上帝的面上，不要跟士兵透露他还躲藏在沼地的消息。他们已经停止了在沼地上搜捕他，他能够安全地静等准备好的船只到来。你要是去告发的话，我跟我的夫人也会陷入麻烦之中。先生，我恳求你什么都别跟士兵说。"

"你怎么说，华生？"

我耸耸肩。"要是他可以平安离开，那对纳税人来说也是减轻了一个负担。"

"但他在离开之前要是还劫持个什么人质之类的事，那该如何是好？"

"他不会做那样的蠢事的，先生。他有可能需要的东西，我们全都替他准备好了。要是去干坏事，那他便会将他的藏身之处暴露。"

"说的没错，"亨利爵士道，"那好吧，巴利墨尔——"

"先生，上帝保佑你，我打心眼里感谢你！要是他又被抓住了，那我那可怜的夫人也会被连累至死的。"

"我猜我们是在帮忙包庇一项重大的罪行，是吧，华生？但听了他讲的那番话，我感觉似乎不好再去举报那个人，那便就此停手吧。好了，巴利墨尔，你可以出去了。"

管家断断续续地又说了些感激话，便转过身，可是他迟疑一下又回转身来。

"先生，你对我们夫妇俩恩情太重了，我想尽我所有来报答你。亨利爵士，我了解一个情况，或许我早就应该告诉你了，可那是我在验尸结束后过了很久才发现的。我从未跟任何人提过一个字。那个情况跟查理斯公爵的逝世有关。"

我跟亨利爵士都站起身来，"你知道他的死因吗？"

"不是，他的死因我可不知道，先生。"

"那你知道什么情况？"

"我知道他当时站在那个小门口的原因是什么。他是要跟一个女人见面。"

"跟一个女人见面？他？"

"没错，先生。"

"那个女人是谁？"

"先生，我没法告诉你那个女人的名字，但我知道那个女人名字的首写字母，是L.L.。"

"你是如何得知的，巴利墨尔？"

"哦，亨利爵士，那天早上，你伯父曾收到过一封信件。作为一名政府工作人员，他收到无数封信件的时候特别多,因为每个人都知道他向来乐善好施,所以不管谁碰到什么难题都会愿意求助于他。但那天早上却恰巧只有那一封信,所以我尤其留意了它。那封信发自特蕾溪谷,看地址上的字迹像是出自女人之手。"

"是这样吗?"

"是的,先生,我本来没想起来这件事,如果不是我的夫人,我可能永远都不会想起。就在几个星期之前,我夫人去清扫查理斯公爵的书房——那儿自查理斯公爵过世后,便再没有人用过,在壁炉的后面,她看到了一些信纸烧过的灰烬。信纸的绝大部分都烧没了,唯有信纸末尾的一小片还连在一起没碎成灰烬,烧黑的纸面上笔迹灰麻麻的,依稀可辨。我们夫妻俩都觉得那应该是信件的附笔,上面写着:'您是一名君子,请务必把这封信烧掉,并在十点的时候到门口那儿去。'下面就是L.L.这两个姓名首写字母的简写签名。"

"那一小片纸还在你那儿吗?"

"不在了,先生,我们一动它,它便彻底化为灰烬了。"

"跟那封信有相同笔迹的信件查理斯公爵收到过吗?"

"噢,先生,我并没有特别关注他的来往信件。倘若这封信不是被单独送过来,我可能也不会发现。"

"那你知道L.L.是什么人吗?"

"我不清楚,先生。我知道的不比你多,但我想,要是我们能把那个女士找出来,也许我们可以得到更多关于查理斯公爵之死的情况。"

"巴利墨尔,我不明白你为何要将如此重要的情况隐瞒下来。"

"噢,先生,那恰巧发生在我们自己也麻烦缠身之后。先生,除去这个原因之外,我们夫妇俩都十分敬爱查理斯公爵,我们不能不顾念查理斯公爵曾给予过我们的那些关照,将这件事情说出来于我们那悲惨的主人毫无裨益,尤其是其中还牵涉一个女人的时候,更要谨慎行事为妙,即便是我们当中最好的人——"

"你觉得这件事也许会对他的名誉有损?"

"噢,先生,我觉得那肯定不会带来什么好的结果的。只是你现在待我们夫妇俩那么好,我觉得要是我不将我了解的这件事的所有情况都告诉你的话,那对你而言是有失公平的。"

"好极了,巴利墨尔,你可以出去了。"男管家从书房出去后,亨利爵士望向我,"所以,华生,对于这个新发现,你是怎么看的?"

"似乎比之前更让人摸不着头脑了。"

"我也这么觉得。但只要我们可以找出L.L.，就能把整个事情都弄清楚了。我们已经得知的情况就只有这些，我们了解到有人知道事情的真相，所以只要找到那个人就可以了。你觉得我们应该怎么做？"

"立即把这一切告诉福尔摩斯。这样就能将他一直在找寻的线索提供给他了，要是这样都不能将他吸引过来，那就算我大错特错了。"

我当即回到自己的屋中，将早上谈话的内容写进给福尔摩斯汇报的信件里。他这段时间明显地十分忙碌，因为很少有贝克街的信件寄过来，寄过来的信件也都写得很短，对于我汇报给他的那些情况他也并没有给出任何评价，对于我的任务更是只字未提。看来，他的所有精力都被那件勒索案占据了，但是，这个新发现一定会吸引他的注意，让他重新燃起对此事的兴趣的。我太希望他来这儿了。

十月十七日。

今天下了一整天的瓢泼大雨，雨水从屋檐上直流而下，砸在常春藤的叶片上哗哗作响。我想到那个在沼地上没处蔽身、寒冷凄惶的逃犯，他太可怜了！不管他做了什么坏事，他所受的苦应该也算抵了他的罪行。由此，我又想起另外一个人——那张马车里的脸，月光下的人影。那个没被发现的监视者，那个藏在黑暗里的人——他也在淋着瓢泼大雨吗？黄昏的时候，我披着雨衣，在雨水浸润的沼地上走了很久，脑中满是恐怖的想象，雨往我脸上砸，风在我耳边呜呜叫。可能老天想给那些流落在大泥潭中的人施以援手吧，因为就连坚实的高地都已成为沼泽。我总算找着了那个黑色凸岩，正是在那凸岩上，我见到了那位孤清的监视者，我站在凹凸不平的山顶上看见了暗沉的高地。暴风雨在棕褐色的地面上肆虐，石板一般的浓厚云烟在地面低悬，一丝丝灰色的环状云雾缠绕着奇形怪状的小山。左边的远方山谷是巴斯克维尔庄园，那两座长而细的塔楼在雾气缭绕中仿佛在树林上方矗立着，这两座塔楼是除去坡道上遍布的史前人类的小石屋外我所能见到的仅有的人类生活的痕迹。四处都见不到我在两个晚上之前看到过的那个孤独者的踪迹。

在我回去的路上，莫缇默医生赶上我，他在坑坑洼洼的沼地小道上赶着他那辆小双轮马车，正准备去偏远的富麦尔农舍。他一直对我们很关心，基本上每一天都不忘来庄园看看我们生活得怎么样。他一再坚持让我乘坐他的小双轮马车，于是我只能上车让他将我送了回去。我发现他因为那只垂耳长毛犬的失踪而感到心烦不已。那只狗自从在沼地上乱跑走失了之后便再也没见踪影。我尽己所能地宽慰他，可联想到那匹格瑞盆大泥淖上的小马驹，我觉得他可能再也见不到他的那只狗了。

"对了，莫缇默医生，"当我们颠簸在坑坑洼洼的泥泞小道上时，我问他，"我猜，乘马车能够抵达的住户，你没有几个是不认识的吧？"

　　"我想，基本上没有。"

　　"那你知道姓名首写字母是L.L的女人是谁吗？"

　　他思索了几分钟的时间。

　　"我不知道，"他道，"除了几个吉普赛人跟做杂役的人的姓名我不知道之外，其他的农民跟乡绅的姓名中，没有一个人的首写字母是那个的。噢，稍等，"他停顿了一下之后又补充道，"有一个是萝拉·赖昂思——这个人的姓名首写字母是L.L.——不过她住在特蕾溪谷。"

　　"她是什么人？"

　　"她就是富兰克兰先生的女儿。"

　　"啊？那个怪怪的老人富兰克兰先生吗？"

　　"没错。她跟来沼地上写生的画家赖昂思结识后嫁给了他，但那人是个混蛋，将她抛弃了。据我听到的消息来看，似乎不完全是一方的责任。由于她未经她爸爸的允许就把自己嫁了，或许还有些别的什么原因，所以富兰克兰拒绝跟她往来。因此，碰上了怪老爹与负心丈夫，那个女人的生活很是糟糕。"

　　"那她靠什么生活啊？"

　　"我估计老富兰克兰可能会给她预存些钱，但应该也不会太多，因为他自己的那些个事已经够呛了。哪怕她再是自作自受，也总不能就那么放任她无路可走地去沉沦堕落。她的那些事被人们知道以后，为了让她过上正常的日子，这儿有不少人都想尽办法帮她，斯泰普尔顿施出过援手，查理斯公爵也是，我也曾给过她一些钱。那些都是为了帮助她将打字的生意维持下去。"

　　他想了解我询问这些东西的意图是什么，我在没跟他说太多的情况下尽可能地满足了他的好奇心，因为我们不可能无理由地信任每一个人。明天早上我要出发去往特蕾溪谷。要是我可以见到那位声名暧昧的萝拉·赖昂思夫人，那就能够将弄清这一系列神秘事件的其中一件事的进度往前推进一大步。我一定可以慢慢成长得像蛇一般灵活，因为当莫缇默追问到了我不方便继续回答他问题的时候，我便随口转移话题询问他富兰克兰的头骨是归属于哪类，于是剩下的路程中我只听到了满耳朵的头骨学理论。我总算没白白辜负了跟福尔摩斯一起生活的那么些年。

　　在那个暴风骤雨肆虐的昏沉日子里，我仅有另一件事值得将其记录。那便是我方才与巴利墨尔的对话，这个对话又让我掌握了一张好的底牌，让我能够在恰当的时机将其打出去。

莫缇默医生留在庄园吃了晚饭。晚饭后他跟亨利爵士两个人打起了艾卡特牌，而我趁男管家送咖啡到我书房的间隙，问了他一些问题。

"所以，"我道，"你的那个宝贝亲戚是已经离开了，还是依旧在那儿躲藏着呢？"

"我不清楚，先生。我诚心祈祷他已经离开了，因为他待在这儿只会给人造成麻烦。我在最后一次给他送去食物之后，便再没听说过有关他的消息了，到今天已经有三天了。"

"那个时候你见到他了吗？"

"没见到，先生，可等我再去那儿的时候，食物已经没有了。"

"那他确实在那儿吗？"

"先生，除非说被另一个人拿走了，不然你可以那样认定。"

我在那儿坐着，端着的咖啡杯还没送至嘴边，便又看向巴利墨尔。

"这么说来，你是知道还有另外一个人的？"

"没错，先生，沼地上的确还有另外一个人。"

"你曾看到过他吗？"

"没看到过，先生。"

"那你是如何得知有关他的事的？"

"先生，是一个星期前或是更早些的时候，瑟尔顿跟我说的。他也在躲躲藏藏，可是据我估计，他应该并非逃犯。我讨厌那样，华生医生——先生，我坦白跟你说，我讨厌那样。"他忽然满怀真挚与热情地说道。

"这个时候，你听我说一句，巴利墨尔！我自己对这样的事情并不好奇，我只不过是为了你的主人。我到这里来，除去帮助他这一条以外，别无任何其他目的。你开诚布公地跟我说，你讨厌什么？"

巴利墨尔迟疑了一阵子，似乎是对自己冲口说出的话有些懊悔，抑或是觉得没法用言语来描述自己的情感。

"先生，都是因为那些不断在发生的事儿，"他最终冲着那开向沼地的、被雨水冲刷着的窗户挥舞着手臂喊道，"某个地方发生了谋杀的恶行，并且还在酝酿着可怕的阴谋，我敢保证！先生，我真希望亨利爵士能够再返回伦敦去！"

"但是什么事令你如此恐惧呢？"

"你看看查理斯公爵的死！单是验尸人员说的那些话就已经足够糟糕的了。你再想想到了晚上沼地上响起的那些怪叫。太阳下山之后，即便你给太多的钱都不会有人愿意从沼地穿过。再去看看那个躲在那儿窥伺等待的陌生人！他是在等着什么？他那是什么意思？这些对巴斯克维尔家族的所有人而言，绝无任何益处。等亨利爵士的新仆人们来到庄园，做好了接管服务工作的准备，届时我会很高兴能远离这一切。"

"但是，关于那个陌生人，"我道，"你有什么可以告诉我的吗？瑟尔顿是怎么跟你说的？他是找到了那个人的藏身之所，还是知道了那个人在做什么？"

"瑟尔顿跟他见过一两次面，可那个人极其狡猾，全无破绽。本来，他还猜测那个人是个士兵，可没过多久，他发现那个人还有其他的计划。在他看来，那个人像是个绅士，可是他搞不明白那个人在做什么。"

"他有说那个人在什么地方藏身吗？"

"就在山坡那儿的老屋子里——也就是那些史前人类曾住过的小石头屋里。"

"那他吃什么啊？"

"瑟尔顿看见有一个专门帮他跑腿的小男孩，会给他送过去任何他需要的东西。我可以确定，那个小男孩是跑到特蕾溪谷去拿他需要的东西的。"

"好极了，巴利墨尔，这件事情我们下次再聊。"男管家出去后，我踱步走到黑麻麻的窗边，透过朦胧的玻璃窗向外望，外面风起云涌，狂风怒号，草木摇落。在房间里待着都觉得这个夜晚实在恐怖，那待在沼地的石头屋里又该作何感受呢？是怎样强烈浓厚的情感会让一个人愿意在这样的时候躲在那样一个地方！又是怎样高远急切的意图会让一个人能够忍受这样的苦难！看来令我困扰不已的那个问题的核心就在于那儿——就在那个沼地上的石头屋中。我发誓，我一定要在明天拼尽全力地去抵达那个神秘疑难的核心所在。

第十一章　凸岩上的男人

上一章通过引录我的日记已将案件描述到了十月十八日，那段时间正值那些怪事迅速走向可怕的结局。接下去的那几天我不需要任何参考记录便能将那些发生的事儿讲述出来，因为它们深深地烙印在了我的脑海之中，永远都不会磨灭。这一切还要从我将两件极其重要的事实确认后的第二天说起。那两件已确认的事一个是特蕾溪谷的萝拉·赖昂思夫人确实写过信给查理斯·巴斯克维尔公爵，跟他约定在查理斯公爵丧命的那个时间、地点碰面；另一个是山坡上的那些石头屋便是躲藏在沼地里的那个人的栖身之所。得知了这两件事实后，我有预感，除非我智商低下，或是缺少勇气，不然我肯定能将事情查个水落石出。

昨天傍晚，我没来得及找机会将我得知的关于赖昂思夫人的事跟亨利爵士说，因为他跟莫缇默医生玩牌到很晚，所以，我在今天吃早饭的时候才将自己的发现告诉了他，并询问他是否有兴趣与我同去特蕾溪谷。他原本有些迫不及待地答应要去，只是经过深思熟虑之后，我们一致认为，要是我一个人前去的话可能会有更好的效果。我们越是正儿八经地拜访，得到的消息可能会越少。因此，我虽有些心不忍，但终究还是将亨利爵士留下，自己独自乘车前往特蕾溪谷展开新的调查。

抵达特蕾溪谷之后，我叫帕金斯看好马车，自己去打探我这次要找的那位女士的消息。我没费什么工夫便很快找到了那位女士的家，那地段居中、陈设优良的住所，一位女仆随意地将我领进门，我走进客厅，看到了一位在雷敏屯牌打字机前坐着的女士，她听见脚步声当即站起，言笑晏晏地朝我看来，可看到是我这个陌生人之后，她的脸色便耷拉了下去，身子重新坐回椅子，大声问我有何事找她。

赖昂思夫人给人的第一眼感觉那便是万分美丽。她有着棕褐色的眼睛与头发，脸上散落的颗颗雀斑并不能掩盖她作为深色皮肤的女人脸上那种娇嫩红润的气色，仿如黄玫瑰那中心娇蕊潜藏的粉色花芯一般。我再强调一遍，她给人的第一印象是令人忍不住地啧赞，但随即而来的第二个印象却是同样令人忍不住地要挑剔她了。她脸上有些让人说不上来的瑕疵，表情显得生硬粗疏，眼神有些直愣无神，嘴角松弛下垂，这些都让她那完美的容貌遭到了破坏。当然，这些都是之后的想法了。那个时候，我只知道自己正在一个无比端庄貌美的女士面前站着，而她正询问我此次前去找她的目的，直到那个时候，我才彻底感受到我那个任务有多难办。

"我有幸跟你父亲相识。"我道，但这个自我介绍显然有些蠢笨，这一点那个女士让我充分感受到了。

"我跟他之间没什么可说的，"她道，"我跟他互不相欠，他的朋友也跟我毫无干系。要是没有已经过世的查理斯·巴斯克维尔公爵以及其他那些善心人的帮助，我若专等我父亲的照顾，那我可能早被饿死了。"

"我正是因为已经过世的查理斯·巴斯克维尔公爵的一些事，才会来这儿找你的。"

这个女士脸上的雀斑在变得苍白的脸色中显现了出来。

"有关他的事儿，我需要告诉你什么呢？"她一边问一边心神不宁地用手指拨弄着打字机上的按键。

"你和他认识，对吗？"

"我前面已经说过了，对于他的好心援助，我心中感激不尽。我如今要是还能算自食其力，他对我悲惨境遇的关心算是其中的主要助力。"

"你跟他有过信件往来吗？"

那个女士当即抬头，棕褐色的眼睛里满是怒火。

"你问这些问题究竟有何目的？"她疾声叱问。

"目的就是以免丑闻人尽皆知。我在这儿问你，总好过事情被传扬出去而最终失去控制。"

她低着头不说话，脸色依旧惨白。最终将头抬起，她脸上挂着悍然不顾的蔑视神情。

"好，我可以告诉你，"她道，"你想知道什么？"

"你跟查理斯公爵有过书信往来吗？"

"我确实写过一两封信给他，表达对他那慷慨善心的感谢。"

"发出信件的日期你还有吗？"

"没有。"

"你跟他有见过面吗？"

"有，在他来特蕾溪谷的时候有过一两次见面。他为人谦逊，喜欢默默行善。"

"但是，要是你很少跟他见面，也没怎么写信联络，那他怎么会对你的事情那么了解？还如你所说的那般大力出手帮你呢？"

她很快就解答了我的困惑。

"好几个先生对我的悲惨境遇有所了解，一起帮的我。一个是斯泰普尔顿先生，他跟查理斯公爵是邻居，又是好友，人很善良，查理斯公爵就是在他那儿得知了我的情况。"

我之前了解到查理斯·巴斯克维尔公爵以前有很多次都是让斯泰普尔顿帮他发放救助金的，因此这个女士的这种解释有些可信度。

"你给查理斯公爵写过信、叫他跟你见一面吗？"我接着问道。

赖昂思夫人的脸颊因气愤而变得通红。

"先生，老实说，你这个问题问得太离奇了。"

"抱歉，夫人，可我还是要再问一次。"

"那我告诉你，确定没有。"

"即便是在查理斯公爵丧命的那一天也没有吗？"

她脸上的神色立即发生了转变，灰白取代了红晕。她那干涩的嘴唇没法说出"没有"了，与其说这是我听见的，倒不如说是我看出来的。

"你一定是被你的记忆蒙骗了，"我对她说道，"你在信里写的那段话我甚至能够背诵出来。你上面写着：'您是一名君子，请务必把这封信烧掉，并在十点的时候到门口那儿去。'"

我觉得她几乎要昏过去了，可她竭力令自己恢复了平静。

"难道这世上就没有君子了吗？"她语带粗喘地道。

"你冤枉查理斯公爵了。他的确将那封信烧掉了。但是，有的时候即便是被烧成了灰，还是可以辨认出信上的字迹的。你如今是承认那信是出自你手了？"

"没错，信确实出自我手，"她喊道，并将自己满肚子的心绪连绵不断地喊了出来，"的确是我写的。我有什么好不承认的呢？我没道理要觉得羞愧。我渴求他能给我帮助。我觉得要是我能和他见上面，就能够获得他的帮助了，所以我便请求他跟我见一面。"

"那为何定在那样一个时间呢？"

"因为我才得知他要在第二天赶去伦敦，并且可能一去就是几个月。因为各种原因，我没法更早赶到那儿。"

"那为何又要约在花园里见面，而不是直接去他的房子拜访呢？"

"你觉得一个女人在那个时间段独自去一个单身男人的房子，合适吗？"

"好吧，那你去了那儿以后，发生了什么事情？"

"我根本就没去。"

"赖昂思夫人！"

"我确实没去，我能以所有神圣东西的名义对你发誓。我从来就没有去过，出现了一些状况导致我没能去成。"

"出现了什么状况？"

"那是个人私事，我不可以说。"

"也就是说，你承认自己跟查理斯公爵约好了见面，并且约的正是他丧命时的时间、地点，而你却不承认去赴约了，是吗？"

"事实就是如此。"

我反复盘问她，但却再也问不出任何进展了。

"赖昂思夫人，"最终，我站起身结束这次无比漫长却又了无结果的会面，说道，"由于你不愿将自己所知的全部情况说出来，因此你需要承担的责任是非常大的，你甚至还让自己沦落到了极其错误的田地。要是我不得不请来警察协助，到时你就会知道自己身上有着多么深重的嫌疑。倘若你是无辜清白的，那你为何要在一开始的时候否认自己在那天写过信给查理斯公爵呢？"

"因为我担心会由此而产生一些错误的推论，甚至会被牵涉到一件丑闻里去。"

"那你又为何那么急切地要求查理斯公爵将你的信烧毁呢？"

"要是你读过那封信的话，你应该知道原因的。"

"我并没有说我将那封信的全部内容都看过了。"

"你甚至将其中的一部分背诵出来了。"

"我背诵的只是附笔部分。我之前说过了，那封信已经被烧成了灰，并非清晰到能被完全辨认。我再问你一次，你为何那么急切地要求查理斯公爵烧掉他在丧命这天收到的那封信？"

"那件事情极其私密。"

"当前你更应该注重的是要避免被公开调查。"

"那我告诉你好了。要是你对我的不幸遭遇有所耳闻，就应该知道我曾跟人草率地结过婚，并不得不因此而懊悔不已。"

"这些我已经听说过了。"

"我曾经一直被我那令人痛恨的丈夫迫害。法律给予他保护，我每天都有可能被强迫与他同居。我写那封信给查理斯公爵，是因为听人说要是我可以缴付一些费用，就能够摆脱这样的生活。那对于我来说意味着所有——安宁、尊严、幸福——所有我想要的一切。我素来知道查理斯公爵大方慷慨，并且我觉得，要是能让他亲耳听到我的请求，那他一定会给予我帮助的。"

"可你最终为何没去？"

"原因是恰巧在那个时间里，我从别处获得了帮助。"

"那你怎么不写信跟查理斯公爵说明这件事？"

"要是第二天早上我没在报纸上看到他丧命的噩耗的话，我已经那样做了。"

这个女人前后的叙述能够对得上，我的全部疑问在她的叙述下无的放矢。我现下可以做的，只有去核实确认她是不是在命案发生时或是命案发生前向她丈夫提起过离婚诉讼。

　　要是她真的去了巴斯克维尔庄园，那她不一定敢撒谎称自己没去，因为她要是真过去一定得乘马车才能抵达，并直至隔天早上才可以返回特蕾溪谷。这样的长途行程不可能毫无踪迹，所以，也许她说的是实情，或许至少是部分实情。我满头雾水、无比沮丧地踏上了返回的归程。我再一次碰了壁，这道壁垒好像在我想方设法通过以求达成目标的每一条道上都在。只是我越回想那个女士的神情作态与言行举止，越觉得她对我有所隐瞒。为何她的脸色会变得如此惨白？为何她总是每回都尽力否认直到没法再否认了才去承认呢？在得知发生命案后，她为何要保持沉默呢？显然，所有问题的答案都不可能如她对我交代的那般简单。眼下在这个方向上我没法再往前推进了，所以我只能去沼地上的石头屋寻找其他的线索。

　　但这个方向也是前途渺茫的，我在坐车返程的路上充分感受到了这一点。我见那沼地边上山连着一山，处处都是史前人类遗留的石头屋。巴利墨尔只说那人藏身在其中一座已被废弃不用的石头屋里，可这沼地上却是散布着成百上千的石头屋的。好在我曾看到过那个人在黑凸岩上站着，因此我可以凭借这段记忆的指引，将那处黑凸岩作为我找寻的中心点，从那个中心点出发，向四周展开我对这沼地上每一个石头屋的搜寻，直至找到我的目标。要是那时这个人正好在石头屋里待着，我就要他亲口交代自己到底是谁，为何要一直跟踪我们，如果有必要的话，我会用我的左轮手枪指着他让他交代。在人员密集的摄政街上，他可能有机会从我们的身边逃走，但这里是人烟稀少的沼地，他要是还想逃跑的话可就没那么容易了。但要是我找过去的时候，他正好没在石头屋里待着，那我不管等多长时间、怎么熬夜，都要在那等着他回来。福尔摩斯在伦敦就没能将他抓住。专家已经在这个上面失了手，而倘若我能把他逮住，那于我而言无疑是一个巨大的成功。

　　在这一回的调查之中，我们屡屡运气不佳，如今我终于帮上了大忙。这个带来好运的人并非别人，恰是富兰克兰先生。他胡子花白，面色红润，在庭院门口站着，庭院的门开向我要经过的那条大路。

　　"华生医生，你好，"他极其愉快地向我打招呼道，"你真该让你的马歇歇脚了，进来陪我喝一杯恭喜我吧。"

　　在得知他是如何对待自己的女儿后，我对他这个人实在没什么好感，可我正苦恼该如何尽快将帕金斯与马车打发回去，而这无疑是个好理由。我从马车上下来，让帕金斯带个口信给亨利爵士，告诉他我会赶回去吃晚饭。之后，便随富兰克兰走到了他的餐厅。

"先生，今天对我而言是个十分重要的日子——是我人生中的大喜之日，"他咯咯地笑个不停，大声说着，"我将两件大事完成了。我要给这个地方的人一个教训，让他们明白法律就是法律，这儿有个不怕诉讼的人。先生，我已经查清楚了，经过老米德尔敦公园的中心，有一条路距离他家的大门不超过一百码。对此你怎么看？我们得让这些大人物得到教训，他们怎么能侵害平民的权益？该死的！我还把福恩沃村民经常跑去野炊的那块树林子给封了。那些讨厌的人似乎完全没有产权意识，他们为所欲为地蜂拥而进，将瓶罐纸屑丢得到处都是。华生医生，这两件案子的判决都下来了，并且都以我的胜诉而告终。在经过我上诉约翰·莫兰爵士在自己的兔子养殖场开枪侵权那个案件以后，我还从没有一天像今天这么开心过。"

"你究竟是如何做到的？"

"你可以去查阅那些记录，先生。值得好好看看——富兰克兰对阵莫兰。高等法院。那些让我耗费了两百英镑，可我获得了陪审团的判决。"

"你从中获得了什么好处？"

"并没有，先生，我什么好处都不曾得到。我可以很骄傲地告诉你，我在这个诉讼案中没有获得丝毫利益。我这么做完全是为了履行公众义务。譬如，我可以确定，福恩沃的村民们今天晚上一定又会将我扎成小人烧掉。上次他们那么干时，我报警了，我对警察说，他们应该阻止这种无耻行径。先生，郡上的警察简直无用到了丢人现眼的地步，他们对我没有尽到应有的保护职责。富兰克兰状告女皇政府的诉讼案子肯定能获得公众关注的目光。我跟他们说了，他们那样对我终有一天会悔不当初的，如今我的话不就应验了嘛。"

"怎么应验的？"我问他。

这个怪老头摆出一副高深莫测的世故表情。

"因为我原本可以将他们一直以来迫切想要了解的事情告诉他们，但我说什么也不会去帮那些混蛋的。"

我早就不想听他的啰嗦唠叨，一直在思量着脱身的借口，可听到他的这句话后，我又希望他能多讲一点了。我早就摸清了这个怪老头别扭的怪脾气，你只要一露出些感兴趣的样子，他就一定不会再多透露半句。

"一定是偷猎的事情吧？"我挂着一副毫不在意的表情道。

"啊哈，小家伙，那事儿可比偷猎严重多了！沼地上的逃犯这事儿怎么样？"

我惊呆在那里，"你该不会说你知道他躲在哪儿吧？"我问道。

"虽然他具体的藏身之处我知道得不是很确切，可我完全有把握能协助警察将他抓获。你难道从未想到，只要了解他是如何获得食物的，便能尾随追踪他，将他抓获吗？"

的确如此，他几乎就要靠近真相了，这真令人担忧。"那是当然，"我道，"但是你是如何得知他在沼地上的藏身之所的呢？"

"我之所以知道，那是因为我曾亲眼看到过有人给他送食物。"

我的心因为巴利墨尔而变得沉重起来，若被这个不怀好意又好管闲事且处处惹是生非的人缠上，那事情就严重了。只不过，他的下一句话又令我瞬间轻松下来。

"你要是知道给他送食物的人是一个小孩子的话，你一定会感到惊讶吧。我每天都能在我那架在屋顶上的望远镜里看见他，他每天都是在相同的时辰走相同的一条路，除了去那个逃犯那儿，他还能去哪里？"

这真是太幸运了！但是，我强行压下自己的兴趣，表现出一副漠不关心的样子。一个小孩！巴利墨尔也曾对我讲过，我们摸不清来路的那个陌生人确实是由一个小孩给他送食物的。富兰克兰偶然发现的是那个陌生人的躲藏之地，而不是那个逃犯的。要是我可以从他这儿打听到消息，那就能避免我那地毯式搜索的疲惫追查了，但是，很明显，我一定要展露出不相信且不关心的神情。

"要我说，那说不定是牧羊人的儿子在给沼地上牧羊的父亲送饭呢！"

稍有不同意见的表达就将这个强势蛮横的怪老头激怒得气急败坏。他愤恨地用眼睛盯着我，就跟发怒的猫一样，花白的胡须根根竖起。

"我说的是真的，先生！"他用手指着广袤的沼地道，"那边的黑色凸岩你看到了吗？啊，你瞧见远处那满是灌木棘刺的矮山坡了吧？那一块地方是整个沼地里花岗岩最多的地儿。那里怎么会有牧羊人在那儿放牧？先生，你的猜测实在是太荒谬了。"

我顺着他的话说，我是对这儿的情形不了解才会那样猜想的。我乖顺的态度取悦了他，也让他说出了更多的情况来卖弄。

"先生，你得相信，我的想法都是在掌握了十足的证据下才会提出的。我之前多次见到那个小男孩拿着那个包袱，而且天天如此，有的时候甚至一天两回，我都可以——稍等一下，华生医生。是我眼花了吗？还是这会儿确实有什么东西在那个山坡上动？"

虽然离这儿有好几英里远，可借助冷绿与棕灰的背景映衬，我能够清楚地辨认出那里的确有个小黑点。

"来，快过来，先生！"富兰克兰招呼着我往楼顶跑去。"让你自己亲眼瞧瞧，然后自己去判断。"

那架有着强大功能的望远镜被放置在铅板屋顶上，下面装有三脚架。富兰克兰将自己的一只眼睛贴上去，嘴里满意地叫出声来。

"快看，华生医生，你快看，趁他还没走到山的那一边去。"

果不其然，他确实在那儿，一个肩上驮着包袱的小男孩正费劲地缓缓爬着小山。等他爬至山顶的时候，我见到那个衣衫破烂的拙笨身影在湛蓝的天空映照下显现了一会儿。他偷偷摸摸地查探四周，似乎是怕被人跟踪，然后就翻过山头不见了踪影。

"啊哈！我说的没错吧？"

"当然没错，确实是个小男孩，似乎肩负着什么隐秘的任务。"

"究竟是什么隐秘的任务，即便是郡上的警察都能想得到。但是，他们从我这里不会得到一星半点的消息，我同样要求你守口如瓶，华生医生。一个字都不能透露！你知道的！"

"我答应你。"

"他们对我很过分——太过分了！等富兰克兰对阵女皇政府的诉讼一案被传扬出去之后，我可以保证，全国上下都会纷纷鸣不平。不管怎么说，警察都别妄想得到我的帮助。他们对我进行管束，可那些混蛋将我扎成草人绑在树墩上点火燃烧，对于这些他们却置之不理。你千万不能离开！你得陪着我将这瓶酒喝完，欢庆这个伟大的时刻！"

但我婉拒了他的全部恳求，并成功劝他打消了送我散步回庄园的念头。我沿着路往前走，直到走出他的视线范围，然后从大路离开，穿过那片沼地，往那小男孩失去踪影的山头赶去。对我来说，所有事情还算顺利，我对自己发誓一定不能因为精神与毅力的缺乏而错失这一次命运送至我眼前的机会。

等我爬到山顶的时候，太阳已经快要落山了，在我脚下的坡道一面被映照成了泛着金光的绿色，另一面却被蒙上了灰暗的阴影。远在边际的地平线被薄薄的夜雾笼罩着，千奇百怪的贝立夫与威克逊凸岩将夜雾刺破，探出顶来。幅员辽阔的大地上，毫无声响，全无动静。一只灰色的大鸟——不知是海鸥还是麻鹬——在蓝天上高高地翱翔着。在这片无边的旷野与无际的天穹之间，似乎我跟它成了仅存的生物。荒凉的风景、孤独的寂寥感以及我那神秘又迫切的任务，所有的这一切都令我毛骨悚然。四处都找不到那个小男孩的踪影。但我在下面的山沟中发现了围成一圈的破旧的老石头屋，其中有一间有个足以能挡风避雨的屋顶。看到它之后，我的心不免为之一跳，这肯定就是那个陌生人的栖身之处了。我的脚终于跨进了他这藏身之所的门——我总算抓住了他的秘密。

我小心翼翼地朝那个小石头屋走近，就跟斯泰普尔顿拿着他的扑蝶网兜走近停稳的蝴蝶一般，彻底弄清楚这儿确实曾被当作住处。巨大的石块之间有一条依稀可辨的小径直通那塌壁残垣以作门的裂口。里面静悄悄的，毫无动静。那个不知底细的陌生人或许正躲藏在那儿，也或许正在沼地上晃荡。我的神经因为这种冒险的刺激感而兴奋了起来，我将烟头丢在一边，手握在左轮手枪的枪柄上，迅速走向门口，向里头看去，但屋中却根本没有人。

不过，无数痕迹表明，我找对了地方。这个人一定住在这儿。史前人类曾睡过的那块大石板上放置着一块雨布，里面包裹着几条卷着的毛毯。一个粗制鄙陋的壁炉里还残留着一堆烧过的灰烬，壁炉旁边放置着一些炊具与半桶水。一堆丢得乱七八糟的罐头空盒说明那个人在这儿已经住了一段时日了。我的眼睛逐渐习惯了色彩纷繁的光线，见到了石屋角落里放置的一个小锅与半瓶白酒。石屋中央有一块被当作桌子的平坦的石头，上面放着一个布包袱——显然这个包袱就是我在望远镜里瞧见的小男孩肩上驮着的那个。包袱里头装着一条面包、一罐牛舌以及两盒桃子罐头。我查看完毕又将它们放回原处时，发现这些东西的下面还有一张写了字的纸条。我的心惊跳了下，将纸条拿在手中看，只见上面用铅笔潦草地写着："华生医生已经去过特蕾溪谷了。"

我双手拿着那张纸条，在那呆站了有一分钟之久，苦苦思索着这张纸条的寓意。所以说，这个神秘的陌生人跟踪的对象并非亨利爵士，而是我。他并没有自己亲自尾随，而是请了一个密探——或许正是那小男孩——来对我进行跟踪，这字条就是那个跟踪者给他的报告。也许自从我到了沼地之后，所有的一举一动都已经落入了监视者的眼中并被报告给了这个人。我一直觉得有一种无形的力量，仿佛一张精心编制的巨网一般精确巧妙地把我们罩住了，就是那么悄无声息地松松罩着，直至最后时刻，才收拢网绳，让我们知道自己掉进了罗网。

既然有这么一张报告，那定然还会存在其他的报告，因此我在小石屋四处张望搜索起来。可是，并没有发现其他报告的痕迹，也找不到其他可以表明在这个奇怪地方住着的这个人的任何特点与目的痕迹。只能看出来，这个人很能吃苦耐劳，且对生活用品的舒适度并无多大在意。我望着裂开大口子的屋顶，想起了那几场瓢泼的暴雨，对他坚定的心性有所感悟，也正是因为他心性坚韧才能在这么荒芜的地方住下来。他会是我们狠毒的对手，还是出乎我们意料的保护天使呢？我发誓在没弄清楚真相之前，我绝不从这个小石屋离开。

屋外，太阳落得很低了，西面火红与金色交映的余晖，在远方格瑞盆大泥淖的泥塘上投下了片片霞光。那儿不远就是巴斯克维尔庄园的两座塔楼，再远处，迷蒙的烟雾缭绕着的就是格瑞盆村，夹在这二者之间的那座小山背面，便是斯泰普尔顿家的宅院。日落时分在金红色的晚霞映衬下，一切都显得那么闲适、淡雅与可爱，可我望着眼前这一切，心中感受到的却不是自然的安宁，而是因时刻在逼近的碰面而惶然到发抖的恐慌。虽然我的神经满是刺痛，可打定了主意后，我便蹲守在石屋的黑暗处，脸色暗沉地耐心静候屋主的归来。

终于，我听到他回来的脚步声了。靴子嗒嗒地踩在石头上的声音自远处传来，一步一步地在向我靠近。我往屋中最黑暗的角落里退去，手伸进口袋按在扳机上，打算在看清那个人的脸之前先将自己隐藏好。那脚步声忽然停顿了好一会儿，这说明他停下了前进的步伐。随后，脚步声又继续往这边传来，一道黑影在小石屋的门口站定。

"真是个不错的黄昏，我亲爱的华生，"一个熟悉的声音道，"我确信，你到外面来会比你在那里头待着要舒服得多。"

第十二章　沼地上的悲惨命案

我敛息静气地坐了一阵子，几乎不敢相信自己听到了谁的声音。然后，我回过神来，也终于能说出话来了，压在肩上的千斤重担似乎也瞬时卸下心头。全世界只有一个人会有着这么尖锐、冰冷又嘲讽的声音。

"福尔摩斯！福尔摩斯！"我喊出声来。

"到外面来吧，"他道，"还有，请注意你的左轮手枪。"

我弯腰探出那个粗劣的石门，只见外面一块石头上坐着的可不正是福尔摩斯！瞧见我惊喜的样子，他那棕灰的眼珠愉快地骨碌碌转动起来。他的身体很是清瘦疲惫，但他的精神却机警敏觉。他那坚毅的面庞因风吹日晒而变得粗糙黑黝，泛着青铜色的光泽。他身上穿着花格呢子西服，头戴一顶布帽，看起来跟所有来沼地旅游的人没什么区别。他对自身个人清洁的爱护跟猫一般，这是他的特点之一，下巴被剃得很光洁，亚麻衬衫也被打理得跟在贝克街住着时那般毫无瑕疵。

"我这一辈子还从来没有因为看到谁比这更高兴过。"我将他的手握紧道。

"应该说更吃惊吧？"

"噢，这点我不得不承认。"

"我跟你发誓，绝不只是你吃惊。我根本没察觉到你已经发现了我的临时栖身之所，更没察觉到你已经蹲守在石屋里了，一直到我走到门前大概不足二十步的时候才猛然发觉。"

"我猜是因为我留下的脚印吧？"

"并非如此，华生，我恐怕没那个自信可以从世上所有人的脚印中辨认出你的脚印。你要是真想瞒过我，那你得把你的香烟牌子换了。我看到烟蒂上'布瑞德利，牛津街'的标识就猜到我的朋友华生必然在这周围。就在那个小道旁你还可以见到它呢，显然，你是进门的最后一刻才将它丢掉的。"

"没错。"

"果然如此——并且我向来清楚你那令人钦佩的不屈不挠的性格，因此我就猜你肯定等在暗处，手里抓着枪，在守候屋主的归来。也就是说，你真觉得我就是那个逃犯？"

"我不清楚你的身份，可我下定决心要弄明白。"

"太好了，华生！那你是如何知晓来这儿找我的呢？或许是因为追捕逃犯那天晚上，我一时不察在月光下站着，被你看见了吧？"

"没错，我确实是在那时候发现了你。"

"你为了找到这座小石头屋，一定搜遍了所有的石头屋子吧？"

"没有，你雇请的那个小男孩被我看见了，我就是跟着他才找到了我要找的地方。"

"一定是在那个架有一个望远镜的老绅士家中看到的吧。原本我见到那镜头上的亮光还没想明白是什么东西。"他站起身，迅速往石屋里望了一下。"啊哈！卡莱特又给我送了一些生活用品来了。这纸条是什么东西？也就是说，你已经到过特蕾溪谷了，是吗？"

"是。"

"是去找萝拉·赖昂思夫人吗？"

"没错。"

"干得漂亮！很明显我们的调查方向始终是一致的，等我们将调查出的材料凑在一起时，我估计对于这个案子我们定然有了极为充分的了解。"

"啊，你到这儿来了，我心里实在太开心了，因为我的神经真是被那重大使命与这神秘莫测的案情搞得快要崩溃了。只是，你到底是怎么过来的呢？你一直在调查什么？我还以为你如今还在贝克街调查那单勒索案子呢。"

"我就是想让你那么以为。"

"那你一直是在利用我，而不是对我信任了！"我稍显尖刻地叫喊道，"我觉得我应该在你手下获得更好的待遇，福尔摩斯。"

"我亲爱的老伙计，在这个案子中，你对我的重要性之大跟无数其他案子并无区别。要是你觉得我似乎戏耍了你的话，我恳求你的谅解。事实上，我这么做的部分原因恰恰是为了你，我就是认识到了你正经受的危险，所以才亲自前来调查此事。要是我同你一起跟亨利爵士待在一块，我觉得我的想法就跟你的想法是一样的，而我的现身还会让我们那强大的敌人保持高度的警惕。实际上，我能够自由地四处查探，倘若我在庄园住着的话，那就没法这么自由了。我在这个案子里是一个不被人所知的角色，时刻预备着在紧要关头拼尽全力。"

"那为何要连我都瞒着？"

"让你知情，于我们毫无助益，指不定还会被人察觉到我的存在。你肯定会想来给我通风报信，或者你会好意地送一些这样那样舒适的生活用品给我，如此我们便要蒙受不必要的风险。我将凯莱特带过来了——那个邮局的小男孩你还有印象吧——我的那些基本需求都由他去打理：一条面包以及一个整洁的衣领。人还会有什么别的需求吗？他为我增加了一双额外的眼，添加了一双勤快的脚，这两样东西于我而言弥足珍贵。"

"也就是说，我的那些报告已然毫无用处。"——我想起自己在撰写那些报告时劳累又骄傲的情形，声音止不住有些发抖。

福尔摩斯自衣服口袋中拿出一叠纸。

"我亲爱的华生，你的报告在这儿呢，并且我可以对你发誓，我查阅过它们无数遍。我安排得十分妥当，因此它们只会在路上延误一天。我不得不对你在处理这件棘手案子中表现出的激情与机智的头脑致以高度的褒奖。"

我因被欺瞒心中还有些不舒服，可福尔摩斯这毫不吝惜的熨帖夸赞消除了我内心的愤怒。我心中也明白，对于他到了沼地这事我确实不该知情，要实现我们的目标，这样处理确实最好。

"这样也好，"他见我脸上的阴霾消散后，说道，"现在你跟我说说你拜访萝拉·赖昂思夫人的结果如何吧——你去特蕾溪谷是去找她，这并不难猜，因为我早就知道，特蕾溪谷中，只有她才能在这个案子里帮到我们。实际上，要是你今天没过去的话，我明天应该也会去一趟。"

太阳已经下山了，夜幕将沼地包裹起来，空气变得寒凉，所以我们都走进小石屋烤火取暖。暮色四合中，我们在一处坐着，我将自己与那个女人的交谈转述给福尔摩斯听。他对此有着浓厚的兴趣，因此有的地方我不得不重复说两次，才令他满意了。

"这很重要，"我转述完毕后，他说道，"这个复杂棘手的案件中没法连接的断口被它填补上了。你应知道，这个女人与斯泰普尔顿之间有着非比寻常的亲密关系吧？"

"我并不清楚他们之间有这样的关系。"

"这是很明显的。他们碰面、通信，联络得很频繁，彼此之间也很了解。如今，这也成了我们手中极其有用的武器了。我只要拿着这个去离间他跟他的太太——"

"他的太太？"

"我现在要把一些消息告诉你，以此作为你汇报情况给我的报答。他的太太其实就是在这儿被称作斯泰普尔顿小姐的那个女人。"

"上帝啊！福尔摩斯，你的消息可靠吗？他怎么会同意亨利爵士和那个女人恋爱呢？"

"亨利爵士深陷情网，这事除了对他会有害处之外，对其他人并无影响。你也亲眼瞧见过，他十分戒备不让亨利爵士有向她示爱的机会。我再强调一次，那个女人就是他的太太，而并非他所谓的妹妹。"

"但他为何要费尽心思谋划这样的骗局呢？"

"原因是他早有预感，她假装是个未婚女子会比作为他太太要更有用。"

我那些说不上来的直觉、模糊的疑虑，瞬间清晰起来，指向那位自然主义者身上。我似乎见到这个头顶草帽、手拿扑蝶网兜、寡淡无味的人身上闪现的那种极其可怕的东西——耐心极佳、狡诈多谋、面含微笑却内心阴狠。

"也就是说，我们的对手就是他——在伦敦的时候，尾随我们的也正是他？"

"我就是由此而参破了这个谜团。"

"那封示警信——肯定是她寄出去的！"

"没错。"

一件困扰我许久、半是事实、半为推断的滔天罪孽在黑暗中逐渐显现出轮廓。

"可是这一点你有确凿的证据吗，福尔摩斯？你是如何得知那个女士是他太太的？"

"因为他第一次跟你见面的时候，得意忘形地告诉了你自己身世中的一段真实经历，并且我可以确信，自那之后他肯定多次因此而懊悔不已。他曾在英国北部的一所小学担任了一段时间的校长，现如今，要调查一个小学校长那简直太容易了。借助教育机构就能将每一个在这一个行业工作过的人鉴别清楚。我稍做调查就发现有一所小学因为情况糟透了不得不关门大吉，那个校长——名字不相同——跟他的太太失去了踪迹。他们的相貌跟沼地上的这两人相符合。我在获知那个失踪的校长对昆虫学同样充满兴趣之后，调查身份的工作也就成功结束了。"

黑幕被逐渐拉开，只是不少真相依旧还蒙着层阴影。

"要是那个女人真的是他太太，那怎么又会牵扯上萝拉·赖昂思夫人呢？"我问他。

"这就是问题之一，而你自己去做的那些调查已经将这个问题解答了。你跟那个女士的碰面已经让案情明朗了不少。我不清楚她本人打算与丈夫办理离婚的情况，倘若是那样的话，她又以为斯泰普尔顿是个未婚的男人，那她应该是想成为斯泰普尔顿的妻子。"

"那她要是得知了真相呢？"

"啊哈，要是让那位女士得知了真相，那她或许能够帮到我们。我们首先要做的就是去跟她见上一面——我们两个人明天就出发过去。华生，你不觉得你离开自己本职岗位的时间有点长了吗？巴斯克维尔庄园才是你的职责岗位。"

西面的最后几道晚霞也散去了余光，夜色降临了沼地。暗紫的天幕上，只有几颗半明半昧的星星闪烁起来。

"还有最后一个困惑，福尔摩斯，"我站起身道，"显然，我们两人之间没有保密的必要。所有这一切究竟是何意思？他到底想做什么？"

福尔摩斯的声音低落了下来，他答道："这是蓄意谋杀，华生——是设计精密、凶残无比的蓄意谋杀。具体细节你不要多问了。就跟他布网包围亨利爵士一般，我在他周遭布下的网也正不断地收紧，再加之你的配合协助，将他抓获几乎就如探囊取物了。眼下只有一个危险可能给我们造成威胁，那就是在我们彻底准备好之前他已经提前下手。到了明天——顶多不超过后天——我就能让这宗案子告破，在这之前，你必须如慈爱的母亲守护她那患病的孩儿一般看护好你需要保护的人。事实表明，你今天去做调查是对的，不过我还是希望你不要从他的身边走开。快听！"

一声恐怖的尖叫——一声声绵长的混杂着恐惧与痛苦的尖叫刺破了沼地的宁静。我的血液都要因那可怕的尖叫声冰冻起来了。

"哦，我的天啊！"我喘着粗气道，"那是什么？那是什么意思？"

福尔摩斯迅速起身站立，只见他那身姿健硕的身影在石屋门口立着，倾着身体，伸着脑袋，往黑暗中看去。

"嘘声！别说话！"他悄声说道。

尖叫声因为急切而显得清亮，可却是从雾色迷蒙的沼地极远处传来。现在那尖叫声逐步在靠近，也逐渐变得清楚，越来越急迫地冲击着我们的耳膜。

"声音是在哪个方向？"福尔摩斯压低声音问道，我能听出他的声音带着颤抖，知道了即便是他这样心理强大的人也因这尖叫声而深感震荡了，"声音是从何处传过来的，华生？"

"我猜是那边。"我指向一片黑暗处。

"不对，是那个方向！"

痛苦的尖叫再次在这个寂静的夜空响起，比之前越发响亮，也比之前越发靠近。在这痛苦的尖叫声中混杂进了一种新的声音，那是一种沉闷含混的隆隆的声音，很有节奏感却气势迫人，高高低低地不断起伏着，仿佛海浪绵延低吟的声音。

"是猎犬的声音！"福尔摩斯喊道，"赶快，赶紧过来！华生！上帝啊，我们会不会赶不及了！"

他已经撒开腿在沼地上飞快地跑了起来，我赶紧跟了上去。可正在这个时候，最后一声充满绝望的尖叫自我们正前面那坑洼不平的地方传来，随后传来的是一声沉重的闷响。我们停下脚步，侧耳细听。可却再没有任何声响打破这个没有风的夜晚的寂静了。

我看见福尔摩斯将手覆在自己的额头上，仿佛一个神经病一般用脚跺着地面。

"他已经把我们打败了，华生。我们来不及了。"

"不，不会那样的，肯定不会的！"

"我真蠢，迟迟不采取措施。至于你呢，华生，你看到你将自己的保护对象丢在一边造成了什么样的后果了吧！但是，上帝啊，要是最差的情况已经发生了，那我们也要好好回敬他！"

我们摸黑在夜色中迷蒙地跑着，一路跟那些乱石发生着磕磕碰碰。我们硬趟过金雀花丛，气都喘不匀地爬上一座座小山，冲下一个个坡道，始终朝着那些恐怖尖叫传来的方向不停地跑着。每到一个小山顶上，福尔摩斯都急切地四处张望，可是沼地被夜幕掩盖得彻底，荒芜的地面上没有发现任何动静。

"你能够看见什么吗？"

"不能，什么都看不见。"

"不过，你仔细听，这是什么声音？"

一声声微弱的呻吟传入我们耳中。是从我们的左面传过来的！那面是一道岩山山脊，山脊的顶部是个极其陡峭的悬崖，悬崖下面是一个遍布石块的坡道。坑洼不平的地面上有一个不规则形状的黢黑物体摊在那里。我们在向它跑近的过程中，逐渐看清了那个模糊的轮廓。那是一个正脸朝下趴在地面上的人，那个人的脑袋正以一个诡异的角度压在身子下面，他脊背弓着，肩膀蜷起，似乎要翻跟斗一般。他的这个怪异的姿势让我一时之间没反应过来，那阵阵呻吟正是出自他灵魂脱离身体的那个瞬间。我们躬身察看这个此时已经全无声息、全无动静的黑影。福尔摩斯惊恐地大叫一声，一把抓起这道黑影，随即又划燃一个火柴棒，火柴燃起的光照在尸体紧攥成拳状的手上，也照在尸体已然变形的头颅中慢慢淌出、逐步扩散的一大摊恐怖的血泊上。火柴光还照出了一个令我们痛心疾首的东西——亨利·巴斯克维尔爵士的尸体！

我们两个人都对他那身暗红的粗布呢子西装印象深刻——他就是穿着这一身衣服在第一天早上去贝克街拜访的。我们只清楚地看了一眼，之后火柴光忽闪了一下便熄灭了，仿佛那希望自我们的灵魂中熄灭了一般。福尔摩斯嘟囔了一句，他的脸在黑暗的夜色中显得苍白无比。

"禽兽！禽兽！"我双手握拳喊道，"福尔摩斯，我永远也没办法原谅我自己，居然令他蒙受了这么惨痛的厄运。"

"跟你比起来，我才更应该受到责难，华生。为了将案子解决得完满彻底，我居然把委托人的性命都弄丢了。这是我从业以来遭受的最大打击。但我怎么会想到——我怎么会想到——他会罔顾我的全部警告，冒着丢命的风险自己一个人在晚上跑到沼地上来呢？"

"我们明明已经听见了他那痛苦的尖叫——我的天啊，那一声声的尖叫！——可还是没能救下他！那只逼死他的猎犬在哪儿？它这个时候也许正躲在乱石堆中。还有斯泰普尔顿，他人又在哪儿？他必须对自己造的孽负责任。"

"他肯定是要负责任的。我一定要让他对此负责。伯侄二人都被他残忍地谋害了——一个是见到那只他想象中的地狱猎犬的畜生而被惊吓致死；另一个则是在拼死逃命时被逼迫而死。只是眼下，我们一定要找出受害人跟那畜生之间关系的证据。如果不是亲耳所闻，连那个畜生的存在与否我们都还在怀疑，很明显，亨利爵士是摔下悬崖而死的。但是，上帝啊，不管那个混蛋有多狡诈，不超过明日，我一定要将他抓获！"

我们心情沉痛地在那具摔得血肉模糊的尸体两侧站着。长时间疲于奔命的劳苦奔波却换来这么一个悲惨的结局，我们对这个无可挽回的横生灾祸手足无措。此时，月亮爬上来了，我们攀上我们那不幸的好友摔下的那道悬崖顶上，站在顶部俯瞰迷蒙模糊的沼地，沼地上一半是昏暗阴沉的，一半闪着银色的光。在远处格瑞盆的方向，大约几英里的位置上有一处黄色的灯光在照亮着，那儿可能是斯泰普尔顿家那栋冷凄孤寂的宅院。我一边朝那边望着，一边挥着拳头叫骂。

"我们为什么不马上将他抓捕？"

"案子还没有彻底弄清楚。那个人极其狡猾又警惕。问题的关键不在于我们清楚了多少情况，而在于我们可以证明多少情况。要是我们一步踏错，那个混蛋甚至可能就此从我们手中脱逃。"

"那咱们下一步该怎么做？"

"我们明天要做的事情太多了。今天晚上，我们不得不先给我们不幸的好友处理好后事了。"

我们共同从坡道上下来，走到了尸体边上。在石头反射出的银光中，尸体那黑色的轮廓清晰可辨。我心头酸涩地看到尸体的四肢扭曲到了极致，想到当时他所承受的痛苦我不禁热泪盈眶。

"我们一定要找人过来帮忙，福尔摩斯！将他抬回庄园单凭我们两个人是不可能做到的。上帝啊，你疯了吧？"

他大喊一声，在尸体旁蹲下身。这会儿，他又是跳又是笑，两手紧紧抓着我的手。这还是我那个严肃寡言、沉默内敛的朋友吗？我内心真正涌起了怒火。

"胡须！胡须！这具尸体有胡须！"

"胡须？"

"这不是亨利爵士——这是——噢，这是我那个邻居，那个潜逃的罪犯！"

我们迅速将死尸翻了个儿，凄清的月色下，那还在滴血的胡须正往上翘着。那凸出的前额与塌陷的兽眼不容人错认。这张脸确实就是那天晚上在烛火中从岩石里探出来瞪向我的那张——罪犯瑟尔顿的脸。

之后，我立即想通了一切。我想起来亨利爵士曾跟我提起他曾将旧衣物赠送给了巴利墨尔，而巴利墨尔为了替瑟尔顿做好潜逃的准备，便将那些衣服送给了那个逃犯。靴子、西装、帽子——这些东西的原主都是亨利爵士。虽然这个命案很不幸，不过依照国家律法，这个逃犯也算死不足惜。我告诉福尔摩斯这件事情的来龙去脉，心中满是因宽慰与高兴而汹涌的兴奋感。

"也就是说，这个恶人惨死的原因就在于他身上的这套衣服，"他说道，"案情已经很明显了，在被闻过亨利爵士的个人物品后——很有可能就是那个在旅社里丢失的靴子——那只猎犬被放出来根据气味不停地追着这个逃犯。只是，有一个问题很奇怪，那就是瑟尔顿在一片漆黑中怎么会发现有猎犬追在他的身后呢？"

"可能他听见声音了吧。"

"在这样的沼地上只是猎犬的声音，应该还不至于让这么一个残忍凶狠的人霎时恐惧至此，并愿意冒着被抓回牢里的风险尖叫求救。按照他当时的尖叫声，他在知道猎犬追在他身后之后，肯定还逃命狂跑了一段路程，他是如何得知的呢？"

"还有一件更奇怪的事情那就是，如果我们的全部推论都正确的话，那为何这头猎犬——"

"我不做任何推论。"

"那好吧，为何这头猎犬会被选择在今天晚上放出来。我猜这头猎犬不会一直被放在沼地上任其乱跑。也就是说，斯泰普尔顿有把握亨利爵士到了沼地，不然他不会把猎犬放出来。"

"我的问题总是两个问题中更困难的那一个，因为我觉得，你的那个疑问我们很快就可以弄清楚了。但眼下的难题是，我们要拿这个倒霉家伙的尸体怎么办？总不能任由它丢在这儿成为狐狸与乌鸦的美食吧？"

"我觉得，我们可以在联系上警察之前，先把它抬进一栋石头屋里。"

"就那么办吧。我想我们两个人应该能抬得动它。嘿，华生，那是什么？是他本人过来了，他可真是胆子奇大！你千万别透露一丝怀疑——一句话也别说，不然我的所有计划都要落空了。"

一道身影正穿过沼地往我们这个方向走来，之后我见到了雪茄烟燃起的暗红色光芒。月色洒在来人身上，我可以看清自然主义者那瘦小精干的身躯以及他那轻快跳脱的步伐。他在见到我们之后停下了脚步，随后又继续向前走了过来。

"哎呀，华生医生，真的是你吗？我真没想到在晚上这个时刻在沼地上碰见你。但是，天啊，这是怎么回事？有人受伤了？噢，别——千万别跟我说，躺在地上的就是我们的好朋友亨利爵士！"他急吼吼地从我身边走过去，朝尸体弯下身子。我听到他猛然深吸了口气，指间夹着的雪茄也掉落了下来。

"谁——这个人是谁？"他磕磕巴巴地问道。

"那是瑟尔顿，从王子镇的监牢里逃出来的那个罪犯。"

斯泰普尔顿面色煞白，转头看向我们，不过他极力将内心的惊讶与失望压下去了，他眼神犀利地望了望我，又看了看福尔摩斯。

"天啊！这太令人震惊了！他究竟是怎么死的？"

"他似乎是在这些岩石上把自己的脖子给摔断了。听到他的叫喊声时，我正跟朋友在沼地上闲逛。"

"我也是因为听见了叫喊，所以才跑出来的。我很担心亨利爵士。"

"为何单单要担心亨利爵士？"我没忍住询问道。

"因为我之前约他来我家，但他却没过来，我对此深感惊讶，之后我又听见了沼地上传来的叫喊声，所以我当然很担心亨利爵士的安全。对了，"——他的眼睛迅速地转向我的脸，然后又转向福尔摩斯的脸——"除了叫喊声以外，你们还有没有听见什么声音？"

"并没有，"福尔摩斯道，"你呢？有听见什么吗？"

"我也没有。"

"那你为何这么问？"

"噢，你对那些农户所说的地狱猎犬之类的传说应该也有所耳闻吧？听说晚上在沼地上都能听见叫声。我那个时候还在想会不会出现这样的声音呢。"

"这一类的声音我们并没有听见。"我说道。

"所以，按你们的推测，这个倒霉蛋是怎么丧命的呢？"

"我敢确定，长久以来焦躁的情绪以及可能会被暴露的危险已经让他神经错乱了。他之前一定在这沼地上发疯似的狂跑，最后从这儿摔了下去，将自己的脖子给摔断了。"

"这种推测似乎是最合乎情理的了，"斯泰普尔顿说着，深叹了一口气，我觉得他这是松了一口气，"那你是怎么看的呢，夏洛克·福尔摩斯先生？"

我那朋友弯下身子鞠躬还礼。

"你认人的本事真不错。"他道。

"自打华生医生到了这儿以后，我们这儿的人都在期盼着你的到来。你恰巧亲眼瞧见了这个惨剧。"

"没错，确实如此。我觉得我朋友的说法就是那些事实所在。明天我就将带着这个令人不适的记忆赶回伦敦了。"

"啊？你打算明天就回伦敦吗？"

"我是这么计划的。"

"我还期盼着你的到来能够解答那些困扰我们的离奇事件呢。"

福尔摩斯耸耸肩膀。

"人并非总能够依照自己的主观愿望取得成功。查案的人需要的并非谣传与故事，而是事实证据。这宗案子办得不能叫人满意。"

我的朋友坦率又淡然地说着。斯泰普尔顿依旧用眼睛死死地盯着他，随后又看向我。

"我本来想提议将这个倒霉蛋抬到我的住处那儿去，只是那样可能会让我妹妹受到惊吓，因此我觉得那样做好像有点不合适。我猜，要是我们能拿什么东西将他的脸罩住，在明天早上之前应该不会出现什么问题。"

于是我们按照他的建议将尸体安顿好了。福尔摩斯与我谢绝了斯泰普尔顿发出的邀约，出发往巴斯克维尔庄园走去，独留斯泰普尔顿自己一人返回米瑞比特宅院。我们转身回望，只见那道身影正在广袤的沼地上慢慢地走着，在他的身后，反射着闪闪银光的坡道上有一处黑点，那正是那个落得如此悲惨结局的人躺着的位置。

第十三章　　设局布网

"我们终于要交手了，"我们在沼地里并排走着的时候，福尔摩斯道，"那家伙的胆子可真不小！即便是在发现自己谋害的对象出错了，自己的盘算落空，在应该瞠目结舌的情形下都能保持镇定！华生，我之前在伦敦就跟你说过了，现在我要跟你再强调一次，他是我们目前遇到过的最值得一较高低的对手。"

"抱歉，终究还是让他发现了你的存在。"

"我原本也是那么觉得。不过那也是没有办法的事情。"

"现在他已经知道你来了这儿，那你觉得这会给他的计划带来什么影响？"

"这也许会让他更加小心，或许会让他心狠手辣地背水一战。跟大部分狡诈的犯罪分子一样，他或许会对自己的才智过分自信，觉得我们已经完全被他蒙骗住了。"

"我们干嘛不立即抓捕他呢？"

"你是个天生的实干者，我亲爱的华生。你总是本能地想要去采取积极的措施。因为存在有争议的证据，如果我们在今天晚上就逮捕了他，那样做于我们有何益处？我们手头没有对他不利的证据。更何况其中还有如恶魔般的奸诈手段！要是他单靠自己一人犯下这罪行，那我们肯定能将那些蛛丝马迹的证据找出来，只是倘若我们要将那头巨型猎犬拖出来在所有人眼底下曝光，那我们用绳子绑着它主人的脖子便毫无用处。"

"我们手头有实情啊。"

"我们连实情的影子都有——有的只是对实情的推论与猜测。要是我们拿着这种讲故事一样的证据去对簿公堂，那只会让人笑掉大牙并被赶出法庭。"

"查理斯公爵的死不就是实情吗？"

"他的尸体上并没有验出任何痕迹。我们两个人都明白他其实完全是被吓死的，并且我们也清楚是什么东西将他吓死的，只是我们怎么去让十二个不会被轻易打动的陪审员也相信我们的话呢？有发现猎犬的印记吗？它咬的牙齿印在哪儿？我们自然知道猎犬不会朝一具尸体下嘴，查理斯公爵没等那畜生追上他就倒地身亡了，我们又不得不去找出能证明全部情况的证据，可眼下我们没法做到这一点。"

"那好吧，今天晚上的事情也不能证明呢？"

"今天晚上的情形也没好多少。跟那次一样，死者的死与猎犬之间并没发生什么直接的关联。我们从未亲眼见过那头猎犬。虽然我们确实听到了它的声音，可我们证明不了它当时正在追赶那个逃犯，完全不存在作案动机。不，我亲爱的朋友，我们只能承认一个事实，那就是我们当前还没取得案子的线索，为了掌握线索，我们得敢于尝试冒任何风险。"

"那你下一步有什么打算？"

"对于萝拉·赖昂思夫人，我抱着很大的期望，只要能跟她说明情况，她应该就会为我们提供帮助。并且，我自己还有些个人的安排，明天肯定会累得够呛，但我祈祷能在明天过去之前取得最终的胜利。"

我再也没能从他嘴里问出其他东西了，他一面向前走，一面陷入沉思，直至到了巴斯克维尔庄园的大门处。

"你进去吗？"

"进去，已经没有什么理由值得我去躲藏了。不过，华生，我还有最后一句话要交代你，千万不要跟亨利爵士提起猎犬的事情。就让他如斯泰普尔顿希望我们相信的那样看待瑟尔顿的死吧。那样的话，他会更有勇气面对他明天必定要经受的残酷的考验。要是我没将你报告的内容记错的话，他跟斯泰普尔顿约好了明天过去吃饭。"

"那个饭局之约还包括我在内。"

"那你一定要想个办法推脱不去，让他自己单独去。那样的话就好做规划了。现在这个时候，要是吃晚餐已经太迟了的话，那我们就直接做好吃夜宵的准备吧。"

看到夏洛克·福尔摩斯的到来，亨利爵士与其说是大吃一惊，不如说是喜出望外，因为这些天以来，他始终都在期盼着，希望福尔摩斯能因最近发生的事儿而从伦敦赶到这儿来。只不过，当他见我那朋友既没带一件行李，也不解释自己没带行李的原因时，他的眉毛扬了扬。我们没过多久便把他想要的东西补充好了，之后在被推迟到很晚才吃上夜宵的间隙，才将我们两个人的经历中亨利爵士或许想要了解的情况对他进行了说明。但是，我首先还要完成那个让人感到不快的任务，将那个噩耗尽量婉转地告知巴利墨尔夫妇。这对那个人来说，也许彻底解脱了，但是，巴利墨尔夫人却撩起自己的围裙兜住自己的面庞痛哭了起来。在全世界的人眼中，他不过是个半是恶鬼半是野兽的凶犯，但是在她的眼中，那个人始终都是她这个姐姐眼中的那个爱使性子的小男孩，是那个紧紧牵着她的手不放的小弟弟。那个人真是恶贯满盈，临死的时候连一个为他哭悼的女人都没有。

"自打华生早上出门去了以后，我今天一整天都闷在家中，感觉很不爽利，"亨利爵士道，"我觉得我应该获得赞许，因为我坚守了自己许下的承诺。要不是我发过誓绝对不独自一人四处乱跑，可能我今天晚上就会度过一个十分开心的夜晚，因为斯泰普尔顿写信过来，邀请我去他那儿。"

"我可以打包票，你肯定能够度过一个十分开心的夜晚的，"福尔摩斯淡淡地说道，"噢，我估计你应该没有感觉到我们之前因为你摔断了脖子而哀悼了许久吧？"

亨利爵士将眼睛睁开，问道："发生什么事儿了？"

"那个倒霉的家伙身上穿着的是你送给巴利墨尔的衣服。我猜应该是巴利墨尔又转送给他了，所以警察或许会来找他的茬儿。"

"没道理啊。我记得我的那些衣服上没有一件是做过标记的。"

"那他可真走运——实际上，是你跟他都走运，因为你们两个人在这件事上面都违反了律法。身为一名办事认真、查案负责的侦探，我可以确定的是，将你们全家人都抓起来才是我的首要职责，而指控你们的最有力的证据就是华生的那些汇报情况的信件。"

"可我们的那个案子要怎么办啊？"亨利爵士问道，"你将那些乱成一团的千头万绪都理顺了吗？我不清楚自己跟华生两个人自从到了这儿之后机灵了多少。"

"我估计要不了多长时间我们就能把这个案子查得更加清楚明白。这个案子极为复杂又极其棘手，我们还要查清楚几个问题——不过我们总会查清楚的。"

"我们曾遇到过这么一个情况，想必华生应该已经向你汇报过了。我们曾在沼地上亲耳听见猎犬的嚎叫，所以我敢发誓，那绝不会是毫无根据的迷信传说。我在美国西部待着的时候，曾跟狗打过一阵交道，因此我一听那声音就知道。要是你可以让那头猎犬罩上铁笼头、拴上铁链子，我可以发誓你就是前所未有最为伟大的侦探。"

"我觉得，要是你乐意配合我，那我肯定能让它罩上铁笼头、拴上铁链子。"

"不管你要我做什么，我都乐意去做。"

"好极了，我还得要求你只管去做，别一直询问缘由。"

"悉听尊便。"

"要是你乐意配合，我估计我们的那些小疑问或许很快就可以找到答案了。我对此深信不疑。"

他忽然停住不说了，眼睛直愣愣地盯着我头顶上方的位置。灯光照射在他脸庞，他是那般专心致志，又是那般沉默安然，仿佛一尊棱角分明的古代雕塑——一个希望与机警的化身。

"那是什么东西？"我们两个人同时喊出声问道。

在他低下头去看的时候，我能看得出来，他在竭力压制着内心的狂喜。虽然他的神情依旧镇定沉稳，可他的眼神里满是兴奋的喜悦。

"请谅解一个品鉴专家的欣赏，"他伸手指向对面墙壁上挂着的那一整排的肖像画，说道，"华生对我在艺术方面的鉴赏力总是抱着否定的态度，那其实是因为嫉妒，因为我们对艺术的观点有不同的看法。哎呀，这些肖像画确实十分之精美。"

"啊哈，很高兴能得到你的肯定，"亨利爵士有些惊讶地用眼睛望着我的朋友说道，"关于这种艺术类的东西，我不会做不来假装内行。要我去鉴赏一幅画还不如让我去点评一匹马或是一头公牛要来得可行。我没想到你居然还有时间精力投诸这些东西。"

"有的时候，我能够看出它们好在何处，我眼下就看出了这些东西的妙处。我敢保证，那边那幅身着蓝色丝绒服饰的女人肖像画是出自内勒的手笔，而那边那个头顶假发的矮壮男人的画像应该是瑞诺兹所绘。我猜，这些画像上都是你们家族的成员吧？"

"每一张画像都是。"

"他们的名字你都知道吗？"

"巴利墨尔曾耐心教过我，我觉得我应该可以很准确地背诵出来。"

"那个举着望远镜的男人是谁？"

"那个人是海军少将巴斯克维尔，他曾于西印度群岛的洛得尼麾下服役。那边那个身穿蓝色外套、手持一张羊皮卷的是卫廉·巴斯克维尔勋爵，他在彼得任首相期间担任着下议院的委员会主席之职。"

"那我正对面的这位武士——披着黑天鹅绒的披风、斜挂绶带的这一位又是谁呢？"

"噢，你应该知道他的。那个品行恶劣的乌戈，他就是引起所有灾祸的根源，有关巴斯克维尔猎犬的那个传说故事正是自他这儿传起来的。我们不可能会将他给忘了的。"

我兴致盎然地带着些许惊讶紧盯着那幅画像。

"天啊！"福尔摩斯道，"从画像上看，他真是再和顺安详不过了，可是我敢肯定，他的眼睛里隐藏着邪恶。在我之前的想象中，他是一个更为粗鲁与凶残的人。"

"这一张肖像画的真实性是毋庸置疑的，因为在那画像的背后还标注了名字与年份，一六四七。"

福尔摩斯没有再说什么，只是这位酗酒之徒的肖像画似乎给他施了什么魔法，他在整个夜宵期间，一直用眼睛盯着那幅画像看。直至亨利爵士去了他的房间休息后，我才弄清楚他的想法。他将我带回餐厅，手中拿着卧室的烛台，往上高举着，去照那墙壁上挂着的因为历史悠久而有些褪色的画像。

"你从这画像上看出什么来了吗？"

我仔细端详着宽檐毡帽、卷曲额发、白色花边缀着的衣领以及这些东西围衬起来的中间那张端正肃穆的面孔。虽然相貌并不是那么残暴，可那紧抿的薄唇显得生硬、冷酷、绝情，细长的眼挟着褊狭与冷漠。

"他跟你认识的人有相像之处吗？"

"下颏跟亨利爵士有点像。"

"可能大概有点像。但是，你等一下！他在一个椅子上站着，左手高举着烛台，右手用胳膊环住宽檐毡帽与长卷发。"

"上帝啊！"我惊叫出声。

斯泰普尔顿的面孔几乎在画布上跃然显现。

"啊哈，你如今知道了吧。我的眼睛经过了专业的培训，可以透过那些点缀看出人的本来面貌。这是成为刑事侦查人员必备的首要素养，他必须能看破所有的伪装。"

"这真是太神奇了，这没准儿就是斯泰普尔顿的肖像画呢！"

"确实，这应该算是返祖遗传的一个有意思的实际案例，好像在肉体与精神两个层面都获得了遗传。研究一个家族的肖像画足以令人相信因果轮回的说法。很明显，那家伙是巴斯克维尔家族的后代无疑。"

"还在图谋着篡夺遗产。"

"没错。这幅肖像画恰巧将我们欠缺的关键一环连上了。我们将其击败了，华生，我们总算将他击败了，我敢保证，不出明天晚上，他就要落入我们设下的罗网中了，跟他自己用扑蝶网捕获的蝴蝶那般无望地扑扇着翅膀了。到了那个时候，我们只需要一枚别针、一块软木头以及一张硬卡纸，就能将其收入贝克街的收藏柜了！"他从那幅画像离开时忽然发出了一阵罕见的笑声。我很少听到他笑,他只要一笑,那肯定是有人要倒大霉了。

第二天早上,我很早就起床了,可福尔摩斯显然照旧起得更早,因为我在穿衣服的时候瞧见他正顺着马车行驶的道路走了过来。

"啊哈,今天我们要忙碌整整一天,"他说道,因为要采取措施收网而兴奋地搓着双手,"罗网都设置好了,只等着收网了。在明天到来之前,我们就能看到,究竟是我们网住了那只尖嘴梭子鱼,还是被它自我们的网眼里逃之夭夭。"

"你已经到过沼地了吗?"

"我已经去了格瑞盆一趟,往王子镇监狱寄了一份瑟尔顿的死亡情况汇报。我觉得我可以确保,你们中的任何人都不会因为这件事而惹上麻烦了。我还跟忠诚可靠的布莱特取得了联系,要是我不让他知道我是安全的,他一定会像个蹲守在主人墓碑旁的小狗一样守在我那小石屋的门口日日清瘦下去的。"

"你下面打算做什么?"

"去跟亨利爵士见个面。哎呀,他正好过来了!"

"早安,福尔摩斯,"亨利爵士道,"你此时看起来就跟一个正与参谋长部署战局的将领一般。"

"事实正是如此,华生正请战奔赴前线呢。"

"我也是为此而来。"

"那好极了。据我所知,你今天晚上需要按照之前的约定去我们那位朋友斯泰普尔顿的家中吃晚饭吧?"

"我希望你也一起过去。他们热情好客,并且我敢保证,他们看见你过去了肯定会十分开心。"

"我恐怕不得不跟华生去一趟伦敦。"

"去一趟伦敦?"

"没错,我觉得我们在这个紧要关头去伦敦那儿应该比待在这里更有用。"

亨利爵士的脸色明显地沉了下来。

"我希望你能够尽快帮我将这个案子作个了结。单独一个人在这栋庄园跟这片沼地待着那并不是令人愉快的事情。"

"我亲爱的朋友,你一定要完全地信任我,毫不犹疑地执行我嘱咐你去做的事儿。你可以对你的朋友们说,我们原本是万分愿意陪你一起过去的,可是伦敦有件急事需要我们立即赶过去处理,我们但愿能够尽快赶回德沃郡。你别忘了将这口信向他们转达,可以吗?"

"要是你坚持要那样的话。"

"我对你发誓，除此之外，别无他法。"

从亨利爵士那皱得紧紧的眉头，我不难看出，他是觉得我们将他独自抛下而离去了，他深感受伤。

"你们打算什么时候离开？"他语气生硬地问。

"吃完早饭就立即动身。我们乘马车去特蕾溪谷，不过华生会将他的行李留下，作为他还会返回庄园的凭证。华生，你得给斯泰普尔顿写一封简信向他道歉，告诉他你对没法前去赴约而深表遗憾。"

"我真想跟你们一道去伦敦，"亨利爵士道，"我干嘛要独自一人待在这儿呢？"

"因为这儿是你的岗位职责所在，因为你先前已经答应了我，我吩咐你怎么做你就怎么做，所以我现在需要你留在庄园。"

"既然如此，那好吧，我就在这儿待着吧。"

"另外，我对你还有一个要求。我希望你能乘马车去米瑞比特宅院，之后将你的马车打发回来，并让他们知道你打算走路回庄园。"

"要走路穿过沼地？"

"是的。"

"但这恰恰是你经常劝告我别去那么做的事儿啊！"

"你这回可以放心大胆地去做。要是我对你的胆识与勇气没有充分的信任，我不会建议你这么做，但是你那样做是很有必要的。"

"那我就那样做吧。"

"要是你对自己的性命还算看重的话，那你在穿过沼地的时候，除了顺着米瑞比特宅院那条直通格瑞盆大道的直路，千万别往别的方向乱跑，那条路才是你回庄园的顺道。"

"我一定会遵照你的吩咐去办的。"

"好极了。我想吃完早饭后尽快动身，那样的话，下午就可以赶到伦敦了。"

虽然我在前一天晚上就听福尔摩斯跟斯泰普尔顿说过他第二天就会结束他的拜访之旅，可对于这个行程安排我还是非常惊讶。我怎么也没料到他会要求我跟他一起离开，也想不明白，为何在他自己都说是紧要关头的时期，我和他两个人却都从这儿离开。不过，迫不得已，只能一切听从他的安排。因此，在跟我们那垂头丧气的朋友告别了之后，我们在两个钟头后抵达了特蕾溪谷车站。将马车打发回去后，我见到月台上有个小男孩在那等候着我们。

"有什么事情要吩咐我去办吗，先生？"

"卡莱特，你就乘坐这一趟火车去伦敦。你一到伦敦，立即用我的名字发一封电报给亨利·巴斯克维尔爵士，就说我的记事簿落在庄园了，要是他找到了的话，请用挂号信寄往贝克街。"

"好的，先生。"

"你到车站邮政点那儿问问看是否有寄给我的电报。"

小男孩拿回了一封电报，福尔摩斯将电报拿给我。我见那电报上写着：

电报收悉。已携空白逮捕令出发。五点四十分抵达。勒斯特拉德

"这封电报是回复我今天早晨发出去的那封电报。我觉得他是公家侦探里最有才干的了，他或许能帮上我们的忙。所以，华生，我觉得我们最好趁此期间去你的相识萝拉·赖昂思夫人那儿走一趟。"

他的收网安排开始变得清晰起来。他借助亨利爵士的嘴让斯泰普尔顿夫妇彻底相信，我们确实已经离开。但事实上，只要情况需要，我们随时都可以赶回去。要是斯泰普尔顿夫妇听到亨利爵士提起自伦敦发去的电报，那他们心中的最后一点疑虑也会被打消。我似乎已经能看到我们设在那只尖嘴梭子鱼周围的罗网正不断地收紧。

萝拉·赖昂思夫人正好在她的办公室中，于是，夏洛克·福尔摩斯便开诚布公、直截了当地开始了他的拜访谈话，这令萝拉·赖昂思夫人大吃一惊。

"我正在就已过世的查理斯·巴斯克维尔公爵猝死一案进行调查，"他道，"我的这个朋友华生医生将你们之前谈话的内容都告诉我了，并对我说，你在与此事相关的情况上还有所隐瞒。"

"我有何隐瞒？"她挑衅般地问道。

"关于约查理斯公爵于十点钟的时候在小门那与你见面这件事你已经承认了。我们都了解，那恰是他丧命的时间与地点。你将这些事情之间的关联隐瞒了。"

"这些事情之间本就并无关联。"

"要真是这样的话，那这确实一定是个神奇的巧合。只是，我觉得我们终究会顺利地找出这之间的某种关联。我希望可以跟你彻底开诚布公地谈谈，赖昂思夫人。我们觉得这是一宗谋杀案件。相关证据不单与你的朋友斯泰普尔顿先生有关，还包括了他的太太。"

这个女人迅即自椅子上跳起。

"他的太太？"她惊讶地喊道。

"这件事情已经并非什么秘密。那位他所谓的妹妹实际上正是他的太太。"

赖昂思夫人复又坐回椅子，两只手死死抓紧椅子的把手，我见到她那粉色的指甲盖在双手紧握的压力迫使下甚至变成了白色。

"他的太太！"她又喊道，"他的太太！他明明尚未结婚！"

夏洛克·福尔摩斯耸耸肩膀。

"你拿出证据来！你拿出证据来！要是你拿得出证据——！"她那狠厉的眼神比什么话都更有说服力。

"我过来就是打算给你看证据的，"福尔摩斯自袋中掏出若干份文件道，"这张照片是他们夫妻二人四年前在约克郡拍摄的。照片的背面写着的是'凡德勒尔夫妇'，但你很容易就能看出是他，要是你曾见过她的话，那你也能很容易将她认出来。这些是几个可信的证明人寄过来的三份关于凡德勒尔与他太太的情况说明的书面资料，他们那个时候开办了一所叫圣·爱丽佛的私立小学。这些材料你都看一看，看完之后你看自己是否也会对这两个人的身份有所怀疑。"

她仓促地翻了一遍，之后便将头抬起来看向我们，脸上的表情是绝望的冰冷。

"福尔摩斯先生，这个人之前曾提出想与我结婚，前提是我可以跟自己的丈夫离婚。这个混蛋他千方百计、不择手段地欺骗我，他对我说的每一句话都是在撒谎！"她道，"可这是为什么——究竟为什么呢？我原本以为那都是因为我自己的问题。可如今我知道了，我从始至终都不过是被他利用的工具而已。他从来没有对我产生过感情，那我又凭什么再忠诚于他？我为何还要替他想尽办法以免他自食恶果？你想知道什么就问吧，我不会再有任何隐瞒。有一点我可以跟你发誓，那就是我在写那封信的时候，并不知道会因此而给那位老绅士造成伤害，因为他是对我最为良善的朋友。"

"夫人，对你的话我完全相信，"夏洛克·福尔摩斯对她说道，"讲述这些事情于你而言一定万分痛苦，所以，或许由我来跟你讲述这个事情的经过会容易些，你可以检查看看，我在讲述的过程当中有没有什么具体的错漏之处。是斯泰普尔顿建议你去写那封信的吧？"

"由他口述，是我动笔写的。"

"我猜，他给你的理由一定是你可以获得查理斯公爵的援助，然后拿着那笔钱去应付你起诉离婚的诉讼款吧？"

"正是如此。"

"所以，在你将信发出去之后，他又规劝你别去赴约？"

"他对我说，为了那样的目的，叫别人出资，有伤他的颜面，他还说，虽然他很穷，可即便拿出自己身上的最后一分钱，他都要努力去清除那些妨害我们在一起的障碍。"

"他看起开像是个心口一致的人。之后，除去在报刊上见到有关那件命案的新闻外，你没有再听说过其他什么消息了吗？"

"没有。"

"他还叫你发誓不要对任何人提起你跟查理斯公爵定下的约见吧？"

"没错，他对我说那件死亡命案极为神秘，倘若我把事实说出来，那我也一定会列为怀疑对象，他将我吓得不敢说话。"

"就是这样，只不过你应该自己也有所怀疑吧？"

她迟疑了一会儿便低下头去。

"我知道他的，"她道，"可是他信守对我的承诺，那我也会一直遵守对他的诺言。"

"我觉得从整体上来说你还算是幸运地逃脱了，"夏洛克·福尔摩斯道，"你手握着克制他的证据，而他对这一点很清楚，可你现在还好好地活着。这几个月，你都是游走在悬崖的边缘上的人。赖昂思夫人，我们不得不跟你告别了，或许要不了多久你会从我们这儿再听到些消息。"

"我们一步步将案情调查了出来，挡在我们面前的阻碍也一个个消失了，"在我们等在车站静候从伦敦开来的快班车时，福尔摩斯道，"我立刻就能毫无阻滞地写出当代最奇特、最震撼的犯罪小说。研究刑事犯罪的专家们不会忘记一八六六年发生在小俄罗斯戈迪诺的类似案件，另外卡洛莱纳州北部的安德逊谋杀案当然也算一宗。我们这宗命案也具备跟其他所有案件都全然不相同的特点，到了眼下，我们都还没有确凿证据去指证那个狡诈阴险的人。但是，倘若我们在今晚睡觉前还不能让案子真相大白的话，那我才该万分惊讶了。"

从伦敦开过来的快班车轰隆隆地进站了，一个如斗牛犬一般精壮结实的小个子自其中一节头等车厢上跳了下来。我们三个人相互握手问候，从勒斯特拉德毕恭毕敬注视着我那朋友的神态中，我可以看得出来，自他们在一起工作之后，他已经从我那朋友身上学会了不少东西。对于这位探案专家当初经常极尽嘲讽之能事以激发这位实干者的那些画面，我还印象深刻。

"有什么好差使吗？"他问福尔摩斯。

"是近几年来最为重大的事，"福尔摩斯道，"在筹备动手之前，我们大约还有两个钟头的时间。我觉得我们可以趁此间隙去吃顿晚餐，之后，勒斯特拉德，我们会让你感受一下达特穆尔高原夜晚那纯净无比的空气，它会将你喉管里的伦敦雾气彻底驱除。你还从未去过那儿吧？啊哈，那太好了，我觉得你一定不会忘记你在这儿的第一次旅行的。"

第十四章　巴斯克维尔的地狱猎犬

　　福尔摩斯的毛病之一——要是这真的能算得上是毛病的话——那便是在实施计划之前，他极其反感将自己的全盘安排透露给其他人知晓。部分原因自然是他那高傲的天性使然，他乐意调派身边的人，令他们大吃一惊。还有部分原因则是出于对本职工作的谨小慎微，这让他从不愿冒任何可能存在的风险，但是，这使得他身边的执行者与助手感觉极其难受。虽然我也时常有这种感觉，但这些都抵不上那次在黑暗中乘车前行的漫长煎熬难受。艰难严苛的考验近在眼前，我们总算要放手一搏做最后的努力了，可是福尔摩斯却一句话都没说，我只能猜想着他会往哪些方向去采取行动。最终，寒风在我们脸上肆虐，道路两边黑沉沉的，一片开阔地带展现在眼前，我知道我们又返回了沼地，我的神经因为饱含期待而兴奋地发抖。马蹄每往前踏一步，车轮每往前转一圈，都在让我们离冒险的境地不断靠近。

　　因为还有雇来的马车夫同在车上，所以我们没法畅所欲言，只能就一些鸡毛蒜皮的小事聊了聊天，但我们当时的神经却都因激动与期待而绷得紧紧的。终于，在行过富兰克兰的房子之后，我们与庄园和案发地点的距离越来越近了，总算扛过了那段尴尬而又受约束时光，我不由地舒了口气。我们没有直接停在庄园内房子的门口，而是在临近街道的大门处就下了马车。将车钱付过之后，我们嘱咐马车夫马上回特蕾溪谷去，之后，我们便朝着米瑞比特宅院走去。

　　"你身上有武器吗，勒斯特拉德？"

　　小个子侦探浅浅一笑。

　　"但凡我穿了裤子，裤子上就必然会有口袋，但凡有口袋，那我必然会在口袋里放点东西。"

　　"好极了！我跟我的好友也将应急措施准备好了。"

　　"这件事你做得可真够谨慎的，福尔摩斯先生。眼下我们有何规划？"

　　"见机行事。"

　　"确实，这可真不是个令人感到快活的地儿，"小个子侦探说着还打了个冷战，他四处打量着，向昏暗的坡道看去，此刻，白茫茫的大雾将格瑞盆大泥淖完全笼罩住了。"我看见咱们前方有栋房子亮着灯。"

　　"那就是我们此行的目的地——米瑞比特宅院。现在我要求你们一定要轻手轻脚走路，轻声细语讲话。"

我们顺着小路往前走,似乎在往那栋房子进发,可是在离那栋房子大概两百多码的时候,福尔摩斯叫我们停下脚步。

"到这儿就可以了。"他道,"右边的这些岩石块是我们最好的天然屏障。"

"我们要在这儿等吗?"

"没错,我们要在这儿等着给他来一个小伏击。勒斯特拉德,到这边凹处来吧。华生,你以前到过那栋房子里,对吧?你可以将那些房间的位置说出来吗?这边安着栅格窗的是什么房间?"

"我估计应该是厨房。"

"那另一边那个灯光明亮的房间呢?"

"那应该是餐厅无疑。"

"百叶窗被放下来了。你对地形最了解,你轻手轻脚地爬过去,瞧瞧他们在做些什么——但切勿让他们发觉有人在对他们进行监视。"

我小心翼翼地沿着小路走过去,在发育不良的果林那圈围墙边猫下了腰。借助围墙的阴影我爬到了一处能够直接看到没拉窗帘的窗口位置。

只有两个人在房间里待着——斯泰普尔顿与亨利爵士。他们分坐圆桌的两头,侧面朝向我。两个人都拿着雪茄烟在抽,前面的桌子上分别放着红酒与咖啡。斯泰普尔顿正谈笑自若,可亨利爵士却看起来脸色苍白,心神不定。或许他是因为想到自己一会儿要单独从那不吉利的沼地穿过,走回庄园去,所以有些忧心忡忡。

就在我观察着他们的时候,斯泰普尔顿忽然起身离开了房间,亨利爵士又将自己的酒杯倒满,倚回椅背,嘴巴里吐出了一串烟圈。我听见开门的声音以及靴子踩在碎石路上的清脆声响。脚步声从我隐藏的这堵墙的另一边的小路经过,我自墙头探出头去看,见到自然主义者在那片果林的一间杂屋外停下了脚步。他将锁上的钥匙转了转,推门走了进去。他进门的时候,有怪异的扭打声自里头传了出来。大概过了一分钟的样子,他从里面出来了,紧接着我又听见了钥匙转动的声音,随后他又从我的身旁经过,走回房子里去了。我见他又去陪他的客人了,便蹑手蹑脚地返回同伴们等候的地方,将我的所见所闻告诉了他们。

"华生,你的意思是,那个女人没在那儿吗?"我将情况汇报完之后,福尔摩斯问我。

"没在。"

"那她会在哪儿呢?除去厨房有灯光之外,别的房间都是黑乎乎的。"

"我猜不到她会在哪儿。"

我前面就介绍过大格瑞盆泥淖上被浓密的白雾全然覆盖了。此时,那团白雾正渐渐地朝着我们这儿飘过来，层层堆叠着，仿佛在我们那儿砌起了一道墙，虽然不高，却很厚实，并且轮廓清楚。月色洒在上面，看起来像反射着银光的冰海雪原，远处的那些凸岩恰如冰海雪原上突起的岩石。福尔摩斯侧过脸，一面瞧着那些缓缓飘移的白雾，一面不耐烦地低声嘟囔。

"大雾正往我们这个方向飘来，华生。"

"情况会很糟糕吗？"

"确实会很糟糕——也许会在地面上成为破坏我计划的一个东西。这个时候了，他肯定不会待太久。现在已经十点了，我们能否取得胜利，甚至他能否保下命来，或许都取决于他会不会在大雾将小路彻底盖住之前从里面出来。"

我们头上是一片晴好的夜空。星星闪耀着清寒的光芒，高悬的半轮明月，让整个沼地都笼罩在迷蒙的月色中。宅院的阴影横亘在我们前方，星月璀璨的夜幕下，锯齿形的房顶以及高高耸立的烟囱显得棱角分明。房顶下的窗户投射出一条条宽边的橘黄色灯光，一直照进了果林与沼地。其中一条灯光忽然消失，仆从们已经自厨房离开。如今只有餐厅里还亮着灯，两位男士——一位是蓄意谋害的屋主，一位是全无戒心的访客——还在那边抽雪茄烟边高谈阔论。

大雾已经笼盖沼地的一半，白茫茫一片，仿佛羊毛一般，每时每刻都在不断向宅院飘近。飘在前面的薄雾已经在透出橘黄灯光的方格窗户那缭绕着，果林远处的那堵墙已经完全失去了踪影，只有那些果树依旧在乳白色的雾气漩涡中挺立着。我们在守候的时候，翻滚着的白雾正越过房屋的两处檐角，逐渐堆叠成一道厚厚的雾墙，第二层楼与房顶仿佛航行在模糊雾海上的一只怪船。福尔摩斯急躁地用手拍打着我们眼前的岩石，不耐烦地用脚跺着地面。

"要是十五分钟之内他还没出来，那大雾会完全将这条小路盖住。再过三十分钟，就伸手不见五指了。"

"我们朝后面退，站到高一点的地方去，行吗？"

"好，我觉得那样也好。"

所以，在大雾往前翻滚的时候，我们往后退了退，直退到距离宅院有半英里处的位置才停下来，可是那一大片反射着银白月色的厚实的大雾如海浪一般依旧在缓缓地、不留情面地翻卷而来。

"我们已经退得太远了，"福尔摩斯道，"他在走到我们这儿之前就可能会被追上，我们冒不起这个风险。我们得不惜一切地在这儿坚守着。"他趴下身去，将耳朵紧贴地面，"谢天谢地，我想我已经听到他的脚步声了。"

沼地的宁静被一阵急速的脚步声打破，我们隐藏在岩石块之间，不敢错眼地紧盯着前方那面闪烁着点点银辉的雾墙。脚步声越来越清晰，我们等候的那个人冲破迷雾，仿佛冲破墙幕一般朝我们走来。在他踏进星光璀璨的夜幕下时，他惊讶地四处张望，随后便沿着小道迅速地往前走，走过我们埋伏的岩石堆旁，踏上了我们身后的长坡道。他一面往前走着，一面心神不安地前后左右不停地张望。

"别出声！"福尔摩斯低声喊道，紧接着手枪上膛那刺耳的咔嚓声传入我的耳膜，"注意，它过来了！"

自慢慢前移的雾墙中传来了一阵细微又清楚地吧嗒声。雾墙距离我们藏身的地方不过五十码左右，我们三个人死死盯着雾墙，想象不到在那中央会有什么恐怖的东西忽然走出来。我正蹲伏在福尔摩斯身旁，于是匆匆扫视了一会儿他的脸庞。他脸色泛白，神情惊喜，一双眼睛在月色的映衬下炯炯有光。但是，忽然之间，他的双眼死死地盯着前方，紧抿的双唇因惊诧微微张开。就在同一时刻，勒斯特拉德发出一声可怕的尖叫声，向前栽倒在地。我跳将起来，用已经冻僵的手抓住手枪枪柄，雾墙中猛然窜出来的形状怪异的东西已经令我的脑子停止了思考。那是一头猎犬，一头毛色乌黑油亮的猎犬，可却又并非寻常能见到的那样的猎犬。它那大张着的嘴里往外喷着火，眼睛也仿佛在往外冒火一般发着亮光，它的口鼻处、脖颈那儿以及喉部下垂的肉在闪耀着的火光里了，且轮廓清楚。这头猎犬自雾墙里猛然冲出来扑向我们，它那浑黑的躯体与狰狞的狗脸即便是精神错乱的人在他那荒诞不羁的梦里也绝不会梦见比这还要凶恶、吓人和恐怖的东西了。

那头硕大的黑色家伙沿着小道大踏步前进，紧紧跟在我那朋友的后面。一时间，这个怪物将我们吓得呆愣在那儿，因此在我们还没来得及回过神来的时候，它就已经跑过了我们面前。随后，我跟福尔摩斯同时开枪，那怪物发出恐怖的嚎叫，这说明它至少被我们打中了一枪。但是，它并没有就此停下追赶的步伐，依旧往前跑着。在小道的更远处，我们见到亨利爵士正转身回望，在月光的映照下，他的脸色灰败苍白。他恐惧地将双手高举，眼睛绝望地看着那头可怕的怪物朝他追过去。

不过，那头猎犬的嚎叫已经彻底打消了我们的恐惧。要是它容易被攻击，那它绝非什么怪物；要是我们可以将它打伤，那我们就能够将它杀死。我还从未见过有谁能如福尔摩斯那天晚上那样跑得这么快。虽然我有飞毛腿的外号，可他却跑到了我前面，正如我跑到了那个小个子公家侦探的前面一般。就在我们顺着小道狂跑的时候，前面传来了亨利爵士不断的尖叫声与猎犬低沉的嘶吼。我赶过去时，恰巧见到那头畜生扑向亨利爵士，并将亨利爵士扑翻在地，准备去撕扯他的脖子。可随后，那头猎犬仰头发出痛苦的咆哮声，福尔摩斯对着它接连开了五枪，打光了弹匣中的子弹。猎犬在空中凶狠地狂咬一口，四爪暴戾地抓挠着，翻倒在地，之后便侧身瘫倒在那儿，没了动静。我喘着粗气伏下身，将手枪指着那个闪着微弱光芒的恐怖的狗头，但已经没有发射子弹的必要了，巨型猎犬已然一命呜呼了。

亨利爵士还在他倒下的地方躺着，他已经昏厥了过去。我们将他的衣领解开，见到他身上并没有出现什么伤痕，好在解救得还算及时，福尔摩斯感恩地低声祷告了一句。我们那好友的眼皮翕动了几下，他力不可支地动了动身体。勒斯特拉德拿出白兰地酒瓶塞进亨利爵士的嘴里，亨利爵士两眼惊恐地往上看向我们。

"我的天啊！"他低声道，"那是什么东西？那究竟是个什么玩意儿？"

"不管那是个什么东西，它都已经死了，"福尔摩斯道，"我们将你们家族的那个可怕幽灵彻底消灭了。"

单就身材大小与身形力量而言，侧倒在我们眼前的这头猎犬就已经是个相当可怕的畜生。它并非血脉纯正的大型猎犬，也非良种配育的大型家犬，而是像这二者的杂交种——骨瘦如柴，凶狠残暴，大得跟一头小狮子一般。即使它此刻已经死去，毫无声息，但那张大嘴中似乎还有淡淡的蓝色火焰在往外渗，那对狠厉、凹陷的小眼睛周遭也有一圈火光在闪耀。我将手摸向它那发着光的口鼻处，收回手时，我看见自己的手指在一片黑暗中闪着荧荧的幽光。

"是磷粉。"我说。

"这配置可真狡诈，"福尔摩斯用鼻子嗅着那头死去的猎犬道，"绝对不会有干扰它嗅觉的气味存在。亨利爵士，我们很抱歉，令你遭受了如此恐怖的惊吓。我们原本以为我们要对付的是一头猎犬，却没想到竟是这么一头怪物。并且由于大雾的影响，我们没能及时将它挡住。"

"你们已经救下了我的命。"

"之前还是让你差点遭遇了丢命的危险，你现在还有力气站起身吗？"

"再给我来一口白兰地，我什么事儿都能做。就是这样！好了，现在请你把我扶起来吧。你打算怎么做？"

"我要将你留在这儿。下面的冒险你今天晚上已经不适合继续参加了。要是你乐意等一会儿，我们会安排人陪你一起回庄园的。"

他摇晃着身子想要站起身来，可是他的脸色依旧苍白，全身都在发抖。我们将他扶到边上的岩石旁，他颤颤巍巍地坐了下来，用双手捂住了脸。

"现在我们不得不留你一个人在这儿，"福尔摩斯道，"我们必须要去将余下的工作完成，并且得分秒必争。我们掌握了全盘证据，只等将那个人缉拿归案。"

"我们如今在房子里抓到他的可能性为零,"在我们顺着小道迅速往回跑的时候,福尔摩斯继续说道,"刚刚的枪响肯定已经让他明白他的那场鬼把戏彻底结束了。"

"我们那个位置距离宅院还有一定的距离,这铺天盖地的大雾应该也会将枪声减弱些。"

"那个时候他是跟着那头猎犬的,并且还计划着将它召回去——这一点毋庸置疑。不,不,这会儿他已经离开了!但是我们还是要将房子搜查一遍,以便进行确认。"

宅院的大门洞开,因此我们直接冲进屋里,快速地搜查着一间又一间房,在楼道里,我们碰上了那个表情惊愕、走路蹒跚的老男仆。除了餐厅亮着灯之外,其他每个房间都没开灯。福尔摩斯将那盏灯拿起,搜遍了房子里的每一个角落。我们没有发生那个人的任何踪迹,但是,在二楼我们见到有一间卧房的门被锁起来了。

"有人在这间房里,"勒斯特拉德喊道,"我听见里面有声响,快把这扇门打开!"

有微弱的呻吟和沙沙的声音自房间里传出。福尔摩斯抬起脚狠狠踹在门锁上,门砰的一下便开了。我们三个人都拿着手枪跑进了房间。

但是,房中并未发现我们希望找到的那位不择手段、胆大包天的混蛋的踪迹。迎接我们的是出乎我们意料的、极其怪异的东西,因此我们一时惊讶地站在那儿,呆愣地看着。

那个房间被布置成了小型的博物馆的样子,墙面上安着一排带有玻璃罩的盒子,里面满是收集来的蝴蝶与飞蛾的标本,这一度是那个危险又复杂的人物的娱乐消遣。有一根笔直的梁柱立在房子的中央,它在那支撑被虫蛀坏的旧梁应该有一定的年月了。一个人被捆在了这根柱子上,因为被布单包裹得严实,所以没法看出里面的人的性别。一块毛巾将里面那人的脖子缠住缚在其身后的柱子上。另外还有一块毛巾将那个人脸的下半部分蒙住了,只余一对乌黑的眼睛露在外面盯着我们,那双眼睛里满含痛苦、羞耻、恐惧和疑虑。我们把那个人嘴巴里的填充物扯了出来,解开缠绕其身的缚带,之后,斯泰普尔顿太太便立时瘫倒在我们面前。在她将自己那美丽的头低垂至胸前的时候,我在她的脖子上见到了清晰的血红鞭痕。

"这个禽兽!"福尔摩斯喊道,"嘿,勒斯特拉德,你的白兰地酒呢!快将她扶到椅子上去!她因为被虐待和精疲力竭已经昏厥了。"

她又将眼睛睁开来。

"他安全了吗?他顺利逃脱了吗?"她问道。

"他是逃不掉的,斯泰普尔顿太太。"

"不,不是的,我不是问我的丈夫。我是问亨利爵士,他人在哪儿?他安全逃脱了吗?"

"逃脱了。"

"还有那头猎犬呢?"

"那头猎犬已经丧命了。"

她满意地发出一声长叹。

"谢天谢地！谢天谢地！天啊！那个混蛋！瞧瞧他是如何对我的！"她猛然将衣袖卷起，伸出手臂，见到她那手臂上满布伤痕，我们大为震惊。"可这还算不得什么——算不得什么！他虐待与侮辱的是我的灵魂与精神。要是他对我还有爱，那我还会心存希望，这种种的虐待、孤寂与欺骗我都可以忍受，可是我如今明白了，即便是在这一点上，我也只是被他所蒙骗、利用。"她一面喊着，一面大哭起来。

"你如今已经对他不存在任何好感了，太太，"福尔摩斯道，"那请你告诉我们可以去哪儿找到他人。要是你以前替他干过坏事，那你现在就来帮助我们，将功折罪。"

"他只有一个地方可以躲藏，"她回答道，"在格瑞盆大泥淖的中央小岛上有一座废旧的锡矿。他以前就是将猎犬偷偷养在了那儿，他还在那作了万全准备，以供藏身，他肯定是逃到那儿去了。"

雾墙仿佛白色的羊毛一般紧贴在窗户上，福尔摩斯举起灯照向窗户。

"瞧见了吧，"他道，"今天晚上谁都找不着往格瑞盆大泥淖的路。"

她拍着手大笑出声，眉眼跟牙齿都因为狂喜而闪着亮光。

"他或许能够找到进去的路，可永远也走不出来，"她喊道，"他在今天晚上这样的大雾下怎么会看得清那些指路的木棍路标呢？那些是我们两个人共同插的，用来指示穿过泥淖的小径。哎，倘若我今天都把它们都拔掉了该有多好，那样的话，他就只能听凭你们处置了！"

显而易见，在大雾散去之前，一切追踪都是白费功夫。那个时候，我们将勒斯特拉德留在那儿，掌控房子的大局，我跟福尔摩斯两人陪着亨利爵士一起回到巴斯克维尔庄园。斯泰普尔顿夫妻俩的事情没办法再瞒着他了，当他听到有关他爱慕的女人的真相时，他坚强地承受住了那个打击，但是，那天晚上的那场大冒险带给他的震撼已经损伤到了他的神经，他在日出之前因为发高烧而神志昏迷地躺在床上，莫缇默医生被请过来照顾他。他们两人下决心要在亨利爵士恢复健康来一次环球之旅，要知道，在成为这个不吉利的庄园的主人之前，亨利爵士曾是个那么身强体健的人。

很快，我们这段神奇的故事就要走向结局了。在这个故事当中，我尽可能地也让读者感受到那种恐怖的黑暗与朦胧的推想，这些都是长时间充斥在我们生活当中的事情，最终结局却是那么悲惨。巨型猎犬死后的第二天早上，大雾消散而去，在斯泰普尔顿太太的指引下，我们抵达了他们夫妻俩发现的可以穿过泥淖的那条小径的起点。看着这个女人带着我们去追踪她丈夫时所表现出来的热心与愉悦，不难想象她往日的生活是怎样的水深火热。到了由密实的煤泥炭土所构成的细长半岛后，我们让她站在那儿等我们。这块半岛如一个锥子一般刺进了宽广的泥淖水面。自这半岛的尽头开始，一根根木棍被插在地上，它们指示着小径的方向，这条小径蜿蜒曲折地绕过那些浮着绿沫的水塘与污秽沼泽间的茂密灯芯草。这丛丛堆堆的灯芯草将我们这些陌生人的去路遮挡得严严实实，繁密的芦苇与湿滑的水草散发出阵阵恶臭，浓厚的污浊之气扑面而来，我们多次不慎踩进颤动着的、没过大腿的污黑泥潭，我们走到几码之外，那泥潭还在周遭缓缓颤动着。在我们往前走的时候，那烂泥紧紧地扒着我们的脚后跟；在我们深陷泥潭的时候，仿佛有一只恶毒的黑手无情又坚定地使劲将我们往污秽泥潭的深处拖去。但是，我们一度发现了一些痕迹，有人在我们之前从那条危险的小径上走过。在一丛自烂泥中长出的白绵草中我们看到了一个黑咕隆咚的东西，福尔摩斯从小径离开去拿那个东西，可他一下子就陷进了泥潭污泥浊水直至腰部，若不是我们在旁边将他拖拉出来，那他再也没有办法踏上坚实的地面了。他将一只黑色的旧靴子举至半空，只见靴子里边的皮革上铭有"梅叶思·多伦多"几个字。

"这个泥浴洗得值，"他道，"这就是我们的好朋友亨利爵士在旅社丢失的那只黑靴子。"

"一定是斯泰普尔顿逃跑的时候将它丢到了那儿。"

"没错。他给那头猎犬嗅了这只靴子令它去跟随追踪后还拿着这只靴子，他知道自己的鬼把戏被拆穿了，之后，在逃跑时依旧还拿着这只靴子，他是在逃跑的路上将靴子扔到了这儿，也就是说，我们至少可以肯定他最起码是安然无恙地逃到了这个位置。"

虽然我们可以有各种各样的猜想，但再多的情况却是无从得知了。泥淖上根本看不到足迹，因为很快就会有泥淖漫上来将其覆盖，等我们终于趟过泥淖，踏上了更为坚实的地面时，我们都赶忙找寻起足迹来，但是，我们并没有发现存在任何足迹。要是地面没有撒谎，那只能说明斯泰普尔顿昨天晚上没有顺利抵达他挣扎着穿过重重浓雾想逃去避难的那座小岛。在这个格瑞盆大泥淖中间的某个位置，他被沼泽的污泥彻底吞噬，就此，这个心肠狠绝、冷酷无情的人被永久地埋葬了。

在那座他隐藏自己凶残同伙、泥潭环绕的小岛上，我们见到了他遗留下的诸多痕迹。庞大的轴轮与装满半桶垃圾的矿井桶，表明这确实是一个被废置不用的矿井。旁边遗留着一些危如累卵的矿工小屋，采矿工人们一定是因为周遭泥潭的恶臭而被熏跑了。在那些小屋中，有一间放有马蹄钉、长条铁链以及几根啃过的骨头，显然，那头猎犬之前就是被关在这里。在那屋子的颓垣断壁之间，还有一具黏着团毛发的骨架横陈在那儿。

"那是狗的骨架！"福尔摩斯道，"上帝啊，是一只长耳垂毛犬。倒霉的莫缇默医生再也没法见到他心爱的小狗了。天啊，我不清楚这儿还有什么秘密是我们未能探索出来的。虽然他能将猎犬藏起来，但是他没法将它的叫声也掩盖住，所以那些哪怕在大白天听到也会令人毛骨悚然的怪叫声才会传出去。碰到情况紧急的时候，他尽可以将猎犬关到米瑞比特宅院的杂屋，只是那样做终归有点冒风险，并且他只有在自己觉得万事准备就绪的最终时刻，他才敢那么干。那个锡铁罐里的糊状东西一定就是涂在猎犬身上的发光物质。显然，他会这么设计完全是受到那个关于家族地狱猎犬传说的启发，打算借此将查理斯公爵吓死。这也应该就是为什么那个倒霉的恶魔般的逃犯见到这么一只怪物腾跳着跑过黑暗的沼地追赶他时，他会跟我们的朋友亨利爵士那般大喊大叫着逃跑，即便是换成我们碰到那样的情况，应该也会是那样。这个奸计很狡猾，因为那样的话他不仅可以吓死受害人，还能让人不敢太过靠近去调查这样一只怪物，就跟沼地上那些农户一样，任凭谁看见了它，也不会敢去过于接近察看吧？华生，我在伦敦的时候就跟你说过了。我现在还要再说一次，我们还从未协助追捕过比在那儿躺着的那个还要危险的人呢。"——他伸出自己长长的手臂，用手指向那大片大片杂绿斑驳的泥淖，泥淖蜿蜒着朝远处延伸，直至与棕褐色的沼地坡道融为一体。

第十五章　案情回顾

　　在十一月底的一个寒冷多雾的晚上，我和福尔摩斯坐在贝克街公寓里的火炉旁。在完成德沃郡那件悲惨案件之后，他又办了两宗非常重要的案件。一件是揭发了与"无双俱乐部"纸牌舞弊案有关的阿波乌上校的罪行，另一件则是帮助蒙邦希耶太太洗清了谋害她丈夫前妻的女儿卡赖小姐的罪名，就是那个于案件发生的六个月后在纽约与人成婚的年轻貌美的小姐。我的朋友成功破获了一连串艰难的案件，所以心情极其好，也因此他跟我讲起了那宗极具神秘色彩的巴斯克维尔案的细节。这对于我来说是一个非常好的机会，因为他为了防止因为回忆过多的事造成思维混乱，一般不会把各个案件搅和在一起。为了尽量放松心情，亨利爵士正跟莫缇默医生在伦敦筹备着一次长途旅行。福尔摩斯先生也就是在那天下午，在他们二人一起过来看望我们的时候讲起了这个案件。

　　福尔摩斯说："事情站在斯泰普尔顿的角度来看，显然更容易解释。因为对我们来说，起初我们并不是很清楚事情的真相，也不知道他那些行为的出发点，所以觉得这件事情比较复杂。不过经过我与斯泰普尔顿太太的两次谈话，这个案子的情况也就基本明朗，不存在疑问了。我那本带索引的案件统计表中B字栏部分的摘记中就记录了这件事情。"

"你愿意把整个案件的大概脉络按照你的记忆谈一下吗？"

"哦，当然，我非常愿意，也许我不一定能够完完全全地把案件所有事情记起，因为思想过于集中会很奇妙地将以前那些记忆给掩盖掉。一个律师可以就他手头的案件与专家辩驳得头头是道，但是却会在法庭诉讼结束后的一两个星期之内就将其忘得一干二净。同样的道理，在我的脑海之中，后面的案件不断刷新着前面的案件，卡赖小姐的案件使得巴斯克维尔庄园的案件渐渐淡出我的脑海。或许，下一刻又会有新的案件令我渐渐忘记那位法国的美丽姑娘以及那罪恶的阿波乌上校的事情，但是，我倒很乐意尽我所能地把有关猎犬的案件讲述给你们听，假如有什么遗漏之处，请你们替我补充一下。"

"我的调查结果证实了巴斯克维尔庄园中那些画像的真实性，他确实是巴斯克维尔家族的后裔，是查理斯公爵的弟弟罗杰·巴斯克维尔的儿子。有传闻说，罗杰在声名狼藉的情况下远逃至南美洲，最终还没结婚就去世了，但事实上，他不仅结了婚还生了个儿子，他的这个儿子与其同名。之后，这个儿子与哥斯达黎加的贝丽儿·迦洛茜娅步入了婚姻的殿堂，但他某一次被发现偷取了大量的公款，因此，他们被迫改名为凡德勒尔出逃到了英国。由于他在路上偶然认识了一位患有肺病的教师，于是便利用这名教师的能力创出了一份事业，他于约克郡东部开办了一所小学。可惜的是，这名教师早早就死了，学校的境况也由此变得越来越差，于是，凡德勒尔夫妇无法再在那儿继续生存下去，于是又带着剩余的财产以及他对昆虫学的成就与希望，化名斯泰普尔顿潜逃至英国的南部。他在昆虫学界有着极大的权威，我自大英博物馆得知，有一种飞蛾便是以他的名字凡德勒尔命名的，因为那是他在约克郡居住的时候首先发现的。

"我下面要说的就他最令人感兴趣的那一段生活了。显而易见，他是在经过多方调查后证实，阻碍他获得那笔巨大财产的只有两个人。所以，我确信他在最开始的时候，计划得并不是很完善，但是他要自己的太太以妹妹的身份待在身边的时候，他显然是已经有预谋地想让自己的太太作为诱饵。为了把巨额财产弄到手，他甚至罔顾一切风险。首先，他将自己的家尽可能近地安置在了祖宅的周围；其次，他极其热切地去跟查理斯·巴斯克维尔公爵以及那些邻居们打好关系，培养友情。

"他——也就是斯泰普尔顿，我们往后都这么称呼他——从查理斯公爵口中知道了关于猎犬的传说，从莫缇默医生那儿了解了老公爵有一颗受到惊吓便会致死的脆弱心脏，还得知了公爵为人非常迷信，坚定不移地相信着家族的那个传说，这足够让他为公爵铺就出一条死亡之路。因此，他立马想到了这个既能杀死爵士，又查不到他是真正凶手的阴谋。"

"为了实现这个目标,他费尽心思地去设法执行那个阴谋。如果他只是个头脑简单的策划者,那他只需要找一条比较凶的猎犬就足够了,但是他却费尽心思地训练出了一条极其危险且聪明的猎犬。他自伦敦福莱姆街的贩狗商人罗斯与曼格斯那儿买来了一条最强壮、最凶恶的猎犬。乘坐火车将其带回家之后,为了防止别人注意到这条猎犬,他将猎犬藏到了穿过沼泽地后的格瑞盆泥淖,以等待机会伺机利用。一般人很难进入格瑞盆泥淖,他也是因为捕捉昆虫而熟悉了格瑞盆泥淖的进出小径,因此,猎犬藏在那儿绝对安全。

"但是好的机会迟迟没能等到,因为查理斯公爵晚上基本不出门,他也未能找到借口将其引出门,所以斯泰普尔顿跟他的猎犬多次埋伏在外面一直没有机会得手。在一次等待机会的时候,猎犬被一个农民看见了,于是便成了巴斯克维尔家族那个恶魔猎犬确实存在的又一力证。他原本寄希望于自己的太太能够配合他会,让查理斯公爵陷入情网,但他的太太竟出乎意料地不配合,她不愿意利用感情让查理斯公爵走向死亡,不管她丈夫怎么恐吓、甚至殴打,她都不愿意与丈夫同流合污。在那段时间里,斯泰普尔顿计划的实施几近陷入泥潭,没有丝毫进展。

"就在他一筹莫展的时候,老天将一个很好的机会摆在他面前。因为之前与邻居们的关系处得好,查理斯公爵对他很是信任,并交由他负责打理那笔慈善金,去帮助萝拉·赖昂思夫人那个可怜的女人。因为他对外的身份是一个单身汉,所以萝拉·赖昂思夫人受他的影响非常大。他承诺一旦她和她丈夫离婚,他马上就会与她结婚。但是他的计划出现了点意外,查理斯公爵在莫缇默医生的建议下准备离开庄园去伦敦,一旦查理斯公爵离开庄园,那他的阴谋也将随之搁浅。因此,他一边假装非常赞同他去伦敦,一边要求赖昂思夫人写信约那位老绅士在去伦敦的前一天晚上与她见个面。但到了约见的那天,他又找了个理由让赖昂思夫人别去赴约,于是,他便获得了这个他渴求已久的好机会。

"傍晚时分,他迫不及待地从特蕾溪谷坐车赶了回来,随后便立即去格瑞盆泥淖把猎犬牵回来,在其身上抹涂好发光涂料,再带着猎犬往查理斯公爵赴约的那道小门那儿赶去,他知道查理斯公爵一定在那里等着与赖昂思夫人见面。到了那儿,猎犬按照其主人的指示,越过小门就往那位老绅士扑过去。查理斯公爵只能顺着红豆杉夹道一路逃跑,边跑边呼救。由于天黑路暗,查理斯公爵在极其突然的情况下,看到一头黑乎乎又浑身发光的怪物在身后追赶,再加上他本来就有着严重的心脏病,因此,在极度的惊吓与恐惧之下,查理斯公爵最终在那昏暗的红豆杉夹道上倒地身亡。由于查理斯公爵是在夹道上跑,而猎犬却是一直跑在夹道旁的草地上,所以,夹道上除了人的脚印外没有其他任何痕迹。后来那头猎犬见查理斯公爵倒在了地上,便上前嗅了嗅,发现他已经成了气绝身亡的尸体之后便掉头跑出去了,这也是为什么后来莫缇默医生发现查理斯公爵的尸体旁不远处有爪印的原因。猎犬完成任务后就被及时送回了格瑞盆泥淖那儿去了。这个惨案发生后，官方发现无迹可寻，乡下的农户们也感觉匪夷所思，所以最终这件案子转到了我们手上，由我们开始调查。

"有关查理斯公爵的猝死我们就说到这儿吧。叙述到这里你们可能已经发现，这个人设计的阴谋手段与方法都是极其狡猾与高明的，我们根本没有证据控诉那个真正的凶手，而他那唯一的同伙——那头害死查理斯公爵的猎犬也永远不会出卖他。就这样，他那精心策划的阴谋最终得以完美地实现了。跟此案有关联的两个女人——他的太太与赖昂思夫人，她们俩其实都极度怀疑查理斯公爵的死与斯泰普尔顿有关。他太太知道他对查理斯公爵不怀好意，而且也知道他买了条猎犬；至于赖昂思夫人，她则是知道查理斯公爵丧命的时间地点恰好是她与公爵约定见面的时间地点，而这个约见除了她自己之外就只有斯泰普尔顿知道，所以她肯定会怀疑公爵的死与他有关。但是，怀疑是一回事，他自己本人对此一点都不担心，因为他知道她们俩的一切都在他的掌控之下。他满以为这次阴谋得逞后自己就可以拿到那笔巨额的遗产，但是事情根本没有按照他所预料的那样进行。

"因为财产的继承人还有一位。很快，他便从莫缇默医生的口中得知，那笔遗产还有一位远在加拿大的继承人亨利·巴斯克维尔，并且这位继承人马上就要到德沃郡来了。斯泰普尔顿那时已经被自己巨大的贪欲所控制，整个人完全失去了理性，他脑子里想的全是怎么得到那笔遗产，谁阻止他，他就要除掉谁，因此他计划在伦敦就把这个来自加拿大的继承人消灭。自从上回他太太不愿配合他谋害查理斯公爵之后，他就一直提防着这个女人，时刻谨防着她的背叛。所以，他时刻将自己的太太带在身边以便能更好地监视控制她，即便那次去伦敦也是如此，他是带着他的太太一同前往的。我调查过，他们曾住在赖文街美克司波区的一间旅馆里。事实上，那是我安排人搜集证据的其中一间旅馆，他的太太被他关在房间里没法出门，而他则乔装打扮戴上假胡须，跟踪莫缇默医生从贝克街、车站一路跟随到亨利爵士下榻的诺森伯兰旅社。他太太因为他经常性的家暴虐待而对他恐惧到了极点，所以，即使她知道她丈夫要对亨利爵士不利，也不敢给亨利爵士通风报信，因为一旦让他得知的话，她自己的性命就难保了——她知道他是什么事都能做得出来的。最后的结果我们都清楚了，她还是冒着一定的风险在报纸上剪下字来凑成我们所知道的那封示警信，伪装了笔迹填上亨利爵士的地址。这才有了那段亨利爵士收到一封警告他远离沼地的示警信的故事。

"为了达到自己的目的，他打算故技重施，利用那头猎犬来谋害亨利爵士，但是要用上猎犬的话，就不得不拿到亨利爵士随身的衣服或鞋子，因为猎犬需要靠气味来追踪他的猎物，所以他立刻运用他的聪明机智开始行动了。针对在旅社下榻的亨利爵士这个对象，要偷取他随身衣物的最好人选莫过于旅社的那些男女仆人了，他肯定直接贿赂了他们来帮自己达到目的。但是，仆人们并不知道他偷取随身衣物的用途，所以第一次偷给他的靴子竟然是一只崭新的皮靴，这对猎犬来说毫无意义，因此他又将其送回去，并偷了一只旧靴。从这件蹊跷的事情中，我们可以清楚地知道，我心里的那个猜测是对的，他正是想利用猎犬来实施他的阴谋，不然他不可能在偷取了亨利爵士的新靴子后又将其送回来，接着又去偷了他的一只旧靴。我们只要细心地观察推敲，就会发现那些蹊跷的事件背后总可以用科学的事实去解释。

"就在第二天早上，我们的朋友再次来到贝克街拜访，而那个时候斯泰普尔顿其实一直坐在后面的马车里跟踪着他们。他非常了解我们房子周边的情况以及我的相貌，从这一点来看，斯泰普尔顿的侦查能力非常强，他应该是个惯犯，也绝对不止犯了巴斯克维尔庄园案这一件案子那么简单。我调查了下，在过去的三年里，英国西部曾经总共发生过四次没有抓到罪犯的大型盗窃案，其中，最后那件发生在五月份富柯思通庭院的案件比较值得人注意，当时一位男仆惊动了那个蒙着面的独身盗贼，最终被那个盗贼残忍地枪杀了。我觉得斯泰普尔顿就是通过这样的方法补充着他那逐渐减少的资财，他由始至终都是一个相当危险的人物。

"那天早上，我们没能把他抓住，他在逃掉后反而对马车夫说自己叫夏洛克·福尔摩斯，那是多么大胆的行为，同时也再一次证明了他的机智。其实那个时候，他就知道这个案子已经由在伦敦的我们接手经办了。同时，他也很明白我们对他的意图已经知晓了，所以他再也不会有下手的机会，因此他干脆直接返回达特穆尔沼地，等着亨利爵士过去。"

"事情的来龙去脉你已经说过了，但其实有一点我并不是很明白，要是他去了伦敦，那他养的那只猎犬要怎么处理呢？"我问道。

"嗯，你说的这个问题我在开始的时候就注意到了，这其实也是我最初感到奇怪的地方，显然，它在整个案件中十分重要。后来经过调查得知，那个宅院的老男仆其实是斯泰普尔顿的心腹，我不知道他是否清楚斯泰普尔顿的计划。米瑞比特宅院里那个叫安东尼的老仆人，在斯泰普尔顿还是小学校长的时候就跟着他了，他很清楚地知道他们夫妇的真实关系，后来这个人从他们原来住的那栋乡下宅院里消失了。在英国，'安东尼'可不是个简单的姓氏，在所有讲西班牙语的国家以及那些讲西班牙语的美洲国家中，'安东尼'是个大姓。那个老头英语说得非常好，就是有点大舌头，这一点跟斯泰普尔顿太太很相像。并且，我曾亲眼看见这个老男仆沿着斯泰普尔顿标出来的那条小径走进了格瑞盆泥淖的深处。所以，当斯泰普尔顿在伦敦的时候，应该是由这个老人在照顾那头猎犬，尽管他或许压根儿就不知道他养的这条猎犬是用来杀人的。

"后来，斯泰普尔顿就带着他太太回到了德沃郡，随后，亨利爵士与你也跟着到了那儿。在这里我还想提一下我个人在那个时候发现的一些现象及看法。我不知道你是否还记得当时我检查那封警告信的时候，我非常仔细地检查了一下信纸。在那过程中，我在那信纸上闻到了一种类似迎春花的香味。你也知道，作为一个探案专家，他应该会从七十五种香水味道中准确地分辨出其中的每一种味道，并且在我以往的侦查经历中，就有不少案件是靠着辨别出香水的味道来迅速将其侦破。所以，信纸上的香味表明信纸是经过了一位女士之手的，我当时就怀疑到了斯泰普尔顿夫妇。正因为有了这个怀疑，我在到了西部乡下之后，最终确定了那条猎犬的存在，并且找到了罪犯。

"我采取的办法就是直接去监视斯泰普尔顿。由于他的警惕性太强，我不得不小心行事，假如我跟你一起去做调查的话，他肯定会提高自己的警惕性，那事情就干不成了，所以我就在每个人都以为我在伦敦的时候，瞒着你们所有人，一个人秘密地到沼地去调查了。在沼地，我基本没吃什么苦，我的主要任务是调查案件，所以我只需要保持好良好的精神与体力。只有要去做现场调查的时候，我才会去住沼地的小石头屋，其余时间我都待在特蕾溪谷。在沼地的那段时间，卡莱特也跟着我一起过去了，他扮成一个农村小孩帮我送去食物与干净衣服，那对我的调查起了相当大的作用。我自己在监视斯泰普尔顿的同时，还安排卡莱特随时关注你的动静，那样的话我手上的资料与线索就比较齐全了。

"你的报告之所以能够在最快的时间送到我手上，就是因为你的信件一寄到贝克街就立刻会被安排送到特蕾溪谷去。那篇记录有关斯泰普尔顿身世的报告恰好是真实发生的事，它给我的调查带来了极大的帮助。我确定了那对男女其实是夫妻关系，也知道了我该从哪些方面着手去做调查。之后，你的报告也进一步证实那个逃犯与巴利墨尔之间的关系，这使得这个案件的疑点得到了澄清，因为在此之前，虽然我也猜到了一些，但是毕竟没有相关证据证实。

"当我们在沼地碰面的时候，其实案件的相关疑点我都查证得差不多了，只是我还缺少可以直接呈到法官面前的确凿证据，就连那天晚上他计划谋害亨利爵士却意外地谋害了那个倒霉逃犯的事实，我们都没有直接证据可以证明他犯了杀人罪。因为他很聪明，没有留下任何不利于他的证据，照这样的话，如果想要证明他的罪行，就只有利用亨利爵士不受保护地单独外出来引诱他出手，之后再来当场人赃俱获。最终，我们冒险采用的这个方法使得斯泰普尔顿自投罗网，但是我们的委托人亨利爵士也受到了严重的惊吓。我们那时候以亨利爵士作为诱饵，令其置身于危险之中，如今想来真是后怕不已，因为有些事情谁都预料不到，我们想不到那猎犬会这么凶猛，也没想到会突然出现了大雾遮挡了我们的视线，好在亨利爵士并没有受到大的伤害。莫缇默医生说，只需要一次长途旅行就可以让我们那朋友不但恢复他那因惊吓而受损的神经，还能让他心灵上所受的伤害也得到弥补，他确实对斯泰普尔顿太太动了真情。于他而言，在整个案件中，她的欺骗或许是最令他伤心的事情。

"最后我们再来谈谈在整个案件中斯泰普尔顿太太的角色吧。首先，她的意愿是受到她丈夫左右的，可能是因为爱他，也有可能是因为怕他，再或许是二者都有一些，这应该更加符合常理。她完全听从了她丈夫要她假装是他妹妹而不是他太太的决定，但是在他要求她参与谋杀的时候，她选择了拒绝，这也说明了她丈夫对她的控制力并不是绝对的。

"只要不牵涉到她丈夫，她就决意去向亨利爵士示警，因为她之前就是那么做的。斯泰普尔顿心里还是有着很强烈的忌妒之心，这点在他看到他太太被亨利爵士求婚时的反应就不难看出，因为即使那是他所预料到的，可他还是会控制不住自己去出面阻止，这也说明长久以来，他的火爆性格是被他自己强行抑制而暂时掩盖了。为了能获得他渴盼的好机会，他经常利用情感诱使亨利爵士到米瑞比特宅院去做客，但是就在关键的那一天，他太太与他产生了矛盾。她知道那个逃犯已经误丢了性命，也知道在那天傍晚亨利爵士来吃晚饭的时候，宅院外边的杂屋里就关着那头猎犬。

"她丈夫的犯罪行为遭到了她的严厉指责，他愤怒极了，首次向她说出自己已另有新欢的事实。他看到她的眼中昔日的柔顺已经不复存在，取而代之的是深深的仇恨。他担心她会出卖他，会将他的计划告诉亨利爵士，于是他把她捆了起来。他只想让所有人都觉得亨利爵士是死于自己家族的厄运，顺利的话，他就能让他太太不得不接受现实，并继续帮他保守秘密。

"但是，他的算盘不管怎么说还是打错了，即便我们不去那里，他最终还是注定要失败的。面对这样的羞辱，一个拥有西班牙血统的女人怎么会那么轻易地就原谅他。啊，我亲爱的华生，要是不去看摘记的话，我实在是没办法再更加详细地给你讲述这宗奇特的案件了，我不知道自己是否还落下了什么问题没有对你解释清楚呢？"

"他不可能继续用他那头可怕的畜生吓死亨利爵士，就像他吓死查理斯公爵那样。"

"那只畜生只被喂了个半饱，又特别凶猛。就算它的形貌不足以将它追逐的对象吓死，也会让对方吓得彻底丧失了抵抗力。"

"毋庸置疑。好的，现在只剩最后一个不解之处了。那就是斯泰普尔顿会如何解释他有资格继承财产这件事呢？还有作为继承人，他又该怎么说明自己一直隐姓埋名地住在庄园附近呢？他要如何确保自己要求继承而不引来人们关注与调查呢？"

"对于你的这个不解之处，我恐怕没法给出答案了。我只调查过去与眼下的事，至于一个人以后会怎么做，那并不在我的调查范围之内。斯泰普尔顿太太曾说，自己的丈夫谈及这个问题时，曾经提起过以下三条途径：他可以让南美洲的当局者来证实他的身份，那样他就能不到英国来，直接在那儿就继承了全部的遗产；或者是先在伦敦住上一段时间巧妙地伪装好身份；再或者是找个带着能够证明他继承人身份的证明文件的同谋，那样的话他可能会失去一部分的收入。但以他的性格，他有的是办法去将这些问题解决掉。嘿，我的朋友，我们已经连着认真工作几个礼拜了，我觉得今天晚上我们应该放松一下，想一些让人快乐的事情，所以，我们晚上一起去听听歌剧吧，听说今晚是德·雷茨凯的专场演出，我已经订好了剧院包厢。请你赶紧准备好，我们三十分钟后出发，路上再顺便去马天尼饭店吃个晚饭，怎么样？"

全世界最受欢迎的
男侦探故事 下册

〔美〕雷蒙德·钱德勒◎等著　李曼◎编译

中国华侨出版社

目 录
CONTENTS

彼得·温西勋爵的故事

◆ 证言疑云

第一章	这是他精心策划的	709
第二章	一只有着绿色眼睛的猫	721
第三章	泥渍和血痕	734
第四章	他那很害怕的女儿	746
第五章	巴黎圣·奥诺雷街与和平街	754
第六章	固执的玛丽	761
第七章	俱乐部和子弹	767
第八章	记笔记的帕克先生	774
第九章	戈伊尔斯其人	777
第十章	艳阳之下没有秘密	785
第十一章	米利巴	792
第十二章	证明不在现场	802
第十三章	曼侬	811
第十四章	斧子利刃	816
第十五章	坍塌的审判席	826
第十六章	第二条线索	828
第十七章	哀伤的遗言	831
第十八章	辩护律师的辩词	834
第十九章	谁要回家	839

◆ 九曲丧钟

第一部　肯特高音大调变奏

　　第一章　旷野荒村　　　　　842
　　第二章　奏鸣编钟　　　　　853

第二部　古老神圣三重奏

　　第一章　教堂怪尸　　　　　865
　　第二章　谜一样的死因　　　874
　　第三章　温西勋爵查案　　　885
　　第四章　捆尸体的绳子　　　895
　　第五章　调查密信　　　　　903
　　第六章　越国界追踪　　　　913
　　第七章　钟塔的秘密　　　　921
　　第八章　藏在音符中的密码　929
　　第九章　要紧的线索不见了　938
　　第十章　教堂内的宝藏　　　944

第三部　斯特德曼变奏曲

　　第一章　快进部分　　　　　952
　　第二章　克兰顿开口了　　　955
　　第三章　威廉·索迪的故事　962
　　第四章　真凶是谁　　　　　966
　　第五章　事件重演　　　　　972

第四部　完整的肯特高音变奏大调

　　第一章　警报声响了　　　　978
　　第二章　洪水来了　　　　　981
　　第三章　谁是凶手　　　　　987

彼得·温西勋爵的故事

◆ 证言疑云 ◆

第一章 这是他精心策划的

哦，这事是谁干的？

——《奥赛罗》

  温西勋爵已经好久没这么舒服地睡觉了，莫里斯旅馆非常舒适，勋爵躺在被窝里，快活地伸了个懒腰，觉得一阵从没有过的舒适。能享受这一刻，还多亏了朱利安·弗里克先生。在侦破了"巴特西案件"之后，他就提议勋爵应该好好休一次假，不然，身体还真的有些吃不消了。以前，温西勋爵有个习惯，每天早晨如果看不到绿色公园，那是绝对不会吃早饭的。现在，温西突然觉得自己对这个习惯有些深恶痛绝了。

  想到这里，温西意识到自己作为一个三十三岁的男人，对于每天报纸的头版消息已经缺乏关注兴趣了。而在伦敦进行活动的犯罪分子，则都是些老练、奸诈又有经验的惯犯。

  几天前，温西和自己的好朋友告别，然后去科西嘉岛休假。他在这里已经待了三个多月。这些日子里，他做的所有事情都和阅读信件、报纸和电报有关。现在，他把这一切都抛开了，尽情地欣赏大自然的美，科西嘉岛的几乎每一座山头，都被他走遍了。而他也沉湎于此，研究本地人乐于世代仇杀的原因。

  在这样的状态下，谋杀不再是不可饶恕的罪行，而是非常可爱的事业。他的助手本特也受到了感染，不再如同生活在城里那样讲究，对于主人的衣着也不闻不问，也不督促主人刮胡子，还把他那用于采集指纹的相机转换了用途，专门去拍摄乡间美景。这样的日子的确让人觉得舒心。

  但是现在，好日子被中断了。温西勋爵等人在昨天急急忙忙地坐上一列看上去要散架的火车赶回了巴黎，连行李都拿回来了。当秋天早晨那温暖的阳光射进屋内，桌子上的一切饰物都被阳光镀上了一层金色。一阵轻轻的流水声响了起来，那是本特在预备洗澡水，一阵肥皂和浴盐的芳香气味在室内弥漫开来，温西想着待会儿要在浴盆里快活地放松身体，那种舒服劲让他感觉到一阵久违的喜悦。

  "生活中的一切都是充满了对比的。科西嘉——巴黎——伦敦……你好，本特。"

  温西的眼睛没有睁开，在那里嘟囔着谁也听不懂的话。

  "早上好，大人。今天天气不错，大人。我已经把您的洗澡水预备好了。"

  "谢谢。"彼得·温西说。因为阳光太刺眼，所以他还是闭着眼。

  温西泡在水里，快活极了。他有些奇怪自己竟然能在科西嘉那地方待这么久。现在，泡在浴盆里的感觉多么让人沉醉，使得温西不禁哼起了小曲。就在觉得自己快要睡过去的时候，本特端着咖啡和面包走了进来。温西这才觉得自己真的有些饿了。他连忙从水里站起来，把身体擦干净，又穿上了丝质浴袍，然后慢慢走出浴室。

走出浴室，温西就惊奇地看见本特已经把自己的衣物放回了原来的地方，而且更让他吃惊的是，昨天晚上已经打开的行李，又被重新捆上，还贴上了标签，放在了一旁，似乎是马上要出远门的样子。

"怎么了，本特？"勋爵说，"我不是跟你说了我们要在这里待半个月吗？"

"对不起，主人。"本特恭敬地回答，"您没看今天的《泰晤士报》吗？报纸刚刚送到这里，还是很及时的。这件事应该是安排好了——我相信，您会马上赶到里德斯戴尔。"

"里德斯戴尔！"温西惊呼，"我去那儿干吗？难道是我兄弟发生了什么意外吗？"

本特先生没有回答，只是把报纸递给他。那上面的头版新闻是：

里德斯戴尔审讯案
丹佛公爵因为涉嫌谋杀被警方逮捕

温西勋爵立刻被新闻吸引了，开始全神贯注地看了起来。

"我想您知道了会马上出发的，"本特说，"所以，我没经过您同意，就收拾了行李——"

温西勋爵揉了揉自己的头，让自己振作起来："最早的一趟火车是几点钟出发？"温西问道。

"对不起，大人，我还以为您会选择最快的交通工具，所以我就订了两张维多利亚航班的机票。十一点半起飞。"

温西勋爵看了看手表，刚刚十点："做得不错，本特。我的上帝，我可怜的杰拉尔德竟然会被逮捕，罪名还是因为谋杀，这简直不可思议。我可怜的兄弟。他总是讨厌我和警察打交道，可现在他自己却进了警察局。还有比这更糟糕的吗？彼得·温西勋爵将出现在证人席上，为他的哥哥担心，而丹佛公爵却成了被告。上帝啊！好吧，不管怎样，我还是要先吃早饭。"

"是的，大人。有关于审讯的消息，报纸上已经报道得很详细了。"

"好。你知道是谁负责这个案子的吗？"

"帕克先生。"

"帕克？不错，我可爱的老朋友。我非常想知道他的能力如何。本特，你知道现在调查进展到哪一步了吗？"

"请原谅，主人，我认为这次的调查取证会非常吸引人。其中有几点证据的暗示性是非常值得注意的。"

"从犯罪学的角度看，这个案件一定不同凡响，"温西勋爵一边说，一边坐下来喝那已经有些凉的咖啡，"但是，这竟然把我哥哥牵扯进去了，这事还真有点麻烦。"

"没错，"本特说，"主人，他们认为这个案件会和私人关系有很大的牵扯。"

开庭审讯在约克郡北区里德斯戴尔进行。

丹尼斯·卡斯卡特上尉的尸体是在星期四清晨三点被人发现的，地点在丹佛公爵的狩猎屋——里德斯戴尔小公馆——的花房门外。已经发现的证据表明，死者前一天晚上和嫌疑人丹佛公爵发生过激烈的争吵，随后有人听见从房屋附近的灌木丛中传出了枪声。在现场还发现了一支手枪，据查，这支手枪属于丹佛公爵。因此，丹佛公爵就被当作了嫌疑犯，以蓄意谋杀罪被起诉。玛丽·温西女士，丹佛公爵的妹妹，也是死者的未婚妻，在向警察录完口供后就病倒了，现在小公馆养病。丹佛公爵夫人也是昨天才从城里赶过来的，出席了审讯。详细报道已经刊登在本报第十二版上了。

"可怜的杰拉尔德！"彼得马上将报纸翻到第十二版，"可怜的玛丽！我对她是否真心喜欢那家伙一直是怀疑的。母亲常说这两人不可能在一起，但是玛丽也没有对任何人说过自己的想法是什么。"

这篇报道从对德斯戴尔小镇的介绍开始。丹佛公爵因为要参加马上开始的狩猎季节的活动，就在那里租了一幢房子，以做狩猎之需。当惨案发生时，公爵正和自己的一些朋友在一起聚会。因为公爵夫人当时不在，所以聚会的女主人就由玛丽·温西女士充当。宾客中有陆军上校马奇班克斯及其夫人，尊敬的弗雷德里克·阿巴斯诺特先生，佩蒂格鲁·罗宾逊先生及其夫人，以及死者丹尼斯·卡斯卡特。

第一个发现死者的是丹佛公爵，他声称，十月十四日星期四，早上三点他才从外面回来，走到花园门口时，感觉脚好像被什么东西绊了一下。他马上打开电灯，发现丹尼斯·卡斯卡特趴在地上。他马上将卡斯卡特的身体翻过来，看到死者的胸部中了枪，而且他当时已经死了。正当丹佛要对死者进行全面检查时，就听见花园里传来了一声惨叫。他抬头一看，自己的妹妹丽·温西女士从花园里跑了出来，还大声地叫着："哦，我的上帝呀，杰拉尔德，你杀了他！"（庭上一阵喧闹）

法官："您对于玛丽·温西女士的说法有什么要说的吗？"

丹佛公爵："我对于整件事情都觉得很震惊。我想我在第一时间就告诉她'不要看，玛丽'。她说：'哦，是丹尼斯，是怎么回事？他出什么事了？'我又让她去叫其他人来帮我，我自己则与尸体待在一起。"

法官："你是否预计到玛丽·温西女士会出现在花房中？"

丹佛公爵："我已经说过了，我对整个事情都感到吃惊，也很奇怪，对发生这样的事，我也觉得不可思议。"

法官："你还记得她当时出现在你面前时穿着什么吗？"

丹佛公爵："我想她当时没有穿睡衣。"（众人笑）"她应该是穿着她的外套。"

法官："玛丽·温西女士马上要和死者结婚了，对吧？"

丹佛公爵："是的。"

法官："你对死者很了解吗？"

丹佛公爵："我们上辈人的交情很好，他的父母已经故去。我知道他一般在国外生活。战争期间我们曾经偶然相遇过。一九一九年，他从国外回到了丹佛，并定居了下来。今年年初与我妹妹订了婚，要结婚了。"

法官："你反对这桩婚事吗？你的家人同意这桩婚事吗？"

丹佛公爵："我不反对，我们都赞同。"

法官："卡斯卡特上尉是个什么样的人？"

丹佛公爵："嗯——他为人正派。对于他在一九一四年之前都做过什么我不是很了解。他父亲是个富翁，我想他现在的生活来源就是银行利息。他喜欢射击，擅长玩牌，就是这些。以前我听到的都是关于他的好话，但在昨天晚上我对他却有了不同的看法。"

法官："昨晚出了什么事？"

丹佛公爵："呃——事实就是——应该说听起来简直不可思议。他——如果不是汤米·弗里伯恩对我说这件事，我是不会相信的。"（骚动声）

法官："我恐怕要打断你了，先生，请回答你到底发现了什么？"

丹佛公爵："我的一个老朋友向我暗示了一件和他有关的事，我当时认为这可能是一个小误会，说清楚了就好了。于是，我就去问卡斯卡特。但是让我感到惊奇的是，他居然说那件事是真的！结果我们两人都没有控制住自己的情绪，后来他骂了一句'见鬼去吧'，就气冲冲地走了。"

法官："你们是什么时候开始吵架的？"

丹佛公爵："我记得是星期三晚上，那是我最后一次和他见面。"（很大的骚动声）

法官："肃静，肃静！请你把那天发生的事情详细地描述一遍。"

丹佛公爵："那天白天，我们去了沼泽地，并在那里逗留了很久，晚饭也是在那里吃的。我记得我们吃饭的时间也很早。快到九点半时，我们都有些疲倦了，然后准备上床睡觉。我妹妹和佩蒂格鲁·罗宾逊夫人都已经撑不住了，而我们还在台球室较量，这时，我的仆人弗莱明拿着一些信件来找我。因为我们的房子离村子比较远，所以这些信件来得有些晚。哦，不对，当时我是在猎枪室，不是在台球室。这信是我一个多年未见的老朋友——汤米·弗里伯恩——写来的，当初我们也是在一所大房子里认识的。"

法官："那是谁的房子呢？"

丹佛公爵："哦，是牛津的一间天主教堂。他在信上说，他看到了我妹妹要结婚的通告，是在埃及看到的。"

法官："埃及？"

丹佛公爵："是的，汤米·弗里伯恩在埃及看到的，这就是以前他很少给我写信的原因。他的职业是工程师，是在战后离开英国去的埃及，在尼罗河上游的一个地方居住。那里比较落后，他很少看报纸，所以他对我说让我原谅他可能会把我引入到一桩麻烦事中，然后他问我对卡斯卡特了解多少，他说他在战争时期曾在巴黎和卡斯卡特见过面，那时卡斯卡特就在巴黎赌场以出老千为生——他说他愿意以自己的名誉担保他说的是真话，同时，他还详细地告诉我他曾经在巴黎和卡斯卡特发生争吵的细节。他还说他本不应该管这件事，但看了我妹妹要结婚的报道后，觉得有责任告诉我这件事。"

法官："你对这封信的内容感到吃惊吗？"

丹佛公爵："开始的时候我是不信的，如果这不是汤米写的，我会把这信扔进火堆里。但老实说，我也不知道该怎么办才好。您知道，这种事在伦敦是不可能发生的。也许法国人认为这不算什么事，但英国人还是有些古板。而写信的人是弗里伯恩，他可是正人君子，不会把事情弄错的。"

法官："那最后你是怎么处理的呢？"

丹佛公爵："我看了那封信，越看越觉得生气，但是，我忍住了没把信毁掉，我觉得最好还是亲自去问问卡斯卡特。当我还在想怎么了结这件事时，我的客人们都回来了。所以，我就去敲卡斯卡特的门。他说了'有事吗？'也可能是'见鬼，什么人这么晚还来？'，反正我也不记得了，就是这样的话吧，然后我进了他的房间，对他说：'有空吗？我能和你聊聊吗？'他说：'好吧，你就有话直说，别绕圈子。'这话让我很吃惊，他这个人平常是很讲礼节的，如此粗暴，还是第一次。'好吧，'我说，'刚才我收到了一封信，这信的内容和你有关，不是什么好事。我认为最好还是让你知道，让我们一起把事情搞清楚。这是我大学的一个好朋友写来的，他是个正直的人。他告诉我，他在巴黎见过你。''巴黎！'他有些生气地吼道，'巴黎！见鬼，这么晚了，你是来跟我谈我在巴黎的事？''嗯，'我说，'请你说话客气些，不然，很容易让人产生误会。''你到底想知道什么？'卡斯卡特说，'你不要兜圈子了。看在上帝的份儿上，想说什么就说吧，完了我们好快点去睡觉。'我说：'好吧，我就直说了。给我写信的朋友，也就是弗里伯恩，他说他在巴黎认识你，你当时的职业不怎么光彩，是在赌场出老千。'我以为他听了会暴跳如雷，但没想到他轻描淡写地说，'这怎么了？不行吗？''怎么了？'我说，'当然，如果没有过硬的证据，我也不会因为一封信而相信你是干那一行的。'没想到他却笑了起来，然后说：'看来，你对你的朋友也不是十分了解哟。''你的意思是他说对了？'我说。'我干嘛要否认？'他说，'我们马上是亲戚了。你应该有承受能力来接受这个事实。'然后，他突然像疯子一样，跳起来吼道：'我才不在乎你怎么想这事，现在，我就想你赶快出去，让我一个人安静会儿！''听着，'我说，'你应该冷静一点，我没说我完全相信这事是真的，或许，这里面有一点误会。但不管怎样，你马上要和我妹妹结婚了，所以，为了对她负责，我有责任对这件事的真假进行调查。你觉得我做的对吗？'卡斯卡特说：'哦，如果你只是为这件事担心的话，那么完全没有必要了，已经都结束了。'我说：'什么意思？'他说：'我们的婚约。''结束了？'我说，'不会吧？昨天我还在和她商议结婚典礼的事。'他说：'那时我还没有跟她说。''该死的，好！'我说，'你把自己当成什么人了？你来这儿的目的就是抛弃她吗？'我在当时说了很多话，但最后一句是：'你给我滚，你这个无赖，马上给我离开这儿。''我现在就可以走。'他说着就把我推开，然后飞快地跑下楼，把门用力甩上，就头也不回地离开了。"

  法官："然后呢？你又做了什么？"

  丹佛公爵："我连忙回到我自己的卧室。那里有一扇朝着花房的窗户，我在那里向他喊，让他别做个傻瓜。因为外面正下着雨，而且还很冷。但是，他没有听我的话。所以我就吩咐仆人别锁门，说不定他气消了就会回来。"

  法官："你对卡斯卡特的这种行为是怎么看的？"

  丹佛公爵："不好说，当时我也觉得奇怪，我想他肯定事先知道这封信会出现，知道在我面前他隐藏不住了。"

  法官："这件事你跟其他人说过吗？"

  丹佛公爵："没有，毕竟，这不是什么值得夸耀的事。而且，我想过，就是要和别人说，也应该等到天亮。"

  法官："你的意思是你没有采取什么补救行动，是吗？"

  丹佛公爵："是的。当时我在气头上，也不想再见到他。但没过多久，我就有些后悔了。毕竟，天气很冷，他只穿了件晚宴上穿的小礼服。"

  法官："后来呢？你就上床睡觉了？也没见过他？"

  丹佛公爵："是的，一直到凌晨三点，我出门踢到了他的尸体。"

  法官："明白了。我想问一下，为什么你会那么早出门呢？"

  丹佛公爵（犹豫了一下）："我——我睡不着，所以想出去走走。"

  法官："在凌晨三点吗？"

  丹佛公爵："没错。"忽然停了下来，"想必你也知道，当时我妻子不在那里。"（法庭后面有哄笑声和窃窃私语声）

  法官："肃静！肃静！你的意思是，在十月份的晚上，外面还下着雨，而你却想到外面去散步？"

  丹佛公爵："是的，就是随便走走。"（众人哄笑）

  法官："你是在什么时间离开卧室的？"

  丹佛公爵："哦——哦——两点半吧。我想应该是这个时间。"

法官："你是从哪条路出去的？"

丹佛公爵："花房门那条路。"

法官："你出去的时候，那里还没有尸体，对吧？"

丹佛公爵："是的，没有。"

法官："或者有，但你没有发现？"

丹佛公爵："哦，上帝，是这样的！我肯定是从尸体上跨过去了。"

法官："你都去了哪些地方？"

丹佛公爵（含含糊糊）："没确定的地方，就是到处走走。"

法官："你听到枪声了吗？"

丹佛公爵摇摇头："没有听见。"

法官："你去的地方离花房门口和灌木丛很远吗？"

丹佛公爵："是的，可能是我走得太远了，所以我没有听到什么枪声，但肯定响了一枪。"

法官："有四分之一英里那么远吗？"

丹佛公爵："我想——我不确定，但应该有那么远。"

法官："是不是比四分之一英里还要远？"

丹佛公爵："可能吧？因为天气很冷，所以我走得很快。"

法官："你是往什么方向走的？"

丹佛公爵（看上去在犹豫）："我先走到房子的后面，朝着草地保龄球场那里走去。"

法官："草地保龄球场？"

丹佛公爵（显得很坚定）："没错。"

法官："但是如果你走了有四分之一英里远的话，那么你应该已经走过了草地吧？"

丹佛公爵："我——哦，是的——应该是这样的。是的，我已经快到沼泽地了。"

法官："你还留着弗里伯恩写的那封信吗？能拿出来看一下吗？"

丹佛公爵："哦，没问题，如果我可以找到的话。我想当时我是把信放在口袋里了。但在警察局的时候，我却找不到它了。"

法官："这么说，你是把它撕毁了？"

丹佛公爵："没有——我记得是放在——哦，"——这时证人看起来有些慌乱，而且脸也红了——"我想起来了，是的，它是被我毁掉了。"

法官："真是不幸！你为什么要那样做呢？"

丹佛公爵："我想起来了。我原来是想保留的，但后来觉得还是毁掉会好一些。"

法官："那信封呢？还在吗？"

证人摇头。

法官："这么说，你没办法向陪审团证明你确实收到过那封信？"

丹佛公爵："没错，如果弗莱明记得，就可以证明了。"

法官："啊，没错！我们会询问的。谢谢，先生。现在请传玛丽·温西女士。"

这位贵族小姐就是死者还没过门的妻子，至少在十月十四日这个悲惨的日子之前，她的身份还是死者的未婚妻。法庭上响起了一阵同情的咕哝声。她看上去很瘦弱，也没什么力气，原来玫瑰色的双颊，已经变得非常灰暗，看上去她依然没有从悲伤中走出来，她穿着黑色的衣服，声音非常低，也很含糊，有时都听不清她在说些什么。

法官对证人的不幸表示了同情，然后问道："你和死者订婚多长时间了？"

证人："八个月。"

法官："你第一次是在哪里遇到他的？"

证人："在伦敦，就在我嫂子家里。"

法官："时间呢？"

证人："我想应该是在去年六月份吧。"

法官："你对你们的婚事感到满意吗？"

证人："是的，我很满意。"

法官："那么，你对卡斯卡特上尉一定很了解了，他跟你说过他以前的生活吗？"

证人："没说多少。我们对于过去的事都没什么兴趣，我们谈论得比较多的话题是我们都感兴趣的事。"

法官："你们谈得很投机吗？"

证人："是的。"

法官："你从来都没觉得卡斯卡特有什么反常的地方吗？"

证人："没有。但是过去几天总觉得他好像很焦虑。"

法官："他跟你说起过他在巴黎干的事吗？"

证人："他跟我说过在巴黎的一些消遣活动，他对巴黎很熟悉，今年二月我也和几个朋友去过巴黎，小住了一段时间。他也在巴黎，还带着我们到处转了转。当时，我们才刚刚订婚。"

法官："他和你说过他在巴黎当老千的事吗？"

证人："不记得了。"

法官："说到订婚，你们订过婚前财产协议吗？"

证人："没有，我们还没有确定什么时候结婚。"

法官："他看起来很有钱吗？"

证人："我想是的。对这个问题我没怎么想过。"

法官："你有听过他抱怨钱不够花吗？"

证人："这是人之常情，不是吗？"

法官："他看上去是个很乐观的人吗？"

证人："他有些情绪化，很难琢磨。"

法官："你应该已经知道你哥哥说的和死者解除婚约的事吧。你有什么想法？"

证人："这是件大事。"

法官："那么你的意见呢？"

证人："完全没有。"

法官："你们因为这件事吵架了吗？"

证人："没有。"

法官："星期三晚上，你跟死者谈过你们要结婚的事吧？"

证人："是——是的，谈过。"

法官："请原谅，这个问题我必须问，虽然会惹起你的悲伤。你觉得他有没有可能会自杀？"

证人："哦，我从来没有这么想过——哦，我也不知道——我想应该会吧。这样就可以说清楚这件事了，对吗？"

法官："现在，玛丽小姐，请你节哀。请你仔细地想想，然后告诉我们星期三晚上和星期四早上你听到过什么以及还看到过什么，好吗？"

证人："九点半之后，我和马奇班克斯夫人，还有佩蒂格鲁·罗宾逊夫人觉得很累了，就离开了那些还在玩的男士们，准备上床睡觉。我向丹尼斯说了告别的话，他看起来和平常没什么异常。邮差送信的时候我也没看见，我回到了自己的房间，我的房间在整幢房子的后面。大约在十点的时候，我听到佩蒂格鲁·罗宾逊先生回到了他的房间。佩蒂格鲁·罗宾逊先生住在我的隔壁。其余的人也都进了自己的房间。我没有听到哥哥上楼。大约在十点一刻的时候，我听到在走廊里有两个人在大声说话，然后听到一个人跑下了楼，还听到一声摔门声，随后又响起了一阵脚步声，最后我听到了哥哥关门的声音。然后我就睡着了。"

法官："你没有问他们为什么吵架？"

证人（冷淡地）："我以为是一些不起眼的小事。"

法官："后来呢？发生了什么？"

证人："我是在三点钟的时候醒来的。"

法官："是什么让你醒来的？"

证人："我听到了枪声。"

法官："那枪声之前呢？你是睡着的还是清醒的？"

证人："当时我有些迷糊，但是我确信我听到了枪声。我爬起来仔细地听了一会儿，几分钟后才跑下楼，去看看出了什么事情。"

法官："你为什么不让其他人跟你一起呢？"

证人（轻蔑地）："我自己就不能吗？我想那也许个偷猎者，而且在这个时间把大家吵醒，也不太好。"

法官："枪声是从房子哪边传来的？"

证人："这个很难说，我也不清楚是从哪儿传来的，但声音非常大。"

法官："是在房子里或者花房里吗？"

证人："不，是在外面。"

法官："然后你就跑下了楼？小姐，我很佩服你的勇气。"

证人："不是立刻。我还是迟了几分钟，我要穿鞋、穿外套，还要戴上帽子。大约听到枪声后五分钟，我才离开我的房间，然后下楼，跑过台球室，到了花房。"

法官："为什么要这么走？"

证人："因为这样走可以不用去拉前门或者后门的门闩。"

这时，一份里德斯戴尔小公馆的平面设计图被放在了陪审团面前。这是一幢宽敞的两层小楼房，样式没什么特别的。房子的房主是沃尔特·蒙塔古，现在他把房子租借给了丹佛公爵。蒙塔古先生现在也在法庭上。

证人（继续）："我跑到花房门口，看见有一个人正在俯身翻看着什么。当他抬起头时，我才看清楚是我哥哥。"

法官："在你看清楚是谁之前，你认为那会是什么人？"

证人："我不知道——因为事情很突然。我想还可能是个小偷。"

法官："你哥哥告诉我们，当你发现他的时候喊了出来：'哦，我的上帝呀，杰拉尔德，你杀了他！'你能说说你这样喊的理由吗？"

证人（脸色苍白）："我想我哥哥以为是小偷来偷东西，所以就开了枪——是的，当时我是这样认为的。"

法官："你知道公爵有一支左轮手枪吗？"

证人："哦，是的——我想他有。"

法官："那么你后来又做了什么？"

证人："我哥哥让我去找人。我就到阿巴斯诺特先生和佩蒂格鲁·罗宾逊夫妇那里去了。然后我忽然感到有些头晕，就连忙回到卧室去闻嗅盐。"

法官："你一直是一个人吗？"

证人："是的。当时每个人都在跑、在喊，到处乱糟糟的，我忍受不了——我——"

这时，证人的声音虽然很轻，但情绪却突然崩溃了，法官只好让人把她扶走。

下一名证人是公爵的仆人詹姆斯·弗莱明。他说他是在星期三晚上大约九点四十五分的时候，把收到的三四封信交给了在猎枪室的公爵，但不记得是不是有从埃及来的信，他不集邮，也不认得邮票。但他有收集手稿的爱好。

接下来，轮到弗雷德里克·阿巴斯诺特先生提供证词。他说他和其他人一样，都是在快十点的时候回房睡觉的。不久之后，他就听到丹佛一个人上楼的声音——他无法说明确定的时间，因为他当时正在刷牙。（众人笑）。随后他听到在隔壁房间和走廊里有人在高声说话，然后听到有人往楼下跑。他探头看了看，见到丹佛在走廊里，他还问发生了什么事，怎么这么吵？公爵虽然回答了，但声音很小，他也没听清楚说了什么。丹佛返回卧室，朝外喊了："不要做个傻子！"看起来，他似乎非常生气。但是弗雷德里克对丹佛比较了解，知道常有人惹他生气，所以，他也没在意。而他也不怎么熟悉卡斯卡特——没发现他有什么不好的地方——不，他确实不怎么喜欢卡斯卡特，但也说不出他有什么不对。至于卡斯卡特玩牌时出老千，他也没听说过。当然，他在玩牌时也会关注是否有人出老千——这样的事情发生，没人会喜欢。他曾经在蒙特的一个俱乐部玩纸牌游戏中，对这样的事很关心——但是没发现什么破绽。他也没有发现卡斯卡特和玛丽小姐之间有什么不对劲的地方。总之，他不是一个细心的人。那天晚上，他什么都没看见，就上床睡觉了。

法官："在这之后你有听到什么很特别的声音吗？"

弗雷德里克回答："没有，直到可怜的玛丽来到我们门前敲门。我们当时还没有睡醒，下楼后，看到丹佛正在给卡斯卡特的头部进行清洗。你知道，我们觉得他脸上的泥浆和沙子太多了，还是洗掉为好。"

法官："那枪声呢？你也没有听到？"

弗雷德里克说："没有，我睡得很沉。"

陆军上校马奇班克斯及其夫人睡在书房——应该说是吸烟室的房间更恰当——的楼上。他们俩都肯定谈话发生在十一点半。上校上床之后，马奇班克斯夫人还写了几封信。他们也听到了外面的吵闹声和某人的奔跑声，但是也觉得没什么。这在聚会成员间是很平常的事。最后上校说："亲爱的，我们还是睡觉吧，已经十一点半了，明天我们要早点起来，要不然你会手忙脚乱的。"因为马奇班克斯夫人对运动很狂热，而且她的枪支总是随身带着。夫人回答道："好。"上校说："现在肯定只有你一个人还在熬夜，其他人都睡了。"夫人回答道："不，公爵还醒着呢，我听见他还在书房里转悠。"上校仔细听了一会儿，觉得夫人说的没错。他们没有听到公爵上楼，后来也没听到什么声音。

佩蒂格鲁·罗宾逊先生对出庭作证有些抵触。他和他夫人在十点就睡觉了，但也听到了公爵和卡斯卡特在吵架。佩蒂格鲁·罗宾逊先生担心会出事，便打开了门，正好听到公爵在喊："如果你胆敢跟我妹妹再说一句话，我就把你身上的每一根骨头都拆了！"可能还有别的难听的话。然后卡斯卡特就往楼下跑了。公爵气得脸通红，但他没有看到佩蒂格鲁·罗宾逊先生，只是跟阿巴斯诺特先生简单地说了几句，就回房间了。罗宾逊先生跑出来对阿巴斯诺特先生说："我说，阿巴斯诺特——"而阿巴斯诺特当没有理他，就很生气地关上了门。然后他来到公爵的房门前，说："我说，丹佛——"公爵出来也没理睬他，就朝楼梯走了过去。然后就听到公爵吩咐弗莱明别锁花房的门，因为卡斯卡特出去了，说不定会回来。等公爵返回的时候，佩蒂格鲁·罗宾逊先生抓住他，想问问发生了什么事，但公爵没说话，就回房间了。后来，在十一点半，他听到公爵走出了屋子，在走廊里走来走去。他也不知道有没有人下楼。浴室和厕所都在靠近他们房子的走廊尽头，如果有人进出这两个房间，是不会瞒过他的。他也没听到有人回到房间的脚步声。入睡之前，罗宾逊先生听到旅行表报时，是十二点。对于是不是公爵房间的门，他也很肯定，因为那铰链的声响很特别。

佩蒂格鲁·罗宾逊夫人也证明她丈夫的证言是真的。夫人在午夜之前入睡了，而且睡得很沉。她属于那种上半夜睡得很沉，但是到了凌晨就会清醒的人。夫人对那天晚上的骚乱很生气，因为让她难以入眠。事实上，她在十点半就睡着了，但一个小时之后佩蒂格鲁·罗宾逊先生把她推醒，说外面有脚步声。然后，她又睡了两个小时。但是两点之后她又睡不着了，之后再没有睡着，直到玛丽来敲门。她说她确定没有听到什么枪声。她房间的窗户和玛丽小姐房间的窗户是挨着的，和花房正对。她习惯开窗睡觉。针对法官提出的问题，佩蒂格鲁·罗宾逊夫人说她对于玛丽·温西女士和死者之间存在着真爱是很不看好的，他们也不是很亲热，但这是当今的一个趋势，而且，她也没听说过两人之间闹什么不愉快。

莉迪亚·卡斯卡特小姐在外地，接到法庭传唤后才赶来。她说了一些和死者有关的情况，她是上尉的姑姑，是他目前唯一的亲人。自从他继承了他父亲的遗产之后，两人就很少见面了。他待在巴黎，和一些朋友在一起，而她也不认识他的那些朋友。

"我与我哥哥的感情不好，"卡斯卡特小姐说，"而且卡斯卡特一直在国外接受教育，我很担心丹尼斯会认同法国的生活方式。我哥哥去世之后，丹尼斯去了剑桥。在他成年之前，我是遗嘱执行人和丹尼斯的监护人。不知为什么，我哥哥活着的时候对我不怎么在乎，好像没我这个妹妹，但临死时却想起了我，让我承担这么大的责任，但我也没有拒绝。我也很欢迎丹尼斯来我家，但他一般不来我这儿，而是和朋友在一起。我不认识他的任何一个朋友，也不记得他们的名字。丹尼斯二十一岁的时候，一万英镑的遗产就归他支配，作为遗嘱执行人，我也得到了一部分，我把它转换为英国有效证券了。我不知道丹尼斯用这笔钱做了什么。但我听说他是靠在赌场出老千行骗为生，我也不觉得奇怪。我曾听说他在巴黎所认识的人都不是什么好人。我也没见过他们，巴黎我也没去过。"

接下来，就是猎场看守人约翰·哈德罗被传唤出场作证。他和他妻子住在一个小棚子里，这个棚子就在里德斯戴尔公馆里面。整个猎场20英亩的地域都被一圈粗壮的木栅栏围着，一到晚上，大门上锁。哈德罗向法庭表示那天晚上十二点差十分的时候，他肯定听到了枪声，好像是从棚屋附近传来的。屋后是耕地禁猎区，面积大概是10英亩。因为以前常有偷猎者闯进来，所以，听到枪声，他就拿着猎枪去看情况，但什么也没发现。他回到屋子里时，是夜里一点。

法官："那你昨天晚上开了枪吗？"

证人："没有。"
法官："在这之后你干了什么？出去过吗？"
证人："没有。"
法官："还听到其他的枪声吗？"
证人："没有。后来我就睡觉了，一直到被要出门请医生的司机吵醒，那时大概是三点——是三点一刻。"
法官："在棚屋附近开枪很常见吗？"
证人："不错。偷猎者都是从禁猎区那边过来的，也就是朝着沼泽地的方向。"

索普医生对死者做过检查，他住在斯泰普利镇，距里德斯戴尔有十四英里。里德斯戴尔没有什么医务人员。司机是在早上三点四十五分来找医生，医生马上就跟他走了，到达里德斯戴尔是四点半。医生进行检查后，认为死者已经死亡三四个小时了。整个肺部都被子弹打穿，过多的失血和窒息是死亡的直接原因。他还确认死者并不是立刻死亡的——有可能挣扎了一段时间。医生对尸体进行了检查，发现子弹向肋骨方向有一个明显的偏斜，但对于枪伤是死者自己造成的还是有人在近距离对死者开枪造成的，医生也没有办法确认，现场也找不到打斗的痕迹。

巡官克雷克斯是与索普医生乘坐同一辆车赶到现场的，他见到死者的尸体时，死者是背朝下仰卧在花房门口，还被布盖着。天亮之后，巡官克雷克斯对现场进行了仔细的检查。发现沿着小路到花房有血迹，很显然，这是拖动尸体留下的痕迹。小路是通向大路的主路。和大路会合的地方都是灌木丛，灌木丛沿着路两旁一直通向大门和猎场看守人的棚屋。血迹一直延伸到灌木丛中的那片空地，应该是在从大门通向房子的半路上。在那里，巡官还发现了许多血迹，还捡到了一条沾满血迹的手绢，一支左轮手枪。手绢上有D.C.签名，左轮手枪是美国式小手枪，找不到值得注意的标记。巡官来的时候，发现花房的门是开着的，在屋里还找到了花房的钥匙。

巡官见到死者的时候，死者的小礼服和便鞋都穿得好好的，没有戴帽子，外套也没有，浑身都湿了。衣服上有很多血迹，而且还有很多泥渍，那是在地上被多次拖拽的缘故，看上去凌乱不堪。口袋里的物品是一个雪茄烟盒，一把袖珍小刀。死者的房间也被检查了，但找不到有价值的东西。

法庭再一次传唤丹佛公爵。
法官："阁下，你以前看见过死者有一支左轮手枪吗？"
公爵："没有，我记得只在战争中见过。"
法官："他是否携带着一支呢？"
公爵："我不知道。"
法官："我想大概你不知道谁有这支枪吧？"
公爵（十分吃惊）："这不是我的那支枪吗？我一直放在书房的桌子的抽屉里，你怎么会有这支枪？"（骚乱声）
法官："你肯定吗？"
公爵："我肯定。前几天我还在书桌里看到过它，当时我在找一些玛丽的照片，好让卡特斯特看看。我记得我当时还告诉他这支枪已经生锈了。枪上有锈迹。"
法官："枪里装有子弹吗？"
公爵："装子弹？上帝，没有！我不明白这枪怎么会在你手里。我记得我是在八月份准备去打猎之前找到这把枪的，是从一堆旧的军用器材中找到的，不过往往把它和一堆子弹放在一起。"

法官："抽屉锁着吗？"

公爵："是的。但我常把钥匙插在锁眼里，我妻子说我太马虎了。"

法官："还有什么人知道这支左轮手枪放的位置吗？"

公爵："我想我的仆人弗莱明知道，其余的我就不知道了。"

苏格兰场的侦探帕克到达现场时已经是星期五了，目前为止，并没有对案件进行详细的调查。查看了某些迹象，他认为：除了现场这些人，或许还有其他什么人也来到这里。但没有确实的证据，他还是决定先不说。

法官开始按照时间顺序对证据进行重组。大约在十点或者更晚一些，死者与丹佛公爵之间开始争吵，然后死者就离开了屋子，从此再没回来。佩蒂格鲁·罗宾逊先生证明公爵在晚上十一点半下楼了。马奇班克斯上校听到书房里有脚步声，那是有人在走动，这个房间是放左轮手枪的地方。公爵则说他直到凌晨两点半，都在卧室里待着。陪审团对这两种矛盾的说法必须选出一种，对于晚上的枪声，描述也不一样。猎场看守人枪响的时间是十二点差十分，他认为开枪的人是偷猎者。也就是说，偷猎者也许真的出现在那里。另一方面，玛丽女士说听到枪声是在早晨三点多钟，这个说法与医生认定的死者死亡的时间对不上。同时，他们也记得医生说过死者不是立即死亡的。如果这个证言是可靠的，那么死者的死亡时间是半夜十二点左右，也就是说，应该是看守人听到的那声枪声才是杀死死者的枪声。如果事情是那样的话，玛丽·温西女士听到的那声枪声就需要一个合理的解释了。当然，如果是偷猎者所为，就说得过去了。

接下来的重点就是死者的尸体，丹佛公爵是在三点发现死者的，当时是在小花房门口，与那口被盖住的井的距离很近。这儿看起来很正常，因为医生已经证实死者中枪的位置是在距离房子大约七分钟路程远的灌木丛，随后才被人拖到花房门口。死者的死因是肺部中枪，只是陪审团无法断定开枪的人是死者自己还是别的什么人，如果是后者，又是为什么？是意外还是蓄意谋杀？如果是自杀，就应该对死者的性格和他当时所处的境况进行考虑。死者很年轻，而且不缺钱。还有军职，有朋友。丹佛公爵对他印象不错，而且他马上就要结婚，尽管这些还有待调查，但是也说明此时死者没有自杀的理由。公爵说死者在星期三晚上宣称不打算结婚了，但是如果就因为这自杀，也不和未婚妻说明原因，甚至都不留下纸条，很难让人相信。还有，陪审团对公爵谴责死者的事情也要进行研究。死者被指责是个骗子。在这样的社会环境中，被人认为是骗子是一件很可耻的事情。这件事或许会让一个年轻人因此而悲观厌世，甚至自杀也很有可能。但真的会这样吗？死者接受的是法国式的教育，法国在许多方面和英国都不一样，法官在法国待过，他可以作证说在法国不会发生这样的事，但不幸的是那封至关重要的信已经看不到了。另外，他们也要弄清楚自杀的人是不是都习惯于向自己的头部开枪？还有，死者的枪是哪儿来的？最后，必须要考虑的是，如果真是自杀的话，死者的尸体又是怎么被人移到花房门口的？而且，这个人这样做的目的是什么呢？他费了如此大的力气，冒着危险去干这费力不讨好的事，怎么就想不到叫醒屋子里的人来帮忙？

如果不是自杀，那么还可能是：意外事故、过失杀人、蓄意谋杀。如果是第一种，那么死者或者其他什么人在那天晚上拿出了丹佛公爵的左轮手枪查看、擦拭、射击，或者只是握着把玩，但是手枪却因为走火而误杀了死者。如果是这样的话，那么这个人是谁？又是谁把尸体拖到门口的呢？

法官对过失杀人的情况也进行了考虑。他对陪审团说：一句侮辱性的或者是威胁性的话，都可以是杀人的借口,但是冲突的发生必须没有预谋,而是突然发生的。例如,公爵跟着死者出来,劝说死者先回屋睡觉,但是死者没有理会公爵,还对公爵进行了攻击,这可能存在吗?如果是这样,公爵拿枪因为自卫而杀死了死者就是过失杀人。但是,需要弄明白的是公爵为什么要拿着枪出去追死者?而且这个假设也不符合公爵在法庭上的证词。

最后,陪审团要考虑证明这是蓄意谋杀是否有足够的证据。他们要考虑是什么人具有谋杀动机、谋杀手段以及谋杀时机,要能合理地解释这个人的谋杀行为。如果真的存在着这样的人,那么他的行为就应该是遮遮掩掩,或者会故意隐瞒相关的证据,或者——法官尤其重点论述,并盯着公爵的头部提醒说——会伪造其他证据而把人引入歧途。如果所有证据能够充分证明某个当事人已经犯罪,陪审团就可以裁定当事人犯有谋杀罪。说到这里,法官又强调说:要考虑到是不是有其他人协助凶手,或者是凶手只是想把尸体扔到花房旁的井里——就是巡官克雷克斯所说离死者很近的那口井。如果陪审团认定死者是被谋杀的,但是又没有证据指控现场的每一个人,他们可以认定存在着另一个凶手;如果有充分的理由可以证实现场的任何一个人犯有谋杀罪,那么在法律面前人人平等,犯罪的人就会受到制裁。

因为摆在陪审团面前的证据很明确,所以陪审团的判决就是:杰拉尔德——丹佛公爵蓄意谋杀罪成立。

第二章 一只有着绿色眼睛的猫

这里有一条猎犬,它将灵敏的鼻子贴在地面上嗅闻、搜寻。

——《酒、狗、酒》

对于早餐,不同的人有不同的看法,有的人认为一天中最好的一顿饭就是早餐,有的人则把早餐看作是最糟糕的一顿饭;而一周所有的早餐中,星期日的早餐就应该排在最糟糕中的第一位了。

在里德斯戴尔的早餐餐桌前,已经聚集了一堆人。但看他们的面部表情,那些甜蜜的茶点肯定不是他们最喜欢的品种。餐桌前唯一看起来不那么在乎的就是弗雷德里克·阿巴斯诺特,一位受人尊敬的先生,他坐在那里,也不说话,只是在那里将熏鲱鱼的骨刺都挑出来。这条餐桌上的鱼,则意味着这个家庭应该是混乱不堪了。

丹佛公爵夫人有个让人不自在的习惯,那就是亲自给人倒咖啡,这会让一些拖拉的人觉得自己太懒了。这个身形修长、举止优雅的女人,对自己的头发打理得一点都不马虎,对于照顾孩子也很尽心,虽然没什么人见过她发脾气,但她总是会让人感到她的愤怒。

陆军上校马奇班克斯和他的夫人坐在一起。他们俩模样很普通,但相处得很好。马奇班克斯夫人很随和,但在公爵夫人面前有些不自在,因为她难以掩饰她的伤心。如果你替一个人感到伤心,那么说"可怜的人儿"或者"可怜的家伙"就很贴切,但对称呼公爵夫人为"可怜的人儿",就不那么恰当,而且也难以表达真实的同情,这使得马奇班克斯夫人有些紧张。而上校则是既窘迫又愤怒——关于窘迫,是因为屋子主人被捕的时候,自己却不知道应该说些什么来打破尴尬；愤怒就像是受伤的动物做出的反应，因为这样糟糕的事情已经破坏了来这里狩猎的心情。

佩蒂格鲁·罗宾逊夫人脾气要直一些，或者说已经有些难以压制住自己的怒气了。她的座右铭是"做什么都要诚实"，而且从少女时代起，这就是自己的行事准则了，她认为在错误的事情上花费精力是完全错误的行为。即使到了中年，她对报纸新闻头条都懒得去看，例如"克里科伍一学校老师遭受攻击"、"酗酒，死于一品脱烈酒"、"花七十五英镑就可以获得一吻"、"她叫他老公"这样的新闻她几乎是完全无视的。她很后悔自己在公爵夫人不在的情况下和丈夫一起来到了里德斯戴尔。她对玛丽小姐也没有好印象，觉得这样的现代女性让人讨厌。另外，玛丽小姐战争期间还曾经与布尔什维克主义者有过接触，对于上流社会来说，这是绝对不可接受的。佩蒂格鲁·罗宾逊夫人对丹尼斯·卡斯卡特上尉也不关心，对外表英俊潇洒的年轻人她也有些讨厌。当然，因为佩蒂格鲁·罗宾逊先生的缘故，佩蒂格鲁夫人也只能陪着丈夫一起来，但是，她对于被牵扯到这不幸的事情还是感到恼火。

佩蒂格鲁·罗宾逊先生也有理由生气。因为那个该死的苏格兰场侦探对于他想帮忙查看房子和地上脚印的建议完全置之不理。佩蒂格鲁·罗宾逊先生可不是外行，他曾经是郡级地方法官。现在，他的建议不受重视，而且拒绝他的这个人的个头还没他高，竟然还命令他离开花房。要知道，当时他正在依据玛丽的说法推理整个事情的过程。

这种愤怒和尴尬的气氛，对于淡化悲伤氛围反而有帮助，尤其是还有一个侦探在场。侦探年纪不大，穿着一件斜纹软呢西服，和莫伯斯律师坐在一起，吃着咖喱饭。侦探是星期五来的，与巡官克雷克斯表达了自己不同的意见。这场审讯已经停止了，如果这场审讯是公开进行的，那么公爵就可能不会拘留了。他非正式地把这群不幸的人都扣在了这里，因为他要对每一个人都审问一遍，所以这些人要在一起度过这个星期日了。自然，他不是受欢迎的人，大家也不想见到他。最后的结果就是他被赶去和看守人在一起睡觉，但可以来这里吃早饭。

莫伯斯先生年纪比较大，肠胃也不好。他是星期四晚上来的。他认为审讯过程有不当之处，他的委托人也没有进行合作。他想找到伊佩·比格斯先生，但花了很长时间都没有找到，而且也没有什么口信。莫伯斯先生正费劲地吃着不那么容易消化的烤面包，侦探很同情他，就把黄油递给了他，这让莫伯斯先生对他的好感又加深了。

"有谁愿意去教堂吗？"公爵夫人问。

"我和西奥多会去。"佩蒂格鲁·罗宾逊夫人说，"如果不麻烦，我们就步行吧，反正也不是很远。"

"大约有两英里半。"马奇班克斯上校说。

佩蒂格鲁·罗宾逊先生抬起头，充满感激地看着他。

"当然坐车也很方便，"公爵夫人说，"我会去的。"

"你自己吗？"弗雷迪先生问，"不介意有人盯着你？"

"是的，弗雷迪，这有什么问题吗？"公爵夫人问。

"哦，"弗雷迪先生说，"我是说，这里是社会党人和卫理公会派教徒的天下，他们可是……"

"如果他们是卫理公会派教徒，教堂里就看不见他们了。"佩蒂鲁格·罗宾逊夫人说。

"为什么？"弗雷迪先生反驳道，"我可以肯定，为了看热闹，他们肯定会去的，葬礼对他们来说就是一个庆典。"

"当然，"佩蒂鲁格·罗宾逊夫人说，"我们每个人都要对这事负责，尤其在今天这样的一个日子，太缺乏管束了。"

她看了一眼弗雷迪先生。

"哦，罗宾逊夫人，你倒不用说我。"这个年轻人温和地说，"我的意思是，如果有什么人让部分事情变得不如意的话，那不是我有意为之。"

"什么人想责怪你，弗雷迪？"公爵夫人问。

"没有，我只是随口说说而已。"弗雷迪先生说。

"莫伯斯先生，您是什么意思？"夫人问道。

"我想，"律师小心地搅拌着咖啡，"您的想法很好，这对您的声誉没坏处，亲爱的夫人，但是阿巴斯诺特先生所考虑到的事情也没有错——呃——不愉快地围观对您确实不利。呢——我自己是的天主教徒，但是我不认为我们的信仰会逼迫我们在这个敏感时刻到教堂去做祈祷。"

帕克先生想起了墨尔本勋爵说过的一句格言。

"但是，"马奇班克斯夫人说，"海伦已经说了，这有什么可担心的吗？我们大家没做什么见不得人的事情，这里一定有误会，既然如此，那我们为什么不敢去教堂呢？"

"不要这样说，不要这样说，亲爱的。"上校热心地说，"我们当然会去的，我的意思是我们就这样大方地进去，然后在布道之前出来。这样不是很好吗？这也是表明了我们的态度，我们是不会相信丹佛先生会做出这样的事来的。"

"亲爱的，你忘啦，"他妻子回答道，"我要在家里陪着玛丽，这是我答应过的，这个可怜的孩子。"

"对，对——我怎么把这事给忘了，她现在还好吗？"

"可怜的孩子，她昨天晚上就没怎么去睡，"公爵夫人说，"或许早上能躺下一会儿，这件事对她的打击实在是太大了。"

"说不定也是件好事呢。"佩蒂格鲁·罗宾逊夫人说。

"亲爱的！"她丈夫急切地打断了她。

"伊佩先生什么时候来信呢？"马奇班克斯上校觉得这话题不能再谈下去了。

"是啊，"莫伯斯先生嘟囔着，"我还盼望他在这事能帮丹佛大忙呢。"

"当然，"佩蒂格鲁·罗宾逊夫人说，"他应该来澄清——为了大家着想。他要说出当初他在外面干了些什么？如果不说，那么他肯定有什么难言之隐。对不对？侦探都是这样的。"

"他们干的就是费力不讨好的事。"帕克先生突然插了一句。因为他一直都没怎么说话，这一开口，把大家吓了一跳。

"哦，"马奇班克斯先生说，"我希望你应该认识到说这话是不恰当的。不然，真正的罪犯说不定会来找麻烦的。"

"不一定，"帕克先生说，"但是会想办法抓住真正的罪犯的，"他咧嘴一笑，继续说道，"在这件事情上，我想我能得到有用的帮助的。"

"谁会帮助你？"佩蒂格鲁·罗宾逊夫人问。

"她的那位亲戚，就是小叔子。"

"彼得？"公爵夫人说，"帕克先生该不会是在说笑话吧？"她又加了一句。

"不，当然不是。"帕克先生说，"温西如果不是过于喜欢清闲的话，会是英国最好的侦探之一，但我们常常不知道在哪儿能找到他。"

"我已经给阿雅克修发了电报——放在局里，等着他去取，"莫伯斯先生说，"至于他什么时候去取，就不知道了。他也没说他什么时候会回到英国。"

"这个奇怪的家伙，"弗雷迪直率地说，"但是，他不应该不管这事吧？我的意思是，如果老丹佛有了什么意外，你看，他是这个家的当家人，我没说错吧？"

这段话之后就没什么人说话了，直到响起了一阵手杖点击地面的咔嗒声。

"我想，这应该是彼得回来了。"公爵夫人说。

门被轻快地打开了。

"大家早上好啊，"进来的人轻松地喊道，"大家好吗？你好，海伦！上校，你去年九月欠我的两先令六便士还没还我呢。早上好，马奇班克斯夫人！早上好，佩蒂格鲁·罗宾逊夫人！哦，莫伯斯先生，这种天气您怎么看？是不是糟糕透顶？弗雷迪，就别起来了，让你费心是我最不愿意看到的事啦。帕克，老家伙，我最信赖的老家伙，你总算是来了啊！总是对大家负责，解决麻烦，就像万金油。我说，你们都吃好了吗？我本来是想早点来的，但我有睡懒觉的习惯，怎么也改不了，所以，本特看我睡得好，也不敢叫醒我。我原来的计划是昨天夜里就来见你们的，因为我们凌晨两点就到了，但是我想这个时间吵醒你们，你们肯定会生气的。呃，你说什么，上校？从法国飞往英国的维多利亚航班——从伦敦东北部到诺萨勒顿——余下这段路真是把我折腾苦了，而且轮胎也破了。'贵族之家'的床铺真该扔掉。我想我要是能幸运地吃到早餐的最后一根香肠就好了。什么？没有香肠？这是怎么回事？这可是传统的英国家庭，怎么能没有香肠？而且还是周末。上帝保佑，这个世界真是变化快，呃，上校？我说，海伦，杰拉尔德在做什么？什么？他是自己一个人待着？你就不怕他搞出什么恶作剧？呃，大家怎么了？咖喱？哦，谢谢！老家伙。大方点嘛。要知道，我可是不歇气地往这里赶，都没怎么休息。弗雷迪，把面包递给我。请原谅，马奇班克斯夫人？哦，是的，我去了科西嘉岛，那里真是让人着迷——年轻小伙子腰带中都别着短刀，都是黑眼睛，还有让人兴奋的漂亮小姑娘。每到一个地方，老本特通常都会对旅店老板的女儿表示爱慕，你知道，他是个感情非常脆弱的人。你们都不知道，对吧？啊，老天，我要吃点东西了。我说，海伦，我原来打算给你在巴黎弄些中国绉纱衣服的，但是帕克说事情太紧急了，我们就只好马上收拾好东西，赶紧回来了。"

佩蒂格鲁·罗宾逊夫人站了起来。

"西奥多，"她说，"我想是去教堂的时候了，我们去准备吧。"

"我去准备车。"公爵夫人说，"彼得，见到你非常高兴。你走的时候不声不响，让我们都不知道怎么办好。现在你回来就好了，需要什么，就直接吩咐仆人吧。我们要忙自己的事了。"

"哦，没关系，你忙去吧。"温西勋爵愉快地说，"我可以自己去看他，我知道这事不怎么光彩，而且家丑也不可外扬，一个人去看他就没什么顾虑了。可怜的波莉，她没什么事吧？"

"她今天不方便见任何人。"公爵夫人果断地说。

"我可不会去打扰她，"彼得说，"让她自己安静地休息吧。今天我和帕克有许多事情要完成，他要给我看那些证据，包括那些带有血迹的脚印——很好，海伦，那不是誓言，就是一些说明问题的形容词。我希望这些证据还保留着，是不是，老家伙？"

"当然还留着。"帕克说，"大部分都在花盆下面。"

"好了。现在我要吃饱肚子了。请把面包和果酱递给我。"温西勋爵说，"然后把你知道的事情都告诉我吧。"

去教堂的那一伙人连忙相互帮助着离开了餐桌。马奇班克斯夫人先上楼去告诉玛丽彼得已经回来了。上校率先点燃了一支大雪茄。弗雷迪站起来，伸了个懒腰，又来到炉边坐在一把皮革椅子上，还悠闲地把脚搁在铜制火炉围栏上。帕克则站起来去给自己倒了一杯咖啡。

"我想报纸上的报道你已经看了吧？"他说。

"哦，当然看了，尤其是关于审讯的那一段。"温西勋爵说，"请原谅，我必须直言了，这件事办得可不怎么好。"

"你说的很对，"莫伯斯先生说，"的确有伤自尊。法官的行为也不合理，他的结论下得太草率了。陪审团的人都是些无知的乡巴佬，你能期望得到什么呢？如果我要是早在这里的话，说不定——"

"恐怕我也难逃干系，温西。"帕克有些后悔地说，"克雷克斯也对我非常不满。斯泰普利的负责人没有经过他就向我们这边汇报了。我一接到消息，就立刻要求来这里工作，因为我想如果这里面真的有什么困难或者误会，你知道，你肯定会希望处理这件事能干净利落一点。我当时正在调查伪造罪案，所以要进行一些安排，事情真是太多了，所以晚上我一忙完，就往这里赶。而到星期五我来到这里的时候，克雷克斯和法官已经交换过对案情的看法了，他们在那天早上就已经把这案子给决定了——实在是荒唐——而且他们的证据也太过于儿戏了。我只来得及对地面进行查看——很遗憾，因为克雷克斯以及他手下那帮无赖缺乏经验，现场已经被他们完全破坏了——而且没有任何可能给陪审团提供有效的证据。"

"听起来真是让人振奋，"温西说，"我知道这不是你的错。另外，这不过是让这游戏更刺激而已。"

"事实上，"弗雷迪先生说，"尊敬的法官也不欢迎我们来这里，倒是那些轻浮的贵族和放荡的法国人很受青睐。我说，彼得，我对你没有看到莉迪亚·卡斯卡特女士感到遗憾，你肯定会喜欢上她的。她已经带着她侄子的尸体回到戈尔德斯格林了。"

"哦，那么，"温西说，"关于尸体方面有什么可疑的地方吗？"

"没有，"帕克说，"法医的检查结果说明没什么可疑的地方。他的死因就是被子弹击中肺部，流血过多而死。"

"但是，我要提醒你，"弗雷迪先生说，"卡斯卡特可不是什么自杀。我之所以没有在法庭上说出来，是不想让丹佛在受盘问时更混乱，但是，你知道，那一套让他心烦意乱、怒火中烧的说法，都是胡编乱造的。"

"为什么这么说？你是怎么知道的？"彼得问道。

"嗨，我当然知道，亲爱的，我和卡斯卡特是一起上的楼。当时我心情不好，有点烦。因为股票大跌，早上打猎也一无所获，而且与上校赌厨房里的猫有几个脚趾头我也没赢，所以我跟卡斯卡特说这世界真是太无趣了，或者说了和这差不多的话。'不，可不是这样，'他说，'相反，这世界还真是太美好了。我明天要跟玛丽商量结婚的事，然后我们就到巴黎，去那里定居，在那里，人们对性更理解。'我们又说了别的话，然后他才吹着口哨离开。"

帕克的样子给人很严肃的感觉。马奇班克斯上校咳嗽了一声。

"啊，啊，"他说，"我们对像卡斯卡特这样的人都不怎么了解，完全不清楚。他是在法国长大的，你知道，和我们这样正直坦率的英国人完全不一样，情绪不定，有时高兴，有时悲伤，可怜的年轻人。啊，啊，彼得，我们非常希望你和帕克赶快把这事弄清楚。我们不能让可怜的丹佛不明不白地关在监狱里。你知道，那地方不是人待的，可怜的家伙，这真是太不幸了。好吧，我希望你们能快点开始工作，呃，帕克先生？我说，弗雷迪，把球挪过去一点儿行不行"

"你是对的，"弗雷迪先生说，"不过，上校，要是打赌的话，你又会输给我了。"

"不对，不对。"经验老到的上校看上去兴致勃勃，"你玩得还不赖。"

莫伯斯先生退了出去，温西和帕克相互看着，也不知道该怎么办才好。

"彼得，"侦探说，"我也不知道我来这里是对还是错。如果你认为——"

"听着，老兄，"他的朋友非常诚恳地说，"我们现在不要想别的，拿出我们以前办案的合作劲头来。如果到最后真的出现了我们不想出现的事，我也希望有你主持，而不是别的不相干的人。这个案件和别的案件不同，我也会用我全部的力量来完成这个案件的调查工作。"

"如果你确信你必须这样做的话——"

"亲爱的，如果我发现你没参与这项工作，我还会让人请你来参与。现在，我们不说这些了，开始办事吧。当然，这应该是建立在可怜的杰拉尔德不是谋杀案的主角的基础上的。"

"我敢肯定他不是谋杀案的主角。"帕克表示赞同。

"不，不，"温西说，"你的方向应该是全方位的，对这个结论不应该下得如此轻率——没有什么是不可能的。你的任务是怀疑我所得出的一切结论，不要让我得意忘形。"

"这是我擅长的，没什么问题。你打算怎么开始？"

彼得仔细思考了一会儿。"我想就从卡斯卡特的房间开始，先去那儿看看。"

卡斯卡特的卧室不大也不小，整个房间只有一扇窗户，从窗前可以看到庄园的前门。右手边就是床。梳妆台靠着窗户旁。壁炉放在左手边，在壁炉前放着一张扶手椅，房间里还放着一张很小的写字台。

"这里的东西都保持着原样，"帕克说，"克雷克斯在当警察方面，只有这一点是合格的。"

"是的，"温西勋爵说，"我很满意。杰拉尔德说当他指责卡斯卡特是无赖的时候，卡斯卡特暴跳起来，差点就把桌子给掀翻了，应该说的就是这个写字台，那么，当时卡斯卡特就是坐在扶手椅上的。是的，他是——他把它用力往后推，地毯也被椅子弄皱了。你看！到目前为止，还没有出现什么差错。现在的问题是，他为什么要坐在椅子上呢？看书吗？不可能，因为这里没书，而且，我们知道他离开房间后就再也没有回来了。很好。那他就是在写什么吧？不，吸墨纸上也看不出写过什么，是干净的——"

"为什么他不能用铅笔写呢？"帕克提示说。

"正确，真是一件煞风景的事，或许就像你说的那样。那么，当杰拉尔德进来的时候，他正把那张纸放进自己的口袋里，所以我们在这里找不到它。但是他也没有放进口袋里，因为检查尸体时，没有发现什么纸，所以他当时并没有在写什么东西。"

"除非他把纸放在什么地方了，"帕克说，"这里我们还没有全部搜查过。你知道，按照正常的推断——如果我们都认为哈德罗十一点五十听到的枪声就是案发现场的那一声，那么就有一个半小时的时间不知道死者在哪里。"

"很好。我们现在还无法证明当时他是不是在写什么，呃，接下来——"

温西勋爵在坐下来之前，拿出了一个放大镜，对着椅子的扶手仔细地看了起来。

"没什么值得看的东西。"他说，"我们继续吧。卡斯卡特坐在我现在坐着的地方，他不知道在干什么，他——你确定这个房间都保持着原样？"

"确定。"

"那么，烟也没有抽了。"

"这可能不好说吧？有可能是丹佛进来的时候，他刚要把烟头扔进壁炉里面也说不准。"

"不会，"彼得说，"如果他真的抽烟，我们可以找到一些痕迹——地板上或者壁炉上都会留下证据的，起码，烟灰会落在那上面。但是雪茄——啊，我想，说不定他是在抽雪茄呢，如果抽雪茄，就没有什么痕迹留下了。我希望他没有抽这玩意儿。"

"为什么？"

"因为，我希望杰拉尔德没有在法庭上说假话。一个满怀心事的人是不会坐下来在睡觉前享受雪茄烟的美妙的，而且还把烟灰都清除干净了；另一方面，如果弗雷迪说的没错的话，卡斯卡特那天对生活的态度是积极的，那么这正是他一定要做的事情。"

"实际上，你认为阿巴斯诺特先生没有说出实话吗？"帕克沉思着说，"我倒不是这样想的。作伪证的人的想象力必须丰富，而且还要心怀恶意，我认为他这两方面都不具备。"

"我知道，"温西勋爵说，"弗雷迪这人我也知根知底，他很善良，走路都怕踩死蚂蚁，另外，他在编故事方面也缺乏想象力。但是让我感到奇怪的是，杰拉尔德在这方面的能力也很弱，那么发生在他和卡斯卡特之间的戏剧故事他也应该是编不出来的，你不觉得他的这个故事都够在艾德菲剧院上演了吗？"

"另一方面，"帕克说，"如果我们假设凶手真的是他的话，那么，编这个精彩的故事就有动机了。你明白我的话吗？人在危急时刻，大脑都会很清醒，而且从他的故事里可以发现情节不合逻辑，这不正说明他在这方面不在行吗？"

"是的，哦，上帝。看来，我现在所发现的一切证据都被否定了。不过，也没什么，虽然我失败了，但我还没认输。我们继续，卡斯卡特是坐在这里——"

"你哥哥也是这样说的。"

"真应该让你下地狱，是我说他坐在这里。至少，在这里应该有什么人坐过，它留给人的印象就是好像有什么人在这个垫子上坐过。"

"那有可能是那天早些时候发生过的事。"

"不可能，他们一整天都没在屋里。那个撒都该教派的动作你不要做得太夸张就收起来吧，别那么夸张。我说卡斯卡特就坐在这里，还有——喂！喂！"

他身体前倾，眼睛仔细地看着壁炉。

"这是什么？是一些烧焦的纸，查尔斯。"

"我知道。昨天我看到这些东西也觉得非常惊喜，但是后来在其他几个房间里也看到了同样的东西。白天当所有的人都离开这里到外面的时候，他们会把卧室壁炉里的火全都熄灭，在晚饭之前一小时又会把火都点燃。这里只有厨师、女仆和弗莱明留了下来，你知道要操持这么大的一场聚会，必须有很多人来服务的。"

温西勋爵把那些烧焦的纸片小心地捡了起来。

"我找不到反驳你的话的证据，"他失望地说，"而且这些早报的碎片也说明了你是对的。接下来，我们只能假设卡斯卡特当时就是坐在这里，大概在想着什么。但是，恐怕这样对外面的继续调查没有什么帮助。"他站起来走向梳妆台。

"这些玳瑁装饰很对我的胃口，"他说，"这个香味是'夜之吻'——你不闻闻？这东西对我来说很新鲜，我要让本特对此关注一下。这是一个非常漂亮的修甲器，我没说错吧？你知道，我这人就是喜欢把一切都弄干净，但是卡斯卡特比我还过分，太讲究了一点。可怜的家伙！我想戈尔德斯格林会是他最后的归宿了。你知道，我和他只见过一两次面，他给我的印象好像是个万事通。当我知道玛丽对他充满了爱慕时，我几乎不敢相信。你看，我们之间相差五岁。当开始打仗的时候，她离开学校跑到了巴黎，也不知道躲在哪里，而我是参军去了，后来她回来在医护和社会方面做了许多事情，我和她也很少见面。那时候，她对于建立一个新世界非常有兴趣，对我爱理不理。我想那时候她和一些伪和平主义者搅到了一起。然后，我病了，你大概也知道，我和芭芭拉分开了，是被她抛弃了，从此，我对介入别人的爱情麻烦一点都不感兴趣，哪怕是我妹妹。后来我又把时间花在阿滕伯里珠宝案里——结果我和自己的妹妹完全疏远了。对她也一点都不了解了。但是，看起来她喜欢的男人的类型应该是和以前不一样了。母亲跟我说过卡斯卡特很有风度，我想这意味着他很能吸引一些女人。男人与女人的眼光有很大的区别，没有一个男人能看出另外一个男人能有多大的魅力，但是母亲是没有说错的的。这个家伙留下了什么账单、票据吗？"

"几乎没留下什么有价值的东西。"帕克回答道，"有一本考克斯银行查令十字街支行的支票簿，但全都是空白的，一点用处也没有。很显然，他办理的是小额活期账户，这样，在英国就能方便使用了，在旅馆住宿和裁缝支付费用都很方便。"

"银行存折呢？"

"我想他把主要票据都放在巴黎了。他在靠近河边的某个地方还有一套公寓，我们已经和法国当地警察局联系上了。他们查到他在奥尔巴尼有个房间，我已经告诉他们先把那间房封存起来，直到我到达那里。我想明天我得先回城。"

"是的，你的判断没错。那么，你找到了他的钱包吗？"

"有，给你，里面有一些各种面额的纸币，也不多，加起来有三十英镑。还有一个葡萄酒商人的名片以及一张购买马裤的账单。"

"没找到信件吗？"

"没有。"

"是啊，"温西说，"我明白像他这样的人是不会把信件保留下来的——这是他的本能，想保护自己。"

"没错，我问过他的仆人以前收到过什么信件没有？他的仆人说经常收到信件，但是他总是把信件小心地收好。他们也不知道他给什么人写过信，因为所有寄出去的信都是他亲自放进邮包里——而邮包是不能随便打开的——或交给了邮差，当然邮差也是接到他的指令而来的。但是他们都有一个印象，他没有太多的信。女仆说她从来没有在垃圾篓里看到过废弃的纸张。"

"好，这个信息很珍贵。等一下，看，他的钢笔，不错，很漂亮——奥诺多牌，外壳是金的。哎呀，里面是空的，没有墨水！我不知道从这个现象能得出什么结论来。顺便说一句，这里也没有铅笔。我倾向于认为你刚才说他在写信的假设是不成立的。"

"我没有对任何事情提出过假设，"帕克温和地说，"我猜你的推论可能没错。"

温西勋爵离开了梳妆台，又走到衣橱前看了看，然后翻了翻床边底座上的几本书。

"《鹅掌女王烤肉坊》，《紫水晶的指环》，《南风》——品位不错嘛。看来，我们这位年轻的朋友对现实主义风格非常有兴趣，《库特拉纪事》——啧啧，查尔斯！《曼侬·莱斯科》。好了，这里还有什么值得我看的东西吗？"

"我想应该是没了。现在你打算去哪里？"

"我们也下去和他们在一起吧。等等，隔壁房间是谁住的？啊，对了，那是杰拉尔德的房间。海伦现在是在教堂里，我们进去看看。当然，那里肯定已经被清扫过了，而且现场已经被那些所谓的观察者们破坏了。"

"我想是的。公爵夫人很倔，我无法把她请出卧室。"

"是的。这就是杰拉尔德对着外面大声喊叫的窗户。哈，壁炉里也找不到什么东西，当然——自那以后炉火也被用过了。我说，我很想知道杰拉尔德到底会把信藏在什么地方——我是说，就是弗里伯恩从埃及写来的那封信。"

"对于此，他什么都不肯说，"帕克说，"莫伯斯先生曾经问过他。公爵坚持说他已经把信毁掉了，莫伯斯先生说简直不可理喻。确实如此。如果他要指责他妹妹的未婚夫有什么过失，他总得提供一些有用的证据吧，是不是？或者他以为自己就如图韵文体传奇故事中那位哥哥一样，只要简单地说一句'我不允许，我不同意'就万事大吉了？"

"杰拉尔德，"温西说，"是个和善、规矩、正派、受过良好教育的学院派人士，看上去就像一个一本正经的傻瓜，但是我不认为他是一个古板、保守的家伙。"

"但是，如果他有这封信，干嘛要藏起来呢？这对他是有利的呀！"

"是啊，不应该这么做呀？按道理，一封大学校友从埃及写来的信不会对什么人有破坏力呀。"

"你说，"帕克不太确定地说，"弗里伯恩该不会是在信里还说起过别的什么吧？或许是一些旧事，而这些又是你哥哥的隐私，他不想让公爵夫人知道？"

温西勋爵停了下来，用不在意的眼光打量着一排靴子。

"这个可能是存在的。"他说，"有这样的机会——即使情节看起来很轻，海伦是不会放弃的，"他若有所思地吹着口哨，"但如果和上绞刑架比起来——"

"温西，你猜你哥哥对他被处以绞刑的可能想过吗？"帕克问。

"我认为莫伯斯已经很直接地把这话跟他点明了。"温西勋爵说。

"确实如此。但是我想他可能没有意识到这一点，他会相信自己作为一个英国贵族会因为间接证据能充分证明的谋杀罪名成立而被绞死吗？"

温西勋爵认真地思考着这个问题。

"杰拉尔德没有这个本事，他想象不出来。"他承认道，"假设他们真的有决心把一个贵族绞死的话，他们能找到执行的地方吗？不能在伦敦塔丘被砍头或者用别的刑罚来代替吗？"

"我会去找一些资料的，"帕克说，"但是，有一点可以确定，那就是他们确实在1760年把费勒斯伯爵绞死了。"

"你确定吗？"温西勋爵说，"哦，那是福音书里所描写的异教徒的下场，而且，那毕竟是很久远的事情了，说不清是真还是假。我们希望那不是真的。"

"怎么会是假的？"帕克说，"而且后来他的尸体还被切碎，让我放心的是这种刑罚现在已经不存在了。"

"这些应该让杰拉尔德知道，"温西勋爵说，"这样，他就不会掉以轻心了。星期三晚上他穿的什么鞋子？"

"这双，"帕克说，"但是这个傻瓜却没有保持原样，而是把它打扫干净了。"

"没错，"温西勋爵挖苦道，"嗬，这双靴子还真是特别，这么厚重的系带靴子。"

"你大概不相信他那天还绑着护腿吧？"帕克说，"就在这儿。"

"看起来他很有闲心，好像是专门想在花园中散步的。但是，就像你说过的，那天晚上因为下雨，地面很潮湿，干嘛要去散步？我必须问海伦杰拉尔德是不是因为失眠而睡不着。"

"我已经问过了。她说他这些日子没有失眠的毛病，只是有时会牙疼，所以让他睡不好觉。"

"但是这也无法让人相信有人会因为这个在寒冷的夜晚出去散步。好了，我们先不说这些了,先出去吧。"

他们穿过台球室,看见上校正在里面打瞌睡。然后,他们又到了花房里。

温西勋爵带着忧郁的眼光打量着房间里的菊花和球茎植物。

"这些植物看起来倒是生长得很旺盛,"他说,"难道园丁是天天到这里为它们浇水吗?"

"是的,"帕克解释说,"虽然有些过分,但这是规定,他们别无选择,我们只能从席子上走了。"

"好的,"彼得说,"把它们都挪开,我们要开始干重要的工作了。"

他趴在地上,拿着他的放大镜,对地板进行仔细地观察。

"我想,这条路是他们走的。"他说。

"没错,"帕克说,"这里大部分痕迹我都鉴定完了,这条路是大多数人要经过的。看,这是公爵的脚印,他从外面进来,然后在这里因为有尸体,所以被绊了一下。"帕克打开外面的门,掀起席子,沾着沙子的脚印显露在勋爵面前,沙子因为沾上了血迹,现在已经变了颜色。"他因为绊到尸体,所以摔了一跤,就倒在这里了,看,这是他的膝盖的痕迹,还有鞋头的痕迹。然后他就走进了屋子,穿过花房,所以,在门内有一个由黑色的泥渍和沙子形成的很明显的污迹。"

温西勋爵蹲下来,对那些痕迹仔细地研究着。

"好在这里的沙土还是很松软的。"他说。

"是的。花园里只有这一块地是这样的。园丁告诉我,他每天都会来这里,用水罐从水槽里盛水,所以时间久了,就把这里踩成了泥泞。他们通常先从井里打水上来,把水槽注满,然后再用水罐去舀槽里的水。今年地面的情况比往常要坏,所以他们在几个星期前,就运来了沙子铺在这里铺。"

"真可惜,好事没做完,怎么不把整条路都铺上沙子呢?"温西勋爵咕哝着说,此时,因为泥泞,他只能站在一条窄窄的路上,努力保持着平衡,"好的,这证明杰拉尔德走到这里。那是谁的?"

"哦,巡警的,跟案件没有什么关系。这是克雷克思踩出来的橡胶鞋底脚印。他的脚印很多,到处都可以看见。你看到的这个弧形的脚印,是阿巴斯诺特先生的,当时他穿着室内拖鞋。这些都没什么用处。但是,这里,你看,从门口到了这里有一排脚印,踩得痕迹比较深,是女人的脚印,后来证实是玛丽的。这儿也有,在井边。可以肯定,她来这里看过尸体。"

"非常正确,"彼得说,"后来她又进来了,所以在她的鞋底沾了红色的细沙。你说的没错。"

花房外围是有一些小型植物的花架。架子下的地面非常潮湿,也得不到阳光照射,一些仙人掌之类的植物趴在地上,没有什么生机,在这些植物中间零星点缀着一些铁线蕨,被一排怒放的大大的盆栽菊花完全挡住了。

"你看出什么了吗?"帕克看到彼得对这幽暗的地方很感兴趣,就问道。

温西勋爵朝着帕克问:"这里有谁放过什么东西?"他刚在那里用劲闻过。

帕克连忙走过去。在仙人掌中间,有一个非常清晰的有棱有角的长方形痕迹,之所以没有被发现,是因为它藏在花盆后面。

"很高兴杰拉尔德的园丁虽然尽职尽责,但还不那么讨厌,勤快的人不会把一棵仙人掌放在外面过冬的,"温西勋爵说,"或者会看到叶子下垂,然后好心地扶起来——哦!该死,这些带刺植物的刺就像刺猬一样。你来量吧。"

帕克开始对那痕迹进行测量。

"两英尺半长，六英寸宽，"他说，"而且很深。这里明显有下沉，植物都被压坏了。我想，应该是横木那样的东西，对吗？"

"我想不是。"温西勋爵说，"你看这边的痕迹和那边的痕迹不一样，要深很多。我想这是重心不对称的原因，重心在这一边，它应该是斜靠在玻璃上。如果你问我的个人观点是什么，我觉得它应该是个手提箱。"

"手提箱！"帕克惊讶地喊道，"为什么呢？理由？"

"为什么不是呢？我想我们可以认定它在这里的时间很短。它很扎眼，如果白天放在这里，就很容易被看到。有人把它藏在这里，就是方便能拿走——如果时间定在凌晨三点——而且不希望它被人发现，那就很好解释了。"

"那么它是在什么时间被拿走的呢？"

"我想，应该很短，几乎是一放下，不久就被拿走了。不管怎样，肯定在天亮前，否则巡官克雷克斯一定会发现的。"

"我想它肯定不是医生的医药箱吧？"

"肯定不是——医生也不是傻子，医生为了就诊方便，到哪儿都会拿着箱子的。为什么会把箱子放在这么脏而且不显眼的地方？不，除非克雷克斯或者园丁把什么东西随便放在这里，它应该是星期三晚上被杰拉尔德或者卡斯卡特——对了，还有玛丽，我猜——塞进去的。我想其他人是没什么必要在这里藏东西的。"

"有的，"帕克说，"还有一个人会。"

"谁？"

"一个还没有被确定的人。"

"他是谁呢？"

作为回答，帕克先生有些得意地向前迈了一步，走到一排木架子前，那里已经被席子遮挡了，他像主教为纪念物揭幕一样，把席子先开。这时，一些呈V字形线路的脚印就露在勋爵眼前。

"这些，"帕克说，"不知道是谁的，我的意思是，这里所有的人都和这脚印没什么关系。"

"好哇！"彼得说，"'从陡峭的山坡上奔下，他们追寻着细小的脚印'——只是这些脚印太大了。"

"别想得那么好，"帕克说，"现在的情况只能是：'他们从积雪覆盖的岸边赶来，脚印一个接着一个，一直延伸到木板中央，再远一点儿一个都没有！'"

"伟大的诗人，华兹华斯。"温西勋爵说，"这种感觉我已经好久没体会过了。这些脚印——是男人的，穿着十号鞋；鞋子有点旧了，脚后跟已经磨损了；这是左脚，还是内侧的痕迹——肯定是从硬地走过来的，但是，那里怎么就没这脚印？这脚印走到了尸体旁——这里，看，这是留有血迹的地方。你不觉得奇怪吗？尸体下面发现脚印没有？不好确定，这里已经被弄得乱七八糟，无法还原了。这个人走到这里——看，这里有一个很深的脚印。难道他是想把尸体扔到井里吗？这时，他应该听到了声响，连忙转身，踮着脚尖从这里溜走了——不，是跑进了灌木丛中，哎呀！"

"没错,"帕克说,"脚印在灌木丛中长满小草的小路上也被发现了,最终也就只出现在那里。"

"啊,那么,我们待会儿就去那里看看是怎么回事吧。它们从哪儿来呢?"

两个人沿着房屋周围的小路仔细地检查着。除了花园附近的那一段路外,其余的路上都已经铺上了一层沙子,所以,在这里几乎不能发现什么,尤其是这两天还一直下着雨。帕克向温西说明这里有过拖拉的痕迹和血迹。

"什么样的血迹?还能看到吗?"

"看不到了,那些卵石也被换掉了——你看,这里有些事不好解释。"

在花园边上,生长着一些草本植物,有一个清晰的男人的手掌印,被深深地压入泥土中,手指的方向朝着房屋。沙土小路上有两条长长的沟痕。花床与小路之间的草本植物上有明显的血痕,草地的边缘也被破坏得很明显。

"我讨厌这些。"温西勋爵说。

"太可怕了,对吧?"帕克赞同。

"可怜的家伙!"彼得说,"他在这儿用劲挣扎,所以,这里和花园门口的血迹完全不一样。但是,这个恶魔为什么要将一个还没有死去的人拖走呢?"

这条小路再往前延伸不远,就和主路会合了,主路被灌木丛分隔得很明显。两条路的交会处有些痕迹也看不清楚,再往前走不到二十码左右,就往一旁转进了灌木丛。一棵大树倒在那里,这样,树林中就有一块不大的空地了,中间有一块防水油布铺展开来,木钉把它固定了。空气里的味道很怪,是浓郁的菌类和落叶的腐朽气味,给人的感觉很不好,仿佛要窒息一般。

"真是悲剧。"帕克说,把防水油布卷了起来。

温西勋爵的神情也比较悲伤,他凝视着地面。他围着灰色围巾,穿着大衣,这使得他的脸显得很窄,而且长,看起来就像一只神情忧郁的大鹳鸟。从露出来的痕迹可以推断出当时倒在地上的人还在挣扎,枯叶都被碾压了,潮湿的地面上凹陷的痕迹非常明显。一处颜色发暗的地方表示死者曾在这里流了很多的血。一棵西班牙白杨的叶片仿佛患了病,已经发黄了。

"手绢和左轮手枪就是在这里被发现的。"帕克说,"我试图查找指纹,可是雨水和泥渍已经把现场破坏了,无法找到有用的东西。"

温西趴下来,拿着那个放大镜,开始在地上仔细地巡视。他匍匐在地上,没有放过整个地面的任何地方,帕克也不说话,默默地跟随在后。

"他在这里不停地来回走动,"温西勋爵说,"也不抽烟,好像在想着什么事情,也可能是在等什么人。这是什么?啊,你看,这就是刚才我们看见的十号大的脚印,是从那边树林过来的,也找不到半点打斗的痕迹。这就不好理解了!卡斯卡特是近距离被枪击身亡的,对吗?"

"没错,胸口部位的衬衫都烧焦了。"

"这就对了。可为什么他就站在原地不动,让别人开枪打死他呢?"

"要让我来说,"帕克说,"如果他与'十号脚印'约好在这里碰面,而这个人他也认识,那么就很好理解为什么凶手能近距离开枪打死他了。"

"不管结局如何,在卡斯卡特看来,这次约会没什么凶险。但是关于左轮手枪还有个问题解释不清,'十号'是怎么得到杰拉尔德的枪的呢?"

"花房的门没有关。"帕克不敢肯定地说。

"除了杰拉尔德和弗莱明,就没人知道这个情况了。"温西勋爵反驳道,"另外,你的意思是，'十号'来到庄园，先到书房去拿了枪，然后又回到这里，杀死了卡斯卡特？这方法也太笨了。如果他事先想好了要杀什么人，为什么自己不准备好武器呢？"

"看起来应该是卡斯卡特把手枪带来的。"帕克说。

"那么为什么没有发生搏斗呢？"

"或许是卡斯卡特自杀呢。"帕克说。

"那么'十号'为什么要把他的尸体拖到这里来？然后自己才逃走？"

"等一下，"帕克说，"我们来设想一下是不是这样的情形？'十号'与卡斯卡特已经确定要见面——让我们假设见面的原因是勒索他。他通过某种方式在九点四十五分和十点十五分之间让卡斯卡特知道了自己的想法，这可以解释卡斯卡特为什么会出现情绪变化，由此我们也可以认为阿巴斯诺特先生和公爵都没有说假话。卡斯卡特在与你哥哥发生争吵之后，就离开了家，然后跑到这里和人见面。他在这里来回走动，等待和'十号'见面。'十号'赶到了，就和卡斯卡特开始谈判。卡斯卡特应该没有拒绝，可是'十号'贪心不足，开价太高。卡斯卡特身上没这么多钱，于是'十号'就威胁拿不到钱就要把消息传扬出去。卡斯卡特反驳道：'你要这样做，就一分钱也得不得，等着下地狱吧。'于是，他就拿出事先准备好的手枪自杀了。'十号'没想到事情会这样，他发现卡斯卡特还没有断气，便把他半扶半拖地带到房子这里来。因为他个子不高，力气也不大，做这种事自然吃力了。当他们来到花房门口时，卡斯卡特还是因为流血过多而死了。这时，'十号'突然意识到他很难说清楚发生了什么事，如果被人看到就会被当成凶手了。于是，他扔下了卡斯卡特，就急忙逃跑了。后来，丹佛公爵进屋时就被倒在地上的尸体绊倒了，那么，后面的事情就好解释了。"

"很精彩啊，"温西勋爵说，"真是没说的，那么你能确定这事发生的确切时间吗？杰拉尔德是三点发现尸体的，医生到这里的时间是四点半，宣称卡斯卡特在几个小时前死去。好的，那么我妹妹三点听到的枪声又该怎么解释呢？"

"听我说，老家伙，"帕克说，"我不想让你觉得我对妹妹不敬。我觉得你妹妹听到的枪声是偷猎者发出的。"

"当然可以说是偷猎者。"温西勋爵说，"那么，帕克，事实上，现在所有的事情都纠结在一起了。我们暂时先同意刚才你说的是对的。现在我们要做的第一件事情是把这个'十号'嫌疑人找到，因为只有他才能证明卡斯卡特不是他杀，而是自杀的。至于我哥哥，我要亲自和他谈谈。而我现在还想知道的是：'十号'勒索卡斯卡特的证据是什么呢？手提箱又是谁藏在了花房那儿？杰拉尔德凌晨三点跑到花园里去干嘛？"

"好的，"帕克说，"那我们先到'十号'出现的地方去。"

"嘿，嘿，"当他们回到"十号"开始出现的地方时，温西勋爵叫嚷起来，"这里有东西——这里有有价值的东西，真是宝藏呀，帕克！"

他从枯叶和泥土中把一个小小的、闪闪发光的物件抠了出来，放在了手掌上，这东西闪耀着白色和绿色的光芒。

这像是女性悬挂于手镯上的小饰物——一块不大的猫形钻石，而它的眼睛是两颗闪亮的绿宝石。

第三章　泥渍和血痕

> 万物都有所归，但是给我血……我们说："在这里，给你血！"这是一个事实，我们毫不避讳。毫无疑问……你知道，我们都是嗜血的。
>
> ——《大卫·科波菲尔》

"到目前为止，"当他们追寻着"十号先生"的踪迹到了那片小树林的时候，温西勋爵说，"我依然坚持我的意见，犯罪的人是在急忙之中把这个小物件落下的。所以，也暴露了他的踪迹——看，把东西落在了被踩坏的菌子上，这人也够粗心的。我一直以为这是蹩脚的侦探小说中才有的情节。我想，关于我的工作需要学习的地方还是有很多的。"

"呃，也没什么，毕竟你干这一行也没多久，不是吗？"帕克说，"另外，我们对于这玩意儿是不是凶手的还不能下结论。或许它是你家族中的人的东西，已经掉在这儿很久了。或许它属于这个地区的什么人，或者就是上一次租这房子的人的，而它躺在这里或许很久了。这断掉的部分应该是我们的朋友——我想应该是这样的。"

"我会去找我的家人问明白的。"温西勋爵说，"我们也可以在村子里查一下最近是不是有什么人再找猫——由上好的宝石制作的猫。这可不是丢了就丢了的东西，我怎么就没听说过呢？"

"好极了——我想我发现有价值的东西了。他在这儿被树根绊倒了。"

"活该。"温西勋爵直起腰，恶狠狠地说，"我说，从人类的生理结构来说，他们不太适合从事侦探工作。如果人能眼观六路，耳听八方，或者眼睛长在膝盖上，那样就更好一些。"

"从生物进化的目的论思考这个问题，达到这样的状态，困难是非常多的。"帕克平静地说，"哦，我们来到围篱带了。"

"他是从这里翻过来的。"温西勋爵指着一处围篱已经坏了的顶端说，"这个凹痕是他跳下来时脚后跟落地的地方，手掌和膝盖在这儿。嘿，帮一下忙，老兄，可以吧？谢谢。这里的断口是旧的，我看，镇上的蒙塔古先生要修修他的篱笆了。'十号'的外套在这里被篱笆弄破了，这是一块柏帛丽布片。好运气！那边有个大坑，我现在就去看看那里有什么。"

还没等帕克反应过来，勋爵已经扔下他开始行动了。帕克看看周围，发现这里离大门只有一百码远。他离开这里，没走多远就遇到了猎场看守人哈德罗。

"打扰一下，先生，"帕克对他说，"星期三晚上发现有偷猎者来过的痕迹吗？"

"没有，"看守人回答道，"我什么痕迹都没发现，我觉得是那小姐听错了，那枪声可能是凶手杀人发出的。"

"可能是这样。"帕克说，"你知道那边的篱笆顶部已经坏了多久了吗？"

"有一两个月了。如果不是修理工病了，早就修好了。"

"那大门晚上是锁起来的吧？"

"是的。"

"有什么人要进来，必须叫醒你，是吗？"

"没错。"

"我猜，在星期三你也没有发现什么可疑人在篱笆外徘徊闲逛吧？"

"没有，先生。不过我妻子有可能看到。嘿，女人嘛，对什么都好奇！"

哈德罗太太来到门口，一个小男孩牵着她的衣裙在后面跟着。

"星期三？"她说，"我没看到什么可疑人来这里。对了，约翰，那天倒是有个年轻人从这里路过，还骑着摩托车。"

"年轻人？还骑摩托车？"

"是的。他还找我要了一桶水，说是车胎破了。"

"他还说了些什么吗？"

"还问了我这个地方叫什么名字，房子的主人是谁。"

"你说了是丹佛公爵住在这里吗？"

"是的，先生。他说他知道这里会有很多人在打猎。"

"他没跟你说他要去哪里吗？"

"他说他从威尔戴过来的，到库姆博去。"

"他在这里待了有多久？"

"大概半个小时。然后他就骑着车朝芬顿的方向去了。"

她朝右方指了指，温西勋爵正在那边的路中间冲着这边打手势。

"他长什么样？"

这女人很难描述那人的样子，只说那个人很年轻，个子很高，不黑也不白，穿着长外套，腰间扎着一条腰带。

"是个绅士吗？"

哈德罗太太迟疑了一会儿，帕克已经认定这个人不一般了。

"你是否记得车牌号码？"

哈德罗太太当然没有记住。"他的摩托车有个挎斗。"她说道，生怕忘记了。

温西勋爵打手势的幅度越来越大，帕克先生连忙跑过去。

"快点儿，在那儿说什么闲话。"温西勋爵埋怨道，"这是一道非常值得赞美的深沟。——

从这样一道深沟上方，
当轻柔的微风温柔地轻吻着树木，
安安静静地从这样一道深沟上方拂过，
我们的朋友，我想，要爬上特洛伊的城墙，
并且擦掉他灵魂上的污泥。

——看看我的裤子都有什么吧。"

"这边有攀爬过的印痕。"帕克说。

"是的。他站在沟里的这个位置，一只脚就在刚才篱笆坏的地方，然后，一只手抓住上方，就这样爬上去了。'十号'的个子肯定非常高大，力气也不小，我的脚都到不了那个位置，用手抓那个位置就更不要说了。我身高五英尺九英寸，你够得着吗？"

帕克身高六英尺，伸长手臂也只能勉强挨到坑顶。

"我或许勉强可以完成，如果我心情好的话，"他说，"为了某个要追求的目标，或者因为经历了某种刺激。"

"没错，"温西勋爵说，"因此我们可以下结论了，'十号'个子很高，也够强壮。"

"我同意。但刚才我们好像认为这个人的个子不高，也很瘦。是这样吧？"

"哦。"彼得说，"不争论这个了。就算是你说的这样吧，是有点遗憾。"

"好吧，现在，我们来把这案子理一下。我想，你不反对这家伙做这事时没同谋吧？"

"没有。除非他的同谋没有脚或者能让人看不见。"温西勋爵指着"十号"的脚印说，"还有，在夜晚，他是怎么走到这里来的？看起来他应该对这里很熟，或者来这里巡查过。"

"既然你有这样的判断，"帕克说，"那我就可以告诉你我刚才和哈德罗太太拉的什么家常话了。"

"嗬！"温西勋爵听完之后说，"不错，越来越有意思了，我们最好去里德斯戴尔和芬顿把这事查一下。现在我们知道了'十号'从什么地方来，那么，把卡斯卡特的尸体拖到井的附近之后，他又到什么地方去了呢？"

"脚印的方向是朝禁猎区那里，"帕克说，"也是在那里消失的。那儿的地面上铺满了落叶和欧洲蕨。"

"好的，不过，我们不必去找他的脚印了。"他的朋友反驳道，"这个家伙即使进了狩猎区，现在也已经离开了。我认为他没有从大门走出去，不然，哈德罗肯定会看到的；他也不会从原路返回，那样，会在地上留下脚印。所以，出路一定在另外的地方，我们就沿着篱笆去找找吧。"

"那么，我们就要向左转，"帕克说，"那边是禁猎区，他要不被人发现地走出去，就只能走那边了。"

"对！这里不是教堂，沿着逆时针方向行走也不是什么违背教义的事。说到教堂，海伦应该已经到家了。我们继续，老朋友。"

他们穿过主路，走过棚屋，从小路上离开，沿着草地的篱笆行走，果然没让他们失望，没多久就发现了有价值的东西——在一个铁钉上飘着一块被遗弃的布片。温西勋爵如同发现新大陆一般，踩着帕克的肩膀就爬上去取了下了。

"快看，"他大声喊道，"这是柏帛丽大衣的腰带！这家伙已经完全没有了警惕心，一点防范措施都没有。只想着逃命了，没想到会留下痕迹。他把柏帛丽大衣扯开了，因为要逃命，所以就什么也不顾地跳了起来——一次，两次，三次——要越过篱笆，可不那么容易。跳了三次后，他才抓住了钉子，于是就往上爬。看，挣扎的痕迹很明显。最后，终于让他爬到了顶端。哦，血流进了裂缝里，他的手划破了。最后，他从上面掉了下来，有些生气地把衣服扯开，所以，这条腰带就留下了——"

"我倒希望是你掉下来，"帕克说，"我的锁骨都要被你压断了。"

温西勋爵连忙从他的肩膀上滑落下来，手里拿着那条腰带。他站在那里，眼睛不停地扫视着地面。忽然，他一把抓住帕克的胳膊，沿着篱笆朝一边走去——那里有一道矮墙，是用石头砌成的，别有一番风味。他像小猎犬，用自己的鼻子沿途闻嗅。然后，他跳了过去，面向帕克说："你读过《最后一个吟游诗人的歌》吗？"

"这是学校里必读的课文。"帕克说，"有问题吗？"

"记得里面的一个滑稽人物吗？一个小听差，"温西勋爵说，"在无所事事的时候，总是大喊'发现了！发现了！发现了！'我对这个人物一直都不喜欢，但是现在我知道他的感受了。你看看这里。"

在靠近墙根的位置,有一条有些下陷又充满了泥泞的小路,和大路形成一个明显的直角,更让人高兴的是上面有清晰的挎斗摩托车驶过的痕迹。

"太棒了。"帕克先生赞许地说,"这印记很明显,前车胎是新的邓禄普牌的,后车胎一看就是旧的。不能再奢望什么了。车辙是从大路那里过来的,然后又返回到大路。这个家伙很明显是把车留在这里,这样,就不会有什么人发现车牌,或者把车偷走了。然后,他又徒步到了白天侦查好的那个破损的篱笆处。发生了卡斯卡特的事情后,他很慌张,逃进了禁猎区,又抄近路跑到了这里。就是这个样子。"

他连忙坐下来,在笔记本上把有关这个陌生男人的信息都记录下来。

"形势在朝对杰拉尔德有利的方向发展,"温西勋爵说,他靠在墙上,轻松地吹起了口哨,那是巴赫的曲子,"让耶路撒冷的孩子们……"

"我说,"弗雷迪·阿巴斯诺特先生开口道,"星期日下午是哪个傻瓜发明的?"

他坐在那里,往书房的壁炉里扔了些木炭,故意整出很大的动静,马奇班克斯上校正在打盹,一下子被他弄醒了。上校也不明白发生了什么事,睡眼蒙眬地嘟囔着:"嗯?好极了。"随后,又马上睡着了。

"好了,弗雷迪,有什么可抱怨的。"温西勋爵说,他正在那里不停地开关着抽屉,然后又去摆弄窗户上的插销,"想想可怜的杰里是什么感受,哦,我最好给留几句话。"

他立刻回到书桌前,找到了一张纸,准备写信。"这个房间是不是用来写信的?你知道吗?"

"不知道。"弗雷迪说,"为什么要写信?我可从不做这事。发电报不更简单吗?还需要写什么信?我想,就是想鼓励别人回信吧。我想丹佛可以在这里写,不满意也可以换个地方,一两天前我还看到上校也是在这里写些什么,是吧,上校?"——上校嘟囔了一句,听到自己名字的反应也没什么大的动静,就如同睡着的小狗甩了甩尾巴一样——"怎么,墨水没了吗?"

"我只是感到奇怪而已。"彼得平静地回答,他用裁纸刀把吸墨纸便笺簿的第一页仔细地裁下来,然后拿到灯下看着,"对极了,老家伙。你的观察力还真不错。这里是杰里的签名,这里是上校的。这是谁的?字迹比较大,也很潦草,应该是一位女性的。"他又看了看那张纸,觉得找不出什么了,然后就将它叠起来,放进一个小笔记本。"从那上面似乎也找不到什么有用的东西来,"他说,"但是你从来不知道会有东西被藏起来了。'什么好东西的五个什么东西'——应该是牢骚话吧;'oe—isfou'——我猜是'发现'这个词。好吧,留着它不会有什么坏处的。"彼得展开先前拿出的信纸,开始写信:

亲爱的杰里——我是彼得,我已经来了,正在家里找证据,整个过程令人兴奋——

上校的鼾声响起了。

星期日下午。帕克开着车到芬顿去,同时,在路过里德斯戴尔还要停一下,进行必要的调查的任务。他要打探有关那只绿眼睛的猫,也少不了那个骑着挎斗摩托车的年轻人的消息。公爵夫人正在睡午觉。佩蒂格鲁·罗宾逊夫人和她的丈夫在散步。在楼上的某个地方,马奇班克斯夫人和她的丈夫在激烈地探讨着什么。

温西勋爵在纸上不停地写着,几乎没有什么停顿,只是写完一段后,他才会放下笔,手托着下巴,眼睛望着窗外。窗外雨声很轻,时断时续地传进来,有时,还会有一片柔软的枯叶飘到窗户上。上校依然睡意浓浓；弗雷迪先生在轻轻地哼唱，手还在有节奏地打拍子。时钟的指针指向了五点，这是喝下午茶的时间，公爵夫人从楼上下来了。

"玛丽怎样了？"温西勋爵问，他突然出现在被炉火照亮的地方。

"我正为她担心呢。"公爵夫人说，"她现在神经高度紧张，躺在床上不许任何人靠近她。我正想派人去请索普医生来一趟。"

"你不觉得让她起来活动一下更好吗？"温西建议道，"我认为她独自一人胡思乱想只会对身体有害，如果能和弗雷迪先生谈话，我想这会让她高兴起来。"

"你大概不记得了，这个可怜的姑娘——"公爵夫人说，"她是卡斯卡特上尉的未婚妻，你以为都像你一样铁石心肠？"

"还有信件吗，夫人？"男仆背着一个邮包走到这二人跟前。

"哦，你现在就要走吗？"温西说，"是的，给你——我手上的一封马上就写完，你不介意再等一会儿吧？放心，我速度很快的，不比电影上写信的速度慢。"他一边说，一边飞快地写着，"亲爱的莉莲——你父亲杀害了威廉·斯诺克斯先生，如果你不想我把这事透露出去，就请让送信的邮差带上一千镑给我。——你真诚的迪格斯布雷克伯爵。好了，写完了，用的笔也是一样的，给你，弗莱明。"

这封信的收信人是老丹佛公爵夫人。

十一月十九日星期一的早报报道：

被抛弃的摩托车

昨天一个养牛人发现了一件难以说清楚的事情。养牛人那天按照以往的习惯将牛赶到了距离里普雷南部一条大路大约十二英里远的某处池塘饮水。他看到有一头牛陷入了池塘中，就连忙去抢救，结果发现这头牛和一辆摩托车纠缠在一起。在两个工人的帮助下，摩托车被拖了出来。这是一辆带深灰色挎斗的道格拉斯摩托车。车子的牌照被拆除了。因为池塘很深，所以整辆摩托车都在水里。但是不管怎样，这辆摩托车被扔在这里时间不会太久，不到一星期，因为星期日和星期一有很多牲畜在这里饮水。警察现在正在找寻摩托车车主。车子的前胎是新的邓禄普轮胎，挎斗轮胎用皮腿套修理过。摩托车是一九一四年的型号，已经磨损得很严重。

"这应该对我们很有帮助。"温西勋爵沉思着说。他立刻拿来火车时刻表，查了下一趟去里普雷的火车的时间，然后又去叫车。

"让本特过来。"他加了一句。

本特在他的主人穿外套时进来了。

"本特，有关牌照的问题，上星期四的报纸怎么描述的？"

本特拿出了一张晚报的剪报。

牌照之谜

在圣西蒙，诺斯费尔克特地区尊敬的纳撒尼尔·福尔斯牧师今天早上被警察拦住了，因为他的摩托车没有牌照。牧师先生显然对自己被警察拦住的事感到吃惊，然后才注意到自己车的牌照不见了。牧师先生说今天早上四点，他接到一个紧急邀请，为一个要死的居民做圣礼。因为路途较远，才骑着摩托去的。到了地方，他急着要做礼拜，所以就随手把车停在了路边。在五点半离开的时候，也没觉得有什么不对的地方。

福尔斯先生在诺斯费尔克特及周边地区很有名，看起来他应该是一件无聊恶作剧中的受害人。诺斯费尔克特是距离里普雷北部两英里的一个小镇。

"本特，我到里普雷去一趟。"温西勋爵说。

"好的，大人。我有必要跟着吗？"

"不用。"温西勋爵说，"但是——我妹妹是谁在照看，本特？"

"艾伦，大人——是女仆。"

"那么我希望你同艾伦能多聊聊天。"

"没问题，大人。"

"她平常都做些什么？收拾我妹妹的衣服，洗她的裙子，这些事情都是她干吗？"

"我想应该是的，大人。"

"她的想法对案子很重要，你跟我这么久了，应该明白，本特。"

"我不会向一位女性暗示的。如果让她明白她的重要性的话，她会胡思乱想的。"

"帕克先生是什么时间去城里的？"

"六点，大人。"

本特先生终于有机会向艾伦打听情况了。本特和艾伦正好在房间相遇了，她当时正从后楼梯下来，将许多衣服抱在手里，显得很吃力。一双皮革长手套掉了下来，她也没办法去捡起来。本特马上上前，把手套捡起，然后跟着年轻的姑娘走进了仆人房。

"放在那里。"艾伦说，将手中的衣物放到一张桌子上，"我就知道，这些事都要我来做。小姐就知道发脾气，有这劲头，还能有什么不舒服？头疼就是装的，这样就可以不让什么人走进屋子里，然后就可以在房间里为所欲为了。你说是不是这样？你看看这些，我猜这么重的活你肯定没干过。我常想是不是该离开不干了，但我也只是想想而已，真希望这栋房子能被烧掉，这样我就能休息一会儿了——真是可悲，看，我才多大？就有皱纹了。"

"请相信我，我可没看到什么皱纹，"本特先生说，"但是，也许我眼力不好。"然后是一段难堪的沉默，此时本特靠近了她，在她额头上仔细地找着皱纹。"没有。"他说，"皱纹？真有皱纹的话，我想必须拿我主人的放大镜才能找到。"

"主人？本特先生，"艾伦说着从餐具柜里拿出一块海绵和一瓶苯，"你说你的主人为什么要拿着那玩意儿呢？"

"哎呀，你看，艾伦小姐，这是我们的一项爱好和工作，从事犯罪调查。我们对一些不起眼的东西进行放大观察——比如一些伪造的笔迹，在这种情况下，看表面是不行的，需要看看有什么被擦去了，或者要弄清楚用了什么类型的墨水。我们也要查看血迹，判断是人的血还是动物的血，或者只是一杯波尔多葡萄酒。"

"本特先生，"艾伦一边说一边在桌子上放上一条斜纹软呢裙子，拔出装着苯的那个瓶子的瓶塞，"那些事情你和温特先生真的能查清吗？"

"这不是什么难事，我们虽然不敢说是样样精通的化学家，"本特回答道，"但是我的主人可是个万事通，对许多事情都很了解——会发现什么时候有什么事情值得怀疑。我们如果有什么判断不准，会去请教很有名的科学家。"——艾伦拿着浸透了苯的海绵的手凑近裙子，本特连忙阻止她——"例如，你看，就在裙子侧缝下端的褶边，看见没有？这是一块污渍。现在，假设这是一起谋杀案，而且我们认为嫌疑人就是穿着这条裙子的人，那么对这块污渍我们就会进行研究分析。"这时本特先生变魔术般地从口袋里取出一个放大镜，"然后，我会在边缘处用湿手帕擦拭一下。"本特边说边做，"这时，你看，它变成红色了。然后，我会把裙子翻个面，我会看到污渍已经渗透过去了，这时，我就要拿出剪刀了。"本特先生又掏出一把小巧而锋利的剪刀，"不要太多，就需要一小块，剪下来就行了，就像这样，然后把它装进随身携带的一个药片盒里。这样——"他从衣服里面的口袋里拿出了药片盒，"接下来的事就是用干胶带把两面封好，在上面做上标记，是小姐的吗？那就写上'玛丽·温西小姐的裙子'，还要写上时间。接下来的事情就简单了，直接将它送到伦敦请药剂分析师化验了。要不了多久，他就会告诉我这是一只小兔子的血，或许还能让我知道这块血渍被弄上去多长时间了。有了这些，有关这污渍的调查就算完了。"本特洋洋得意地做完了示范，收回了小剪刀，并且把那药片盒不经意地放进了自己的口袋。

"哦，他错了，先生。"艾伦摇着她的脑袋说，"这是鸟儿的血，不是兔子。小姐就是这样说的。我就不明白，直接询问本人不就可以了吗？为什么要费事地去调查呢？"

"哦，我只是举例子说是兔子。"本特先生说，"真是奇怪，血渍怎么会沾在衣服上面。从位置看，必须跪在它旁边才能办到啊。"

"是的。小东西真是可怜，对吗？肯定是某个人没有留意，就开枪射到了它。真是可怜，上尉也是这样倒霉、可怜的人。有可能是阿巴斯诺特先生，他有时就喜欢会在外面瞎放枪。把事情搞得一团糟，这衣服就不好洗，时间太长了。我想自从上尉被杀死那天起，我就没洗过谁的衣服了，然后是法庭来传唤——真是可怕，这是——而且公爵也被抓了！哦，真让人沮丧。我想是不是太多虑了。这两天大家都有些不安，然后小姐就不出门了，也不许我靠近她的衣橱。'哦，'她说，'不要走近衣橱门。你没听见它在吱吱乱响吗？我的头疼死了，我的神经脆弱，不想听到这个声音。''我只是想洗干净你的裙子，小姐。'我说。'我的裙子你也别管了，离我远点，你在这里走动，让我的神经难以纾缓。'她回答。我就不明白她有什么理由这样对待我，脾气不好就是神经崩溃吗？你知道，当我的丈夫，可怜的伯特死在战场上的时候，我受到的打击有多重吗——我眼睛都要哭瞎了！但是，老天！本特先生，说这些有什么用。另外，和你、我、门口的柱子一样，玛丽小姐对上尉也没什么好感。也没有赏识过他，我和厨师说这些的时候，她也没有反对过。上尉做什么都有自己的方式，为人也不错，当然，从来没有说过与他身份不符的话——我的意思不是——我的意思是他看起来就让人感到高兴。他是一位不错的绅士，人也很潇洒，本特先生。"

"哈！"本特回答，"你认为现在的玛丽小姐有些悲伤过度吗？"

"呃，说实话，本特先生，我认为这和性情有关。小姐不想被束缚，所以就想离开家庭，而结婚是唯一的路。这该死的污迹！她和公爵两人很难相处，在战争期间，小姐就是一个人在伦敦待着，那段时间对她来说非常惬意，她从事医护工作，结识了很多人，而这些人又都是公爵先生不那么欣赏的。后来，她还有过几段不检点的情史，交往的人都是身份低贱的人，这都是厨师跟我说的。其中有一个肮脏的俄国人还来威胁说要把我们都炸成碎片——似乎在战争中他炸的人还算少了！不管怎样，公爵还是感到震惊，马上让小姐回来，并威胁说不回来就不给生活费。也就是从那时开始，她就开始想着要离开这个家，跟着什么人一起离开，这想法充满了她的脑子。我可以告诉你，我都很烦她。现在我很同情公爵，我知道他在想什么。可怜的人！说他犯了谋杀罪，被拘留，像肮脏的流浪汉一样被关在牢里，没有一点尊严。真是笑话！"

说完了长篇大论，艾伦也累了，裙子上的污迹也洗干净了。艾伦停下来，伸了个懒腰。

"这活儿真是累人，"她说，"不停地搓，手都受不了。"

"如果你愿意，就让我来。"本特诚心诚意地说，把水、苯准备好，又把海绵拿起来。

他转身拿起另一条裙子。

"有刷子吗？这些泥渍要刷掉才好。"

"你的眼睛像蝙蝠一样在白天看不见吗，本特先生，"艾伦哈哈笑着说，"刷子就在你面前呀。"

"哈，是的，"勋爵的贴身男仆回答，"但是这个太软了，使不上劲，你去给我找个硬点儿的吧。你真是个可爱的好姑娘，我帮你收拾这里。"

"厚脸皮！"艾伦说，"但是——"本特眼中仰慕的目光使得她没有了脾气，只好说："好吧，我去给你找个硬的，拿个像砖块一样，看你怎么用。"

艾伦一出屋子，本特先生马上拿出工具和两个药片盒，不一会儿，就在药盒里装上了新的证物，而且还写下两个新的标签："从玛丽小姐裙子褶边取得的沙砾，距离裙边六英寸"、"从玛丽小姐裙子褶边取得的细沙"，又在后面标好时间。本特刚做完这一切，艾伦就拿着衣刷回来了。随后俩人一边聊天，一边干活。当衣服快要洗完时，第三个污迹让本特起了疑心。

"喂！"他说，"玛丽小姐难道自己也亲自洗衣服吗？"

"什么？"艾伦惊呼。她忙凑近了，对污迹仔细地看了看，污迹一边的边缘已经泛白，似乎有一点油腻。

"嗯，我还真不知道她有这样的习惯！"她解释道，"不管怎样，这很奇怪，也说明她真是个狡猾的家伙。没病装病，假装自己没力气，躺在床上休息，让别人照顾她。"

"或许是以前就有的，是不是？"本特先生提示道。

"哦，有可能是上尉被杀后，审讯之前的什么时候发生的，"艾伦表示同意，"虽然你不会认为在那个时间干家务很合适。她也做不来这种事，至于她的医护工作，我从来不相信会帮助她学会什么。"

"她使用肥皂，"本特先生说着，马上把苯液倒了一点出来，"她在卧室里烧水吗？"

"行了，本特先生，你够异想天开的了。她做这个干嘛？"艾伦尖声问道，"你该不会想到她有水壶放在房间里吧？我每天早上第一件事就是给她送早茶，有身份的女士都不会自己烧开水的。"

"没错，"本特先生说，"那么她怎么就没想到从浴室取水呢？"他对污迹仔细地看了看，"哈，很糟糕的主妇，"他说，"一看就没洗过衣服。我猜中途应该有人来找过她。一位精力充沛的年轻小姐，但是脑子似乎不好使。"

当艾伦与守门人打招呼的时候，本特飞快地把最后一个污迹也偷偷地用苯液处理了。

里普雷的警察督办接待了温西勋爵，起初他的态度很冷淡，当知道了他的身份之后，态度就变得难以琢磨了，对待私家侦探和对待公爵儿子的官方姿态混杂在一起。

"我到你这里来，"温西说，"是因为你们的工作比较全面，各方面的条件都超过我这样的业余侦探。我想你们已经有所行动了，对吗？"

"这是自然，"督办回答，"但是要追查一辆没有车牌的摩托车难度也是很大的。知道下波恩茅斯谋杀案吗？"他略显遗憾地摇摇头，接过了一支Villary Villar雪茄。

"我们一开始不认为他和车牌这件事有什么联系。"督办看上去有些不在意,好像眼前的人不那么重要,他似乎在告诉温西勋爵:在这不多的半小时之内,他所做的评论在官方已经得到了某种承认,"当然,如果他在里普雷被发现无照驾驶,那么肯定是走不掉的,而福尔斯先生会安全得像——怎么说呢?不必担心他的安全,像英格兰银行一样。"督办原创力好像来了一次飞跃,总结了这么幽默的一句。

"一点都没错。"温西说,"这件事的确让人觉得不安,他真是一个可怜的家伙,尤其是这么早,就被人抓住在马路上无照驾驶。我想这仅仅应该是被看作是一件无聊的恶作剧吧?"

"我想只能这样解释了,"督办也同意这个意见,"但是,现在您说了您的分析,我们也不会忽视,我们会在最短的时间内找到您所说的这个人。我希望这位先生要是知道自己已经被发现了,也不要有太难过的心情。请您相信我们,如果我们发现了这个人或找到牌照——"

"愿上帝保佑我们,拯救我们。"温西勋爵不想听他的废话,"找什么牌照就不必了。你想,如果他想要自己周围的什么人都注意到他自己的车牌号码,那么他有必要去偷牧师的牌照吗?只要你找到它,他的姓名和地址就一目了然了,但是只要它被人藏在口袋里,你就很难找到了。请原谅,督办,我可能是太自信了。我只是不想让你们在这方面浪费太多的时间和精力。你想想——在池塘中费力打捞,还不能放过垃圾堆,最终才发现那里根本就没有什么牌照。你只要把注意力放在找人方面就可以了,应该是在火车站,只要查找一个身高六英尺一英寸或二英寸、穿十号鞋的年轻人,看看他是不是身穿没有腰带的柏帛丽男装,对了,一只手上还有很深的伤痕。听我说,我的地址在这上面,如果有任何发现,不要耽搁,马上就告诉我,我对此会非常感谢的。你知道我哥哥现在,怎么说呢?作为一个贵族,他的处境十分尴尬。他很敏感,这使得他感受到的委屈比别人会更强烈。另外,我的行踪也不确定,所以如果你发现了什么消息,请给我发两份电报,一份的地址是里德斯戴尔,一份就发到伦敦的皮卡迪利大街一一〇号。如果你有机会来伦敦,我将很高兴当东道主来接待你。请原谅,我要马上离开了,有很多的事情需要我去完成。"

温西勋爵回到里德斯戴尔后,已经有人在等着他了。看见彼得进来,他马上站了起来。这个人的个子很高,脸上轮廓鲜明,有着非同一般的亲和力,动作优雅,虽然不是演员,但在造势方面有着独特的优势,尤其是他的那双手,就是一个活道具。他的体型健硕,头脑看上去也很灵活,面部表情也很活络,让人一看,就印象深刻。他有着精致的五官,眼神犀利。这是公爵家的老熟人,公爵夫人多次用羡慕的口吻谈起他:"伊佩·比格斯爵士,绝对称得上是整个英格兰最英俊的人,我看不出有哪个女人会拒绝他的邀请,没有一个女人可以抵抗他的魅力。"事实上,他已经三十八岁,但依然没有结婚,是一个钻石男人,他口才犀利,能说会道,虽然看起来很文雅和善,但在诘问证人时毫不留情,让人难以招架。他有一个让人难以理解的爱好就是养金丝雀,他说他只喜欢听这些鸟唱歌,对其他的音乐完全嗤之以鼻。除此之外,他对讽刺时事的滑稽广播剧情有独钟。他在回答温西勋爵的问候时,表现得非常得体,无论是语言还是手势,都无可挑剔,与法庭上的犀利发言,表现得完全不一样。温西向伊佩·比格斯爵士表达了对于能见到他的意外和欣喜,声音也失去了往日的平静,显得有些紧张,说话也不利索了。

"你是从杰里那里来,是吗?"他问,"弗莱明,别傻看着,来点新鲜面包。他在里面过得怎么样?不敢想象杰里这样的人怎么能忍受这样的待遇。你知道,如果可能,我愿意替换他被关进去,只是我讨厌自己把自己关起来,什么也不做,让别人在我面前把这案子乱搞一气,当然我不是说莫伯斯和你,比格斯。我是指我自己——我是指如果我是杰里,就是面临我这样处境的人，你能懂我的意思吗？"

"我刚跟伊佩爵士谈起了这件事，"公爵夫人插嘴道，"他说一定要让杰拉尔德说出那天早上三点他为什么要去花园？想去干什么？如果当时我在里德斯戴尔，这种事就不会有了。当然，我们都知道，这种伤天害理的事，他肯定是做不出来的，但陪审团的那些人可不像我们这样想，都是些下等社会的人，他们对这样的事情都有自己固执的偏见。如果杰拉尔德现在还不知道事情的严重性的话，那我觉得他是大错特错了。"

"夫人，请您放心，我会想办法说服他的，"伊佩爵士说，"但是你也不要性急，对这件事要多点耐心。你知道，律师嘛，总喜欢了解别人不知道的东西。哦，如果所有的人都能在法庭上把知道的事情都说出来，所有的事实——只有真相，把其他的东西都舍弃，那么我们就无事可做了，只好退休到贫民院去养老了。"

"卡斯卡特上尉的死有许多难以解释的地方，"公爵夫人说，"但是我想他的一生也没什么磨难，对于我的小姑子来说，肯定是赞同我的看法的。"

"我想你没法让他们都同意这是'天降的祸福，上帝的旨意'，没说错吧，比格斯先生？"温西勋爵开玩笑地说，"想和我们家族通婚，就得遭受这样的灾难。"

"比这更荒诞的裁决我都听过，"比格斯见怪不怪地说，"如果你能跟陪审团提出这样的建议，就更有趣了。我记得在利物浦巡回审判庭曾经——"

他很巧妙地让大家陷入对往事的回忆中。温西勋爵看着火光中他如雕刻板的脸庞，想起了铜雕《特尔斐的驾车人》——他看上去就是一副要准备长谈的样子。

直到晚饭后，比格斯爵士才有机会与温西在一起说心里话。公爵夫人已经回房就寝，书房里只剩下两个男人。彼得穿着晚礼服，本特在一旁服侍，这让他更加自在，心情也很愉悦。他叼着雪茄，让身体躺在一张大椅子里，也不说话。

伊佩·比格斯爵士似乎有些心事，抽着烟，在那里来回走着，大约半小时后，他才下了决心，粗暴地将旁边的一盏台灯打开，而且动作幅度很大，让灯光直射在彼得的脸上。他在彼得的对面坐下，开口说道：

"现在，温西，我想知道你已经掌握的情况。"

"你想知道？"彼得不习惯被灯光照射，就关掉了灯，将它放到旁边的桌子上，"但还缺乏证据。"他微微一笑，加了一句。

"我可不在意证据什么的，只要你人清醒就可以了。"比格斯泰然自若地说，"现在就说说吧。"

温西勋爵把雪茄拿开，想了一会儿。然后又把雪茄烟换了个方向，猛抽了两口，看着雪茄烟灰落在烟缸里，才开始说经过——除了手提箱事件和本特从艾伦那里获得的信息，他什么都没有隐瞒。

伊佩爵士仔细地听着，还时不时地提出一些问题，对他这种审问证人的做派，彼得有些不耐烦。伊佩先生也做了一些记录，而当彼得结束的时候，他也陷入了沉思。

"我想我们用这个就能让案子完结了，"他说，"即使警察对那个神秘人一无所获。当然，丹佛的沉默也让他们陷入了尴尬。"他将眼睛微微眯起来一会儿，"你说你已经让警察去找那个陌生人了？"

"是的。"

"你对警察不是没什么好印象吗？"

"找人除外，这是他们职责范围内的事。再说，他们掌握的技术和手段也比较先进，应该不是什么难事。"

"哈，你对此抱有很大的期望，是吧？"

"当然。"

"哈！你认为要是警察抓到这个人，对我的案件会产生什么影响呢，温西？"

"我认为——"

"听我说，温西，"律师说道，"你不是个笨蛋，像一个城市警察那样努力去找人是完全不可能。你真的想找到这个人吗？"

"当然。"

"当然，希望如你所想，对此我也没有办法。那你想过没有如果找不到这个人，是不是会更好些？"

温西吃了一惊，有些不明所以地看着他。

"记住，"对方以一种诚挚的态度说，"如果不是依靠我或莫伯斯还有其他一些具备专业判断力的人，警察抓到的某人或者某物是没有什么用的。任何事情都有程序。现在是丹佛被控谋杀，但是他却不告诉我们事情的经过，我们无法帮他。"

"杰里这个傻瓜，他对此还没有认识到——"

"你认为，"比格斯没让他说下去，"我没有让他知道他的处境吗？但还是在那里盲目自信，'他们不能绞死我；我没有杀他，虽然我很高兴他死了。我在花园干了什么是我自己的事，与此无关。'现在，我问你，温西，你觉得处于这样境地的人说这样的话会有帮助吗？"

彼得咕哝着说："当然，任何有意识的人都知道这样说有麻烦。"

"有人告诉过丹佛有这么个人的事吗？"

"我想在审讯过程中会提到脚印的事情，但不会很明确。"

"我听说你的朋友就是那个苏格兰场来的警察？"

"没错。"

"那就没有问题了。他是不会乱说的。"

"听着，比格斯，你不觉得这太荒唐了吗？如果我能找到那家伙，为什么不让我找？"

"要是我问你另外的问题呢？"伊佩爵士稍微前倾了一点儿，"丹佛为什么要置自己于不顾而去隐瞒他的存在呢？"

伊佩·比格斯爵士最得意的事就是因为没有什么人敢在他面前作伪证。因此，当他说这句话的时候，眼睛只是瞟了一眼温西，看得出来温西有些紧张和不知所措。但没过多久，他就察觉到温西眼中有一闪而过的警惕、不可思议的神情，这些变化表明他似乎有些明白了。但是，现在明白已经有点儿太晚了，他只能捕捉到嘴角上出现的一点变化，而且温西的手指也显露出他已经舒缓了有些紧张的情绪。

"啊！"彼得说，"对这个问题我还真没想过。看来，律师就是律师，不是一般人，和你相比，我还真是鲁莽，怪不得我母亲说——"

"你还真聪明，温西，"律师说，"我的这个想法也不会全对，我知道你想找到那个人，那么，我就想一个问题，你想包庇谁？"

"听着，比格斯，"温西说，"这个问题你不该问我，而是应该把它留在法庭上。你的工作不是审问我，而是把我们找到的线索进行清理。假设是我谋杀了卡斯卡特——"

"你不会这么做。"

"我知道我不会做。但是如果我做了，我肯定不会如此轻易地被你审问。不管怎样，对你的帮助，我还是很感谢的。坦白说，这家伙被谁杀了，我也不知道，但我保证，如果我知道，我会告诉你。"

"真的吗？"

"是的，我确定了就会告诉你。你们不会放过一点线索的。如果我仅仅停留在自我怀疑的阶段，你一样可以严惩我。"

"哦！"比格斯说，"同时，坦白地说，我现在的所作所为，他们也找不到理由反驳。"

"呃，还没有被证明，对吗？不管怎么说，比格斯，我发誓我哥哥要被绞死是很难的，不会因为我的证据不足而实现。"

"当然不会，"比格斯说，然后又小声说，"你也不希望发生这样的事吧。"

一阵雨滴落在燃烧的木头上，随着烟雾响起咝咝声。

克拉文旅馆
斯特兰德大道
星期二

亲爱的温西：

虽然目前掌握的情况很少，但我还是要向你汇报。我见到了佩蒂格鲁·罗宾逊夫人，她提到星期四早上当你妹妹把所有人都叫醒的时候，她第一个去的是阿巴斯诺特先生的房间——可能一位女士这样做让人觉得奇怪，但这个房间正对着楼梯，所以这样做也很自然。后来，阿巴斯诺特先生敲响了佩蒂格鲁·罗宾逊夫妇的房门，佩蒂格鲁马上就冲下楼梯，而佩蒂格鲁夫人则想帮助玛丽小姐，但你妹妹用很粗暴的方式甩开了她的手，然后跑进自己的房间，把门锁上了。佩蒂格鲁夫人还在那里倾听了一会儿，她说是'为了确认一切是否安好'，但是听到你妹妹在屋里走来走去，还用力把橱柜的门甩上了。最后她觉得自己还是应该去楼下看看，然后就离开了。

如果是马奇班克斯夫人对我说这件事情，我可能认为还有必要继续调查一下，但是我有一个很奇怪的想法，那就是你妹妹似乎即使马上要死了，也不愿意和佩蒂格鲁·罗宾逊夫人见面，而且还要锁门。佩蒂格鲁夫人十分确定那时玛丽小姐手里什么都没有拿。她就穿着睡衣，外面套着一件长外套，穿着一双结实的鞋，还戴着一顶羊毛帽子，就这样穿着等着医生来。还有一个难以解释的地方，就是佩蒂格鲁夫人——你应该记得她失眠，从两点开始就没睡着，而且她确信就在玛丽小姐敲阿巴斯诺特先生的房门之前，曾经听到走廊某个地方有摔门的声音。我不知道这能说明什么，我只是在陈述一个事实。

在城里没找到什么有价值的线索。你妹夫很小心。从侦查的角度来说，他在奥尔巴尼的房间简直什么都找不到，除了几张英国的账单、收据和邀请函之外，就没有什么可看的了。我对那些邀请他的人进行了一些调查，发现这些都是他在军队的朋友，对于了解他的私生活，没什么帮助。我昨天晚上——或者说今天早上——向他们询问了一下对他的看法，都说他慷慨大方，但是很难接近。另外，他最喜欢的活动是玩纸牌，但是也没有出老千骗人。他经常赢没错，但是赌资不大。

我觉得想了解更多，就必须去巴黎。我已经写信给里昂信贷公司，让他们帮我们找到卡斯卡特以前的票据，尤其是银行账户和支票簿的信息。我一整天都没有休息，现在还在等那些票据的消息。办完这一切，我就到巴黎去。

卡斯卡特的书也没什么，都是流行的法国现代小说，还有一本曼能的产品目录册叫作《新奇的盘子》。你觉得他是不是在其他什么地方还有自己的生活？

附上的账单是邦德街的一位美容专家的，你可能会有兴趣。我和她通过电话，她说他在英国期间差不多每星期都会去她那里。

周日在芬顿地区的调查没什么进展，但我肯定那家伙没去过那里。我想他是不是在沼泽地里躲起来了？还有那只宝石猫，也找不到相关信息。我也没听到有人说丢过这样一只猫。

好了，再见。

你永远的查尔斯·帕克

第四章　他那很害怕的女儿

这个女人看起来也是苍白没有血色的。

——《天路历程》

帕克的信是本特在星期三的早上给温西勋爵的，当时他还没起床。房子里没什么人，所有人都到北爱林顿去参加治安法庭审讯了。这次审讯虽然是走过场，但家庭成员都出席才是正经。当然，老公爵夫人也到了她儿子的身边，并且还积极地为大家张罗住宿，但是年轻的公爵夫人对婆婆的行为却不领情，认为有失尊贵。大家也不知道如果由她处理会怎样，或许她会面对新闻界吧。在如此时刻，正确的做法就是妻子要表明自己对丈夫的支持。玛丽小姐病了，这不算什么新闻。但如果彼得还优哉游哉地抽烟享福，而让他唯一的哥哥不得不面对舆论的压力，却是大家都不觉得奇怪的事。彼得和他的母亲很像，老妇人也不知道这些古怪行为是怎样进入家族血统的。她自己出生于汉普郡一家望族，他们家的外族血统肯定存在。这一点，她毫不怀疑。

温西勋爵已经醒了，但是看起来还没有什么精神，似乎睡觉的时候也没闲着，在想着案子。本特先生帮他穿上长袍，然后把盘子放在他的膝盖上。

"本特，"温西勋爵不那么愉快地说，"你的咖啡是唯一一让我在这个雨天中觉得感到愉快的东西。"

"谢谢，大人。今天早上天气是有些冷，但还好，没下雨。"

温西勋爵开始看那封信，神情依然不爽。

"信里有什么重要的事情吗，本特？"

"没什么事，大人。诺斯伯里大厅在下周会举办一场拍卖会——在弗利特怀特先生的图书馆，一本卡克斯顿版的《恋人的忏悔》——"

"说这些干什么？说不定我们会被这案子拖在这里无法动弹。真希望我是埋首在那些纸堆里。你把那些样本寄给卢伯克了吗？"

"已经寄给他了，大人。"本特说。卢伯克医生就是那位"善于分析的先生"。

"必须掌握事实，"温西勋爵说，"事实。当我还是个小男孩时，对什么事实就很讨厌，它们总是让人难以接受。"

"是的，大人，我母亲——"

"你母亲，本特？你还有母亲？我怎么第一次听说？我还以为你是天生的，对不起，我这样说太无礼了。你继续说下去。"

"没关系，大人。我母亲现在住在肯特郡——离梅德斯通很近。她七十五岁了，先生，而且在她这个年纪来说，她的精神还是相当好的。她生了七个孩子，我只是其中的一个。"

"这是一项伟大的发明，本特，我对此是非常了解的，你是很特别的。请原谅我没让你说完，你正在对我说关于你母亲的事情。"

"大人，她总是说，事实就如同母牛一样，如果你总是带着厌恶的表情看着这些母牛，那么母牛就会离你而去。她是一位非常勇敢的妇人，大人。"

温西勋爵有些兴奋地张开双臂，但是本特先生却没有理解他的意思，因为这太有违常规了，所以，他也来不及反应。事实上，他正准备去磨剃须刀。温西勋爵却突然从床上跳下来，然后以极快的速度冲进浴室。

这时浴室里响起了他激昂的声音："来到这片金黄的沙滩上，"然后感觉和普塞尔的味道有些接近了，他继续唱，"我希望借着爱情的力量飞翔。"歌声感染了他，让他有了一股勇气。浴室，他往浴缸里加了几加仑凉水，趁着这个劲，马上给自己洗了一个澡。在急忙擦拭完后，又心急火燎般地往外跑。因为跑得太急，所以就听见砰的一声，他的胫骨撞在楼梯旁一个大橡木箱子上——而箱盖因为这次很猛地撞击砰的一下打开了，然后又关上了。

温西勋爵因为疼痛而停下来，嘴里狠狠地咒骂了两句，然后用手掌轻揉着自己小腿处疼痛的部位。然后，他仿佛明白了些什么，连忙放下毛巾、肥皂、海绵、洗澡用的丝瓜筋、浴刷和其他洗浴用具，把箱盖轻轻地抬起来。

就像《诺桑觉寺》中的女主人公一样，他希望在这里能找到一些虽然可怕，但有用的东西，而不单单是那种没什么用，但是外表看起来很神秘的东西。像她一样，温西确实发现了自己要找的东西，但那些只不过是一些床单和被罩，都被整齐地叠放在箱子底部。这些发现自然难以让他感到满意，他小心地把最上面的床单抖开，然后借着从走廊窗户射进来的光线，进行了仔细地检查。几分钟后，他做完了这些，就在他刚刚要准备物归原处的时候，耳边突然传来了一声微弱的喘息声，他吓得一哆嗦，几乎要跳起来了。

站在一旁的是他的妹妹，就在那里，也不说话，而他由于全神贯注，对她进来的声音也没有听到。她穿着晨衣站在那里，双手紧握，放在胸前，蓝色的眼睛睁得很大，让人错以为是黑色的，肤色看起来和她的金灰色的头发很相似的。温西越过手里抓着的床单盯着她，她脸上的恐慌神情也传染到他的脸。恐慌和神秘的血缘很相像，在两张脸上迅速扩散着。

彼得感觉自己这样盯着妹妹就像一个傻瓜一样，但是他知道，事实上他立刻就恢复了常态。他马上把手里的被单扔到了床上，然后上前，抱住了自己的妹妹。

"早上好，玛丽，可怜的孩子，"他说，"这些日子你都在什么地方？我来这么久了，还是第一次见到你，我可怜的妹妹。"

他用胳膊环住她，感觉到她在微微发抖。

"发生了什么事？"他问，"你现在怎么样了？我知道你现在遇到麻烦了，不要怕，有我们在，我们可以一起解决，我能不能——"

"麻烦？"她说，"哦，笨蛋彼得，麻烦当然有了。难道你不知道吗？那些人杀了我的未婚夫，然后又把我的哥哥关起来了。这些，难道你还不知道吗？这不是大麻烦吗？"她笑了，这时彼得的感觉就是自己面对的是一本小说里的凶手模样的人物，连说话的语气都像，但接下来，她的语气变得自然一些了，"是的，彼得，事实上——我很不舒服，头疼，我都不知道我自己在做什么。你在找什么？还弄出这么大的动静。我在房间里都听到了，还以为出了什么事，所以才来看看。"

"你最好还是回房间休息，"温西勋爵说，"不然，会着凉感冒的。不明白为什么你们女孩子能在这种鬼天气里穿这么少？这事你不要管了，待会儿我会去你房间看你，我们再好好谈谈。"

"不要在今天，彼得。我受不了了，我要疯了。"——这一次从凶杀小说转成情感小说中的人物，彼得想——"他们要在今天对杰拉尔德进行盘问吗？"

"算不上很正式的盘问，"彼得说，一边温柔地强送她回房间，"只是走个过场，你知道的。只是地方法官去听听指控，然后老莫伯斯站出来说他只需要正式的证据，因为他必须把这些都对辩护律师讲明。辩护律师是比格斯，这个人你也认识。接着他们会对证据进行分析，莫伯斯说杰拉尔德会保留辩护权。最后就要等到大陪审团的审讯令下来，都是些没什么用的废话！我想起码要到下个月才会开始。你要打起精神来，那时候你是肯定要出席的。"

玛丽开始发抖。

"不——不！这件事我能不再管了吗？出席对我来说是不可能的。我会再次病倒的。这太可怕了！不，不要进来。你别进来。我会叫艾伦进来。不，走开，走开，彼得，请不要再逼我了，快走开！"

彼得犹豫了，不知道自己该怎么做才好。

"如果你愿意听我说句话，那就按照她说的办，大人，"本特的声音在彼得耳边响起，"要不然，就会让她情绪崩溃，"他加了一句，然后拉着彼得的手，离开了玛丽的门口，"你这样坚持，对你们两个都不好，说不定会更糟。我看，先这样吧，等老夫人回来再处理这事。"

"没错。"彼得说。他转身刚要起捡起他掉在地上的洗浴用品，但是已经被收拾好了。他又把箱子的盖子打开了。

"你说你在裙子上发现了有用的东西，是什么？本特？"

"沙砾和细沙，先生。"

"细沙。"

里德斯戴尔小公馆后面的沼泽地在这空旷地带更显寂寥，它向远处延伸着，所见之处，都是那种石南花，颜色也不鲜艳，湿漉漉的，让人打不起精神。下午六点，那种吸引人的日落景象在这里是完全看不到的，只让人感觉到沉重。温西勋爵在沼泽地仔细地搜寻着，时间已经过去很久了，但还是什么都没有找到。"真希望帕克在这里。"他咕哝着，然后带着恨意，沿着一条羊肠小路走下去。

这地方找不到像样的旅馆，所以，他只能住在距离它两英里半的一处农舍，名字叫格里德山谷。在里德斯戴尔的正北方，那是沼泽地边缘，也更加荒凉偏僻。农舍就坐落在山谷间，两边全部都是茂盛的石南花。一条小路蜿蜒盘旋，绕着威麦灵高地而下，又围绕着一片小沼泽地，然后横过里德河，再延伸大约半英里到了达农场。彼得也没想过要从格里德山谷获悉到有价值的信息，但是又因为无收获而不高兴，总想着要把这地方翻个遍。他私下觉得，那个神秘人的摩托车肯定是沿着高速路行驶的，虽然帕克的调查显示的情况与自己的这个判断不一致。或许摩托车直接驶过芬顿，没有停下过，也没让别人注意到。而且，他想过要对附近地区进行搜查，而格里德山谷就在这个区域里。他停下来，把自己的熄灭的烟斗点燃，然后继续往前走。每隔一定的路程，就会看到一个白色标杆，被篱笆围着。这是标识走到谷底的路，左边几码的地方地面没有一点平坦，中间是黑色的沼泽，很容易吞噬掉一切掉进里面的东西，连鸟都飞不出来。温西的脚下有一个空沙丁鱼罐头盒，已经被踩扁了。他弯腰捡起来，扔进了沼泽地。彼得忧伤地斜倚在篱笆上，不知道自己该想些什么。但不管怎样，现在正是他情绪不高的时候。过了好一会儿，彼得觉得自己的脚因为低温的缘故，已经有些麻木了，还感觉到很饿，而他还有一段路要走。他踩着有些滑溜的小石头越过小河，终于到了农场门口。大门很简单、普通，但看起来非常坚硬、结实。一个男人嘴里叼着一根稻草，无聊地斜靠在大门上。看着温西走近，他也没有要理睬他的意思。

"晚上好，"最后这位贵族只好主动说话，还友好地把手放在门闩上，"这鬼天气真是冷得够呛，你说对吗？"

男人没有回答，只是深深地吸了一口气，让自己更舒服一些。他穿着粗糙的外套和马裤，一些肥料沾在裤腿上。

"当然，到了冷的季节了，是不是？"彼得说，"我敢说，羊可不在乎这种天气，因为它们有羊毛裹着，冻不着。"

那人将稻草移开，朝彼得右脚的方向用力吐出一口痰。

"你在沼泽地里丢过很多家畜吗？"彼得不在乎对方不理自己，也像那人一样靠在他对面，"你这房子的围墙看起来很棒。呃，如果你晚上心血来潮，想跟朋友在这附近逛逛，黑糊糊的不会出事吧？"

那人又吐了口唾沫，将帽子盖住自己的整个前额，有些不耐烦地问："你想干什么？"

"哦，"彼得说，"我想认识一下这座农场的主人。我是附近的邻居。这地方还真是偏僻，他今天在家吗？"

那人嘟哝了一句听不清的话。

"很高兴听你这么说。"彼得说，"我觉得约克郡人比别的地方的人都好客。不管认不认识对方，都会主动请人去火炉边烤火。对不起，你知道吗，你这样靠在门上，我可打不开这门。我相信，你应该是没注意到你这样靠着就把门堵住了。这座房子很不错，不是吗？如此荒凉、阴暗，门廊里也没有什么植物。谁住这儿呢？"

那人把温西仔细地端详了一会儿，回答说："格兰姆索普老爷。"

"哦，是他吗？"温西勋爵有些惊奇地说，"我正想到哪儿去见到我最钦慕的人，他可是农场主的典范。只要能呼吸到约克郡北部的空气的人，对格兰姆索普先生都会感到钦佩的，'格兰姆索普老爷的黄油是最好的'，'格兰姆索普老爷的羊毛从来不会结成团'，'格兰姆索普老爷的猪肉入口即化'，'爱尔兰的炖肉来自格兰姆索普老爷农场的母羊'，'肚子里有格兰姆索普先生的牛肉，永远——永远不会忧伤'。所以，我毕生的心愿就是想见到这位成功人士。毫无疑问，你就是他最忠实的帮手了。你肯定在这里帮他打点庄园，每天劳作，除草、喂料，照顾羊群，晚上和孩子们围在炉火旁，回味一天的劳作。多么美好的生活啊，尽管冬天这里看上去有些荒凉。让我们握握手吧。"

或许是被勋爵那动听的话语所打动，或许是看到了勋爵手里硬币的金属光泽，反正，那人移动了身体，可以让温西走过去了。

"非常感谢，老兄，"彼得连忙从他身边走过，"在这屋子里能找到格兰姆索普先生吗？"

那人没有理他，直到温西沿着石板路走了大约十二码，他才喊出一声："老爷！"

"老兄，怎么了？"彼得亲切地转身问道。

"或许他对你不那么友好，会放狗的。"

"是吗？"彼得说，"忠实的猎狗对游子回家总是欢迎的，'好久不见了我的儿子'。然后就是拥抱，大家一起边哭边笑，老爷拿出一大堆好吃的，犒赏大家，所有人都围坐在火炉旁，一边吃，一边聊天。这情景该是多美呀！直到牛群回圈，直到野狗在耶斯列吃掉耶洗别的尸体，每一个雪白冬日离去的时候，新的春天都会来到的。我猜想，"他自言自语地加了一句，"他们也许才喝完茶。"

当温西勋爵即将走到农场门口的时候，他的情绪好了起来。对于这样的拜访，他是喜欢的。他喜欢侦探工作，这种喜欢就像过腻了无聊的生活，而需要换一种生活状态，因为侦探工作具有刺激性——但他还是缺乏侦探锁具备的基本气质。到格里德山谷来进行拜访，他的期望值并不大，否则，他所需要的信息早就会被他问出来了，只需要向门口那个男人稍稍露出点财气就可以了。如果是帕克，他可能早就这么干了，因为他干这个是有钱赚的，而不管他天赋如何以及他后来在一所文法学校受到的教育，都不会促使他在不合理想象的细枝末节中迷失方向。对于彼得来说，这个世界在他眼中与别人是不一样的，就是一个由枝节问题组成的、吸引人的迷宫。他是一位精通五六种语言学者，是一位有品位的音乐家，还是毒理学专家、善本收藏者，还是各种社交场合的宠儿，是一个感觉论者。他可以在星期日中午十二点，衣着懒散地在海德公园一边悠闲地散步，一边阅读《世界新闻》。他对于未解事物的激情非常浓烈，会到大英博物馆去寻找那些很少有人看的晦涩的小册子，一边能研究所得税收税员的情感史，并和自己的情感走向进行一番对比。现在他可以知道，约克郡的农场主会对偶然出现的路人放狗，这种问题对他来说非常吸引人，也需要他亲自去调查，自然，结果是什么，就不好说了。

第一次敲门没有什么回应，温西勋爵没有放弃，又敲了一次。这一次有了动静，一个粗暴的男人的声音响了起来："啊，进来，该死的，进来吧，该死的！"马上就有东西掉落或者被扔掉的砰砰声。

门被打开了，让彼得意外的是，开门的是一个女孩，只有七八岁的样子，长得很黑，但看上去非常机灵可爱，扔过来的东西擦着她的胳膊飞过。小女孩有些不放心地堵着门，直到同样的声音咆哮着响起：

"谁在外面？"

"晚上好，"温西摘下自己的帽子说，"请原谅我没有经过你的同意就来拜访，我住在里德斯戴尔。"

"什么？"那个很蛮横的声音说。温西从小女孩的头顶看到一个又高又胖的男人轮廓，他坐在壁炉旁。屋里没有开灯，但是炉火比较旺，因为窗户非常小，所以整个屋子不那么明亮。看起来屋子比较大，但是烟囱对面有一条高高的有背长凳，一下子就把空间阻隔，所以整个屋子后面看起来好像就是一个很大的黑洞。

"我能进来吗？"温西问。

"想进那就进来吧。"那个男人无礼地说道，"把门关上，有什么好看的？快去你妈那里，让她教你一些基本的礼仪。"

这人看起来就是那种对别人要求很严的古板人。小女孩马上就跑没影了，彼得慢慢地走了进来。

"你是格兰姆索普先生吗？"彼得彬彬有礼地问道。

"是又怎么样？"这个农场主反驳道，"我对我的名字感到自豪。"

"没错，"彼得说，"还有你的农场。这地方也让人觉得愉悦，不是吗？我是温西，彼得·温西勋爵，事实上，丹佛公爵是我哥哥。很抱歉打扰你——你现在对你自己的农场要关心得多，有很多事情要处理——但是我来你这走走看看，你也不会反对的。这山村可真的很偏僻，我想认识一下你这位新邻居，所以就来了。你看，我在伦敦住习惯了，那里走到哪儿都是人。我想这里肯定很少看到陌生人吧？"

"没什么陌生人。"格兰姆索普先生很决然地说。

"哦，这就好，"温西勋爵继续说，"这是件好事，会让人对自己的家庭更加关注。我总认为在伦敦遇到太多的陌生人会分散自己的注意力，你觉得呢？哦，对了，你结婚了吗？格兰姆索普先生？"

"该死的，你来我这除了说这些废话，还想干什么？"农场主咆哮起来，脸上凶狠的表情让温西想到了看门人说的要放狗的话。

"哦，没什么事，"他回答，"只是想刚才那个开门的小姑娘是你的女儿吧。"

"如果我认为她不是，"格兰姆索普先生说，"那么，我早就把这个小贱货和她妈妈都掐死了。对此，你有什么想说的吗？"

事实上，说这些话，只是彼得想进一步深入的幌子，但现在似乎离题万里了。这让一向认为自己很会说话的彼得觉得有些下不来台。他掏出一根雪茄烟，递给了格兰姆索普先生，暗自想道："那个女人在这里陪着这个怪人，该是多么受折磨呀。"

农场主没有给温西面子，没有接他的烟。随后，两人都没有说话。温西自己给自己点燃烟，然后看着自己面前的这个怪人。这人大约四十五岁，很显然脾气很坏，粗鲁、苛刻；饱经风霜，宽肩隆起，大腿又短又粗——和一条坏脾气的喇叭狗没什么两样。看来微妙的暗示对这个人没什么用处，温西决定换一种方式。

"说实话，格兰姆索普先生，"他说，"请原谅我突然来打扰你，这是有原因的。对于能见到你，我是非常高兴的。但是，我不是来玩的，而是来找一个年轻人——怎么说呢？是——我的一个朋友——他说他要来这一带玩玩，可能我们相互错过了。你看，我是从科西嘉来的，那地方不错，格兰姆索普先生，但是说这话就扯远了——我回来后，想到我朋友说的，我想他肯定来这里已经有一个星期了，看见我不在这儿，真是不巧，没遇到我而已。但是，我没找到他的任何东西，所以，我也不敢确定他是否来了。所以，我想问问你是否见过他？一个很高的小伙子，大脚，骑着一辆挎斗摩托车。我想他来过这里，这我能肯定。你见过这个人吗？"

农场主已经被气得直喘气，他的脸开始扭曲，脸色开始变黑。

"你指的是哪一天？"他粗声粗气地问道。

"我想应该是上周三晚上或者周四早上，"彼得说，他生怕那人会暴跳起来，连忙抓紧了自己手里的拐杖。

"我知道。"格兰姆索普先生大声咆哮，"——这个荡妇。都是这些该死的女人干的好事！听着，先生，那个混蛋是你的朋友？嗯，我周三周四在斯泰普利——你对此全知道，是不是？你朋友也明白，是不是？如果那天我没去，他就没好日子过了！如果他被我抓到，我就把他扔进彼得壶里，要不了多久，只要一分钟就可以了。我告诉你，如果你们今后再这样在这里鬼鬼祟祟的，我就把你们的肋骨拆掉，让你们永远去相互寻找，知道了吗？"

说出这些话的同时，他像一头牛头犬一样，朝彼得扑去，想抓住他的脖子。

"请冷静，"彼得看似漫不经心的样子，轻松地摆脱了他的钳制，这让对手大吃一惊，然后反过来扭住了他的手腕，"别做傻事，你知道——像这样谋杀一个小伙子，可是犯罪，谋杀。验尸，这些麻烦都会找到你。控方律师会对所有的细节追问到底，最后一个小伙子会让你在绞架上把脖子伸进绳索里。另外，你的这种方法也太落后了。站好了，你这个笨蛋，不然，我就真的要扭断你的手腕了。好了，先坐下。我是来向你打探一些事情，你就不能把态度放好点吗？别那么上火嘛。"

"从我屋里滚出去！"格兰姆索普先生恼羞成怒。

"我会走的，"彼得说，"对你的热情款待，我非常感谢，格兰姆索普先生。很遗憾，我还是没能从你这得到我朋友的消息——"

格兰姆索普先生发出一声大叫，然后跳起来往外冲去，并且大喊"杰贝兹"。温西勋爵看着他离去的背影，然后扫视着整间屋子。

"这里可疑的地方太多。"他说，"这个家伙真是脾气暴躁，但他肯定知道些什么，我肯定——"

他绕过那张长凳子，却发现自己对面站着一个女人——一大片阴影中一团模糊的白影。

"你？"她的声音低沉而沙哑，还带着喘息说，"你？你怎么回来了？你是疯了！快走，他马上要带着狗回来了。"

她伸出双手，推着他的胸部，把他往外推。当火光照亮了他的脸时，她才发现自己认错了人。她猛地发出一声尖叫，瞬时僵住了——就如同看见美杜莎的恐怖效果。

传说中，美杜莎非常美丽，这个女人也不差，黝黑浓密的长发，饱满洁白的额头，整齐的眉毛下乌黑的眼睛发着亮光，嘴唇很大很丰满——身段也美妙，彼得即使在面对自己祖辈的血海深仇的时刻，也没觉得自己的血像现在一样沸腾。他的双手立刻握住她的手，但是她马上挣脱了，并且往后退。

"夫人，"温西说，他平复着自己有些激动的心情，"我不是十分——"

他的脑海中同时涌现好多要问的问题，但不知道该怎么开口才好。正想着，就听到房子后面传来几声凶狠的叫声，而且声音急促，接连不断。

"快跑，快跑！"她急切地说，"狗！上帝呀，这该怎么办？你快走，如果你不想我死的话，就赶快走！"

"听我说，"彼得说，"我要保护你，所以——"

"你只会让我快点死。"女人说，"快走！"

彼得没办法久待了，他只好抓起自己的手杖往外跑。他还没跑几步，那些狗就已经冲到了他身边。彼得抡起手杖，打退了扑向他的狗。被打中的狗叫着往后退，而那个看门人还靠在门口，格兰姆索普用嘶哑的声音命令他赶快抓住正跑向他的彼得。彼得不小心，在门口摔倒了。但他很快爬起来，又跑开了。他听到了那暴怒的主人在大骂看门人，而看门人则辩解自己没有办法做到。这时，彼得又听到了那个女人的叫声，非常凄惨。他忙扭头去看，只见那个女人，还有看门人，正在喝住那些狗，而且也似乎在劝说格兰姆索普不要让它们过去。看样子他们似乎说动了那家伙，农场主的脸色也好看了点，看门人正在把狗赶回去，鞭子的噼啪声和狗吠声此起彼伏。女人此时不知道又说了些什么，让她的丈夫非常生气，于是，他开始打她，并把她打倒在地。

彼得看不下去了，准备往回走去救人，但想到自己真要回去，那事情只会变得更加糟糕。于是，他停住脚步，站在原地看着。只见那女人从地上爬起来，用披巾擦了擦自己脸上的血迹和脏污，然后一言不发地走进屋子。农场主扫视四周，对着彼得挥舞着自己的拳头，也进了屋子，而那位看门人依然靠在门上。

直到格兰姆索普夫妇关上房门，彼得才举起手，冲着那个看门人挥动起来，朝他打着招呼。那个看门人犹豫了一下，然后才慢慢朝他走来。

"非常感谢，"温西诚恳地说，并掏出一些钱给他，"我想我是惹了大麻烦了。"

这个男人面无表情地说："这是老爷用来对付前来拜访他夫人的人所惯用的方式，"他说，"如果你还想看着她过好日子，就离她远一点。"

"我说，"彼得说，"你在星期三有没有看到一个骑着摩托车的年轻人来这儿。"

"星期三？没有。主人应该是在那一天去的斯泰普利，然后他去买机器。哈，没见过什么人。"

"好吧。如果你发现了这样的人，请马上通知我。这是我的名片，谢谢了。"

那人接过名片，连再见都没说，就转身走了。

温西勋爵慢慢往回走，刚才那混乱的一幕让他脑子乱了，他要好好想想这到底是怎么回事。

"首先，"他对自己说道，"格兰姆索普先生，一个莽撞的家伙，身强力壮，脾气也暴躁，而且极其专制——因为妻子漂亮，所以就不放心。上星期三去了斯泰普利，上星期四买了机器——看门人已经证明了这一点，另外，这是个有说服力的不在场证明——因此，就算骑挎斗摩托车的神秘朋友来他的庄园了，他也没见到。如果他真来了，那目的也很明确。这儿还有一个很有意思的问题。他干嘛骑着挎斗摩托？这旅行工具也不怎么时髦，更不好用。好极了。如果我们的朋友是来追求格兰姆索普夫人的，那么，他也没能追到手，这也很不错。

"第二，格兰姆索普夫人。上帝，这可是少有的美人。"他暂停思索，回想了一下刚才让人吃惊的一幕，"现在让我们假设'十号'来这里的目的就是为了这个女人。哦，格兰姆索普夫人对她的丈夫很是惧怕，他只要有一点不满意，就会打她。我真想去——但我真去了，事情不但不会好，只会更糟。希望那里比较平安，不会有谋杀发生。现在就已经够麻烦了，不要再来一桩。我怎么了？这是想什么？"

"对——呢，格兰姆索普夫人对一些事情肯定知道，也认识什么人。她把我当成了什么人，对她而言。这个人不应该出现在格里德山谷。那么，我跟格兰姆索普说话的时候，她藏在附近？她不在屋里。或许是那个小孩告诉她的。不，应该不是，我对那个小孩说过我是什么人。啊哈，等一下。我好像知道什么了？她看向窗外，看到了我穿着旧的柏帛丽大衣。'十号'就是这样穿的。所以，她以为我就是那个'十号'，那么她想干什么呢？她大概想不通为什么那个傻瓜会来这里。然后，当格兰姆索普跑出去放狗的时候，她拼了自己的命来挽救——该怎么说呢？就算是她的情人吧——让他快点儿走。她发现认错了人，来的人不是她的情人，而是一个不认识的人——恐怕我是——一个会让她陷入新的危险的人。于是，她告诉这个笨蛋要想所有人平安，就是赶快走。这样，那个笨蛋走了——当然样子很不好看。这出迷人的戏剧的下一幕会在什么时候开始呢？我真盼望能快一点。"

他在原地跺了跺脚。

"但是，"他又反驳自己，"这仍然无法解释'十号'在里德斯戴尔的行为。"

直到这次徒步旅行结束，彼得还是没有想到对这事的合理解释。

"不管怎样，"他对自己说，"只要能确保她无事，我还是要去见见这个女人的。"

第五章　巴黎圣·奥诺雷街与和平街

我想这就是那只猫。

——《皇家海军战舰"围裙"号》

帕克先生坐在圣·奥诺雷街的一个小公寓里。现在已经到了下午三点，秋日的阳光分外美好，整个巴黎都笼罩在阳光里，但是这个屋子是面朝北方，所以让人感觉到有点压抑。屋子里深色家具看上去很寒酸，而且好像很长时间都没住人了。这是个男人的屋子，风格简约朴素，和它已故主人的风格保持一致。冰冷的壁炉旁边，有两把深红色皮革的大椅子。壁炉架上挂着一座青铜时钟，它的旁边放着两颗磨得铮亮的德国子弹，一个石制烟盒，一只东方风格的黄铜碗——里面放着一支长烟斗。几件极其精致的梨木雕刻和一幅查理二世时期一位十分华贵的妇人的肖像油画，算是比较名贵的物件。深红色的窗帘，地板上还有土耳其地毯。一个高高的装有玻璃门的桃花心木书柜正对着壁炉，一些英法经典作品、大量的历史和国际政治读本、各类法国流行小说、许多军事和体育书籍，都整齐地放在里面。让人惊奇的是还有一套附带彩色插页的《十日谈》的法国著名版本。一个巨大的衣柜放在窗户下面。

帕克很失望，拿出一张纸，开始写自己的心得。他在早上七点喝了咖啡，吃了几个面包卷；他对这个公寓的搜查非常彻底；他和公寓看门人、法国里昂信贷银行的经理、巴黎的警察局局长都进行了交谈，但是还是没有获得什么有用的信息。

从卡斯卡特上尉的票据中也得到了一些信息：

战前，丹尼斯·卡斯卡特是一个有钱人。他在俄国和德国的投资收益不错，还持有一个出产香槟酒的葡萄园的股票，数额比较大，该葡萄园经营有方。在二十一岁继承财产之后，他离开了剑桥，到许多地方去旅行，也结识过许多有名的人物，以从事外交事业为目的并学习、研究相关事务。一九一三年到一九一八年间，正当战争情形紧张，大战一触即发的时候，他获得第十五军的任命。借助于支票簿，帕克把这位年轻的英国军官的经济生活得以重现——休假期间花在衣服、马、装备、旅行、餐饮上的开销，桥牌债务，圣·奥诺雷公寓的租金，俱乐部的会费，等等。这些支出看不出有什么问题，没有超过他的承受能力。他把收到的账单都作了标注，放在衣柜的一个抽屉里。支票簿与这些账单的对账，都没有什么问题。除了这些，卡斯卡特似乎还有一项支出。这项支出是在一九一三年开始的，数目很大，领款人是他自己，一个季度一次，有时间隔时间还要短一些。至于这笔支出的目的，帕克不知道，也没有在家里找到相关的证据说明。

一九一四年世界信托危机也给他带来了损失，这在银行存折上就可以看出来。他在俄国和德国的投资都遇到了大麻烦，在法国的股票也损失很大，只有原来的四分之一，战争使得葡萄园的工人都参战了。战争第一年，在法国的投资还分了一点红利，随后账目贷方栏就有了缺口，数目为两万法郎，六个月后又有了三万法郎的缺口。在那之后，糟糕的情况越来越严重，帕克可以想象来自前线的简讯使得证券市场陷入崩盘，过去六年的积蓄化为乌有，分红越来越少，最后就完全没有了，而花销却没有减少，导致经济状况越来越严重。

到一九一八年，情况更加糟糕，几个账目栏都显示他为了改善经济状况而做出的努力，他甚至到外汇市场去进行投机。看到这里，帕克不禁想起自家桌子上那些不值钱的复制品，于是很同情地叹了口气。很明显，外汇市场也没能帮助他，卡斯卡特发现马克和卢比无法改善他的状况。

大约就是从这时开始，卡斯卡特的存折显示开始有现金收入，数额不等，时多时少，而且时间也不固定。到了一九一九年，入款总额达三万五千法郎。帕克起初猜想这应该是没有经过银行的股票分红，他对整个房间进行了搜查，希望能找出一些有关的备忘录，但是什么都没找到，他只好推断卡斯卡特应该是把那些都藏起来了，或者他是另外有什么秘密的收入来源。

卡斯卡特似乎没多久就退伍了——当然，这和他认识的那些政府要员有很大的关系——并且，他还在里维埃拉休了长假。随后他来到英国，还有七百镑现金，按照当时的兑换比例，这笔钱兑换成法郎，是很大一笔钱。从那时起，他的收入和支出基本正常了，与此同时，支付给他自己的款项也比以前要大，而且也很频繁。到了一九二一年，葡萄园的经营也开始出现好转。

帕克先生将这些信息都记录下来，然后，他坐在椅子上，打量着这间公寓。帕克对自己的职业感到厌恶已经不是第一次了，他叹了一口气，觉得该做的事情还是得去做。于是，他继续写报告了。

从法国里昂信贷银行经理图格特先生得到的信息证实了存折上的明细。近来，卡斯卡特先生所有的开销没有用现金，而是用票据，数额也不是很大。偶尔的透支也没什么关系，而且他总能在规定时间内还清。像其他人一样，他的收入也在下降，但是银行却没有感到有什么不妥。那时他在银行的存款是一万四千法郎。卡斯卡特先生与人很和善，但不是很健谈。

从门房那里获得的信息：

门房见到卡斯卡特先生的时间不多，但觉得他是个绅士。他进出的时候，总是和人打招呼。他有时会穿着晚礼服接待朋友。一个人住的时候，总会聚友打牌。他从来没有引过女士来这里，除了今年二月份，他在这里举办了一个宴会，邀请了一些女士参加，然后把自己的未婚妻介绍给大家，那是一位漂亮的小姐。这里只是卡斯卡特先生的一个临时住所，他经常几个月不在这里。他年轻英俊，喜欢整洁，但是独居。勒布朗克太太，某人新近亡故妻子的表亲，有时会来帮助他整理房间。勒布朗克太太品行端正。门房先生也知道勒布朗克太太住在哪里。

来自勒布朗克太太处的信息：

卡斯卡特先生年轻，也很有魅力，大家都很高兴为他工作。他很大方，也很关心家人。得知卡斯卡特已经去世，而且是在即将结婚的时候死去的，勒布朗克太太很悲伤。去年那位小姐到巴黎的时候，勒布朗克太太和她见过面，她认为这位年轻小姐是个富有的女人。她认为如今像卡斯卡特先生那样稳重的人不多了，尤其是富有、帅气的年轻人。与勒布朗克太太打交道的年轻男人很多，她也知道这些年轻人的许多事情，但卡斯卡特先生却很稳重，没有什么花边新闻。如果他回来了，就会让她知道，她就会定期去整理他的房间。他将喜欢把房间弄得整齐，而且很讲究穿，他的浴室很特别，就像是女人用的。这样的人竟然死了，这真是让人难过。看来勒布朗克太太很喜欢卡斯卡特。

从警察局局长那里获得的信息：

都是些垃圾信息。卡斯卡特先生一向安分守己，没有引起过什么麻烦。至于帕克先生说的那些钱的问题，他说只要有票据号码，追查来源不是什么难事。

那些钱被弄到哪儿去了呢？帕克想到有两个方向——不寻常的产业或勒索者。像卡斯卡特这样既年轻又帅气，还不缺钱的年轻男人，如果只有一两个女人，那是不正常的，虽然门房说没见到他带女人回家，但这不能说明什么，或许是掌握在某个知情的人手中。值得关注的是，这些来历不明的钱出现时，他几乎要破产了，看起来那些钱可能是通过赌博得来的，这是丹佛所指控的。不管怎样，帕克认为遭人勒索的可能性比较大，这也符合他和温西勋爵在里德斯戴尔进行的相关推论。

还有一些事让帕克感到有些不明白。为什么那个勒索者要骑着挎斗摩托车到沼泽地去呢？那只绿眼睛的猫又属于谁呢？那不是普通的东西，卡斯卡特用它去应付勒索了吗？这看起来有点不可思议。那就应该是勒索者觉得自己被耍弄了，所以把它扔在那个地方了。那只猫现在就在帕克手里，他觉得要弄清这一点，最好是到珠宝商那里去，让他们说出它的价值，这样，就能大概知道是怎么回事了。那辆挎斗摩托车和这只猫都比较难以说清，还有一个更大的、说不清的难点——玛丽小姐。

玛丽小姐在开庭审讯中为什么不说真话呢？可以肯定的是她的确撒过谎。他不相信玛丽说她是被第二声枪声惊醒了的说法。她为什么要在早上三点钟到花房那里去？还有那个手提箱——如果那个印记是手提箱的话——藏在仙人掌那里，又是谁放的呢？为什么查不出她到底得了什么病？而她却一直声称自己身体不舒服，甚至都无法在法官面前拿出能说服人的证据去参加对她哥哥的审讯。那么，玛丽小姐会不会也在那天参与了在灌木丛中的谈判呢？如果真是这样，那他和温西一定会发现她留下的脚印。她和那个勒索者是不是一伙的呢？这个假设可有些大胆呀。也有可能是她在想办法帮助自己的未婚夫，她不是个缺钱的人，她也不是小气鬼，就像从公爵夫人那里听到的信息一样，她以前在金钱上资助过她的未婚夫？如果真是这样的话，那她为什么要隐瞒呢？最令人难以置信的就是卡斯卡特是个骗子，在赌场里出老千，现在大家都知道这件事，而且死无对证。如果她早知道这件事，为什么不在法庭上说出来，帮她哥哥脱离困境呢？

在这方面，他还有更让人感觉不舒服的想法：如果马奇班克斯夫人听到的书房里的脚步声不是丹佛发出的，而是另外什么人——就是与勒索者约定见面的人——这人对卡斯卡特充满了厌恶——也知道他们见面必定充满了危险。他对于房间和灌木丛之间的草坪是不是全都检查而无遗漏了？如果是在星期四检查的话，说不定就能看见一些被践踏的草叶，但经过雨水的滋润，这些被踩倒的草叶又恢复了原样，是这样吗？彼得和自己已经把树林中所有能找到的足迹都找到了吗？真的会是某个熟人走近死者开的枪吗？还有——那只绿眼睛的猫到底属于谁呢？

想来想去，每一种想法都让人觉得不可接受，但就是无法让帕克从脑海中去掉。他拿起温西给他的一张卡斯卡特的照片，好奇地盯着它看，很长时间都没放下。这是一张略微黝黑、非常英俊的脸；头发乌黑，微微带卷；鼻子高耸，很好看；又大又黑的眼睛透着愉快而又有点儿傲慢的神采；嘴唇稍稍有点儿厚，但看起来很迷人，闭合的曲线，诱惑感十足。他似乎有点胖，有一个不太明显的双下巴。坦率地说，帕克觉得这人实在是很平常，吸引力不足，倾向于属于"拜伦式让人讨厌的家伙"，但是经验告诉他，这样的脸蛋还是很讨女人喜欢的，对于女人的杀伤力还是很大的。

上帝很喜欢搞一些巧合的恶作剧，但帕克先生却从未遇到很巧合的事。所以，他对于巧合这样的事也不相信。事实上，作为一个非贵族出生的人，他一直都认为只有温西这样的人才会受到巧合的眷顾，而他自己之所以能有今天这样的地位，靠的是努力工作和精明处事，和巧合没什么关系。而这一次，他之所以能得到巧合，应该归功于他的努力，所以，他不必像凡夫俗子那样去感恩。

帕克写完了报告，把桌子上乱七八糟的文件都收拾好，然后到局长那里交回钥匙和封条。这个时候还不是特别晚,所以他也没觉得太冷。于是,他就在大街上闲逛了一会儿。等到脑子稍微清醒了一点,帕克决定好好放松一下,就想着去圣米歇尔大街那里,找个地方喝杯咖啡,再逛逛巴黎的那些商店。工作之余,他也是个温和的、居家式的男人,所以,他也想好好表现一下,为家里的人,尤其是自己的姐姐买点儿巴黎的时尚玩意儿。他姐姐还没有结婚,一个人住在巴罗因弗内斯,生活单调苦闷。帕克知道她是个时尚的人,对于那些很薄而透明的蕾丝内衣裤非常喜欢,虽然这些衣裳只能自己在家里穿给自己看,无法让别人欣赏。虽然是一个外国人,而且还是为女人买内衣,但这对于帕克来说,也不是什么难事。他记得自己曾经有一天,在法庭上和一位博学的法官探讨过有关女式贴身背心的问题,现在想想,那天两个大男人说这样的问题,也没觉得有什么不妥。帕克决定找一家正宗的法国商店,先假装买一件女式贴身背心,这样,售货员就以为自己是有钱的主顾,下面的事不用自己开口,就会把自己想要的商品都拿出来,向自己介绍。

快到六点了,帕克已经完成了任务,轻松地沿着和平街闲逛,他的胳膊上挎着一个纸袋,里面装着他的战利品。这一趟花的钱超出了预算,但他也不后悔,觉得还是值得的。因为他总算搞清楚了以前一直让他觉得糊涂的事情。比如什么是女式贴身背心,双绉绢与黑绉纱是完全不同的两样东西,而且价格因码子的大小而不同,越大越贵。那位年轻的小姐是个聪明人,懂得顾客的心理。只要看一眼表情,就知道顾客想要什么东西。帕克也认为自己的法语水平比以前强多了。街道上的行人很多,一个个商店橱窗布置得也很精美。帕克先生在一家珠宝店门口,不知不觉地停了下来,橱窗里那些华贵的珠宝并没有引起他的兴趣,那些标价八万法郎的珍珠项链和一个镶着钻石、海蓝宝石的铂金吊坠在他眼里也只是无意义的物件而已。

就在这时,他突然看到一个写着"幸运物"的标签,上面悬挂着的一只绿眼睛的猫。

那只猫和帕克先生都在互相望着,只不过一个是死的,而帕克先生却是个活人。那猫不是普通的猫,它有个性,小身子微微拱起,身上装饰着耀眼的宝石,那闪着光的、用白金打造的小爪子紧紧握在一起,闪闪发光的小尾巴很神气地翘着,似乎想蹭自己最爱的东西。它的头朝一边侧望着,仿佛想要什么人帮它挠挠痒。这是一件非常精美的工艺品,虽然很小巧,但一看就是一个高超手艺人的作品。帕克将手伸进口袋,把口袋里的那只猫拿了出来,仔细地对照了起来,不用怀疑,两只猫非常相像,简直就是一个模子里磕出来的。帕克先生点点头,立刻抬脚进入店里。

"你好,"他招呼柜台里的一个年轻人说,"我看到你们橱窗里的那只宝石猫跟我的这只很像,我可以知道它的价钱吗?"

年轻人立刻回答:"没问题,先生。那只猫价格是五千法郎。你看,它的材料非常好。而且,这雕琢精湛,是名家的作品,和市场上其他的宝石装饰品相比,就非常值钱了。"

"我想这玩意儿应该是吉祥物吧?"

"是的,先生,是能带给人好运气的小物件,尤其是玩牌的时候,能让人赢钱。很多女士对这些小挂件很喜欢。我们还有其他种类的吉祥物,材质和价钱都和这个一样。先生,请放心,从品质上讲,这绝对物有所值。"

"我想在巴黎这个地方,买这样的猫应该很容易吧。"帕克用一种漫不经心的口吻说。

"怎么可能呢,先生。如果您是在为您手上的这只猫配对的话,那么我建议您就不要迟疑了。我们老板布里克特先生一共进了二十只。包括橱窗里的那只,卖到现在,只剩下三只了。我想他不会再进同类型的货了,一件货品数量多了,就卖不出价钱了。当然,我们还有别的猫——"

"我对别的猫不感兴趣。"帕克先生忽然觉得自己很幸运,"如果我没有领会错的话,这猫只在布里克特先生这里出售,是吗?我手上的这只猫也是在这里买的,我说的对吗?"

"完全正确，先生，这是我们独家出售的猫。这些小动物只有我们这里的一位工匠师能做，我们店里很多精美的工艺品都是他精心创作的。"

"我想，想知道这只猫最初卖给了谁是件很难的事吧？"

"如果是在柜台用现金进行交易的，那就很难知道是谁买的，但要是我们的账簿有登记，想知道是谁买的，就很容易了——如果您想知道的话，先生。"

"我当然想知道。"帕克拿出了自己的名片，"我是英国警局的侦探。这只猫是很重要的案件证物，弄清楚它的来历，是非常重要的事。"

"如果是这样，"年轻人说，"我应该先告诉我们老板一声。"

他拿着名片走进了店堂后面，不一会儿，一位矮胖的绅士和他一起出来了，店员介绍说这是老板布里克特先生。

他们来到布里克特先生的办公室，桌上已经摊开了那本账簿。

"很抱歉，我只能帮您到这个地步，先生，"布里克特先生说，"我这里只有账户的顾主的姓名和地址，毕竟，这玩意儿还是比较值钱的，想买它，不大可能带着那么多的现金来交易。不过，也有例外，那些有钱的盎格鲁-撒克逊人就不怎么把钱当一回事。所以，这事对我来说，也不难，我们先从这些猫被制造出来的时候开始查起。"他的手指快速翻动着账本，"第一桩交易发生在一月十九日。"

帕克先生把这些姓名和地址都记了下来，半小时之后，布里克特先生用完成任务的口气说："已经全部念完了，先生，你记了多少个名字？"

"十三个。"帕克回答。

"现在我们还有三只没有卖掉——我们一共有二十只——也就是说有四只是客户用现金买走的。如果您还想继续查，那我们就去看看日记账本。"

翻查日记账本要费事得多，但最终那四只猫的销售日期还是有了眉目：一只在一月三十一日，另一只在二月六日，第三只在五月十七日，最后一只在八月九日。

帕克觉得只能如此了，他站起来，向布里克特先生表示真诚的道谢。忽然，他脑中闪出了一些想法，并与这些日期联系起来，他拿出了卡斯卡特的照片，递给布里克特先生，问他对这个人有印象吗。

布里克特先生摇头，说自己不认识。

"我可以肯定他不是我们的常客。"他说，"对别人的面孔，我记得很清楚，这是我的职业习惯，尤其是与我们经常打交道的客人。对于这位先生，我不熟悉。不过，或许我的员工认识他。"

多数职员看了照片后，都说不认识。就在帕克有些失望，准备把照片收起来时，一位年轻小姐——刚刚做完一笔比较昂贵的珠宝生意的人——走过来，看了看照片说："是的，我见过他，他的确是一位绅士，是英国人，在我们这里为一位金发美女买了只宝石猫。"

"小姐，"帕克有些激动了，想不到事情会有如此的转机："你能把那天的情况告诉我吗？"

"当然，"她说，"那位先生的确很帅气，特别是对于女人，感觉尤其如此。这位绅士买了一只宝石猫，付了钱——不，不对。是那位小姐买的猫，我现在还记得自己当时的感觉：一位小姐，身上竟然会带着那么多的现金，这对于女人来说，是很少见的。那位先生也买了许多东西，都是给那位小姐买的，一把镶嵌着钻石和玳瑁的梳子，那位小姐很感激，说也要买件什么东西作为回报送给他，想带给他带来一些好运，随即就问我，这里有什么是在玩牌时可以带来好运的吉祥物。我给她介绍了一些很配男士的珠宝，但她就看上了那些猫，说他只要一只猫就可以交好运了。她确信这东西能帮他赢钱，还向我求证，我说：'当然，这东西带在身边，肯定能赢钱。'他哈哈大笑，保证以后在玩牌的时候都会带着它。"

"你还记得那位小姐长什么样吗？"

"金发碧眼，先生，很漂亮的一位小姐，个子很高，苗条，穿戴华美。戴着一顶大帽子，深蓝色的套装。还有什么，我就不记得了——是的，她是外国人。"

"英国人？"

"我不确定，但她的法语很流利。除了有一点口音外，完全感觉不像是外国人。"

"她跟那位先生是说什么语言？"

"法语，先生。你知道，我们一直都在一起谈话，这两人给我的印象很深。那位先生的法语也很流利，我仅仅从穿戴和相貌上猜测他们是外国人。那位小姐的法语也很流利，除了口音挑不出什么毛病，有几次我去开橱窗拿东西，那时他们谈话的语言我就听不懂了。"

"那么，小姐，你还记得这是什么时候的事吗？"

"哦，我的上帝，我可不记得是哪一天发生的事了，先生。"

"这个不难，我们可以看一下日记账本，"布里克特先生说，"找到一把宝石梳子和一只宝石猫同时被卖掉的日期就知道了。"

"不错，"帕克着急地说，"快去看看。"

他们开始对销售的记录进行了检查，什么也没发现。在二月六日找到了记录，有如下显示：

玳瑁宝石梳子七千五百法郎

宝石猫（图案C-5）五千法郎

"看来，只有这些了。"帕克有些失望地说。

"看起来，您似乎还有些不满意。"珠宝商小心地说。

"先生，"帕克说，"对您的热情，我表示感谢，但这件事，怎么说呢？每年有十二个月，但希望这不是在二月发生的，而是在其他任何月份发生的。"

帕克觉得这整件事无法让人得到合理的解释，只好买了两张连环画报纸，来到大街拐角处一家叫鲍德特的餐馆，一边看报打发时间，一边吃些东西填饱肚子。吃完后，他的情绪也平复了一些，然后他回到旅馆，坐下来给温西写信。写这封信花了他好长时间，再加上他心情有些烦躁，最后，只能匆匆结尾：

我已经把所有的细节都告诉你了，其中没有一点是我的判断。你可以根据这些得出你的推论，我也可以得出我的——这样最好，因为我的脑子现在完全乱了，什么都想不明白。那些话对你的帮助可能也不大——希望不会因此影响你；我想，你那边查出的情况对事实也可能有另一种解释，但是，我真的觉得应该把这些事情都弄清楚。我可以让别的人来继续工作，这样，得出结论或许会快一点，但这样做虽然简单，却很容易把事情搞砸。当然，如果你不反对，我随时可以找到理由退出。所以，请尽快告诉我你打算怎么做。如果你认为我留在这里继续调查是最好的选择，那么请把玛丽·温西小姐的照片寄一张给我，然后查一下玛丽小姐的首饰里是否有一把宝石梳子和一只绿眼睛的猫——还有，玛丽小姐二月份是否来过巴黎，如果是，具体的日期也请告诉我。她的法语水准如何？和你一样好吗？你那边有什么进展？

你永远的查尔斯·帕克

他把信又读了一遍信，才把报告一起装进信封，然后又给姐姐写了一封信，将包裹收拾整齐，打铃叫来男仆，对他吩咐说："这封信立刻寄走，"他说，"这个包裹明天再寄。"

做完这些事之后，他上床，看着一本闲书借以催眠。

温西勋爵的回信没多久就到了：

亲爱的查尔斯，不要为目前的局面担心，说实话，我也不喜欢，但我希望还是你全权负责处理这件事。就像你说的，普通的警察对抓什么人完全不在乎，但一旦他们抓了人，他们就会变得非常粗暴。我现在要做的事情是证明我哥哥是清白的——这是目前最重要的事，毕竟，我不能让他为他没有做过的事去受惩罚。是谁做的，就让谁去受惩罚吧。

信里附上两张照片——这是目前我尽最大努力找到的。穿着护士服的这张已经快没什么用了，磨损得很厉害，而另外一张，也几乎看不见脸，因为一顶帽子把脸都盖住了。

我在星期三经历了一场冒险，这件事很奇特，等我们见面时我再告诉你。我发现了一个女人，她肯定知道许多事情，但她什么也没有说。还有一个流氓——不过遗憾的是我确信他不在场。另外关于"十号"的线索，我也查到了一点。在诺思阿勒尔顿很平静，什么都没有发生，除了杰里出席接受审讯。我母亲也在这里，感谢上帝！我希望她能从我妹妹那里得到一些有价值的线索，但这两天似乎不可能了——我说的是玛丽，不是我母亲——她看上去病得非常严重。那个医生根本就解决不了什么问题。我母亲说我再等两天，这件事情会很快有结果的。我让她问了关于梳子和猫的事情，玛丽说她没有猫，但是承认在巴黎买过一把宝石梳子——她说是为她自己买的。梳子留在城里——我会去取，然后寄给你。她说她已经记不得是在什么地方买的，票据也不知道放在哪儿了，但它不值什么钱。她在巴黎的时间是二月二日到二月二十日。我现在要去卢伯克那里，要把那些细沙问题弄清楚。

巡回审判会开庭时间是十一月的第一周，也就是下周的周末。时间非常紧，但也没什么，因为他们想在那个时候做出判决是不可能的。这些都不是问题，除了大陪审团，他们这些人是只看表面的。在那之后，我们可以申请延期。如果议会开庭，那情况就不妙了。老比格斯对外界的这些状况很担心。对于审判贵族我觉得很正常。这种事情六十年前已经出现过一次了，现在的程序和伊丽莎白女王的年纪一样老了。在这种情况下，他们必须找到一名贵族来出任法庭审判长，而且他们必须明确这份委任必须只对这件事负责，因为在查理三世时期，贵族法庭审判长可不是一般人，是可以主管一切事务的。亨利四世掌权的时候，又废除了这个规定，把大权收归自己，只是到举行加冕礼或者遇到类似杰里的情况时，才会派一位大臣来处理这事。平时国王们对贵族法庭审判长的职位地空缺都假装不知道，直到事情发生，才会恍然大悟地让人来担任。这件事我是从比格斯那里得知的。

打起精神来。就当你不知道这案子的嫌疑人是我的亲戚，好好办事吧，代我母亲问候你，她可是非常想见你，向你表示感谢。本特也向你致以问候和敬意。

你侦探界的兄弟彼得·温西

也就是说，从照片上得出的结论不那么可靠。

第六章　固执的玛丽

我非常渴望参与公众生活，这是任何男人会从他母亲那里获得的教诲。

——阿斯特女士

　　审讯会在约克郡举行，大陪审团面对的是杰拉尔德的议案——杰拉尔德·丹佛公爵被指控为谋杀法案主犯。杰拉尔德·丹佛公爵被法警带上了法庭，大法官提出——事实上，这个案子在过去的两周里，已经在这个地区被广泛报道——一名普通的法官和一个平民陪审团按照规定，是不能审判一名贵族的。但不管怎样，大法官还是表示，自己会向首席法官汇报自己的工作。事实上，为了准备这个案子，首席法官已经开始在皇家美术馆秘密预订了住所，并选择一些贵族组成针对这个案子的特别委员会。

　　一两天后，伦敦的天气显得特别阴郁。在下午，查尔斯·帕克先生来到了皮卡迪利大街一一○号公寓二楼的门前，然后摁响了门铃。不一会儿，本特出现在门口，告诉帕克温西勋爵刚出去，然后让他进屋等一会儿。

　　"我们也是早上到这里的。"贴身男仆说，"所以这里的一切都乱糟糟的，希望你不要介意，要来一杯茶吗？"

　　帕克点头，然后坐在沙发上，尽量让自己放松。坐在舒适的沙发上，抽着上好的雪茄，帕克觉得这简直就是享受。对于本特刚才说这里很乱，帕克觉得简直就是难以理解。壁炉中的火苗烧得很旺，旁边就是一架黑色的钢琴。上面放着温西勋爵收藏的一本善本曲谱，用小牛皮包着，在火苗的映衬下，闪着柔和的光。在花瓶中插着一些菊花，桌上是最新一期的报纸，似乎显示着房间的主人一直都在这里。

　　帕克先生一口喝干了茶，然后从上衣口袋里拿出玛丽小姐和卡斯卡特的照片，放在茶几上审视着。他的目光在两张照片上轮流巡视，仿佛要从照片中找出什么破绽来。他再次查阅自己在巴黎的调查笔记，勾画出几个重点。"该死！"帕克朝着玛丽小姐的照片说，"该死——该死——该死——"

　　现在他脑海中涌现了许多有趣的想法。每一个好想法都有存在的理由，让他难以取舍。当然，巴黎那地方无法和这里相比，让人难以安心地思考问题。在这里，靠近温暖的炉火，许多模糊的问题都慢慢地变得明晰起来。卡斯卡特生前也是这样坐着，当然，他希望能把一些问题想明白。那些可爱的小猫咪也趴在炉火旁，似乎也在想着什么。奇怪的是，以前他从没过过这样的生活。能如此没有人打扰地想着问题，对于他来说，还真是意想不到，因为一不注意，许多想法就不见了，但是现在他却找到了解开这些问题的关键点，事情之间的联系已经非常明显和牢固了。

　　"玻璃吹制工艺猫是bompstable。"帕克先生点着头，自言自语说。

　　"这话很有意思。"温西勋爵不知道什么时候来到他跟前，脸上露出友好的笑容，"休息了一会儿吗？我的朋友。"

　　"我——什么？"帕克说，"你好啊！休息？这对我来说，是不可能的。我刚才有了一个很明确的想法,却被你突然打断了。那是什么来着?猫——猫——猫——"帕克焦躁地回想着。

"你说的那玩意儿是玻璃吹制的工艺猫——bompstable,"温西勋爵提示道,"这句话有无穷的深意,可惜我不是很明白。"

"Bompstable?"帕克的脸有些红了,"bomp——哦,可能你是对的——我真的是该睡觉了,但是,你知道,我觉得我刚才是在思考整件事,可能说的话是有什么含义,现在,让我再想想,脑子里的思绪现在还没有理清,但我敢肯定,刚才我的确是清醒的。"

"没什么大不了的。"温西勋爵说,"你是刚回来吗?"

"昨天晚上就到了的。你发现了什么新闻吗?"

"很多。"

"都是好事?"

"不是。"

帕克又去看着玛丽的照片。

"我不相信。"他倔强地说,"这要是能让我相信,我就不是人。"

"什么事?"

"什么事都无法让我相信。"

"查尔斯,从现在的情况来看,你必须选择相信。"他的朋友一边说,一边用手把烟叶填塞烟斗,那动作看起来非常果断,"我不是说"——挖出了烟叶——"玛丽"——挖烟叶——"杀死了卡斯卡特"——挖,挖——"但是她没有说实话"——继续挖——"而且后来在追问中也没有说实话"——再挖,再挖——"凶手是谁她应该知道"——挖——"她已经有了计划"——挖——"用装病、撒谎来让凶手不被暴露"——挖——"我们必须逼她把真情都说出来。"说到这里,他才算把烟斗填满,然后点着火,抽了起来。

"你怎么可能得出这样的推断,"帕克先生说,语气非常气愤,"这个女人,"他指着照片,"和卡斯卡特凶案有关?温西,你想清楚了她是你妹妹,我可不管你找到了什么证据。"

"杰拉尔德还是我哥哥呢,"温西平静地说,"难道你认为我会喜欢目前的局面?我如果不控制好我的情绪,局面将变得不可收拾。"

"抱歉,"帕克说,"原谅我刚才的话,我也不知道我为什么会这么说,但我们现在能做什么?"

"我们现在要做的最重要的事就是,"温西说,"直面我们所找到的证据,不管这些证据有多险恶,我必须说这些证据是非常奇怪的。"

"我母亲在星期五去了里德斯戴尔。一到那里,她就去看玛丽,我就蔫蔫地待在过道上,和那只小猫玩,真是无聊。一会儿索普医生就到了。我走上楼梯,就在那里的箱子上坐着。一会儿艾伦随着铃声就登上楼梯。母亲和索普医生听到了,立刻就从房间里跑出来,把艾伦拦在外面。他们在那里也不知道说些什么,然后母亲就跑进了浴室。我想知道发生了什么事,就偷偷来到浴室门外,但他们把门缝挡住了,我什么都看不到。我只听到母亲说:'怎么样,还相信我跟你说过的话吗?'艾伦说:'哎呀!夫人,这谁能料到呢?'我母亲说:'如果我要指望你们能保护我的安全,不被什么砒霜毒死的话,我现在肯定早就死了,尸体正在被什么医生解剖呢。你知道我说的是什么吗?那个蓄着可笑的胡子、外貌出众的男人把他的老婆和岳母都杀了——她在两人中的吸引力更强,可怜的人!这工作多么让人感到害怕和倒胃。可怜的男人,可怜的小兔子。'"温西似乎说累了,喘了口气。看起来好像非常担心,帕克却笑了起来。

"当然原话不是这样说的,"温西说,"但也差不了多少——你清楚我母亲说话的口气是什么。老索普不管怎样,都保持着尊严,但我母亲就像好斗的母鸡,一直愤怒地盯着他说:'在我们那个年代,这种情况就叫歇斯底里,不是大家闺秀的风范,所以,我们绝不许我们的女孩这样。我想你认为这是什么神经衰弱,需要花时间调理。你们就是这样容易被骗,真是可笑,连三岁小孩都比不上——贫民窟里好些小东西都能把整个家照看好,你们加起来都不如他们。我不喜欢玛丽这样,她就是想让你们说她有病。'你知道,"温西说,"作为一个母亲,我想她的这些话应该没错。"

"我相信你。"帕克说。

"呃,后来,我又问了她一些事情。母亲说玛丽就是不说自己有什么毛病,只想一个人待着。然后索普来了,跟我们讨论有关神经方面的问题——他说他对那一系列症状还不是十分清楚,也不明白玛丽的体温为什么会有变化。母亲听了之后让他去看看玛丽现在的体温是多少。他就去了,在这期间,母亲让他到梳妆台那里看看。但你知道,她一向十分小心,她通过镜子的反射仔细地查看着玛丽的一举一动,发现她在搞鬼,把温度计偷偷放在热水里。"

"哦,真该死,我怎么就没想到会这样。"帕克说。

"索普也这么说。我母亲的意思是如果连这种把戏都看不出来,怎么好意思在我们这种家庭里当医生呢。然后她对玛丽的病情仔细地询问了一遍,包括什么时候开始,什么时候反复,等等,最后她知道玛丽的病情有时是在早饭前后开始发作,有时是其他时间。我母亲说她很奇怪在玛丽房间里找不到值得怀疑的东西,最后又问整理床铺的工作一般是谁在做——你想啊,玛丽说不定就把什么东西藏在床下,艾伦就说那些事是她在做。'什么时候?'母亲问。'早餐之前。'女孩怯声说。'但愿上帝对你们这些傻子做的事不会生气,'母亲毫不客气地说,'之前你怎么不说出来?'他们都去浴室。浴室的架子上摆放着浴盐、艾丽曼涂擦剂、克鲁什香氛、牙刷,等等,其中还有家用吐根——有四分之三被用掉了!我母亲说——呃,我马上跟你说她是怎么说的。另外,'吐根'是怎么拼写的?"

帕克拼了出来。

"该死!"彼得说,"我还以为你肯定写不出来。你肯定事先查过怎么写。因为任何心智正常的人都不可能凭自己的脑子拼出这个单词。不管怎样,就像你说的,从这家事就能看出我们家具有侦探的本能。"

"我什么时候这么说——"

"我知道。你知道为什么没有吗?我觉得我母亲的潜质不应该被否定。我这样对她说了,事实上,她的回答更让我难忘:'我亲爱的孩子,随便你怎么命名,只要你喜欢就行,至于我,觉得称呼它为'母亲的智慧'更贴切,因为这在男人身上是找不到的,如果你能找到,就可以写一本书了,就叫福尔摩斯吧。'另外,我还对母亲说——当然不是公开的——'现在好了,我认为玛丽不是那种闯了祸就假装自己得了病来糊弄我们的人。'母亲盯着我,然后列举出许多事情来说明什么是歇斯底里,最后说的是一个和女仆有关的事。她在房间里到处乱扔蜡烛,就是想让别人相信那里有鬼。母亲最后总结——如果有什么新冒出来的医生发明一些谁也不明白的术语,那么不久之后就会有聪明人利用这些术语来行骗。"

"温西,"帕克非常激动地说,"她的意思是她对什么事有怀疑吗?"

"我亲爱的老朋友,"温西勋爵回答,"把我母亲所了解的事稍稍推理一下,就能得出结论了。我告诉她我们现在已经掌握的一些信息,她就用她的思维对这些进行解释,你是知道的,对于一些问题，她是从来不会直接回答的。然后她歪着脑袋说：'如果玛丽肯听我的话，那么，她会取得比现在更大的成就，可她却偏偏要去参加什么战地救援队，最后还去了伦敦，我不是说战地救援队有什么不对，但看看管这些事的人，就知道这事多么不靠谱。在那种地方，你能指望得到什么和学到什么？食物糟透了，漆成粉红色的地下室里聚集了那么多的人，就在那里拼命地叫嚷，也不穿晚礼服——只有工作服和一些长着络腮胡子的人。不管怎样，我已经明确地对那个愚蠢的老男人说了我的感想，他们永远都无法让人满意他们的行为。'事实上，你知道，"彼得说，"如果他们中的任何一位要弄清楚为什么，我母亲都是会斥责他们的。"

"你想到了什么呢？"帕克问道。

"还没让我感到绝望。"彼得说，"这些情况我也是刚刚知道，我承认这些对我的冲击还是很大的。昨天我接到了卢伯克写来的信，他说他很想和我见面，所以我就赶来了，今天一早我和他见了面。你还记得我当初把本特从玛丽的裙子上弄到的污迹样本寄给他的事吗？说真的，我是真不想看到那些，所以没怎么细看，就寄给了卢伯克。很遗憾，他告诉我这些污染物是人的血迹。帕克，听明白了吗？那真的可能就是那位卡斯卡特先生的血。"

"但是——我怎么有些不明白了呢？"

"没错，这条裙子被弄脏的时间就是卡斯卡特死的那天——因为那是他们到沼泽地的最近的一天，如果时间再早一点，艾伦就会把衣服洗干净了。之后，玛丽不想让艾伦拿走她的裙子，而且还自己动手，用肥皂洗了一下。可惜，她没做过这样的事，没洗干净。所以，我们可以认为玛丽知道血迹在什么地方，而且还想隐瞒，不让别人发现。她告诉艾伦这是松鸡的血——这谎言肯定早就编排好了，就是为了骗艾伦的。"

"或许，"帕克说，他还想着为玛丽摆脱嫌疑，"她只是说：'哦！有一只小鸟受伤流血了。'就和这样的话差不多。"

"我不信，"彼得说，"一个人身上有这么一大片血迹，衣服的主人却不知道怎么回事。你没见过那污迹，裙子上的污渍应该有三四英寸长，够大的。"

帕克无法再想出什么理由了，他有些情绪低落，无奈地摇摇头，手在笔记本上划着，借此来寻找慰藉。

"好吧，"彼得继续说，"到了星期三的晚上，所有人都回来了，吃完晚餐后，大家都上床睡觉，当然，卡斯卡特没有睡，他离开他的住所后，就一直待在外面。到了十一点五十分，看守人哈德罗听到了枪声，那是从树林后的空地传来的——好吧，我们就把那看成是案发现场，因为这个时间与医学鉴定是一致的。医生检查尸体的时间是四点半，断定卡斯卡特死亡时间超过三四个小时。凌晨三点，杰里也回来了，虽然不知道他从哪里回来，但是他发现了尸体。当他弯腰想看明白的时候，玛丽在门口出现了，穿着外套，戴着帽子，穿着外出鞋。还记得那天她是怎么解释她的行为的吗？她说大约三点的时候她听到了枪声，但在那个时候，没有一个人听到枪声。佩蒂格鲁·罗宾逊夫人的证词就证明了这一点，她住在玛丽的隔壁，但她坚持说没有听到枪声，而她习惯晚上不关窗户睡觉，而且她从晚上两点到三点多，就没有睡觉。根据玛丽的说法，她在屋子另一头都被枪声惊醒了，那枪声该有多大？奇怪吧，不是吗？一个醒着的人坚持自己没有听到足以把熟睡的人吵醒的声音。而且，就算是这声枪声把卡斯卡特杀死了，那么我哥哥发现他的时候，他应该还活着——再者，如果真是这样的话，他被人从灌木丛那个地方弄到花房里来，时间无论如何也来不及啊。"

"该死，又绕回来了。"帕克有着明显的不耐烦情绪，"我们必须承认这一点，那就是我们没有关注枪声这个问题。"

"是的，今后应该多注意一些了。"温西勋爵严肃地说，"那么，玛丽当时在干什么呢？或者她以为枪声——"

"枪声不存在。"

"我知道是没有枪声。我正在想着她那些自相矛盾的说辞。她说她没有去报警，因为她以为只不过是偷猎者。既然她这样想，为什么又下楼去看呢？然后她又说她以为来了窃贼，可你看她的穿着，是去看窃贼吗？如果换作你我，我们应该穿着睡觉的衣服，脚上穿不会发出声响的软鞋，手里还要拿防身的武器，至少是棍子什么的。不管怎么说，绝不会穿成她那个样子，她穿的都是外出时穿的衣服，诸如此类。"

"可那天晚上天气不好，下雨了。穿成那样也不是不可以。"帕克嘟囔着。

"我亲爱的朋友，你没夜里起来抓过贼吗？当时你的第一想法就是窃贼已经进屋了，而不是想到要追到花园去，你的想法就是不惊动他，悄悄地下楼，然后找个地方躲起来观察。不管怎样，玛丽在平时都是不戴帽子到处跑的女孩，在冲下来抓贼的过程中，却想到要戴上帽子——见鬼，查尔斯，你知道这是不可能的，而且她是直接走向花房，朝尸体走去，这就说明她事先肯定知道尸体就在那里。"

帕克再次摇头，表示不同意。

"呃，好吧，我们再来看看她在看到杰拉尔德正在弯腰查看卡斯卡特的尸体时说的什么话。她没有问发生了什么事，也没问那是谁，都没有。她直接就叫了起来：'哦，我的天哪，杰拉尔德，你杀了他。'然后，才觉得有些不妥，她又说：'哦，是丹尼斯！什么事？有什么意外了吗？'嗯，你觉得她这样说话自然吗？"

"当然不，但我觉得那可能是她希望躺着的人不是卡斯卡特，而是其他的什么人。"

"你这样想吗？我倒觉得她就是想掩饰自己不知道那是谁。她首先说'你杀了他'，然后想起自己应该不知道'他'是谁，所以说：'哦，是丹尼斯！'"

"不管怎样说，如果她第一次发出的惊呼是出自真心，那么她就是不希望看到不该发生的一幕。"

"不——不——我们要达成一个共识，那就是死亡是个意外。很好。然后杰拉尔德让玛丽去找些人来。在这里，一些小线索出现了，你还记得佩蒂格鲁·罗宾逊夫人在火车上是怎么跟你说的吗？"

"在楼梯那里说的关门的事情吗？"

"是的。现在我告诉你，不久前的早上我亲身遇到的事情。我像平常一样从浴室里冲出来，但不小心撞在楼梯上的一个旧箱子上，箱盖跳起来又落下，这引起了我的好奇心，我想着应该看看箱子里面有什么。我打开盖子，看见箱底放着已经折叠好的床单，正在这时，我听到背后有呼呼的喘气声，然后我看到玛丽像个白色的幽灵，站在那里，盯着我看。虽然她吓了我一跳，但是我带给她的惊吓可能更大。当然，她对我没说任何东西，只是看起来有些歇斯底里，我把她送回了房间。但是我看清了床单上的那些东西。"

"是什么？"

"一些细沙。"

"细——"

"现在，我们可以再说说花房里的那些仙人掌了，我们认为是有人在那里放过手提箱或其他什么东西。"

"没错。"

"很好，那里有很多细沙——"

"而箱子里也有，你想说这个？"

"是的。先别妄下结论。佩蒂格鲁·罗宾逊夫人听到那个噪音之后，玛丽把弗雷迪叫醒了，然后是佩蒂格鲁·罗宾逊夫妇——再后来呢？"

"她回自己屋里了，把自己锁起来了。"

"没错。但没多久，她又下楼了，到了花房和这些人在一起。就在这个时候，大家看见她戴着帽子，睡衣外面还套着外套，赤脚穿着一双外出鞋。"

"你的意思是，"帕克说，"玛丽小姐在三点钟就已经醒了，然后穿戴整齐，提着手提箱就到花房来了，希望和——那个谋杀者——见面。该死，温西！"

"我们用不着想这么多，"彼得说，"我们现在可以想她没想到卡斯卡特会死。"

"没错。我们假设她可能是想见什么人。"

"我们可以说——先假设一下吧，她是去见那个神秘的'十号'吗？"彼得低声说。

"我想我们还是往好处想吧。她打开手电筒，看到公爵正弯着腰查看卡斯卡特的尸体，她想——老天，温西，我想我知道了！当她说'你杀了他'，她是指'十号'——她以为躺在地上的那个是'十号'的尸体。"

"没错！"彼得大喊，"完全正确，我真是个傻子！然后她说：'是丹尼斯！发生了什么事？'这就再明白不过了。那么，她为什么要拿着箱子呢？"

"我现在也知道了。"帕克喊道，"当她发现那不是'十号'的尸体时，立刻知道凶手是'十号'了。所以她的小把戏就是不要让什么人发现'十号'去过那里，所以她就需要把手提箱藏起来，放在仙人掌后面。然后，当她上楼的时候，再把它拿出了，藏在楼梯上的橡木箱子里。在这个时候，她不可能把箱子提到她的房间里去，因为要是有人在这个时候上楼，看见她先回自己的房间，肯定会觉得奇怪。于是，她叫醒了阿巴斯诺特和佩蒂格鲁夫妇——当时天还很黑，人们都不知道发生了什么事，所以也不会注意她的穿着。之后她从佩蒂格鲁夫人那里回到自己的房间，马上把衣服都换了，就是跪在卡斯卡特身旁时穿着的那条裙子，还有其他衣服，再穿上睡衣，戴上帽子——可能这已经被人注意到了——套上外套——这个不能换，因为可能有人看到了——穿上鞋子——可能脚印已经留下了。然后，她下楼出现在大家的面前，从验尸官的角度来给大家讲了个夜贼的故事。"

"没错。"彼得说，"我猜她在那个时候是非常紧张的，目的就是不想让我们发现'十号'的踪迹，却没有想到她编造的这个故事让她哥哥成为谋杀案的怀疑对象。"

"她已经知道了这一点，"帕克热切地说，"你还记得在法庭上，她多次暗示死者是自杀的观点吗？"

"当她知道自己已经保护了她想保护的人——呃，'十号'，而且还没被人发现——但是最后她哥哥却要因此而被绞死，她立刻就傻了，所以躺在床上，不再出庭提供相关证词。看来我家还真有这么个傻子。"彼得阴郁地说。

"哦，处于那种境地，她又是女孩，还能做什么呢？"帕克问，但马上又变得高兴了，"不管怎样，她可以说是没有嫌疑——"

"就算是这样吧。"彼得说，"但我们目前还有许多谜团没有解开。她和'十号'是什么关系？为什么要帮助他？这人一看就不是什么好东西。不是惯犯也是勒索犯。杰拉尔德的左轮手枪又是怎么回事？怎么跑到现场去了？还有那只绿眼睛的猫。关于卡斯卡特与'十号'之间的见面，玛丽又了解多少？如果她与那个人约定了要见面，那么她可能在某个时候就把那支枪交给他了。"

"不，不，"帕克打断他，"温西，这样想就太糟糕了。"

"见鬼！"彼得终于爆发了，大喊，"不管怎样，哪怕为这事让我们都去死，我也要弄清楚到底是怎么回事！"

就在这时，本特走了进来，递给彼得一份电报。电报上写着：

踪迹在伦敦再次出现，周五在马里波恩。想知道怎么回事就请到苏格兰场。——里普雷警察督办格斯林。

"真是太好了！"温西大喊，"我们终于有眉目了，真是及时雨呀！你待在这里，看看会发生什么事。我现在就去苏格兰场。晚餐你就不要操心了，让本特给你来一瓶狄康堡葡萄酒，好好享受！再见。"

说完他就跑出了公寓，出门拦了辆出租车就离开了皮卡迪利大街。

第七章　俱乐部和子弹

他死了，我亲手杀了他。最好我也能杀死我自己，因为悔恨一直萦绕在我心间。

——《塞克斯顿·布莱克的冒险》

帕克在屋子里坐着，一边梳理着案件，一边等着温西回来。他在脑子里重现里德斯戴尔案件的每一个细节，不时地在笔记本上核对着信息，也对一些内容进行补充，疲惫的大脑对于各样的推测都进行演算。他不时地在屋里踱来踱去，有时还在书架上抽出一本书看一看，实在闷不过，就在钢琴上胡乱敲出几个音符，此时，他无论如何也无法平静下来。最后他从书架上找到一本有关犯罪学的书，强迫自己阅读《塞顿案》的审讯。慢慢地，里面的悬疑成分让他完全沉浸在书里，直到突然响起一阵铃声，他才发现时间已经到了半夜了。

他马上想到温西忘了带钥匙。可当门打开时，进来的却是一位漂亮、高挑的年轻女人，她看上去情绪非常不安，一头富有光泽的金发，紫罗兰色的大眼睛，衣服完全没有整理，非常凌乱。她解开了旅行外套。他发现她穿着晚礼服，配着浅绿色丝袜，一层厚厚的泥土沾在粗革皮鞋上。

"小姐，大人现在还没回来，"本特说，"但是帕克先生在这里，我们也在等着，希望他能快点回来。小姐，您有行李吗？"

"没有，"美人赶忙回答，"我什么都没带，谢谢。我等着他。帕克，你好，知道彼得去哪儿了吗？"

"他被人叫走了，玛丽小姐，"帕克说，"可能被什么耽搁了吧。你请坐。"

"他去哪里了？"

"去苏格兰场——但那已经是几个小时前的事了。我不知道——"

玛丽小姐露出了失望的表情。

"我知道,哦,帕克先生,我现在该怎么办才好?"

帕克闭上了嘴。

"我要马上见彼得,"玛丽哭着说,"这事非常重要。你能找到他吗?"

"但是我也不知道他现在在什么地方,"帕克说,"玛丽小姐,请你——"

"他正在做的事情非常可怕——他完全错了,"这位年轻的小姐哭诉道,双手合在一起,看起来非常绝望,"我必须马上见到他——要把事情的真相告诉他——哦,这种事情有谁遇到过吗?我——哦——"

这时,这位小姐忽然大笑,但马上又哭了起来。

"玛丽小姐——我求你——不要这样——"帕克不知道该怎么办好,有些手足无措,"请坐下,先喝点什么,这是酒。你这样哭下去,会很伤身体——"他有些怀疑地对自己说,"更像是打嗝。本特!"

本特先生就在附近,他端着一个小盘子站在门外。他用尊敬的语气说:"让我来,先生。"他走到正在扭动身体的玛丽小姐身边,拿出一个小玻璃瓶,然后放在她的鼻子下面。这效果不错。病人再喘息了几次后,起身站直,脾气变得更加狂怒。

"本特,谁让你这么做的!"玛丽小姐说,"马上给我滚开。"

"小姐,我想现在白兰地正适合你,"本特先生把嗅盐瓶盖合上,但是帕克还是闻到了一股氨水特有的刺激的气味,"这是一八〇〇年的拿破仑白兰地,小姐。这是好东西,所以我的建议是不要一口喝下。如果有什么浪费,那大人会不高兴的。小姐,您吃饭了吗?还没有?这对身体可不怎么好,要我为您准备点什么吃的吗?来点儿煎蛋吧,小姐。先生,您也想吃点什么吗?已经很晚了。"

"随便拿点什么吧。"帕克先生摆手让他下去了,"现在,玛丽小姐,你感觉如何?舒服些了吗?需要我帮你脱外套吗?"

两人接下来都没说话,而是各自吃着自己的晚餐,吃完后,玛丽小姐舒服地坐在大沙发椅上。情绪也稳定了。帕克打量着她,已经看不出她有什么毛病了。可能因为劳累过度,她看起来还是有些疲惫,眼袋大得吓人,失去了往日的光彩。

"请原谅我刚才有些不礼貌,帕克先生,"她看着他的眼睛,有些抱歉地说,"我太伤心了,控制不住自己,我是从里德斯戴尔家里赶来的。"

"没关系。"帕克说,"你哥哥还没有回来,需要我效劳的地方只管说。"

"你和彼得一起处理这事吧?"

"这么说没错,我们在一起交流一些情况。"

"那我跟你说,可以吗?"

"如果你相信我,就没问题——"

"等一会儿,帕克先生。我现在是左右为难,不知道该怎么办才好。你能跟我说说你们进行到哪一步了吗?你们都发现了些什么?"

帕克有些迟疑了,尽管他一直都在想着玛丽在审判时的表现,而且目前这种会面的场景也让他有些激动,但要把事情全都告诉她,直觉告诉他这样做不行。毕竟,他现在要做的是找到玛丽小姐在这件案子中的作用,不管怎样,要把自己所掌握的一切都告诉她,是不可能的。

"我恐怕，"他说，"现在不能对你说什么。我们现在掌握的只是一些破碎的线索，如果我贸然地把这些线索跟你说出来，或许会对某个无辜的人造成一些不必要的伤害，所以，很抱歉，我不能答应你的要求。"

"哈！你们现在有了怀疑的对象了，是不是？"

"我想说不确定要更恰当一些，"帕克先生小心翼翼地斟酌着词句说，"但如果你真的有什么要告诉我们的话，那我们将非常感激。说不定我们一开始就走错了路呢？当然，这需要你把你知道的说出来。"

"我不应该感动吃惊。"玛丽小姐笑着说，笑声非常尖厉，听起来似乎有些神经质。她的手放在桌上，开始折叠放在那里的一个橘色信封。"你想知道什么呢？"她忽然加重了语气问道。帕克感觉到她在保护她自己了。

他打开笔记本。开始询问问题，此时，他已经不紧张了，毕竟，他是个老练的侦探。

"今年二月份你去过巴黎吗？"

玛丽小姐点头，没有否认。

"你是和卡斯卡特一起去的吗？哦，我还想知道，你的法语很流利吧？"

"是的，很流利。"

"说得像你哥哥一样吗——我是说没有口音？"

"没错。我们小时候有专门的法语教师，而且我母亲的法语说得也很好。"

"明白了。那么你记得二月六日你和卡斯卡特上尉去了和平大街的一家珠宝店，在那里你买了——或者是他给你买了一把装饰有珠宝的玳瑁梳子，还有一只装饰有翡翠绿眼睛的宝石铂金猫？"

帕克捕捉到了女孩眼里露出的一丝迷惑。

"在里德斯戴尔，你不是已经问过那只猫了吗？"她问。

帕克没有否认："是的。"

"它是在哪儿被发现的？灌木丛中吗？"

"是你丢的还是卡斯卡特丢的？"

"如果我说是他的——"

"我会相信你的话。是他的吗？"

"不，是我的。"她吐出了一口气。

"你什么时间丢的？"

"那天晚上。"

"丢在什么地方呢？"

"我想应该是灌木丛中，就是你找到它的地方。我一直都没发现丢了。"

"那是你在巴黎买的吗？"

"没错。"

"为什么你以前说这东西不是你的呢？"

"因为我很害怕。"

"那现在就不害怕了吗？"

"我不想再隐瞒下去了。"

帕克抬头看着她。她也很坦诚，两人互相望着，但是她的肢体语言却表明肯定是因为什么事促使她做出了这个决定。

"很好,"帕克说,"你这样做我们都很高兴。我已经知道你在听证会上没有说出全部的事情,我没说错吧?"

"没错。"

"请相信,"帕克说,"有些问题我必须提出来,因为你的哥哥现在的处境非常危险。"

"这是因为我才造成的。"

"我没有责怪你的意思。"

"但事实就是这样。是我让他进的监狱,不要为我辩护,确实是因为我而造成的。"

"好吧,"帕克说,"先不要追究这些。我们还有时间来挽救,现在,我们可以开始了吗?"

"可以。"

"那么,玛丽小姐,你三点钟的时候没有听到枪声,是不是?"

"是的。"

"那么你听到过枪声吗?"

"是的。"

"什么时间呢?"

"十一点五十。"

"那么,玛丽小姐,在花房的植物后面,你把什么东西藏在那里?"

"我没藏什么东西。"

"那放在楼梯平台上的橡木箱子里有什么呢?"

"我的裙子。"

"你出去过——为什么要出去?——是为了见卡斯卡特?"

"是的。"

"还有一个人是谁?"

"什么还有一个人?"

"在灌木丛里还有一个人。一个个子高大的男人,穿着柏帛丽风衣?"

"没有这个人。"

"哦,请原谅,玛丽小姐。从灌木丛到花房,我们找到了他的脚印。"

"那里肯定会有痕迹,但我不知道这个人。"

"但是我们有证据证明这个人就在那里,而且还干了什么。以上帝的名义,为了你哥哥,玛丽小姐,我要知道事实的真相——因为这个穿着柏帛丽风衣的男人,在我们看来,就是杀害卡斯卡特的真正凶手。"

"不,"玛丽小姐的脸色变得异常苍白,"这绝对不可能!"

"为什么?"

"因为我才是杀死卡斯卡特的凶手。"

"事情已经跟你说完了,温西勋爵,"苏格兰场的警长说完,站了起来,摆出一副送客的样子,"毫无疑问,这个人星期五早上在马里波恩露面,但我们又不见了他的踪迹。我相信,找到他不会再费多长时间了。这次的延误,主要是因为看门人莫里森突然病了,他的证词对我们很重要。现在我们会抓紧每一秒钟。"

"安德鲁先生,我相信您会圆满地办好这件事,"温西回答,两人握手,"我也会抓紧调查。有消息的话，我们互相通报——你在你的小角落里，我在我的小角落里，就像赞美诗里说的那样——唔，我没记错吧？我记得是小时候在一本书中看到的。您年轻的时候对传教士有好感吗？我想很多孩子都会有长大当传教士的梦想的，这可真奇怪，看来我们大多数人都已经变了，不想过那种单调的日子。"

"好吧，"安德鲁·麦肯齐先生说，"如果你遇到这个人，就马上通知我们。我一向认为你的运气要比我们好，这样，抓住那家伙，就能让他绳之以法了。"

"如果我能逮住那家伙，"温西勋爵说，"哪怕是午夜，您正在睡觉，我也会立刻来到您窗下，向你报告，我会不停地叫喊，直到您起来为止。说起睡衣，我想起来了，解决完这件事，我们希望能在丹佛和您见面。母亲让我代她向您表示问候。"

"非常感谢，"安德鲁先生回答，"我希望能顺利了结这件事。早晨帕克来时，我见他有些失望。"

"他做了许多工作，但是没有得到什么特别的东西。"温西说，"不过我们是好搭档。他是一个很可靠的男人。我们是最要好的朋友，安德鲁先生。能和他一起工作，这是我的荣幸。好了，再见，警长。"

温西走出来才发现自己已经在这里待了两个小时了，现在，已经快八点了。当一位年轻漂亮的小姐走到他身边，想和他搭讪的时候，他正想着要找个什么地方去吃晚餐。这位小姐有一头红发，但非常短，格子花纹裙子也很短，红套头外衣在夜晚看上去很鲜艳，夹克是灯芯绒的，头上还戴着一顶俏皮的绿色天鹅绒苏格兰宽顶无檐圆帽。

"你一定是——"年轻女人说着，伸出手，"彼得·温西勋爵。你好吗？玛丽好吗？"这女人的手很有型，看上去很舒服。

"我的上帝啊！"温西殷勤地说，"塔伦特小姐。在这里见到你真是太高兴了，你怎么会来这里的？谢谢。不过，玛丽，说实话，状况不是很好——她对这桩谋杀案很关心，想必你也听说这案子了吧，就像多数人所说的那样，我们现在可以说是'有点儿麻烦'。"

"是的，当然。"塔伦特小姐热切地说，"当然，作为一个社会主义者，没有比听到一位贵族被逮捕的消息更让人高兴了，这样他就神气不起来了，不过，这事似乎看起来会很愚蠢。你知道，上议院的那帮人的确不聪明，不是吗？但是，说实话，我真希望被关起来的是其他什么人。你知道，玛丽和我之间的关系非常好。当然，你在做调查工作，你不是那种不劳而获的人，我一直都认为你跟别人不一样。"

"非常感谢。"彼得说，"想必你对我的其他事情都不太了解吧？要是想了解，那就允许我请你吃晚饭吧。"

"哦，当然愿意奉陪了，"塔伦特小姐活力十足地叫嚷，"但是很不巧，我今天要参加一个会议。科克先生——工党领导，你知道——今天要发表如何把陆军和海军变成社会主义的主题演讲。这个会议不怎么安全，有可能会遭到政府的袭击。在我们开始之前，他们就以抓间谍为名，进行了搜捕。算了，不管怎样，饭还是要吃的吧，如果你愿意去听听，我可以带你进会议厅，如果你被抓住了，那就看你运气啦。我想，告诉你这么多是我的错误，因为我们毕竟是你死我活的两个阶级。不过，我愿意相信你不是那么危险的敌人。"

"我只是非常普通的资本主义者，我想是——"彼得说，"的确让人讨厌的一个人。"

"哦，先不管这些，走吧，我们先吃晚饭去。我现在是一无所知，所以，想知道一切有关玛丽的消息。"

彼得认为苏联俱乐部的晚餐应该是他所知的最难吃的晚餐，但是他告诉自己，和塔伦特小姐一起，一定能知道很多关于玛丽的、他所不了解的信息，所以，为此牺牲一顿晚餐，也是值得的。因此，他没有拒绝塔伦特小姐的提议，而是非常有礼貌地表示赞同。塔伦特小姐在前面走，她走得很快，他们走过许多肮脏的小路，来到了杰兰德大街，从那扇橘色的大门，以及两侧装饰的洋红色窗帘的窗户，不要什么人介绍，就可以看出来到了苏联俱乐部。

成立苏联俱乐部的目的，就是为了让思想自由者有个聚会的地方，其本身就不是为了让人来此享受的。俱乐部的气氛不很合时宜，感觉怪怪的，但这种氛围却很受非世俗人士的欢迎，所以在公共盈利机构里面也不是很少见，彼得一看到这个，总想起慈善机构提供的免费下午茶，原因是什么，他也说不清楚。或许来这里的人都抱有什么目的，这里的服务人员都没接受过正规的培训。温西提醒自己：在这种机构，不要展现自己的优越感，那只能在伦敦西区俱乐部那样的环境，才能体会到。首先，这里的人和钱没什么关系。进入餐厅之后，慈善下午茶的氛围就更加浓厚了。塔伦特小姐也不是很讲究的人，随便找了个有点脏的位置，就坐了下来，而彼得却挑三拣四，最后在一个大块头、卷曲头发、穿着天鹅绒外套的男人旁边才找到了一个可以坐的位置。那男人没有在意彼得，他正和一位瘦小、热情的年轻女人聊得起劲。那女人穿着俄式宽松短衫，戴着一串威尼斯项链，披着一条匈牙利披肩，头上装饰着西班牙梳子状饰物，这身打扮，似乎要把所有的国际潮流都穿在身上。

温西勋爵为了让他的女主人高兴，主动问起与科克先生有关的问题，但是一声激动的"安静"让他的话被淹没了。

"请不要这样喊，"塔伦特小姐说，她朝彼得那边转过身子，乱蓬蓬的金棕色头发从他的眉毛上扫过，让他感觉很痒，"这些都是不能说的秘密。"

"哦，非常抱歉，"温西带着歉意说，"我说，你没看见你的那串珠子就要落进汤里了吗？"

"哦，是吗？"塔伦特小姐连忙坐好身体，"哦，非常感谢，这玩意儿见水就要掉色，希望它里面没有砒霜的成分。"随后，她又把身子侧过来，用嘶哑的声音，带着神秘的口吻对彼得说：

"坐在你旁边的女人就是那个有名的作家——埃里卡·希思·沃伯顿——你知道的。"

这么一说，让温西不由得去仔细地看了看那个穿着很稀奇的女人，却怎么也想不起这个作家有什么作品。这让他有些脸红，但是他记得希思·沃伯顿的确是一位作家的名字，此时，她正和她的同伴在说：

"——只知道表达诚挚的感情必须要使用从句形式？"

"乔伊斯的表现手法已经让我们放弃对语法的盲目崇拜了。"卷曲头发的男人赞同同伴的说法。

"烘托往事的场景，"希思·沃伯顿小姐说，"就用动物的尖叫声来形容吧，这样表达会更好。"

"D.H.劳伦斯的理论。"另一个人回答。

"说是达达主义也可以。"女作家说。

"我们需要新的指路明灯。"卷曲头发的男人说，他把两个胳膊肘都放在桌子上，是的，温西的面包没地方放了，掉在地上，"你听说过罗伯特·斯诺奥茨吗？他曾经让大鼓和六音孔哨笛为他朗诵诗文伴奏。"

温西勋爵好不容易才让自己不去听这些摸不着头脑的话，他发现塔伦特小姐正和自己说起玛丽。

"大家对你妹妹很想念。"她说，"她的热情非常吸引人，她在会议上的讲话总是能让人兴奋。她很同情那些工人。"

"我还是第一次听说，"温西说，"我都不知道她做过些什么工作。"

"哦，"塔伦特小姐惊呼，"但是她的确为我们工作过，而且干得非常棒！她为我们宣传组干了大约有半年的时间，随后又为戈伊尔斯做了很多有益的工作。战争中的医护工作想必你已经知道了，当然，对英国在战争中的态度我是非常反对的，但是那些工作我也必须承认是很艰苦的。"

"戈伊尔斯先生是谁？"

"哦，是我们工会的发言人——别看他年轻，却很重要，但是政府对他很害怕。我很希望今天晚上在这里能见到他，他前一段时间一直在北部，但是我想应该已经回来了。"

"我说，你要小心你的珠子，"彼得提醒道，"又在盘子里了。"

"是吗？哦，或许它们对小羊肉有兴趣了。恐怕这里的食物不对你的胃口，都是因为捐献太少了，你知道。我想玛丽肯定没有跟你说过戈伊尔斯先生的事。他们的关系很不错，你知道，这是比较久的事了。每个人都确信两人会结婚的——但是现在好像不可能了。然后就是——你妹妹走了。你知道这些事吗？"

"哦，就是他呀，真的吗？是的——我的家人当然难以理解这件事了，他们认为戈伊尔斯先生和我们家不配，这就引起了家庭的不和，我不了解这些，而且玛丽也不会听我的意见的。我就知道这些。"

"保守、专制的父母。这将成为一个荒唐的故事。"塔伦特小姐热烈地说，"你觉得这段情还会持续下去吗？在战争结束后。"

"我不敢说，"温西说，"可能你会这样认为，但我的家庭很特别，尤其是我的母亲。我认为她对这事会不怎么理会，事实上，我认为她想要戈伊尔斯先生去见丹佛，但是我哥哥肯定是不会答应的。"

"哦，那么，你还能指望得到什么呢？"塔伦特小姐轻蔑地说，"但是，我不明白这和他有什么关系。"

"哦，这确实与他无关，"温西表示同意，"只不过我已经去世的父亲把玛丽托付给我哥哥，玛丽的婚姻只有得到他的同意，我哥哥才会把我父亲留下的财产交给她。我不认为这个想法很正确，恰恰相反，我认为这个想法的确很糟糕。"

"荒谬！"塔伦特小姐非常气愤地说，还不停地摇晃着头，看起来好像是满头乱发的彼得，"野蛮！封建残余！有钱就了不起吗？"

"当然不是，"彼得说，"但是如果你从小就拥有很多钱，但突然间却没有了，那还是会感到不适应和难过的，就如同用惯了浴室一样。"

"我不明白钱对玛丽有什么用，"塔伦特小姐悲哀地坚持，"她喜欢工作。我们曾经在一个工人的小木屋住了八个星期，我们五个人。一星期只有十八先令的花销。就在新福里斯特附近，那经历可以说让人难忘。"

"在冬天吗？"

"哦，不是——我们希望永远不要有冬天。但是其间有九天是在下雨，而且厨房的烟囱因为在烧潮湿的木材，所以一直在冒烟。木头是我们从树林里捡来的。"

"我明白，那段经历我想应该会很有趣。"

"我永远怀念那段时光，"塔伦特小姐说，"和大自然很贴近，都是原生态的生活，但愿工业主义能够被废除，但是，我想，没有'血的革命'，这个社会会一直沿着错误的轨道走下去。当然，这很可怕，但为了未来，牺牲是值得的。要咖啡吗？如果想要的话，必须自己上楼去取。吃完了饭，服务员就不会照顾我们了。"

塔伦特小姐掏钱付了她的账单，然后猛地将一杯咖啡塞到他手里。咖啡本已经漫溢到托碟上了，当时他在摸着屏风走在一条陡道上，这样一来，咖啡又泼了不少。

好不容易来到平地，他们又差点和一个金黄色头发的年轻人撞上了，他正在寻找信件。但让他失望的是没有找到，于是，他想转身离开。突然，塔伦特小姐发出一声快乐的惊叹。

"哦，戈伊尔斯先生。"她喊道。

温西马上朝那男人看过去，只见一个高大、略微有点儿驼背，顶着一头乱糟糟的头发，右手还戴着手套的男人。温西忍不住轻声叫了起来。

"能给我介绍一下吗？"他问。

"我去把他叫过来，"塔伦特小姐说，然后穿过休息室，跟那个年轻的演讲煽动家不知道说了些什么。后者有些吃惊地抬头，看了看温西，然后摇头，似乎在表示抱歉，又急急忙忙地看了看手表，马上从出口出去了。温西跳起来，跟在后面追去。

"啊，"塔伦特小姐有些吃惊，"他说他还有约会——但是他不会错过——"

"对不起，"彼得说完，就追了出去，在外面，他只看见一条黑影穿过街道。他马上朝前跑，但那个男人发现了，立刻拔腿就跑，似乎拐进了一条黑暗的通往斯特兰德街的小巷。温西跟在后面追了几步，就在这时，一阵强光射来，刺得他连忙闭上了眼睛，一股浓烟扑面而来，紧接着，他的左肩被重重地砸了一下，然后响起了一阵爆炸声。温西猛地颤抖了一下，跌倒在一张黄铜床架前。

第八章　记笔记的帕克先生

男人被带到了动物园去看长颈鹿，他在看了一会儿之后，却突然沉默了，之后说道："我不相信。"

帕克的第一冲动就是怀疑自己是否还清醒着，第二想法就是怀疑玛丽是不是疯了。怀疑过后，他又释然了，玛丽肯定是在说谎。

"是这样的，玛丽小姐，"他想放松一下，但语气明显是在训斥一个女孩的恶作剧，"你知道，你不能就这样让我们相信你说的这些话。"

"但是你必须相信，"女孩的神情非常严肃，"我没说谎，是我杀了他。这的确是我做的，真的。但我不是故意要杀他，这是一个意外。"

帕克先生站起来，在屋子里踱步。

"可以说，我完全被你弄糊涂了，玛丽小姐。"他说，"你看，我是警察，我从来没想过——"

"这没有关系，"玛丽小姐说，"我只要求你尽快逮捕我，无论你用什么手段，我都会十分平静地接受——这是正确的，不是吗？首先，对这一切，我会解释的。我应该早点把这些都说出来，但我很害怕。我没想到会把我的哥哥牵连进去。我一直都希望他们能得出自杀的结论。我现在可以说出一切了吗？或者我们去警察局？"

帕克深深地叹了口气。

"他们不会——如果我能证明这是个意外事件，他们就会从轻发落我，是不是？"她的声音明显在发抖。

"是的，当然——当然。你要是能早点把真相说出来就好了。不，"帕克停下脚步，坐在她旁边，"这完全是一出闹剧。"他猛地抓住女孩的手，"这都是假的，"他说，"这太荒唐了，你不可能做出这样的事。"

"但是，我说了，这是个意外——"

"我不是指这个——你知道，我的意思不是这个。但是你应该继续沉默下去，什么也别说——"

"我很害怕，我现在就把一切都告诉你。"

"不，不，不，"侦探激动地大喊，"你一定是在说谎，我知道。这不值得，你不值得为那个男人付出这么多。让他站出来，我恳求你把真话讲出来。如果是他谋杀了卡斯卡特——"

"不，"女孩站起来，将自己的手从帕克手里抽出来，"没有什么人了。你不能这么说，你也不能这么想！是我杀了卡斯卡特，我告诉你，而且你必须相信。我发誓只有我一个人。"

帕克努力让自己冷静下来。

"请坐下来，玛丽小姐，你已经准备都说出来了吗？"

"是的。"

"那么，我就无法选择了，只能公事公办，是吗？"

"如果你不愿意听，我就去警察局。"

帕克打开他的笔记本。"那么就开始说出一切吧。"

除了看起来有一点紧张之外，玛丽小姐还是很镇静。然后她开始用一种清晰而无感情的声音描述整个事件，从神情上看，好像是在背诵稿件。

"十月十三日，星期三晚上，我是在晚上九点半上的楼，然后坐下来给朋友写信。到十点一刻的时候，我听到走廊上有人在吵架，那是哥哥和丹尼斯。我听到我哥哥在指责丹尼斯是个骗子，然后让他永远离开我。我听到丹尼斯跑出去了。我以为他会很快回来的，但过了好长时间，他都没有回来。到了十一点半的时候，我开始着急了，就换上衣服，准备去找丹尼斯，把他带回来。我知道他的脾气，担心他会做出什么傻事来。一会儿后，我在灌木丛中找到了他。我求他跟我一起回去，但他不愿意，说我哥哥对他的指责和他们为什么吵架。我第一次听到这些，非常吃惊。他说既然杰拉尔德要诋毁他，那么，在这里待着也没什么意思了，他要我跟他一起走，到国外去结婚。我说我很惊讶这个时候他还能说出这样的话。我们都在生气，我让他跟我回去，但他的脾气让他发狂了。他掏出一支手枪，说既然我不相信他，那么活着还有什么意义？他骂我们都是伪君子，还说我从来就没看上过他，也不管他做过什么。然后他说如果我不和他一起走，他就干脆杀了我，然后他再自杀。我想，他真的是疯了。我连忙上前抓住他的手，不让他做傻事。就在我们纠缠在一起时，不知道怎么回事，枪正好对准了他的胸口，也不知道是我扣了扳机还是他扣的，反正枪就响了，我也不明白是怎么回事，当时我脑子很乱。"她停顿了一会儿。帕克记下这些文字，脸色慢慢变得凝重。玛丽小姐继续说：

"那时他虽然中了枪,但还活着。我扶着他,往门口走去,但他又摔倒了——"

"为什么——"帕克问,"你为什么不先去找人帮忙呢?"

玛丽小姐有些犹豫。

"我当时没想到这些,因为这对我来说是突如其来的。我当时只想先把他弄回去,或者,我心里是想他还是死掉的好。"

一片沉默。

"后来他终于死掉了。我坐在花房里,静静地想着,一直过了几个小时。我恨他骗了我,是个骗子。后来,我想到大家会怀疑是我杀了他。想到这里,我开始害怕了,于是,我决定当作自己不知道这件事,就说自己听到了枪声,然后才下来看看发生了什么事。后来的事,你已经知道了我是怎么作证的。"

"但是,玛丽小姐,为什么——"帕克的口吻如同真的在公事公办,"为什么你会对你哥哥说:'哦,我的天哪,杰拉尔德,你杀了他'?"

玛丽又一次犹豫了。

"我没说过。我说的是'哦,我的天哪,杰拉尔德,他被杀死了'。除了自杀,我没想过对人暗示过发生了什么事。"

"你在审讯中是这样跟法官说的吗?"

"是的——"她捏着手里的手套,"也就在那时,我就想着如何编一个有关窃贼的谎言了。"

就在这时,电话铃响起,帕克马上走过去,拿起电话。从话筒中传出一个单薄的声音:

"请问是皮卡迪利大街一一〇号吗?这里是查令十字街医院。今天晚上发生了一件事,一位自称是彼得·温西勋爵的人刚刚被送到我们医院,他被人枪击了,肩膀上中了一枪,他跌倒的时候,头部受到了撞击。现在刚刚清醒过来。他是九点十五分被送过来的。不,他没什么事。是的,能来这里一趟吗?"

"彼得遭袭击了,"帕克说,"我要到医院去一趟,你愿意跟我一起去吗?他们说情况不是很严重——"

"哦,马上去!"玛丽大喊。

他们穿过大厅的时候,叫上了本特先生。一个侦探、一个自首者、一个仆人,三人一起冲到大街上,走了好一会儿,才在海德公园找到一辆马车,三人上了马车,马车立刻就跑了起来。

第九章　戈伊尔斯其人

"——这件事的道德本质是——"公爵夫人说。

——《爱丽丝漫游仙境》

　　第二天早上，四个人在彼得的公寓里吃的饭不知道是早餐还是午餐。席间最活跃的就是那个已经受伤、还要忍着疼痛的温西勋爵，他斜靠在大沙发椅上，软绵绵的垫子垫在他身后，他似乎很饿了，猛吃着面包。他昨天晚上被救护车拉回家之后，就一直昏睡没有醒来。

　　第二天早上九点多，温西才算醒过来。吃得半饱的帕克先生此时刚刚返回来。昨天他带着满脑子的秘密就到警察局里布置人手去抓行刺温西勋爵的暗杀者。"不要说任何我被袭击的事情，"温西勋爵说，"就说和里德斯戴尔案件有关就可以了，凭这就可以逮捕他，不用多说。"一直到十一点帕克才返回，因为没收获，又饿着肚子，所以就大口地吃着煎蛋，喝着葡萄酒。

　　玛丽·温西小姐在窗前的座位上，缩成一团坐着，金黄色头发在秋日苍白的光线下，散发着朦胧的光泽。她已经吃了早饭，此时，她满怀心事，盯着皮卡迪利大街看着。她穿着斜纹哔叽布料裙子和浅绿色短外套，这是这个聚会中的第四位成员带给他的，这人现在正在吃着烤杂排，并和帕克一同啜饮着葡萄酒。

　　这是一位个子矮小，比较丰满，但看起来非常睿智的年长女人，眼睛如同小鸟一样明亮，白头发是精心打理过的。虽然经历了一场长途旅行，但是她却没有一点疲惫，反而是精神最好的一个。但是此时她很生气，说话的声音很严厉。她就是老公爵夫人。

　　"你昨天晚上不打招呼就跑了，真不该这样做——而且还发生在吃晚餐的时候，让我们大家都为你担心——你知道吗？可怜的海伦就没吃晚饭，看看你做了什么？她总是说不要为什么事烦心，但我很难理解。很多伟大的人物都不会隐藏自己的想法和感情——我不是指南方人——就像切斯特顿很直接地说出来，还有纳尔逊，虽然不知道他是哪儿的人，但肯定是真正的英国人，我忘了，但总之就是一个大英帝国的臣民——如果那是指现在的什么自由州，真想不到会有这么个名字，尤其是它总能让人想起奥伦治自由邦，我想它们肯定不会因为被混在一起而扯皮，因为它们还非常年轻。你没有穿上合适的衣服就跑了出来，我不得不在诺思阿勒尔顿一直待到一点一刻，知道这是什么时间吗？等一辆车要花一个小时。另外，如果你非要到这里来，就不能穿整齐一点吗？如果你事先看看时刻表，就知道必须要在诺思阿勒尔顿等半个小时，这样，你还慌什么？有的是时间整理行装。你这样没有计划就跑出来，简直太愚蠢了。你乱说的那些没有根据的话，让帕克都不知道该怎么办好。也许你是来找彼得的，但也不应该乱说。你知道，彼得，如果你经常到那些挤满俄国人和乳臭未干、自以为是的社会主义者的低级地方，就不会看到总跟在他们后面——先不说这没什么用——习惯于喝咖啡，给他们写一些没什么内容的诗句，然后让他们的意志消沉。我会对彼得说这些的。"

　　玛丽小姐听到这话，脸色马上变苍白了，他抬头看着帕克。帕克与其说是回答公爵夫人的问话，还不如说是在回答她：

"不，我还没时间和彼得说这件事。"

"别再让我神经崩溃了。我现在还在头疼，额头也很烫，"年轻的贵族和蔼可亲地说，"查尔斯，你真是太体贴人了，我想象不出来没有你我能干出什么来。我真希望那个二手经销商那天晚上应该在那里放个轻点的东西，想不到一张黄铜床会有那么多的球形把手。我眼看着它们朝我逼过来。你知道，这完全没办法躲避。什么叫只有一张黄铜床？我可是一个大侦探，尽管我一开始遭受十五个蒙着面、带着绞肉机的歹徒对我进行疯狂的折磨，甚至马上就要昏迷了，但是感谢上帝，我健康的生活方式让我拥有健康的体格，所以，没多久我就恢复了意识。尽管在地下室曾经遭遇毒气攻击——呃？有电报？哦，谢谢，本特。"

温西勋爵仔细地看着那封电报，似乎很满足，因为他长长的嘴角泛出了一丝笑意，然后还咂吧了几下，看完后，他把信放进了笔记本里，然后让本特把头上的毛巾换掉。这些都做完之后，温西勋爵重新躺好，开始朝帕克发起询问：

"那么，嗯，昨天晚上你和玛丽在一起过得如何？波莉，你跟他说人是你杀的？"

帕克先生为了不想让人知道这件事，已经忍受了很久。现在，却发现这事已经被他想隐瞒的人知道了，这的确非常让人恼怒。帕克先生突然跳了起来，大声说："哦，做什么事情都是白做的！"

玛丽也跟着从窗边的座位上跳起来。

"没错，是我做的。"她说，"我说的都是实话，这案子已经结束了，彼得。"

公爵夫人也无法冷静下来了："亲爱的，你说的不算，应该让你哥哥自己做出判断。"

"事实上，"勋爵回答，"我希望玛丽没说谎。真的！不管怎样，那家伙已经被抓了，要不了多久，我们就知道是怎么回事了。"

玛丽小姐吃惊地喘起气来，她走上一步，两手握在胸前，这样的神态让帕克有些紧张，担心出事，他似乎已经猜到这个结局的悲剧性了。他脑中作为政府官员所应有的那部分思维，此时已经无法保持清醒，而作为普通人所应有的那部分，似乎在督促他赶紧反抗。

"你们抓到了谁？"他问，他自己都觉得仿佛是另外一个人发出的声音。

"戈伊尔斯。"彼得轻松地说，"效率还真是高，不是吗？他也太笨了，先坐船，然后坐火车去福克斯通，没有一点计划，警察当然就抓住他了。"

"这不是事实，"玛丽小姐说，踩起脚来，"你撒谎，他根本就没去那里！他是无辜的，丹尼斯是我杀的。"

"好极了，"帕克想，"好极了！该死的戈伊尔斯，他为什么值得你这样为他牺牲？"

温西勋爵说："不要再犯傻了，玛丽。"

"是的。"公爵夫人平静地说，"我早就想跟你说了，彼得，这位戈伊尔斯先生——听名字就觉得可恨，亲爱的玛丽，我无法表明我对这事不在乎，即使这个理由很牵强——尤其是他把自己的名字签为Geo。戈伊尔斯——你知道，帕克先生，Geo是专指乔治的，我总是把它读成加戈莱斯——我差不多要给你写信了，就是想让你注意关于戈伊尔斯先生的事，问你是不是在伦敦见过这个人。当我想到吐根的时候，我就觉得他脱不了干系。"

"是的，"彼得微笑着说道，"你对他那些让人讨厌的地方总是一目了然，对吗？"

"你怎么能这样，温西？"帕克咆哮起来，同时却注意看着玛丽的脸色。

"不要管他。"女孩说，"如果你不能当一个绅士，彼得——"

"该死的！"病人终于也忍不住了，"那个混蛋，我根本没招惹他，他却不言不语地把一颗子弹射进了我的锁骨，还让我的头撞在二手床架上，然后他却没事似的逃了，而我只是在这里随意地说他是个令人讨厌的人，这时我的妹妹却反而怪罪我不是个绅士。听我说！我在自己的屋子里，因为受伤而躺在这里，全身都疼，只能喝着咖啡，吃着吐司，而你们却在这里自在地吃着烤杂排和煎蛋，还能品尝美味的红葡萄酒——"

"真是可怜的孩子，"公爵夫人说，"冷静，该吃药了。帕克先生，请你按个铃。"

帕克先生按照吩咐做了。玛丽小姐慢慢地站起来，看着她哥哥。

"彼得，"她说，"你为什么要说他做了这件事？"

"做什么？"

"开枪打你？"这几个字声音很轻，几乎听不见。

这时本特走进来了，一股冷气流也随之进来，紧张气氛也被暂时驱散了。温西勋爵把药喝完，又让本特整理了一下枕头，量了体温，测了心率，然后问他午饭能不能吃鸡蛋，最后才点了一支烟。本特退下之后，大家又重新坐了下来，气氛也稍微愉快了点。

"现在，玛丽，"彼得说，"没必要再哭了。我昨天晚上在你的苏联俱乐部和戈伊尔斯无意中相遇。我本来只想请塔伦特小姐介绍一下，但是戈伊尔斯听到我的名字之后，像受了惊吓似的，马上就跑了。我冲出去追赶他，只是想随便跟他说几句，但是这个白痴却近距离狙击我，然后逃跑了。这样做太蠢了，好在我知道他是谁，肯定能抓住他。"

"彼得——"玛丽的声音有些怯生生的。

"听我说，玛丽，"温西说，"我知道你的立场是什么，所以我没有让人去抓他，也没打算起诉他，不信你可以问帕克。今天早上你在苏格兰场跟他们讲过什么吗？"

"先扣留他，然后再进行调查，因为他可能是里德斯戴尔案件的证人。"帕克慢慢地说。

"他什么都不知道，"玛丽说，"他不在那里，他是无辜的。"

"你这么认为吗？"温西勋爵声音低沉地说，"如果你认为他无罪，那为什么要撒谎来掩护他？玛丽，别骗我了，你知道他在那里，而且——而且你也认为他是凶手。"

"不！"

"是的，"温西说，他抓住玛丽想要缩回的手，"玛丽，你想过你现在是在干什么吗？这是在做伪证，这会使杰拉尔德陷入危险。你做这些只是为了保护你所爱的那个人，但却让你的哥哥陷入了危险境地。"

"哦，"帕克痛苦地大喊，"这个时候询问她是不合适的。"

"别理他。"彼得说，"玛丽，你还认为你做的是对的吗？"

女孩带着无助的眼神盯着自己的哥哥，有那么一两分钟没有说话。彼得用一种奇怪的姿势，让自己的头能仰起来，带着一种祈求的眼神，盯着自己的妹妹，终于，她的倔强消失了。

"我全都说出来。"玛丽小姐说。

"好孩子，"彼得伸出一只手，说，"对于你喜欢他，我只能说抱歉，但现在我认为你的选择是对的。好了，我们先做要紧的事吧。帕克，准备好了吗？做好记录。"

"哦，我和乔治之间的关系有一些时间了，是从几年前开始的。你那时在前线，彼得，但是我想家里人已经把事情都跟你说了，我想，他们肯定把这说得非常不堪入目。"

"你想错了，亲爱的。"公爵夫人接腔，"我想我们对彼得说的是，我和你哥哥对你领来的年轻人不是很满意——不那么喜欢，想必你应该记得。有一个周末，家里的人都在，而他在没有人邀请的情况下就自己坐了下来。他以为他是谁？在别人家里就可以不顾及他人的感受，只顾自己方便吗？还有，你自己也说过他对芒特威治爵士的态度很粗鲁。"

"他只是说了他的心里话而已。"玛丽说，"当然，芒特威治爵士对于现代年轻人关心的事情不理解，也没什么可多说的，他有自己的看法，乔治也没有隐瞒自己的观点，而芒特威治爵士却认为自己在这方面受到了伤害和冒犯。"

"虽然表面是这样，"公爵夫人说，"但是，当你无来由地否定一个人所说的，那只会让人觉得是被冒犯了。但我还是只跟彼得说过戈伊尔斯先生在教养方面存在着缺陷，而且看起来也不是个有独立见解的人。"

"没有独立性？"玛丽不相信地问。

"是的，亲爱的，我就是这样认为的。你越喜欢什么东西，就能用最好的方式表达出来，就像蒲柏说的——或者还有别的什么人？但是如果你表达得不好，那么人们就会有别的想法了——尽管这是很普遍的。就像勃朗宁或者其他那些让人搞不明白的玄学派诗人所说的那样，你永远无法明白他们的专注是在情妇那里还是在国教教堂那里，新郎或《圣经》——当然，不是指圣·奥古斯丁——就是那个希波人，不是来传教的那个家伙——当然我想他要来这里，会很高兴的。在那些日子里，我想他们没有什么收入来源，教会提供的房屋里也很简陋，不备茶水，因此他们与我们现在所看到的那些传教士还是有区别的——他对这些当然很明白——你记得曼德拉草吗——或者那条你特别喜欢的黑色大狗？摩尼教徒，想起来了，就是这个词。他是谁？他是浮士德吗？或者是我歌剧看多了，把什么人和他搞混了？"

"好吧，就算是这样的，"玛丽对公爵夫人的这一连串想法懒得理会，继续说道，"虽然这种情形让人觉得很绝望，但我还是只担心乔治的安危，现在也是这样。或许你没有对别人说他什么，妈妈，但是杰拉尔德却说了一些关于他的很不好的话。"

"没错，"公爵夫人说，"他也是说了他自己的看法。现在的年轻人，不管你喜欢还是不喜欢，我觉得就算很粗鲁。"

彼得笑了一下，玛丽还是自顾自地说着：

"乔治是个穷人。他的全部兴趣和精力都在工会上面，而且在信息部的工作也因此而丢掉了，因为他们发现乔治同情国外的社会民主党人。这很不公平的，但是不管怎样，我不想让他为我担心太多。杰拉尔德非常让人愤怒，他说如果我不和乔治断绝往来，就不再给我零用钱了。我只有按照他的吩咐办了，当然我们还是维持原来的关系。妈妈在这方面要好些，愿意帮乔治介绍工作，但是，我知道，如果乔治真的有工作了，那么，他就不需要我帮他了。"

"但是，亲爱的，我想我不能暗示他要靠岳母生活，这是侮辱他。"公爵夫人说。

"为什么不能？"玛丽说，"乔治对于那些有关财产的旧观念是反对的。另外，如果我拥有了属于我的财产，那就是我的钱。在男女权益方面，我们是追求平等的，为什么要坚持谁有钱谁就决定家庭的一切？"

"这是什么道理？亲爱的。"公爵夫人说，"这简直让人难以置信，可怜的戈伊尔斯先生因为和你结婚就得到了可以不劳而获的财产，但却宣称自己坚决反对通过继承遗产来获得财产。"

"这是谬论。"玛丽含糊地说，"不管怎样，"她又匆匆补充，"事情就是这样的，战后乔治去德国学习社会学和劳动学,但这对改变他的状况没有什么用,所以当丹尼斯·卡斯卡特出现的时候,我就说要和他结婚。"

"理由呢?"彼得问,"你从没说过你喜欢这样的人。我的意思是,他是一个保守、传统的人物,喜欢交际生活,和你没有交集。可以说,我觉得在这方面,你的选择和多数人不同。"

"不,他对我的想法毫不在乎。我让他答应我不要让他的那些朋友来打扰我,他说绝不会;他说他不干涉我,我可以做我想做的事情,我们可以去国外,然后我们会去巴黎定居,想干什么就干什么。我觉得只要离开这里,一切都可以考虑。和一个有财产的人结婚,过自己想过的生活,这就是我想要的,所以我说我要嫁给丹尼斯,虽然我们互相不喜欢对方,但我们可以和平相处,互不干涉对方。"

"你的钱不是杰里管着吗?"

"哦,是的。他说丹尼斯对这不会强求——我真希望杰拉尔德少一点庸俗。他的思维和处事还是停留在维多利亚女王时代早期的方式——但是他说了,在乔治之后,他所求的就是他的运气不再变坏就可以了。"

"查尔斯,记住这一点。"温西说。

"开始一切都没什么让人担心的,但是,随着时间的推移,我感觉自己过得太憋屈了。这时,在丹尼斯身上,也出现了一些让人不安的东西。他总是没有全部展现自己,但不可思议的是,他是对的。即使是在没有考虑清楚的情况下行事——但这种情况不是很常有——他也总是对的。一个非凡的人。就像一些法国小说里写的那样,他是一个奇人,但太古怪了。"

"查尔斯!"彼得说。

"怎么了?"

"这个很重要。你认识到这所代表的含义吗?"

"没有。"

"没关系,玛丽,继续说。"

"我让你头疼了吗?"

"是很疼,但没关系。继续说。我不是那种没有抵抗力的小百合,我只是感觉有些激动。你刚才讲的对我的判断很有帮助,这件事情让我一个星期都觉得困惑。"

"真的!"玛丽盯着彼得,她充满敌意的表情已经没有了,"我还以为你对这些不是很明白的。"

"上帝!"彼得说,"为什么不会?"

玛丽摇摇头。"我和乔治一直在联系,可是这个月初,他突然写信告诉我,他已经在德国找到了一份在报社的工作——是份社会主义者周刊,你知道这份工作的工资很低,一星期四英镑,他问我能不能抛弃现在的一切,跟着他当一个普通的妇女,他可以帮我找一份秘书工作。当然,我的工作主要是当他的助手,这样,我们一周能赚六七英镑,这些钱要是能攒起来,就足够我们生活了。我现在对丹尼斯越来越觉得害怕,所以我就答应了,但是我知道杰拉尔德肯定会反对。更让我觉得十分难以对付的是——我的婚期也公布了,我那样做,会让人对我产生许多看法,大家都会来阻止我。然后丹尼斯或许也会做出让人感到可怕的事,这样,就会使得杰拉尔德更加难受——他总是善于做这样的事。因此我们得马上离开这里,先结婚,其他的以后再说。"

"太好了。"彼得说,"另外,这要是被报纸知道了,那就更热闹了,不是吗?'贵族小姐和社会党人结婚——坐着挎斗摩托的私奔——"一个星期六英镑足够了。"这位贵族小姐骄傲地说。'"

"见鬼！"玛丽小姐说。

"不错。"彼得说，"我明白了。之后的打算就是让戈伊尔斯先生到里德斯戴尔来接你走——为什么是里德斯戴尔呢？要是从伦敦或丹佛走，不就没这么多麻烦了吗？"

"因为他要到北部来把一些事情处理完。城里的人都是熟人，并且——我们也等不及要在一起了。"

"好吧，你会想念年轻的洛秦瓦的拥抱。那么，时间为什么会选在凌晨三点？这时间是不是太怪异了呢？"

"他星期三晚上在诺思阿勒尔顿要出席一个会。他会直接过来把我带走，我们先到城里结婚，拿到结婚特别许可证。安排这个时间对我们来说很充足。乔治第二天还要去报社上班。"

"哦，我明白了。下面的我来补充吧，如果错了，你纠正。星期三晚上你九点半就上楼了。把箱子收拾好。你——你就没想过给你伤害过的朋友和亲人写封信吗？"

"我写了一封，但是——"

"当然，然后你就睡觉了，我想，或者，起码你脱了衣服躺下了。"

"是的，我躺下了。一切都按计划进行，当出现意外的时候——"

"是的，要不这样做，你早晨起来时，就没时间进行整理了。顺便问一下，帕克，昨天晚上玛丽说的那些话，你都记录了吗？"

"记下来了，"帕克回答，"我的速记在这里，你可以看。"

"就是这样，"彼得说，"你在故事中那张乱七八糟的床上一直保持着清醒，是不是？"

"我认为这个故事不错。"

"缺乏实践。"彼得温和地说，"下次再做的话，你就能做得比现在要好了，要知道撒一个长时间欺骗人的谎言是非常困难的。事实上，你是不是听到杰拉尔德十一点半出去了，就像佩蒂格鲁·罗宾逊——他的耳朵是怎么长的！——说的？"

"我想我没听错，是有某人出去了，"玛丽说，"但是我也没有在意。"

"好极了，"彼得说，"如果是我在晚上听到某人在屋子里走动，可能也会因为紧张而不去想为什么的。"

"肯定会这样，"公爵夫人插话，"尤其在英国，这样想即使很奇怪，也符合礼仪。如果彼得的观点迎合欧洲大陆的潮流，我想我会代他说，他只是——他只是对你太关心了，亲爱的，因为你不喜欢表达自己的观点，喜欢做事不解释，因为你比较傻，像个孩子。你就是一个长不大的、比较敏感的孩子，亲爱的。"

"现在我还是这样。"玛丽说，脸上带着微笑，看着自己的哥哥。

"长期以来形成的恶习短时间是改变不了的。"温西说，"来，我们还是说我们的事。三点钟你下楼和戈伊尔斯见面，为什么他会直接走到屋子前呢？如果在外面，就安全多了。"

"我要出大门，就必须叫醒哈德罗，而且我还要翻过那边的栅栏。我还带着那个箱子，不然，我就可以翻过去了。所以，乔治就要爬过来，不管怎样，我们想这箱子只有他过来才能拿走。我们在花房门口碰面。我还给他画了一个路径的平面图。"

"你下楼的时候戈伊尔斯就在等你吗？"

"不——至少——不，我在那里没看见他。但是我看见了可怜的丹尼斯的尸体，而杰拉尔德正在那里检查。我的第一反应是乔治被杰拉尔德杀了。所以我当时说：'哦，我的天哪，杰拉尔德，你杀了他！'"——彼得与帕克相互看了一眼，觉得完全符合常理——"当杰拉尔德把尸体翻过来，我才看到是丹尼斯——然后我肯定自己听到有什么东西在灌木丛中移动——好像是树梢噼啪拍响的声音——我这时才想起乔治。哦，彼得，当时我就想通了。一定是丹尼斯看到乔治等在那里，他以为是窃贼，就袭击了他——或者他发现了乔治是谁，就逼着他离开，两人在争斗中乔治开枪了。天啊！这真是太可怕了！"

彼得安慰妹妹，拍着她的肩膀。"可怜的孩子。"他说。

"我不知道我要怎么做才好，"女孩继续说，"你知道，当时没多少时间让我去想。我的第一想法是不能让人知道有人来过这里，所以我就编了一个来这里的借口，然后我把箱子藏在仙人掌后面。杰里只注意尸体了，所以没有注意到——你知道，他对不出现在眼皮底下的事情从不关心，但是我知道如果响了枪，那么弗雷迪和马奇班克斯夫妇就一定会听到，所以我也装作听到了枪声，然后冲下楼来找有没有窃贼。这个借口实在不怎么样，但我当时能想到的只有这个借口。杰拉尔德让我把屋里其他人都叫醒，当我到达楼梯平台的时候，我就把要讲的故事都编好了。哦，我对在那样的情况下还没有忘记那个手提箱感到很得意。"

"你把它放在那个箱子里了。"彼得说。

"是的。所以，那天当我看到你查看那个箱子的时候，我确实吓坏了。"

"你知道吗？我在那里看到细沙的时候受到的惊吓比你还要大。"

"细沙？"

"是的，就是花房门外的细沙。"

"上帝呀！"玛丽说。

"很好，然后呢？你在敲了弗雷迪和佩蒂格鲁·罗宾逊夫妇的房门后，就马上回自己的房间，把你的告别信毁掉，然后脱下衣服。"

"是的。我想做这些可能不太自如，但是我想如果我穿着奢华的丝质套裙，上面还有安全别针打结，我要是说是抓贼，肯定没有人会相信的。"

"是的，我看到你存在的困难了。"

"事实也证明我做得很不错，因为他们都认为我这样做是想摆脱佩蒂格鲁·罗宾逊夫人——当然除了佩蒂格鲁·罗宾逊夫人。"

"是的，帕克也是这样想的，我没说错吧，帕克？"

"哦，是的，没错。"帕克有些沮丧。

"但是我还是犯了一个大的错误，那就是枪声。"玛丽小姐继续说，"你看，我坚持说我听到了枪声，而且还做了详细的说明，但却没有其他人听到。到后来，他们发现这灌木丛中才是一切事情的发源地——而且时间和我说的也不一样。但是在庭审中，对于我编的这些谎言我只能坚持——事情就无法控制了，后来他们认为杰拉尔德是嫌疑犯。我可没想把事情牵扯到他身上。当然，现在我知道了都是我的话起了这样的作用。"

"因此才又出现了吐根制剂的事。"彼得说。

"我把一切都搞砸了，"可怜的玛丽小姐说，"所以我想我还是什么都不说的好，不然，事情就真的不好收拾了。"

"现在你还是坚持是戈伊尔斯做的这事吗？"

"我——我不知道，"女孩说，"我已经糊涂了。彼得，除了他还会有谁做吗？"

"说实话，"温西勋爵说，"如果这件事真不是他做的，我也想不到还有什么人会做。"

"可你也知道他逃跑了。"玛丽小姐说。

"他对开枪和逃跑看起来很熟练。"彼得语气严厉地说。

"如果不是因为他对你做了这事，"玛丽慢慢地说，"我会把这些都藏在心里，对谁都不说，当然，他的那些革命性教义——就是你所想到的和红色苏联、暴动、起义以及其他事情中所必须出现的流血的相关理论——我认为这是蔑视人类的生命。"

"亲爱的，"公爵夫人说，"这听起来好像很别扭，戈伊尔斯不在乎自己的生命，愿意为社会正义而牺牲。但是现在怎么看呢？他开枪杀了人，自己却跑了，让别人背黑锅。这可不是什么正义的事情。即使是按照我们的标准来看。"

"我还是有一件事不明白，"彼得说，"那就是杰拉尔德的左轮手枪是怎么回事？怎么会出现在灌木丛中呢？"

"我还对一件事感兴趣，"公爵夫人说，"那就是，丹尼斯在出老千方面真的很拿手吗？"

"我只对那只绿眼睛的猫感兴趣。"帕克说。

"那是谎言"玛丽说，"丹尼斯从没给过我那件首饰。"

"但你们确实去过和平大街的一家珠宝店，不是吗？"

"哦，很久以前去过。他只给了我一把装饰有宝石和玳瑁的梳子，没有什么猫。"

"现在看来，我们对于昨天晚上那个精心准备的招供可以完全放弃了，"温西勋爵把帕克的笔记看来一遍，带着一丝微笑，"还不错，玛丽，你是一个编故事的天才，只需要注意一些小细节就可以了。比方说，你扶着一个受重伤的人走路，那么你的整条裙子肯定都会沾上血迹的。另外，戈伊尔斯和卡斯卡特认识吗？"

"据我目前所知，他们是不认识的。"

"因为我和帕克还有一个观点还没有用上，这个观点有可能帮助伊尔斯摆脱谋杀的嫌疑。告诉她，老兄，把你的观点说出来。"

帕克把关于勒索者和谋杀的假设说了一遍。

"这听起来好像很不错的，"玛丽说，"我的意思是这听起来符合情理，但有些——我的意思是，勒索这种手段太下流了，不是吗？"

"好吧，"彼得说，"我想我们最好去找戈伊尔斯问问情况。星期三晚上的那些谜团需要他去解开。帕克，老兄，我们就要结束这案子了。"

第十章　艳阳之下没有秘密

"唉！"海亚叹气，"这个人表达出来的感情是完美的，无懈可击的。当太阳高高升起，想要秘密离开一座豪华宫殿的可能性是很低的，这与执行前夜在潮湿的果园里回想的概念是完全不同的。"

——《凯龙的钱包》

午后短暂的艳阳之后，是长久的黑夜。

——约翰·多恩

戈伊尔斯先生在警察局和一些人见面时已经是第二天了。莫伯斯先生和玛丽都在场。这个年轻人在开始还表现得有些忿儿，但是律师公事公办的态度让他很快就服软了。

莫伯斯先生首先说："彼得·温西勋爵已经认定昨天晚上就是你袭击了他，但你不必担心，他不打算追究这件事，所以，还谈不上起诉。现在，我们要了解的是在卡斯卡特上尉被枪杀的那天晚上，你在里德斯戴尔公馆出现过，那么，按照规定，你将在审讯时出庭作证。当然，如果你现在就把事情讲出来，我们将非常感激。这谈不上是审讯，只是私人见面，戈伊尔斯先生。你看，这里没有警察，而我们只是需要你的帮助，不过，我还是有义务提醒你，虽然你可以不回答我们的问题，这是你的权利，但你也会因此而受到谋杀的怀疑。"

"事实上，"戈伊尔斯先生说，"你是在威胁我。如果我不对你说出实情，你就会以谋杀嫌疑的罪名逮捕我。"

"你多虑了，戈伊尔斯先生，"律师回答，"我们所做的只是把一些相关信息交给警察，至于他们怎么做，是他们的事情。上帝保佑，不——我们不会对你有任何威胁。至于攻击温西勋爵如何了结，我想他会考虑的。"

"哦，"戈伊尔斯愠怒地说，"随你怎么说好了，这对我已经无所谓了。我愿意说出我知道的一切——但我要提醒你们，你们听了之后，会感到失望的。我想，是你把我出卖了，玛丽。"

玛丽的脸立刻涨红了，气得说不出话来。

"我妹妹没有出卖你，戈伊尔斯先生。"温西勋爵说，"我跟你说实话，就是因为她想保护你，所以才把自己放在了一个危险的位置上。当谋杀案发生后，你不管不顾地只顾自己去了伦敦，留下那么多明显的痕迹，我妹妹为了保护你，只看到了我的一封电报，就马上跑到这里来了。还好，上帝让我也收到了一封电报，后来，在苏联俱乐部，我又十分偶然地遇到了你，在我还没确定是你的时候，你却极力想避开我。这就让肯定了是你，也让我有了逮捕你的借口。说实话，我现在最感谢的不是我妹妹，而是你。"

戈伊尔斯先生用带着仇恨的眼神盯着他。

"我没想到你会这么看我，乔治——"玛丽说。

"我怎么想是我的自由，"年轻人粗鲁地说，"我想你已经把一切都说给他们听了。好吧，现在我就说我所知道的一切，假如你们不相信我所说的，那是你们的事。听好了，我到那里时的时间是三点差一刻，然后我就把车停在小路上。"

"十一点一刻你在什么地方？"

"在从诺思阿勒尔顿出来的路上，我开会一直开到十点四十五。我可以找很多人证明我的话。"

温西把地址记下来，然后让戈伊尔斯继续说下去。

"我先翻过了那面墙，然后从灌木丛那儿穿过去。"

"你没看到什么人或者是尸体吗？"

"没看，我什么都没看到。"

"那路上有血迹或者足迹吗？"

"不，我担心别人看到，所以没有用手电。再说，那里的光亮已经够亮的，不需要我用手电。快三点的时候，我摸到了花房门口，就在那地方，我突然被什么东西绊倒了。我觉得那东西似乎是一具尸体。我有些害怕，担心那是玛丽，可能是生病了，躺在那里。于是，我打开了手电筒，才看见是卡斯卡特，他已经死了。"

"你很确信吗？真的死了？"

"是的，已经死了。"

"打断一下，"律师插话，"你说你看到的尸体是卡斯卡特，那么，以前你们认识吗？"

"不，我不认识他。当时我看到的就是尸体，后来才知道那是卡斯卡特。"

"那么说，当时你不知道那是卡斯卡特？"

"不知道，后来报纸上登了照片，我才知道的。"

"戈伊尔斯先生，我要提醒你，当你在陈述时，一定要做到确保精确，不然，你刚才的话会让陪审团误会你的意思的。"

莫伯斯先生一边说着话，一边擤鼻涕，还把眼镜扶正。

"然后呢？"彼得问。

"这时，我听到附近有人走动的声音，我想要是发现我和尸体在一起，那我就麻烦了。于是，我就赶忙离开了。"

"哦，"彼得有些难以置信地说，"你倒是选择了最简单的方法，却把玛丽一个人留在那里，让她和一具尸体在一起，还要应付那些最难对付的场面。而你呢？这个让她愿意牺牲一切去追求的人，却没事似的躲得远远的。"

"怎么说呢？我以为她会为了保护自己而保持沉默。不管怎么说，这事和我无关，我无意闯进了一个地方，看到一具尸体。我当时想，如果我和谋杀案牵扯在一起，那对我来说将是个大麻烦。"

"事实上，"莫伯斯先生说，"你还是太笨了，年轻人，你选择逃跑只能说明你的傻和懦弱。"

"你干嘛要这样说我？"戈伊尔斯反驳说，"当时我想的就是不让我陷入麻烦和说不清的境地。"

"是的，"温西勋爵讽刺地说，"三点，你倒是会选择时间。提醒你，要是你下次再策划这样的事，最好把时间定在六点或者十二点。看得出来，你不适合干此事，你只适合策划，但真要做起来，你就差太远了。一点小小的意外，就让你惊慌失措，戈伊尔斯先生。事实上，我认为你这样的人是不适合带什么轻武器的。你这个傻瓜,昨天晚上是什么促使你对我开枪射击?如果你当时真把子弹射进我的脑袋,你还会这么无辜地坐在这里吗?你说你很害怕面对尸体,那么你又怎么想要把别人变成尸体呢?为什么,这都是为什么?这让我难以理解。想想为了抓到你,我们花费了多少时间?还有我妹妹,总在关心你,生怕你出意外,甚至连自己的命都不要了,因为她认为你不会独自逃跑,除非是出现了什么意外的事情。"

"你也太紧张了。"玛丽语气生硬地说。

"如果你领教过那种被尾随、被跟踪、被纠缠的感觉——"戈伊尔斯先生有些不服气地辩护着。

"你在苏联俱乐部里怎么不担心这些?那里的人都会被怀疑的。"温西勋爵说,"你是很自豪被人当成危险人物吧。"

"你这样的人总是尖酸刻薄,"戈伊尔斯激动地说,"我们属于不同的阶级,仇恨是无法完全消除的。"

"不要对这有什么多余的想法,"莫伯斯插话,"法律是针对每一个人,而你陷入这种境地,只能怪你自己了,年轻人。"他按了桌上的铃,帕克和另外一名警察一起走进来,"我们只能——"莫伯斯先生说,"把这个人交给你们了。只要他没做什么出格的行为,我们不会对他进行起诉,但是在里德斯戴尔案件下次开庭之前,你要保证他能随时出庭。"

"没问题,先生。"帕克先生说。

"等等,"玛丽说,"戈伊尔斯先生,我把你给我的戒指还给你。如果你下次能来这里进行煽动性演讲的话,我会参加并为你鼓掌的。这种事很适合你,但除此之外,我不会再见你了。"

"当然,"年轻人有些恨恨地说,"你的家人把让我陷入这样的境地,而且你也背叛了我。还见什么?"

"你是不是凶手我不在乎,"玛丽小姐痛心地说,"但我没想到你竟然是个混蛋!"

戈伊尔斯还想为自己辩解,但心情明显好转的帕克却不管三七二十一就把他架出去了。玛丽走到窗边,使劲咬着自己的嘴唇,不说话。

温西勋爵走到她身边。"别伤心了,玛丽,莫伯斯说要请我们吃午饭,你也去吧。还有伊佩·比格斯先生。"

"我今天没心情见他。莫伯斯先生也是好人——"

"哦,不要拒绝了。比格斯大小也算有名了,是个顶尖人物,你不会失望的。别看他像块大理石一般,但外表冷酷,内心火热,他会给你讲一些他的金丝雀的故事的。"

玛丽脸上还有泪珠,只知道对着彼得傻笑。

"彼得,你真是太好了,现在只有你还知道心疼我,但我——我真的不能去,我表现得太丢人了。"

"别瞎说,"彼得说,"当然,戈伊尔斯的恶劣本性是现在才暴露的,但是他的处境也值得同情。一起去吧。"

"我希望玛丽小姐能到我那去,对我来说真是一件让人高兴的事。"律师走过来,说,"我那个房间可以说已经有近二十年没招待过女性了。啊,上帝,还真被是说中了,真的是二十年。"

"如果这是真的,"玛丽小姐说,"那我还真的该去了。"

莫伯斯先生的住处在斯塔波学校内,房间一看就让人感到舒服。在窗户旁能看到外面的花园，花园非常吸引人，还有喷泉。而房间依然是那种古典的律师风格。餐厅里的家具、地毯、窗帘，都透着古朴的味道。餐具柜上盘子也非常精致，一些细颈酒瓶上还挂着银质的标签。室内的大书柜里全部都是法律书籍，壁炉架上面还挂着一幅法官的画像。玛丽对这种维多利亚时代风格的房间充满了好感。

"我想伊佩先生还要过一会儿才来，"莫伯斯看了看表，"他正出席对《真理》的审讯案，已经开庭一上午了。伊佩先生原来以为在正午就能完事的。这男人才情不错，他是《真理》的辩护律师。"

"很有挑战性的辩护，是吧？"彼得说。

"报纸，"莫伯斯有些随意地说，也算是承认了，"对那些声称用同一种药片能治好五十九种不同病症的人都是持反对态度的，旺戈和哈伯却说他们可以做到这一点，并诱骗一些病人相信他的话。听说在法庭上，伊佩先生非常巧妙地攻击了他们。他的这种善行对一些老妇人来说，帮助很大。当他暗示她们中的一位应该在法庭上展示她的腿给法官看时，法庭上立刻轰动了。"

"她那么做了吗？"温西勋爵问。

"等着看吧，我亲爱的彼得，让我们等着瞧。"

"我怀疑他们一定是发疯了才找她来当证人。"

"发疯？"莫伯斯先生说，"旺戈、哈伯他们的神经可是最坚强无比的——莎士比亚就是这么表达的。但是伊佩先生可不是一般人就能打倒的，我倒是庆幸自己得到了他的帮助——哈，我想这应该是他的声音了。"

随着他的话音，屋里的人都听到了走廊楼梯上传来的脚步声，没多久，博学的辩护律师就带着一阵风走了进来，看得出他是从法庭上赶来的，头上的假发和身上的法袍还没脱下，脸上还带着歉意。

"很抱歉，莫伯斯先生。"伊佩先生说，"这官司还真磨人，到最后我们都没力气了。很遗憾，我只能说我已经尽力了。但是老道森老奸巨猾，在法庭上装聋作哑，你知道，而且在行动时，也表现得非常笨手笨脚。——你好吗，温西？你这样子好像是从战场上回来似的。我们需要对什么人进行反击吗？"

"没那么严重。"莫伯斯先生说，"只是一桩谋杀未遂的案子。"

"不错。"伊佩先生说。

"哈，但是我们已经决定不起诉他了。"莫伯斯先生摇摇头说。

"真的！哦，亲爱的温西，你要这么做就太傻了。你知道律师就是依靠打官司活着。这是你妹妹？我在里德斯戴尔没能和你见面，真是很遗憾。你已经康复了吗？"

"是的，已经完全康复了，谢谢。"玛丽强调。

"帕克先生——我对你可是久仰大名了。温西说你是他最好的帮手，要是没有你，他就寸步难行。莫伯斯，这些绅士有什么有价值的消息吗？你知道，对这案子我可是非常有兴趣参与的。"

"现在最好不要说这个案子。"律师回答。

"确实，那就先不说了。我现在感兴趣的就是小羊肉的味道，原谅我这副馋样，我可是没吃饭就来了。"

"没错，"莫伯斯先生愉快地说，"那我们就不要耽误了，原谅我这老古董可能拿不出你们年轻人喜欢喝的鸡尾酒哟。"

"太好了，"温西强调，"鸡尾酒可不是什么好东西，对味觉有损害。正统的英国人可从不喝这玩意儿。它的诞生和美国的禁酒令有关，就是为了满足那些不会喝酒的人而发明的怪东西。看，您准备的葡萄酒就够有品位了，还谈什么鸡尾酒这种不入流的东西。"

"没错，"莫伯斯先生说，"看，这酒可有些年头了，一八七五年的拉斐，现在可以说已经找不到了，我可不轻易拿出来，只有五十岁以上的人才能在我这里见到——但是你，温西勋爵，你有眼光，品位也高，所以我觉得你完全有资格来品尝这样的酒。"

"不胜荣幸，先生。我最喜欢这样的证明书了。瓶子能给我看一下吗，先生？"

"没问题——辛普森，你不用在这里伺候了，我们自己可以来。午饭之后，"莫伯斯继续说，"我还有一些稀奇的东西给你们看。我有一个古板的老客户，前不久去世了，他给我留下了十二瓶一八四七年的波尔多红葡萄酒。"

"天啊！"彼得说，"一八四七年的，我想那酒已经不能喝了，我没说错吧，先生。"

"我希望不至于如此，"莫伯斯先生说，"但确实如你说的那样，已经不能喝了。但名贵的东西依然名贵，看着这些，就会让人肃然起敬。"

"只有体验过的人才说得出这样的话来，"彼得说，"您知道，就像去看女神莎拉，虽然已经没有了以前的风韵、相貌和声音，但经典就是经典。"

"哈，"莫伯斯先生说，"我还没有忘记她过去的辉煌。这是我们老年人才有的精彩，我不会忘记的。"

"没错，先生，"彼得说，"你已经拥有了足够的记忆了，我有些不明白的是那位送你酒的老先生怎么会让如此名贵的酒过期呢？"

"费瑟斯通先生给人的感觉就是一个怪人，"莫伯斯先生说，"可是——他虽然聪明，但过于吝啬，他不买新衣服，也不休假，甚至都不结婚，就住在一间黑屋子里，而且还非常小。他也是个律师，却从没有什么业务，幸亏他从他父亲那里继承了一大笔遗产，可以让他衣食无忧。那些名酒就是他父亲留下的，他父亲是在一八六〇年去世的，那时候我当事人年纪不大，才三十四岁，他是在九十六岁去世的。他曾经说即使能完成预期的目标，也不值得庆贺，所以他就如同隐士般生活——什么都不做，但是却计划了很多他想要做的事情。他有一本笔记，每天都会写日记，日记里什么都有，他把自己的理想都记在笔记本里，但从没想过去实现这些理想，就连婚姻也如此，只存在于幻想之中。在过圣诞节和复活节的时候，他都会非常郑重地拿出一瓶一八四七年的波尔多放在桌子上，但就那样放着，吃完了简单的饮食之后，再把酒放回去。每一个圣诞节，他都祷告希望死后能获得幸福，可是，像他这样，总拒绝幸福光临。他死后只说自己是一个'一生忠诚的人'——所以，他的一生都非常简单，没有尝试过什么事，也没有冒险做什么事，就这样简单地走完了一生。"

"这人真古怪，也令人同情。"玛丽说。

"可能他对某种东西特别渴望，但却得不到，于是就成了这样。"帕克说。

"哦，这很难说，"莫伯斯先生说，"人们常说就是梦中的女郎也不见得总是一场梦，但他却好像不需要什么婚姻。"

"哈，"伊佩先生不以为意地说，"比这更稀奇的事，在法庭上也不少见。所以，我倒觉得这位先生的选择似乎没错。"

"你这么推崇他，是想和他一样了？呃，伊佩先生！"莫伯斯先生一边笑，一边说着。

这时，外面已经开始下起了小雨。

一八四七年的东西的确已经无法饮用了，但它的遗韵依然能震撼人。彼得举着酒杯，久久地凝望着里面的东西。

"这就好像是一种激情已经爆发到顶点，然后就变成了一种颓废的情绪绪，"他说，神情也非常严肃，"现在，唯一要做的事就是让它彻底消失，不要有任何怜悯。"说着这些话，他似乎早就下了决心，然后把酒杯里的东西泼在火焰上，此时，他的脸上才恢复了轻松的神情，"'知道我为什么喜欢克莱夫吗？原因就在于他已经死了——关于死亡，我还有很多话要讲。'看，这些警句，多么富有哲理！现在，我们可以谈正事了，关于这件案子，我们还有很多信息要告诉你。"

彼得和帕克一起把自己所掌握的有关发现都告诉了面前的两位法律人士，而玛丽也对那天晚上发生的事情做了陈述。

"目前就是这样，"彼得说，"戈伊尔斯先生可以确定不是凶手，我们以前认为把他当成午夜杀手绝对合格，很令人失望，他却不是什么凶手，但我们可以让他作为证人作证。"

"哦，彼得先生，"莫伯斯先生语气缓慢地说，"我先为你和帕克取得这样的成效表示祝贺吧。"

"我想我们的工作还是有进展的。"帕克说。

"希望不是负面的工作。"彼得说。

"我要泼冷水了，"伊佩先生突然看起来似乎有些兴奋地说，"你们的工作真如你所说的，全是负面的工作，而且对辩护没有多少好处。你们下一步打算怎么做？"

"我已经向你展示了这么多材料，"彼得愤慨地喊，"你竟然得出这样的结论，只能说你真不赖。"

"我的意思是，"律师说道，"这些材料让人更加不明白了。"

"该死的，我们的目的就是要找出真相。"

"是吗？"伊佩表情冷淡地说，"真相是什么，对我一点都不重要。我的重点是为丹佛辩护，只要我能为丹佛开脱罪名，谁杀了卡斯卡特都一样。目前我需要的是为这案子提出疑问，证明凶手不是丹佛而是旁人就够了。现在，一个当事人来委托我辩护，却告诉我又一场无关紧要的争吵，还有一把有作案嫌疑的手枪，这就够丹佛麻烦的了，至于那些不在场的证明，只有白痴才会相信。虽然我目前可以用神秘的脚印、时间上的出入、藏有秘密的年轻女人来让法官陷入糊涂之中，然后再抛出入室行窃和情杀之类的暗示，让整个案件变得模糊，而这时你却出来说明了那些脚印的确是什么人留下的，这样，那个不知名的人就没有嫌疑了，但本案中的矛盾也完全破解了，年轻女人想干什么，大家都知道了。但现在，所有的焦点又回到了丹佛这个第一嫌疑人那里。至此，你还想得到什么更好的结果吗？"

"我一直都在说，"彼得咆哮，"这个职业律师的道德是这个世界上最肮脏的，现在，更加证明了我是对的。"

"哦，哦，"莫伯斯先生调解道，"这所有这些证据都说明了我们做的还不够，还需要继续进行调查。如果已经确定戈伊尔斯先生不是杀卡斯卡特的凶手，那么我们的任务就是找出真正的凶手。"

"还有值得庆幸的事，"比格斯望着玛丽说，"幸好上星期四你因为生病避开了大陪审团的审判，玛丽小姐。"——玛丽小姐脸微微红了——"并且，指控方现在正在确定案件的枪声发生在早上三点钟。现在我要求你，对于这件事不要再改口了，其余的事，我们来做。"

"但是发生了上次的事后,你以为陪审团还会相信她的话吗?"彼得不确定地问。

"就让他们不相信好了。她将是他们的证人。不管你受到怎样的盘问,玛丽小姐,你也不要担什么心。这是游戏规则,你就坚持你的说法就可以了,我们会让你的说辞更加合理。明白吗?"伊佩先生郑重地望着玛丽。

"我明白,"玛丽说,"也就是不管他们怎么问,我都咬定'我说的都是事实',我没理解错吧?"

"没错。"比格斯说,"另外,我想丹佛依然不愿意解释他的所作所为,是吗?"

"没错,"律师回答,"温西家族在这方面可以说是顽固透顶,"他加了一句,"所以,我们在这方面如果继续追查,不会有什么效果。我觉得我们应该从另外的方面追查真相,只要找到了,让公爵面对,这样他就无话可说了。"

"好吧,"帕克说,"我觉得现在我们还有三件事要做。第一,从外部环境寻找公爵不在场的线索;第二,要重现找到谁是凶手的证据;第三,等待巴黎的警方告诉我们一些有关卡斯卡特过去的消息。"

"我现在知道该从哪个方向去寻找新的线索了,"温西忽然说,"格里德山谷。"

"是呀!"帕克吹起了口哨,"我差点忘记哪个地方了。就是那个对你放狗的农场主住的地方,是不是?"

"有一个让人过目不忘的漂亮妻子。是的,你看,应该是不错的线索吧?这个家伙对他的妻子不放心,对任何一个企图走近他妻子的男人都怀疑。那天我告诉他我有一位朋友可能来过这里时,他马上变得冲动起来,对我大喊大叫不说,还嚷着说要杀了那个家伙。我觉得他好像知道我说的是哪个人。当然,我当时想的就是那个神秘的'十号',也就是戈伊尔斯,现在想起来,如果这个人是卡斯卡特呢?你看,我们现在知道戈伊尔斯到那里的时间是星期三,所以,那个农场主——格兰姆索普——一定不知道有这个人,但是卡斯卡特在格里德山谷出现的机会却很大,而且也会被发现。还有一件事值得推敲。那天我在那个地方,格兰姆索普夫人把我当成了别人,跑出来让我快走。我一直在想她可能是从我的旧帽子和柏帛丽棉衣上误认为是戈伊尔斯,但是现在仔细地回想,当时我对门口的那个小孩说我是从里德斯戴尔来的,如果那个小孩跟她妈妈说了,那么她肯定认为我是卡斯卡特了。"

"不可能,温西,"帕克提反驳说,"她那时候应该已经知道卡斯卡特死了。"

"哦,该死!没错,她不应该不知道。除非那个可恶的老家伙没有告诉她这个消息。但如果那个老家伙就是凶手呢?他肯定会隐瞒这个消息的。那地方太偏僻,即使有报纸,也会被藏起来的。"

"但是你不是说格兰姆索普有证据证明他不在现场吗?"

"是的,但是这是他说的,我们没有进行调查啊。"

"但是你想他是如何知道卡斯卡特在那个时间会在灌木丛中呢?"

彼得思考着。

"卡斯卡特去那儿会不是他派人通知的呢?"玛丽建议。

"没错,没错,"彼得大喊,看上去很激动,"你们没忘记吧,我们以前都想不明白卡斯卡特怎么从戈伊尔斯那里收到了一封信,要和他见面——但是如果这封信是格兰姆索普的呢?他可能会威胁卡斯卡特要把他的秘密告诉杰里呢?"

"您这是在暗示,温西勋爵,"莫伯斯先生冷静说,想安抚一下彼得的情绪,"卡斯卡特在与你妹妹订婚的同时，却没有廉耻地与一位有夫之妇保持不正当的关系。"

"对不起，我不是有意这样想的，玛丽。"彼得诚意道歉。

"没什么，"玛丽说，"我——其实我知道这些也没什么吃惊。丹尼斯总是——他也跟我说过他的婚姻观，是不太和我们英国人一样，太接近欧洲大陆，他对婚姻不是很看重，他跟我说过什么万事万物都有定时这类话。"

"他很善于保护自己。"温西沉思着说。帕克先生虽然见惯了人性丑陋的一面，但此时依然有些难以掩饰自己的不满。他的眉头紧锁着，想说什么，还是极力忍住了。

"如果你能指出格兰姆索普不在现场的证据是假的，"伊佩先生说，"那对我们是有帮助的，你以为如何，莫伯斯？"

"毕竟，"律师说，"格兰姆索普和他的仆人已经说了他——星期三晚上不在格里德山谷。如果他无法证明他是在斯泰普利，那么他在里德斯戴尔也是有可能的。"

"我的上帝！"温西嚷道，"一个人出门，在某个地方又偷偷地返回，然后遇见卡斯卡特，杀死他后，在第二天又一个人回家，再编造一个故事说自己买机器去了，很不错呀。"

"或者他是去过斯泰普利，"帕克说，"但时间可以自己把握，在完成了他的谋杀计划之后，他依然可以继续他的原计划。所以，我们必须对时间进行核对。"

"就是这样！"温西大喊，"我要马上回里德斯戴尔。"

"我要留在这里，"帕克说，"我要等巴黎那边的来信。"

"那你就留下吧，记住，有什么情况随时通知我。我说，老兄——"

"什么？"

"你不觉得这个案子有太多的信息吗？每个人都有不可告人的秘密，还有私奔——"

"彼得，我恨你。"玛丽小姐说。

第十一章 米利巴

哦——哦，我的朋友！你走进劳伯的池塘了。

——《杰克——杀人狂魔》

温西勋爵在约克郡停留下来了，没有继续往前走，因为丹佛公爵在开庭之后，就被关在这里。彼得在多方斡旋下，和哥哥见了面。他发现丹佛精神不好，似乎不习惯监狱的环境和气氛，但他的顽固还是没有一点改变。

"情况不是很好，老兄，"彼得说，"但是没理由绝望。事情还在朝好的方面发展，所有的法律程序都要一步步来，你知道。虽然我们都不喜欢这样，但这正好给了我们时间来做调查。"

"真是麻烦，"他哥哥说，"我想知道莫伯斯到底是怎么想的，来这里就是为了恐吓我——该死的！每个人都知道他怀疑我是主谋。"

"听我说，杰里，"弟弟关切地说，"你为什么自己不主动点呢？你自己拿出你不在场的证据，不就很有说服力了吗？毕竟——"

"这些小事不应该由我来操心，"公爵的尊严摆在那里，显示他不可侵犯，"他们都认为那家伙就是我杀的。我再说我在哪里有用吗？法律不是说在证明我犯了罪之前，我都是清白的吗？我觉得这是在侮辱我。这里的人只要被认为有罪，那么他们就懒得再找证据去证明无罪了。我还能说什么？我发誓卡斯卡特不是我杀的，但是，这些下流的家伙的用意根本就不在这里。同时，真正的凶手却没事似的享受着自由。等我出去了，我一定要把这事弄清楚。"

"你能不能别说这些废话？"彼得有些不耐烦了，"我的意思是在这里说这些没用的话，"他朝典狱官看了一眼，发现他所在的位置听不见两人的谈话——"你要把知道的都告诉莫伯斯，这样我们的调查才有依据。"

"你最好别介入这事，"公爵不满地说，"海伦，可怜的姑娘，母亲，这些人你都要照顾，还不够你忙吗？你还要当神探福尔摩斯吗？为了我们的家族，你最好什么都别说，我待在这里也没什么，但要我在大庭广众之下出丑，我死也不干，你懂不懂？"

"该死！"温西勋爵几乎吼了起来，使得一直没有表情的典狱官都要跳起来，以为发生了什么事，"你现在这个样子已经够难堪的了，你以为我愿意看到你，还有我妹妹被带上法庭受审，让记者追问，还有报纸上到处传播小道消息，让我们的家族成为茶余饭后的谈资，你以为我喜欢这种场景吗？现在，我都成为俱乐部的中心，那里的人都像看怪物似地看着我，我都听到他们私下谈话的内容，'丹佛的态度就如同一个傻子、笨蛋！'我可是受不了了，杰里。"

"哦，既然已经这样了，就耐心点吧，"他哥哥说，"感谢上帝，还是有一些正派的贵族愿意相信一个绅士的证言，即使我的亲弟弟在这个问题上也只信法律的证据。"

两人都有些恼火，谁也不示弱地相互地望着，但血缘关系依然让两人难以割舍，即使现在有些分歧，但毕竟家族的利益还是一致的。

"听我说，老兄，"彼得说，他已经平静下来，"我也不想这样，如果你不愿意说，那我也不会强迫你，但我还是会想办法去抓住真正的凶手。"

"这些话你就不要跟我说，"丹佛说，"虽然你很想当侦探，但我知道你有职业素养，是会划清界限的。"

"你说的不错，这对你是不利，"温西说，"这是我的工作，所以我会负责到底。我的工作不像你想的那样，只是爱好，我——怎么说呢，我理解你的心情和想法，要让你明白我也是很难的，但我不会让你受冤枉，我会让你堂堂正正地从这里走出去，即使我为此丢了性命也不在乎。好了，不说了，我走了。"——典狱官也要站起来，准备提醒两人会面的时间到了——"我走了，别这么无精打采的，老兄，我们会有好运的。"

他走到外面，本特正等着他。

"本特，"当他们在大街上满怀心事地走着时，他说，"你觉得我的行为有时候是不是让人受不了？"

"有可能，大人，不过要是您过于活泼，那可能会丧失一些必要的——"

"当心点，本特！"

"会成为没有想象力的人，大人。"

"只要接受了正规的教育的英国人都没有这个，本特。"

"不是这样，大人。我没有侮蔑您的意思。"

"哦，本特——哦，上帝呀！怎么这里也有记者！快遮住我，别让他们看见！"

"这边走，大人。"

本特先生领着彼得闪进了旁边的一座空旷的大教堂。

"我想，大人，"他提醒说，"我们应该装得像一点，这里毕竟是教堂。"

彼得捂着脸，从手指缝里往外看，见教堂管理员一脸不悦地走了过来，这时，跟着他们的记者也冲了进来，手里还拿着笔记本。教堂管理员从没见过这样的祈祷方式，不由得吓了一跳。

"我们所处的位置就是，"他的声音很虔诚，"是著名的约克七姐妹。她们说——"

彼得和本特抓住机会跑了出来。

因为要去斯泰普利市场，温西勋爵就换了衣服，尽量穿得朴素一点，不仅鞋子很紧固，而且还带上了沉重的手杖。他对于不能拿着原来帅气的名贵手杖而遗憾。但去的地方很乱，要想侦查方便，就必须拿着手里的这根拐杖，因它上面刻上了刻度，一把刀藏在拐杖里，最上面有一个罗盘。他觉得拿着这种拐杖，会让当地人看扁自己，毕竟这里是乡下，这样的打扮，只会让人觉得有城里人的趾高气扬。但是，毕竟工作第一，这样的打扮就会证明格特鲁德·瑞翰德的真理的论据："我的这番自我牺牲完全是个错误。"

当他驱赶着里德斯戴尔这地方才有的轻便双轮马车，走在古老的小镇的路上时，小镇似乎还没醒来。本特在一旁坐着，莱农威尔克斯坐在后面。如果可以选择，不会在没有集市的时间来这里，那样说不定就能碰到格兰姆索普本人，但是现在不是随心所欲的时候，时间太紧迫了。这个早晨很阴冷，天气看上去似乎马上要下雨了。

"威尔克斯，这里的哪家旅馆最好？"

"'泥水匠之家'，是这里口碑最棒的旅馆；或者广场那边的'桥和玻璃杯'也不错；还有一家'玫瑰和花冠'，就是远了点，在广场的另一边。"

"来这里的商人经常住哪家？"

"或许'玫瑰和花冠'更吸引他们，可以说——蒂莫西·沃特彻特——旅馆主人，能言善辩，格雷格·史密斯拥有'桥和玻璃杯'，却对人比较粗暴，但他那里有很不错的酒。"

"哈——我想，本特，如果让我选，我对粗鲁的主人和美酒更有兴趣。好吧，我们去'桥和玻璃杯'吧，我想，如果在那里我们找不到有价值的东西，就去和那位爱说话的沃特彻特打交道去。"

没过多久，他们走进了一座很大的院子，房子就是由大石头垒砌而成，墙面没有经过粉刷，上面有些暗淡褪色的"整装备战的桥"的字样隐约可见，看来"桥和玻璃杯"是当地人以讹传讹造成的。彼得见来给自己牵马的马夫是个脾气暴躁的人，忙用自己最友好的礼仪上前搭话：

"这天气真让人受不了，不是吗？"

"唔。"

"把马好好喂喂，我们要待很长一段时间呢。"

"啊！"

"今天没什么人吧？"

"啊！"

"如果是赶集的日子你就不会这么清闲了。"

"呃。"

"我想来这里的人都是远道而来的吧。"

"唔！"马夫说，因为马跑到他前面去了。

"吁！"马夫喊，把马勒住了。这个男人上前卸下车辕，不管不顾地把它扔在地上。

"快点儿！"马夫似乎毫不理会温西勋爵的和蔼客气，直接往屋里走去。

"我毫不怀疑，"年轻的贵族说，"这就是格兰姆索普一定要来的地方。让我们先去酒吧看看，威尔克斯，你先忙你的去吧，我们也不知道要在那里待多久。"

"好的，大人。"

在"桥和玻璃杯"的酒吧，他们看见了格雷格·史密斯先生，面对着一长串发货清单，有些发愁不知道该怎么办。彼得点了两杯酒。主人看起来对这个时候来客人有些厌烦，坐在那里，看着女服务员上来招呼客人。本特很机灵，连忙拿着酒和女服务员攀谈起来，温西勋爵朝着史密斯先生举起了杯，友好地笑了起来。

"哈！"彼得说，"这酒不错，史密斯先生，怪不得有人说来这里能真正品尝到味美的啤酒，看来，他们真没说错，是不是？史密斯先生？"

"哈！"史密斯先生说，"一般吧，有比这更好的啤酒。"

"哦，这就足够了。顺便问一下，格兰姆索普先生会来这里吗？"

"呃？"

"格兰姆索普先生，他不知道他今天早上在斯泰普利吗？"

"我应该知道吗？"

"我还以为他只会住在这里。"

"哈！"

"或许是我把名字搞错了，但是，这人好酒，哪里有好酒，他就会出现在哪里。"

"是吗？"

"要是你没见到他，那么他今天肯定没来这地方了。"

"来哪里？"

"斯泰普利。"

"他是住在这里？如果是这样，他来或者走都不关我的事。"

"哦，当然！"温西差点被他绕住了，但是他很快就明白是自己犯错了，"我指的是格里德山谷的格兰姆索普先生，不是住在这里的那位同名的先生。"

"是吗？怎么不说清楚呢？哦，他？呃。"

"他今天在这里吗？"

"不知道。"

"要是赶集的日子他不会错过吧。"

"有可能。"

"路途不近呀，他要来这里，肯定要找地方住吧？"

"你今天晚上要住这里吗？"

"哦，不，我还没这个打算，我只是在想我的朋友格兰姆索普，他应该是经常在外面过夜的。"

"不是经常，是偶尔。"

"他不是住这里吗？"

"不。"

"啊！"温西说，这样的谈话让他有些抓狂了，"如果这里的人都这么不爱说话，我只好待在这里了……好吧，好吧，"他大声说，"下次他来住店记得转达我的问候。"

"你是谁？"史密斯明显地有了敌意。

"哦，我是谢菲尔德的布鲁克斯，"温西勋爵说道，努力在脸上挤出一丝微笑，"再见了，你推荐的啤酒味道真是不错。"

史密斯先生嘴里嘟囔着什么。温西勋爵慢慢地走出酒吧，不一会儿，本特也走了出来，脸上还带着微笑，似乎对什么人有些恋恋不舍。

"怎么样？"彼得问，"我希望那位年轻的小姐是个很开心的聊天伙伴。"

本特说："很遗憾，这年轻的小姐虽然和善，但说不出什么有价值的消息，对格兰姆索普先生也不熟悉，但是知道他没有住在这里。而且通常和跟一位叫作泽德基亚·伯恩的先生在一起。"

"哦，"彼得说，"现在你去找那个伯恩，两个小时之后跟我会合。我去'玫瑰和花冠'看看。我们中午在那个东西下碰面。"

"那个东西"是一块直立的粉红大理石，在工匠的巧手下，被割成一块崎岖的岩石，旁边还有两位看起来很不灵光的步兵把守。中间一根黄铜水管有水汩汩涌出，在八角形的基座上刻着许多名字，铁铸标杆上四个煤气灯却显得多余。本特仔细地看了看，把它记住了，然后就走开了。彼得朝着"玫瑰和花冠"的方向走了几步，似乎想起了什么。

"本特！"

本特连忙回到他身边。

"哦，算了！"主人说，"没什么，我只是刚刚想起这玩意儿叫什么。"

"什么——"

"纪念碑呀，"彼得说，"我想起来它叫'米利巴'。"

"没错，大人。有关水之战争。我觉得还是比较符合的，大人。还有什么事要吩咐吗？"

"不，没有了。"

蒂莫西·沃特彻特先生的"玫瑰和花冠"与格雷格·史密斯先生的旅馆可以说是完全不同的两样。他个子矮小瘦弱，眼神很犀利，看上去有五十五岁，幽默感很强，给温西勋爵的第一印象就是聪明过人。

"早上好，老板，"他打招呼道，"你上一次去皮卡迪利广场大约是什么时间啊？"

"哦，这需要好好想想，应该是三十五年了。我已经对我老婆说过好多次了，'莉斯，我一定要在我死之前带你到帝国剧院看看。'但总是被一些意外的事情打断了，所以，时间就这样过去了，不知不觉，我们都老了。"

"哦，别那么伤感，你还能活很长时间。"温西勋爵说。

"但愿吧，先生。我永远没要把握确定自己是不是已经和这些北方人打成一片了。他们做什么事都很磨蹭，先生，我第一次来的时候，简直难以适应这里的一切，包括说话的方式，我常说如果这里的语言是英语，就好像是在昌提克里餐厅能吃上法国菜。但是在这里，一切毫无办法，只能跟着感觉走，先生。以前我对yon以为不理解而被殴打。唉！"

"变成约克郡人也没什么，"彼得说，"我第一次见到你不就认出来了吗？我还记得是在沃特彻特先生的酒吧里，我对自己说，'我脚下踩的就是我们本地的铺路石。'"

"没错，先生。我能为你效劳吗？……别见怪，先生，我们认识吗？"

"我想应该认识，"彼得说，"不过你的话让我想起了一个人，你认识格兰姆索普先生吗？"

"要说格兰姆索普，我认识的有五个，先生，你说的是哪一位？"

"就是住在格里德山谷的格兰姆索普。"

一说到这里，老板原本高兴的脸色立刻变了。

"他跟你是朋友吗，先生？"

"算不上，也就是点头之交。"

"哦，原来是这样！"沃特彻特先生想起什么似的，猛地拍了一下柜台，"我知道你是谁了！你是住在里德斯戴尔，对不对？"

"没错，我家是在那里。"

"我知道，"沃特彻特先生从柜台里拿出一捆报纸，飞快地翻动着，不一会儿，就找到了他要找的一张："这里，里德斯戴尔！看，我找到了，当然。"

这是一份两周前的《每日镜报》。头版头条用醒目的大黑体字写着：《里德斯戴尔谜案》，下面有一些图片新闻："彼得·温西爵士，伦敦西区的夏洛克·福尔摩斯，在全力调查这个离奇的案件，目的是证明他的哥哥——丹佛公爵——无罪。"沃特彻特先生开心地念着。

"非常高兴能在我的酒吧见到你，这是我的荣幸，阁下——呃，杰姆，别傻站着了，快，有那么多客人进来了——阁下，我一直都在看报纸的连续报道，就想看戏一样，你看——"

"得了，老兄，"温西勋爵说，"你能小点声吗？我可不想让什么人都知道我来这里了，我来这里找你，就是希望能从你这里得到一些线索，你能帮助我吗？并且要保守秘密。"

"请到我酒吧的里间吧，阁下，这样就不会有人听到我们的谈话了，"沃特彻特马上打开了柜台门，"杰姆，快！拿一瓶——你想喝什么酒，阁下？"

"我还不知道我下面要去多少地方。"温西勋爵有些迟疑地说。

"杰姆，陈年麦芽酒，就一品脱。阁下，这酒味道不错，我还真没想到这酒会有如此地道的味道，它应该是牛津出产的。谢谢，杰姆，这里不需要你了，去照顾其他人，这边请，阁下。"

沃特彻特的信息很快就被温西勋爵收集齐了，格兰姆索普先生是"玫瑰和花冠"的常客，在美国集市的日子，都会住这里。大约十天之前，他醉醺醺的来了，而且看上去非常生气。他带着他老婆，他老婆依然很怕他。格兰姆索普嚷着要喝酒精饮料，但是沃特彻特先生没有答应他的要求。然后他就在这里喊叫着，想把事情闹大，格兰姆索普夫人还想着把丈夫带走，但他却一脚把老婆踢倒在地，还大声辱骂她，沃特彻特先生马上让人把他赶了出去，还说以后不许他再来这里。他已经听说过格兰姆索普的脾气非常坏，简直就不是人，现在总算是亲眼见到了。

"你还记得这是什么时候的事吗？"

"哦，阁下，我想肯定是上个月月中——或许可能要早一点儿。"

"啊！"

"我没打算暗示什么，当然，阁下也不会的。"沃特彻特先生快速地说道。

"没错，"温西勋爵说，"然后呢？"

"哈！"沃特彻特先生说，"是的，什么然后？"

"听着，"彼得说，"十月十三日——星期三，你见过格兰姆索普来过斯泰普利？"

"时间应该是——哈！没错，我想起来了，我记得我当时还在想，这家伙怎么在不是赶集的日子就跑来了。他说他要买播种机，是的，他就是这样说的。"

"是什么时间？你能想起来吗？"

"哦，我想想，没错，是午饭后。女服务员应该了解。呃，贝蒂，"他朝侧门大喊一声，"你想起来了吗？十月十三日格兰姆索普是不是午饭过后来过这里——星期三，没错，就是在里德斯戴尔发生谋杀案的那天？"

"格里德山谷的格兰姆索普？"一个看起来法语不错的约克郡年轻女孩说，"是的，他在这里吃了午饭，然后回房间睡觉，我记得很清楚，因为是我开的门，第二天早上我还特地给他送了水，但这个小气鬼只给了我两便士的小费。"

"真是太荒谬了！"温西勋爵说，"听我说，贝蒂小姐这可不能记错。真的是十三日吗？这关系到我能不能赢钱。你肯定没记错，是星期三晚上吗？我可跟人发誓说他是星期四晚上睡在这里的。"

"不，先生，我记得很清楚是星期三晚上，因为我记得在谋杀案发生的第二天，这里就有人在议论了，有人还跟格兰姆索普老爷说起过。"

"那是我记错了。那么格兰姆索普先生听了有什么反应吗？"

"哦，"年轻女孩大声说，"你问得好奇怪！当时许多人都看到了他的反应，像遇到鬼似的，不停地看他的手，一只一只地看，然后又把额前的头发往后推——好像不知道发生了什么事，也不知道该怎么做似的。我想应该是晚上喝的酒还没醒。他在我们这里经常喝醉，很少清醒。这样的人就是倒找我五百英镑，我也不会嫁给他。"

"你当然不会。"彼得说，"照你这样说，我是必输无疑了。另外，我还想知道一下就是格兰姆索普回来睡觉是什么时间？"

"大概是快凌晨两点的时候，"女孩摇着头说，"我们都关门了，他在外面敲门，还是杰姆开门让他进来的。"

"哦，真的吗？"彼得说，"既然这样，那我们就要好好争论一下了，呃，沃特彻特先生，早上两点就不是星期三而应该是星期四了，对不对？看来这赌局还是应该算我赢。好了，我已经知道我要知道的东西了，再见。"

贝蒂满意地笑着离开了，心里还在把陌生绅士的大方与小气鬼格兰姆索普先生进行比较。彼得站了起来。

"我要感谢你的帮忙，沃特彻特先生，"他说，"我还想跟杰姆说句话。另外，我们的话要保密。"

"知道，"沃特彻特先生说，"相信我会保守秘密的，也祝你好运，先生。"

杰姆也证明贝蒂说的没错，格兰姆索普返回这里的确是十月十四日凌晨一点五十分，当时喝了很多酒，泥泞满身。他含糊不清地说是遇到沃森了。

温西又找到了马夫，他觉得一个人不可能在他毫无知觉的情况下把马从马厩里牵出去。他知道沃森是一个搬运工，住在温顿街。温西勋爵对这些信息提供者进行了一些奖赏，然后来到温顿街。

整个询问过程都让人觉得没劲。十二点一刻，本特先生在来到了米利巴纪念碑。

"办得如何？"

"有点收获，大人，我已经都记下来了。为了这些信息，我花了七先令二便士请客，大人。"

彼得拿出七先令二便士交给他，然后两人来到了"玫瑰和花冠"。定了一个私人包间，吃完午餐之后，他们把一个时间表列了出来：

格兰姆索普的行动

十月十三日星期三到十月十四日星期四

十月十三日

下午十二点半
来到"玫瑰和花冠"。

下午一点
吃午饭。

下午三点
在垂姆巷的古奇那里订购了两台播种机。

下午四点半
与古奇一边喝酒一边商讨价格。

下午五点
找到搬运工约翰·沃森家,雇他说运送一些狗粮。没有找到沃森,沃森夫人说沃森晚上会回来。格兰姆索普就说晚上再来找他。

下午五点半
又去拜访了杂货商马克·道尔比,对买的罐头鲑鱼提出了很多抱怨。下午五点四十五和医生赫威特先生见面,支付医药费,然后又和医生为医药的数量大吵起来。

下午六点
和泽德基亚·伯恩在"桥和玻璃杯"一起喝酒。

下午六点四十五
又去沃森家,沃森老婆说他还没有回家。

下午七点
巡警看到他跟几个人一起在"猪仔与汽笛"喝酒,还对某人进行了威胁。

下午七点二十
有人看到他和两个身份不明的人一起离开了"猪仔与汽笛"。

十月十四日

凌晨一点十五
和沃森在去里德斯戴尔的大路上大约一英里的地方碰面了,当时非常脏,而且脾气很糟糕,情绪非常不稳定。

凌晨一点四十五
服务员詹姆斯·约翰逊证明他住进了"玫瑰和花冠"。

早上九点
贝蒂·多宾把他叫醒。

早上九点半
在"玫瑰和花冠"酒吧闲坐时听到里德斯戴尔发生了谋杀案的消息,当时的表现非常可疑。

上午十点十五
在劳埃德银行取了现金,一共是一百二十九英镑十七先令八便士。

上午十点半
找到古奇先生,向他支付了播种机的钱。

上午十一点零五分

离开了"玫瑰和花冠",回到格里德山谷。

温西勋爵仔细地看着自己列出的表,然后用手指着七点二十之后六个小时的空当。

"知道这里离里德斯戴尔多远吗?"

"大概有十三点七五英里,大人。"

"十点五十五有人听到枪声。步行是到不了这里的。沃森说过他凌晨两点才回来的原因吗?"

"是的,大人,他说他原来是在十一点就能赶回来的,但是他的马在芬顿与里德斯戴尔之间掉了一个了马蹄铁,所以他只有再回到里德斯戴尔——大约三点五英里——他大约是十点到达那里,然后找了铁匠为他马重新装了马蹄铁。然后他就到了'贵族之家',在那里一直待到关门才和一位朋友回家,然后又喝了点儿酒。他是十二点四十才开始上路回家的,和格兰姆索普碰面是在接近交叉路口大约一英里的地方。"

"听起来倒是那么一回事。铁匠和那个朋友都可以确认,但是我们为稳妥起见,还是要找到在'猪仔与汽笛'的那些人。"

"没错,大人,午饭之后我再去进行调查。"

午餐以后,他们继续工作,但是他们的好运气却没有再现,直到下午三点,那些人的身份还是没有得到证实。

威尔克斯,那个菜农,也在为他们忙碌。他在吃午饭的时候和一个从芬顿来的人碰面了,他们在那里很随便地谈起了在里德斯戴尔的神秘谋杀案。这个人说他丘原有一位老人曾跟他说起过一件事,在谋杀案发生的那天午夜,他看到一个男人没有骑马,步行穿过威麦灵丘原。"我忽然想到,那就是公爵本人。"威尔克斯声音洪亮地说。

得到的最详细的信息就是这个老人的名字叫格鲁特,而且威尔克斯还带着他们来到一条羊肠小路的入口,告诉他们从这里走下去就能到格鲁特的小屋。

现在,彼得和本特以及威尔克斯在泥泞的路上费力地走着,虽然有轻便马车,但一样觉得劳累,虽然路难走,但毕竟这条线索实在是太让人兴奋了。一直到四点差十分的时候,温西和本特才在一条山脚处的沼泽路上离开了他们乘坐的轻便马车,他们没有让威尔克斯跟随,他们两人朝着荒野边缘的那所小房子艰难地走去。

这个老人是个聋子,经过半个小时的盘问,没有得到一点额外的消息。他说在十月的某个晚上,应该是在谋杀案发生的那天晚上,时间大约是午夜时分,当时他正在烤火——一个高大男人的身影在黑暗中出现。他的口音很像南方人,因为沼泽地里迷路了,所以这么晚还在外面晃。老格鲁特给他指了去往里德斯戴尔的路。这个陌生人走的时候还给了他一先令。那个人的穿着他已经记不得了,只记得人戴着一顶软呢帽,穿着大衣,绑着护腿。时间肯定就是谋杀的那天晚上,因为后来他想到那人说不定就是公爵本人。但当时他没有询问过那个人是谁,他要去哪里。

到这时,调查者们的调查没必要再进行下去了,他们给了老人五先令。等他们再次出现在沼泽地的时候,时间是下午五点之后了。

"本特,"温西勋爵在迷雾中说,"我现在已经肯定要想找到事情的答案就必须去格里德山谷。"

"赞同,大人。"

温西勋爵指着东南方。"格里德山谷在那边，"他说，"我们去吧。"

"好的，大人。"

两个来自伦敦的外乡人，沿着狭窄的沼泽地小路往格里德山谷走去，白色迷雾在他们身后的威麦灵丘原慢慢升起，不一会儿，就弥漫了整个山间。

"本特！"

"我在，大人！"

声音就在近处。

"感谢上帝！我还以为你失踪了。我说，我们要时时喊一嗓子。"

"好的，大人。"

浓厚、阴冷、令人窒息的浓雾很快就把他们笼罩起来了——整个沼泽地除了白色，什么都看不见。尽管他们之间的距离很短，但是他们还是看不到对方。

"我真是个笨蛋，本特。"温西勋爵说。

"没什么，大人。"

"站着不要动，说话就可以了。"

"是的，大人。"

彼得把手伸向右边，很快就抓住了本特的袖子。

"哈！现在怎么办呢？"

"我不知道，大人，我没有经历过这种事。这个——呃——现象有规律可循吗？"

"没有什么规律，我想。这讨厌的雾气说不定会在这里待着不走。说不定我们要在这里住一晚上，等到天亮的时候，看雾气会不会消散。"

"是的，大人，这真是不幸的消息。"

"还有点儿像你说的这样。"他的主人笑着表示同意。

本特忍不住打了个喷嚏，然后又忙着道歉。

"如果我们还是朝着东南方向走，"他的主人说，"那么我们会到格里德山谷的，他们有可能愿意留我们住一晚——也有可能送我们回去。手电筒还在我的口袋里，我们还有罗盘——哦，该死！"

"怎么了，大人？"

"我拿错手杖了，真是倒霉！我们没有罗盘，本特——这真是糟糕。"

"我们不能下山了吗，大人？"

温西勋爵有些拿不定主意。他仔细回想以前阅读过有关迷雾的文章，想找到有用的信息。这时，他感到有些冷了，知道不能在这里待下去了。"我们还是试试为好。"他没把握地说。

"我以前听人说要是陷入了迷雾，人们基本上是在原地打转。"本特先生有些害怕地说。

"我确信我们不是在斜坡上。"温西勋爵说，也不知道该怎么办才好。

本特因为从来没有这样的经历，也不知道该提一些什么建议。

"现在，我们已经找不到更好的办法了，"温西勋爵说，"就赌一把吧，不要沉默不语。"

他抓住本特的手，朝着前面阴冷厚重的浓雾走去。

不知道他们这样走了多久，但整个世界都保持着可怕的寂静，只有两人发出的叫声才给他们增添了一点走下去的勇气。但他们不说话时，那种害怕的感觉就涌上了心头。他们踏过浓密的石南花。感觉到几乎要让人发疯，即使这样，还是无法确认自己是在山上还是在山下，由于天气寒冷，他们缩成一团，因为紧张和恐惧，汗水也不断冒出来。

忽然就在前面不远处，传来令人恐惧的声响。

"我的上帝！是什么？"

"是马，大人。"

"当然，"他们听到过马的叫声。那是因为有一个马厩失火了！

"我的上帝！"彼得放开本特的手，朝着发出声音的方向跑了过去。

"回来，大人！"男仆大声叫着，觉得一定有不祥的事情要发生。

"看在上帝的份儿上，马上停下，大人——那是沼泽。"

深深的黑暗中，猛然传来一声尖叫。

"站住，不要动，我掉进去了！"

然后，传来了令人恐惧的咕哝声。

第十二章　证明不在现场

当真正遭受贪婪而强大的野兽包围的时候，你甚至来不及思考，只希望还能够保留一点儿残肢剩体。

——《凯龙的钱包》

"我已经掉进沼泽了，"黑暗中，温西的声音非常沉稳，这让本特稍稍放心，"我现在下降的速度很快，你不要过来，不然你也会掉进来的，有劲就大声喊吧，这儿离格里德山谷应该不远了。"

"大人，别停下来，继续说话，"本特先生回答，"我想——我可以——找到您，这样，我就能找到你了。"他一边说话，一边把一卷绳子的活扣咬开。

"喂！"温西勋爵觉得有道理，马上大喊道，"救命啊！喂！喂！"

本特先生朝着声音传来的方向摸索着前进，边走边仔细地感知前面的危险。

"本特，我想你还是离我远点好，"彼得有些急了，"我们怎么都丧失了理智？"他停止说话，开始用力挣扎起来。

"你不能这样，大人，"本特乞求着大喊，"这样你会陷下去的。"

"已经陷到大腿了。"温西勋爵说。

"我来了，"本特说，"您还是大声喊吧。啊，这里已经不是干地了，开始变黏湿了。"

他小心地用脚感触着地面，找到了一小块感觉非常结实地方，还长着草，然后他把手里的拐杖使劲插进去。

"喂！啊！救命！"温西勋爵的声音更大了。

本特把绳子系在手杖上，然后把柏帛丽棉衣也系在身上，做好这些后，他小心地平躺下来，手里拽着绳子慢慢往前爬，就像哥特式忒修斯。

当他在地上慢慢地往上面爬行的时候，沼泽也在冒着泡，黏糊糊的泥水溅到他脸上。他顾不了那么多,他在爬的时候,还不时地用手摸索草丛,从那里借助一点力量。

"别不说话,大人。"

"我在这里!"声音有些虚弱了,是在右边。本特爬的路线有些偏离了,他努力地搜寻草丛。"我不能走快了。"他解释,他感觉自己似乎已经爬了几年似的。

"时间不够了,"彼得说,"已经陷到腰部了。上帝!这样的死法真是太残忍了。"

"您会活下去的。"本特说着,他忽然感觉到什么了,"您的手,快点儿。"

终于,两双沾满泥浆的手在河黑暗中握到了一起。

"您就这样别动,"本特说,他慢慢地旋转着身体。要让他的脸和泥土不挨着,可真是太困难了,他的手在黏稠的沼泽上滑动着——忽然碰到了一条胳膊。

"感谢上帝!"本特说,"马上就好了,大人。"

他忽然感觉自己往前挪了一点,他的胳膊已经接触到了最危险的泥流。本特的手摸到了温西的肩膀,立刻抓住温西的腋下,想着用劲把他提起来。这样一来,他的膝盖也深深地陷入沼泽中,他连忙把身子挺直,但这样膝盖就不能使力,他也难以进行下一步的动作了,这样的话,就意味着两人都要死。他们只能保持这样,在绝望中等着救援的来临——温西甚至都不张嘴喊救命,因为这样一来,泥浆就会进入嘴巴里。本特肩膀上的绳子也让他觉得很勒人,觉得脖子都痉挛了。

"您不能沉默,大人。"

温西马上大喊起来。他的嗓子没多久就喊不出来了,变得嘶哑虚弱。

"本特,老兄,"温西勋爵说,"让你也陷入这样的境况,真是对不起。"

"没关系,大人。"本特的嘴巴里都是污泥。忽然,他仿佛想到了什么。

"您的手杖在什么地方,大人?"

"丢了,但应该不会很远,如果还在地面的话。"

本特连忙伸出左手,在旁边仔细地摸索着。

"喂!喂!救命!"

本特很幸运在旁边的草丛里摸到了手杖,他连忙抓过手杖,横放在自己的胳膊下,这样他的下巴就可以搁在上面,脖子也就得到了解放,本特觉得自己的勇气又高涨起来,再坚持一晚也没问题了。

"救命!"

现在真是度日如年呀。

"看到了吗?"

在右边突然出现了一缕微弱的光线,在那里摇晃着。

这两个绝望的人立刻用劲喊了起来:

"救命!救命!喂!喂!救命啊!"

很幸运,喊话有了回应,接着,就是光亮,马上就靠近了,而且光亮越来越强,距离越来越近。

"我们不能停。"温西一边喘着气,一边说,他们又鼓起劲喊了起来。

"在哪里?"

"在这里!"

"喂!"停了一下,"这里是棍子。"一个声音在近旁响了起来。

"顺着绳子走！"本特提醒道。

他们听到有两个声音在吵着什么，然后感觉到绳子被抽动了。

"在这里！在这里！我们在这里，救命！"

来的人马上问道："你们还能坚持吗？"

"坚持不了多久了，希望你们快点。"

"快把竹篱拿来。你们是两个人吗？"

"是的。"

"陷得深吗？"

"有一个快要陷进去了。"

"好的，杰姆就要来了。"

一阵脚步忙乱的声音传来，这是杰姆带着竹篱赶来了。然后又是难熬的等待，不知过了多久，又一根竹竿拿来了，然后绳子又动了几下，模糊的光亮也在那里不停地摇晃。接着，第三个竹篱又掷了过来，这时候光亮才越来越亮。很快，一只手伸过来，抓住了本特的脚踝。

"还有一个呢？在哪儿？"

"这里——你要挨着他的脖子了。有绳子吗？"

"当然有。杰姆！把绳子扔过来！"

一条绳子穿越浓雾，扔了过来。本特连忙抓住，飞快地把绳子绕在温西的身上。

"现在——往后退，然后开始拉！"

本特爬回到竹篱上。三双手开始拉着绳子，那样子好像要把地球撬离轨道。

"我恐怕要落到澳大利亚去了。"彼得喘息着。本特全身都被汗水湿透了，禁不住哭了起来。

"哦，好了——他开始移动了！"

他们连忙拉动绳子，绳子开始移动，他们也在不断地加大力量。

忽然响起一声巨大的响声！沼泽无法再控制人了，拉绳子的三个人立刻倒在竹竿上。他们连忙把绳子紧紧地拉住，生怕绳子会跑掉。这时，沼泽的一阵恶臭传来，没多久，三个人都慢慢地站了起来。

"这个该死的地方，真倒霉。"温西勋爵喘着气说，"真是给你们添麻烦了，这地方叫什么？"

"哦，感谢上帝，"三位救世主中的一位说道，"我们偶然听到有人喊救命，还以为听错了。这是彼得壶沼泽地，是很危险的，还从没有人落进去后还能活着出来。"

"我想我今天就几乎成为壶里的彼得了。"温西勋爵说完，昏倒在地上了。

对于温西勋爵来说，格里德农场留给他的记忆，就仿佛是一场噩梦。门一打开，马上就有团团浓雾涌进来，透过雾气。隐约可以看到门内炉膛中的火焰。很模糊。像美杜莎一样漂亮的格兰姆索普夫人站在那里，在黑发的映衬下，脸显得苍白。她盯着他。突然，一只毛茸茸的手伸过来，把她扯到一边了。

"不要脸！一个男人——只要有男人，你就把持不住。滚一边去！我不叫你来，就别过来。这是怎么了？"

声音——声音——还有一些不想见的人也在面前站着。

"彼得壶？你晚上去那里干嘛？我看你八成是有病，晚上去那里，不想活了。"

其中一个农民，模样也不耐看，忽然用破锣嗓子，没腔没调地唱了起来：

我是村姑玛丽·简，
就住在阿卡拉沼泽地里。

"该死的！"格兰姆索普突然失去了控制般地喊起来，"要惹我来把你们的骨头都拆下来吗？"他转向本特，"赶快把这人带走，我警告你，留在这里对你们没一点好处。"

"可是，威廉——"他的妻子刚说了一句话，他马上扬起巴掌朝她打过去，她立刻吓得不敢说话了。

"现在不能这样做。"一个男人说，温西认出就是上次对自己不错的那个人，"我想，今晚他们是不能走的，不然里德斯戴尔公馆那边的人说不定就要来找你的麻烦，还有警察。不要紧的，就只有一个晚上，出不了什么事的。来，把他弄到炉子那里去，"他对本特说，随后又对农场主说，"现在把他赶出去，他肯定要死在外面，那样，你就脱不了干系。"

这个理由勉强说服了格兰姆索普，他嘴里嘟囔着走开了。两个人连忙把温西拖到炉子旁，马上有人把烧酒递过来。喝完酒之后，温西的脑袋感觉清醒一点儿，然后又睡了过去，他似乎有一种喝醉的感觉。

现在他明白自己被抬上了楼，然后又到了床上。这房间是老式房间，面积很大，有一个正烧着的壁炉，还有一张大床。本特把他的湿衣服脱下来，然后就是按摩他的身体。有一个男人时不时地走进来帮助他。格兰姆索普在下面不停地高声咒骂着，还有那个男人刺耳的歌声。

虫子们过来了要把你吃掉
在阿卡拉沼泽地的篱笆上……
鸭子们过来了要把虫子吃掉
在阿卡拉沼泽地……

温西缩成一团躺在床上。
"本特——你还好吗？真要谢谢你了，这件事做得糟透了——什么？"
他慢慢地睡过去了，古老的歌曲还在耳边响起，伴随着他进入噩梦里。

我们过来了要把鸭子吃掉
在阿卡拉沼泽地……
这就是为什么——这就是为什么——为什么……

当温西睁开眼睛的时候，外面已经天亮了。看见太阳，就知道昨晚的浓雾已经散去了，他又躺了一会儿，还是没明白是怎么回事，对自己怎么在这里，他也很糊涂。随后，大脑运转了起来，一切才慢慢想起来，那种死而复生的感觉慢慢平复。他感受到身体非常疲乏，肩膀肌肉还是很酸胀。他检查了一下身体，到处都有瘀青的痕迹，那是绳子留下的。此时，他觉得疼痛难忍，只要一动，身体就很疼，这让他只能躺在那里一动不动了。

这时，门开了，本特拿着一个托盘，走了进来，他已经换了衣服，他闻到了从托盘里飘来了鸡蛋和火腿的美妙味道。

"你好，本特！"

"早上好，大人！我觉得您是要醒来了。"

"精神好极了，谢谢——不过，还有一点没明白，为什么是小提琴？——你从哪儿找来的一个粗人，那手指像什么？简直就像棒子在身上打。你怎么样？"

"好极了，就是胳膊还有点儿酸疼，谢谢，大人。我总算是放心了，这场灾难总算被我们度过去了。"

他把盘子轻轻地放到温西勋爵的膝盖上。

"很高兴我们逃过了一劫，"他的主人说，"要是没有你，我真的就完蛋了。本特，我知道这时说感谢的话是没什么用的，但我会记住你的。好吧，我也不用扭捏了，本特。就是这样。对了，你昨晚睡的地方还舒服吗？我实在是无法起来查看一番了。"

"我睡得很好，感谢您的关心，大人。"本特先生指了指旁边的一个小矮床，"他们昨天要给我安排另外一个房间，但这种情况，我怎么能离开您呢？所以，我就睡在这里了。我跟他们说你在沼泽里待的时间太久了，可能会有什么危险发生。另外，我对格兰姆索普先生也不放心，担心他会过来加害我们，所以，我就睡在这里了。"

"这我不奇怪，本特。这家伙的确很凶恶。今天早上还是要跟他谈谈——或者跟格兰姆索普夫人谈也可以。我发誓，她会跟我们说我们想知道的情况的。"

"我不怀疑，大人。"

"可是，麻烦在于——"温西吃着鸡蛋，说，"该怎样找到她呢？她那可怕的丈夫对每一个来这里的男人都怀有深仇大恨，如果他发现我们在和她交谈，你可以想象，他一定能做出什么危险的举动的。"

"是的，大人。"

"现在他肯定去巡视他的农场了，这是一个很好的机会，我们可以抓住这个机会和这个女人谈谈。我现在真的是很好奇她对卡斯卡特做了什么？"他沉思着说。

本特没有回答主人的话。

"那么，本特，我要起来了。我敢肯定我们在这里是不受欢迎的，昨天男主人的眼色我是猜得到的。"

"是的，大人。他昨天是坚决反对把你留在这间屋子里的。"

"为什么？这房间是谁的？"

"这是他和夫人的房间，大人。应该是这里最好的房间，因为有火炉，而且床也铺好了。格兰姆索普夫人倒是很和气，大人。那个男人对格兰姆索普说如果把你照顾好了，是会得到金钱奖赏的。"

"哈，不错，现在我知道他的缺陷了，是不是？好吧，现在我要起来了。上帝呀，本特，我觉得我全身都是硬的。对了，我还有衣服可穿吗？"

"我已经尽全力将您的衣服洗干净了，大人，但还是没完全达到我的要求，不过，我想穿着回到里德斯戴尔是没问题的。"

"我猜街道上不会出现拥挤的情况。"他的主人说道，"现在我去洗一个热水澡，有热水吗？"

"可以从厨房里拿到，大人。"

本特轻轻地走开，温西勋爵缓慢地穿着他的衣服和裤子，然后站在窗前朝周围看着，这里的房子的窗户都关得很紧，窗框间还塞上了纸条，这样就没有咔嗒咔嗒的声音了。他把纸条拿出来，又打开了窗户，风一下子就吹了进来，那股熟悉的沼泽地的泥土味儿也进来了。他深深地吸了两口。能再一次看到太阳，的确让人感到高兴，不然，陷进彼得壶沼泽里死去，就太不值了。他在那里站了一会儿，庆幸自己还活着，然后开始整理衣服。他刚要把抽出来的纸条投入火中的时候，猛地看到了一行字。他连忙把纸张展开，仔细地看起来，他的眉毛向上挑着，嘴巴张着，似乎很吃惊。当本特带着热水走进屋的时候，就发现他的主人手里拿着一张纸，另外一只手还拿着袜子，嘴巴里不知道在哼着巴赫的什么曲子。

"本特，"他的主人说，"现在可以肯定的是我就是这个世界上最大的傻瓜。我竟然放过了发生在眼皮底下的事情。我豁出了命去找证据，还跑到斯泰普利，拿着望远镜去寻找什么答案。活该我倒霉，看来我真是病得不轻了。杰里！杰里！当然，你这个笨蛋怎么就没看出这里面的猫儿腻呢？他为什么就不能对莫伯斯或者我说出一切呢？"

本特先生不知道发生了怎么，迷惑地看着温西。温西突然忍不住大声笑了起来，然后说："哦！我的上帝！哦！我的上帝！这种事情只有杰里才干得出来，把信件塞到窗户框里。看，这是签了他名字的信，还写得这么长，全部都是他的秘密，就随便放在这么一个容易被人看见的地方，然后就不管了，还充骑士精神，对谁也不说。"

本特连忙将水壶放好，确保不会发生什么意外后，才走过去，把那张纸拿了过来。

这就是汤米·弗里伯恩写来的那封信，后来却怎么也找不到的那封信。

毫无疑问，这就是可以证明丹佛无罪的证据。更进一步说——是十三日那天晚上可以确认他没有出现在案发现场的证据。

是丹佛而不是卡斯卡特。

丹佛建议他的朋友们在十月份来里德斯戴尔打猎，他们八月份在这里打过松鸡。丹佛是在晚上十一点半之后离开家的，因为这个时候格兰姆索普去买机器不在家，他步行两英里来到这里。又把写有他签名的一封重要的信件塞在窗框里。从时间上计算，丹佛回家的时候是凌晨三点，在花房门口被卡斯卡特的尸体绊倒了。丹佛，这个保守而愚蠢的英国绅士，把名誉看得高于一切，宁愿坐牢也不告诉律师自己那天晚上去哪里了，如今，他精心掩盖的谜团终于真相大白，当她和温西兄弟相守的那天晚上，她以为那个声音是丹佛发出的。丹佛在法庭上对陪审团说的那些话，就是想保护一个女人的名誉。

这些日子里，贵族委员会没有闲着，比照过去对贵族刑事案件的审判过程，并查阅了一些记录，为了让丹佛公爵的案件能早日提上审判日程，并且向议院报告他们所想到的最好的办法。程序已经确定：由携带白色法杖的贵族向陛下提交陈词，把确定的开庭日期告知陛下；审判将在威斯敏斯特的皇家美术馆进行；并要派出足够警力到现场维持秩序和保证安全；并请求陛下指定一位皇家总管大臣出席；当天出席审判的贵族们要穿着他们的长袍才能入场；每一位贵族在宣誓时都要将右手放在胸脯上，并做出判断；议院纹章官要以国王的名义要求大家保持安静——如此这般，这些仪式很烦琐。然而，要是这张纸能早一点被发现，那么这套荒谬可笑的仪式就可以放弃了。

温西想着那险些让他丢失性命的沼泽遇险经历，不禁坐在床边笑了起来，但脸上却止不住流泪了。

本特先生也有些不知所措。他没有说话，只是拿出一把剃刀看着自己的主人，等着为他剃须。

温西发了一阵呆，然后走到窗户前，他张口呼吸了几口带着沼泽泥味的空气，注视着外面。他看见格兰姆索普正大踏步地走过狗群，朝着吼叫的狗群甩出一鞭子。这时，他突然抬起头，朝窗户这边看了过来，眼睛里分明有强烈的恨意，温西感觉像被什么推了一下，连忙把身体缩了回来。

当本特在为他剃须刮脸时，他还是没有说话。

温西勋爵知道自己要面对的情况不容乐观。他刚刚接受了这里的女主人的盛情招待，另外一方面，丹佛现在的处境也难以让人产生同情。他本人在格里德山谷下楼梯的时候还真想象不出自己为什么如此下流。

走进农场宽敞的厨房，温西看见有一位农妇正在处理一锅炖肉。他问格兰姆索普先生是不是在家，农妇说他已经出去了。

"请问，我能和格兰姆索普夫人见面说说话吗？"

这个女人仔细地看了看他，然后一边在围裙上擦手，一边走进洗涤室，大喊："格兰姆索普夫人！"一个声音回应了她的叫喊。

"这里有一位先生想见你。"

"格兰姆索普夫人在什么地方？"彼得急忙问。

"大概是在牛奶场。"

"我去吧。"温西急忙走出来，他刚穿过一个庭院，就看到格兰姆索普夫人匆匆地从对面一扇黑暗的门里走出来了。

此时，冬日寒冷的阳光照射在她异常苍白的脸上和那乌黑的头发上，她看起来比温西第一次见她时还要漂亮，无论是眼睛还是鼻子，都看不出她有一点约克郡的血统。鼻子和颧骨的曲线映衬出她有些冷漠。从黑暗中走出的她，就如同从神秘的金字塔里走出来的让人捉摸不定的神秘圣物。

温西勋爵努力让自己看起来精神些。

"外国血统，"他对自己说，"要么是犹太人，要么是西班牙人，这还不明显吗？怪不得杰里会对她入迷。即使是我，也无法和海伦相处。好吧，现在开始吧。"

"早上好，"她说，"你没事吗？"

"我无法要求再多了，我要感谢您对我的照顾，真不知道该如何谢谢您。"

"你现在马上离开这里就是报答我的最好方式了，"她冷冷地说，"我丈夫本来对陌生人是没什么成见的，但你们以前的遭遇实在是让他不得不防。"

"放心，我不会久待的，但是我需要找你了解一些情况。"他看着不远处的奶牛场，"在这里可以吗？"

"你想知道什么？"

她朝后面退了几步，但还是让他跟着进来了。

"格兰姆索普夫人，我此时的境地非常难过。你知道，我哥哥，丹佛公爵，因为谋杀案而待在监狱里，马上就要对有关十月十三日晚上的那场谋杀案进行审判。"

她丝毫没有流露出一点情绪化。"我知道这事。"

"他现在已经决定不向陪审员说明那天晚上十一点到第二天早上三点这段时间他在什么地方，他的不合作会让他置于危险的境地。"

她依然淡定地看着他。

"他是个老派的人物，认为不说出那天晚上他在哪里是他的责任，尽管我已经知道他在哪里。但只有由他自己说出来，他才会被认定是无罪的。"

"他看起来让人尊敬。"冷淡的嗓音听起来有了变化，但很快又恢复了平静。

"没错儿！他确信他自己在做一件非常正确的事。我想对此，你是理解的，不管怎样，我是他的弟弟，我有责任让这件事真相大白。"

"你对我说这些是什么意思？我想他是个明白人，如果他认为这件事有损于名誉，他会保守秘密的。"

"没错儿！但是对其他人来说——他的妻子、弟弟还有他的妹妹等人来说，保护他的生命和安全是第一等大事。"

"超过他的名誉吗？"

"这个秘密或许存在不光彩的地方，而且对他的家庭无疑有重大伤害。但是如果他因为谋杀而被判有罪的话，那对他的名誉的伤害会更大。同时，这还将对整个温西家族造成无法弥补的伤害。我想，我们现在所处的这个社会，证明他不在犯罪现场的证人可能会受到更加令人难以忍受的羞辱。"

"如果是这样，你还希望那个证人出庭吗？"

"如果这样能挽救一个无辜者的生命，我认为这个人应该站出来。"

"我再问你一遍——告诉我这些是为什么？"

"因为，格兰姆索普夫人，你对此非常明白，你知道我哥哥是无辜的。相信我，对你说出这样的话我也很难过。"

"我不认识你哥哥。"

"请原谅，你在说谎。"

"我不能帮你什么，我能知道的就是如果公爵选择不说，那么你还是不要强迫他为好。"

"我不能袖手旁观。"

"我无法为你提供什么帮助。你是在浪费时间。在我看来，如果证人不愿意出庭，你这么做还有用吗？我看，你还是多花时间去找真凶吧。你真做到了这一点，还有必要找什么不在现场的证据吗？至于你哥哥怎么做，那是他自己做的决定，与任何人无关。"

"我希望，"温西说，"你应该积极一点。相信我，我能保护你不受伤害。就像你说的，我是在寻找真正的凶手，但现在还没有什么进展。我没有放弃，但时间不等人，因为审判可能在这个月底举行。"

听到这个，温西看到她的嘴唇不由自主地抽搐了一下，但最后还是保持着沉默。

"我希望在你的帮助下能达到一个目的，可以不符合事实，但只要能证明我哥哥的清白就可以了，可是从目前的形势看，我只有把我掌握的证据拿出来，以证明他的清白了。"

立刻，这句话击溃了她的心理防线。她的脸颊出现了红晕，一双手不由自主地紧紧地抓住了搅乳器。

"证据？什么证据？"

"我的证据就是十三日那天晚上，我哥哥就在这里，睡在我昨天晚上睡的那个房间。"温西慢慢地说着，让自己的语气显得有些残忍。

她有些害怕。"你胡说！你证明不了什么。他和我都不会承认的。"

"你是说那天晚上他不在这里？"

"不在。"

"那你怎么解释这个东西会出现在你卧室的窗格里呢？"

一看到温西勋爵拿出的这封信，她立刻瘫在桌子上，脸也因为恐惧而出现了可怕的扭曲。

"不，不，不！这是假的！上帝保佑我！"

"安静！"温西果断地说，"如果你不想让别人听到的话。"他拉着她站起来，"现在把一切都告诉我，让我看看能不能找到两全其美的解决办法。他那天晚上是在这里吗？"

"你不是已经知道了吗？"

"时间呢？"

"十二点一刻。"

"他怎么进来的？"

"他有钥匙。"

"他离开的时间呢？"

"两点过后。"

"是的，看来时间没错！来这里需要四十五分钟，再花四十五分钟走回去。他把这个塞到窗格里，应该是不想让窗户发出声响吧？"

"那天晚上风很大——而且我非常害怕，只要有响声，我就以为是我丈夫回来了。"

"那天晚上你丈夫在哪里？"

"在斯泰普利。"

"他没起疑吗？"

"有的，怀疑了一段时间。"

"是八月份，也就是我哥哥来这里吗？"

"是的，但是他找不到什么证据，一旦他真发现了我们的关系，他肯定会杀了我的。你已经知道他是什么样的恶魔了。"

"是的。"

温西沉思着。这个女人看着他的脸色，非常害怕，想从他这里得到一点希望。她伸手抓住了他的胳膊。

"如果你让我为此出庭，"她说，"那么他就知道了一切，他肯定会因此而杀了我。看在上帝的份儿上，请你不要逼迫我。你手里的信可以宣判我的死刑。哦，看在你母亲的份儿上，你一定要帮我，我的人生就像在地狱中，所以，请你快点想办法吧！你一定会想出好办法的。"

温西把自己的胳膊从她的手里轻轻地抽出来。

"冷静，格兰姆索普夫人。我无法可想，真的很抱歉，如果我能找到不连累你而救出我哥哥的方法，我一定会做的。但是目前我还做不到。但是，既然他如此残忍，你为什么还留下来呢？"

她神经质地大笑起来。

"你知道这要拖多长时间吗？照这样的程序，我一定会被他杀死的。你已经知道他的为人了，你觉得我能平安地离开吗？"

温西对这个问题还真没想过。

"我向你保证，格兰姆索普夫人，我只能说我会尽我最大的能力来避免让你出庭作证，但是如果我找不到更好的办法，那我也会在你被传讯的过程中申请警察保护你的安全。"

"那我将来的生活该怎么办？"

"如果你在伦敦，我们就会让你不受那个男人的欺负。"

"不，一旦你传唤我，我就成为一个消失的女人。你会再去找其他的方法，我说的对吗？"

"是的，我会尽我最大的努力，但是我无法为你做出承诺。我会尽力保护你不受到任何伤害，如果你曾经喜欢上我哥哥——"

"我不知道，我就是感到害怕，他对我很好，他是——和别人不一样，但我就是感到害怕，很害怕。"

温西转过身。看到格兰姆索普先生已经站在门口，正对他们怒目而视。

"哈，格兰姆索普先生，"温西大声说，"很高兴看到你在这里。我正想对你的大度表示感谢。我刚对格兰姆索普夫人也是这么说的，而且想让她替我说再见。本特和我对你们的好心招待真的感谢不尽。哦，我说，你能不能帮忙把昨天救我的那些人找来——如果他们是你的人。说实话，没他们我就完了，我真的应该谢谢他们。"

"用不着了。"格兰姆索普先生凶恶地说，"趁早滚！不然就把你们扔出去。"

"不用，我这就走。"彼得说，"再见，格兰姆索普夫人，感谢不尽。"

他与本特会合后，又对他们的救命恩人进行了一番感谢，然后对那个狂怒的农场主说了声再见就离开了。

第十三章　曼侬

我亲爱的华生，如果我真是你所喜欢描述的那种理想的推理家，那么，从这个词我就应该推想出全部的故事。

——《夏洛克·福尔摩斯回忆录》

"感谢上帝，"帕克说，"总算是找到解决问题的办法了。"

"是的——但是也不能说已经找到了。"温西勋爵坐在墙角的沙发上，背靠着软垫，眉头皱着。

"当然，虽然让那个女人出庭不是什么好事，"帕克虽然有些感伤，但还是很愉快地说，"但是有些事情也是不得不做的。"

"我知道，现在只能走到这一步了，可是杰里无论如何都不想把这个女人牵扯进来，所以，我们还不能拂逆他的意思。如果我们想不到彻底摆脱格兰姆索普的办法，那么那女人的命运就会很悲惨了，那样，即使赢了官司，杰里一辈子也不会心安的……杰里！我说，你想不到我们是多么笨，竟然没发现事情的真相是这样的。我的意思是——当然，我没有责怪我嫂子的意思，但是格兰姆索普夫人——哎呀！我告诉你，我第一次见她时，她肯定以为我是杰里了。我当时就应该明白这一点。我们的声音有些相似，当然，那时，她在厨房里，那里光线不好，她看不清楚。那个女人当时肯定吓糊涂了，什么都不知道了，哦，老天！她的眼睛和皮肤真的让人难忘，那个家伙绝对配不上她。你还有什么好的想法吗？没有吗？哦，就让我对你说吧——来帮你让你的思维扩充一下。你知道那首和军工厂年轻人有关的流行的押韵诗吗？"

帕克想不到此时他还有心思谈这些无关紧要的事，但还是耐着性子听完了。

"哈！"温西说，"你真是少有的优秀人才！知道我喜欢你什么吗？就是喜欢看到你时不时地因为心软而发出的笑声，姿态还那么优雅。我们以前的思维都错了，所以我们不要再纠缠于那个被残暴对待的年轻妇女，还有那个骑摩托车的年轻人，这些都应该放弃。你知道，查尔斯，我对找出杀害卡斯卡特的真正凶手非常有兴趣。从法律上讲，找到真凶就足够了，但是有没有格兰姆索普夫人对证明我们的专业能力都没有什么妨碍。'父亲很软弱，但是政府很坚定'，还记得这句话吗？作为他的兄弟，做到这一步，我已经对得起他了——但是作为一名侦探，我还是为没完成任务而感到羞耻。另外，在所有的为被告的辩护中，不在现场的证明还是很难说服人，现在我们缺乏最直接的证据让陪审团相信。而且，如果杰里坚持否认，他们就会认为不是杰里就是格兰姆索普夫人在展示骑士风格。"

"那封信呢？你不是已经得到了吗？就能说明问题了。"

"是的，但是我们要如何证明这封信是来自案发的那天晚上呢？信封已经找不到了，弗莱明也记不起任何东西。杰里也许是早些时候得到的信。而且这信说是假的也会有人相信。有人会说也许是我放在那里的，然后再去找，毕竟，我和这案子还是有关系的。"

"本特不能作证是你发现的吗？"

"他不能，查尔斯，当时他出去了。"

"哦，真的吗？"

"另外，真要让证据有效，还必须让那位可怜的女人出来证明——杰里到达和离开的时间。除非他能证明他在十二点半之前到达格里德山谷，否则他在什么地方都没用。"

"哦，"帕克说，"那我看就先把格兰姆索普夫人隐藏起来，等到审讯时再出来作证，也就是说——"

"这主意听起来不够光明正大，"温西勋爵说，"如果你喜欢，我们是很高兴这么做的。"

"——同时，"帕克继续说，"我们还要去找到真正的凶手？"

"哦，当然要，"温西勋爵说，"你倒是提醒了我要做什么。我在里德斯戴尔公馆找到了新的线索——至少我认为是以前没发现的。你注意到了吗？有人强行把书房的某个窗户打开了？"

"是吗？我还真没注意。"

"是的，我看到了有明显的痕迹。当然，现在距离谋杀已经有一段时间了，但是那个刮痕还很显眼，我看应该是某种小折刀留下的。"

"我们真傻，当时就没仔细去研究研究！"

"这要问你了，当时怎么就忽略了呢？我发现后就去问弗莱明，他说还记得开窗户的事，是星期四早上他看到窗户已经打开了，但是这痕迹是怎么回事，他也说不清楚。还有一件事情，我的朋友蒂莫西·沃特彻特来了一封信。你看看吧。"

尊敬的阁下——我要告诉你一件重要的事。在上个月十三日晚上，我发现一个男人在'猪仔与汽笛'与那个可疑的当事人在一起，并且他告诉我那个当事人还找他借了辆自行车，后来我们在一个山沟里找到了这辆自行车，当时车把扭曲，车轱辘也是弯曲的。

期待你的来信。

蒂莫西·沃特彻特

"你怎么看?"

"很重要,需要去调查一下,"帕克说,"至少我们可以换个思路,不限于以前的圈子了。"

"不,虽然她是我妹妹,但玛丽太笨了,看看她是如何和那个粗鲁的男人交往的——"

"她做得很好,"帕克的脸不由得红了,"你看不出她有多好,因为你是她哥哥。像她这样的女孩只会注意到男人的优点,高大什么的。她对这事是认真的,所以才会用另一种标准去看待人。她太单纯,所以不相信遇到的男人会像戈伊尔斯那样懦弱和无耻。即使是那个时候,她还是不相信自己遇到的男人会是这样,直到对方在她面前承认。想想这对她这样一个单纯和思维简单的女人意味着什么吧——"

"好了,好了,"彼得大喊,他有些不相信地看着自己的朋友,似乎有些不认识他了,"不要激动,对你我是相信的,饶了我吧,我不是什么圣人,只是一个兄长而已,世上所有的哥哥都不是什么精明人,而所有的恋人呢?都是疯子——这是莎士比亚说的。你喜欢她,老兄?这太让我觉得意外了,我相信所有的哥哥都不会相信的。祝福你,可怜的人!"

"该死,温西,"帕克看起来真的发怒了,"你怎么能这样说?我只是赞赏她而已——对如此勇敢而坚定的女性,我想不管是谁,都会赞赏的。你干嘛要侮辱我?我知道她是玛丽·温西小姐,而且还非常有钱,而我只不过是一个警察而已,薪水也不高,虽然在退休后,可以有一笔不错的养老金,但是这不是你嘲笑我的理由。"

"我没有,"彼得也有些生气了,"我只是想不通为什么每个男人都想娶她,而你还是我的朋友,更是一个好男人,我都不知道该怎么样来夸奖你。另外——该死的,男人!——别把他想得那么好,他的本来面目是什么?没良心、没教养的什么社会主义者,或者还是一个有着神秘过去的、不为人知的玩纸牌者。我母亲和杰里别看是贵族,但现在即使遇到一个体面的修管道的,都会直奔主题的,而你还是警察,就更不用说了。我只是担心玛丽,她现在的品位已经难以说出口了,你这样一个体面的人,我担心她欣赏不了,老兄。"

帕克先生不好意思地进行了道歉,然后他们都没有说话。帕克喝着波尔多葡萄酒,盯着里面的液体,似乎想着什么心事。温西在懒散地翻看着自己的笔记本,还把以前的一些旧信件都投入火中,或者把以前的备忘录翻看了之后,再重新折起来,把一些拜访卡也仔细地看了看。最后,他的目光落在了在里德斯戴尔公馆书房里拿的吸墨水纸上,那上面的一些零散的断断续续的印迹,让他觉得好像以前怎么就没有仔细地注意过。

帕克喝完了波尔多葡萄酒,他把自己的思绪理了理,觉得有些事情要跟彼得说明白,他转向彼得,刚想说什么。正在这个时候,他猛然听到了一声响,那是温西勋爵握起拳头,猛地砸向了桌子,桌上的酒瓶马上就倒了下来。温西勋爵像醒悟过来似的,开始大声地说:

"《曼侬·莱斯科》!"

"什么?"帕克先生愕然。

"我真是太笨了!"温西勋爵说,"我这脑子简直就应该端上餐桌,让人浇上佐料吃掉!听我说!"———帕克已经在听他讲了———"我们一直坐在这里为杰里、玛丽担心,去找那个混蛋戈伊尔斯,搜查格兰姆索普做了什么,还有天知道什么人还没有出现——但是这张藏在我口袋里的纸我却忽视了。这张边缘有污渍的纸张,有人认为是很平常的一张被弄脏了的纸。但是,曼侬,曼侬!查尔斯,如果我的智商能赶上土鳖虫,这件事就很简单了,我们也不至于浪费了那么多的时间。"

"我希望你先冷静一下，"帕克说，"我明白你现在是想通了，但是我没有看过《曼侬·莱斯科》，那张吸墨水纸你也没给我看过，我对你有什么发现完全搞不清楚。"

温西勋爵把证物递给他。

"我发现，"帕克说，"这张纸没什么奇特的，皱巴巴的，还很脏，烟草味和俄罗斯皮革味的味道太浓了，这只能说明你一直把它放在你的袖珍笔记本里。"

"不！"温西怀疑地说，"你刚才看见我从口袋里拿出来的！福尔摩斯，你还想到了什么？"

"在这张纸的一角，"帕克继续说，"我看到了有两个墨点，一个很大，一个比较小，我想应该是有一个人在这上面拿着笔，来回摇晃。这些墨点意味着什么呢？代表什么不好的消息吗？"

"这我倒不关心。"

"在墨迹下面，有公爵的签名，还出现了两三次——应该说是他的头衔，说明这不是一封私人信件。"

"我想你的推论很有道理。"

"还有马奇班克斯上校的签名，写得也很整齐。"

"他应该不是故意这样写的，"彼得说，"看他的签名，就知道他的为人很诚实，继续说下去。"

"那个'什么好东西的五个什么'，我们可以猜想出许多事情来，你觉得在这里代表什么？"

"'五'或许是犹太教神秘哲学意义上的，但是我现在也不知道是什么意思。五官、五根手指，还是什么中国的五字箴言，摩西五诫，这些与美好的歌谣中的神秘意义关系是不大的。'五是极地下的诡计男孩'，实话告诉你，其实我一直对五个诡计男孩是指什么很有兴趣，很遗憾，我不知道在这里是什么意思。"

"好吧，这里还有一个单词的一部分oe，看，这是isfou——在下一行。"

"你觉得这个单词是什么？"

"Isfound，'被发现'，应该是这个意思。"

"你呢？"

"这看起来不会很复杂，或者是hisfoul，'肮脏的'——这里看起来应该是钢笔出了问题，漏水了。你觉得是hisfoul吗？公爵是不是在和人谈卡斯卡特的肮脏交易？是这个意思吗？"

"不，我不这样看。另外，我觉得这不是杰里写的。"

"那会是什么人写的呢？"

"我也不知道，但是我想我能猜出来。"

"它会告诉我们什么？"

"所有和这个案件有关的故事。"

"哦，别打哑谜了，温西，即使是华生医生也等不及了。"

"嘘，嘘！你看，看这一行的上面。"

"哦，有oe。"

"是的，再继续看，看到什么了？"

"哦，我不知道。Poet，'诗人'；poem，'诗歌'；manoeuvre，'策略'；Loebedition，'勒布版本'；Citroen，'雪铁龙汽车'——都说得过去。"

"我也不知道，但我确信应该没那么多的英文单词会包含oe——并且这两个字母如此接近，看起来应该是双重元音字母。"

"或许它和英文单词没什么关系。"

"没错，或许还真不是。"

"哦！哦！懂了，是法文？"

"哈，你总算还不迟钝。"

"Soeur，'姐妹'——oeuvre，'事业'——oeuf，'鸡蛋'——boeuf，'牛肉'——"

"不，不，你就是第一个单词还比较靠谱。"

"Soeur，'姐妹'——coeur，'心脏'！"

"Coeur，'心脏'，等等。注意到没有？这前面还有明显的擦痕。"

"等一会儿——er——cer——"

"是不是percer，'看穿'的意思？"

"我相信你的判断，percerlecoeur，'伤心'。"

"是的，或许应该是perceraslecoeur，'伤心'。"

"太好了，看起来就不需要别的单词了。"

"那么那个isfound是什么意思呢？"

"Fou！'发疯了的'。"

"哪一个？"

"我不是说who，是fou。"

"是的，你是没有说，我问是谁？"

"谁？"

"是谁发疯了？"

"哦，上帝，'疯了'！'我疯了'。"

"没错！我觉得下一个单词是dedouleur，'痛苦'，或者和它差不多的一个词。"

"可能。"

"真不错！我觉得是这样的。"

"哦，如果是这样，有什么意义呢？"

"它将把一切都告诉我们。"

"告诉我们什么？没有呀。"

"全部，我说。你仔细琢磨一下，这些东西都是卡斯卡特死的晚上写的。那么写这些东西的人是谁呢，'伤心'……'我痛苦得疯了'？想想在那里的所有人。肯定不是杰里的信，这种表达方式他是不会用的。马奇班克斯上校或者马奇班克斯夫人？也不太可能！是弗雷迪？这可是一封法语信，而且还充满了感情，他可写不出来！"

"没错，他写不了。或许是卡斯卡特写的，也有可能是——玛丽小姐写的。"

"胡说！不会是玛丽写的。"

"为什么？"

"她不是男人。"

"哦，没错。这里他用的是男格的'我疯了'。那么会是卡斯卡特——"

"当然。他不就是住在巴黎吗？再想想他的银行存折，还有——"

"哦，上帝！温西，我们真是忽视了太多的东西了。"

"没错。"

"听着！我要告诉你一件事，那个银行行长给我来了一封信，说他们已经追踪到卡斯卡特有一笔钱款的去处了。"

"在哪儿？"

"住在埃托乐附近的弗兰克斯先生，他有很多房产。"

"是租住公寓吗？"

"肯定是。"

"下一趟火车的出发时间是几点，本特？"

"大人！"

本特听到召唤，马上来到门口。

"到巴黎的登船列车几点出发？"

"八点二十，大人，滑铁卢是起点。"

"我们到那儿要多长时间？"

"只要二十分钟，大人。"

"马上收拾行李，然后叫一辆出租车。"

"是的，大人。"

"但是，温西，这有用吗？这个女人——"

"没有时间跟你讨论了，"温西匆忙地说，"我会在一两天内回来。另外——"

他走到书架匆忙翻了一下，然后拿出一本书。

"看看它，对你有好处。"

他把那本书扔给帕克，然后马上以最快的速度冲进卧室。

十一点，查尔斯·帕克独自一人坐在皮卡迪利大街一一〇号房屋内的炉火边，开始翻看普雷沃的名著。

第十四章　斧子利刃

场景一：伦敦威斯敏斯特大厅。中设御座，诸显贵教士列坐右侧，贵族列坐左侧，平民立于阶下。博林布鲁克、奥墨尔、诺森伯兰、珀西、菲特兹沃特、萨里、卡莱尔主教、威斯敏斯特修道院长老，还有一位勋爵、一位传令官、政府官员等上场。警吏押着巴格特上场。

博林布鲁克：传巴格特。

现在，巴格特，老实说吧，

你知道贵族葛罗斯特是怎么死的；

谁在国王面前挑拨是非，造成那次惨案？谁是动手干下这次暴行、使他死于非命的真正凶手？

巴格特：那么请将奥墨尔公爵叫到我面前来。

——《理查德二世》

广受关注的丹佛公爵涉嫌谋杀案已经定下了开庭日期,就是圣诞节后,在议会召开的时候进行公开审讯。一位女律师为此在报纸上写了一篇简短的社论《贵族的审判》;其他人也来凑热闹,一位历史系的大学生学生发表了《贵族的特权:应该被取消吗?》;《旗帜晚报》也幸灾乐祸,马上刊登出一位文物工作者写的《一场豪华的绞刑》——虽然很轰动,但却因为藐视国会,而招惹了大麻烦,公众也认为政府在包庇贵族;《每日号角》——一份工人机关报——马上以讽刺的口吻质疑道:为什么审讯一个贵族,却只安排少数人出席呢?

莫伯斯先生和侦探帕克决定继续做好自己的分内事,而伊佩·比格斯先生则完全躲着不见任何人,还有K.C.格里伯利先生、K.C.布朗里格·福蒂斯丘先生,以及几个随从都和他一起不见了。辩护计划到目前为止,还存在着缺陷——没有重要的证人,他们为此要背水一战,被告能否无罪释放,就要看到时候能不能有重要的证据出现了。

温西勋爵已经返回了,他在巴黎待了几天,一回来,就如同一阵旋风一样冲到格雷特·奥曼德大街。"我已经到了要找的东西,"他说,"情况非常紧急,都听着!"

在这一个小时里,帕克聚精会神地听着,不停地做笔记。

"你们别停下,继续干,"温西说,"告诉莫伯斯,我先走了。"

他马上跑到美国大使馆。但是,却没见到大使先生,他到皇宫赴晚宴去了。温西气得直骂,想不通为什么在这个日子会有晚宴,他也顾不得和大使的秘书多说些什么,马上拦了辆出租车,就往白金汉宫去了。由于他始终在那里纠缠,使得那里的官员只得找到自己的上级汇报情况,就这样一级一级地往上汇报,最终才被带到美国大使和一位皇家要员那里,他们正在吃晚餐。

"哦,是的,"大使说,"这样做没问题——"

"是的,"要员亲切地说,"我们再不能耽误时间了。否则,在国际上就有麻烦了,会引发和埃利斯岛有关的很多新闻。如果到时要延期审判,麻烦就更大了,非出现混乱不可,不是吗?什么增派警察,增加席位呀,够让人头痛的了,我们的秘书就会拿着各种文件让我们签署。希望你好运,温西!等他们通过了你的文件之后,你再来告诉我们消息吧。你的船大概什么时间出发?"

"明天早上,先生。我必须在一小时之内赶上去利物浦的火车——不知道我能不能做到。"

"你没问题的,"大使认真地说,然后写了一张便笺,"他们说英国的交通比美国畅通多了。"

拿着要拿到的文件,彼得第二天早上就离开了利物浦,留下他的法律代表在那里紧张地起草着要辩护的方案。

"贵族先生们,不要挤,请两位一起,按照秩序进行。从男爵开始,因为他最年轻。"

屋子里非常闷热,嘉德纹章官有些不明所以地看着三百名左右英国贵族在那里带着一种腼腆的神情,抢着他们要穿的长袍服,而纹章官则在那里拼命维护秩序,大声警告他们一旦站定了就不要乱动。

"简直糟糕透了!"阿顿伯里爵士不满地说着,他个子不高,脸上泛着怒气,很明显地显示着不悦。当他发现斯坦丝葛兰伯爵和博格伯爵站在自己身边时,气就更大了,博格伯爵个子高,而且很瘦,在禁酒令及其法制化方面非常坚决。

"我说,阿顿伯里,"一位模样和善的,脸庞泛着砖红色,衣服的肩膀上镶有五条貂皮毛的贵族慢慢走了过来,"温西不来了吗?我女儿说他在美国搜集证据。怎么跑到美国了呢?"

"不知道，"阿顿伯里说，"但是温西不是笨蛋，我曾给他看过我的这些绿宝石，你知道，我是说——"

"尊敬的阁下，尊敬的阁下，"纹章助理官一边喊一边费力地挤过来，"尊敬的阁下，您又过线了。"

"呃，什么？"砖红色脸庞的贵族说，"哦，真是不应该！我想这里的秩序必须遵守，对吗？"然后他被拖离了伯爵的位置，塞到挨着威尔特公爵的位置，这位公爵耳朵已经全聋了，而且与丹佛公爵的女方家族还是亲戚，虽然远了点。

皇家美术馆内早就人满为患了。老丹佛公爵夫人坐在审判席下，那里是专为贵族夫人们准备的席位，她穿着时髦，头高傲地仰着，与她坐在一起的是她家的媳妇，她看起来就不那么轻松了，一脸愁容，这让老公爵夫人非常生气——惹下麻烦的是男人，却让女人来遭罪。

戴着长假发的律师团在大厅中央就座，证人席在他们的后面，本特也在那里坐着——当辩护律师需要不在场的证据时，他就会派上用场——大多数证人都在皇袍室集中，他们表情不一，也有些不安。另一边，审判席的上方有贵族们坐的长条椅——都按照爵位坐好——而高台上的大椅子是属于皇家总管大臣的专座。

记者们都在一张桌子旁坐着，神情有些紧张，还常常看看手表。大本钟沉稳的敲击声透过墙壁，穿入这里的人的耳膜，十一点钟的时候，一扇大门打开，记者们和律师们以及其他人全都站立起来，老公爵夫人看着这情形，禁不住悄悄对邻座说这让她想起了《伊甸园的天籁之音》。公职人员排着队进来，阳光也照了进来。

随着警卫官"安静"的话音一落，审判开始进行。这之后，大法官法庭王室的文书在王座前跪着，把委任状交给皇家总管大臣察看，那上面有国王的国玺。大臣确认无误后，马上把委任状还给王室文书，后者再把委任状念了一遍，这让许多人都感受到这里的音响效果真是太差了。"天佑吾王"，这时纹章院院长和黑杖侍卫又跪下来行了跪礼，把总管大臣及其助手也引到位置上坐好。"很有趣，不是吗？"老公爵夫人说，"高教会派的风范十足。"

大法官开始照章办事。

诉讼文件如何写，是有一套烦琐的程序的：要把国王乔治五世写在第一个，还要把中央刑事法院所有法官和陪审团成员的名字都列在上面，然后还要点到伦敦市市长、刑事法院法官、大量的市议会议员和法官的名字，再回到国王陛下，接着涵盖伦敦城邦、伦敦各郡、米德尔塞克斯郡、艾塞克斯郡、肯特郡以及萨里郡，并提及已故的威廉四世，还要提及《一八八八年地方政府法案》，又扯了一大段什么人在什么情况下犯下叛国罪、谋杀罪、重罪、轻罪，以及当时这些人被判了什么罪，事后他们的下场如何等等，最后，才是起诉书。

"现在请参加大不列颠及北爱尔兰联合王国贵族杰拉尔德·克里斯汀·温西——圣·乔治子爵，丹佛公爵——于一九二×年十月十三日晚上涉嫌谋杀丹尼斯·卡斯卡特一案的皇家贵族陪审团成员入座，并进行宣誓。"

这之后，警卫官宣布请黑杖侍卫传杰拉尔德·克里斯汀·温西——圣·乔治子爵，丹佛公爵——上审判席，公爵来到审判席，跪坐，直到总管大臣同意他站起来。

身着蓝色斜纹哔叽布囚衣的丹佛公爵此时显得很孤单，人似乎也变矮了，他没有戴帽子，这让他在贵族中很突出，但他依然觉得自己没有丧失尊严。审判席中放了一把椅子，对于贵族囚徒来说，这还算是一种特权。丹佛公爵被安置在审判席中，在那里安详地聆听着皇家总管大臣读着起诉状。

然后像往常一样，丹佛公爵被询问他是否承认有罪，被告回答不认罪。

就在这时，威格莫尔·瑞彻尔律师——首席检察官，看起来有事，他把打开的卷宗递给了法官。

这些初步程序已经让大家明白这个案子不是那么简单，而且是在这样严肃的场合里。随后威格莫尔先生对整个案件进行了陈述：晚上发生的争吵，凌晨三点钟响起的枪声，左轮手枪，尸体，神秘消失的信件，还有其他证人的证词。他还进一步暗示存在着证明丹佛公爵和卡斯卡特之间的争吵事出有因的证据，而不是犯人轻描淡写描述的那么简单；随后会证明卡斯卡特掌握了丹佛"害怕被揭露的把柄"。说到这里，被告有些紧张地看了看他的律师。这段解说词没花什么时间，然后威格莫尔先生就申请传唤证人。

丹佛公爵因为是被告，所以他不能被传唤。第一个证人是玛丽·温西小姐，在说完了她和死者的关系之后，她对那场争吵进行了陈述。"在三点钟的时候，"她继续说，"我起床下楼。"

"你这样做的目的是什么？"威格莫尔·瑞彻尔先生询问，他是有备而来，知道这样问会引起一场巨大的反响，所以端起了看戏的架子。

"因为我与一位朋友约好了在这个时间见面。"

所有的记者仿佛发现了什么似的，马上都抬起头，望着玛丽。威格莫尔·瑞彻尔先生也惊得跳了起来，手中的辩护状落在了坐在他下方的一位书记员的脑袋上。

"当然！证人，我提醒你现在是在法庭上，你说每句话时都要仔细思考，是什么原因让你在凌晨三点钟的时候起床的？"

"我没有睡觉，我和人约好了见面的。"

"那么在这个时候你听到什么声音了吗？"

"没有。"

"玛丽小姐，我要给你念一下你上次出庭时留下的法庭证言，请你仔细听。你说：'在三点钟的时候，我被一声枪声惊醒了。我想可能是偷猎者来了，声音很大，离房屋很近。于是，我就下楼去看一下发生了什么事。'这是你当时的陈述吗？"

"是的，但我说了假话。"

"假话？"

"是的。"

"面对这个陈述，你现在坚持说你在三点的时候没有听到什么动静，是吗？"

"是的，我下楼是和人有约在先，我当时什么都没有听到。"

"法官大人，"威格莫尔先生的脸色气得通红，"我必须请求法庭裁定这个证人为恶意证人。"

威格莫尔先生虽然措辞严厉，但是效果不大，证人依然坚持自己当时没有听到什么声音，而对发现尸体的事，玛丽小姐解释，当她说"哦，我的天哪，杰拉尔德，你杀了他"的时候，她还以为是来和自己约会的朋友被杀了。然后陪审团开始讨论和玛丽约会的人和案子有无关系，最后的结果是有关联。于是关于戈伊尔斯的整个故事也在法庭上得到了呈现，同时戈伊尔斯被暗示现在正在法庭上，应该得到传唤。最终，威格莫尔先生用哼声表示自己没问题了。伊佩·比格斯先生这才出场，他看上去很谦顺、温和，人也非常英俊。他把扯远的话题又带了回来。

"请原谅我现在要提的问题，"伊佩先生温和地鞠了一躬，然后说，"但是，你是否能向法庭陈述死者是不是很爱你？"

"不，我确信他对我没什么感情，我们之间的婚约只是在相互利用而已。"

"以你的了解，你认为他是那种可以对人付出感情的人吗？"

"我想会吧，如果他遇到了合适的女人。我想他在骨子里还是一个很热情的人。"

"谢谢。你曾经对我们说，你二月份在巴黎的时候和卡斯卡特上尉见过几次面，你还记得你们去过一家珠宝店吗——就是和平大街的布里克特珠宝店？"

"有可能，我对此记得不是很清楚。"

"请你回忆一下时间，是六号？"

"想不起来了。"

"那这个小饰品你认识吗？"

一只绿眼睛的猫形挂件摆在了证人面前。

"不，这个东西我没见过。"

"卡斯卡特上尉是不是曾给过你这样类似的东西？"

"没有。"

"你过去有过这样的珠宝吗？"

"从来没有。"

"法官大人，我把这个镶嵌钻石和珠宝的猫形饰物提交给法庭。谢谢，玛丽小姐。"

接下来被传讯的是詹姆斯·弗莱明。有关送信件的事情，他的回答没让人明白，让人觉得就是那天公爵好像没有收到什么信件。威格莫尔的发言企图很明显，就是想中伤受害者的人格，他带着坏坏的笑将证人转交给伊佩先生。伊佩先生只说了一句证人的证言不能确切地给出答案，所以就开始问下一个问题。

"请问你是否记得那天是同一个邮递员还是其他什么人送了信吗？"

"有的，好像有三四封信。都被送到了台球室。"

"你能说明都有谁的信吗？"

"有马奇班克斯上校的，还有卡斯卡特上尉的。"

"卡斯卡特上尉是不是当场就拆开了信件？"

"我想不起来了，先生。我没有停留，马上就到书房送信去了。"

"那么你可以告诉我们，在小公馆内，信件在早上是用什么方式送到邮局的吗？"

"它们都是放在一个小邮袋里，这个邮袋是上了锁的。钥匙在公爵那里，当然，邮局也有一把。邮袋上有一个开口，信件就从那儿被塞进去的。"

"卡斯卡特上尉死的那天，信件是和以前一样被取走的吗？"

"是的，先生。"

"是谁取走的？"

"是我把邮袋拿下去的，先生。"

"你能看到都是谁的信吗？"

"当邮政局女局长在邮局把信拿出来时，我看到有两三封信，但是没看见是寄给什么人的，我也没想过要去看。"

"谢谢。没问题了。"

威格莫尔先生听到这里，马上就跳了起来，行动很快。

"我要问你是不是第一次看到在卡斯卡特上尉被谋杀的前一天晚上，你递给过他一封信？是这样的吗?"

"法官大人,"伊佩先生大喊,"我抗议,我们现在还没有什么证据表明发生了谋杀案。"

这是伊佩先生作为辩方第一次抗议对方在暗示什么,法庭马上响起了骚乱声。

"法官大人,"律师继续对皇家总管大臣说着自己的意见,"我认为我们现在不能把发生了谋杀案这件事确定下来,除非法庭已经认定谋杀案成立,否则这样的字眼对证人是不公平的。"

"或许,威格莫尔先生,你应该换一种说法。"

"这没有对案件造成什么影响,法官大人,但我同意你的意见。上帝知道,我是不会在这种场合扣什么字眼的。"

"法官大人,"伊佩先生插话,"如果这位博学的检察官认为谋杀案这样的字眼是微不足道的,那么我想大家都有兴趣知道什么样的字眼在他看来才是重要的。"

"博学的首席检察官已经表示要换一种说法了。"总管大臣平和地说,然后让威格莫尔先生继续。

伊佩先生将首席检察官施加给证人的冲击和压力都化解了,他坐下来。然后威格莫尔开始继续他的问题。

"我三个星期前向莫伯斯先生提过这个问题。"

"莫伯斯先生是被告的律师。对吗?"

"是的,先生。"

"你为什么——"威格莫尔先生有些生气了,他面带凶相地推了推他大鼻子上的夹鼻眼镜,瞪着证人,"上次审讯和前一段时间都没有说到这封信吧?"

"没人问过我这个问题,先生。"

"那你为什么忽然跑去告诉莫伯斯先生这件事呢?"

"是他问我的,先生。"

"哦,他问你,那么是他在暗示你有这封信,所以你就顺便记起来了,是吗?"

"不是,先生,我始终都记得。只是,我没有怎么考虑它。"

"哦,你一直都记得,但是没有去关注它。现在我让你再仔细地想一想,你是不是完全不记得这件事,一直到有人暗示你。"

"莫伯斯先生没有对我暗示什么,他只是问我还有没有其他什么人的信件,所以我就记起来了。"

"确实,就是他在提醒你,所以你才想起来了,而以前却不记得。"

"不是的,先生,如果以前有什么人问我这件事,我会想起来的,但没有什么人问我,所以我也不关注,我不明白这件事有什么重要性。"

"你难道认为一个人在他死前几小时接到一封信是不重要的事吗?"

"是的,先生,要是这很重要,那么警察不会忽视的,先生。"

"现在,詹姆斯·弗莱明,我要再问你一次,你仔细听好了,如果辩方律师没有提醒你,那么你是不是有可能永远想不起来死者生前接到了一封信?"

证人被这种问话给弄糊涂了,之后的回答也有些莫名其妙。威格莫尔扫视了一圈整个法庭,似乎在提醒大家:"这是个不能信任的家伙。"然后继续说道:

"我猜你对要不要把邮袋里的信件的事告诉警察也没想过吧?"

"是的,先生。"

"为什么？"

"我认为我不应该说这个，先生。"

"你真的考虑过吗？"

"没有，先生。"

"你想过没有？"

"没有，先生——我的意思是，我想过的，先生。"

"别着急，仔细想想再回答。"

"有的，先生。"

"你的意思是你没有得到授权，而且也没得到警察的允许就将这些重要的信件拿出房间了，是这个意思吗？"

"我得到了指示，先生。"

"谁给你的指示？"

"我的主人，先生。"

"是吗？你得到了主人的同意，是什么时间得到的？"

"时间不固定，因为我每天都要做这件事，把信送到邮局是我的工作，先生。"

"可以理解，但在出了这种事的情况下，你就没想过警察的指令会比你主人的指示更重要吗？"

"没想过，先生。"

威格莫尔先生明显不耐烦地坐了下来，伊佩先生接着询问。

"要把信寄给卡斯卡特上尉的想法，在他死亡之后直到莫伯斯先生询问你之前，你想过这事吗？"

"想过，先生，我的确曾经想到过。"

"是吗？在什么时候？"

"在大审判之前，先生。"

"那在审判时你怎么就没说呢？"

"那位先生告诉我必须对自己的回答有所约束，不要轻易把我自己的观点都在法庭上说出来，先生。"

"这么跟你说的那位先生是谁？"

"就是在巡回刑事法庭上问问题的那位律师，先生。"

"谢谢。"伊佩先生说，然后坐下来，脸上带着喜悦的表情和格里伯利先生说着什么。

信件的问题在尊敬的弗雷迪先生接受问讯的过程中又被提了出来。威格莫尔·瑞彻尔先生要让人都清楚证人声称死者在星期三晚上要上床睡觉的时候身心是很健康的，而且还说死者在不久就要结婚。"他精神特别好，你知道。"尊敬的弗雷迪先生说。

"有什么特别？"英国皇家总管大臣问。

"Cheerio，就是愉快，阁下。"威格莫尔先生说，为自己的插话而带歉意地鞠了一躬。

"字典里是不是收录了这个词我还不清楚，"皇家总管大臣说，然后把这个词记录在笔记本上，"但是，我觉得这就是'高兴'的同义词。"

尊敬的弗雷迪先生马上要求对这个词进行解释，他说他认为这个词在程度上要比"高兴"还要丰富，比愉快和欢乐的感情色彩要浓厚。

"我们可以认为那天他的情绪很活跃吗？"辩护律师建议。

"你怎么理解他的情绪都无所谓，"证人嘀咕道，随后又说道，"来一桶约翰·贝格。"

"死者上床之前很兴奋，"威格莫尔先生皱着眉头说，"而且对他来说，他应该很期待马上就要结婚了，是这样吗？"

弗雷迪先生表示同意。

伊佩先生对那次争吵的事情没有再提起，而是直截了当地把自己的问题提了出来。

"他死亡的那天晚上和信有关的事，你还有印象吗？"

"记得，我和上校都接到了来信，我想，卡斯卡特也接到了一封来信。"

"卡斯卡特上尉把信拆开阅读了吗？"

"我确信他没有。我把我的信拆开了，然后我看到他把他那封信放进了他的口袋里，我觉得那是——"

"不用说你怎么想的，"伊佩先生说，"后来呢？你做了什么？"

"我说：'你不介意吧？'他说：'不介意，一点也不。'但是他没有当场看他的信，当时我想——"

"没必要在这里说，先生。"总管大臣说。

"但是，这就是为什么我能确定他为什么不当场拆开信的原因，"尊敬的弗雷迪先生说，他看上去仿佛有些委屈，"你看，我当时就觉得这家伙很神秘。好了，我就知道这些。"

威格莫尔先生跳起来想说什么，但又坐下了。

"谢谢，阿巴斯诺特先生。"伊佩先生带着满意的微笑说。

上校和马奇班克斯夫人在法庭上作证说自己在十一点半确实听到公爵书房里有动静，但是枪声或者其他声音都没有听到。对他们的询问很简单。

佩蒂格鲁·罗宾逊先生把他听到的争吵进行了生动地描述，而且还肯定那是从公爵书房里传来的。

"我们是凌晨三点过一点儿的时候被叫醒的，来叫我们的是阿巴斯诺特先生，"证人继续说，"然后我们一起下楼，走进花房，在那里我看到被告和阿巴斯诺特一起在给死者洗脸。我当时就对他们说这样做是不对的，因为这样会破坏重要的证据，但他们还是继续干自己的事。我还看见门口周围有很多脚印，当时我想调查一下，因为我对这案子的看法是——"

"阁下，"伊佩先生喊，"我们对证人的看法没必要知道。"

"没错，先生！"英国皇家总管大臣说，"请如实回答问题就可以了，不要多说自己的观点。"

"当然，"佩蒂格鲁·罗宾逊先生说，"我没有暗示这有什么错误的意思，只是，我觉得——"

"不要表明你的什么看法，请注意我的问题，先生。当你第一次看到尸体，他躺在地上是什么姿势？"

"仰面朝上，丹佛和阿巴斯诺特正忙着给他洗脸，但是我觉得尸体应该是被翻过来了，因为——"

"威格莫尔先生，"英国皇家总管冲着律师喊，"你对你的证人的发言应该控制一下。"

"请不要多说无关的，先生，"威格莫尔有些生气地说，"你的推论对我们没用。你说在你看到尸体的时候是背部朝下，这么说对吧？"

"而且当时丹佛和阿巴斯诺特正忙着给他洗脸。"

"是的,现在我要问另外一个问题。你还记得你那天在皇家汽车俱乐部吃午餐的事吗?"

"是的。我记得是八月的一天,是吃午餐,我想准确的日子应该是十六号或十七号。"

"那天在那里都发生了什么事?你能对我们说吗?"

"我记得我吃完午餐后,就去了吸烟室,我拿着一本书在那里看,没多久,我看到丹佛公爵和卡斯卡特上尉走了进来,但他们没看见我,因为我是通过壁炉上面的一面大镜子看见他们进来的。正是因为他们没看见我,所以我才能听到了他们的谈话。他们谈了一会儿,我看见卡斯卡特斜过身子,低声说了一句什么,但说的什么我没有听清。我只看见丹佛公爵惊恐地跳了起来,央求道:'看在上帝的份儿上,这事要保密,卡斯卡特——不然我的麻烦就大了。'卡斯卡特好像说不会有麻烦之类的话,但我没听到,他的声音很隐秘——然后被告回答:'哦,不要,不行!任何人都不能得到它。'丹佛公爵看起来好像很警觉,然后卡斯卡特上尉就笑了起来。最后他们的谈话声音越来越低,我就听不到了。"

"谢谢。"

伊佩先生以一种优雅的姿态开始对证人进行询问。

"不得不说你的观察力和推理能力都很优秀,佩蒂格鲁·罗宾逊先生,"他开始讯问,"可以肯定地说,你喜欢在仔细观察了人们的动机和性格之后,就开始进行自己的联想。"

"我想我在人性的研究方面有点权威。"佩蒂格鲁·罗宾逊先生语气平静地说。

"毫无疑问,认识你的人都喜欢跟你说心里话吧?"

"当然,我可以有把握地说我懂得很多。"

"在卡斯卡特死的那天晚上,你用你所掌握的知识给了这个不幸的家庭很多安慰和帮助吧?"

"那倒没有,先生,"佩蒂格鲁·罗宾逊先生说,忽然有些生气了,"我完全被他们忽视了,否则我的建议早就应该得到他们的采纳了——"

"谢谢,谢谢,"伊佩先生说,他没有让首席检察官把他的抗议说出来,然后站起来问,"你是不是希望卡斯卡特上尉如果有什么秘密或者麻烦就跟你说呢?"

"我期望任何有思想的正直的年轻人都向我倾吐他们的想法,"佩蒂格鲁·罗宾逊先生大声说,"但是卡斯卡特却很想保守自己的秘密,不对任何人交心。有一次,我很友好向他表示对他很有兴趣,但他的反应非常无礼。他叫我——"

"可以了,"伊佩先生打断他的话,证人对这个问题的回答没有达到他预期的目的,"死者叫你什么没什么关系。"

佩蒂格鲁·罗宾逊先生离开了证人席,法庭上的人都看出了他对此心存怨恨,这让格里伯利先生和布朗里格·福蒂斯丘先生感到高兴,因为他们俩在证人作证的过程中一直都在笑个不停。

佩蒂格鲁·罗宾逊夫人没有做什么新的补充。卡斯卡特小姐被伊佩先生问及卡斯卡特的出身,她有些不耐烦地进行了一些说明。她说她的哥哥——虽然生活经历很丰富,但还是被一个十九岁的印度女歌手"缠上了",她最后终于嫁给了他,但不到二十年,两人就去世了。"不足为奇,"卡斯卡特小姐说,"因为他们就是喜欢放浪的生活。"男孩后来也离开了她。她说丹尼斯对她的感化非常生气,经常交一些她不喜欢的朋友,最终还一个人跑到巴黎取得学士学位,也就是从那时起,两人就没有什么联系了。

在对巡警克雷克斯进行询问时,一把小刀放他面前,他坚信这把小刀是在卡斯卡特的尸体上发现的。

格里伯利先生问:"那么,你发现这把刀时,刀刃上有什么痕迹?"

"有的,在接近刀刃的部分有轻微凹下的痕迹。"

"这个痕迹会不会是因为撬开窗户的插销而造成的?"

巡警认为这可能不能排除,但是他怀疑用这样的小刀能否实现开窗的目的。左轮手枪也被放在了法庭上,关于手枪的归属权问题也展开了争论。

"阁下,"伊佩先生说,"这一点很明确,这支手枪属于公爵。"

当看守人哈德罗说明他在十一点半听到枪声的时候,整个法庭都有些轰动,之后就是法医见证。

伊佩·比格斯先生问:"这个枪伤会不会是他自己造成的?"

"有这个可能。"

"这个枪伤能让他立刻就毙命吗?"

"不,从在路上发现的血量来说,这不足以让他马上就死的。"

"照你的看法,这些痕迹是表明死者要爬回屋里吗?"

"是的,看起来他能够做到这一点。"

"那对伤口有影响吗?会引起高烧发热吗?"

"非常有可能,可能会让他在一段时间内丧失意识,并且因为他躺在湿地上的时间太长而感染风寒并持续发热。"

"现场迹象表明他在中枪之后确实挣扎了很长一段时间,是吗?"

"是的,非常有可能。"

经过再次讯问,威格莫尔·瑞彻尔先生认为死者的伤口和地面的现场痕迹已经可以证明死者是被另外一个人在很近的距离开枪打伤的,而且在死者死亡之前,他被朝着房子的方向拖动过。

"根据你的经验,如果一个自杀的人自己用枪自杀的时候,是向头部开枪还是向胸部开枪?"

"我的看法是向头部开枪的多一些。"

"那么向胸部开枪呢?会被假定为自杀吗?"

"如果是我,就不会这么认为。"

"但是,如果许多信息都一样的话,你认为枪伤如果是发生在头部,会比发生在身体上更能意味着是自杀,对吗?"

"可以这么说。"

伊佩·比格斯先生说:"但是向心脏开枪自杀也不是不可以这么说,是吗?"

"哦,亲爱的,的确不能。"

"有过案例吗?"

"哦,还不少。"

"在你确信自杀不存在时,你还有什么其他的可以证明的医疗证明吗?"

"没有了。"

第一天的最高审判到此结束。

第十五章　坍塌的审判席

路透社、英国报业协会、中央通讯社版权所有。

当伊佩·比格斯先生第二天在为辩护进行准备时，大家发现这位总是沉稳如山的律师的神情好像比以往要紧张——这对他来说是很罕见的。虽然他的发言很短，但听众还是觉得兴奋。

"尊敬的阁下们，这次辩护让我感觉到了前所未有的紧张，我不怀疑你们裁决的公正性，也不认为我能力不足以证明我的当事人的清白，但是，诸位大人，我还是要向你们申请能暂时休庭，因为我们还需要一位重要的证人和证据。尊敬的法官大人，我现在向你们呈上一份电报，这是被告的弟弟昨天从纽约发来的，我可以给所有人读一遍。他说：'证据确凿。今天晚上和飞行员格兰特一起离开，如果有什么意外，宣誓副本和宣誓证词会由S.S. 卢卡妮娜寄出，估计会在周四到达。'尊敬的法官们，这位最重要的证人现在正坐飞机往这里赶，我们都知道现在的天气非常恶劣，我们的证人正冒着生命危险同支持他的飞行员一起往我们这里来，他这么做的目的就是为了救他的哥哥。尊敬的法官们，现在气温还在降低。"

法庭上一片沉静，让那些在法庭上有权作出决定的人都一时陷入了沉默，他们坐在自己的位置上，面面相觑。只有审判席上的人有些不明白是怎么回事，用困惑而茫然的眼光看着自己的律师和英国皇家总管大臣。最忙碌的就是记者们了，他们正用疯狂的笔头为即将付印的报纸草拟着各种耸人听闻的大标题，如"飞越大西洋的贵族之子"，"兄弟友爱"，"温西会及时赶到吗？"，"里德斯戴尔谋杀审讯案：令人惊异的发展"。不一会儿，各种让人抓狂的新闻就诞生了。当新闻稿传回各个报社时，所有人都忙碌起来，有的人一边看稿，一边相互打赌。没多久，开动起来的印刷机就把散着油墨的报纸印好了，然后立刻以最快的速度流到街道上。

一个青鼻头、长相粗糙的老兵维米·瑞哲，他曾经是温西少校的救命恩人，当他将手里的报纸塞进住户的订报箱时，嘴里还咕哝着说："愿上帝保佑他，这家伙是个体面人。"

伊佩·比格斯先生在法庭上阐述了他这样做是为了证明他的当事人是无辜的，这也算是为了弄清这幕悲剧而做的一次小小的努力。然后，他又开始传唤证人了。

第一个出场的是戈伊尔斯先生，他证明在凌晨三点他发现卡斯卡特的时候，他已经死了，死者头部离井边的水槽很近。被告家中的女仆艾伦，也证明了詹姆斯·弗莱明关于邮袋的证词是正确的，同时还说明她每天都要更换书房里的吸墨纸。

侦探帕克先生的证词则是另一番景象，不仅有趣，而且还让人感到不解。他关于发现绿眼睛的猫的描述就如同在讲一个有趣的故事。他对他们发现的脚印和尸体被拖拉的痕迹也进行了描述，还特地说明了花床上留下的手掌印迹。随后那张吸墨纸也在法庭上呈现出来，贵族们传看着证物照片。这些疑点都被大家讨论着，比格斯还努力向大家解释说手掌印应该是有什么人想以卧倒的姿态站起来，威格莫尔·瑞彻尔先生则认为这应该是死者在反抗时留下来的。

"请看他手指指向的地方，是指向房屋的，这不是说明了他没有被拖拉吗？"比格斯先生说。

威格莫尔先生却指出受伤的男人最初可能是被扯着头部拉起来的。

"现在，我们这样看——"威格莫尔先生说，"我扯着你的衣领——先生们应该明白我是说什么吧——"

"有一点——"皇家总管大臣回答，"我觉得这个案件似乎应该做义工试验。"——众人都笑了起来——"我建议在午间休息的时候，我们应该找一个和死者身高体型相近的人来这里演示一下。"所有的贵族都有些不知所措地看着，想着会有哪个不幸的人会承担这个任务。

帕克随后又指出在书房窗户上有一些可疑的痕迹。

"照你的经验，可以用死者身上发现的那把小刀打开那扇窗户的插销吗？"

"没问题，因为我做过试验，并且打开了。"

吸墨纸上的信息也在法庭上被展示出来了，这引起了法庭上的骚动，所有的人都在议论，还有人大声阐述自己的看法，每个人对字母所代表的含义都有自己的见解。辩护律师坚持认为那是法语单词，意思是"我痛苦得疯了"，检察官则不屑一顾地说这种解释没有根据。还有人说那是英文意思，可能是"被发现"、"肮脏的"。一位笔迹鉴定专家也被传唤，专家对卡斯卡特的信件与此进行对比，控方将在鉴定完毕后对他进行讯问。

这张棘手的吸墨纸让大家对案情有了更丰富的联想，但律师有自己的任务，他马上开始对证人进行传唤。接下来的接受询问的是考克斯银行的经理和法国里昂信贷银行的图格特先生，两人向法庭提供了卡斯卡特财务问题的细节，然后是奥诺雷大街卡斯卡特所租公寓的门房和勒布朗克夫人也站到了询问席上接受询问。贵族大人们对漫长的询问感到疲倦了，他们开始打哈欠，当然也有几个人兴趣正浓，他们还拿出笔记本，在上面不停地写写画画，同时这些金融家们还相互露出若有所悟的表情。

巴黎和平大街的珠宝商布里克特先生和他店里的服务小姐也来到了法庭。她讲述了那位又高又漂亮的外国小姐在店里购买绿眼睛的猫的经过——这时候贵族们的精神又好起来了。经过提醒，他们把具体时间定在今年二月份，那时候死者的未婚妻就在法国。伊佩先生让珠宝店的小姐在法庭上寻找那位女人，但服务小姐经过巡视后，认为那位小姐不在这里。

"我不想怀疑这里面有什么问题，"伊佩先生说，"但是，首席检察官已经同意传唤证人玛丽·温西小姐。"

随后玛丽小姐站在证人面前，证人肯定地说："我没见过这位小姐。她们的身高、肤色、发色有相似的地方，但却是完全不同的两个人。这位小姐一看就是英国人，而且有无穷的魅力，如果有人娶她，那一定是很幸福，而另外一位则会因为失望和嫉妒而自杀，请相信我，先生们。"她向那些贵族展露出自信的笑容，"我遇到过很多这样的人。"

这个证人在陈述完之后，法庭现场又出现了骚动，伊佩先生把一张刚刚写好的便条递给莫伯斯先生。纸条上写着："棒极了！"

莫伯斯先生回道："不错，我们没有跟她说什么，但还有比这更妙的吗？"然后他靠着椅子背，笑了起来，那样子就好像是一个行为古怪的老式雕像。

赫伯特教授被传唤出庭，他在国际法律界有很高的声望，他阐述了战前卡斯卡特将来作为外交家的能力。

接下来一些官员也向法庭介绍了死者在战争中的表现，让大家觉得死者是一个比较称职的军人，然后一位叫作鲍斯·格比·侯德的贵族向法庭陈述和死者在玩牌时发生的冲突，并说他曾经向汤米·弗里伯恩先生——一位著名的英国工程师——说起过这件事情。找来的证人可花了帕克很多时间,看着有些挫败感的威格莫尔,帕克先生感到很高兴。当格里伯利开始安排下午的进程的时候,皇家总管大臣则询问大家是否可以休庭,然后在第二天上午十点半开庭,陪审团对这个建议表示赞同,于是,法庭宣布休庭。

阴沉浓重的乌云在天上移动,查尔斯·帕克裹紧了他的柏帛丽大衣,登上了开往自己家的公交车,售票员说了一句让他恼火的话:"只有外面有位置!"然后就打铃开车了。他爬上车子顶部,把自己的帽子拽住。本特先生则是返回皮卡迪利大街一一〇号,在房间里来回走动,直到七点。他来到卧室,打开收音机。

"伦敦报讯,"一个没有感情的声音干巴巴地念着稿子,"伦敦第二广播站报讯。下面是天气预报。大西洋被低气压笼罩,英国岛屿被二级强风笼罩。风暴即将来袭,大雨及雨夹雪将遍及整个英国,南部、西南部会有大风……"

"下一步会怎样谁都不知道,"本特说,"我想我还是在卧室里烤火吧。"

"未来几天都差不多是这样的天气。"

第十六章　第二条线索

哦,当他来到断桥边,
他弯腰跳跃,矫健畅快地游泳;
当他走进青青的绿草地,
他甩开鞋子,撒开脚丫子随意奔跑。
哦,当他走进威廉爵士的大门时,
他没有轻轻把门敲,
而是微微躬身弯起腰,
轻松跳到墙头上。

——《美瑟瑞夫人的歌谣》

温西勋爵满怀心事地坐在舷窗旁,看着外面厚厚的云层。远处城市的苍白的灯光时隐时现,虽然模糊,但还是能判断出来。他身边的同伴紧张地操控着机器。温西希望自己的这位伙伴此时能满怀信心,不然一切都白费了。这时,一阵风雨袭来,飞机摇晃起来,而引擎的轰鸣声也让他听不见同伴对他的招呼声。

他努力让自己平静下来,保持头脑清醒。在他脑海中,那离奇而又匆忙的经历,依然让他难以忘怀。

"小姐,找到你可真不容易,我可是从欧洲赶来找您的。"

"很荣幸。有什么事吗?希望不要是什么麻烦事,我最讨厌烦琐了。"

茶几上放着灯,她金色短发上有着明亮的光泽。这女孩身材高挑,但是很瘦,有些不明所以地看着他。

"小姐,这对我来说是很难想象的事,范·汉普汀克的先生会和您一起晚餐或者一起跳舞。"

他自己也不明白自己怎么会说出这些话，毕竟时间非常紧张，杰里的审判还等着他要找的证据。

"范·汉普汀克先生可不会跳舞。你从欧洲来找我就是想告诉我这些吗？"

"不，我是有正事的。"

"呃，那就请坐吧。"

她对这件事倒没怎么隐瞒。

"是的，可怜的家伙！战争之后要想生活，就必须多赚点钱。我错过了许多，但我也不后悔，而且也没赚到什么钱。你看，要想活得好，就必须聪明点，毕竟，人都会老的，是不是？"

"没错。"温西感觉她的腔调不陌生，他仔细地想了想，终于想起来了——战前的维也纳，讽刺剧的大本营。

"是的，我觉得你的感觉是对的。我说，'我是一个不喜欢麻烦纠缠的女人。'这是很浅显的道理，对不对？"

这时飞机突然陷入一个气流旋涡，好一会儿才稳定下来，然后就是盘旋着慢慢上升。

"我已经看过新闻了——是的，真可怜！是什么人要杀他呢？"

"小姐，我就是为这来找您的。我的哥哥就因此而被当作嫌疑犯，马上要被绞死了。"

"啊！"

"原因就是他卷入了和他无关的谋杀案。"

"真够可怜的——"

"小姐，我希望您能正确对待这件事。我哥哥正被当作嫌疑犯，在接受审判。"

她坐直了身体，显得她开始重视了，这样，她的同情心也比较容易表露出来。虽然蓝色的眼睛在温西看来有一些好奇和吸引人的诡秘光芒，但还是不那么容易被人发现的。

"小姐，我希望您能告诉我那封信都写了些什么？"

"但是，我的朋友，我真的帮不了你。那封信太长，而且内容也让人觉得乏味，我根本就没怎么看。很抱歉，我很少为无益的事烦恼，你呢？"

他对这次失败所表现出来的失望真的打动了她。

"听着，好消息是这封信或许还在呢。我们去问问我的女仆阿黛尔，她有收集信件的爱好，目的就是为了能敲诈别人——哦，是的，我知道！她一般会把信件放在梳妆台，我们去找找吧。"

两人找了好半天，信件倒是不少，但没有温西所需要的——直到女仆阿黛尔出现说自己没有看过那封信，两人才停止寻找，但是女主人似乎并不罢休，她不但用德语和法语对女仆进行了辱骂，还狂怒地给了她一巴掌。

"算了，"温西勋爵说，"我相信您的女仆没有看见过我所需要的那封宝贵的信。"

"宝贵的"这个词让阿黛尔想起了小姐的珠宝盒，她马上去取了来。

"对，不错！我们可以再珠宝盒里找找，先生？"

这之后科尼利厄斯·范·汉普汀克先生的来访打断了两人的寻找，他是一位非常富有、结实，但又非常容易对人和事产生怀疑的人。阿黛尔好不容易才把他应付走。

驾驶员格兰特朝温西大喊了一声，但是温西却根本听不到。"什么？"温西凑近他问道。他又喊了一遍，温西努力地听着，却只听懂"汁"这个字。这意味着什么？温西也无法判断。

午夜刚过，莫伯斯先生就醒了，确切地说，是被一阵敲门声惊醒的。他打开窗，朝外看去，看门人站在外面等着,在他后面还跟着一个人,他不知道那是谁。

"有事吗?"律师问。

"有人要见您,是一位年轻的小姐,先生。"

那个身影抬起头,律师模糊地看见了她的金黄色的头发上的光泽。

"莫伯斯先生,是本特让我来的。有一个女人有很重要的证据。本特一直守着她——她很害怕——所以本特不敢离开她,本特不会犯错的,您知道。"

"他说了名字吗?"

"格兰姆索普夫人。"

"上帝保佑!亲爱的小姐,我马上就来接你。"

一会儿工夫,莫伯斯先生已经穿着睡衣出现在门厅里了。

"请进,亲爱的,原谅我这个样子,我马上换好衣服。你能来我这儿是一个正确的决定。看,这夜晚多可怕!帕金斯,快去把墨菲先生叫醒,请他允许我借用他的电话。"

墨菲先生此时正在隔壁房间里招待他的朋友,他很乐意为莫伯斯提供帮助。

"是比格斯先生吗?我是莫伯斯。我们所期望的不在犯罪现场的证据——"

"怎么?"

"已经出现了。"

"我的上帝!是真的吗?"

"你能来皮卡迪利——○号吗?"

"没问题,马上到。"

一会儿,温西勋爵家的火炉旁就围着一群人——一位脸色苍白的夫人,看上去像一有惊吓就会晕过去一样;一群兴奋的法律人士,但还能保持镇静;玛丽小姐;本特。格兰姆索普夫人的故事没什么曲折。自从和温西勋爵谈话之后,她一直就在忍受着煎熬折磨。她趁她丈夫在"贵族之家"喝醉了的时候,就立刻来到斯泰普利。

"我无法再沉默下去了!最好我丈夫能立刻杀了我,我的处境已经够糟糕了,哎,还能再糟糕下去吗?我不能让那些人以他没做过的事而绞死他。他是个好人,而我只是一个处于绝望的女人,这是事实。我希望他的夫人不要因此而责怪他。"

"等等,"莫伯斯先生清了清嗓子说,"请停一下,夫人,伊佩先生——"

两位律师离开大家,走到一边小声商量。

"你看,"伊佩先生说,"她已经决定不顾一切来帮助我们,这样,她就无路可走了。所以,我想我们要冒险吗?毕竟,要是温西能拿到证据,我们就容易多了。"

"这也正是我为什么愿意冒险提供这个证据的原因。"莫伯斯先生说。

"我已经有准备了,哪怕付出更大的代价。"格兰姆索普夫人面无表情地说。

"我们向您致敬,"伊佩先生回答,"我们首先要考虑的是如果我们这样走了,对我们的当事人来说,也太冒险了。"

"冒险?"玛丽喊,"这还不能证明他的清白吗?"

"你能说出公爵到达格里德山谷是什么时间吗?我们需要确切的时间,格兰姆索普夫人?"律师没有回答玛丽的话。

"厨房有钟,时间是十二点一刻。厨房的钟一向很准。"

"什么时间离开你——"

"大约两点过五分。"

"如果一个男人快步走的话,回到里德斯戴尔小公馆要多长时间呢?"

"哦,一个小时是少不了的。那段路非常难走,坑坑洼洼,白天走都不好走。"

"你一定要让其他律师信服你的这些观点,格兰姆索普夫人,因为他们会证明公爵即使去了你那里,也完全有时间去杀卡斯卡特,而且这也承认了公爵有不能告人的秘密,由此我们就等于是将控方需要寻找的证据主动交给了他们——谋杀任何一个有可能知道他的秘密并公之于众的人的动机。"

屋子里马上陷入了沉静。

"如果可以的话,夫人,"伊佩先生说,"我想请问有什么人对此产生过怀疑吗?"

"我的丈夫对此有怀疑,"她嘶哑地回答,"我确信,他肯定知道,但是没有证据,那天晚上——"

"哪天晚上?"

"就是发生谋杀的那天晚上——他给我下了套。他想晚上从斯泰普利回来,这样就可以抓我们的现行,然后杀死我们。但是他喝多了,在沟里待了一晚,不然现在你们要审讯的就是杰拉尔德和我的死亡案件。"

玛丽听到这些,不禁有些吃惊,她有些不知所措地问:"帕克呢?在这里吗?"

"不,亲爱的,"莫伯斯先生有些不悦地说,"还不到讨论刑事问题的时候。"

"我们现在只能做一件事,"伊佩先生说,"让证人上法庭,并且还要申请对证人实施保护,我想——"

"她要和我一起到我妈妈那里去。"玛丽小姐坚决地说。

"我亲爱的小姐,"莫伯斯劝道,"这不是一个好办法,我想——"

"我妈妈会支持的。"这位小姐坚持道,"本特,去叫一辆出租车。"

莫伯斯先生只好摊开手,但是伊佩先生却没什么担忧。"没有用的,莫伯斯,"他说,"时间和麻烦可以让年轻的小姐低头,但是一位有阅历的年长女人是不会把世俗的看法放在心上的。"

在伦敦女公爵的屋子里,玛丽小姐给查尔斯·帕克打电话,说了这件事情。

第十七章 哀伤的遗言

亲爱的曼侬:我是如此痛苦,为什么我没有及早预料到这些灾难呢?

——《曼侬·莱斯科》

在看守所里,温西公爵和与劝说他的人吵成了一团。

"我会保持沉默的,"公爵固执地说,"一切都搞乱了。我无法阻止你们让她出庭。她干嘛要这么做?她一出庭,就让我觉得自己理亏,如同禽兽似的。"

"不要想那么多,"莫伯斯先生说,"管好你自己,要表现得像个绅士,这样,就不会有人反感了。"

伊佩先生表示赞同。

今天出庭的第一个证人大家都没听说过。她说她叫伊莱扎·布里格斯，是住在新邦德街的布里奇特夫人，是一个美容师和香料师。她的客户都是些男女贵族，在巴黎名声显赫，有着广泛的人脉关系。

在这几年时间里，无论是在巴黎还是在伦敦，死者都是她的客户。按摩、修甲是他的项目。战后，为了美容，他还去她那里修复了一些因为榴霰弹而造成的小疤痕。他很注重外表，要求很高。他给人的感觉就是一个很无聊而且空虚的人。威格莫尔·瑞彻尔先生对这个证人没什么兴趣，干脆放弃了盘问，贵族们都相互望着，不知道这和案子有什么关系。

这时候伊佩先生已经准备好了，开始了他的发言：

"尊敬的阁下们，我们对这案件有十足的把握，以至于我们都没想到过要拿出不在场的证据——"就在这时，一位法庭办事员飞快地从外面跑了进来，把一张纸递给他。伊佩先生打开一看，高兴得满脸通红，他马上放下手里的发言大纲，用激动的声调，大声地说：

"阁下们，在这里我要告诉大家一个好消息，那就是我们消失了几天的证人终于回来了，我请求传唤彼得·温西勋爵。"

他的话立刻引起了反应，所有都伸长脖子朝门口望去。不一会儿，一个外表看起来有些邋遢的人出现在走廊上，他迈着自信而缓慢的步子，走过了长长的走廊。他一边走一边微笑示意，还张嘴打了个哈欠。伊佩·比格斯先生将纸条递给了莫伯斯先生，然后又面对他的证人，要求他宣誓发言。

证人的陈述如下："我是温西勋爵，是被告的弟弟，我来作证，是因为我读了吸墨纸上的那些不完整的话——当然我现在对其内容已经完全知道了——所以就到巴黎寻找西蒙妮·范德瑞小姐。到了巴黎之后，我发现她已经和范·汉普汀克的先生去美国了。于是，我马上往美国赶，最终在纽约和她相遇。我要求她把卡斯卡特在死亡的前一晚写给她的信交给我。"——庭上响起了嘈杂的议论声——"我现在把这封信提交给法庭，信的一角有范德瑞小姐的签名作证，这样威格莫尔就无法进行责备了。"——庭上又是一阵喧哗声，控方律师愤怒的抗议也被淹没在这声音里——"我很抱歉我以前只能交出一些非常简短的信息，因为我也才拿到完整的信息。我们没有一点耽搁就赶来了，但是在怀特黑文附近，我的汽车的引擎出了问题，车子开不动了，如果车子在更远的地方抛锚，那么我现在可能还在路上。"鼓掌声响起，总管大臣拿着信件仔细地看着。

"阁下们，"伊佩先生说，"你们可以证明我根本就没见到过这封信，所以我也不知道是什么内容，我唯一能确定的就是这封信可以证明我的当事人是无辜的，所以我希望立刻在法庭上宣读这封信。"

"先确定笔迹是不是死者的再说吧。"皇家总管大臣说。

记者们又开始埋头进行创作了，生怕错过这个重大的新闻。

莉迪亚·卡斯卡特小姐又被传唤到庭，目的就是对笔迹进行确认，然后信件被交还给皇家总管大臣，他马上宣布：

"这封信是用法文写的。所以，我们要找一位翻译。"

"你会发现，"证人忽然说，"吸墨纸上的那些字母片段就是从这封信上来的。"

"这个家伙现在就是专家证人吗？"威格莫尔·瑞彻尔先生讽刺地说。

"是的啊！"温西勋爵说，"只是，你看，比格现在也不错啊。比格和魏格，正走进法庭，当钟声——"

"伊佩先生，我希望你能让你的证人不要违背法庭秩序。"

温西勋爵无声地笑了起来。接着是沉默，直到一位翻译进来并宣誓。最后，这封信的内容开始被宣读。

里德斯戴尔公馆
斯泰普利
约克郡
一九二×年十月十三日
西蒙妮：
我不久前才收你的信。我不知道该怎么和你说？我不知道如何请求你原谅，可能你都不会看这封信。

另外，我有一种不祥的感觉，那就是你可能会离我而去，过去八年我一直受着这种折磨。我很了解你，我知道你不会伤害我，但你过于玩世不恭，不那么认真，所以我虽然爱你，但对你没把握。

哦，不，我亲爱的，你还记得我们在卡西诺初次见面的情景吗？那时你十七岁，却让人难以忘记。第二天你就对我说你爱我，而且还是你的初恋。我可爱的小姑娘，我知道这不会是事实，但当我们从第一次接吻时起，我就预见了我们会发展到如此阶段。

我想我比较软弱，也许你会因此而失望，不——如果你会因此而失望的话，那你也就不是西蒙妮了。八年前，我还算是有钱人，尽管不如你现在的新欢——那个美国人富有，但满足你的要求还是不难的，而且，西蒙妮，战争之前你的欲望也不是很多。在我不在的这段时间，你怎么就变得如此奢侈了呢？我想我最好还是回避这个问题为好。我的钱几乎都是德国和俄国证券，而这些全部都消失殆尽了，剩下的法币也不值钱了。我有上尉的工资，当然，这点儿工资不值一提。在战争还没结束之前，我所有的积蓄都为你花掉了。当然，我是个傻子。一个年轻的男人，大部分收入已经没有了，已经无法承担一位高贵小姐的生活和在克莱贝尔大街公寓的租金。他应该知趣地走开才对，或者要求她不那么奢华，但是我不敢对你提这种要求。假设有一天我对你说："西蒙妮，我已经一无所有了。"——你会如何对我呢？

你认为我该怎么办？我想你从没考虑过这些。你想象不到我做这一切就是为了能让你留在我身边。在绝望之中，我参加了赌博，但对我的处境没有得到什么改善，我还出老千。或许你知道这些，只会轻描淡写地说："上帝保佑你！"这是上流社会所不允许的，如果我被发现，我一定会遭到社会的抛弃。

很快，这样的事情就暴露了，在巴黎还出现了争吵，尽管他们缺乏实际证据。然后我就和一位英国女孩订婚了，我曾经和你说过的——一位公爵的女儿。很漂亮，还记得吗？我曾经卑鄙地想过用我未婚妻的钱养我的情妇，而且还真的这么做了。现在，我又想这样做，但我知道没什么用了。

现在，你为了和美国人在一起，就完全抛弃了我，你不止一次地跟我说公寓太小，你在那里很无聊，而你的新朋友可以满足你的一切，可以给你车，给你钻石，哪怕你要天上的月亮，他也能满足你。我承认，和这些相比，爱和自尊都是微不足道的。

哈，那个公爵真是太天真了。他就把左轮手枪随便地放在抽屉里。另外，他刚才还问我有关我出老千的事。你看，我无法再隐瞒下去了。希望我的自杀不会引起什么轰动，我可不希望我的风流韵事成为报纸的头条新闻。

再见，我亲爱的——哦，西蒙妮，亲爱的，亲爱的，再见。你不知道我有多爱你，希望你和你的新情人能快乐。你不知道，没有你，我疯了——痛苦得疯了！再见。

丹尼斯·卡斯卡特

第十八章　辩护律师的辩词

"没有任何人，只有我自己，永别了。"

——《奥赛罗》

卡斯卡特的这封信披露之后，连证人席上的被告都觉得有些失落。面对首席检察官的审讯，他坚称自己就是一个人在外面徘徊，没有和任何人见过面，同时，他被迫承认他不是两点半下的楼，而是在十一点半就下楼了。威格莫尔·瑞彻尔马上就利用这一点开始进行阐述，坚持认为是卡斯卡特对丹佛进行了勒索，他的态度是如此的强硬，是的，伊佩·比格斯先生、莫伯斯先生、玛丽小姐都担心检察官会看到隔壁房间里待着的格兰姆索普夫人。午饭之后，伊佩先生开始辩护发言。

"阁下们，你们刚才已经看到了我的证人花了无数心血和热情，不远万里带来的证据。你们也听到了那个致命的十月十三日晚上的故事，我确信你们已经毫不怀疑地认为他的陈述是真实的。你们知道，我事前对那封信和你们一样也是不知情的，而且，我也能想到这封信带给你们的震撼。在我长期的辩护律师生涯中，我还是第一次遇到这个拥有如此情感的年轻人，我只能说是一种他无法抛弃的情感让他义无反顾地结束了自己的生命。

"现在，法庭正在审判这位贵族，认为是他谋杀了这个年轻人，而现在这封信则证明了他是无辜的，或许我这样说有些多余。在许多同类型的案件里，几乎很难找到实在的证据来证明，但是在这个案件中，证据却非常明白无误，我们都可以对那天晚上发生的事情一目了然。事实上，那天晚上丹尼斯·卡斯卡特的死亡全部是他自己导演的。然而，他却把许多人都卷了进来。现在，我打算把这个故事从头讲一遍，让这些证言全都呈现在大家面前。

"丹尼斯·卡斯卡特的家庭是一对异国恋人组成的——一个漂亮、可爱的南方女孩嫁给了比自己大很多的英国男人。到十八岁之前，他与父母住在大陆，并和父母一起游历了很多地方，也领悟到了许多他不该领悟的东西。

"十八岁的时候，他失去了他的父母。他的父亲把他留给自己的妹妹照顾，同时希望他能子承父志，去他的母校念书。

"尊敬的阁下们，你们已经见过了莉迪亚·卡斯卡特小姐，我相信你们对她的印象很好，知道她已经尽到了自己的责任。可是她与被监护人之间的关系非常冷漠。随后，这个可怜的年轻人进入剑桥，在那里我们现在可以通过许多证据来证明丹尼斯·卡斯卡特在剑桥的学生生涯不是很成功，至少，他的内心是空虚的。

"从剑桥毕业后，卡斯卡特也算是一个成功人士，他在二十一岁时就继承了大笔遗产，然后他去了法国，在巴黎打开了自己的事业之门，然后又开始在国际政治事务中规划自己的职业规划。

"这个时候，他无可救药地爱上了一位年轻的女人，就像骑士格里奥爱上曼侬·莱斯科一样，他完全被西蒙妮·范德瑞迷住了，并因此付出了他全部的财产和爱。

"此时，他在全力维护这段感情，我们可以从银行往来账目上看到他为此付出的心血。或许，他认为做到这一切，就能得到他想要的爱情。

"然后，世事难料，突如其来的战争摧毁了他的光明前途，他为之建立起来的事业全都被战争摧毁，而且他所积累的财富也因此而化为乌有。这就使他完全陷入了绝望之中。

"你们已经听过了有关丹斯尼·卡斯卡特在军队里的经历，在军旅生涯结束之后，他发现自己依然一无所有。

"他的巨额财富——大部分都投资在俄国和德国有价证券上，而战争让这一切都化为泡影。或许有人会说，他还年轻，只要再安静地等几年，一切都会有的。唉！尊敬的阁下们，但他没有时间去等待了。因为有比金钱更重要的东西需要他马上得到。

"尊敬的阁下们，在那封信中，最让人感慨的话就是：'我知道你不会对我忠诚。'他知道自己得不到幸福，以往的一切都是虚幻的。'你的谎言我从来都知道。'可以说，以往的一切，他都是明白的，但就是无法摆脱这种爱情的折磨。我们都读过一位伟大的法国诗人和一位伟大的英国诗人对这种行为的描写，拉辛说：'维纳斯紧紧缠着她的猎物。'莎士比亚则更直接地说：'如果我的爱人发誓她说的是真的，那么我就相信她，虽然我知道她在撒谎。'

"尊敬的阁下们，卡斯卡特已经死了，我们不能再去责备他的行为，我们只能同情他。

"尊敬的阁下们，这个年轻人的堕落不需要我在这里多说了，你们知道他为此而进行赌博，并每隔一段时间就会得到一大笔神秘的现金，你们也知道靠这些钱，他弥补了自己银行账户的亏空。阁下们，我们也不要过多地谴责这位小姐，尽管她过多地考虑了自己的利益。当他有钱的时候，她会对他充满爱意；当他没钱的时候，她会自己去寻找新的幸福。这一点卡斯卡特没有责怪她。所以只有一个目的，就是成为有钱人，为此，他不惜堕落，丧失尊严。

"事情发展到这里，尊敬的阁下们，丹尼斯·卡斯卡特和他悲惨的命运就和我的贵族当事人和他妹妹的生活联系在一起。从这个时候开始，事情开始发生变化，最终导致了十月十四日发生了一起悲剧，这也是我们在法庭上一起揭开谜团的原因。

"大约十八个月前，卡斯卡特开始寻找能为他带来稳定收入的来源，此时，他遇到了丹佛公爵，其父和卡斯卡特的父亲是多年的好友。然后，卡斯卡特被介绍给玛丽·温西小姐，当时玛丽小姐也处于感情矛盾期，并且因为未婚夫戈伊尔斯先生被免职而满怀心事。玛丽·温西小姐觉得此时自己应该脱离家庭，因此她没有拒绝丹尼斯·卡斯卡特，当然她要求自己必须是自由的个体，可以按自己的方式过日子。至于卡斯卡特这方面，我想大家都知道他他的心里：'我确实是想用我妻子的钱来养我的情人。'

"所有的问题开始缠绕在一起，一直到今年十月份。卡斯卡特把西蒙妮·范德瑞留在克莱贝尔大街，去和未婚妻待在英国，而且时间很长。而玛丽小姐也很心烦，觉得自己不该如此和一个自己不了解的男人在一起生活，但所有和婚礼有关的事宜还是在准备着。这时，意外发生了，范·汉普汀克先生，一位美国百万富翁和西蒙尼相识了，他们开始逛街，并在卡斯卡特的公寓里约会。

"但是，此时玛丽·温西小姐越来越对临近的婚礼感到不安。就在这个时刻，戈伊尔斯先生的职业生涯突然出现了曙光，他有了工作，还有不错的薪水。这促使玛丽·温西小姐决心跟戈伊尔斯先生私奔，时间就定在十月十四日凌晨三点钟。

"十月十三日，也就是星期三晚上大约九点半，在里德斯戴尔参加聚会的人们，闹了一天后，各有打算。当仆人弗莱明拿着信件走进来的时候，丹佛公爵待在猎枪室，还有一些男人在台球室，而女士们都回房休息了。对于丹佛公爵来说，信件的内容让他觉得吃惊，给丹尼斯·卡斯卡特的那封信——虽然我们已经不可能知道那信上写着什么，但我们可以推断出一些内容来。

"阿巴斯诺特先生的证词，你们已经知道了，在阅读这封信之前，卡斯卡特是很高兴的，也曾提到过他对定下婚期的希望。在十点过一点儿丹佛公爵来找他时，他的情绪已经和以前不一样了。公爵还没有把要说的问题说出来时，他就已经失控了，叫喊着要一个人待着。尊敬的阁下们，从我们所掌握的信息来看——范德瑞小姐是十月二十五日要乘船去纽约——我们已经不知道卡斯卡特先生当时收到的是一封什么样的信，以至于他要改变他的人生？

"在这个时刻，卡斯卡特需要面对自己所面临的局面，公爵要谴责他，认为他是一个骗子，卡斯卡特没有抵赖，而且好高傲地说他不想结婚了。这很让人吃惊吗？我认为，阁下们，只要是一个有尊严的男人，都不会选择别的方法的。我的当事人本打算第二天就把卡斯卡特赶走，但是当卡斯卡特失控般地冲进暴风雨中时，他又起了善心，希望他能回来，甚至还让仆人不要关上花园的门。

"我想提醒阁下们一定要注重动机，这对我的当事人是非常不利的一点。有人暗示他们争吵的原因远不是公爵自己说的那样，而是有很大的私人恩怨在里面。为了证明这一点，罗宾逊先生做了一次陈述，他因为对那次的事情耿耿于怀，所以就把他知道的一件小事无限夸大了。阁下们，你们也已经见到了他在证人席上是如何说话的，你们自己掂量一下他的话的分量就可以了。现在我们可以证明为什么会有这次争吵。

"因此卡斯卡特冲出屋子，在寒冷的雨夜中思考着自己的未来以及失去的爱人和财富。

"就在这时，有人也跟着下楼了。我们现在知道那是谁的——佩蒂格鲁·罗宾逊夫人听到过开门的声音，那扇吱呀作响的门就是丹佛公爵的房间的门。

"我们不否认这一点，但如果检察官先生就抓住这一点就起诉我的当事人，我觉得不公平。因为这在暗示我的当事人在经过思考后，认为卡斯卡特先生活着就是对社会存在危险，最好让他马上死去。或者说他对丹佛家族造成了耻辱，要洗刷这份耻辱，就必须用血来偿还。于是，就认为公爵下了楼，从书房里拿了自己的手枪，然后在黑夜里找到卡斯卡特，杀死了他。

"尊敬的阁下们，还需要我指出这其中的不合理之处吗？他为什么要杀人？就为了永久摆脱这个只需要说句话就能解决的人吗？有人会说公爵思考后认为这耻辱难以忍受。对于这个假设，阁下们，我只能说虽然存在，但还不至于引发杀人的念头，而且在短时间内谋划得如此精密。我觉得没有必要去证明这个假设，因为现在对方也拿不出证明来证明这个假设成立。可以说，他们只不过提出了一些假设来证明他们的控告。

"同时，我还要提醒你们帕克侦探说的书房窗户的证据。窗户插销之所以打开，是有人用小刀从外面撬开的。这是谁干的？丹佛公爵吗？十一点半的时候他不是在书房里吗？还用得着多此一举吗？另外，我们在卡斯卡特的口袋里找到了一把小刀，刀刃上有撬动金属物品造成的痕迹，这不就证明了卡斯卡特本人撬开窗户，然后拿走了手枪吗？

"但是今天我们不必去证实这一点——我们知道当时卡斯卡特上尉在书房里，在那里给西蒙尼·范德瑞写信，因为我们已经找到吸墨纸上留下的痕迹，而且彼得·温西勋爵也承认在卡斯卡特死后不久，他从便笺簿上取走了那张纸。

"请允许我出示证据中最重要的一点。丹佛公爵曾经告诉过我们，他在十三号之前，邀请卡斯卡特先生在书房里看过那支左轮手枪。"

英国皇家总管大臣说："等一下，伊佩先生，我笔记上的记载和你说的不一样。"

律师说："请您指出我哪里错了。"

"我来读一下我的记载。'我要找一张玛丽的老照片作为礼物送给卡斯卡特，结果却找到了这个。'这里面并未说明卡斯卡特有没有在那里。"

"请往下看下一句话——"

"当然，下一句是'我记得我说过怎么都锈成这样了'。"

"再下一句呢？"

"'这是你与谁的对话？'答说：'我忘记了，但是我清楚地记得我是这样说的。'"

"是这样的，阁下，当我的当事人说要找一张照片给死者时，我们可以推断他是在和死者说话。"

皇家总管大臣望着法庭里的人说："阁下们，这个假设如何，你们自己去判断吧。"

律师说："如果你们大家能接受丹尼斯·卡斯卡特知道这支左轮手枪在什么地方，那么他什么时候看到的就没什么关系了。他可以在任何时候看到那支枪。所以，我相信那天晚上马奇班克斯上校夫妇听到书房里发出的声音是卡斯卡特的。因为那时他正在那里写诀别信，或许手枪就在他面前放着。这时，丹佛公爵下楼去了，并且走出了花园。整个案子就在这时显得不可思议。因为两件事完全没有关联，但又在同一时间出现了。这种巧合我们平常是无法遇到的，但现在却被检察官先生利用起来，准备以此当飞镖来反击我。"众人大笑起来。

"阁下们，现在我们继续进行推断，丹佛公爵在十一点半下楼，而卡斯卡特却来到了书房。博学的律师在审问的时候，指出了我的当事人证词前后存在着矛盾之处，这是存在的。当事人在审讯期间说他两点半之前一直待在房间里，而他现在则说他是在十一点半离开了。阁下们，你们觉得公爵先生在干什么？现在我想提醒你们大家，第一次审讯时，每个人都认为在三点有枪声，而且当时这个误述是没法证明不在现场的。

"现在公爵面临着很大的不利局面，他无法证明自己十一点半到三点之间他不在现场。但是，阁下们，如果他说了实话，说自己在这段时间一个人在沼泽地里游荡，那么就可以证明了自己不在现场吗？他没有必要为自己罗列全天二十四小时的一举一动，而且就算是罗列了，也一样无法让人相信。

"这个时候，卡斯卡特写完了他的绝笔信，然后放进了邮袋。这真是让人觉得滑稽。当侦探和医生们都在着急寻找线索的时候，一个普通英国家庭的日常事务却还没有被打断。而这封信，也在正常时间被送进邮局，然后又被人千辛万苦地找回来。这一切都验证了那句有名的英国格言：'一切照常。'

"而在楼上，玛丽小姐也在收拾行李，并写了和家人告别的信。这时，卡斯卡特拿起左轮手枪，跑进灌木丛中。他那时在想什么，我们不知道了，或许他在自责，在怨恨那个毁掉他的女人。他想起那个白金钻石猫，这是他的情人送给他的礼物！他不想让这个东西陪着他去死，于是就把它扔得远远的，然后对准自己开了枪。

"听到枪声的看守人都被弄糊涂了，因为他想不到有什么偷猎者会这么大胆，不在沼泽地那边干这种事。于是,他在大雨中进行搜索,但什么都没找到。他还以为是自己听错了,于是就回到了自己的住处睡觉了。此时,时间应是午夜刚过,也就是一点多钟的时候。

"雨现在下得有些小了,卡斯卡特先生则在雨夜中艰难地爬行。他因为流血过多而变得虚弱,他对自己做了什么,只有模糊的记忆,他痉挛的双手捂着自己胸口上伤口,还掏出手绢压在受伤的地方。他想让自己站起来,但最后还是滑倒了,他只能这样蹒跚着前行。他的手绢最后也滑落到地上,落在左轮手枪旁边。

"很明显,他想爬回房屋。他用尽了自己所有的力气,最后终于到了花房门口!那里有一口井,那里的水可以缓解因失血引起的口渴。此时,他的呼吸更加困难了,当他努力他站起来时,突然发出了一声致命的咳嗽,血从嘴里奔涌而出,他终于死了。整个事情就是这样。

"时间到了三点,玛丽小姐已经收拾好了。那位被幸福激励的年轻人已经翻过了围墙,来到灌木丛迎接他最喜爱的新娘。当他到达来到花房门口,想着幸福就在咫尺时,突然看到了一具尸体。

"他从没经历过这样的事,恐惧占据了他的身心,再加上听到了脚步声,促使他决定赶快离开这里。于是,他跳进了灌木丛中,就在这时,丹佛公爵已经在经历了一次属于个人的冒险后,正迈着轻快的脚步往回走。

"诸位先生们,后来的事我们都知道了。玛丽·温西小姐还以为是自己所爱的人犯下了可怕的罪行,于是就决心无论如何都要隐瞒乔治·戈伊尔斯曾经到过犯罪现场的事实。正是因为她的这个决定,给案件的侦破带来了麻烦,让案件变得更加扑朔迷离。但我想这里的每一个男人都会原谅她,不会刻意去指责沉湎在爱情中的女人。就像那首古老的歌谣里唱的:愿上帝送给每一个男人这样的鹰、这样的狗,还有这样一个朋友。

"谢谢,阁下们,我已经陈述完毕。在这里,我要给你们提一个严肃的建议,那就是释放我的委托人,我知道你们都是富有同情心的人,或许会有人不同意我的提议,但是你们完全知道,'无论那帝王加冕时的圣油、节杖和金球,无论那宝剑、权杖、皇冠,还是那金丝织就的镶嵌宝石的长袍,那加在帝王名号前的长长一串荣衔,无论他那高踞的王位,或者是那煊赫尊荣,像声势浩大的潮浪泛滥了整个陆岸。'虽然贵族的尊严属于过去,但作为一个古老的家族的大家长,却因为莫须有的指控被困在这里,被剥夺了荣誉以及和家人见面的机会,难道不值得你们大家同情吗?

"尊敬的阁下们,只有你们才有权决定这一切,我相信你们终究会毫不犹豫地将手放在胸口起誓说:'以我的名义起誓,他是无罪的。'"

第十九章　谁要回家

酩酊大醉？作为一个阶层，他们是非常有节制的。

——《法庭上的克拉尔法官》

　　检察官依然不甘心地想把审理继续下去，但温西勋爵却和帕克先生来到了餐馆里。他一边吃东西一边听帕克说那位勇敢的夫人已经到这里的事情以及和玛丽小姐接受的交叉审问。

　　"你在笑什么？"帕克不解地问道。

　　"真是个傻子，"温西勋爵说，"我指的是卡斯卡特。他所爱的人终究还只是个女孩，我也不明白为什么我总觉得我的眼睛只要一离开她，她就会消失。"

　　"你还真自恋。"帕克先生咕哝着。

　　"我知道，这毛病我从小就有，我还以为我已经改掉了，可是，当芭芭拉拒绝我的时候——"

　　"你已经忘记那件事了，"他的朋友粗鲁地说，"事实上，我已经跟你说过很多次了。"

　　温西勋爵说，"虽然你很直接，但是我还是希望你不要妄下定论，还有——你看，是他们出来了吗？"

　　议会广场上的人一下子多了起来，灰色的石墙前面还有穿猩红色法袍的人。莫伯斯的速写书记员也出现在门口。

　　"好了，阁下——结果出来了，宣判无罪，是一致通过的，您要过来看一下吗？"

　　他们跑起去。温西勋爵正朝穿猩红色法袍的人那里走去，一边走，一边招手，直到他走到他们中间。

　　"劳驾，阁下。"

　　本特穿着蓝色斜纹哔叽布料衣服，外面裹着律师的猩红色貂皮袍，出现在勋爵身旁，护着他。

　　"请允许我向您祝贺，大人。"

　　"本特，"温西勋爵喊，"感谢上帝！这个男人真是个疯子，快别照了。"他对着一个高个子照相师喊道。

　　照相的人躲一边去了。

　　"彼得，"公爵说，"呃——谢谢，老家伙。"

　　"好啦，好啦，"温西勋爵说，"看起来你没受什么折磨，值得祝贺！快走吧，不然来照相的人会更多的。"

　　他们到了停车处。两位公爵夫人已经先上了车，公爵随后上车。就在这时，突然有一颗子弹飞过来，擦着丹佛的脑袋打在挡风玻璃上，然后又弹回人群中。

　　突如其来的枪声引起了人群的混乱，有人开始大声尖叫。一个蓄着胡子的大块头男人被三个警察围攻，他又开了几枪后，拔足狂奔。警察们跟在后面围堵。只见他穿过英国国会大厦，朝威斯敏斯特大桥跑去。

一辆出租车疾驰着穿过大桥，开枪的人突然出现在汽车的前面，看到眼前的疯子正拿枪对着自己，司机吓坏了，猛踩油门。枪声和轮胎爆裂声几乎同时响起，出租车原地打了个转，发出了尖锐的摩擦声，然后就猛地冲向右方，车子携带着逃犯，撞向了一辆有轨电车。

温西勋爵和帕克气喘吁吁地赶过来。

"这里，警官，"彼得喘着粗气说，"这人我认识，他对我哥哥有很深的成见，和偷猎有关，在约克郡。告诉法官到这里来查证。"

"很好，勋爵。"

"不要拍照。"温西勋爵对一个举着相机的人喊。

摄影师摇摇头。

"他们不喜欢看到这些，阁下。这里只有无关紧要的救护场面，没什么可怕的。"

一个红头发的记者突然冒出来了。

"听着，"温西勋爵说，"我会把你想要的故事告诉给你的，不要瞎编。"

整个事情虽然可能会给公爵的出轨带来一些尴尬，但对于格兰姆索普夫人却没什么影响。公爵很有绅士风度地承担了一切，解释完后，一切都平静了。

"现在我自由了，"她说，"我要到康沃尔郡去。我什么都不想要，他死了。"公爵最好的义务式的拥抱是完全没必要的。

温西勋爵看着她，眼前的这个女人喜欢城市里的一切，记得两人刚相识时，她对放在斯万·埃德加百货公司的橱窗里的商品的价格非常吃惊。

"我喜欢这条蓝色的丝巾，"她说，"但是我现在是寡妇了，或许不适合戴。"

"你可以以后再戴，"温西勋爵建议道，"回到康沃尔郡再戴上。"

"是的。"她看着自己的灰色长袍，"我能买丧服吗？在出席葬礼的时候穿。一条裙子和一顶帽子——或许还要买一件外套。"

"这主意不错。"

"现在？"

"当然！"

"我有钱，"她说，"虽然是从他桌子里拿的，但我不会因此而感谢他。"

"用不着想这事了。"温西勋爵说。

她走进了商店——她终于可以自己做主了。

清晨时分，苏格侦探穿过议会广场的时候，看见一位出租车司机正对着帕默斯顿的雕像，好像是在发表一篇热情洋溢的谏言。苏格先生很生气，他刚要上前去阻止时，却发现还有一位穿着晚礼服的绅士也在那里，他一只手扶着基座，另外一只手把一只空的香槟瓶举到眼睛处，观察着街道周围的情况。

"嗨"侦探说，"你在干什么？快下来！"

"嘿！"那位绅士刚说了一句，就摔了下来，"我在找我的朋友，一个非常古怪的人。你能帮我吗？他是一个尊贵男人。弗雷迪，他叫这名字，他非常喜欢警察！"他努力地站起来，朝警察笑着。

"哦，我知道是谁了，"苏格侦探与温西勋爵也见过面，"你现在最好离开这里，赶快回家。不然，你会感冒的。你的出租车在这儿，只要坐进去就可以了。"

"不，"温西勋爵说，"不，我不能抛弃我的朋友弗雷迪。永远——也不能遗弃——朋友！亲爱的苏格。"他还是想保持平衡，刚抬起脚想踩上出租车的踏板，却不小心栽到了出租车里。

　　苏格先生好不容易把他塞进车里，刚要关门，温西却敏捷地跳了出来，然后坐在了台阶上。

　　"这不是我的车，"他严肃地说，"这是弗雷迪的车。我们来这里是想干嘛？对了，是要去弗雷迪的车。看，我们的友谊多么珍贵。你不这样——认为吗，苏格？对了——那里是亲爱的帕克。"

　　"帕克先生，"这位侦探看着周围，担心地问，"他在哪里？"

　　"安静！"勋爵喊，"他正睡着。不能吵醒他，对不对？"

　　顺着勋爵的目光，苏格发现他的上司正蜷缩在帕默斯顿雕像的另一边，仿佛正做着美梦。这时，钟声响起，他忙跑过去，摇着睡觉的人。

　　"这可不大好！"温西勋爵责备道，"没看见他正睡得香吗？警察是很辛苦的。奇怪，"他继续说，好像忽然想起了什么，"这声音怎么这么久？苏格？"他摇摇晃晃地指着大本钟，"他们一定是忘记关开关了。不行，我要给《泰晤士报》写信。"

　　苏格先生没有理睬他话，他把睡得正香的帕克拖起来，塞进车里。

　　"永远——永远——不要抛弃——"温西勋爵依旧在嘟囔着，侦探怎么也拉不动他。正在无可奈何时，另外一辆车开过来，弗雷迪·阿巴斯诺特先生从窗户探出头来，好像很高兴。

　　"我来了！"弗雷迪先生大声说，"亲爱的，亲爱的苏格。我们回家吧"

　　"这是我的车。"温西勋爵摇晃着走过来，两个醉汉又嬉闹了一会儿，然后弗雷迪先生被温西甩进了苏格的怀抱里，勋爵则对着司机喊道："回家。"然后就倒在车里呼呼大睡过去了。

　　苏格先生将他安顿好之后，给了司机地址，看着出租车离开后，他努力扶着弗雷迪先生，让另外一位司机把帕克先生送回格雷特·奥曼德大街12A公寓。

　　"带我回家，"弗雷迪先生突然号啕大哭起来，"他们不要我了。""不会丢下你的，先生。"侦探无奈地说。这时，已经有议员从对面的大楼里出来了。

　　"帕克先生，还有这一切！"苏格侦探心有余悸地说，"感谢上帝，幸好没有什么人看见。"

◆ 九曲丧钟 ◆

第一部　肯特高音大调变奏

第一章　旷野荒村

敲钟人在鸣奏编钟时，手中要紧紧握着钟绳，这一点常令初学者觉得不解。其实那是因为钟绳常会打在脸上，甚至是卷在脖子上而导致敲钟人死亡！

——特洛伊特：《敲奏编钟》

"这下糟糕了！"彼得·温西勋爵说道。

车子陷在沟里，卡得死死的，而车后轮却翘得老高，显得那么滑稽可笑。整辆车子看起来就像一只使尽吃奶的力气往冰雪里钻的动物。温西勋爵亲身经历了在这场劲急风雪中发生的事故的全过程。夜幕下的水沟上高高地拱起一座窄桥，与之相连的则是一条同等宽度的窄路。一片黑暗之中，这桥就像是一个要饭的瞎子横卧在水沟之上。当时东风猛烈，卷着鹅毛般的飞雪，视线模糊不清，车速又飞快，所以在过桥时止不住冲到了路边，一头栽进了沟里。车灯闪烁，映得栅栏上的长钉发出点点寒光。

广阔无边的沼泽地被大雪掩盖，如同一张巨大的白色毛毯。明天就是新年，现在已经是下午四点多了。这一整天都大雪纷飞，天空泛出一片铅灰色的暗光。

温西向一旁的男仆本特问道："麻烦你本特，你能告诉我这是什么鬼地方吗？"

本特用手电筒照着地图，说道："老爷，圣保罗教堂应该就在这附近，而且我看咱们之前在利姆霍特那里就已经走错路了。"

正在这时，隐约有一阵教堂报时的钟声透过风雪传了过来，听起来是四点十五分。

"太好了！"温西说道，"教堂附近一定会有人聚居的。看来只能扔下行李步行过去了，过后再叫人来取行李吧。"说到这儿不禁打了个寒战，又道，"太冷了！估计金斯利这时正惬意地坐在屋里一边烤火一边享受松饼呢。想到松饼我也馋了！下回再到这种东部沼泽地的乡下来办事，只要不是大夏天，我一定要坐火车。朝顺风方向走就是教堂，太好了，这预示着咱们会一路顺风的。"

两人把身上的衣服裹紧，在风雪中走向教堂。在两人左边就是那条阴冷笔直的水沟，水沟堤岸直立高耸，沟里冰冷的水缓缓地流淌，一直通向远方。两人右边则是一排稀疏的栅栏，白杨和柳树杂生其间。两人冒雪前行，走得非常吃力，风雪扑面，两人谁也不说话。一路上一个人影也没有，一直走出一英里远才隐约看到一座孤零零的风车磨坊出现在水沟边，不过那里却一片昏暗，而且没有桥可以通过去。

两人继续前行，约莫半英里后眼前出现一个路标，一旁叉出一条小路伸向右边。男仆本特照了照路标，念道："圣保罗教堂。"

附近只有这一个路标。小路和水沟的堤岸平行着向前延展，在漫天风雪之中消失在远方。

温西勋爵大声道："等着我吧！圣保罗教堂！"说着他大步走向那条分支小路，一阵钟声传来，听声音是四点四十五分，而钟声也显然离得更近了。

两人沿着小路又在风雪中走了几百码，终于，一个小村落出现在视野中。向左边放眼望去是一片农场的屋顶；右边则立着一幢如同方形箱子般的二层小楼，一面招牌迎风摇摆，发出咯吱咯吱的声响。那就是惠特谢夫酒吧。一辆旧车子停在酒吧前，窗户上拉着红色窗帘，室内的灯光透出来，让人见了心里阵阵发暖。

温西过去轻轻一推门，门应手而开，于是他向里扬声叫道："老板在吗？"

一个中年女人应声而出，冷冷地说道："还没营业呢！"

温西说道："真对不起，我们的车陷进沟里了，麻烦您……"

"哟，真抱歉，我还以为你们是客人呢。车子掉沟里了？真不幸。那就快请进吧，不过我这乱七……"

正在这时，只听里面一个人斯斯文文地问道："怎么了，特巴特太太？"

温西主仆二人跟着那女人进来，这才看到里面说话的原来是位颇有些年纪的牧师。

特巴特太太一指温西，对牧师说道："这位先生的车子掉沟里了。"

那牧师说道："我的天，真是糟糕透了！请问我有什么可效劳的吗？"

温西把车子掉在水沟里的事说了一遍，看来要用绳子和一些工具拖运才可能拽出来。

牧师连连说着"不幸"，最后说道："是不是在佛罗里格桥那里？那里晚上最容易出事了！我来想个主意吧。不过我先开车送你们去村里。"

"哦，先生，你真是好心！"

"不用客气，我也正要回村喝茶。你们也来点吧，可以驱驱寒气。你们急着上路吗？不如留宿一晚。"

温西不想打扰人家，只是连连道谢。

牧师语气中却透着渴盼之意，说道："很少有客人来我们这里，您要是能留下来，我和我太太都会感到万分荣幸的。"

温西犹豫道："这样的话，我就……"

"太好了！您能留下简直太好了！"

"那就打搅了。其实我想车轴肯定摔弯了，没有铁匠修是不行的，所以今晚把车拽出来也只是白费力气。不过我想我们可以住在旅馆里，住在您家里似乎不大妥当。"

"阁下，您太客气了。特巴特太太这里的食宿和服务当然会让您满意，但真是抱歉，我们这里流感暴发了，她丈夫就得了流感，病倒在床，怕是不便。特巴特太太，你说呢？"

"是啊，我也怕无法给您提供周到的服务，现在情况不妙。另一家红牛旅馆却只有一间房……"

"红牛那家可不行！"牧师插话道，"因为已经有一个客人住在道宁顿太太那里了。先生，您跟我去教区住吧，那里环境挺好的，住在那非常方便。哦，抱歉，我本应该先自我介绍一下的，我叫维纳伯斯，是这里的教区长。"

"维纳伯斯先生，您真是个大好人！恭敬不如从命，那我就住你那里吧。鄙人温西，这是我的名片，这位是本特，我的仆人。"

维纳伯斯接过名片，又掏出眼镜架在修长的鼻梁上，仔细地看着名片，念道："彼得·温西勋爵。嗯，这名片做得很简约。不过这个名字很耳熟，好像……啊，我想起来了！我在《古版书籍收藏评论》这本专业性很强的书上看到过。能结识您这样一位图书收藏家真是太好了！我收藏的书不太多，但是有一本《尼奇德摩福音书》您应该会喜欢。能认识您我真是感到荣幸！哎呀，已经敲钟了，五点钟了，咱们得赶紧走了，要不然我太太会怪我的。特巴特太太，再见了，祝愿您的丈夫早日康复，他的气色已经好多了！"

"谢谢你了，你帮了我丈夫很多，你每次来他都很高兴。"

"让他振作起来。天，看我，又在说丧气话了。但我想对他来说，最痛苦的阶段已经度过了，我会在他康复之后送他一小瓶——零八年的波图酒——图克·赫兹沃尔斯。"维纳伯斯又俯在温西耳边低声道，"这酒怕是连只苍蝇都醉不死。"随后大声道，"好，咱们该起程了。我只有一辆破车，但是能装不少人。大家以前在这车里还举行过不少洗礼仪式呢。我说的没错吧，特巴特太太？温西勋爵，你就坐我旁边吧。你仆人就坐……对了，你们的行李呢？怎么？行李跟车一起掉沟里了？放心，我会让我家的花匠过后去取回来。行李不会丢的，咱们这儿的老百姓都很善良，路不拾遗，对吧，特巴特太太？对对对，你一定得把小毯子盖腿上。我？不不不，不用管我，我没事。我开车不受影响，早习惯了。我就这么拉动几下就能启动车子。本特你坐在后面还舒服吧？那太好了，咱们出发吧。特巴特太太，回头见！"

教区长的这辆老爷车在又直又窄的小路上颤颤巍巍地开了起来，缓缓地驶向了远处。车子刚经过一个小村子，右手边便赫然出现了一座高大的灰色建筑，在风雪中仍然显得十分突出。

"天哪！"温西惊呼，"这就是这里的教堂吗？"

维纳伯斯十分得意，回答道："当然。怎么样，宏伟吧？"

温西说道："太宏伟了！跟大主教教堂差不多。这教堂能有多大？"

维纳伯斯笑道："我说了你可别吓一跳，装得下三百四十人！当然，东部沼泽地这一带的教堂全是这个规模。但我觉得我这座教堂在素来以拥有雄伟教堂而闻名的英格兰东部仍然是出类拔萃的。它是用建修道院的资金建起来的，我想圣保罗教堂在以前一定很了不起。你能看出这塔楼有多高吗？"

温西抬头仰望，说道："晚上太黑看不清，但我估计至少有一百三十英尺。"

"很接近了。把塔尖也算上准确的数字是一百二十八英尺。但是在视觉上显得要高一些，因为在建筑上设计了纵向天窗，使得屋顶相对低一些，便形成了一种错觉。这教堂是数一数二的，只有圣彼得曼夫特那种镇级教堂才能与之相比；还有考文垂那座一百三十英尺的圣迈可教堂也比这座高，而且还没把塔尖算在内呢。但我觉得我这座教堂在比例上更符合美学，它那种和谐的美感是其他教堂所不具备的。一会儿转弯之后看得就清楚了。好了，到了！我平时开到这儿一般都会按喇叭，因为那些高墙和树林叫人感到害怕。我时常觉得，为了大家着想，教堂院墙最好建得再靠后一些。怎么样？感受到那些层叠的走廊和天窗带来的震撼了吗？白天的时候，那种震撼更明显。教堂前面正对着的就是教区住所。那些矮灌木遮挡了视线，所以我一般开到大门前时会按喇叭，省得撞到别人。哈哈，成功通过！一会儿进去喝杯热茶驱驱寒气，要不然喝点烈酒更过瘾！一般我都会在大门口按嗽叭给我太太听，表示我到家了。我要是回来得太晚，她会担心我的。夜间行路可能会因为那些水沟而出危险，再说我也不是小伙子了。看来今天回家有点晚了。艾格尼丝！亲爱的，快来！我介绍一下，这就是我太太。真是对不起，亲爱的，我回来得太晚了，不过咱家来了一位贵客。他的车子误在途中了，今天要住在咱们家。毯子要掉啦！我来捡，我来捡！这座椅让您很难受吧？小心别碰到头！成了！亲爱的，我给你介绍一下，这位是彼得·温西勋爵。"

温西借着从门里透出来的光，见那位夫人略显发福，看着十分面善，她欢迎温西勋爵的到来，待人接物十分得体。

这位夫人向温西微笑着问道："车子出事了？人没事吧？我就说嘛，这里的路况非常危险，还好你们遇见了。"

温西客气地说道："谢谢关心，我们都没受伤。当时车子一头就从路上冲了出去，那地方好像是叫……对，佛罗格桥。"

"那个路段确实糟透了！好在老天保佑，三十英尺深的水沟没把你们'召唤'进去。快进来坐吧，屋里暖和。这位就是你的仆人吧？埃米莉，快把温西先生的仆人带到厨房好好招待一下！"

维纳伯斯又说道："还有，温西先生的车子和行李都掉在佛罗格桥了，让辛金斯开车去一起弄回来。现在就出发吧，要不然这鬼天气就更恶劣了。对了埃米莉，让辛金斯把韦德斯宾也一起叫上，两人一起去弄车子。"

温西忙道："不急，明早再去弄吧。"

"好，明早首先就得把这事办了。铁匠韦德斯宾特别能干，他一准儿能把这事办好。哟，茶好啦？快进来，把茶满上，对了，亲爱的，你有没有告诉埃米莉，温西勋爵今晚要在咱们家留宿？"

维纳伯斯太太答道："放心吧，都嘱咐过了。亲爱的，你没冻着吧？"

"当然没有，我穿得这么厚实哪能冻着？老天，这不是可口的松饼吗？"

温西笑道："我心里也正想着这美食呢。"

"快来好好吃一顿。我想你肚子一定咕咕叫了，这鬼天气真是差劲！你喝点什么？威士忌？苏打水？"

温西答道："茶就可以了。你家里真是温馨！维纳伯斯太太，对您的盛情款待我非常感谢。"

维纳伯斯太太笑道："这是我的荣幸。像我们这种沼泽地带，冬天里的道路非常恐怖，但好在您出事的地方离此不远。"

"可不是嘛！"温西的回答中充满感激，同时他四下打量，欣赏着维纳伯斯家客厅的布置。布满饰品的桌子，风格简约的天鹅绒壁炉架，熊熊燃烧的炉火，泛着银光的亮洁茶具，都令这客厅显得格外温馨。

"我此刻就如同《尤利西斯》这本书中所描述的情形——风雨过后投入到了寂静港湾的怀抱。"温西带着感动的心情吃下了一大口黄油松饼。

维纳伯斯对他太太说道："今天汤姆·特巴特的气色好了一些，他这时候患病真是不幸，但好在病情稳定。唉，希望不会再有人得病。说不定小普拉特可以替代汤姆，他也很喜欢这个，而且今早他毫无错误地奏了两首长调。哦，对了，咱们有件事忘了告诉温西先生了。"

维纳伯斯太太忙道："是的。温西勋爵，很抱歉到这时才提醒您，教堂这里的钟声可能会打扰您的睡眠，不知道您是否介意？"

"不不不，当然不！"

维纳伯斯太太又道："我先生特别喜欢敲奏编钟，今天恰恰又是除夕夜，所以……"

不等她说完，维纳伯斯就耐不住地插话道："今晚，严格地说是明天凌晨，我们要迎新年、奏钟乐。您或许不了解，我们的编钟是这一带最优质的。"

温西说道："真的吗？哦，我想起来了，之前我听到过教堂的钟声。"

维纳伯斯说道："和其他教堂的编钟相比，我们的编钟虽然并不是最重的，但其音质却最为响亮圆润。七号的那个老编钟音质最好，次中音钟、约翰钟和杰瑞科钟也都不错，其实就像钟身上刻的那样，整套编钟的音色都相当'优美雅致'。"

"全套编钟的数目刚好是八口吗？"

"不错。我手里正好有一本由我前任的教区长写的记有这套编钟来历的小册子，你好奇的话就让你看看。我们教堂旁边的一块地里有个坑，一六一四年的时候那口名叫泰勒·保罗的次中音钟就是在这个坑里铸出来的，所以这块地被我们称为'钟田'。"

温西听后客客气气地问道："那也就是说，相应地也有一组不错地钟乐手了？"

"那是自然。他们技术娴熟，积极热情。对了，之前我说到今晚为了迎新年我们要奏——"维纳伯斯语气加重，"最少也得有一万五千八百四十下肯特高音大调。怎么样？了不起吧？"

温西十分吃惊，道："这么多！一万五千——"

"八百四十下。"维纳伯斯立即接上了这个数字。

温西心算了一下，说道："这怎么也得花上几个小时。"

维纳伯斯语带得意，说道："整整九个小时。"

"确实很厉害，这跟有一年的青年学生表演的规模差不多了，那是……"

"一八六八年。"维纳伯斯又接上了话，"我们一直想达到那种程度。咱们这次的鸣奏我也会尽我所能，但其实就算我不帮忙，这次的效果也不会逊色的。只不过原本我们有十二个奏鸣手，但不幸的是其中四个被流感击倒了，因此现在只剩八个人了。而圣斯蒂芬教堂的人因为只会古老神圣三重奏，又不会敲高音，所以也爱莫能助（他们的编钟远远比不上我们的）。"

温西这时已经吃到第四块松饼了，他闻言不禁摇头，严肃地说道："古老神圣三重奏？真是让人肃然起敬，不过演奏出来的钟声却次次有别。"

"可不是嘛！"维纳伯斯洋洋得意地说道，"钟乐的形式以采用倒敲法敲次中音钟时显得最为多样化，斯特德曼奏法也比不了。斯特德曼奏法是我们这里的村民的最爱，确实也好听。但只有肯特高音变奏法才能使钟乐的变化最为丰富多彩，声音最为悦耳动听。"

"同感，同感！"温西附和道。

"别的钟乐跟它都比不了！"维纳伯斯越说越来劲，心神飞扬，忘形地挥舞着双手，结果黄油都弄到袖子上了。

"比如说古老神圣大调吧，其轻敲法和单音节显然有着简单枯燥、刻板机械的缺点；而最高音和次高音的鸣奏又明显受到过于简单的无规律振荡次序的限制……"

维纳伯斯说得兴致正高，女仆埃米莉忽然出现在门口，一下子打断了他的话，维纳伯斯不由得有些不快。

"先生，詹姆斯·索迪找您有事。"

"他？哟，好的，好的，让他在书房稍等一下，我立刻就过去。"

维纳伯斯离开只一小会儿就回来了，神情显得很失落。忽然，他激动得大叫起来："这可怎么办哪？这下全完了！"

"教区长先生，究竟是怎么一回事？"

"威廉·索迪真是可怜啊！偏偏在新年之前这天！唉，其实我不应该太自私的，不过这事确实叫人为难！"

"威廉出什么事了？"

"他病了！"维纳伯斯叹道，"流感也找到他的门上了，现在他整个人都垮了，烧得满嘴胡话，大家都束手无策，已经去请贝恩斯医生了。"

维纳伯斯太太听了也叹道："真是不幸！"

维纳伯斯又道："他早上就不太舒服，但还是咬着牙去威尔比奇办事。真是可怜！其实他昨晚就显得状态不佳。好在农场老板乔治·阿什顿碰巧在镇子里见到了他，见他身体不适就把他带了回来。我想他一定是受了风寒。他被送回家之后也一直不放心，就因为今晚不能来教堂鸣奏编钟。我让他兄弟照顾好他，但是我预感事情将会不妙。像他这样有责任感的人，因为有病在身不能正常工作，心里一定非常不安。"

维纳伯斯夫人说道："我的苍天！但是贝恩斯医生或许会给他开些安神的药，让他平静下来。"

"我也这么想。这事确实是倒霉，不过威廉也用不着这么放心不下。唉，算了！真要是治不好就只能认命了吧！看来这次演奏没戏了，除了奏小调之外，没别的选择了。"

温西问道："这个叫威廉的也是你们的钟乐手吗？"

"不错。而且我们已经没有替补队员了。看来这场宏大的演奏只能就此搁浅了。我倒是可以去替他，但是九个小时对我来说可太长了。我上年纪了，再说除了今晚的迎新演奏，明天早上八点我还有礼拜要做。"

"算了，这种事老天不作美也没法子可想，除非……"维纳伯斯说着说着忽然猛醒一般转过身来，看着温西，大声道："之前听你说话，似乎你对高音变调鸣奏法非常精通，难道你也是个钟乐手？"

温西踌躇道："这个，我以前确实演奏过，但现在……"

"你演奏过？是高音变调鸣奏吗？"

"是倒是，但我已经很久没……"

"我相信你现在的技术也行的！"维纳伯斯兴奋得高声大叫，"只要能先练三十分钟手摇铃，你还会演奏得像从前一样好的！"

维纳伯斯太太在一旁看着却有些犹豫。

维纳伯斯叫道："这简直太好了！真是上天保佑！勋爵您就是及时雨啊！就在事情无法解决的时候，上天派给我一个又会奏钟又懂高音变调鸣奏的钟乐手！"

维纳伯斯把女仆叫来，说道："让辛金斯立刻把所有钟乐手都叫来，一起练习手摇铃。上帝啊，跟他说，我这有一位贵客会跟我们一起练习，看来只能占用餐厅了。你一定要叫他来，让他立即来！"

维纳伯斯太太却说道："等等，埃米莉。别那么急，亲爱的。你也不问问咱们的客人是什么想法！人家刚刚车子出了事，如果一晚不睡地练钟直到明早九点，身体受得了吗？就算人家不在意，咱们也过意不去啊。"

维纳伯斯的表情立刻变得像个受了委屈的孩子，温西一看忙道："不不不，不用客气，维纳伯斯太太，我不介意。这么长时间的鸣奏对我来说简直太刺激了！我并不累，不用休息。相比之下，我更想鸣钟，我只是怕我水平不行，影响排练。"

维纳伯斯忙道："不会的，我相信你一定行的。刚才是我欠考虑，时间确实太长了，我看不如只演奏五千个变调奏鸣吧，那样就不会太疲劳。"

温西说道："还是九个小时吧，要不然我就不参加了。其实你要是听到我的演奏，就会知道我的水准真的很一般。"

维纳伯斯说道："千万别这么谦虚！埃米莉，快去让辛金斯把大家都叫来，时间定在六点半，应该不会有人迟到。只有普拉特住得较远，别人都没问题，而且他的第七口钟可以由我来代为鸣奏。真是叫人打心眼里高兴啊！世上居然有如此巧合的事。这说明上帝在暗中帮我们完成心愿。温西勋爵，今晚的布道中我会向大家介绍您，这没问题吧？其实我们也只是简简单单地说几句跟新年有关的套话，算不上什么布道。对了，你以前主要在哪里鸣钟？"

"年轻的时候在我哥哥丹佛公爵的教堂鸣奏过，圣诞节回家时也鸣奏过，不过现在已经不做了，只是偶尔技痒时敲几下罢了。"

"是吗？那教堂我很熟悉，小是小了点，但挺漂亮的，而且那里的钟显然不如我们的精致。对不起，我先失陪一会儿，我得去餐厅布置一下。"

说完他便转身匆忙地走开了。

维纳伯斯太太向温西道谢："您心肠真好，这么由着我丈夫的性子来。他特别重视这种场面，可是最近诸事不遂。不过您本来是到我们家做客的，现在却又要忙一整晚，真是太不好意思了。"

温西客气了几句，说他发自内心感到荣幸。

维纳伯斯太太又说道："您应该先小睡一阵的。我还是先领您去看您的住房吧，然后就可以洗漱了。要是今晚的练习能早点完成，大概七点半咱们就可以吃晚饭了。饭后您可得好好休息，我会安排好一切。哦，您的仆人也来了。"

维纳伯斯太太安排好温西的住处便离开了。房间里点着一盏小油灯和一支蜡烛，显得有些昏暗。温西的影子清晰地投在地上。

温西对男仆本特说道："本特，床看起来很舒服，可惜我无福消受了。"

"我也听说这事了，老爷。"

"你要是能替我鸣奏就好了。"

"我现在也万分后悔为什么当初不学学如何敲钟，要不然就可以替老爷您分担一下了。"

"我总是会发现你有不擅长的领域，这常常让我感到有趣极了。对了，你以前敲过钟吗？"

"敲过一回，不过当时我笨得差点叫钟绳给勒死了，所幸后来没出什么大事故。"

温西有点生气了，说道："被勒死这种事就别说了！我又不是在跟你研究案情。"

"是的，老爷，您现在要刮脸吗？"

"刮吧，新年要有新气象嘛！"

本特答应着下去准备了。

温西的脸焕然一新。他来到餐厅，见原来桌子的位置上围了一圈椅子，一共八把，桌子则被挪到了一边。有七张椅子上已经坐了人，这些人有老有少，年纪大的一脸沧桑，长须下垂，面如石刻；年纪轻的蓬头垢面，又有些手足无措。维纳伯斯站在圆圈中间正唠唠叨叨地说话，活脱是一个笑容可掬的魔术师。

"大家终于到齐了！真是叫人兴奋！我介绍一下，这位是彼得·温西勋爵。上帝派他来到我们身边解决我们的难题。温西勋爵说他久已不弹此调，略有生疏，咱们得先练习一下，好帮他找回当年的感觉，大家没意见吧？好，温西勋爵，我来给你介绍一下。"

说着将众人一一介绍给温西。

"这位是鸣奏次中音钟有六十年经验的赫兹卡亚·拉文德，看他这身子骨怎么还得再敲个二十年。对吧，拉文德？"

那人是个矮小的老头，缺了几颗牙齿，手掌瘦削，关节突出。他向温西咧嘴一笑，伸出了手。

"勋爵大人，很高兴认识您。我专门负责的钟叫保罗·泰勒，是我的老伙计了。我想我会一直演奏下去的，只到老死，让保罗为我鸣奏送终。"

温西礼貌地回道："我愿你身体健康，长命百岁！"

维纳伯斯又介绍道："这个大高个儿是铁匠埃兹拉·韦德斯宾，不过他敲的钟却是最小的。唉，人生亦是如此啊！对了，他明天就会修好您的车。"

那铁匠显得有些羞涩，伸出大手跟温西握了握，便不好意思地回到了座位上。

维纳伯斯又指向一人，说道："这是杰克·戈德弗雷，他鸣奏七号钟。杰克，七号钟现在如何？"

"相当不错，换了新轴之后，它就好多了。"

维纳伯斯接着说道："杰克鸣奏的钟年头最老，名叫巴蒂·托马斯，不过这是以一三八〇年这口钟的重铸者的名字来命名的，重铸者叫阿伯特·托马斯，它最一开始则是一三三八年由托马斯·贝尔耶特尔铸造的。杰克，我说的没错吧？"

"完全正确，先生。"

维纳伯斯说道："钟的名字是分雌雄的，这跟给小动物或船只起名字的道理一样。"

接着他又介绍另一个身材高瘦、眼睛有些斜的男人。维纳伯斯说道："这位与众不同的人物就是红牛旅馆的老板阿尔夫·道宁顿，同时担任我们的教区执事。本来我应该先介绍他的，但他负责的六号钟迪米蒂看着却很新，这和其他人的钟不大一样，尽管这钟其实也有些年头了。"

这位道宁顿先生却用肯定的语气说道："其实我的钟音质才是最美的。勋爵先生，见到您很高兴。"

维纳伯斯又道："这位是负责鸣奏五号钟的乔·辛金斯，是我家的园艺工，你们之前见过的。那位是负责四号钟的哈里·哥特贝德，同时也是教堂的司事。这位年纪最小的是沃特·普拉特，他负责三号钟，演奏得特别棒！普拉特，你住得远却能按时到场真是太好了！好了，咱们这就算是互相认识了。勋爵先生，二号钟萨巴思就由你负责吧。你知道的，她的主人威廉病倒了。二号萨巴思、六号迪米蒂和五号朱比利三口钟都在女王五十周年大庆时被重铸过。那咱们就开始吧！温西先生，你就拿着手摇铃挨着小伙子普拉特坐。给咱们指挥的是七十五岁的拉文德，老爷子，你的声音将比钟声更宏亮高昂吧？对吗？"

那负责指挥的老头子像小孩子一样兴奋，大声道："当然，完全没有问题！"

拉文德便向众人说道："好，预备，先来他九十六次手摇运动，让勋爵先生感受一下。温西先生，您带头以高音钟摇铃，对，就是这个节奏，然后渐渐过渡到较慢的不规则振荡，对，然后再来一遍高音，对，再来一次。"

温西回答道："好的，我知道了，一共是四次的循环奏鸣。"

"不错。接着就抢先三拍，再错后一拍，直到后面的声音跟上来。"

"好的，我找到感觉了。"

拉文德又道："普拉特，我都说多少遍了？认真点，别走神，节奏不能乱。对，大家准备好了吗？预备，开始！"

跟英国的诸多事情一样，敲奏钟乐这种艺术形式有其特别之处，外国人对此恐怕难以理解。

以比利时人为例，他们也喜欢音乐，但在他们眼中，以曲谱为依托进行演奏才是正确的。但这种做法在英国人眼中可就太幼稚了。英国人认为鸣钟时设计出来的音调得有多种不同的顺序组合。

一般来说，对大众而言，所谓"钟乐"的概念和音乐家的音乐相较，属于狭义的范畴。大众觉得钟乐只是在钟上敲出难听且单一的声音，十足地讨人嫌恶。人们只是在教堂远处被钟声激起心底的伤感情绪时才不讨厌它。

作为钟乐手，要擅长于复杂的音调中区分出音位差别。举个例子，一名钟乐手心里非常清楚，承担后半部音的五、六、七号钟以不同的排列组合形式被奏响时，钟乐更为动听。提特姆斯第五节还有女王乐章第三节原有的音调也会因这种奏法而产生奇妙的变化，但钟乐手真正要做到的是以正统的英国鸣钟方式——钟绳和滑轮，使每一种组合形式所发出的钟乐旋律都能显得饱满且优雅。同时，通过这种完整的组合和严格的完美体现出乐手的激情，而钟乐手本人也会被自己奏出的这些高低起伏、婉转盘旋的美妙旋律所感染，从而对这种奏鸣仪式感到满意和陶醉。

那些对此毫无兴趣的人必然对这种由八个人坐着围成一个钟一样的圆圈所进行的专注彩排感到无聊和乏味。

只见这八个钟乐手高举右手摇铃，动作上下起伏得体，表情严肃认真，如同正在开会的议员。

拉文德指挥大家以轻敲法奏鸣，前后反复三遍，铃声交融杂错，丝毫无差。

维纳伯斯向温西赞道："做得好！非常完美！"

温西谦虚地说道："还行吧。"

拉文德也赞道："勋爵先生鸣奏得确实不错。好，大家再来一遍。教区长先生，这回来几次？"

维纳伯斯看了看时间，说道："七百零四次。从中部奏起就行了，变调鸣奏做两次。"

"好，听你的。那个谁！普拉特，别走神！把高音听准了！把注意力放在你的铃上！你再出错就把你……"

普拉特羞愧得擦了擦额头上的汗，把腿别在椅子腿上以稳定身形，把铃握得更紧了。或许是因为紧张吧，他在第七主旋律的开始阶段就出差了，结果搞得大家都一身是汗。

拉文德生气地叫道："你给我起来！你要是奏成这样就只能让你离开了！都什么时候了！你该知道怎么做吧？"

维纳伯斯打圆场道："普拉特，再试一次，不要泄气，你要在第七、八两段中奏鸣两次才行。"

"好的，我知道了先生。"

"你又忘了！"拉文德怒不可遏，气得胡子直抖，"人家温西勋爵这么久都没练习也还没生疏，你是怎么回事！"

维纳伯斯又劝道："算了吧，别要求太严格了，毕竟是年轻人，又不像你有六十多年的经验。"

拉文德喋喋不休，刚才这一小节只得重新来过。普拉特这一回总算是没犯错，排练圆满完成了。

维纳伯斯兴奋地大声道："大家都表现得不错！温西先生会来帮我们的忙的，对吧？"

温西笑道："其实我刚才在第二段开头那地方几乎要出错了，后来第四段的位置上敲四下这事也差点忘了，还好最后没忘。"

拉文德说道："我相信你一定能跟得上拍子。"随即语气一转，对普拉特道，"但你就不好说了，你……"

维纳伯斯连忙插话道："好了好了，我看咱们现在就去教堂吧，也好让温西勋爵看看他的钟。大家也一起去敲钟做礼拜。杰克，你帮温西勋爵检查一下他的钟绳。"说着对温西解释道，"管理钟和钟绳是杰克的工作。"

杰克先生笑道："要想让钟绳顺手，得把绳子往下顺一段。"说着看了看温西，接着道，"温西先生没有威廉高，矮了有一根粉笔那么多吧。"

温西说道："不用顾虑我的身高，俗话说得好：'我虽然不高，但我会做得精彩。'"

维纳伯斯说道："别误会，杰克没有别的意思。但威廉确实很高大。哎，我的帽子呢？亲爱的，看见我帽子了吗？哦，找到了。围巾呢？没有围巾可不成！真糟糕，钥匙又跑哪儿去了？"

杰克说道："那无所谓，我这有全部的钥匙。"

"也包括教堂那把吗？"

"当然，藏钟室的钥匙都有。"

"那真是太好了！我肯定得带温西先生去藏钟室转一圈。温西勋爵，我觉得如果有一组优质的编钟摆在我眼前，那……什么？亲爱的，你刚才说什么了？"

"我说别忘了到时候回来吃晚饭，还有，别麻烦温西勋爵太久！"

"放心吧，我不会那样的。但是藏钟室是一定要参观一下的，教堂也得看看。温西勋爵，教堂里有个洗礼盆特别棒，好像是十二世纪的；那屋顶也漂亮极了，非常典型……行行行，亲爱的，我们这就出发。"

屋外那一片昏暗幽深的世界随着厅门的开启便直扑到众人眼前。

雪未停，那些一个小时之前到来的敲钟人所留下的脚印此时早已经不见半点痕迹。众人艰难地穿过车道和马路走向教堂。黑暗之中，那雄伟的建筑昂然高耸。杰克先生走在前面，他手提一盏油灯引路，穿门过径，行走在墓碑之间，最后到了教堂的南门。随着一阵开锁时发出的闷响，南门被打开了，里面那股教堂独有的气息登时涌将过来，夹带着复杂的气味，有古树、油漆、衰败的草木、跪垫、赞美诗集、煤油灯、鲜花还有蜡烛，这些气息被炉火的热度缓缓地烘烤着，渗透交融于其中。

昏暗的灯光中，可以看到长椅上那状如罂粟的花纹装饰，石柱棱角和匾额上的黄铜也时不时地反射着光芒。天窗高悬，众人的脚步声在空旷中发出阵阵回声，听来颇有些诡异之感。

维纳伯斯小声说道："这里改动得很全面，只有北面走廊的尽头处的哥特晚期垂直式窗户没有变，不过在这儿看不见它。教堂先前是罗马式的建筑风格，现在全都看不到了，只剩下圣坛拱门下面的两个墩子。但是如果够细心，还是能从这种早期英式风格的圣殿下看出罗马式环形殿的痕迹。光线足的时候看得更加清楚。噢，杰克，抱歉，我知道了，我知道了。温西勋爵，真不好意思，我总是忍不住说得太多。咱们时间不多，这就走吧。"

维纳伯斯带路走向西面，经过头顶高悬的钟塔拱门后，前面出现一段旋转式钟塔楼梯，显得颇为陡峭。借着杰克手中灯光的照射可以看到石质台阶已经在无数人双脚的踩踏之下变得相当薄了。上了楼梯转过一个弯后，前面出现一扇小门。人们停下来等杰克把门打开，这才穿门而过，鸣钟室终于出现在眼前。

鸣钟室看起来很普通，只是因钟塔本就很高所以显得高大一些而已。鸣钟室三面外墙上各开了一扇窗户，装饰十分别致、漂亮且各悬三盏灯。东墙上比纵向天窗稍高些的地方有两个装了铁条的朝内的开口，上面没有玻璃。可以想象，这里白天的光线很充足。

杰克放下手里的灯，将墙上一盏煤油灯点亮。光亮之中，温西赫然见到了规规矩矩缠在墙上的八条钟绳，但绳子的上段却隐在了屋顶那幽深的黑暗之中。墙壁随着灯光的逐渐变亮而越来越清晰。墙面只粗略地涂了灰泥，窗户下可见一行哥特式字体的箴言：

"它们虽然沉默，却能让我们听到它们的内心，甚至让全世界都听到。"

这句话的上方则是不同质地的匾额，用以纪念在这里奏鸣编钟的光荣历史。

只听维纳伯斯说道："今晚过后，真希望我们的事迹也能写在匾额上挂在这里。"

温西说道："我就盼着我别出错才好。我看到一些有关敲钟人的老式要求。像什么'必须守时在岗，否则罚喝一大杯啤酒。'酒杯的大小虽然不明确，但既然是'大'杯，那就说明问题了。还有像什么'打翻一口钟罚六便士'，这处罚倒轻得很。但是'说一句脏话罚六便士'就过了。你觉得呢，教区长？对了，哪个钟是我的？"

"就是这个。"杰克边解第二口钟的绳子边答道，"我会在你起钟之前把钟调好，要不然就我帮你起？"

温西说道："那不行，要是连起钟都做不好，怎么能算是个合格的敲钟人呢？"说着他抓住钟绳缓慢向下拉动，左手将拉下来的绳子接了过去。高悬在塔尖上的萨巴斯钟响了起来，其他的敲钟人也各就各位开始奏鸣。钟声各有不同，高德钟声音如铃，"叮——叮"；萨巴思钟的声音则是"当——当"，与高德钟相应和；约翰钟和杰瑞科钟渐渐升高，也发出"叮叮""当当"的声音；随后就是朱比利钟和迪米蒂那"乓——乓——乓——乓"的声音；巴蒂钟的声音拉着长长的尾巴，"砰——砰"；最后保罗钟收尾，发出肃穆庄重的"咚——咚"之声。

温西把钟拉到最高之后开始反敲，钟绳也调节完毕。由维纳伯斯带领，大家又温习了几遍以便熟悉自己负责的钟。

最后，拉文德说道："可以结束了，伙计们，不过普拉特，你可不能再出错了。大家都听着，不能出错。咱们十点四十五分在这里集合，一起为礼拜奏鸣钟乐。等教区长的布道结束之后，再来这里集合，但要保持安静。我会在人家唱赞美诗时奏鸣半分钟来辞旧迎新，清楚吗？接下来大家就得提前握好钟绳等着，当新年钟声过后，我一说'开始'，咱们就开始奏鸣了。教区长做完他的事就会从楼下上来，他可以顶替要休息的人。啊，他真是个好人。对了，我多说一句，道宁顿，你还记得咱们的老规矩吧？"

"当然。"道宁顿答道。

"那好，伙计们，咱们过会儿再见！"

在杰克手中灯光的再次引领下，众人鱼贯而出。

维纳伯斯边走边对温西道："温西勋爵，你一定会愿意参观一下……咦？"维纳伯斯忽然停了下来，在黑暗中四下摸索着，"杰克跑哪儿去了？什么，跟别人一起先走了？真是的，这家伙八成是饿急了赶着回去吃饭。做人可不能只顾自己。藏钟室的钥匙还在他手里呢，他不在，咱们怎么进去啊？算了，温西先生，还是明天再参观吧，可以看得更真切。听见啦，辛金斯，我听见啦，我这就走过去，你小心点脚底下，年头久了，这些台阶都不结实，内侧最严重。行，这不是下来了吗？安全着陆。温西勋爵，在咱们离开之前，我得让你看一下……"

这时，一阵钟声响起，那是从钟塔上传下来的，听声音此时已经是三刻了。

维纳伯斯失声道："这么晚啦！温西先生，真是抱歉，本来应该是七点半吃晚饭的！看来……我太太得等等咱们了。你呀，要是能跟我们一起参加礼拜，就知道这教堂到底有多么神圣、多么漂亮了，而且要是没有知情人加以说明的话，很多细节是不会被访客们发现的。像洗礼盆——杰克！灯呢？什么都看不见啦！——温西先生，我得让你看看我们的洗礼盆上与众不同的地方。杰克！给我回来！"

不过杰克好像没听见，并没有转回来，只能听到他身上的钥匙碰撞所发出的响声，响声渐远，显然人已经离开了。

维纳伯斯不由得轻叹一声，略感失望，边走边自言自语道："我可真是的，我的时间观念真是越来越差了！"

温西礼貌地说道："可能是教堂使人感到时间停止了的缘故吧。"

维纳伯斯说道："说的不错，虽然教堂里也有很多能让我们觉得光阴如箭的东西。我明天领你去纳撒尼尔·帕金斯的墓地看看，那是本地一位曾与汤姆·塞耶斯这位最伟大的运动员齐名的运动员。他去世时——啊哈，到了，以后有时间再聊他吧。亲爱的，我回来晚了，其实也不太晚。温西勋爵快来，你可得大吃一顿了，吃饱了才有力气工作。让我猜猜今天的晚饭是什么。炖牛尾？太好了，这菜管饱！温西勋爵，你一定会喜欢这道菜的。我们……"

第二章　奏鸣编钟

钟声为欢乐喜悦奏响，钟声也为灵魂的逝去而奏响。

——贝德福德郡，萨瑟尔：《敲钟人准则》

用过晚餐，维纳伯斯太太硬是拦着丈夫要把温西拉回房间休息。维纳伯斯则去混乱不堪的书架上找寻那本克里斯托弗·乌尔科特所著的《圣保罗教堂钟史》，想把这本书介绍给温西看，却到处也找寻不到。

维纳伯斯不禁嘟囔道："那本书跑到哪里去了？看来我这人确实没什么记性。但是有一本我写的书确实值得一看，也算是我为这个行业做的小小贡献。噢，亲爱的，我知道了，温西勋爵确实得去休息了，我对贵客真是不够关心。"

"亲爱的，你也得睡一会儿才行啊。"

"亲爱的，你真关心我。我这就去睡，不过……"

温西心想怕是只有干脆不理会维纳伯斯才有可能让他安静下来，而且这么做也没什么不合适的。想到这，温西便起身离开，在楼梯口遇到了男仆本特。本特陪着温西回到他的房间，替主人盖好被子，又塞了个热水袋，这才转身出去并带上了门。

壁炉里火焰突突地跳动。温西凑近灯光，把维纳伯斯给他的小册子翻开来看，见扉页上有一段话：

以新式的科学规律，以所有主流的方式，按数学理论从任意位置鸣奏编钟的研究指南。

作者：西奥多·维纳伯斯，文学硕士——圣保罗教区的教区长，剑桥大学凯斯学院前学者，其他著作：《乡村教堂编钟敲奏法》、《五十段神圣三重奏短曲》等。

"上帝在钟乐之中。"

温西的睡意在这些枯燥文字、丰盛的晚餐以及室内温暖环境的催发下渐渐加重，再加上原本的疲惫，他很快就睡眼迷离了。忽然，温西被壁炉里破裂的煤块所发出的清脆响声惊醒，于是他机械地又读了几行："以前述变调鸣奏法敲二、三、四号小钟，则五号钟的敲奏当在七号钟之后，而七号钟则随着六号钟；若是仅有六、七号钟而缺少五号钟，便要将五号钟添加进来……"

温西睡着了，直到一阵钟声将他从睡梦中惊醒。不过他还没有回过神来，迷迷糊糊的。忽然温西想到了什么，掀开被子翻身坐起，见本特神情淡漠地站在一旁，不禁怒道："真不敢相信我居然睡过去了！你怎么不叫我呢？他们是不是已经开始了？"

本特却说道："是维纳伯斯太太的吩咐，她说让您睡到十一点半。教区长也托我代话，他们做礼拜的序曲只用六口钟就够了。"

"什么时候了？"

"十点五十五，老爷。"

这时，钟声停了，随后便是朱比利钟的单独鸣奏，时长五分钟。

温西说道："这太不像话了，我得去听布道才行。给我发刷！雪停了没？"

"没停，而且更大了。"

温西上了个厕所便匆忙跑下楼，本特则从容地跟着他，手里拿着手电筒照亮。一路出了前门，经过灌木丛和马路，最后进了教堂，此时风琴音乐恰巧刚刚结束。唱诗班和维纳伯斯早已经准备好。温西借着昏暗的灯光找到了坐在钟塔下方的一排椅子上的钟乐手小组的另外七个人。温西轻手轻脚地跨过地上由椰壳纤维制成的垫子来到七人附近。本特则缓步来到北面走廊里的长椅旁，挨着维纳伯斯家的女仆埃米莉坐了下来，显然他对这里的情况已然了解。拉文德向温西微笑示意，见温西跪下来祷告，便将一本祈祷书抛了过去。

"亲爱的教友们——"

温西随声站起，四下里扫视了一圈，心情随着教堂那肃穆庄严的氛围渐渐安宁下来，敬畏之情油然而生。这小小教区的教民们能够在冬日深夜齐集一堂确实不易。这雄伟空旷的教堂此时将身处其中的人群映衬得颇为渺小。

教堂的中殿宽阔广大，一旁的走廊阴影朦胧驳杂，两相交织，如梦如幻。祭坛上以扇形花纹和锯齿状条纹修饰的围屏，令人内心深处生出一种迷离的超脱之感。那尖尖的拱廊、炫丽的棱纹拱顶，还有东边那五个紧窄的尖顶拱，无不让温西着迷。温西又看向中殿，细长杆犹如喷泉般向四下里发散，从下向上直指饰有叶形纹路的柱头，又继续上行到对纵向天窗起支架作用的宽拱。当温西仰头看向高处那倾斜的屋顶时，他不禁赞叹眼前出现的美景。屋顶上到处都是展翅飞翔的天使，有智天使，有炽爱天使，他们的金发闪着柔光，翅膀也闪着金色；而托臂和锤梁上则刻着一队队唱诗班面孔的浮雕。

温西由衷地赞叹，轻声说道："天啊！他与天使齐飞，他御风而来。"

拉文德在一旁轻轻地捅了捅温西，温西这才回过神来，发现大家都伏在地上正要做忏悔，只有他还傻呼呼地站着。温西忙伏下来翻开祈祷书。拉文德或许觉得温西脑筋不大正常，或者是异教徒，因此他主动帮温西翻到了赞美诗那页，并大声地唱出歌词给温西听。

"用钹乐、弦乐、管乐还有舞蹈来歌颂主，赞美主！"

唱诗班的人全都一袭白衣，大声高唱，歌声激昂，四下回荡，好似发自天使之音。

"用钹乐、弦乐、管乐还有舞蹈来歌颂主，赞美主！"

"万物都来赞美主！"

午夜将至。

维纳伯斯沿台阶踏上圣坛发言，他的言行举止温文尔雅，说的话虽然不多，但是感人至深。他用优美动听的弦乐和钟声来表达对上帝的赞美，用恭敬的言语来介绍听布道的路人。"请大家不要用不礼貌的眼神去直视这些听布道的客人，是上帝的旨意让他们前来观礼。"温西刚才便转头去看那些旁观者来着，此刻闻言不禁略感羞愧。

维纳伯斯宣布最后的祈祷就要开始了。风琴师先奏响了音乐，那是赞美词的前几个小节，接着拉文德大声道："伙计们！到咱们了！"这一组敲钟人缓缓起身，沿螺旋梯走向钟塔。进了钟塔，众人脱衣摘帽。温西一瞥眼看见门边椅子上放着一把棕色大酒壶，还有九个白色大酒杯，不禁精神一振。他之前听说过，这是多年的规矩了，是为了给大家提神用的，由红牛旅馆的老板道宁顿提供。八人各自走向自己的座位，拉文德看了看时间，最后说道："开始了！"

只见拉文德在掌心吐了口唾沫，抓住次中音钟的钟绳，摆臂轻摇，保罗钟便发出"当当当"的三响，三响过后停了片刻又是三响，如此三组共是九响。九响称为丧钟，有时也叫报讯钟，一般是有人去世的时候才敲的。现在是辞旧迎新，所以要敲十二下，每一下代表一个月。十二下响过，拉文德稍稍停顿，接着听到挂在上面的时钟发出了十二下细小、动听的声音，这代表着午夜十二点。随后，众人便各自握紧了钟绳。

"起！"

八口钟终于开始奏乐了，分别有高德、萨巴思、约翰、杰瑞科、朱比利、迪米蒂、巴蒂·托马斯还有泰勒·保罗。它们的声音回荡在黑暗的钟楼上，如同大合唱一般。巨钟来回悠荡，黄铜做的钟舌与钟体碰撞，响亮的钟声便在这种激荡中发出，大滑轮在钟绳的牵扯下不住地来回运转。

不同型号的钟发出的声音组合在一起，编织成一曲动听的音乐。这些音符如同精灵，在空中闪烁、飘动、旋转，声音时高时低。钟声由高至低，再由低至高，顺序的排列与组合变换复杂，从三度和音到四度和音，最后又奏出主旋律。滑轮如同在跳舞。钟声冲出积雪的天窗，被风力推送飞翔在天地之间，越过寂静的乡村，越过大片的沼泽地，越过长直的堤坝，越过随风摇摆的发出沙沙响声的杨树……

高德的声音轻巧，萨巴思的声音如同银铃，约翰和杰瑞科的声音雄壮有力，朱比利的声音欢快无比，迪米蒂的声音甜美，巴蒂·托马斯的声音古典，泰勒·保罗的声音则有如黄钟大吕般响亮。八个人的身影投在墙上，高低起伏、动荡不息。红色的钟绳在空中飞舞翻腾。八口编钟跳动不止，鸣奏出优美的钟乐。

温西演奏得十分认真。他的眼睛始终盯着钟绳，耳朵则在主旋律中寻找着起带领作用的高音。温西偶尔会用余光注意其他人，只见拉文德似乎在跟自己的钟跳舞，每一次拽动钟绳，他都要靠弯曲脊背来跟钟的重量保持平衡。普拉特则表情紧张焦虑，默数着节奏拍子。普拉特的钟滑向温西的钟，中途灵巧地躲开了六、七号钟，然后跟五号钟撞在一起，连续两下，成为主导音，接着再次上升，而高音钟则在此刻降下来并与萨巴思钟撞在一起，发出的声音成为最后一声主导音。萨巴思钟在第二位钟响和主导钟响过后便从单调的慢节奏过度到了欢快的旋律中。夜色之中，在风中不住摇曳的教堂尖顶的风向标上，那长有金色脚爪的公鸡风标注视着下面白雪茫茫的大地。石塔虽高，但在剧烈的风中却不住地摇晃，如同被风吹弯的大树。

教众们手举着灯和火把鱼贯般地走出门廊，那些光亮很快便掩盖在风雪夜幕之中，如同从篝火中迸出来的火星，一闪即灭。维纳伯斯脱了法衣换上长袍来到钟塔里，坐在一旁准备随时接替。时钟的声音隐约夹杂在钟乐声中。一个小时以后，维纳伯斯接替了普拉特，让普拉特去一旁喝点酒稍事休息。普拉特喝得咕咕作响，想见道宁顿老板提供的这种酒确实有效，普拉特不久就恢复如初。三个小时之后，温西也歇了一会儿，一扭头见维纳伯斯太太竟然也来了，几个白酒杯摆在她身旁，男仆本特则在一旁垂手伺候。

维纳伯斯太太对温西说道:"累坏了吧?"

"不,这不算什么,只是有点渴。"温西问她觉得音乐如何。

维纳伯斯太太赞叹道:"太动听了!"其实她对于音乐并不怎么感兴趣,反而觉得无趣,但是怕丈夫失落,所以假意敷衍,赞叹几句。

维纳伯斯太太又道:"没想到吧?在这个地方听到的钟乐声更显优美充沛,毕竟在藏钟室和这层之间隔着一层。"说完打了个哈欠。

钟乐还在进行中。温西想感受一下在外面听到的钟乐是什么样子的,心想维纳伯斯在一刻钟之内敲不完,当下便悄无声息地下了楼,摸黑走出了南门廊。

来到教堂外面,钟声立即直冲耳鼓,极为响亮。此时雪小了一些。因为逆时针绕着教堂走不祥,所以温西朝右贴着墙根沿小径向前走去,直达西门。温西站在砖石高墙之下,抽了一支烟,精神好了很多,此时他也顾不得抽烟对神灵的不敬了。随后温西接着向右走,走到头时发现钟塔正在眼前。他艰难地穿过满是草丛和墓碑的侧廊,直走向教堂的最东边。向北看去,只见两面扶壁之间露出一条小径,尽头处是一扇小门。温西推了两下发现门是锁着的,便走回原来的方向。走到东面尽头之后转了个弯,立即有一阵烈风吹了过来。温西歇了一会儿,看向前面的沼泽,却只看到一片黑暗,黑暗中只有一灯如豆,一动不动地定在那里,也不知是从哪个村舍的窗中透出来的。温西料想这间村舍多半是之前来维纳伯斯家的途中所经过的那间。温西心中好奇,此时已经是新年凌晨三点了,怎么这家人还没睡?但是在这又冷又暗的夜里,温西自然不会去深究,何况一会儿还要回去接着敲钟。温西从南门廊回到了钟塔,接过维纳伯斯手中的钟绳。维纳伯斯告诉温西要错后两拍,并谨记在钟向下振荡之前更改序列错后八音位。

奏鸣持续到了六点,大家大都不怎么累。普拉特通身是汗,前额的头发已经被汗水粘到了眼睛上,不过动作还算轻巧。铁匠很兴奋,似乎体力仍然充沛,一直敲到明年圣诞节都不成问题。红牛旅馆的道宁顿则是一脸的坚毅之色。最为从容的是拉文德,只见他精神高度集中,似乎已经跟钟绳融为一体了,发出的钟声古朴但清脆。

七点四十五分时,维纳伯斯下了钟塔去准备礼拜。啤酒也快被大伙喝光了。离正式结束还有一个半小时,普拉特却已显疲态。晨曦甫露,从南边的窗户射了进来。

九点十分的时候,维纳伯斯带着一脸的笑意拿着一块表又回来了。三分钟之后,高音钟发出响亮的声音,成功奏出最后一次主旋律。

任务终于完成了,八口钟归位,八个人也停止了动作。

维纳伯斯高声叫道:"大家完成得太漂亮了!这次的演奏圆满成功!"

拉文德咧嘴大笑,说道:"确实不错!咱们成功了!教区长先生,你在下面听着如何?"

维纳伯斯答道:"非常好,声音雄壮,旋律准确。大家都饿了吧?一起去我家吃早餐。普拉特,你此时已经成为一个合格的钟乐手了。拉文德先生,这次的鸣奏是不是完美无瑕?"

拉文德似乎不是极为满意,答道:"还行吧。普拉特敲得太用力了,看这一身臭汗!但是至少没犯错。其实你不用拿嘴叨叨咕咕地数数,我都说过多少回了,看着钟绳就不会……"

维纳伯斯忙打断他,说道:"算了,别说他了。普拉特,不用往心里去,你表现得挺好的。温西勋爵呢?哦,在这儿呢。这次你可帮了我们一个大忙了,我欠你的。累坏了吧?"

众人都来跟温西握手道谢,温西费了好大的力气才把手抽出来,同时答道:"不累,不累。"其实他都累得要虚脱了,很久没敲这么久的钟了,先前一股力量支撑着还算不困,此时却疲倦至极,真想随便找个地方倒头就睡。

温西边打哈欠边道:"我……啊……没事,不累!"

众人下楼,温西觉得脚下发软,途中险些跌倒,要不是铁匠眼疾手快一把扶住了他,他就倒栽葱直摔下去了。

来到外面,维纳伯斯说道:"大家都饿了,得赶紧吃饭。要是能来上一杯热咖啡就更惬意了。看,雪停了。真是银白色的世界啊,太美了!不过雪一化,水位就会上涨至少三十英尺。温西先生,你还好吧?看,我太太来了。天哪,她一定会怪我回家晚了。亲爱的,别着急,我们来了!嗯?约翰逊也来了,你有事吗?"原来他发现一个司机打扮的青年男子正站在他太太旁边,这人他认识,名叫约翰逊,因此不禁发问。

维纳伯斯太太抢着说道:"亲爱的……唉,我就觉得你应该先别急着走,怎么也得先吃点东西再说啊!"

维纳伯斯见状却一反常态瞬间表现得异常冷静,沉声问道:"亲爱的,你先等一下。约翰逊,你找我有事吗?"

"亨利爵士的夫人现在情况糟得很,怕是熬不过去了。爵士让我来请您去给他夫人做临终圣礼。您现在有时间吗?"

维纳伯斯失声叫道:"病得这么重?快坚持不住了吗?真是糟糕!我这就跟你过去!之前我对这事还不……"

"是啊,这出乎所有人的意料之外,这次的流感真是害人不浅。"

"上帝啊,上帝啊!希望病情没有你说的那么重。我这就出发,路上你再跟我详细地说。噢,我亲爱的太太,你替我招呼大家用早餐,跟他们解释一下这件事。温西勋爵,太不好意思了,我忙完之后就回来。索普太太的病……唉,都是流感惹的祸!"

维纳伯斯说罢匆忙跑回教堂。他太太难过又担心,既怕丈夫会过于辛苦而伤身,又感叹病危之人的不幸。

"我可怜的丈夫,一夜未睡啊!不过这也是理所应当的,做人不能太自私啊。亨利爵士也很不幸。他本身还有病在身呢!天又冷,肚子又饿!约翰逊,麻烦你跟希尔里小姐说我为她感到难过,或许我能为盖茨太太做点什么。温西勋爵,盖茨太太是他们家非常负责的一位女管家。他家的厨师正在度假,看来他家里一定乱成一团。唉,麻烦真多啊。对不起,大家都饿了吧,快进来饱餐一顿吧。约翰逊,有需要我的地方尽管派人来找我。亨利爵士的护士忙得过来吗?咱们这穷乡僻壤的真是很难找到帮忙的人手。亲爱的,你多穿件衣服吧!"

维纳伯斯这时已经拿着一个箱子跑回来了,箱子里是做临终祈祷的必需品。他跟他太太说自己穿得够多。在约翰逊的催促下,两人上了在一旁久候的汽车,随后车子如风般向西边的村子驶去。

因为这件令人难过的事,早餐的气氛非常压抑。不过温西已经饿得前胸贴后背了,所以还是把食物吃了个半点不剩。维纳伯斯太太心不在焉地照顾大家的饮食,时不时地唠叨着索普家的不幸,又为自己丈夫的身体担心。

只听她说道:"索普家真是灾运连连。老查理爵士就很不顺,比如丢项链那件事,唉,那丫头真是可怜。但是好在后来那个男的杀了狱卒之后自己也死了。这事让这家人非常地难过……哦,拉文德,要再来点什么吗?培根?道宁顿先生,你要什么?辛金斯啊,给杰克先生递块火腿……唉,亨利爵士自打战争之后就病恹恹的……沃利,够吃吗?希望我丈夫不会饿坏身子。温西勋爵,咖啡还来点不?"

温西向她谢过,随后问起老查理和项链的事。

"噢，我真糊涂了，你怎么可能了解这件事呢！我们这偏远地方发生的事外面是不可能知道的。唉，说来话长……"

维纳伯斯太太说到这里忽然放低声音，说道："要是威廉也在场，这事我就不方便说了。等吃完饭我再跟你说吧，要不然你去问辛金斯也行，他知道内情。哦，对了，威廉现在怎么样了？"

这时道宁顿接话道："不是很好。我听我老婆说的。她说乔·马林斯跟她说，威廉一整晚都静不下心来，就想着去敲钟，人们都劝不住他，他基本上没休息好。"

"上帝啊！好在詹姆斯在他身边，还能替玛丽忙前忙后。"

道宁顿说道："确实，有个水手在家里能起很大的作用，但是他的假期就快结束了，或许他家那时已经走出困境了。"

这话引得维纳伯斯太太轻声微笑。

拉文德说道："流感真是恐怖，专对年轻人和强壮的人下手，上了年纪的却没事。或许流感对我们这些行将就木的人束手无策吧。"

维纳伯斯太太说道："或许正如你所说。听这钟声，已经十点了，我丈夫却还没回来。我看今晚他恐怕……听，有辆车开过来了！沃利，麻烦你摇下铃！埃米莉，你去给先生拿些鸡蛋和培根，把咖啡再热一下。"

埃米莉遵吩咐下去准备，但很快又返回来了，说道："夫人，真抱歉，教区长说他在书房吃就可以了。而且，索普太太病逝了。拉文德先生吃完了吗？麻烦去教堂敲一下丧钟。"

维纳伯斯太太惊得尖声说道："病故了吗？这真是让人难过！"

"是这样的，夫人。约翰逊先生说一切都始料未及，教区长还没走呢，索普太太就断气了。现在大家都不知道该如何对亨利爵士讲这件事。"

拉文德推开椅子，颤抖着站起来，一脸严肃地说道："我们要承认，死亡是生命中不可避免的部分。维纳伯斯太太，我看我得先走了，您的早餐很丰盛。在大家的全力配合下，我们的奏鸣完成得非常好。我现在得去瞧我的老朋友保罗了。"

拉文德一步一步地走出去，那让人伤感的沉重钟声很快便响了起来。先是六下，说明死者是女人，随后急促频响的声音代表着死者的年龄。温西心里默数着，共有三十七下。随后微微一顿，便是单音钟声，节奏缓慢，半分钟才一下。餐桌前非常安静，除了人们吃饭时发出的微小声音，没有人说话。

众人沉默地吃完了早餐。韦德斯宾请温西借一步说话，他说已经让人去向阿什顿先生借马匹和绳子了，这可以帮着把温西的车子拽出来，再检查一下什么地方需要修理。大家还可以一起研究一下怎么拉车，如果温西一小时之后能去铁匠那里一趟的话。韦德斯宾的儿子乔治擅长修理农机具，尤其是发动机，修摩托车就更在行。维纳伯斯太太去书房安慰自己的丈夫。温西知道关于拉车的事自己只能帮倒忙，便让维纳伯斯太太不要为他操心，随后便到花园散心。温西来到房子背后，见花匠辛金斯正在给维纳伯斯擦车。温西给辛金斯递上一支烟，聊了聊奏钟的事，随后便顺势提起了索普一家的事。

"这家人住在村头那间红砖墙的大房子里，以前家境较为富裕。在贝德福德伯爵的那个久远年代，就是他家花钱雇人把沼泽地的水排干的，大家才分了地。您对这些事必定有所耳闻。反正，这个家族历史是很久远的。查理爵士看着不像是富人，但是人很好，他是个大方的绅士，平生行善无数。他父亲在伦敦丢了一大笔钱，其中内情不详。不过查理爵士对种地特别在行，入室盗窃案发生之后他就死掉了，对那时的村子而言，这可是个巨大的损失。"

"入室盗窃？详情如何？"

"就是先前夫人所说的关于项链的那件事。当时年轻的亨利爵士刚刚结婚，我印象很深，正是一九一四年四月，即战争刚刚开始的时候，正值春天。我当时也很年轻，为他的婚礼敲了很长时间的钟乐。一共是五千零四十下老式的神圣三重奏，浩特式十部曲，这些记录都保存在教堂里。婚宴在他的红房子里进行，菜肴十分丰盛。当时很多有身份的人也都参加了婚礼。因为身为孤儿的新娘和索普一家有些渊源，亨利爵士又是索普家的继承人，因此婚礼便在红房子里举行。婚礼之后，一对新人就出去度蜜月了。可是在那里留宿的一位叫威尔伯拉罕的贵妇却在婚礼刚刚结束的当晚，就丢了一条上千英镑的珍贵翡翠项链。"

温西惊道："天啊！"说着坐在了车子踏板上，示意辛金斯接着讲。

辛金斯也来了兴致，说道："这在我们本地确实是件颇有影响的大事。但最麻烦的是查理爵士家的一个下人被牵扯了进来，身负嫌疑。查理爵士也因此而蒙羞。警察把迪肯押走时，事情的真相才水落石出……"

"迪肯？他是什么人？"

"是查理爵士的管家，已经为爵士服务六年了。他老婆是查理爵士的女仆，叫玛丽·拉塞尔，而这个女人后来又成了威廉的老婆。那个威廉，你想起来了吧？就是原来敲二号钟但是得了流感的那人。"

温西点头道："知道。那么迪肯应该死了吧？"

"是的，我刚要说呢。经过是这样的：那个贵妇威尔伯拉罕太太夜里醒来时，发现她卧室窗前有个人影，于是吓得惊声尖叫。那家伙顺着窗户跳了出去，后来躲在了花园的灌木丛里。那贵妇边叫边摇铃，弄得众人皆惊，乱成一团，大家都出来想弄清发生了什么事。当时查理爵士和一些绅士在一起，并且有人带着猎枪。于是他们一起出来查看情况，正看见迪肯整装利落地跑出后门，而同时出来查看情况的男仆穿的却是睡衣。查理爵士一看立即敲钟召集花匠，睡在车库的司机也闻声赶来。我因为是花匠的儿子，所以也一起过去了。唉，在那个战争年月，查理爵士花销太大，再加上还得赔偿这条项链，所以最后为了减少经济负担，才把我辞了。"

"他为什么要赔？"

"其实他完全没必要赔，也没人说什么。但因为这条项链没有上保险，而查理爵士面上无光，非常自责，所以才赔的。不过我想不通，丢项链的那位贵夫人本应该自重身份的，却没想到她真的收了这笔钱。咱们再回到那天晚上，当时大家伙儿跑出来查看情况，一位绅士见草坪上有一道人影鬼鬼祟祟地跑过去，扬手便是一枪，打中了对方。但等我们跑近时，却发现那人已经越墙而逃，坐上外面接应他的车子跑了。那位丢项链的贵妇人此时由女仆陪着出来，大声宣称项链不见了。"

"那人就这么跑了吗？"

"可不是嘛！当时爵士的司机开车去追，可是人家早就顺着小路越过教堂跑得没影了。可供他们逃走的路径有很多条，也不知是哪一条。后来查理爵士让他的司机开车去报警。因为这地方警力很少，最近的也在利姆霍特，而且他们还没有警车。所以倒不如直接派车去接，这样还能节省些时间。"

维纳伯斯太太这时忽然现身出来，说道："原来你们在聊那个案子啊！温西先生，辛金斯对这事了如指掌，看来他已经全都告诉你了。对了，你不冷吗？"

温西道了谢，说自己并不感觉冷，又说不想教区长先生为此事劳心太多。

维纳伯斯太太说道:"想来不会。不过我丈夫对此事确实感到伤心。温西先生,希望您能跟我们共进午餐。土豆肉饼如何?屠夫今天不工作,不过冷火腿肯定够吃了。"

她说完便匆匆离开。辛金斯拿起一块麂皮越过车头灯递给温西用来保暖。

温西示意他接着讲那个案子。

辛金斯答应了一声,接着说道:"后来警察来了,勘察了现场,在花坛附近查看脚印,为此把花都碰折了不少,我们也只好看着。反正事情都已经这样了。警方沿着车胎印找到了中枪的那个家伙,查明身份之后发现他来自伦敦,是个有名的专门偷珠宝的惯犯。不过人们怀疑查理爵士家里有内贼,因为经研究,一开始跳窗户的那人并不是这个惯偷。后来查明迪肯就是内贼。实情好像是这个惯偷早就相中了这条项链,然后逼迪肯帮他偷出来再隔着窗子扔出来。可能是找到了指纹之类的证据吧,人们都相信这个结论,所以就把迪肯给抓了。我印象很深,那是在一个星期日的早晨,迪肯从教堂一出来就叫人给抓了。当时他还差点把一个警察给杀了。星期四晚上案发,周日就破案了,真快。"

"嗯,我了解了。可是迪肯怎么知道项链的所在呢?"

"那是因为丢项链的那个贵妇人手下有个糊涂的女仆,这女人知道项链的所在,有一次跟索普家的女仆玛丽说了。而这个玛丽也没过大脑,后来就把这事告诉了她丈夫迪肯。所以这两个女人也跟着警方走了。当时这事尽人皆知,因为玛丽这人特别正直,人们都很尊重她,她父亲还担任着本教区副执事的职位呢。这一带的村民就属她家人最受好评。而迪肯却是查理爵士从伦敦带回来的外乡佬。因为那个自称'克兰顿'的惯偷——或许还有别名吧——将迪肯招了出来,所以迪肯在这案子当中就无法脱罪了。"

"这小偷真无耻!"

"可不!这家伙还声称迪肯是个骗子,说迪肯把项链私藏了,根本没有交给他,他得到的盒子空无一物。他气愤得去找迪肯,差点掐死他。迪肯当然为自己辩护,说那惯偷一派胡言。迪肯说,他当时听到外面有异响,就出来查看。而那贵妇人隔窗看到迪肯的身影时,迪肯其实是正要去追那个小偷。迪肯对于自己到过贵妇窗外以及指纹之类的证据并不否认。不过,迪肯前后的口供有矛盾,这就麻烦了。前面迪肯说听到花园有人,便从后门追了出去。对此说法,玛丽也认同,其他的男仆追到后门时确实也看到门闩开着。不过律师却说迪肯是提前拉开的门闩,因为如果非得跳窗子的话,还可以从后门回去。但是警方对于项链的问题却没有找到答案,项链确实没了。到底是惯偷拿了项链不承认,还是迪肯藏了项链不说?鬼才知道呢!所以这案子一直没有破。警察把地皮都翻遍了,项链的影子都没找到,那惯偷说提前给了迪肯一笔钱,这笔钱也没找到。最后警方判那两个女人无罪,说这是女人狭隘的做法,是无意乱说话而已。那惯偷和迪肯却被关了起来。此事过后,玛丽一家觉得面上无光,怕人戳他们后脊背,所以全家都搬走了。迪肯死掉之后……"

"死了?怎么死的?"

"哦,一九一八年的时候迪肯杀人越狱跑掉了,这个混账家伙!但他也没有什么好下场,在途中摔进一个采石场死了,穿着囚服的尸体在两年之后才被人发现。而威廉之前一直暗恋玛丽,在此之后,便开始向玛丽示爱,最后两人结了婚。其实大家都不认为玛丽有错。这已经是十年前的旧事了,现在两人生了两个孩子,一家人生活得幸福和睦。那个惯偷后来却又多次地出狱入狱。圣彼得教区的警察说,即使现在还有人谈论那条项链也不是什么新鲜事。我也不知道那个惯偷对这条项链的下落到底知不知情。"

"嗯，原来是这么一回事。那查理爵士后来向那位贵妇人赔偿项链了吗？"

"不，其实是亨利爵士赔的。亨利爵士接到这个消息之后立即从蜜月旅途中赶回来。查理爵士当时病倒在床，你想想，七十多岁的人了，这么一吓，心里又窝火，哪还好得了，最后一下子中风了。警方审完案件之后，亨利爵士安慰查理爵士，说自己会妥善处理的，查理爵士表示理解。偏巧那时开始打仗了，查理爵士病情恶化，最后没撑过来便离开了人世。亨利爵士说话算话，警方宣布项链失踪之后，亨利赔了钱，这一大笔赔偿让他家登时穷了下来。亨利爵士在战争中因重伤而退役，人也垮了下去。大家都觉得他状态不太好。现在索普太太又病故了，这更是一个极大的精神刺激。在我们这里，大家都很喜欢索普太太，她是个大善人。"

"他家里还有别人吗？"

"有啊，有个女儿，叫希拉里，快十五岁了，现在刚好放假回家。唉，对这个小姑娘来说，这个假期简直太痛苦了。"

"确实如此。好吧，我会对这条项链的消息多加留意的。哎，那是韦德斯宾，是不是我的车子给拽出来了？"

温西的那辆大头戴姆勒车的确被拉出来了，此时正被一辆农场马车拉着停在维纳伯斯家前面，不过样子却非常难看。那马车前的两匹马有点趾高气扬，好像十分鄙视温西的车一样。韦德斯宾父子觉得这车的情况还不算太糟，只要把前轴被石头撞坏的地方简单修理一番应该还能开。真要是开不了，就得找当地开修车厂的布朗罗先生把车拉走去修了。他擅长修车，车子到了他手里必定能修好。不过布朗罗先生此刻或许不在家，因为一对住在较偏远地方正准备去教堂办婚礼的新人可能会请他去开车载客。不过，必要时也可以麻烦邮政局女局长打电话寻问一下，她平时工作的内容里就有这一项。这一带只有索普家的红房子和邮政局两个地方有电话，不过，这时候再去红房子找人家帮忙显然不大妥当。

温西看着自己的车心里一时拿不定主意，不过还是觉得找布朗罗先生比较靠谱，便乘韦德斯宾的马车去找邮局局长。众人经过教堂再前行四分之一英里之后便到了村子中心。

圣保罗教区教堂跟其他教堂一样离村子也较远，只有教区长的家才在教堂附近。村子的区域以一个十字路口为中心向外辐散。十字路口呈南北走向的那条路，向南通往圣斯蒂芬教区，向北则与一条路相通，这条路就在温西的车子跌进去的那条水沟南边，沿此路可到达圣彼得教区。还有一条路是东西走向的，东面连着的就是圣保罗教堂了，西面则通向一个路况相当差的石头坡道。撇开路况问题，其实这条道也通往佛罗格桥附近的那个水沟。由此可以看出，这一带北有圣保罗，南有圣彼得，西有圣斯蒂芬，三大教区鼎足而立。

伦敦东北铁路线连接着圣彼得和圣斯蒂芬两个教区，它再向北延伸会穿过一道高架桥，再向前便到了利姆霍特。拥有一座火车站、一条河、两座桥的圣彼得教区是三个教区中最大也是最为重要的区域。但这个教区的教堂那种哥特垂直式的建筑风格却显得很老旧，而且质量也极差。由岩石筑成的尖塔，乏善可陈的编钟，简直毫无亮点。在圣斯蒂芬教区里，一座目前尚存的火车站刚好落在利姆霍特和圣彼得两教区之间的连线上。教区里的教堂却拥有一座古老的钟塔，一座华美漂亮的圣坛屏，一座罗马风格的环形殿，还有总共八口的一组编钟。圣保罗教区里最小也是最古老的村庄叫齐尔桥村，河流和铁路都不经过那里。这个教区的教堂却是目前最为美轮美奂的，其保存的编钟也最优质，因为圣保罗教堂是用修道院的钱修建的。在圣坛的东面和南面有些遗迹，比如第一座罗马风格的教堂目前残存的部分，以及以前古老修道院仅存的那几块石头。教堂和周边的教会都设在比村子高出十来尺的小山头上，因此非常显眼，顺便还能挡住冬天发的大水。威尔河原本从圣保罗教堂附近流过，离圣彼得教堂远得很，但是詹姆士一世时其河水却因波特矿脉被打通而汇入另一条短直的河道，从而得以自圣彼得教堂附近流过。自圣保罗教堂钟塔顶部极目远眺，可以识别出古河道自田野间迂曲穿过时残留的痕迹。波特矿脉的青色堤岸长直不弯，跟古河道的曲线正好构成一根弓弦。这些教区外围的海拔稍高一些，水流便自横堤进入了威尔河。

温西看着布朗罗和韦德斯宾拆除了自己车子的前轴，看样子修理好车子应该没什么问题，便去邮局往威尔比奇方面发了封电报，通知那边正在等待自己消息的朋友，然后便四处闲逛散心了。

这村子很普通，温西便想去教堂瞧瞧。拉文德敲完了钟已经回去了，只留下开着的南门。温西进去后看见维纳伯斯太太正向圣坛花瓶里倒水。她见温西正在欣赏屏风的窗格，便过来说道："挺漂亮的，对吧？我丈夫对这教堂充满了感情。他自打我们搬过来就一直在忙，尽量让教堂变得更漂亮。好在之前的教区长很负责任，基础打得好。只是这人欠缺一些雅致，使这里显得不那么齐整，这倒让我们颇为意外。我说个事你都想不到，他竟然把煤炭堆在这里！后来还是我们打扫的。我丈夫本想在这建一座圣母圣坛，却又怕这样会显得天主教气氛过浓而招致大家不满。这窗户很漂亮吧？因为对它的修饰时间较晚，但好在老式的玻璃都留了下来。齐伯林飞艇曾往离这只有二十英里的威尔比齐投掷过炸弹，因此这让我们非常害怕，担心这里也会受到炸弹的袭击。间隔屏有点蕾丝状，看来也挺不错的吧？高迪一家就葬在这里，他们家没有后人，最后一代人生活在伊丽莎白女王时期。他们的名字也刻在了高音钟上，上面刻着'高德'、'高迪'、'歌颂上帝'。原来还有个叫阿伯特·托马斯的小型礼拜堂就在北面，他的墓碑就在那里。将他名字中的'巴蒂'改成'阿伯特'后，便用来命名了一口钟。曾经有一些粗鲁之辈，大概是在十九世纪吧，竟然把唱诗班座位后面的屏风拆除了，就为了有地方放管风琴，真是太不像话啦！前几年我们置办了几架新管风琴，目前必须扩大音箱。否则那可怜的傻子皮克就得在史努特小姐奏管风琴时放下手头的工作去拉风箱。当然皮克也不是真傻，只是有些迟钝罢了。我们最满意的是天使屋顶，那屋顶的颜色质朴单纯，马奇和尼德汉姆市场上的颜色都没它好看。这些颜色怎么也得有十二年以上的年头了，从未补过色。天使身上后加的金叶是我们努力争取了十年才让教区委员最终同意了的，因为他们觉得这是罗马味道的设计，但现今他们也由衷地喜欢它们了。其实，圣坛顶端我们也想修饰一番的。包括粉刷这些已经部分掉色的圆拱，给浮雕纹路镀镀金什么的。我丈夫对东面那些镶有粗质玻璃的窗户最不满意，那都是些一八四〇年那个时期的玻璃。中殿的玻璃则因为遭到克伦威尔军队的破坏而没能保留下来。但是好在天窗还完整，毕竟那么高，上去很难。我丈夫十年前把教堂里的靠背长椅更换了。他虽然更喜欢单人椅，但是教民们却习惯于长椅。我丈夫觉得老式长椅难看得就像澡堂子里的椅子，所以新换的长椅就被设计成了典雅的古典风格。原来曾各有一栋楼分布在两侧，非常讨人嫌，遮挡了两侧的视线不说，还影响支柱的美感，所以被我们拆了。它们根本不该存在，下面总有人被上面的学生扔下来的赞美书等东西砸中脑袋。唱诗班的席位现在跟以前有一定差别，以前的僧侣席位是有椅突板的。雕刻漂亮吧？对了，圣殿中还有个挺普通的洗手盆。"

温西表示对洗手盆之类的东西不感兴趣。

维纳伯斯太太接着说道："不过，那维多利亚时期的破烂圣坛确实旧了点，以后有条件了再换个好的。哟，抱歉，钟楼上边的风景不错，可以上去欣赏一下，不过我没有钥匙。不看也罢，还得爬楼梯，我爬楼梯时总是觉得天旋地转的，而且那些钟总是会吓到我，这就让我从钟的附近经过时更加头晕。呀，那洗礼盆我觉得非看不可，刻纹漂亮大方极了。放在哪儿了呢？瞧我这脑子，一时想不起来了。我丈夫原本要让你鉴赏一下的，可是他现在要送病人去就医，而且行车路线离那险峻的水沟还很近，索普桥也是必经之路，早饭他还没吃呢！"

温西心中却暗道："可是俗话说，没钱就别找英格兰教堂的人办事。"

维纳伯斯太太拿出一把钥匙递给温西，说道："要不你上去参观一下？完事之后别忘了锁门，再把钥匙拿回来就行。这是杰克的那把钥匙，我丈夫的那把不知放哪儿了。给教堂的门上锁好像不妥，不过这地方过于僻静，灌木丛又挡住了从我家看向这里的视线。因为总有些乞丐在这地方转悠，我之前就看到过，吓死人了，甚至施舍箱都被撬过呢。其实也没什么，因为里边没啥钱。可是这些人破坏圣殿的行为就让人接受不了了，可能是没找到钱所以要发泄一下的缘故吧。"

温西敷衍着她的话，说自己不会忘记锁门并把钥匙带回去的。维纳伯斯太太离开了，温西往施舍箱里投了些钱，这才仔细观察起了洗礼盆。上面的刻纹确实有意思，跟基督教的风格或是其他什么风格都不一样。温西在钟塔下发现一个原本用来装法衣的巨大旧柜，可是里面除了一堆烂绳子，就没有值钱的玩意儿了。温西来到北面走廊看向上面的天使屋顶，发现橡木的枕梁跟小天使的脑袋拼接得非常和谐。温西来到阿伯特·托马斯的墓地前，沉默半晌。墓主人被雕刻成头戴着主教冠、身穿法衣的严肃老者。这让温西觉得地下埋着的这个人更像是个统治者而不是个传道士。四周有不少雕画板，内容是修士的生活。包括巴蒂·托马斯钟被铸出来的情形。这口钟还被雕在了人物雕像的"脚下"，替代了本应有的垫子，可以看出墓主人很喜欢这口钟。钟面上的刻纹和文字清晰可辨：钟肩上是"忠诚不疑"；钟肚上是"我受阿伯特·托马斯之命在此歌唱，不管唱得如何都有人捧场—— 一三八〇年四月"；钟腰上则是"圣托马斯"的字样。修道院院长那高高的帽子图形也同时饰在这些纹路上。欣赏这钟的人心神迷醉之际，却不晓得是使徒还是神职人员带来的这种神圣感。阿伯特离世之后过了很久，亨利国王才将他的教堂据为己有。如果阿伯特当时还活着，这教堂必定在他的反抗斗争中遭到损毁。不过阿伯特的后人颇为文弱，对亨利国王的这种强横行为默默地忍受了，结果修道院毁于一旦，革新者使教堂改变了原有的性质。这些旧事是午餐时维纳伯斯告诉温西的。

下午两点，车子修好了，温西要乘车离开，维纳伯斯和他的太太执意要留他多住几天，温西却坚持要走，因为天黑之前，他要赶到威尔比奇去。众人一起为温西送行，双方握手告别，大家希望温西能再回来玩，再一起合作鸣钟。维纳伯斯将一本《维纳伯斯论鸣钟术》的书送给了温西，他太太则递上一杯劲道十足的兑过热水的威士忌为他驱散寒气。

温西跟众人分别后起身上路，车子驶向前方，一旁便是那条三十英尺的水沟。车子向右转时，温西发现北风起了，所以虽然白雪仍然覆盖大地，但温度已经不那么低了。

"本特，雪似乎要化了。"

"不错，老爷。"

"洪水退后，这地方是什么样子，你见过吗？"

"那还没有，老爷。"

"由于人为的排水，来自贝德福德河的新旧河道间的河水会将欧弗和依瑞斯桥之间的沼泽地淹没，那时沼泽地这一带就会汪洋一片，荒凉无比。维尔尼和麦帕尔洼地更甚，只能偶尔看到一些突出来的河堤和稀疏的柳树。但这地方的排水工作我看挺好的。看，右边！范来登水闸，那条三十英尺的水沟的水位由此而升高，到了丹佛水闸处再降下来。我对照一下地图，不错，是这里。注意到没有？排水沟经此处并入威尔河，两相交接的地方较高，因此要是没有水闸，排出来的水必定逆返流回威尔河，那这一带就要发洪水了。这里是十七世纪时的工程，做得不怎么样，但是依当时的技术也算好的了。看那里，由圣彼得教区的波特矿脉河道流下来的就是威尔河了。

看水闸这种活儿我可干不了，枯燥无味极了。"

右手边一座砖砌的小房子出现在两人视野里。这房子很难看，形状跟竖起来的耳朵差不多，正建在水闸两边的当间儿。在水闸的一边，跨越过那三十英尺的水沟上方有一道设有小锁的堰，比河道高了能有六英尺，水流就是从这里汇入威尔河的。在另一边，跨越在威尔河上游的则是一道五门的水闸，用以阻止河水倒灌。

"咱们能看见的区域里，只有这座房子。哦，不！还有间农户，就在上游岸边，能有两里地远吧。唉，指不定什么时候悄无声息地就被洪水淹了。咱们该往哪儿开啊？晓得了，过桥，立即转右，顺着河边开。不转这么急的弯就好了。不错！转过来了！看水闸的人也来看我们了。对他来说，这都算一天里的新鲜事了。要不冲他挥挥帽子？你好啊，努力工作吧！这种一缕一缕的阳光很讨喜。还是史蒂芬逊说得好啊，上这儿来一回就满足了。我一直挺信他的。哎，那哥们儿什么意思啊？"

只见一个脚步沉重的人影正沿着冷清清的白色小路向温西的车子走来。这人伸出双臂向车子挥舞着。温西见状慢慢停了车。

那人说话十分斯文，道："先生，拦住你们的车子真是不好意思，我想问路，朝这边走是圣保罗教区吗？"

"是的，接着往前走吧，过桥之后沿着水沟向前，你会看到一个非常显眼的路标。"

"太感谢了，还有多远的路？"

"离路标约莫五英里半吧，再到村子的话还得走半英里。"

"谢谢先生。"

"不过天气特别冷。"

"天气确实让人不爽，但我天黑之前应该能到达。"

这人五十来岁的年纪，留着短短的黑胡子，穿着一件做工虽然不错但皱巴巴的黄褐色外衣。他说话有点伦敦腔，声音十分低沉，而且一直低着头，一副躲躲闪闪的样子。

温西拿出几根烟递过去，问道："来一根？"

那人道谢接过。

温西见这人手上老茧遍布，一看就是长年做体力活的，不过看他的气质却似乎是读书人。

温西问道："你是外地来的？"

"是的，先生。"

"想来找份儿活计？"

"嗯。"

"做苦力吗？"

"那倒不是，我是修理发动机的。"

"原来如此，那好，祝你一路顺风。"

那人道谢后又问了好，双方这才分开。

温西开着车子向前驶去，半英里之后才对本特道："这人以前或许是个修理发动机的技术人员，但一定很久没做过了。看样子，他可能是在采石场干活。通过监狱里的犯人的眼神，我可以看出他是做什么的。浪子回头，改过自新当然是好事。唉，好心的维纳伯斯不要被这人骗了才好。"

第二部　古老神圣三重奏

（浩特式十部曲）
5>040
至乐曲结束
前半段后半段
246375257364
267453276543
275634264735
253746243657
235476234567
二次记录
敲钟：前半段——停止振荡，中，于五号区鸣奏，右，中，倒敲，右，中，无规律振荡起（反复四次）。
后半段：停止振荡，倒敲，右，中，倒敲，右，于五号区鸣奏，倒敲，无规律振荡起（反复四次）。
每个段落的尾音为单音，乐曲中的单音必须是浩特式的。

第一章　教堂怪尸

对于恐怖、无耻的事要用十字架、蜡烛和丧钟进行宣判。
　　　　　　——约翰·弥尔克：《教区牧师指南》（十五世纪）

　　圣保罗教区的春天和复活节的时间在那一年里都向后推迟了，春天的阳光好像不愿意照射在沼泽地带一样。牧场上的洪水退了，黑色土地里的小麦芽奋力钻出地面，露出绿色的头身。粗硬的荆棘也自堤坝和草地边上抽出了嫩芽，平添了一丝柔和。柳树上满是在风中摆荡的有如钟绳穗子的黄色柔荑花，而银色的那些则飘落在地，被孩子们捡去用于在教堂中举行的棕榈星期日的仪式。而紫罗兰花则在风中蜷身颤抖，散布于那掩盖在树篱下的荒芜河岸上。
　　维纳伯斯家的花园里开满了水仙花，在覆盖整个英格兰东部的烈风的吹动之下，水仙花身剧烈地摇摆着。其狭长的叶子在风中舞动，好像水面上应风而生的涟漪。维纳伯斯太太常会因金色的水仙花朵被风吹落而伤感怜惜。
　　"这大风真吓人！这些花该如何是好？"

花草的品种如此繁多,让维纳伯斯太太在剪掉它们时心情既自豪而又伤痛。剪下来的花都被她拿去摆在圣坛花瓶上作为修饰,就连在复活节的周日时用来摆放在圣坛屏风两侧的那两道窄长的锡槽上都给摆满了。一片绿色的长春花和圣约翰植物包围着维纳伯斯太太,她将那些被吹歪的花草扶直,叹道:"还是黄色的好看,剪了真是可惜。"

她跪在屏风前,身边有四个黄铜圣坛花瓶,还有满是鲜花的篮子和喷壶,膝下则是一条长大的红毯。她不能提前在家里装花,否则在来的路上就会叫风给吹散了。她摆弄着这些花,花却常常扶不直或是跌进槽底,这让她不禁心烦地发着牢骚。正在她专注于这项工作时,忽然一阵脚步声自身后传来,她立即回头查看。

一个身穿黑衣,手持白水仙花的十五岁红发瘦高的小姑娘走近维纳伯斯太太。这女孩看着不甚灵巧,但长大后估计会很有魅力。

"夫人,你要这些花吗?约翰逊会用汽车送些海芋过来,风太大,他怕用推车送会把花吹坏。"

"哦,希拉里,太谢谢了!我喜欢白色的花,它们非常有用。啊,花真是漂亮清香。可以摆在阿伯特·托马斯小礼拜堂的前面,再把几个高大的花瓶散置其间,还可以在高迪钟下摆一些。"说着加强了肯定的语气,"但洗礼盆和讲道台上我今年是一定不会摆绿叶了。圣诞节和收获节倒是可以用,只要大伙愿意。复活节就算了,那太滑稽了。"

"收获节我可不喜欢。因为那些有穗的谷类和西葫芦在这个节日里多得都挡住了那些漂亮的雕刻,非常可惜。"

"可不!但村民们好这口!我丈夫常说这个节就是村民节。在他们眼里,宗教节都比不上这个节,不过也可以理解。我们刚来时还没有你呢,那时的情形还不如现在呢。比如在柱子上钉钉子用来挂花环。他们没有意识到这是一种不敬。他们在圣诞节时还常在屏风和旧走廊里挂上那些绣有粗鄙内容的红色法兰绒。简直是垃圾!我们刚来这里时,我丈夫就在圣具室里踩中了一大团这玩意儿,蛾子和老鼠满布其间。"

"一半村民都去小礼拜堂了吧。"

"只有两家,而其中华莱士一家还回来了,他们跟我丈夫因耶稣受难日狂欢的事起了冲突。似乎是关于茶缸吧?没啥印象了。华莱士夫人很幽默,但急躁得很,她一直觉得摸木头是辟邪的好方法。"她像以前异教徒祈福时那样轻抚着橡木屏风,又道:"我们都在妇女协会工作,关系还行。你退后两步看看对称不?"

"南边再来点。"

"南边?好的。现在呢?对称不?好,这就可以了。哎呦!我的腰!唉,岁数真是大了。辛金斯来了!手里是蜘蛛抱蛋吧?很多人喜欢这植物,其实它总是绿色的,所以适合做背景。辛金斯,在这里,还有那里,各放六株。泡莱坛子呢?拿来没?最适合放水仙了。坛子会被蜘蛛抱蛋挡住。咱们把常春藤放在坛子前吧。辛金斯,灌满水壶。希拉里,你爸好点没?"

"还那样,医生怕他病情恶化。我爸真可怜!"

"我也很难过。你这一阵子挺难的。你母亲的突然病逝对你爸来说是个不小的打击。"

希拉里闻言点头称是。

"咱们得为他祈祷,希望病情不要恶化。那医生有点悲观主义了,这就是他只能当个赤脚医生的原因。过于谨慎反而影响了他,病人大都喜欢能让他们乐观振作的医生。你怎么不找别的医生看病?"

"找了一个叫霍德尔的医生，他周二来看病。他去过复活节了，要不然贝恩斯医生原本想让他今天过来来着。"

维纳伯斯太太有些生气，说道："医生是没有假期的！"

或许是因为维纳伯斯无论是在平时还是在节日都不休假，他以己度人，便觉得别人也该如此。

希拉里苦笑了一声，说道："我有同感，不过他的医术在这一带最为高明，唉，就盼着这两天里别出意外。"

维纳伯斯太太大声道："可不是嘛！哎，是约翰逊吗？哦不，是杰克，他可能是来给钟涂油的。"

"我也想跟着上去，行吗？"

"怎么不行？不过楼梯又高又陡，你得小心点。"

"没事，我对钟情有独钟。"

希拉里跟着过去，在楼梯口跟杰克碰了面："克杰先生，我想跟你上去看看。没事吧？"

"当然没问题。很高兴你能一起来。楼梯陡，你还是在前边走吧，要是跌倒了我还可以扶着你。"

"放心吧，我不会的。"希拉里轻巧地上了楼梯直到第三层，进入这层的钟室。屋里只有一个装着时钟报时设备的箱子，还有八条钟绳从地板上的洞里穿上来，此外则空无一物。钟绳向上到达房顶后又钻进洞里。杰克跟在她的后面，手里拿着涂油的用具。

杰克提醒希拉里小心，希拉里点头答应。

对这种阳光照射下的空房子，希拉里很是喜欢，房子的四面墙本质上就是窗户，这使得房子好似悬在空中的玻璃皇宫。南边窗户的漂亮窗花格子将碎乱的影子投在地上，如同黄铜门上锻铁的花样。隔着布满尘土的玻璃看向外面，绿色的沼泽地尽收眼底。

"杰克先生，能带我到顶上去吗？"

"可以的，等我工作完了，如果还有时间就带你去。"

地板上有一扇关着的活门通向藏钟室。上面垂下来一条链子，另一头则进入了墙上的木头箱子。杰克找到钥匙打开箱子，开启平衡锤向下一拉，活门应手而开。

"锁它干嘛啊？"

"常有人在敲钟之后离开时忘了关门，教区长不放心。傻子皮克就常来这里瞎蹓达，有些胡闹的青年人也过来敲钟，这就可能因此而摔伤。教区长便决定上锁以防止有人受伤。"

希拉里笑道："我明白了。"

其实所谓"受伤"不过是委婉的说法，从一百二十英尺高的地方摔下去哪能只是受伤啊！

希拉里抢着上了第二个楼梯。藏钟室里阴暗得很，不像下面那么亮堂。虽然有八个窗户可以透光，但因为太高，所以室内并不明亮。从充满细碎花纹的倾斜天窗里射进来的阳光稀少分散，颇有清凉之意，阳光洒在钟箱上形成了各种形状的淡金色光斑，与滑轮的纹路共同构成了光怪陆离的图案。摆在原位的这些钟，其黑色的钟口如同大嘴般朝下张着，却无声无息，似在思索着什么。

杰克多年来一直在敲钟，他对这些钟很有感情。他挪了一把梯子架在横梁上打算上去。

希拉里却道："我先上去行吗？我想看你工作时的样子。"

杰克有些为难，怕她出危险，不想同意。

希拉里说道："放心吧，我可是练体操的出身，不怕高，我坐在上面就行了。"

作为亨利先生的女儿，希拉里性格向来如此。她答应杰克一定会注意安全，会死死地抓稳不会乱动，杰克这才同意。杰克一边铺摆好工具，一边愉快地吹着口哨。轮轴、枢轴、滑车轴，杰克按这个顺序给轴承上油，然后查看滑道移动是否顺畅，滑轮上的绳子是否磨损得厉害。

两人正聊着，希拉里道："近距离看泰勒·保罗这钟显得挺大的，以前我没感觉出来。"

杰克赞同地点了点头，并在钟肩上温柔地拍了一下。借着投射在钟肚上的阳光，希拉里看到一行铭文："丧钟九响，一人飞入天堂，投入上帝的怀抱——一六一四年记。"这话希拉里熟悉得很。

杰克道："这钟为咱们服务过不知多少次，这还不算敲葬礼钟和丧钟呢，真是个负责任的好家伙。齐柏林的飞艇过来轰炸那年，这口钟和高德钟还曾一起敲响示警呢。教区长有一回说想调调钟的音，我却觉得它的音质非常完美。"

希拉里问道："是不是有人去世你就得敲钟啊？不分是谁？"

"当然。信仰英国国教之外的宗教的人死了也得敲。很久以前，你的祖上老马丁·索普爵士在设置钟基金时定的这个要求。他说只要是信仰基督的人都得敲，这是写进遗嘱里的。在朗丘福有一个信仰罗马天主教的女人死了以后，我也为她敲过钟。拉文德对此就非常不满。"说到这儿，杰克不禁笑出声来，接着说道，"当时拉文德向教区长发脾气，问道：'凭什么给罗马天主教徒敲钟！这些人也算是基督门人吗？'教区长就说：'英国人以往信的就是罗马天主教，天主教徒们还建起了这个教堂。'拉文德没什么文化，不懂得这些。行了，保罗钟涂完油了，我扶你下去吧。"

这些钟一口接一口地都被顺利涂完了油，但是到了巴蒂·托马斯钟时，杰克却固执起来。

"希拉里小姐，这次你可不能再爬上去了，这钟邪气很重，我怕对你不好。"

"为什么啊？"

杰克却不好回答，说道："我专门负责这个钟十五年了，拉文德年纪大了以后，我也保养了她十年。我们人钟合一，一直非常投契。但这钟的脾气也很古怪。据说是因为有一个脾气古怪的家伙把钟搬到了这里，所以钟的性格也变得古怪了。很久以前，那些出家人被赶出去的时候，这钟无人自响，响了一整晚。克伦威尔的军队不信邪，有个士兵就想上来一探究竟，或许是想把钟打破。他悄悄地爬上来拽动钟绳。那时的钟可能是出于敲钟人的疏忽，是倒着放的，口向上。结果那个当兵的探身查看钟时，钟掉下来砸得他脑浆迸裂。这都是真事！那些当兵的都蒙了，以为是上天的惩罚，一哄而散。由此看来，这钟算是让教堂躲过一劫。当然，我想是这只钟放得不稳的缘故。后来，前任教区长还在任时，有个新手在升钟的时候被钟绳勒死了。真是吓死人！但我觉得这事也只是因为疏忽，怎么能让一个新手自己来练呢？要是维纳伯斯先生管事，他就不会同意。所以说，这两件人命案都是人为的因素，只是终究人命关天，不可轻忽，所以我不想让你涉险。"

杰克不再说什么，自行上去给钟涂油。希拉里情绪低落，但也知道不能让杰克改变主意，便四处蹓跶。她的学生鞋激起了厚厚的尘土，随意地看着墙上那些乡下人胡写乱画的人名。忽然一道轻微的闪光从角落里反射过来。她随手捡起来一看，见不过是画着小方格子的一张破纸，见状不禁想起当初一个法国女家教莎莉写给她的信纸。仔细一看，见纸上是用紫墨水写的字，字迹突显出整洁的英式风格，却看得出写字的人没什么太高的文化。纸是折起来的，所以里面并没有沾到地面上的尘土。

希拉里禁不住叫起来:"杰克先生!"这一嗓子差点让杰克掉下来,那他可就成了第三个死在马蒂·托马斯钟下的人了。

"怎么了?"

"我捡到一个好玩的东西,看!"

"你等我一下。"

杰克把手里的工作做完从上面下来。希拉里此时全身都被保罗钟反射过来的阳光所包围,宛如希腊女神达娜厄。她把纸片高举,阳光刚好投在纸上。

"我刚捡到的,上面写的东西真是疯话!会不会是傻子皮克写的?"

杰克觉得不是,说道:"肯定不是,这人有点呆,以前地板活门没上锁的时候他来过这里,但他的字不是这样的。"

"嘻嘻,我看除了疯癫的人,没人会这样写。读出来挺好笑的。"希拉里说罢娇笑起来,她年纪轻,不大能接受这类疯狂的行为。

杰克把工具稳稳地放下,抓了下头皮,沾满油污的手指指向文字,大声念道:"看不到野外的仙女,只有邪恶的大象从黑幕后面出来。真是吓人!精灵们到处飞舞,叫喊声直冲耳鼓。我想看清楚,把讨厌的云彩拨开,但是凡人是无权偷看的!游吟诗人手持金喇叭、竖琴和鼓,来到我身边唱着诗,打破了咒语。梦魇因此而消散,这是主的关怀,让我泪流满面。新月如眉,升上天空,弯如镰刀却软如稻草。巫师虽然满心愤恨,却也无能为力,只能跟着春天回来。可怜啊,地狱已经对某些人打开大门,等着他们的只有黑暗世界和死亡。"

杰克读后非常惊诧,说道:"真有意思,挺犯傻的。但这一定不是傻子皮克的字,他写不出这么有文采的话来。你看,'黑暗世界'是什么意思?"

"以前管地狱叫黑暗世界。"

"原来如此。这人脑子里都是仙女大象什么的。不明白,可能是乱写的吧?要不然……"说到这杰克忽然眼前一亮,"会不会是抄的书本呢?嗯,那就没什么了不起的了,老书上有这样的话,只不过出现在这里就不可思议了。过会儿问问教区长吧,他有学问,或许会有答案。"

"行!这纸片充满神秘感,让人有些害怕。那咱们上钟塔顶吧,行不行?"

杰克同意了,两人顺着梯子爬上去,经过了钟顶和一个小小的空间,最后到了钟塔顶。风力强劲,如同一堵无形的墙。希拉里把帽子摘下来,风吹着她那一头短发,如同天使一般。杰克没留意这些,只是提醒她要抓住铁柱以防失足跌落。其实杰克并不认为希拉里漂亮,她脸型有些偏瘦了。希拉里自顾自地走到一片矮墙头前,探身到垛口外,望向南面。那里有一片墓地,只见从门廊里走出一人,正是维纳伯斯太太,远看起来她走得很慢,如同一只甲虫,好玩极了,看来她正要回家吃饭。她走到家门口时险些被吹倒,勉强站定身形后才进了自家花园。希拉里又越过中殿和圣坛的屋顶看向钟塔东侧。当绿色墓地当中那块葬着她父母的棕色空地进入她的视野时,她的心情登时变得极为难受。她母亲的墓地上寸草皆无,估计不久之后就会再次开启,以合葬她的父母。

希拉里极为痛苦,暗道:"上帝保佑,爸爸千万别死!"

在墓地围墙外的草地中有一个三百多年历史的浅坑,泰勒·保罗这口钟就是在这个坑里铸出来的。希拉里对这个坑非常了解。坑的深度随着时间的推移变浅,估计再来个三百年坑就平了,不过此时它还在。

杰克走过来说道:"咱们得回去了。"

"抱歉，我走神了。你明天还来吗？"

"我还来敲钟。有一种颇有难度的斯特德曼敲法我想试试。处理得好的话，声音挺好听。别磕到脑袋！我们计划花三个小时的时间敲五千零四十下。现在威廉好多了，汤姆·特巴特和小乔治·韦德斯宾对这种奏法也都了解，不过普拉特就差远了。等一下，我整理一下工具。我就想，这种敲法挺费神，不过更加有意思。拉文德对此并不看重，因为他对次中音情有独钟。三重奏于他而言没什么意思，这很正常，他老了嘛！你让他现学新的敲法根本来不及。会了又怎样？他那么喜欢保罗钟，不会换的！再等等，我得锁上平衡锤。要是能完美地敲一次这种奏法我就心满意足了。以前从来没有过，教区长为了教会我们费了很多心思。初学有些难度。威廉他爸，死去的老约翰·索迪，他挂在嘴边上的一句话是：'鬼都弄不明白你们敲的是个什么鬼玩意儿。'为此他还被教区长罚了六便士。小心，别摔着了。但是我觉得这种奏法很好，婉转动听。好，就到这儿，咱们再见吧。"

钟乐手们在周日复活节的早晨，依斯特德曼法敲出了五千零四十下三重奏。钟乐响起时，希拉里正呆在她家的红房子里。她坐在古典的四床柱大床上，情态如同是在听新年早晨按例用轻敲法鸣奏的肯特高音大调。被风扰动的钟声虽然圆润清楚，但方向闪烁不定，又时有顿挫，听起来很遥远似的。

"希拉里！"

"爸，我在呢。"

"我这次要是熬不过来，就没人照顾你了，孩子。"

"不用担心我，爸爸。你也不要悲观，就算有那一天，我也会坚强的。"

"好在家里的钱还够，你上牛津够用了。你叔叔也会帮你，女孩的花费不会太多。"

"嗯。再说我也会自己争取奖学金。我不用家里的钱，我自己能行。我的英语家教鲍尔小姐说女人应该自己养活自己。我想当个作家，鲍尔小姐说我能成功。"

"你的写作意向是什么？诗吗？"

"没想好，写诗歌没什么财路。小说行，畅销小说人们都爱看。写的东西也不是胡扯，比如《永恒的宁芙》就是个例子。"

"闺女，写小说人生经历很重要，越丰富越好。"

"你净胡扯，哪用的着什么人生经历啊。牛津的那些家伙，写的都是骂学校的内容，但是广告做得多，就有销路了。"

"哈哈，那你也可以在毕业以后写一些有关牛津的牢骚了。"

"我看行，多简单啊！"

"亲爱的，祝福你成功吧。唉，我留下的家产太少了，真是对不起你。那项链……它要是找到了得多好！我真傻，当年居然给那个丢项链的女人赔了钱！她说我的管家跟贼合谋，我却……"

"行了爸，还说这个干什么。当时形格势禁，那也是没法子的事，再说，这种钱我也不想要。你的身体也不会有事的。"

周二那位后请来的医生看了亨利的情况后，却认为不太乐观。他跟贝恩斯医生悄悄地说道："你能做的已经都做了，就算我早来几天也没什么用。"

随后又对希拉里说道："医生是不会抛弃病人的，但是我得说实话，你父亲已经病入膏肓，除非有奇迹发生……"

其实，大夫的这种说法背后的意思就是没什么奇迹了，病人已经坚持不了多久了。

一周之后，一个周一的下午，维纳伯斯去教区外围拜访一位性情古怪、言语恶毒的老妪。当他准备离开时，一阵低沉的钟声传来。维纳伯斯登时呆住了，意识到了这是丧钟。

敲了三下，稍微顿了顿。维纳伯斯在猜想死的人是男是女。

随后又是三下，接着又是三下。维纳伯斯判断出是男的。

他在想死的人是谁，是老马利维热，还是亨斯曼家的男孩。

钟声一共响了十二下，却还在继续，他这才松了口气，知道死的肯定不是那小男孩了。本区正在生病的人一个个出现在他脑海里。

钟声继续，最后响到了三十声，他判断出死的是成年人，心中暗道："希望不是亨利爵士，我昨天见他气色挺好的。"

钟声继续，敲到了四十二下。"那应该是马利维热了吧？也罢，死了就没痛苦了。"

钟声还在响，响到了四十六下。维纳伯斯暗道："马利维热都八十四岁了，所以钟声必定继续响下去。"

维纳伯斯竖起耳朵仔细听，但风很大，他耳音又大不如前，或许听落了一声吧？

又等了半分钟，钟声才接着被敲响，然后又是半分钟的停顿。

那个古怪的老太婆一直盯着维纳伯斯看，见他既不戴帽，又呆站着不动，不禁奇怪，便颤颤巍巍地穿过花园的小路过来看看。

维纳伯斯告诉她说："听钟声有人死了，九下丧钟之余又响了四十六声，我看应该是亨利爵士。"

老太婆大声道："我的天，这可真不幸！"她眼神很复杂，既有不满，又有同情，"希拉里小姐可怎么活啊？刚十五岁就父母双亡，成了孤儿。女孩应该有父母管束才行，一放任就会变得讨人嫌了。"

维纳伯斯道："上帝召唤他去，人力无法违背。"

老太婆却嘟囔道："我才不信上帝这家伙呢！我的丈夫和孩子先后死在他手下。上帝要是如此下去，早晚会挨收拾！"

好在维纳伯斯此刻伤痛欲绝，没心思跟她辩论，只是说道："信上帝才是我们唯一能做的。"随后快步离去。

亨利爵士周五下午入葬。这一带少说也有四个人特别伤心。威廉的妻子玛丽的表兄拉塞尔先生承办了这次葬礼，打前几天开始，他就在准备葬礼要用的工具，现在已经将橡木和黄铜板都刨光了。他还得在身高和步长两方面挑六个相差无几的人来抬棺材，这确实有一定的难度。拉文德和杰克则研究如何奏鸣出庄严低沉的丧钟声。杰克主要负责处理钟舌，拉文德则主要负责指挥调度。墓地的事则交给了司事哈里，这迫使他退出了钟乐手的行列。他儿子迪克给他打下手。迪克觉得他自己可以独当一面，但他爸爸还是全力以赴。亨利爵士要跟妻子合葬，因此关于墓穴的工作就很简单，用不着定型、测度、压平什么的，光挖土就可以了。三个月以来阴雨连绵，所以很好挖。最后再修饰整理一番，铺些花草圈定墓地的外围就行了。周四下午的时候，这些活就完事了，哈里先生工作起来向来如此利落。

维纳伯斯从外面巡视回来后还没等喝上一口茶，女仆埃米莉就来找他。

"先生，哈里要见您，让他进来吗？"

"好的，他在哪儿呢？"

"他鞋子脏，所以在后门等着。"

维纳伯斯到了后门便见到了台阶上正在转帽子的哈里，不过他显得有些尴尬和局促不安。

"嗨，你怎么了？"

"教区长，墓地的事现在牵涉了教堂，我不得不跟你汇报一下。我跟我儿子把墓穴挖开之后，见到一具尸体，然后……"

"墓地里当然有尸体了！那不正是你亲手埋葬的索普太太吗？"

"这事是有，但我发现的这具尸体却不是她，而是个男人。这就奇怪得很了，所以我……"

"我没明白，怎么是男人？是在棺材里吗？"

"这个男的没有棺材。这尸体衣着平常，看样子死去的时间已经不短了。我儿子说这得报警，我说得先找您商量。所以我们暂时将尸体盖住。我又让我儿子别让闲人靠近尸体，便急着赶来。教区长，咱们该怎么办呢？"

维纳伯斯大声道："怎么会有这种事情发生！我长这么大就没……对了，这尸体你见过吗？"

"我看他妈都不会认识他了，你还是去看一眼吧。"

"那是，我肯定得过去，这就去，怎么会有这种怪事！埃米莉，把帽子给我拿来！好的，那咱们出发。对了，埃米莉，跟我太太说我出去了，别等我了。哈里，咱们走吧。"

维纳伯斯来到了坟地旁，哈里的儿子迪克已经用一块防水帆布将尸体盖住了，见维纳伯斯来了便将布揭开。维纳伯斯只看了一眼就把头扭开了。迪克便又将布盖回原状。

维纳伯斯说道："真是吓人！"他摘下帽子以示对尸体的敬畏，呆在当场不知如何是好。他那稀疏的灰发被风吹得很凌乱，维纳伯斯不禁喃喃自语道："我看是该报警了，然后……"忽然他想到了什么，失声道，"把贝恩斯医生请来，对，就是他！还有，咱们最好别在现场乱碰东西。这人是谁呢？绝对不是当地的，要不然咱们这有人失踪了必定人尽皆知啊！真是叫人猜不透。"

"我们也没见过这人，实在是想不起来。对了，得把验尸官叫来吧？"

"对呀！我疏忽了，得叫，得叫！验尸是必须的！我家搬到这来都快二十年了，就没验过尸！希拉里小姐真是可怜，这事对她的打击可太大了！这简直是对她双亲坟墓的极大污辱！不过纸里包不住火。我得冷静一下，冷静，不能慌。迪克，你去邮局打电话叫贝恩斯医生赶快来，再往圣彼得教区打电话找治安官杰克·普利司特。哈里，你就在这儿看坟。我得去找希拉里，亲口告诉她这件事，要是她听别人说起会让她更痛苦。就这么决定了！要不然叫我太太去可能会更好一些，我得问问她。行，迪克，你快去吧，千万不要把这件事泄露出去！"

迪克的嘴是很严的，可是电话在那个女局长的客厅里，所以消息是瞒不住的。治安官杰克·普利司特骑着自行车匆匆忙忙、气喘吁吁地赶来时，坟地旁已经全是人了。包括从家里拼命跑来的拉文德，他正在跟迪克争吵，就因为迪克不让他揭开布看尸体。

治安官大叫一声，自行车灵巧地穿过一群看热闹的小孩，吱的一声停在了路边。"你们这些熊孩子在这儿干什么？回家去找你妈去！少在这儿添乱！教区长先生，你好，到底怎么了？"

"坟地里发现一具死尸。"

"死尸？嘿，这家伙倒挺会挑地方的。你们动它没有？一点没碰，行，挺好。这墓地是哪家人的？好，我知道了。哎呀，我来看看他的真面目吧。我的天！哈里，你难道想埋了他吗？"

维纳伯斯本想解释一番，治安官却拦住了他的话头。

"先别说话。一切都按规矩来。我得用本子记一下。日期……报案时间，下午五点一刻……

到现场，五点半，位于教堂墓地……尸体是谁发现的？"

"我和我儿子。"哈里答道。

"你叫什么？"

"你拉倒吧，你不认识我啊？"哈里和治安官本就认识，所以听到这种问题不禁又气又笑。

"得按程序办事嘛！你叫什么？"

"哈里·哥特贝德。"

"工作？"

"教堂司事。"

"行，把经过讲一遍。"

于是哈里啰里啰唆地说了起来："事情是这样的，这坟墓里埋的是索普太太，死于今年除夕。后来她丈夫也死了，夫妻俩明天要合坟，我们这才把坟打开。我跟我儿子一人负责一边儿，我俩一起挖。在将近一英尺深的地方，我儿子感觉铲到了什么东西。他跟我说了，我有些奇怪，便也用力挖下去，结果也碰到了不软不硬的一样东西。我觉得不可思议，便打算继续挖，当然，我得提醒我儿子要小心。我们继续挖着，很快就看到了一双靴子尖。我们俩很惊讶，确定下面情况有异，最后决定看看下面到底是什么。我们接着轻轻地挖，便看到了头发。我怕把它弄烂，就让我儿子改用手挖。他嫌脏不愿意，我说事后洗手就行了。我俩就用手挖，最后尸体露了出来。我也不知道这是什么人，从哪儿来的，但是这尸体本就不应该在这坟里出现。我儿子说要找你，我说要先找教区长。这就是经过。"

维纳伯斯抢着说道："我听他告诉我之后就说要赶紧通知贝恩斯医生还有你。医生已经来了，就在那边。"

贝恩斯医生长得有些矮，但一脸自信，显得精明能干，脸型颇有苏格兰人的风格。他大步走上前来。

"教区长先生，下午好。到底怎么了？你派人找我时我刚好没在，所以……我的天哪！"

医生简单问了几句就知道了事情的经过，随后跪下来查看尸体。

"这死尸被破坏得太厉害了，脸似乎叫人一下一下地打烂了。尸体停在这儿多长时间了？"

"我们还想问你呢！"

治安官这时说道："你们先等一会儿。刚才说索普太太哪天下葬的来着？"

"一月四号。"哈里回忆了一下说道。

"埋她的时候有这具死尸吗？"

"多么愚蠢的问题！那可能吗！要是多了一具尸体，我们还能埋！这死人又不是不小心掉进坟里的。像小刀子或一便士硬币还有可能。这么大的一具死尸，可能吗？这问题真傻！"

"你回答我的话就行了，我自己在做什么我还不知道吗？"

"行，我说，那里下葬的时候没这死人。哦，对了，索普太太的尸体肯定有，现在也没丢。除非把尸体埋在这儿的家伙把棺材和里面的索普太太一块带走了。"

医生说道："照此看来，这尸体埋在这儿的时间是三个月以内。尸体的状态也显示时间不会远远小于三个月。要是能挖出来看看，我就更有信心了。"

拉文德挤出人群上前来，说道："三个月？那个陌生人不就刚好失踪了三个月吗！那人是来找工作的，他会修理汽车，当时就住在韦德斯宾家里，我印象中他有胡子。"

哈里也猛地想了起来，大声说道："对啊！你记性不赖啊！确实是那个人。我就说那人看起来不像好人,但是谁能把死人埋在这里呢?"

医生说道:"要是治安官问话结束了,咱们还是把死尸抬出来吧。得有个地方放啊!这么多人围观算怎么回事!"

"阿什顿先生有个小棚挺严实的。跟他打个招呼,他一定会把棚子里的农用工具挪走给咱们腾个地方的。那小棚还有个窗房,门还能上锁。"

"好的,迪克,你去跟阿什顿说,从他那借辆手推车,再借一扇屏风。教区长,是否要让验尸官过来?验尸官卡普兰住在利姆霍特,我打个电话通知他一声就行。"

"那太好了,真是感谢!"

"治安官,那咱们就接着挖呗?"

治安官同意了,大家便接着开挖。此时,整个村子的人好像都到现场了,而驱赶那些一个劲儿往里挤的熊孩子们最让人头疼,因为大人们也都在往里挤,都没好好管孩子。维纳伯斯严厉地呵斥着这些人,让他们不要围观。拉文德这时上前问道:"是不是要给这个无名氏奏鸣丧钟呢?"

"啊?这个嘛……我也不好说。"

拉文德立即说道:"规矩定的,要为每个死在教区里的基督信徒鸣丧钟。这人显然是死在教区的,否则尸体不会出现在这里。"

"你说的对!"

"但他是否信基督,就没人知道了。"

"是啊,我也不清楚。"

"不过现在奏鸣丧钟有些迟了,但我们今天才得知此事,所以不知者不怪,这是情有可原的。他到底信不信基督呢?真是说不准。"

"就当他信吧,拉文德,敲钟去吧。"

拉文德有些犹豫不决,便去问医生:"这人多大岁数?"

医生略感惊讶,四下看了几眼,说道:"年龄?我哪说得准!看样子四十岁到五十岁之间。为什么问这个?哦,是为了丧钟,那就……五十岁好了!"

拉文德去奏鸣丧钟了,先是九下,再是五十下,最后是一百下,全为这个无名氏而响。

另一边,道宁顿和汤姆·特巴特则正在各自的旅馆和酒吧里因红火的生意而忙得脚不沾地。

而维纳伯斯却正在写信。

第二章　谜一样的死因

"鸣奏编钟始于无规律的振荡,这是必须明白的。"

——特洛伊特:《敲奏编钟》

亲爱的温西勋爵:

上次别过之后,我甚感不安。那时我不知道您竟是一位可以媲美福尔摩斯的侦探,以致招待有失周到。我们这个教区相当偏远,除了《时报》和《观察家》就没有别的读物,以致我们这些人见识浅薄，有眼无珠，不识高人。我太太给她表姐史密斯太太（她家在肯辛顿，你们或许相识）写信时提及了您，她的回信中才介绍了您的才干，让我们觉得您这位贵客确是超出凡辈。

给您写这封信确实有些唐突，一是希望您不要跟我们一般见识，二是我们对您的探案传奇非常崇拜，所以想麻烦您对下面这件事为我们指点一二：一件令人震惊的神秘事件在今天下午冲击了我们教区的宁静。索普太太之前去世了，她丈夫亨利爵士也于不久前离世——《每日新闻》里有讣闻，我想您应该知道此事——教堂的司事挖开索普太太的坟打算将二人合葬，却意外地在坟里挖到了一具无名男尸。表面上看，这人是被谋杀的，尸体的脸已经毁了，两只手也被砍断了！

治安官已经接管了这件事。但我却耿耿于怀，心实难安（因为跟教区教堂有关），但我现在束手无策。我太太有她的想法，觉得请您帮忙是必要的。利姆霍特的警长布伦德尔刚跟我谈过话，他已经痛快地答应了，您要是能来破案，警方会尽力协助您的调查。我知道您工作繁忙，本不想打扰您，但如果您能前来，我将倒屣相迎。

要是我的信没把事情说明白，我先在这里道歉，主要是我现在脑子里已经乱成一团。对了，钟乐手们时常提起您，上次我们合作敲钟的事很让人难忘，谢谢您的帮忙。向所有人问好。

我和我太太祝您一切顺利。

您的朋友西奥多·维纳伯斯

附：我太太让我别忘了跟您说，周六下午两点开始审讯。

周五早上这封信被寄了出去，随着周六上午的第一批邮件到了温西手里。温西见信之后兴奋异常，将其他的安排都取消了，又给维纳伯斯发电报说立即出发。下午两点时温西已经到了教区办公室，当地的老百姓也都挤在这里。自打修道院被克伦威尔军夺走之后，这里就从没聚集过这么多的人。

验尸官是个乡村律师，红脸膛，好像跟大伙都认识，他抓紧时间开始忙碌，调查案件的工作由他来主持。

"大家都不要讲话啦……陪审团成员过来……斯巴克斯，给陪审团发圣约书……你们选道宁顿先生当陪审团主席？好，来吧……右手持书……严肃地审判……上帝最伟大……陌生人……尸体……验尸……能力和知识……主会保佑你的……亲吻圣约书……好，坐在那边，下一个再来！喂，我说普拉特啊，你左右手分不清吗？别笑了啊，时间不多了……你得宣誓，就像前边的人宣誓时那样，好，各自都宣誓……我们今天为了查明陌生男人的死因而聚集在此……什么，没有证人？……警察长，又怎么了？之前你倒是说啊！……谁？温西勋爵，我没听清，他是干什么的啊？……称他为绅士就行呗？……好的，咳咳，温西先生，你有跟陌生男子身份有关的证词？"

"一部分吧，我觉得……"

"先等会儿，右手拿圣约书发誓，按程序来，对对……那边的，利奇太太，你能不能让你的孩子别哭了？要不然就出去吧……"

温西正式开始发表意见："尸体我验过了，我记得一月一号那天我跟他打过照面，应该就是那个人，虽然我不清楚他是什么人。当时的位置在离桥半里远的一处水闸那里，他拦住我的车向我问路，说想到圣保罗教区去。这是我们唯一一次碰面。"

"你确定死者是那个问路的人？"

"死者是黑皮肤，有胡子，衣裤是深蓝色的，这些特征跟向我问路的人很像。不过我那天只看到了那人的深蓝色裤子，因为他披着大衣，所以我不确定上衣的颜色。他五十来岁，伦敦口音，有些文化，声音低沉。他说他是修发动机的，要找工作。不过我觉得……"

"慢点慢点，衣服和胡子你都认得是吧？确定吗？"

"这个我不确定，只能说两者相像。"

"你看出什么特征没有？"

"尸体被破坏的程度很高，我看不出特征。"

"好的，还有人能认出这人吗？"

铁匠畏畏缩缩地起身示意。

"你过来，拿好圣约书……说实话……你叫韦德斯宾是吧？你说说看吧。"

"嗯，这个，其实，我不能瞎说，我没认出死者是谁。不过温西先生刚才所说的情况我可以确认。是有一个修理发动机的人在去年元旦那天上我这儿来找工作。因为我正想雇一个这样的人，所以让他演示了一下。他技术挺好，我就留他住下了，哪知三天后的一个晚上，他忽然走了，打那以后，我就再没见过他。"

"他是哪天晚上离开的？"

"索普太太下葬那天，那天是……"

众人同时接话道："一月四号，没错。"

"对，一月四号，周六那天。"

"他叫什么？"

"他说是斯蒂芬·瑞莱弗。他少言寡语，只提到他到处找工作，还入过伍，后来就一直在待业。"

"他有介绍人吗？"

"有的。我想想啊……他说他在伦敦一家车厂里干过，不过那厂子现在倒闭了。他说我可以给那工厂的老板写信，对方会当他的介绍人。"

"你还保留着他给你的名字和地址吗？"

"有的。我老婆可能把纸条塞在茶壶里了。"

"你当时跟介绍人联系过这事吗？"

"没有。我写东西不太在行，当时本打算周日再写信。哪知没到周日，这人就不见了，后来就不了了之了。除了一只破牙刷，他啥也没留下来，却把我借给他的一件衣服带走了。"

"那你把介绍人的地址拿来吧。"

铁匠答应了一声，立即回头冲他老婆大喊："丽兹，你赶紧回家把那人写的纸条拿过来！"

铁匠那肥胖的老婆一边答应着一边从后面挤过来，叫道："我已经把纸条带来了！"弄得人群一阵骚动。

拿到了纸条，验尸官向这胖女人道谢，读道："伦敦西区小圣詹姆斯街一百零三号，嗯，这是地址。治安官先生，你来处理这事吧。韦德斯宾先生，你还能想起来什么？"

铁匠的粗手指在短发里抓了抓，摇头表示想不起来了。

他老婆却叫道："怎么没有？那家伙问了咱们不少莫名其妙的问题，你忘啦？"

铁匠恍然大悟，说道："对对对，我老婆说的对。那人问了不少乱七八糟的问题。他说他有一个朋友以前来过这里，让他给托马斯先生带好儿。可是我根本没听说过什么托马斯先生。他感到很奇怪，说可能有别名。他还说托马斯先生有点迟钝，傻乎乎的。我一听就说，该不会是傻子皮克吧？但皮克的教名是欧瑞斯啊！他说不是欧瑞斯，就是托马斯，全名叫巴蒂·托马斯，还有一个裁缝叫什么保罗的,是托马斯的邻居。我一听就乐了,我说这全是钟的名字,根本不是人名,你那个朋友跟你开玩笑呢吧?他不太明白,我就跟他解释,我说教堂里的钟都有自己的名字,像巴蒂·托马斯钟,泰勒·保罗钟等等。他想了解得更多,我就让他去找对钟非常了解的教区长先生。他到底找没找我不知道,不过他在周五那天曾跟我说去过教堂,见到了老巴蒂·托马斯的坟,又说看到了墓碑上刻着口钟什么的。他又问我钟上文字的意义,我也让他去找教区长。他后来又问我是不是钟上都有字,我说基本都有。然后,就没有然后了。"

这番话把大家弄得都糊涂了,便又让维纳伯斯上前回话。他说在铁匠家里是遇到过一个叫斯蒂芬·瑞莱弗的人,当时他是去铁匠家送杂志,但是那人并没问他跟钟有关的事,后来也没再遇到过他。维纳伯斯又把自己经历的整件案子的过程讲述了一遍,便换上了司事哈里问话。

哈里说话啰里啰唆,收都收不住,说过的内容也不断地重复,枝节太多,一点也不简练。最后他说索普太太的坟于一月三号挖好,第二天尸体就入葬了。

"挖坟的工具放哪儿了?"

"放煤炭室里了。"

"那是什么地方?"

"教堂下边的地窖里,现在成煤窑了。但是运煤太费事了!上上下下,穿街过巷的,打扫起来也麻烦极了。完了还要求煤不能撒出来,嗨,人家管你啥想法呢!"

"门上锁吗?"

"锁啊!那小门在管风琴的下面。想进去的人,得有西门和这道小门的钥匙才行,或者得有教堂其他门的钥匙。西门的钥匙在我手里呢,因为我家离西门近,别人就没有了。"

"钥匙呢?"

"在我家厨房呢。"

"煤炭室的钥匙就一把吗?"

"也不是,所有门的钥匙教区长那里都有。"

"旁人呢?"

"那应该就没有了。像杰克,他虽然有所有的钥匙,但就是没有地窖的。"

"你把钥匙挂在厨房,这么说你家里人都能拿到啊?"

"这个嘛……那倒也是。但你可别怀疑我家人啊,我儿子还小,不应该被牵扯进来。我当这个司事二十年了,像这种案子可从不会怀疑到我头上。你看,这个死人上我那儿找工作,他有什么历史我哪知道?再说,他要是拿了钥匙我能意识不到吗?这事跟我有啥……"

"你说完了没有!你想说什么?这个死人自己挖坟,然后自己埋了自己?你别瞎耽误工夫了!"

人们哄笑道:"哈里,有你的,哈哈!"

"都肃静,不要说话!哈里,现在没人怀疑你。钥匙到底丢过没有?"

哈里嘟囔道:"没丢过!"

"工具呢?有人拿过没?"

"没有!"

"填坟之后,你清洗工具了吗?"

"肯定洗啊!我向来是洗净之后才放回去的。"

"后来什么时候又用过工具?"

哈里这下愣住了。他儿子迪克说道:"爸,梅西的孩子,想起来没有?"

"别人不要乱说话!"

"哦,我想起来了,差不多一周之后,梅西的孩子死掉了,我用过工具,我有记录的。"

"你印象中这次挖坟时,工具脏吗?位置有变化吗?"

"跟以前一样。"

"这一次之后再没用过?"

"那就没用过了。"

"行,就这样吧。接下来由治安官普利司特上前回话。"

治安官发完誓,便把事情的经过讲了一遍。警长接受了他的证词,将死者的个人物品列了个表,包括一套因掩埋而破烂的廉价海军蓝斜纹咔叽布料衣服,出售这衣服的服装店还是远近闻名的呢;法国生产的破旧内衣裤,这一点让人没想到;英国军服式卡其衬衫;没穿多久的工人靴;便宜的领带。兜里还找到了一条白手帕、一包忍冬香烟、二十五先令八便士、梳子、十生丁法国硬币、一小段一头被弯成的钢丝。无大衣。

这些证物中,好像只有法国硬币、法产内衣还有钢丝能提供些线索。随后韦德斯宾又被叫上去问话。可是铁匠再也想不起什么有价值的内容了,只记得死者说他参加过"一战",至于去没去过法国就不得而知了。警察长问这段钢丝是不是撬锁的工具,铁匠觉得不是。

贝恩斯医生是下一个被问话的人,他说的内容才叫所有人感到害怕。

"我对尸体进行了解剖检验。死者男性,年龄在四十到五十岁之间。身体发育很好,无重大疾病。因为被埋的尸体烂得较慢,而且其位置又比坟土低三四英尺,所以尸体被掩埋的时间应该是三四个月。这样尸体腐烂得慢,尤其是穿着衣服就烂得更慢了,所以解剖时发现尸体内脏和软组织比较完好,可以识别。尸体只有头、臂、腕、踝有伤,其余部位无外伤。面部遭受钝器击打导致前部头骨粉碎。击打次数无法准确判断,但次数不少,力量很大。开腹后我发……"

"慢着!死因是不是头部受到重击?"

"我觉得不是。"

人们闻言立即开始交头接耳。温西勋爵则不禁搓着手指发出笑声。

"怎么解释呢?"

"根据我的检验,头部重创是死后造成的,断手也是在死后,而且凶器是折刀之类的短刀。"

下面登时又乱了。温西暗赞道:"漂亮!"

医生又提出了不少证据来支持自己的观点,比如出血量较小,皮肤外观的情况等。最后他自谦地说自己并非专业人士,只是说出实际情况而已。

"人都死了,为什么凶手还要毁损尸体呢?"

医生冷冷地说道:"我对精神疾病没有研究,这不是我的专业。"

"说的也是。那你觉得他是怎么死的?"

"不清楚。我开腹之后,看到各大脏器腐烂的程度很重,像胃肠肝脾,但是肾、胰还有食管比较新鲜……"(接下来说的都是医学知识,好半天才说回正题)"目前看没发现有什么疾病,也没有中毒迹象。我在一些器官上取了标本,都装进了标本瓶里封存。我的想法是抓紧时间把标本交给詹姆斯·拉伯克爵士,他是专业的法医,我想半个月就会有结果,或者更快。"

验尸官觉得这个提议是对的,又问道:"能详细说说胳膊和脚踝上的伤的情况吗?"

"脚踝皮肤有明显的摩擦破损，好像被人捆过，袜子也坏了，手臂肘部上也有捆绑的痕迹。这明显是死前形成的伤。"

"就是说死者是在被人捆住的情况下被杀掉的？"

"不管是谁绑的，死者被绑过是肯定的。你或许对以前的一个案子有印象，说一所大学里有一个年轻人死掉了，但证据表明是他自己绑住了自己。"

"我记得这年轻人是憋死的吧？"

"是的，但咱们这个案子与之不同，没发现窒息的证据。"

"难道是死者埋了他自己？"

"当然不是。"

验尸官语带嘲讽地说道："这结论挺好。听你意思，有些人可能会自己绑自己，故意或是不经意的，但那是为什么呢？"

"如果只是绑住手脚并不会死人。"

"自己把自己绑好了，然后……就冒出个人来把他的脸打得稀巴烂，再趁人不备埋尸在此。"

"你要是问我，我可以有一百种猜测，但都不专业。"

"医生，你说得非常好。"

贝恩斯医生鞠躬示谢。

"我觉得这人要是自己绑自己，又解不开，那最后肯定是饿死的。"

"也许吧。法医最后会给我们一个结论的。"

"还有什么需要补充的吗？"

"有，死者的脸损毁得很严重，但我详细记录了他牙齿的情况，修牙补牙的信息我也记了。这都有助于查明其身份，这些记录我交给了布伦德尔警长，以便查案。"

"很感谢你的工作，会派上用场的。"

验尸官检查了一下自己刚才做的场记，便交给了警长。

"警长，我觉得你应该先把案子查明再进行审讯，要不然延后半个月？其间你要是觉得某某人可疑，还可以接着延期。"

"这个想法不错。"

"那好，审讯延迟两周！"

陪审团的人不理解这种决定，警方也没征求他们的意见，这让大家不免有些失落，这些人从庆典时用来喝茶的桌子后面鱼贯而出。

温西向维纳伯斯说道："这案子很有魅力。你能通知我来参加，我真是太高兴了。另外，你们的医生也不错。"

"他确实学识渊博。"

"我们得好好交往一下。验尸官对他好像有些排斥，但显然不过是私人之间的互相抵触，事情小得不值一提。嗨，拉文德，你好！保罗钟好吗？"

拉文德跟温西寒暄着，忽然一个瘦高的男人从附近走过，维纳伯斯将他一把抓住，说道："先别走，威廉，我来给你介绍一下，这位就是彼得·温西勋爵。勋爵，这位就是威廉·索迪，你上次敲的钟就是他的。"

二人互相握手问好。

威廉说道："上次没能一起奏鸣钟乐真是可惜，主要是我的病太重了，起不来身。"

维纳伯斯说道："他病得确实很重，其实现在好像也没有痊愈。"

"我还有点咳嗽，但没啥事了，等一开春就好了。"

"你得注意身体啊。玛丽挺好的？"

"她很好，谢谢关心。她也想来看看，但我觉得这种场合不适合女人。幸好她没来。"

"可不，医生的证词听着真吓人！孩子们都好？给你太太带个好，我太太过两天会去看望她……嗯，我太太挺好，就是提不起精神来，烦恼太多，也难怪。瞧啊，医生过来了。医生，这位是温西勋爵，他很想结识您。我看大家都去我家里喝茶吧。威廉，再见啦！"

维纳伯斯跟大家走向自己家的方向，他问医生道："我不太喜欢威廉的模样。你觉得他怎么样？"

"脸色发白，神情似乎有些紧张，上周我觉得他病情好多了，但看样子还得养几天。他这样的农场工人胆子都小，所以看来是挺紧张的。温西勋爵，我说的没错吧？不过大家都是人，是平等的。"

"威廉这人不错。"维纳伯斯说道，似乎这种评价可以为他的紧张做个合理的解释，"项链那件事发生以前，威廉靠种地过活。后来他服侍亨利爵士，所以爵士死后他就失业了。索普家的红房子里只剩希拉里这姑娘了，接下来会怎样我也无法猜测。或许受托人会将房子外租，或请管家照顾她的生活起居，但不会有什么来钱的道儿。"

一辆车从后面超过了众人，却很快停了下来，布伦德尔警长跟助手从车里走了下来。维纳伯斯正式地为这件案子表达歉意，随后叫来温西，介绍双方认识。

警长说道："温西勋爵，认识你很高兴。我从萨格巡官那里听说过你的事迹。萨格跟我有很多年的交情，目前已经退休了，住在利姆霍特那边，他家的房子不大但很漂亮。他总是说起你的事，你还跟他开过一个大玩笑。警察的工作真不好干。对了，勋爵先生，之前治安官曾打断你的话，那时你想说什么来着？能跟我说说吗？难道你认为瑞莱弗不是修理发动机的？"

"我的想法是，瑞莱弗看起来像是近期一直在普林斯顿那所英国监狱里做苦工。"

警长"啊"了一声，有些不明所以，问道："为什么这么判断？"

"人的眼神、语声、气质和姿态都可以作为判断身份的特征。"

警长答应了一声，又问道："关于宝石项链丢失案你一定听说过吧？"

"当然。"

"那个叫诺比·克兰顿的家伙已经出狱了，你晓得吗？他一直没怎么去警局报到。半年前，听说伦敦的警方在找他，但后来就没消息了。反正有关这条项链的消息再次出现并不能让人感到意外。"

温西说道："我对寻宝最感兴趣了！不过，这事你不能跟我说吧？"

"只要您愿意。设想一下，凶手如果是因为想得到项链，便谋杀了克兰顿，又是毁容，又是砍手的，我想村民不可能一点都不知情。村民们越是觉得我们一无所知，其言行就越是没有顾忌。因此，关于教区长想请温西勋爵前来调查这件事我是求之不得的。村民跟温西勋爵说话容易说走嘴，跟我们说话口风就很严了。"

"哈哈，说的好！我就喜欢东打听西打听的。我还擅长找个借口就能跟人喝顿酒。"

警长也会心地笑了，说温西什么时候去找他都可以，这才上车走了。

所有的案件都有个相同的难点，就是不知从哪里切入。温西想了想，列了个大纲：

1. 死者是谁？
A. 是克兰顿吗？这个得等验尸报告。
B. 十生丁硬币和法国制内衣是否说明死者到过法国？时间呢？死者如果还有别的身份，那村里还有谁于"一战"后到过法国？
C. 尸体被毁容、砍手，表面上看是不想其身份暴露。如果克兰顿真是死者，谁认识他呢？认得他的长相，关系很熟。
（迪肯跟他认识，但死掉了。玛丽不知跟克兰顿是否认识。）
当年审项链那件案子的时候，见过克兰顿的人必定不少。
2. 威尔伯拉罕项链。
A. 玛丽跟这案子有关吗？
B. 当时项链被谁拿走了？迪肯和克兰顿，也不知是谁。
C. 现在项链在谁手里？死者来这里是不是冲着项链来的？（如果他是克兰顿的话）
D. 如果迪肯确实是来找项链的，为什么才来？是新近听到了什么消息吗？还是刚刚被释放？这只有警长知道。
E. 瑞莱弗对两口钟很关注是什么原因？难道钟上有什么线索吗？
3. 谋杀？
A. 死因？（等验尸报告）
B. 如果凶手和埋尸的人是同一个人，那他是谁呢？
C. 埋尸时间能否通过天气报告推敲出来？比如雨雪天，脚印什么的。
D. 案发现场是哪儿？就在墓地里？还是教堂里？或是村子的其他角落？
E. 谁动过教堂司事的工具呢？瑞莱弗可以办到，别人呢？

这么多问题都在等着回答，但有一些得等警方的结论。不过关于铭文的疑问现在就可以着手调查。温西去找维纳伯斯，想查阅一下《圣保罗教区钟史》那本书。这书以前维纳伯斯向他推荐过，作者是乌尔科特。维纳伯斯欣然答应，但是全家人一起动员，里里外外翻了一遍，却也没找到那本书，最后是在一个小房间里找到的。这房间是服装俱乐部用来举行活动用的，维纳伯斯对于这本书在这里出现也感到很奇怪。温西翻书找到了一些古老的信息，不过看似跟凶杀案和项链都没什么关系。

具体内容包括：

七号钟巴蒂·托马斯，重三十英担，D音，款式和金属成分最为古老，由林恩的托马斯·贝尔耶特尔于一三三八年所铸。由本教区的阿伯特·托马斯于一三八〇年加料重铸。此人正是教堂和钟塔的主要修建人，一四二三年的时候，侧廊窗户的样式还被他改为垂直式。

铭文：

钟肩：忠诚不疑；钟腰：圣托马斯；钟肚：我受阿伯特·托马斯之命在此歌唱，不管唱的如何都有人捧场——一三八〇年四月。

只有这么多信息，或许还有一处。伊丽莎白女王时期有一组五口钟组成的D钟音的编钟。

三号钟约翰，重八英担，A音，高音钟，创始人之一约翰的名字被刻在了钟上。

铭文：

钟肚：由约翰·柯尔铸造，由约翰牧师买入，由约翰福音的传道者资助。

四号钟杰瑞科，八英担重，G音，原为二号钟，看来很受宠。

铭文：

钟肩：杰瑞科向约翰·阿格罗特致敬，本钟音质最佳，一五五九年。

原四号钟的信息一点也没有。原三号钟因为音质太差，便于詹姆斯一世时期被磨薄了内壁使其向FQ音靠拢，又将次中音钟加了进去，六口钟编成一组，钟音为C。

八号钟泰勒·保罗，重四十一英担，C音。这钟非常棒，各方面都很优秀，铸钟地点即为教堂附近的"钟田"。

铭文：

钟肩：我叫保罗，我承担着荣誉。

钟肚：丧钟九鸣，进入天堂，一六一四年。

这些钟是在叛乱的战火中遗留下来的。在那后半个世纪里，变调鸣奏愈发流行，再加入一个高音钟和次高音钟，最终成为八口。

高德钟，重七英担，C音，由高迪家所赠，所刻的座右铭为"似有诚意"。

铭文：

钟肚：高德和高迪赞美上帝。

那时，卡罗乐丝是二号钟，国王复位时出于纪念所铸，但因为最小的两口钟的钟舌时常因仪式的需要被扯动，在十八世纪时便坏掉了，所以组钟的数目又减为六口，而五号钟的效果又不尽如人意。十九世纪上半叶时，钟箱因被虫蛀而坏掉，六号钟坠落摔坏。关于这些钟此后便无人重视，等到八十年代时才由一位高教会派教区长领头张罗，改善了这些钟的状况。当时人们为钟捐钱，修理相关部件，产生一派新的气象。那时人们重铸了三口钟：

二号钟萨巴思，重十四英担，B音，由维纳伯斯所赠。

铭文：

钟肩：伟大的钟，伟大的上帝，萨巴思。

钟肚：约翰·泰勒于一八八七年重铸。

六号钟迪米蒂，重十四英担，E音，为缅怀理查德·索普爵士而铸，他在一八八三年离我们而去。

铭文：

钟肩：一八八七年重铸，重铸者是来自拉夫伯勒的约翰·泰勒。

钟肚：由衷地缅怀索普爵士，佩徽章资历，上帝放开你的仆人，安宁平和。

五号钟朱比利，重九英担，F音，以纪念女王五十周年大庆时众人的集资铸造了这口钟。

铭文：

钟肩：周年庆典，上帝赐福，万能先知，大地。

钟腰：教区执事约翰·泰勒、可伊·辛金斯、比·道宁顿，三人合铸于女王五十周年大庆之年。

温西苦思冥想，却没有任何进展。这些信息和神秘的项链是否有着某种联系呢？瑞莱弗问起过巴蒂·托马斯和泰勒·保罗，但无论如何，钟又不能口吐人言。温西不再想了，或许书中并没有记载和这些钟有关的其他信息，木头上可能有重要线索，得抽空去看一下。

周日早上，温西打算稍事休息之时，晨祷的钟声响起来。他快步来到客厅，见维纳伯斯正在为落地大摆钟上发条。

维纳伯斯见到温西，说道："我在每个周日晨钟响起时都会来上发条，要不然就忘了。我这人总是丢三落四的。您有您的自由，不一定非要去教堂不可。现在是……十点三十七分，我把指针调前一些，到四十五分吧。这钟一周慢一刻钟，所以往前调一点就刚好平衡。但是心里得有数，这家伙在周日、周一和周二三天里时间是提前的，后三天则变慢。这样一来就觉得它准了。"

温西点头称是，转身接过本特递来的帽子，而本特另一只手的托盘里则有两本皮革装订书。

"教区长先生，我们正要去教堂，都准备好了，你看，A和M两卷赞美诗集，对吧？"

本特接话道："没错，老爷，我提前问明白了。"

"那是，你向来如此。教区长先生，你怎么了，有什么东西丢了吗？"

"怪了！刚才东西就在这儿啊。亲爱的，结婚公告哪儿去了？"

"什么公告？"

"是结婚公告，小弗拉维尔的那份儿，我记着带在身上了啊！纸条上也记了。温西先生，你也知道，登记本不便带到诵经台上去。公告放哪儿了呢？"

"看看大摆钟顶上。"

"哎呀，在这儿！真找着了！瞧我这脑袋！估计是我拿钥匙的时候随手放上去的。还得靠我太太才行啊，她最细心了，比我都了解我自己。行，咱们去教堂吧，得比那些唱诗班的男生早点到。我太太会领你去长椅那边就座的。"

维纳伯斯口中的长椅与中殿北侧后方相对，视野角度很好。维纳伯斯太太坐在那儿就可以清楚地看到教民们自南门廊出入，还能监视北面走廊的学生们，防止这些捣蛋鬼们溜号乱看。

温西在对面众人敬仰且好奇的目光中从容地看着南门廊。他很想观察一个人，那人现在出现了，那是威廉。一个普通着装的清瘦女人带着两个小女孩陪着他一起出现。这女的四十来岁，一副农村妇女的模样，牙都快没了，所以显得有些老，但眉眼之间还是能看出这个十六年前的女佣的精明与美丽。温西认为这女人诚实而焦虑。经历带给她巨大的压力，前途又不明朗，也难怪她焦虑。她也可能是在替丈夫威廉担忧。威廉气色也不好，畏缩且敏感，他眼神中透着不安，四下里扫视着，最后又关爱地看向自己的太太，眼神中透着说不尽的缠绵情意。

这一家人坐在了维纳伯斯的对面，这正方便温西对他们进行观察。不过索迪却好像察觉到了温西对他的关注，貌似有些不悦。温西便把目光转向了满是天使图像的漂亮屋顶。

温暖柔和的春日阳光穿过红色和蓝色的天窗玻璃，再投到雕塑上，色彩更显瑰丽。索普一家的位置现在自然显得有些发空，长椅上只坐着一个中年绅士，腰杆挺挺得笔直。维纳伯斯太太告诉温西，这个中年人是希拉里的叔叔爱德华，他住在伦敦。索普家的女管家盖茨太太则带着其他仆人在南侧廊里落座。维纳伯斯太太指着坐在温西前排的一个壮实精悍、着装齐整、光鲜的矮个子男人，低声说这就是玛丽的表兄拉塞尔先生，他在村里是白事司仪。邮局女局长也带着女儿来了，她还认得温西，便向温西点头示意。除了五分钟的单音钟之外，其余的钟声都停了，钟乐手从钟塔下来回到自己的位置上。在学校校长史努特小姐的即兴演奏中，唱诗班的学生们从圣具室里陆续走出来，他们脚上钉着平头钉的靴子踩在地上发出噔噔噔的声音。维纳伯斯则在自己的座位上落座。

礼拜活动的过程没有什么意外发生，就是维纳伯斯先生又找不到结婚公告了，最后还是一个男高音歌手在唱诗班北边的圣具室里为他找到的。维纳伯斯走向布道台，脚下却吱吱作响，如踩沙地。他太太很生气，唠叨道："地上肯定都是煤渣，哈里也不打扫干净，真马虎！"仪式终于结束了，温西跟维纳伯斯太太双双站在门廊，与从面前经过的人们握手告别。

那位司仪拉塞尔先生跟哈里边走边聊地过来了，到了近前，哈里将拉塞尔介绍给了温西。

拉塞尔三句话不离本行，问哈里道："打算把人埋在什么地方？"

"北面，在苏珊·爱德华的坟墓附近。坟地昨天已经挖完了，尺寸刚好。对了，温西勋爵，一起去看看呗？"

温西点头同意，众人便来到了教堂的另一端。

拉塞尔见坟地挖得不错，非常满意，说道："我们打算用上好的榆木给他做棺材。原本处理这种大事是教区的责任，但教区长觉得死人可怜，便决定自己出钱为他好好下葬。木板方面我已经处理好了，不会有意外。其实用铅棺材是最妥当的，但一般也不会用，因为来不及了，人死了还是赶紧埋了吧。再说铅质的棺材重得要命。抬棺材没用手推车，而是找了六个人来抬，这至少显着咱们重视此事，虽然死者身份不明，但下葬的规格跟本教区的民众一视同仁。教区长觉得我说的在理。肯定会有不少人过来观礼的，让人家觉得咱们不够大度就丢面子了。"

哈里附和道："说的在理。圣斯蒂芬那边好像就来了不少人，聚在杰克·布朗罗家里，在这些人眼里，这案子可是大新闻了。"

拉塞尔又道："教区长送了个大花圈，希拉里小姐也是，学生们则会送花，妇女协会也能送个花圈。我太太自打知道下葬的消息开始，就在募捐。"

哈里顺势称赞道："确实，他太太做事很利落。"

"教区长太太也在忙活，她花钱买了不少花。我觉得葬礼上鲜花朵朵是很能营造气氛的。"

"唱诗班届时也会出场吗？"

"会，但不是正式的那种，就是墓地边上唱点赞美诗那种形式的。教区长说唱的歌最好别跟朋友离别的主题有关，因为这人身份不明，不知道谁是他的朋友。我觉得《主之神秘》是不错的歌曲，旋律悲伤哀愁，又家喻户晓，而且这家伙的神秘感跟这首歌非常般配。我这一说，教区长立即同意了。"

拉文德忽然出现，说道："拉塞尔说的对。早年前哪有这种怪闻啊，什么都是直来直去的，但是教育普及之后，生活反而变得麻烦了。你要想领像乔治勋爵那种身份的人能领的巨额养老金，那无穷无尽的表格可就在等着你填写了，还有什么医院诊断书啦，各种证书什么的。"

哈里答道："说的有点道理。但是事情变坏是从迪肯当内贼跟外人合伙偷项链那件事之后才开始的。他引外人入室盗窃，然后'一战'就开始了，结果我们原有的平静生活就乱成了一锅粥。"

拉塞尔道："打仗跟迪肯有什么关系吗？他不偷项链也得打啊！不过你说的也不是一点道理都没有。迪肯那人不是个好东西。可是玛丽这个可怜的女人却一直听不得别人贬低她丈夫。"

拉文德有些阴阳怪气地说道："女人都犯贱，专门喜欢坏男人。迪肯这人，哼，小嘴儿可甜呢，专会哄女孩开心。我对伦敦人没什么好印象。我说话有点直啊，温西勋爵，你可别介意。"

温西微笑着摇头，表示没关系。

拉塞尔不同意拉文德的观点，说道："你以前还夸过迪肯呢，你忘啦？你说他在学习肯特高音轻敲法方面最有灵性。"

拉文德立刻反驳道："一码归一码，两者不能混为一谈！他学习有悟性不错，技术也好。但这并不能说明他人品好！不少人非常精明，可是良心坏了。亨利爵士说过，现在的小孩一代比一代聪明。显然他找的管家缺乏忠诚,后来也不再雇佣他了,这事再简单不过了。"

哈里说道:"急什么啊!反正迪肯已经入土了,这神秘的家伙也一样,管他是谁呢。命运不能被我们所改变,我们要做的就是尽到自己的责任,这是圣经里的话。所以咱们还是把人埋了吧,没准什么时候我们自己也躺在坟地里了。"

"这话说的对!没错。说不准咱俩的脑袋哪天也叫人锤上几下,但是也没谁能来砸我的头。哎?傻子皮克,你干嘛来了?"

"我闲着瞎蹓达,我就想看看你们埋死人。他叫人打得挺狠,没错吧?叫人海扁一顿,叮当、啪啪。我可喜欢看人挨揍了。"

拉塞尔喝道:"滚一边去!烦死人了!傻了吧叽的!你再闹我告诉教区长去!那你以后就跟管风琴说拜拜吧。听明白没有?你说啥呢?"

"我啥也没说,真的,没说。"

"算你识相!"

傻子皮克走开了,他用脚板在地上乱蹭,大脑袋晃来晃去的,两臂也胡乱摆动着。

拉塞尔喃喃自语道:"这傻子,越来越不正常了,不会闹什么出事故来吧?把他关进小黑屋里算了。"

哈里忙道:"放心吧,皮克不会惹事的,别动不动就把人关起来。"

维纳伯斯太太这时过来向众人打招呼,说道:"希拉里小姑娘不知去哪儿了,小丫头挺乖巧的。温西勋爵,盖茨太太说小女孩情绪很低落,要不然我还想带你去看她呢。村民们就这样,谁家有点事就爱指手划脚、说三道四的,时而还说点安慰的话。其实谁也没有恶意,但是说者无心,听者有意。改天,我再带你去红房子。好了,大家散了吧,该吃午饭了,都饿坏了吧?"

第三章　温西勋爵查案

高音钟在三重奏的鸣奏中从领奏位置退到三号区,再变回领奏;此时,四、五、六、七四口钟则以奇妙的模式改变着奏鸣的顺序。

——《古老神圣三重奏的敲奏法则》

温西目送棺材上路。

在送葬的歌声中,他的思绪开始动了起来,暗道:"问题出现了,六个精壮男子抬着棺材下葬,死者也该安息了吧?说也奇怪,这一带有点身份的人都来了,可是除了维纳伯斯先生心中充满悲哀之情,其他人怎么反而乐乐呵呵的像看戏似的?这钟声叫人听了心里烦得很……两吨多重的泰勒·保罗钟,这钟嘛……嘿,听这歌词,什么'我相信复活及永恒',跟眼前的情形真像,这个死人要是能复活过来那可吓死人了,人世间可别发生这么可怕的事啊……这钟声烦死人了,能不能别再敲了……泰勒·保罗钟,这钟到底……法医詹姆士到底能不能得出一些有价值的结果?威廉的样子让人觉得不正常,这里肯定有猫儿腻。秘密是什么呢?秘密都随着尸体一并入土了。"

众人跟着棺材向前走，杂乱的身影消失在门廊的阴影里。温西和维纳伯斯太太走在队伍后面，在众人当中，只有他们两人为死者哀悼，可是被哀悼的人却身份不明，这种情形让两人觉得既意外又古怪。

温西暗道："这帮人只会对英国教堂的仪式品评一番，挑一首合适的圣歌并不简单。这歌词唱的是什么啊，'天命注定'？歌词真垃圾，上帝啊，我的命运还是自己作主吧……又唱什么了？'陌生人逗留在我们身边'，哈哈，说的真准，看来上帝是了解我们目前的情况的啊！'向公众承认自己犯的罪'，真要这样就好了，我还用打破砂锅问到底吗？唉，这句歌词唱得好啊，'人生没有尽头，阿门。'

"悼词开始了，得进去坐下来听听，毕竟我不太了解这些内容……亲属该痛哭失声了吧，嘿，死者哪儿来的亲属啊，朋友也没有一个……不对，万一有呢？我毕竟不清楚。要是没被毁容，应该会有熟人认出他来……看啊，希拉里在那儿，她一头的红发。这种场合她能来参加，看来这小丫头为人不错。等她长大了，一定很优秀……悼词在说什么啊？'与猛兽搏斗于以弗所（古希腊城池）'，嗨，和眼前的情形根本不沾边嘛！这都是哪儿跟哪儿啊！又说什么了？'升起灵魂之躯，上帝看得见每个人的尸骨，上帝念念有辞，召唤门徒之魂……'大家真信这种话吗？我信不信？别人呢？可是我们却都没反驳，对吧？'在闪电之光与号角之声的笼罩之下，这个男人如同满地杂乱的碎片，叫人唏嘘；钻石恒久远——恒久远……'修建这所教堂的家伙们有这种信仰吗？或许他们只是喜欢天使的样子和展开的翅膀罢了。不过这些图画形象还是能看出创作者的真诚的，我的内心才因此而感动。悼词念完了，然后干吗？噢对，去墓地。

"拉塞尔先生选中了第三百七十首赞美诗，他有他的理念。当然，或许他脑子空空，只是随便选的，像是把不相干的东西混搭在一起一样……'女人创造了男人……'，说的都是什么啊，就不能说正事吗？'只有上帝了解我们的隐私……'，叫我猜对了吧，威廉都坚持不住了……哎，还行，他又精神了。我得抓紧时间跟他聊聊……'死亡的痛苦，离开上帝的怀抱'……糟糕！威廉似乎要回家了！……'告别我们的兄弟……'嘿嘿，大家都死了，然后就都成兄弟了。棺材里的哥们儿，你的情况也是这样吗？虽然你死之前，那个凶手恶狠狠地绑住了你，然后砸你的脸，但凶手死后，你们也会成为弟兄……等等！绑……绑起来……对了！我怎么把绳子给忘了！"

温西觉得自己之前居然没有想到检查绳子这么重要的事，这简直太无厘头了，但现在这个念头偏偏又这么无厘头地从脑子里跳了出来。温西专注地想着绳子的事，一时间忘了随众祈祷，就连对上帝拯救这个神秘死者使他远离人生之苦的荒唐方式都忘记进行讽刺了。温西责怪自己怎么没早点想到绳子，死尸被绳子绑住这个现象其实可以透露出很多有用的线索。

绳子来自何处？是怎么绑住人的？被绑住的地点在哪儿？人可能会在暴怒之下因冲动而杀人，但这就不可能把被害者绑上，先绑再杀，这显然是计划好了的，跟杀牛之前得把牛牢牢捆住是一个道理。后来凶手又解开了绳子再埋尸，想想也叫人害怕……温西想到这些不由得精神一振。有很多理由可以解释为什么要解开绳子，用不着瞎猜。解开绳子之后，凶手为避免招人怀疑便把绳子放回原位。其目的跟毁容一样，是为了防止被人认出来。之所以解开绳子，非常可能的一点是，绳子将尸体与其他物件捆在一起，就为了搬运方便。那是怎么运尸体的呢？用的是哪种类型的车子呢？这不由得让温西想到了和车子有关的职业，诸如"铁匠"、"裁缝"等。

仪式结束，维纳伯斯太太称赞拉塞尔先生道："你做得非常好。"

拉塞尔谢道："我非常用心地做这些事，谢谢太太的夸奖。"

维纳伯斯太太说道："我看得出你们尽力了，很完美，不错，就算死者家属也在，他们也挑剔不出什么来。"

拉塞尔很激动，说道："谢谢，太太，可惜死者家属没来，但是一个隆重的葬礼显然是在安慰活人。当然，咱们跟伦敦大城市的那种大型葬礼是比不了的……"他唉了一声，看向温西的眼神中充满了惆怅之意。

温西有些别扭，便附和着维纳伯斯太太的说法道："乡下的葬礼嘛……其实人情味更浓，挺好，比我们那种好。"

拉塞尔的信心又起来了，说道："可不是嘛！伦敦人举行葬礼太频繁了，他们哪能每一场都那么用心啊，再说他们也不认识死者。行了，我回去了。有人找你，温西先生。"

一个穿着花呢外衣的男人走向温西，温西知道这人是《晨星报》的记者，但他向来不跟任何报纸合作，所以直接拒绝了这个记者，说自己还有事情要办。

维纳伯斯太太也持同样的看法，那记者在她眼里就是个在学校活动中捣乱的臭小子，她对记者说道："你赶紧走吧，温西先生没时间。"又对温西说道，"这些办报的人烦死了。勋爵，我带你去找希拉里。嗨，希拉里，没想到你今天能来，这挺为难你的。你叔叔好吗？对了，介绍一下，这位就是温西勋爵。"

希拉里对温西说道："认识你很高兴，勋爵阁下，你的案子很传奇，我父亲生前很喜欢看。他要是还活着，你们一定会聊得很愉快。他要是知道他本人也成为你破案的对象了，这事得有多逗。如果这件案子没有牵涉到妈妈那儿就好了。好在人已经死了，什么都不知道了。这案子很奇怪，对吧？我父亲最喜欢这种离奇古怪的案子了。"

"真的？我还以为对这一类事情他早就不想面对了呢。"

"你指的是项链那件事吧？确实，我那可怜的父亲摊上这种事真是倒霉。那时我还没来到人世呢，但是他常跟我说起此事。他说迪肯这家伙是涉案的人里最不像话的了，说我爷爷就不应该收留他。这个结论有点滑稽，但是我父亲对那个惯偷的印象确实没那么差，当然，两人只在庭审的时候见过一面。他认为那个惯偷是个搞笑的家伙，应该没撒谎。"

温西笑道："这真有意思！"忽然，他察觉到了什么，不禁怒火上冲，用力转过身去，朝不远处还没走开的那个记者说道，"小伙子，你赶紧给我走远点！你要是不惹我生气，过后我可以跟你多说几句！快点走！媒体这些家伙真烦人！"

希拉里也说道："这人太难缠了，讨厌。他之前跟我叔叔也纠缠了半天。看到我叔叔了吗？那个就是，正跟教区长说话呢。我叔叔作为一个公务员很烦媒体，对离奇案件也反感。"

"那我恐怕也会被他讨厌的。"

"嗯，是吧。他觉得你作为勋爵不应该对奇案感兴趣，这是丢身份的事，所以不想跟你接触。其实他人不坏，平时也很幽默，只是很顾全面子罢了。他跟我爸的风格不一样。我爸跟你一定很合脾气。对了，你一定去看过我父母的墓地了吧？"

"嗯，但我还想再看一遍。我呢，想了解……"

"想了解尸体是如何被搬到那里去的，对吗？我一猜就是，其实我也一样。叔叔觉得我不该想这些事，有百害而无一利。但是一个人的好奇心非常重要，会让你事半功倍。我是说，当你对一件事感到好奇的时候，这事会让你觉得不是很……真实。好吧，我可能用词不当。"

"你是说没有亲身经历的那种真实感。"

"你说得太准了！你会猜测事件的起始发展过程，但时间长了你会发现这一切都是想象出来的。"

"你有这种思维特点，将来成为一个作家的可能性会很大。"

"真的吗？太好了！我本就想当个作家。你是怎么推断出来的呢？"

"你的想象力极富创造性，是一种发散思维，你可以将亲身经历当成别人的经历，站在外围的角度重新审视自己，达到无我、忘我的境界。你是个幸运的女孩。"

小姑娘的脸兴奋得通红，"真的吗？"

"当然，但你要先吃苦才行，因为别人不会接受你。他们会认为你的想法天马行空，接着会反感你的叛逆。但他们必将是错的，只是他们自己不晓得罢了，你本人也一样，这会扰乱你的思绪。"

"我学校的女同学的说法跟你提到的一样。你是怎么知道这一点的？这些女人愚蠢得很，至少大部分是这样。"

温西认真地说道："大部分，对，大部分。当然，不能跟这些人面对面地直说，会伤人心的。但我猜你就这么说过吧？你行行好吧，这些人只是控制不住要……呀，咱们走到这儿了。那房子是谁家的？"

"威廉家。"

"真的？房子后面是惠特谢夫酒吧和农场，农场是谁的？"

"属于阿什顿先生。他是本区的执事，很富有。我对他印象很好，还骑过他家的马呢。"

"嗯，我记得了。他帮我从沟里把车拽了上来。我还没亲自向他道谢呢。"

"我看你是想向他询问什么吧？"

"哈哈，你真聪明！但是也不用说出来呀！"

"我叔叔也这么说我，女性天生的心机是我所不具备的。我要是上学或者学打曲棍球，或许可以帮我完善这种能力。"

"你叔叔可能说说没错，不过你有什么可害怕的？"

"我倒不是怕什么，而是……现在我叔叔是我的监护人，他觉得我就不应该读牛津……你干嘛呢？计算到南门的距离吗？"

"唉，看来女人真是不能太聪明了。不错，我在算距离。凶手用车来运尸体就可以自由来去了。咦？墓地边墙根下是什么东西？井吗？"

"是井啊。哈里就从这井里打水做清洁工作。水井应该很深的，以前还有个水泵，村里井水没水了，大家就上这儿来打。教区长先生只好阻拦大家，因为井水不干净，后来就把水泵给撤了，又花钱雇人重新打造村里的井。教区长人真好。所以打那以后，哈里再想用水就费劲了，他也常因此埋怨人。这井总是把附近的地面弄得湿漉漉的，导致冬天挖坟很费力。好在教区长先生后来找人做了排水，否则情形更糟。"

"教区长真是尽职尽责啊。"

"当然。我爸以前虽然常捐钱，但凡是跟教堂有关的事，一般都是教区长张罗。他太太也负责类似的事，比如排水。你问这井干嘛？"

"不知道这井是不是处于使用状态。要是一直有人用，那就不会有人往里放东西。"

"你说有人往井里藏尸？不可能。"

"我想知道，你爸爸要是还活着，他会给你妈妈选一块什么样的墓碑呢？"

"不会选墓碑，因为他讨厌这个，平时都愿不提此事。他想到自己早晚也会有一块就感到害怕。"

"他可能会用一块扁平石头代替,或者用大理石围边,中间堆满碎石。"

"就像围栏那种吗?肯定不会的!碎石也一样!因为他会因此而联想到那种只有在高档地方才能吃到的咖啡糖,在那种地方,酒杯都是五彩的,下面还有垫子。"

"有关你父亲在这方面的想法嘛……你觉得……我是说……嗯,凶手会知道吗?"

"我不明白你的意思。"

"好吧,是我没说明白。我是说能够藏尸的地方很多,堤坝啊,水沟啊,都可以。为什么偏偏选择墓地呢?麻烦不说,风险还大。石匠对墓地进行维修的时候就能发现尸体。尸体埋在两英尺下面虽然不算浅,但是如果人们要立墓碑,挖起来一定会超过这个深度。我就觉得凶手似乎很匆忙似的,有点怪。我猜,凶手的思路是,要是有人失踪了,没人会想到他在坟地底下。村民之所以发现死尸,只是事有凑巧而已,也算那个凶手不走运了。因为绳子绑过死者,所以死者应该死在他处。从表面迹象上看,凶手趁着月黑风高把死人运到坟地,再挖坟埋人,这就说明他早就有预谋和计划。"

"我妈妈病故之前,凶手不会这样想,他总不能苦等一个刚好合他心意的坟地吧?"

"那是自然,所以你母亲病故之后,直到现在的大段时间之内,凶案就随时可以发生了。"

"我想不是,应该局限在病故之后的一周之内。"

"说说道理。"

"新坟的土填实之后,要是有人动过,哈里能察觉得到。所以时间一定不长,你的意思呢?花圈那时还在上面摆着呢,一周之后枯萎了,哈里才把它们拿走的。"

"说的有理,这一点我没细想,得问问哈里了。对了,你妈病故之后到大雪融化能有多长时间?"

"我想想看,雪是在元旦那天停的,通往南门的路上的积雪当天就被扫了。不过雪还没有融化。啊,我想起来了!尽管气温上升两天后雪便开始融化,但直到第二天晚上才全化了的。然后第三天他们挖坟时才会泥泞得很。葬礼当天,雨下得特别大,这让我印象很深。"

"对,雨就把雪冲化了。"

"不错。"

"这也是为什么没留下脚印的缘故。花圈有被人动过的痕迹吗?"

"我没在意。其实我不经常过来。父亲病重,我一直陪着他。其实我也一直不觉得我妈妈在坟地里。墓地让我反感。不过,盖茨太太会留意这些事。她常来,她对这些有恐怖气氛的事很感兴趣。她常给我唠叨这些故事,我可听不进去。她人挺好,但维多利亚时代的小说里的生活氛围或许更适合她,穿黑丝绸的衣服,伤感,惆怅,眼泪向茶杯里滚落……我叔叔来了!看他一脸不悦的样子就知道在找我呢。我给你们介绍,也让他尴尬一下。爱德华叔叔,这位是温西勋爵。他是个好人,还夸我想象力丰富,有望成为作家。"

爱德华刻板地向温西问好,说道:"我跟你哥哥丹佛公爵有过数面之缘,他身体还好吧?我这小侄女志向不小,你给这小孩子这么多鼓励,真是好人。年轻女孩对未来都有想法。不过我常说,作家表面上风光,但暗地里凄惨。我不想让她干这行。村民们都觉得,这小丫头应该……应该……"

温西接道:"应该成为大家的谈资?"温西觉得这位爱德华年纪不算很老,但却像是个老古董一样与世俗难融,又敏感得很。

"希拉里喜欢做所有能让村民们动容的事。"爱德华说着。看得出来,虽然他意见不同,但却尽全力维护着希拉里。

他又说道："但我想带她离开这里过平静的生活。我太太的风湿病很严重，所以不能来这种沼泽地带，她很遗憾，她在家等着希拉里呢。"

温西的余光见希拉里不太高兴，一副叛逆的样子，显然可以猜到爱德华的那位太太为人如何了。

爱德华说道："其实我们打算明天就起身了，本来应该请您吃饭答谢，但现在……"

温西忙表示无所谓。

"咱们刚见面就得再会了，认识你很高兴，等有机会咱们再聚。代我向你哥哥问好。"

温西跟爱德华握手告别，又向希拉里笑了笑，跟她道别。

目送两人离开，温西暗道："爱德华有没有参加亨利爵士的婚礼？我得向警长问个明白。哎！他人呢？也不知他有时间没有。"

温西没找到警长，警长在葬礼之后吃了饭就回家了。众人渐渐散去。哈里跟他儿子迪克换上工作服，从被盖住的水井边拿起铁锹开始铲土。

温西跟众人站在一起，一边闲聊，一边看着泥土落在棺材上。他顺手拿起一束特别漂亮的花上的名片，却见上面写着自己的名字。那笔迹很熟悉，温西略一思索便知道这是本特替他送的，暗道："本特这么做就对了，好得很。"

温西来到了警长的家，舒服地坐在壁炉旁，他问道："我很想知道迪肯和克兰顿两人是怎么扯上关系的。对案子来说，这一点很重要。"

警长说道："不错。但我们手里的口供都是单方面的。恐怕只有老天爷这家伙才知道事情的真相，但是两人一定是在伦敦认识的，这不会有问题。克兰顿巧言善辩，心眼儿多得很，常在一些小门脸的店铺附近转悠。小店铺嘛，你懂的。他有过前科，但是却装出浪子回头、痛改前非的模样。他通过出书赚了些钱。但可能是有人代笔。一战后这种事有过不少例子。可是克兰顿却鬼机灵，一九一四年时他三十五岁，没啥文化，但很聪明，那是在社会上摸爬滚打积累的经验。"

"呵呵，是啊，这就是所谓的'社会是所大学'。"

温西说的这种满大街的俗话似乎对警长有所启发，警长说道："总结得很到位，正是这家伙的真实写照，但迪肯则有所不同，他有文化。梅德斯通一带的牧师甚至说他知识渊博，拥有诗人般的头脑，也不知这话是什么意思。查理爵士很待见他，图书都交给他管理。当年的事情是这样的，一九一二年，查理爵士去伦敦办事时带着他，然后好像在一个舞会上迪肯跟克兰顿就认识了。克兰顿说迪肯很风流，和一个女孩关系很好，而那个女孩将克兰顿以作家的身份介绍给了迪肯。迪肯很爱看那本书，向克兰顿请教了不少骗术的技巧。克兰顿说迪肯一直在劝他重新干回老本行，可是迪肯的口供却不一样，他说只是喜欢书中文学性的内容，作为管家，他觉得骗子能出书，他也能。所以他说是克兰顿纠缠他不放，盘问了他的底细，还说要两人共同行窃，过后再分赃，总之，商量了很多计划。依我看，嘿，这两个家伙一个味儿！都不是什么好饼！"

警长稍微顿了顿，端起杯子喝了一大口啤酒，接着说道："我刚才说的就是这案子的口供。起初他们也是胡扯瞎扯，说彼此不认识。后来他们看情况不妙，才说了实话。克兰顿铁嘴钢牙，就说是迪肯纠缠他。审判时，克兰顿对罪行供认不讳，他的口供也让迪肯蹲了大狱。克兰顿咬定是迪肯骗了他，他所做的只是拿回属于自己的东西。但无论真假如何，不管他们是不是以为扮可怜、装无辜就能躲过一劫，也不管对他们的审判是不是一种污蔑，反正陪审团和法官都有了他们的决定。

"亨利爵士家在一九一四年四月举行婚礼，丢项链的那个贵妇威尔伯拉罕太太是他家的一个远房亲戚，她必定会戴着那条珍贵的项链去参加婚礼。这女人在伦敦非常有名，她常搬家，后来住得很偏远。她有的是钱，所以伦敦的小偷都想打她的主意。不过她抠门得很，是个铁公鸡，比五十个犹太人加在一起还抠。她现在八十六七岁了，听说还是那么幼稚。当年她就是个瘦成竹竿似的搞怪老婆子，衣着古板老土，却穿金戴银，珠光宝气。这婆娘反正不太正常，鬼才知道她是怎么回事。其中一个表现就是她什么都信不过，包括保险，包括银行的保险箱。她把贵重东西都放在了自己家的保险箱里。但我猜这保险箱是她前夫弄到家里的，要不然她才不会去用呢。这娘们儿各啬到连保险箱都舍不得买的程度。出席各种场合，她都把东西带在身边。我想她当年就像个发情期的野兔。能让你感到奇怪的是，世上像这种古怪的人是越来越少了。没人跟她做朋友，她控制着自己所有的财产，人见人厌。她没有亲朋好友，除了索普一家人，她因此才收到了婚礼的请帖。虽然索普一家十有八九烦她，但是不请她又是驳了她的面子，毕竟这婆娘有钱，得罪这种人不太好。"

温西自顾自地倒了一杯酒，说道："确实不好。"

警长说道："整个案件到了这里，迪肯和克兰顿说的都一样的了。但两人再往下说，内容就完全不同了。迪肯的供词里说，索普家婚礼的事一传开，克兰顿就给他来了一封信。信中说想跟他里应外合，一起偷东西，请他去利姆霍特商议行窃的计划。但克兰顿却说是迪肯给他写的信。两人说的不一样，却又都拿不出实在的证据。不过，他们在利姆霍特见面这事是真的，还一起回到红房子这里查看地形踩点儿。那贵妇威尔伯拉罕太太的女仆曾跟玛丽聊过天，走漏了消息，要不然就不会有这档子事了。玛丽那时还没有嫁给迪肯，她在红房子里做女佣。两人直到一九一三年末才结婚。主人对他们不赖，单独安排了一间房给他们。房间有楼梯直接通向餐具室，弄得跟个小家庭差不多，而迪肯的工作本身就是看管餐具。那个贵妇人的女仆叫艾尔西·布莱恩特，挺机灵的，又风趣开朗。她留意到了主人安放珠宝的地方。那贵妇人好像有些神经质，或者说聪明反被聪明误。这娘们一定是看了太多的侦探小说，在她眼里，值钱的东西放在首饰盒或是保险箱里反倒不安全，因为那是小偷们下手的重点，所以应该放在叫常人意想不到的地方。你猜她放哪儿了？放在一个卧室器具的下面。这事听着都可乐，当时法庭上的人听后也立即哄堂大笑。法官假装咳嗽掩住了嘴，我猜他也是忍不住在偷笑。那艾尔西非常好奇，女人都这样。她在婚礼之前就借着锁眼偷看到主人是怎么藏东西的。偏偏她这人嘴又不严，来参加婚礼期间，她跟玛丽成了朋友，就跟玛丽说了她主人的怪癖。因为这事太好笑了，玛丽就跟他丈夫迪肯也说了。我觉得这种事说得过去，符合人情事理。律师也从这一点切入，抓着不放，这才让艾尔西和玛丽两个女人没有受到法律的制裁。当时律师在法庭上做陈述时，他说：'我刚才观察到所有人在听到威尔伯拉罕太太将珠宝藏于可笑的地方时都笑出声来，我想你们也一定会把这件可笑的事跟自己的家人说。拿人心比自心，玛丽将此事告诉给自己的枕边人又何罪之有呢？'看吧，这律师真聪明，陪审团对律师的话一直是认同的。

"咱们再猜猜案情的真相。在我们的调查之下，克兰顿确实收到过一份来自于利姆霍特的电报。他说是迪肯给他发的，但迪肯却辩解说如果此事确然，电报也可能是女仆艾尔西发的。因为当天下午，这女人也在利姆霍特。可是邮局的工作人员却记不清当时的情况了，电报上又是印刷字，无法看出字迹。我觉得是迪肯的可能性更大，因为女仆艾尔西想不出这种主意。后来让两个嫌犯各写了一份电报，那字迹跟电报上的当然不同。我想，无论真凶是谁，他一定很聪明，或是找人代写。温西先生，案发的情形你已经知道了，你想了解这两人各自的供词。从我的角度看，克兰顿的疑点更少一些，除非他老奸巨猾。他的供词前后没有矛盾。他说迪肯设计行窃计划，先按电报上约好的时间开车守在那贵妇房间的窗下，迪肯偷到项链后扔出来，克兰顿接到项链就开车去伦敦拆开来变卖，最后两人再二一添作五将赃款分了（克兰顿之前给了迪肯五十镑作为抵押）。但克兰顿说扔出来的是个空首饰盒而已，他还说怀疑迪肯私藏了项链，再故意惊动别人去抓他，这样罪名就全落在他头上了。迪肯要是真的制定了这样的计划，还真是挺完美的，又得利，又逃脱了罪名。

"关键是，克兰顿的这番供词给出的时间较晚，因此，迪肯在早先录口供时，他必定不知道克兰顿的这种说法，他就没法编个一模一样的故事。迪肯初次的口供并不复杂，唯一的问题是他明显在撒谎。他说睡到半夜听见异常的动静，他跟老婆说可能有人要偷餐具，就出来打开后门查看，一眼看见贵妇窗子下的平台上有个人影。他就跑回屋里往楼上冲，见一道人影正好从贵妇的窗户跳了出去。"

温西问道："那贵妇都不锁门吗？"

"不锁，她怕着火跑不出去。迪肯当时大声叫人，贵妇也醒了，一睁眼就看到了迪肯。迪肯说那小偷沿着藤蔓爬下楼去了，他便又跑下了楼，见到了从后门出来的男仆。这事吧，其实后门那里有点问题。迪肯最初对于他出现在贵妇房间并没有解释。他跟他主人查理爵士说的是听到了响动就直接去查看情况了，而面对警察，他说的却又是两种说法结合在一起的版本。他说当时情况太乱没讲明白，要不然就是别人在慌乱中没听明白他的话。这倒也没什么，可是当警方发现了他跟克兰顿之间的关系后，就开始起疑了。克兰顿已经落入法网，把实情和盘托出。这一下迪肯就麻烦了，他不能否认自己认识克兰顿，却又说自己原本真诚可信，是克兰顿纠缠他要合谋偷东西。关于电报的事，他也推到了艾尔西身上。那五十英镑的事，他也不承认，其实这五十镑一直也没有查到。"

警长接着说道："审问很严格。警方的疑点主要有两个，一是他事先知情却没有提醒自己的主人防备；二是他的口供前后矛盾。迪肯解释说他以为克兰顿死心了，所以不想节外生枝。可是一听到外面的响动，就知道自己猜错了，克兰顿还是不死心。当然，他也怕自己说了实情罪名就大了。不过，这种解释的力度不够，法官和陪审团都不相信他。布拉姆赫尔大人在判决之后曾对他厉声说：'若非念在你是初犯，一定将案件定性为"恶劣到极点的重罪"而对你施以重罚！主人那么依赖你，你却伙同外人，监守自盗，面对警方又暴力拒捕。'总之说了一大堆，最后判了八年，这都是从轻发落了。克兰顿虽然是个惯偷，但是有迪肯作参照，法官便不想判他太重了，所以最后判了十年。这就是全部经过。克兰顿在达特莫尔蹲了十年大狱，其间没有什么波折，最后刑满释放。迪肯因为是初犯，最后在梅德斯通服刑，可没想到他在一九一八年初，即四年之后，居然袭警越狱跑了。警方把地皮都翻遍了也没找到他。其实在战争期间，因为种种原因，搜捕的警力常常是不足的。但最终反正是没有找到。迪肯就这样成了唯一一个从梅德斯通成功越狱的家伙。两年之后，他的尸骨出现在肯特郡北面的树林中一个叫'白垩洞穴'的沙丘坑里。尸骨身着囚服，头骨碎了，推测是夜里逃跑跌下去摔碎的，估计离他越狱的时间不长，也就是一两天之后吧。这就是迪肯的全部故事了。"

"我想他肯定是有罪的。"

"一定有罪！这人就是个大骗子，又笨得要命。人们查看过红房子墙上的藤蔓，根本没有人在上面爬行过的痕迹，这足以说明迪肯在撒谎，更何况他的口供矛盾重重。这个混账凶手死了，算是老天给大家除了个祸害。克兰顿出狱之后一开始还不错，没什么违法的举动。后来因为小偷小摸又再次入狱，去年六月他出狱之后警方一直在留意他，不过九月份他不见了，现在也没有找着。他最后一次在伦敦露过面。如果说咱们这个案子的神秘死者就是他，我觉得完全可以接受。我认为就是迪肯独吞了项链，只是项链不知被藏在哪儿了。温西勋爵，干杯！咱们干一杯！啤酒喝多了也没事！"

"你觉得从去年九月到今年一月期间，克兰顿会在哪里活动？"

"鬼晓得！如果死的那个人真是他，那他应该在法国待过一段时间。他在伦敦黑道儿上熟人很多，想托人办个假护照什么的都是小意思啦。"

"你有这人的相片吗？"

"有，我也是刚拿到手，你看看。"

说着警长从一叠文件中抽出一张相片递给了温西。

温西端详着相片上的这人，问道："照相的时间？"

"四年前他最后一次出庭时，这是日期最近的一张了。"

"相片上没有胡子。九月份的时候他留着胡子吗？"

"没有。但是在之后的四个月时间里留起胡子来并不难啊。"

"可能也正因为这个原因他才去了法国。"

"是的。我也这样想。"

"好，我虽然不能完全肯定，但元旦那天拦我车的那个人应该就是克兰顿。"

"真不错！"

"村民们看过这张照片吗？"

警长不由得发出苦笑，似乎有些失望，"我去铁匠家问过，他那个胖老婆说是，可是铁匠却说不像。其他人说的也不一致。我看得弄个假胡子才行，脸上留没留胡子，给人的印象差别很大。"

"不错，胡子没了，脸上的特征也就没了，而没有手就没有指纹。"

"不错，所以说死者的身份还并不完全确定。"

"如果是的话，他可能是来找项链的。留胡子是防止被熟人认出来，所以他隔了几个月才来，应该是在留胡子，而且这段时间里他也在搜集信息。但最让我想不明白的是他为什么要找关于那两口钟的信息。我看过钟上的铭文，却没有找到答案。搞了半天，我倒是对于人们用铁来铸钟大感兴趣了。铁钟的钟声单调却让人暗生敬仰之情。对了，爱德华当年有没有参加亨利的婚礼？"

"来了呀！项链案件之后，他跟那贵妇还发生了口角，查理爵士还为此苦恼万分。爱德华说这事全归咎于那婆娘自己的疏忽，迪肯是没错的。他觉得艾尔西和克兰顿才在互相勾结。其实爱德华要是没说这些过激的话，那贵妇人也未必揪着不放，得理不饶人。当然，这娘们儿就是这个德性，以前是，以后也一直是。爱德华越是责怪艾尔西，她就越是责怪迪肯。其实，迪肯就是爱德华向他父亲亨利爵士推荐的。"

"原来如此！"

"可不！爱德华年轻的时候——刚刚二十三岁——在伦敦工作，他知道亨利爵士家里缺个男管家，这才推荐了迪肯。"

"他了解迪肯吗？"

"他知道迪肯很精明能干。迪肯以前的工作是在俱乐部里做侍应生。爱德华也参加了那个俱乐部，曾听迪肯说过想改行当个管家什么的，这才推荐了他。所以爱德华才向着迪肯说话。爱德华这人你要是见过就知道了，他这人护短，在他的观念中，凡是跟他有关的人、事、物，都是绝对正确的。因为他这个人从没犯过错误，所以他觉得自己不可能看走眼。"

"原来他是这样的人。我见过他，我觉得这人又笨又蠢，但还算是有教养，所以也有点用。只要天天对着镜子练五分钟，就能练出他那种刻板的、丝毫没有变化的表情。不过这人并不是关键，咱们还得说说死尸。就算克兰顿是回来找项链的，那杀他的凶手又是谁呢？杀人动机又是什么呢？"

"嗯，如果是他发现了项链，然后别人见财起意，锤破了他的脑壳，拿走了项链，这也很正常啊。"

"你忘了？他的头在生前没被打过。"

"嗯，医生也是这样说的，不过这结论不知道准不准。"

"或许吧？但这人是被谋杀的肯定没错。凶手既然先绑住了他，那完全可以不用杀人，直接把项链拿走不就得了？为什么要杀人？"

"杀人灭口呗！慢着，我明白你的意思了！克兰顿原本不会因此而报警，但要是有人抢了他的东西，克兰顿反而会报警以求得奖赏了。因为他之前偷盗项链的罪已经被惩罚过了，此时又能怎样？他只要编个瞎话，说他一直怀疑迪肯骗了他，于是出狱之后就想暗中查访，想还自己一个清白，证明自己的供词。所以得到消息之后就去教区暗查，还真的叫他给找到了。他本想把项链上交给警方，但没等动身就被其他人给黑吃黑了，哦，不！是抢走了。抢项链的人名可以瞎编一个，张三李四都可以。所以，他脱缚之后就忙着来报案，要是警方因此而破了案，一定会给他一些奖励。他没有按时向警方报告这事虽然不好，但这又不是多大的罪过。而且他报案之后算是戴罪立功，这小罪过说不定也不追究了呢。不错，抢项链的人一定要杀了克兰顿灭口，防止他报警。只是暂时还不知道凶手是谁。"

"问题在于，凶手是怎么知道克兰顿得知了项链下落的消息呢？而且，克兰顿又是怎么知道项链在哪里的？除非他才是项链的藏匿者，当时就藏在了当地，而没有带到伦敦。我们按着这条线查下去，克兰顿的真面目迟早也会暴露出来。"

"你说的在理，他是怎么知道的呢？不可能是当地教区的人跟他说的，要不然还能轮到他？本地人占了地利，想找项链的话，时间多的是。另外，克兰顿当时为什么把项链藏起来了呢？"

"当时风声正紧，捉贼要捉赃，所以他怕惹祸上身。可能是在逃跑的途中，他把项链藏了起来，以便日后来拿。这相片我越看越觉得像那个人。文件里对其特征的描写也像，眼睛颜色就是一样的。死者如果并非克兰顿，那克兰顿又到哪儿去了呢？"

"看来只能等伦敦方面的报告了，不过，可以查一下埋尸的情况。希拉里小姐说的有关花圈的情况也可以成为切入点，盖茨太太或许能提供些线索。咱们谁去问她比较合适？阿什顿也得问一下。你随便找个理由去问他就行。要是我以官方的身份去问话，他会起疑心的。唉，墓地离村子太远了，做什么事都不方便。因为灌木丛生，所以教区长也有照看不到的时候。"

"显然凶手了解那一带的地理环境。别犯愁了，你就是做这一行的。案子不难就没意思了。"

"你是为了好玩？我的勋爵先生，我跟你身份对调一下，我也会觉得好玩的！盖茨太太那里谁去问？"

"你去吧。希拉里明天跟爱德华离开，我上门去问会讨人嫌。爱德华先生看起来对我也没什么好感。他可能已经决定了，什么都不跟我说，而你则不同，你可以拿公事来说事。"

"其实也并非如此，法庭自有其规定，我也不能超越。这一点其实也挺烦人的。但我可以试一下。另外……"

"啊，威廉！"

"嗯……如果希拉里说的没错，威廉好像跟这个案子不相干。他从除夕到一月十四号的这段时间一直重病在身起不来床，这没什么可怀疑的。不过他的家人那里可能会有有价值的信息，但我想从他们嘴里问出点什么来可不是件容易的事。这家人进行过庭讯问话，一定已经有心理阴影了，再见到警察可能连话都说不出来。"

"没事，既然已经怕到了极点，就不会变得更坏。先跟他们说说有关葬礼仪式的内容，试一下他们的反应。"

"其实嘛，宗教事务只在周日和我有关。也罢，我就去问问。我要是不提那条见鬼的项链，他们或许能接受我，但我心里想的全是项链。唉，项链要是没丢该有多好。"

看来，警察也是人，也受先入为主的思想影响。

第四章　捆尸体的绳子

有一种后退的奏鸣方法被称为"躲闪"，也可以表现为衔接在普通无规律振荡之后按倒序奏鸣的方法……座钟一个接一个地被奏响，整个过程中都充分地体现了顺序的变化。

——特洛伊特：《敲奏编钟》

警长去找盖茨太太问话，"女士，我有些问题要问。"

盖茨太太问道："警官先生，想问什么？"

大多数情况下，警察喜欢被称为"警官"，而不是什么"治安官"或是"差佬"之类的称呼，也不知是怎么一回事。但有些迪斯累里学派的学者，觉得"上士"这种中性称呼更恰当。不过像盖茨太太这种极具优雅气质、身穿灰亮长衣、灰色的眼睛里满是冰冷眼神的女士，管一位便衣老警长叫"警官"时，这称呼听起来就叫人觉得别扭，一听就知道心口不一。警长暗道："早知如此，还不如让一个身着警服的巡警来问话好呢。"

警长说道："有些小事需要你的帮助，我先表示感谢。"

"杀人和污辱在利姆霍特这地方已经成了小事了吗？你当警察二十多年了吧，除了抓过几个酒鬼之外，还破过什么大案子吗？现在又把这么大的事情说成是小事。要不然你向苏格兰场去求援吧。当然了，你出身贵族，自命不凡，你心里一定觉得大大小小的案子对你来说都是毛毛雨。"

"这个……向苏格兰场报告我可没有资格，郡警察局长才有这权力。"

盖茨太太语气仍然很犀利，说道："这样啊，那局长大人怎么不直接下一线来查案呢？我倒很愿意配合他的工作。"

警长压着火，解释道："这种具体的工作倒也不用麻烦局长。"

"那你凭什么觉得我可以作证？这些羞耻的事我是不清楚的。"

"不不不，我是说，我想对索普太太的墓地深入了解一下，你很细心，所以才找你帮忙，看能不能记起些什么来。"

"具体的呢？"

"就是说些关键信息。目前推测，索普太太下葬后不久就发生了凶案，在这段时间里，你常去坟地……"

"谁跟你说的？"

"我们据调查得知。"

"行，我是常去，但我就是想问问，谁跟你说的？"

"这个嘛，我们自有办法。但这总是真的，没错吧？"警长觉得这女人不是省油的灯，要是把希拉里供出来，怕是不太好。

"当然真，绝对真，怎么不真！我觉得对于死者的尊重是个永远不应该变的礼节。"

"没错！所以说，你应该告诉警方，你有没有发现坟墓或者花圈什么的被人动过？"

"没有。只有那个庸俗的女人科本斯太太。但她不信英国国教，所以你或许觉得她不会在坟地出现。她送的花圈根本上不了档次。查理爵士曾帮过她很多忙，所以她送个花圈也在情理之中。但她送了一个那么大的花圈，显摆什么呀！送的还是大棚里养殖的粉红色百合花，一点都不合适。她送束菊花就得了呗！用得着跟人不一样吗！"

警长应和着说道："可不是嘛。"

"虽然我只是个管家，但并非买不起又大又贵的花圈，我的主人夫妇都很善良，从不拿我当仆人看，而是把我当成朋友。但我自知身份，不会逾矩，对死者的敬意应该适可而止，这不能攀比。"

警长对此表示非常认同，说道："显然是这样。"

盖茨太太却道："我没明白你的确切意思，什么叫'显然是这样'？在红房子里，我一直被当成家庭成员之一。你看，我当管家都三十年了，这就能说明这家人对我的认同。"

"我是说，你这样一位值得被尊敬的女士，在仪态举止方面应该成为大众女性的榜样。"

警长说到这儿，嘴上已经没有把门的了，他开始乱扯，但表面看上去却很认真，"我太太就常教育我女儿，做女人要温婉贤淑，他说盖茨太太就是个好榜样，得跟你学习啊。"

盖茨太太闻言脸色却沉了下来。

警长忙道："我太太觉得两个女人虽然工作的地方相差无几，但却并不意味着她俩本人可以放在一起比较。不过，年轻人崇拜好偶像总不是坏事。我太太说，小女孩要么效仿女王，要么效仿盖茨太太，最后一定会让她的父母骄傲的。当然了，小女孩也没有机会跟女王陛下见面。"

警长先生一口气说到这里忍不住咳嗽起来，他觉得自己十分机智，很有应变能力，否则不可能即兴编出这么一番话来，但是个别地方的措词似乎不妥。

盖茨还真吃了这套，表情渐渐缓和了下来，警长察言观色觉得接下来可能会有些进展。他很想把刚才说的话跟家人说，温西要是听到恐怕也会笑出声来。他虽然是贵族，但也不乏幽默感。

警长重新回到正题，问起了花圈的事。

盖茨说道："我正要说呢。我发现科本斯太太把我的花圈扒拉到一边，然后换上了她的，这么无礼的行为真是讨厌死了！索普太太的葬礼收到了很多花圈，有些特别精美漂亮。我的花圈能跟大家伙一起放在灵车顶上，我就知足了。但是希拉里的想法不同，她特别细心。

警长道:"她是个讨人喜欢的小女孩。"

"不错,她的风格跟这个家庭是一样的,这家人总是为他人着想,这才叫贵族,和那些土气庸俗的新贵有本质上的区别。"

警长答道:"你说的没错。"警长其实已经透出异常着急的语气了,傻子也听得出来,但他只能耐着性子。

盖茨太太说道:"我的花圈跟索普家人送的一并放在了棺材上,包括希拉里小姐的、亨利爵士的、爱德华的、威尔伯拉罕太太的,等等。花圈太多,全放上去挺难。我的花圈放别的地方我是没意见的,但是希拉里小姐坚持要一起放。最后威尔伯拉罕太太的在前,亨利、希拉里和爱德华的在上,我的则放在了棺材脚下。当然,其意义跟放在上面没有区别。其他仆人和妇女协会送的,还有教区长一家人和凯尼尔沃思勋爵送的则分别放在两侧。其余的都放在了灵车上面。"

"这么安排非常合适。"

"下葬之后,哈里还挂念着要把索普家人跟我的花圈都放在坟上。当天下着大雨,不方便让女仆去,我便让司机约翰逊去帮忙办这件事。他回来后说他办得很妥当。这个我相信,他这人特别实诚,工作负责,值得信赖。他跟我汇报说花圈都放了哪儿,说得很详细,显然他很负责。我后来又问了哈里,两人说的确实是一样的。"

警长暗道:"司机当然不会撒谎了,换成谁都得这么仔细认真啊!要不然落在你这种老妖婆子的手底下,日子可就不好过了。"

"我第二天又亲自到那里查看,现场的情况却让我很吃惊,原来科本斯太太的花圈竟然放在了坟上方而不是边上!她算什么重要人物,要把花圈放在那里!我的却被放在了角落里,连上面的卡边都遮住了,眼睛再好的人也看不见!我气得火冒三丈。其实,我对花圈放在哪儿无所谓,这都是小事。关键是这种做法对我发自内心的哀悼太不尊重了!这婆娘如此高傲自大、粗鲁无礼,我真的生气。我猜得出来,她这么对我是有原因的,因为她的孩子曾经在邮局里举止不雅,我批评过他,所以孩子他妈就用这种无礼的方式回敬我!"

"是一月五号那天吗?"

"对,葬礼的第二天嘛,周日。我能证明我的话。因为后来我又找约翰逊和哈里核对过这事,他们俩都说我的花圈在前一晚还在原位。"

"会不会是男生们调皮捣蛋的结果?"

"孩子们确实经常调皮,我也对此发过牢骚,也不排除这种可能。但这种做法已经超出界线了,是一种污辱,只有那个烂女人才干得出来!真是好笑,一个农村老娘们竟然这么嚣张!我年轻的时候,农民都是很朴实的。"

"确实是这样,那个年月大家都活得非常快乐轻松。嗯,除此之外,还有别的异常吗?"

"这还不够啊!这不算大事吗?要是再这样,我就报警了!"

警长起身打算告别,说道:"好吧,这还是我的活儿,我去找科本斯太太聊聊,你放心,我让她下不为例。"

警长独自走在种满七叶树的街上,不住地发着牢骚,"这个老巫婆子!我还是去找科本斯太太吧。"

警长很容易就找到了科本斯太太,她是个坏脾气的女人,五短身材,眼睛和头发颜色很浅,从眼神中就可以看出这是个什么样的人。

听警长说了来由,她说道:"盖茨太太好意思说我吗?就她那破花圈,便宜货,一点也不大方！好像我稀罕用破叉子扒拉她那花圈似的！她自以为很端庄，可是淑女会这么小气吗？会计较一个破花圈吗？她跟我说话的语气跟个妓女没什么区别！我对索普太太有感情，送个贵一点的花圈表达心意又怎么了？碍她什么事了？她管得着吗？索普太太才是真正的淑女呢，人又善良，又乐于助人，常雪中送炭。他们夫妇对我家人都好得很。举个例子吧，我们刚接管这个农场的时候，手头有点紧。当然，这都是小事，我丈夫做事本来就小心嘛。但是亨利爵士却热心出手相帮，要不然，这农场就不归我们了。但得说清楚啊，最后我们把钱还上了，利息一分不差啊！亨利爵士本不想要利息，但我丈夫是那种人吗？一月五号，我想想，对，是那天。但是这事并不是小男生们调皮弄的，我问过。她的花圈确实在那里，葬礼过程中最后一个环节时哈里和约翰逊一起放的，我都看见了，你不信去问他俩。"

警长后来果然问了这两人，答案是一致的。看来是学生们捣的鬼了。学生们归史努特小姐管理，警长便去找她帮忙。史努特小姐力证学生们没做这些事。她说已经逐一问了所有学生，大家都说没做过。只有一个学生令人生疑，但他那时胳膊骨折了，不可能做这些事。此外，史努特小姐还无意中提供了与作案时间有关的重要信息。

她说道："当晚唱诗班有活动，七点半结束。当时雨下不了了，我便想着去看看索普太太的墓地。我打着手电过去，看得明明白白，科本斯太太的花圈立在临近教堂的一面。我还想呢，这么好看的花被淋坏了挺可惜的。"

这意外的收获让警长很高兴。他想，没有什么人会在一个湿冷黑暗的雨夜，没事闲的去动盖茨太太的花圈，这不合情理。比较合理的是，凶手是为了埋尸才不得不动了花圈的。于是埋尸时间就落在了周六晚上七点半到第二天早上八点半之间了。

警长向史努特小姐道了谢，见时间还早，便去威廉家问话。他知道肯定能在他家遇到玛丽，要是赶上吃饭时间还能遇到威廉。警长开车驶过墓地，忽然看见了温西勋爵。

温西此时正坐在墓碑群中，思考着什么。

警长向温西打招呼。温西向他招手，道："我正要找你，快来。"

警长停下车，费力地从车里挤了出来，走向温西。

温西手里拿着一团线坐在一块平整的墓碑上，这让警长有些意外。

温西手里拿着一张有三个鲑鱼钩的渔网，他将线缠在上面，用的是那种钓鱼人的手法，看似笨拙，实则很有规律。

警长道："你还真悠闲啊，打算钓鱼消磨时光吗？"

温西道："别喊！我可没闲着，你找人谈话时，我正在车库里跟约翰逊商量事情。我让他帮我从亨利爵士的书房里顺手牵羊弄些东西出来，就是我手里这个。"

警长有些感慨，说道："亨利爵士已经多年不钓鱼了。"

温西边说边打结，"不过相关的器具保养得不错。你有时间吗？跟我去看看。"

"我本打算去索迪家问问，但是可以先放一放。而且我这一番调查有所收获。"

警长把花圈的事说了一遍，温西仔细地听着，觉得这些信息很有用。

温西说着掏出好几个铅锤，在网上拴了几个。

警长好奇地问道："你真要用这玩意捉鱼吗？抓鲸鱼？"

温西一边调整鱼线一边说道："不，抓鳗鱼。"

警长料想这里必定有料，也就不再多问，默默地看着。

温西调整好渔线，说道："行了。只要鳗鱼所处的位置高于铅锤音的位置就没问题。出发吧，教区长把教堂的钥匙借给我了。不过这老伙计一开始便不出所料地忘记了钥匙在哪儿，后来才发现夹在服装俱乐部的账本里了。"

温西领着警长走到钟塔下面，来到装法衣的柜子前面，温西打开了衣柜的门。

"我刚才一直在跟杰克谈话，我很喜欢他。他说去年年底教堂的绳子全换成了新的。其实，原本有问题的绳子不多，但在新年奏钟乐可是大事，所以大家都不想出错，这才全都换了新的。柜子里这些整齐盘好的绳子就是那些旧的，留着备用。这大的是泰勒·保罗的。绳子太长，拿出来的时候得小心点，要不然就打结乱套了。这几根是其他几口钟的。哎？小高德的那条呢？虽然这条绳子的穗剪掉了，但仍然还很长。不过现在却找不到了。屋子里都翻遍了也找不到。歌里唱得好，'青春易逝，及时享乐'。（这是中文名为《学生歌》的歌曲的前两句歌词，而《学生歌》歌名的拉丁文发音跟'高德'接近，温西只不过是产生了联想而已，这两句歌词没有实际意义。）钟绳却不知所踪。歌里又唱了，'他不见了踪影'，唉，是不是得换成'它'？"

警长一头雾水，只好站在一旁看着。

温西说道："炉子里肯定没有。如果是周六埋的尸体，当然会生火，不过晚上会把火熄了。再说哈里还要在周六早上清理炉灰，绳子就容易被他发现。而且哈里确实说他在周六早上查看了烟筒，又铲除了炉灰，好让它通畅。所以绳子不会在炉子里。凶手用绳子拖着尸体到了墓地附近才解开。为了找到绳子，嘿，我这才借来了渔钩。"

警长恍然大悟，"你说绳子在井里？"

"当然，走吧，咱哥俩去井里'钓鱼'去。"

警长欣然答应。

温西道："咱们先去圣具室里拿梯子。"

两人去取了梯子，这才来到井边。

温西捡了块石头丢下去，听声音水不是很深，温西建议把梯子横在井口，方便垂直拉升。

温西探身将渔线顺下去，垂向井里，警长则在一旁给他用手电筒照亮。

井下涌上来一股阴风，水面不大，倒映着灰白色的天空。在电筒的光线下，渔线不断下降。水面忽然出现一圈圈波纹，显然渔钩入水了。又继续下沉一段，温西才开始往回拉，渔线嗖嗖有声。

"水其实挺深啊。铅锤呢？找到了，再来一次试试。"

又试了一次，这一下勾到了东西，温西兴奋地叫道："成功了，不过不是绳子，有点轻，咱俩赌一把，我估计是只鞋。接着往上拉，看看到底是什么东西。啊哈，原来是帽子。不知道跟尸体的脑袋尺寸合适不。什么？你量过死者头颅的大小了？那太好了，就不用再打扰他了，否则还得挖一遍。好家伙，帽子上来了！这破帽子，质量真差，一看就是伦敦的水货。先把帽子放一边，总算有一个证据了。接着再来一次……好的，又勾上来一样东西。这玩意儿看着像德国的香肠。不是，不是，是绳穗，一定是小高德的钟穗！勾上来，小心点！太好了，有穗就有绳，接着来！轻点，别把线拽断了。哎哟，又掉了，再来！好的，好的，绳子上来了，真是一大团'鳗鱼'啊！我的天，这梯子是刀子做的吗？我的胸口都给它切断了！慢点，升上来，好的，太好了，终于把绳子找到了！虽然缠成了一团，但我们成功啦！"

警长帮着把绳子拽了上来，说道："好像不全啊。"

"是啊，这是捆死者用的绳子，给切成了几截，看到绳结了吗？"

"绳结先别碰，可以从中查出线索的。"

"不错，从绳结出发可以解决很多问题。"

两人不断地尝试，终于把全部的绳子都勾上来了，把绳穗算在内，一共切成了五段。

警长观察了一下绳子，说道："看来手脚是分开捆着的。身体则固定在了什么物件上，捆完之后，余出来的部分就剪掉了。穗子被切掉是因为不便打结。不过看来这人是个新手，捆得还凑合。这一下可有了新发现了，不过，同时也带来一个大大的难点。"

"是啊。事实总是要面对的。女人给脸整容时不也常这么说吗？"

警长忽然警到一个人在墙头那边向这里张望，那人走来走去的，只偶尔露出一张脸来。

警长认出是傻子皮克，便喝道："傻子，你干啥呢？"

皮克答道："我啥也没干。你拿绳子干嘛？想吊死人吗？我什么都知道，钟塔上一共有八根绳子呢，不过教区长不让我上去玩。其实是因为他有秘密，这秘密别人不知道，我可知道。那八根绳子，我的天，全是用来吊死人的！保罗钟最大，是首领。死人了敲九下丧钟。我能数到九的，我傻，可是我会数数，用手指头数最准了。敲八响，再加一响，就是九声，再加一，就是十。他叫啥，我可不能跟你说，就不说！那家伙在等着敲钟，敲九下。一、二……"

警长气得大叫："你给我滚远一点！要不然我就不客气了！少在这瞎蹓达！"

"我没瞎转悠。我，我就告诉你一个人哈。敲了九下，那绳子就吊死那个人，我没说错吧，警官先生？现在已经响了八下了。我啥都清楚，瞒不了我，不过我嘴严，什么都不说。呀，有人偷听！"皮克脸上又显出傻里傻气的样子，摸了摸头上的帽子。

"两位，我得走了。傻子要去喂猪了。再见。"

他慢悠悠地走向了农场。

警长气极了，道："这傻子一定会到处乱说的。他妈在他小时候在牛棚里上吊死了，这对他刺激很大，一直也忘不了。这都是三十年前的事了，在小迪克西发生的。好了，我把证物带回警局，有时间再去找威廉。午饭还没吃呢。"

"嗯，我也是。钟声已经是一点一刻了。维纳伯斯太太一定生我的气了。"

警长到了威廉家，向玛丽问道："现在只有你能帮我们破案了。"

玛丽却摇头道："我能帮一定帮，但恐怕是不行。那天晚上，我一直跟丈夫在一起，因为他病得很重，所以我一晚没敢睡，就怕他出事，这种情况都一个星期了。索普太太下葬当晚，我丈夫病情加重，得了肺炎。说实话，我那晚都已经做好心理准备了，以为他熬不过去了。我那天心神不安，听到钟声我就想，会不会最后也为我丈夫敲响丧钟。"

威廉在一旁一边吃饭一边劝道："别说这个了，都是过去的事了，别再提了。"

警长道："是没必要，但你那天晚上很痛苦吧？你可能烧得都不知道自己说过什么胡话了。我了解肺炎，我丈母娘就是得肺炎病死的。家属的负担也很重的。"

玛丽听到这话，说道："这是真的，那晚他都病得起不来了，却还想撑着去敲钟。他觉得自己缺席的话，敲钟人数就不够了。我一直劝他，说任务都完成了。水手詹姆斯那天早上就回船上去了，家里只剩我一个，所以照顾病人特别辛苦。詹姆斯已经尽量晚些回去了，但他也没办法，给人家干活都是身不由己的。"

警长补充道："我记得詹姆斯是一条商船上的大副，他现在什么状况，有消息吗？"

"他上周从香港寄来了明信片，说得很简略，主要是报平安和问好什么的。看起来，他这次出海确实忙得很，因为不像平时那样写信，只是写了明信片。"

威廉道："或许船上人手少吧。经济低迷，商人的生意也不好做，单子少，货又少。"

警长道："确实，詹姆斯大概时候能回来？"

威廉道："不知道。"

警长留心观察威廉，听他说话的意思似乎不想让詹姆斯回来似的。

威廉又说道："要是生意不景气可能很晚才回来。商船的出海时间取决于货物的方向，哪个港口有货就去哪里，出海时间没什么规律。"

"确实如此，船的名字是什么？"

玛丽道："兰普森·布雷克海运公司的汉娜·布朗号。詹姆斯是很优秀的船员。他们船长伍兹要是不能管事了，詹姆斯就可以替他。威廉，我说的没错吧？"

威廉似乎不太自然，说道："今时不同往日了，这年月什么都不好说。"

警长看得明白，玛丽和威廉对同一件事的态度截然不同，暗道："难不成詹姆斯跟玛丽有染，而威廉有所察觉？这里可能有情况，不过跟案子无关，我还是把话岔开吧。"

"当晚，你看没看到教堂那边有什么异常？比如摇晃的灯光啊什么的。"

"没有，我一直守在威廉旁边。"玛丽说这话的时候似乎有些含糊，下意识地看了威廉一眼，又道，"他病得很重，又急着去敲钟，我要是走开的话，他一定会挣扎着起来的。就算他不想着鸣奏编钟的事，也会被很久以前的烦心事困扰。"

"你是说项链那件事吧？"

"嗯，他当时烧得糊涂了，以为回到了当年，总想着为我辩护。"

威廉忽然发起脾气来，将面前的盘子掀到了一边，餐具叮叮当当掉了一地，"好了！别再说这些了！人也死了，尸体也埋了。我发昏说胡话又不是故意的，清醒的时候我是绝对不会说的，你还不明白我吗？"

"天，威廉，我没有责怪你的意思！"

"我不管！在家就别提这事！警长，你来我家说这些到底什么目的？我太太该说的都说了，她不认识那个陌生人，她什么都不知道，你还不满意吗？至少我病重时有什么言行举动，跟这事没有一星半点的关系！"

警长只好说道："是没关系，抱歉，我多嘴了。好吧，我得走了。你们帮不上我的忙也是实际情况。我心里确实是有点失落的，但干这行的就这样，失落是难免的。那我就告辞了。把你家两个小孩子叫回来吧。哦，怎么没看见你家的鹦鹉啊？"

威廉不耐烦地说道："它叫得我头疼，我把它放别的屋去了。"

"鹦鹉这点最不好，但它学人话很有一套，我最爱听了。"

警长跟这一家人告别。因为刚才的谈话涉及凶杀案，怕吓到小孩，所以威廉家的两个小孩在别的房间里待着，这时他们便跑出来给警长开门。

警长记得两个小孩的名字，一个叫罗西，一个叫艾微，他向两个小孩打招呼，问了问他们在学校的学习，但玛丽叫她的孩子们回屋喝茶，所以小孩也没好好回答警长的问题。

阿什顿在学校做农夫。单纯看他的长相不易辨别出他的年龄，总之，大概从五十岁到七十岁之间。阿什顿嗓音沙哑，少言寡语，身板僵硬瘦直，指节粗大，皮肤苍白，面无表情。温西观察阿什顿半晌，觉得他可能患有慢性关节炎。而阿什顿的太太却年轻丰满，大方善谈。温西上门造访，夫妻俩将温西请进去，大家分别落座，又给上了报春花酒。

他太太说道："这种酒是老式的，现在没什么人做了。我照着家里传下来的配方，自己买材料酿酒，从不在外面买现成的，不干净，不好喝，还上头。"

阿什顿在一旁点头称是。

温西道："你说的对，这酒真不错！我得谢谢两位的款待。上次你们帮我拖车，我还没表示感谢呢。"

阿什顿依旧有气无力地说道："嗯，是我的荣幸。"

"人家都说阿什顿先生乐于助人，上次威廉病重，应该就是你把他载回来的吧？你太善良了！"

阿什顿太太说道："是啊，威廉当时跌跌撞撞地从银行出来。我跟我丈夫说，威廉的状况太差了，这么开车回去可不行。后来果然发现他在一英里外因为病痛而被迫停了车子。他当时看着虚弱得很，没掉进沟里出车祸，他都算是命大了！而且他携巨款外出，要是出点事，损失可就难以估计了。当时我看他烧得有些糊涂，却还在数钱，钱掉了满地。我就跟他说：'威廉啊，把钱先收好，坐我们的车回村。你的车暂时放在这儿，回去的途中我们跟特纳说一声，让他下次帮忙把你的车开回去。他很爱帮助人的，送完了车可以乘巴士回家。'威廉按我说的做了，我们这才带了他回来。他病得可真不轻啊，教堂整整为他祈祷了半个月。"

阿什顿在一旁又是有气无力地哼哼着，表示认同。

阿什顿太太又道："其实我也想不明白，为什么他会在那种破天气里外出呢？又不是去赶集。我们那天如果不是有事，也不会经过那儿。威廉真要是有事需要我们帮忙，打声招呼就可以了，我们可以代劳。就算跟钱有关也没啥啊，我们是值得信赖的，别说两百镑，两千镑也可以交给我们去办。但是威廉这人向来很尊重隐私的。"

阿什顿说道："或许不是他自己的事，可能是亨利爵士交代给他的事。为了别人而保密，也无可厚非啊。"

他太太却说道："索普一家人从来没从伦敦和英格兰东部的银行办过业务，而且威廉病得那么厉害，亨利爵士这么善良的人，怎么可能派威廉外出呢？所以那两百镑的钱跟亨利爵士没任何关系，我之前也是这么认为的，早晚能证明这一点，我的分析向来正确，不是吗？"

阿什顿道："是吧，你太爱多嘴了，亲爱的。你说的话往往是对的，偶尔错一回也挺好玩的。但威廉的钱是人家的私事，咱们还是少管闲事吧。"

他太太语气温和，说道："好吧，我确实话太多了，我承认。温西先生，抱歉。"

温西道："没什么。又没人听得见，随便聊聊家长里短也属正常。你们的街坊只有威廉一家，他们跟你们成为邻居也算是幸运了。威廉生病的时候，阿什顿太太也常去照顾病患吧？"

"嗯，不过也没做什么，因为我的孩子也得了流感，其实大半的村民都得了。当然，我也常去帮忙，邻居嘛。我女儿也会去帮着做饭，常辛苦到午夜呢。"

温西趁机又迂回地问了几句，最后把话题引到了教堂墓地的那件事上。

阿什顿太太闻言大声道："我说的嘛！威廉家的孩子罗西跟我女儿一起玩的时候说的话很古怪，但我没在意，因为小孩子想象力很丰富，我以为是她乱说的。"

温西心念一动，追问道："说了些什么？"

阿什顿先生接话道："关于什么鬼啊神的，小孩子说的话莫名其妙，非常荒唐。"

他太太却说道："是挺荒唐的。但是，亲爱的，闹鬼的事先放在一边，小孩子可是不会说谎的啊。温西先生，我女儿波莉十六岁，很快就要工作赚钱了。无论别人说什么大道理，我的观点始终是，只有工作才能让一个女孩最后成为一个称职的妻子。因此，上周我向华莱士太太提了建议，我觉得从站在柜台后面当售货员的工作当中无法学会居家主妇的本领，只能带来驼背和下脚静脉曲张的病痛。华莱士太太不得不承认我的观点，因她自己就身受其害。"

温西敷衍地应和着，提醒她话题的重点是说孩子，她说的话跑题了。

阿什顿太太忙拉回话题，说道："瞧我这张嘴，没有刹车停不下来。我闺女是个乖乖女。威廉家的罗西从小就爱跟我家孩子一起玩。那是……一月底吧，晚上六点，天已经很暗了，我闺女看见威廉家的两个女孩在栅栏下面哭。她就上去问，罗西没正面回答，只想让我闺女陪她们姐妹俩去教区长家里帮她们爸爸捎个口信。我闺女欣然答应了，只是不知道这俩孩子为什么要哭。三个人一起上路，过了一段时间罗西她们才说出实话，原来她们怕鬼，不敢晚上经过墓地。我闺女心好，安慰她们说世上没有鬼，不用怕死人，死人又不能从坟里跳出来吃人。但罗西还是怕，最后我闺女才知道真相。原来，罗西在葬礼当晚曾见到索普太太的鬼魂四处游荡。"

"真的吗？罗西看到的到底是什么？"

"是光吧，没什么的。当时她爸爸病重，她也没睡觉，帮她妈忙前忙后，这孩子很懂事、很听话。她偶然透过窗子往外看，看到墓地上空有影子飘来荡去。"

"她没跟大人说吗？"

"当时没有，小孩不想说。其实人小时候都这样，我就是。说来好笑，我小时候总把洗衣房里的声音当成是熊叫，但我是绝不会告诉别人的，我想罗西也是一样的想法。那晚，她爸让她跑腿去教区长家里送口信，她害怕所以不想去，她爸就吓唬她，说要打她。当然都是假的，不可能真打。威廉生着病，脾气不好。罗西无奈就把见鬼的事说了，但是威廉怒火更盛，让罗西闭嘴，赶紧去找教区长，以后少提闹鬼的事。当时玛丽没在家，她上医生那里取药去了，回来得比较晚，要不然她是可以去的。威廉叫他女儿当时必须去，不过口信的内容我不记得了。我闺女那时就安慰罗西，说那光不是索普太太的鬼魂，就算是，也不用害怕，索普太太那么善良，她的鬼魂也不会害人的。她说罗西看到的光多半是哈里的灯，不过我觉得也不会是灯，因为时间对不上，那时是凌晨一点了。天哪，我当时不知道这事，要不然我也会仔细观察的。"

温西将自己问来的信息告诉给警长，但警长却并没有多么高兴，说道："威廉这两口子骗我！给我小心点！我就知道这里有鬼！"

"不过你心里也清楚他俩说的是实话。"

警长道："我最反感别人不说实话了，但是躲得了初一躲不了十五，早晚我得撬开他们的嘴。我当时本想向罗西问点什么的，不过让玛丽给叫走了，我说的嘛！当然，我也不愿意套孩子的话，因为我也有孩子。"

温西觉得警长说的是真话，就算不完全是真的，也差不多，警长人也挺好的。

第五章　调查密信

　　大家通常对河道抱着漫不经心的态度，其实这样的想法极其危险。每一年，我们家都会向政府递交以下文件：四周遍布的河道已经淤满了污泥，陈旧的河坝也即将面临崩塌的危险。

　　就在刚才，我的爱人联合梅达的父亲拜会了现任元首，政府官员用彬彬有礼的态度接见了他们。可是他们最终还是失败了，因为政府目前什么都不想做。

——诺娜·沃恩：《被流放的小屋》

彼得·温西勋爵此时正坐在牧师家中的教室，朝着一套笔挺的服装发呆。实际上，这间教室差不多荒废二十年了，在这期间，没有一位牧师在这里讲经布道。它之所以还被称为教室，完全是因为牧师家的小姐到了一所名副其实的寄宿制学校。目前，它承担着这一教区的事务性工作。

尽管时间过去了很久，可是这里依然残留着女教师们生活过的丝丝痕迹，散发出诱人的芬芳。仿佛可以看到她们盘着高高的卷发，严肃中透着一丝可爱的模样；她们身穿的高领连衣裙设计了俏皮的泡泡袖，上身紧俏，腰部往下蓬松，看起来很迷人。

这里的书架还是满满的，陈列着磨旧了的书本，内容涵盖了《小阿瑟的英格兰》和《霍尔·奈特代数》。褪了色的欧洲地图还挂在墙上。

牧师夫人告诉他："您拥有进出这间屋子的权利，但是到了举办缝纫晚会的时候，我们就要劳驾您挪挪地方了。"

只见桌子上丢着一些零散的贴身衣物，让人感觉盛大的缝纫晚会已经拉上了帷幕，把一些幕后不用的散碎废品扔在了这里。洗过的衣物仍然能看到浅浅的污痕，感觉好像被什么东西腐蚀过。看起来这些衣服都很陈旧，好些地方都磨坏了，如同棺木里的死人衣服一般破败，令人恶心。

透过打开的窗口，仿佛能够闻到葬礼上黄色水仙花的味道。

温西轻松地吹着口哨，翻捡着这些衣服。他发现这些破旧的内衣都是仔细缝补过的，而且还是法国样式。那么去年九月份，人们在伦敦发现克兰顿的时候，他身上穿的应该就是这些精心缝补过的法国裤子和背心。可是他的外套和衬衣却是地道的英国款！现在，这些旧衣服洗得干干净净，整齐地叠放在附近的椅子上。

克兰顿为什么要穿法国款的内衣呢？

温西明白，想要利用衣服生产商寻找线索是不可能的事情。像这种档次的内衣在巴黎以及外省都被大量地促销。通常的方法是堆放在那些大型的亚麻布经销店的外面，挂上"清仓"或者"爆款"的招牌。它们的客户群基本是那些过日子比较精打细算的家庭主妇。这类衣服上面并不会标明洗涤的方法。

可以肯定的是，面前的这些衣服都被它们的主人洗涤过，也许是在家里，也许是在洗衣店。衣服的每一个洞口都让人仔细地缝补了：不但磨损最厉害的衣服袖口，就连腋下磨坏的地方都用五颜六色的布料细心地打上了补丁，甚至于裤子上掉了的扣子都缝得结结实实。

过日子必须勤俭！尽管这些衣服不是穿在外面让人注目的外套，尽管不是所有的人都愿意从外地辛辛苦苦地跑到这里来购买。对于喜欢抛头露面的绅士们，即便是二手货他们也不会考虑，又有谁会在短短的四个月时间里，将衣服穿破到这样的程度呢？

勋爵烦恼地将五指插入发间，直到他那柔软、顺滑的黄色发丝像刺猬一样根根站立。

牧师夫人从窗户外面看见了他的样子，忍不住默默祈祷："上帝，请护佑他吧！"不知为何，对于这位来客，她的内心有一种母亲般的温暖。

"喝一杯牛奶好吗？或者来一杯牛肉汤？还是苏打水？"她来到勋爵面前，殷勤地问道。

温西微笑着："谢谢，不用了。"

"我认为您从这堆破衣服中不会发现线索，而且这些脏东西容易感染病菌。"维纳伯斯夫人善意地提醒他。

温西："是吗？我也不愿意患上脑膜炎之类恐怖的病。"他看到牧师夫人一副关切的表情，又说了一句，"我还真没有在这堆衣服上发现什么秘密。也许，您会有一些比较好的想法？"他将问题抛给了她。

"我又不是福尔摩斯，对于侦探肯定是一窍不通的。"维纳伯斯夫人小心地翻看着面前的这堆衣物，"我只是觉得这位先生的太太是个特别勤俭、贤惠的女人。"

"我认为也是这样。可是他为什么要到法国购置这些衣物呢？而且，除此之外的其他物品可全部来自英国。虽然他有十生丁法币的财产，也只能算是这个国家的普通平民。"

恰好维纳伯斯夫人刚收拾完花园，出了不少的汗，于是她决定坐下来认真考虑温西提出的问题。

"他穿英国样式的服装或许是一种伪装。这是我目前唯一能够想到的。"牧师夫人说，"您曾经说过他来到这里采取了易容术，是这样吧？至于内衣，也许他认为不会暴露在众目睽睽之下，所以没有换的必要。"

"按照这样的思路，那么他来自法国。"

"也许是这样吧。法国人喜欢蓄胡子，或许他就是一个法国人呢？"

"不错，但是我那时看见的并不是法国人。"

"可是，你并不能确定你当时看见的人就是他呀！也许是别的什么人？"

"也许吧。"勋爵的口气模糊。

"那时候，他并没有携带其他的衣物吧？"

"他本人解释说：正在到处找工作，所以什么也没带。除了那件军用的防水短外套，和一把牙刷。这两样东西在他死后都留下来了，难道我们能从中发现一些有用的线索吗？还是根据他没有带走牙刷的事实，就认为他是因为迷失了方向让人给谋害了？假定他就是死者，那么，他的外套到哪里去了？要知道死者的身上并没有穿外套。"

"不可思议。"夫人说，"说起这一点，我想告诉您一声，通向花园腹地的时候，千万要小心。沿路的树杈上有很多的白嘴鸦在搭建窝巢，乱糟糟的。我建议您打一把伞，戴一顶破帽子也可以。难道，那个人的伞也拉下了？"

温西回答："的确是这样。他的伞让我们在一个出人意料地方发现了，不过对这件案子可没有什么用。"

"是吗？"维纳伯夫人说道，"脑子里一天到晚考虑这么多的事情，可真不让人省心！您可千万别累着了，一定要让自己的大脑保持清醒。"她想了想又和客人说道，"肉铺老板和我说今天有小牛肝脏，您喜欢吗？西奥多特别爱吃熏肝。不过我认为脂肪含量太高了。哦，其实我想告诉您，您的仆人非常不错，他总是把教堂里的铜饰和银饰擦得锃亮！可是，他实在没必要那样劳心费力！对于这类事情，我通常叫埃米莉来做。另外，我还知道他是一个不错的厨师……但愿他能习惯这里单调的生活！他还非常善于模仿演奏一些高雅的音乐，真是太棒了！简直和有声电影里的一模一样！"

"他真是这样有意思的人吗？"温西说道，"我以前还真不知道。对于本特的另一面，几乎可以写一本厚厚的书了。"

牧师夫人有急事走了，可是她刚才说过的话仍然在温西的脑海中回旋。他把眼前的内衣推到一边，点燃烟斗，信步向花园走去。

他一出门就让牧师夫人看到了，急忙叫他稍等一下。然后好心的牧师夫人找了一项牧师的旧帽子给他，让他戴在头上防止乌鸦粪。这顶帽子看起来实在是太小了，不过温西依然以感激的心情戴上了它。

这完全可以说明，彼得·温西勋爵是一个非常体贴的人。

当温西突然以这种怪异的形象出现在本特面前时，他的仆人惊得目瞪口呆！温西告诉本特将车子准备好，和他一起出去逛逛。

"是的，老爷，"本特说道，"老爷，外面的空气很凉爽。"

"真是好极了！"

"那是肯定的。老爷，请原谅我的冒昧，也许现在的天气戴一顶毡帽或者粗呢帽更好一点。"

"哦！是我忘记了。你是对的，本特。现在只好麻烦你将帽子送回维纳伯斯太太那里，请你替我向她表示感谢，就说这顶帽子确实起了很大的作用。另外，本特，我认为你一定会留心，不让自己成为一个到处留情的多情种子，以免让人伤心，进而影响了纯洁的友谊。"

"全听您的吩咐，老爷。"

本特携带着灰色的毡帽返回来时，他发现车子已经开出来了，温西就坐在驾驶座上。

"本特，今天我们要做不少的事情，先到利姆霍特怎么样？"

"老爷，听凭您的吩咐。"

他们顺着教堂公路疾驰而去，左转弯朝着水沟继续跑，然后又是一个急转弯驶过了佛罗格桥，又跑了大约十二三英里左右的路程抵达一个叫作利姆霍特的小镇。恰好今天是个集贸日，街上乱糟糟的，他们只好放慢车速，小心避开猪和羊之类的牲畜，以及街道上交易的人们。大家满不在乎地站在大街上，一直等到车辆的挡泥板挨住了大腿，才懒洋洋地让开。

最后，他们在市场一边的邮局门口停了下来。

温西吩咐："本特，进去看看有没有寄给斯蒂芬·瑞莱弗的信。"

小镇邮局办事的效率通常要低一些，等待是正常的。在这个过程中，有一群猪一边哼哼，一边在他车旁的保险杠上乱蹭，还有几头牛犊将头探到温西的脖子旁直喘气。本特很快就出来了，告诉勋爵：虽然是邮局局长和三位年轻的女办事员一起上阵为他查找，可是结果还是一无所获。

"不要紧的，本特。"温西告诉他，"因为利姆霍特有邮局，我以为会在这儿，但是也可能在水沟另一边的威尔比奇或者荷伯特。不过荷伯特距离这里比较远，可能性也不大，咱们先去威尔比奇看一看吧。我们可以沿着这里的一条直路开过去——起码和任何一条沼泽地里的道路一样的通畅……"

紧挨着车子的动物们慢吞吞的，它们都不肯离去。勋爵一边发动车子一边忍不住摇头："哦，天哪！我想世界上可能有比羊还要愚蠢的物种，不过上帝肯定不愿意……也许是牛。嗨！你好吗？亲爱的老牛。"

车子沿着一条曲折的道路继续前行，他们先是看到了一个风车，然后经过了一个农场和一个满是芦苇的河堤，岸上的一排排白杨迅速闪过车后。车子一直向前，很快是一片片青翠的田野，地里种满了马铃薯、小麦，还有甜菜之类的农作物，同样的场景在他们的面前不断闪过：马铃薯、甜菜、小麦……车子终于跑到了一条漫长的乡间小路，这次映入他们眼帘的是一座灰色的教堂钟塔，看起来很有一些年代了；还有一个红砖的小礼堂、掩映在栗子树和榆树林中的牧师房。之后又是连绵不尽的田野，地势越发平坦宽阔，风车也随之多了起来。

美丽的威尔河犹如一条银色的细带出现在他们的右边，当足足三十英尺的水沟、哈伯人造水渠以及圣西蒙河一起汇入威尔河后，水面越发宽阔了。河水缓缓地流淌着，优雅从容。地平线上露出了尖塔、房顶、树木的影子，然后便是船上的桅杆。他们通过了一座座的大桥，终于到达了威尔比奇。

威尔比奇过去是个大型港口，尽管因为河口的拥堵、河道沉积的淤泥，让它退居于内陆。不过，眼前这些景物基本呈现出废旧状态，如码头、木材库、灰色的大石头，都在无声地诉说着往日那些辉煌的水路运输史。

温西依旧等在小广场的邮局门口。这个小镇非常安静祥和，在这里，仅有农贸交易日是热闹的，其余的岁月便是无尽的安宁静谧，犹如安息日一般。本特已经进去好一阵子了，他走出来的时候，白皙的脸上红彤彤的，好像有些激动。

"什么情况？"勋爵温和地问道。

本特没有接他的话，匆匆用手势示意他不要吭气。

他没有再问，待本特坐到车里以后才惊奇地问："怎么了？"

"老爷，我们要尽快离开这里。"本特兴奋地说道："我耍了一个小手段，很可能拿到了这个邮件。"

话音未落，他们的戴姆勒车已经进入了教堂后的一条偏僻街道。

"你做了什么事情，本特？"

"是这样的，勋爵。我按照您的吩咐，问他们有没有一封寄给斯蒂芬·瑞莱弗先生的信，留局待领，也许到这儿有些日子了。于是他们问我信件到达这里的时间。我告诉他们，当初预计大概几星期前就可以来到这里，可是遇到一些事情推迟了。不过我知道，有一封重要的信被阴差阳错发到了贵地。"

温西赞许地说："非常好。"

"于是，年轻的办事员打开了存放邮件的柜子，在里面寻找了很长时间，终于拿出了一封信。狡猾的小妞把信拿在手里，问我叫什么名字。"

"是吗？这些女孩子的确如此，假如她没有核实你的身份，那才是匪夷所思。"

"如老爷所说，于是我告诉她，叫斯蒂芬·瑞莱弗。可是我也看见了那封信上的蓝色邮戳，于是和她说，这是一封来自法国的信件——因为我想起了那件案子，老爷。"

"太不可思议了，你是怎样办到的，本特？"

"老爷，您知道的，我的眼睛好极了！"

"我们要感谢上帝！本特，你做得太棒了！"温西忍不住连连点头。

"可是，我这么一讲，女办事员反而糊涂了。她疑惑地说：的确有一封来自法国的信件，都在邮局存放了三星期了，可是收件人不对。"

"哦，糟糕！"

"老爷，我那时也是这样认为的。我假装镇定地问她：'是这样吗？小姐，会不会是您不小心看错名字了？'哈哈，老爷，我这一招果然骗过了年轻人。她马上告诉我：'不会错，这个名字简直像印刷出来的：保罗·泰勒先生收。'于是——"

温西兴奋地喊了一声："保罗·泰勒！就是这个姓名——"

"没错。于是我立刻采取补救措施，赶紧说：'保罗·泰勒？那是我家司机呀！'勋爵，假如我的言语冒犯了您，还请包涵。因为那时候，您恰好坐在车子里，我是有意让她误会的。可是，勋爵，我那时候急坏了，也没有比这更好的办法了。"

"本特，你拿到那封信了没有？告诉你，我对于你的啰唆已经失去耐心了。"

"好吧，老爷，我当然拿到了。我跟她说：正好是我司机的信，我帮他带走吧。我还告诉她：那个家伙挺有女人缘的，这次肯定是趁我们出国旅行的时候，又俘获了一个美女。老爷，关于这个话题，我们聊得棒极了！"

"哦？"温西感到好笑。

"不错。最后我还抱怨说，没找到自己的信真让人难过，还要麻烦您再帮我找找。于是，她无可奈何又翻了一遍。临走，我发了一通牢骚：'看来我要给《泰晤士报》写一封信，谈谈咱们国家邮局工作存在的一些小问题。'"

"干得漂亮！尽管手段不怎么光明磊落。其实这件事情，我本来打算让布伦德尔来做的，可是我认为他不可能冒这样的险，而且我对这件事情也不是很有信心。无论如何。"温西开始坦诚相告，"还是我们亲自体验其中的妙处比较有滋味。本特，不必道歉！因为你做得好极了，真让我开心！难道这不是我们要找的那封信么？胡说！怎么可能？一定就是它！现在，我们去一家名字叫作'小提琴和猫'的酒吧喝一杯怎么样？来庆贺我们犯下的罪！要知道那里的葡萄酒别有一番风味，红葡萄酒更是值得我们细细品尝。"

很快，温西勋爵和本特来到了酒吧楼上。这是一间光线黯淡的旧房子，触目远望，只有一个风格古旧的教堂钟塔，根本没法看到广场。有海鸥在墓碑之间飞来飞去，钟塔上空乌鸦在盘旋……温西要了一瓶红酒，点了烤羊，然后和酒吧的服务生闲谈起来。两人相谈甚欢，都说这里的生活太安静了。

"但是比从前要好多了，尤其是改造沃什人工渠沼泽的工人来了以后，真是大变样了。听说了吗？先生，人工渠快要竣工了，好像是到了六月份准备开闸使用。他们告诉大伙，这项工作是有利于水流畅通的好事。总工程师说这次的目标是疏通十英尺，或许还要多，让水流回到原来的位置，就是三十英尺排水沟的起源地。不过，我可不清楚是怎么回事，那是遥远的克伦威尔时代的故事，而我仅仅在这儿待了二十年。

"目前，人工渠已经修建到了距离这里不够一英里位置。听说到了六月份将会举办一个大型的庆祝活动，有不少适合年轻人参加的娱乐项目，还有板球比赛。他们甚至准备邀请丹佛公爵光临，不过大家还不能确定公爵是否愿意参加。"

"一定会的。"勋爵说，"反正他也没有其他事情，对他来说，来这里还挺不错呢。"

服务生疑惑地看着温西："是吗，先生？"他不明白面前的客人为什么会这样说，可是他更不想说出任何不敬的言语，"那敢情好，先生，要是丹佛公爵愿意赏光，小镇上的居民都会感谢他的。还有，你愿意再来一份马铃薯吗，先生？"

"很好，那就再点一份。"温西愉快地说，"我要提醒可爱的老公爵别忘了这件事情，到时候我们两个一起来参加活动。丹佛为得胜的一方发放金奖杯；失利的一方将要到我这里领取银兔奖。或许还会有运气好的人将要掉进水里玩个痛快。"

"如果这是真的，大家都会开心的。"服务生的表情诚恳。

温西等到服务生将一九零八年的波尔图酒送上桌以后，才取出了衣服口袋里的那封信。他带着满意的神情欣赏着本特从邮局带来的这份"杰作"：从信封的字体看感觉不像是英国人，但是收信人却是英格兰林肯郡威尔比奇的保罗·泰勒，由本人亲取。

勋爵开心地说："家里人完全不了解我，总是说我的自控能力不强。现在，这封信我不打算拆开它，而是交给布伦德尔警长。我不会立刻去找他，留在这里慢慢享用威尔比奇的烤羊就好了，因为，布伦德尔现在不在利姆霍特，去了也是白搭。

"从信封上看，还是可以发现一些蛛丝马迹的。上面的邮戳有一半很清晰，后面的字母我认为是y。也许是马恩，或者是塞纳·马恩，它让人回忆起战壕、鲜血和满身的污泥，这是一个让人充满敬意的地方。而且这个信封比起一般的法国信封要差一点。这封信上的笔迹看起来好像是用邮局的钢笔，一点都不顺畅。当然单凭这一点并不能说明什么，好像我在法国还没有发现有一个地方的钢笔和墨水让人舒服。可是能够挑出毛病的还是这些字，尽管法国人由于教育的原因，写的字都一样让人不敢恭维。嗯，日期看不清楚，这可不好。好在信件邮寄到这里的日期让我们知道了，据此分析，发件的时间也好说。本特，我想听听你的看法？"

"老爷，那我就直说了，您发现了吗？信封后面找不到寄件人的姓名和联系地址。"

"我看见了。本特，我要为你打个满分！你素常绝对留心到了法国人的习惯，他们不像咱们英国人，会在信封上留下地址。有时，法国人会在信封的下角写一些诸如'巴黎'以及'里昂'之类没有多大用处的字。让人奇怪的是，他们会把一些自己认为重要的信息留在信封的封盖上面，据说是为了防止收信人将信件烧毁或者丢失。"

"老爷，他们太让人不可思议了。"

"其实，他们这样做也有一定的道理：法国人素来对政府的邮政部门缺乏信任，觉得有很多信件很可能让他们在邮寄的过程中弄丢。关于这一点，我非常赞同。即便信件无法送达到收件人手中，也要及时返回给寄件人，但是要做到这一点好像不太容易。他们起码做对了一件事情，那就是为了达到既定目标就要不惜余力去完成它。

"反观做事风格张扬、精力旺盛的英国人，遇到这种事情，宁愿让邮局的人擅自拆开自己的私人信件，再从通信内容中分析他们的姓名和联系方式，然后任由当地的邮局办事员随意取个类似'哈比金斯'、'道格伯蒂'的假姓名给他们寄回去。

"法国人做事情虽然喜欢掩饰他们的本来意图，但是本质还是不错的，他们认为想要真正保护自己的隐私，还不如将一些必要的联系信息写到信封上。嗯，我觉得除此之外，信封两面全部写上寄件人的信息更好。可是这封信显然没有这么做，说明寄件人不愿让其他人看见。哦，更让人不耐烦的是，像这种信件，很可能信的内容里面也不会提及具体的地址。

"好吧，无论如何，这酒的味道还算不错。本特，千万不要浪费了，你把它喝光吧。我不能再喝了，不然开车也会晕头转向的，那可不行。"

然后他们走出酒吧，开车沿着河岸由威尔比奇驶向教区。

"假如能够想出一个好办法将所有沼泽地的水顺着运河排出去，而不是让河里的水倒灌进来，水道畅通以后，威尔比奇还会恢复昔日港口的荣光，这里的景色也不会看起来千疮百孔了。

"可是这过去的七百年间，人性的贪婪与懒惰，还有贪污，教区之间永无宁日的争端。还有一些错误的观点：适合荷兰的方法也一定适用于沼泽地。他们连南橘北枳的道理都不懂，将事情搞得乱糟糟的！尽管那样也处理了一些麻烦，不过应该更好一些。"

"哦，假定他就是克兰顿，那么我们就是在这里遇见的。我们下去问问看管水闸的管理员是否看见过他，顺便在水闸附近看看也挺好的。"

温西将车驶过了桥，停靠在管理员的房间周围。水闸管理员很快走了过来，马上和他们海阔天空地攀谈起来。他们从天气状况顺便谈起了庄稼的收成，然后就是威尔比奇的人工渠、河水、潮流之类的话题。他走上那座架设在水闸上面的木头小桥上，满怀心事地看着悠悠碧水从脚下流过。由于正是落潮的时候，水闸没有开完，缓缓清流顺着闸口由威尔比奇归向大海。

"这里的风景真美，非常适合艺术家来这里创作。"温西问道，"请问有人过来这里画画吗？"

管理员摇摇头表示不知情。

"这里的桥墩质量看起来相当不错，还有这些水泥和石头，水闸好像也有些年代了。"温西接着说道。

"是吗？关于这个水闸我和你的意见一样。"然后他向河里啐了一口唾沫，"确实应该维修了。让我想想——有二十年了，或许还要更久一些。"

"既然如此，为什么还没有维修呢？"

"唉！"管理员叹了一口气，神情忧伤，好像想起了什么事情。温西也保持沉默。几分钟后，他终于说开了，仿佛在拼命忍耐着。

"好像没有一个部门愿意为此负责。威尔河的管理部门和沼泽排水管理部门都说该对方管辖。目前他们好不容易形成了一致意见，决定向东部水道的管理部门汇报此事，不过到现在为止，他们还没有来得及递交报告。"他又狠狠地朝河里吐了一口唾沫，闭上了嘴。

"万一闸门的水位上升，这些闸门还能行吗？"温西问道。

"谁知道呢？也许行，也许不行，这种事情没有人能回答。"管理员说，"据说在奥利弗·克伦威尔的时候，这里的水量可不小。不过，现在好像不多了，水位上升不大。"

关于护国公克伦威尔时常干涉沼泽区业务的事情，温西很早就习惯了。可是目前的状况让他怀疑克伦威尔做这件事情的正确性。于是他问道："那么，水闸是荷兰人安装的吧？"

"不错。"管理员表示同意，"的确是荷兰人安装的，主要为了防洪。听说这个地区在克伦威尔的时候，一到冬天就暴发洪水。不过现在可没有那么多的洪水了。"

"当现在的沃什沼泽人工水渠建设完成后，这里的水位马上会上升不少。"

"那些人和您的说法一样，不过我可不知道那是不是真的。有人认为它会将威尔比奇四周的土地全部淹没；也有人说还和从前一样，不会有多大的变化。不过我本人认为这项工程耗资巨大，他们从哪儿搞到这么多钱呢？先生，我认为这儿其实和从前一样。"

"那么谁来主持这项新工程，沼泽管理部门还是威尔河？"

"是威尔河管理委员会，先生。"

"那么他们完全知道新的工程将影响到这里的水闸，他们为什么不一并解决掉？"

这位土生土长的沼泽地居民用同情的目光看着温西，觉得面前这个人脑子可能有点问题。

"我刚才已经和您说了，他们两家谁也搞不清楚这一部分的钱该由谁来负担。哈哈！"管理员的口气带着一丝兴奋、一丝嘲讽，"他们为此已经打了足足五次官司，甚至一度闹到了议会。好像还花了不少的钱。"

"天哪！真是荒唐。"温西问道，"还有类似的失业问题，有不少的失业者在附近流浪吧？"

"有，时断时续。"

"我上次在这儿可是撞到了一个无赖。对，就是在河岸上看见的，好像是元旦那天。"

"呃，明白了。您说的那个人在埃兹拉·韦德斯宾那里干过活，不过很快就不做了。因为那个家伙根本就不是为了工作，丝毫都没有想要好好干活的念头。他以前来过我这里，想让我给他一杯水喝。我马上骂道：'滚！'我可明白，他绝不是为了喝水来的，绝对不是！"

"也许他来自威尔比奇。"

"我也这样认为，先生。"管理员说道，"他本人也这样说过。他告诉我打算在沃什沼泽人工渠找一份工作来干。"

温西说："是吗？他告诉我他是一名发动机技术员。"

"啊，呸！"水闸管理员又一次朝着河里吐了一口唾沫，"这些人真敢说。"

"可是他的手看起来的确像是一双工程师的手。其实我的意思是，他为什么没有在人工渠找到工作？"

"先生，这件事情说起来容易，做起来难，而且很多的技术工人现在都没有工作可干，那边也不是非要他们这种人不可。有些事情就是这么简单，先生。"

"我认为威尔河、沼泽管理部门，甚至负责他们两家协调工作的东部管理处完全能够聘用他们中的一些人，而且完全应该给你们修建一个新是水闸，只可惜这些事情不是我该管的。这位先生，我要上路了，再见！"

"哈哈！真新鲜。"水闸管理员口里嘟囔着，"安装新水闸？哈哈！"

温西和本特走到车旁的时候，他仍然靠着护栏上，还是一副深思的表情，还是朝水中吐着唾沫。之后，他步履艰难地走了过来。

他在车门停了下来，低下头。温西以为他要吐唾沫了，赶忙缩回自己的脚。

没想到水闸管理员却跟他说："我的意思是，他们可以将这件事情汇报给日内瓦，那么日内瓦在裁军的时候，他们就能够得到修建水闸的钱了。您明白我的意思吗？"

瞬间，温西感觉这个建议真是一个绝妙的讽刺："非常好！我将会把您的建议转告我那些亲爱的朋友们。这真是一个好主意，难道不是吗？他们有什么理由不将这件事情汇报给日内瓦？哈哈！真有趣，我的朋友。"

"不错！"管理员也紧跟着重申，好像害怕遗漏了其中的关键，"他们有什么理由不将这件事情汇报给日内瓦呢？"

"绝妙！"温西大笑，"我肯定会记得这件事情的。"

勋爵松开了离合器，车子开走了，他朝后面瞟了一眼，发现管理员还在那儿笑得前仰后合。

关于那封信，温西的疑惑终于得到了足够的确定。当布伦德尔警长结束一天的工作后，刚回来就看见爵爷将一封没有开启的信递给了他。他知道他们两个在邮局做的事情后感到非常惊讶，不过对于取得的成果却很满意。同时对他们的干劲和聪明睿智非常欣赏。

于是他们开启了信封。这封没有寄件人联系地址的信件，里面用的信纸和信封一样的质量低劣。刚看到开头，警长就问："哦，这里是什么？尽管我对法语不太精通，可是'mari'难道不是'丈夫'吗？"

"的确如此！'亲爱的丈夫'"

布伦德尔吃惊地喊道："真该死！我根本不知道克兰顿在什么时候做了人家的丈夫！我从来没有听人说他结过婚，更不要说是一个法国妻子。"

"现在我们还无法确定到底是不是克兰顿。他来圣保罗教区寻找保罗·泰勒这个人。所以，我们不妨推断，这是一封寄给保罗·泰勒的信。"

"不过，他们都认为保罗·泰勒是一座钟的名字。"

"钟的名字是泰勒·保罗，不过保罗·泰勒就有可能是个人名了。"

"既然如此，那么这个人是谁呢？"

"这个只有天晓得了，而且还是一个在法国结了婚的人。"

"那么，另外一个巴蒂，也可能是个人吗？"

"哦，不！它的确是一座钟，不过也可能会有这么一个人。"

警长说道："假如两个都是人的名字，就有点不合逻辑了，而且，保罗·泰勒在什么地方呢？"

"或许死者就是他？"

"那么克兰顿又在哪里？"布伦德尔问，"死者不可能是两个人。"

"或许克兰顿假冒了两个人的名字，和韦德斯宾说的是一个，而寄信的则是另外一个名字。"

"他打探圣保罗教区的保罗·泰勒想做什么呢？"

"或者他到教堂找的正是一口钟。"

"我的意思是，"警长说，"我感觉有点不太对劲，泰勒·保罗、保罗·泰勒不会既是一个人又是一座钟，起码不会同时存在。"

"这件事情怎么又绕到巴蒂上了呢？巴蒂的确是一口钟，同时，泰勒·保罗也是一口钟，但是保罗·泰勒就是一个人了，所以他才有可能收到信。谁也不可能给一口钟写信，对吧？假如您做了这种事情，那才真的荒唐呢。天哪，这些事情太让人心烦了！"

警长先生说："我还是不太懂，斯蒂芬·瑞莱弗是个人，您从没讲过他是一口钟，是吗？我要明白，他们哪一个人是克兰顿？难到克兰顿利用去年九月到现在的时间到法国成立家庭了吗？哦，不！我指的是今年元月份到现在——不，不，——天哪，真让人头疼！勋爵大人，可以麻烦您用英语朗读这封信吗？因为我的法语实在不怎么样。"

于是温西勋爵用英语读起了信的内容：

"亲爱的丈夫：你告诫我，不是特别重要的事情千万不要写信联系你。可是足足三个月的时间没有你的消息了。我非常为你忧虑，担忧你掉进军事委员会的陷阱。尽管他告诉我战争早已结束了，他们肯定不会判处你死刑，可是英国人的严厉是众所周知的事情。我请求你，给我回句话，哪怕是简单的几个字，让我知道你平安无事。我现在已经没有太多的精力照管农场了，家里那头红色的牛死了，春耕会是一个非常麻烦的事情。琼现在花钱很厉害，我只有将家里的禽类拿到市场卖了，尽管卖不出一个好价钱。我们的小皮埃尔努力帮我做一些家务事，可是他毕竟才九岁呀！小宝贝和玛丽都患上了很厉害的咳嗽。如果你认为我写这封信的举动不太合适，还请原谅我，可是我真的没有办法了。现在，亲爱的皮埃尔和玛丽亲吻你。最爱你的妻，苏珊娜。"

听完信后，布伦德尔吃惊地睁大了眼睛，他把勋爵手中的信抓在了手中，似乎无法接受这样的现实。他死死地盯着信，仿佛这样就可以从中发现别的端倪。

"那头红色的牛死了？九岁的小皮埃尔……还有玛丽，亲吻他们的爸爸……哦，天哪！"他迅速掐着手指计算着，"足足九年，那时候克兰顿还在监狱里呢？"

"或许克兰顿不是他们的亲生父亲？"温西也感到疑惑。

警长好像根本听不见温西说些什么，自顾自地说话："克兰顿从什么时候成为一个农民的？还要春耕？军事委员会……还有战争，可是克兰顿根本没有从军的经历。这些事情可把我弄糊涂了。勋爵大人，您听我说：这人绝不可能是克兰顿。"

温西也同意他的观点："从目前掌握的情况来看，应该不是他，但是我可以肯定，元旦的时候我看见的那个人绝对是克兰顿。"

布伦德尔说："我们最好联系伦敦方面，听听警察局长的指令。刚开始瑞莱弗失踪，接下来我们发现了一个和他非常相似的死者,无论如何,这个案子我们还要继续查下去。但是现在的线索却远在法国,哦!真让人头疼,我们还必须想办法查找这个叫作苏珊娜的女人。有一点我可以肯定,我们要为此花上一大笔钱。"

第六章　越国界追踪

余下的钟……没有别的作用,只有单调的、没有规律的振动,所以称之为"随着高音部振动"。

——特罗伊特:《敲奏编钟指南》

想要在法国的行政管辖区筛选出用"y"结尾的名字是一件非常困难的事情,还要符合以下特征:辖区内有一位农妇,名字叫作苏珊娜,她有一位英国丈夫。家里还有三个孩子,其中一个叫作皮埃尔,今年九岁了,还有一个名字叫玛丽,第三个是婴儿,年龄、性别不详。现在,马恩区内全部村庄都是以"y"结尾的名字,而苏珊娜、皮埃尔和玛丽,这些名字都很常见。相比之下,嫁给外国人的就不多了。

温西和布伦德尔都认为"保罗·泰勒"只是一个假姓名。

直到五月中旬的时候。法国警方终于送来了一个令人振奋的消息。这份书面报告是由马恩区蒂埃尔堡的罗奇尔警长从警局邮寄过来的。

这条线索实在太有价值了,就连素来对经济特别吝啬的警察局长都破例了,竟然同意派专员赶赴现场实地调查。

"可是我还没想好,应该派哪位过去比较合适。"他的声音越来越低,瓮声瓮气,"不管怎么样,这次要花去不少路费,而且现在还存在一个问题,你精通法语吗?布伦德尔?"

警长闻言似乎有点脸红,但还是保持着微笑:"呃。真对不起,长官。我只会一些简单的法语,譬如口语交际,或者在小饭店让服务员上几个简单的小菜,要向证人询问可就困难了。"

"可是我自己又不能过去。"局长迅速地做出决断,魄力十足,"这个毫无疑问!"他开始用手指敲击桌面,目光从他们的头顶越过,茫然地注视着花园另一边那棵老榆树上飞来飞去的鸦群。

"布伦德尔,关于这件案子,你已经尽力了。我认为现在最好将这桩案子移交给苏格兰场。其实,一开始我们就应该这么做。"

布伦德尔的神情看起来有些灰心,和他一起过来的彼得·温西勋爵装作不经意的样子,轻轻地咳嗽了两声。他这次过来的名义是法语翻译,不过他并不愿意就这样放弃。

勋爵小声说道:"假如您愿意的话,我可以跑一趟法国,去询问证人,而且,不需要警方负担费用。"他后面说的这句话显然是为了争取机会。

"好像这不怎么符合规矩。"局长虽然口里这样说,不过他的神色并不是十分坚定。

"这件事情还是可行的。"温西说,"很明显,我会法语,和法国人沟通不会有任何困难。您是否可以考虑给我一个特殊警探的名义,再发放一根警棍和臂章? 特殊警探的职责不就是询问证人吗？"

"哦，这可不行。"警察局长继续说道，"好像，可是。"他还在斟酌着用词，"好像，也可以来次例外。何况，无论如何你肯定要去法国的！"说最后一句话的时候，他几乎是瞪着勋爵说的。

"假如我以个人名义来一次重温故地之旅，可没有人能管了我。"温西说道，"假设碰巧我在那儿碰到了我那些苏格兰场的老朋友们，而他们也许正忙得焦头烂额，那么我完全可能留下来和他们共同调查这件事情。不过，"他话锋一转，"我以为在目前国家经济紧张的状况下，还是帮政府节省一些经费比较好，您认为呢，长官？"

警察局长没有立刻回答。说心里话，他并不愿意让苏格兰场经手这个案子，这样反而很麻烦，权衡之下，他决定接受。

温西在两天后到达了巴黎，罗奇尔先生热情地为他接风。这样一位操着正宗法语的绅士，而且和巴黎的保安部门有着"特殊关系"，当然会受到地方警局的热情招待。罗奇尔开了一瓶质量上乘的好酒，请客人随意享用，紧接着就将事情的前因后果详细地介绍了一遍。

"对于调查苏珊娜·利格罗丝的事情，我没有感到意外。长官，之前的十年时间，我一直都觉得其中肯定藏着一个不小的秘密。我总是告诉自己：'阿里斯泰德·罗奇尔，让·利格罗丝背后的秘密一定会让你得到论证的。'这一天终于来了，我对自己杰出的预知能力感到自豪。"

"这是肯定的。我也认为警长的判断力异于常人。"

"为了让您对这件事情有个根本的了解，我必须从一九一八年的夏天开始为你介绍。那时，您正在英国军队服兵役，是吧？长官，您肯定能想起那场激烈的战斗：七月份的马恩河大撤退！那时，部队被形式所迫，必须渡过马恩河撤退。疲惫已极的军队路过了河道左岸有个名字末尾是'y'的小村子。长官，您应该明白，这个村子恰巧处在了前线后方，避免了炮火的狂轰乱炸。

"年老的皮埃尔·利格罗丝当时已经八十高龄了，他可不想离开自己的家乡。他有个二十七岁的孙女，是个勤快的好姑娘。在那个动荡的岁月里，她一手操持农场的所有事情，而且做得还不赖。她的父兄、未婚夫都死于这场战争。

"可能是大撤退后的第十天，有人看见苏珊娜·利格罗斯的农场里有一个生面孔。阿贝·拉图什牧师——已经离开人世，认为自己有义务向当局汇报这件事情。当然，那时候我还没有来到此地，也在部队服役。调查此事的是我的前任杜布瓦先生，他看见苏珊娜的农场里多了一名伤员。他的头部伤很重，而且身上也有伤口。苏珊娜和她的爷爷为杜布瓦警长讲了一个很有意思的事情。

"苏珊娜讲：部队走后的第二天夜晚，她在房子外面看见有个人躺在地上，高烧得厉害，头上缠的绷带乱糟糟的，而且身上仅穿着内衣。他身上到处是血，衣服上面满是野草和泥浆，好像是刚从河里爬上来的。她叫来爷爷帮忙，将这个人拖回了家里，然后帮他处理伤口、照料他。因为他们家的农场距离村子有好几公里，一时之间没办法叫别人过来。

"苏珊娜还说，这个人一开始还能说出那些打仗的事情，尽管前言不搭后语。但是很快就人事不省了，无论如何都叫不醒。不过警长和牧师赶到农场的时候，那个人还昏迷着，呼吸急迫。

"她拿出他的衣物给大家看：内衣、内裤，还有袜子和部队的衬衫。上面都是血渍，而且破破烂烂的。可是并没有外面的军装和军靴，也没有身份证。很显然，他是从前线撤退下来的军人，从河里游了过来。这就可以合理地说明他为什么没有穿军装以及携带武器。警方第一眼看见他的时候，他脸上的胡子起码有一星期没有刮了。他当时的年龄大约在三十五岁至四十岁。"

"之后你们给他刮了胡须吗?"

"长官,应该如此。大家请小镇的医生为他进行检查,医生只是说他大脑受伤了,认为保守治疗比较妥当。不过那个医生年龄不大,身体也不太好,所以才没有到部队去。现在,他已经离开人世了。

"最初,大家都认为他清醒以后肯定会说清楚自己的身份。可是几星期后,他虽然慢慢醒过来了,居然忘记了以前的事情,而且也无法讲话;又恢复了一些日子,他渐渐恢复了一点语言能力,可是谁也听不懂他在嘟囔些什么,好像是大脑神经坏掉了。一直到了他可以听明白大家说些什么,自己也能够正常说话后,就去警局接受了讯问。结果显示,他之前的记忆完全被抹掉了,对于从前的事情一无所知:说不出自己是哪儿的人,叫什么,也想不起这场战争。好像他一开始就生活在苏珊娜的小农场。"

讲到此处,警长停顿了一下,温西点头让他接着讲下去。

"您知道的,长官,像这样的事情,我们必须向军事部门报告。有好几位军官来过这里,可是没有人认识他。也发放过许多份关于他的相貌和形体特征的通告,可是都没有消息。刚开始大家都认为他是英国人,也有人怀疑是德国的,这些揣测到后来都没有得到证实。苏珊娜最初看见他的时候,他在神智昏迷之中说的是法语,而且他的衣服也是法国样式的。之后,有关他的资料被送达了英国军方部门,还是杳无音信。签署停战合约以后,法国当局曾经和德国方面谈过,可是他们也不清楚这个人究竟是谁。

"为了这件事情,我们可没少费工夫,当时德国正好闹革命,一片混乱。不过无论如何,一个人总要有属于自己的归宿。为了弄清楚这个问题,大家又将他送到了医院——断断续续进过好多家医院,接受不同的心理医生治疗,但他的记忆依旧是一片混沌!长官,您能想到么?他们甚至给他下不同的圈套:冷不丁地用德语、法语,甚至英语发出军队口令。幻想他会在猝不及防之下做出条件反射,但是所有的人都失望了,因为他彻底遗忘了从前,包括这场战争。"

"遗忘了曾经的战争经历?对他而言,的确是一件好事情。"温西感叹万分。

"话虽如此,不过大家还是愿意他尽快恢复健康。时间一天天过去了,他还是一切如旧,于是医院又将他送还给我们。您应该明白,长官,如果不能确定国籍,就无法将他遣返。没有人愿意收留他,只有苏珊娜和她的爷爷,因为他们家的农场缺乏一个好劳力。这个人虽然脑子出了问题,可是身子调养得还可以。况且苏珊娜喜欢他,关于这一点,是个男人都明白,女人照顾男人的时候,会对他产生一种类似母亲的感情。

"年迈的皮埃尔·利格罗丝打算收养这个人做义子,嗯,这件事情不太好办。可是,也没有更好的办法可想,而且他为人木讷,也没有闯过祸……无论怎样,这件事情终究要尘埃落定。于是,皮埃尔的收养请求得到了批准。这个人有了新的身份:让·利格罗丝。他和周围的邻居们也渐渐熟悉了起来,只有苏珊娜的一个追求者对他非常排斥,老是喊他'无赖德国佬'。一直到让·利格罗丝在一个酒店狠狠地教训了他,从此,再也没有人敢这样放肆了。

"过了年,苏珊娜准备嫁给让。可是老牧师拒绝了这一请求,因为他不清楚让·利格罗丝以前是否结过婚。等到老牧师死后,有了新的牧师,他对于以前的事情可没那么清楚。关键是苏珊娜已经下定了决心,于是他们结婚了。现在,让除了失去了记忆这件事情,他和大家相处得还算不错,他们的大儿子今年都九岁了。"

温西问道:"您在来信中说道,让·利格罗丝失踪了?"

"长官,我们已经有五个月没有他的消息了。传闻他到了比利时,买了猪和牛之类的牲畜,不过无法确认。而且他从来没有往家里写过一封信，这让他的妻子非常忧虑。请问，您有他的消息吗？"

温西勋爵说道："情况是这样的：目前我们发现了一具疑似他的尸体，和一个名字。假如您所描述的让·利格罗丝属实的话，我们掌握的名字可能就不是他真实的姓名。拥有这个名字的人一九一八年的时候正在监狱里面，包括后面的几年也是在监狱里面度过的。"

"是这样啊，那么让在这个案子中就没有任何意义了吧？"

"不！太重要了，我认为那具尸体很可能就是让·利格罗丝！现在我们必须确认这一点。"

罗奇尔警长闻言特别振奋："太好了，尸体就是大案子！请问您带了照片，或者尸体特征或者数字之类的文字报告吗？"

"死者是在死了四个月以后才发现的，面目全非，照片根本没有任何意义。而且他的两手被齐腕砍断了。我们对尸体进行了检验，现在有两份验尸报告，最新的一份出自伦敦的专家，报告说新伤口之外，头皮上还存在一个旧伤疤。"

"哦，或许这可以当作证据。他是因为头部受伤死去的吗？"

温西否认了这一点："死者头部所有的伤口都是后来让人有意弄的，这个观点得到了专家的确认。"

"那么他真正的死因又是什么呢？"

"这正是我们要调查的。死者身上没有致命伤，没有中毒，也没有勒伤的痕迹，更不像是疾病，他的心脏没有一点问题。解剖尸体的时候发现他的营养很好，甚至在死前的几个小时前还吃过东西，所以，他绝对不会是饿死的。"

"哦，上帝呀！他有可能死于中风吗？"

"有这个可能。"温西表示赞同，"虽然我还无法确定，可是很显然脑出血严重，因为他的大脑化脓了。不过，您仔细想一下，假如他是由于中风而死，为什么要将他埋起来呢？"

"您的分析挺有道理，的确如此。我们不如到让·利格罗丝的农场去看一看。"

这是一家看上去非常萧条的小农场，外面的篱笆损坏了不少，田地荒芜，长满了野草，屋子破烂不堪。很明显这户人家生活得不好，劳动力缺乏。接待他们的女农场主大约四十岁左右，身材健壮，抱着一个九个月左右的孩子。她一看见警长和带领的随从，眼睛里马上透出防范的神色，很快就换上了法国农民特有的倔强模样。

"您是罗奇尔警长？"

"是的。太太，我现在向您介绍：这位是温西勋爵长官，他特意从英国赶来，打算向您了解一些事情？您可以让我们进来吗？"

女农场主听到"英国"两个字的时候，又流露出防范的神色，不过她还是答应了。温西勋爵和罗奇尔警长都注意到了她的微妙变化。

警长说话直奔主题："请问，让·利格罗丝先生，也就是您的丈夫，是在什么时候离开家的？"

"警长，他是在去年十二月走的。"

"您知道他现在在什么地方吗？"

"在比利时。"

"具体是比利时的哪个地方？"

"大概是迪克斯梅德。"

"大概？您不能确定吗？那么，他和您有过书信往来吗？"

"什么都没有，警长。"

"这可真让人惊讶！那么他到迪克斯梅德做什么去了？"

"他好像记起来自己的家在迪克斯梅德。警长，您知道的，他什么都记不起来。去年十二月的一天，他和我说：'苏珊娜，给我放一张唱片听听。'于是，我为他放了一张凡尔哈伦的伴奏诗《钟》。我记得非常清楚，当关于"钟"的声音频繁出现时，让大声叫了起来：'迪克斯梅！'而且他还问我，'比利时有个名字叫作迪克斯梅的小镇，对吗？'我说：'是。'他马上说，'我好像记起来了，我亲爱的妈妈就在迪克斯梅德，我要马上到比利时寻找她。'事情就是这样的，警长，我无论如何都留不下他。他出门的时候将我们那点微薄的钱都带走了。从此，没有了任何消息。"

"是吗？"警长冷漠地说，"这真是一个让人悲伤的故事，我也非常同情你，太太。可是你的丈夫怎么可能是比利时人？要知道，第三次马恩河战争的时候可没有比利时军队呀！"

"警长，他的父亲或许娶的是比利时女人，或许他有比利时血统。"

"也许吧。他没有给你留下任何联系方式吗？"

"警长，他只是说到了地方立刻给我写信。"

"他坐什么交通工具，是火车吗？"

"是这样的，警长。"

"难道你从来没有想过和他联系？譬如通过迪克斯缪行政长官？"

"警长，您明白的，我的手头向来不宽裕，而且我也不懂得该怎样做。"

"你没报警吗？要知道这种事情可是我们警察的分内之事。"

"我也不知道该怎么办，警长先生。我从来不敢多想这件事情，我总是告诉自己：'不要紧的，到了明天，他一定会写信回来。'就这样，我每天都在等他，可是……"

"可是，到现在他仍然杳无音信，对吗？那么，你能告诉我们，你是如何得知他在英国的呢？"

"警长，我不明白，英国？"

"不错，就是英国。而且，您还给他写过一封信。太太，您用的是保罗·泰勒这个名字，还有，地址是林肯郡威尔比奇镇，对吗？"

警长步步紧逼，追问下去："我们知道让·利格罗斯为自己起的假名字就是：保罗·泰勒。现在您却告诉我，您始终认为他在比利时。对于自己写过的信也不愿意承认吗？也许您也想不起来曾经在信中提起过家里的两个孩子？或者你打算让你们家已经死掉的红色奶牛起死回生？"

"警长。"

"太太，请你听我说。多年来你一直在向警方撒谎，对吗？你心里非常明白，让是英国人，绝对不是什么比利时人。他其实叫作'保罗·泰勒'，他从来都没有丧失记忆，是吗？哦，天哪！你以为这样就可以将警方玩弄在手心吗？我负责任地和你说：太太，你涉嫌非常严重的证件造假罪！"

"警长先生，警长——"

"这封信是你写的吗？"

"警长，你们都知道了，我只好认了，可是——"

"非常好，你招供了！请你告诉我，信上写的'掉进军事委员会的陷阱'，是指什么？"

"警长，不要再问了。求求你！我的丈夫他人在哪儿？警长。"

罗齐尔没有吭声，他看着温西勋爵。温西接过了话茬："太太，很遗憾地告诉您，您的丈夫有可能离开了人世。"

"哦，天哪！我一猜就是出事了，假如他好好的，肯定会写信报平安的。"

"假如您愿意配合我们，说出关于你丈夫的真实情况，或者可以帮助我们尽快确认。"

女人呆住了，她环视了众人一圈，问温西："长官，你们在给我下套吗？您发誓我的丈夫确实不在了？"

警长果断说道："你一定要听我说，无论他有没有死，结果都是一样的！要是您不说实话，肯定没有好下场。"

温西从随身的箱子里取出了死者的内衣，说："太太，我无法确定这些东西和你丈夫的关系，可是我愿意用自己的名誉担保：它们是从死者的身上取下来的。"

苏珊娜拿着这些内衣不停地摩挲着，检视着一块一块的补丁……粗糙的两手不停地发抖。她的精神瞬间崩溃了，跌坐在椅子上，脸蒙在那些衣物里，放声大哭。

警长问道："你认识这些内衣，对吗？"不过，他的语气明显放缓了。

"不错，这些衣服都是他的。上面所有的补丁都是我一针一线亲手缝的。他真的死了！我知道！"

"事情已经是这样了。太太，你说出的任何话再也无法伤害到他。"温西勋爵说道。

苏珊娜的情绪平复一些之后，终于开始讲述。警长让随行的速记员开始记录。

"警长，事情的确如您所说，让是英国人。他的伤就是在一九一八年的马恩河大撤退中留下的。就在那天晚上，他躲到了我们农场。流了很多血，一点力气都没了。他的脑子确实有些不清楚，不过并没有丧失记忆。他实在不愿意再上战场了，求我帮他藏身。就这样，我悄悄帮他养伤，一直到他的身体慢慢复原。后来我们开始商量怎么应付外人。"

"太太，收容逃兵可一点都不光彩。"

"警长，我知道自己做的事不对，可是您也想想那时候的困难：我的父亲和两个兄弟都死了，未婚夫让·马里·皮卡德也死了。战争持续了那么长时间，全法国没有剩下多少男人。警长，我承认，我开始喜欢他，而且，他那时候和疯子没什么两样，已经没法打仗了。"

温西说："他完全可以和部队申请病假。"

苏珊娜迷茫地说："如果那样的话，他肯定会被送回英国，我们两个就要分开了。况且英国人的纪律非常严格，很可能枪毙他的。"

"起码，他让你相信他说的都是真的。"罗奇尔警长说道。

"警长，其实这是我们两个的想法。然后我们开始商量对策，让装作什么都想不起来。因为他的法语说得比较糟糕，只好让他假装是因为受伤无法正常说话。他的军装和有关证件都让丢到火盆里烧掉了。"

"这个主意是谁想出来的？"

"当然是他。警长，让是一个非常聪明的人，没有什么事情是他预料不到的。"

"让。"警长沉思着，"这个名字也是他想出来的吗？"

"是这样的，警长。"

"告诉我们，他的真实姓名叫什么？"

"他，"苏珊娜迟疑着："当时没有来得及看，而且身份证已经让我烧掉了，他从来没有说起过身世。"

"你也不知道他的姓名，对吗？泰勒也是他给自己编的名字？"

"就是这样。让回英国的时候，就用是泰勒的名字。"

"什么？他回英国干什么？"

"警长，您也知道，我们家过得不好。让告诉我，英国有他的财产，假如他能回去将它卖掉，我们就会获得很多钱。他不愿让人知道的原因，是害怕当年的事情被人知道，让人当逃兵给判处死刑。"

"太太，战后对逃兵颁发了特赦令。"

"可是英国没有。"

温西勋爵非常惊讶："他是这样告诉你的吗？"

"长官，让就是这样和我说的。所以他必须神不知鬼不觉地拿到这笔财产。至于如何变卖，他并没有告诉我。也许他有自己的难处，而且我也不知道他说的那些财产是什么。想要办成这件事情，必须找一位信得过的朋友协助。后来他寄出去了一封信，而且很快得到朋友的回应。"

"朋友的回信还在吗？"

"长官，他独自看完那封信就随手烧掉了。这位朋友要他提供一样东西，大概和担保有关，具体我也不是很清楚。让将自己锁在屋内好几个时辰。第二天一早就写了回信，什么也不肯告诉我。后来他告诉我那个朋友同意了，可是要求他编一个全新的名字：不许使用利格罗丝，也不许用他真实的姓名。所以他就有了新的名字：保罗·泰勒。他告诉我这个名字的时候，笑得前仰后合。

他的朋友就用保罗·泰勒的名字给他办理了英国人的身份证，他让我看了一下，有个护照上的相片和让不是很像。可是他说不要紧的，没有人会注意，再说护照上那个人的胡子和他的一样。"

"当初让来到你家的时候，他有胡子吗？"

"没有。他和所有的英国人一样，脸刮得非常干净。胡子是他养病的时候新长出来的，这让他看起来和从前不太一样。以前他的下巴比较尖，可是长了胡子以后看起来丰满一些。他为了让自己看起来像一个地道的英国人，出门的时候什么衣物都没有带，说是到了英国再买，效果会更好的。"

"关于英国那笔财产，你了解多少？"

苏珊娜摇摇头："我什么都不知道，长官。"

"财产的性质你也全不知情？黄金、有价证券，还是房产？"

"他什么都不愿意和我讲。"

"对于自己丈夫的真实身份完全不知情，您不觉得很荒谬么？"

"不！长官。"苏珊娜欲言又止，还是犹犹豫豫说话了，"我的确见过他真实的身份证，可是那时候我已经将它都烧毁了。现在我真的想不起来，时间太久了……好像是以字母'C'开头，要是再看见这个名字，也许还可以认出来。"

"是克兰顿吗？"温西问。

"不是的，至少我认为不是。可是我也无法形容，我读不出来，而且那个英文单词很难发音。他说的第一句话就是让我将有关证件拿给他，我问他的名字，他什么都不肯说。他告诉我：'你喜欢怎样就怎样吧。'后来我就用已经离世的未婚夫名字'让'来称呼他。"

"是这样。"温西从笔记本里拿出克兰顿的相片给她看,"你刚开始看见他的时候,和这个人一样吗?"

"长官,这个人不是我的丈夫,不是——"苏珊娜的脸色瞬间变了,"他没有死!你们合伙骗我!我背叛了让!"

温西冷静地告诉她:"你的丈夫死了,这个人还活着。"

温西和罗奇尔警长说:"截止到目前,我们没有取得任何突破性的进展。"

"我们要耐心一点,勋爵。苏珊娜不相信我们,有些情况她还不愿意告诉我们:譬如她丈夫的真实身份。因为她并不相信让已经死了。我们要查证一下这个人几个月前的行踪,好像还能做到。根据目前我们掌握的情况:他先是从这里坐火车到了比利时,然后转道去了英国。他肯定是从奥斯坦乘船去的——只有一个情况除外,哦!勋爵,您说他在英国的资产有多少呢?"

"这个我也不清楚。可是我知道这笔财富和一条价值在数千英镑的宝石项链脱不了关系。"

"是吗?这笔钱可足够开销一段时日了。可是你已经排除了让是那个人的怀疑,假如窃贼和那个人脱不了关系,让在这件案子中又是什么样的身份呢?"

"这就是核心所在:盗窃的两个人,一个是失窃者的仆人,还有一个是从伦敦来的惯犯,我们现在还不知道他们谁拿了珠宝。这件事情说起来挺麻烦的,你刚才也听见苏珊娜说,她的丈夫和一个英国的朋友有书信往来。我认为他的这个朋友有可能是惯犯克兰顿。很显然,让·利格罗丝并不是偷珠宝的仆人。那个仆人已经死了,很可能在临死前和利格罗丝讲过藏宝处和克兰顿这个人。所以利格罗斯才会给克兰顿写信,想要两个人共同去寻找宝藏。

"克兰顿不信任他,来信要求确认他的真实性。让·利格罗丝做了自我证明。在这样的情况下,克兰顿给他伪造了赴英国的证件。于是让到了英国,会合克兰顿共同寻宝。最后,克兰顿想独吞,于是杀人灭口。警长,您认为我的逻辑还算严密吗?要知道,克兰顿后来也不见了。"

"这个可能性还是很大的。勋爵,如您所说,那么,真凶和珍宝仍然在英国。准确地说,应该就在克兰顿藏匿的地方。您觉得,已经死了的仆人会把藏宝这件事情对谁讲?"

"很可能是监狱中哪位刑期不长的在押犯。"

"他这样做对自己有什么好处呢?"

"因为他需要有人帮助自己越狱,而且他最后成功了。不过,在一个距离监狱几英里的地窖里找到了他的尸体。"

"哦!这件案子看起来有点头绪了。偷珠宝的那个仆人的死因是什么?"

"以前警方认为他是因为黑夜里视线不清,慌不择路掉进去摔死了,可是我们开始怀疑是让·利格罗丝谋杀的。"

"老爷,看来我们想到一块儿去了。利格罗丝为自己编织的理由是不足以信的,他这样防备英国警方,不惜改头换面,绝不是因为逃兵的事情。假定我们的推断成立:他本身就是监狱里的惯犯,又摊上了一桩谋杀案。这样,他的行为就有了合理的解释。

"利格罗丝用他在英国的真实姓名进入了军队,英国军方建立了他的档案。后来他又改了两次姓名,就没有人会知道他藏身法国。现在的问题是:他既然已经参军,是怎样帮助那个仆人越狱,又将他杀掉的呢?嗯,好像还有一个问题……可是这件案子的大致方向已经有了,只要我们按照这个思路继续查证,一定会水落石出的。

"我将在法国和比利时进行详细地调查。老爷,我有个建议:我们应该将调查的范围扩大,不能局限于一般的交通线路,也不只是港口,甚至于开一辆摩托艇都可以到达林肯郡的水域。与此同时，英国警方还要深入查证。我相信，当我们将利格罗丝从这里离开到尸体被人发现，期间的所有事情落实后，苏珊娜肯定会说实话的。

"好了，勋爵大人，我诚挚地邀请您：今天晚上，来家里和我的家人们一起享用晚餐如何？假如您愿意屈尊到寒舍品尝法国普通小镇地道的家常菜，我向您保证，我妻子烹调的手艺非常棒！我听国安局的德拉维恩先生说，您还是一位地道的美食家，因此，我冒昧地向您提出邀请。如果我们家有这个荣幸的话，罗齐尔夫人肯定很开心。"

温西勋爵面带微笑地说："先生，受到您的邀请，我感到万分荣幸。"

第七章　钟塔的秘密

开始是白昼，然后大地渐渐进入黑暗，接着就是阴间，不再有大地的回忆。黑暗界、深渊界、地狱，一步一步走下去，到了最后便是沼泽的火焰。

——雪利登·勒法努：《威尔德的手》

布伦德尔警长听完温西的叙说后，说，"根据您了解的情况，我们要马上寻找克兰顿。不过根据我的了解，克兰顿不像这种人，通常情况下，惯偷都会遵守这一行的规矩，很少牵涉暴力犯罪，更不要说卷入谋杀这样的大案。勋爵，您明白我的意思：这不符合他们的'行规'。他也确实到码头找过迪肯，可他们两个顶多吵吵嘴，或者急眼了抱在一起厮打一番。他不会下狠手的。也许是其他人杀了克兰顿，然后换过衣服企图蒙蔽我们？"

"您说的有一定的道理。可是死者头上那个旧伤口又是怎么一回事呢？那个伤口和让·利格罗丝的头部特征是一样的，难道克兰顿头部同样的位置也有个同样的伤疤？"

"截止到去年九月，他的头还好好的。"警长认真思索了一下，说道，"我现在认为你说的很有道理：克兰顿和那个死者没关系，按照尸检情况，很多地方都不一样。不过，将一个大活人和一个已经死去四个月的尸体进行对比，有些事情很不好说。另外，死者的牙齿都被打掉了，我们没办法找到更多有价值的线索。我的看法是，必须尽快找到克兰顿，这家伙如果还在人世，一定藏在不容易被人发觉的地方。照这样看，他的问题非常严重。不错，我就是这样认为的。"

布伦德尔警长和温西探讨着案情，同时还在尽力搜寻一切可能的线索，他手里抓着一棵荨麻，又说了起来："那个叫作威廉·索迪的，也非常可疑。我现在还想不明白，可是我打赌，他一定知道些什么事情！可是案发的时候，他真的病倒在床上，又能知道些什么呢？现在他一口咬定，说自己什么都不知道！对这样一个人，还真让人束手无策。关于他的妻子，她绝对没有力气将一个大男人绑起来，然后埋掉。我甚至询问过他们家的孩子——唉！我真不愿意那样做。他们也说那天晚上，父母一直待在房间里。

"勋爵，还有一个叫作詹姆斯·索迪的家伙，也非常奇怪。他离开圣保罗教区的时间是一月四号的大清早，当时的目击者是车站的站长。不过，他并没有在当天回到自己的船上。我去兰普斯·布雷克船运公司调查过这件事情，有人证明收到过一份他的电报，说他恐怕要到星期天的晚上才能回来。后来的确如此，他果然是在星期天晚上回来的。他告诉大家自己得了急病，公司里的人也说当时他的情况看起来非常不好。我让船运公司尽快联系他。"

"他的电报是从哪里发回来的？"

"伦敦的一家邮局，靠近利物浦大街。发报时间大约是在吉姆·索迪乘坐的火车抵达那里的时间，非常巧合。看来他的这一趟旅行出了点事情。"

"也许他是让自己的兄弟传染了感冒病毒。"

"存在这个可能。不过让人不可思议地是，他居然在第二天早上就出海了！按理说，他完全有足够的时间到达伦敦后再返回来。也许，他并没有去迪克西，而是坐了一段时间的火车，再搭乘汽车，或许是摩托车之类的代步工具。"

温西愉快地吹了声口哨："我明白了！你的意思是威廉和詹姆斯都卷入这件案子中了。按计划，威廉和利格罗丝一起去拿珠宝，可是他恰巧患上流感，就让兄弟吉姆来代替。吉姆见到利格罗丝后，将他杀掉然后埋了起来，急急忙忙带着珠宝跑到了香港。这样就可以说明这些罪恶的珍宝为什么在欧洲市场杳无音信！因为他可以到东方市场将它轻易地卖掉。

"可是，威廉是如何与利格罗丝接上头的？要是将威廉调换成克兰顿，就不是问题了。他完全可以让同伙为利格罗丝伪造假证。我想象不出索迪有能力造假证，还要把利格罗丝从法国给接过来。他怎么可能具备这样的能力呢？"

布伦德尔不置可否，告诉温西："他到银行取了两百英镑。"

"确实如此，可是那时候利格罗丝已经离开法国了。"

"利格罗丝死了以后，两百英镑又回到了银行。"

"是这样啊？"

"确实如此。我问过索迪，他给出的说法是：以前打算买一块土地自己经营，可是生了这场病以后就改变了想法。他觉得身体不可能很快恢复到从前的健康状况。他让我看了他的银行户头：除了那笔去年十二月三十一号的两百英镑，其他的一切正常。他说，到了今年一月份的时候，身体稍微好了一点，就把这笔钱又存入银行了。关于购买土地的事情，他也确实动过那样的念头，因为那些钱的面值都是一磅——"

警长忽然住了口，一下跳到高高的墓碑后面，很快传来一声尖叫以及扭打声。布伦德尔警长通红着脸，一手紧紧抓着白痴皮克的大衣领子出现了。

"真好啊，你这小子！"警长摇晃着傻子，"你这下摊上大麻烦了！老实告诉我，你悄悄躲到墓碑后偷听人家谈话做什么？"

"啊！你要勒死我了！"皮克大叫，"你不需要勒死我，我只是一个可怜的傻子。假如你知道皮克知道些什么——"

"那你知道什么？"

傻子狡猾地眨着眼睛。

"他在教堂里和威廉说话，手里拿着绳子……九号……丧钟太多了……你看，他抓住他了……他一定会抓住你。虽然我是傻子，可是我什么都知道。这几年，傻子可没有白白在教堂待过。"

"和威廉在教堂里说话的人是谁？"

傻子转向了索普的坟墓，说："当然是他！你从里面挖出的黑胡子。黑胡子一个，钟塔里面还有八个，正好是九个。你们别以为我是傻子，傻子能数清数字。你不会抓住他的，他和钟声是一样的。"

"皮克是个聪明的孩子，你听我说，"温西说道，"你能告诉我，索迪和坟墓里的黑胡子是在什么时候说话的？我要考考你，会不会数清日子。"

傻子朝他开心地笑了："傻子肯定会。"他认真掐着手指数了起来，"不错，肯定是星期一。那天晚上我吃了冷猪肉和豆子，太好吃了！那天牧师在讲经，说是要为圣诞感恩。圣诞节要吃烤鸡，星期天吃炖肉和水煮菜，也要感恩。牧师亲自说的，傻子还想感一次恩，只有到教堂才能叫作感恩。于是傻子悄悄跑了出来，那天晚上教堂的门是打开的，傻子偷偷进去了。你明白傻子的意思吧？

"圣具室明晃晃的，里面有吊的东西。皮克要吓死了，就藏到了老巴蒂·托马斯的后面。后来威廉·索迪走进来了。傻子听见威廉说：'钱！'威廉大叫着从柜子里拿了一根绳子。傻子快要怕死了，不想留在那里看见人被吊死，所以傻子就跑了，窗户上看见黑胡子男人睡在了地上，威廉手里拿着绳子站在那里。上帝呀！皮克不想看见绳子，一个、两个、三个……算上这个是第九个。上帝呀！皮克亲眼看见他吊在那里。"

布伦德尔说："根据我的了解，没有人被吊死，所以你是在说梦话。"

皮克一脸倔强："那是我亲眼看到的。你还是不相信吧，太吓人了！不过是可怜的傻子做了个梦而已。"他的脸色都变了，"求求你，先生，放开你的手，我要去喂猪了。"

"太荒谬了！"警长问道，"他说的这一切对我们有什么价值吗？"

温西摇着头，表示无法相信，又说："可是我认为他应该是见到了什么我们不知道的情况。否则如何解释他刚才所说：从柜子里拿出了绳子？用绳子吊死人么……他满嘴都是这样的胡话，也许他患了神经分裂吧。因为死者没有被吊死的痕迹。警长，你分析皮克说的星期一的晚上是哪一天？"

布伦德尔说道："按照我们现在掌握的资料，首先十二月三十日的埋尸的时间被否决掉了。利格罗丝一月一号到达这儿，推断埋尸时间一月四号的可能性大。傻子说他那天晚上吃的是炖肉和水煮菜，我无法判断星期日或者星期一，也许是一月六号呢？"

"我来推断一下。"温西说道，"皮克吃炖肉和煮菜的时间是星期天，他按照牧师的吩咐做了感恩。第二天他又吃了冷猪肉和豆子，估计是罐装食品，现在的农妇们习惯那样做。他决定做第二次感恩，就在当天晚上偷偷跑进了教堂，圣具室里面的灯光亮着。应该是星期一的晚上，"

"您说的对，皮克住在他的姨妈家里。这是一位很好的老妇人，就是年纪大了，反应稍微迟钝些。您也知道，这些白痴有时候比恶魔还有精明，皮克总是喜欢在夜间偷偷跑出家去。可是您可以确定那天晚上的准确时间吗？"

"毫无疑问，应该是牧师感恩的第二天。"温西进一步说道，"十二月三十日，圣诞感恩节，这个日子非常明显，怎么可能排除在外？克兰顿一月一日到了这里，可是谁也不知道利格罗丝是否在一月一日之前就到达此处。"

警长表示反对："我还以为您同意将目标集中到威廉·索迪的身上，解除对克兰顿的怀疑呢？"

"按照您的思路，我在桥上遇见的是哪位？"

"当然是利格罗丝。"警长说道。

"呃，或许吧。不过我还是坚持认为那个人克兰顿，或者他的双胞胎兄弟。有一点可以确定，假定我在桥上遇见的利格罗丝，他就绝不可能让威廉·索迪在十二月三十日的晚上给吊起来。"温西肯定地说，"他没有被吊死的痕迹，真正的死因到目前还不能确定。"

警长鼻腔里发出了声音，不置可否。

"我想说的是，不管怎样，我们都要尽快落实克兰顿的下落。十二月三十号，这是关键的一天，您准备如何确定这一天的情况呢？"

"我想和教区长谈一谈，落实一下感恩节的具体时间，也许我会去见维纳伯斯夫人，也许会有更好的效果。"

"看来我必须和索迪好好聊聊，吉姆·索迪是什么情况？和这件案子是什么关系呢？当然，我不是因为白痴说的那些话。"

"这个情况我就不清楚了。可是我可以肯定一点：那座高德钟上面的绳结不是水手弄的。"

警长说："是吗？非常好！"

温西回去以后，看见教区长正在屋子里认真谱写有关高音转换的变奏曲。

"麻烦你等一下，我的孩子。"牧师将桌上的烟灰缸往勋爵这边送了送，头也不抬地说道，"只好麻烦，稍微等等了。我要为沃利·普拉特谱写一首曲子，好让他尽快学会如何演奏。这个孩子有点不机灵，他们说的一点都不错。我现在要看看这个恼人的小糊涂是怎样演奏这一节的……紧接着第九个主音的是女王变奏……我要好好看一看……51732468、15734286……这是第三个……还有第四个音节。没有问题……51372468、15374286……第三个、第四个，13547826……哦，天哪！第八音没有回到原位。为什么会这样？哦，该死，我也够糊涂的。他没有在这里变奏，不变奏是无法回来的。"

他在纸上迅速划上一道红线，刷刷地写，一边写一边说："马上就好。51372468，15374286……终于校准位置了！13572468，棒极了！请在第二次复奏的时候回到原来的状态。让我再看一看：从二到五、从三到二……好极了！现在是15263748，到第二节演奏完的时候用提特姆斯变奏，之后再复奏一次。我现在只要将主音速记录好，他对照这就可以了。二至三、三至五、四至二、五至六、六至四、七至八、八至六。这些是最基本的主音调，紧接着变奏，又是主音调，变奏，变奏，末尾是三个主音调和一个变奏。

"哦，上帝！我的身上哪里来这许多的红墨水。哦，还有袖子上这一大团！从中间开始演奏，进、出、复位，再来两遍。嗯，非常好！"

他随手抓起那几张满是音符的纸搁到一边，将手指上的红墨水在裤脚上抹干净，然后问道："你那儿的情况怎么样？有需要效劳尽管开口。"

"嗯，是这样的。牧师，你还记得今年冬天那场感恩布道的具体时间吗？"

"感恩？真不错，我很喜欢聊这个话题。你不知道，现在的人不懂得感恩，凡是总是往坏处想，唠叨、抱怨。甚至于农民也是如此，可是这样只能让事情弄得更加不好，他们一点都不懂得这个道理。就在去年丰收节的时候我还在和他们讲——哦，我说得有点远，你要知道的是关于感恩布道的事情。让我想想……丰收节……前面，还是后面……哦，上帝呀，我的记性可是越发不好了……"他忽然扭头朝门口，"亲爱的，艾格尼丝！艾格尼丝，到这儿来一下……勋爵，这种事情，我妻子肯定记得……"

维纳伯斯夫人匆匆跑了过来："有什么事情么？亲爱的。"

教区长问道："亲爱的，恐怕要打扰你了，勋爵想知道我们去年的感恩布道是什么时间做的，你还记得吗？当然是最近的一次，我好像是在什一税布道的时候提起过……当然，我的意思并不是指征收税收的时候遇到了麻烦，实际上这儿的农民都非常淳朴。我曾经和一个来自彼得堡的客人谈论过这个事情。我告诉他，一九一八年的税收调整是为了保护农民，假如他们反对一九二五年的条例，就得想办法调整政策。不过，我认为法律是一件非常严肃的事情，我告诉您，关于什一税的问题，我一点问题都没有，态度非常坚决。"

维纳伯斯夫人摇头微笑："不错，西奥多，如果你不为他们垫付税款的话，可能他们也没有这么好说话。"

教区长匆匆打断了她的话："这是两回事，肯定是两回事，千万别把原则问题弄混淆了，税款不能和个人贷款混为一谈。看来即便是最聪明的女人，都搞不懂法律的原则性。勋爵大人，您认为是这样吗？我在布道的时候说过这个问题，《圣经》上也说：'上帝的归上帝，恺撒的归恺撒。'对于安妮女王的恩赐，究竟是世俗的，还是上帝的……坦白地讲，我有时候也会搞不清方向，教会好像并没有和上帝保持一致……如果想要保持纯净，完全和政府撇清，教会就失去了资金来源。"

"您的意思是说，政教分离？"勋爵问道。

"你说什么！"牧师长吃惊地看着他，"嗯，不错，这是个不错的主意，您认为呢，勋爵大人？我想和主教大人谈一谈……或许不应该和他讲，他这个人可不好说话。可是，这是个好主意……我想，如果将世俗和上帝精神分开……教堂，和那些相关的建筑群，多么美丽……将会是什么样子呢？"

维纳伯斯夫人不客气地打断了他的沉思："哦，亲爱的，勋爵大人想知道的是，关于圣诞节感恩布道的时间。那是在圣诞节后的星期天，难道你忘了吗？想想看，当天讲经的时候，你讲的是《信徒书》：'你以后再也不是佣人，将成为儿子。'你还告诉大家：能够成为上帝的子民，大家要懂得感恩；在生活中要养成感恩的好习惯，每一件开心的事情都要感恩，感谢万能的主；自己平时要做一件事情，就像我们每次要求自己的孩子那样。对，一点都没错，我记得那天杰克和弗雷德·霍利迪为了祈祷书的事情当场在教堂发生了争执，后来他们被人劝了回去。"

"的确是这样！亲爱的，你的记性真好！勋爵大人，我想起来了，正好是圣诞节过后的星期天。吉丁丝夫人还在走道将我拦住了，不停地唠叨她们家圣诞水果布丁中的水果粒太少。"

"她是一个贪婪的老太太。"牧师夫人气愤地说道。

"既然如此，那么第二天正是十二月三十日。"温西勋爵说，"真心感谢您，牧师，这条线索非常有价值。现在请你回忆一下，星期一的晚上，威廉·索迪来找过你吗？"

教区长迷茫地看着妻子。维纳伯斯夫人想了想，肯定地说："他来过！西奥多，你还记得吗？他当时问的是新年钟乐的事情。你还说过他的样子看起来非常疲惫，而且有一种怪怪的感觉。不过，他那时候感染了流感病毒，还没有痊愈，真让人同情。那天他来到这里时非常晚，可能是夜里九点。你为此感到纳闷，他完全可以到了第二天上午再来。"

"不错。"教区长在妻子的提醒下想起来了，"威廉就是在星期一晚上来的。难道？哦，对不起，我不该随意打探的。"

温西无奈地说："其实，有些事情我也不太清楚。牧师，你知道白痴皮克吧？他有多傻，他说出来的话可以相信吗？"

维纳伯斯夫人接上了话茬："这要看情况了，偶尔他说出的话还是值得相信的。他这个人脑子坏了，偶尔正常的时候，说的话就可以相信。通常情况下都是胡说八道，总是把他脑瓜里那些乱七八糟的事情说得和真的一样。假如他和你讲的是上吊呀、绳子之类的事情，就一丁点都不能相信了。当然，这样也挺奇怪的。他要是和你说教堂管风琴，还有猪，这类不妨听一听。"

"是这样啊。"温西说道，"他说的就是上吊和绳子的事情。"

维纳伯斯夫人斩钉截铁地告诉勋爵："这个白痴又在胡扯了！哦，好像是汽车的声音，勋爵，警长来了。我猜是来找您的。"

温西闻言走了出去，正好在花园看见了警长，于是两个人结伴走远了。

布伦德尔告诉勋爵："我找过索迪了，他什么都不肯承认，让我们不要听白痴胡说八道。"

"皮克口中的绳子是怎么回事？"

"我也这样想。或者是我们在井里找到绳子时，傻子就躲在附近偷听我们说话，可是他又能偷听多少呢？总之，只要威廉·索迪坚决否认，我们就一点办法都没有。您也明白我们这一行有个见鬼的规定：'不能威胁证人。'不过有一点我们可以肯定，无论索迪是否介入此案，他都没有参与埋尸。勋爵，您认为那些陪审团会凭着这个白痴的胡言乱语，判定索迪的罪吗？结果是显而易见的，我们的当务之急是尽快找到克兰顿。"

就是这一天的下午，温西接到了一封信。

温西勋爵：

就在刚才，我回忆起一件非常有意思的事情，我无法确定是否和这件谋杀案有关，可是我还是想让你知道。我看到的那些探案小说，那些侦探都喜欢这些奇奇怪怪的事情，于是我决定将这张纸寄给你。要是爱德华叔叔知道了，肯定不会赞成的：他认为，既然你赞同我去追求当作家的梦想，就不应该把我扯进这件案子当中。哦，他真是顽固透顶的家伙！我猜，校长卡斯特尔小姐肯定也不愿意我给你写信，我就悄悄地将这封信藏在了佩内洛普·德怀尔的信中，但愿她可以将这封信顺利转送给你。

这张纸是复活节前的星期六，我在钟塔里面的地上拾到的。我当时感到很奇怪，本来计划让维纳伯斯夫人过目的，不过我的父亲猝然离世了，忙碌之中这件事情就让我忘记了。我还以为是皮克丢在那里的，不过杰克·戈德弗雷告诉我不像他写的字。尽管这些疯话和傻子平日里说的话像极了，您认为呢？无论如何，我猜也许对你有用。而且，皮克怎么会有这种外国的信纸呢？

最后，我盼着你可以将这件案子调查个水落石出。有时间的话，请写信告诉我，这张奇怪的信纸让你发现了什么？

哦，对了。你仍然在圣保罗教区吗？我写了一首和泰勒·保罗有关的诗歌，鲍尔小姐认为我写得很好，也许可以在校办杂志发表。我知道爱德华叔叔会不开心的，可是他管不了我。

希拉里·索普

"这是一个志同道合者，就像福尔摩斯说过的：深得我心。"温西愉快地打开了那张薄薄的外国信纸，"哦，天哪！'我的本意是欣赏田野间美丽的女神'——不错，这个风格很像是詹姆斯·巴利爵士，他可是今年文化圈的盛景。'不过我看到的是一头凶恶的大象，它的背影是黑色的。'这些的是什么东西！一点都不合逻辑，也不押韵。

"不过，这里面的风格挺忧伤的，倒是和那个白痴很像。可是为什么没有提到过上吊或者绳子呢？我觉得，这肯定不是傻子写的——尽管我也不清楚，他为什么总是提起这个晦气的话题。要是这封信出自皮克之手，他怎么舍得不谈谈。

"哦，外国信纸！让我想想……我好像是在哪里见过……天哪！苏珊娜，这是苏珊娜的信纸！假如不是她的，我就肯定不是温西！那么，它会不会是让·利格罗丝写给克兰顿，或者是威廉·索迪，也许是其他什么人的信呢？

"不行，我得让警长和我一起分析这件事情。哦，本特，你对这件事情有什么看法呢？走，我们开车去。"

"老爷，我觉得这个人有一定的文学素养，而且研究过雪莉登·勒法努的书。不过，我说句放肆的话，这个人可是一个奇怪的家伙。"

"你也这样认为吗？那么，你认为它有可能是文字密码吗？"

"这个，我没有那么想，而且也很难懂。不过我看它的前后风格还是符合的，怎么说呢？是的，书卷气挺浓，但是并不呆板。"

"不错，本特。这可不是简单的隔三一段的田园诗，并且不像是那种读法。除了'金'这个字也许有蕴含的意义，其他的都像是无意义的胡扯。月亮的描写倒是不错，尽管扭捏了一些，可是挺有张力的。'好像稻草一样的镰刀，软弱乏味'，第一个韵脚很有技巧；这又是什么？'游吟诗人走来了，他带着金喇叭、竖琴，还有腰鼓。为我大声地唱诵，解除了禁锢。'无论这首诗的作者是谁，他一定懂得音律。本特，你和我说过的雪莉登·勒法努。这个说法好，让我想起了《威尔德的手》，里面有描写洛恩叔叔梦境的内容"

"老爷，我也想到了。"

"是的。书中写道：被害人'到了最后又现身了，走上一千一百一十一级黑色的大理石阶梯，接着另一个人又开始了。'本特，他再次现身了，对吗？"

"勋爵，他从坟墓里又站起来了吗？譬如我们现在发现的这个，无法确定身份的死者。"

"你说的对极了！的确如此。'地狱之门已经打开，这里是黑暗界。'你看，信上面写道：'死亡之神在黑夜里静静地等待'。他到底想说什么，本特？"

"老爷，我也想不明白。"

"雪莉登的那本书也有关于'黑暗界'的描述。假如我说的没错，前面是'H'。假如写这封信的人如此熟悉《威尔德的手》，起码，对'黑暗界'的两种拼写方式肯定很清楚。毫无疑问，他勾起了我的求知欲。我们马上去利姆霍特，将这张纸和那封信做个比较。"

沼泽地卷起了一股狂风，天空的云彩在巨大的蓝色苍穹下快速地飘动。当他们刚把车停靠在警察局门外的时候，恰好和准备出去的布伦德尔迎面相逢。

他们惊讶地看着彼此，齐声发问："你是准备找我吗？"

"当然。"

他们都笑了。

温西勋爵说道："我这儿有的新的发现。你呢？"

"勋爵，我们终于找到克兰顿了。"

"真的吗？"

"不错，老爷。就在今天上午我获知一个好消息：克兰顿在伦敦被抓获了。可能他的身体状况不太好，不过总算是归案了。我打算去审讯他，你需要参加吗？"

"当然！警长，坐我的车过去吧，还可以给你们警察局省下一些费用。再说，我的车速快，人坐上去又舒服。"

"是吗？那我要谢谢勋爵大人了。"

温西愉快地说道："太客气了。你将会体验到，在没有车速控制的状态下，一个走在时代前列的交通工具是多么得心应手。哦，本特，你给牧师长发个电报，告诉他我们到伦敦去了。警长，利用本特去发电报的功夫，我要给您看一样东西，它是今天早上的一个意外礼物。"

勋爵将希拉里·索普给他的那封信和那张外国信纸给了警长。

"这些都是什么呀？看得人头晕，'凶恶的大象'？"

"我也不清楚，希望见到你那位亲爱的克兰顿先生后，他可以为我们揭晓谜底。"

"这只是一些疯话罢了。"

"你也太抬举那位白痴了……不对，你指的不是皮克。先生，你再看看这张纸。"

"这张纸怎么了？好的，我懂了。你认为这张纸和苏珊娜那封信的纸张是一样的。我也是这样认为的。走吧，我们到里面做个对比……哦，上帝呀！老爷，您说的对极了，它们很有可能是同一叠信纸上撕下来的。嗯，下一步我们该做什么呢？对了，您刚才是说它是在钟塔里找到的吗？勋爵，你对此有什么想法呢？"

"还记得苏珊娜说，利格罗丝给他那位所谓的英国朋友写了几个小时的信吗？类似于担保之类的？"

"不错。"

"我认为这张纸和那个担保物有关，也许它是一个秘密的藏宝线路图，文字密码之类的游戏。"

"密码？太不可思议了！那么您破译出来了吗？"

"暂时还没有，不过我会想出一个好办法的，也许是找到可以破译它的人。也许克兰顿可以帮我们，虽然我认为希望很渺茫……我猜，即便是破译了，也没多大用。"

"勋爵，我不明白你的意思。"布伦德尔非常惊讶。

"我敢打赌，杀死利格罗丝的真凶早已取走了珍宝。可能是克兰顿，也许是索迪，或者是我们还没有掌握的某个人。"

警长沉默了片刻，开口说道："我也是这样猜想。无论如何，假如我们破解了这个藏宝密码，顺利找到了藏宝处。即便是没有了珍宝，也可以证明我们的推断是正确的。"

等到本特发完电报回来后，温西开车闪电一般驶出了利姆霍特，这让警长惊得目瞪口呆。

勋爵说道："警长，你说的没错。可是如果我们找不到珍宝，克兰顿不承认是自己拿的，我们又没有证据，那么就无从知晓利格罗丝的真实姓名。同时也不能确定真凶是谁，那是什么样的情况呢？"

"一切又绕回了原处。"警长无奈地说。

"是的。好像《爱丽斯漫游仙境》一样，所有的奔跑，只是为了回到原处。"

布伦德尔将目光从勋爵身上扫过，落到了窗外的沼泽地。它像一个硕大的棋盘，面目方正。那些堤坝和篱笆是一个个星罗棋布的棋子。车辆快速前行，四周的景色飞速向后闪去。

"这一切真像幻梦一般。"警长感叹着，"确实和书中写的一样。可是关于回归原处的问题，我觉得勋爵有些多虑了，现实和书还是不一样的。"

第八章　藏在音符中的密码

> 我认为让青年指挥家亲自动手编写一些乐曲，甚至整部钟乐，这对他们来说是一件很有裨益的事情……他们在敲钟的时候更能体会到。
>
> ——特罗伊特：《敲钟变奏曲》

"不错，是我。"病床上的克兰顿面对温西勋爵，露出了尴尬的笑容，"真没想到我那天见到的是勋爵大人，看来只有实话实说了。元旦的时候，我是在圣保罗教区，可是在一个新年即将到来的时刻，那里并不是一个让人满意的地方。只能说这些警局里的人太不够意思了，对于我这样一个老主顾，竟然一点都不想念。要知道，从去年九月份开始，我还没有进去过呢。哦，其实那是一个不错的地方！他们太懒了，我只想说，纳税人缴的钱让他们拿去做什么用了？"

他停顿了下，很别扭地换了个姿势。

"省点心吧，别想着可以蒙混过关。"负责刑事调查的帕克巡长说，"你的胡子是怎么回事？如果我没说错的话，去年九月份？不会仅仅是因为好看吧？"

"哦，不！我才不愿意这样糟蹋自己呢。"克兰顿撇撇嘴，不屑一顾的样子，"我只是觉得，没有人会想到帅气的诺比·克兰顿会留这样一个黑胡子，所以我就大胆地做了尝试，好在我已经习惯了这副尊容，你是真不知道胡子刚长出来的时候有多难看！我总是不由自主回忆起依靠女王陛下的恩赐过活的好日子。哦，天哪！可怜我这双手，彻底完蛋了！我想问问各位长官，一位体面的上等人，被迫做了多年的手工活以后，怎样才能恢复他昔日的荣光？真是一个砸人饭碗的勾当。"

"于是，你在去年九月份开始就动起了歪脑筋。能告诉我们吗？和威尔伯拉罕的珍宝脱不了关系吧？"帕克巡长问道。

克兰顿沉默了一会儿，终于说道："好吧，我说实话。我才不在乎为那些做过的小事坐牢呢！作为一个上等人，被人怀疑才让人发火。我既然说自己没有拿过那些珍宝，就肯定没有。我的手可从来没有碰过那些可恶的东西，从来没有！巡长，你想想看，我要是有了那些珍宝，还会在这样一个糟糕的地方住下？我可以享受一个真正的上等人的生活啊，我的上帝！我拿您的警靴打赌怎么样？"克兰顿认真说道，"我会用你们想象不到的神速将珍宝化整为零，藏到一个你们谁也找不到的地方。说起寻宝这件事情，你们可没有我下的功夫多。"

"我猜，你到圣保罗教区是为了寻找珍宝吗？"温西问道。

"是的。我想珍宝应该还在那里。可是那个坏蛋……你们知道是谁，对吧？"

"迪肯？"

"不错，是他。"不知道是因为害怕，还是气愤，克兰顿的一张脸都变形了，"他还在那儿。在你们找到他之前，他没办法带着珍宝一起走。假如他试图把东西寄出去，你们一定会发现的。因为你们已经对他的来往信件进行了监控，对吗？是的，他绝对带不走的。那个东西还藏在圣保罗的一个地方……当然，我也不知道那是哪儿？可是他的确拿到了珍宝。按照我的计划，本想找到它们，一起交给警方的。这样，你们肯定会收回那些怀疑我的话——因为真不是我拿的。到了那个时候，你们就会承认自己的错误，对吗？"

"哦？"帕克微笑，"果真如此吗？你确实计划将找到的珍宝诚实地交给警方，改邪归正吗？"

"当然。"

"你没有想过，可以获得什么样的好处吗？"

"上帝呀，肯定没有。"

"那你在去年九月份的时候，为什么不向警方求助呢？这样我们也可样帮你的忙。"

"我确实没有让警察知道这件事情。"克兰顿说，"可是我只是不想让一群笨蛋来麻烦我罢了。因为我喜欢独角戏，就像那些马路花匠常说的一样：这是我的事。"

"你的口才很好。不过，你怎么知道那些东西在哪儿呢？"

克兰顿小心地斟酌着用词："是这样的。迪肯以前和我说过一句话，可是到后来我发现他这个家伙只是在骗我。你不知道，这个家伙太狡猾了，我从来没有见过像他那样的骗子，他那个脊柱就好像一个'曲别针'。他就是一个无耻的下流胚！我真是倒霉透了，居然和这样一个人共事，该！像这样一个人格卑劣的家伙，根本不知道羞耻是怎样的。"

"这个我有点相信。你知道保罗·泰勒是谁吗？"帕克问道。

一听这个，克兰顿似乎有些兴奋："这下你们找对人了，迪肯曾经和我说过——"

"什么时候？"

"呃，这个——"克兰顿脸上的神采不见了，说，"这，当然是在监狱里。对不起，我真不想提起这个鬼地方。'你愿意让我告诉你珍宝藏在哪里吗？'他和我说，'只要你问一下保罗·泰勒，巴蒂·托马斯就可以了。'他说这话的时候，笑得可真厉害。

"我问他：'你可以告诉我他们的具体身份吗？他笑得更厉害了，'你肯定会在圣保罗见到他们的。可是你现在可去不了。'所以我狠狠地打了他一拳。长官，请原谅我的语气这么粗鲁。不过，还是那个见鬼的狱警没让我继续打他。'"

"哦？"帕克的表情似乎有些怀疑。

"我敢发誓！我说的都是真的，要是我撒谎就让我死无葬身之地。"克兰顿情绪激动，"可是我到了圣保罗教区以后，根本没有这样的两个人。只是一堆烂钟而已，于是，我就死了这条心。"

"那么你在星期六的晚上悄悄溜走是因为什么？"

"和你说实话吧。我不喜欢有个人那样看我，她好像识破了我的伪装。我不想和人吵架，那样太没风度了。于是我只好偷偷地跑了。"

"是吗？这样一个有眼光的人是谁啊？"

"我也没想到……那个女人当然是迪肯的老婆。你知道的，我们两个站在一起接受过审讯，我可从来没有想过会遇见这样一个故人。毫不客气地讲，她是个粗野的女人。"

"因为她嫁给这儿一个名字叫作索迪的人。"温西告诉他。

"她居然又和别人结婚了？"克兰顿张口结舌，"这下我就清楚了。我以前怎么一点都没听说，真是倒霉透了！"

"你好像对此很注意！"

"才不呢。我只是觉得，像她这样一个……像她这样一个普通的女人，怎么会——"

"你最好说老实话！难道这个女人和这件珍宝案没有关系吗？"

"我怎么可能知道？不过，说心里话，我觉得这个女人和这件案子真没多大关系。她就是一个傻女人，让迪肯这个坏家伙利用的傻女人而已。迪肯肯定是从她的嘴里套出了有关珍宝的事情，她可不知道自己做了些什么。我就是这样看的，我不认为迪肯会告诉她更多的东西。理他呢！反正我了解的也没多少。"

"你认为她对于藏宝的事情了解多少？"

克兰顿沉思了良久，居然笑了："我打赌，她根本就被蒙在鼓里。"

"你为什么这样肯定？"

他迟疑地开了口："假如她知道什么，而且为人正派的话，肯定一早报告警察了，是吗？假如她动了脑筋，肯定会找到我们这一帮哥们儿的。可是，她什么都没有做，对吗？所以，我敢肯定你们在她身上绝对一无所获。"

"你的意思是，她已经发现你了？"

"起码，她对我产生了怀疑。当然，这仅仅是我的感觉，可能我想多了。无论如何我都不想和她吵架，这是一件很不体面的事情。因此，我就趁着晚上开溜了。尽管我还在为铁匠干活，他人很好，就是性格太暴躁了，我也不想和他发生争执，只好偷偷回家了。再后来，我不幸患上了风湿病，干脆躺倒床上起不来了，心脏也很不好——这些你都看见了。"

"这倒是。那么你是如何得上这个病的？"

"假如谁也和我一样掉进那个倒霉的水沟，没得风湿病才见鬼了呢！像这样糟糕的乡下生活，我以前根本没有见过。我无法适应这样的乡下生活，特别是大雪弥漫的严冬。我差点在那条该死的水沟里送了小命，那样的死法真是太不体面了。"

克兰顿还想继续胡扯下去，帕克稳稳地接住了话题："你后来仔细想过泰勒·保罗和巴蒂·托马斯的事情吗？你知道，我知道是那些钟。你有没有爬上钟塔或者什么地方寻找那条项链？"

克兰顿似乎有些慌神："不会，当然不会！而且，那个该死的地方老是有一把锁。"

"看来，你尝试了。"

"我，我只是用手在门上推了推。"

"按照你的说法，从来都没有进过藏钟房吗？"

"没有。"

"这个又作何解释呢？"帕克冷不丁将那张特别的信纸放在了克兰顿的眼前。

克兰顿的脸忽然就变色了："这是什么？"他的喘气声渐渐困难起来，"从来都没见过……"他好像上不来气了，"快，快拿药，我的心脏——"

"快递给他。"温西说道，"看来，他病得很厉害。"

帕克沉着一张脸将药递了过去。过了一阵子，克兰顿的脸色渐渐缓过来了，呼吸声也好了许多。

病人说："我现在感觉好多了。长官，你刚才真把我吓坏了……你刚才说的什么东西？哦，我可没有见过。"

"你在撒谎！"帕克严厉地说道，"你见过这个信纸。它是让·利格罗丝从法国寄给你的！"

"谁是让·利格罗丝？我可没有听说过这个人。"

"你没说实话！为了让他顺利到达英国，你曾经给他寄过钱，是多少？"

"我已经说过，没听说过这个人。"克兰顿生气地说道，"上帝呀！不要这样对待我，我说过了，我现在是一个病人。"

这家伙看起来的确病得不轻！帕克忍不住在心里骂道。

"听我说，诺比。你只要把事情讲清楚，我们就不会打扰你了。我也知道你身体不好，可是讲出来就好了。"

"我讲了。我不认识那个什么让，我只是去过圣保罗大教堂，但是很快就离开了。除此之外，我什么都不知道，更没见过什么信纸，什么都不知道！你还有什么要问的？"

"哦，当然没有。"

"那么你现在有什么罪名要指控我吗？"

帕克迟疑了："暂时没有。"

"那么你就要相信我说过的话。"病人尽管声音有点虚，不过口气异常坚定。

"这个我明白，可是，"帕克口气一变，"怎么会这样！喂，老朋友，你是想要我们指控你，对吗？假如你愿意和我们一起到苏格兰场——"

"我不明白你的意思！你想指控我？理由呢？你们没有理由因为那罪恶的珍宝指控我！而且我根本没有见过它们……"

"不错！但是我们可以指控你谋杀了让·利格罗丝。"

"没有！没有！没有！"克兰顿声嘶力竭地吼着，"你们这帮胡说八道的家伙，我没有杀人！没有！我没有杀任何人！我——"

"他昏过去了。"温西勋爵说道。

"他完蛋了。"这是布伦德尔警长开口说的第一句话。

"但愿他没有死。"帕克说，"没有，好像没事。可是他看起来不太对，快叫护士——波莉！"

一个女护士走进病房，生气地瞪了三个人一眼，疾步走到病人身边。

"假如他因此死去，你们都是杀人犯。"她说，"居然这样恐吓一个病得如此严重的病人。出去！到病房外面去！你们这些原始人，我的病人可没有伤害你们的能力。"

帕克说："我先去叫医生到这边来。可是我会再来的，下次见到他的时候，希望他的身体会好一些。和你说一下，如果他的身体恢复过来了，我们会很快带他离开这儿的。要知道，去年九月份的时候，他就脱离警方控制了。"

女护士满不在乎地耸着肩膀，低下头检查病人的身体。于是，他们三个只好离开了。

帕克和布伦德尔说："警长，眼下我们也只好是这样。他好像病得厉害，可他明显想要隐瞒什么。不过克兰顿不像是一个敢杀人的人，我觉得他没有杀谁。不管怎样，他肯定见过那张纸。"

温西说："不错，是这样的。可是他的反应过于激烈了，对吗？他非常恐惧，害怕什么呢，查理？"

"也许，他让谋杀案给震慑住了。"

布伦德尔："我感觉是他干的。你们看，他自己也承认在圣保罗区，恰巧也是在埋尸当晚匆匆逃跑。要是不是他，还能有谁呢？我们都知道，他完全能从教堂主事那里取到通往地窖的钥匙。"

"好像是这样。"温西勋爵分析道，"可是他对那儿的情形并不了解，如何知道主事的钥匙在哪里呢？他又是怎样找到钟绳的？也许，他在白天会留神那口井，不过想要将这一切做得一点破绽都没有就有点不可思议。况且，让利格罗丝搅局又有什么好处。既然在监狱的时候，迪肯已经告诉了克兰顿藏宝的地方，将让·利格罗丝从法国弄回来又是为了什么？按照这样的思路，克兰顿一个人就够了。假如因为什么原因必须要利格罗丝，后来又见财起意杀了他，珠宝现在在何处？假如他已经卖掉了珍宝，我们应该查到了下落；假如依旧在他的掌控之中，那就要好好查证。"

"我们会下达搜查令，好好看下他的家。"帕克有些迟疑，"假如珍宝藏在他的家中，就一定会搜出来。不过，我还是认为东西不在他的手里，我们刚才问的时候，他没有一丝异常的表现。"

布伦德尔警长："要是找到了，我们当然可以用谋杀的罪名指控他。我坚信，现在拿着珍宝的人肯定是谋杀案的真凶。"

温西："警长，你的焦点为什么总是放在珍宝上面。该案的中心是圣保罗，当然，这只是我的预感。查理，要不我们赌一把如何？"他忍不住开了玩笑。

"哈！我才不上你的当呢。"布伦德尔说道，"亲爱的彼得，我可没有钱输给你。你总是赢家。"

温西回到圣保罗以后，将自己关进房里对着信纸冥思苦想。他从前接触过密码，初步认为这只是一个简单的密码而已。无论写下它的人是谁。让·利格罗丝、克兰顿、威廉，或者和这起案件有关的任何人，他们都不会是密码专家。可是书写它的人其实挺奸诈的，他还没有见到过这样故布疑阵的密码。和夏洛克·福尔摩斯相比，他那个"会跳舞的精灵"显然更接近密码。

他先用相对简单的方法进行破解，第一次是将每个单词的第一、二、三、四和以后的字母连起来拼写；第二次是按照一定的规律间隔开某些字母，不过都失败了。他又尝试预先设定一个字母代表一个数字，之后一个字、一个句的进行相加，可是还是没有结果——要知道这样的方法只有剑桥大学的数学硕士才可能应用地得心应手。

之后，他又用相同的办法将钟上的铭文加起来算了两次，分别是包含日期和减去日期。可是一点用都没有！他又怀疑书中记录的铭文有漏掉的内容，就把纸张平放在桌子上，决定去找牧师借钟塔的钥匙——他要亲自去看一看！

刚开始他拿错了酒窖的钥匙，发现后又去更换，不免又耽误了一些功夫。当他终于拿到钟塔钥匙的时候，马上向教堂走去。尽管温西为了铭文的事情一直心不在焉，可是叮叮当当的钥匙声还是引起了他的注意：第一，西门和南门的两把大钥匙套在了各自的钥匙链上；第二，之后全部的钥匙套在了一个大钥匙环上，分别是：地窖、钟塔、圣具房、敲钟房以及存放钟塔平衡锤的钥匙。克兰顿又是如何分辨清的呢？即便他事先之情，从教堂主事那里偷出来钥匙，可是这个"斯蒂芬·瑞莱弗"对于教堂钥匙的过度打探，一定会让人怀疑的。

就算是教堂主事有西门和地窖的钥匙，可他未必有其他的钥匙！想到这儿，温西忽然掉头，请教了书房里的教区长。

隔着窗户，维纳伯斯先生愁闷地挠着脑门：他正在为了筹集教区杂志资金的事情发愁。

"不。"他想了想说，"哥特贝尔每天早上都要敲钟，有时赫兹卡亚身体不好的时候还要让他顶班，所以他不只是有西门和地窖的钥匙，钟塔和敲钟房的钥匙他都有，而且南通道、敲钟房和钟塔的钥匙赫兹卡亚也有，他以前是主事，虽然现在年纪大了，可是还拥有敲丧钟的特殊权利。不过他们没有平衡锤的钥匙，他们要这个没有用，只有我和杰克·戈德弗雷有。是的，我拥有全套的钥匙，无论他们谁的钥匙不小心遗失了，都可以到我这里来取。"

"那么，杰克有地窖的钥匙吗？"

"他没有，因为完全用不上。"

这件事情越发奇怪了。温西沉思着：假如将这张信纸遗失在钟塔里的那个人和埋尸的是同一个人，他只有几种可能：第一，也是最简单的，他偷走了教区长的全套钥匙；第二，他同时拿走了杰克和哥特贝德的钥匙，才能打开地窖，进一步拿到平衡锤。假如这个人就克兰顿的话，他没有机会了解其中的内情。如果是第三种情况，真凶带着铁锹之类的工具……恐怕这下更麻烦了，他起码要搞到牧师长或者是杰克的钥匙。

勋爵想到此处，特意到后面询问埃米莉和辛金斯。两个人都说绝对没有见过一个叫作"斯蒂芬·瑞莱弗"的人走进教区长的大门，想要溜到书房更是不可能的事情。

因为牧师长的钥匙素常就放在书房的一个固定位置。

"可是钥匙那时候并不在它们该有的位置呀！"埃米莉告诉他，"你是否记得，除夕夜的时候钥匙不见了，差不多一星期之后我们才在圣具房发现了它们，而且没有教堂门外走廊的钥匙。当时是唱诗班要进行排演，不过事后教区长忘了将它从锁上拔下来。"

"唱诗班结束是什么时候，星期六吗？"

"是的。"辛金斯和埃米莉说，"你还记得吗？教区长说钥匙好像不是他遗失在锁上的，之前可能就丢了，直到星期六他都没有见，还用了哈里·哥德贝特的钥匙。"

埃米莉说："是吗？那我就不清楚了。可是钥匙的确留在锁孔里，哈里说那是他早上敲钟是发现的。"

局势愈发混乱，温西迅速走到书房窗前。牧师正集中精力写着什么，对于勋爵的询问一下子还没有反应过来，不过他很快承认了埃米莉的说法。

"感觉是在一星期前将钥匙掉在了圣具房，应该是唱诗班留在最后的那个人拾到了钥匙，并且私自使用。虽然我不知道他是谁，但是我敢肯定！是谁呢？只有……哥德贝特！是的，完全有可能，留在最后收拾炉子的人就是他。可是他怎么会将钥匙留在锁孔里呢？不会啊……哦，上帝，难道你以为是真凶干的吗？"

"我就是这样认为的。"温西老实说道。

"什么？"牧师吃惊地喊道，"假如钥匙是我忘在圣具房的，那么凶手是如何进到里面拿走的呢？要知道没有教堂的钥匙他肯定无法进去……只有他混进了唱诗班。可是，唱诗班的人怎么可能做这种事情！"

牧师的情绪看起来很焦虑，温西见状急忙说："也许是唱诗班排演的时候开着门，凶手悄悄溜进去的。"

"对，有可能这样。我真是笨极了！一定会这样！听您这样讲，我就安心了。"

可是勋爵一点都不安心。之后他便到教堂去了，路上前思后想：假如钥匙在除夕夜被盗过，克兰顿到圣保罗的日期是元旦，那么他就被排除了；如此，威廉的可能性就大了，十二月三十日的晚上他找教区长的理由并不充分。可是一月四日的晚上他绝对不在教堂，就没机会将钥匙原样放回去……假如是威廉拿了钥匙，再经过詹姆斯·索迪把钥匙放回去呢？要是这样，克兰顿在期间的作用又是什么呢？

不过他有一点可以肯定，藏钟房里的特殊信纸，克兰顿绝对知道一些秘密。

温西一边想，一边走进教堂。他打开钟塔门以后，顺着螺旋楼梯慢慢走到上面。路过敲钟房时，看见有一块新的公告牌挂在墙上，只见上面写道：元旦上午，一九——，敲钟一五八四，肯特高音变奏法，耗时，九小时十五分。敲钟人：高音钟，埃兹拉·韦德斯宾；二号钟，彼得·温西勋爵；三号钟，沃特·普拉特；四号钟，哈里·哥特贝德；五号钟，乔·辛金斯；六号钟，阿尔夫·道宁顿；七号钟，杰克·戈德弗雷；低音钟，赫兹卡亚·拉文德。指挥,牧师西奥多·维纳伯斯。一切都是赞美主！

看到这里，他不禁微笑了。然后他从空荡荡的钟房，放开平衡锤后，一直往上爬，到了钟下。他站在那儿，抬头注视着黑洞洞的钟口，慢慢适应了黑暗。头上罩着这样大的钟，让他感觉透不上气来。温西忽然感到头晕眼花，好像所有的钟都要落到头顶，将他扣在下面。

温西如同中了魔咒一般，忍不住出声依次念着它们的名字：“高德、萨巴思、约翰、杰里科、朱比利、迪米蒂、巴蒂·托马斯和最低音钟保罗。”四周迅速发出嗡嗡的回声，如同人的私语，然后悄无声息地消失在上空。他忽然大叫一声：“泰勒·保罗！”遥远的上空传来了一阵不和谐的和声。

"哦！"勋爵提了一下劲，自言自语说道，"这样做好像没什么用，在这样搞下去我就要和皮克一样变成白痴了，一个人跑到这个鬼地方和大钟说话，真是够蠢的。我得下去搬把梯子来干正事了。"

他用手电筒照亮钟塔，仔细查看着每一个隐蔽的地方。他找到了梯子，也看见了一些其他的杂物。钟塔里面很脏，很久没有打扫卫生了，但是有一个最肮脏、最隐蔽的死角，地板上有一块地方居然比其他地方都要干净，对于大钟的恐惧心理瞬间就消失了，他急忙过去查看。不错，这个地方被清扫过，而且时间不长。因为它上面覆盖的灰尘很少，而其他地方脏得好像有几百年都没有打扫过。

他跪在地上留神查看着……忽然脑子里闪过一个念头：这样一个明显不合逻辑的行为，难道是想将罪恶的痕迹去处吗？他好像看到：克兰顿和让·利格罗丝悄然爬上了钟塔，手里捧着那张密码一样的信纸。珍宝被他们找了出来，在暗处发着诡异的亮光……忽然，凶手悄悄打量着他的同伴，乘其不意，迅速发起致命的一击，血……地面上有血！那张密码纸从他的手中滑落，飘到了一个看不见的地方。凶手怕极了，四下一打量，使劲扳开死者的手，拿走珍宝。他将尸体扛倒膀上，喘着粗气、跟跟跄跄下了楼，楼梯让他沉重的步子踩得咯吱咯吱响……教堂主事的铁锹让他从地窖里拿了上来，清洗用的水桶和刷子是他从圣具房，或者别的地方偷拿的，他从井里打上了水……

井！他忽然一个激灵：绳子呢？绳子和这件事情有什么关系？仅仅是为了搬运尸体吗？专家的验尸报告写得非常明白，死者生前让人用绳子绑过，还有被击打的创伤和血痕。被折磨致死的可能性也有，可是击打的伤口是死后很长时间才留下的，因为那一点点流血量更符合死后创伤特征。不过，要是没有血的话，他擦洗地板又是为什么呢？

他疲乏地坐在了自己的脚后跟，抬起头看着那些钟：唉！假如这些钟可以开口讲话，或许会告诉他这里曾经发上了什么。温西也觉得自己的想象力太丰富了，怎么可能呢？于是他摇摇头，重新拿起手电筒又开始寻找……墙根堆放着一些让虫蛀过的木头梁，有一个一夸脱的啤酒瓶不知什么时候滚进了它的后面。温西看着，忽然忍不住大笑起来，在这个狭小的空间里震得他耳膜嗡嗡作响，看似复杂的事情竟然如此简单：一群身份不明的人闯入了圣地，他们喝酒的时候不小心将啤酒洒到了地上，这些大老粗匆匆擦干了地板上的酒渍，走的时候甚至都没有注意有个啤酒瓶滚到了后面。

温西认为事情就是这样，不过他的心里还是放不下，于是用一根手指抠住瓶口举起来细细查看：瓶子上的灰尘不多，说明发生这一切的时间不算太久，也许会有指纹留下。他又对其他地方的地板进行详细地查看，希望可以找到其他的线索：灰扑扑的地面上有一些乱糟糟的脚印，而且还不小。他认为是男性留下的居多，比如杰克·戈德弗雷、赫兹卡亚·拉文德，当然不排除其他不明身份的男性。然后，他再次攀着梯子到上面仔细查验了钟和木头，可是没有任何结果。

温西累极了，这一切和当初的想象相差太远：找不到藏宝地，甚至连特殊的标记都没有；什么仙女、大象、巫婆，所有可以和黑暗界搭上关系的都没有。几个小时过后，温西勋爵带着他唯一的战利品——啤酒瓶，离开了。

谁也没有想到，到末了竟然是牧师破译了密码。那是一天夜里，教堂大厅的钟声刚好敲响十一下，牧师长捧了一杯温热的棕榈酒，另一只手拎了老款的暖脚炉，满腹心事地走进了教室。

他说："打扰了，勋爵。我过来给您送点东西，希望能够让您稍微舒服一点，千万别累着了。我太太提醒我，刚进夏天的夜晚似乎还有点凉，而且这门缝老是漏风，也许这个暖脚炉对您可能还有点用处。

"哦，对不起，也许您想清静一会儿。勋爵，你在做什么？写钟乐吗？嗯，不对……你写的是字母，好像和音符没有关系。我的眼神可真不济，和从前相比真是差远了。对不起，我不该这样失礼，打探别人的私事可真不好。"

"千万不要这样说，教区长，这个好像钟乐一样的东西正是我和您讲过的密码。你看，"温西和牧师说，"像这段文字，字母数恰好是八的倍数，我把它们列成八行，希望可以找到一些秘密。不过刚才听你这样讲，我忽然感觉这份密件很有可能是按照钟乐来编写的。"

"为什么？"

"按照一口钟在一段乐曲中的特定位置，将负责传递信息的字母写到固定的位置，而剩余的地方则是一些无关紧要的字母。譬如：你打算用最简单的钟乐二重奏来发送一个讯息'前来礼拜'——钟乐二重奏：每组由五个不同的钟声来鸣奏。本组所有的鸣钟乐，六号钟都在最后敲响。为达到这个目的，你必须先选出一口钟负责传递消息：我们来试验下，先选定五号钟，再写上这首乐曲的开头，按照五号钟每次出现的地方编写传消息需要的每一个字母，就会出现这样的情况。"

温西快速写下两行字母，边说边写："至于其他的位置咱们就随便写好了，如，XLOCMP，JQIWON，NAEMMB，TFSHEZP等等。将所有的字母写完后，编成一段话。然后再分开，这样我们看起来就变成了一组组的单词。"

牧师忍不住问道："这样做的意义又是什么？"

"什么意义都没有，就是为了不让别人轻易地发现其中的奥秘而已。当然，咱们还可以这样写：XLOCMPMPJQIWONNAEMMBTSHEZP，只要咱们掌握了其中的方法，想怎么整就怎么整。收信人只要了解了其中的关键，很容易地将字母拆分成六行，再把五号钟的位置标定好，就可以搞定一切了。"

"哦，我的上帝呀！"牧师忍不住惊叹，"真没想到是这样的！如果我们再略施手脚，就可以让这份密文从字面上化繁为简，将不知情的人引向歧途。我现在完全明白，比如'WON（胜利）'以及苏格兰单词'NAE（否）'，以此为基础有意识地进行单词整合、修饰，就可以完美地呈现出我们想要的语言幻术，对吗？"

"不错，这样做可以让密文找不到一点漏洞。"温西勋爵轻轻地敲了敲利格罗斯写的这份密文。

牧师问："我冒昧地问一句，你是否已经采用这种方法破解了这份密文呢？"

勋爵抱歉地摇了摇头："暂时没有，我也是刚刚才考虑到。可是，写下这封信的人为什么要采用这样的方法和克兰顿联络呢？使用这种方法的人只有做过钟乐手的人才会操作。而克兰顿并不是此道中人，同时，我们也无法得知利格罗丝是否从事过与此相关的职业。"

西奥多想了想，说："如果是这样，你不妨尝试一下，也许会有收获。不过，你曾经和我说过，这份密文是在钟塔上找到的，或者收信人本身并不懂得钟乐，但是他感觉到和钟有一定的联系，所以想到钟塔上寻找破解的门路？哦，我知道这个想法有点不着调，可是不能排除这样的因素。"

勋爵微皱眉头，不停地轻敲着桌面："的确有这个可能！我想起来了，克兰顿来教区之前探听过保罗·泰勒的消息。迪肯告诉过他，泰勒·保罗、巴蒂·托马斯知道那条项链在哪里。教区长，我们两个不妨去探索一下泰勒·保罗的究竟。"

他拿起信纸，指着上面的八行密码："我们现在并不清楚写信人用的是什么样的鸣钟术，确定的是哪一口钟。我们先设定泰勒·保罗，假如是特里普斯的远古三重术，那么泰勒·保罗就没有机会；原因是次中音那口钟一直都在后面，他们想要传达的消息将会排在末尾一行；神圣变奏术也不大可能，这样的鸣钟术我们根本没有用过。再来看下巴蒂·托马斯，GHILSTETHCWA，哦，好像没什么实际意义。再来看看剩下的那些钟，呢，更不可能。牧师，可能是轻奏术，或者独奏吗？"

"不会的。"教区长回答。

"这个讨厌的家伙并非在编写钟乐，他是在费尽心机地些密码。"温西自言自语着，"他一定找到了旁人不知道的方法。"

他手拿铅笔在那些字母上勾勾画画。

"我还真看不出来这个家伙在搞什么鬼！特里普斯的三重奏也许可以不用考虑了。或者，斯特德曼的敲钟术也不用考虑？我再试一试，假如这样排列，有含义的字母又距离太近了。再看看肯特高音变奏术，泰勒·保罗在这里基本上是伴奏。"

"第七，字母'H'；第八，是字母'E'；再回到第七，这次对应的字母是'S'；六是'I'；五是'T'；把它们排列在一起，是'HESIT'。先不考虑其他，这个拼出来的单词还是有点用的。接着再看，六是'T'、五是'E'、四又是'T'、三是'H'。将它们全部连接好：'HESIT—TETH'。牧师，我们现在拼出了两个单词，'他坐在'，这是什么意思？'他'肯定是指项链。不管那么多，我们接着来。"

牧师兴奋不已，眼镜都从他的鼻梁上滑了下来，他紧紧追随着温西在纸上勾划出的每一个字母。

"刚才那两个单词合在一起正好是第九十九首圣乐的词组。瞧瞧，我刚刚是怎样说的？'他就在天使之间——He sitteth between the Cherubims'。它想说明什么？不对，勋爵，我们弄错了，接下来的字母是B，大地从未像今天这样暴躁——'be earth never so unquiet'。"

"别着急，我们慢慢来……教区长，它不是B，还是个T。嗯，是'THE'……不对，是'THEI'……错了！应该是'THEISLES——岛屿'。对不起，亲爱的，原谅我现在没法和您探讨……这一个个的单词就这样出来了，肯定不会是巧合；请稍微等一等，我很快就结束了，那是咱们想说什么就说什么……天哪，末尾这是怎么搞的？真是活见鬼！我怎么忘记了，主旋律到这里就突然中断了，不错，就是这样。"他快速估算着，"三、四乐章肯定就在后面。现在，终于大功告成了。想要明白其中的含义，您还是过目一下比较好。"

牧师擦干净眼镜，认真地读着这份奇怪的密文："它们都是三首赞美诗里面的内容，但是彼此之间好像又没什么关联：第一，'他就在天使之间'是第九十九首中的首句内容；第二，'岛屿为此笑逐颜开'是第九十七首的首句；这两首赞美诗的开篇都差不多：'主是上帝'、'上帝是我们的主宰'。紧接着'如同南方的大小水域'，它们和第一、二、六首赞美诗的第五段有关联；'信仰的转变'、'上帝拯救犹太人脱离困境'。这都是一些非常难懂的文字，甚至比密文本身还要古怪。"

勋爵表示赞同："的确如此。不过它们也许和赞美诗中蕴含的数字相关。我们已知的数字有'99，1，97，1，126，5。'现在，是把它当作'9919711265'？就照原来的样子？要么重新组合？它们将有无数种排列顺序……要么将它们进行相加……要么是用我们还未掌握的某种方法将数字替换成字母：当然，它不会是a=1、b=2这么浅显，更不会是IIAIGIABFE。照目前的情形看，我还得好好琢磨琢磨。不过有一点可以肯定，教区长，你是非常有才华的人，不去当密码专家真是太可惜了。"

牧师对此以诚实的态度说道："不过是凑巧罢了，这一切只是因为我的眼睛不太好，瞎蒙出来而已。但是它让我想起了从前讲经时经常说的一句话'上帝是公平的，谁也逃不过自己种下的因果。'可是我从来都想不到钟乐可以用来编写密码，想出它的一定真是个天才。"

"我们还可以将它编得更加高明一些，还有许多种改良的方法。可是，"勋爵说，"我现在可没有那么多的闲工夫，我要先考虑眼下的问题，'99，1，97，1，126，5'，究竟有什么含义呢？"

他两手将自己的头发挠得乱糟糟的，牧师默默地离开了。

晚安。

第九章　要紧的线索不见了

将高音钟的位置变换下，由后面变到三号位置，再恢复到后面。

——《四种编钟鸣奏术》

埃米莉号啕大哭，一张脸憋得通红："我顶多在你们这儿再支撑一星期，就不干了。"

牧师夫人刚刚提着一桶鸡食走到厨房门口就听见了，急忙停下脚步进去问道："哦，上帝呀，埃米莉，你这是怎么了？"

埃米莉哭道："夫人，我知道您和教区长对我都挺好，我不是对你们有意见。可是我不是本特先生随意使唤的佣人，而且我根本不想做他的佣人，那不是我的事情。我发誓，宁愿废了这双手也不想得罪勋爵大人。我和本特先生说：'你们又没有提前和我打招呼，根本算不上我的错。'"

牧师夫人的脸上有点不好看：她一直都认为温西比较好相处，可是本特就不是那么一回事了。夫人的决定力素来很强，而且她从小就知道主仆分明，从来都不会在仆人面前服软——她可不管这个仆人是谁的。要是那样的话，家庭事务可就一团糟了。她转头看着身后的本特，只见他神情局促，脸色煞白。

她严肃地问道："好啦，本特。告诉我发生了什么事情？"

本特口气低沉："夫人，是我的错！我不该头脑发热，乱嚷嚷。从'一战'的时候开始算起，我已经跟了勋爵十五年了，可从来没有出过这样的事情。这件事情太突然了，我被吓蒙了才冲她嚷嚷的。夫人，我向您保证今后不会发生这样的事情了。"

牧师夫人放下手中的桶，问道："你能告诉我到底是怎么回事吗？"

埃米莉哭哭啼啼的。本特不情愿地指着厨房餐桌上的一个空啤酒瓶，说："昨天勋爵让我负责守护它，于是我就放进了柜子里面，计划在今天上午拍下相片，再将啤酒瓶送到苏格兰场。可是这位女士居然乘我昨天夜里出去的时候拿走瓶子，并且将它擦得干干净净的。"

"夫人，原谅我。"埃米莉哭着说道，"这样一个破烂瓶子，我怎么会知道它有什么用处？我不过是在打扫房间的时候，恰巧看见这么一个破东西放在柜子里，以为我们家肯定不会有这么一个东西，心想肯定是谁不经意落下的。所有我就把它拿了出来，当时咱们的女厨子还问我：'它是什么东西，擦干净了还可以用来装一些调料之类的小东西。'于是我就将它擦干净了。"

"上面所有的指纹都没了，我不知道该怎样向勋爵交代。"本特阴沉着脸。

"上帝呀！我的上帝！"牧师夫人徒劳地感叹着，很快她就问埃米莉，"你打扫房间的时间为什么会这么晚？"

"夫人，是我错了。我也不知道为什么会那样，昨天是有点迟了，可是我觉得做了总比不做要好……我发誓，假如我知道……"埃米莉边说边哭，弄得本特也不知如何是好。

"哦，真对不起，可能我说的话重了一点。这只能怪我没有及时将柜子上的钥匙拔下来。不过，你也要明白，勋爵马上就要起床了，现在他可什么都不知道。我都要急坏了，真不知该怎么办才好。

"我正在给他准备早茶，我马上就要加热水去……夫人，我现在感觉自己这双手好像就是真凶的手，充满了血腥味……不知道阿拉伯最好的香料能不能洗去这让人晕眩的味道。"本特绝望地喊道，"他已经摇了两次铃了，刚才说过的话用来形容我的境遇，真是好极了！我还没有进去，他一定知道事情不妙了。"

果然是温西的声音："本特！"

"哦，勋爵。"本特回应的声音虔诚得仿佛是在祷告。

温西穿着浴袍走了出来："本特，我的早茶呢？"他忽然意识到教区夫人也在，尴尬极了，"天哪！夫人，请您一定要原谅我这个随性的样子，真没想到您会在这儿。"

"勋爵大人！"牧师夫人也叫了起来，"这里发生了一件糟糕的事情，本特先生都快急疯了……对不起，你一定要原谅这个好心眼的傻姑娘……她本来想做一件好事，可是没想到犯了错——她将你交付给本特先生的那个瓶子上面的指纹统统都擦掉了。"

"呜——呜——呜——"埃米莉扯开嗓子哭了起来，"呜——呜——呜——是我擦掉了——可是我什么都不知道——呜——呜——呜——"

温西的声音缓和了起来："本特，还记得我和你说过的那首诗歌吗？'只有折翅的鹰才会卧在地面，因为它无法在蓝天上展翅飞翔'——这就是我现在的真实心情。好了，请把我的早茶准备好,然后将那个破瓶子丢到垃圾桶里。事情已经是这样了,或许那些指纹本来就没多大用处。有一首诗歌,它的名字叫作《他再也不会微笑》,应该是威廉·莫里斯写的。'假如我再也不能发出胜利的欢笑,以及狂热的歌声,你当然知道是为什么。'好了,埃米莉,这次的事情就这样过去了,权当一个教训。不要再哭了,千万别让你的男人也认不出来了,不要再去想那个瓶子的事情。牧师夫人,那个讨人厌的瓶子连我都不想看见!这样一个美好的清晨,我帮你拿鸡食桶怎么样?拜托你和埃米莉都不要去想那个可恶的瓶子了,她是个非常不错的女孩,对吗?哦,埃米莉姓什么呢?"

"她姓霍利迪。"牧师夫人说道,"是丧事委员拉塞尔先生的亲侄女,也和玛丽·索迪沾亲。可是在我们这样一个小镇,几乎所有的人都有亲戚关系。这个地方实在是太小了,虽然大家现在都骑着摩托车,每个星期还通两趟公交,白痴皮克那样的人太可怜了。拉塞尔全家可都是大好人,真的。"

"原来是这样啊。"温西勋爵一面答应着,将麦麸倒进了鸡槽里,一面想着心事。

温西琢磨了一个上午的密码,脑子里还是一团糨糊。他等到旅店开门的时候,去红牛旅店点了一品脱的啤酒。

旅店的道宁顿先生问他:"勋爵大人,来点苦啤酒怎么样?"他将自己的手搁在了啤酒龙头上面。

温西回答说他今天不想喝苦啤酒,就要巴斯啤酒吧。

道宁顿先生依照吩咐取来了巴斯啤酒,和他说这酒非常好。

"啤酒的品质很大因素取决于瓶子。"温西和他聊了起来,"这要看它装瓶时的工艺好不好。你的啤酒是在哪一家装的?"

"是在威尔比奇的格里格斯,那里的人办事可靠,我感觉很好。"道宁顿殷勤地说,"您可以先尝尝。不过您可以从外观上鉴别:颜色清亮,敲起来好像钟声一样悦耳。前提是你的藏酒师要地道。我从前有个手下,老是将巴斯酒的头向下放到篮子里——那可是存放烈性黑啤酒的方法。我怎样说他都不听,我行我素。尽管黑啤酒允许那样存放,不过我可不喜欢那样做,而且也告诉其他人不要那样干。准确地讲,巴斯啤酒不但要正放,而且不能总是摇晃它。"

"您说的对极了!"勋爵说道,"像您说的那样做肯定错不了。让我们为了您的健康干一杯怎么样?您也喝点儿?"

"多谢爵爷,那我就喝一杯。让我们为了彼此的好运干一杯!请看。"店主举起来他手里的酒杯,朝着有光的地方让温西看,"这个酒的质量绝对好!"

于是温西随口问他:"你这里有夸脱瓶吗?"

道宁顿先生回答:"您是说夸脱瓶吗?很遗憾我这里没有。不过我知道汤姆·特巴特先生使用夸脱瓶,他是惠特谢夫酒店的老板,也是在格里格斯装的啤酒。"

"是吗?"温西应道。

"不错,的确有人爱喝夸脱瓶装的酒。可是我和您讲,还是这种酒桶里的散装啤酒在本地最受欢迎。有的农民就爱夸脱瓶装的啤酒,因为可以送货上门。天哪!可是从前的人们都是自己酿酒,直到现在有很多农庄都还放着酿酒用的大型铜具。也有一些人喜欢自己做熏肉,比如阿什顿先生。他们接受不了新的东西。看看现在,就连女孩子们都喜欢穿着漂亮的丝袜去电影院。食品店里的很多商品都是罐装的,正宗的家庭作坊熏肉已经非常少了。您看看市场里猪饲料的价格是什么样子。其实我的意思是,应该想出有用的办法来保护农民切身利益。您想过这些问题吗,勋爵阁下？其实这些事情肯定不会在您的家里发生。抱歉，我想问一下。您是上议院的参议院吗？哈里·哥特贝德非要说您是，我说不是，于是我们两个打赌。可是这种事情只要您自个儿知道。"

温西告诉他："上议院可没有我的份儿。"道宁先生一听乐坏了："那么，这位教堂的主事将会给我两个半的先令。"

温西趁他在信封后记下这件事情时，默不作声地走了出来，朝着汤姆·特巴特的酒店去了。他只是耍了一点小小的手腕就得到了使用夸脱酒瓶装巴斯啤酒的客户名单，他们大部分是住在小镇边缘的农民。

特巴特夫人说起一个人的名字让他留了心。她说："威廉·索迪在吉姆回家期间在这儿订过大约一打的巴斯酒。吉姆这个人不错，他给我们讲的那些外国事儿可真有意思，让人忍不住捧腹。他们家的那只鹦鹉就是他送给玛丽的礼物。可是我曾告诉过玛丽，那只信口开河的鸟儿，让孩子们听了可不好。没有人知道将来的事情会怎么样！假如它那天对牧师说的话让您听见的话，肯定会赞同我的意见。我没有预测未来的能力，不过我坚信自己的看法。可怜的牧师都不知道是怎么回事，因为他可是一位地道的绅士。上一位牧师可不能和他相比，当然以前那位牧师也很好，可是还是不能相比。大家都说以前那位喜欢说难听的话，可是他也是一位可怜人。好像他做人有点小小的问题。但是他自己也知道，在布道的时候总爱说：'大家照我讲的话做事，不要按我做的事情去做！'他的脸上总是红光满面，他的死非常意外，据说是中风。"

温西试图将她的注意力拉回吉姆身上，不过一点用都没有，特巴特太太正在回味前任牧师的点点滴滴。三十分钟后，他无奈地里开了这间酒店。回教区的路上，温西忽然发现自己不知什么时候走到了威廉·索迪的门外。他向内看了一眼，发现玛丽恰好在院子里晾衣服，心里不由一动：不如面对面交谈，也许会有想不到的收获。

"索迪夫人。"他喊了一声，受到女主人的邀请后，走了进去，"假如我的到访让你想起从前的伤心事，还要请你谅解。不过我和你说，从前的事情已经随风飘散，谁也不想提起那些旧事，对吗？可是关系到墓地、尸体之类的麻烦事，也是没有办法的事情，想必你也可以理解。"

"爵爷，这些道理我明白，只要您想知道的事情，您尽管开口。不过在这之前，对，是在星期六的晚上，布伦德尔警长问过我。很抱歉，我什么忙都没有帮到，我也不知道尸体怎么会在那里——我已经想了很多次，真是抱歉。"

"那么，你还记得有个叫作斯蒂芬·瑞莱弗的人吗？"

"记得，大人。斯蒂芬就是那个到埃兹拉·韦德斯宾工作的人，我好像和他见过一两次。接受询问的时候，好像听说他是那个可怜的死者。"

"肯定不是他，太太。"

"是吗，爵爷？"玛丽似乎感到意外。

"我们见到了这个叫作'斯蒂芬'的伙计，还是好好的。他没来这里的时候，你和他见过面吗？"

"绝对没有。爵爷。"

"你有没有觉得他很面熟，和你从前见过的哪个人长相差不多？"

"没有，爵爷。"玛丽的神色坦荡，没有丝毫的紧张。

温西感到纳闷："这就奇怪了。据他本人交代，之所以偷偷离开这里，是因为你认出他了。"

"有这样的事情？"玛丽也感到不可思议，"太有意思了，爵爷。"

"你当面听他讲过话吗？"

"应该没有。"

"假如他取掉胡子，会不会和你曾经认识的一个人长得很像呢？"

玛丽迷茫地摇着头，她并没有这样的想象力。不过，很多人都是这样的。

"哦。那么，你见过这个人吗？"温西拿出了克兰顿在威尔伯拉罕珍宝案时的相片。

玛丽的脸瞬间变得惨白："原来是他！勋爵大人，我知道他，克兰顿，就是那个偷项链的。他当时和我的前夫一起坐牢，大人，这件事情的前因后果想必您都明白。这样罪恶的脸，上帝呀，没想到还能见到他，吓死我了。"

索迪夫人跌坐在一张凳子上，注视着相片："难道他就是瑞莱弗吗？"

"不错，难道你以前从来都没有想到是他？"

"当然没有。我要是认出他，一定会追问项链的下落，我要问他'有没有感到恐惧'！爵爷，他诬陷我的前夫拿了珠宝，让他受那样大的罪。我那善良的杰夫，一定是克兰顿引诱他的。全是我的错，不该信口胡说！不过他的确做了那样的事情，对此我感到很不好受！可是项链根本不是他拿的，一定是克兰顿。我被人怀疑了很多年，心里很不好受！尽管法院的先生们都选择相信我，可是直到现在都有人觉得我参与了这件案子，认为我肯定知道项链在哪儿。可是我真的不知道啊！勋爵大人，我一点都不知道。假如我知道项链的下落，哪怕是一路爬着走，也要到伦敦还给威尔伯拉罕夫人。我也明白，因为这条遗失的项链让亨利爵士受了很多苦……警察查过我的家，我也独自找了很多次……"

"那么，你相信迪肯说的话吗？"温西口气和缓。

她的眼睛里满含痛苦，迟疑着："大人，他是我的前夫。我一直非常信任他，从来都是。当我得知他在主人家中去抢一位女士的东西，可真是炸雷一般，我都快昏过去了。他是否做过类似的事情，我是真不知道。我现在也不知道是否该相信他。大人，我不知道您是否了解我的难过心情。可是我确信前夫没有欺骗我，都是那个可恶的克兰顿勾引他做坏事。肯定是这样！大人，他肯定不会骗我，我相信他！"

"那么，你认为克兰顿来这里有什么目的呢？"

"爵爷，这还用问吗？肯定是他把东西藏了。当时他一定害怕了，就在逃跑前将东西藏起来了。"

"据他交代：迪肯曾经在法庭的时候和他说，东西就藏在这里。于是他来这里打听泰勒·保罗和巴蒂·托马斯的消息，希望可以借此找到珍宝。"

索迪太太摇摇头："爵爷，我想不通。假如我的前夫和他讲过这样的事情，他是无法保守秘密的。他那时候都快让杰夫气炸了，为什么不告诉陪审法官？"

"你觉得他会这样做？不过我可不着样认为。如果迪肯当时和克兰顿悄悄说了珍宝的秘密，你不认为克兰顿等到刑满以后继续寻宝的可能性更大一些吗？今年开年的时候他来这里的目的正是如此。但是他以为你识破了，就被吓跑了。你觉得呢？"

"大人，我承认有这样的可能性。如果您说的是真的，那个死者又是谁呢？"

"警方推断是克兰顿的同谋。他帮助克兰顿找到了东西，然后就被人杀了。你有没有听说，迪肯在监狱的时候有结交的新朋友吗？犯人，或者监守？"

"这个我没法说。他有时候会给我写信，可是不会说这样的事情——他所有的来往信件都要接受检查。"

"这是肯定的。你有没有收到过他的信件，或者让出狱的那些人给你捎回来一些什么东西呢？"

"没有，爵爷。"

"那么，你对这封信的字体熟悉吗？"温西将信纸给了她。

"这封信的字体，是的……"

"笨蛋，闭上你的臭嘴！笨蛋，你可真该死！乔伊，快！快起床！"

温西不由得打了个哆嗦："天哪！"他叫了一声，朝着声音望去，隔着门缝可以看见房内有一双狡诈的眼睛正盯着他看。那是一只灰色的非洲鹦鹉的眼睛，发现他不是这个家里的人，它就紧紧地闭上了鸟嘴，四十五度角扬起了脑袋，在它赖以存身的木头上踱来踱去。

"你这个该死的家伙，吓死我了。"温西笑骂了一句。

"啾——"鹦鹉犹如打了胜仗一般长鸣了一声。

"它就是小叔子给你的礼物吗？我也是听特巴特太太偶然说起的。"

"是它。爵爷，这是一只爱骂人的鸟，虽然它也挺会说话的。"

"不错，我只鸟挺有性格的，我倒是有点爱上它了。太太，我们刚刚说到什么地方了？让我想想……是的，字体，你刚才好像要说……"

"我的意思是，这样的字从来都没有见过。长官。"

温西的感觉恰好相反，她先前的态度绝对不是这样的，绝对！她的眼睛仿佛看着一个很远很远的地方……不，她更像是看到了一件无法预测的灾难。

但是她的语气却是故作轻松，"看起来只是个让人感觉奇怪的东西，不过却没有什么用。大人凭什么认为我会知道呢？"

"太太听说过让·利格罗丝吗？我们的看法是，他可能是你前夫在梅德斯通监狱里认识的一个朋友。他写下了这封信。"

"大人，听起来好像是一个法国人的名字。我可从来没有见过法国人，就是一战的时候见过一些到这儿来的比利时人。"

"你认识保罗·泰勒吗？"

"不。"

屋子里的那只鹦鹉忽然间又发狂了："住嘴！乔伊！你是这个笨蛋！动动你的脑袋吧，笨蛋！"

"太太，我也是随便问问。"温西说。

"爵爷，你们是在哪里找到的这个东西的？"索迪夫人问道。

"你是说这张纸吗？哦，我们在教堂发现了它。还以为是克兰顿的，可是他说不是。"

"教堂吗？"

鹦鹉听了这两个字，特别兴奋，马上又嚷开了它的鸟语："到教堂去！到教堂去！还有那些钟。不能让玛丽知道！到教堂去，快点！乔伊，快点！乔伊，快到教堂去！"

玛丽快速回到房间，抓起一块布就盖到了鸟笼上，任凭鸟儿在里面大声抗议。

"这是一只讨人厌的鸟儿，老是这样令人心烦。"玛丽和勋爵解释着，"那天夜里威廉生病了，为了无法参加圣诞钟乐的事情生气，乔伊很快就学会了他发脾气时说的那些话，而且还要讥笑威廉，真让他气坏了，所以说了那些让乔伊住嘴的话。"

温西要回那张密信的时候，索迪太太好像有点慌神，显出不太乐意的样子。

"太太，我就不多打搅你了。其实，我到这里就是想问一下关于克兰顿的事情，也许正如你刚才所讲，他是一个人悄悄过来探听消息的。现在，他应该不会再次打搅你，他病得不轻，即便好了以后还要接着坐牢。对于那些让你感到伤心的事情，我感到很抱歉。"

回去的时候，温西·彼得不停地回想着索迪夫人的眼睛，和她那只发狂的鹦鹉："快到教堂去！钟！那些钟！不要让玛丽知道！"

布伦德尔警长知道温西的一番离奇经历后惊得目瞪口呆。

"那个啤酒瓶太让人遗憾了！尽管我们无法确定它的实际作用，可是谁也不敢肯定它就没用。这件事情是埃米莉·霍利迪干的？哦，不错，因为她是玛丽·索迪的亲表妹。说起玛丽，我对她真是没辙！她和她的丈夫索迪，真是可恶极了！

"警方和船务公司随时保持着联络，他们设法让詹姆斯·索迪在最短的时间内返回国内。警方给船务公司的理由是，詹姆斯是这件案子的关键证人。这样他就无法公然违背公司的指令，假如他拒不执行命令，那么肯定有问题，他将成为警方的调查目标。

"哦，这件案子有点意思。关于你手上的密文，我建议让梅德斯通的监狱长官过目，你感觉如何？无论他是利格罗丝、泰勒，或者其他什么人，只要在那个监狱住过，监狱长一定能识别那些字体。"

第十章　教堂内的宝藏

天使被他安置到了里面，翅膀也往前展开了。

——《诸王传·上》六章二十七节

值钱的石头就在上面。

——《诸王传·上》七章二十一节

星期天的上午，牧师说："但愿索迪家里没有发生什么事情，今天早上威廉和玛丽都没有过来做礼拜。像他们这样一起没有参加礼拜的事情非常罕见，只有上次威廉生病的时候是这样。"

"我想他们没事的。或许是威廉的身体又不好了，这段时间的天气总是让人捉摸不定。"牧师夫人一面和丈夫说话，一面问温西，"勋爵，还要香肠吗？你那份密码信破译得怎么样了？"

"哦，一点头绪都没有，我暂时也想不出好的办法。"温西有点闷闷不乐。

牧师夫人安慰道："不要担心，我们做事情的时候有时就这样，好像一点起色都没有，不过慢慢就会步入轨道的。"

"这个我却没有多想。就是目前乱糟糟的局面，不由得让人心烦。"

"看似绝望的背后却隐藏着天机。"牧师对自己的警句似乎很欣赏，"放心吧，天无绝人之路。"

牧师夫人对此很感兴趣："而且是别有洞天。"

"依我说，有车的地方才能有辙。"彼得也加了一句。

大家都沉默了，默默不语。牧师说："我承认，这的确让人心烦。"

幸运的是，索迪夫妇终于来参加祷告仪式了，这让大家顿时感到轻松。可是温西依然觉得，他们脸一脸愁容，看起来病恹恹的，和平常不太一样。他一直在考虑这个问题，似乎忘记了自己身处何方，祷告的时候居然忘记了唱赞美诗。当大家唱到第二句'主是大家的父亲'时，勋爵竟然一个人大声祷告'国家为你所有'。到了牧师准备讲经的时候，才恢复正常。

今天和往日并没有什么不同，哥德贝特还是没有将圣坛清扫利索。甚至维斯伯通先生从讲坛走过的时候，脚底的煤渣会发出咯吱咯吱的响声。终于要祷告了，温西松了口气，抱着两臂靠在椅背上，两眼无意识地盯着房顶。

"谁让你唯一的亲子进入天堂。"我们今天对上帝这样祷告。可是对我们又有什么样的意义呢？世俗的眼中，天堂的荣光又是怎样的场景？上一个星期四的时候，我们祷告自己的灵魂可以飞升到天堂。当我们死去的时候，肉体和灵魂在天使齐唱赞美诗的护佑中到了天国。基督给我们这些世俗之人营造了如此美妙的画卷：大海如同蓝水晶一般晶莹剔透，天使们环绕在上帝的身畔，他们头戴黄金冠、手拿竖琴——从前的手工匠人为我们打造的精美绝伦的屋顶就是这样设计的！可是对于这样美丽的理想，你、我，甚至所有的人，是否相信呢？

真是让人失望……温西的思想又走远了。

"他骑到了天使的背上，飞起来了。他就在天使之间。"温西忽然想起丹佛公爵修建教堂的时候，有个工匠曾经说过："公爵大人，您看木头都烂了，天使后面的洞可以伸进一只手。"他就在天使之间！勋爵忽然灵机一动，一定是这样的！太笨了，怎么会去钟塔寻找天使！天使现在不就在屋顶上盯着所有人看吗？尽管他们金灿灿的眼睛没有神采，看不见任何世俗的东西。

天使！教堂的中间和两边屋子都是天使，好像秋天的落叶一样，金灿灿的到处飞翔。中间和两边的屋子……"岛屿为此笑逐颜开"……接下来是第三句"如同南方的大小水域"。毫无疑问，一定是在南面屋子的天使之间！情绪无比激动的勋爵几要从椅子上跳起来。接下来的事情就是确定，究竟是哪一对天使。想要解决这个问题并不难，现在几乎可以肯定的是，珍宝一定没有了。但是只要找到藏宝地，哪怕是空的，证明密码和项链丢失案有关足够了，并且能够进一步证明圣保罗教区的谋杀案和那些丢失的珍宝脱不了干系。

另外，假如梅德斯通监狱长官能够证明那份密文的字体是利格罗丝的，将很快可以确定利格罗丝的身份。如果足够幸运，也许能把他和克兰顿之间的秘密落实了。那时，克兰顿再想摆脱谋杀案的罪名，恐怕就难了。

星期日，他们吃完牛肉和水果布丁后，温西问道："教区长，楼座是什么时间从侧房挪走的？"

"我要好好想想。"牧师说，"好像是十年前，对，一定是。当时我觉得那些东西有碍观瞻，它们就在侧房的窗户后，还和拱廊接了起来，遮挡了窗棂，采光非常不好。而且那些长条凳就像是从地板里长出来了的换衣车，还有那笨乎乎的楼座，人到了那里总感觉天都快黑了。"

牧师太太也说道："不错，到那里根本看不清任何东西，我以前常说，那里是盲人待的地方。"

教区长告诉勋爵："假如您对它从前的样子感兴趣，不妨到威斯比奇那里的爱普威尔教堂参观下，他们的北面侧房和我们当初的设计一样，似乎比我们还要庞大，也更难看一些。他们的屋顶也是天使，可是和我们的差了一截，没有我们的精致。比如我们的天使是雕刻在了托梁上，而他们是简单雕上去的。而且，你在他们的北边侧房根本看不到天使，要么你爬到楼座上。"

"那么你当初拆下它们的时候肯定有不少人反对吧？"

"确实这样。总有一些人接受不了新的事物，但是对于我们这所教堂来讲，已经足够大了，有不少的房间让学生使用，因此一直留着那些根本用不上的座位是荒谬的。"

"楼座里除了学生，还有谁？"

"是红房子的佣人和一些我也搞不清年头的老住户。实际上，我们一直等到了有些老住户去世后才开始改建。比如老韦德斯宾夫人——她是埃兹拉的奶奶，那时候都已经九十七岁高龄了，每个星期天还坚持做礼拜。要是她找不到自己的老位置，不定该怎么伤心呢！"

"红房子的佣人那时候在哪个位置？"

"在南侧房的西面方向。那里是人们不大注意的地方，他们的行为不够端庄，我可不想让人们误以为教堂是什么人都能来嘻嘻哈哈的地方。"

"如果让盖茨太太和他们坐到一起看着就好了，可这位女士不乐意，非要坐到自己的专座上，就是靠近南门的位置，她总是担心自己会头晕，非要中途出去透会气。"牧师太太忍不住抱怨道。

教区长很快温柔地纠正："宝贝，盖茨太太只是身子不太好。"

"净是胡说八道。"这位夫人愤怒了，"她只是吃得太多，撑着了。"

"或许你是对的，宝贝，我们不要争辩了，好吗？"

"我真看不惯那样的人。"牧师太太继续说着，"要不是亨利爵士的临终嘱托，索普家族很早就该卖掉那个破房子。我都没法想象它是怎么撑过这些年的，与其将钱浪费在那个上面，还不如交给可怜的小姑娘。哦，你们知道我指的是希拉里·索普！如果不是那个可恨的威尔伯罕老妇人和她该死的项链……算了，都这么多年了，项链怕是没指望了吧，温西？"

"很可能我们晚了一步，根据我掌握的情况，今年元旦之前它还在教区内。"

"什么！在哪里？"

温西缓缓说道："我推测就在教堂。西奥多，今天上午你说的太好了，很好地启发了我的思维，让我对这份密文豁然开朗。"

"怎么可能！"牧师大喊，"究竟是怎么回事，能告诉我们吗？"

于是温西将上午的一番思索详细地讲了一遍。

"上帝呀，还会有这样的事情！太不可思议了！"维伯斯通先生立刻就想到勋爵说的地方去看一看。

"现在还不行，亲爱的。"彼得忙出声阻止。

牧师见状解释道："我的意思是，还记得教会的第四戒律吗？星期天我们无论如何都不可以将梯子带进教堂。而且下午我还要去参加一个儿童活动，另外还有三个婴儿的洗礼等着我。况且爱德华夫人很快就要到教堂做感恩。好了，温西，你可以说说那些东西是如何跑到屋顶上的？"

"我也在考虑。当时迪肯是在教堂举行完星期日的祷告活动被抓的，我感觉他一早就想到了，因此很可能在祷告的过程中就想办法将东西藏好了。"

"不错，当时他就坐在那个位置——哦，我终于知道你刚才为什么问楼座的事情了。他是个地道的坏蛋！不错，坏蛋！通常人们将两个犯罪同谋欺瞒对方的事情称为什么？"

"出卖吧。"

"是的，就是出卖！迪肯出卖了他的伙伴。那个人真可怜，虽然他做这样的事情不对。可是你想想，东西没有到手，却被人诬陷蹲了十年的班房，真是让人难过。但是，假如事情果然如你所料，那封密码信又出自何人之手？"

"肯定是迪肯，因为他会敲钟。"

"那他将这封信交给利格罗丝又是怎么回事？"

"或许是为了让利格罗丝帮助他逃出监狱？"

"利格罗丝为什么要过这么多年才回到英国寻宝呢？"

"也许他有不足为外人道的原因耽搁了。后来，他把密信交给了这里知道底细的一个人，很可能是克兰顿。或者他自己也无法破译，还要克兰顿想办法将他从法国搞回英国。"

"我似乎想通了。之后他们如愿查找到了珍宝的下落，最后克兰顿干掉了利格罗丝。不过是几个石头，他们竟然犯下了这样的罪恶！上帝呀，真是个悲剧。"

牧师夫人插话了："最让我同情的是小希拉里，还有她的父亲。按照你们的结论，当他们因为钱陷入困境的时候，那些财产其实就在他们身边，就在教堂内。"

"很可能就是如此。"

"克兰顿有没有拿到那些财产呢？珍宝现在何方呢？怎么到目前都没有一点消息，我不知道那些警察有什么用！"

这个星期天似乎格外漫长。好容易到了星期一的上午，事情接踵而至。首先是布伦德尔过来了，他神情亢奋。

"监狱有消息了，你猜信是谁写的？"

温西神色平淡："这件事情我仔细想过，一定是迪肯。"

"啊！你猜对了。"警长惊讶之余略显失望，"就是他。"

"那张纸正是密文的原始记载。我知道它利用鸣钟术的技巧时，就感觉一定出自迪肯。因为同一所监狱在一个时期关押两个敲钟人的几率非常小。而我让玛丽看那张纸的时候，我确定她知道是谁写的。因为她对自己男人写的字太熟悉了，哦，也许她也看见过利格罗丝写的信。但是很显然前者的可能性更大。"

"这张法国信纸又作何解释呢？"

温西的回答是："这个不足为奇。老索普夫人的女佣有外国人吗？"

"查理爵士的厨师是一位法国女人。"

"珍宝被盗的时候她一直在查理家吗？"温西问道。

"对。直到'一战'发生，她才想要离开，希望和家人们在一起。当时费了好大的劲才让她乘着最后的渡轮启程。"

"从目前掌握的情况看，真相呼之欲出了。迪肯在藏宝之前就已经做好了计划，他不会蠢到要把密信带去梅德斯通，应该是委托给了一个他信得过的人。"

"玛丽。"布伦德尔紧紧咬着牙，冷笑着。

"难道这个女人又把密信交给了利格罗丝吗？我也想不明白其中的原因。"

警长的神情严峻："不要多想了，温西。您要原谅我的坦率，我认为您让玛丽看这份密信有点唐突了。现在，她一定是感觉事情不妙悄悄地溜走了。"

"溜走了吗？"

"她和威廉·索迪一起坐上今天上午的头一班火车走的，他们可真是一对患难夫妻！"

"上帝呀！"

"勋爵，不要过于担心，警方一定会将他们抓捕归案的。看来，这两个人携带项链逃跑了，一定是。"

"老实说，我没有考虑到这一层。"

"是吧？"警长说，"其实，我们也没想到。不然哪里会让他们这么轻易地溜走了。勋爵，利格罗丝的身份现在已经清楚了。"

"哦，先生。你今天可是有不少的重磅消息。"

"啊！好像是这样。罗齐尔先生来信了，他带人搜查了苏珊娜的家，有个让你意想不到的收获：他们找到了利格罗丝的身份证。猜猜他是谁，温西？"

"您还是别吊我的胃口了，我不打算猜。是谁？"

"亚瑟·科伯雷。"

"亚瑟……他又是谁？"

"这个出乎您的意料，对吗？"

"对，和我想的是两码事。继续，我对此很感兴趣。"

"嗯。这也是个不上道的家伙，可是您知道他来自何方么？"

勋爵摇摇头。

"那是个距离达特福德很近的小地方。关键是它和藏匿迪肯的尸体的小树林只有半英里。"

"天哪！这下可有点意思了。"

"我收到罗奇尔先生的消息后马上着手调查。科伯雷，一九一四的时候估计是二十五岁，职业是工人；因为盗窃、斗殴在警方留下案底。'一战'刚发生就报名参军了，也可以称为改心革面，重新做人。一九一八年，他从部队回家休假，归队的头一天还有人看到他，恰好是迪肯从监狱逃出来的第三天，从此谁也没有见过他本人。他最后的消息是和马恩河大撤退有关，'失联，估计阵亡。'这是来自官方的消息。不过，我认为他最后的归宿是那里——"布伦德尔朝着墓地的方向用手指了一下。

温西长叹一声，低头想了想，说出了自己的疑惑："先生，这不合逻辑。假如科伯雷'一战'爆发就去了部队，他就没有可能和一九一四年进入监狱的迪肯发生关联。时间点完全不对，况且他绝不会在休假的短短几个小时之内就能帮迪肯越狱。假如科伯雷的身份和监狱有关，无论是看守还是犯人，上述推断还有可能成立，但是很显然，他和监狱没有一点关系。事情不是这样一眼就看到头。"

"彼得，我是这样想的。"警长沉吟着，"有没有可能是这样：迪肯是利用外出劳动的时候跑的，因为我们知道死者当时还穿着囚衣，是吧？这可以说明他离开监狱肯定不是预先规划的，只是一个偶然；假如他不是恰好跌进了那个洞，警察马上就会抓到他，您认为呢？"

温西示意他继续："我的看法是，刺儿头科伯雷离开了母亲的家，走过那片树林，然后到达特福德坐火车回部队，准备跟随大部队到法国去。就在那片树林里，他发现了迪肯。迪肯说：'求求你放我走吧，我愿意给你一笔钱作为报答。'科伯雷肯定会同意，于是他说：'让我先看看你的钱。'迪肯告诉他：'那是威尔伯拉罕丢失的珍宝。'科伯雷很快回答：'告诉我东西在哪儿？我怎么知道你不是在骗我？最好我们两个人一起去找。'迪肯也不傻，就说：'你得先带我离开这里，否则我不会说的。'科伯雷冷笑道：'你说了不算，要是我不管你，你觉得来见你的是谁？'

"迪肯告诉他：'你这样做不会得到任何好处，你只要帮了我的忙，会有一大笔你无法预料的钱属于你。'他们就这样不停地讨价还价，迪肯一不小心露了底，告诉科伯雷藏宝图就是他随身带的这张纸。于是科伯雷那个恶棍索性干掉迪肯，从他身上找到了密文，最后却发现自己什么都看不懂。可是，此时的迪肯已经让他打成了死人，他这才慌了手脚，匆匆将可怜的迪肯扔到洞去，自己拍拍屁股去了法国。勋爵，您认为我的推断如何？"

"不错，听起来非常好。可我一个疑问，"温西问道，"迪肯是怎样将纸条带到身上的？这张法国信纸他是在哪儿搞到的？"

"好吧，这个我也说不清楚。或者就像您以前说过的，迪肯将密文给了玛丽，但是又不小心疏忽了玛丽的住址，后来的事情就是我讲的那样了。科伯雷到法国后当了逃兵，遇到了苏珊娜。他从不提起自己的事情，是因为他知道自己犯下了命案，担心回国后被警方指控，而且他一直保存着那张纸……不，他肯定是给玛丽写信骗到那张纸的。"

"但是玛丽为什么要给他呢？"

"是啊……哦，我明白了！没错，肯定是这样。他告诉玛丽自己可以破解密码，因为之前迪肯和他说过：'信在我老婆的手里，可是她这个人嘴上没有把门的，我不敢随便将破译的方法告诉她。为了让你相信我，我现在就告诉你。'很多年后，科伯雷感觉自己没事了，就和玛丽联系，提起那份密信的事情。"

"你是说迪肯最初写的那份吗？"

"对。"

"玛丽为什么不留下原件，重新给他抄写一份呢？"

"她为了让对方相信，密信就是迪肯写的，必须是他的字体。"

"不过科伯雷并没有看到过迪肯写的字呀？"

"玛丽并不知道他没见过，直到科伯雷破解密信之后，他们才想办法将他弄回英国。"

"我们以前说过，这件事情不是索迪两口子干的。"

"我承认。也许是他们邀请克兰顿办的这件事呢？无论如何，我认为就是科伯雷假扮成保罗·泰勒来到教区，和索迪夫妇共同寻找珍宝，后来被索迪杀害了，而且拿走了东西。几乎同一个时间，克兰顿也来了，不过他知道自己来迟了以后就悄悄走了。索迪和玛丽假装什么都不知道，明白我们已经将注意力集中到了他们身上，于是望风而逃了。"

"那么墓地的死者到底是谁杀的？"

"索迪、玛丽、克兰顿，他们中的任何一个都有嫌疑。"

"谁掩埋了尸体。"

"索迪·威廉没有可能。"

"细节呢？科伯雷为什么会被绑起来，按理说直接击打他的头部就可以了。索迪从银行拿出两百英镑又放回去，该如何解释？发生这一切的时间如何确定？白痴皮克十二月三十日在教堂看见的人又是谁呢？其中的关键，密信为什么会在钟塔，而不是别的地方？"

"哦，勋爵。我现在可没有办法一一回答这些琐事的事情。再说，那是他们办的事情，可是你要相信我的推断。我准备去抓捕索迪夫妻，起诉克兰顿。假如他们没有珍宝，我就把头上的帽子吃掉。"

"是吗？你倒是提醒我了。"彼得说道，"在这之前，我和教区长正要去拜访迪肯的藏宝地。哦，对了，是牧师破解了密码。"

"居然是他？"

"不错。只是因为单纯的好奇心，我们打算爬到教堂屋顶去看一看那些可爱的天使们。也许我已经迟了，搞不好牧师已经先行一步了。你想去看看吗？"

"那是肯定的，虽然我现在的时间完全不够用。"

"放心吧，警长，用不了多长时间的。"

西奥多已经从教堂主事那里搬来了梯子，他攀到了教堂南侧的屋顶上去，身上灰扑扑的，挂满了蜘蛛网，正钻在一堆陈旧的橡木之间茫然地寻找着。

他一看见勋爵和布伦德尔先生走了进来，马上喊道："红房子的仆人们就在这里坐着。可是我刚刚想起，去年刚刚让粉刷工将这里粉刷过一次，假如找不到，肯定是让他们取走了。"

"很有可能。"这两位先生忍不住叹了口气。

"但愿不是这样。可是我真的找不到了，而且那些工人品质都很纯良。"牧师从梯子上慢慢走了下来，"或许你们应该亲自上找找看，这些事情我可不在行。"

温西责无旁贷地接下了这个任务，他细细打量着："过去的匠人们制作的工艺可真不错，这些椽子都钉到了一起。我们家丹佛公爵的教堂也是这样的，小的时候我喜欢躲到阁楼的边角给自己做一个很棒的藏宝洞。我那些宝贝可都是一些投片游戏的小筹码，并且想象那是阿里巴巴的山洞，可是每次取出那些宝物可不是一件容易的事。警长，你还记得死者口袋里的钢丝钩吗？"

"是有这么一个小东西。温西，那东西是做什么用的？"

勋爵笑了："其实我早该知道的。那时候我也为自己的宝库做过一些类似的小工具。"他用自己纤长的手指在房梁上细细搜索着，然后将梁上的一根粗木钉稳稳地拔了出来，"不错，这恰好是他的位置可以探到的地方……瞧瞧，就在这里，稍微扭动一下就拔出来了，你们看！"

他手里的木钉其实可以穿透整根横梁，一端大，一端小，看样子原有的长度绝对超过了一英尺。大的一端起码一个便士硬币那么大，小的也差不多有半英寸。可是这根木钉不知什么时候被人截断了，截口离大头只有三英寸左右。

"我明白了！"温西恍然大悟，"这里应该是学生的藏宝洞，有某个学生从另一头推了一下，感觉有点松动，应该是木匠当时刨得太过了——最起码丹佛公爵教堂的阁楼就是这样。于是他就把它带到家中截断了大约六英寸，再来教堂的时候，他用一根短一点的木条把木钉较细的那一端推到以前的地方，横梁另一面的洞口就这样被堵住了；中间就形成了一个空洞可以让他藏一些玻璃弹珠之类的小宝贝，最后他插上粗木钉，好了，没有会发现这个隐秘的小机关。

"这个孩子当时就是这样认为的，不过到了后来——也许是几年，谁知道呢？终于轮到我们的迪肯登场了。嗯，到这儿我要先向牧师致歉，因为接下来的话可能有点不恭敬。总之，迪肯坐在这里听着布道，觉得没意思透了，为了打发时间就玩起了木钉，没想到竟然将它拔了出来，而且只有三英寸。总之他发现了这个机关。

"到后来，他偷了那些珍宝，为了藏匿首先想起了这个地方。你们看，一点都不难：做出认真听牧师讲经的样子，稳稳坐在这里，然后不动声色将手从边侧拔出钉子，把事先装在口袋里的东西悄悄塞进去，再将木钉恢复原位。到牧师布道结束前完全有时间做好这一切。当他走出教堂大门的时候，警长正好带着人抓捕他。面对警长的盘问，他大可以让警方将他的全身搜个遍。事实上，警方不但当时没有在他身上发现，直到现在还在满世界地寻找那些珍宝。"

"简直不可思议！"西奥多忍不住大声嚷嚷着。警长的脸上也流露出后悔的神色，不过他们很快意识到现在身处教堂，马上掩饰性地咳嗽起来。

温西继续说道："我们得知道这个钢丝钩是干什么用的？不管是利格罗丝，还是科伯雷，随便他，总之那个人拿珍宝的时候……"

"不对。"布伦德尔马上问道，"这个洞是怎么回事？密信没有提到藏宝洞，只是说天使。他怎么会知道取项链的时候要用到钩子？"

"可能他之前来过，应该是皮克发现他和威廉在教堂的时候，也许他先来看过，然后……谁知道呢？我也想不通他为什么要等到五天之后，难道是中间发生了什么事情吗？总之他又带着钢丝钩来了，等他拿到东西从梯子上下来的时候，一起来的同谋从背后袭击了他，接着将他绑上……最后将他杀死。究竟同谋采用什么手段，我们眼下还没有掌握。"

布伦德尔先生也是一头雾水，不停挠着头发。

"你的意思是真凶是想找到一个更为合适的地方再下手，对吗？他费那么大的劲将利格罗丝从教堂弄出来再埋掉？当时的情况，他完全可以将科伯雷丢到哪个没人注意的深沟，自己逃走了事。"

"这个只有上帝晓得。总之，这里就是藏宝的地方，没错！而且恰到好处地解决了钢丝钩的问题。"温西将钢笔放进洞里试了试，"哦，还挺深的。不对，它没有木钉长……不可能错的，有手电吗？我要看个究竟……警长，麻烦你给我找个木头锤子和一根坚硬的短棍子……别太粗了，我只是想将这个宝洞清理干净。"

"到我那里找辛金斯拿吧！"牧师告诉警长。

很快，布伦德尔先生小跑着返回来了，带着铁棍和一个大扳手。此时勋爵已经将梯子换了地方，查验木钉穿透横梁后较细的另一面。他接过警长手中的铁棍死死顶住木钉，然后用扳手狠狠地击打，致使常年以教堂为家的蝙蝠都被惊动了，尖叫着猛冲了出来。这条细木钉被敲进洞里，从另一个口子掉了出来。同它一起重见天日的还有一个棕色包装袋，里面的物件很快掉了出来，恰好落到了牧师的脚边，发出迷人的彩色光芒。

"哦，天哪！"牧师大叫。

"它是宝石项链！"警长激动地大喊，"果然是宝石项链！上帝呀！里面还有迪肯的五十英镑。"

温西却是面色沉重，对警长说："先生，我们错了！我们从一开始就错了。从来没有人来寻宝，没有谁因为它去谋杀，没有！从来都没有什么密信！我们错了，大错特错！"

"那又怎么样呢？"布伦德尔先生说，"我们终归是找到了珍宝。"

第三部　斯特德曼变奏曲

第一章　快进部分

每一口钟的工作流程都可分为三部分：快进、变奏以及慢进部分。

——特罗伊特：《编钟鸣奏术》

接下来的二十四个小时温西都很忙，第二天上午，他一言不发地匆匆吃过早饭后，立即驱车赶到了利姆霍特。

他一见到布伦德尔先生就说："警长，我发现自己是全天下最大的笨蛋，平白担了一个侦探的名声，却是满嘴的胡说八道。万幸的是，案件也差不多解决了，除了一个貌似很小的问题让我想不明白。或许，您也在和我想着同样的问题。"

"您没有错。"警长和他讲，"我现在的心情和你是同样的，而且，我也没兴趣继续玩猜谜游戏了。您直接告诉我下面的问题，好吗？"

温西的神情有些愧疚："这是一桩谋杀案，可是我们却找不到凶手，而且不清楚谋杀案的过程。当然，也许这只是一个很小的问题。我搞不清楚死者的真实身份，他们为什么要绑他，死在了什么地方。还有，这份密信到底是怎么回事，究竟是谁寄给谁的？索迪从银行取出二百英镑又放回去究竟有什么秘密？还有他们夫妻到底去哪儿了？为什么要走，归来何期？吉姆错过火车又是怎么回事？克兰顿来这里的真实目的是什么？期间做了些什么事情？为何要隐瞒？啤酒瓶是如何跑到钟塔里面的？"

"继续！"警长点点头。

"还有就是，利格罗丝为什么不愿让人知道他的过去？科伯雷在那个神秘的树林究竟遭遇到了什么事情？鹦鹉的话让人顿生蹊跷！紧接着，索迪夫妻没有来做星期天的祷告。泰勒·保罗呢？和这件事情有什么联系？尸体惨遭毁容又是因为什么？"

"非常好！您简直就是一部会走动的百科宝库。您认同我的看法吗？你不如直接告诉我下一步的行动方案。"

"真对不起，我想为一个朋友守护一点隐私。"

警长沉默了片刻："很好，也许我们不该苛求太多，您介意告知我们剩余的线索，方便我们继续查找吗？"

这下该温西沉默了，他想了好久，终于开口说道："一个坏到不能再坏的故事，所有的回忆都满怀悲伤。可是在我说出它之前，想让您亲自去办一件事，您说什么都不能推辞。这件事情没办好以前我不会多说一个字。之后，你可以听到你想知道的事情。"

"什么事情？"

"你想办法找一张亚瑟·科伯雷的相片，让苏珊娜·利格罗丝看一看。"

"这个可以，公事公办罢了。"

"要是她认出来了，一切都好说；假如她还是装疯卖傻，你就让她看密信，观察她刚看到的瞬间反应。"

"很抱歉，勋爵，这件事情我可能没办法亲自办理，不过我会拜托法国警方的罗奇尔警长。"

"也不错，那么密信呢？你也打算交给他吗？"

"为什么不？然后呢？"

"那就是索迪两口子，我似乎对他们感到担忧，也许，你正在查找他们的下落吧？"

"不错，你好像对此有什么想法？"

"你们找到他们的时候，不妨通知我一声，我想旁听一下你们的讯问。"

"可以，这次必须要他们开口吐出一些东西了！我才不去理会什么司法规范呢！即便我要为此付出一些代价也要去做。"

"你说的这个，不会有什么大的问题的。假如你能在两星期内找到他们，就好办，错过这个机会就不好预料了，只怕更麻烦。"

"为什么设定这个期限？"

"这个很简单。"温西告诉他，"我前一天给索迪夫人看过密信，她和索迪两个人第二天连星期天的活动都不参加了，星期一就急匆匆坐着第一班的火车远走伦敦。警长阁下，这不是显而易见的吗？现在真正的危险，也是仅有的……"

"什么？"

"当然是坎特伯雷大主教，一个自高自大的显贵。也许他们还没有想到这个，警长阁下，或许你可以试试看。"

布伦德尔微笑着看着勋爵："是的。日本天皇呢？或者是墨索里尼？"

温西勋爵不耐烦地挥挥手："那没有问题，罗马教皇也是同样。好吧，警长，赶快行动，越快越好！"

"那是当然。"警长加重了语气，"一定，因为他们无法出国。"

"那敢情好。不错，从明天起，他们会回来的，肯定不会超过两个星期。但是，还是有点晚，越早越好！警长，吉姆·索迪这个月底能回来吗？最快！千万不要让他给跑了，也许他计划这么干。"

"难道他将是我们的终极目标吗？"

"没法确定。说实话，我不想那样，真希望是克兰顿。"

"哦，真可怜。"布伦德尔先生一脸倔强，"我不情愿是他。他是一个水平高超的贼，我可不想让他做出越界的事情。假如他真做了，我会难过的，况且他的身体还不是很好。请放心，我们一定会调查他。但是我要先办科伯雷这件事情。"

"也好。"勋爵说道，"我觉得，还是要给坎特大主教打电话，有些事情很不好说的。"

"您可真有意思。"警长嘴里嘟嘟囔囔，"少开我玩笑了，那种事情我可管不了。"

温西果然给大主教打过电话，而且两个人的沟通还很顺畅。他又给希拉里·索普写了一封信，和她讲了那些寻宝的经过。

信中写道："瞧！你的推理方向完全正确，要是爱德华知道你这么聪明，不知该有多开心。"

希拉里回信告诉他，老威尔伯罕夫人如愿取走了项链，也退了赔偿款。可是她却对此什么都不说，当然也不会说一声"抱歉。"

勋爵失魂落魄在牧师家里来回晃悠，布伦德尔先生到城里办事去了，一方面继续追查索迪两口子的下落。星期四这一天，又有很多事情摆在他的面前，他看到了如下电报：

第一份，罗奇尔发给布伦德尔：苏珊娜·利格罗斯认出相片上的人是她失踪的丈夫，地方最高行政长官也进行了确认。但是苏珊娜却不认识亚瑟·科伯雷的名字。请安排下一步。

第二份，布伦德尔发给彼得·温西：苏珊娜认识相片上的人是她丈夫，可是不知道亚瑟·科伯雷是谁。伦敦没有索迪夫妻的踪影。

第三份，布伦德尔发给罗奇尔：请马上寄回信函，抓捕苏珊娜·利格罗丝，等候下一个行动方案。

第四份，彼得·温西发给布伦德尔：这次你都明白了，迅速检查教堂的书面记录。

第五份，布伦德尔发给彼得·温西：圣安德鲁斯·布鲁姆斯伯里教堂的牧师证明，有人让他给威廉·索迪和玛丽·肯迪证婚，死者难道是迪肯？

第六份，彼得·温西发给布伦德尔：当然！傻瓜，马上指控克兰顿。

第七份，布伦德尔发给彼得·温西：傻瓜收到；指控克兰顿的理由？索迪夫妻已找到。

第八份：彼得·温西发给布伦德尔：先起诉，城里见。

完成最后的电报，温西让本特准备行李包裹，他则找牧师谈心去了。谈着谈着，他们都感到不好受。

"我认为马上离开最好，我宁愿自己永远都没有遇到过这样的事情。有的事或许顺其自然是更好的方式。牧师，我想知道您的看法。我知道自己的同情心泛滥，我也不想这样。如果不做坏事会有好报，但是做好事没有好报就让人难过了。"

牧师告诉温西："我的孩子，你为将来担忧得太多了，那是没有什么用的。最好的方式就是将一切交给主，让上帝来裁决。我们只要做好自己，服从事情的本真就好了。先知能够预见未来，世俗的所有他无所不知，可是我们不行。"

"正如福尔摩斯所说，一切让事实说话吗？牧师，也许你说的对，我是聪明反被聪明累了。几乎每次都是这样。无论如何，我带给您太多的不便了，现在是我离开的时候了。我的弱点就是这样，不能看到旁人受苦。对于您对我的照顾，再次表示感谢，后会有期，再见。"

温西在离开之前，又去教堂墓地待了一阵子。有很多无主坟墓无人照料，散落在杂草丛中，一片荒芜，与此相对应的是亨利爵士和索普夫人的墓地，上面覆盖着绿油油的草皮。赫兹卡亚·拉文德坐在附近一个墓地的石板上面，这个方形墓地看起来很有些年代了。看到温西走过来后，老赫兹不再擦拭墓碑，转身和勋爵握手。

"我想让塞缪尔清清爽爽地度过这个夏天，相比起我比他多敲了十年的钟了，"赫兹卡亚感慨万分，"我和牧师说过，希望将来可以睡在塞缪尔的身旁，每一个过路的行人都可以看到我敲钟的时间可要比这位老伙计长得多。牧师虽然答应我的请求。可是让人遗憾的是，没有人会像我一样写出诗歌一般美好的墓志铭了。"

他用那根饱受痛风折磨显得浮肿的手指，指着墓碑上的文字：

塞缪尔·斯内尔长眠于此
他敲响了五十年的钟声

每一次的变奏都是生命的迎来送往
他忠于自己的职责
与泰勒·保罗作伴
直到生命的最后一息
上帝慈祥地将他召唤
要他回家歇息
尽管,
属于他的轮子已破
绳子,已松
钟舌默默,身体残败
但是
当他新的生命从沃土中绿草如茵时
将会再一次鸣奏生命之钟
终年七十六岁

温西表情肃穆,最后他说:"敲丧钟是一个不错的职业,每一个敲钟人的寿命都很长,对吗?"

"是的。"敲钟人说道,"据我所知,这些钟都富有灵性,它们能够识别谁是真正的好伙伴,因为大家彼此了解,熟悉对方。假如有人心怀歹念冒犯了这些钟,它们会等到合适的机会惩罚坏人的。不过泰勒这个老伙计和我的关系很好,我们都深爱着对方,我只要准确地敲响它就好了。爵爷,保罗会保佑我的,带领我走过一程又一程,给予我平安喜乐,直到送我进入天堂。年轻人,你只要心无私念,就不会畏惧这些钟。"

"呃,是的。"温西忽然有些不好意思,于是告别了敲钟人,轻手轻脚朝着教堂走去,仿佛怕吵醒了什么人。阿伯特·托马斯的墓地四周非常安静,教堂里,天使们眼神清澈,微张着小嘴,永远永远地俯视众生,思考着……

彼得·温西勋爵可以感受到教堂上空的那些钟,正以无限的恒心等待着,观察着……

第二章　克兰顿开口了

那是瓦隆布罗的一个夜晚,我在莲花和杉树中间发现了恐怖的一幕:有两个天使将他埋葬……

——丁.雪莉登·勒法努:《威尔德的手》

克兰顿看起来气色比上一次棒多了,看来他在医院受到了贵族般的照料。他对警方指控自己谋杀了杰夫·迪肯的事情好像有了心理准备,虽然那个家伙早在十二年前就已经被宣告死亡。

克兰顿开口了,他说:"我早已料到你们会查到这里的,尽管我一直心存侥幸,可是那件事情的确不是我干的,我要和你们说实话。请坐下吧,长官,虽然这不是绅士该来的地方,可是似乎没有比这更好的去处了。我听说纽约州的新监狱非常不错,虽然英国有很多地方让我不太满意,可是我还是最爱自己的祖国。长官,您想让我从什么地方讲起呢?"

"帕克,给他抽根烟吧,怎么样?"温西和帕克说道,然后和克兰顿谈了起来,"我认为从一开始讲比较好。"

"听从您的吩咐。爵爷……"克兰顿看看帕克,再看看温西,"我不会违背自己的内心称你们为绅士的,如果你们不反对的话,还是叫警官比较好。"他清了清自己的嗓子,再次开口,"勋爵和警官大人们,我不愿意多次强调自己还是个身染重病的人。关于那些珍宝,我以前就说过不是我拿的,现在大家相信我说的话了吧?你们一定搞不清楚,我是怎么得知迪肯还活着的消息,是吗?原因很简单,大约是在去年七月份时,他寄给我一封信,一开始到了老酒店,最后到了我这里。究竟是谁给我的信,你们就不必过问了。"

"他是普拉克,腿有残疾的人。"帕克面无表情地说了一句。

"我不会说出他的名字的。"克兰顿,"因为我是一个绅士,而且我把信烧掉了,这个过程很复杂,我一时半会儿也讲不清楚。总之,迪肯的运气不太好,他碰见了监狱看守,就把看守杀掉跑出来了。他在肯特郡躲了两天,后来告诉我警察真是笨死了,他们有两次从他的旁边走过,有一次差点把他的脚趾给踩断了。迪肯说从前不懂得大家为什么叫警察'平板鞋',不过他那次也算是亲身体验了一下,确实要断掉。"克兰顿有点得意地说,"他原话就是这么说的。可我不一样,我的脚不大,主要是我对鞋特别讲究。一个真正的绅士,只要看他的脚就知道其身份。"

"好了,诺比。接着讲下去。"帕克催促着。

"到了第三天夜里,迪肯静悄悄地藏在树林里面,发现有个人走了过来,但是可以肯定他不是警察。迪肯说那家伙喝得太多了,就从藏身的树林后面跳出来给了他一记拳头。他的本心是将醉汉放倒就行了,没想到下手太重,一下就要了他的命。长官,我说的这些可都是迪肯的原话,有些事情我可不是很清楚。不过迪肯这人本来就不地道,况且他已经杀死过一个人,不可能因此判他两次死刑。

"不管怎样,结果就是那个倒霉的家伙死了。迪肯不过是想搞一身衣服给自己穿,事情就是这样。可是他后来发现被自己杀死的人竟然是一个浑身武装的英国军人,不过这事也不奇怪,一九一八年的时候,像他那样的人有很多。就这样迪肯还是被吓得厉害,虽然他也听监狱里的人说当时发生了战争,可是他没想到这种事情会让他撞到。这个英国兵身上有个手电筒,还有身份证件。他悄悄看过后,决定到前线去,无论如何也比落到警察手里好。他就扒掉死者的衣服和自己对换,然后将尸体丢进洞里了事。

"迪肯是肯特郡人,对地形很熟,不过对部队那些事情并不懂,只是已经身不由己了。他打算先去城里找一个老朋友,于是就徒步上路了,再后来搭上了一辆顺风车到了一个我现在也记不起名字的火车站。途经一个小镇后,挤上了去伦敦的火车。本来一切挺顺利的,可是半路上火车上又来了很多英国兵,他们聊得挺开心,迪肯听着听着就发现不对劲了:自己的一身穿戴挺像那么一回事,可是对于一战和军事训练的事情根本不懂,和那些人一搭话就会露出马脚。"

温西打断了一下:"的确是这样,就好像那些冒充共济会的人一样,不要心存幻想。"

"这是当然。他们说的那些话,在迪肯听来好像不是英语,而是某种外国语。假如真是外语也还罢了,迪肯虽然为人不怎么样,可他好歹受过教育,多少也能听懂一些。人家讲的那些部队里的事儿他是一片混沌,只能一个人窝在角落里装睡,谁要是和他说话他就骂人。这个方法挺不错,但是有个固执的士兵拿了一瓶苏格兰酒非要劝他喝。他只得闷头和那个人喝一些,火车到了伦敦时，迪肯就有些醉了。要知道，那些天，他除了在一户农民家里要了一块面包之外再没有吃过任何食品。"

随着克兰顿的叙述，速记员不动声色地在记录簿上飞笔如神。

克兰顿要了一杯水，喝了两口后继续讲道："后来发生了什么事情，迪肯也记不清楚了，他想离开车站，不过困难重重。天已经黑了，根本无法分辨方向，而且那个手提苏格兰酒的醉汉还一直缠着他。还好，那个家伙喝高了，一直自说自话，然后他又喝了一些酒，好像是去就餐的时候他还让什么东西给绊了一跤，惹得周围的人哈哈大笑。然后他就什么都不知道了，醒来的时候他发现自己是在火车上，四周全是英国兵。他总算明白了，这是要到前线去。"

帕克显然不太相信，讥讽了一句："这真是一个好故事。"

温西说道："显然，有一些好心肠的人已经看过他的证件，知道他是即将归队的军人，就送他到丹佛的火车上了。"

"我猜也是这样。"克兰顿说，"准确地讲，他是被困在火车上了，只能继续窝在车厢的角落里。这次大家都看起来特别累，就没有人注意他了。迪肯悄悄地观察别人怎么做，然后依样画瓢，也在检查的时候出示证件。这家伙的运气还不坏，他和火车上的人都不是一个部队的，就这样轻轻松松地蒙混过关。"

"说实话。"

克兰顿对此解释说，"对于具体的过程我也不清楚，因为我毕竟没有身临其境，有些事情还得你们自行琢磨。迪肯告诉我，他坐船的时候晕得厉害，过了海又坐牛车，在一个深夜被送到了一个可怕的地方。然后有人问谁是科伯雷所在那个部队的，这时候他已经知道该怎么做，马上回答：'在，长官！'然后站出前列。就这样，他和一小队士兵跟着一个军官朝着一个到处都是弹坑的地方走去。他告诉我他一连走了好几个小时，天哪！我简直没法想象，我认为迪肯是个吹牛皮的家伙。忽然前面一声巨响，地动山摇，他这才回过味来。"

"他没有吹牛，这一切足以载入史册。"勋爵告诉克兰顿。

克兰顿沉默了片段，然后说道："接下来的事情我也不知道该怎么讲。就连迪肯也说不清他在哪儿、做什么，可是从他的话里能感觉到，他在笔直朝着机枪可以扫射到的区域内挺进。迪肯说，他后悔了。相比之下，梅特斯通的监狱比这里要好多了。我相信他说的话，很显然他还没有进入战壕内。当时，即便是战壕内的士兵也在大炮的威力下纷纷跑了出来。然后他和小分队的士兵被撤退的人群冲开了，他不知被什么家伙打中了脑袋，昏了过去。再次睁开眼睛的时候，他看见自己躺在一个弹坑里，旁边全是死人。

"老实说，我也说不清楚。过了好久他才爬起来，天色漆黑，周围安静异常。他认为自己肯定昏迷了一整天，他起来后根本分不清楚东南西北，于是，他没有目的地晃荡。到处都是泥土、弹坑，还有铁丝网……后来他不知怎么走进了一家农舍，里面放着甘草和其他杂物，他走进去的时候什么都不知道了。他头部受伤了，发着高烧，然后一个年轻女子朝他走来……"

"这个我们已经掌握了。"帕克警长说。

"我相信。你们知道的应该更多。嗯，迪肯这个家伙脑子很够用，他居然能让那个傻女孩一起和他编故事。装作失忆其实不难，因为那些医生根本不知道他不是真正的军人，居然想用部队口令让他露馅。其实，大错特错！迪肯本来就不懂，也就不需要假装无法识别口令。他认为最大的困难是要装作完全听不懂英语，他差点在这上头露出马脚。不过他多少会点法语，而且口音纯正。他想到的办法就是假装丧失了语言能力，如此就算是他说话口吃也有了不错的借口。然后他和那个少女经常练习法语，一直到他的法语没有问题为止。是的，迪肯是个狡猾的家伙。"

"这一段让我们自行想象吧，请给我们说说珍宝的事情吧。"帕克警官提醒他。

"好。最初他是在一九二四年的时候看到一张多年前的英国报纸，新闻报道说人们在肯特郡的无名地洞里发现了一具尸体，据查证，死者是一位名叫迪肯的逃犯。不错，大家都误会了，以为他就是死者。当时他好像在一家小咖啡馆，有人用一九一八年的旧报纸当作包装纸，恰巧就让他看见了，事情大概就是这样。当时他并没有在那件事情上面动脑筋，因为他已经和那个法国女人结婚了，还有一个小农场，日子过得挺好的。可是后来就渐渐不行了，生活一天比一天艰难，他就不由自主地想起了那些珍宝。他寻思了很长时间，不知道该怎么办才好。因为他每次想起那两个死鬼：监狱看守和科伯雷，就不由得害怕。最终，他还是无法抵抗财富的诱惑，又想起了我。他预算我也该重新获得自由了，于是就开始写信联系我。

"其实你们也知道，我还在监狱里面。哦，只是因为一点小小的误会，我又在里面关了几年，因此我一开始并没有收到那封信。那个收到信的朋友认为不能把信送到梅特斯通去，你们明白我的意思吗，警官？所以直到我出狱后才接到了那封信。"

帕克说："我也纳闷他为什么会和你那么知心，有些话说起来可一点都不给面子。"

"这个可恶的家伙。"克兰顿说，"所以我在给他回信的时候特意说明了这一点。可是，他无人可以求助，只有找我帮忙，难道不是吗？再也没有比诺比·克兰顿更合适的人了。我告诉你们，我当时真想让他滚得远远的，后来又想了想，过去的事情就懒得和他计较了。就这样，我答应帮助这个我不喜欢的人。我和他说明，可以花钱协助他回国，可是他必须预先告诉我一些事情。否则，我怎么知道这个混蛋会不会第二次出卖我！"

"这个我相信。"帕克说。

"事实证明这个头顶流脓、脚底生疮的坏家伙果然又一次欺骗了我！我让他说出藏宝地，他竟然怀疑我，说我要是知道了，肯定会在他之前将珍宝拿走的。"

"真让人不敢相信！"帕克巡长感叹，"你肯定不会的，对吗？"

"那是当然。"克兰顿一边说，一边冲帕克眨着眼睛，"您说呢？警官。然后我们接着谈判，谁也不肯让步。到最后，迪肯没有办法，就给我寄了一封密信，说要是我能窥破其中乾坤，就和我合作。果不其然，我什么都不懂。我说出这个情况后，他无奈地让我去圣保罗大教堂找泰勒·保罗，他和巴蒂·托马斯比邻而居，他们会告诉我一切的。可是他又和我说，这件事情最好让他亲自来办，只有他本人知道其中的秘密。可是我错误地以为，那是两个想加入寻宝队伍的家伙，那样对我可没什么好处，还是我和迪肯两个人一起办这件事情比较好，他比我知道得多了。

"于是我像一个白痴一样给他寄了钱和身份证。身份证的姓名当然不能用让·利格罗丝和迪肯这两个名字，他说那样会有很大的麻烦。这一点我完全相信，于是听从他的建议做了一个名字叫泰勒·保罗的假身份证。不过，我现在终于知道他的真实意图了。证件上面的相片非常好，看起来和谁都长得差不多，因为那就是一张合成的大众脸，可以糊弄不少人。对了，我还给他准备了一些衣物，寄到奥斯坦德，他认为不能穿着明显的法国服装来这里。他入境的时间是：十二月二十九日。这一点我认为你们应该都掌握了。"

布伦德尔说："不错，我们知道，可是好像没有多大用处。"

"他的行程没有遇到任何障碍。到了丹佛后，他用公用电话报了平安。这个对你们好像也没什么用。他说将在明后两天带着东西来伦敦找我，无论如何会给我一个交代。我想是不是应该到圣保罗教堂去一趟，这个人不值得信任。我和你们讲，虽然我蓄了胡子，不过我对那个事情不是很在意……其实我只是想看看自己的运气怎么样。而且,你们应该了解,我不想人到哪里都被警察随身'保护'。况且我还有一些自己的事情想要办理。警官,我把自己知道的都告诉你们了。"

"我希望你说的都是实话!"帕克冷峻地告诉他。

"可是三十日和三十一日连续两天我都没有收到迪肯的消息,我感觉又让这小子给骗了。不过我想不明白他为什么要这么做,因为没有我的帮助,他那些宝贝可变不成现钱。我刚开始就是这样想的,可是后来一转念,担心他在梅德斯通监狱或者法国又认识了什么人。"

"如你所说,后来的事情又怎么解释呢?"

"我越想越感到不安,简直是如坐针毡,快要气爆了。不行,我得去看看到底是怎么回事!警官,这就是我当时的想法。可是我不想让别人知道我的行踪,就去了威尔比奇——哦,你们最好别问我是怎么办到的,这和你们没有什么关系,对吗?"

"坐了'火花骨',或者'捕蝇者'吗?"帕克问。

"别问,我不会说的。总之,是我的一个哥们儿驱车送了我一程,剩下的路我是徒步去的。我假装是到人工渠求职的失业工人。不过他们的人手够了,就没有要我。说起这一点,我真要感谢上帝。"

"关于这一点,我们已经去核实过。"

"是吗?我一准就猜你们到处打探我的消息去了。不错,其实我在去教区的路上还坐了一程顺风车,然后才是步行的。那片地方荒凉透顶,真不是适合徒步旅游的地方。"

温西见此告诉他:"我想你指的是我们见面的地方。"

"哦,天哪!"克兰顿惊叫了一声,很快就坦率地告诉勋爵,"假如我当初知道自己如此幸运,一定会立刻终止这段旅程的。可是我什么都不知道,只好继续往前走,之后,"他问道,"爵爷,我想有些事情您肯定知道了,对吗?"

"不错,你到了埃兹拉·韦德斯宾那里,让他给你一份活,你还和他打探过保罗·泰勒此人。"

"对极了!那份活可真不错!"克兰顿气红了脸,愤怒地嚷嚷着,"什么保罗·泰勒!什么巴蒂·托马斯!这两位'先生'居然是两口钟!我想着法打听,可是都说没有这两个人。我感觉这样下去也不是个办法,也不知道迪肯到底来过这里没有,是偷偷背着我搞小动作呢?还是在半路上遇到了什么事情?还有那个该死的韦德斯宾,也太会当掌柜的了,不停地支使我干这干那的。一会儿'瑞莱弗来把这干了',一会儿'瑞莱弗来把那干了'。我真是恨死他了,根本就抽不出属于我自己的时间。

"不过我还是在一直想着密信的事情,感觉和那些钟脱不了关系。于是我就想到钟塔去看一看,但是又不能大摇大摆地公开进去。我就到铁匠铺子找了一些材料,做了开锁的工具,等到星期六的夜里悄悄地从韦德斯宾家的后面溜走了。

"警官,接下来的事情你们一定要认真听我说,这些事情可都是真实发生过的。刚过午夜,我就立刻上教堂去了。我轻轻推了推门,却发现是虚掩着的。我想,肯定是迪肯悄悄地在里面找东西,不然,还能怎么样?特别是在这个时间!因为我以前来过这里,明白钟塔之门的方向,所有我就悄无声息地过去了。什么?钟塔的门竟然也是开的!我大喜望外,认为肯定是迪肯在里边。我心想,好啊!原来这么久没给我信儿,这次见了他一定要问问'保罗·泰勒'和'巴蒂·托马斯'的秘密。我看见里面有个绳子,于是就爬到了那个地方……哎呀,真是脏死了!然后我顺着梯子继续往上爬,看见了更多的绳子。接着又是一个梯子,上面还有一个活门。"

"那个活门打开了?"帕克问道。

"是的，警官，您也知道我不想做这种事情，不过我还是上去了，到了上面之后，我忽然感到有些害怕。那里的感觉非常怪异，安静得如同墓地一般，但是好像周围又有人围观，有无数双眼睛盯着你的一举一动。外面下着瓢泼大雨，夜，静极了，也暗极了！我听见了自己的心跳……当然，也许是我过于紧张了，总之非常害怕。我强自定了心神，按开手电筒。警官，我不知道你们去过那样的场所没有，是否亲眼看过那些钟？我不喜欢瞎想什么东西，也不是神经质，不过那些钟不一样！看见它们，你会不由得惊恐！"

"感觉它们要扣到你的身上，对吗？"温西问。

克兰顿连忙点头称是："不错，勋爵。我终于找到地方了，但是无从下手，因为我什么都不知道，也不知该把那些钟怎么样。我想看看迪肯怎么样了，就打开手电筒四处乱看——真没想到，他竟然在这里！"

"已经死了吗？"

"是的。他不知被谁绑到了一个大柱子上，他脸上的样子。天哪！我发誓一辈子都不想看到那样的神情，那样惊恐！他好像是瞬间被吓死的！警官，你们能明白我的意思吗？"

"我也认为他那时候肯定死了。"

克兰顿忽然笑了，说不上来的滋味，"岂止是死了。"

"难道他的尸体已经僵硬？"

"没有，不过非常冰凉。我轻轻地碰了碰，上帝呀！他居然在绳子上晃了晃，头一下子垂下来了。"克兰顿沉默了一会儿，继续说，"他好像预知了这一切，发生得太突然了。可是他的样子却像是受了很长时间的折磨才死的。"

帕克警长好像没有多少耐心了，皱着眉头问道："绳子在他的脖子上吗？"

"没有。看起来不像是被吊死的，不过我也不知道他真实的死因。我刚想查验尸体，就听见有脚步声朝着钟塔方向走来，我赶紧找个地方躲了——因为那里还有个梯子。我努力向上爬，直到看见有个通向房顶的天窗。我就在那里蹲着，心想也许来人不会想到我在这儿。我不想让人知道，我曾经的搭档——迪肯死在了下面。如果他们知道了，我浑身是嘴也说不清了。就算我像现在这样实话实说，可是，当时我身上还有自造的开锁工具，这很麻烦！我悄悄地躲到了那里，一声也不敢吭。

"我听见那人在地板上来回走，口中还嘟囔着：'天哪！'好像在努力地做着什么事情，还发出了两声干呕，挺恶心的！我觉得他是往地板上放迪肯的尸体，接着他就拖着尸体往前走，脚步声很沉重，还有叮当的碰撞声。当时我所处的位置看不见他，对面是梯子和墙，但是他恰好在相反的方向。后来，我感觉他在拖动尸体从另一个梯子往下走，因为我听到了碰撞和滑动的声音。哦，他干得可真不是好差使！

"我在上面等了很久，直到确定没人了，才开始想办法脱身。我推了一下天窗，发现内侧有个搭扣，我拔出就走。外面黑咕隆咚的，雨下得非常大，好像是从天上直泼了下来似的。我爬到塔边看了看，哦，该死的！你们知道那地方有多高？一百三十英尺吗？不！不！不！我觉得应该是一千三百英尺！我没有做过飞贼，也没有从事过高空作业。我看着下面，然后发现有一束微弱的光在游走，就在距离教堂另一面几英里远的墓地。我死命抓住护墙，感到天旋地转，仿佛要和钟塔以及护墙一起倒下去。我的胃不停地痉挛，翻江倒海，难受极了！还好当时黑漆漆的，我看不见其他的东西，要不然我一定没法和你们在这儿说话了。我心想，这是个机会，最好趁那个家伙忙的时候赶紧走。

"我像猫一样迅速地溜回了钟塔,把门关好后顺着梯子往下爬。哦,天啊!那些钟就在我的下面,我一辈子都不想看见它们!我吓坏了,不停地哆嗦,手电筒也掉下去了,'咣'一声不知砸在了哪口钟的上面,'嗡——'的一声在我耳边不停回响。我一辈子也忘不了那个声音,那是来自天堂……哦,不!更像是地狱的召唤。甚至还有回音在低沉地轰鸣,近在咫尺,他们就在我的身边。警官,也许你们以为我的神经已经分裂了,可是那样的感觉是真实的。我只好闭上眼睛摸索着梯子往下爬,当时我就后悔不该走这样一条路。警官,你们相信我说的话吗?"

帕克有些不以为然,说:"诺比,也许是你想的太多了。"

"不,帕克。"温西说道,"当你身临其境地时候就明白了,黑暗中被困在钟塔里的感觉一点都不好受,相当诡异,就和我们面对猫和镜子时一样。好吧,克兰顿,别想那些没用的,继续讲下去。"

"毫不夸张地说,我当时根本无法动弹,短短几分钟就像过了几个钟头一样。不过我还是壮着胆子摸黑爬了下去。然后我就开始到处乱摸,想要找到刚才掉下去的手电筒。好不容易找到了,却发现灯泡摔坏了。因为没有了照明工具,只能够摸着黑一点一点地寻找活门。我真担心会直接从门里掉下去,不过还算是万幸,终于找到它了。然后我就顺着旋转楼梯往下走——那些楼梯太旧了,我的脚总是不停地打滑。我紧贴墙壁,感觉自己都快窒息了!最后我发现所有的门都是开着的,这说明刚才那个家伙肯定还要回来,这可不是什么好事情!我急急忙忙往教堂里走去,仓皇之下也不知让什么东西给绊倒了,'咣当'一声,那声音真是让我三魂出窍。听声音好像是一个大金属壶。"

温西闷闷地告诉他:"只是洗礼盆下的铜水壶罢了。"

"它为什么要在那儿!"克兰顿愤愤不平地吼道,"当我踩在大门过道上的碎石路时,脚下老是发出咯吱咯吱的声音,我拼命放慢了脚步,好容易出去了,我撒腿就跑!天哪,我简直是不要命了,我也没回韦德斯宾家里,反正也没什么东西留下——除了我的牙刷和在他们家借的衬衫。

"雨还在不停地下,从我头顶哗哗往下浇。这个破乡下,简直就是个鬼地方,四处都是桥和水渠。我拼命奔跑的时候,有辆汽车从对面开来,为了避开刺眼的车灯,一下子掉进了水沟里。

"你们想问我冷不冷?不!我只是好好洗了一个冰水浴而已!真过瘾!我好容易爬上来,来到了一个挨着火车站的民居区。我像筛糠一样好不容易挨到了天明,随便扒上了一列过路的火车。火车站的名字我记不起来了,不过我认为距离圣保罗教区应该不过十到十五英里的距离。当我好不容易回到伦敦的时候,发了高烧,病倒了。医生说是风热病,就是我现在这个倒霉样子!

"警官,现在你们也看到了:我的命都差点丢了!有时候我真愿意就这样死了,因为我现在什么也干不了。你们愿意相信我吗?关于迪肯给我的密信,我后来发现不见了,结果是你们在钟塔找到了。如果真是这样,一定是我从口袋里掏手电时带出来的。不过我真的没有杀害迪肯,请你们相信我。我知道没有办法证明自己的清白,所以上次你们问我的时候只好说假话。"

总巡长帕克告诉他:"如果是这样,但愿你以后改过自新,记住,离钟塔远远的。"

克兰顿一脸严肃:"这是一定的。我现在看见钟塔就害怕。假如我有胆量再走进任何一家教堂,就拜托你们直接将我送进精神病院好了。"

第三章　威廉·索迪的故事

我什么都不说，可是日复一日的埋怨让我心力交瘁。

——《赞美诗》第三十二、三十三节

像威廉·索迪这样绝望的表情，温西有生以来还是第一次看到。他那苍白的脸、一蹶不振的样子几乎和死人没什么两样，而玛丽则是焦躁不安，一脸的紧张和戒备，犹如落入网中的刺猬，尚且心怀不甘。

"事到如今，你们两位没有什么话要和我谈谈吗？"布伦德尔警长问他们。

玛丽愤愤地说："我们可没有干过见不得人的事情。"

"好吧，玛丽，让我来。"威廉看起来累极了，他面向布伦德尔，"警长，你们已经发现迪肯的尸体了，对吗？可是他带给我们的伤害是你们没法想象的。我和玛丽已经在努力挽救了，可是没想到你们会突然加以干预。我也明白这种事情不该隐瞒警方，可是我们还有更好的选择吗？村子里有那么多人说玛丽的闲话，她已经很可怜了。想来想去，我们认为最好的方式就是离开这里，也许会让玛丽的日子好过一点，不必再去理会那些飞短流长。我们只是不想让那些小人如愿，这样难道有错吗？这些倒霉的事情又不是我们乐意的，我们也没做什么犯法的事情，为什么要这么对我们？"

"威廉，冷静一点。"警长说，"我也认为你的运气挺糟糕，可是法律是严肃的。大家都知道迪肯是什么货色，可是现在他被人谋杀了，抓捕凶犯是我们警方的职责，你必须明白这一点。"

威廉冷冷地说道："如果是这件事情，我什么都不知道。要是玛丽和我……"

"好了，威廉！"勋爵忍不住打断了他的话，"警长不想干涉你的婚姻，我认为你得搞明白目前的状况。他刚才也说了，迪肯死了，目前你可是最有杀人动机的那个，这对你一点都不妙。脑筋清醒一点，索迪，假如你被指控要上法庭的话——"他沉吟了一下，说了一句，"很可能是你身边这位女士负责证人证言。"

"那又如何呢？"威廉反问。

"有些事情你可能不太明白：法律禁止妻子说出对丈夫不利的证言证明。"温西说出这句话以后，慢慢观察对方的反应，等他回过神以后递给他一根烟，"提提神，顺便你也好好想想。"

威廉的神色显得异常痛苦，他告诉勋爵："我明白了。也就是说，那个混蛋给我们带来的危害将永无休止。他已经伤害过玛丽了，让这个可怜的女人走上被告席，搞臭了她的名誉。他将会让我们的孩子成为私生子，再一次逼她走上可耻的被告席，然后逼我走向断头台。上帝呀，假如这个世界非要有人去死，一定会是他，我想看到他在地狱里受火刑的样子！"

"我相信你说的话。不过你要是现在还不肯说实话——"

"我想说一点，至于其他，我无话可说！"威廉绝望地喊道，"她是我的妻子！无论是我，还是上帝，她一直都是！这件事情她根本就一无所知，直到现在也是！她唯一知情的就是烂在墓地里的那个恶棍——"

"我明白了。不过你肯定得证明这是真的。"布伦德尔警长说道。

"不一定，警长。"勋爵插了一句话，"不过我相信这些肯定会得到证实。索迪夫人，你能告诉我——"

听到这里，可怜的玛丽不由得带着感激的目光看了勋爵一眼。

温西见状问道："你从什么时候得知你和威廉·索迪的婚姻不受法律的保护？也就是说你知道迪肯——你的前夫在今年一月份之前还活着？"

"爵爷，还记得上个星期你来找我问话的时候吗？就是那一天。"

"就是我让你看密信的时候，你认出了迪肯的字体，对吗？"

"就是这样，爵爷。"

"可是——"警长似乎想要问什么话，不过让温西打断了。勋爵继续追问："你认出迪肯的字体以后，很快意识到墓地里那具尸体就是迪肯？"

"勋爵，我当时就是这么想的。"玛丽告诉他，"以前有很多我不明白的事情一下子都清楚了。"

"好的。一九一八年，得知迪肯死讯的时候，你从来都没有怀疑过？"

"是。要不然我怎么会和威廉结婚呢？"

"之前你每次都会领取圣餐？"

"是的，爵爷。除了上一次，"玛丽哭道，"我感觉自己和威廉的婚姻出问题了，上帝一定不会原谅我的，所以我不能再去。"

"明白了，夫人，你说的对。"温西问完以后，和布伦德尔说，"抱歉，警长，你一定要原谅我刚才打断了你的问话。"

"没事的，彼得。"警长的口气温和。然后他开始问玛丽，"可是你以前说勋爵让你看信的时候没有认出来。"

"我以前说了假话，当时我被吓坏了。我就是想拿一个主意。"

"果然和我想的一样。你担心给威廉惹麻烦，对吗？你怎么知道那封信是最近写的？又如何判断墓地里的死者一定是迪肯呢？玛丽，请你正面回答我的问题！"

她的语气忽然有些胆怯："我也说不清楚，就是忽然间冒出了那样的念头。"

"不！你当时就明白了！"布伦德尔严厉地问道，"你能告诉我原因么？是不是因为威廉已经和你说过什么话，让你忽然间明白了？你以前看到过那张纸，所以你觉得没指望了！"

"不是！我不是！"玛丽拼命地否认。

"为何不是！假如你当真什么都不知道，就根本不会掩饰你认出了字体的事实，而且你知道它是什么时候写的。"

"你这是胡说八道！"威廉忍不住怒吼。

"不要这样，先生，你听我说。"温西态度温和地和他讲，"假如索迪夫人一早知道这件事情，她就不会在上星期领取圣餐的时候缺席了。她何必要这样引人注意呢？既然她可以在几个月的时间内装作不知情的样子，她大可以继续伪装下去。"

"可是威廉呢？他不是一样去教堂吗？难道他也是什么都不知道吗？"布伦德尔警长不客气地阐明了自己的观点。

"你能告诉我吗？"勋爵温和地问，"索迪夫人。"

玛丽迟疑了，终于什么都没说，摇了摇头。

"你当真什么都不想说吗？你对着上帝起誓！"警长终于忍不住发火了，"那好，请你现在告诉我……"

"什么都不要说，玛丽。"威廉忽然插了话，他对自己的妻子说，"没有用，说什么都没有用！他们只会歪曲你说的那些话。我们什么都不必说了，我会保护你的，亲爱的。"

"不是你想的那样，威廉。"勋爵告诉他，"你应该明白，假定你说的事实能够证明你的妻子确实不知道是怎么回事，那么你们的婚姻就不是你想的那样无法挽救。是吗，布伦德尔先生？"

"不许诱供，勋爵。"警长一本正经地说道。

"这是当然，警长。"温西说，"我只是说明一个事实。"继而话锋一转，"玛丽能够这么快就明白那个死的人是迪肯，你就不怀疑吗？假如她相信你和这件事情没有一点关系，她就会内疚。虽然这样也不错，而且目前看起来好像是这样。但是她要是知道什么，并且让你知道了，你就不能再与心灵龌龊的女人一起接受主的祝福……"

"你闭嘴！"威廉疯子一般大叫，"你敢再说一个字我就——天哪，我该怎么办？爵爷，事情真不是你说的那样……她不知道，她什么都不知道！是我！知道的那个人是我！可是我绝不会再多说一个字的！就这样！因为我想让上帝宽恕我，所以什么都没有告诉她。"

温西眉毛一挑："哦，你希望上帝宽恕你吗？看来你果然知情，你就不想和我们谈谈吗？"

"威廉，你要听我的。"布伦德尔先生告诉他，"你这样是没用的，说吧，你是什么时候知道他是迪肯的？"

索迪艰难地吐出了一句话："就是发现尸体的时候。"然后他如释重负，长长吁了一口气，"不错，我发现尸体的时候才知道他是迪肯。"

警长很惊讶："你以前怎么不告诉我们。"

"上帝呀，那样所有认识我们的人都清楚我和玛丽的婚姻是非法的！"

温西目瞪口呆："什么！你们可以再结一次婚呀？"

威廉忽然动了一下，说不出来的难受。

"爵爷，是这样：我不想让玛丽知道这件事情，这些年她太可怜了。还有我那可怜的孩子们，我不知道该怎样保护他们……我想过，最好的方法就永远不让他们知道。假如这是有罪的，那么就由我一个人担负好了，我不愿意让家人面对这糟糕的一切。爵爷，我不知道你是否能够了解，可我说都是真心话。"他沉默了一会儿，继续说道，"没想到玛丽看到你给的那封信后，什么都明白了。说老实话，自从迪肯的尸体被人发现后，我的确有些不对劲，她感觉到了。所以她问我，那具尸体是不是迪肯？我就承认了，事情的经过就是这样。"

"你又是如何确定死者身份的呢？"温西问道。

威廉没有说话。

温西耐心等待着……又问："你也知道，尸体的脸已经无法辨认了。"

"你认为他蹲过监狱，"索迪期艾艾的神情，"所以……"

"停！请停一下。"警长急忙插话，"这件事情我们没有露过半点口风：询问调查及其延长期间我们都没有和人说过，勋爵是什么时候告诉你的？"

威廉低着头，吞吞吐吐："牧师家的埃米莉告诉我的。爵爷和本特说话的时候让她听见了。"

"是吗？"布伦德尔先生发火了，"让我听听埃米莉都听了哪些壁角？还有那个啤酒瓶！告诉我，谁给她的胆子，让她擦掉上面的指纹的？"

威廉急忙申辩："她只是个小女孩，没有什么坏心眼！你也知道，小女孩的好奇心都比较重。这件事让她兴奋得厉害，第二天一早就赶忙过来和玛丽说了。"

警长的表情好像不太相信："是吗？这个问题先放过。我们继续谈谈迪肯，埃米莉偷听到死者以前蹲过监狱，你对这件事情有什么看法？"

"我认为那个人绝对是迪肯！那个魔鬼又从墓地里出来和我们作对了，就是这样。"

"你有没有想过他来这里的真实目的？"

"这个我没有多想，一心想着他来了，完了。"

"你不觉得他此次回来和宝石有关吗？"布伦德尔问。

"真的吗？他是回来寻找项链的？"威廉一改刚才的局促不安，眼睛里满是惊讶，"那东西真的在他手里吗？我们以为是克兰顿。"

"你从来都不知道项链藏匿在教堂？"

"什么？！"威廉目瞪口呆。

温西淡淡地解释道："就在星期一那天，我们在教堂的房顶发现了项链。"

"天哪！那东西找到了，原来……就在教堂屋顶吗？上帝呀，那些长舌妇再也不会说玛丽的闲话了，没有人可以再污蔑可怜的玛丽了。"

"这点你可以放心。"勋爵话锋一转，"刚才你想说什么？原来？也许你想说：'原来我在教堂碰见迪肯的时候，他是为了这个东西。'我说的对吗，威廉？"

"爵爷，我的意思是：原来他将宝石藏在了教堂。"说着，威廉的火就大了，"那个不要脸的东西，他竟然要出卖自己的同谋！"

"这一点我同意。"温西说，"可能迪肯活着的时候干了不少坏事。请原谅我这么说，威廉夫人。可是他确实是个恶棍！知道吗？法国还有一个可怜的女人。他和她结了婚，生下三个孩子，现在又抛弃了他们。"

"太可怜了！"索迪夫人连连摇头。

"这个魔鬼！"威廉忍不住大叫，"早知道这样，我……"

"什么？"

"不怎么样。"索迪低沉着嗓音，"他到了法国，怎么可能？"

"这可不是一两句话可以说清的事情，而且和我们目前的谈话内容关系不大。咱们还是先把你刚才说的事情搞清楚：你听埃米莉说教堂墓地有一具尸体，生前进过监狱，尽管他的脸死后被人搞得不像样子了。不过你马上认为他是你妻子的前夫杰夫·迪肯，对吗？尽管他在一九一八年的时候已经宣布了死亡！你对此始终保持沉默，特别是玛丽？可是当她在上星期见到了一张疑似迪肯笔迹的信，甚至于你还不知道那封信的时间——可是你立刻断定迪肯当年没有死？于是你们来不及确认消息的准确性，便心急火燎地赶去伦敦补办一次婚礼。先生，你能给我们说的就是这些吗？"温西的口气严肃。

"就是这样，爵爷。"

"你不觉得自己讲的这些很可笑吗？"警长不由得呵斥道，"威廉·索迪，你应该明白自己目前的状况！你当然可以什么都不讲，不过我们也可以将之前的询问调查程序申请延期，你就把这些荒唐的故事讲给验尸官听吧！要是你被警方指控谋杀迪肯时，到被告席上讲给法官和陪审团的那些先生们听也很好！还是你现在就说老实话？你看着办，清楚了吗？"

威廉·索迪干巴巴地告诉他："我没有什么可说的，先生。"

温西重复着他的话："'我没有什么可说的，先生。'我感到很难过，威廉，这些话在公诉人看来可是截然不同的故事。比方说，他们会因为你在十二月三十日的夜里在教堂看见过迪肯，然后你才认定迪肯还活得好好的。"他有意停顿一下，观察着威廉，然后接着讲，"想必你也认识皮克，就是那个白痴。恰好他那天晚上躲在了阿伯特·托马斯的墓地后面，不小心知道了一些事情，他的有些话警方还是可以采信的。圣具房里有人说话，有个黑胡子的先生，威廉·索迪在法衣柜取了一根绳子！我很好奇，那么晚了，你到教堂干什么？当然，你可以说因为圣具房有一个可疑人员，然后你跟踪进去。但是你很快就发现是你妻子的前夫，好在他没有开枪打死你，无论如何你制服了他，你准备将他送交警方，他就威胁'你不怕玛丽和你的孩子们不好做人吗？'然后你们就开始谈条件——是这样吗？后来你还是示弱了，你保证什么都不说，给他二百英镑让他滚！可是你手头上并没有现钱，于是你想把他先藏起来，然后你就开始找绳子绑他——我想知道你是怎样让他乖乖听话的？直接给了他一拳？——哦，你不想说！那我说好了。你将他绑了以后暂时安置在圣具房，然后悄悄地去拿牧师的钥匙。其实你也挺有运气的，居然在教区长经常放钥匙的地方如愿找到了——每个人都知道牧师总是随手放钥匙，有时连他自己也想不起来。

"你打开了钟塔的门，将迪肯安置到了钟房，那儿是一个不错的地方！跟下面有好几道门相隔，这可比送他到其他地方强多了。你还给他运送了一些食品——这个问题，我想问一下玛丽。你有没有丢失一瓶啤酒呢，夫人？也许是给吉姆的啤酒中拿了一瓶？正好，吉姆也在回家的路上，我们要耐心和他说说话。"

玛丽满脸都是戒备的神色，不过她什么也不肯说。这一切分毫不差地落入了警长的眼中。

勋爵一板一眼地讲下去："天明后你就到威尔比奇取出了钱，不巧的是你生病了，还挺严重，甚至没办法去钟房放迪肯离开。威廉，你肯定急坏了，因为这些事情你不想让玛丽知道。没关系的，反正还有吉姆呢？我们还可以问问吉姆。"

索迪猛然抬起了头，语气急切："勋爵，我没有和吉姆吐出过半点关于迪肯的事情，他也如此，我说的都是真的。"他喃喃着，"我已经说了，其他的我没有话可说。"

"非常好！"温西勋爵继续讲着，"但是，在十二月三十日到一月四日期间有人杀了迪肯。在一月四日的夜里，有人将他的尸体埋到了墓地。这个人和迪肯很熟悉，他为了以防万一，干脆弄坏他的脸和手。现在的重点是，迪肯——这样一个大活人是怎样转眼间变成一个死人的！你知道吗？当然，掩埋他的人肯定不是你，因为当时你正卧病在床。不然的话，你谋杀他的理由可是比较充分的。我们知道，迪肯绝对不是饿死的，他死后胃里的食物还不少。不过，十二月三十日上午以后，你没法给他送食品，要是你不是凶手，真凶又是谁？这期间给他送食品的人是谁？并且谋杀了他，还在一月四日的晚上将他从钟房拖了出去？要知道，当时现场还有一个目击证人，他什么都看见了！他说……"

"稍等一下，这个女人吓昏了。"布伦德尔赶紧告诉温西。

第四章　真凶是谁

谁能够将海水挡在门外……给它划出一条不可逾越的线呢？

——《约伯传》第八、十、三十八节

警长和温西说："看样子，他不会说了。"

"我明白。你决定逮捕他吗？"温西问道。

"眼下还没有，我放他回去了，让他认真思考一下。当然，"布伦德尔先生告诉勋爵，"他涉嫌包庇杀人犯，我随时都可以将他当作从犯抓捕归案。不错，即便他不是真凶，他也在包庇一个人。我想，也许我们和詹姆斯谈过以后会想出更好的方法应付威廉。詹姆斯将在这个月底返回英国，因为我们已经发出了立刻归国的指令，他的那份工作将由其他人接管。"

"办得不错！说起这件事情，从人道的角度讲，要是有报应的话，活该迪肯这个家伙落个这样的下场！即便他侥幸活着，法律也要让他上断头台。我相信每一个有良心的民众都会拍手叫好，可是现在有个正直勇敢的人代替法律执行了他的死刑，我们将要判处这个勇士死刑吗？"

"哦，法律的确如此。"警长和温西说，"勋爵，这样话题不是我们这样身份的人该谈的。我们还是谈谈这件案子比较好。比如说：如果威廉不是事前从犯，法律想要让威廉·索迪上绞架好像没有那么方便。我们知道，迪肯死前吃饱喝足了，如果威廉计划在十二月三十日、三十一日杀掉他，为什么还要去取那二百英镑呢？反过来讲，假定迪肯是一月四日被害，他们为什么劳心费力地给他送东西吃呢？这些都不合逻辑。"

"如果是送食品那个人被迪肯给惹怒了呢？一时之间失去理智杀人，有没有这个可能？"

"有这个可能性，但是杀害的方法是什么？死者身上没有致命伤：利刃捅死、被枪打死、击中头部而死？"

"老实说，我也不知道。"温西愤愤然，"他活该！无论生前还是死后都是一个讨厌鬼！我倒认为，杀掉他的人是一个勇敢的骑士，除暴安良！我宁愿是自己亲手杀了他，或者牧师和赫兹卡亚都行。"

"我可不这样认为。"布伦德尔先生面色深沉，"或许是其他人呢？比如白痴皮克，一到夜间就喜欢在教堂四周转悠。现在的问题是，假定凶手是皮克，他是怎样进入钟房的？我希望尽快见到詹姆斯，我能感受到，他一定会告诉我们一些有意思的事情。"

"哦？"温西表示怀疑，"让牡蛎张嘴可不容易。"

"关于这个，其实有很多办法让他张嘴，咱们还可以慢慢地回味。勋爵，你回教区吗？"

"不，我不知道回去可以做些什么。我准备和丹佛公爵，也就是我的哥哥一起到威尔比奇出席新人工渠的开通剪彩，也许我们会在那里见面。"

后来的一个星期，只有一件事情是比较特别的：一天夜里，威尔伯拉罕夫人一个人静悄悄地死去了，手里紧紧攥着宝石项链。她留下了一份十五年前就写好的遗书：将自己庞大的家产全部馈赠给堂兄亨利·索普。写道："他是仅有的可以信任的人。"——这个怪人，以前她可是冷眼看着这个仅有的亲人饱受穷困与疾病的煎熬，真让人捉摸不透！

遗书后面还有一份附件：从时间上看，应该是亨利离世的次日，威尔伯拉罕夫人将遗产受益人变更成了希拉里。另一条是，老太太委托彼得·温西勋爵担任希拉里的财产经理，还要将宝石项链交付给他。她在遗书中对温西大加赞美，认为彼得勋爵是一个大公无私、通晓情理的人。

温西对此感到哭笑不得，他索性将项链送给了希拉里。可是小姑娘说什么都不肯要，因为看见它会想起很多不愉快的事情。事实上，她甚至不愿意接受老太太的遗产，她不喜欢那个过世的古怪人。温西不得已做了很多的说服工作。

希拉里告诉温西，她希望自己是一个自强自立的人。而且："我越发不喜欢爱德华叔叔了，他总是想让我嫁给一个钱袋子，他才不在乎我喜欢谁呢！要是我以后嫁个穷人，他一准儿说人家是冲着钱来的。实在不行，我就不嫁了。"

"你会变成一个有很多钱的老姑娘。"温西告诉她。

"就像威尔伯拉罕姑姑一样吗？我不要那样。"

"不，你完全可以做一个有钱、心肠又好的老姑娘。"

"真的吗？"

"当然。比如我就是一个有钱、心肠又好的老男人。我的意思是，有钱、心肠又好不是一件坏事。那些钱不需要浪费在舞会或者游艇上，可以做一些有价值的事情，比如慈善、经营实业，或者其他地方。要是你放弃了继承，这些钱就会被有些你不喜欢的人拿去——也许是爱德华叔叔，也许是威尔伯拉罕姑妈的其他亲属。你明白了吗？他们会随意挥霍掉这笔钱。"

希拉里想了想，说："我相信爱德华叔叔会这么做。"

"其实这件事情一点都不急，你有几年的时间来考虑它的具体用途。要是你成年后还没有想清楚，可以将它撒到泰晤士河里。"温西一边和希拉里说话，一边在发愁，"这条项链真让我不知道该怎么办！"

"我也恨它！"希拉里说，"一想到爷爷、父亲，还有迪肯都被它害死了，我就觉得它迟早还要害人的。每次想起这些，我都不愿意看见它。"

"这样如何？这笔钱我替你保管到二十一岁，届时我们成立一个威尔伯拉罕财产管理委员会，让这些钱发挥到正道上。"

虽然希拉里同意了他的建议，可是温西心情却一点都不好：截至目前，他介入该案后可没有一丁点的益处，只是引起一些不必要的麻烦。他想，要是当初迪肯的尸体永埋地下该多好，让他重见天日可对谁都没有好处。

月末，威尔比奇的新人工渠开通了，喜气洋洋。剪彩那天，天气也非常好，丹佛公爵发表了一番官样讲话，然后是热闹的划船比赛，大家都很开心，尽管有三个人掉进了水中；另外还逮捕了四个酗酒的男人，还有一个与警察顶嘴的老妇人；另外有一辆汽车和马车闹起了纠纷，乱哄哄的；小哥特贝德先生在摩托车维修大赛中获得了首奖。

喧嚣中，威尔河波澜不惊，缓缓地流向大海。温西依靠在沼泽渠入口处的一面墙上，注视着涨潮后的海水慢慢回溯，水流带起的泥沙冲击着新挖的河道。左侧，旧河道已经干涸了，淤积的泥沙在阳光下闪着亮光。

"我的感觉还可以。"温西的身边有人在说话。他扭头一看，认出了项目部门的一个工程师。

"你们深挖了多少英尺？"温西问他。

"也就几英尺。没关系的，河水将会把余下的深度冲刷出来。我认为这条河本身的治理工程并不大，关键是入口处的淤积清理和下游弯道的治理工作挺吃力的。我们足足挖了三英里长，把河滩那里的一条水渠和沃什沼泽打通后，河道就变短了。至于剩下的就由河道自己完成，这样它就可以天然形成一个属于自己的河口。也许河道可以让水流在冲低八至十英尺，或者还可以多一点，威尔比奇镇将会旧貌换新颜。只可惜这件事情一直没人当回事，真让人惋惜！不过他们想得也对，大水一般不会超越范来登水闸。

"好在这项工程结束了，预计河水会涨到大排水渠。其实治理沼泽地河水的关键就是尽可能将全部水源都疏导进天然河道。反观从前那些荷兰人，他们不该将河水分流至每一条河流，让水到处蔓延。很显然，河道落差越小，它需求的水量就越大，这样才能有效控制河道淤积。想起来也挺可笑，这样一个浅显的道理，人们却用了几百年的时间来实践。"

"不错，多出来的水都到三十英尺水渠了吧？"温西问。

"过去的河堤水闸和新水渠河口间恰好是一条直线，正好三十五英里，它们将从利姆霍特、利姆西带走很多水。只好让大排水渠超负荷工作了。以前到了冬天，没人敢让三十英尺水渠分流洪水。你看，"工程师一手指着，"假如水流到了这个高度，肯定会溢出河道将小镇淹没。可是现在好了，新挖的水渠就不会有这个问题，它会降低沼泽地大排水渠的水患威胁。这样一来，佛罗格莱夏恩沼泽、密尔沃什沼泽、利姆西沼泽就不会受到洪水的威胁了。"

"那么，三十英尺水渠能担负起这样的重任吗？"

"嗯，不错！我们当时就是这样设计的。"工程师还是非常开心，"不过，好像有过一次。也是近一百年，威尔河的河道淤积才这样严重，因为潮汐的原因，甚至沃什沼泽的变化都不小。同样面临着个问题的，包括奈奈河的人工水渠。我的意思是，三十英尺排水渠从前没有出过任何问题。"

"您刚才指的应该是护国公的时候，你们现在清理了威尔河，那么泥沙照样会在其他地方淤积的。"

工程师今天的心情不错，他笑着说："完全可能，泥沙肯定会有的。它们不在这里，就会淤积到其他地方。可是我敢打赌，有人肯定会及时解决那些问题。或者，他们严肃看待这件事情，将沼泽里的水都排干净。"

"没错。"

"看现在的状况，还比较理想。不要看这些河水表面上慢吞吞的，它们对河道的破坏力可不容小觑，我们的要求是那边新修的水坝能经受起水流的压力。无论如何，我认为这条水坝不会出问题。你可以看下潮汐刻度，历史上的最高和最低水位都让我们给标出来了。我敢起誓，紧接着的几个月高低水位一定会分别下降或起伏三至四英尺。很抱歉，我得离开一下，去看看水坝现在是什么情况。"工程师匆匆离去，去监督老河道建水坝的工程了。

不知什么时候，水闸管理员来到了温西的身边，问："我的老水闸有希望吗？"

彼得闻声而看："原来是你呀！"

"不错。"水闸管理员往上涨的水面用力吐了口唾沫，"那些人花那么多钱，却没有看看我的老水闸！唉，我又是瞎想了。"

"难道日内瓦还没有答复吗？"勋爵问道。

"什么？"管理员一惊，继而大笑，"你是说上次我给你讲的那个笑话吗？咳！咳！咳！那些人完全可以将这个议题上报给国际组织！他们为什么不那样做呢？你看看吧，这些涨潮带来的洪水，它会到哪儿去！它肯定要给自己找个地方，对吗？"

"他们说，会涨到三十英尺水渠那里。"

"什么？"水闸管理员，"他们老是这样乱指挥！"

"是吗？他们没有指挥你的水闸吧？"

"问题就在这里。只要介入一件事情，其余的事情就会一件连着一件，很麻烦的。依我看，还是保持现状好了，什么也别碰、别乱挖，不然会挖出其他事情的。"

"要是按你说的，沼泽地还是从前那样，哪里都是水吗？"温西忍不住质疑。

管理员坦白地说："好像是这样，可是它最多也就是那个样子，至少这个小镇是安全的，不必忧心其他事情。你看现在，那些人说起来轻巧，让水闸开闸泄水！水泄到什么地方呢？总要给它们找个地方，对不对？"

"可是，现在密尔沃什以及佛罗格莱夏恩，还有其他地方的沼泽区都已经被洪水淹没了。"

"那又怎么样呢？"水闸管理员反问，"其他地方的水为什么要流到我们这儿？"

"哦？"勋爵忽然明白了影响水道治理工程长达数百年的原因是什么。他还是说了一句，

"但是有一点你说得是对的,那些水总要有个地方流。"

管理员执拗地继续说道:"那不是我们的水,他们自己的水就应该自己想办法,流到这里对我们可不是什么好事情。"

"对于整个威尔比奇河用处挺大的。"

"你是听那些人说的吧?"水闸管理员情绪亢奋,"呸"一声又朝河里唾了一口,"那帮家伙根本不知道他们到底要干什么,喜欢胡思乱想,可是总有一些笨蛋会在他们的报告上面签字。不过我不想理会那么多,只想让他们给我换一组新水闸,为此我不知问了多少人,看来又没指望了!就像刚才和你说话的年轻人,我问他:'也给我的水闸换一组新闸门吧?'他居然和我说他们的合同没有这一项!我告诉他:'要是洪水将圣保罗教区都淹没了,你们管吗?'他连理都不理我。"

"不要这么灰心丧气,我们一起喝杯酒怎么样?"温西忍不住安慰他。

无论如何,和水闸管理员的一番谈话还是让他动了心思,温西又一次见到河道工程师的时候就和他说起了这件事情。

工程师听了勋爵的话,说:"估计问题不大。老实说,这个水闸我们曾建议加固,不过程序太麻烦,而且涉及法律纠纷。这些都属于没法预计的零碎工程,一旦碰到了,解决一个就会出现另一个,问题一个接着一个,没完没了,谁也弄不清什么时候到头。我认为真正需要担心的不是这些,而是老河堤,当然它不属于我这里管辖。还好,他们已经开始维修了,要是再不动弹,那将是一个大麻烦!但是他们没理由责怪我不曾警告他们。"

温西感慨万分:是呀,解决一个就会出现另一个,问题一个接着一个,没完没了。要是从来没有人发现迪肯的尸体,多好呀!就像那些河水,它总要有个去处。

詹姆斯·索迪已经回到了英国,很快就接到了警方的通知要他作证。他不爱说话,看起来比威廉的年龄要大很多,身体强壮,一双蓝色的眼睛冷冰冰的。他只是将以前的话又重复了一遍,不多也不少。

他告诉警察:火车刚离开圣保罗教区后,他就患上了消化道疾病,到了伦敦以后支撑不下去了,就给公司拍了电报。他先是在利物浦大街旁边的一家酒店的火炉边取暖,店里的人对他应该还有印象。可是他们不提供食宿,一直到黄昏的时候感觉稍好一些就离开了,然后在一条小街找了个小旅馆住下了。到第二天上午,他的身体还不是很好,不过可以勉强走路了。

关于圣保罗教堂坟墓里发现无名尸体的事情,刚开始是从报纸新闻上看到的,后来在兄弟两口子那里听说了一些,剩下的就不知道了。

这么说,他从来都不知道死者是谁,假如他知道是迪肯呢?不过可以肯定,他一定会吓一跳的,这件事情对他们的家庭来说可不是什么好事情。

果然,当詹姆斯得知死者的身份时,确实很惊讶。不过布伦德尔警长从他嘴角紧绷的肌肉判断,他可不是因为听到迪肯这个名字后受惊,而是警方发现了死者身份的这件事情。

身为警长,布伦德尔非常清楚法律对于证人的保护,他对詹姆斯道谢以后,立刻着手进行调查。他第一步到酒店的事落实了,确实有个身体不舒服的水手烤了一整天的火炉,还喝了温热的酒。可是给詹姆斯提供住宿的私人房主就不好找了。

这时,伦敦警方也开始介入调查。他们在厚厚的信息报告中锁定了一个车库老板,老板证明一月四日的黄昏曾有个客户租赁了他的摩托车。根据描述,这位客户的形体特征酷似詹姆斯·索迪。摩托车交还的时间是星期天,由一个长相普通的年轻人送来的,和平常的失业者没什么两样,扣除租车费用后剩余的押金让他拿走了。

总巡长帕克正在伦敦调查这件事情，得知这个消息后，他觉得很失望，想要找到那个被临时雇佣送车的年轻人几乎是不可能的。要知道，他完全可以将多拿的那些钱据为己有，怎么会让其他不相干的人知道这件事情呢？

　　可是总巡管这次错了，送摩托车的年轻人很老实，当他看到警方的寻人启事后就找到了新苏格兰场。这位家在伦敦的小伙子告诉警察，他叫弗兰克·詹金斯，这段时间忙着到处求职，刚回到伦敦就在劳动交易市场看到了寻人启事，于是立刻赶来了。

　　当时他就感觉让他送摩托车的人很特别，所以印象深刻。那是一月五日的清晨，他一大早蹲守在布鲁姆斯伯里，希望可以承揽一些活，然后就有个人骑着摩托车朝他过来了。这个人身材强壮，个子不高，眼睛是蓝色的，不过看起来他不想让人看清他的样子，他极力将头上的帽子往下拉；说话声又快又急，一看就是个小头目，经常发号施令的那种。现在回忆起来特别像商船上的水手，还有他那件又湿又脏的机车服，这些都让人足以记住他。

　　他问詹金斯是否愿意接一件小活计，小伙子告诉他："愿意。"他就问："你会骑摩托车吗？"詹金斯当时就告诉他："会骑。"

　　后来他吩咐詹金斯将摩托车给一个车库老板送去，收回那里的押金后，到詹姆斯大街与卡佩尔大街交汇处的拉格比酒馆外面，将有一个人在那里等他，并且为他支付酬劳。很快詹金斯就把事情办妥了，坐公交车返回到了那个人吩咐的地点，可是根本没有等到他说的那个人。一直到了中午，詹金斯都没有见到早上骑摩托车那人，他只好从押金里面取出了两个半先令当作自己的报酬，然后将剩余的钱交给了酒店老板代管。詹金斯告诉警察，想知道有没有取回那些钱，可以去找那个酒店老板询问。

　　酒店老板当即就承认有这么一件事情，而且告诉警察詹金斯说的人从来没有来酒店取回那些钱。老板找了一会儿，找到了脏信封，信封里的钱还是老样子，而且还有一张车库老板出具的收条，租车人是"约瑟夫·史密斯"以及一个子虚乌有的地址。

　　然后，警方安排弗兰克·詹金斯和詹姆斯·索迪见面。小伙子一眼就认出了詹姆斯·索迪就是当时让他送摩托车的人。可是詹姆斯却平心静气地说，他一定是认错人了。

　　这让帕克感到束手无策，于是他请教温西勋爵。勋爵说："查理，咱们不妨耍点小手腕，在房间里安装一个窃听器，然后安排威廉·索迪和詹姆斯·索迪兄弟见面。好像这种手段有点下作，可是你会发现将有意料之外的收获。"

　　接下来就是这一对亲兄弟自一月四日分开之后久违的重逢，他们在苏格兰场的接见室看到了彼此。

　　"威廉！""詹姆斯！"兄弟二人互打招呼之后谁也不说话了。

　　终于詹姆斯开口了："那些人究竟知道多少？"

　　威廉说："我猜他们可能都知道了。"

　　然后又是寂静。还是詹姆斯先开口，不过他拼命压低了嗓门："这事就全部推到我身上，由我来承担。无论如何我是一个人，而你还有玛丽和孩子们。可是，我的亲人呐！你为什么要杀了他，除此之外，再没有好的办法了吗？"

　　"什么？"威廉吃惊地压低了自己的喉咙，"我还想这样问你呢！"

　　"难道人不是你杀的？"

　　"我为什么要杀他！我是白痴吗？我都已经答应给那个混蛋二百英镑，让他滚得远远的。如果不是我恰好生病了，一定会亲自赶他走。天哪，我还猜想是你办的这种事情！当他在墓地被人发现的时候，我还以为世界末日到了。那时候，我真想让你也把我杀死了事。"

"威廉，我发誓，那家伙死之前，我没有碰过他一个手指。当我发现那个恶棍死的时候那么恐怖，我也吓坏了。兄弟，我可从来没有怪过你，不管你做出什么样的事情。我只是觉得你那么做不合适。不过我可不想让人看出他的本来面目，所以我就将他那张鬼脸打烂了。没想到警方还是查到了他的身份，我的运气也太背了！谁能想到那个坟墓那么早让人给打开，要是我当时将他远远地扔进水沟里就好了。"

"詹姆斯，要是我们都没有杀他，那迪肯到底死于何人之手？"

更加让他们没有想到的是，就在这时候，布伦德尔警长、帕克总巡长以及温西勋爵结伴走了进来。

第五章　事件重演

然后，他们低声说着那座被毁掉的墓地，以及遭受毁容的死者。

——埃德加·爱伦·坡：《贝丽奈斯》

以前笼罩的阴霾终于不见了，可是现在让警方头疼的是，这两位以前一直不肯开口的证人一反常态，生怕自己比对方说得慢，二人都争先恐后。

不胜其烦的帕克只好呵斥让他们都闭嘴，然后告诉他们："我们都很理解你们此刻的心情，急着为对方开脱。不过我劝你们最好还是说实话，威廉，你先说。"

"没问题，巡长。"威廉非常痛快，"一切都已经在勋爵的掌控之中了，我都不知道还有什么需要我重复。当他一步步说出我那天晚上的行动时，我惊讶的心情真是没法形容。现在，我只想说明一点，我那善良的妻子自始至终都被蒙在鼓里。我一直都在努力不让她搅入这种事情。"

以下是威廉的自述：

"去年十二月三十日的晚上，我到亨利爵士那里为一头生病的奶牛治病，很晚才回家。当我路过教堂的时候，发现有个人鬼鬼祟祟地摸进了教堂的走廊。我能够看清这一切是因为那天晚上下雪了，当时我还以为又是白痴皮克，就想把他送回家去。当我走向教堂门口的时候，发现小径有一串脚印直通走廊，我就大喊了一声'谁！'可是没有人回答，我感到很奇怪，就顺着教堂周围检查了一圈，看见圣具房内有灯光在隐隐约约地晃动。我还以为是牧师，可是又觉得不像。我到了门口看见锁孔上面没有钥匙，而牧师习惯将钥匙插在上面。

"我轻轻一推，门被打开了，我悄悄走了进去，听到脚步声和碰撞的声音。我判断声音来自圣坛方向。因为我当时穿了一双到地里干活时穿的橡胶靴，脚步声很轻，就绕到屏风背后走进了圣具房。这下我看清楚了，原来有个人在费劲地挪动哈里·哥特贝德平时用于维修时的梯子。梯子挨着墙边放着，所以那人正好背对着我。我发现桌上有遮光的手提灯和一把左轮手枪。我马上抓起手枪怒斥：'你在这里想干什么？'他扭身快速扑向桌子，可是太迟了，枪已经被我拿走了。

"我说：'你最好老实交代，这么晚了你带着一把枪来这里想干什么！'他说了很多的瞎话，什么没有工作，只好到处漂泊，只是想给自己找个可以睡觉的好地方。我才不相信呢！于是就说：'你骗不了我的，这把枪呢？我要看看你身上还有些什么东西。'然后我就从他的口袋里发现了一套撬锁的工具。我告诉他：'好小子，这下子你没话说了吧？你准备束手就擒吧！'

"他一直看着我的脸，忽然得意地大笑起来：'威廉·索迪，这件事情你考虑清楚再说。'

"我一愣，问他：'你怎么认识我？'他不说话，只是冷笑。我也认真看着他的脸，'天哪，杰夫·迪肯！'

"他说：'很好，你终于认出我了。听说你娶了我的妻子。'然后他恶魔般地又笑了。

"于是我开始琢磨他为什么要说这样的话。"

温西感到很诧异："迪肯怎么会知道？克兰顿没有和他讲过这件事情。"

威廉也是一脸纳闷："难道他又和克兰顿搞到一起了？他告诉我计划去找玛丽的，不过到了利姆霍特就听说她和我结婚了，于是就过来看看。其实他这次回来的真正目的是什么，我根本想不通，而且他也没告诉我。现在才明白他是为了那条宝石项链。他也和我说过要我对他的行踪保密，还说不会亏待我。

"我问他这么多年都在哪儿，他干笑着让我别管那么多。当我问他这次回来想做什么的时候，他告诉我准备弄些钱。我还以为他是借机想敲诈玛丽，所以我气坏了。刚开始我想把他交给警察，可是我一想到玛丽和孩子们将要面临的处境就不想那样做了。我当时一心想保护家人，所以就做出了错误的选择。那个恶棍，他似乎知道我心里想什么，就不停地在那儿诡笑。终于，我决定将他藏起来不让外人知道，给他一笔钱让他滚得远远的。

"我开始考虑怎样处置这件事情，尽管我拿着他的撬锁工具，可我还是不放心，因为他太不是东西了。我计划将他送出教堂，又怕被其他人看见，最后考虑把他藏到钟房，对这个决定他也赞成。我打算去牧师那里拿钥匙，又担心他趁机溜了，就从法衣柜子拿出绳子将他绑了。难道我真相信他到圣具房睡觉的鬼话吗？我还怕那家伙趁我出去的时候躲到什么地方，等我进门的时候，他要是偷袭我就糟糕了，而且我还没有教堂大门的钥匙，总之，他完全有机会逃掉。"

"假如他当时真跑了，其实未必是一件坏事。"布伦德尔先生告诉索迪。

"假如没有人看见，的确如此。无论如何我搞到了钥匙，编了一大堆的瞎话，让牧师长听得晕头转向。他只是说我看起来不太好，非要让我喝一杯酒。我趁他拿酒的时，取下了挂在门边钉子上的钥匙。我也想过，假如他的钥匙不在这里，就只好找杰克·戈德弗雷了，或者……总之，我一定要想办法拿到钥匙。我回到圣具房后将迪肯的绳子解开，拿着左轮手枪将他赶上了钟塔。"

"然后你将他绑到了钟房的梁上？"

"是这样的，警长。这件事情要到了你们身上会如何做呢？让一个杀人犯在钟塔自由自在，当我摸黑带着食品或者其他东西攀上梯子，刚冒出头的时候让他给我的脑袋狠命干上一下？这不可能！所以我就把他紧紧地绑到了梁上，弄好以后我告诉他：'你就乖乖地待在这里，明天一早我会给你送一些食品，不出两天就让你离开英国。'他不停地骂，那些话都很难听，直到现在我都在想，我当时居然能忍住没杀了他！"

"那么，你准备送他出国了吗？"

"对。头一天我恰好和吉姆到威尔比奇，遇到了一个老朋友。他是一个性格别扭的老船长，当时正在准备装船。虽然我不清楚他装的是什么，可是我认为他一定会帮这个忙。吉姆也同意了我的想法。也许这个办法不是很好，不过也只能这样了。当时我心里很乱，脑子里不停地响。我还以为是患了感冒，真不知道那天夜里是怎么活下来的！我的玛丽和孩子们就在我的身边，可是我的心里还藏着这样的事情。可怜的女人以为我是为了奶牛的事情忧心！我根本就睡不好，唯一让我放心的事情，就是纷纷扬扬的雪花可以掩盖教堂四周留下的脚印。

"到了第二天早上，我的身体越发不好了，不过我一直放心不下，就趁天没亮的时候，往旧工具包里放了一些面包、啤酒和黄油。吉姆听到了动静，就出来问我要去做什么，我告诉他去看看奶牛。说实话我的确去了，只是半道拐进了教堂。

"迪肯当时还好好的，只是感到冷，脾气很坏。我就把身上的旧大衣留给了他，我可不想让他冻死。然后我把他身上绑的绳子改到了手肘和脚腕上，这样他就可以自由地拿东西吃，但是还要保证不能让他解开绳子。最后，我去看了看那头生病的奶牛，看来它好多了，可是我的身体却越发不好了！我勉强吃过早饭后驱车到了威尔比奇，恰好老船长刚装好货物。我和他说带一个人走，他同意了并且说等到晚上十点。可是要二百五十英镑的酬劳，我当场就给了五十英镑，剩下的说好在迪肯上船的时候再付清余款。办完这一切后我开车回家，其余的事情你们已经知道了。"

帕克告诉他："你应该明白，帮助一个杀人犯逃避法律的制裁犯下的可是重罪！作为一名警察，我为此感到痛心。不过从一个普通人的角度，我对你的不幸深表同情。"然后他看着詹姆斯，"现在，我们想听听你的说法。"

"是，警官。"詹姆斯说道，"我们可怜的威廉让人送回家时已经病得人事不省了，当时我们还以为他挺不过这一关。他高烧昏迷不醒，还一直说胡话，嚷着要到教堂去。我们以为他挂念着新年鸣奏钟乐的事情，可是即便这样，他还是努力咬紧牙关，不肯吐露关于迪肯的一点信息。直到有一天，玛丽刚刚离开他一把抓住我的手，说：'吉姆，千万别让玛丽晓得，快把那个人弄走。'我问他：'弄走谁？'他说：'人在钟房，又冻又饿。'忽然他就从床上坐直身子，清清楚楚说了一句：'拿上钱和钥匙，我的大衣！'我以为他在说胡话，就告诉他：'好了，威廉，交给我吧。'过了一阵子，他就像是忘记了这件事情，忐忐地睡着了。

"出于好奇，我掏了他的大衣口袋，果真有牧师的钥匙和一些钱。我想肯定出事了，就决定到教堂看个究竟。到了那里以后……"

"等等，什么时间？"

"应该是一月二日，我走进藏钟房之后——上帝呀，他果然在那里！"

"他当时一定气坏了。"

"气坏了？不！他早已死透了！"

"是饿死的吗？"

"应该不是，因为他的身边还有差不多半条面包、很大的黄油和刚打开的啤酒——另外还有个空啤酒瓶。也许你们会认为他是被冻死的，但是看情形不像。我曾经看见过冻死的人，大多数像猫一样蜷缩着、安静地进入了梦乡。可是迪肯不一样，他是笔直地站着死去了，好像看到了什么恐怖的事情，眼睛瞪得好大！能看出他曾经试图挣脱，导致他最后站了起来，夹克和袜子都让绳子给磨烂了。他那张脸，就好像看到魔鬼站着面前，那样惊恐！我发誓一辈子都不要再看见这样一张脸！我检查尸体的时候发现威廉的大衣掉在地上，很可能是他拼命挣脱的时候掉下去的。我认为，这一点可以说明他绝对不可能是冻死的！

"那时候我还没有发现他的身份。我在他前胸的口袋里找到了一些证件，有的名字是'泰勒'，还有的是法国名字。我搞不清是怎么回事，这时注意到他的手……"

"好！终于说到要点了。"勋爵提起了精神。

"不错，勋爵，你应该知道我认识迪肯，尽管不是很熟悉，可是我知道他有一次端着盘子不小心摔了一跤，被上面的玻璃杯割破了左手，留下了一个不小的疤痕。恰巧我见过他那个疤，所以我一看到左手就清楚他是谁了。当时，我大致能够判断发生了什么事情——威廉，请你原谅我这么想：我以为是你杀死了他。关于这一点，我可以对着上帝起誓：我一点都没有责怪你的意思，虽然我无法接受谋杀。也许我们两个再也没有办法回到从前了，可是我真心不想责怪你。对于这一类事情，我认为最好的方法是光明正大地决斗。"

威廉对此的回答是："吉姆，假如是我真想要他死，一定会采用决斗的方式，那很公平，不是吗？再退一步，如果真是我谋杀了他，也不会在他绑起来的时候动手。你应该了解我的，吉姆。"

"是的，我相信你。不过我当时以为你是走投无路才那样做的。我要尽快想出一个解决的办法。于是在房角搜罗了旧的木材和房梁，将这堆东西挡在了他的前面。这样做的好处是，万一有人进来或许会看不见他，除非他是进来找东西，这就只好听天由命了。做完这一切后我就离开了钟塔。至于钥匙我还是随身带着，因为还要使用的，不是吗？而且牧师长人比较粗心，也许他不会留意，以为又随手丢到什么地方了。

"接下来的一天里我都在琢磨这件事情，终于想到索普夫人的葬礼将在星期六举办。就认为将迪肯的尸体放到索普夫人的坟墓里是最稳妥的办法，一般不会让世人发现，秘密将永埋地下。我放风说自己将于星期六早上离开，其实是为了制造不在场的假象。不过在星期五发生一个小小的意外让我吓得不轻：杰克·戈德弗雷告诉我将为索普夫人鸣奏一组哀歌。我真不知该怎样才好，以为他到藏钟房的时候会发现尸体。万幸的是，戈德弗雷到那里的时候天已经黑了，他可能没有注意到那个隐蔽的房角，不然他肯定会起疑心——因为那些木板被动过了。"

帕克打断了他："星期六的事情我们已经掌握了，你还是讲讲其他事情吧。"

"是的，长官。那就说说我骑摩托车的事情吧，真是糟糕透了！雨下得很大，简直是前所未有，乙炔也用得很不顺手。不过我还是赶到了，尽管比计划晚了不少，于是我开始砍断绳子……"

"这个你也别讲了。因为在你做那些事情的时候，屋顶上方一直隐藏着一个人，所有的一切都被他看清楚了。"

"什么！上面有人？"詹姆斯目瞪口呆。

"不错！伙计，你的运气可真不赖，遇上了一个颇具绅士风度的小偷。他的确是一个小偷，胆子还不如一只老鼠，而且畏惧一切暴力冲突和流血事件。要是换了其他人，可就不好说了。谈到这里，我还真要替克兰顿说句话。"帕克告诉他，"很可能他认为敲诈是一件损害人格的事情。最后你怎样把尸体拖到墓地的？"

"我把尸体拖到楼梯上，让他直接滚了下去，不过我紧张极了！况且还有身边那些钟，我本来就不喜欢敲钟的声音，它们给人的感觉好像是要开口说话。记得小时候看过一本杂志，说每当杀人犯从它身旁经过时，钟会自动发出响声。也许你们听我说这些话会认为我胆小如鼠，可是这个故事让我没法忘记，永远都没法忘记！"

温西缓缓告诉他："你讲的是《罗莎蒙德》，我也看过这个故事，上面写道：'救命啊，杰汉！救命啊，杰汉！'我那时候也被吓坏了。"

"你说的对，勋爵。总之，我把他拖到墓地去了，然后我打开了坟墓，打算将他埋下去……"

"等一下，你用的工具是教堂主事的铁锹吗？"

"是这样，地窖的钥匙就在牧师的那串长钥匙里。我上面说刚想把他埋进去，忽然想到万一墓地被人打开，死者的身份就暴露了。我就用铁锹将他的脸给拍烂了。"詹姆斯不由得打了个哆嗦，"这个太让人反胃了，我就不多说了。现在说说他的手，我想既然我能认出来，那么其他人也可以，于是我就拿出了折刀……哦，我的天哪！"

"'于是他们用夹糖的夹子弄断了他的手。'"勋爵听到这里，温吞吞引经据典。

"就像你说的那样，爵爷。然后我将他的手和那些证件抱在了一起，装进我的大口袋里。他头上的帽子和取下来的绳子干脆扔进了井里，最后把坟墓回土，恢复原状。特别是墓地上的花圈也尽量不让人看出破绽，铁锹上的泥土也清洗得干干净净。不过我发誓，事后我真不想进教堂送回那些东西：即便是在黑暗里，我也能感受到屋顶上天使的眼睛在看着我。老阿波特·托马斯静悄悄地躺在他的墓地里。当我绕道屏风后面时，不小心踩到了地上的煤块，'咯吱'一声，我的心都快从嗓子眼儿里跳了出来。"

"哈里·哥特贝德搬煤炭的时候总是撒得到处都是。"温西淡淡地说道。

"还有口袋里那包见鬼的东西，真让我不知如何是好。我爬到炉子上面，想必是夜里刚加满煤，恰好最上面一层烧得正旺，可是我无论如何都不敢将那些鬼东西扔进去，只好先去做钟塔的清理工作。因为拖迪肯的时候不小心将啤酒洒到了地板上，我得弄一桶水上去清理。正好煤炭储存室哈里·哥特贝德预备了一桶水，这样我就不必费力再去打水。不过这件事情成了我的心病，之后我总是想：'他在第二天发现桶里的水没有了吗？'在钟塔，我努力恢复原状，打扫地板、木板复归原位、带走啤酒瓶……"

"可惜你只带走了两个，"勋爵告诉他，"事实上有三个瓶子。"

"是这样啊，不过我只见到了两个。当我将所有的门上锁后，就开始想钥匙的事情，我认为最好的办法是放到圣具房，假装是牧师不小心忘记落在那里的。于是我抽出了门廊的钥匙，并且将它插到了锁眼里。"

"包里的东西呢？"

"哦，你说的是那些！里面有证件和钱，我将它们留了下来。至于迪肯的手和帽子之类，我将它们远远地扔进了距离教区十二英里的大水沟里。证件和纸条一直到我回到伦敦以后将它们烧掉——恰好女王十字车站的等候室烧的火非常旺盛，而且周围没有什么人。关于威廉的大衣，我想来想去还是给他邮回去了，还写下一张字条：'我要感谢你借给我这些钱，钟塔上的东西已经让我处理了。'要知道，我能说的只有这些，这些事情不能让玛丽知道。"

威廉见状又开口了："也是因为这个因素，我的回信也说得简单。当时我以为你将迪肯给送走了，怎么也想不到他居然死了！而且玛丽喜欢看我写的信，再加上一些她自己想说的话，于是我只能在信上说：'我很感谢你为我付出的一切！'而所有看到这封信的人只会想到：'我是感谢你对我生病期间的照料。'你没有拿那二百英镑，我以为你有其他解决的办法，然后我就把钱存回了银行。唯一让我奇怪的是，你的信为什么这么短，直到现在我才明白！"

"我一直都觉得度日如年，可是我不怪你。"詹姆斯说，"威廉，我一直都忘不了绳子……你怎么知道出事了？"

"我也一样，他们发现了尸体，吉姆。"威廉看着他的哥哥，"我还以为是你干的……我很不好受，一直在心里祷告，但愿他是自己死掉的。"

"好像不是。"帕克巡长好像也在想这个问题。

"究竟是谁杀了迪肯？"詹姆斯一脸困惑。

"最起码我认为你不是凶手。"帕克告诉他，"也许你愿意相信他是被冻死的。事实是我也认为威廉不会是凶手。不过，"他话锋一转，"尽管你们都不清楚他是怎样死的，可是你们都成了迪肯事实犯罪后的事后从犯。想那么多也没用，你们都会面临起诉，并且会有一段很不好过的日子。"他又重复了一句，"我本人倾向于你们说的话。"

"非常感谢,巡长先生。"兄弟二人齐声说道。

"现在我们谈谈索迪夫人,记着,千万要说实话。"巡长警告威廉。

"是,长官。"威廉说道,"玛丽很早就觉得我和平时不太一样,她的心情很不好,特别是尸体重见天日的时候更加重了她的怀疑,真正明白出事还是在她见到迪肯的字条以后。她问我的时候,我说了一部分,也隐瞒了一部分。我告诉她那具尸体是迪肯的,也知道有人谋杀了他,可是和我没有关系。不过她怀疑吉姆,我的意思是不好说,可是为了不给吉姆找麻烦,一定要团结。玛丽同意,不过她一定要我们再结一次婚,她总认为我们的婚姻不合规矩。玛丽真是个好女子,我可不想伤害她,于是就答应了她的请求。我们商量到伦敦低调地再结一次婚……不过,先生,你们的到来打乱了我们的计划。"

"我承认。"布伦德尔警长说,"这是因为勋爵料事如神,所有的事情都逃不过他的眼睛。很抱歉打断了你们的婚礼计划,不过我们认为:无论杀死迪肯的凶手是谁,新人的婚礼都应该铺着鲜艳的红地毯,在动听的《婚礼进行曲》中举办。"

温西插了一句话:"哦,警长。我想现在没什么理由可以阻止他们举办婚礼了吧?"

警长小声说了一句:"如果事情果然和他们说的一样,应该就没有。尽管他们目前还有点小麻烦,可能会被指控——不过要是结婚,应该没问题。根据他们交代的内容,我们从玛丽那儿很可能得不到有用的线索。"

"谢谢你,长官。"威廉说道。

"可是关于这个凶手,我们好像一点进展也没有,除非有证据证明是白痴皮克或者克兰顿。"警长皱着眉头,"我可没有见过这么奇怪的案子:案发现场进去过三个人,你走了,他来了,真让人头疼!难道还有什么事情是我们没有了解的吗?"他忽然冲着索迪兄弟严厉说道,"关于这个案子,你们出去以后一个字都不许胡说!事情总有真相大白的一天,要是你们影响到我们办案,会受到严厉的惩罚,知道吗?"

他费力地咬着自己的络腮胡子,露出了一口黄牙。

"看来我还得再去问问白痴皮克,假如真凶是他,他又是如何杀人的呢?真麻烦!"

第四部　完整的肯特高音变奏大调

第一章　警报声响了

世上所有的畜类，洁净的和不洁净的，以及天上的飞鸟和地上的昆虫，成双成对地来到诺亚那儿，进入了方舟。

——《创世记》第七章第八、九节

人们是健忘的，有许多事情可以随着时间的流逝被慢慢淡忘。继圣保罗教堂墓地的无名尸体案之后，断断续续又发生了一些案子，比方说：车库纵火谋杀案、市郊某公寓惨案、森林里发现了自杀者，还有什么裸体蹊跷死亡疑案，等等，这些都足以刷新人们的视线。事实上，除了布伦德尔警长和圣保罗教区那些没见过世面的农民，根本没有人会想起这里曾经发现过一具无名尸体。警方封锁了这件案子中宝石项链和尸体身份等信息，而且也没有人知道索迪夫妇又结过一次婚，至于温西勋爵和西奥多教区长也做到了守口如瓶。

警方传讯了白痴皮克，可是一点用都没有，他说的话没有人能听懂：说不清时间，前言不搭后语，颠来倒去都是那根钟绳。而且他的姨妈也提供了皮克不在现场的证明，尽管没有任何意义，都是一些老年人唠唠叨叨那几句话。警长也不愿意将皮克送上法庭，不但没有定罪的可能，反而很有可能让皮克被关进精神病院，或者收容所。警长回到家里和夫人说起这件事情："皮克不可能干出这样事情，他只是一个可怜的白痴。"他的夫人也和他的看法一样。

至于索迪兄弟两个，要是起诉他们恐怕也不乐观：只起诉其中的一个，另一人也逃不过被起诉的命运；要是同时将他们指控，会出现两种情况，一是陪审团的法官们和警方保持一致，相信他们所说的一切，然后就将他们无罪释放——可是即便这样，他们一生都要活在邻居的闲言碎语中，这样对他们并不公平。还有一种情况，就是让他们当了替罪羊，双双被送上断头台。警长私下和他的顶头上司说："要是这样，我会一辈子良心受折磨的。"

局长也是这样的想法，他和布伦德尔说："这件案子我们并没有找到谋杀的确切证据，而且你现在也没有查到死者真实的死因。"

然后这件无名案就这样搁置了，詹姆斯又回到船上做他的水手，威廉又一次走上了婚礼的红地毯，继续他往日的生活，就连那只多嘴的鹦鹉也不再饶舌了，偶尔还会说上那么一两句。牧师也为了层出不穷的证婚、新生儿洗礼以及名目繁多的教区事物忙得焦头烂额。在这期间，保罗丧钟也敲响过一两次。

这个夏季和秋季都是雨声不断的，威尔河的水位上升到了前所未有的高度。滚滚河流不断冲刷着河床，导致它比以往足足加深了九英尺，回流的潮水涨到了大沼泽，老河闸为了排泄上游的水全部打开了。

这是大势所趋：这个夏天的八九月份，连着两个月阴雨的连绵，地里的庄稼都泡在了水里，存放在仓库的玉米也捂出了芽，烧火用的干草都是潮湿的，燃烧的时候发出一阵阵的恶臭。就连圣保罗教区的牧师长做丰收感恩时，都迫不得已改变了他的布道方式——因为他找不到干燥饱满的小麦往圣坛上呈放；也没有谷穗往边廊窗户还有炉子边摆放。因为收获的季节迟迟没有到来，空气阴冷潮湿，晚上祷告的时候必须烧好炉子取暖。最后，给医院送丰收礼物的时候，才知道火炉前面的南瓜都快烤熟了。

勋爵没打算再回教区，那不是一个让人愉快的地方，况且那里的人们似乎也不想见到他。不过，当希拉里·索普写信邀请他圣诞节假期去她家的时候，他才感觉自己必须到那儿一趟。这件事情对他有非同一般的意义：虽然爱德华·索普是希拉里父亲生前指定的监护人，谁也没有权利剥夺他这一身份。可是温西却是威尔伯拉罕家族遗产的唯一经理人，自有他的妙处——假如他愿意，爱德华的日子会非常难过，再说，希拉里有父亲留给她的书面文字，渴望她受到良好的教育。两者结合，爱德华无法再用没钱为借口进行反对。

要是爱德华违背了希拉里父亲的遗愿，掌管经济的温西不会给他一个子儿。要是爱德华还是那么固执，搞不好会惹官司上身。不过温西相信爱德华应该是个聪明人，现在和往日不同了，要是获得了温西的好感，希拉里完全可能变成他的摇钱树。他所谓的原则，在金钱面前可能就不是那么一回事了。现在看来，爱德华已经有了投降的意味，因为他已经答应希拉里到红房子过圣诞，不再坚持让她和自己一起待在伦敦。

按理说，红房子一直没有出租也不怪爱德华·索普，他也算尽力了：这是一个位置偏僻，而且让抵押出去的老房子，没有人愿意接手这样一个麻烦不断的大房子。不过希拉里也有属于自己的独特思想，温西很想让这些事情在伦敦得到解决，但是对于小姑娘坚守产业的决心非常欣赏。其实，对于这些麻烦，温西还是有很大的决策力的，要是他愿意偿还抵押的贷款，那些就不再是麻烦。可是这样做无形中让爱德华遂了愿，这将解决他在托管期间无权出售的难题。

让勋爵下定决心到圣保罗教区的最后一个原因是，他想找一个合适的理由避免和哥哥一家到丹佛过圣诞，这是他最不喜欢的事情。就这样，他顺路在丹佛停留了两天，他的举止还是和往常那样让嫂子和那些客人难受。于是，他在圣诞节的头一天晚上踏上了前往圣保罗教区的行程。

温西捅了捅车篷顶，以便上面的积水可以排泄，他说："果然这里的天气让人特别讨厌，上一次我们到这边来遇上了下雪天，这一次又是这么大的雨，看来有些事情是上帝安排好的。"

"爵爷，我也是这么认为的。"本特难受地紧紧靠着主人，他这才明白封闭汽车的决定是正确的，于是又说了一句，"这儿的天气真是糟糕透了！"

"开心一点，本特，这段路是我们没法回避的。你好像看起来不太高兴，我从没见过你这个样子——哦，除了那个该死的啤酒瓶事件。"

本特愤愤不平："那件事情实在让人丢面子了！我一直感觉那件事情太巧了，爵爷。"

"我倒觉得更像个意外，不过是有点怪。看看我们到了哪儿，哦，是利姆西。不错，我们已经走过了大利姆霍特，很快就要到达老河堤水闸那里了。好的，就是那儿。上帝呀，水漫过来了！"

到了桥对岸后，他迅速地停了下来，他们冒着大雨死死盯着水闸：五个大水闸已经尽数打开，桥上的铁棘轮都被尽可能拉高；暗沉凶猛的河水咆哮而过，卷起巨大的漩涡，上面漂浮着芦苇和断树枝，水面四处都是顺游过来的木材碎渣。情况忽然巨变，奔腾的河水形成了暴烈的波浪以及漩涡，仿佛在拼命压制着底层的暗流汹涌。

有个人从桥边的闸门操作室过来了，在水闸旁坚守岗位，注视着水面。

温西忙上前问道："水位涨了吗？"

"对，先生。为了防止洪水溢出河堤，我们必须紧密监测水流情况，好在水位涨得并不厉害，就怕赶上特别凶的春潮。不过现在正是春潮季节，我们只好尽力调节。"他开始转身放水闸，"你看，就是这样子。"

"我懂了，要是关闭这个水闸，那么所有高处的洪水将全部赶到老利姆霍特。要是一直打开泄水闸门，如果回溯的潮水够大，能够把河水全部带回闸门，上游地区将全部被洪水淹没。"

"理论上是那样的，先生。"这个善良的人笑着安慰他，"具体情况具体对待，要是真出现了那样的事情，你们那里可要变成泽国了。"

"那就麻烦您好好工作吧。"温西有点轻松了，"直到我们到达教区之前，拜托您一直保持目前的状态，要知道，那里有个善良人。"

"放心吧，我们会时刻监控水位的，我这个水闸绝对没有问题。"

温西忽然抬起了头："您这个水闸没问题！范来登水闸呢？"

那人沉默着，继而摇摇头，"我不清楚，先生。可是我听说那里的水闸管理员乔·马西非常为他的水闸担心。听说昨天有三位先生已经去视察了，估计是威尔河管委会、沼泽排水管委会以及其他类似管委会的人。不过在这样的季节，他们什么也不能做。现在只能祷告那个水闸能经受住考验，谁知道呢？"

"哦！上帝呀，这是个不错的消息！我们快走！本特，要是你还没有准备好遗嘱，最好趁现在赶紧走！"

他们选择了三十英尺南面，靠近圣保罗的方向疾驰而去。河堤和水沟里全部是水，地平面已经看不见了，目测只需要再来上一点点水，这里很快会沉没水中，恢复成远古洪荒遍野的泽国。

沿路几乎没有行人，偶然在路上看到一辆破旧的汽车驶过，溅起了路面洼地的泥浆。还有拉着甜菜的马车在缓缓前行，赶车人蜷缩在一个麻袋下面躲雨，尽管那个麻袋很早就湿透了。他好像是被雨声挡住了眼睛和耳朵，根本不在意后面的车辆。雨声缠绵的漫漫长路上，有一个工人正踽踽而行，往家的方向走去。他驼着的身子想必是患了风湿，也许他现在最渴望的事情就是前方忽然出现一个酒馆和一个大火炉。

雨声砰砰击打在车篷上，让他们一直过了佛罗格大桥才听到教堂里传来的钟声。听声音应该是敲钟人在演习圣诞钟声，高亢的声音穿过天际飞瀑，带着不可思议的忧伤，仿佛是淹没在水底的城市传来的钟乐声。

汽车在钟塔下面转了一个弯，终于到了牧师家的围墙，当他们快到门口时，听见了响亮的汽车喇叭声，然后就看见牧师谨慎地开着车出来了。温西将车速放缓，西奥多马上认出了他的车，将他的车停在了路对面后，开心地隔着车窗冲他们挥手。

看到勋爵下车朝他走过去，牧师高兴地喊了一声："又看到你们了，朋友！"他接着说道，"没想到会在这里遇见你们，想必是听到我的喇叭声了？这儿的弯道太急，每次我都提前按下喇叭。我的朋友，近来可好？我猜你们肯定是去红房子，他们正热烈地盼望着你们。我想你会经常来找我们聊天的。我要代表全家邀请你们今天晚上到我家用餐，维斯伯通夫人看见你们肯定会乐坏的。我还和她提起你，说肯定会在半道遇见你们，真是太好了！这天气可是讨厌透了！我现在还有点急事，要赶去佛罗桥那边为一个婴儿洗礼。可怜，他活下来的希望很小，他的妈妈病得也厉害。我已经耽搁太久了，估计到了那儿还要步行，我现在走路可不能和从前相比。哦，放心好了,我没事,只是在可怜的沃森举办葬礼的时候受了点风寒。

"你从哪里过来的,家里吗?哦,对了,是丹佛。家里人怎么样?都好吧?据说洪水已经成功引流到了贝德福德洼地,要是出现霜冻天气就可以到沼泽滑冰了。好像不太可能,他们说今年冬天不冷,会死很多人。我可不这样认为,我不喜欢老人们向往的严寒天气。好了,我现在一定要走。哦,对不起,我没有听清!我的耳朵不太好,钟声的确够响,所以我才要大声按喇叭,只要钟声一响,什么声音都没了。忘记和你说,我们今晚准备排演高音部大调变奏,你一定没见过,无论如何都要过来看看。沃利·普拉特敲钟的确很有长进,就连赫兹卡亚都说他很好。我让威廉·索迪今晚也来敲钟了。我考虑过你说的那些话,可是我找不到拒绝他来这里的理由,他是做了一点错事,可毕竟没有犯下重罪,就这样莫名其妙地不让他敲钟了,会有很多人说他的闲话,那一点都不好。

"你同意我的说法吗,勋爵?看见你真高兴,我都想不起来要去做什么。天哪,那个可怜的孩子!好了,我要走了,再见!上帝呀,我这讨厌的车子,讨厌的引擎……好了,今晚见!"

教区长高高兴兴地走了,车灯穿过雨雾照向前方。不过这个善良的人开车的时候可没有集中精神,车子歪歪扭扭了一阵子,终于走远了,

彼得·温西勋爵带着本特朝着红房子走去。

第二章 洪水来了

龙卷风和洪水一起来临,轰鸣声越来越响……我沉没在你的汪洋之中。

——《赞美诗》第四十二节第四十七行

过完圣诞节,爱德华叔叔满脸不高兴地做了妥协,希拉里·索普终于确定了今后的人生方向。另外,温西还参加了教区的其他活动:圣诞节的头一天晚上,他陪同牧师和唱诗班冒雨齐唱《明君温瑟拉》,最后和牧师一起到家里吃放凉了的面包和烤牛肉;他并没有参加高音大调三重变奏鸣钟演奏会,不过协同牧师将被雨水打湿的整捆冬青和常青藤捆到了洗礼盆上。直到圣诞节那天,他还过去教堂两次,开车帮助水沟对岸偏僻农庄的两名妇女以及她们的孩子去教堂接受洗礼。

过节礼日的当天,雨终于停了,可是随后一场狂风席卷而至,牧师叫它"暴烈的欧拉林飙风"。温西趁着晴天路面比较干燥,开车到威尔比奇看望了一些老友,还在那里住了一个晚上。聊天的时候大家都在赞许沃什沼泽新的人工渠让威尔比奇港口焕然一新,小镇也因此变得繁华,以及其他种种的好处。

第二天中午吃过饭以后,他又开着车朝教区驶去,他带着愉悦的心情沿路飞奔,狂风呼呼怒吼在车后面拼命地追赶他们。当他经过范来登水闸那座桥时,发现狂风中的水流异常湍急,波浪汹涌,洪水怒吼着冲击着堤坝。一排驳船紧靠水闸,上面堆着高高的沙袋,有许多人在船上忙着抗洪。有人看见他的车大叫一声,还有个人冲着手势从水闸那里跑了过来,挥舞手臂要他停车。勋爵停车走下来以后发现那个人是威廉·索迪。

威廉也认出了他,大声喊着:"勋爵!是你吗?太好了,赶紧开车回圣保罗教区报信,告诉

他们这里的水闸扛不住了，我们已经想办法用沙袋和木头去堵住水流，但是不行，而且老河堤水闸有消息说大利姆霍特的水位已经涨过利姆西河道了，他们要开闸放水，否则那里就会被淹。我们这里可以抵挡这一轮的春潮，可是不能保证再一次，那时候这里的整个教区都将被水淹没。勋爵，你快去报信，没有时间了。"

温西回答他："马上，我给你多派一些人手怎么样？"

"来不及了，先生。范来登水闸不行了，六小时内附近三个教区将全部被洪水淹没，无一幸免。"威廉看起来非常着急。

温西迅速看了一下手表："好，我回去！"之后他立刻驱车疾驰而去。

牧师正在书房看书，温西闯进去直截了当地告诉了他这个消息。

"上帝呀！"教区长惊叫一声，"很久以来我担心的就是这个事情，为此我多次向那些河道管理委员会们提出过警告，但他们就是不当一回事，现在好了。可是事已至此，说那些话也没多大用，我们得赶紧采取行动。只要老河堤水闸开闸放水，范莱登闸门失效的事情将变得难以收拾：上游的水将全部回溯到威尔河，教区内的积水起码要有十英尺，我所有的教民们，他们的农场和房屋——天哪，简直没法想象！我们要冷静，是吗？还好，我提前做了一些准备。

"两个月以前我就和教民们谈到这件事情的可能性，而且在十二月份的教区杂志写了有关文章。对于这件事情就连非官方的牧师也对此予以理解，表示配合。让我想想，第一件事该做什么？对，拉响警报！大家知道这代表什么，因为有'一战'的经历。我没有想到有一天我会因此感谢上帝。可这一切都是主的旨意，对吗？"教区长摇铃叫来了埃米莉，吩咐她跑步去找辛金斯，告诉他范来登水闸出问题了，尽快找个人去鸣奏高德钟和泰勒·保罗钟；第二件事就是让埃米莉将教堂和钟房的钥匙交给夫人，赶紧将家里的值钱东西转移到钟塔上。

教区长手忙脚乱，却一再吩咐大家冷静，准备将教区记录都放到一个大箱子里，也带到钟塔上，慌乱中连帽子都忘了拿。他还要打电话通知圣彼得和圣斯蒂芬两个教区关于洪水的事情，以便他们做好准备。之后叫上勋爵开着车到水闸那边观察水势了。

他们驱车朝着每个农场驶去，沿途牧师不顾危险，将上身探出去，向每一位路人发出洪水即将到来的警示，然后到邮局给那两个教区打了电话，又联系了老河堤水闸的管理员，再一次证实了形势的严重性。

他说："对不起，先生，这也没有办法的事情。要是我们不开闸放水，长达四英里的河道将全部被毁。虽然我们现在有六组人马在抗洪，可是我们面对的是难以预计的滔滔洪水，根本没有多大效果，水位一直在上涨……"

牧师失望地放下了电话，和邮政局的女局长说："太太，你现在赶紧去教堂，知道做些什么吗？对，那些钟塔里的文件和有价值的书面材料、中殿的个人财产，还有院子里的小动物——猫、兔子和宠物鼠，将它们也一并转移。"这时，他们听到教堂的钟声响了，牧师舒了一口气，"好了，听到钟声了，大家都会有所准备的。先生，我还放心不下偏僻的农场。还有，教堂现在一定乱糟糟的，我们要早点赶回去。"

果然不出所料，农场里乱成了一锅粥，到处都是装满家什的小推车，街道上肥猪"嗷嗷"地跑，被装进箱子里的母鸡们"咕咕"地叫个不停。到了学校大门口，史努特老师在不停地张望。看到教区长以后，这位小姐问："牧师，我们什么时间转移？"

"先别急，让大家先带着笨重的家什走。你负责组织好学生，等我的一声令下，有秩序地走。你要相信我，小姐，安慰好孩子们，让他们不要怕，千万不要擅自回家，这里相对要安全。"这边刚说完,他又冲索普小姐喊道,"索普小姐,请到这边来。"

"牧师长,听凭你的吩咐。"

"哦,谢谢!帮助这位小姐照顾好学生们,让大家开心一些,给他们大点水喝,茶壶放在教堂。亨斯曼先生,我们的粮食储备如何?"

"放心吧,牧师。"经销商告诉牧师,"我们正要遵从你的意思转移。"

"不错,你知道在哪儿。我们准备将圣母堂变成临时餐厅,你有存放木板杂物间的钥匙吗?"

"我有。"

"非常好。往井台上架起辘轳打水用,给大家喝的水一定要烧开。还有,水泵要是闲置也能用。"

忙完这些,维纳伯斯先生和勋爵回教堂去了,只见牧师夫人有条不紊地指挥大家忙开了:她带着埃米莉和教区的部分妇女用绳子将教堂围出不同的区域;距离火炉近的长椅留给了老人、儿童和身体不好的人;一些是学生专用长椅;钟塔下面是放家具的地方;中间的屏风上贴着公告,让大家知道哪里是茶点房。

哥特贝德带着儿子提了煤球桶准备去生火炉,杰克·戈德弗雷带着一些农民在墓地空白区搭建临时牲口棚,还有一些人在教堂外墙挖简易厕所。

温西看到这一切都惊呆了,他对牧师说:"先生,如果不是我亲眼所见,肯定不会相信您是这样有魄力的人。"

"好几个星期我都在想这些事情——不过我太太才是真正的谋划者,她的头脑非常敏捷,行动力也很不错!"说着话他又忙开了,"辛金斯,不要把盘子放这里,挺碍事的,拿到钟塔去。阿尔夫,你的啤酒准备好了吗?"

"先生,已经在路上了。"

"非常好!到这里以后运到圣母堂去,有瓶装酒吗?要知道桶装酒还得沉淀两日。"

"放心吧,牧师长,我会和特巴特先生一起完成这件事的。"

维纳伯斯听了以后放心地点点头。亨斯曼先生手下的一些人抬着货物过来了,牧师为了给他们让路走到了大门口,恰好交通警官普利斯特先生在那儿指挥来往的车辆。

"教区长,我让这里的汽车都挨着墙边停放。"

"很好。现在我要让一些有爱心的先生开车去远一点的农场接妇孺和病人,你可以协调吗?"

"放心吧。"

"勋爵阁下,你可以为我们充当范来水闸和教堂之间的信使吗?以便我们消息顺畅。"

"没问题。本特,"勋爵喊了一声,"本特?"

本特应声而至:"爵爷,我正想和你说,要是你没有什么事情,我想去给养部门搭把手。"

"好样的,本特,去吧。"

教区长和温西说,准备安排屠夫到洗衣间烧一盆热水,然后用水车给运送过来,因为所有的物品都要用开水消毒,他还是希望有个煤油炉子。

温西提醒他使用煤油的时候一定要小心,注意避免引发火灾。

教区长表示赞同,说一定会小心的。

他们谈到了韦德斯宾那里有煤油,还要多安排人手去敲钟,保证警钟长鸣。正说着话,警察局长和布伦德尔警长忽然来了。

牧师对他们的到来表示欢迎,同时告诉他们眼下好像没有什么事情。

警长说:"我只是过来看看你们的准备工作,现在看起来非常好!一定要保证贵重物品的安全，如果需要帮忙，我可以安排一些手下过来。"他还说，"教区之间最好派人在路上值班。而且圣彼得教区已经预警，估计桥会出问题，我们正在安排渡船。因为他们的地势要比你们教区还要低，况且他们的准备工作可没有你们这边好。"

牧师告诉警长可以让圣彼得教区的教民们来这里暂避风险："紧急时刻我们要互帮互助，这里的教堂起码可以再接纳一千人，不过他们得带着食品和生活用品。住宿方面由夫人安排：男人到北面唱诗班那儿，妇女儿童到圣坛南面，老人和病人就安排到我自己家里。圣斯蒂芬教区应该问题不大，如果需要帮助，我们会想尽一切的办法渡过这个难关。警长，大家的粮食可就由你给想办法运输了，那些大小运河肯定让水淹了，恐怕只能用船运送那些补给品了。"

"放心吧，这些我会安排。"警长说。

维纳伯斯先生还是殷勤嘱咐："万一铁路那的河堤出事，你就要想办法解决圣斯蒂芬那边的人了。"

他忙得团团转，和来到这里的吉丁斯、利奇太太等人打着招呼，关心着她们的家人，包括园子里的每一只小动物。然后他看到了玛丽，想到了她的丈夫威廉·索迪正在范来登水闸抗洪抢险，他衷心地安慰着这个女人，为她勇敢的丈夫感到骄傲。

勋爵一刻都没有闲下来，一连三个小时他都在和灾民们忙着搬东西、安置货物和牲畜。他忽然想起牧师为自己安排的信使工作，急忙从人群中抽出身来驱车就朝老河堤水闸那里跑。

夜幕渐渐降临了，沿途都是人们推着车、赶着牲畜朝着教堂走去，他一路都在小心让开他们。此情此景，让温西不由得唱起了歌："地面的走兽们一对一对地朝着诺亚走过去。大象、袋鼠和犀牛……"夜色中勋爵加大了马力。

老水闸那边的情况果然不妙，驳船将闸门紧紧夹在中间，大家试图用大梁和沙袋顶住水闸，但是没用！这些物资投进水里就让洪水冲了个无影无踪。而桥墩在洪水的冲击下正在一点一点偏离从前的位置，情况万分危急！泛着白沫的河水已经漫过了堤坝的最高处。东面，暴风卷着潮水顺着上游回溯而来。

有个人从船上跳到岸边朝着温西跑来，浑身湿得好像刚从水底捞上来似的，他大喊着："勋爵，水闸不行了，现在只有祷告上帝了！"

原来是水闸管理员，他绝望地紧紧拽住温西的手："我当初是怎么和他们说的？水闸完蛋了！"

温西问他："最多能支撑到什么时候？"

"看目前的状态，也就是一个钟头的时间。"

"那你们要赶紧撤离，车辆够吗？"

"谢谢勋爵，够了。"

威廉·索迪朝他这边走了过来，看样子他累极了，脸色憔悴，肌肉也在抽搐，他问勋爵："我的妻子和孩子们怎么样？"

"放心吧，威廉，伟大的牧师简直创造了奇迹，你现在和我们一起走。"

威廉摇摇头："谢谢你，勋爵。让他们先走，一刻都不要耽搁，我留在这里。"

温西先走了，在他离开的时间里，教堂已经布置得有条不紊，避难的人们和生活用品都安置在教堂内。估计到了晚上七点，灯光点亮了，圣母堂的临时餐厅在发放茶水和热汤。可以听到婴儿的哭声和牛羊的叫唤声；有人将熏肉抬了进去，墙边整齐地足够三十马车的干草和玉米；圣殿栏杆之后是这里最寂静的地方。牧师就站在那里。

警钟长鸣，响彻整个教区，它们分别是：高德、萨巴思、约翰、杰里科、朱比利、迪米蒂、巴蒂·托马斯以及丧钟泰勒·保罗；它们都在齐声呐喊：快到这里来！洪水来了！洪水来了！快到诺亚这里来！洪水来了……

钟声、雨声交相辉映，动人心魄！

温西走到牧师那里和他汇报水情，维斯伯通慎重地点点头，发布下一道指令："让抗洪抢险的人立刻撤走！马上！告诉他们，大家都知道他们很勇敢，谁也不愿意这样！保护生命要紧！还有，你经过村中心的时候让史努特小姐带着学生们赶紧到教堂来。"

当温西转身离去的时候，他急匆匆又追了一句："告诉他们带上那两个水壶。"

温西再一次到达范来登水闸的时候，大家已经上车了，洪水奔腾，暴风雨中温西看见驳船狠狠地撞击着桥墩。有人冲着驳船方向大喊："快逃命，离开那里！"然后便是震天的巨响：放在堤坝的大梁本来充当着独木桥的角色，刚才还在桥墩上摇晃，忽然间就这样彻底断裂了。愤怒的洪水和回溯的潮水在暴风雨的作用下发出了致命的撞击。有个黑影急匆匆想走到驳船上，但是一下子落空掉进了水里，发出了一声刺耳的尖叫！然后大家又看见一个黑影纵身跳入水中……

大家朝着岸边跑去，温西飞速甩去外套，想探身到河面搜寻。有人迅速抓住了他，及时制止了他的冒险行为。

"不行了，他们肯定被水卷走了！上帝呀，你们快看！"

有人打开车灯照射河面："有人被卡在了驳船和桥墩之间，好像蛋壳一样被夹碎了！刚才是谁掉水里去了？是约翰尼·克罗斯吗？后面想要救他的人呢？一定是威廉·索迪！这真是个不幸的消息，他的妻儿还在等着他回家呢！勋爵，你不要再往前探了，没用的，真不能再死人了。我们走吧，年轻人，现在谁也无法拯救他们。上帝呀，水闸被冲走了！我们快走！天哪，洪水来了！"

温西让大伙硬拖回了车里，有人到了他身旁，竟然是水闸管理员，他流着眼泪："我告诉过他们的！我告诉过他们的！"瞬间，三十英尺水沟的堤坝被冲塌了，传来雷鸣般的巨响，投下去的木料被冲得乱哄哄的。木头横梁和两条驳船在疯狂的水面被卷得团团转，轻浮得如同一片稻草。

又一股巨浪袭来，冲破河堤涌上路面。就在这个时候，拦挡大运河的水闸也让洪水冲垮了，滔滔洪水如同脱缰的野马彻底搅到一起了，所有的车辆疾驰飞奔，引擎的轰鸣声完全被洪水的咆哮声淹没了。

虽然三十英尺的河堤没被冲坏，可是这里的水流也加入了滔滔洪水的队伍，促使威尔河的水位不断涨高。失控的洪水沿途紧追着车辆奔跑，温西的汽车是最后一个启动的，此刻被洪水淹到了车轴部位。夜色中，大伙仓促逃命，他们的身后以及左侧的河道方向，宽阔的水面一望无际，直到天边……

圣保罗教堂，牧师手捧花名册挨着清点教民人数。他身着长袍，披圣带，一张苍老的面孔焦急万分，透出高贵的气质。

"伊莱扎·吉丁斯。"

"有。"

"杰克·戈弗雷全家。"

"都有。"

"哈里·戈特贝德全家。"

"都有。"

"乔·欣金斯……路易莎·希区柯克……奥巴代亚·霍利迪……伊夫林·霍利迪小姐……"

抢险撤回来的人们等着门口，乱成一团。温西勋爵走进圣坛，朝着牧师耳语。

"是约翰·克罗斯和威廉·索迪吗？真是个不幸的消息，但他们非常勇敢。愿上帝保佑他们的灵魂！勋爵，拜托你先去告诉我的夫人一下，这个消息让她转告给可怜的家人会好一些。威廉是为了救约翰吗？他是个好人，我了解他。他是一个奋不顾身、舍己利人的善良人。"

于是勋爵将牧师夫人悄悄叫到一边诉说……牧师接着点名，他的声音不可抑制地颤抖：

"耶利米·约翰逊全家……亚瑟和玛丽·贾德……卢克·贾德森……"

教堂后传来撕心裂肺的哭声："我的威廉，我可怜的威廉！他真是不想活了！我的孩子们呀！我们以后可怎么活呀！"

温西没法再听下去了，于是他去了钟塔，沿着楼梯下到敲房房，那些钟们欢快地激昂高歌。敲钟人个个满头是汗，勋爵从他们中间穿过，接着往上走，一直到了藏钟房。

他的头刚探出地面，高昂的钟声瞬间进入他的耳朵，好像有无数个铁锤在拼命敲打着他的耳膜。钟塔里四处都是钟声回荡，塔身也在随着钟声摇摆，如同一个醉汉踉踉跄跄，脚步不稳。温西踏上了最后一层楼梯，头晕脑涨！

途中他不得不停了下来，两手用力抓紧梯子。钟声不停地在他耳边轰鸣，几乎让他崩溃，就在此时，一声尖锐高昂的钟声如同一柄利剑穿透他的大脑神经，浑身的血液瞬间涌入大脑，头痛得仿佛即将撕裂。他艰难地松开手，想堵住耳朵杜绝高德钟的魔音。忽然间头晕目眩让他几乎从楼梯上摔了下去。不，这是来自地狱的轰鸣！他知道自己在大声叫嚷，可是一点声音都没有，只有钟声！钟声！与此相比，他曾经历"一战"时迫击炮的声音简直是小巫见大巫。他已无法控制自己的神经，要发疯，要昏迷……

他困在这里，不能向前，不能后退……难道就死在这里吗？不！他用残存的理智告诉自己：快，离开这里！快走！他知道这些钟就在身边轰鸣，触手可及……那是来自地狱的吻，钟舌吐出，上下摇曳，发出了嘶嘶声……那血腥的吻，甘甜、恶心……

他的头晕得厉害，根本没办法退回去。他拼力拽住楼梯，双手颤抖，双脚颤抖……一步一步、一点一点……他终于爬上了楼梯的最后一级，看到头顶上的活门关着，便强自伸手拔出开关。此时他已经无法再坚持，仿佛浑身的骨头已经融化……鼻孔和耳朵已经流出了血，他好不容易爬出了屋顶，赶紧关上了门，那些要命的钟声终于被隔开了。屋顶的风声呼呼吹过，百叶窗内传出的钟乐又恢复了动人的神韵。

他安静地在铅皮制成的屋顶上睡了一小会儿，浑身发软，渐渐恢复知觉后一把抹去脸上的雨水，痛苦地跪下了，两手死命抓住护墙上的浮雕。夜，是如此寂静，无边无际……

月亮升起来了，从城墙的缺口望过去，洪水淹没的大地不停地动荡、摇曳，犹如不断变幻的星图。钟声不停地敲响，钟塔也在随之晃动，好像正置身于摇晃的大船上透过窗口欣赏夜空下的大海。

所有的世界都不存在了，四面洪荒。他努力地站了起来，环视四周：西南方向，黑色的大地上圣斯蒂芬教堂钟塔依然耸立，感觉像是一艘正在沉沦的大船上倾倒的桅杆；教区内所有农户的灯光都亮了，这足以说明这场暴风雨并没有伤害到他们。

西方，可以看到铁路堤坝伸展到了小迪克西，即将被洪水淹没，形势危急。

正南，是圣彼得教区，他们位于沼泽地的中间位置，从水中可以看到房顶和塔尖暗沉的倒影。

距离钟塔最近的当然是圣保罗教区的农场，如今已成一片泽国，至于它的将来只有上帝知道。

遥望东方，一条细线若隐若现，不要说，那一定是波特矿脉的堤岸了。很快这副简单的铅笔素描图便消失在无边无际的洪水中。

无尽的汪洋中，已经找不到威尔河的影子，但是在河道后面，遥远的地方可以看到一条发黑的水波分界线，表明那里是入海口。说明海潮就是从那里倒灌回来的。西方一个相对近一点的位置，滔滔洪水从垮掉的范来登水闸那里滚滚而入，和三十英尺水沟的河堤持平。狂风从沃什那边直吹过来，导致风车上的金公鸡死死地盯着东面，一副斗志昂扬的劲头。

在波涛汹涌的水面上，威廉·索迪和约翰那个被夹碎的身体，还有水面众多的漂浮物一起起伏……

沼泽区终于收回了原本属于它们的东西。

高德、萨巴思、约翰、杰里科、朱比利、迪米蒂、巴蒂·托马斯……慢慢安静了下来，只有丧钟保罗依然发出低沉的钟声，它在为今晚离去的两个人敲响庄严的丧钟。

温西走下钟塔，到了敲钟房。赫兹卡亚依然坚守岗位，教堂里的灯光以及熙攘的人声，越过天使的翅膀……

牧师平静优雅的声音传来："黑暗中有了光……"

第三章　谁是凶手

青铜之魔狠狠地敲打着他的脑袋。

——朱利安·塞美特：《罗莎蒙德》

过了整整十四天，洪水退回了威尔河，地面上的积水到处都是。圣斯蒂芬教区周围的水还没有退下，比铁路堤坝还要高出一英尺，每次火车从此经过时都要在两侧溅起两堵水墙。最严重的是圣彼得教区，积水一直到了顶层房屋的窗台边，至于凹处农房的屋檐还泡在水里。至于圣保罗教区，教堂和山坡上的牧师房没有任何问题，其他地方的积水有八英尺深。

牧师的工作此时看到了效果，物资储备最起码保证了三天的用量。之后，定期会有渡船从其他小镇为他们送来新鲜食物。教堂里的人们犹如在荒岛上过着特别的日子。每天上午简短的钟声宣告着新的一天到来，负责挤奶的人们开始走进墓地旁的牛棚工作；水车运来了牧师家的铜盆烧好的热水；大家将铺盖抖干净后卷好塞进了长椅子下，然后拉起隔开男宿舍和女宿舍之间的防水布，进行简短的晨祷。圣母房的临时餐厅传来叮叮当当的做饭声，食物的各种香味随之飘散出来。这项工作是由本特负责统筹，早餐做好以后，有固定的妇女们依次为坐在长椅上的人们发放。

之后，一天的生活正式开始了，学生们在南侧厅听老师讲课，温西带了一些人在牧师家的后花园锻炼身体，农民们负责找了牲口，家禽下的蛋则由它们的主人搜集起来放到公用的大篮子，所有衣物的缝纫则由牧师夫人带着妇女在家里进行。另外，还有两台袖珍无线电收录机，一个在牧师家里，另一个则放在了教堂。至于充电问题就是聪明的韦德斯宾做了一个小设计，利用勋爵的戴姆勒轿车里的引擎发电。

每个星期都会有三个晚上的活动，也许是音乐会，也许是某个主题讲座；具体由牧师夫人联合史努特小姐以及唱诗班的成员们组织，希拉里·索普和本特先生协助配合——后者主要担当喜剧演员。到了星期天，当然是先做一个上午的礼拜，之后就是两位官方牧师和两位民间牧师联合举办一场没有派系的活动。这期间他们还举办了一场早已定好时间的婚礼，热闹劲简直要超过节日派对。除此之外，还迎接了一个新的生命，牧师在为婴儿洗礼的时候坚定地否决了父母起的范来登·洪水的名字，改了一个更有寓意的新名字，叫"保罗·克里斯托弗"——保罗是指出生在教堂里，克里斯托弗指的是河面上的摆渡船。

到了第十四日的早上，温西走过教堂墓地，入水游泳到了村子，看到那里的水位下降了一英寸。于是就到某户农民的花园里摘下一束月桂树枝带了回来，用来代替橄榄枝。得知消息后，教堂里响起了欢快的肯特高音三重奏，很快洪水对岸的圣斯蒂芬教堂也回响起同样欢乐的钟乐。

等到第二十天，圣保罗教区的地面裸露出成片的淤泥和野草。

本特不禁皱起了眉头，直叹气："这味道太难闻了，一点都不卫生。"

勋爵回复他："本特，你真能瞎说，这个味道要是在南方就叫'臭氧'，你必须花一英镑才允许闻一次。"

事实上，女人们更加烦恼，她们在为家里无数需要清洗的东西发愁；男人嘴上不说，但是看着那些凄惨的粮仓和草垛直摇头。

大家在圣斯蒂芬的大街上发现了威廉·索迪和约翰·克罗斯的尸体，谁也不知道他们在水中有过多少漂泊，最终他们在圣保罗教堂的钟乐声中回归到钟塔下，入土为安。

一直到了现在，彼得·温西勋爵才对布伦德尔警长吐露实情："威廉的死让人同情，但他是个勇敢的人，死得有价值，和曾经的罪过比起来也算是功过相抵。从始至终他都没有想伤害谁，我想他后来也猜到了迪肯的真实死因，认为自己有不可推卸的责任。现在，这件案子结束了，也不要再去寻找凶手了。"

警长不得其解："我不太明白您的意思，勋爵。"

温西勉强笑了一下："因为谋杀杰夫·迪肯的真凶们已经被高高吊起，简直比《圣经》里因为谋害犹太人被吊死的哈曼还要高出一大截。"

"真凶们！"警长先生受惊不小，"不是一个人吗？都是谁？"

温西缓缓读出名字："高德、萨巴思、约翰、杰里科、朱比利、迪米蒂、巴蒂·托马斯以及泰勒·保罗。"

在场的人都惊呆了，久久无言。

"其实我们应该能想到，在教堂敲钟时间进入藏钟房，就没有任何生还的希望。洪水到来的那一天，敲钟预警的时候我无意间进去了。我打赌，假如我在里面超过十分钟，也一定会死的，死因和迪肯没有两样：脑出血，中风，还是休克？你们怎么认为都可以！《圣经》上说祭司吹的喇叭声能震塌耶利哥的城墙，纵然是小提琴的声音都能震碎玻璃，这样的威力我现在是体会到了。可是迪肯却是新年将要到来的时候，起码有九个小时被绑在钟房不能动弹！"

"主啊！"布伦德尔先生感慨地说，"你之前和我们说的话原来是这个意思，你说：'可能是你，可能是牧师，可能是赫兹卡亚，都有可能是凶手。'"

"对，就是我们。"温西沉默了片刻，又说，"圣诞节的晚上他听到的钟声比我那天听到的还要厉害：大雪将窗户的百叶窗都堵死了，声音根本就透不出去。不可否认杰夫·迪肯是个恶棍，不过想到他一个人在里面忍受着钟声的折磨，恐惧地看着死亡一步步向他走来……"

勋爵不由得住了口，用双手封死耳朵，本能地驱赶幻觉中的魔音。

牧师平静地将他唤醒："巴蒂·托马斯，以前就传说有两个人死在他的手中。这种事情要是让赫兹卡亚听了，他会认为是这些钟刚正不阿，主持世俗的公平。或许是上帝借这些钟声下达指令。他们就是法官，代表着公正。不仅有着伟大的力量，还有足够的耐心倾听一切。可是那些无知的人们却一直触犯他。"

布伦德尔先生淡淡地做了总结:"这件事情就此结束了。已经很清楚,迪肯死了,将他关进藏钟房的人也死了。教区长,我对你的钟并不清楚,可是我清楚你这个人。勋爵,我相信你说的这些话:死者是被长时间的钟声给震死的。我认为这一切完全合乎逻辑,下一步就是向局长做汇报。"

他直起身来:"早安,亲爱的先生们。再见!"然后,转身离去。

圣保罗教堂的钟声,他们分别是:

高德钟:高迪牧师赞美主,主啊!万能的主!阿门!

萨巴思钟:神圣之主,神圣!神圣!我是高贵的萨巴思!

约翰钟:约翰·柯尔造就了我,约翰牧师收留我,约翰福音帮助我!

杰瑞科:所有的钟声我最美!

朱比利:庆祝之钟,传递上帝的福音。

迪米蒂:大家记住理查德·索普,徽章之荣,安宁。

泰勒·保罗:我就是保罗,给你荣誉。

高德、萨巴思、约翰、杰里科、朱比利、迪米蒂、巴蒂·托马斯和泰勒·保罗。

九曲丧钟一个人。